Verdammt in alle Ewigkeit erzählt die Geschichte des Soldaten Prewitt, der kurz vor dem japanischen Angriff auf Pearl Harbour nach Hawaii kommt und brutal geschunden wird, weil er glaubt, auch als Soldat noch gewisse Rechte zu haben, nach einer Messerstecherei verwundet bei einer Freundin untertaucht und schließlich, mehr aus Versehen, erschossen wird.

Mit der Veröffentlichung seines Romanerstlings ›From Here to Eternity‹ entfesselte James Jones 1951 heftige Diskussionen in Amerika. Dort, wie auch in Deutschland, wo der S. Fischer Verlag das Buch noch im selben Jahr herausbrachte, übertraf die schonungslos realistische Schilderung des Soldatenlebens bei weitem das Maß, das der Leser in jenen Jahren vertrug. Aber die erzählerischen Qualitäten von ›Verdammt in alle Ewigkeit‹ verhalfen dem Buch zu seinem Siegeszug um die Welt, auf dem ihm wenig später der Film folgte. Heute zählt der Roman zu den Klassikern der amerikanischen Nachkriegsliteratur.

James Jones, 1921 in Robinson im amerikanischen Bundesstaat Illinois geboren, stammt aus einer verarmten bürgerlichen Familie. Von 1939 bis 1944 war er Soldat auf Hawaii. Während eines Fronteinsatzes liest er Thomas Wolfe und beginnt selber zu schreiben. Der Verlag Scribner in New York erkennt sein Talent und fördert seine Arbeit an dem Roman ›Verdammt in alle Ewigkeit‹, der zu seinem größten Erfolg wird. Später zieht Jones mit einem Wohnwagen quer durch das Land. So entstanden seine Romane: ›Die Entwurzelten‹ (dt. 1959), ›Die Pistole‹ (dt. 1959), ›Der tanzende Elefant‹ (dt. 1963) und ›Kraftproben‹ (dt. 1968). James Jones starb am 9. Mai 1977 in Southampton, New York.

James Jones
Verdammt in alle Ewigkeit
Roman

Aus dem Amerikanischen von
Otto Schrag

Fischer Taschenbuch Verlag

Veröffentlicht im Fischer Taschenbuch Verlag GmbH,
Frankfurt am Main, Mai 1970
Neuausgabe April 1993

Lizenzausgabe mit freundlicher Genehmigung
des S. Fischer Verlags GmbH, Frankfurt am Main
Die amerikanische Originalausgabe erschien 1951
unter dem Titel ›From Here to Eternity‹
Copyright © by S. Fischer Verlag GmbH, Frankfurt am Main 1951
Umschlaggestaltung: Manfred Walch, Frankfurt am Main
Gesamtherstellung: Clausen & Bosse, Leck
Printed in Germany
ISBN 3-596-11808-5

Die Sphinx muß ihr eigenes Rätsel lösen.
Wenn die Gesamtheit der Geschichte
im einzelnen Menschen vorhanden ist,
dann kann alles aus der Erfahrung
des einzelnen heraus erklärt werden.

Emerson, Essays

Hab Dein Brot gegessen und auch Dein Salz,
Deine Wasser getrunken und Deine Weine,
Deinen Tod oft gesehn im Vorübergehn
Und Dein Leben gelebt, als wär es das meine.

Rudyard Kipling

Verlorene Söhne durchbummeln die Zeit
Verdammt in alle Ewigkeit.
Erbarm Dich, Herr, unserer Wenigkeit
Bah! Yah! Yah!

Rudyard Kipling
Aus Gentlemen Rankers
in Barrack-room Ballads

Erstes Buch · Die Versetzung

Als er mit Packen fertig war, wischte er sich den Staub von den Händen und ging hinaus auf die Veranda des dritten Stocks der Kaserne, ein sauber und etwas schmächtig wirkender junger Mann in seiner Sommeruniform, die noch die Frische des frühen Morgens an sich hatte.

Er legte seine Ellenbogen auf das Geländer und schaute durch die Fliegenfenster auf die ihm so bekannte Szene des Kasernenhofes unter ihm, umgeben von den dreistöckigen Gebäuden mit ihren dunklen Umgängen vor den hellen Betonwänden. Wie sehr er an dem guten Posten hing, den er aufgab, wurde ihm jetzt erst klar.

Unter ihm keuchte das Viereck des Kasernenhofes unter den Schlägen der Februarsonne, schutzlos, wie ein erschöpfter Boxer. Durch das Flimmern der Hitze und den feinen spätmorgendlichen Dunst des ausgetrockneten roten Staubes kam das gedämpfte Gewirr von Geräuschen: das Scheppern von stahlbereiften Karren, das Schlappen geölter Gewehrriemen, der schlürfende Takt verbrannter Schuhsohlen, die heiseren Flüche gereizter Unteroffiziere.

Irgendwann im Laufe deines Lebens sind diese Dinge zu deinem Besitz geworden. Mit jedem Ton, den du hörst, wirst du selbst gesteigert. Und du kannst sie nicht verleugnen, ohne mit ihnen den Zweck deiner eigenen Existenz zu leugnen. Trotzdem, so sagte er sich selbst, negierst du sie dadurch, daß du den Posten aufgibst, den man dir gegeben hat.

Auf dem ungepflasterten Platz in der Mitte des Quadrats quälte sich eine Maschinengewehrkompanie gelangweilt durch die Übungen des Ladedrills.

Hinter ihm in dem hohen Raume hing wie ein wehender Vorhang das gedämpfte Geräusch, das entsteht, wenn Männer gerade erwachen und anfangen, sich zu bewegen. Er lauschte auf diese Töne, hörte auch Schritte näher kommen, während er daran dachte, wie angenehm es für ihn als Mitglied des Musikzuges gewesen war, jeden Morgen lange schlafen zu können und sich erst von den Geräuschen der draußen exerzierenden Kompanie wecken zu lassen. »Du hast doch meine guten Schuhe nicht eingepackt?« fragte er die Schritte. »Die bekommen so leicht Kratzer.«

»Beide Paare stehen auf dem Bett«, sagte die Stimme hinter ihm. »Zusammen mit den sauberen Uniformen, die du nicht zerdrückt haben wolltest. Deine Feldstiefel hab ich im zweiten Sack verstaut.«

»Das ist dann wohl alles, glaube ich«, sagte der junge Mann. Er richtete sich auf und seufzte, wie man seufzt, wenn eine seelische Spannung nachläßt. »Gehen wir essen«, sagte er. »Ich hab noch eine Stunde Zeit, ehe ich mich bei der 6. Kompanie melden muß.«

»Ich denk noch immer, du machst einen schweren Fehler«, sagte der Mann hinter ihm.

»Ja, ich weiß, du hast's mir gesagt. Zwei Wochen lang täglich. Du verstehst das einfach nicht, Red.«

»Vielleicht nicht«, sagte der andere. »Ich bin kein Gefühlsexperte. Aber eins weiß ich. Ich bin ein guter Hornist und bin stolz darauf. Aber an dich reiche ich nicht ran. Du bist der beste Hornist im Regiment. Vielleicht der beste in den Schofield-Kasernen überhaupt.«

Der junge Mann stimmte gedankenvoll zu. »Das stimmt.«

»Na ja, warum willst du's dann aufgeben und läßt dich versetzen?«

»Ich will's ja gar nicht, Red.«

»Aber du läßt dich doch versetzen.«

»O nein, ich laß mich nicht. Du vergißt. Ich werde versetzt. Das ist ein Unterschied.«

»Nu hör aber mal zu«, sagte Red hitzig.

»Hör du zu, Red. Gehen wir rüber zu Choys und frühstücken wir was. Ehe die ganze Bande hinkommt und seinen Vorrat auffrißt.«

Er machte eine Kopfbewegung nach dem erwachenden Schlafraum hin.

»Du benimmst dich wie ein Kind«, sagte Red. »Du wirst genauso wenig versetzt wie ich. Wenn du nicht hingegangen wärst zu Houston und dein Maul aufgerissen hättest, wäre gar nichts passiert.«

»Stimmt.«

»Vielleicht hat Houston dir wirklich seinen jungen Affen als ersten Hornisten vor die Nase gesetzt. Und wenn schon? Das ist eine Formalität. Du hast noch immer deinen Rang. Der Scheißkerl kann höchstens den Zapfenstreich bei Beerdigungen blasen, das ist alles, was er davon hat.«

»Das ist alles.«

»Es wäre anders, wenn Houston dich hätte degradieren lassen und dem Jüngling deine Stellung gegeben hätte. Dann würd ich dir keinen Vorwurf machen. Aber du hast ja noch immer deinen Rang.«

»Nein, den hab ich nicht mehr. Nicht mehr, seit Houston den Alten gebeten hat, mich zu versetzen.«

»Wenn du jetzt zum Alten gehst, wie ich dir's sage, kostet es dich nur ein Wort, und du hast deinen Rang zurück. Mit und ohne Chefhornist Houston.«

»Stimmt. Und Houstons junger Affe wäre trotzdem noch erster Hornist. Außerdem sind die Papiere schon durch. Gelesen, genehmigt und unterschrieben.«

»Zum Teufel«, sagte Red angewidert. »Mit unterschriebenen Papieren kannst du dir, du weißt schon was, abwischen; mehr sind die nicht wert. Du kannst das Ding drehen, Prew.«

»Willst du mit mir essen«, sagte der junge Mann, »oder willst du nicht?«

»Ich bin pleite«, sagte Red.

»Hab ich dich darum gebeten, zu zahlen? Das geht auf meine Kosten. Ich werde ja versetzt, nicht du.«

»Du sparst besser dein Geld. Die können uns in der Küche was geben.«

»Ich hab keine Lust, diesen Dreck zu fressen, wenigstens nicht heute morgen.«

»Es gab Spiegeleier heute morgen«, verbesserte ihn Red. »Wir können sie noch heiß erwischen. Da, wo du hingehst, wirst du dein Geld brauchen.«

»Ja, ja, von mir aus«, sagte der junge Mann. »Aber laß mir doch den Spaß. Ich will einen ausgeben, weil ich weggehe. Weiter nichts. Willst du nu oder willst du nicht?«

»Gut«, sagte Red angewidert.

Sie gingen die Treppen hinunter und dann den Fußweg, entlang der A-Kompanie, wo der Musikzug Quartier hatte, überquerten die Straße und gingen am Stabsgebäude vorbei zum Kaserneneingang. Die Sonnenhitze fiel über sie her und drückte sie nieder, als sie die Veranda verließen, und ebenso schnell verschwand sie, als sie den Tunnel betraten, der durch das Stabsgebäude ging und jetzt ›Ausfalltor‹ genannt wurde zur Erinnerung an alte Festungszeiten. Er war in den Farben des Regiments angestrichen und beherbergte in einem lackierten Kasten die größten Sporttrophäen des Regiments.

»Das ist mir ne dumme Geschichte!« sagte Red zögernd. »Du kommst noch in den Ruf, ein Bolschewik zu sein. Du machst unnötigen Ärger, Prew.«

Das Restaurant war leer. Choy Vater und Sohn klapperten hinter der Theke. Der weiße Bart und das schwarze Käppchen verschwanden sofort nach hinten in die Küche, und Choy junior, der junge Sam Choy, bediente sie.

»Hallo, Prew«, sagte Choy junior. »Ich hören, du gehen irgendwann bald auf andere Seite Straße, wie?«

»Genau«, sagte Prew. »Heute.«

»Heute!« Choy junior grinste. »Versetzung heute?«

»Jawohl«, sagte er brummend. »Heute.«

Choy junior, noch immer grinsend, schüttelte traurig seinen Kopf. Er schaute Red an. »Verrückter Hund. Will richtigen Dienst tun, statt Trompete blasen.«

»Hör mal«, sagte Prew, »was hältst du davon, uns unser Essen ranzuschaffen?«

»Gut, gut.« Choy junior grinste. »Bringen sofort.«

Er ging hinter die Theke zu der Schwingtür, die in die Küche führte.

Prew sah ihm nach. »Scheiß-Chinese«, sagte er.

»Choy junior ist in Ordnung«, sagte Red.

»Sicher. Auch Choy senior ist in Ordnung.«

»Will nur helfen.«

»Natürlich. Wie andere auch.«

Red zuckte verlegen mit den Schultern, und schweigend saßen sie in der dämmerigen Kühle, lauschten auf das faule Summen des elektrischen Ventilators hoch oben an der einen Wand, bis Choy junior die Eier und den Schinken und den Kaffee brachte. Durch die Flügeltür wehte eine schwache Brise die verschlafen regelmäßigen Glockentöne gleichmäßig bewegter Gewehrschlösser herein, der Ladedrill der Kompanie, ein geisterhafter Vorgeschmack, der Prew den Genuß daran verdarb, während des Morgendienstes anderer zu faulenzen.

»Du prima Nummer«, sagte Choy junior, als er grinsend und seinen Kopf traurig schüttelnd zurückkam. »Du Kapitulantenmaterial.«

Prew lachte. »Du hast den Nagel auf den Kopf getroffen. Ich bin ein ›Dreißigender‹!«

Red war dabei, ein Ei zu zerschneiden. »Was wird deine Wahina sagen, dein Hawaii-Mädchen? Besonders, wenn sie rausbekommt, daß du deine Tressen los wirst durch die Versetzung?«

Prew schüttelte den Kopf und begann zu kauen.

»Alles stellt sich gegen dich«, sagte Red vernünftig, »selbst deine Wahina.«

»Ich wollte nur, sie tät's, grad jetzt in diesem Augenblick richtig gegen mich gepreßt«, grinste Prew.

Red ließ sich nicht zum Lachen bringen. »Private Liebchen wachsen

nicht auf Bäumen«, sagte er. »Huren sind in Ordnung. Im ersten
Jahr. Für Anfänger. Aber ein gutes Privatliebchen ist schwer zu finden. Zu schwer, als daß man riskieren könnte, es zu verlieren. Du
wirst nicht mehr jede Nacht nach Hawaii gehen können, wenn du
gewöhnlichen Dienst in einer Infanteriekompanie tust.«

Prew starrte auf seinen runden Schinkenknochen, ehe er ihn in die
Hand nahm und das Mark aussaugte. »Ich denke, sie wird sich selbst
entscheiden müssen, Red. Wie jeder Mensch es schließlich tun muß.
Du weißt, diese Sache lag schon lange in der Luft. Nicht nur, weil
Houston seinen kleinen Engel als ersten Hornisten über mich ge-
setzt hat.«

Red studierte sein Gesicht. Houstons Vorliebe für junge Männer war
allgemein bekannt, und Red fragte sich, ob Houston vielleicht versucht hatte, mit Prew vertraulich zu werden. Das konnte es aber
nicht sein. Prew würde ihn halb totgeschlagen haben – Obermusik-
meister oder nicht.

»Ein guter Witz«, sagte Red bitter, »sich selbst entscheiden. Wo sitzt
ihr Verstand? In ihrem Kopf oder weiter unten zwischen den Beinen?«

»Halt dein gottverdammtes Maul. Seit wann geht dich mein Privatleben überhaupt was an? Damit du's weißt: Ihr Verstand ist zwischen ihren Beinen, und so gefällt's mir, verstehst du mich?«

Ich Lügner, dachte er.

»Schon gut«, sagte Red. »Reg dich ab. Was liegt mir schon daran, ob
du dich versetzen läßt?« Er nahm ein Stück Brot und tat die ganze
Geschichte damit ab, daß er mit dem Brot das Eigelb von seinem
Teller wischte, es in den Mund steckte und das ganze mit Kaffee
hinunterspülte.

Prew zündete sich eine Zigarette an und wandte den Kopf, um ein
paar Kompanieschreiber zu beobachten, die gerade hereingekommen waren. Sie hockten in einer Ecke und tranken Kaffee, obwohl
sie eigentlich in der Personalabteilung bei der Arbeit hätten sein sollen. Sie glichen alle einander, waren alle spindeldürr, mit zerbrechlichen Gesichtern, die für nichts anderes als die durchgeistigte Überlegenheit der Büroarbeit geschaffen schienen. Er hörte die Worte
›Van Gogh‹ und ›Gauguin‹. Ein Langer sprach eine kleine Weile, und
die anderen warteten darauf, ihre eigene Meinung anbringen zu können, dann, während einer Atempause, bemächtigte sich ein anderer
des Wortes, und der erste schaute ärgerlich drein, und von neuem
warteten alle anderen. Prew grinste.

Merkwürdig, dachte er, wie man immer gezwungen wird, solche Sachen zu entscheiden. Man entschied eine Sache mit größter Anstrengung richtig und dachte, man könne sich nun eine Zeitlang treiben lassen. Am nächsten Tag aber hatte man etwas Neues zu entscheiden. Und solange man sich richtig entschied, mußte man fortfahren, sich zu entscheiden. Jeder Tag tausend Jahre lang, dachte er. Und auf der anderen Seite waren Red und die jungen Leute da drüben, die aller weiterer Entscheidungen enthoben waren, weil sie einmal falsch entschieden hatten. Red war für gesicherte Bequemlichkeit durch Anpassung. Gewöhnlich gewann diese Art von Bequemlichkeit das Rennen. Red konnte sich zurückziehen und seinen Gewinn genießen. Red würde nicht einen Druckposten wie den Musikzug aus gekränktem Stolz aufgeben. Manchmal war er selbst verwirrt und konnte sich nicht ganz genau erinnern, was der Grund war, die Notwendigkeit, die am Anfang dieser endlosen Kette neuer Entscheidungen gestanden hatte.

Red versuchte es mit der Logik. »Du bist Gefreiter und Spezialist vierter Klasse. Du übst zwei Stunden am Tage, und die übrige Zeit gehört dir. Du führst ein angenehmes Leben.«

»Jedes Regiment hat seinen Musikzug. Das ist Standard. 's ist genau wie ein Handwerk draußen. Wir schöpfen den Rahm ab, weil wir was Besonderes können.«

»Das Handwerk draußen schöpft nicht den Rahm ab. Die sind froh, wenn sie überhaupt Aufträge kriegen.«

»Das ist's nicht, worauf's ankommt«, sagte Red angewidert. »So ist's nur, wenn die Geschäfte schlecht gehen ... was glaubst du, warum ich in der Scheiß-Armee bin?«

»Ich weiß nicht. Warum bist du drin?«

»Weil«, sagte Red triumphierend, »– aus genau dem gleichen Grund wie du. Weil ich drin besser leben kann als draußen. Ich war nicht gerade begeistert vom Hungern.«

»Das ist logisch«, grinste Prew.

»Verdammt richtig. Ich bin logisch. Das sagt mir einfach mein gesunder Menschenverstand. Was glaubst du denn, warum ich in diesem Musikzug bin?«

»Weil's logisch ist«, sagte Prew. »Nur, daß das nicht der Grund ist, warum ich in der Armee bin. Und ich bin sicher, daß es auch nicht der Grund ist, warum ich im Musikzug bin oder – besser – war.«

»Ich weiß«, sagte Red. »Jetzt fängt gleich der Quatsch von dem ›Dreißigender‹ an.«

»Jawohl«, sagte Prew. »Und was könnte ich Besseres sein? Ich? Ein Mann muß einen Platz haben, wo er hingehört.«

»Gut«, sagte Red. »Wenn du aber ein ›Dreißigender‹ bist und gern das Horn bläst, warum gibst du's dann auf? Du bist eben kein wirklicher ›Dreißigender‹.«

»Richtig«, sagte Prew. »Wollen wir dich mal ansehen. Seit die Depression vorüber ist und sie angefangen haben, Material herzustellen, um es für diesen Krieg nach England zu schicken, seit sie begonnen haben, im Frieden Leute einzuziehen, sitzt du da drinnen hinter deinem gesunden Menschenverstand wie ein Affe hinterm Gitter. Deine frühere Stellung wartet auf dich, aber du kannst dich nicht mal mehr freikaufen, nachdem sie die Dienstpflicht eingeführt haben.«

»Ich trete auf der Stelle«, erklärte ihm Red. »Ich habe nicht gehungert, seit es diese Haubitzen gibt, und ehe wir in diesen gottverdammten Krieg eintreten, ist meine Dienstpflicht um, und ich bin zu Hause, und zwar in einer schönen, sicheren Stellung, wo ich Periskope für Panzer baue, während ihr ›Dreißigender‹ die Ärsche abgeschossen bekommt.«

Während Prew zuhörte, verwandelte sich das bewegliche Gesicht vor ihm in einen kampfgeschwärzten Schädel, als wäre ein Flammenwerfer über ihn hinweggegangen, hätte ihn mit seinem Kuß gestreift und sich entfernt. Der Schädel fuhr fort, mit ihm über seine Gesundheit zu sprechen. Und er erinnerte sich jetzt, weshalb er so dringend die richtige Entscheidung treffen mußte. Es war wie bei einer Jungfrau. Eine einzige falsche Entscheidung genügte, um alles zu verderben. Eine einzige Entscheidung, und man war niemals wieder der gleiche. Ein Mann, der zuviel aß, wurde fett, und wenn er sich davor schützen wollte, mußte er aufhören, viel zu essen. Für ehemalige Athleten gab es keine Ausrede mit elastischen Korsetts, patentierten Rudermaschinen oder synthetischer Diät . . . nicht, wenn man zuviel aß. Wenn man mit dem Leben Karten spielte, mußte man das Kartenspiel des Lebens benutzen, nicht sein eigenes.

Sein Problem war, daß er Musiker werden wollte. Red konnte gut Signale blasen, weil er kein Musiker war. Es war wirklich sehr einfach, so einfach, daß er überrascht darüber war, es nicht zuvor bemerkt zu haben. Er mußte den Musikzug verlassen, weil er ein Musikant war. Red brauchte ihn nicht zu verlassen. Er aber mußte ihn verlassen, weil er mehr als alle anderen bleiben wollte.

Prew stand auf und schaute auf die Uhr. »Es ist Viertel vor neun«, sagte er. »Ich muß um halb zehn bei der G-Kompanie antreten.«

Er grinste, als er die letzten Worte sagte, und verzog seinen Mund, wie es ein schlecht versilberter Spiegel mit Gesichtern macht.

»Setz dich noch einen Augenblick«, sagte Red. »Ich wollte eigentlich nicht darüber sprechen, aber ich sehe mich dazu gezwungen.«

Prew schaute auf ihn hinab und setzte sich wieder. Er wußte, was Red sagen würde. »Mach schnell«, sagte er. »Ich muß gehn.«

»Du weißt, wer der Chef der G-Kompanie ist, nicht wahr, Prew?«

»Natürlich weiß ich es.«

Red konnte keine Ruhe geben. »Hauptmann Dana E. Holmes«, sagte er. »Dynamit-Holmes. Der Boxtrainer des Regiments.«

»Jawohl«, sagte Prew.

»Ich weiß genau Bescheid, warum du dich letztes Jahr hierher versetzen ließest«, sagte Red. »Ich weiß Bescheid über Dixie Wells. Du hast mir's nie erzählt, aber ich weiß es doch. Jeder weiß es.«

»Gut«, sagte Prew. »Es ist mir egal, wer es weiß. Ich habe nicht erwartet, daß es ein Geheimnis bleiben würde«, sagte er.

»Du hast das 27ste verlassen«, sagte Red. »Als du aus der Boxriege ausgetreten bist und es ablehntest, wieder in den Ring zu gehen, hast du dich versetzen lassen müssen. Weil sie dich nicht in Ruhe ließen, nicht zuließen, daß du in Frieden das Boxen aufstecktest. Sie verfolgten dich und setzten dich unter Druck. Bis du dich versetzen ließest.«

»Ich tat, was ich tun wollte«, sagte Prew.

»Wirklich?« sagte Red. »Kapierst du denn nicht, was los ist?« sagte er. »Sie werden dich immer wieder verfolgen. In unserer Zeit kann keiner friedlich seinen Weg gehen. Nicht, wenn er nicht bereit ist, sich anzupassen.

Vielleicht konnte einer in den guten alten Tagen, in der Zeit der Pioniere, noch das, was er wirklich wollte, in Frieden tun. Aber damals hatte er die Wälder und konnte in die Wälder gehen und allein leben. Im Wald konnte er gut leben. Und wenn man ihm aus diesem oder jenem Grund folgte, so konnte er einfach weiterwandern. Immer lagen noch mehr Wälder vor ihm. Heute aber kann er das nicht tun. Er muß sich anpassen. Alles muß er durch zwei teilen.

Ich hab's dir gegenüber niemals erwähnt«, fuhr Red fort. »Aber ich hab dich letztes Jahr in der Bowl boxen sehen. Ich und mehrere tausend andere. Auch Holmes hat dich gesehen. Ich hab geschwitzt, wenn ich daran dachte, daß er dich jeden Augenblick drankriegen könnte.«

»Ich auch«, sagte Prew. »Ich glaube einfach, er hat niemals herausgefunden, daß ich hier bin.«

»Er wird's aber nicht auf Formular 20 übersehen, wenn du in seiner Kompanie bist. Er wird dich für seine Boxriege haben wollen.«

»'s gibt keine Vorschrift, daß einer boxen muß, wenn er nicht will.«

»Komm, komm«, spottete Red. »Denkst du, das Armee-Reglement wird ihn stören? Wenn der Große Weiße Vater die Meisterschaft behalten will? Denkst du, er wird einen Boxer von deinem Format einfach im Winterschlaf versauern lassen? In seiner eigenen Kompanie? Ohne für das Regiment zu kämpfen? Nur, weil du dich einmal dafür entschieden hast, nicht mehr in den Ring zu gehn? Nicht einmal ein Genie wie du kann so blöd sein und das glauben.«

»Ich weiß nicht«, sagte Prew. »Häuptling Choate ist in seiner Kompanie. Häuptling Choate war einmal Schwergewichtsmeister in Panama.«

»Ja«, sagte Red. »Aber Häuptling Choate ist des Großen Weißen Vaters Liebling, weil er der beste Baseballspieler der Hawaii-Gruppe ist. Holmes kann ihn nicht groß unter Druck setzen. Trotzdem, Häuptling Choate ist jetzt schon vier Jahre in der Kompanie und immer noch Unteroffizier.«

»Aber«, sagte Prew, »wenn Häuptling Choate sich versetzen ließe? In jeder anderen Kompanie könnte er Feldwebel werden. Wenn es zu dick wird, denke ich, kann ich mich jederzeit wieder versetzen lassen.«

»Wirklich?« sagte Red. »Du glaubst das? Weißt du, wer Spieß der G-Kompanie ist?«

»Klar«, sagte Prew. »Warden.«

»Richtig, Mensch«, sagte Red. »Milton Anthony Warden. Der früher einmal Feldwebel in der A-Kompanie war. Der gemeinste Schweinehund in der ganzen Schofield-Kaserne. Und der haßt dich wie Gift.«

»Komisch«, sagte Prew. »Ich habe nie gemerkt, daß Warden mich haßt. Ich hasse ihn nicht.«

Red lächelte bitter. »Nach all den Krächen, die du mit ihm gehabt hast? Nicht einmal du kannst so blöd sein.«

»Es lag nicht an ihm«, sagte Prew. »Das verlangte der Dienst.«

»Was der Dienst verlangt, hängt immer noch davon ab, was einer gerne will«, sagte Red. »Und jetzt ist er nicht bloß Feldwebel. Jetzt hat er zwei Streifen mehr. Hör zu, Prew. Alles ist gegen dich. Du spielst ein Spiel, in dem alle Trümpfe in der anderen Hand sind.«

Prew nickte. »Ich weiß«, sagte er.

»Geh rauf und sprich mit dem Alten«, bat Red. »Heute früh ist noch Zeit dazu. Ich rate dir schon nichts Falsches. Mein ganzes Leben lang hab ich manövrieren müssen, wenn ich was haben wollte. Ich spür's im Knie, in welcher Richtung eine Sache läuft. Du brauchst gar nichts zu tun, als den Alten aufsuchen. Er wird die Papiere zerreißen.«

In diesem Augenblick stand Prew auf, und wie er so dastand und in das ängstliche Gesicht seines Freundes schaute, konnte er die Kraft der Aufrichtigkeit spüren, die aus Reds Augen strömte ... ihn überströmte mit der konzentrierten Energie eines Wasserstrahls aus einem Feuerwehrschlauch. Und irgendwie erstaunte es ihn, daß es diese Kraft da gab und er sie sehen konnte, wie sie ihn anflehte.

»Ich kann's nicht tun, Red«, sagte er.

Als ob er nun zum erstenmal tatsächlich alles aufgebe und wirklich an das Unabänderliche glaube, sackte Red auf seinem Stuhl zusammen; die Energie war verschwendet und verbraucht im Anprall gegen diese Wand, die er nicht begriff.

»Es ist furchtbar für mich, daß du gehst«, sagte er.

»Ich kann einfach nichts daran ändern«, sagte Prew.

»Meinetwegen«, sagte Red. »Mach was du willst. Es ist *dein* Begräbnis.«

»So ist es«, sagte Prewitt.

Reds Zunge strich langsam tastend über seine Zähne. »Was machst du mit der Gitarre, Prew?«

»Behalt sie. Sie gehört dir sowieso zur Hälfte. Ich werd sie nicht brauchen können«, sagte Prew.

Der andere hustete. »Zumindest müßte ich dir deine Hälfte bezahlen. Bloß bin ich ausgerechnet jetzt pleite«, fügte er hastig hinzu.

Prewitt grinste. Das war wieder Red, wie er ihn kannte. »Ich schenk dir meine Hälfte, Red. Bedingungslos. Oder? Willst du sie nicht?«

»Sicher. Aber?«

»Dann behalt sie. Wenn dich dein Gewissen plagt, kannst du dir ja sagen, 's ist dafür, daß du mir beim Packen geholfen hast.«

»Das möchte ich aber nicht.«

»Na schön«, sagte Prew, »denk eben, daß ich ab und zu rüberkomme. Ich verschwinde ja nicht. Ich komme ab und zu rüber und spiele drauf.«

»Nein, du kommst nicht«, sagte Red. »Das wissen wir beide. Wenn einer geht, dann geht er ganz und gar. Die Entfernung spielt dabei keine Rolle.«

Vor dieser harten Wahrheit mußte Prew die Augen senken. Red hatte recht, und Prew wußte es, und Red wußte, daß er es wußte. Eine Versetzung in der Armee war wie ein Umzug im Zivilleben von einer Stadt in eine andere. Die Freunde zogen entweder mit, oder man verlor einander. Selbst wenn er von einer Stadt, die er liebte, in eine Stadt zog, in der er ein Fremder war. Die Abenteuer, die solche Wanderungen boten, wurden im Film ungeheuer übertrieben, und beide wußten es. Es waren keine Abenteuer, die Prewitt suchte. Red sah, daß Prew sich keine Illusionen darüber machte.

»Der beste Hornist im ganzen Regiment«, sagte er hilflos. »Der gibt nicht einfach auf und kloppt wieder gewöhnlichen Dienst. Das tut man einfach nicht.«

»Die Gitarre gehört dir«, sagte Prew. »Und ich komme zurück und spiel von Zeit zu Zeit auf ihr«, log er. Er wandte sich schnell ab, so daß er Reds Blicken nicht begegnen mußte. »Ich muß gehen.«

Red folgte ihm mit den Augen bis zur Tür, und aus Mitgefühl widersprach er ihm nicht. Nie war es Prew gelungen, überzeugend zu lügen.

»Viel Glück!« rief Red ihm nach. Er beobachtete ihn, bis sich die Tür schloß. Dann nahm er seine Kaffeetasse hinüber zur Theke, wo Choy junior bei dem dampfbeschlagenen Nickelkessel der Kaffeemaschine mit ihren Hähnen und Glasröhren betriebsam schwitzte. Er wünschte, daß es fünf Uhr wäre und er anstatt des Kaffees ein Bier bekommen könnte.

Draußen beim Kaserneneingang setzte Prew seine Feldmütze auf, tief in die Stirn, hinten hoch, ein ganz klein wenig zur Seite gerückt. Steif wie ein Brett saß die Mütze auf seinem Kopf, eine frisch aufgebügelte Krone, das stolze Zeichen seines Standes.

Einen Augenblick stand er vor dem lackierten Trophäenkasten, fühlte die schwache Brise, die sich in dem schattigen Kaserneneingang sammelte, wie Regen sich in einem Trichter sammelt. Unter anderen Bechern und Statuen, auf dem Ehrenplatz, stand der Wanderpreis der Hawaiischen Abteilung, den Holmes' Leute im vergangenen Jahr gewonnen hatten ... zwei goldene Boxer in einem Ring aus goldenen Seilen.

Er trat hinunter aufs Trottoir, schritt katzengleich auf den Ballen seiner Füße in der Art, wie ein Boxer schreitet, den Kopf leicht geneigt, sauber, fleckenlos, entschieden ... das Bild eines Soldaten.

2

Robert E. Lee Prewitt hatte Gitarre spielen gelernt, lange bevor er das Horn geblasen oder geboxt hatte. Er lernte es als Junge, und gleichzeitig lernte er auch eine Menge trauriger und klagender Lieder. In den Bergen von Kentucky, an der Grenze von West-Virginia, führte das Leben schnell zu dieser Art von Musik. Und das war lange bevor er daran gedacht hatte, Berufssoldat zu werden.

In den Bergen von Kentucky, entlang der Grenze von West-Virginia, wird Gitarrespielen nicht, wie anderswo, als etwas Besonderes betrachtet. Jeder anständige Junge lernt seine Akkorde auf der Gitarre greifen, auch wenn er noch so klein ist, daß er sie wie eine Baßgeige halten muß. Der junge Prewitt liebte die Lieder, weil sie ihm eine erste Ahnung gaben, daß Schmerz nicht sinnlos zu sein braucht, wenn man ihn nur in etwas Neues verwandeln kann. Er behielt die Lieder, aber das Gitarrespielen selber sagte ihm nichts. Es ließ ihn kalt, war nicht das, wozu er berufen war.

Auch zum Boxen war er nicht gemacht. Er war aber äußerst schnell und hatte eine unglaubliche Schlagkraft, die er entwickelte, weil er als Landstreicher, bevor er Soldat wurde, darauf angewiesen war. Das blieb nicht verborgen, zumal derartige Fähigkeiten sich leicht offenbaren, und ganz besonders beim Militär, wo der Sport als tägliche Nahrung und das Boxen als der männlichste Sport gilt. Bier ist beim Militär der Wein des Lebens.

Um die Wahrheit zu sagen, fühlte er sich auch zum Soldaten nicht berufen. Mindestens damals nicht. Als unzufriedener Sohn eines Bergarbeiters in Harlan County trieb er ganz von selbst in den Hafen des einzigen Berufs, der ihm offenstand.

Tatsächlich fühlte er sich bis zu dem Zeitpunkt, als er das erstemal ein Horn in die Hand bekam, zu gar nichts berufen.

Es begann als ein Scherz bei einem Bataillonsabend, und es geschah nicht mehr, als daß er das Horn hielt und zweimal darauf blökte. Dennoch wußte er sofort, daß dies ein besonderes Ereignis in seinem Leben war.

Einen Augenblick lang hatte er wilde Visionen ... daß er einst für eine Krönung die Trompete des Herolds geblasen, daß er die Legionen um die rauchenden Lagerfeuer im alten Palästina zur Ruhe gerufen habe. Damals kam ihm zum Bewußtsein, daß die traurigen und klagenden Lieder seiner Kindheit vielleicht doch nicht sinnlos waren. Mit einem Male war es ihm klar, während er das Horn in der

Hand hielt, warum er überhaupt zum Militär gegangen war, ein Problem, dessen Lösung ihm bis zu diesem Augenblick nicht gelungen war. So viel bedeutete ihm plötzlich das Horn. Er erkannte, daß er eine Berufung hatte.

Als Junge hatte er viel vom Militär gehört. Er pflegte mit den Männern auf der geländerlosen Veranda zu hocken, wenn der lange, müde Abend die Straßen zwischen den Hütten auswischte, und ihren Erzählungen zu lauschen. Sein Onkel John Turner, groß, grobknochig und hager, war als Junge durchgebrannt und aus Abenteuerlust zum Militär gegangen. Bei dem Aufstand auf den Philippinen war er Unteroffizier gewesen.

Prewitts Vater und alle anderen waren nie aus ihren Bergen herausgekommen, und in der Vorstellung des Jungen, der sich instinktiv schon damals gegen die Propaganda der Schlackenhalden wehrte, verlieh die Tatsache, daß er beim Militär gewesen war, Onkel John Turner einen einzigartigen Glanz.

Der große Mann hockte in dem kleinen Hof auf seinen Fersen – der Kohlenstaub lag zu dick überall auf dem Boden, als daß man sich hätte setzen können –, und in dem fruchtlosen Versuch, den Geschmack an dem zu zerstören, was das Lexikon ›Schwarze Diamanten‹ nannte, erzählte er ihnen Geschichten, die schlüssig bewiesen, daß hinter den Schlackenhalden und den Bäumen mit den immer schwarzbestaubten Blättern eine andere Welt existiere.

Onkel John erzählte etwa von den Moro Juramentados, die sich, ehe sie Amok liefen, Hoden und Glied in nasses Rohleder zwängten, so daß der Schmerz der Kontraktion sie in wilde Raserei versetzte. Das war der Grund, so sagte Onkel John, warum die Armee die 45er Pistole einführte. Denn selbst sechs Kugeln aus einer 38er waren nicht imstande, einen Juramentado umzulegen. Und natürlich mußte man ihn – in der Lage, in der er sich befand – umlegen, um ihn zum Halten zu bringen. Die 45er legte garantiert jeden Mann um, selbst wenn man damit nur die Spitze seines kleinen Fingers traf, oder man bekam sein Geld zurück. Und die Armee, sagte Onkel John, hat diese Pistole seither immer mit viel Erfolg verwendet.

Der junge Prewitt bezweifelte die Sache mit dem kleinen Finger, aber die Erzählung gefiel ihm. Es beeindruckte ihn, wie diese Geschichten gebaut waren. Geschichten, wie die über den jungen Hugh Drum und über den jungen John Pershing und über die Expedition auf Mindanao und über den Zug um die Ufer des Lanao-Sees. Diese Geschichten bewiesen, daß die Moros ganze Kerle waren, würdige Gegner für seinen Onkel John. Manchmal, wenn sein Onkel John genug ›weißes Feuer‹ intus hatte, sang er das Lied ›In Zanboauba hab'n die Affen keine Schwänze‹, das war sein Regimentslied gewesen.

Was geschah, geschah auf ganz andere Art.

Als der junge Prewitt in der siebten Klasse war, starb seine Mutter an Auszehrung. In diesem Winter gab es einen langen Streik, und mitten in diesem Streik starb sie. Hätte man ihr die Wahl gelassen, sie hätte sich eine bessere Zeit aussuchen können. Ihr Mann, einer der Streikenden, lag mit zwei Stichwunden in der Brust und einem Schädelbruch im Gefängnis. Und ihr Bruder – Onkel John – war tot, von Polizisten erschossen. Jahre später wurde über diesen Tag eine Moritat verfaßt und gesungen. Es hieß, daß an diesem Tage in den Straßengräben von Harlan tatsächlich Blut wie Regenwasser geflossen sei. Man schrieb Onkel John Turner die Hauptrolle zu, doch das hätte er bestimmt mit aller Kraft abgelehnt.

Der junge Prewitt sah diese Schlacht, wenigstens sah er sie so, wie überhaupt jemand eine Schlacht sehen kann. Das einzige, was er sah und woran er sich erinnern konnte, war sein Onkel John. Er und zwei andere Jungens standen in einem Hof, um zuzusehen, bis einer der beiden anderen von einer verirrten Kugel getroffen wurde. Da rannten sie nach Hause und sahen den Rest nicht mehr.

Onkel John hatte seine 45er gehabt und damit drei Polizisten erschossen, zwei davon in dem Augenblick, in dem er selber fiel. Nur dreimal mußte er feuern. Der Junge hätte gerne einen Beweis für die garantierte Schußkraft der 45er gehabt; da aber alle drei in den Kopf getroffen waren, wären sie ohnehin gefallen. Keinen von ihnen hatte Onkel John an der Spitze des kleinen Fingers getroffen.

Als seine Mutter starb, war also niemand da, der ihn zurückgehalten hätte, außer seinem Vater im Gefängnis. Da sein Vater ihn aber wieder geschlagen hatte, und zwar gerade zwei Tage vor der Schlacht, nahm er an, daß auch sein Vater nicht zählte. Nachdem er seinen Entschluß gefaßt hatte, nahm er die zwei Dollars, die in dem Marmeladeglas waren, wobei er sich sagte, daß seine Mutter das Geld ja nun nicht mehr brauchte und daß es seinem Vater recht geschehe und dazu beitragen würde, sie quitt zu machen, und dann ging er. Die Nachbarn veranstalteten eine Sammlung für das Begräbnis seiner Mutter, aber er wollte nicht dabeisein.

Als seine Mutter im Sterben lag, hatte sie ihm ein Versprechen abgenommen. »Versprich mir eines, Robert«, keuchte sie. »Von deinem

Vater hast du Stolz und Ausdauer bekommen, und ich weiß, du wirst sie brauchen. Aber einer von euch würde den andern umgebracht haben, wenn ich nicht gewesen wäre. Und nun werde ich nicht mehr zwischen euch stehen.«

»Ich verspreche alles, was du willst, Mama – was du mir sagst, daß ich versprechen soll –, alles, was du willst...«, sagte hölzern der Junge, der die Frau vor sich sterben sah und trotz des Nebels seines Unglaubens nach einem Zeichen von Unsterblichkeit Ausschau hielt.

»Ein Versprechen am Totenbett ist das Heiligste, was es gibt, und ich will, daß du mir dieses Versprechen auf meinem Totenbett gibst. Versprich mir, nie jemand zu verletzen, wenn es nicht unbedingt nötig ist, wenn es nicht einfach sein *muß*.«

»Ich verspreche es dir«, gelobte er, noch immer darauf wartend, daß die Engel erscheinen würden. »Hast du Angst?« sagte er.

»Gib mir deine Hand darauf, Junge. Es ist ein Totenbettversprechen, und du wirst es niemals brechen.«

»Ja, Mama«, sagte er und gab ihr seine Hand, zog sie aber schnell wieder zurück, aus Angst, den Tod, den er in ihr sah, zu berühren, unfähig, irgend etwas Schönes oder Erbauliches oder geistig Aufrichtendes in dieser Rückkehr zu Gott zu finden. Noch eine Weile hielt er Ausschau nach Zeichen der Unsterblichkeit. Aber keine Engel kamen, es gab kein Erdbeben, keine Sintflut, und erst, nachdem er lange über diesen ersten Tod, an dem er teilgenommen, nachgedacht hatte, entdeckte er, was das einzig Aufrichtende daran war. In ihrer letzten großen Angst hatte seine Mutter an *seine* Zukunft gedacht, nicht an die ihre. Oft fragte er sich später, wie wohl sein eigener Tod kommen, wie er ihn empfinden und wie es sein werde, wenn man wußte, daß dies der letzte Atemzug war. Es war schwer, sich vorzustellen, daß er, der die Achse seines eigenen Universums war, aufhören würde zu existieren, aber es war unvermeidbar, und er wich dem Gedanken nicht aus. Er hoffte nur, dem Tod mit der gleichen großartigen Gleichgültigkeit begegnen zu können, mit der seine Mutter ihm begegnet war. Denn darin, so schien ihm, lag die Unsterblichkeit verborgen, die er nicht entdeckt hatte.

Sie war eine Frau aus einer früheren Zeit, in eine spätere Welt geworfen und abgeschlossen von ihr durch die Berge. Hätte sie die Auswirkung des Versprechens geahnt, das sie ihrem Sohn abforderte, die Wirkung auf sein Leben, sie hätte ihn nicht darum gebeten. Solche Versprechen gehören zu einer älteren, einfacheren, weniger komplizierten und naiveren, vergessenen Zeit.

Drei Tage nach seinem siebzehnten Geburtstag wurde er in die Armee aufgenommen. Weil er zu jung gewesen war, hatte man ihn schon ein paarmal an verschiedenen Stellen im Lande zurückgewiesen. Dann war er wieder auf die Walze gegangen und hatte es in einer anderen Stadt versucht. Es war an der Ostküste, als er angenommen wurde, und man schickte ihn nach Fort Myer. Das war im Jahre 1936. Damals meldeten sich eine Menge Männer.

Im Fort Myer lernte er boxen, was etwas anders war als raufen. Er war wirklich sehr schnell, selbst für einen Bantamgewichtler, und angesichts seiner Schlagkraft, die in keinem Verhältnis zu seiner Größe stand, schien es ihm, als liege seine Zukunft beim Militär. Im ersten Jahre seiner Dienstzeit wurde er Gefreiter, was im Jahre 1936 bei jedem Soldaten, der seine zweiten drei Jahre angerissen hatte, als charakterverderbende Sünde galt und deutlich zeigte, wieviel er konnte.

In Myer war es auch, wo er zum erstenmal das Horn in die Hand bekam. Er verließ sofort die Boxriege und wurde Schüler im Musikzug. Wenn er wirklich etwas für richtig hielt, verlor er niemals Zeit, und da er damals noch weit davon entfernt war, ein erstklassiger Boxer zu sein, schien es dem Trainer nicht der Mühe wert, ihn zu halten. Die ganze Riege sah ihn scheiden, ohne ein Gefühl von Verlust, weil man dachte, daß er nicht das nötige Stehvermögen habe, daß alles zu hart für ihn sei, daß er niemals ein Meister werden würde wie Lew Jenkins von Fort Bliss und wie man es selber werden wollte, und so strich man ihn von der Liste.

Er war damals zu beschäftigt, um sich weiter darum zu kümmern, was sie dachten. Angetrieben durch seine Berufung, arbeitete er anderthalb Jahre lang hart und gewann sich neue, völlig andere Anerkennung. Am Ende dieser anderthalb Jahre hatte er's zur höchsten Einstufung gebracht und war gut, so gut, daß er am Waffenstillstandstag in Arlington, dem Mekka aller Armeehornisten, den Zapfenstreich blasen durfte. Er war wirklich berufen.

Arlington war der Höhepunkt und eine großartige Sache. Er hatte endlich seinen Platz gefunden, den Platz, auf den er gehörte, und er war zufrieden damit. Seine erste Dienstperiode war damals beinahe beendet, und er beabsichtigte, sich von neuem in Myer zu verpflichten. Er hatte vor, die gesamten dreißig Jahre in diesem Musikzug zu verbringen. Er konnte es klar und deutlich vor sich sehen, wie glatt alles gehen und wie erfüllt sein Leben sein würde. Das war, bevor die anderen sich hineinzumischen begannen.

Bis dahin war er nur er selbst gewesen. Bis dahin war es ein privater Wettstreit zwischen ihm und seinem eigenen Ich. Kaum irgendein anderer hatte etwas damit zu tun. Nachdem aber die Menschen sich eingemischt hatten, war er ein anderer geworden. Alles änderte sich, und er war nicht länger die Jungfrau mit ihrem Recht auf platonische Liebe. Das Leben zerstört mit der Zeit jede Jungfernschaft, und wenn sie sie austrocknen läßt. Bis dahin war er der junge Idealist gewesen. Aber das konnte er nicht bleiben. Nicht, nachdem andere Leute in sein Leben eingedrungen waren.

In Myer verbrachte man seinen Wochenendurlaub in Washington, und auch er tat das. Dort traf er ein Mädchen der Gesellschaft. In einer Bar machte er ihre Bekanntschaft, oder sie machte die seine. Es war seine erste Berührung mit der ›großen Welt‹, das heißt außerhalb des Kinos. Sie war hübsch und unbedingt große Klasse und besuchte ein College in Washington, um Journalistin zu werden. Es war nicht die große Liebe oder etwas Ähnliches; zur Hälfte war es, für ihn wie für sie, nur die Tatsache, daß der Sohn des Bergarbeiters im Ritz dinierte, so wie man es im Film sah. Sie war ein nettes Mädchen, aber sehr verbittert, und die beiden hatten miteinander ein zufriedenstellendes Liebesverhältnis. Für sie gab es keine ›Reiche-Mädchen-Probleme‹, weil es ihn nicht genierte, ihr Geld auszugeben, und sie sich keine Sorgen über eine nicht standesgemäße Ehe machten. Sechs Monate lang hatten sie viel Spaß miteinander, bis er sich bei ihr einen Tripper holte.

Als er aus dem Hospital kam, hatte er seinen Posten verloren und damit auch seinen Dienstgrad. Damals kannte die Armee noch keine Sulfa-Behandlung – sie konnte sich bis zum Krieg nicht dazu entschließen, das zweifelhafte Zeug einzuführen –, und es war ein langer und schmerzhafter Heilungsprozeß. Einer seiner Leidensgenossen war schon zum viertenmal im Hospital.

Inoffiziell störte sich kaum jemand an einem Tripper. Für die, die ihn nie gehabt oder schon überstanden hatten, war er ein Witz. Nicht schlimmer als eine böse Erkältung, behaupteten sie. Offensichtlich wurde er nur dann nicht als ein Witz betrachtet, wenn man ihn gerade hatte. Statt an Ansehen zu verlieren, stieg man eine Stufe empor, als hätte man eine Auszeichnung für eine Verwundung erhalten. Wie es hieß, hatte man früher in Nicaragua sogar das Verwundeten-Abzeichen dafür bekommen.

Offiziell aber schadete es einem, und man verlor automatisch seinen Dienstgrad. Es blieb ein dunkler Punkt. Als Prewitt wieder in den

Musikzug aufgenommen werden wollte, mußte er feststellen, daß dort plötzlich alle Stellen überbesetzt waren. Für den Rest seiner Dienstzeit tat er allgemeinen Dienst. Schon hatten die anderen begonnen, sich einzumischen.

Als seine Zeit um war, versuchte man, ihn für den gleichen Truppenteil in Myer neu zu verpflichten. Er wollte den 150-Dollar-Bonus haben, aber gleichzeitig wollte er so weit weg von Myer als irgend möglich. Deshalb wählte er Hawaii.

Ehe er ging, besuchte er noch einmal das Mädchen der Gesellschaft. Andere hatten geschworen, daß sie jedes Mädchen umbringen würden, das sie ansteckte, oder daß sie ausgehen und mit ihrem Tripper jede Frau anstecken würden, die sie ins Bett bringen konnten. Oder sie würden sie so verprügeln, daß sie wünschte, tot zu sein. Ihm hatte sein Tripper nicht alle Frauen verleidet. Es war ein Risiko, das man mit jeder Frau einging, ob sie weiß, schwarz oder gelb war. Was ihn enttäuschte und was er nicht verstand, war, daß es ihn sein Horn gekostet hatte, obwohl er es besser denn je spielen konnte, und daß gerade ein Mädchen der Gesellschaft ihn angesteckt hatte. Es machte ihn wütend, daß sie ihn nicht gewarnt hatte, ihm nicht die Wahl gelassen hatte, denn dann wäre es nicht *ihre* Schuld gewesen. Bei diesem letzten Besuch stellte es sich heraus, daß sie überhaupt nichts davon gewußt hatte. Als sie sah, daß er sie nicht schlagen würde, weinte sie, und es tat ihr sehr leid. Sie war von einem Jungen der Gesellschaft, den sie seit ihrer Kindheit kannte, angesteckt worden. Auch sie war enttäuscht. Und sie hatte es verflucht schwer mit ihrer eigenen Kur, die sie heimlich durchführen mußte, damit ihre Eltern nichts merkten. Und es tat ihr wirklich sehr leid.

Als er in der Schofield-Kaserne ankam, war er noch immer sehr erbittert über den Verlust seines Horns. Deshalb kehrte er hier, in der Ananasarmee, wo das Boxen noch einträglicher als in Myer war, zum Sport zurück. Das war sein Irrtum; aber damals konnte er das noch nicht wissen. Der Ärger wegen des Horns, zusammen mit all den anderen Ärgernissen seines Lebens, machte etwas Besonderes aus ihm. Außerdem war er schwerer geworden und sein Körper besser ausgepolstert, so daß er nun ein Weltergewichtler war. Er gewann die Regimentsmeisterschaft des 27. und bekam dafür die Unteroffizierstressen. Dann, als die Divisionskämpfe begannen, gelang es ihm, in die Spitzengruppe zu kommen und den zweiten Platz der Weltergewichtsriege zu belegen. Dafür, und da man erwartete, daß er im folgenden Jahre Sieger werden würde, erhielt er einen Streifen mehr. Auch schien seine Bitterkeit ihn auf eine eigenartige Weise beliebter zu machen, obwohl er dies nie ganz verstehen konnte.

Das alles wäre wahrscheinlich für immer so weitergegangen – besonders nachdem er sich eingeredet hatte, daß ihm sein Horn nichts mehr bedeute – , wäre nicht das Versprechen gewesen, das ihm seine Mutter auf dem Totenbett abgenommen hatte, und hätte es nicht Dixie Wells gegeben. Tatsächlich geschah es auch, als die Boxsaison schon vorüber war. Vielleicht lag es nur an seinem Temperament; auf jeden Fall aber sah es so aus, als richte sich die Ironie des Schicksals besonders gegen ihn.

Dixie Wells war ein Mittelgewichtler, der eine Leidenschaft für das Boxen hatte und fürs Boxen lebte. Er hatte sich zum Militär gemeldet, weil es ihm als Boxer während der Depression nicht sehr gut ging und weil er Zeit brauchte, um seinen Stil wachsen und reifen zu lassen, ohne sich in obskuren Kämpfen zu verausgaben und ohne hungern zu müssen. Er hatte die Absicht, nach seiner Entlassung unmittelbar in die Spitzengruppe seiner Gewichtsklasse einzutreten. Viele von ›draußen‹ hatten ein Auge auf ihn geworfen, und er trat schon in Boxkämpfen im ›Bürgerauditorium‹ in Honolulu auf.

Dixie arbeitete gern mit Prewitt, weil er schnell war, und Prewitt lernte eine Menge von Dixie. Die beiden trainierten oft zusammen. Dixie war schweres Mittelgewicht, aber andererseits war Prewitt ein schwerer Weltergewichtler. In solchen Dingen ist die Armee sehr professionell. Da wird mit jedem Pfund gewuchert, das nur herausgequetscht werden kann. Man dörrt einen Mann aus, bevor er zur Bestimmung seiner Gewichtsklasse eingewogen wird, und dann, sobald das geschehen ist, füttert man ihn mit Steaks und viel Wasser.

Dixie selbst hatte ihn darum gebeten, mit ihm zu arbeiten, weil er sich auf einen Kampf in der Stadt vorbereiten wollte. Dixie wiederum war es gewesen, der Sechs-Unzen-Handschuhe benutzen wollte, und einen Kopfschutz trugen sie ohnehin niemals.

Solche Dinge passieren häufiger, als man denken sollte. Prew wußte das, und er hatte keinen Grund, sich schuldig zu fühlen. In Myer hatte er einen Leichtgewichtsmeister gekannt, der ebenfalls eine große Zukunft gehabt hatte. Bis er eines Nachts halb betrunken in eine städtische Turnhalle geriet und dort boxte. Man benutzte neue Handschuhe, und der Mann, der sie ihm anzog, vergaß, die Metallspitzen an den Senkeln abzuschneiden. Oft löst sich die Verschnürung der Handschuhe. Eine Bewegung mit dem Handgelenk schleuderte das Metall wie einen Pfeil in das Auge des Leichtgewichtsmeisters. Das

Auge lief aus, und er mußte ein Glasauge kaufen, und seine Laufbahn als Leichtgewichtsmeister war zu Ende. Solche Dinge passieren eben von Zeit zu Zeit.

Prew stand fest auf seinen Füßen, als er Dixie mit einem nicht außergewöhnlich harten Querschlag traf. Zufällig stand Dixie gerade auch fest auf den Füßen. Als Prew sah, wie er fiel ... ein Stein, ein fallender Klotz oder ein Sack Mehl, der vom Heuboden stürzt, den ganzen Schober erschüttert und in allen Nähten platzt ... wußte er, was geschehen war. Dixie fiel mit dem Gesicht nach unten und drehte sich nicht. Boxer landen nicht auf dem Gesicht, ebensowenig wie Judokämpfer. Prews Hand zuckte zurück, und er starrte sie an wie ein Kind, das einen heißen Ofen berührt hat. Dann ging er und holte den Arzt.

Eine Woche lang lag Dixie Wells bewußtlos, aber schließlich erholte er sich etwas. Er war blind, das war alles. Der Arzt im Lazarett sagte etwas von einer Gehirnerschütterung und einem Schädelbruch, von einer Verletzung an einem Nerv. Prew besuchte ihn zweimal, aber nach dem zweiten Male konnte er nicht mehr hingehen. Beim zweiten Besuch waren sie in ein Gespräch über Boxen geraten, und Dixie weinte. Es waren die Tränen aus diesen blinden Augen, die ihn nicht mehr wiederkommen ließen.

Dixie haßte ihn nicht und machte ihm keine Vorwürfe, er war einfach unglücklich. Dieses letzte Mal sagte er Prew, daß man ihn, sobald er transportfähig war, nach den Staaten zurückschicken werde, in ein Heim für alte Soldaten, oder – was noch schlimmer war – in eines der Hospitäler für Kriegsversehrte.

Prew hatte viel Derartiges gesehen. Wenn man lange genug mit einem Beruf zu tun hat, erfährt man auch das, worüber die Eingeweihten nie öffentlich sprechen. Aber mit dem bloßen Sehen war es hier das gleiche wie beim Verwundetwerden. Die Armstümpfe ohne Hände haben keine Beziehung zu einem selber. Es geschieht dem anderen, niemals einem selbst.

Er kam sich vor wie jemand, der sein Gedächtnis verloren hat und in einem fremden Lande aufwacht, in dem er nie zuvor gewesen war, aufwacht und eine Sprache hört, die er nicht verstehen kann, und nichts als eine vage traumgehetzte Vorstellung davon besitzt, wie er überhaupt dorthin kam. Wie kommst du hierher? fragt er sich, unter diese fremden sonderbaren Menschen? und hat dabei Angst vor der Antwort, die sein Selbst ihm gibt.

Mein Gott, bin ich ein Sonderling? fragte er sich. Keinen der andern stört, was mir passiert. Warum sollte ich so verschieden von ihnen sein? Aber das Boxen war nie seine Berufung gewesen, das Hornblasen war es. Warum dann war er hier und spielte den Boxer?

Wahrscheinlich mußte es nach der Sache mit Dixie Wells so kommen, auch wenn das Versprechen, das er seiner Mutter gegeben hatte, ihn nicht geplagt hätte. Aber der altmodische baptistische Schwur an der Bahre gab den letzten Ausschlag. Weil der unerfahrene Junge es nicht wie ein Baptist ausgelegt, sondern wörtlich genommen hatte.

Bei der ganzen Boxerei, so dachte er, wird immer jemand auf die eine oder andere Art verletzt, und zwar absichtlich und ohne Not. Zwei Männer, die nichts gegeneinander haben, steigen in den Ring und versuchen nun, sich gegenseitig weh zu tun, nur um anderen Leuten, die weniger Schneid haben als sie, ein angenehmes Gefühl der Angst zu geben. Und um dem Kind einen Namen zu geben, nannte man es Sport und schloß Wetten ab. Nie zuvor hatte er es in diesem Licht betrachtet, und wenn es etwas gab, das er nicht ertragen konnte, so war es das Bewußtsein, betrogen zu werden.

Da die Boxsaison schon vorüber war, hätte er bis zum nächsten Dezember warten können, ehe er seinen Entschluß bekanntgab. Er hätte seinen Mund halten und sich auf seinen hart erkämpften Lorbeeren ausruhen können, bis die Zeit kam, um sein Recht geltend zu machen.

Als er ihnen erklärte, warum er das Boxen aufgeben wollte, glaubten sie ihm zunächst nicht. Dann, als sie sahen, daß er es ernst meinte, brachen sie den Stab über ihn, sagten, er sei nur des Profits halber ein Sportler gewesen, liebe das Boxen nicht wie sie, und degradierten ihn, in rechtschaffener Entrüstung. Später, als er immer noch nicht einlenkte, verstanden sie ihn wirklich nicht mehr. Sie versuchten, sein Selbstbewußtsein zu wecken, begannen, ihn zu ermahnen, sprachen mit ihm von Mann zu Mann, sagten ihm, wie gut er sei, erklärten ihm, ›welche Hoffnung wir auf Sie setzen‹ und ›Sie werden uns doch nicht im Stich lassen‹, wiesen darauf hin, was er dem Regiment schuldig sei, hielten ihm vor, wie er sich schämen müsse. Damals begannen sie, ihm wirklich keine Ruhe mehr zu lassen. Worauf er sich versetzen ließ.

Er wählte dieses andere Regiment, weil es über den besten Musikzug verfügte. Er hatte keine Schwierigkeiten. Sobald er ihnen vorgeblasen hatte, taten sie, was sie konnten, um seine Versetzung schnell durchzubekommen. Sie hatten sich wirklich und ehrlich einen guten Hornisten gewünscht.

3

Am gleichen Morgen um acht Uhr, als Prewitt noch beim Packen war, trat Hauptfeldwebel Milton Anthony Warden aus der Schreibstube der G-Kompanie. Die Schreibstube lag an einem gut gewachsten Korridor, der von der Kasernenhofseite der Veranda zu dem nach der Straße gelegenen Aufenthaltsraum ging. Warden blieb am Eingang stehen und lehnte sich gegen den Türpfosten. Eine Zigarette im Mund, die Hände tief in die Taschen geschoben, beobachtete er das Antreten der Kompanie, die sich, umgeschnallt und mit Gewehren, im staublosen frühen Morgen zum Ordnungsdienst aufstellte. Einen Augenblick stand er in den Sonnenstrahlen, die schräg auf ihn fielen, und empfand noch die Kühle, die schon zu weichen begann. Die Frühjahrsregenzeit würde nun bald beginnen, aber davor lag ein heißer und trockener Februar, so heiß und trocken wie der Dezember. Später, in der Regenzeit, würde es sehr feucht werden und kühl bei Nacht, und man würde die Sattelseife hervorholen und verzweifelt gegen den Schimmel auf dem Lederzeug ankämpfen. Er hatte gerade das Krankenbuch und den Morgenbericht fertiggemacht und beides weggeschickt, und nun rauchte er faul eine Zigarette, beobachtete – froh darüber, daß er nicht mitmußte – das Ausrücken der Kompanie, ehe er in die Kammer ging, um dort hart zu arbeiten, obwohl er es weiß Gott nicht nötig hatte.

Milton Anthony Warden war vierunddreißig Jahre alt. In den acht Monaten, die er jetzt Spieß der G-Kompanie war, hatte er sich diesen Truppenteil angeeignet wie einen Gürtel und sein Hemd darüber zugeknöpft. Von Zeit zu Zeit dachte er mit Stolz an diese Tatsache. Er war ein wahrhafter Arbeitsteufel; auch daran erinnerte er sich gerne, und daran, wie er diesen schlampigen Haufen aus dem Sumpf eines nachlässigen Dienstbetriebes gezogen hatte. In der Tat, wenn er darüber nachdachte – und er tat das oft –, niemals hatte er jemanden getroffen, der so erstaunlich geschickt in allem war, was er unternahm – niemanden außer Milton Anthony Warden.

»Der Mönch in seiner Zelle«, witzelte er, während er durch die offene Seite der Doppeltür eintrat. Nach dem strahlenden Sonnenlicht mußte er seine Augen erst an den fensterlosen Lagerraum gewöhnen, in dem zwei Glühbirnen, die wie brennende Tränen von der Decke hingen, die Dunkelheit eher noch verstärkten. Schränke, die bis zur Decke reichten, Gestelle und Stapel von Kisten umdrängten das selbstgezimmerte Pult, an dem der Gefreite Leva saß, mühsam mit einem Finger tippend, krumm und blutlos, als wäre die ewige Düsterkeit seines Reichs in seine Adern gedrungen, seine dünne Nase ein Fettfleck in der Lichtpfütze der Tischlampe. »In einem Gewand aus Sackleinen und einem Zuber voll Asche«, sagte Warden, den seine liebende Mutter nach dem Heiligen Antonius genannt hatte, »könntest du morgen kanonisiert werden, Niccolo.«

»Geh zum Teufel«, sagte Leva, ohne aufzuschauen, aber mit dem Tippen aufhörend. »Ist der Zugang schon da?«

»Heiliger Niccolo von Wahiawa«, quälte Warden ihn. »Wann bist du dieses Lebens einmal satt? Ich wette, du hast Schimmel auf den Eiern.«

»Ist er da oder nicht?« sagte Leva. »Ich hab seine Papiere fertig.«

»Noch nicht«, Warden legte seine Ellenbogen auf die Theke, »und von mir aus braucht er niemals zu kommen.«

»Warum nicht?« fragte Leva unschuldig. »Ich hab gehört, er ist ein verdammt guter Soldat.«

»Er ist ein Dickschädel«, sagte Warden. »Ich kenne ihn. Ein verdammter Dickschädel. Warst du in der letzten Zeit mal drüben in Wahiawa bei der dicken Sue? Ihre Mädchen werden dir den Schimmel schon wegbringen. Sie haben gute Sattelseife, selbstgemachte.«

»Wie kann ich dahin«, sagte Leva. »Mit dem Geld, das ihr mir zahlt? Ich habe gehört, daß dieser Prewitt ein ziemlicher Boxer ist und fein in Dynamits Menagerie paßt.«

»Und daß er ein nutzloses Maul mehr ist, das ich füttern muß«, sagte Warden. »Hast du das auch gehört? Warum auch nicht? Ich bin ja daran gewöhnt. Wie schade, daß er bis zum Februar, bis zum Schluß der Boxsaison, gewartet hat. Jetzt wird er bis zum nächsten Dezember warten müssen, ehe er Feldwebel wird.«

»Du armer, armer unglücklicher Mann«, sagte Leva, »jeder nützt dich aus.« Er lehnte sich zurück und zeigte mit der Hand auf die Stöße von Ausrüstungsgegenständen, die überall aufgestapelt waren und an denen er die letzten drei Tage gearbeitet hatte. »Wie froh bin ich, daß ich eine hübsche, leichte, gutbezahlte Stellung habe.«

»Ein verdammter Dickschädel«, klagte Warden grinsend, »ein nichtsnutziger Kentuckymann, der in sechs Wochen Unteroffizier sein wird, der aber trotzdem ein gottverdammter nichtsnutziger Dickschädel ist.«

»Aber ein guter Hornist«, sagte Leva. »Ich hab ihn gehört. Ein verdammt guter Hornist. Der beste Hornist im Standort«, sagte er grinsend.

Warden schlug mit der Faust auf die Theke. »Dann hätt er im Musikzug bleiben sollen«, schrie er, »anstatt meinen Verein zu versauen.« Er warf den Thekendeckel zurück, stieß mit dem Fuß die Sperrholztür auf und ging hinter die Theke, wobei er durch Haufen von Hemden und Hosen und Gamaschen watete, die auf dem Boden lagen.

Leva senkte von neuem den Kopf zur Schreibmaschine und begann zu tippen, wobei er leise durch seine lange Nase schnaufte.

»Hast du jetzt diese verdammte Bestandsaufnahme fertig?« polterte Warden.

»Was zum Teufel denkst du, was ich bin?« fragte Leva, der immer noch innerlich lachte.

»Ein scheißverdammter Schreiber, dessen Arbeit es wäre, endlich fertig zu werden, statt sich über Versetzungen das Maul zu zerreißen. Schon vor zwei Tagen hätte es fertig sein müssen.«

»Das kannst du dem Kammerunteroffizier O'Hayer sagen«, sagte Leva. »Ich bin bloß Schreiber.«

Warden hörte mit seinem Wüten ebenso plötzlich auf, wie er damit begonnen hatte, schaute Leva mit einem Blick abschätzender Schlauheit an, kratzte sein Kinn und grinste: »War dein illustrer Meister O'Hayer heute morgen schon hier?«

»Na, was meinst du?« sagte Leva, wand seinen ausgedörrten Körper hinter dem Pult hervor und zündete sich eine Zigarette an.

»Nun«, sagte Warden, »ich würde dazu neigen, nein zu sagen. Einfach geraten.«

»Tja«, sagte Leva, »du würdest den Nagel auf den Kopf treffen.«

Warden grinste ihn an. »Nun, es ist immerhin erst acht Uhr. Du kannst das von einem Manne seines Standes und mit seinen Sorgen nicht erwarten, daß er um acht Uhr aufsteht, zusammen mit den Angestellten, wie du einer bist.«

»Für dich ist's ein Witz«, sagte Leva mürrisch, »du kannst darüber lachen. Für mich ist's kein Witz.«

»Vielleicht zählt er seine Spieleinnahmen von gestern«, grinste Warden, »vom Spiel in den Hallen. Ich wette, du hättest selbst gerne ein so hübsches leichtes Leben.«

»Ich wollte, ich hätte zehn Prozent von dem Zaster, den er an jedem Zahltag in den Hallen gewinnt«, sagte Leva, wobei er an die Reparaturhallen – gegenüber dem Aufenthaltsraum auf der anderen Seite der Straße – dachte, wo jeden Monat, nachdem man die 37-Millimeter-Geschütze und die Maschinengewehrkarren und alles andere hinausgeschoben hatte, das meiste Geld des Lagers zusammenströmte und wo O'Hayer immer den dicksten Gewinn machte.

»Ich dachte«, sagte Warden, »er gibt dir fast soviel, damit du seine Arbeit hier tust.«

Leva strafte ihn mit einem vernichtenden Blick, und Warden kicherte.

»Das sieht dir ähnlich!« sagte Leva. »Am Ende willst du noch einen Anteil von mir haben oder läßt mich degradieren.«

»Das ist eine gute Idee«, grinste Warden; »ich wär selber nie darauf gekommen.«

»Eines Tages wird das Ganze gar nicht mehr so verdammt komisch sein«, sagte Leva. »Wenn ich mich nämlich von hier versetzen lasse und dir die Kammer zurücklasse mit keinem, der die Arbeit tun kann, außer O'Hayer, der Formblatt 32 nicht von 33 unterscheiden kann.«

»Du wirst dich nie versetzen lassen«, spottete Warden. »Wenn du vor Sonnenuntergang hinausgehen müßtest, du würdest blind wie eine Fledermaus. Dieser Lagerraum ist dir ins Blut gegangen. Selbst wenn du müßtest, du könntest ihn nicht aufgeben.«

»Ach«, sagte Leva. »So ist das also? Ich hab's satt, alle Arbeit zu machen, und O'Hayer hat die Ehre und das Geld davon, weil er Dynamits bestes Leichtschwergewicht ist und im Stab irgend jemand bezahlt, um die Spielhölle weiterlaufen zu lassen. Er ist noch nicht einmal ein guter Boxer.«

»Aber ein guter Spieler ist er«, sagte Warden gleichgültig. »Das zählt.«

»Ja, das ist er. Ich möcht bloß wissen, wieviel er außer dem Stab jeden Monat an Dynamit zahlt.«

»Niccolo«, lachte Warden. »Du weißt doch, daß so etwas laut Vorschrift nicht erlaubt ist.«

»Ich scheiß auf die Vorschrift«, sagte Leva mit rotem Gesicht. »Ich sag dir's, eines Tages hat er mich zur Raserei gebracht. Ich könnte mich morgen versetzen lassen und eine Kammer für mich bekommen. Ich hab mich erkundigt. Die M-Kompanie sucht einen Kammerbullen, Milt.« Er brach plötzlich ab im Bewußtsein, daß er ungewollt ein Geheimnis preisgegeben und daß Warden ihn dazu gebracht hatte. Schreck und Verdrießlichkeit malten sich auf seinem Gesicht, als er sich schweigend wieder dem Pult zuwandte.

Warden, der den flüchtigen Ausdruck in Levas Gesicht erfaßt hatte, merkte auf bei dieser neuentdeckten Gefahr, die er bekämpfen mußte, wenn er seine Kammer in Ordnung halten wollte, trat dann zu Leva ans Pult und sagte:

»Reg dich nicht auf, Niccolo. Das geht schon nicht immer so weiter. Ich habe selber ein paar Eisen im Feuer«, sagte er bedeutungsvoll. »Du solltest längst befördert sein und du wirst's auch. Du tust die ganze Arbeit. Ich werde dafür sorgen, daß du befördert wirst«, sagte er beschwichtigend.

»Aber es wird dir nicht gelingen«, sagte Leva unzufrieden. »Nicht, solange Dynamit Kompanieführer ist. Und solange O'Hayer in seiner Boxriege ist und dem Regiment seine Miete zahlt.«

»Soll das heißen, daß du mir nicht traust?« sagte Warden entrüstet. »Hab ich dir nicht gesagt, daß ich noch ein paar Eisen im Feuer habe?«

»Ich bin kein Rekrut mehr«, sagte Leva. »Ich traue niemand. Ich bin seit dreizehn Jahren in dieser herrlichen Armee.«

»Wie kommst du mit dem Zeug voran?« fragte Warden und deutete auf die Stöße von Formularen. »Brauchst du Hilfe?«

»Den Teufel tu ich«, sagte Leva. »Ich brauch keine Hilfe, von niemandem.« Er zeigte auf einen Stoß Formulare, vier Finger hoch. »Ich hab kaum genug Arbeit, um voll beschäftigt zu sein. Darum ist meine Moral auch so schlecht. Du weißt schon, wie die Herren von der Personalabteilung sagen. Keine Arbeit für müßige Hände schadet der Moral.«

»Gib mir die Hälfte«, sagte Warden mit gespielter Verzweiflung. »Zu allem anderen, was ich schon erduldet habe, muß ich auch noch Kammerschreiber sein.« Er nahm die Formulare, die Leva ihm reichte, grinste und blinzelte dem ausgemergelten Italiener zu. »Zwei Kerle wie wir können mit diesem Zeug heute fertig werden«, sagte er und merkte, daß Leva die Schmeichelei nicht schluckte. »Ich weiß bei Gott nicht, was ich täte, wenn ich dich nicht in meinem Verein hätte, Niccolo.«

Auch das mit den Eisen im Feuer hat er nicht geglaubt, dachte Warden, ebensowenig wie ich selber es glaube. Man konnte einen alten Hasen wie ihn nicht mit Versprechungen beruhigen, man mußte sich persönlich mit ihm stellen, ihn an seiner Freundschaft, an seinem Stolz packen.

»Wir machen das fertig«, sagte er, »und du hast einen oder zwei Monate Ruhe. Du bist nicht besser als die Küchenleute, Niccolo, die immer drohen, sich versetzen zu lassen, weil Preem der Küchenbulle ist. Aber nie tun sie's. Ein Gewehr jagt ihnen ne Todesangst ein.« Er legte den Haufen Formulare auf die Theke und teilte ihn auf in kleine Stöße, mit denen er arbeiten konnte. Aus der Ecke holte er sich einen hohen Schemel, setzte sich an die Theke und zog seinen alten Füller heraus.

»Ich würd's ihnen nicht verübeln, wenn sie gingen«, sagte Leva.

»Sie werden's nicht tun. Bei Gott, ich wollte, sie täten's. Und du wirst's auch nicht tun, aber nicht aus dem gleichen Grund. Du kannst nicht weggehn, Niccolo, und mich im Stich lassen. Du bist genauso ein großes Rindvieh wie ich.«

»Meinst du? Abwarten, Milt. Nur abwarten.« Aber der Klang seiner Stimme hatte sich verändert; er meinte es nicht mehr ernst, sondern spöttisch.

O Milton, dachte Warden, was für ein Hundsfott bist du doch, was für ein gut lügender Hundsfott. Du würdest deine eigene Mutter an Lucky Luciano verkaufen, wenn du dir damit die Gunst seiner Bande erkaufen könntest. Nur um deine Kammer in Ordnung zu halten, verführst du den armen alten Niccolo mit Lügen und Schmeicheleien zum Bleiben. So viel hast du jetzt zusammengelogen, daß du nicht mehr weißt, was wahr ist und was nicht. Und das alles nur, damit sie deine Kompanie für ›Ausgezeichnet‹ erklären. Du meinst Holmes' Kompanie, dachte er. Dynamit Holmes, Boxtrainer, Reiter und Arschkriecher Nummer eins bei unserem Großen Weißen Vater, Oberst Delbert. Seine Kompanie, nicht deine. Warum läßt du's ihn nicht machen? Warum läßt du nicht ihn seine Seele opfern auf dem Altar der Tüchtigkeit? Ja, dachte er, warum nicht? Warum machst du nicht, daß du fortkommst? Wann *wirst* du gehen, wann deine Selbstachtung retten? Niemals, sagte er zu sich selbst. Es hat so lange gedauert, daß du jetzt Angst davor hast, herauszufinden, ob du überhaupt noch Selbstachtung besitzt. Hast du sie noch? fragte er sich. Nein, Milton, nein – ich glaube nicht, daß du sie noch hast. Darum gehst du auch nicht.

Er wandte sich den Formularen zu und begann mit jener wilden schnellen Energie zu arbeiten, die hundert Prozent wirksam ist, keine Irrtümer zuläßt und die Arbeit so schnell und sicher beendet, als wäre man selber gar nicht da, sondern woanders. Kommt man zurück, so sieht man, daß die Arbeit getan ist, aber selber hat man sie gar nicht gemacht. Es war die gleiche Energie, mit der hinter ihm Leva arbeitete.

Auch als eine Stunde später O'Hayer hereinkam, arbeiteten sie noch. Einen Augenblick stand er im hellen Eingang, ein breitschultriger Schatten, darauf wartend, daß seine Augen sich der Dunkelheit anpaßten. Mit ihm schien ein kühler Hauch hereinzukommen, der den warmen Arbeitseifer der anderen tötete.

O'Hayer schaute angeekelt auf das Papier und die herumliegenden Ausrüstungsstücke. »Dieser Laden sieht scheußlich aus, Leva.« Da er hinter die Theke kommen wollte, mußte Warden seine Papiere wegräumen und aufstehen, um ihn durchzulassen. Er beobachtete, wie der große gewandte Ire mit der Gelenkigkeit des Boxers über die Haufen von Ausrüstungsstücken stieg und sich über Levas Schulter beugte. O'Hayer trug eine seiner maßgearbeiteten Uniformen, die er in Honolulu machen ließ, mit handgewirkten Feldwebelstreifen. Warden legte sein Zeug zurück auf die Theke und schrieb weiter.

»Was macht die Arbeit, Leva?« fragte O'Hayer.

Leva schaute mit verkniffenem Gesicht auf. »Soso, Feldwebel, soso.«

»Gut. Wie Sie wissen, sind wir hintendran.« O'Hayers Lächeln kam leicht, seine dunklen Augen waren unverändert trotz der Ironie der Situation. Leva schaute ihn einen Augenblick an und fuhr dann fort zu arbeiten.

O'Hayer machte einen Rundgang durch den Raum, betrachtete da Haufen von Ausrüstungsstücken, drehte dort etwas um, richtete wieder woanders einen Stapel aus. »Diese Sachen müssen nach Größen geordnet werden«, sagte er.

»Sind schon geordnet«, sagte Warden, ohne aufzuschauen. »Wo warst du, als es Scheiße regnete?«

»Ja?« sagte O'Hayer leichthin. »Dann müssen wir einen Platz für diese Sachen finden. Hier können wir sie nicht liegenlassen. Sie sind jedem im Wege.«

»Vielleicht sind sie dir im Wege«, sagte Warden. »Mir nicht.«

Dies war eine schwierige Situation, und er wußte, daß er sich beherrschen müßte. Jedesmal, wenn er mit O'Hayer sprach, entstand eine schwierige Situation, dachte er. Schwierige Situationen machten ihn nervös. Wenn man ihn unbedingt zum Kammerbullen machen wollte, warum schickte man ihn dann nicht auf einen der gottverdammten Lehrgänge?

»Schaffen Sie dieses Zeug vom Fußboden weg«, sagte O'Hayer. »Der Alte mag solche Unordnung nicht. Dieser Laden ist dreckig.«

Leva lehnte sich zurück und seufzte. »O. K., Feldwebel«, sagte er. »Soll ich jetzt gleich?«

»Irgendwann heute«, sagte O'Hayer. Er wandte sich von neuem dem Raum zu und begann, in all die großen Fächer zu schauen.

Warden konnte sich nur mit Mühe wieder auf seine Arbeit konzentrieren. Er spürte, daß er gerade jetzt seine Meinung hätte sagen müssen, und ärgerte sich, daß er es nicht getan hatte. Einen Augenblick später erhob er sich schnell, um einen Posten zu kontrollieren, und stieß mit O'Hayer zusammen. Angeekelt ließ er seine Arme sinken und neigte den Kopf nach einer Seite.

»Bei Gott«, brüllte er, »mach, daß du hinauskommst, und scher dich woanders hin, irgendwohin. Setz dich in deinen Cadillac. Zähl die Einnahmen von gestern nacht. Wir tun deine Arbeit. Hau ab und kümmere dich nicht darum.« Er vergaß, rechtzeitig Atem zu holen, und verschluckte sich bei den letzten Worten.

O'Hayer lächelte ihn an. Seine Arme hingen in lockerer Bereitschaft an seiner Seite. Aus kühlen Spieleraugen, die sein Lächeln nie berührte, starrte er Warden an.

»Gut, Spieß«, sagte er, »du weißt, ich streite niemals mit dem Hauptfeldwebel.«

»Ich scheiß auf den Hauptfeldwebel«, sagte Warden. Er starrte in diese schmalen Augen, neugierig, wie weit man gehen mußte, um diesen lächelnden Spieler dazu zu bringen, eine Gemütsbewegung zu zeigen. Irgendwo mußte selbst im Mechanismus dieser Additionsmaschine ein Gefühl sitzen. Ohne besondere Leidenschaft überlegte er, ob er ihn niederschlagen sollte, nur um zu sehen, was er tun würde. Von seinem Pult aus beobachtete Leva die beiden. »Ich hab als Milt Warden gesprochen und nicht als Hauptfeldwebel. Und immer noch sage ich, hau ab.«

Wieder lächelte O'Hayer. »O. K., Spieß. Ganz gleich, als was du sprichst, du bleibst der Spieß. Ich sehe Sie noch«, sagte er beiläufig zu Leva und ging um Warden herum, wobei er ihm absichtlich den Rücken kehrte, und verließ den Raum.

»Eines Tages wird er mich rasend machen«, sagte Warden und starrte auf die Tür. »Eines Tages möchte ich *ihn* rasend machen. Ich möchte wissen, ob er überhaupt rasend werden kann.«

»Hast du ihn schon mal boxen sehn?« fragte Leva beiläufig.

»Ja, ich hab ihn boxen sehn. Ich hab gesehn, wie er den Punktsieg über Taylor gewonnen hat. Ich wollte wenigstens etwas von der Arbeit haben, die ich für ihn mache.«

»Er schlug sechsmal foul gegen Taylor«, sagte Leva. »Ich hab's gezählt. Jedesmal war's ein anderes Foul, so daß der Schiedsrichter ihn immer nur verwarnen konnte. Es machte Taylor rasend. Als aber Taylor selbst foul schlug, wurde O'Hayer nicht rasend. Er ist ein gerissener Bursche.«

»Ich möchte wissen, wie gerissen er wirklich ist«, sagte Warden nachdenklich.

»Er verdient viel Geld«, sagte Leva. »Ich wollte, ich wäre gerissen genug, um so viel zu verdienen. Mit seinen Gewinnen in der Halle hat er seine ganze Familie aus den Staaten kommen lassen, hat seinem Vater ein Restaurant am Wahiawa Boulevard gekauft, seiner Schwester einen Hutladen, der von den oberen Zehntausend besucht wird, und hat ihnen dazu noch ein Zehnzimmerhaus in Wahiawa gebaut. Das ist schon ziemlich gerissen . . .

Wie ich höre, bewegt er sich jetzt in der feinen Gesellschaft der Stadt. Hat eine Freundin aus der Gesellschaft.«

»Wenn sein Chinesenliebchen die Regel hat, wie?« sagte Warden.

»Jesus!« sagte er hoffnungsvoll. »Glaubst du, er heiratet sie und zieht sich zurück?«

»So viel Glück haben wir nicht«, sagte Leva.

»Er macht mir mehr Schwierigkeiten als Preem. Preem ist nur ein Säufer.«

»Vielleicht können wir jetzt arbeiten«, sagte Leva.

Sie hatten noch nicht lange gearbeitet, als draußen in der Kompaniestraße ein Wagen vorfuhr.

»Was ist denn da los?« sagte Warden. »Seit wann ist dieser Laden das gottverdammte Royal Hawaiian Hotel?«

»Wer ist's denn jetzt?« fragte Leva.

Warden sah eine große, schlanke, blonde Frau aus dem Wagen steigen. Ein neun Jahre alter Junge kam hinterher und kletterte auf das kniehohe Gitter an der Seite des Trottoirs. Die Frau ging weiter, die Spitzen ihrer Brüste unter dem purpurnen Pullover bewegten sich leicht. Warden blickte genau hin und entschied, daß sie keinen Büstenhalter trug. Dafür bewegten sie sich zu sehr und waren zu spitz.

»Wer ist es?« sagte Leva.

»Holmes' Frau«, sagte er verächtlich.

Leva richtete sich auf und zündete eine frische Zigarette an. »Der Teufel hol sie«, sagte er. »Sie und ihren Pullover. Wenn niemand in der Schreibstube ist, kommt sie hierher. Und jedesmal, wenn sie kommt, kostet es mich drei Dollar bei Mrs. Kipfer im New Congress, einen Dollar extra Taxi hin und zurück. Big Sues Mädchen sind nicht gut genug, um *das* Bild auszuwischen.«

»Sie sieht gut aus«, gab Warden brummend zu, als der enge Rock, unter dem gerade über der Hüfte ein dünner Wulst, der Saum ihrer Höschen, sichtbar war, aus seinem Blickfeld verschwand. Warden hatte seine eigene Ansicht über Frauen. Jahrelang hatte er alle, die ihn interessierten, gefragt, ob sie mit ihm schlafen wollten. »Wollen

Sie mit mir schlafen?« und immer waren sie schockiert gewesen, selbst die versoffenen Barfliegen. Natürlich taten sie es, aber immer erst später, nachdem er alle Vorschriften der korrekten Annäherung erfüllt hatte. Keine Frau hatte je gesagt: »Aber natürlich. Ich will gerne mit Ihnen schlafen.« Sie konnten es einfach nicht tun. Es war ihnen nicht gegeben, so ehrlich zu sein.

»Sicherlich«, sagte Leva. »Sie ist hübsch. Und sie weiß, wofür es gut ist.«

»Wirklich?« sagte Warden. »Hast du schon mit ihr geschlafen?«

»Großer Gott, nein, ich nicht. Ich hab nicht genug Streifen. Aber ich hab sie hier gesehen, wie sie mit O'Hayer gesprochen hat. Letzte Woche erst hat er sie nach Wahiawa gefahren, in dem Chrysler da draußen. ›Zum Einkaufen‹«, machte er nach.

»Sieht so aus, als müßt ich mir auch einen Wagen kaufen«, sagte Warden. Im geheimen aber glaubte er es nicht. Frauen hatten immer einen anderen Namen dafür. Niemals nannten sie es bei seinem richtigen, dem einzig wahren Namen, außer wenn sie professionelle Huren waren.

»Jetzt erzähl mir nur nicht, daß sie bei dir noch keinen Annäherungsversuch gemacht hat«, sagte Leva.

»Bei Gott nicht«, sagte er. »Ich hätt ihr gegeben, was sie will.«

»Na, da bist du der einzige«, sagte Leva. »Wenn ich den Rang hätte, den du mir die ganze Zeit versprichst, hätt ich selber was abhaben können. Aber man muß mindestens Unteroffizier sein, um bei der zu landen; für Gemeine hat sie nichts übrig«, sagte er resigniert. Er hielt fünf Finger in die Höhe und zählte daran die Namen ab, die er nannte. »O'Hayer, Feldwebel. Feldwebel Henderson von Dynamits alter Kompanie in Bliss, der jetzt Holmes' Pferde versorgt und dreimal die Woche mit ihr reiten geht. Unteroffizier Kling, der Holmes' Ordonnanz ist. Mit allen ist sie ins Heu gegangen. Jeder in der Kompanie weiß das. Weil er sie nicht befriedigen kann, ist sie ganz verrückt nach seinen Unteroffizieren.«

»Wo hast du das her? Psychologie studiert?«

Sie schwiegen einen Augenblick, hörten Mrs. Holmes an die Tür der Schreibstube klopfen und, als keine Antwort kam, das Quietschen der sich öffnenden Tür.

»Ich brauch nichts von Psychologie zu wissen, um *das* zu verstehn«, sagte Leva. »Du hast wahrscheinlich nicht gesehn, wie sie Champ Wilson küßte, als er letztes Jahr die Leichtgewichtsmeisterschaft gewann?«

»Sicher hab ich's gesehn. Und was ist schon dabei? Wilson ist Dynamits Preisboxer und hat die Meisterschaft gewonnen. Das ist ganz harmlos.«

»Sie wußte genau, daß du das denken würdest und jeder andere auch«, sagte Leva. »Aber da war mehr drin als nur das. Richtig auf die Lippen hat sie ihn geküßt, trotz Blut und Kollodium und allem. Ihre nackten Arme um den Rücken geworfen und sie im Schweiß rumgerieben. Als sie ihn losließ, war ihr Kleid total naß und ihr ganzes Gesicht voll Blut. Du kannst mir nichts erzählen.«

»Ich erzähl dir nichts«, sagte Warden. »Du erzählst mir.«

»Dich hat sie nur deshalb noch nicht aufgelesen, weil du neu hier bist.«

»Ich bin jetzt acht Monate hier«, sagte er. »Das sollte langen.«

Leva schüttelte den Kopf. »Sie darf nichts riskieren. Alle anderen, außer O'Hayer, waren mit Holmes in Bliss. Wilson, Henderson und Kling. So ungefähr der einzige, den sie noch nicht ausprobiert hat, ist der alte Ike Galovitch, aber der ist wirklich zu alt. Sie...« Er hörte die Tür zur Schreibstube zuschlagen und unterbrach sich – »jetzt wird sie gleich hier sein, weiß der Teufel«, sagte er. »Vier Dollar kostet mich das. Jedesmal, wenn sie reinkommt. Wenn du mich nicht bald befördern läßt, damit ich auch was abkriege, muß ich bei den verdammten Wucherern Schulden machen.«

»Laß sie sausen«, sagte Warden, »wir müssen arbeiten«, und lauschte auf ihre Schritte im Korridor und dann auf der Veranda und dann vor der Tür.

»Wo ist der Hauptfeldwebel?« fragte Mrs. Holmes und trat ein.

»Das bin ich, gnä' Frau«, polterte Warden mit seiner Kommandostimme, die einen aufschreckte wie ein Donnerschlag aus heiterem Himmel und die er, seitdem er Unteroffizier war, mit Bedacht ausgebildet hatte.

»Oh«, sagte die Frau. »Ja, natürlich. Guten Tag, Feldwebel.«

»Was kann ich für Sie tun, Mrs. Holmes?« sagte Warden, ohne aufzustehen.

»Ach, Sie wissen, wer ich bin?«

»Wie sollte ich nicht, gnä' Frau, ich habe Sie oft genug gesehen.«

Er betrachtete sie langsam von oben bis unten, wobei er seine blauen Augen unter den buschigen Brauen weit aufriß und in seinen Blick eine geheime Herausforderung legte.

»Ich suche meinen Mann«, sagte Mrs. Holmes etwas betont. Sie verzog ihren Mund zu einem schwachen Lächeln und wartete.

Warden starrte sie an und wartete ebenfalls.

»Wissen Sie, wo er ist?« fragte sie schließlich.

»Nein, gnä' Frau, leider nicht«, sagte Warden und wartete von neuem.

»Haben Sie ihn heute schon gesehen?« Jetzt erwiderte Mrs. Holmes seinen Blick mit den kältesten Augen, die er je an einer Frau gesehen hatte.

»Um diese Zeit, gnä' Frau?« Warden zog seine dichten Augenbrauen hoch. »Vor acht Uhr dreißig?« Leva, der an seinem Pult arbeitete, grinste. So wie Warden sie aussprach, bekamen die von der Armee streng vorgeschriebenen respektvollen Anreden eine ganz andere Bedeutung.

»Er sagte, er würde hierherkommen«, sagte Mrs. Holmes.

»Ja, sehen Sie, gnä' Frau.« Er änderte jetzt seine Taktik, stand auf und ging zur äußersten Höflichkeit über. »Für gewöhnlich kommt er früher oder später mal hierher. Hin und wieder gibt's hier für ihn Arbeit. Wahrscheinlich wird er irgendwann heute morgen hier erscheinen. Wenn ich ihn erwischen kann, werd ich ihm sagen, daß Sie ihn zu sprechen wünschen. Ich kann ihm auch eine Notiz hinlegen, wenn Sie das wollen.«

Lächelnd öffnete er den Thekendeckel und trat unversehens zu ihr in den winzigen Raum vor der Theke. Unwillkürlich wich Mrs. Holmes zurück, bis sie wieder auf der Veranda stand. Warden folgte ihr, ohne auf den grinsenden Leva zu achten.

»Er soll nur ein paar Sachen besorgen«, sagte Mrs. Holmes. Zum erstenmal war der Hauptfeldwebel mehr als eine leblose Kulisse im Leben ihres Mannes. Es beunruhigte sie.

Der kleine Junge kletterte noch immer auf dem Geländer herum.

»Junior«, schrie Mrs. Holmes. »Laß das sein! Mach, daß du in den Wagen kommst. Und ich dachte«, sagte sie zu Warden mit normaler Stimme, »daß er meine Einkäufe vielleicht erledigt und sie hier hinterlassen hätte.«

Warden grinste breit. Wenn er sie nicht beeindruckt hätte, würde sie nicht so geziert sprechen. Er sah, wie ihre Augen ein wenig unsicher wurden, als sie sein Grinsen verstand. Aber gleich hatte sie sich wieder in der Gewalt und versuchte, ihn niederzustarren. Es wurde ihm klar, daß sie Schneid hatte.

Karen Holmes wurde sich plötzlich der koboldhaften Augenbrauen in seinem breiten Gesicht bewußt. Sie gaben ihm den Ausdruck eines kleinen Jungen, der sich einen tollen Streich geleistet hatte. Sie bemerkte seine nackten Arme, die seidig-schwarzen Haare auf den Handgelenken und Unterarmen. Unter dem enganliegenden Hemd zeichneten sich die muskulösen Massen seiner Schultern ab, sich lockernd und straffend, wenn er sich bewegte. Auch diese Dinge hatte sie nie zuvor an ihm bemerkt.

»Nun, gnä' Frau«, sagte er höflich, wobei er sich ihrer neuen Einblicke wohl bewußt war. Sein Grinsen weitete sich und verengte seine Augen, was seinem Gesicht etwas Verschlagenes gab. »Wir können natürlich einen Blick in die Schreibstube werfen und sehn, ob Ihre Sachen dort sind. Vielleicht war er dort, als ich in der Kammer arbeitete.«

Sie folgte ihm hinein, obgleich sie gerade zuvor dort gewesen war. »Nanu«, sagte er überrascht, »hier sind sie nicht.«

»Ich möchte nur wissen, *wo* er ist«, sagte sie nervös und halb zu sich selber. Bei der Erwähnung ihres Mannes erschienen zwei harte, unfreundliche kleine Falten über ihrer Nase, die ihre Stirn in zwei Hälften teilten.

Mit Absicht wartete Warden etwas. Dann, als es ihm genug schien, gab er's ihr: »Nun, gnä' Frau, so wie ich den Herrn Hauptmann kenne, werden er und Oberst Delbert schon im Klub sein, sich ein paar Drinks genehmigen und über das Dienstbotenproblem reden.«

Mrs. Holmes wandte ihm ihre kalten Augen zu, als wäre er ein Objekt unter dem Mikroskop. Ihr prüfender Blick schien nichts von Oberst Delberts Herrenabenden im Klub oder von seiner Schwäche für Kanaka-Mädchen zu wissen.

Aber Warden, der sie beobachtete, glaubte einen schwachen Schimmer in ihren Augen zu erkennen, fast so, als amüsiere sie sich.

»Vielen Dank für Ihre Mühe, Feldwebel«, sagte sie kühl und sehr distanziert. Sie wandte sich um und verließ den Raum.

»O bitte sehr«, rief er ihr freundlich nach, »jederzeit zu Ihren Diensten. Jederzeit.«

Er schlenderte hinaus auf die Veranda, um sie in den Wagen steigen und abfahren zu sehen. Trotz ihrer Vorsichtsmaßnahmen sah er ihren weißen Oberschenkel aufblitzen und grinste.

Leva saß noch immer an seinem Pult, als er wieder in die Kammer kam. »Warst du letzthin bei Mrs. Kipfer, Milt?« grinste er.

»Nein«, sagte Warden. »Wie geht's der lieben alten Dame?«

»Hat zwei neue Mädchen frisch aus den Staaten. Eine Rothaarige und eine Brünette. Hast du Interesse?«

»Nein«, sagte er, »kein Interesse.«

»Nicht?« grinste Leva. »Ich dachte so halb und halb, du würdest heute abend mit mir kommen. Ich dachte, du könntest es vielleicht brauchen.«

»Geh zum Teufel, Niccolo. Wenn ich mal so weit bin, daß ich dafür bezahlen muß, dann geb ich's auf.«

Leva lachte hoch droben in seiner Nase. Es klang wie das blubbernde Geräusch eines Dieselauspuffs. »Nun«, sagte er, »ich dachte nur. Mensch, diese Holmesperson ist aber eine, waś?«

»Eine was?«

»Ein Weib.«

»Ich hab schon bessere gesehn«, sagte Warden gleichgültig.

»Ich möchte wissen, warum ein Mann sich nach Kanaka-Mädchen umsieht, wenn er so was zu Hause hat und ein Bett gleich dabei.«

»Sie ist kalt«, sagte Warden. »Darum. Kalt wie eine Hundeschnauze.«

»Wirklich«, höhnte Leva. »Ich glaube, das stimmt. Ich könnte mir denken, daß alle sie deshalb satt kriegen. Trotzdem, ich hab noch keinen Weiberarsch gesehen, der zwanzig Jahre Zwangsarbeit in Leavenworth wert war.«

»Ich auch nicht«, sagte Warden.

»Wer sich mit der Sorte abgibt, ist ein Esel, daß er riskiert, sich die Finger zu verbrennen. Eine Offiziersfrau!«

»Stimmt«, sagte Warden. »Wenn man sie mit dir erwischt, braucht sie nur ›Vergewaltigung‹ zu schreien, und schon wär's zappenduster.« Er schaute hinaus auf den Kasernenhof, wo die D-Kompanie ›Ladehemmungen‹ exerzierte. Jenseits der Lastwageneinfahrt an der Südostecke war eine Seitenwand von Holmes' Haus mit zwei Fenstern zu sehen. Das zweite war das Fenster des Schlafzimmers, in dem er einmal gewesen war, als er gerade ein paar Unterschriften brauchte und Holmes seine Uniform wechselte. Während er noch hinüberschaute, sah er den Wagen vor dem Hause halten und Karen aussteigen. Glatt, sauber und langbeinig ging sie hinauf zur Veranda, und nun erinnerte er sich, wie das andere der beiden Betten, unter dem die Frauenschuhe gestanden hatten, aussah.

»Auf, machen wir weiter«, schalt er Leva. »Dieser Neue kommt um halb zehn. Außerdem muß ich zum Rapport bei Holmes sein, mit einem von den gottverdammten Köchen, die sich immer beschweren. Eigentlich sollte das doch um halb neun sein, aber weil Holmes nicht gekommen ist, wird's wahrscheinlich halb zehn anfangen und bis elf Uhr dauern. Mit dem Zugang werd ich dann nicht vor zwölf fertig. Also, wenn ich dir helfen soll, halten wir uns lieber dran.«

»O. K., Chef«, grinste Leva ihn an. »Wie Sie wünschen, Chef.«

»Und vergiß nicht«, sagte Warden. »Monsieur O'Hayer sagt, du mußt noch heute diesen Stall aufräumen.«

»Ich scheiß drauf«, sagte Leva.

»In deiner Mutter Nähkörbchen«, sagte Milt. »An die Arbeit.«

4

Milt Warden hörte Prewitt über den Beton der Veranda auf die Schreibstube zukommen. Die Besprechung mit dem beschwerdeführenden Koch, die spät begonnen hatte, war noch immer im Gang, aber über die Stimmen hinweg hörte er die Schritte des neuen Mannes und erkannte sie mit der Weitwinkeleinstellung seiner Sinne, die nie an dem teilnahmen, was er gerade zufällig tat. Wie würde es sein, fragte er sich, während er auf Holmes' Stimme lauschte, wie würde es sein, wenn man eines Tages, nur ein einziges Mal, etwas tun könnte, ohne vorher vorsichtig nach allen Seiten zu wittern? Er brauchte nicht zu antworten. Es würde wundervoll sein. Der Rapport, der damit begonnen hatte, daß dieser Koch sich beklagte, und nun zu den Gegenbeschwerden Hauptmann Holmes' fortgeschritten war, würde mit der üblichen Aufmunterungsrede enden, war aber noch weit davon entfernt. Dieser Willard, der sich am häufigsten von allen beschwerte und sich sehr anstrengte, die Stelle des Küchenunteroffiziers Preem zu bekommen, hatte sich äußerst raffiniert über Preems Trunksucht und Unfähigkeit beklagt, sowie darüber, daß er – Willard – die Arbeit eines Küchenunteroffiziers bei der Bezahlung eines ersten Kochs tun mußte. Er hatte sich ganz hervorragend beschwert – selbst seine früheren Beschwerden wurden in den Schatten gestellt –, aber Holmes, für den Preem immer noch einer von denen war, die mit ihm in Bliss gedient hatten, übertraf sich selbst ebenfalls, indem er dem Sturm standhielt und schließlich sogar mit seinen eigenen Klagen über Willard die Oberhand gewann, der nach Holmes' Meinung selbst als Küchenunteroffizier nicht gut genug war, das Gehalt eines ersten Kochs zu verdienen. Warden war der Ausgang gleichgültig. Da er aber hin und wieder Gelegenheit fand, Beschwerden über beide anzubringen – nämlich über Preem, den er degradiert, und über Willard, den er nicht als Ersatz haben wollte –, war er aufmerksam geblieben. Dabei hatte er ununterbrochen gehofft, eine Möglichkeit zu finden, die Konferenz abzubrechen, um sich mit dem Neuankömmling beschäftigen zu können und dann wieder frei zu sein für Leva, der ungefähr der einzige gute Mann in der ganzen Einheit war, dessen Verlust ein Schlag sein würde, von dem sich die Kompanieverwaltung nie erholen könnte.

Das monotone Summen der Stimmen drang hinaus auf die Veranda zu Prewitt, der sich auf einen der lehnelosen Stühle setzte und sich gegen die Wand lehnte, bereit zu warten. Er spielte mit dem Mundstück in seiner Tasche, das ihm gehörte und das er immer bei sich trug. Für den Gewinn aus einem Würfelspiel hatte er es damals in Myer gekauft. Es war das Mundstück, mit dem er in Arlington den Zapfenstreich geblasen hatte. Als er es jetzt hervorzog und in den Ansatztrichter hineinschaute, als wäre er die Glaskugel eines Hellsehers, tauchte jener Tag wieder vor ihm auf. Der Präsident selbst war dagewesen mit all seinen Adjutanten und Detektiven, und einer von diesen hatte ihn gestützt. Ein Negerhornist hatte das Echo geblasen. Der Neger war ein besserer Hornist, aber weil er kein Weißer war, hatte man ihn in den Bergen aufgestellt, um das Echo zu blasen. Eigentlich hätte er das Echo sein müssen. Gedankenvoll steckte er sein Kleinod zurück in die Tasche und verschränkte, noch immer wartend, die Arme über der Brust.

Aus der Kammer der G-Kompanie kam das Geräusch einer Schreibmaschine, klappernd, als habe sie Krämpfe, und vor der fliegenvergitterten Küchentür saß einer vom Küchendienst, der Kartoffeln schälte und dann und wann anhielt, um nach den Fliegen zu schlagen, die um seinen Kopf summten. Prew beobachtete ihn, während er die sonnige summende Atmosphäre genoß, neun Uhr dreißig am Morgen eines Werktages.

»Wunderbarer Tag, nicht wahr?« sagte der Küchendienstler, ein winziger lockenköpfiger Italiener mit schmalen knochigen Schultern, die aus seinem Unterhemd herausstanden. Finster blickend spießte er eine frische Kartoffel auf und hob sie triumphierend in die Höhe wie einen im Schmutzwasser gefangenen Fisch.

»In der Tat«, sagte Prewitt.

»Gute Art, die Zeit totzuschlagen«, sagte der Küchendienstler, indem er die aufgespießte Kartoffel hin- und herschwenkte, ehe er sie zu schälen begann. »Gut für den Verstand. Bist du der Neue?«

»Genau das«, sagte Prew, der Italiener nie gemocht hatte.

»Ha«, sagte der Küchendienstler, »du hast dir einen feinen Haufen ausgesucht, mein Freund.« Während er automatisch schälte, kratzte er mit seinem haarlosen Kinn seine nackte Schulter.

»Ich hab 'n mir nicht ausgesucht.«

»Wenn du nicht«, sagte der Küchendienstler, die Antwort überhörend, »zufällig ein Sportler bist. Jede Art von Sportler, überhaupt jede Art, aber am besten ein Boxer. Wenn du ein Boxer bist, hast du den richtigen Platz ausgesucht, und in einer Woche begrüße ich dich als Unteroffizier.«

»Ich bin kein Sportler«, sagte Prew.

»Dann tust du mir leid, Freund«, sagte der Kleine mit Gefühl. »Das ist alles. Du tust mir leid. Ich heiße Maggio, und wie du siehst, bin ich kein Sportler. Ich bin aber ein Kartoffelschäler. Ich bin der beste Kartoffelschäler in der ganzen Schofield-Kaserne. Ich habe einen Orden.«

»Aus welchem Teil Brooklyns kommst du?« grinste Prew.

Die dunklen scharfen Augen unter den haarigen Brauen flammten auf, als habe Prew in einer düsteren Kathedrale Kerzen angezündet. »Atlantic Avenue. Kennst du Brooklyn?«

»Nein, ich war niemals dort. Aber in Myer hatte ich einen Kameraden, der war von Brooklyn.«

Die Kerzen verloschen. »Oh«, sagte Maggio. Dann fragte er vorsichtig, wie ein Mann, den nichts mehr enttäuschen kann: »Wie hieß er?«

»Smith«, sagte Prew. »Jimmy Smith.«

»Jesus Christus«, sagte Maggio und bekreuzigte sich mit dem patentierten Kartoffelschäler. »Ausgerechnet Smith. Ich will dich um zwölf Uhr mittags an einem Samstag in einem Schaufenster von Macys am Arsch lecken, wenn ich je von einem Smith in Brooklyn gehört habe.«

Prew lächelte. »So hieß er.«

»Wahrhaftig«, sagte Maggio, während er finster eine frische Kartoffel betrachtete. »Das ist großartig. Ich habe einmal einen Juden gekannt, der hieß Hodenpyl. Ich dachte, du kennst Brooklyn.« Er verfiel in Schweigen, murmelte »Jimmy Smith. Aus Brooklyn. Oh, mein lahmes Kreuz.«

Prew zündete sich grinsend eine Zigarette an und hörte, wie das Summen aus der Schreibstube plötzlich um eine Oktave anstieg.

»Hörst du das?« sagte Maggio. Er deutete mit seinem Kartoffelschäler nach dem Fenster. »Das ist, was dich erwartet, Freundchen.

Besser, du kehrst gleich um und gehst woanders hin, wenn du schlau bist.«

»Ich kann nicht«, sagte Prew, »ich bin auf eigenen Wunsch versetzt worden.«

»Ach«, sagte Maggio. »Noch eine Niete. Wie ich. Na, Freund, ich fühl mit dir«, sagte er trübsinnig, »aber ich bin zu weit weg, um dir die Hand zu schütteln.«

»Was ist los da drin?«

»Oh, nichts Besonderes. Passiert jeden Tag. Warden und Dynamit geben gerade Willard eine Abreibung. Absolut nichts Ungewöhnliches. Zufällig ist Willard heute im Dienst. Wenn die drinnen mit ihm fertig sind, wird er seinen Zorn an mir auslassen.

Willard ist ein Lahmarsch, woanders wäre er noch nicht einmal Küchenhelfer. Hier ist er erster Koch, weil sie keinen bekommen können, der sich hierher versetzen läßt. Erster Koch ist er nur, weil Preem die ganze Zeit besoffen auf'm Sack liegt.«

»Scheint gerade der richtige Verein zu sein«, sagte Prew.

»Ah«, sagte Maggio, »so ist's. Was wirst du einen Spaß haben, Freund, welch einen Heidenspaß. Besonders, wenn du ein Sportler bist. Ich hab erst sechs Wochen die Rekrutenausbildung hinter mir, und schon wär ich am liebsten wieder in Gimbels Keller in der Expedition.« Traurig schüttelte er seinen Kopf. »Wenn jemand mir das vor sechs Monaten erzählt hätte, hätt ich ihm gesagt, er soll mich mit solchem Mist in Ruhe lassen.«

Er streckte seinen Arm in den Kübel, fischte darin herum und brachte eine letzte Kartoffel herauf. »Kümmere dich nicht um mich, Freund. Ich bin eben verärgert. Was ich brauche, ist ein Gang zu Mrs. Kipfer. Dann bin ich wieder für ne Woche in Ordnung.« Er seufzte.

»Spielst du Karten?« fragte er plötzlich. »Würfelst du gerne? Poker? Blackjack? Höchste Karte abheben? Irgendwas Passendes?«

»Du hörst dich an wie ein Schlepper für O'Hayers Halle«, grinste Prew. »Sicher, ich mag das alles.«

»Eine Zeitlang war ich Schlepper, aber die Arbeitszeit ist zu lang«, sagte Maggio. »Hast du Geld?«

»Etwas«, sagte Prew.

»Dann komme ich heute abend zu dir«, sagte Maggio, und seine Augen leuchteten. »Wir werden ein kleines privates Spielchen machen. Das heißt, wenn ich diesen Heini von der F-Kompanie finde, der mir noch drei Dollar schuldet.«

»Zu zweit lohnt es sich nicht«, sagte Prew.

»O doch«, sagte Maggio, »wenn man pleite ist und ein Weibsstück braucht.« Er betrachtete die dunklen Stellen an Prews Ärmel, wo bisher die Rangabzeichen gewesen waren. »Wart, bis du anfängst, deine einundzwanzig Dollar im Monat zu kassieren.«

Er stand auf, streckte sich und kratzte sich in seinen wirren Haaren. »Laß dir einen Rat geben, Freund. Hier ist ein Krieg im Gange. Und ich kann dir sagen, wer die Scheißgeschichte gewinnen wird. Wenn du schlau bist, lernst du einen Sport und lernst ihn schnell und hängst dein Fähnlein nach dem Winde, wenn du Erfolg haben willst. Wenn ich schlau gewesen wäre, wär ich als Junge in einen Sportverein eingetreten und hätte Boxen gelernt statt Kinderbillard zu spielen. Dann wäre ich heute auf Dynamits Lieblingsliste und nicht in Verschiß. Hätte ich nur auf meine liebe heilige Mutter gehört«, sagte er. »Ich scheiße auf Kartoffeln. Diese Armee können sie Custer zurückgeben.« Er murmelte etwas von mehr Kartoffeln und verschwand in die Küche, ein verhutzelter, enttäuschter Gnom, den man um Walhalla betrogen hatte.

Prew warf seine Zigarette in den rot und schwarz gestrichenen Topf und ging hinein, den Korridor hinunter an der Schreibstube vorbei zum Aufenthaltsraum. Ein Innendienstler saß in einem der mottenzerfressenen Polstersessel und betrachtete, den Schrubber zwischen den Knien, gelangweilt eine Illustrierte. Er nahm sich nicht einmal die Mühe, aufzuschauen.

Prew verließ den Aufenthaltsraum. Er fühlte sich sehr fremd hier, eine Weile stand er vor dem Billardtisch in der Nische nebenan. Deutlich spürte er, daß die neuen Kräfte schon ihre Arbeit an ihm begonnen hatten. Er dachte an Klein-Maggio und Gimbels Keller und mußte grinsen. Dann drehte er das Licht an, wählte ein Queue, kreidete es ein und machte den ersten Stoß.

Der scheppernde Klang der Bälle im schweren mittmorgendlichen Schweigen der leeren Kaserne brachte einen Mann zur Korridortür, der seinen Kopf hereinstreckte. Als er Prewitt erkannte, befingerte er seinen schmalen borstenartigen Schnurrbart, und seine satanisch geschwungenen Augenbrauen zuckten wie die Schnauze eines Hundes, der eine neue Spur entdeckt. Auf den Zehenspitzen schlich er sich an Prewitt heran, und dann dröhnte seine Stimme erschreckend durch die Stille, die nur von dem Klicken der Billardbälle unterbrochen gewesen war.

»Was zum Teufel tun Sie da?« donnerte er zornig. »Warum sind Sie nicht draußen bei der Kompanie? Wie heißen Sie?« Prewitt hatte sich von dem Brüllen nicht erschrecken lassen, und nun hob er langsam seinen gesenkten Kopf. »Prewitt. Versetzt von der A-Kompanie«, sagte er. »Sie kennen mich, Warden.«

Der große Mann schwieg. Sein Zorn war ebenso plötzlich und erstaunlich verraucht, wie er gekommen war. Er fuhr mit den Fingern durch seine wild verwirrten Haare.

»Oh«, sagte er mit einem verschlagenen Grinsen, das dann von einer Sekunde zur anderen verschwand. »Um sich beim Chef zu melden.«

»Genau das«, sagte Prewitt, während er einen neuen Stoß machte.

»Ich erinnere mich an Sie«, sagte Warden dunkel. »Der süße kleine Hornist ... ich werde Sie rufen.« Ehe Prew antworten konnte, war er weg.

Prew spielte weiter. Wie typisch es war, daß Warden ihm nicht befohlen hatte aufzuhören, wie es jeder andere Spieß getan hätte. Aber Warden ging anders vor. Prew spielte mit Methode einen Ball nach dem anderen und machte nur einen einzigen Fehler. Als er den Tisch leergespielt hatte, reihte er die Bälle wieder auf und stellte sein Queue weg. Eine Minute lang stand er am Tisch und betrachtete ihn, dann drehte er das Licht aus und ging hinaus auf die Veranda.

In der Schreibstube ging es noch immer lebhaft zu. Maggio schälte weiterhin Kartoffeln. Aus der Küche kam das dumpfe Klirren der Töpfe und Pfannen. Das unregelmäßige Klappern der Schreibmaschine in der Kammer hatte aufgehört. Es schien ihm, als schwebte er in einem Vakuum zwischen dieser körperlosen Aktivität, während der Vormittag der G-Kompanie, an dem er keinen Anteil hatte, überall um ihn her schwerfällig und unerbittlich weiterging, gleichgültig gegenüber seiner Versetzung, die so bedeutungsvoll für sein Leben war. Es kam ihm vor, als befände er sich auf einem erhöhten Punkte, an dem alle Straßen zusammenliefen und Wegweiser nach allen Richtungen standen, wo die buntfarbigen Nummernschilder der Autos vorbeisausten und niemand sah, daß er dastand, und keiner wollte anhalten, um ihn mitzunehmen.

Der Koch, in weißem Drillich, kam heraus. Sein Gesicht war hochrot. Er ging in die Küche, schlug – nachdem er zuvor Maggio gesagt hatte, daß er verdammt noch mal mit seinem verfluchten Kartoffeleimer aus dem Weg gehen solle – die Tür hinter sich zu, und nun begann auch Prew wieder aufzuwachen.

»Was habe ich dir gesagt?« sagte Maggio mit einem Seitenblick.

Er grinste, warf seine Zigarette weg und atmete den Rauch aus, schaute ihm nach, wie er in die Sonne schwebte und plötzlich plastisch wurde, sichtbar in seinen nie endenden Windungen. So war die G-Kompanie, dachte er, trügerisch einfach, bei Licht aber voller versteckter komplizierter Muster, in die er jetzt selber verstrickt war.

Noch ehe die Zigarette den Boden berührte, brüllte Warden aus dem Raum: »Also los, Prewitt.« Mit widerwilliger Bewunderung empfand Prewitt, daß er auf feine Art geschlagen worden war. Wie konnte Warden wissen, daß er den Tagesraum verlassen hatte? Dieses unheimliche Einfühlungsvermögen grenzte ans Übernatürliche.

Prew schob seine Mütze durch die Schlaufe auf seiner Schulter – daß keiner sie stehlen konnte, während er drinnen war – und trat ein.

»Soldat Prewitt wie befohlen zur Stelle, Sir«, leierte er die Formel herunter, und was immer an Menschentum in ihm war, fiel heraus, bis nichts übrigblieb als die saftlose, fleischlose Schale.

Hauptmann Dynamit Holmes, der Favorit der Sportenthusiasten der Insel, richtete sein langes, hochstirniges Gesicht mit den scharfen Backenknochen, der Adlernase und dem Haar, das seitlich über die erste kahle Stelle gekämmt war, streng auf den vor ihm stehenden Mann und nahm den Versetzungsbefehl in die Hand, ohne auf das Papier zu sehen.

»Rühren«, sagte er.

Sein Tisch stand direkt der Tür gegenüber. Rechtwinklig dazu stand der Tisch des Hauptfeldwebels, an dem Milt Warden mit gekreuzten Armen lehnte. Prew setzte seinen linken Fuß vor, legte seine Hände auf den Rücken und warf Warden einen Seitenblick zu. Warden schaute ihn an, halb freundlich, halb drohend. Er schien sprungbereit seine Zeit abzuwarten.

Hauptmann Holmes bewegte seinen Drehstuhl zur Seite und schaute einen Augenblick streng zum Fenster hinaus. Dann plötzlich drehte er seinen Stuhl quietschend zurück und begann seine Ansprache. »Ich pflege mir alle neuen Leute anzusehen, Prewitt«, sagte er streng. »Ich weiß nicht, wie es im Musikzug war, aber bei mir geht alles genau nach Vorschrift. Wer Schweinereien macht, wird klein gemacht, schnell und hart. Für solche Elemente ist die Strafabteilung da, bis sie gelernt haben, Soldaten zu sein.«

Er machte eine Pause, starrte Prewitt wieder an und schlug seine Beine übereinander, die in hohen Reitstiefeln steckten, wobei das Klirren der Sporen die Warnung zu unterstreichen schien. Hauptmann Holmes erwärmte sich an seinem Gegenstand. Hier, sagte das lange knochige Adlergesicht zu Prew, ist ein Soldat, der sich nicht scheut, mit seinen Leuten in ihrer eigenen Sprache zu sprechen, der seine Worte nicht auf die Goldwaage legt und seine Untergebenen versteht.

»Ich habe«, so sagte er, »einen verdammt feinen Haufen, in dem alles wie geschmiert läuft. Ich lasse ihn mir von niemandem versauen –. Aber – wenn ein Mann seinen Dienst tut, sich gut führt und das tut, was ich sage, dann kommt er weiter. Genug Chancen zur Beförderung hier, denn hier gibt es keine Günstlingswirtschaft. Ich sehe darauf, daß jedermann genau das bekommt, was er verdient. Nicht mehr, nicht weniger.

Sie beginnen mit einem sauberen Blatt, Prewitt. Was Sie damit anfangen, ist Ihre Sache. Verstanden?«

»Jawohl, Sir«, sagte Prew.

»Gut«, sagte Hauptmann Holmes und nickte befriedigt.

Milt Warden, an seinem eigenen Tisch, beobachtete scharf den Gang dieser Unterredung, die nichts für ihn war. Scheiße, schrie der König, dachte er, und zwanzigtausend königliche Untertanen duckten sich und schufteten, denn in jenen Tagen war des Königs Wort Gesetz. Ohne das Gesicht zu verziehen, grinste er Prew mit seinen Augenbrauen an, und ein teuflischer Kobold schaute in gottloser Fröhlichkeit durch seine Züge hindurch.

»Um in meiner Kompanie befördert zu werden«, sagte Hauptmann Holmes streng, »muß ein Mann sein Handwerk verstehen. Er muß Soldat sein. Er muß mir beweisen, daß er's in sich hat.«

Er schaute scharf auf.

»Verstanden?«

»Jawohl, Sir«, sagte Prew.

»Gut«, sagte Hauptmann Holmes. »Verstanden. Es ist immer wichtig für einen Offizier und seine Leute, daß sie sich verstehn.« Dann schob er seinen Stuhl zurück und lächelte Prewitt großmütig an. »Bin froh, Sie an Bord zu haben, Prewitt«, lächelte er, »wie unsere Kollegen von der Marine sagen. Ich kann in meiner Truppe immer einen guten Mann gebrauchen, und ich bin froh, Sie zu haben.«

»Danke sehr, Sir«, sagte Prew.

»Wollen Sie vorübergehend mein Kompaniehornist sein?« Holmes machte eine Pause, um sich eine Zigarette anzuzünden. »Letztes Jahr sah ich in der Bowl Ihren Kampf gegen Connors vom 8. Feldregiment«, sagte er. »Ein verdammt guter Kampf. Verdammt gut. Mit ein bißchen Glück hätten Sie gewinnen müssen. Für eine Weile dachte ich – in der zweiten Runde –, daß Sie ihn k. o. schlagen würden.«

»Danke, Sir«, sagte Prew. Hauptmann Holmes war jetzt fast fröhlich. Jetzt kommt's, sagte Prew zu sich selber. Nun, mein Freund, du hast's so gewollt, jetzt sieh zu, was du machen kannst. Sieh selber zu, dachte er. Noch besser, laß *ihn* zusehn, was *er* damit anfangen kann.

»Hätte ich letztes Jahr, als die Saison begann, gewußt, daß Sie beim Regiment sind, hätte ich Sie besucht.« Holmes lächelte.

Prew sagte nichts. Zu seiner Linken konnte er fühlen, nicht hören, wie Warden angewidert schnaufte, während er mit der deutlichen Mich-geht-die-ganze-Sache-nichts-an-Miene eines nüchternen Mannes, dessen Freund betrunken ist, einen Stoß Papiere zu studieren begann.

»Ich kann einen guten Hornisten brauchen, Prewitt«, lächelte Holmes. »Mein regulärer Kompaniehornist hat nicht die Erfahrung. Und der Ersatzmann hat die Stellung nur, weil er solch eine Niete ist, daß ich auf dem Schießstand Angst hatte, er würde einen erschießen.« Er lachte Prewitt einladend an.

Milt Warden, der Salvatore Clark als Ersatzmann vorgeschlagen hatte, nachdem er sich beinahe selbst erschossen hatte, schaute weiter in seine Papiere, aber seine Augenbrauen zuckten.

»Mit der Stellung ist eine Einstufung als Gefreiter verbunden«, sagte Holmes zu Prew. »Ich werde Feldwebel Warden den Befehl gleich morgen früh anschlagen lassen.«

Dann wartete er, aber Prew sagte nichts. Während er das trocken ironische Sonnenlicht beobachtete, das durch das offene Fenster fiel, fragte er sich, wie lange es dauern würde, bis Holmes Bescheid wußte, denn er glaubte einfach nicht, daß sie nicht längst alles wußten. Er spürte, wie er begann, seine Uniform durchzuschwitzen, die um acht Uhr noch frisch gewesen war.

»Ich bin mir klar darüber«, lächelte Holmes nachsichtig, »daß Gefreiter nicht sehr viel ist, aber wir haben keine Unteroffiziersstelle frei. Wir haben aber zwei kurz dienende Unteroffiziere«, sagte er. »Sie verlassen uns mit dem nächsten Schiff.

Es ist zu schade, daß die Saison fast vorüber ist, sonst könnten Sie schon heute nachmittag mit dem Training beginnen, aber das Programm läuft Ende Februar ab. Immerhin«, lächelte er, »wenn Sie in diesem Jahr nicht für das Regiment boxen, sind Sie berechtigt, an den Kompaniekämpfen im Herbst teilzunehmen.

Haben Sie einen von unseren Jungens dieses Jahr in der Bowl gesehen?« fragte er. »Wir haben ein paar gute, und ich bin zuversichtlich, daß wir die Trophäe behalten werden. Ich würde gerne Ihre Meinung über ein paar meiner Leute hören.«

»Ich war bei keinem einzigen Boxkampf dieses Jahr, Sir«, sagte Prew.

»Was?« sagte Holmes ungläubig. »Bei keinem?« Er starrte Prew einen Augenblick neugierig an und nickte dann Warden zu. Er nahm einen frisch gespitzten Bleistift auf und betrachtete ihn. »Wie kommt es«, sagte Hauptmann Holmes leise, »daß Sie ein ganzes Jahr beim Regiment waren, ohne daß jemand davon wußte? Ich denke, Sie hätten mich aufsuchen sollen, da ich das Boxtraining leite und wir die Divisionsmeisterschaft besitzen.«

Prew verlegte sein Gewicht von einem Bein auf das andere und schöpfte tief Atem. »Ich fürchtete, Sie würden verlangen, daß ich für die Abteilung kämpfe, Sir«, sagte er. Nun ist es ausgesprochen, dachte er, jetzt hast du's. Nun kann *er* weitermachen. Er fühlte sich erleichtert.

»Natürlich«, sagte Holmes. »Warum nicht? Einen Mann, der so gut ist wie Sie, können wir brauchen. Besonders, da Sie ein Weltergewichtler sind. In der Klasse sind wir schlecht. Wenn wir dieses Jahr die Meisterschaft verlieren, dann deshalb, weil wir die Kämpfe in der Weltergewichtsklasse verloren haben.«

»Ich bin vom Regiment 27 weg, weil ich das Boxen aufgegeben habe, Sir«, sagte Prew.

Wieder nickte Holmes Warden zu, dieses Mal, als wollte er sich entschuldigen, als könne er es jetzt erst glauben, nachdem er es mit eigenen Ohren gehört hatte. »Sie haben das Boxen aufgegeben? Warum?«

»Vielleicht haben Sie erfahren, was mit Dixie Wells passiert ist, Sir«, sagte Prew und hörte, wie Warden seine Papiere niederlegte, spürte, wie er grinste.

Holmes starrte ihn mit unschuldig geweiteten Augen an. »Aber nein«, sagte er. »Was ist denn passiert?«

Prew erzählte ihm die Geschichte – erzählte sie ihnen beiden. Er stand da, seine Füße fünfundzwanzig Zentimeter voneinander entfernt, die Hände auf dem Rücken gefaltet, fühlte während der ganzen Zeit, wie überflüssig alles war, daß beide schon von der Sache wußten, daß er aber gezwungen war, die Rolle zu spielen, die Holmes ihm zugeteilt hatte.

»Das ist schlimm«, sagte Holmes, als er geendet hatte. »Ich kann's verstehen, warum Sie so empfinden. Aber diese Dinge passieren. Wenn man boxt, muß man solche Möglichkeiten von vornherein akzeptieren.«

»Das ist mit ein Grund, warum ich es aufgab, Sir«, sagte Prew.

»Andererseits aber«, sagte Holmes nun viel weniger herzlich, »betrachten Sie es einmal folgendermaßen. Wie wäre es, wenn alle Boxer das gleiche täten?«

»Sie tun's nicht, Sir«, sagte Prew.

»Ich weiß«, sagte Holmes nun noch viel weniger herzlich. »Was sollen wir tun? Mit unserem Boxprogramm aufhören, weil ein Mann verletzt wurde?«

»Nein, Sir«, sagte Prew, »ich habe nicht gesagt...«

»Sie könnten ebensogut erklären«, sagte Holmes, »hört auf mit dem Krieg, weil ein Mann getötet worden ist. Unsere Boxsaison ist die beste moralische Unterstützung, die wir hier draußen, weit weg von der Heimat, haben.«

»Ich will nicht, daß man es aufgibt, Sir«, sagte Prew und spürte die Albernheit, in die man ihn hineingezwungen hatte. »Aber ich sehe nicht ein«, fuhr er hartnäckig fort, »warum jemand boxen soll, wenn er nicht boxen will.«

Holmes betrachtete ihn mit Augen, die eigenartig flach geworden waren und die immer flacher wurden. »Und darum haben Sie Ihr Regiment verlassen?«

»Jawohl, Sir. Weil man mich zwingen wollte, weiterzuboxen.«

»Ich verstehe.« Hauptmann Holmes schien ganz plötzlich alles Interesse an dieser Unterhaltung verloren zu haben. Er blickte auf seine Uhr und erinnerte sich mit einem Male, daß er um zwölf Uhr dreißig mit Major Thompsons Frau reiten gehen wollte. Er stand auf und nahm seine Mütze aus dem Drahtkorb ›Eingänge‹ auf seinem Tisch.

Es war eine feine Mütze, ein teurer, weicher Stetson, und statt des schmalen Kinnriemens, der bei der Infanterie Vorschrift war, hatte sie den breiteren der Kavallerie. Daneben lag seine Reitpeitsche, die er stets bei sich hatte. Er war nicht immer Infanterist gewesen. »Nun gut«, sagte er gelangweilt, »es gibt keine Vorschrift, die besagt, daß ein Mann boxen muß, wenn er nicht will. Sie werden feststellen, daß wir hier keinerlei Druck auf Sie ausüben, wie man's beim 27. getan hat. Ich halte nichts von solchen Methoden. Wenn Sie nicht boxen wollen, dann wollen wir Sie nicht in unsrer Boxriege haben.« Er ging zur Tür, wandte sich dann mit einem Ruck um.

»Warum sind Sie aus dem Musikzug ausgeschieden?«

»Aus persönlichen Gründen, Sir«, sagte Prew und stellte sich damit unter den Schutz der Vorschrift, daß persönliche Angelegenheiten die Privatsache eines jeden einzelnen, auch des einfachen Soldaten, sind.

»Aber Sie wurden auf Antrag des Chefhornisten versetzt«, sagte Holmes. »Welche Schwierigkeiten hatten Sie drüben?«

»Keine Schwierigkeiten, Sir«, sagte Prew. »Es handelte sich um eine persönliche Angelegenheit.«

»Aha«, sagte Holmes, »ich verstehe.« Er war nicht darauf vorbereitet, daß es eine persönliche Angelegenheit sein könnte, und so schaute er nervös zu Warden hinüber, weil er nicht wußte, wie er sich verhalten sollte; aber Warden, der allem mit größtem Interesse gefolgt war, starrte mit einem Male zur Wand, als ginge ihn das alles nichts an. Holmes räusperte sich, aber Warden schien ihn nicht zu verstehn.

»Wollen Sie noch etwas sagen, Feldwebel?« mußte er ihn schließlich fragen.

»Wer? Ich? Aber natürlich, Sir«, brach Warden mit seiner bekannten Heftigkeit los. Ganz plötzlich war er in Zorn geraten. Seine Brauen waren hakenartig in die Höhe gezogen, zwei Hasenhunde, bereit, sich auf das Kaninchen zu stürzen.

»Welchen Rang hatten Sie im Musikzug, Prewitt?«

»Unteroffizier«, sagte Prew, ihn unverwandt anschauend.

Warden schaute Holmes an und hob beredt seine Augenbrauen.

»Wollen Sie behaupten«, fragte er erstaunt, »daß Sie sich degradieren und zu einer Infanteriekompanie als Schütze Arsch im letzten Glied versetzen ließen, nur weil Sie gerne wandern?«

»Ich hatte keine Schwierigkeiten«, sagte Prew schwerfällig, »wenn es das ist, was Sie meinen.«

»Oder«, grinste Warden, »konnten Sie vielleicht das Hornblasen nicht mehr vertragen?«

»Es war eine persönliche Angelegenheit«, sagte Prew.

»Die Entscheidung darüber liegt beim Kompanieführer«, verbesserte ihn Warden sofort. Holmes nickte. Und Warden grinste Prewitt an.

»Sie haben sich also nicht versetzen lassen, weil Mr. Houston den jungen Mac Intosh zum ersten Hornisten machte. Über Ihren Kopf hinweg?«

»Ich wurde versetzt«, sagte Prew und starrte den andern an. »Es war eine persönliche Angelegenheit.«

Warden lehnte sich in seinen Stuhl zurück und schnaufte leise. »Zum Teufel, was für ein Grund, sich versetzen zu lassen. Heutzutage haben wir Kinder in der Armee. Ihr Esel werdet eines Tages noch lernen, daß die Druckposten nicht auf den Bäumen wachsen.« In der scharfen Auseinandersetzung, deren Spannung schwer wie Ozon in der Luft hing, war Hauptmann Holmes vergessen. Nun mischte er sich ein, wie es sein Recht war.

»Das sieht mir so aus«, sagte er gleichgültig, »als kämen Sie recht schnell in den Ruf eines Anarchisten, Prewitt. Anarchisten kommen nie zu etwas in der Armee. Sie werden den allgemeinen Dienst bei meinem Truppenteil bedeutend härter finden als beim Musikzug.«

»Ich habe schon früher allgemeinen Dienst getan, Sir«, sagte Prew. »Bei der Infanterie. Es macht mir nichts aus, das gleiche wieder zu tun.« Du Lügner, sagte er zu sich selber, es macht dir höllisch viel aus. Wie kommt es, daß man dich so leicht zum Lügen verführen kann?

»Nun gut«, sagte Holmes und machte eine Pause, um die Wirkung seiner Worte zu erhöhen, »... es sieht so aus, als würden Sie Gelegenheit dazu bekommen.« Aber er war nicht länger scherzhaft. »Sie sind kein Rekrut mehr und sollten eigentlich wissen, daß in der Armee der einzelne nicht zählt. Jeder Mann hat gewisse Verpflichtungen, denen er nachkommen muß. Moralische Verpflichtungen, die über die Vorschriften hinausgehn. Es sieht so aus, als sei ich frei in meinen Handlungen, ich bin's aber nicht. Ganz gleichgültig, wie hoch hinauf man steigt, immer ist einer über einem, der mehr weiß als man selber.

Feldwebel Warden wird sich um Sie kümmern und Sie einer Abteilung zuteilen.« Kein Wort fiel mehr über die Stellung als Kompaniehornist. »Haben Sie noch was für mich, Feldwebel?«

»Jawohl, Sir«, sagte Warden heftig. »Der Bericht über den Kompaniefonds muß geprüft werden. Er ist morgen fällig.«

»Machen Sie ihn fertig«, sagte Holmes, den es nicht störte, daß nach der Vorschrift nur ein Offizier den Kompaniefonds anrühren durfte. »Machen Sie ihn fertig, und ich werde ihn in aller Frühe, wenn ich hereinkomme, unterschreiben. Ich habe keine Zeit, mich mit Einzelheiten abzugeben. Noch was?«

»Jawohl, Sir«, sagte Warden hitzig.

»Na, was immer es sein mag, Sie erledigen es. Wenn was da ist, das heute nachmittag weg muß, dann unterschreiben Sie's mit meinem Namen. Ich komme nicht zurück.« Er schaute Warden ärgerlich an und wandte sich, ohne Prewitt zu beachten, zur Tür. »Jawohl, Sir«,

brummte wütend Warden. »Ach-tung«, brüllte er mit aller Lungen-
kraft in den kleinen Raum.

»Weitermachen«, sagte Holmes. Er führte die Reitpeitsche an den
Rand seiner Mütze und verschwand. Einen Augenblick später kam
seine Stimme durch das offene Fenster herein.

»Feldwebel Warden.«

»Zu Befehl, Sir«, brüllte Warden und sprang zum Fenster.

»Was ist mit dieser Treppe los? Hier muß saubergemacht werden.
Sehen Sie, hier. Und dort. Und da drüben, wo die Mülleimer stehen.
Ist dies hier eine Kaserne oder ein Schweinestall? Ich will das sofort
saubergemacht haben. Augenblicklich!«

»Jawohl, Sir«, brüllte Warden. »Maggio!«

Maggios gnomenartiger Körper tauchte im Unterhemd vor dem
Fenster auf. »Jawohl, Sir?«

»Maggio«, sagte Holmes, »wo ist Ihr gottverdammter Drillichrock.
Holen Sie Ihren Rock und ziehen Sie ihn an. Hier ist kein Bade-
strand.«

»Jawohl, Sir«, sagte Maggio. »Ich hol ihn, Sir.«

»Maggio«, brüllte Warden. »Bring die anderen Küchendienstler und
säubert die Gegend. Hast du nicht gehört, was der Kompanieführer
gesagt hat?«

»O. K., Feldwebel«, sagte Maggio resigniert.

Warden legte seine Ellenbogen auf die Fensterbank und folgte
Holmes breitem Rücken mit den Augen, wie er sich mitten durch
die D-Kompanie bewegte, die von ihrem diensttuenden Feldwebel
zur Ehrenbezeigung aufgescheucht worden war. »Weitermachen«,
donnerte Holmes. Nachdem Holmes vorüber war, fielen die blau
angezogenen Gestalten wieder in ihren Drill zurück.

»Der schneidige Kavallerist«, murmelte Warden. »Erroll Flynn, nur
fünfzig Pfund schwerer.« Er ging nachdenklich hinüber zu seinem
Tisch und hieb mit der Faust auf seine eigene, steifgebügelte flache
Mütze, die an der Wand hing. »Der Hund würde mich anscheißen,
wenn ich meine Mütze so trüge wie er.« Dann ging er zurück zum
Fenster.

Holmes stieg die Außentreppe zum Regimentsstab hinauf, auf dem
Weg zu Oberst Delberts Büro. Warden hatte seine eigene Ansicht
über Offiziere. Christus selber würde ein Schweinehund werden,
wenn er Offizier wäre. Und sie hatten einen in der Hand. Man
konnte nichts dagegen machen. Gerade darum waren sie so. Über
die Treppen hinweg, die zum Regimentsstab führten, blinzelte das

Schlafzimmerfenster Holmes' zu ihm herüber. Und vielleicht war sie gerade dabei, hinter diesem undurchsichtigen Fenster ihren blonden Körper zu entkleiden, Stück für Stück, wie eine Nackttänzerin in einem Vorstadtvarieté, um ein Bad zu nehmen oder sonst was. Vielleicht war gerade jetzt ein Mann bei ihr.

Warden fühlte, wie das Bewußtsein der Männlichkeit seine Brust mächtig schwellte, als werde in ihm ein großer Ballon aufgeblasen. Er wandte sich vom Fenster ab und setzte sich wieder.

Prew wartete auf ihn. Er stand regungslos vor dem Tisch, fühlte sich erschöpft und todmüde, fühlte noch immer den Schweiß aus seinen Achselhöhlen tropfen, in seiner verzweifelten Anstrengung, seine eigene Furcht zu unterdrücken und seinem Vorgesetzten Widerstand zu leisten. Der Kragen seines Hemdes war zerdrückt und der Rükken durchgeschwitzt. Nur noch ein wenig Geduld und du bist durch, sagte er zu sich selber. Dann kannst du dich erholen.

Warden nahm ein Papier auf und begann es zu lesen, als sei er allein. Als er schließlich aufschaute, war sein Blick voll verletzter Überraschung und Entrüstung, als wunderte er sich darüber, wie dieser Mann uneingeladen und ohne sein Wissen in sein Büro gekommen sein mochte.

»Nun«, sagte Warden. »Was zum Teufel wollen Sie?«

Prew schaute ihn gleichgültig an, ohne eine Antwort zu geben und ohne sich verwirren zu lassen. Und eine Zeitlang schwiegen beide, während sie sich gegenseitig abschätzten, wie sich zwei Schachspieler abschätzen, ehe sie mit dem Spiel beginnen. In keinem der beiden Gesichter stand offene Abneigung, nur eine Art kalter eingewurzelter Gegnerschaft.

Warden brach den Bann. »Sie haben sich kein bißchen verändert, Prewitt, wie?« sagte er sarkastisch. »Sie haben nichts dazugelernt. Man braucht Sie nur allein zu lassen und man kann sicher sein, daß Sie Ihren Kopf in die Schlinge stecken.«

»Die Sie gelegt haben, meinen Sie«, sagte Prew.

»Nein, nicht ich. Ich mag Sie.«

»Ich mag Sie auch«, sagte Prew. »Und auch Sie haben sich nicht verändert.«

»Den eigenen Kopf in die Schlinge stecken.« Warden schüttelte trauervoll den Kopf. »Das haben Sie gerade gemacht. Sie wissen das doch, oder nicht? Als Sie Dynamits Boxerei ablehnten?«

»Ich dachte, Sie können Boxer und Schreibstubenhengste nicht leiden?«

»Stimmt«, sagte Warden. »Aber ist es Ihnen nicht schon aufgefallen, daß ich selber auch Innendienst mache? Ich mache keinen allgemeinen Dienst.«

»Ja«, sagte Prew. »Ich hab daran gedacht. Darum hab ich nie verstanden, warum Sie uns vom Musikzug so gehaßt haben.«

»Weil«, grinste Warden, »Innendienst und die Sportler alle das gleiche sind, nämlich Drückeberger. Die haben's nicht in sich und deshalb drücken sie sich.«

»Und machen das Leben für alle anderen zur Hölle, so wie Sie.«

»Nein«, sagte Warden. »Sie dürfen noch mal raten. Ich mache keinem das Leben zur Hölle. Ich bin nur das Werkzeug einer lachenden Vorsehung. Manchmal mag ich's selber nicht; aber was kann ich daran ändern, daß ich als ein heller Bursche auf die Welt gekommen bin?«

»Jeder kann nicht so ein heller Junge sein«, sagte Prewitt.

»Richtig«, nickte Warden. »Nicht jeder kann's. 's ist wirklich schade. Wie lange sind Sie jetzt beim Militär? Fünf Jahre? Fünfeinhalb? 's wird allmählich Zeit, daß Sie aufhören, ein grüner Rekrut zu sein, und anfangen, helle zu werden, was meinen Sie? Das heißt, wenn Sie das überhaupt fertigbringen.«

»Vielleicht möchte ich lieber gar nicht helle sein.«

Warden ließ seine Arme fallen und zündete sich träge und langsam eine Zigarette an. »Sie hatten einen feinen Posten als Hornist«, sagte er, »aber Sie geben ihn auf, weil der schwule Houston Ihre Gefühle verletzte. Und dann weigern Sie sich, in Holmes' Boxabteilung einzutreten«, er wählte seine Worte vorsichtig. »Sie hätten sein Angebot annehmen sollen, Prewitt. Der allgemeine Dienst in meiner Kompanie wird Ihnen nicht gefallen.«

»Ich bin Soldat wie jeder andere auch«, sagte Prew. »Es wird schon gehen.«

»O. K.«, sagte Warden. »Und wenn? Hat es vielleicht irgend etwas bei der Armee zu sagen, ob einer ein guter Soldat ist? Denken Sie vielleicht, wenn Sie ein guter Soldat sind, werden Sie hier zum Feldwebel befördert? Nach dem, was Sie sich gerade geleistet haben? Nicht mal zum Gefreiten wird man Sie machen.

Sie sollten boxen, Prewitt. Dann stünde Ihr Name in allen Zeitungen in Honolulu, und Sie wären ein Held. Denn aus Ihnen wird niemals ein richtiger Soldat. Nirgends in der Welt.

Sollten Sie aber doch Ihre Meinung ändern und sich dafür entscheiden, für Dynamit zu boxen, dann vergessen Sie nicht, was ich Ihnen jetzt sage: Die Boxer kommandieren nicht in dieser Kompanie – trotz Holmes.

Hier ist nicht mehr die A-Kompanie, Prewitt. Das ist die G-Kompanie, und ich bin hier Spieß. Das ist meine Kompanie. Holmes ist Kompanieführer, aber er ist wie alle Offiziere ein dummer Hund, der Papiere unterschreibt, reitet, seine Sporen trägt und sich droben in dem Scheiß-Offiziersklub besäuft. Ich bin's, der hier kommandiert.«

»So?« grinste Prew. »Na, ganz so schön ist das ja auch nicht. Wenn das Ihr Laden ist, wieso ist denn dann Preem Küchenbulle? Und wie kommt's denn, daß O'Hayer die Kammer hat und Leva die ganze Arbeit tut? Und wie kommt's, daß fast jeder Unteroffizier in ›Ihrer Kompanie‹ einer von Holmes' Boxern ist? Bleiben Sie mir doch mit dem Schwindel vom Leib!«

Das Weiße in Wardens Augen rötete sich langsam. »Sie wissen erst die Hälfte, mein Junge«, sagte er. »Warten Sie nur, bis Sie ne Zeitlang hier waren. Da gibt's noch einiges andere. Sie kennen Galovitch noch nicht und Henderson und Dhom, den Feldwebel vom Dienst.«

Er nahm die Zigarette aus dem Mundwinkel und drückte sie betont langsam im Aschenbecher aus. »Worauf es ankommt, ist, daß Holmes an seinem eigenen Speichel ersticken würde, wenn er mich nicht hätte, um ihm den Rachen zu säubern.« Grimmig erstickte er die letzte Glut und erhob sich dann biegsam wie eine sich streckende Katze. »So, jetzt wissen wir wenigstens, wo wir stehen«, sagte er, »nicht wahr, mein Junge?«

»Ich weiß, wo ich stehe«, sagte Prew. »Ich hab aber noch nie rausgefunden, wo Sie stehn. Ich glaube...« Er brach ab, als er hörte, daß jemand durch den Korridor kam; denn dies war eine private Auseinandersetzung zwischen ihm und Warden, die kein Vorgesetzter, ob hoch oder niedrig, schätzen würde. Warden grinste ihn an.

»Rührt euch, rührt euch, rührt euch«, sagte eine Stimme durch die Türe, und obwohl sie beide standen, »steht meinetwegen nicht auf, Leute.« Hinter der Stimme her kam ein kleiner Mann, kleiner noch als Prewitt, in kerzengerader Haltung und kurzem, schnellem Schritt. Er trug eine elegante Maßuniform und auf den Schulterstücken die Abzeichen eines Leutnants. Als er Prewitt gewahrte, blieb er stehen.

»Sie kenne ich nicht, oder doch?« sagte der kleine Mann. »Wie heißen Sie?«

»Prewitt, Sir«, sagte Prew und sah Warden an, der ein Gesicht schnitt.

»Prewitt, Prewitt, Prewitt«, sagte der kleine Mann. »Sie müssen neu herversetzt sein. Hab den Namen noch nie gehört.«

»Heute morgen von der A-Kompanie hierher versetzt, Sir«, sagte Prewitt.

»Aha«, sagte der kleine Mann. »Hab ich mir gedacht. Kannte den Namen nicht, deshalb konnte er nicht zur Kompanie gehören. Habe immerhin elende drei Wochen damit zugebracht, die Namensliste auswendig zu lernen, um jeden Mann beim Namen nennen zu können. Mein Vater pflegte zu sagen, ein guter Offizier kennt jeden Mann in seiner Einheit mit Namen, besser noch mit seinem Spitznamen. Was ist Ihr Spitzname, Mann?«

»Ich werde Prew genannt, Sir«, sagte Prew, den dieses schnellsprechende Energiebündel etwas aus der Fassung gebracht hatte.

»Klar«, sagte der kleine Mann. »Hätte ich wissen müssen. Ich bin Leutnant Culpepper, bis vor kurzem Kriegsschule West Point, jetzt hier bei dieser Kompanie. Sie sind der neue Boxer, der Weltergewichtler, nicht wahr? Schade, daß Sie nicht vor Schluß der Saison gekommen sind. Froh, Sie an Bord zu haben, Prewitt – froh, Sie an Bord zu haben, wie der Alte und seine Kollegen von der Marine sagen würden.«

Leutnant Culpepper rannte in dem kleinen Raum herum und legte Papiere in die verschiedenen Fächer. »Sie müßten mich schon kennen«, sagte er, »wenn Sie die Regimentsnachrichten gelesen haben. Mein Vater und mein Großvater begannen beide ihre Karriere als Leutnants in dieser Kompanie, übernahmen sie als Kompanieführer, kommandierten dann das Regiment und wurden Generale. Folge demnach illustren Fußstapfen. Hört, hört.

Holla«, sagte er, »wo ist meine Golftasche, Feldwebel Warden? Habe in fünfzehn Minuten eine Verabredung mit Oberst Prescotts Tochter zum Golf, dann Mittagessen, dann wieder Golf.«

»Dort drüben«, sagte Warden, als habe er nichts damit zu tun, »hinter dem Aktenschrank.«

»Richtig«, sagte Leutnant Culpepper, Sohn des Brigadiers Culpepper, Enkel des Generalleutnants Culpepper, Urenkel des Oberstleutnants Culpepper. »Hol sie schon, lassen Sie nur, Feldwebel«, sagte er zu Warden, der sich nicht gerührt hatte. »Muß unbedingt meine achtzehn Loch spielen. Abends große Sache im Klub, und da muß man in Form sein.«

Er zog die Golftasche hinter dem grünen Metallschrank hervor, wobei er einen Stoß Akten von der Tischecke stieß, und verschwand, ohne sie aufzuheben und ohne das Wort nochmals an Prewitt zu richten, ebenso schnell, wie er gekommen war.

Ärgerlich hob Warden die Akten auf und legte sie wieder auf den Tisch. »Kommen Sie«, sagte er zu Prewitt. »Wir wollen Ihre Sache erledigen. Ich hab noch andere Arbeit.«

Er ging um Holmes' Tisch herum und betrachtete den Personalplan der Kompanie, der dort hing. Nach Zügen und Gruppen geordnet, hingen da kleine Pappschilder an eingeschraubten Haken, und jedes trug den Namen eines Mannes.

»Wo ist Ihr Zeug?« sagte er.

»Noch bei der A-Kompanie. Ich wollte meine sauberen Uniformen nicht einpacken.«

Warden grinste ein verschlagenes Koboldgrinsen. »Immer noch der alte Stutzer, he? Hat sich kein bißchen geändert. Zum Soldatsein gehört mehr als die Uniform, Prewitt. Verdammt mehr.«

Er nahm ein leeres Schildchen aus einer der Schubladen und schrieb mit Druckbuchstaben Prewitts Namen darauf. »Vor der Kammer steht ein Maschinengewehrkarren. Nehmen Sie den, um Ihr Zeug zu holen. Da brauchen Sie nicht vier- oder fünfmal zu laufen.«

»O. K.«, sagte Prewitt, überrascht über das Wohlwollen und unfähig, diese Überraschung zu verbergen.

Warden grinste ihn an. Er genoß die Überraschung. »Ich könnte es nicht mit ansehen, wie Sie die Uniformen verkrumpeln. Ich mag keine Kraftvergeudung, auch wenn sie schon einmal vergeudet wurde.

Wir sollten doch eigentlich eine gute Gruppe für Sie ausfindig machen«, grinste er. »Wollen Sie in Häuptling Choates Gruppe?«

»Wollen Sie mich an der Nase herumführen?« sagte Prew. »Das glaub ich nie, daß Sie mich in Häuptling Choates Gruppe stecken. Eher zu einem von Holmes' Boxern.«

»Tatsächlich?« Wardens Augenbrauen wölbten sich und zuckten leicht. Er hängte das Schild unter den Namen des Unteroffiziers Choate.

»Sehen Sie. Wahrscheinlich bin ich der beste Freund, den Sie jemals hatten, mein Junge, und Sie wissen's noch gar nicht. Gehen wir zur Kammer, Ihr Zeug fassen.«

In der Kammer unterbrach der magere, kahle und saubergesichtige Leva seine Schreiberei lange genug, um Bettücher, Bettbezüge, Zelt-

bahn und Decken, Tornister und alles übrige auszugeben und Prew
dafür unterschreiben zu lassen.
»Tag, Prew«, grinste er.
»Tag, Niccolo«, sagte Prew. »Noch immer hier?«
»Bleibst du länger?« sagte Niccolo, »oder nur vorübergehend?«
»Er wird wahrscheinlich ne ganze Weile bleiben«, sagte Warden.
Er führte ihn hinauf zu der Reihe von Feldbetten, die Choates
Gruppe belegte, und wies ihm eins an.
»Sie haben bis ein Uhr Zeit, sich einzurichten«, sagte Warden.
»Um ein Uhr treten Sie zum Dienst an. Wie wir gewöhnliche Sterb-
liche.«
Prew machte sich daran, sein Zeug zu verstauen. Der große Raum
lag leer und still da. Seine Absätze klapperten laut. Die Stube war zu
groß für einen einzelnen Mann, und der Wandschrank schlug viel zu
laut zu, mit einem Echo, das quer hin und her durch den Raum lief.

5

Als Hauptmann Holmes die Schreibstube verließ, war er sehr zufrieden. Er hatte das Gefühl, sich dem Koch gegenüber richtig benommen zu haben, noch besser aber gegenüber dem Neuen, Prewitt,
dem Weltergewichtler vom 27. Regiment. Die Geschichte, wie er das
Boxen aufgegeben hatte, hatte er schon früher gehört und war jetzt
nach dieser Unterredung überzeugt, daß Prewitt noch vor dem
Sommer und den Kompaniekämpfen nachgeben und seine Meinung
ändern würde.
Hauptmann Holmes stieg gerne die Stufen zum Regimentsstab hinauf. Sie sahen nicht aus wie Beton, sondern wie alter Marmor mit
grauen und schwarzen Streifen. Alter hatte den einst porösen Beton
blank poliert, und die scharfen Ecken waren vom Regen und den
vielen Füßen rund geworden. Das alles hatte ihm einen glatten
Glanz gegeben. Wenn die Treppe naß war, fing sie den Regenbogen
ein und setzte ihn fort wie ein Versprechen. Es wird immer eine
Armee geben, sagte sie zu Holmes.
Schweren Beton und mit Mörtel verbundene Backsteine hatte man
um eine Idee geformt, an die Hauptmann Holmes glaubte, und ihr
so Wirklichkeit verliehen. Wenn seine Ordonnanz jeden Tag einmal
treu und brav seine Reitstiefel mit Sattelseife bearbeitete und polierte, war es das gleiche. Während er erst einen, dann den anderen

Fuß zur nächsten Treppenstufe hob, bog sich das sanfte schmiegsame Leder in langen glatten Falten ohne jene Krähenfüße, die schlechte Pflege hervorruft. Einmal täglich, regelmäßig wie die monatliche Löhnung.

Trotzdem war sein Vollkommenheitsgefühl gerade in diesem Augenblick ein wenig durch die leichte Unruhe über das bevorstehende Zusammentreffen mit Oberst Delbert getrübt. Nicht, daß er den Alten nicht gern gehabt hätte. Aber wenn man einem Vorgesetzten gegenüberstand, von dem es abhing, ob man Major würde, mußte man natürlich auf jedes Wort, das man sagte, achtgeben.

Auf der oberen Veranda wischte ein dicklicher Soldat im Drillichanzug geschickt den glatten Boden auf. Ohne den Feudel vom Boden zu nehmen, ließ er ihn schwungvoll von Wand zu Wand gleiten. Hauptmann Holmes wartete einen Augenblick, um ihm Gelegenheit zu geben, seine Arbeit zu unterbrechen und ihn vorbeizulassen, aber der Soldat war zu versunken, um ihn zu sehen. Schließlich trat Hauptmann Holmes, immer noch in Gedanken an den Oberst, zwischen zwei Schwüngen vom Trocknen ins Nasse. Die Fransen des Feudels schlugen gegen seinen Absatz, und der Soldat schaute erschreckt auf, fuhr schuldbewußt mit aufgerissenen Augen zusammen, den Schrubber schief in der Hand. Einen Augenblick sah er unentschieden auf ihn hin, dann riß er den Stiel wie eine Standarte an seine rechte Seite und blickte Holmes an. Hauptmann Holmes, von solch unsinniger Angst vor einem Offizier angewidert, strafte ihn mit einem Blick und ging dann schweigend weiter.

Oberst Delbert war in seinem Dienstzimmer. Hinter dem großen Schreibtisch, vor sich die weite glänzende Fußbodenfläche, links und rechts die großen Fahnen, die des Landes und die des Regiments, wirkte er klein. In Wirklichkeit war er ein großer Mann, groß und kräftig genug, daß sein winziger eisengrauer Schnurrbart Hauptmann Holmes genierte – wie sehr er sich auch bemühte, nicht kritisch zu sein. Von dem schwarzen Cocker, der auf dem Boden schlief, und zwei einfachen Stühlen abgesehen, war der Raum leer, wie es sich gehörte.

Alles stand still, als Holmes kalt und unpersönlich salutierte. Selbst der Cocker schien nicht länger zu atmen. Der Alte erwiderte den Gruß mit der gleichen Präzision, dann wurde alles wieder lebendig, und der Oberst lächelte. Wenn er lächelte, war er wirklich fast väterlich.

»Nun«, sagte der Oberst, während er seinen Stuhl zurückschob und die Hände auf die Knie fallen ließ. »Was gibt's, Dynamit?«

Hauptmann Holmes, der wünschte, diese lächerliche Unruhe loszuwerden, erwiderte das Lächeln und holte sich einen der Stühle von der Wand.

»Ja, Sir, einer meiner alten Leute...«

»Ganz schöner Reinfall letzte Woche das Baseballspiel.« Der Oberst verschluckte Silben beim Sprechen. »Spiel gesehn? Ne Katastrophe. Wirkliche Katastrophe. Die 21er haben Katz und Maus mit uns gespielt, sage ich. Wäre noch viel schlimmer gewesen ohne Häuptling Choate. Bester Malmann, den ich je sah. Sollte ihn zur Stabskompanie versetzen und zum Feldwebel machen.« Oberst Delbert strahlte, und der kurze Schnurrbart bekam einen scharfen Knick in der Mitte, so daß er aussah wie ein Vogel im Flug. »Würde es tatsächlich tun, wenn wir überhaupt eine Baseballmannschaft hätten; aber er ist das einzige, was wir haben.«

Hauptmann Holmes fragte sich, ob der Oberst weitersprechen wollte, oder ob er wieder anfangen könne. Er entschied sich dafür, daß es besser war zu warten.

»In Baseball werden wir dieses Jahr keinen Blumentopf gewinnen«, fuhr der Oberst fort. Holmes notierte innerlich einen Pluspunkt für sich. »Ihre Boxriege gewann die einzige Meisterschaft, die wir letztes Jahr kriegten. Sieht aus, als könnten wir auch dieses Jahr keine andere gewinnen. Habe mich wegen unsrer sportlichen Mißerfolge ziemlich heftig durch den Kakao ziehen lassen müssen.«

»Jawohl, Sir«, sagte Holmes während der nächsten Pause. »Danke sehr, Sir.«

»Jeder Soldat weiß«, sagte der Oberst, »daß gute Sportler gute Soldaten abgeben. Der sportliche Ruf unsres Regiments hat in diesem Jahr schwer gelitten. Selbst die Zeitungen in der Stadt haben sich über uns lustig gemacht. So was ist nie gut. Sie, mein Junge, sind ungefähr der einzige helle Punkt an unsrem Horizont.«

»Danke sehr, Sir«, sagte Hauptmann Holmes und versuchte zu erraten, was der Oberst vorhatte.

Oberst Delbert machte eine Pause und zog die Augenbrauen zusammen. »Glauben Sie, daß wir dieses Jahr die Meisterschaft wieder gewinnen werden, Hauptmann?«

»Nun, Sir«, sagte Hauptmann Holmes, »bis jetzt steht die Chance fünfzig-zu-fünfzig. Punktmäßig sind wir besser als das 27ste. Aber nicht mit genügend Vorsprung, um ganz sicher zu sein«, fügte er hinzu.

»Sie glauben also nicht, daß wir gewinnen werden?« sagte Oberst Delbert.

»Das habe ich nicht gesagt, Sir«, sagte Hauptmann Holmes.

»Na«, sagte der Oberst, »entweder Sie glauben, daß wir gewinnen, oder Sie glauben nicht, daß wir gewinnen. Oder nicht?«

»Jawohl, Sir«, sagte Holmes.

»Was also?«

»Wie, bitte?« sagte Holmes. »Oh, wir werden gewinnen, Sir.«

»Sehr gut«, sagte der Oberst. »In den letzten beiden Jahren ist hier nicht genug für den Sport getan worden.«

Hauptmann Holmes dachte sorgfältig nach. »Jawohl, Sir«, sagte er. »Aber ich glaube, daß alle Trainer ihr Bestes leisteten.«

Der Oberst nickte nachdrücklich. »Glaube ich auch. Das muß aber Resultate bringen. Unsere Gefechtsausbildung ist schön und gut; Soldaten müssen gedrillt werden, müssen beschäftigt bleiben. In Friedenszeiten aber, das wissen Sie so gut wie ich, ist es das Sportprogramm, mit dem wir vor das Publikum treten. Besonders hier auf den Inseln, wo es keine wirklich großen Sportereignisse gibt. Habe mit allen Leitern unserer Sportabteilung gesprochen, außer Ihnen. Ihre Saison ist noch nicht vorüber. Hab Major Simmons als Fußballtrainer abgesetzt.«

Der Oberst lächelte bedeutungsvoll, und der Schnurrbart wurde zu einem Hühnerhabicht. »Erfolge, Erfolge … das ist's, was zählt. Er hat natürlich um Versetzung nach dem Festlande gebeten«, fügte er hinzu.

Hauptmann Holmes nickte, schnell überlegend. Das mußte erst vor kurzem gewesen sein. Heute. Sonst hätte er schon davon gehört. Das machte eine Majorsstelle frei – solange man nicht jemand vom Festland importierte. Natürlich war die Majorsstelle nicht frei, aber der Posten war's, und wer ihn erhielt, würde wahrscheinlich bald zur Beförderung empfohlen.

Der Oberst legte seine großen Hände flach auf den Tisch. »Nun«, sagte er. »Was wollten Sie, Dynamit?«

Holmes hatte fast vergessen, warum er gekommen war. »Oh«, sagte er. »Einer meiner alten Leute, Sir, besuchte mich vor einer Woche. Möchte hierher zu mir versetzt werden. Er ist in Fort Kamehameha bei der Küstenartillerie. Diente mit mir in Bliss. Ich kam zu Ihnen, um mich zu versichern, daß die Sache auch glatt durchgeht.«

Der kleine Schnurrbart schlug schlau mit den Flügeln. »Wieder ein Boxer, was? Wir sind ein wenig übersetzt, aber es kann gemacht werden. Werde persönlich an das Ministerium schreiben.«

Hauptmann Holmes bückte sich, um des Obersten Hund zu tätscheln. »Nein, Sir, leider. Er ist kein Boxer. Er ist Koch. Aber ein guter Mann. Der beste Koch, den ich je gesehen habe.«

»Ach«, sagte der Oberst.

»Tat Dienst mit mir in Bliss, Sir. Ich bürge persönlich für ihn.«

»Ich werde dafür sorgen«, sagte Oberst Delbert. »Sagen Sie, was macht Ihre Truppe? Noch immer die alten Draufgänger? Ihre Kompanie interessiert mich. Beweist meine Theorie. Gute Sportler sind gute Unteroffiziere und Führer. Gute Führer machen die Einheit gut. Einfache Logik. Massenhaft Vieh in der Welt, das getrieben werden muß. Aber ohne gute Führer wird nie etwas erreicht.«

Vor lauter Schüchternheit wurden Hauptmann Holmes' Augen undurchsichtig, und alles verschwamm ein wenig.

»Ich schmeichle mir, Sir«, sagte er, »die beste Einheit im Regiment zu haben.«

»Ja, Hauptfeldwebel Warden ist ein schlagendes Beispiel für meine Theorie. War ein Sportler durch und durch, bevor er ... eh ... ah ... wie ich es nenne, sich dem Gral weihte.«

Hauptmann Holmes lachte.

»Ich glaube, er meckert ziemlich viel«, sagte der Oberst, »aber gute Soldaten schimpfen immer. Gut für sie. Gute Soldaten werden geboren ... Wild und wollig wie Feldwebel Warden. Wenn ein Soldat aufhört zu schimpfen, muß man sich Sorgen um ihn machen. Hab das von meinem Großvater.«

Hauptmann Holmes nickte lebhaft. »Jawohl, Sir«, sagte er, obwohl diese Philosophie nicht von des Obersten Großvater stammte. Sie war weit verbreitet, und er hatte das alles schon oft gehört. Aber es war gut. Besonders was er über Warden sagte, war nur zu wahr. Er fühlte sich wohler.

Oberst Delbert brachte plötzlich seinen Drehstuhl in die alte Richtung und schob sich zum Tisch zurück. Er sprach scharf.

»Nun sagen Sie mir, Hauptmann, wie sind Ihre Aussichten für nächstes Jahr. Sie behaupten, Sie werden dieses Jahr gewinnen, wir brauchen also darüber nicht zu sprechen. Ihr Wort genügt mir. Aber wenn wir gewinnen, müssen wir beizeiten anfangen zu planen. Ein Wahlspruch meines Großvaters. Es ist nicht genug, daß wir dieses Jahr siegen. Wir müssen uns darauf vorbereiten, nächstes Jahr zu gewinnen. In dieser Welt bekommt der Sieger die Beute. Ich weiß nichts vom Jenseits, nehme aber an, daß es drüben das gleiche ist, trotz allem, was unsere Himmelslotsen erzählen. Glauben Sie, daß wir eine gute Gewinnchance haben?«

Hauptmann Holmes fühlte sich plötzlich beengt. An die Majorsstelle war eine Bedingung geknüpft – vorausgesetzt natürlich, daß er dieses Jahr siegte –, und er mußte sich festlegen.

»Ich denke schon, Sir«, sagte er.

»Eine ebenso gute Chance wie dieses Jahr?«

»Nun, Sir, nein. Das möchte ich nicht unbedingt sagen.« Hauptmann Holmes zerbrach sich den Kopf. »Wir werden – wie Sie wissen, Sir – drei Männer aus Klasse eins verlieren, weil ihre Dienstzeit zu Ende geht.«

»Ah«, sagte der Oberst, »ich weiß. Aber Sie haben immer noch Feldwebel Wilson und Feldwebel O'Hayer. Haben wir sonst niemand als Ersatz?«

»Ich habe einen neuen Mann, der sich dieses Jahr in der Bowl ziemlich gut gehalten hat. Soldat Bloom. Ich habe vor, ihn für einen Angriff auf den Mittelgewichtstitel im nächsten Jahr vorzubereiten.«

Der Oberst fuhr fort, ihn anzustarren, aber Holmes' Augen glitten ununterbrochen von des Obersten Gesicht ab, so sehr er auch versuchte, sie dort zu halten. Seine linke Wange juckte. Wie gerne hätte er ein Stück Kaugummi bei sich gehabt. Aber er konnte hier nicht kauen. Er wünschte vor allem, er wäre überhaupt nicht gekommen.

»Bloom?« sagte der Oberst. »Bloom. Großer dicker Bursche mit flachem Kopf und gekräuselten Haaren? Und das ist alles?«

»Nun, Sir, nein. Ich wollte Sie darüber befragen. Ich habe keinen Schwergewichtler, der auch nur einen Pfifferling taugt. Unteroffizier Choate war Schwergewichtsmeister von Panama, noch nicht zu lange her; seit ich hier bin, habe ich versucht, ihn zu bekommen.«

»Ah«, sagte der Oberst. »Er wird nicht wollen.«

»Nein, Sir.«

»Unteroffizier Choate ist wahrscheinlich der beste Malmann auf den Inseln. Wir wollen den doch nicht verlieren, wie?«

»Nein, Sir.«

»Ich fürchte, Sie können mit Choate nicht rechnen.«

Hauptmann Holmes nickte. Die Baseballmannschaft würde ohnehin verlieren, aber selbst sollte man gewinnen. Immer sollte man gewinnen. Der Sieger bekommt den Kuchen. Des Obersten gottverdammter Köter schlief noch immer gelangweilt, die Hinterbeine und den Bauch flach auf dem Boden, die Vorderbeine nachlässig gekreuzt. Jeder Offizier im Regiment mußte das Vieh liebkosen.

Warum gibst du's nicht auf, Holmes? dachte er. Aber was tun? Wohin gehen?

»Ich habe einen neuen Mann, Sir«, sagte er, obwohl er beabsichtigt hatte, sich das aufzusparen. »Heißt Prewitt. Kämpfte für das 27. Regiment. Wurde Zweiter in der Weltergewichtsklasse. Er wurde vom Musikzug in meine Kompanie versetzt.«

Das väterliche Lächeln erschien. »Na also, das ist fein. Das ist fein. Sie sagen, er war *im* Regiment. Im *Musikzug*?«

Holmes war müde. »Jawohl, Sir.« Der verdammte selbstzufriedene Köter. »War hier ein Jahr lang.« Schläft und frißt und läßt sich liebkosen. »Die ganze Zeit seit der letzten Boxsaison.« Sohn einer fetten kleinen Hündin mit einem solch leichten Leben.

»Erstaunlich«, sagte der Oberst. »Im Musikzug. Schade, daß wir nichts davon gewußt haben. Hätten ihn gebrauchen können. Aber tatsächlich weiß nie jemand, wer im Musikzug steckt. Haben Sie mit ihm gesprochen?«

»Jawohl, Sir«, sagte Holmes. Geradesogut konnte er jetzt alles sagen. »Er lehnt es ab zu kämpfen.« Wenn du eine Unze Schneid hättest, Holmes, würdest du hinzufügen: ›Auch er.‹

Oberst Delbert wandte seinen Kopf auf steifen Schultern. »Er kann es nicht ablehnen.«

»Er hat es getan, Sir.« Hauptmann Holmes wurde es klar, daß er einen Fehler begangen hatte. Es war ihm egal, zum Teufel damit. Immerhin, wieviel sollte er sagen? Er erwähnte nicht die Sache mit der Stellung als Kompaniehornist.

»Nein, das hat er nicht getan«, sagte der Oberst klar und betont. Seine Augen wurden eigenartig kalt. »Sie bilden sich nur ein, daß er es getan hat. Es ist Ihre Sache, dafür zu sorgen, daß er boxt. Wenn er wüßte, daß es um die Ehre des Regiments geht, er würde boxen *wollen*. Sie brauchen ihn nur zu überzeugen. Lassen Sie ihn wissen, wie sehr das Regiment ihn braucht.«

Das Regiment, dachte Hauptmann Holmes. Das ist alles. Die Ehre und der Ruf des Regiments. Oberst Delberts Regiment. Und er will noch nicht einmal wissen, warum er sich weigert. Ich hab ihn wenigstens gefragt, sagte er sich selber, obwohl ich es wußte.

Das väterliche Lächeln brachte einen öligen Glanz in seine Augen: »Wenn Sie den Mann brauchen, dann müssen wir ihn überzeugen. Und nach dem, was Sie mir gesagt haben, nehme ich an, daß Sie ihn brauchen.«

»Bestimmt kann ich ihn brauchen, Sir.«

»Dann überzeugen Sie ihn. Um ganz offen zu sein: wir *müssen* nächstes Jahr siegen. Halten Sie sich das immer vor Augen. Decken Sie

Ihre Karten noch nicht auf. Hin und wieder ein paar Übungsstunden. Ab und zu können Sie nachmittags die Halle haben. Fangen Sie jetzt schon mit dem Aufbau an. Das ist wichtig. Planen Sie jetzt.«

»Jawohl, Sir«, sagte Hauptmann Holmes. »Ich werde bald beginnen.«

Aber seine Stimme wurde vom Quietschen einer sich öffnenden Schublade übertönt, dem traditionellen Zeichen dafür, daß die Unterredung beendet war. Oberst Delbert hob seine Augen von der Schublade und schaute Holmes forschend an; aber Hauptmann Holmes war schon auf seinen Füßen und im Begriff, den Stuhl an die Wand zurückzustellen. Immerhin hatte er die Erlaubnis für die Versetzung Starks erhalten, und deshalb war er gekommen.

Die Geräusche weckten den Cocker, und er erhob und streckte sich, jedes Bein einzeln. Dann entrollte er seine Zunge in einem frechen Gähnen. Er leckte seine Flanken und starrte Holmes anklagend an. Holmes starrte zurück, plötzlich in Gedanken verloren, seine Hand noch immer auf dem Stuhl, während er neidisch die glatte, schwarze, gutgenährte Arroganz betrachtete, wie sie sich wieder auf dem polierten Boden ausstreckte und nach der Unterbrechung zur Meditation zurückkehrte. Dann erinnerte er sich seiner Hand auf dem Stuhl, nahm sie weg und wandte sich um für das unpersönliche Ritual des Grüßens. Die deutliche Distanzierung, die es ausdrückte, gemahnte ihn an West Point, seine Offiziersschule, an Gott selbst – und er fühlte sich gerade dadurch zu dem ›Alten‹ wieder hingezogen. Aber er wußte, daß es in Wirklichkeit nichts änderte.

»Oh«, sagte der Oberst, als Holmes die Tür erreichte. »Wie geht es Frau Karen? Fühlt sie sich besser?«

»In letzter Zeit fühlte sie sich etwas besser«, sagte Hauptmann Holmes, sich umwendend. Des Obersten Augen hatten ihre Kälte verloren und waren tief geworden, sehr tief, mit einem kleinen roten Licht auf dem Grunde.

»Eine ausgezeichnete Frau«, sagte Oberst Delbert. »Das letztemal sah ich sie im Klub auf General Hendricks Gesellschaft. Meine Frau gibt diese Woche einen Bridgetee. Sie würde sich freuen, wenn Frau Karen käme.«

Hauptmann Holmes zwang sich dazu, den Kopf zu schütteln.

»Ich weiß, sie würde sehr gerne kommen«, sagte er. »Aber ich zweifle sehr, ob sie sich schon wohl genug fühlen wird, Sir. Sie wissen ja, sie ist nicht allzu kräftig. Derartige Dinge regen sie noch zu sehr auf.«

»Ach«, sagte der Oberst, »schade. Sagte meiner Frau schon, daß ich das befürchte. Eh … demnächst wird ja auch der Brigadier wieder eine Gesellschaft geben. Wird sie sich bis dahin erholt haben?«

»Ich hoffe es«, sagte Hauptmann Holmes. »Ich weiß, wie sehr sie bedauern würde, sie zu verfehlen.«

»Eh«, sagte der Oberst. »Hoffe bestimmt, daß sie kommen kann. Wir alle haben sie sehr gerne. Charmante Dame, wirklich, Hauptmann.«

»Danke sehr, Sir«, sagte Hauptmann Holmes, dieses rote Licht auf dem Grund der Tiefe ignorierend.

»Übrigens, Hauptmann, nächste Woche gebe ich wieder einen kleinen Herrenabend. Ich habe mir die gleichen oberen Räume im Klub gesichert, Sie sind natürlich eingeladen.«

Holmes' Augen wurden wieder trübe, während er schamhaft grinste. »Ich werde zur Stelle sein.«

»Eh«, sagte der Oberst, öffnete seinen Mund, neigte seinen Kopf nach hinten und schaute den andern über die Nase hinweg an. »Fein. Gut. Das ist ausgezeichnet.« Wieder öffnete er eine Schublade seines Schreibtisches.

Hauptmann Holmes ging.

Der Herrenabend ließ ihn etwas aufatmen, obwohl er festgenagelt worden war. Wie konnte irgend jemand mit Sicherheit sagen, wer gewinnen würde? Auf alle Fälle war er noch nicht im Verschiß. Die Herrenabende waren exklusiv und nur für bevorzugte Offiziere.

Aber tief in seinem Innern änderte auch die Einladung nichts, und die Veranda und die Treppen, die er hinunterstieg, um zum Mittagessen nach Hause zu gehen, waren für ihn nicht mehr Inbegriff der Dauer. Eines Tages würde er versetzt werden, zurück nach den Staaten, wie er hoffte, auf jeden Fall an einen Ort, wo es wieder Kavallerie gab. Welch verrückte Idee war es gewesen, zur Infanterie zu gehen, nur um einen Ausflug auf die Inseln zu machen, ins gottverdammte Paradies des Pazifik.

Es sieht jedenfalls nicht so aus, sagte er sich, als würdest du den Rest deines Lebens in der Schofield-Kaserne verbringen. Was kann man tun?

Mit Karen aber würde er sprechen müssen. Der Oberst würde darauf bestehen, daß sie zu der Gesellschaft des Generals ginge. Irgendwie mußte er sie dazu überreden. Wenn sie sich nur dazu bereit finden würde, nett zu dem alten Herrn zu sein. Es könnte die Majorsstelle bedeuten, selbst wenn seine Abteilung in diesem oder im nächsten Jahr verlor. Er wollte nicht, daß sie mit ihm ins Bett ging oder so. Nur nett sollte sie zu ihm sein.

In der Lastwageneinfahrt erwiderte er, ohne sie zu sehen, den Gruß einiger Soldaten, die aus der Kantine kamen, und überquerte dann die Straße zu seinem Haus.

6

Karen Holmes war in das Bürsten ihrer langen blonden Haare versunken, als sie die Hintertür gehen hörte und den schweren Schritt Holmes' in der Küche.

Fast eine Stunde lang hatte sie nun gebürstet, fasziniert von diesem rein sinnlichen Vergnügen, bei dem man nicht zu denken brauchte und das sie zum mindesten für eine Weile ihre ewigen Gedanken an die Freiheit vergessen ließ; hingewandt an diese langen goldenen Haare, die sich einzeln und in Massen um die steifen langen Borsten der Bürste legten, bis sie, wie sie es sich gewünscht hatte, verzaubert weggetragen wurde von allem ... dahin, wo nichts anderes existierte als dieser Spiegel, in dem sie den Rhythmus des sich bewegenden Armes sah, der sie selber war.

Deshalb liebte sie es, ihr Haar so zu bürsten. Sie kochte auch gern: aus dem gleichen Grunde. Sie war, wenn sie wollte, sogar eine ausgezeichnete Köchin. Sie las auch leidenschaftlich Bücher. Sie konnte sich selbst an schlechten Büchern erfreuen, wenn es sein mußte. Sie war, genau betrachtet, nicht von der Art, wie sonst Offiziersfrauen sind.

Das Zuschlagen der Tür brach den Bann, und sie merkte, daß sie ihrer eigenen Totenmaske in die Augen schaute, blaß und schwach, das Blut ausgesaugt von einem Vampir, übriggeblieben nur die klaffende blutige Wunde, die ihr lippenstiftbemalter Mund war.

Laß mich gehn, Maske, erwiderte sie.

Je mehr du, antwortete die Maske, vor dem Schlechten zurückschreckst, das wie ein Mantel auf deinen Schultern liegt, um so enger wird es dich in seine erstickenden Falten hüllen.

Sie legte die Bürste beiseite und bedeckte mit den Händen ihr Gesicht, das sie mit der Nutzlosigkeit seiner Leere quälte, als sie die Schritte ihres militärischen Schicksals schnell durch das Eßzimmer kommen hörte.

Holmes brach ins Zimmer, die Mütze noch auf dem Kopf.

»Oh«, sagte er betreten. »Hallo. Ich wußte nicht, daß du zu Hause bist. Ich kam nur, um meine Uniform zu wechseln.«

Karen nahm die Bürste auf und beschäftigte sich von neuem mit ihrem Haar. »Der Wagen steht draußen«, sagte sie.

»So«, sagte Holmes. »Ich hab ihn nicht gesehen.«

»Heute früh war ich bei der Kompanie«, sagte sie, »um dich zu treffen.«

»Weshalb?« fragte Holmes. »Du weißt, ich mag es nicht, wenn du da drüben bei meinen Leuten bist.«

»Ich wollte dich bitten, mir ein paar Sachen zu besorgen«, log sie. »Ich dachte, du seist da.«

»Ich hatte verschiedenes zu erledigen, bevor ich hinüberging«, log Holmes. Er entknotete seinen Binder, warf ihn aufs Bett und setzte sich, um die Stiefel auszuziehen. Karen antwortete nicht. »Das war doch wohl in Ordnung, oder nicht?« forderte er sie heraus.

»Aber natürlich«, sagte sie. »Ich habe kein Recht, dich zu kontrollieren. Das war unsere Abmachung.«

»Warum fängst du davon an?«

»Damit du weißt, daß ich nicht so dumm bin, wie deiner Meinung nach alle Frauen sind.«

Holmes stellte seine Stiefel neben das Bett und zog sein schweißfeuchtes Hemd und seine Reithosen aus. »Was soll das nun wieder heißen? Was wirfst du mir jetzt vor?«

»Nichts«, lächelte Karen. »Es geht mich ja nichts mehr an, wen du alles ausführst, nicht wahr? Aber ich wollte um alles in der Welt, du könntest ein einziges Mal ehrlich sein.«

»Nun hör aber auf«, schrie er erbittert, und alle Vorfreude auf das bevorstehende Stelldichein löste sich schnell in nichts auf. »Nun hör aber auf. Ich komme nach Hause, um meine Uniform zu wechseln und etwas zu Mittag zu essen. Das ist alles.«

»Ich dachte«, sagte sie, »du wüßtest nicht, daß ich zu Hause bin.«

»Ich wußt's auch nicht, verdammt noch mal. Ich dachte nur, du könntest vielleicht zu Hause sein«, vollendete er lahm den Satz, beschämt, bei einer Lüge ertappt worden zu sein. »Verflucht noch mal«, brach er los. »Andere Frauen. Was soll denn das wieder? Wie oft muß ich dir sagen, daß ich keine anderen Frauen habe.«

»Dana«, sagte Karen. »Trau mir ein wenig Verstand zu.« Sie lachte und schaute in den Spiegel, brach dann plötzlich ab, erschreckt über den Haß in ihren Zügen.

»Wenn ich sie hätte«, sagte er, Selbstmitleid in seiner Stimme, und zog frische Socken an, »glaubst du nicht, ich würde es dir zugeben? Warum sollte ich es verschweigen? So wie die Dinge zwischen uns stehen? Welches Recht hast du, mich ständig zu verdächtigen?«

»Welches Recht?« sagte Karen und schaute ihn im Spiegel an.

Unter der Anklage ihrer Augen fiel Holmes in sich zusammen. »Schon gut«, sagte er niedergeschlagen. »Schon wieder *das*. Wie lange wird es dauern, ehe ich *das* abgebüßt habe? Wie oft muß ich dir sagen, daß es ein unglücklicher Zufall war.«

»Du denkst wohl, damit sei alles erledigt«, sagte sie. »Die Wunden sind geheilt, und wir können einfach so tun, als wäre nichts geschehen?«

»Das habe ich nicht gesagt«, schrie Holmes. »Ich weiß, was es dir angetan hat. Aber wie konnte ich das damals wissen? Ich wußte es selber nicht, bevor es zu spät war. Was kann ich dann mehr sagen, als daß es mir leid tut.« Er erwiderte ihren Blick im Spiegel, versuchte, entrüstet auszusehen, mußte aber die Augen senken. Die Uniform auf dem Boden mit ihren vom Schweiß seines Körpers feuchten Stellen beschämte ihn.

»Bitte, Dana«, sagte Karen schrill, mit erregter Stimme, »du weißt, wie sehr ich es hasse, darüber zu sprechen. Ich versuche, es zu vergessen.«

»Schon gut«, sagte Holmes. »Du hast damit angefangen. Ich denke selbst nicht gern daran, aber keiner von uns wird es je vergessen dürfen. Acht Jahre hab ich jetzt damit gelebt.« Er stand müde auf und ging zum Schrank, um eine frische Uniform zu holen. Vorübergehend war er geschlagen. Die ganze Vorfreude auf das Abenteuer des Nachmittags war ihm vergangen. Fast schien es der ganzen Mühe nicht mehr wert.

»Und ich habe damit leben müssen«, rief Karen ihm nach. »Du bist billig davongekommen. Jedenfalls hast du keine Narben davongetragen.«

Verstohlen – an der Seite, die er nicht sehen konnte – ließ sie ihre Hand hinuntergleiten zu ihrem Leib, betastete mit ihren Fingern die dicken Ränder der Narbe. Da liegt das Übel, dachte sie hysterisch, aufgerissen die Traube, die Samen herausgepflückt, an der Rebe verdorrend. All die Fäulnis der weichen, heimlichen Feuchte, das glitschig-glatte luftlose Dunkel kam zurück zu ihr und überwältigte sie, als ob eine Gasblase in ihrem Kopf zerspränge und sie beschmutzte mit der Erinnerung an all das Verfaulte, dem sie entfliehen wollte.

Vor dem Kleiderschrank entschloß sich Holmes, dennoch reiten zu gehen, ob er Lust dazu hatte oder nicht. Zum Teufel mit allem, er würde sich besaufen. Unter der Mißstimmung, die ihm widerwärtig war, grinste er sich selber an.

Als er in frischer Unterwäsche wieder erschien, war der Wandel schon sichtbar. Seine Niedergeschlagenheit und sein Schuldgefühl waren verschwunden, und an ihre Stelle war Sicherheit getreten. Er hatte die Hundemiene einer künstlichen Traurigkeit angenommen, die seine letzte Verteidigung war und schließlich jeder Niederlage noch den Sieg entriß.

Karen durchschaute seine Haltung. Im Spiegel konnte sie ihn in seinen Unterkleidern sehen, massiv, haarig, seine Beine vom vielen Reiten – in Bliss hatte er die Polomannschaft geführt – grotesk gekrümmt, auf seiner Brust die dichten schwarzen Haare, die das Hemd polsterten wie Holzwolle ein Kissen. Sein Gesicht mit dem starken Bartwuchs hatte die grobe blaue Sinnlichkeit eines fruchtbaren Priesters und dessen stolz leidenden Ausdruck. Er hatte sich nur oberhalb der Kragenlinie rasiert, und die schwarzen Locken reichten bis hinauf zu seinem rasierten Hals wie lebendige Flammen, die in einem Kamin hochgesaugt werden. Ihr Magen wand sich angeekelt, wie ein großer Fisch, der schleimig an einem Haken hängt, beim Anblick dieses Mannes, der ihr Gatte war. Sie rückte auf der Bank, die vor ihrer Ankleide stand, so lange nach der Seite, bis sie sein Spiegelbild nicht mehr sehen konnte.

»Ich sprach Oberst Delbert heute morgen«, sagte Holmes. »Er fragte mich, ob wir auf General Hendricks Gesellschaft gehen.«

Die kräftigen Kiefer zusammengepreßt, beobachtete er sie ungerührt. Wie zufällig bewegte er sich, während er sich die Reithosen anzog, so zur Seite, daß sie sein Bild wieder im Spiegel sehen mußte.

Karen sah ihm zu, während er es tat, wußte, was er tat, und war dennoch unfähig, ihre Nerven zu beherrschen, daß sie nicht schwangen wie die angeschlagenen Saiten einer Gitarre.

»Wir werden gehen müssen«, sagte er. »Wir kommen nicht drum herum. Seine Frau gibt übrigens wieder einen Tee. Von dem hab ich dich losgekriegt.«

»Du kannst mich auch von dem anderen loskriegen«, sagte Karen, aber ihre Worte hatten den beherrschten Ton verloren und klangen verzagt. »Wenn du gehen willst, geh alleine.«

»Ich kann nicht immer und ewig alleine gehen«, sagte Holmes klagend.

»Du kannst, wenn du erklärst, daß ich krank bin, was die Wahrheit sein wird. Laß sie denken, ich sei ein Krüppel. Ich bin nahe genug daran.«

»Simmons ist als Fußballtrainer abgesägt worden«, sagte er. »Das läßt eine Majorsstelle offen. Der Alte hat es mir erzählt und mich dann gefragt, ob du kommst.«

»Das letzte Mal, als ich ihn bei einer Gesellschaft traf, kam ich mit zerrissenem Kleid nach Hause, du weißt das.«

»Er war ein bißchen betrunken«, sagte Holmes. »Er hat's wirklich nicht böse gemeint.«

»Ich hoffe nicht«, sagte Karen mit dünner Stimme. »Wenn ich einen Mann fürs Bett wollte, würde ich mir einen *Mann* aussuchen, nicht dieses Bierfaß.«

»Ich mein's ernst«, sagte Holmes, die Abzeichen von seinem schmutzigen Hemd an das saubere steckend. »Wenn du nett zu ihm bist, kann das jetzt, nach dieser Simmons-Geschichte, den Ausschlag geben.«

»Ich habe dir geholfen, soweit ich konnte«, sagte sie. »Du weißt das ganz genau. Ich bin zu Einladungen gegangen, die ich haßte. Das war mein Teil des Vertrags, die liebende Frau zu spielen. Aber deinetwegen mit Oberst Delbert schlafen, das tue ich nicht.«

»Niemand verlangt das von dir. Ich bitte dich nur darum, freundlich zu ihm zu sein.«

»Mit einem lüsternen alten Roué kann man nicht freundlich sein. Es macht mich körperlich krank.« Ohne zu wissen, daß sie es tat, nahm sie die Bürste wieder auf und begann, sich geistesabwesend die Haare zu bürsten.

»Eine Majorsstelle ist es wert«, sagte Holmes bittend. »Ein Mann, der jetzt Major wird und der in West Point promoviert hat, wird am Ende dieses kommenden Krieges General sein. Du brauchst nichts zu tun, als zu lächeln und zuzuhören, wenn er von seinem Großvater erzählt.«

»Ein Lächeln ist für ihn nichts als eine Aufforderung, einem seine Hände zwischen die Beine zu stecken. Er hat eine Frau. Warum läßt er seine Kraft nicht an ihr aus?«

»Ja«, sagte Holmes steif. »Warum tut er es nicht?«

Karen zuckte unter der Anklage zusammen, obwohl sie wußte, daß es nur Theater war. Vor dieser melancholischen Rolle des leidenden Liebhabers spannten sich die Nerven ihres Körpers, daß sie fast zerrissen.

»Es war ein Teil unseres Abkommens«, sagte Holmes traurig.

»Meinetwegen«, sagte sie, »also meinetwegen. Ich werde hingehen. Nun hab ich's gesagt, und nun laß uns von was anderem sprechen.«

»Was gibt es zum Mittagessen?« sagte Holmes. »Ich habe Hunger wie ein Wolf. Delbert anzuhören war grauenhaft. Er kann einem das Ohr wegschwätzen. Dann mußte ich mich den halben Morgen mit dem Küchenpersonal und diesem Neuen, dem Prewitt, herumstreiten.« Er schaute sie an. »Es macht mich vollständig fertig mit meinen Nerven.«

Sie wartete, bis er geendet hatte. »Du weißt, daß das Mädchen heute Ausgang hat.«

Holmes' Augen zogen sich schmerzvoll zusammen.

»Wahrhaftig? Bei Gott. Was ist heute? Donnerstag? Ich dachte, es sei Mittwoch.« Er schaute hoffnungsvoll auf seine Uhr, zuckte dann mit den Schultern. »Für den Klub ist's jetzt zu spät. Oder soll ich doch noch gehen?«

Karen spürte, daß er sie genau beobachtete. Sie versuchte, ihrem Schuldgefühl darüber, daß sie sich nicht anbot, ihm etwas zu richten, zu entgehen, indem sie fortfuhr, sich die Haare zu bürsten. Niemals aß er sein Mittagessen zu Hause, und es war auch nicht in den Handel eingeschlossen, den sie abgeschlossen hatten. Dennoch kam sie sich wie ein herzloser Verbrecher vor.

»Ich werde mir also eins von den lausigen Broten in der Kantine besorgen müssen«, sagte Holmes resigniert. Er lief eine Minute lang unruhig auf und ab und setzte sich dann aufs Bett. »Was ißt *du* zu Mittag?« fragte er mit der Miene eines Menschen, der sich verschämt zu einem Zugeständnis bequemt.

»Gewöhnlich mache ich mir eine Suppe«, sagte Karen, tief Atem holend.

»Oh«, sagte er, »du weißt, ich esse keine Suppe.«

»Du hast mich gefragt, oder nicht?« sagte sie und versuchte, ihre Stimme nicht schriller werden zu lassen. »Ich mache mir eine Suppe. Warum sollte ich lügen?«

Holmes stand hastig auf. »Aber, Liebling«, sagte er, »reg dich nicht auf. Ich gehe einfach hinüber in die Kantine, es macht mir wirklich nichts aus. Du weißt, wie schlecht es für dich ist, wenn du dich aufregst. Du kannst es einfach nicht ertragen. Du machst dich nur selber krank und mußt dann ins Bett.«

»Mir fehlt gar nichts«, wehrte sie sich. »Ich bin kein bettlägeriger Krüppel«, wobei sie dann dachte, daß er kein Recht hatte, sie Liebling zu nennen. Immer tat er es in solchen Situationen, und das Wort war wie eine Nadel, die sie auf das Brett unter die anderen Schmetterlinge seiner Sammlung spießte. Sie sah sich selber aufstehen, ihm sagen, was sie über ihn dachte, ihre Koffer packen und gehen, um ihr eigenes Leben zu führen und für sich selbst zu sorgen. Irgendwo würde sie eine Wohnung und eine Stellung finden. Welche Art Stellung? fragte sie sich. Bei deiner körperlichen Verfassung, was kannst du tun? Welche Ausbildung hast du? Außer der, Ehefrau zu sein?

»Du weißt, daß deine Nerven nicht stark sind, Liebling«, sagte Holmes. »Beruhige dich und reg dich nicht auf. Komm zur Ruhe.«

Er kam zu ihr und legte seine Hände beruhigend auf ihre Schultern, packte sie liebevoll und leicht und schaute dabei besorgt in ihre Augen im Spiegel.

Karen fühlte sie auf sich, seine Hände, die sie herunterzogen, sie fesselten, wie ihr Leben gefesselt war, und sie erinnerte sich an das Gefühl, das sie als Kind gehabt hatte, als sich im Walde ihr Kleid in einem Stacheldrahtzaun verfing, und sie zog und zerrte, bis ihr Kleid zerriß und sie frei war, obwohl sie die ganze Zeit sah, daß ihre Mutter kam, um ihr zu helfen.

»So ist's recht, komm zur Ruhe.« Holmes lächelte. »Und jetzt machst du dir dein Mittagessen genauso, wie du es gemacht hättest, wenn ich nicht da wäre, und ich werde essen, was du auch ißt. Wie wäre das?«

»Ich könnte dir etwas Toast und Käse geben«, sagte Karen schwach.

»Gut«, sagte er, »Käse habe ich sehr gerne.«

Er folgte ihr hinaus in die Küche, setzte sich an den Küchentisch und sah ihr zu. Als sie den Kaffee abmaß, beobachtete er sie besorgt; als sie die Pfanne einfettete und auf den Herd setzte, blickten seine Augen sorgsam beschützend. Karen war stolz auf ihre Kochkunst; es war ihre einzige Kunstfertigkeit, und sie hatte sie gut gelernt, verlor keine Zeit und machte keine überflüssige Bewegung.

Nun aber vergaß sie, auf den Kaffee zu achten, und er kochte über. Als sie den Topf anfaßte, verbrannte sie sich die Hand.

Holmes sprang mit wunderbarer Schnelligkeit auf und ergriff einen Lappen, um den Herd abzuwischen. »Schon gut«, sagte er. »Bitte mach dir nichts draus. Ich wische schon auf. Setz dich hin. Du bist erschöpft.«

Karen schlug ihre Hände vors Gesicht. »Nein, das ist nicht wahr«, sagte sie. »Laß mich nur. Es tut mir leid, daß ich ihn habe überkochen lassen. Ich kann es schon wieder in Ordnung bringen. Laß mich es bitte machen.«

In diesem Augenblick roch sie den Qualm. Sie erwischte das Brot gerade noch zur rechten Zeit, um es vor dem Verbrennen zu schützen. Auf der einen Seite war es schwarz.

»Das macht nichts«, sagte Holmes tapfer. »Mach dir nichts draus, Liebling. Ich will nicht, daß du dich aufregst. Das macht wirklich gar nichts.«

»Laß es mich abschaben«, sagte Karen.

»Nein, nein – es ist ganz in Ordnung, wie es ist. So ist es gut. Wirklich.«

Er biß in das Brot, um zu zeigen, wie gut es war. Er aß es mit Appetit. Er trank keinen Kaffee.

»Ich hol mir eine Tasse in der Kantine«, lächelte er. »Ich muß sowieso zur Kompanie rübergehen und ein paar Sachen unterschreiben. Du gehst hinein und legst dich hin und ruhst dich ein wenig aus. Es war wirklich ein gutes Mittagessen.«

Karen stand in der Tür und sah ihm nach, wie er die Allee hinunterging. Nachdem er verschwunden war, ging sie zurück in ihr Schlafzimmer. Sie ließ ihre Hände an der Seite herunterhängen und zwang sich, sie zu entspannen. Ein- oder zweimal wurde sie von einem quälenden Husten geschüttelt, aber sie weinte nicht. Sie zwang sich, tief zu atmen. Sie entspannte ihre Muskeln, aber ihre Nerven flatterten wie wild.

Verstohlen, als habe sie einen eigenen Verstand, bewegte sich ihre Hand hinauf zu ihrem Leib und berührte den Rand der Narbe; und der Abscheu, den sie gegen ihren eigenen Körper spürte, gegen seine Eitrigkeit, gegen seine abscheuliche Entstellung, begann würgend in ihr hochzukommen. Die aufgerissene Traube, die herausgerissene Saat, die vertrocknet, ehe sie Früchte tragen konnte.

So ist das ja gar nicht, sagte sie zu sich selber. Du weißt, daß es nicht so ist. Du hast ihm einen Erben geboren, wer kann sagen, daß dein Leben unfruchtbar sei? Wie kannst du unfruchtbar sein? Du bist Mutter, nicht wahr?

Etwas in ihr sagte – irgendwo, irgendwie –, daß es mehr geben, daß ein besserer, tieferer, bedeutungsvollerer Grund vorhanden sein mußte als die Gleichung Jungfrau plus Heirat plus Mutterschaft plus Großmutterschaft ist gleich Ehre, Erfüllung, Tod. Es mußte einen anderen Text geben – vergessen, ungehört, ungesprochen – als den Besitz einer ›Amerikanischen Heimküche‹, komplett eingerichtet mit Wohnecke, Frühstücksnische und fluoreszierendem Licht.

Unter zerbrochenen Wasserhähnen und den klebrigen, grellfarbigen, regenverwaschenen Etiketten leerer Konservenbüchsen durchsuchte

Karen den Schuttabladeplatz der Zivilisation, jagte verzweifelt nach ihrem Leben; und der Unrat, mit dem sie sich dabei die Finger beschmutzte, kümmerte sie nicht.

Zu viel davon haftete ohnedies schon an ihr, dachte Karen.

7

Prewitt hockte auf seinem Bett. Er wartete auf das Essen und legte inzwischen eine Patience, um über das Gefühl des Fremdseins hinwegzukommen, als Anderson und Clark, die beiden Hornisten der G-Kompanie, in den häßlichen Schlafraum kamen. Er hatte sein Zeug von der A-Kompanie herübergekarrt und es verstaut, hatte die nackte Matratze in ein genau gradlinig gemachtes Bett verwandelt, seine Uniformen im Wandschrank aufgehängt, Schuhe und Koffer auf den dafür bestimmten Ständer gestellt und war somit zu Hause. Er hatte einen sauberen blauen Drillichanzug angezogen und sich mit den Karten niedergesetzt. In weniger als einer halben Stunde hatte er das geschafft, wofür ein Rekrut wie Maggio viele qualvolle Stunden gebraucht hätte; aber es war unangenehm gewesen, und er fühlte sich nicht befriedigt. So umzuziehen, war immer unangenehm. Immer brachte es einem die eigene tiefe Wurzellosigkeit zum Bewußtsein und aller der anderen Männer, die, wie man selbst, immer auf der Wanderschaft waren, niemals irgendwo seßhaft, niemals wirklich zu Hause. Bei einer Patience aber konnte man alles vergessen, mindestens für eine Weile. Patiencelegen war das Spiel der Heimatlosen.

Als zum Essen gepfiffen wurde, drängte Prew sich in die Menge, die zur Küche stürmte. In Schwärmen kamen sie die Treppe herunter und stauten sich vor der Tür, die sie nicht schnell genug durchlassen konnte. Mit ihren hellen, lachenden Gesichtern, den sauberen Händen und mit Wasser bespritzten Drillichröcken hätten sie einem Werbeplakat der Armee entsprungen sein können. Wer sie nicht genau kannte oder genau betrachtete, übersah die schwarze Hochwasserlinie am Gelenk oder den Dreckrand, der von den Schläfen an den Ohren vorbei zum Hals hinunterlief. Es gab viel Lärm, das Klirren von Bestecken, derbe Scherze und schallendes Gelächter. Aber Prew gehörte nicht dazu.

Zwei oder drei Männer, die er kannte, wechselten ein paar Worte mit ihm, nüchtern und mit großer Zurückhaltung, und wandten sich dann ab, um am Gelächter der anderen teilzunehmen. Die G-Kompanie war eine freie Gemeinschaft, aus vielen Männern zusammengesetzt, an der er keinen Anteil hatte. Umgeben vom Klirren und Knirschen der Bestecke auf dem Porzellan und der summenden Unterhaltung aß er, in Schweigen gehüllt, und spürte die vielen neugierigen Augen, die ihn betrachteten.

Nach dem Essen gingen sie in Gruppen zu zwei und drei wieder die Treppen hinauf, jetzt still und mit vollen Bäuchen. Die Ausgelassenheit am Anfang der Ruhestunde war der unangenehmen Aussicht auf den Mittagsappell und die Arbeit mit vollen Mägen gewichen, und vereinzelte grobe Scherze starben eines frühen Todes unter den Bajonetten zynischer Blicke.

Prew nahm seinen Teller und stellte sich in die Schlange vor der Küche, kratzte die Essenreste in den muffigen Eimer, legte Teller und Tasse in das Spülbecken, an dem Maggio eifrig abwusch, nicht ohne ihm zuzublinzeln, und ging zurück auf seine Stube. Er zündete sich eine Zigarette an, ließ das Streichholz in die leere Kaffeedose fallen, die er als Aschenbecher aufgetrieben hatte, und streckte sich inmitten all des Lärmes auf seinem Bett aus. Mit der Zigarette im Mund und einem Arm unter dem Kopf liegend, sah er Häuptling Choate auf sich zukommen.

Der riesige vollblütige Choctawindianer, langsam in Sprache und Bewegung (aber schnell wie ein Panther im Wettkampf), mit offenen Augen und undurchsichtigem Gesicht, setzte sich mit einem kurzen scheuen Grinsen zu ihm auf den Rand des Bettes. Normalerweise hätten sie sich die Hände geschüttelt, wäre es nicht eine so konventionelle Sache gewesen, die beide in Verlegenheit gebracht hätte.

Der Anblick der großen plumpen Körpermasse des Häuptlings, die in einem Umkreis von zwanzig Metern, wo immer er auch auftauchte, Vertrauen und Ruhe verbreitete, rief in Prew die Erinnerung an all die Morgenstunden wach, in denen sie mit Red bei Choys gefrühstückt und debattiert hatten. Er schaute den Häuptling an und wünschte, es gäbe einen Weg, all diese Erinnerungen auszusprechen, zu sagen, wie es ihn freute, in seiner Gruppe zu sein, ohne daß beide in Verlegenheit gerieten.

Den ganzen letzten Herbst über während der Fußballsaison, in der Häuptling Choate vom Exerzieren beurlaubt war, hatten sie fast jeden Morgen mit Red in Choys Restaurant gefrühstückt – die beiden Hornisten mit ihrem Sonderdienst und der große Indianer, der als Fußballer keinen Ordnungsdienst zu machen brauchte. Nachdem er den massigen, mondgesichtigen Choctaw kennengelernt hatte, war er zu jedem Spiel und jeder Sportveranstaltung gegangen, an der der Indianer teilnahm, und das waren fast alle, denn Wayne Choate trieb das ganze Jahr hindurch Sport. Fußball im Herbst, mit dem Häuptling in der Verteidigung als einzigem Mann auf dem Rasen, der sechzig Minuten lang die Sorte Fußball durchstehen konnte, die bei der Armee gespielt wird. Im Winter war es Basketball, und wieder spielte der Häuptling in der Verteidigung und war der drittbeste Korbschütze im Regiment. Und beim Baseball im Sommer war der Häuptling, wie manche sagten, der beste Malmann Eins in der ganzen Armee. Im Frühjahr wiederum war es Leichtathletik, in der man sicher damit rechnen konnte, daß der Häuptling einen ersten oder zweiten Platz im Kugelstoßen oder Diskuswerfen belegen und einige Punkte im Kurzstreckenlauf sammeln würde. In seiner Jugend, bevor er sich einen soldatischen Bierbauch zulegte, hatte er über hundert Yards einen Inselrekord aufgestellt, der noch immer ungebrochen war. Doch das war schon lange her.

Nie hatte er in seinen vier Jahren bei der Kompanie eine einzige Stunde Arbeitsdienst getan, und wenn er für Holmes geboxt hätte, wäre er innerhalb von zwei Wochen Feldwebel geworden. Niemand wußte, warum er sich nicht zu einer anderen Kompanie versetzen ließ, wo er sich hätte verbessern können, oder warum er nicht für Holmes boxte, denn er sprach nicht über seine Gründe. Anstatt sich zu verbessern, blieb er in der G-Kompanie, ein ewiger Unteroffizier, und betrank sich jede Nacht in Choys Restaurant bis zur Besinnungslosigkeit an Bier, so daß durchschnittlich dreimal die Woche eine fünf Mann starke Abteilung ihn holen und auf einem der eisenbereiften Maschinengewehrwagen nach Hause karren mußte.

Er hatte einen Koffer voll mit Goldmedaillen von den Philippinen, Panama und Puerto Rico, die ihm zusätzliches Biergeld einbrachten, wenn er pleite war, indem er sie an Möchte-gerne-Sportler verkaufte oder verpfändete, und jedesmal, wenn er versetzt wurde, ließ er einen Waschkorb voller Ehrenurkunden zurück. Seine Bewunderer in ganz Honolulu wären entsetzt gewesen, hätten sie ihn Nacht für Nacht, seinen ungeheuren Bauch wie ein Faß mit unglaublichen Mengen Bier gefüllt, triefäugig in Choys Restaurant gesehen.

Prew beobachtete ihn, während er staunend an all das dachte, und da er nicht sagen konnte, was er eigentlich sagen wollte, wartete er darauf, daß Choate spräche.

»Der Spieß sagt, du bist in meiner Gruppe«, sagte der Häuptling in seiner feierlichen, bärenhaften Art. »Da dachte ich, ich komme mal rüber und mache dich mit der Angelegenheit bekannt.«

»O.K.«, sagte Prew. »Leg los.«

»Ike Galovitch ist der Zugführer.«

»Ich habe schon über ihn gehört«, sagte Prew.

»Du wirst mehr von ihm hören«, sagte der Häuptling bedächtig. »Er ist eine Type. Er macht jetzt Dienst als Zugfeldwebel. Das ist eigentlich Wilson, aber der ist während der Boxsaison vom Exerzieren beurlaubt. Bis März wirst du nicht viel von ihm sehen.«

»Was für ne Sorte ist dieser Meister Wilson?« sagte Prew.

»Er ist in Ordnung«, sagte der Häuptling langsam, »wenn du ihn verstehst. Er spricht nie viel und geht mit keinem. Hast du ihn mal boxen sehn?«

»Natürlich«, sagte Prew, »er ist hart.«

»Wenn du ihn boxen gesehn hast, dann weißt du so viel über ihn wie jeder andere. Er ist befreundet mit Feldwebel Henderson, der Holmes' Pferde pflegt. Die beiden haben zusammen in Holmes' Kompanie in Bliss gedient.«

»Wie er boxt«, sagte Prew, »könnte man meinen, daß er ziemlich gemein werden kann.«

Der Häuptling schaute ihm ruhig in die Augen. »Vielleicht«, sagte er. »Aber wenn man ihn in Ruhe läßt, macht er keine Schwierigkeiten. Er kümmert sich nicht viel um einen, wenn man keinen Streit mit ihm anfängt. Dann allerdings ist es gut möglich, daß er seinen Rang rauskehrt und einen meldet. Ich habe selbst gesehn, wie er zwei in den Bau gebracht hat.«

»O.K.«, sagte Prew. »Danke.«

»Von mir wirst du hier nicht viel sehn«, sagte der Häuptling. »Galovitch hat die ganze Verantwortung in diesem Zug. Selbst wenn Wilson da ist, tut Ike die ganze Arbeit. Du bist mir nur verantwortlich, wenn ich am Samstagmorgen dein Zeug kontrollieren muß; aber Ike nimmt sich sowieso jeden selbst vor, nachdem die Unteroffiziere gemeldet haben, also ist es egal.«

»Mein Gott«, sagte Prew, »was für ne Art von Militär ist das?«

»Das hier ist die ›Ananas‹-Armee«, sagte der Häuptling.

»Ich kann nicht sagen, daß mir das gefällt«, sagte Prew.

»Das dachte ich mir«, sagte der Häuptling. »Aber so ist's nun mal. Der alte Ike wird gleich hier sein, um dich anzugucken und dir zu sagen, was du zu tun hast. Die einzige Gelegenheit, wo ein Unteroffizier hier was zu melden hat, ist morgens beim Latrinendienst, aber Ike kommt auch dann gleich, um zu kontrollieren.«

»Dieser Galovitch muß schon ein Kerl sein.«

Der Häuptling zog ein Säckchen Durham-Tabak aus der Tasche. »Das ist er auch«, sagte er. Behutsam rollte er sich mit seinen Wurstfingern eine Zigarette. »Er war auch mit Holmes in Bliss. War damals Heizer. Bediente die Kessel im Winter. Ich glaube, er war Gefreiter.« Er zündete die dünne braune Zigarette an, ließ das Streichholz in Prews Büchse fallen und zog ein paarmal. Er schaute Prew nicht an, sondern sah liebevoll dem ausgeatmeten Rauch nach. »Ike ist unser Fachmann im Exerzieren. Nach dem Dienstplan haben wir jeden Morgen eine Stunde Exerzieren. Mit Galovitch.« Die Zigarette brannte schnell ab, und der Häuptling ließ sie, ohne aufzuschauen, in die Büchse fallen.

»Also los«, sagte Prew. »Was ist? An was denkst du?«

»Wer? Ich?« sagte der Häuptling. Aber er grinste. »Ich überlege gerade, ob du noch so spät in der Saison mit dem Training anfangen willst oder ob du bis zum Sommer warten willst, um bei den Kämpfen mitzumachen.«

»Keins von beiden«, sagte Prew. »Ich werde nicht boxen.«

»Oh«, sagte der Häuptling zurückhaltend. »Ich verstehe.«

»Du denkst, ich bin verrückt, was?« sagte Prew.

»Nein«, sagte der andere. »Ich glaube nicht. Irgendwie hat's mich überrascht, als ich hörte, daß du aus dem Musikzug weg bist, ein Mann, der bläst wie du.«

»Ja«, sagte Prew heftig, »ich bin weg da. Und ich wein keine Träne hinterher. Und ich werde nicht boxen. Und ich wein auch dem keine Träne nach.«

»Dann brauchst du dir ja weiter keine Sorgen zu machen, was?« sagte der Häuptling.

»Über gar nichts.«

Der Häuptling stand auf und legte sich auf das Bett neben Prewitt. »Ich glaube, da kommt Galovitch. Ich hab mir gedacht, daß er kommt.«

Prew hob seinen Kopf. »Sag, Häuptling, wo ist eigentlich dieser kleine Maggio, in welcher Gruppe? Der kleine Makkaronifresser.«

»In meiner«, sagte der Häuptling. »Warum?«

»Er gefällt mir. Hab ihn heute morgen getroffen. Ist schön, daß er in deiner Gruppe ist.«

»Er ist ein guter Junge. Er hat die Rekrutenausbildung seit einem

Monat hinter sich, macht alles falsch und bekommt alle Extraarbeit aufgebrannt, aber er ist ein guter Junge. Für so 'n Knirps hat er ne Menge Humor, bringt dauernd alles zum Lachen.«

Galovitch kam durch den Gang auf sie zu. Prew beobachtete ihn mit Staunen. Er kam zwischen den Betten daher, großfüßig, mit gebeugten Knien, und bewegte seinen Kopf und Körper bei jedem Schritt auf und ab, als trage er einen Geldschrank auf dem Rücken. Seine überlangen Arme reichten fast bis zu den Knien, so daß er einem Affen glich, der sich beim Gehen auf die Knöchel stützt. Sein kleiner Kopf, mit kurzgeschorenen Borsten bedeckt, die in der Mitte fast bis zu den Augenbrauen reichten, die kleinen anliegenden Ohren und die wulstigen Lippen vollendeten die Ähnlichkeit. Er würde wirklich wie ein Affe aussehen, dachte Prew, wären nicht seine ausdruckslosen tiefliegenden Augen und der ausgemergelte Hals.

»Ist das Galovitch?« fragte Prewitt.

»Das ist er«, sagte der Häuptling, und ein Grinsen leuchtete schwach aus der Tiefe seiner langsamen Feierlichkeit herauf. »Wart, bis du ihn reden hörst.«

Die Erscheinung blieb vor Prewitts Bett stehen. Ike stand da und schaute sie an mit rot unterlaufenen Augen in einem Meer von Falten und schob nachdenklich seine überhängenden Lippen hin und her, als habe er keine Zähne.

»Prewitt?« fragte Galovitch.

»So heiße ich.«

»Feldwebel Galovitch, Zugführer bin ich von diesem Zug«, sagte er stolz. »Wenn Sie sind zugeteilt zu diesem Zuge, Sie kommen unter mich. Ich komme, um Ihnen zu erklären, was ist los.« Er machte eine Pause, legte seine knotigen Pranken auf das Ende des Bettes, zog das Kinn an und saugte ausdruckslos seine Lippen ein und starrte Prew an.

Prew wandte den Kopf, um dem Häuptling seine Überraschung zu zeigen, aber der Indianer lag auf dem Nachbarbett, die langen Beine an der Seite herunterhängend, den Kopf auf der olivfarbenen viereckig zusammengelegten Decke über dem Kissen, und schien plötzlich völlig teilnahmslos, als wolle er mit nichts von alledem zu tun haben.

»Schauen Sie ihn nicht an«, befahl Galovitch. »Zu Ihnen spreche ich, nicht zu ihm. Er nur Unteroffizier. Feldwebel Wilson ist Zugfeldwebel, und er Ihnen sagen alles, was ich nicht sage, Sie sollen tun. Wenn am Morgen Sie stehen auf, das erste, was Sie müssen tun, ist machen Bett. Mit keinen Falten und Extradecke auf Kissen. Ich inspiziere alle Betten, und nicht richtig aufgemachte ich reiße auseinander, und der Mann muß aufmachen noch einmal.

Ich will nix Faulenzer haben hier, versteh? Dieser Gruppe reinigt jeden Tag Tagesraum und Veranda. Wenn Sie unter Bett saubergemacht haben, nehmen Sie Scheuerbesen, helfen auf Veranda.

Ein Mann von diese Zug, der sich drückt von Arbeitsdienst oder Drill, ich finde ihn, bekommt Extraarbeit, daß er schwarz wird.« Die kleinen roten Augen starrten Prew herausfordernd an, als hofften sie auf eine Meinungsverschiedenheit, die Ike zwingen würde, seine Loyalität gegenüber Holmes, Wilson, der Kompanie und gegenüber der *Sache* zu beweisen, die man etwa als ›Soldatentum‹, ›Einsatzbereitschaft‹ oder vielleicht ›Erhaltung der Elite‹ bezeichnen könnte. Niemand hätte diese Sache definieren können, aber das war auch nicht wichtig, solange die Sache selbst Loyalität hervorrief.

»Und glauben Sie nicht«, fuhr Ike fort, »daß können hierherkommen ein Boxer, der jeden herumschlagen kann, weil er ein starker Kerl ist. Schnellster Weg in Bau ist starker Kerl.

Und jetzt ist Antreten zum Arbeitsdienst in fünf Minuten. Sie treten an für ihn«, schloß Ike, schaute Prew kurz an und warf einen strafenden Blick auf Choate, der sich auf dem Bett streckte. Dann polterte er zurück zu seinem eigenen Bett, wo er, seine Schuhe weiterputzend, fortfuhr, sein unbekanntes Idol zu preisen.

Nachdem er gegangen war, stemmte Häuptling Choate seinen Körper aufrecht, daß die Sprungfedern protestierend quietschten.

»Du kannst dir vorstellen, wie das beim Exerzieren klingt.«

»Ja«, sagte Prew, »sind die andern genauso?«

»Nun«, sagte der Häuptling gemessen, »nicht in der gleichen Art.« Langsam und mit großer Sorgfalt drehte er sich eine neue Zigarette.

»Ich glaube, er hat herausbekommen, daß du nicht für Holmes boxen wirst«, sagte der Häuptling langsam.

»Wie konnte er das rausbekommen? So schnell?«

Häuptling Choate zuckte die Schultern. »Schwer zu sagen«, sagte er übertrieben gleichgültig. »Aber er hat wohl. Hätte er nicht, wo er weiß, daß du ein Boxer bist, er hätte dir die Kompanie auf einem Tablett angeboten und dir den Arsch geleckt von hier bis zum Wheeler Feld.«

Prew lachte; aber das feierlich runde Gesicht des Häuptlings verriet keine Spur von Humor oder irgendeines anderen Gefühls. Er schien nur ein wenig überrascht, daß es einen Grund zum Lachen gab, was Prew noch mehr zum Lachen brachte.

»Also«, sagte er zu dem großen Mann, »nachdem wir nun das alles geklärt haben... hast du noch Instruktionen für mich, ehe ich den Eid ablege und mein geweihtes Leben beginne?«

»Nicht mehr viel«, antwortete Choate; »keine Flaschen im Koffer. Der Alte mag nicht, wenn seine Leute trinken, und fahndet jeden Samstag nach Flaschen und nimmt sie mit, wenn ich sie nicht vorher weggenommen habe.«

Prew grinste. »Vielleicht schreibe ich mir das besser auf!«

»Ferner«, sagte der Häuptling langsam, »nach zehn Uhr keine Weiber in der Kaserne. Außer, wenn sie weiß sind, alle anderen – gelbe, schwarze und braune – muß ich in die Schreibstube bringen, wo Holmes sie mir quittiert und dem Großen Weißen Vater übergibt.« Er schaute Prewitt ernsthaft an, der so tat, als mache er sich eine Notiz auf die Manschette.

»Was noch?« sagte er.

»Das ist alles«, sagte der Häuptling.

Prew grinste den Häuptling an. Er hatte an sein Mädchen in Haleiwa denken müssen. Es war das drittemal an diesem Morgen, daß er an sie dachte, aber sonderbarerweise schmerzte ihn die Vorstellung dieses Mal nicht. Eine Minute lang glaubte er fest daran, daß an jeder Ecke schöne Frauen ständen und nur darauf warteten, von ihm angesprochen und geliebt zu werden, von ihm zu empfangen, wonach sie sich sehnten, obwohl er wußte, daß es nicht so war. Die Wärme von Häuptling Choates langsamer, unausgesprochener Freundschaft hatte einen leeren Raum in ihm gefüllt.

Drunten ging eine Trillerpfeife, und gleichzeitig blies auf dem Kasernenhof der Hornist vom Dienst das Signal zum Mittagsappell. Prewitt konnte jetzt wieder objektiv dem Signal lauschen; er fand, daß es sehr schlecht geblasen war, bei weitem nicht so gut, wie er es hätte tun können.

»Zeit für dich, rauszutreten«, sagte der Häuptling bedächtig, seinen schweren Körper vom Bett hebend. »Ich denke, ich hau mich hin und mach ein Mittagsschläfchen.«

»Oh, du Hund«, sagte Prew zu ihm, während er seine Mütze nahm.

»Und dann um vier«, sagte der Häuptling, »werde ich mal bei Choy vorbeigehen und sehen, wie sein Bier ist. Ich bin im Training.«

Prew ging lachend den Gang hinunter, wandte sich dann zurück zu dem Indianer. »Ich glaube, mit unseren Frühstücksgesprächen ist es vorbei«, sagte er, wurde aber plötzlich verlegen, weil er das nicht hätte sagen sollen.

»Was«, sagte der Häuptling ausdruckslos. »O das... Mhm... ich glaube, ja.« Er wandte sich schnell ab und ging zu seinem Bett.

8

Es gibt in der Armee eine wenig bekannte, aber sehr wichtige Tätigkeit, Arbeitsdienst genannt. Arbeitsdienst bei der Armee besteht in dem sehr notwendigen Reinigen und Reparieren der Folgen des Lebendigseins. Jedermann, der einmal ein Gewehr besaß, hat Arbeitsdienst kennengelernt, wenn er, nach einer Viertelstunde im Wald und vielleicht drei Schüssen auf ein flüchtendes Eichhörnchen, nach Hause kam, um drei Stunden mit dem Reinigen seines Schießprügels zu verbringen, nur damit er in Ordnung ist, wenn er das nächste Mal in den Wald geht. Jede Frau, die einmal ein saftiges Essen kochte und auftischte, hat Arbeitsdienst kennengelernt, wenn sie – nachdem die herrliche Mahlzeit vorbei war – in der Küche die kaltgewordene Soße von den Tellern und das glitschige Fett von den Töpfen waschen mußte, damit sie zum Wiederschmutzig- und Wiedergewaschenwerden am Abend bereit sind. Es ist das Wissen um das Niemals-enden-Wollen, um die wiederholte Nutzlosigkeit, um das ›Tu's, damit es wieder ungetan gemacht werden kann‹, was Arbeitsdienst zu etwas so Ermüdendem macht.

Und jedermann, der mit seinem Gewehr auf Eichhörnchen schießt und es dann seinem jungen Sohn zum Reinigen gibt, jede Frau, die eine kräftige Mahlzeit kocht und das Geschirr dann von ihrer nichtkochenden Tochter abwaschen läßt... diese Erwachsenen wissen, wie ein Offizier dem Arbeitsdienst gegenübersteht. Der Sohn und die Tochter aber können verstehen, welche Gefühle der gemeine Soldat hat.

Arbeitsdienst nimmt in der Armee fünfzig Prozent der Dienstzeit in Anspruch. Morgens ist Drill, nachmittags Arbeitsdienst. Aber diese fünfzig Prozent werden weder bei den Werbefeldzügen noch auf den hübschen Plakaten erwähnt, die an den Mauern aller Postämter die Romantik des Soldatenlebens anpreisen, die Chancen für abenteuerliche Auslandsreisen (nimm deine Frau mit), die enorm hohe Bezahlung (wenn du entsprechend eingestuft wirst), die Chance, Offizier zu werden (wenn du das Patent bekommst), und die goldene Möglichkeit, ein Handwerk zu lernen, das dich dein ganzes Leben lang ernähren wird. Niemals hört ein Rekrut etwas über den Arbeitsdienst bis zu der Zeit, da er die Hand zum Fahneneid gehoben hat, und dann ist es zu spät.

Die meisten Beschäftigungen sind nicht anstrengend, nur ermüdend. Ihre Rechtfertigung ist, daß sie notwendig sind. Wenn man Baseball spielen will, muß jemand den Pferdemist auf das Feld streuen, damit Gras wächst, und niemand kann ernstlich erwarten, daß das die Spieler tun, da sie ja spielen müssen.

Neben den notwendigen Arbeiten, die nur ermüdend sind, gibt es aber in einem Infanterieregiment Arbeiten, die nicht nur ermüdend, sondern auch entwürdigend sind. Es fällt schwer, die Kavallerie romantisch zu finden, wenn man sein Pferd selbst striegeln muß, oder die Uniform für abenteuerlich zu halten, wenn man seine eigenen Stiefel putzen muß. Und daraus erklärt sich, warum Offiziere, die über derartige körperliche Arbeiten erhaben sind, solch aufregende Kriegserinnerungen schreiben können. Ein Mann mag sich langweilen, wenn er nach jedem Marsch ins Freie seinen eigenen Patronengürtel scheuern muß; aber er ist nicht ernüchtert. Wenn er jedoch jeden Nachmittag zu den Häusern der verheirateten Offiziere geht, um den Rasen zu pflegen, die Höfe zu fegen, die Fenster zu waschen und die Straßen zu reinigen, ist er nicht ernüchtert, sondern fühlt sich degradiert. Dann weiß er wirklich, was Arbeitsdienst heißt.

Nach jedem Klubfest muß eine loyale und patriotische Seele da sein, die die Aschenbecher leert und den verschütteten Schnaps aufwischt. Aber das war noch nicht alles. Es gab eine noch schwerere Probe für die Vaterlandsliebe. Es gab das Sammeln von Abfall.

Einmal, alle zwölf Tage, erhielt jede Kompanie diese Chance, Heldentum zu beweisen. Die drei besonders ausgewählten Leute fuhren mit einem Lastwagen hinaus, um den Abfall (nicht zu verwechseln mit dem Müll, der von einem Kanakenlastwagen abgeholt wurde) in den Häusern der verheirateten Offiziere abzuholen.

Das wäre an und für sich noch nicht besonders patriotisch. Die Offiziersfrauen aber, die keine Müllverbrennungsanlage hatten und die Ausflußrohre nicht verstopfen und auch die Mülleimer nicht benutzen wollten (weil die von einem Zivilisten abgeholt wurden, der einfach kündigen konnte), warfen ihre gebrauchten Binden in den Abfalleimer. Nur einen einzigen dieser Eimer auszuleeren, kann sehr patriotisch sein; der Patriotismus aber, der gegen Ende der Arbeit, bei gefüllten Lastwagen, von diesem Kommando erwartet wurde,

war ungeheuer. Das wenigste, was diese Leute verdienten, war ein
›Verdienstkreuz‹, wenn sie in einer Dunstwolke von Fäulnis verbissen die zwei Meilen zur Abladestelle hinter dem Wagen herliefen,
statt auf ihm zu fahren, und alles wußten, was selbst ihr bester
Freund ihnen nicht hatte erzählen wollen.

Selbst die abgehärteten Mägen der patriotischsten und gemeinsten
Soldaten neigten zur Rebellion. Und da Warden diese Kommandos
in der G-Kompanie unter sich hatte, war der aufrührerischste aller
Mägen unweigerlich der Prewitts.

Von Tag zu Tag wurde es deutlicher, daß gerade dann, wenn Prew an
die Spitze der zum Arbeitsdienst angetretenen Doppelreihe rückte,
Warden zufällig eines der besonders patriotischen Kommandos zu-
sammenstellte.

Eines davon war das Metzgereikommando. Die Metzgerei lieferte
außer dem Fleisch, das an die Offiziersfrauen verkauft wurde, auch
Fleisch für alle Kompanien. Die Metzger, abkommandierte Soldaten,
scheuten nicht vor der feineren Arbeit des Steak- und Kotelett-
schneidens zurück; für die schwerere, schwierigere Arbeit des
Abladens und Herumtragens ganzer Seiten aber forderten sie Arbeitskommandos an. Nach einem derartigen Nachmittag war Prews
sauberer Drillichanzug steif von Blut und Unrat. Der Schmutz saß
auf seinem Gesicht und in den Haaren und Ohren, und um ihn hing
der ranzige Geruch der Metzgerei. Warden pflegte dann, wenn er
hereinkam mit gekrempelten Ärmeln, glatt, kühl und sauber nach
einer erfrischenden Dusche im Korridor zu stehen und ihn liebenswürdig anzugrinsen.

»Sie beeilen sich besser und waschen sich«, würde er sagen. »Das
Essen ist fast vorüber. Die Kompanie ist schon seit fünfzehn Minuten drin. Oder möchten Sie vielleicht« – er würde grinsen – »lieber
so gehen und sich nachher waschen?«

»Nein«, würde Prew ernsthaft antworten. »Ich wasch mich lieber
erst.«

»Immer noch der alte Stutzer, wie?« würde Warden höhnen, »wie Sie
wollen.«

Eines Tages fragte ihn Warden, ob er nicht vielleicht doch boxen
oder Baseball spielen wollte. »Sie sehen sehr müde aus, mein Junge«,
meinte er gemütlich. »Wenn Sie Sportler wären, brauchten Sie keinen
Arbeitsdienst zu machen.«

»Glauben Sie, daß mich das stört?«

»Ich sage nicht, daß Sie es nicht mögen«, sagte Warden, »ich sage nicht mehr, als daß Sie sehr müde aussehn. Als wären Sie hart am Rande.«

»Wenn Sie glauben, Sie könnten mich zum Boxen zwingen, Warden«, sagte Prew grimmig, »dann sind Sie schief gewickelt. Ich kann das noch aushalten, was Sie mir zuteilen, Sie und Dynamit zusammen. Ich bin doppelt so hart wie Sie. Wenn Sie nicht die Tressen hätten, würde ich Sie mit Ihrem Fettwanst zu Brei schlagen. Und wenn ich's mit meinen Fäusten nicht tun könnte, würde ich mir ein Messer besorgen und Sie nachts unten in der River Street besuchen.«

»Die Streifen sollen Sie nicht stören, Kleiner«, grinste Warden. »Ich kann allemal mein Hemd ausziehn, jetzt gleich.«

»Das würde Ihnen so passen, was?« Prew grinste zurück. »Dafür könnten Sie mich ein Jahr ins Gefängnis bringen, nicht wahr?« Er wandte sich ab, um nach oben zu gehen.

»Wie kommen Sie auf den Gedanken, Holmes habe was damit zu tun?« rief Warden ihm nach.

Und es gab andere, kleinere Unannehmlichkeiten. Sein erstes Wochenende in der G-Kompanie hatte er dazu benutzen wollen, sich mit seinem Mädchen in Haleiwa auszusprechen, aber die ganze Woche lang stand sein Name als erster auf der Liste – für Extraarbeiten.

Als die Tage vergingen und er seinen Namen auf keiner Küchenliste fand, begann er Böses zu ahnen. Als dann am Freitag die Wochenendkommandos am Schwarzen Brett angeschlagen wurden, sah er seinen Verdacht bestätigt. Warden hatte den Küchendienst für das Wochenende aufgespart. Aber Warden war sogar noch geschickter, als er gedacht hatte. Am Sonntag hatte Prew Küchendienst und am Samstag Stubendienst. Nicht einen einzigen freien Tag würde er haben, um nach Haleiwa zu gehn.

In dieser Anordnung lag ein raffiniert ausgeklügeltes System. Als Küchendienst brauchte man samstags die Inspektion nicht mitzumachen. Der Stubendienst aber mußte neben seiner zusätzlichen Arbeit auch daran teilnehmen. Warden war ohne Zweifel ein gemeiner Hund. Wenn er die richtigen Karten hatte, konnte ihn keiner schlagen.

Samstag sehr früh trat Warden aus der Schreibstube, die schon inspektionsreif glänzte, um Prew zuzusehen, wie er die Veranda schrubbte. Er lehnte sich genießerisch gegen den Türpfosten, aber Prew arbeitete verbissen weiter und beachtete ihn nicht. Er überlegte, ob Holmes diese Sache wohl gedeichselt hatte, um ihn zum Boxen zu zwingen, oder ob es Wardens eigene Idee gewesen war, einfach weil er ihn nicht leiden konnte.

Sonntags kam Warden gegen elf zum Frühstück in die Küche. Als Hauptfeldwebel mußte er nicht wie alle anderen zu einer bestimmten Zeit essen. Warden bestellte Pfannkuchen, Eier und Würstchen. Die Kompanie hatte Pfannkuchen und Speck gehabt, wie immer, wenn Preem sich nach einer durchsoffenen Nacht ausschlafen mußte. Warden lehnte sich gegen den Backtisch aus Aluminium und aß mit Andacht sein Frühstück vor den Augen der schwitzenden Küchendienstler. Dann schlenderte er an dem riesigen Kühlschrank vorbei, hinüber zum Aufenthaltsraum der Küchenhelfer. »Sieh da«, sagte er, ohne das Gesicht zu verziehen, und lehnte sich nachlässig gegen den Türpfosten, »ist das nicht mein junger Freund Prewitt? Wie gefällt Ihnen der allgemeine Dienst, Prewitt? Schönes Leben in einer Schützenkompanie, wie?«

Alle schauten her, noch niemals hatte Warden ein Wochenende in der Kaserne verbracht. Sie erwarteten etwas Außerordentliches.

»Gefällt mir, Spieß«, grinste Prew gespielt harmlos, während er von dem dampfenden Spültisch aufschaute. Er war nackt bis zu den Hüften, seine Arbeitshosen und Schuhe vom Schweiß und Seifenwasser durchtränkt. »Deswegen habe ich mich ja versetzen lassen«, sagte er ernst. »Es ist ein großartiges Dasein. Wenn ich mal eine Perle finde, beteilige ich Sie zu fünfzig Prozent. Fünfzig – fünfzig. Schon weil ich ohne Sie die Chance nicht gehabt hätte, sie zu finden.«

»Schau, schau!« sagte Warden mit freundlichem Lachen. »Schau, schau! Das ist mir ein wahrer Freund. Endlich ein ehrlicher Mann. Dynamit hatte in Bliss seinen Preem und seinen Galovitch. Ich in der A-Kompanie hatte meinen Prewitt. Wenn Männer zusammen gedient haben, tun sie alles füreinander. Ich werde versuchen, Ihnen noch viel mehr Arbeit zu geben, wenn Sie so begeistert sind, Prewitt.«

Er grinste auf den anderen hinab, die Augenbrauen weit hochgezogen. Noch lange danach erinnerte Prew sich an den Blick geheimen Verstehens, einen Blick, der alles andere, die Köche, die Küchengehilfen und die Küche selbst, beiseite schob und nichts übrigließ als die beiden Augenpaare, die einander verstanden.

Mit beiden Händen umfaßte er eine schwere, henkellose Kanne, die im Spülbecken stand, und wartete darauf, daß Warden weitermache. Aber wie es schien, hatte Warden seine Hände beobachtet, denn er grinste von neuem und ging, ließ Prew zurück mit der erregend romantischen Vorstellung seiner selbst und der in mörderischem Triumph erhobenen Kanne.

Trotz Wardens Drohung aber erschien sein Name nicht mehr auf den Listen der täglichen Kommandos. Am folgenden Wochenende hatte er frei und konnte nach Haleiwa gehen. Es war die gleiche eigenartige Tatsache, die er so oft schon in der A-Kompanie bemerkt hatte: Warden war auf seine Weise peinlich fair. Nie überschritt er die Grenzen dessen, was er für Gerechtigkeit hielt. Prew wußte, daß er Violet einen Brief hätte schreiben müssen, und hätte es, in der Mitte der zweiten Woche, beinahe getan. Aber er tat es nicht. Briefe und Ferngespräche hatten ihn nie von dem wirklichen Dasein eines anderen Menschen überzeugen können. Violet existierte nur, wenn er sie sah, und fing dann dort wieder an, wo sie das letztemal aufgehört hatte. In der Zwischenzeit lebte sie nur in seiner Vorstellung, und wie konnte man einen Brief an seine eigene Vorstellung schreiben?

Er konnte sich daran erinnern, daß er als kleiner Junge zugesehen hatte, wie seine Mutter lange Briefe an Verwandte und Freunde schrieb, von denen er manche nie gesehen hatte. Seiner Mutter machte es Freude; aber schon damals konnte er nicht verstehen, daß sie von Harlan in Kentucky Briefe an Leute schickte, die sie jahrelang nicht gesehen hatte und wahrscheinlich auch niemals mehr sehen würde. Bevor eine Antwort kam, konnte sein Vater längst von einem Schachteinbruch erwischt und tot sein. Nach dem Tod seiner Mutter in jenem Winter waren noch sechs Briefe für sie angekommen. Er las ihren Namen auf den Umschlägen, ihren Namen, der noch immer auf dem Papier existierte, obwohl sie längst tot war; und dann öffnete er die Briefe und las sie neugierig; aber nicht ein einziger erwähnte die Tatsache, daß sie gestorben war. Er hatte die Briefe in den Ofen geworfen und verbrannt. Wie es schien, gab es eine Zeit im Raum, die hinter der anderen herhinkte, aber er konnte sich nie darüber klarwerden.

So schrieb er nicht an Violet, weil das Schreiben von Briefen in keinem wahren Zusammenhang zu den Wirklichkeiten des Todes, der Wanderschaft und des Essens stand. Er wartete, bis er Urlaub bekam, und ging dann zu ihr.

Sie lehnte an einem Türpfosten und schaute wartend durch das Fliegengitter, eine Hand gegen den anderen Pfosten gestützt, als wollte sie einem Händler die Tür versperren. Es kam ihm vor, als ob sie immer in der gleichen Stellung wartete, ganz gleich zu welcher Stunde er die Straße von der Kreuzung her heraufkam, als ob er gerade telephoniert hätte und sie nun nach ihm Ausschau hielte. Es war unheimlich, als ob sie immer wüßte, wann er kam. Aber es war nicht seltsamer als alles andere, was mit ihr zusammenhing.

Er hatte sich niemals eingebildet, sie zu verstehen, seit er sie das erstemal getroffen, sie auf einen Jahrmarkt mitgenommen und herausgefunden hatte, daß sie noch Jungfrau war. Schon das allein überraschte ihn, und er hatte sich auch später niemals ganz davon erholt.

Violet Ogure. Oh – guu – rdii! Das R mußte man wie ein betrunkenes D aussprechen. Selbst der Name war eigenartig und unberechenbar. Die Eigenheiten eines fremden Landes überraschen nicht, weil man sie erwartet, ja geradezu sucht. Aber die Verbindung des gewohnten Vornamens mit dem fremdsprachigen Zunamen erstaunte ihn. So war es mit allen japanischen, chinesischen, hawaiischen, portugiesischen und philippinischen Mädchen der zweiten oder dritten Generation; ihre Vornamen waren die Namen englischer Blumen, ihre Nachnamen stammten aus fremden Jahrhunderten; Mädchen, deren Eltern wie Vieh importiert worden waren, um auf den Zuckerrohr- und Ananasplantagen der Großen Fünf zu arbeiten, Mädchen, deren Söhne unter der Unzahl kleiner Jungen zu finden waren, die einem die Schuhe vor einer Bar putzten, wobei sie den alten Spruch: ›Ich halb Japan, halb Schofield‹ hersagten, oder auch mit einem schiefen Grinsen: ›Ich halb China, halb Schofield.‹ Es war die Saat von Soldaten, die ihre Zeit abgedient hatten und dann auf Nimmerwiedersehen nach dem mythischen ›Festland‹ verschwunden waren, das Vereinigte Staaten hieß.

Violet war eine Mischung des Altvertrauten mit dem unerforschlich Fremden. Sie war wie die Stadt Honolulu selbst mit ihren geschäftigen Missionsbanken und der Bretterbude des japanischen Kinos gleich hinter dem Aala-Park, eine vielstämmige Mischung, die niemand – am wenigsten Violet – begreifen konnte. Er konnte ihren Namen richtig aussprechen, und das war alles, was er von ihr verstand.

Er trat in den verwahrlosten, mit Hühnerdreck beschmutzten Vorgarten, und sie kam ihm auf der selbstgezimmerten Veranda entgegen. Er nahm ihre Hand und half ihr die drei angefaulten Stufen herunter, und sie gingen um das Haus herum nach hinten, eine Zeremonie, die jedesmal wiederholt wurde, denn noch niemals war er in ihr Vorderzimmer eingeladen worden.

Die hintere Veranda war dreimal so groß wie die vordere, ohne Fliegenfenster und vom Boden bis zum Dach von Reben überwachsen, so daß sie wie eine abgeschlossene Höhle, fast wie ein Raum für sich wirkte. Dies war das Wohnzimmer der Familie Ogure.

Hinter dem Haus war der Hühnerstall, eine Wiederholung der Wohnhütte im kleinen, vor dem eingebildete Hennen selbstzufrieden herumstolzierten, mit ihren Glasperlenaugen hierhin und dorthin spähten und ihren Dreck mit der Rechtschaffenheit von Heiligen ins Gras fallen ließen. Der saure Geruch ihres Stalles und ihrer Sippe lagerte überall. Noch nach Jahren erweckte der Geruch eines Hühnerstalls in Prews Vorstellung das Bild Violets und ihres Lebens.

Ihr Schlafzimmer neben der Küche war ewig unaufgeräumt. Immer waren die Decken auf dem Eisenbett mit der abgeblätterten Vergoldung durcheinandergewühlt, und immer lagen Kleider auf dem Bett und dem einzigen Stuhl. Die selbstgezimmerte Ankleide war mit Puder bestreut, aber in einer Ecke stand ein Schrank, vielmehr ein Rahmen aus rechteckigen Pfosten, vor denen ein Vorhang aus sattem, grünem Stoff mit wildfarbenen Blumen hing, der speziell für Hawaii hergestellt wurde. Violet hatte diesen Stoff selbst aufgehängt, und er stellte ihre große Hoffnung auf ›etwas Besseres‹ dar.

Prew streifte sein japanisches Hemd und seine Hose ab und suchte in dem Durcheinander nach seiner Badehose. Er bewegte sich mit der Sicherheit, die lange Bekanntschaft mit sich bringt. Das Durcheinander störte ihn nicht. Er kickte Schuhe beiseite und warf Kleider vom Stuhl aufs Bett. In dieser baufälligen Hütte war er mehr zu Hause als Violet.

Die Hütten an beiden Seiten der Straße den Hügel hinauf hätten seine eigene Heimat in Harlan sein können, nur daß hier der Schmutz und der Kohlenstaub fehlten. Die Veranda mit ihrer rostigen Pumpe und das angeschlagene Spülbecken mit seinem Eimer aus Zink waren aus dem gleichen Material wie sein eigenes Leben, und er bewegte sich durch die dicke Luft dieser Armut mit der Leichtigkeit, die nur ein Mann aufbringen konnte, der mit ihr aufgewachsen war.

Während er nach seiner Badehose suchte, erzählte er ihr von seiner Versetzung und warum er so lange nicht gekommen war.

»Aber warum hast du dich versetzen lassen, Bobbie?« fragte Violet mit ihrer abgehackten, zwitschernden Stimme, die ihn immer zum Lachen brachte. Sie saß auf dem Bett und sah zu, wie er seine Schuhe und Socken mit den alten Fischerschuhen aus Segeltuch vertauschte.

Die klare Luft strömte durch das einzige Fenster herein, das wie ein zu spät gekommener Gedanke war, und nagte an der Dämmerung und dem abgestandenen Geruch selten gewechselter Bettwäsche. Kühl berührte sie seinen Körper, und er sah nur Violet in ihren kurzen Shorts und dem Brusttuch. Er spürte, wie der alte wilde Hunger seinen Leib hart machte und seine Handflächen zum Schwitzen brachte.

»Was sagst du?« fragte er geistesabwesend. »Ach so. Ich hab mich versetzen lassen. Ich bin versetzt worden. Houston hat das gemacht, weil ich ihm meine Meinung gesagt habe.

Hör zu«, sagte er. »Niemand ist zu Hause. Laß mich zu dir kommen.« Drei Wochen – er fühlte das Blut hinter seinen Augen – fast einen Monat – es war zu lange.

»Warte«, sagte sie. »Hättest du nicht zu dem Offizier gehen und ihn bitten können, daß du bleiben darfst?«

»Ja, schon«, Prew nickte nervös mit dem Kopf. Er dachte daran, daß man es in der Armee mehr brauchte, daß sie einen hungriger machte.

»Das hätte ich tun können. Aber ich konnte nicht. Ich bin kein Arschkriecher.«

»Nun ja«, sagte Violet. »Aber ich glaube, man sollte über einen Streit wegkommen können. Vor allem, wenn man eine gute Stellung hat, die man behalten will.«

»Es wäre gegangen«, sagte er. »Aber so hänge ich an keinem Posten. Verstehst du nicht? Ich konnte nicht anders. Hör zu«, sagte er, »komm hierher. Komm hier herüber.«

»Jetzt nicht«, erwiderte sie und schaute ihn weiter fast neugierig an, »ich finde, es ist schade, so einen guten Posten und noch dazu den Rang zu verlieren.«

»Ja, ja, es ist schade«, sagte er. Zum Teufel damit, dachte er. »Ist nichts zum Trinken da?«

»Ich habe immer noch etwas in der Flasche, die du das letztemal gebracht hast«, sagte sie. »Ich habe sie nicht angerührt. Sie gehört dir.« Stolz stand sie auf. »Sie ist in der Küche. Und ich glaube, da ist noch eine volle, die du früher mal gebracht hast. Willst du was trinken?«

»Ja«, sagte er und folgte ihr in die Küche. »Du mußt dir klarmachen«, erklärte er sorgfältig, »daß ich dich jetzt nicht mehr so oft besuchen können werde wie bisher. Außerdem verdiene ich jetzt nur noch einundzwanzig Dollar im Monat, so daß ich dir auch nicht mehr so viel geben kann.«

Violet nickte. Undurchsichtig, wie sie war, schien sie in keiner Weise beeindruckt. Er nahm sich vor, es eine Weile dabei zu belassen. Es hatte keinen Sinn, jetzt alles zu verderben.

»Gehen wir hinauf auf den Hügel?« sagte er. »Zu unserer Stelle«, fügte er drängend hinzu und schämte sich, weil er spürte, daß er bettelte. So lange ohne Frau, das fraß sich ein in einen Mann, und das Blut floß jetzt reicher und dickflüssiger durch seine Adern.

»Gut«, sagte sie. Das Glas der Schranktür fehlte, aber sie öffnete sie trotzdem, um die Flasche herauszuholen. Das ausgeschlagene Glas war ihr peinlich. Als sie die Arme hochreckte, legte Prew von hinten seine Hände um ihre Brüste. Gereizt riß Violet die Arme herunter, doch er drehte ihren Körper zu sich herum, preßte ihr die Arme an den Leib und küßte sie. In der einen Hand hielt sie die Flasche. Barfüßig war sie nicht ganz so groß wie er.

Sie stiegen hinauf durch das verfilzte, trockene Gras. Prew trug die Flasche. Die Sonne schien angenehm warm auf ihren nackten Rükken. Inmitten einer kleinen Baumgruppe auf der Höhe legten sie sich in das matte Grün und Braun des Grases. Fast senkrecht unter ihnen lag das Haus.

Er spürte, wie das Samstagnachmittag-Urlaubsgefühl auf ihn niederschwebte wie die Blätter im Herbst. Vor Montagmorgen fängt das Leben nicht wieder an, flüsterte das Gefühl. Wenn nur das ganze Leben so wäre, flüsterte es. Wenn nur das ganze Leben ein dreitägiger Urlaub wäre.

Das war ein Wunschtraum, Prewitt. Er nahm einen Schluck aus der Flasche und gab sie Violet. Sie trank, auf den Ellenbogen gestützt, während sie auf die Hütten hinabsah. Sie trank den unverdünnten Whisky wie er, als wäre es Wasser.

»Es ist schrecklich«, sagte sie, noch immer in die Tiefe starrend. »Niemand sollte so leben müssen. Mein Poppa und meine Momma kommen hierher von Hokkaido. Nicht einmal das Haus gehört ihnen.« Sie gab ihm die Flasche zurück, und er packte ihren Arm und zog sie an sich. Er küßte sie, und zum ersten Male küßte sie zurück, legte die Hand auf seine Wange.

»Bobbie«, sagte sie, »Bobbie.«

»Komm«, sagte er, »komm her.«

Aber Violet sträubte sich und schaute auf ihre billige Armbanduhr. »Momma und Poppa werden jeden Augenblick nach Hause kommen.«

Prew setzte sich. »Was macht das aus?« sagte er gereizt. »Hier herauf werden sie nicht kommen.«

»Das ist es nicht, Bobbie. Warte bis heute nacht. Nachts ist die Zeit dafür.«

»Nein«, sagte er. »Jede Zeit ist die rechte Zeit dafür. Wenn man sich danach fühlt.«

»Das ist es ja gerade«, sagte sie. »Ich fühle mich nicht danach. Sie werden gleich nach Hause kommen.«

»Aber sie wissen doch, daß wir nachts in einem Bett schlafen.«

»Du weißt, wie ich zu Momma und Poppa stehe«, sagte Violet.

»Ja, aber sie wissen's doch«, sagte er. Dann fragte er sich plötzlich, ob sie es wirklich wußten. »Sie müssen es doch wissen, wie?«

»Nachmittags ist es anders. Sie sind noch nicht von der Arbeit zurück. Und du bist ein einfacher Soldat.« Sie brach ab und griff nach der Flasche. »Ich bin in die Höhere Schule gegangen.«

Ich bin nie über die siebte Klasse hinausgekommen, sagte er zu sich selbst. Er hatte die Schule in Wahiawa gesehn. Sie war wirklich eine Höhere Schule.

»Und wenn ich schon Soldat bin?« sagte er. »Was ist so schlecht an einem gottverdammten Landser? Ein Soldat ist nicht schlechter als alle anderen auch.«

»Ich weiß«, sagte Violet.

»Soldaten sind einfach Leute wie alle andern«, beharrte er.

»Ich weiß«, sagte Violet. »Aber du verstehst nicht. So viele Nisei-Mädchen gehen mit gemeinen Soldaten aus.«

»Und wenn schon?« sagte er und erinnerte sich an den Schlager ›Manuelo, Junge, mein lieber Junge, nicht mehr hila hila, Schwester geht mit Soldatenjungen, kommt heim zu jeder Stunde‹.

»Die Soldaten wollen alle vögeln«, sagte Violet.

»Nun, die Mädchen gehen auch mit Zivilisten aus, die das wollen. Was ist daran schlecht?«

»Nichts ist schlecht daran«, sagte sie. »Aber ein Wahine-Mädchen muß vorsichtig sein. Ein anständiges Mädchen geht nicht mit gewöhnlichen Soldaten aus.«

»Kein anständiges weißes Mädchen«, sagte Prew, »überhaupt kein anständiges Mädchen. Aber sie sind nicht schlechter als Gefreite. Sie wollen alle das gleiche.«

»Ich weiß«, sagte Violet. »Werd nicht wütend. Aber so denken eben die Leute.«

»Warum haben deine Leute mich dann nicht rausgeschmissen? Oder was gesagt? Wenn sie's nicht mögen?«

Violet war überrascht. »Aber das würden sie nie tun.«

»Ja, zum Teufel, die ganze Nachbarschaft sieht mich doch hierherkommen.«

»Ja, aber sie würden's nie erwähnen.«

Prewitt schaute zu ihr hinüber, wie sie im fleckigen Sonnenlicht auf
dem Rücken lag, sah ihre kurzen, engen Shorts.

»Würdest du gerne von hier wegziehn?« fragte er vorsichtig.

»Sehr gerne.«

»Nun«, sondierte er, »vielleicht hast du bald eine Gelegenheit.«

»Nur«, sagte Violet, »kann ich nicht mit dir zusammenziehn. Du
weißt, daß ich das nicht tun kann.«

»Wir leben jetzt auch zusammen«, sagte er. »Der einzige Unterschied ist, daß du mit deinen Leuten zusammenwohnst.«

»Das ist ein großer Unterschied«, sagte Violet. »Es hat keinen Sinn,
darüber zu sprechen. Du weißt, ich kann's nicht tun.«

»Alsdann«, sagte Prew. Das Leben fing nicht vor Montagmorgen an.
Die Sache konnte bis morgen warten. Er drehte sich auf den Rücken
und sah hinauf in das unglaubhafte Blau des hawaiischen Himmels.

»Schau hinüber nach Westen«, sagte er. »Im Westen braut sich ein
Sturm zusammen. Sieh die Wolkenbank.«

»Die Wolken sind schön«, sagte Violet. »So schwarz. Und eine auf
der anderen, immer höher und höher, wie eine Felswand.«

»Das kommt vom Äquator«, sagte Prewitt. »Der Anfang der Regenzeit.«

»Unser Dach leckt«, sagte Violet. Sie griff nach der Flasche.

Prew blickte auf die dahinziehende Wolkenmasse. »Warum haben
deine Leute dich nicht rausgeschmissen? Wenn es so ist. Mich ins
Haus zu bringen«, fragte er.

Violet sah überrascht auf. »Aber ich bin doch ihre Tochter«, sagte
sie.

»Ach so«, sagte er. »Komm. Wir können ebensogut hinuntergehn.
Es wird bald regnen.«

Nachdem der Sturm die Berge hinter sich hatte, kam er schnell herauf. Schon vor dem Abendessen regnete es stark. Prew saß allein auf
der hinteren Veranda, während Violet ihrer Mutter beim Kochen
half. Ihr Vater saß allein im Vorderzimmer.

Die alten Leute – so nannte er sie bei sich – waren vor dem Regen
nach Hause gekommen. Sie hatten japanisch gesprochen, als sie aus
dem alten vollbesetzten Ford stiegen, der dann weiter die Straße hinunter zum nächsten Haus gerattert war. Der Ford gehörte fünf
Familien gemeinsam, so, wie die vielen Meilen von Wasserschleusen

aus verwittertem Holz der ganzen Gemeinde gehörten, die sie selbst gebaut hatte. Wie ein Gerüst, das vom Bau der Berge in der Urzeit übriggeblieben war, ragte dieses Holz überall das Tal entlang aus der Erde.

Sie waren durch das Haus und über die hintere Veranda, auf der Prew und Violet saßen, in den kleinen Gemüsegarten gestürzt, um noch vor dem Regen den Boden aufzulockern. Prew beobachtete sie. Ihre Rücken waren gekrümmt, ihre Gesichter sahen aus, als wären sie aus verhutzelten Äpfeln geschnitten, und ihn überkam eine rechtschaffene Empörung über das ganze Menschengeschlecht wegen des Daseins, das diese Leute führten – diese beiden, die aussahen, als wären sie Violets Großeltern oder Urgroßeltern, und dennoch nicht älter als vierzig waren.

Ihr Garten, in dem jeder Zentimeter ausgenutzt war, in lauter saubere Quadrate und Dreiecke eingeteilt, mit Rettichen und Kohl und Kopfsalat und dem kleinen Reisbeet, das unter Wasser stand, und dem halben Dutzend ausländischer Gemüse, war ihr ganzes Leben, und er zeigte den Fleiß, den sie besaßen. Sie arbeiteten, bis der Regen begann. Dann stellten sie ihre Hacken weg. Als sie auf die Veranda kamen, sprach keiner von beiden mit Prew, sie schienen gar nicht zu merken, daß er da war.

Wie er so allein auf der Veranda saß und darauf lauschte, wie sie das Essen fertig machten, spürte er wieder die alte Entrüstung, das Gefühl des Verlorenseins und der Einsamkeit, der hoffnungslosen Hilflosigkeit, das Schicksal eines jeden Menschen, in einer Bienenwabe abgeschlossen von allen anderen leben zu müssen. Aber der Duft des schmorenden Schweinefleischs drang aus der Küche zu ihm heraus und verdrängte die Einsamkeit für eine Weile. Der warme feuchte Duft sagte ihm, daß andere Menschen lebten und das Abendessen zubereiteten.

Er lauschte auf das Rauschen des Regens und auf das Rumpeln des Donners, das hohl klang, als säßen sie in einer Regentonne, teilte das erregende Gefühl des Geborgenseins mit den summenden Insekten, die auf die Veranda geflüchtet waren, und hin und wieder schlug er geistesabwesend nach den Schnaken, laut klatschend in dem rauschenden, summenden Schweigen. Die Veranda schützte ihn gegen den Regen, und die wenigen Tropfen, die vom Boden abspringend ihn erreichten, waren angenehm kühl. Und er war geborgen, denn irgendwo hinter der Wand von Wasser existierten Menschen und richteten das Abendessen.

Violet rief ihn, und er ging hinein in dem Gefühl, daß die Armee und die seltsam wilden Augen Wardens weit weg waren, daß der Montagmorgen nichts war als ein böser Traum, eine uralte Erinnerung, so kalt und so weit entfernt wie der Mond, und er setzte sich vor den dampfenden Teller mit fad schmeckendem fremdartigem Gemüse und Schweinefleisch und aß mit Genuß.

Nachdem sie gegessen hatten, stellten der alte Mann und die Frau ihre Teller in das Spülbecken und trotteten schweigend hinüber in das Vorderzimmer, in dem die grellfarbenen kleinen Altäre standen und wohin Prew nie eingeladen worden war. Während der ganzen Mahlzeit hatten sie kein Wort gesprochen, aber Prew hatte längst jeden Versuch aufgegeben, mit ihnen zu sprechen. Er und Violet blieben schweigsam in der Küche sitzen, tranken den aromatischen Tee und lauschten darauf, wie der Wind an der Hütte rüttelte und der Regen auf das Wellblechdach trommelte. Dann stellten auch sie ihre Teller in das alte angeschlagene Spülbecken. Er fühlte sich vollkommen zu Hause und zufrieden. Das einzige, was ihm fehlte, war eine Tasse Kaffee.

Als sie in Violets Schlafzimmer gingen, ließ sie unbesorgt die Tür weit offen, obwohl man geradewegs in das erleuchtete Vorderzimmer sehen konnte. Er sah das flackernde Licht sich auf ihrem goldenen Körper widerspiegeln, als sie sich ihm ohne Getue zuwandte. Gerade diese Sachlichkeit machte ihm Vergnügen und gab ihm das Gefühl des Altvertrauten und Dauernden, das ein Soldat selten hat. Aber die gleichgültig offene Tür störte ihn, ließ ihn fürchten, gesehen zu werden, so daß er sich seiner eigenen Begierde schämte.

Einmal, mitten in der Nacht, wachte er auf. Der Sturm hatte sich gelegt, und der Mond schien hell durch das offene Fenster. Violet lag mit dem Rücken zu ihm, einen Arm als Kissen unter dem Kopf. Die Steifheit ihres Körpers ließ ihn erkennen, daß sie nicht schlief, und er legte seine Hand auf ihre nackte Hüfte, um sie zu sich zu drehen.

Sie drehte sich ihm willig zu, und er fragte sich, was sie wohl gedacht hatte, während sie so schlaflos neben ihm lag. Als er sich auf sie legte, kam es ihm erneut zum Bewußtsein, daß er weder ihr Gesicht noch ihren Namen kannte, daß er sie selbst in diesem Akt, der zwei Menschen einander so nahe bringt, wie sie je zueinander kommen können, so nahe, daß einer in den anderen eindringt, immer noch nicht kannte, noch sie ihn, noch daß sie sich gegenseitig wirklich berühren konnten. Einem Mann, der täglich von der flachen, haarigen Grobkantigkeit anderer Männer umgeben ist, sind alle Frauen rund

und sanft, sind alle unerforschbar und seltsam. Der Gedanke ging schnell vorbei.

Als er am Morgen erwachte, fand er sich nackt auf dem Rücken liegend. Noch immer war die Tür offen, und Violet und ihre Mutter liefen in der Küche herum. Er unterdrückte die erste Regung, die Decken über seine Blöße zu ziehen, stand auf und zog seine Badehose an, verlegen und beschämt über das eigene schlaffe Dasein, das alle Frauen haßten. Die alte Frau nahm keine Notiz von ihm, als er in die Küche trat.

Nachdem aufgeräumt war und die alten Leute schweigend weggetrottet waren, um Nachbarn zu besuchen, überdachte Prew die ganze Sache und fiel schließlich doch mit der Tür ins Haus.

»Ich möchte, daß du nach Waheiwa ziehst und mit mir zusammenlebst«, sagte er plump.

Violet saß ihm halbzugewandt im Sessel auf der Veranda, einen Ellenbogen auf der Armlehne, das Kinn auf die halbgeöffnete Faust gestützt. »Aber, Bobbie«, sagte sie und fuhr fort, ihn neugierig anzustarren, neugierig wie sie ihn immer beobachtete, als sähe sie zum erstenmal die Kompliziertheit des Mechanismus, dem sie ihr Vergnügen verdankte und den sie immer für höchst einfach gehalten hatte. »Du weißt, daß ich das nicht tun kann. Warum willst du die Sache auf die Spitze treiben?«

»Weil ich nicht mehr heraufkommen kann«, sagte er, »nicht mehr so wie bisher. Wenn wir in Waheiwa lebten, könnte ich jede Nacht heimkommen.«

»Was hast du an unserem Leben jetzt auszusetzen?« fragte sie ihn im selben eigenartigen Ton. »Ich bin nicht böse, wenn du am Wochenende kommst. Du brauchst nicht jede Nacht kommen wie früher, bevor du versetzt wurdest.«

»Das Wochenende genügt nicht«, sagte er. »Mir wenigstens nicht.«

»Wenn du mit mir aufhörst«, sagte Violet, »wirst du's noch seltener bekommen, nicht wahr? Du wirst keine Frau finden, die mit einfachen Soldaten zusammenleben will, die einundzwanzig Dollar im Monat verdienen.«

»Ich mag nicht um deine Leute herum sein«, sagte Prew. »Sie stören mich. Sie mögen mich nicht. Wenn wir so zusammenleben, sollten wir auch wirklich zusammenleben. Statt dieser halben Sachen. So ist's nun mal.« Er sprach sachlich wie ein Mann, der die Vor- und Nachteile eines neuen Frühjahrsmantels aufzählt.

»Ich müßte meine Stellung aufgeben und eine neue in Waheiwa finden. Das wird schwer sein, wenn ich nicht Barkellnerin werden will, und das kann ich nicht.

Ich habe schon meine Stellung in Kahuku aufgegeben«, sagte sie, »und ein hübsches Heim, wo ich zur Familie gehörte, nur um hierher in dieses verfallene Nest zu kommen; und das gegen den Willen meiner Eltern, die nicht wollten, daß ich eine gute Stellung aufgebe. Ich hab's aber getan, um nahe bei dir zu sein, so daß du jede Nacht kommen konntest. Ich hab's getan, weil du mich darum gebeten hast.«

»Ich weiß«, sagte er. »Ich weiß das alles. Ich habe aber nicht gewußt, daß es so sein würde.«

»Was hast du erwartet?« sagte sie. »Du verdienst nicht genug, Bobbie, um mit einer Frau zusammenzuleben.«

»Ich habe genug verdient. Und ein volles Monatsgehalt als Gefreiter steht mir noch zu«, sagte er vorsichtig. »Damit können wir uns einen Monat über Wasser halten, bis du eine Stellung hast und ich wieder Geld bekomme. Mit dem, was du verdienst, und mit meinen einundzwanzig Dollar können wir besser leben, als du jetzt lebst. Dir gefällt es sowieso nicht hier. Warum sollst du da hierbleiben?« Er hielt inne, um Atem zu holen. Er war selbst überrascht, wie hastig er gesprochen hatte.

»Du hast mir nicht geglaubt, nicht wahr«, sagte Violet, »als ich sagte, ich würde nicht gehen können? Warum die Sache auf die Spitze treiben? Du kannst mich nicht zwingen, Bobbie. Momma und Poppa würden es nicht gerne sehen und mich nicht gehn lassen.«

»Warum würden sie's nicht gerne sehn?« sagte er und bemühte sich, langsam zu sprechen. »Weil ich ein Landser bin. Macht es dir was aus, ob ich Soldat bin oder nicht? Wenn es dir was ausmacht, warum bist du dann überhaupt mit mir gegangen? Warum hast du mich hierherkommen lassen? Sie können dich nicht halten, nur weil sie's nicht gerne sehn, daß du gehst. Wie können sie dich halten?«

»Sie würden entehrt sein«, sagte Violet.

»Ach, Scheiße«, sagte Prew und ließ die Zügel schießen, »wär ich ein stinkiger Südsee-Insulaner und kein Soldat, dann wäre alles in Ordnung.« Er wußte, daß es das ganz allein war. Und wenn sie auch wie das Vieh lebten, schlimmer als die Bergleute in Harlan, sie würden entehrt sein, wenn ihre Tochter mit einem Soldaten zusammenlebte. Von den Big Five würden sie sich einen Zuckerrohrstengel in die Fotze schieben lassen, das wäre nicht entehrend. Die waren keine

Soldaten. Der schlimmste Feind der Armen, dachte er, sind sie selbst.

»Es wäre was anderes, wenn wir verheiratet wären«, sagte sie leise.

»Verheiratet.« Prew war verblüfft. Das Bild Dhoms, des diensttuenden Feldwebels bei der G-Kompanie, tauchte vor seinen Augen auf, kahlköpfig, schwer und gehetzt, und hinter ihm seine fette, schlampige Filipino-Frau und die sieben halbwüchsigen Bälger. Kein Wunder, daß Dhom ein Schinder war, verdammt dazu, sein Leben wie ein Verbannter im Auslandsdienst zu verbringen, weil er eine Filipino-Frau hatte.

Violet lächelte über seine Bestürzung. »Siehst du? Du willst mich nicht heiraten. Schau dich mal mit meinen Augen an. Eines Tages wirst du nach Amerika zurückgehn. Wirst du mich mitnehmen? Du willst, daß ich meine Leute verlasse und daß ich am Ende weder sie noch dich habe. Und vielleicht sogar mit einem Baby?«

»Würden deine Leute es gerne sehn, wenn du mich heiratest?«

»Nein, aber lieber als das andere oder das jetzt.«

»Du meinst, sie würden immer noch entehrt sein«, sagte Prew bitter.

»Würdest du gehn, wenn ich dich heirate?«

»Natürlich. Das wäre etwas anderes. Wenn du dann zum Festland gehst, würde ich mit dir gehn. Ich wäre deine Frau.«

Meine Frau, dachte er. Nun, warum tust du's nicht? In ihm wuchs der Wunsch, es zu tun. Wart einen Augenblick, mein Junge. So fühlen alle, alle Männer, die sich schließlich verheiraten. Wie Dhom gefühlt haben mußte. Auf der einen Seite sehen sie die Freiheit, auf der andern ein Weibsstück so nahe, daß sie es immer haben könnten, immer griffbereit, ohne alle langen Vorbereitungen und ohne zu Huren zu gehn, was natürlich die andere Alternative wäre. Was willst du?

»Wenn ich dich heirate und mit mir nehme«, sagte er vorsichtig, »macht das keinen großen Unterschied. Wir würden beide Ausgestoßene sein. Niemand in den Staaten würde mit uns verkehren wollen. Überhaupt, auch wenn ich mit dir verheiratet wäre, brauchte ich dich noch lange nicht mitnehmen. Verheiratetsein bedeutet nichts, für die meisten noch weniger als nichts. Ich weiß, wie es ist.« Wie Dhom, dachte er, der geheiratet hatte, um ein Stück Weib bei sich zu haben, und die sich ihm dann verweigerte, nachdem sie ihn geangelt hatte.

»Aber du willst mich ja nicht heiraten«, sagte sie.

»Du hast verdammt recht«, sagte er mit einer Stimme, die lauter wurde mit dem stechenden Schuldgefühl, das er empfand, weil sie recht hatte.

»Wenn ich den Rest meines Lebens auf Wahoo verbringen würde, wäre es anders. Aber ich werde immer unterwegs sein. Die ganze Zeit. Ich bin ein Dreißigender. Und kein Offizier, dem die Regierung das Geld dafür gibt, daß er seine liebe Frau über die ganze verdammte Welt mitschleppt. Als Gemeiner würde ich nicht mal Verpflegungszulage für dich bekommen. Ein Kerl wie ich muß die Finger vom Heiraten lassen. Ich bin Soldat.«

»Siehst du«, sagte sie. »Warum machen wir nicht weiter wie bisher?«

»Weil«, sagte er, »weil einmal die Woche einfach nicht genug ist. Es gibt Krieg. Ich will dabeisein. Ich will von gar nichts zurückgehalten werden. Weil ich Soldat bin.«

Violet hatte sich im Sessel zurückgelehnt, und ihr Kopf ruhte auf der Lehne. Ihre Hände hingen lose auf den Armlehnen. Noch immer schaute sie ihn neugierig an. »Na also«, sagte sie, »siehst du?«

Prew stand auf und trat auf sie zu. »Warum zum Teufel sollte ich dich heiraten?« legte er los. »Um einen Stall voll rotznäsiger Niggerkinder zu bekommen? Um der Mann einer Indianerfrau zu sein und für den Rest meiner Tage in den verdammten Ananasfeldern zu arbeiten? Oder ein Schofield-Taxi zu fahren? Warum zum Teufel denkst du, bin ich zur Armee gegangen? Weil ich nicht mein Leben lang in einem Bergwerk schwitzen und einen Stall voll rotznäsiger Kinder haben wollte, die in dem Kohlendreck wie Niggerkinder aussehen würden, wie mein Vater es getan hat und sein Vater und alle andern. Was zum Teufel wollt ihr eigentlich? Einem Mann das Herz herausnehmen, es in Stacheldraht einwickeln und eurer Mutter zum Muttertag schenken. Was zum Teufel . . .«

Jetzt war keine Eiskappe vor seinen Augen, wie damals, als er Warden gegenübergestanden hatte, und wie eben noch, als er versucht hatte, sie zu überreden. Nun flammten seine Augen wie ein Untertagebrand, der schwelt und schwelt und schließlich für eine kurze Weile aufflammend hervorbricht. Er holte tief und bebend Atem und fand seine Selbstbeherrschung wieder.

Das Mädchen konnte es fast sehen, wie sich nun die weiße Eisschicht des Zorns über seine Augen schob, wie die Gletscher der Eiszeit sich über die Erde geschoben hatten. In ihren Sessel gelehnt, ließ sie alles über sich ergehen, hilflos wie ein Sträfling, der mit der Feuerspritze vom Dach geholt wird; gab nach, statt sich zu wehren, mit der Geduld der von den Jahrhunderten gebeugten Rücken und verhutzelter Apfelgesichter.

»Es tut mir leid«, sagte Prew durch das Eis hindurch.

»Is schon gut«, sagte das Mädchen.

»Ich wollte dich nicht verletzen.«

»Is schon gut«, sagte sie.

»Du mußt entscheiden«, sagte er. »Diese Versetzung verändert mein ganzes Leben. Mein Dasein hat einen anderen Rhythmus, wie ein neues Lied. Und das neue Lied hat mit dem alten gar nichts zu tun.

Heute ist das letzte Mal, daß ich heraufkomme. Entweder du ziehst um oder nicht, und wie du's machst, soll's mir recht sein. Wenn ein Mann sein Leben ändert, muß sich alles ändern. Er darf nichts behalten, was ihn an sein altes Leben erinnert, oder die Sache klappt nicht. Wenn ich weiter herkäme, würde ich anfangen, mit der Versetzung unzufrieden zu sein, und versuchen, sie rückgängig zu machen. Das will ich nicht tun und keinem vormachen, daß ich es tun will. Deshalb mußt du entscheiden«, sagte er.

»Ich kann nicht gehen, Bobbie«, sagte das Mädchen, ohne sich zu bewegen, ohne daß ihre Stimme sich veränderte, immer noch in ihren Sessel gelehnt wie zuvor.

»Gut«, sagte er. »Dann werde ich gehn. Ich habe viele Paare in Waheiwa zusammenleben gesehen. Sie amüsieren sich, geben Einladungen und gehen zusammen aus. Allen gefällts. Die Mädchen sind nicht allein. Nicht mehr wenigstens«, sagte er, »als jeder Mensch sowieso allein ist.«

»Was geschieht mit ihnen, wenn die Soldaten weggehn?« fragte sie und sah hinauf zu den Bäumen auf dem Hügel.

»Ich weiß es nicht. Und es ist mir wurscht. Wahrscheinlich finden sie andere Soldaten. Ich geh jetzt.«

Als er wieder herauskam, trug er die Strandschuhe und den Whisky, die fast volle und die fast leere Flasche, beide in seine Badehose eingerollt. Alles, was er hier besessen hatte, nahm er mit sich. So wenig es auch war, es war als Sicherheit dafür hinterlegt gewesen, daß er eingelassen wurde, ein Pfand für das Lebensdarlehen, das ihm außerhalb der Kaserne gewährt wurde, und indem er es mitnahm, gab er seine Forderung auf.

Violet saß noch immer, wie sie zuvor gesessen hatte, und er zwang sich, sie anzugrinsen, indem er seine Lippen steif von den Zähnen wegzog. Er ging die Treppe hinunter und um die Ecke des Hauses.

Ihre Stimme folgte ihm um die Ecke: »Adieu, Bobbie.«

Prew grinste wieder. »Aloha nui oe«, rief er zurück. Mit einem starken Sinn für das Dramatische spielte er seine Rolle zu Ende.

Als er den kleinen Hügel überstieg, schaute er nicht zurück; aber auch so wußte er, daß sie gegen den Türpfosten gelehnt stand, eine Hand gegen den anderen Pfosten gestemmt, als wollte sie einem Händler den Eintritt verwehren. Ohne sich auch nur einmal umzudrehn, ging er bis zur Straßenkreuzung. Im Geist sah er das tragische Bild, wie seine Gestalt über den Hügel hinüber verschwand, als stünde er selbst unter der Tür. Und das Eigenartige war, daß er sie niemals mehr geliebt hatte als in diesem Augenblick, denn in diesem Augenblick war sie zu ihm selbst geworden.

Aber das ist nicht Liebe, dachte er, das ist nicht, was sie will oder was sie alle wollen. Sie wollen nicht, daß man sich in ihnen findet, sondern daß man sich in ihnen verliert. Und trotzdem, dachte er, versuchen sie immer, sich selbst in einem zu finden. Aus dir wäre ein guter Schauspieler geworden, Prewitt, sagte er zu sich selbst.

Erst als er hinter dem Hügel war, konnte er seine Rolle fallenlassen und stehenbleiben. Er wandte den Kopf und überließ sich dem Gefühl des Verlustes.

Und in diesem Augenblick schien es ihm, daß jeder Mensch immer sich selber sucht, in Bars, in der Eisenbahn, im Büro, im Spiegel, in der Liebe, ganz besonders in der Liebe – das eigene Selbst, das irgendwo in jedem anderen Menschen ist. Liebe bedeutet nicht, sein Selbst hinzugeben, sondern es zu finden. Und zu merken, daß alles, was andere darüber geschrieben, falsch war. Denn nur was ein Mann als Teil seiner selbst in sich erkennt, kann er als sein eigenes Ich erfassen und verstehen. Und daß man immer nach einem Weg sucht, um aus der eigenen Bienenwabe zu entfliehen und die anderen luftdicht abgeschlossenen Zellen zu erreichen, mit denen man in dem wächsernen Stock verbunden ist.

Und der einzige Weg, den er jemals gefunden hatte, der einzige Schlüssel, die einzige Sprache, in der er sprechen und von anderen Männern verstanden wurde, in der er sich anderen mitteilen konnte, war die seines Horns. Wenn du ein Horn hier hättest, sagte er zu sich, könntest du mit ihr sprechen und verstanden werden. Du könntest den Zapfenstreich für sie blasen, mit seiner ganzen Müdigkeit, mit seinem vollen Ton, durch fremde Straßen fegend, wenn er lieber zu Hause bleiben und schlafen würde, und sie würde ihn verstehen.

Aber du hast kein Horn, sagte sein Selbst, weder hier noch sonst irgendwo. Man hat dir die Zunge ausgerissen. Du hast nichts als zwei Flaschen, die eine fast voll, die andere fast leer.

Und die können wir nicht durchs Tor mitnehmen, mein Freund, weil die Militärpolizisten sie aussaufen würden, und wir können sie auch nicht am Zaun verstecken, weil es andere gibt, die jeden Abend danach suchen und sich so ihren Whisky beschaffen. Sollen wir sie austrinken, Freund? Ich denke, es ist das beste. Wenn wir betrunken sind, kommen wir uns viel näher, manchmal können wir einander fast sehen. Gehen wir zu unsrem Baum.

Der Baum unterhalb des Hügels auf halbem Weg zur Straßenkreuzung war ein alter knorriger Kiawe-Baum, unter dem er schon bei früheren Ausflügen gesessen hatte und um den die braunen Flaschen seiner früheren Ausflüge im Grase lagen. Er schritt durch das kniehohe verfilzte Gras, in dem er seine Beine hochheben mußte, bis er unter den Baum kam, zu der flachgesessenen glatten Stelle, an der er immer saß mit dem Rücken gegen die rauhe Rinde, und wo ihn niemand von der Straße her sehen konnte. Denn es gibt Zeiten für jeden Mann, in denen er allein sein muß, und in der Kaserne gab es kein Alleinsein, nur Einsamkeit.

Er legte die zwei Flaschen zu den anderen ins Gras und fand einen Lastwagen, der ihn nach Hause mitnahm – zum Nachhause der menschenüberfüllten Einsamkeit der Kaserne, zum Nachhause des Fürsichseins im Schlafraum ohne Stille. Der Lastwagen, der ihn mitnahm, gehörte zum 13. Feldartillerie-Regiment und brachte Schwimmer von Haleiwa zurück. Betrunken ging er zu Bett.

Und als das Ende des Monats und der Zahltag kamen, nahm er die letzte Löhnung, die er als Hornist bekam, das Geld, mit dem sich Violet in Waheiwa hätte einrichten sollen, und brachte es mit einem dazu passenden Gefühl von Ironie in einer Nacht in den Spielhallen durch. Er war entschlossen, wieder von vorne anzufangen. In fünfzehn Minuten hatte er alles über den Tisch hinweg an O'Hayer verloren und noch nicht einmal so viel zurückbehalten, um sich eine Flasche Schnaps oder ein Weibsstück kaufen zu können. Es war eine wunderschöne Geste, und die Summe, die er verlor, erregte ziemliches Aufsehen.

Zweites Buch · Die Kompanie

9

Die Regenzeit war in Hawaii die Zeit, die dem Winter am nächsten kam. In den Wintermonaten war der Himmel vielleicht ein wenig blasser, dunstiger und weniger blau und die Sonne nicht ganz so blendend. Aber der Winter in Hawaii unterschied sich vom Sommer nicht mehr, als unser Spätseptember sich vom Sommer unterscheidet. Die Temperatur blieb die gleiche, und auf dem großen roten Plateau von Ananasfeldern, in deren Mitte die Schofield-Kaserne lag, fehlte es im Winter wie im Sommer an Wasser.

Es gab keine Winterkälte, unter der man hätte leiden können. Aber auch die Herbstluft des Oktober gab es nicht, und nicht die erste Wärme und den schnelleren Pulsschlag des Frühlings im frühen April. Die einzige kosmische Veränderung, die je in Hawaii zu spüren war, war die der Regenzeit, und diese Veränderung wurde von allen freudig begrüßt, die sich an einen Winter erinnern konnten, mit Ausnahme der Touristen natürlich.

Die Regenzeit kam nicht von einem Tag auf den anderen. Es gab einen oder zwei der üblichen Stürme, wenn es mit dem Februar zu Ende ging, als wäre er ein Mann, der vor seinem Tod noch schwächlich kämpft und um sich tritt. Sie brachten einen Hauch von Kühle und ein Versprechen, daß Wasser ganz in der Nähe sei, daß man noch eine Weile ausharren solle. Dann, nachdem die durstige Erde all ihre Feuchtigkeit aufgesaugt hatte, gaben die frühen Stürme den Kampf auf und flohen vor dem Ansturm der Sonne, die den Schlamm wieder zu Staub werden und nur eine rissige, zusammengebackene Erinnerung übrigließ, die unter den derben Schuhen der Soldaten zerbröckelte.

Im frühen März aber wurden die Regenfälle häufiger und hielten länger an, bis es schließlich überhaupt keine Pausen mehr gab, sondern nur noch Regen. Von diesem Regen trank die Erde gierig, bis ihr Durst gelöscht war, um dann – wie ein in der Wüste ausgedörrter Mann, der viel zuviel auf einmal trinkt – all den Überfluß wieder zu erbrechen, die Straßen und die Hügel hinab, entlang den Kanälen und Bewässerungsgräben, die wie ein Netz die karminrote Erde des Plateaus durchzogen und nun zu reißenden Flüssen wurden. Bis schließlich die Erde selbst und jeder auf ihr wie eine Braut nach den Flitterwochen sich wieder nach dem Durst sehnte.

Um diese Zeit zog sich Schofield in sich selbst zurück. Geländeübungen wurden durch Waffenunterricht in den Tagesräumen ersetzt, das Exerzieren in Gruppen und größeren Formationen machte Zielübungen auf der Veranda und dem uralten Druckpunktnehmen Platz. Aber all diese Eintönigkeit trat in den Hintergrund vor dem aufregenden Luxus, sich unter einem Dach zu befinden, während es draußen goß.

Die zwei Sorten von Regenmänteln – die imprägnierten, die das Wasser wie ein Löschblatt aufsaugten, und die gummierten, die weder Wasser noch Luft durchließen, bis der Träger so in Schweiß gebadet war, daß er ebensogut auch die andere Sorte hätte tragen können – erschienen aus ihren Verstecken in den Tornistern, die am Fußende jedes Bettes hingen. Und an den Abenden, an denen der Regen lange genug aufhörte, daß die Männer ihre ruhelosen Mitternachtsspaziergänge wiederaufnehmen konnten, tauchten die neu ausgegebenen ›Feldjacken‹ auf Straßen und Wegen auf.

Und wenn sich jetzt, während der Regenzeit, die Männer in der überdeckten Boxarena hinter der alten Kapelle zusammenfanden, von überall her zusammenströmend, den Speichen gleich, die auf eine Nabe zulaufen, trugen sie Decken mit sich, um sie auf den hämorrhoidenbrütenden, kalten Betonboden auszubreiten, oder auch um sich in sie hineinzuwickeln; vielleicht mit einem versteckten halben Liter als zusätzlicher Wärmung, wenn es ihnen gelang, ihn hereinzuschmuggeln, ohne daß die Militärpolizei es merkte. Und hier in Hawaiis herbstlichem März, unter dem Dach der ›Schofield Box Bowl‹, in der zwei namenlose Nummern gegeneinander kämpften, wurde die Luft schwer von Erinnerungen an Fußball, Äpfel und Oktober und an all die tausend kleinen Fußballmannschaften der Schulen in der Heimat, die für einen Augenblick wie eine Fata Morgana lebendig wurden.

Obwohl noch drei Kämpfe ausstanden, war schon vor der zweiten Märzwoche die Entscheidung über die Meisterschaft in der Hawaii-Division gefallen. Dynamit Holmes' ›Bearcat Cubs‹ hatten mit dreißig Punkten gegen das 27. Regiment verloren. Das waren doppelt so viele Punkte, als sie in den letzten drei Kämpfen bestenfalls gewinnen konnten, und die großartigen goldenen Boxer in ihrem goldenen Ring waren aus dem Ehrenschrank im Haupteingang herausgenommen worden, um dem Sieger überreicht zu werden, sobald die Saison endete.

Man konnte Dynamit mit hängenden Schultern und nervös zuckenden Augenbrauen herumlaufen sehn, und das Gerücht ging, daß er seines Postens enthoben und versetzt werden würde. Zum erstenmal seit vielen Jahren fanden innerhalb eines einzigen Monats zwei Kriegsgerichtsverhandlungen gegen Angehörige der G-Kompanie statt, und zwei Mann wurden ins Militärgefängnis geschickt. Aber in der riesigen achteckigen Bodenvertiefung mit ihren ausgezahnten Betonwänden war es für die Zuschauer nicht wichtig, wer kämpfte und wer gewann. Wichtig war nur, daß man die spritzige Luft und die Aufregung des kommenden Kampfes genoß.

Das Regiment litt bei weitem nicht so sehr unter seiner Niederlage wie Dynamit, oder wie Dynamit glaubte, daß es litt. Die Loyalität des Regiments war zu oft von einem Truppenteil auf einen anderen verlagert worden, und seine Niedergeschlagenheit hielt genauso lange an, wie man brauchte, um von der Bowl nach Hause zu gehn und dort in der Latrine ein Würfelspiel zu beginnen. Das helle Licht, das über der Boxabteilung gestrahlt hatte, verschwand schnell. Der Zahltag war viel näher als die Boxsaison des nächsten Jahres, und es waren Gerüchte im Umlauf, daß die Hälfte der Häuser zwischen River Street und Nuana Avenue neue Mädchen hereinbekommen hätten.

Aber auch wenn das Regiment keinen anderen Exponenten seiner Ehre besaß als Dynamit, in ihm besaß es einen wirklich großen. Nach einer Unterredung mit Oberst Delbert, von dem er eine letzte Chance erhielt, begann er den Feldzug für das nächste Jahr zu planen, der der bisher größte werden sollte und die Trophäe dahin zurückbringen würde, wohin sie gehörte. »Ich werde wiederkommen«, sagte er, und noch bevor die letzten Kämpfe vorüber waren, hatte er angefangen, seine Planpausen zu machen und seine Kräfte neu zu sammeln.

Milt Warden stand unter der Tür, als Holmes die Katze aus dem Sack ließ und die Versetzung des Kochs Stark von Fort Kamehameha ankündigte. Es regnete heftig an diesem Tage, und von der Tür aus beobachtete er seinen Kompanieführer, wie er mit langen Schritten durch den silbrigen Vorhang kam, ohne sich um den Schmutz des aufgeweichten Kasernenhofes zu kümmern, mit hochgestelltem Kragen in einem nach Maß gearbeiteten Mantel, der von der Nässe aufgeweicht war, aber noch immer elegant um seine in Reitstiefeln steckenden Knie flappte. Warden schämte sich, daß er nichts von der üblichen freudigen Bewunderung fühlte. Etwas sagte ihm, daß es kein Routinebesuch war, und er ahnte Böses.

»Das Ganze aufgesessen«, höhnte er laut herausfordernd, aber nicht laut genug, daß Holmes es hören konnte, wandte dem herankommenden Hauptmann den Rücken zu und ging hinein, um sich seine Unabhängigkeit zu beweisen.

»Ich möchte dies sofort erledigt haben«, sagte Holmes, der triefend in die Schreibstube kam, und zog einige Papiere aus der Manteltasche. »Wo ist Mazzioli?«

»Drüben in der Personalabteilung«, sagte Warden ohne Enthusiasmus. »Der Regimentsfeldwebel hat heute morgen alle Schreiber rufen lassen.«

»Dann müssen Sie die Papiere ausfertigen«, sagte Holmes und gab sie ihm. »Schreiben Sie den üblichen Vermerk drauf. Und einen *guten* Empfehlungsbrief. Dieser Stark hat mit mir in Bliss gedient, und ich habe schon mit Oberst Delbert über ihn gesprochen. Er hat an das Hauptquartier geschrieben, damit die Sache nicht auf dem Dienstweg verlorengeht.« Holmes nahm seine Kavalleristenmütze ab, schüttelte sie kräftig und spritzte Wasser über den ganzen Boden.

»Du meine Güte«, sagte er. »Ist das naß. Er ist ein ausgezeichneter Mann. Für meine alten Leute tue ich gerne alles, was ich kann.«

»Jawohl, Sir«, sagte Warden und fuhr fort, die Papiere zu prüfen.

»Das muß heute noch rausgehn«, sagte Holmes glücklich. »Ich warte darauf und bringe es selbst zur Post. Ich muß sowieso noch über ein paar andere Sachen mit Ihnen reden. Wir haben eine Gefreitenstelle offen, nicht wahr?«

»Jawohl, Sir«, sagte Warden und fuhr fort, die Papiere zu prüfen.

»Hören Sie mir zu?« sagte Holmes.

»Jawohl, Sir«, sagte Warden. Er hob die Papiere in die Höhe, als wollte er sie zur Schau stellen. »Unsere Küche ist komplett, Sir«, sagte er beiläufig. »Sie werden einen rausschmeißen müssen, um Platz zu machen für diesen hier. Haben Sie schon mit Feldwebel Preem gesprochen? Bis jetzt hat er sich, soweit ich weiß, nicht über seine Köche beschwert.« Aber er machte es nicht beiläufig genug.

Holmes' Gesicht verlor seine runde Freudigkeit und legte sich streng in Flächen und Winkel. »Ich glaube nicht, daß Feldwebel Preem meine Entscheidung anfechten wird, Feldwebel.«

»Nicht, wenn Sie ihm eine Flasche Zitronenextrakt geben«, sagte Warden.

»Was?« sagte Holmes.

»Ich sagte«, erwiderte Warden, »nicht, wenn er auf dem richtigen Weg bleiben will.«

Holmes starrte ihn ungläubig an. »Preem und Stark haben zusammen in Bliss gekocht. Und ich habe es bisher niemals für nötig befunden, mein eigenes Urteil durch meine Untergebenen bekräftigen zu lassen.«

»Jawohl, Sir«, sagte Warden, Holmes' Blick erwidernd.

»Ich weiß, was ich tue, Feldwebel. Lassen Sie mich nur machen. Wenn ich Rat brauche, frag ich schon drum.«

»Jawohl, Sir«, sagte Warden, ihn noch immer anstarrend. Holmes würde nie einen besseren Hauptfeldwebel bekommen, und Warden wußte, daß er sich einiges erlauben konnte.

Holmes starrte Warden seinerseits lange genug an, um sich das Gefühl zu geben, daß er sich nicht hatte einschüchtern lassen, senkte dann seinen Blick auf die Mütze und schüttelte sie von neuem, um das Wasser loszuwerden, unfähig, dieser ›Leck-mich-am-Arsch-Stimmung‹ in Warden die Stirn zu bieten.

»Mein Gott«, murmelte er, »ist das naß.«

»Jawohl, Sir«, sagte Warden. Als er sah, wie Holmes sich an seinem Tisch niederließ und mit einem Bleistift zu spielen begann, spürte er, daß er momentan einen Triumph davongetragen hatte. Und so beschloß er, das Schicksal noch einmal herauszufordern, solange er im Vorteil war.

»Kann diese Sache zwei Tage liegenbleiben, Sir? Leva ist mit seiner Bestandsaufnahme weit zurück, und ich habe ihm schon die ganze Zeit ausgeholfen. Ich habe unaufschiebbare Arbeit zu tun. Und diese Sache kann ja immer noch erledigt werden.« Vielleicht würde er in zwei Tagen abkühlen und seine Nächstenliebe vergessen. Es wäre nicht zum erstenmal.

Holmes legte seinen Bleistift mit Nachdruck beiseite. »Was ist mit Feldwebel O'Hayer los?« sagte er. »Er ist Kammerfeldwebel, nicht wahr?«

»Jawohl, Sir«, sagte Warden.

»Nun, dann lassen Sie's ihn tun. Das ist seine Arbeit.«

»O'Hayer *kann* es nicht tun, Sir. Er ist sehr damit beschäftigt, sein gottverdammtes Spielzelt zu leiten.«

»Wollen Sie sagen, er *kann* es nicht tun? Er ist der Kammerfeldwebel. Er *muß* es tun. Stellen Sie mein Urteil in Frage, Feldwebel?«

»Nein, Sir.«

»Na also. Lassen Sie O'Hayer seine eigene Arbeit machen. Dafür wird er bezahlt. Solange ich diese Kompanie führe, wird jedermann seinen Posten ausfüllen und tun, was ich sage. Und ich wünsche, daß diese Papiere jetzt fertiggemacht werden.«

»Jawohl, Sir«, sagte Warden heftig. »Sofort, Sir.« Und die Kammer und alles andere kann zum Teufel gehn, dachte er. Nun würden also fünf Leute aus Bliss da sein und die Kompanie belasten. Er setzte sich an seinen Tisch und begann zu arbeiten, ohne Holmes zu beachten. Durch seine Arbeit setzte er ihn herab.

»Was ich noch sagen wollte, Feldwebel«, unterbrach Holmes ihn kühl. »Wegen dieser Gefreitenstelle. Lassen Sie Mazzioli einen Kompaniebefehl schreiben. Bloom bekommt die Stelle.«

Warden sah von seiner Schreibmaschine auf. Seine Augenbrauen zuckten. »Bloom?!«

»Ja«, sagte Holmes ruhig. »Bloom. Bloom ist ein guter Soldat. Er wird einmal ein guter Unteroffizier werden. Feldwebel Galovitch sagte mir, daß er mehr arbeitet und mehr Initiative zeigt als irgendein anderer Mann in der Kompanie.«

»Doch nicht *Bloom*«, sagte Warden.

»Aber natürlich«, sagte Holmes, Zufriedenheit in seiner Stimme. »Ich habe mein Auge schon eine ganze Weile auf ihm. Ich weiß in der Kompanie viel besser Bescheid, als Sie glauben. Ich war immer der Meinung, daß gute Sportler gute Soldaten sind«, sagte er boshaft. »Dieses Jahr hat Bloom vier seiner Kämpfe in der Bowl gewonnen. Es ist nicht ausgeschlossen, daß wir nächstes Jahr aus Bloom den Abteilungsmeister machen. Feldwebel Wilson wird mit ihm arbeiten.«

Holmes wartete, schaute ihn an, verlangte mit seinen Augen eine Antwort. »Mazzioli wird das morgen tun, ja?« bestand er sanft, aber fest.

»Jawohl, Sir«, sagte Warden, ohne aufzusehen. »Jawohl, Sir, wird gemacht.«

»Danke«, sagte Holmes. Triumphierend nahm er seinen Bleistift auf.

Warden beendete seine Arbeit an den Papieren. Er fragte sich, ob Holmes wirklich an die Dinge glaubte, die er sagte, oder ob er sie nur der Wirkung wegen sagte. Während er Holmes die Papiere überreichte, war er sich klar darüber, daß er gerade dem Beginn des komplizierten geistigen Prozesses beigewohnt hatte, der mehr als der Hälfte des Unteroffizierskorps seinen gegenwärtigen Rang verschafft hatte.

Holmes schaute die Papiere mit einer Miene tiefsten Behagens durch. »Ich nehme an, daß alles in Ordnung ist.«

»Sir!« explodierte Warden. »Was ich fertigmache, ist immer in Ordnung.«

»Ruhe, Ruhe – Feldwebel«, sagte Holmes und hob seine Hand, als wäre er ein Bischof. »Ich weiß, daß Sie ein guter Hauptfeldwebel sind. Ich will nur sichergehen, daß bei dieser Versetzung kein Fehler unterläuft.«

»Ich habe die Papiere fertiggemacht«, erklärte ihm Warden.

»Ja«, lächelte Holmes, »aber Sie waren zu sehr mit Leva und der Kammer beschäftigt. Wenn Sie aufhören wollten, sich um die Messe und die Kammer zu kümmern und außer Ihrer eigenen Arbeit auch noch die dieser Leute zu tun, hätten wir bedeutend mehr Schwung und eine viel bessere Einheit.«

»Jemand muß sich darum kümmern«, sagte Warden.

»Nun hören Sie aber auf, Feldwebel«, lachte Holmes. »So schlimm kann's doch nicht sein. Sie suchen nach Dingen, über die Sie sich Sorgen machen können. Übrigens, wie hält sich dieser neue Mann Prewitt im allgemeinen Dienst?«

»Tadellos. Der Junge ist ein guter Soldat.«

»Ich weiß es«, sagte Holmes. »Damit rechne ich auch. Ich habe nie einen guten Soldaten getroffen, der gerne als Gemeiner allgemeinen Dienst getan hat. Ich nehme an, daß er diesen Sommer bei den Kompaniekämpfen dabeisein wird. Ein altes Sprichwort sagt, daß man in der Armee sogar Löwen bändigt.«

»Ich glaube, Sie irren sich«, sagte Warden geradeheraus. »Ich fürchte, Sie werden ihn nie im Ring sehen.«

»Warten Sie, bis die Regenzeit vorüber ist, Feldwebel. Wir haben für diesen Sommer eine Menge Geländedienst geplant.« Er zwinkerte Warden verständnisinnig zu und nahm seine regendunkle Mütze auf. Im Augenblick war er seiner Sache sicher, denn Prewitt war in seinen Schlachtplan einbegriffen, und wie hätte er nicht der Boxriege angehören können, wenn er in den Plänen figurierte?

Warden beobachtete ihn, wie er über den verlassenen regennassen Kasernenhof zurückstapfte, und plötzlich wurde ihm klar, warum er Holmes haßte. Weil er ihn immer gefürchtet hatte, nicht ihn persönlich, nicht seine Kraft oder seinen Verstand, sondern das, was er repräsentierte. Mit etwas Glück würde Dynamit eines Tages einen guten General abgeben. Gute Generale waren aus einem besonderen Holz geschnitzt, und Holmes war aus diesem Holze. Gute Generale mußten die Art von Verstand haben, der alle Männer als Massen sieht, als Zahlengruppen von Infanterie, Artillerie und Granatwerfern, die addiert und subtrahiert und auf dem Papier erfaßt werden konnten. Sie mußten Männer als Abstraktionen sehen, mit denen man auf dem Papier arbeiten konnte. Sie mußten wie Blackjack Pershing sein, der so sehr um die Moral seiner Truppen in Frankreich besorgt war, daß er versuchte, die Bordelle zu verbieten – um den Müttern Herzeleid zu ersparen –, der aber stolz darauf war, wenn diese Truppen im Kampfe starben.

In dem alles verdunkelnden Nebel seines Ärgers verwandelte sich die häßliche Nacktheit der regengetränkten Erde und des lehmigen Grases um die einsame Gestalt Holmes' in das Bild einer geisterhaft leeren Straße, in der ein starker Wind, über diese traurige Pflicht klagend, einen zerrissenen Fetzen Papier durch den Rinnstein zu irgendeiner unvorhergesehenen und unwichtigen Bestimmung wirbelte. Aus dem oberen Stockwerk konnte er die Rufe und das Planschen der Kompanie hören, die sich vor dem Essen wusch, und die Frische, die durch das offene Fenster hereinströmte, ließ ihn erschauern und nach seiner Feldjacke greifen, die über dem Stuhl hing.

Er starrte aus dem Fenster hinaus, seine Wut löste sich und wich einer unsagbaren Melancholie, für die er keinen Grund zu finden vermochte.

Levas kahler Kopf schwebte gemächlich an dem offenen Fenster vorbei, in Richtung auf die Küche, wo er und Warden zu essen pflegten, statt im Speisesaal wie die Kompanie.

»Was gibt's zu essen?« rief Warden.

»H und S«, sagte Leva lakonisch und ging weiter.

Hackfleisch und Soße! Wieder mal. Preem wurde schlechter und schlechter. Die Kompaniekasse war ständig leer, weil man laufend Zitronenextrakt für ihn einkaufte.

Warden setzte sich an seinen Tisch, griff in die Schublade und holte die 45er Dienstpistole hervor, die er dort aufbewahrte. Er wog sie in der Hand. Gerade wie die Pistole, die sein Vater aus dem Krieg mit nach Hause gebracht hatte. Das gleiche Gewicht, die gleiche Form, die gleiche Bläue. Von Zeit zu Zeit hatten er und Frankie Lindsay, der weiter oben in der Straße wohnte, den Revolver aus seines Vaters Tisch gestohlen und Zündhütchen in den Schlitz vor dem Hammer geschoben. Auch Kieselsteine steckten sie in den Lauf und schossen sie heraus, einen halben Meter weit oder so, und bildeten sich ein, es seien Kugeln.

Die Kompanie kam zum Essen heruntergestürmt.

Warden richtete die Pistole auf einen Aktenschrank und spannte sie. Der Hammer klickte dumpf metallisch, ein gefährlicher Ton voller

Spannung, und Milt Warden ließ seine andere Hand krachend auf den Tisch sausen.

»Ha, du Sohn einer Hündin«, sagte er laut. »Dachtest, ich sähe dich nicht.«

Er stand auf, starrte auf den harmlosen Schrank mit halbgeschlossenen Augen und hochgezogenen zuckenden Augenbrauen.

»Du willst dich wieder verpflichten? Ich bin Wolf Larsen, verstehst du? Und keiner verpflichtet sich mehr. Nicht, ohne sich vor Shark zu verantworten. Nein, du tust es nicht.«

Mit mörderisch nach vorne gestrecktem Kinn ging er um den Tisch herum und auf den Schrank zu, machte davor halt und zog langsam und unerbittlich den Abzug.

Der Hammer schnappte herunter, unausweichlich wie der Schlag einer Uhr. Das gedämpfte Klicken war eine Enttäuschung nach der Erwartung des Spannens.

Er warf die schwere Pistole krachend auf den Tisch vor dem Schrank. »Wird nächste Woche fortgesetzt«, sagte er mit einem Blick auf die Pistole. Mit ihren einfachen Linien und dem soliden Waffenstahl war sie eine Ganzheit, schön und vollkommen in sich selbst wie die Wade einer Frau. Dann aber, dachte er, ist die Wade einer Frau nur ein Symbol des übrigen. Welcher Mann würde mit der Wade einer Frau allein zufrieden sein?

Ärgerlich nahm er die Pistole auf, riß den Verschluß zurück, ließ ihn bösartig vorwärtsschnappen. Die jetzt geladene Pistole richtete er gegen seinen Kopf und legte den Finger leicht an den Abzug. Wo ist die Linie, dachte er, die einen vom Wahnsinn trennt? Jeder Mann, der jetzt abdrückte, wäre wahnsinnig. Bin ich wahnsinnig? Weil ich mir die geladene Pistole vor den Kopf halte? Oder weil ich den Abzug berühre?

Hingerissen stierte er einen Augenblick auf den schwer in seiner Hand liegenden Tod, ließ ihn dann sinken. Mit geübter Hand nahm er das Magazin heraus, öffnete den Verschluß und ließ das Geschoß auf den Tisch fallen. Er ließ das Geschoß zurückgleiten ins Magazin, das Magazin in die Pistole, die Pistole in die Schublade. Und lehnte sich zurück und lauschte auf die Geräusche, die aus dem Speisesaal kamen.

Nach einer Weile stand er auf, holte eine Flasche Whisky aus der zweiten Schublade seines Aktenschrankes und nahm daraus einen langen Schluck, der seinen Adamsapfel hüpfen ließ. Dann ging er hinaus auf die Veranda und in die Küche, wo Leva, gegen das gußeiserne Spülbecken gelehnt, von einem Teller aß, den er in der Hand hielt.

Wardens Chance kam schneller, als er gedacht hatte. Am nächsten Tag klarte es ein wenig auf, mittags ließ der Regen eine Zeitlang nach, um sich für einen neuen Angriff zu sammeln. Er hing niedrig und schwerbäuchig und drohend, als Holmes auf der Straße um den Kasernenhof kam, in Zivil, in einem weichen braunen Tweedanzug, mit einem Überzieher über dem Arm. Er kam, um Warden zu sagen, daß er mit Oberst Delbert in die Stadt gehe und heute nicht zurückkomme.

Und plötzlich wußte Warden, daß er es tun müßte. Er wußte nicht genau warum, denn das war mehr als eine gewöhnliche Weibergeschichte. Frauen, die er haben konnte, gab es genug in der Stadt. Diese Sache aber ging viel tiefer.

Bisher hatte er nur mit dem Gedanken gespielt. Er hatte es sich immer zum Prinzip gemacht, sich von Soldatenfrauen fernzuhalten. Sie waren kalt, hatten nicht mehr Wärme in sich als Diamanten, und mit ihnen machte es kein Vergnügen. Ihr Beischlaf war mehr eine Sache der Langeweile als der Lust. Und nach dem, was Leva ihm erzählt und was er selbst gesehen hatte, nahm er an, daß auch Karen Holmes nicht anders war.

Dennoch wußte er über all das hinaus, daß er's tun würde, nicht aus Rache und nicht aus Vergeltung, sondern als ein Ausdruck seiner selbst, um die Individualität, die Holmes und alle die anderen ihm, ohne es zu wissen, genommen hatten, wiederzugewinnen. Und er verstand mit einem Male, warum ein Mann, der sein ganzes Leben lang für eine Firma gearbeitet hat, möglicherweise Selbstmord begeht, sich törichterweise selbst zerstört, weil dies der einzige Weg ist, seine eigene Existenz unter Beweis zu stellen.

»Werden Sie zum Zapfenstreich zurück sein?« fragte er Holmes beiläufig, ohne von seinen Papieren aufzuschauen.

»Bei Gott nicht«, sagte Holmes glücklich. »Wahrscheinlich auch nicht zum Wecken. Ich habe Culpepper gebeten, sich um beides zu kümmern, wenn ich nicht zurück sein sollte. Wenn er sich nicht zeigen sollte, kümmern Sie sich darum.«

»Jawohl, Sir«, sagte Warden.

Holmes ging im Büro auf und ab. So viel ungehemmte Freude und Erwartung hatte Warden selten an ihm gesehn. Unter den Lampen, deren Licht ölig durch das Fenster in den düsteren Regentag hinausflimmerten, wurde Holmes' an sich schon rosiges Gesicht von einem tieferen Schimmer von Glückseligkeit gerötet.

»Alles Arbeit und kein Vergnügen«, sagte Holmes und zwinkerte. Es war ein männliches Blinzeln, das andeutete, daß das schwer gewordene Pendel erleichtert werden mußte, und es schlug für einen Augenblick eine Brücke über den Abgrund des Klassenunterschieds, der sie sonst trennte. »Sie sollten einen Tag Urlaub nehmen«, sagte Holmes. »Sie tun nichts, als in dieser Finsternis herumzuhocken und über diesem Papierkram zu schwitzen. Es gibt noch andere Dinge in dieser Welt als Verwaltung.«

»Ich habe schon selbst daran gedacht«, sagte Warden mit dünner Stimme, während er die Papiere, die er in der Hand hielt, gegen andere austauschte, die auf seinem Tisch lagen, und einen Bleistift aufnahm. Heute war Donnerstag, der Tag, an dem das Dienstmädchen Ausgang hatte, es war eine sehr gute Gelegenheit. Er beobachtete scharf die fleischige Glückseligkeit in Holmes' Gesicht und war erstaunt darüber, daß er jetzt, gerade in diesem Augenblick, Holmes besser leiden mochte als je zuvor.

»Na ja«, sagte Holmes. »Ich gehe. Ich überlasse alles Ihrer Obhut, Feldwebel.« Es lag großes Vertrauen und viel Gefühl in seiner Stimme, und in einer ihn plötzlich überwältigenden Gemütsbewegung schlug er Warden auf die Schulter.

»Es wird alles noch dasein, wenn Sie zurückkommen«, sagte Warden. Aber er spielte lediglich seine Rolle zu Ende, und seine Stimme war tot.

Du hast nichts, woran du dich halten kannst, als deine weibliche Intuition, sagte Milton Warden zu sich selber. Du gehst besser auf Nummer Sicher und überlegst dir vorher alles ganz genau. Er sah Holmes nach, wie er wegging, und setzte sich an seinen Tisch, um auf Mazzioli zu warten; denn selbst jetzt in diesem großen Augenblick wollte er die Schreibstube nicht allein lassen.

Es fing an zu regnen, noch bevor der Schreiber zurückkam, und Warden beschäftigte sich damit, ein paar Sachen zu erledigen, die liegengeblieben waren. Einige Briefe mußten für Mazzioli vorgeschrieben werden, damit er sie abschreiben und Holmes zur Unterschrift vorlegen konnte. Dann machte er einen Entwurf des Dienstplans der nächsten Woche, wofür er jeweils in den einschlägigen Vorschriften nachsah.

Allein in der feuchten Luft, arbeitete er wie ein Wilder, ließ seinen Haß an der Arbeit aus, vergaß alles andere außer dem, was er gerade vor sich hatte.

Mazzioli, der Kompanieschreiber, war triefend naß, als er zurückkam. Er versuchte, ein halbes Dutzend Ordner vor dem Wasser zu schützen.

»Jesus«, sagte er, Warden mit seinen aufgekrempelten Ärmeln erblickend. »Es ist kalt draußen. Mach das Fenster zu, ehe wir uns zu Tode frieren.«

Warden grinste ihn aus zusammengekniffenen Augen listig an. »Ist dem armen kleinen zarten Baby kalt?« fragte er. »Friert's ihn?«

»Ach«, sagte der Schreiber, »halt's Maul, ja?« Er legte seine Mappen weg, um das Fenster selber zu schließen.

»Laß es offen!« donnerte Warden.

»Aber es ist kalt«, protestierte der Schreiber.

»Dann frier eben«, grinste Warden. »Ich hab's lieber offen.« Plötzlich wurde sein Gesicht hart. »Wo zum Teufel warst du den ganzen Tag?«

»Du weißt, wo ich war«, sagte der Schreiber steif. »Ich war bei der Personalabteilung vom Regiment.« Da er eine Handelsschule besucht hatte, übte er sein Recht auf geistige Überlegenheit aus. Aus diesem Grund war er stolz auf seine gute Grammatik und nahm immer an den Diskussionen der Schreiber in Choys Restaurant teil. Hin und wieder diskutierte er sogar mit Pop Karelsen, dem Waffenunteroffizier, der – wie es gerüchtweise hieß – der Sohn eines reichen Vaters gewesen war. »Ich habe mit Feldwebel O'Bannon gearbeitet«, fügte Mazzioli bitter hinzu, mit weiblichen Grimassen. »Wenn ich je eine alte Tante gesehen habe...«

»Grant ist heute ins Lazarett gekommen«, unterbrach Warden ihn derb. Er nahm das Krankenbuch auf, öffnete es und hielt es Mazzioli unter die Nase. »Wußtest du, daß Grant eingeliefert worden ist? Er hat einen Tripper. Weißt du, was das ist?«

Der Schreiber trat einen Augenblick zurück. Sein Panzer war durchbohrt. Er schaute schuldbewußt drein.

Warden grinste sauer. »Natürlich. Nach Paragraph hundertsieben ist das verlorene Zeit«, sagte er, auf ihm herumhackend. »Hast du seine Krankenkarte ausgefüllt? Hast du eine Notiz für den Morgenbericht gemacht? Und eine für deine Löhnungskartei? Hast du meine Kartothek in Ordnung gebracht? Das Scheiß-Krankenbuch ist deine Sache. Du bist der Schreiber. Ich kann nicht auch noch deine Arbeit tun.«

»Ich hatte keine Zeit heute morgen, als das Krankenbuch zurückkam«, begann Mazzioli. »Diese Sanitäter schicken es nie vor elf Uhr zurück. Die...«

»Entschuldige dich nicht, mein Kleiner«, höhnte Warden. Er teilte die Entschuldigung in zwei Hälften und behandelte geschickt jede für sich. »Das Krankenbuch war um neun Uhr dreißig zurück. O'Bannon hat die Ordonnanz nicht vor zehn Uhr geschickt. Du sitzt den ganzen Morgen hier auf deinem faulen Arsch herum und löst Kreuzworträtsel. Wie oft muß ich dir sagen: *Bleib auf dem laufenden mit deiner Arbeit.* Tu alles im Augenblick, in dem es kommt. Wenn du einmal in Rückstand gerätst, gibt's kein Aufholen mehr.«

»Ja, natürlich, Spieß«, sagte Mazzioli niedergeschlagen. All seine Sicherheit war verschwunden. »Ich tu's gleich. Gib mir das Buch.« Er griff danach, aber Warden ließ es nicht los. Groß, breitschultrig und verächtlich schaute er mit einem bösartigen Ausdruck auf den Schreiber hinunter.

Mazzioli schaute ihn an. »Oh«, sagte er schuldbewußt und ließ los. »Sobald ich mit dem Ablegen fertig bin.« Von dem schweigenden Sarkasmus Wardens wandte er sich zu seinen Ordnern.

Warden warf das Krankenbuch auf sein Pult. »Ich hab's bereits erledigt«, sagte er angewidert in normalem Ton. »Es ist schon alles erledigt.«

Mazzioli warf ihm vom Aktenschrank herüber einen bewundernden Blick zu. »Danke, Spieß«, sagte er.

»Geh zum Teufel«, sagte Warden heftig. »Wenn du nicht aufpaßt, wirst du dich als Schütze wiederfinden und ein bißchen allgemeinen Dienst tun. Was vermutlich eine gelehrte Blüte wie dich umbringen würde. Ein klassisches Beispiel des amerikanischen Erziehungssystems – das ist es, was du bist.«

Mazzioli glaubte nicht an die Drohung, aber für alle Fälle ließ er einen traurigen Ausdruck auf seinem Gesicht erscheinen. Warden durchschaute ihn vollkommen.

»Du denkst, ich mache Spaß, was?« sagte Warden mit seiner alles überwältigenden Heftigkeit. »Mach nur so weiter, und du wirst sehn. Du wirst dich als Perlenfischer in der Küche wiederfinden. Ich bin der Hauptfeldwebel hier, nicht du, und wenn es hier Zeit zum Ausruhen gibt, krieg ich sie zuerst, verstehst du? Wenn es nicht genug Arbeit für zwei gibt, dann arbeitest *du.* Und wenn du nicht aufhörst, bei diesen Zweipfennigphilosophen drüben beim Regiment herumzulungern, kannst du hier die Schreibstube schrubben. Worüber habt ihr heute diskutiert?« fragte er.

»Van Gogh«, sagte Mazzioli. »Das ist ein Maler.«

»Ach nee«, sagte Warden, »was du nicht sagst. Ein Maler. Hast du je ›Lebensgier‹ gelesen?«

»Ja«, sagte Mazzioli. »Du auch?«

»Nein«, sagte Warden. »Ich lese nie.«

»Du solltest's lesen, Spieß. Ist ein gutes Buch.«

»Hast du je ›Moon und Sixpence‹ gelesen?« sagte Warden.

»Sicher«, sagte Mazzioli, von neuem überrascht. »Hast du?«

»Nein«, sagte Warden. »Ich lese nie.«

Mazzioli wandte sich um und schaute ihn an. »Geh weg«, sagte er, »willst du mich auf den Arm nehmen?«

»Wer? Ich?« sagte Warden. »Bild dir nichts ein, Kleiner.«

»Ich wette, du hast sie gelesen«, sagte Mazzioli. Er legte seine Ablage weg, zündete sich eine Zigarette an und ließ sich nieder. »Weißt du, ich habe eine Theorie über Gauguin.«

»Zum Teufel mit deinen Theorien«, sagte Warden. »Mach, daß du mit deiner Arbeit fertig wirst. Ich habe noch mehr zu tun.«

»O. K.«, sagte Mazzioli. Er stand verärgert auf und begann von neuem zu arbeiten.

Beim Anblick von Mazziolis ärgerlichem Gesicht lachte Warden laut auf. »Grant hat also einen Tripper«, sagte er im Gesprächston.

»Ich hab ihm gesagt, er soll sich einen Pariser nehmen«, sagte Mazzioli noch immer verstimmt.

Warden schaute verächtlich. »Wäschst du deine Füße mit übergezogenen Socken, Kleiner?«

»Den hab ich schon gehört«, sagte der Schreiber überlegen.

Warden schnaufte wieder. »Wo, sagt Grant, daß er sich angesteckt hat?«

»In den Ritz-Räumen«, sagte Mazzioli angeekelt.

»Geschieht dem Rindvieh recht. Er hätte gescheiter sein sollen, als in die dreckige Kaschemme zu gehn. Er wird sich als Schütze Arsch im letzten Glied wiederfinden, wenn er aus dem Hospital kommt. Er muß dafür zahlen.« Warden stand auf und schlug mit seiner Faust so hart auf den Tisch, daß Mazzioli unwillkürlich zusammenzuckte.

»Laß dir das eine gute Lehre sein, Unteroffizier«, sagte Warden heftig, »wenn du diese Scheiß-Streifen, die du so gerne hast, nicht verlieren willst.«

»Wer?« sagte Mazzioli erstaunt. »Ich?«

»Ja, du. Halt dich an deinen Pariser und werd pervers, wie du's im Hygieneunterricht gelernt hast.«

»Aber hör mal«, sagte Mazzioli entrüstet.

»Hör du«, sagte Warden. »Ich hab etwas sehr Wichtiges zu tun, verstehst du mich? Und ich werde wahrscheinlich nicht vor vier zurück sein. Du bleibst hier in der Schreibstube, bis ich wiederkomme, verstanden? Und wenn ich höre, daß du auch nur auf die Latrine gegangen bist, degradier ich dich morgen. Klar?«

»Mein Gott, Spieß«, protestierte Mazzioli. »Ich habe heute nachmittag verschiedene Dinge zu erledigen.«

»Was ich vorhabe«, sagte Warden, innerlich grinsend, »ist streng dienstlich. Du hast den ganzen Morgen frei gehabt, um Kunst zu debattieren. Du hast einen Druckposten hier. Wenn du ihn nicht magst, kannst du gehn. Wieviel Tassen Kaffee hast du heute morgen bei Choys getrunken, was?«

»Ich bin nur einmal zum Kaffeetrinken gegangen«, protestierte Mazzioli.

»Vier Uhr. Und es ist besser für dich, daß du da bist, wenn ich zurückkomme. Da liegen ungefähr sechs Briefe, die getippt werden müssen. Außerdem muß der Dienstplan für die nächste Woche geschrieben werden. Nicht zu reden von der Ablage, die du liegengelassen hast.«

»O. K., Spieß«, sagte Mazzioli ergeben und sah, während Warden sich in seinen Regenmantel zwängte und einen Stoß Papiere aufnahm, wie sein Mittagschläfchen auf den schwarzen Flügeln der Tyrannei entschwebte. Warden und seine Gefangenen. Der alles tat, um jemand davon abzuhalten, das zu tun, was er tun wollte. Ein manisch Depressiver, entschied Mazzioli plötzlich mit einem Gefühl des Glücks, oder ein Paranoiker.

Er ging zum Fenster, um durch die blasse Düsterkeit des regnerischen Nachmittags zu sehn, wohin Warden gehn mochte. Dienstgeschäfte, du meine Seele!

Aber Warden hatte das vorausgesehn und ging entschlossen die Straße entlang um den Kasernenhof herum. Der Regen trommelte dröhnend auf seine gestärkte Mütze und auf seinen Regenmantel, der am Rücken schon durchnäßt war. Er stieg die Treppe zum Regimentsstab hinauf.

Von der Veranda schaute er über den Kasernenhof zurück und sah Mazziolis Kopf und Schultern, die sich dunkel gegen das Licht der Schreibstube abhoben. Es sah fast so aus, als drücke er seine Nase gegen das Glas. Was für ein Bursche, dachte er. Nicht mehr Begriff von einem Soldaten als ein Kaninchen, dafür aber Gespräche über Kunst.

Er lachte laut auf, warf sein Gelächter herausfordernd gegen den schalldämpfenden Vorhang des Regens, fühlte in sich den rauchenden, funkenschlagenden Feuerwerkskörper der kommenden Entweihung der geheiligten Kaste. Vielleicht würde sie nicht einmal zu Hause sein, sagte er zu sich. Doch, sie wird, sie wird dasein.

Er nahm die Papiere aus seinem Regenmantel heraus, um zu sehn, ob sie naß geworden waren. Es waren authentische Briefe, die Holmes wirklich hätte unterschreiben müssen, bevor er ging. Sei immer vorbereitet, Pfadfinder, grinste er.

Einen Augenblick blieb er, stärker grinsend, vor dem Schwarzen Brett gleich innerhalb der Tür stehn. Auf der Seite, die die Inschrift ›Dauernd‹ trug, war eine Kopie von McCraes ›Auf den Feldern Flanderns‹ in roten altenglischen Buchstaben auf Leinen, um die Ränder geschmückt mit gequälten Figuren in flachen britischen Stahlhelmen. Daneben war ein Gedicht ›Das Schlachtroß‹ von einem unbekannten pensionierten General des Ersten Weltkrieges, der einen alten Soldaten mit einem alten Feuerwehrpferd verglich, das jedesmal angerannt kam, wenn die Feuerglocke läutete. Dann gleich daneben war Oberst Delberts letztes Memorandum, in dem er der Truppe zu ihrem Geist, ihrer sportlichen Tüchtigkeit und ihrem *Esprit de Corps* gratulierte, alles, wie das Memorandum sagte, greifbare Ergebnisse ihrer hohen moralischen Qualität, die vom Kaplan und von den Sexualhygiene-Vorträgen gefestigt wurde, was allerdings nur eine Andeutung blieb.

Warden überquerte die Halle und begann, die jenseitige Treppe hinunterzusteigen, und dann sah er die zwei Obersten von der Brigade, die sich in dem dämmerigen Korridor vor den lackierten verglasten Trophäenschränken unterhielten. Der übrige Teil des Flurs war jetzt um zwei Uhr nachmittags verlassen, die Bürotüren waren geschlossen, außer der Tür zu O'Bannons Büro, der sozusagen hier lebte. Er hatte gehofft, niemandem zu begegnen, und betrachtete die Obersten sehr genau, um sicher zu sein, daß sie ihn nicht erkannten. Er sah etwas zu lange hin.

»Ach, Feldwebel!« rief der eine. »Kommen Sie doch mal her, Feldwebel.«

Er ging die drei oder vier Stufen zurück und hinüber zu ihnen, salutierte, wobei er einen mächtigen Drang unterdrückte, nach seiner Uhr zu sehen.

»Wo ist Oberst Delbert, Feldwebel?« fragte der andere, der Große.

»Ich weiß nicht, Sir, ich habe ihn nicht gesehn.«

»War er heute hier?« fragte der Fette mit leicht keuchender Stimme. Er wischte sich die Stirn mit einem Taschentuch und knöpfte den regennassen Gabardinemantel auf, der, von der Farbschattierung abgesehn, genau dem des Großen glich.

»Machen Sie nicht hier Dienst, Feldwebel?« fragte der Große kleinlich.

»Nein, Sir«, sagte Warden, der schnell dachte. »Ich bin nicht beim Stab. Ich bin Kompaniefeldwebel, Sir.«

»Welche Kompanie?« keuchte der Kurze.

»A-Kompanie, Sir«, log er. »Feldwebel Dedrick von der A-Kompanie.«

»Ach natürlich«, keuchte der Kurze. »Ich wußte doch, daß ich Sie kenne. Ich halte sehr darauf, das Unteroffizierskorps der Brigade zu kennen. Ihr Name war mir einfach entfallen.«

»Haben Sie noch nicht gelernt, Meldung zu machen, wenn Sie vor einen Offizier treten, Feldwebel?« schnarrte der Große.

»Jawohl, Sir, aber ich habe etwas zu erledigen und nur das im Kopf gehabt.«

»Das ist keine Entschuldigung!« schnarrte der Große militärisch. »Wie lange sind Sie schon Unteroffizier, Feldwebel?«

»Neun Jahre, Sir«, sagte Warden.

»Na«, sagte der Große. Dann sagte er: »Sie sollten wissen, daß man auf derartige Dinge zu achten hat. Ich bin froh darüber, daß keiner Ihrer Untergebenen hier war und gesehn hat, welch schlechtes Beispiel Sie gerade gaben.«

»Jawohl, Sir«, sagte Warden und wünschte auf die Uhr schauen zu können. Wenn er mich jetzt nur zusammenstauchen würde, dachte er. Das ist alles, was wir brauchen. Wir könnten Offiziersschule spielen, wo ältere Schüler die jungen bimsen.

»Machen Sie weiter, Feldwebel«, sagte der Große. »Und seien Sie in Zukunft achtsamer.«

»Jawohl, Sir – ich werde das tun, Sir.« Er salutierte schnell und versuchte die Treppen zu erreichen, ehe der andere seine Meinung änderte. Vielleicht ging Frau Holmes an diesem Nachmittag aus. Wenn sie das tat und wenn er sie verpaßte... Er lachte innerlich bei dem Gedanken, was die beiden wohl denken würden, wenn sie wüßten, woran er dachte.

»Der hatte es bestimmt eilig«, hörte er den Fetten keuchen.

»Du meine Güte«, sagte der Große. »Niemand kümmert sich mehr darum, wer die Litzen bekommt. Früher war es nicht so.«

»Dedrick war immer ein Trottel«, sagte der Kurze. »Deswegen habe ich mich an ihn erinnert, wegen seiner Dummheit.«

»Eine verdammte Schande, was aus der Armee geworden ist«, sagte der Große. »Früher wäre ein Feldwebel glatt degradiert worden, wenn er sich das geleistet hätte. Früher war es anders.«

»Ich möchte nur wissen, wo zum Teufel Delbert steckt«, keuchte der Kurze.

Warden rannte mit unterdrücktem Lachen die Treppe hinunter und durch das Eisentor, das bis zum Zapfenstreich offen sein würde, hinaus in die Einfahrt. Er war in zu großer Eile, um sich zu ärgern.

Jemand rief ihm von Choys Restaurant zu, aber er winkte nur und ging weiter. Er verließ die Einfahrt auf der Vorderseite, überquerte Waialae-Avenue, an der die Offiziersquartiere lagen, ging an diesen entlang, bis er in die Allee hinter Holmes' Eckhaus kam. Unter dem Schutz einer großen alten Ulme machte er halt, lachte über sein schweres Atmen und spürte, wie die herbstliche Kühle unter dem Regenmantel an ihm hochkroch, dachte, daß dies gerade der richtige Tag dafür war und daß es, nachdem sie alle die anderen akzeptiert hatte, keinen Grund gab, warum sie ihn nicht nehmen sollte. Dann ging er schließlich hinauf und klopfte an die Tür.

Drinnen bewegte sich ein langbeiniger schwarzer Schatten durch die Dämmerung der Wohnzimmertür vor dem Lichtschein dahinter, und er erhaschte für einen Augenblick den Scherenblitz zweier nackter Beine, die sich im Licht schlossen und sich wieder öffneten zu einem neuen Schritt. Und mit einem Male schien sein Atem sehr tief aus der Brust zu kommen.

»Frau Holmes!« rief er und klopfte wieder. Den Kopf hatte er wegen des Regens zwischen die Schultern gezogen.

Wieder bewegte sich drinnen lautlos der Schatten und ging durch die Tür in die Küche und wurde zu Karen Holmes in Shorts und Brusttuch.

»Was gibt's«, sagte sie. »Oh – wahrhaftig, Feldwebel Warden. Hallo, Feldwebel! Sie kommen besser herein, sonst werden Sie naß. Wenn Sie meinen Mann suchen sollten, er ist nicht da.«

»Ach«, sagte Warden, öffnete die Fliegentür und machte, um das aus der Regenrinne tropfende Wasser zu vermeiden, einen Sprung in den Raum. »Und wenn ich ihn gar nicht suche?« sagte er.

»Er ist trotzdem nicht da«, sagte Karen Holmes. »Wenn Ihnen das etwas hilft.«

»Ja, also, ich suche ihn. Wissen Sie, wo er ist?«

»Ich habe nicht die leiseste Ahnung. Vielleicht was trinken im Klub.« Sie lächelte dünn. »Oder heißt es, ›Einen heben‹? Haben Sie nicht so gesagt, wie?«

»Ach, der Klub«, sagte Warden. »Warum habe ich nicht daran gedacht? Ich habe ein paar wichtige Papiere, die noch heute unterschrieben werden müssen.«

Er betrachtete sie offen, ließ seinen Blick die ganze Länge ihrer Beine entlanggleiten, über die kurzen Hosen, die aussahen, als wären sie selbstgeschneidert, zu der Vertiefung des versteckten Nabels, zur Spannung der Brüste im Halter, zu den Augen der Frau, die seine Blicke und seine offene Bewunderung gleichgültig und ohne Interesse wahrnahm.

»Bißchen kühl für kurze Hosen, wie?« sagte er.

»Ja.« Karen Holmes schaute ihn ohne Lächeln an. »Es ist kühl heute. Manchmal ist es sehr schwer, sich warm zu halten, nicht wahr?« sagte sie. »Was wollen Sie eigentlich, Feldwebel?«

Warden fühlte seinen Atem sehr langsam einströmen und sehr tief gehen, bis hinunter zu seinem Hodensack.

»Ich möchte mit Ihnen schlafen«, sagte er im Gesprächston. So hatte er es geplant und so hatte er es sagen wollen, aber als er es nun hörte, klang es sehr dumm. Er sah, wie sich die Augen in dem unveränderten Gesicht ein klein wenig weiteten, so wenig, daß er es fast übersah. Ein ganz kühler Kunde, Milton, sagte er zu sich selber.

»Meinetwegen«, sagte Karen Holmes uninteressiert.

Es kam Warden, der tropfend auf der Veranda stand, vor, als ob er ihr zuhörte, aber er hörte sie nicht.

»Was für Papiere haben Sie da?« sagte sie dann und griff nach ihnen. »Lassen Sie mich sehn. Vielleicht kann ich Ihnen helfen.«

Warden zog sie grinsend zurück. Wie eine Maske fühlte er das steife Grinsen auf seinem Gesicht. »Sie würden nichts davon verstehen. Sie sind rein dienstlich.«

»Ich interessiere mich für den Beruf meines Mannes«, sagte Karen Holmes.

»Ja«, grinste Warden. »Jawohl, ich wette, Sie tun das. Hat er auch soviel Interesse an dem, was Sie tun?«

»Wollen Sie, daß ich Ihnen bei den Papieren helfe?«

»Können Sie mir eine Unterschrift geben?«

»Ja.«

»So, daß es wie seine eigene aussieht?«

»Das weiß ich nicht«, sagte sie, noch immer ohne zu lächeln. »Ich hab's nie versucht.«

»Nun, ich kann's«, sagte Warden. »Alles kann ich für ihn tun, außer seine Schulterstücke tragen. Da ist meine Grenze. Aber diese Papiere gehen an die Division. Und er muß sie persönlich unterschreiben.«

»Dann rufe ich lieber den Klub an«, sagte sie. »Nicht wahr, dort ist er?«

»Um was zu trinken«, sagte Warden.

»Aber es wird mir ein Vergnügen sein, ihn für Sie anzurufen, Feldwebel.«

»Kommt gar nicht in Frage. Ich störe einen Mann nicht gerne beim Trinken. Ich könnte selber was zum Trinken brauchen, dringend sogar.«

»Wenn's aber dienstlich ist?« sagte Karen Holmes.

»Ich glaube sowieso nicht, daß Sie ihn im Klub finden werden. Ich habe einen leichten Verdacht, daß er mit Oberst Delbert in die Stadt gegangen ist.« Warden grinste sie an.

Karen Holmes antwortete nicht. Aus einem kalten nachdenklichen Gesicht, das nicht zu wissen schien, daß er noch da war, starrte sie ihn ohne Lächeln an.

»Nun«, sagte er. »Bitten Sie mich nicht hinein?«

»Aber selbstverständlich, Feldwebel«, sagte Karen Holmes. »Kommen Sie nur herein.«

Nun bewegte sie sich, langsam, als wären ihre Gelenke vom langen Stillstehen rostig geworden, stieg die eine Stufe in die Küche zurück, um ihn hereinzulassen.

»Was wollen Sie trinken, Feldwebel?«

»Das ist mir gleich«, sagte er. »Irgend etwas.«

»Sie wollen gar nicht trinken«, sagte Karen Holmes. »In Wirklichkeit wollen Sie gar nichts trinken. Was Sie wollen, ist das«, sagte sie, schaute an ihrem Körper hinunter und streckte die Hände wie eine Sünderin vor dem Altar nach den Seiten aus. »Das ist es, was Sie wirklich wollen. Nicht wahr? Das, was ihr alle wollt. Alles, was ihr alle jemals wollt.«

Warden fühlte einen Angstschauer über seinen Rücken laufen. Was zum Teufel soll das bedeuten, Milton? »Ja«, sagte er, »das ist's, was ich wirklich will. Aber ich nehme auch gerne was zu trinken«, sagte er.

»Gut. Aber ich mixe es nicht für Sie. Sie können es selbst tun, oder

Sie müssen es so trinken.« Sie setzte sich in einen Sessel neben den emaillierten Küchentisch und schaute ihn an.

»Pur ist gut genug«, sagte er.

»Dort ist die Flasche.« Sie deutete auf ein Büfett. »Sie müssen Sie schon selber holen. Ich werd's nicht für Sie tun.« Sie legte ihre Hände flach auf den Tisch – »Sie können was zum Trinken haben, Feldwebel, aber die Arbeit müssen Sie selber tun.«

Warden legte die Papiere auf den Tisch und holte die Flasche aus dem Büfett. Der werd ich's schon zeigen, dachte er. »Willst du auch einen?« sagte er. Wart nur ab, du wirst mir schon noch helfen.

»Ich glaube nicht, daß ich was trinken will«, sagte Karen Holmes. Dann: »Doch, vielleicht ist's besser. Ich werd's wahrscheinlich brauchen, oder was meinen Sie?«

»Ja«, sagte er, »wahrscheinlich.« Auf dem Spültisch standen Gläser, er nahm zwei davon und goß beide halb voll, während er sich fragte, was für eine Sorte Weib die da überhaupt war.

»Hier«, sagte er. »Auf das Ende der Jungfernschaft.«

»Darauf trinke ich.« Sie hob ihr Glas. Als sie es absetzte, schnitt sie eine Grimasse. »Sie riskieren eine ganze Menge, das wissen Sie ja wohl«, sagte sie. »Glauben Sie wirklich, daß es sich auszahlt? Was passiert, wenn Dana nach Hause kommt? Ich bin sicher, mein Wort gilt mehr als das eines Feldwebels. Ich würde ›Vergewaltigung‹ schreien, und Sie würden für zwanzig Jahre nach Leavenworth wandern.«

»Er wird nicht kommen«, grinste Warden, während er sein Glas von neuem füllte. »Ich weiß, wo er ist. Wahrscheinlich wird er heute nacht überhaupt nicht nach Hause kommen. Und außerdem«, sagte er und schaute auf, während er sein Glas wieder füllte, »habe ich zwei Kameraden von den Philippinen in Leavenworth. Ich wäre also unter Freunden.«

»Was haben die ausgefressen?« fragte sie und trank, was noch in ihrem Glase war, wiederum eine Grimasse schneidend.

»Sie wurden mit der Frau eines Obersten in einer Droschke erwischt, von einem von MacArthurs Filipino Scouts.«

»Beide?«

Er nickte. »Und mit der gleichen Dame. Sie sagten, die Dame hätte sie angesprochen, aber sie bekamen trotzdem zwanzig Jahre. Der Filipino war der Bursche des Obersten. Er soll eifersüchtig gewesen sein.«

Karen Holmes lächelte nachsichtig, aber sie lachte nicht. »Ich glaube, Sie sind verärgert, Feldwebel.« Sie stellte ihr leeres Glas weg und streckte sich in ihrem Sessel zurück. »Sie wissen, daß mein Mädchen jeden Augenblick nach Hause kommen kann.«

Warden schüttelte den Kopf. Jetzt, nachdem seine erste Unsicherheit vorüber war, sah er sie im Geist vor sich, wie sie auf dem Bett lag und ihn zu sich kommen ließ. »Donnerstag hat sie frei. Heute ist Donnerstag.«

»Sie denken an alles, Feldwebel, nicht wahr?«

»Ich versuch's«, sagte er. »In meiner Stellung muß man das.«

Karen Holmes nahm die Papiere vom Tisch auf. »Ich nehme an, daß wir die jetzt nicht mehr brauchen? Die sind sowieso wertlos, nicht wahr?«

»Nein«, sagte er, »es sind richtige Briefe. Denkst du, ich würde was Wertloses hierherbringen, wie? Daß Holmes sie vielleicht sieht? Und du sie vielleicht als Belastungsmaterial gegen mich verwendest, wenn du mich anzeigst? Und du kannst mich jetzt ruhig Milt nennen.«

»Das gefällt mir an Ihnen, Feldwebel. Sie haben Selbstvertrauen. Und das gefällt mir auch wieder gar nicht an Ihnen.« Langsam zerriß sie die Papiere in kleine Fetzen und warf sie hinter sich in den Papierkorb. »Männer und ihr Selbstvertrauen. Sie können das als Ihre Zahlung ansehen. Sie zahlen doch immer, nicht wahr?«

»Nicht, wenn ich es vermeiden kann«, sagte Warden. Wieder fragte er sich, was dies alles bedeuten sollte. Nichts dergleichen hatte er erwartet. »Ich habe Durchschläge im Büro«, grinste er, »so daß es nicht viel Arbeit machen wird, sie neu zu schreiben.«

»Ihr Selbstvertrauen ist wenigstens echt«, sagte sie. »Kein gespieltes, keine Tollkühnheit ... viele Männer haben die. Schenken Sie mir noch einmal ein. Sagen Sie mir, wo Sie es her haben?«

»Mein Bruder ist Priester«, sagte er und griff nach der Flasche.

»Und?«

»Das ist alles«, sagte er.

»Was hat das damit zu tun?«

»Viel. Erstens ist es nicht Selbstvertrauen, sondern Ehrlichkeit. Da er Priester ist, glaubt er an das Zölibat. Er hat einen sehr starken Bartwuchs, den er sehr sorgfältig rasiert, und er glaubt an die Sünde und wird von seiner ihn anbetenden Gemeinde verehrt. Verdient gut dabei.«

»Na und?« sagte sie.

»Was meinen Sie mit: ›Na und?‹ Nachdem ich ihn eine Zeitlang beobachtet hatte, entschied ich mich für die Ehrlichkeit, die das Gegenteil von Zölibat ist. Weil ich mich nicht selbst und alle anderen hassen wollte wie er. Das war mein erster Fehler; von da an war es leicht.

Ich entschied mich, nicht an die Todsünde zu glauben, weil doch offensichtlich kein gerechter Schöpfer seine eigenen Schöpfungen zum Höllen- und Fegefeuer verurteilen kann, weil sie den Hunger hatten, den er ihnen gegeben hat. Vielleicht würde er sie zu einem Strafstoß verurteilen, aber deshalb nicht das ganze Spiel abbrechen. Oder?«

»Man sollte es nicht glauben«, sagte Karen. »Was aber würde dann aus Ihnen werden, wenn es keine Strafe für Sünde gäbe?«

»Aha«, grinste Warden. »Da kommst du direkt zum Kern der Sache. Dieses Wort ›Sünde‹ mag ich nicht. Da es aber offensichtlich Strafe gibt, wurde ich durch unabweisbare Logik gezwungen, die merkwürdig fremdartige Idee der Reinkarnation zu akzeptieren. Damals trennten sich mein Bruder und ich. Ich mußte ihn verprügeln, um ihn zu überzeugen – es war der einzige Weg. Und bis heute ist Reinkarnation der Punkt, bis zu dem ich in der Philosophie gekommen bin. Sollten wir nicht mal etwas trinken?«

»Dann glauben Sie also, wenn ich Sie richtig verstehe, überhaupt nicht an Sünde?« sagte Karen Holmes, und zum erstenmal schimmerte in ihren Augen etwas wie Interesse.

Warden seufzte. »Ich glaube, die einzige Sünde ist die bewußte Vergeudung von Kraft. Ich glaube, daß alle bewußte Unehrlichkeit, wie Religion, Politik und das Immobiliengeschäft, bewußte Vergeudung von Energie ist. Ich glaube, daß diese Leute mit bemerkenswerter Anstrengung übereinkommen, so zu tun, als glaubten sie sich gegenseitig ihre Lügen, nur um sich selbst zu beweisen, daß ihre eigenen Lügen die Wahrheit sind, wie es mein Bruder getan hat. Da ich nicht vergessen kann, was wirklich Wahrheit ist, neigte ich ganz natürlich, zusammen mit den übrigen sozialen Außenseitern, die ehrlich sind, dazu, Soldat zu werden. Wollen wir nicht noch einen trinken? Nachdem wir die Probleme Gottes, der Gesellschaft und des Individuums gelöst haben, verdienen wir wirklich noch ein Glas.«

»Nun«, lächelte die Frau, und der momentane Funke von Interesse war erloschen, ersetzt von der alten Oberflächlichkeit und Kälte. »Er ist gerade so witzig wie männlich. Glückliches kleines Frauenzimmer, das den aufrechten Stolz solcher Männlichkeit in sich einschließen darf. Da Sie aber glauben, daß die bewußte Vergeudung von Kraft eine Sünde ist, glauben Sie dann nicht, daß der Verlust von Samen eine Sünde ist, wenn ihm nicht die Schwängerung folgt?«

Warden grinste und senkte mit einer Verbeugung die Flasche im Salut. »Madame, Sie haben den schwachen Punkt meiner Philosophie berührt. Es sei fern von mir, Ihnen Sand in die Augen zu streuen. Alles, was ich sagen kann, ist ... nein, nicht, solange er nicht auf den Boden gespritzt oder bezahlt wird, und auch dann nicht immer. (Haben Sie je im Felde gedient?) Alles, was ich sagen kann ... nicht, solange es nützlich ist.«

Karen Holmes leerte ihr Glas und stellte es endgültig auf den Tisch. »Nützlich. Jetzt kommen wir zur Dialektik.«

»Ist das nicht immer so bei solchen Gesprächen?«

»Ich glaub nicht an Dialektik. Ich will auch nicht Ihre Erklärung hören, was ›nützlich‹ bedeutet.«

Sie reichte mit einer Hand hinter sich und öffnete den Druckknopf ihres Halters und warf ihn auf den Boden. Sie starrte ihn an mit Augen flüssigen Rauches, mit einer neugierigen und großen Gleichgültigkeit, öffnete den Reißverschluß ihrer Shorts, wand sich – ohne aufzustehen – aus ihnen heraus und ließ sie neben den Halter fallen.

»Da«, sagte sie, »das ist es, was Sie wollen. Das ist's, um was das ganze Gespräch gegangen ist. Das ist's, was ihr alle, ihr männlichen Männer, ihr intellektuellen Männer immer wollt. Nicht wahr? Ihr großen, starken männlichen Männer, die ihr männlich und intelligent seid, aber hilflos wie Babys ohne einen zerbrechlichen weiblichen Körper, den ihr untersuchen könnt.«

Warden ertappte sich dabei, wie er auf den verunstalteten Nabel starrte und auf die Narbe, die von ihm herunterlief, sich in der haarigen Matratze verlor, und die nun so alt war, daß sie nur noch wie ein Schatten wirkte.

»Hübsch, nicht wahr?« sagte sie. »Und auch das ist ein Symbol. Ein Symbol vergeudeter Kraft.«

Warden setzte sein Glas vorsichtig auf. Er bewegte sich auf sie zu, sah ihre feingerunzelten Brustwarzen, als wären sie Blumen, geschlossen für die Nacht, sah die weibliche Geilheit, die er liebte, die immer da war und von der er wußte, daß sie immer da war, vielleicht versteckt hinter Parfüm, unbemerkbar, unkennbar, verleugnet, aber doch immer da, existent, die wunderschöne Geilheit der Löwin und der ehrbaren Hündin, jene Geilheit, die – gleichgültig wie sehr sie zu behaupten versuchten, sie wäre nicht da – am Ende doch immer zugegeben werden mußte.

»Warte«, sagte sie. »Nicht hier, du gieriger kleiner Junge. Komm ins Schlafzimmer.«

Er folgte ihr, ärgerlich über das ›gieriger kleiner Junge‹, aber er war sich bewußt, daß es zutraf, und er fragte sich erstaunt, welche Art Kreatur diese da war, mit all ihren verborgenen Dunkelheiten.

Er trug nichts unter seiner Uniform, und sie schloß die Tür und wandte sich ihm blind zu. Mit den Armen hoben sich die Rundungen ihrer Brüste.

»Jetzt«, sagte sie. »Hier und jetzt und jetzt.«

»Welches ist Holmes' Bett?« sagte er.

»Das andere.«

»Dann gehen wir da hinüber.«

»Gut«, sagte sie. Sie lachte zum erstenmal aus vollem Hals. »Du nimmst es ernst, wenn du einem Hörner aufsetzt, nicht wahr, Milt?«

»Wenn Holmes im Spiele ist, nehme ich alles ernst.«

»Ich auch.«

Wie er mehr und mehr sich dem Mittelpunkt des Feuers näherte, in dem er selbst brannte und das er dennoch niemals erreichte, und während er spürte, wie es ihn blendete mit dem Licht, nach dem er sich sehnte, und ein Schnurren tief in seiner Kehle sich löste, schlug plötzlich die Hintertür laut zu.

»Hör«, sagte Karen. »Da ist jemand. Hör.« Sie konnte die Schritte hören, die phlegmatisch kamen, nicht langsamer wurden, sich nicht abwandten, mit schwerem Ton durch die Wände drangen. »Schnell. Nimm deine Kleider, geh in den Schrank und schließ die Tür. Schnell. Eil dich. Um Gottes willen, Mann, beeil dich.«

Warden sprang über das zweite Bett, nahm seine Uniform auf, trat in den Schrank und schloß die Tür. Karen schlüpfte in einen seidenen chinesischen Kimono und setzte sich vor ihren Ankleidetisch neben dem Fenster, das durch die Lastwageneinfahrt zur Kaserne blickte. Als schließlich an die Schlafzimmertür geklopft wurde, war sie damit beschäftigt, gelassen ihr Haar zu bürsten, aber ihr Gesicht war sehr weiß.

»Wer ist da?« rief Karen und fragte sich, ob das Zittern in ihrer Stimme bemerkbar war.

»Ich bin's«, sagte die Stimme eines Knaben. »Junior.« Fordernd klopfte er wieder. »Laß mich rein.«

»Gut«, sagte sie. »Komm rein. Die Tür ist offen.«

Ihr Sohn, eine neunjährige Miniaturausgabe von Dana Holmes in langen Hosen und einem Alohahemd, kam herein. In seinem Gesicht stand die unheilige Verdrießlichkeit, die in den Gesichtern so vieler heiliger Sprößlinge rechtmäßig sanktionierter Mesalliancen steht.

»Man hat uns früher aus der Schule gelassen«, sagte er mürrisch.
»Dein Gesicht ist weiß. Was ist los mit dir ... wieder krank?« fragte
er und studierte das Gesicht seiner Mutter mit der unbewußten Abneigung, die Kinder für chronisch Kranke haben, und mit einem gewissen Maß geringschätziger männlicher Überlegenheit, die er in
den letzten ein oder zwei Jahren seinem Vater abgesehen hatte.
»Ich habe mich in den letzten Tagen nicht wohl gefühlt«, sagte
Karen der Wahrheit gemäß. Sie versuchte unbefangen zu sein. Wie
sie den Jungen so betrachtete, aus dem in einem einzigen kurzen Jahr
sein Vater geworden war, und mit einem Anflug von Übelkeit be-
dachte, daß dieses einst runde und glückliche, nun aber lange, harte
Gesicht einmal in ihrem eigenen Fleisch gewachsen war, spürte sie
wieder den alten Umschwung, sie fühlte sich plötzlich wegen des im
Schrank versteckten Mannes nicht mehr schuldig. Sie empfand nur
dumpfen Ärger über die Heimlichkeit, wie ein Schüler, der auf seinem ersten Gang zum Bordell um die Ecke schleicht.
»Ich gehe heute nachmittag rüber zur Kompanie«, sagte der Junge
und blickte sie an über die Bastionen der belagerten Stadt, deren
Name Kindheit ist. »Ich will meine Uniform.«
»Hast du deinen Vater gefragt, ob du gehen kannst?« sagte Karen.
Sie spürte Tränen in ihre Augen steigen bei dem Gedanken an das,
was vor ihm lag, wünschte, ihre Arme um ihn legen und ihm so viele
Dinge erklären zu können. »Er ist heute nicht da, weißt du.«
»Hat ja auch keiner behauptet«, sagte der Junge. »Er ist nie da am
Nachmittag. Es ist ihm egal, ob ich zur Kompanie gehe. Solange ich
mich nicht mit den Männern einlasse, hat er gesagt. Du hast kein
Recht, mich zu Hause zu halten, weil du die Kompanie haßt.«
»Du lieber Gott, Kind«, sagte Karen. »Ich will dich nicht zu Hause
halten. Ich hasse die Kompanie nicht. Ich wollte nur ...«
»Es ist mir sowieso egal, was du sagst«, antwortete der Junge und
bohrte seine Fäuste in die Taschen. »Ich gehe auf alle Fälle. Papa hat
gesagt, ich kann gehen, und ich gehe.«
»Ich wollte nur sicher sein, daß es deinem Vater recht ist«, sagte
Karen. »Du mußt ihn immer vorher fragen.«
»Er ist mittags in die Stadt gegangen«, sagte der Junge. »Wenn ich
ihn fragen wollte, müßte ich wahrscheinlich bis morgen früh warten.
Du sprichst so, als ob wir Gesellschaft hätten.«
»Na, schön«, sagte Karen. Sie fragte sich, ob sie häßlich zu ihm war.
So viele ließen Gehässigkeit und Ärger statt an den Männern an ih-
ren hilflosen Kindern aus. Sie selbst hatte sich vorgenommen, das nie

zu tun. »Wenn du sowieso gehst, warum kommst du dann überhaupt nach Hause, um es mir zu sagen?«

»Ich bin nicht gekommen, um es dir zu sagen«, erklärte der Junge. »Ich bin gekommen, um meine Uniform zu holen, und du mußt mir beim Anziehen helfen.«

»Dann geh und hol sie raus«, sagte sie. Wenigstens gab es noch etwas, das sie tun konnte. Zumindest konnte sie es tun, wenn Dana nicht zu Hause war. Zusammen mit vielem anderen war in den letzten zwei Jahren seine Erziehung in der Schule wie im Leben aus ihren Händen genommen worden. Sie fühlte, wie sie in die alte gewohnte Gleichgültigkeit zurückglitt und wie sie freudig an Milt und seinen Schrank dachte. Wenigstens einen Weg gab es noch für eine Frau, sich auszudrücken, dachte sie angewidert, jetzt, nachdem der Keuschheitsgürtel abgeschafft und Pranger aus der Mode gekommen waren, blieb die Verdammung auch noch immer genauso schlimm.

»Na, komm schon«, sagte der Junge ungeduldig. »Ich hab's eilig. Ich werde Feldwebel Preem beim Kochen helfen und mit ihm essen.«

»Ist Feldwebel Preem damit einverstanden?« sagte sie und stand auf, ihm zu folgen.

»Er muß wohl. Wenn er Küchenfeldwebel bei meinem Vater ist. Komm. Ich hab's eilig.«

In dem kleinen Zimmer, das er für sich alleine hatte, half Karen ihm sich auszuziehen. Verwundert starrte sie auf diese kleine nackte Behendigkeit, überrascht, daß dieser Fremde und Entfremdete ihr Kind war, das sie – wie alle Bücher über Kinderpflege sagten – lieben und umsorgen sollte. Hier waren Knochen und Nerven und Sehnen von ihrem Körper, ein photographisch getreues Abbild, das sein Vater von sich selbst gemacht hatte, indem er sich der lichtempfindlichsten Platte bediente, die Karen Jennings aus Baltimore, Maryland, war, so wie ein Mann eine alte Kamera benutzen mochte, nur der Bilder halber, ohne sich um die Kamera selbst oder die Technik ihrer Benutzung zu kümmern.

Nun habe ich den Erben geboren, dachte sie. Der Film ist herausgenommen, das Negativ fertig, das Bild im Entwicklungsprozeß. Und die zerfallende, zerfasernde, verfaulende, lederüberzogene Box hat man in ihr Fach zurückgestellt. Sie ist jetzt nutzlos. Zufällig ist der Mechanismus ihres dunklen Inneren bei einer mißlungenen Aufnahme ruiniert worden. Das ist recht gut, mein Mädchen. Du solltest Schriftstellerin werden. Du hast eine Menge guten Stoff. Und ich glaube nicht, daß du die Liebe zu sehr romantisieren würdest.

Die unaussprechliche Einsamkeit des Selbstmitleids, das blind und ohne Zunge ist, stieg heiß in ihr auf und versuchte, Tränen in ihre Augen zu bringen.

Sie half dem Jungen in den Anzug, dessen Knöpfe er nicht alle erreichen konnte, setzte ihm die Kappe richtig auf den Kopf und band ihm die Krawatte, die zu groß für ihn war ... machte aus ihm, was er unweigerlich werden würde: ein frischer junger Leutnant, vollkommen ausgestattet mit den goldenen Rang- und Regimentsabzeichen auf den Schultern, mit U.S. und gekreuzten Gewehren auf den Kragenspiegeln, und all den schmerzlichen Illusionen, die Hand in Hand damit gingen. Möge Gott dir helfen, dachte sie – möge Gott dir wirklich helfen, und der Frau, die du heiratest, um mit ihr ein genaues Ebenbild deiner selbst zu produzieren. Die zweite Generation einer Offiziersfamilie, die mit einem Bauernjungen aus Nebraska anfing, der mehr als Bauer sein wollte und dessen Vater einen Senator kannte.

Karen legte den Arm um ihren Sohn. »Mein Junge.«

»He«, sagte er mürrisch. »Tu das nicht. Laß mich gehn.« Er schüttelte ihre Arme ab und sah sie vorwurfsvoll an.

»Du hast deine Mütze verschoben«, sagte sie und rückte sie ihm zurecht.

Junior schaute sie wieder an, inspizierte sich dann im Spiegel und nickte schließlich. Er nahm sein Taschengeld von der Kommode und schob es in die Tasche.

»Ich gehe vielleicht ins Kino«, teilte er ihr mit. »Papa sagte, es wäre in Ordnung. Sie geben Andy Hardy. Papa hat gesagt, es sei gut und es würde mir gefallen. Und um Gottes willen«, sagte er, »wart nicht auf mich, als ob ich ein Baby wäre.«

Er warf ihr nochmals einen Blick zu, um sicher zu sein, daß sie ihn verstanden hatte, und ging dann, eingehüllt in den schweren Mantel seiner Verantwortung.

»Paß auf die Autos auf!« rief Karen ihm nach und biß sich dann auf die Lippe, weil sie es gesagt hatte.

Nachdem sich die Hintertür geschlossen hatte, ging sie zurück ins Schlafzimmer, ließ sich schnell auf dem Bett nieder und legte das Gesicht in die Hände. Sie wartete darauf, daß die Übelkeit schwinden würde. Sie hatte Angst, sie würde weinen. Weinen war immer ihre letzte Zuflucht. Sie schaute auf ihre Hände und sah, daß sie zitterten. Nach einer Weile brachte sie sich dazu, aufzustehen und die Schranktür zu öffnen. Sie war krank von der Erniedrigung dieser ungerechten Herabsetzung ihrer selbst und Wardens, dem sie kaum in die Augen sehen konnte.

»Ich denke, du gehst besser«, sagte sie, indem sie die Türe öffnete.

»Es war mein Junge. Er ist jetzt fort und...« Sie brach erstaunt ab, und ihre Worte verloren sich in Vergessenheit.

Warden saß mit gekreuzten Beinen auf seinem Uniformhaufen in dem engen Raum, um seinen Kopf wie einen verrückten Turban die Röcke mehrerer Kleider, und seine starken kantigen Schultern wurden von einem hilflosen Gelächter geschüttelt.

»Was ist los?« sagte sie. »Worüber lachst du? Worüber lachst du, du Esel?«

Warden schüttelte seinen Kopf, und ein Kleid fiel über sein Gesicht. Mit schwachem Blasen brachte er es zur Seite. Er schaute sie an. Sein Körper wurde noch immer von Lachen geschüttelt, und seine Augenbrauen waren hoch in die Stirn gezogen.

»Hör auf!« sagte Karen. »Hör auf, hör auf!« Und ihre Stimme ging schrill in die Höhe. »Es ist nicht komisch. Daran ist überhaupt nichts Komisches. Es hätte zwanzig Jahre für dich bedeutet, du Idiot. Worüber lachst du, um Gottes willen?«

»Ich war früher mal Geschäftsreisender«, keuchte Warden.

Ungläubig die offensichtliche Aufrichtigkeit seines Lachens anstarrend, setzte sie sich aufs Bett. »Ein was?« sagte sie.

»Ein Geschäftsreisender«, lachte er. Er saß noch immer im Schrank. »Zwei Jahre lang war ich Handlungsreisender, und dies ist das erstemal, daß ich mich in einem Schrank verstecken mußte.«

Karen starrte das lachende Gesicht an, die hochgebogenen zuckenden Augenbrauen und die zugespitzten Ohren, die wie die Ohren eines Satyrs waren. Der Reisende und die Farmerstochter. Die klassische Liebesgeschichte, Romeo und Julia des amerikanischen Kontinents. Das Symbol des amerikanischen Humors und all des schändlichen Kicherns und sehnsüchtigen Zwinkerns der Kegelverein-Eunuchen. Und plötzlich begann sie zu lachen. Wenn ihn die Laune gepackt hätte, wäre dieser Wahnsinnige imstande gewesen, nackt aus dem Schrank herauszutreten und hinter dem Jungen ›Huu-Huu‹ zu schreien. Im Geist sah sie das Bild, wie er es tat, und es warf sie in ein Meer von Lachen.

Ihr Gefühl der Scham darüber, daß sie fast *in flagranti* überrascht worden war, verschwand, während sie versuchte, sich durch all ihr Lachen hindurchzuatmen und zugleich gegen das Lachen, das sie zum Weinen brachte, anzukämpfen.

Nun war es an Warden, sie verständnislos anzustarren. Er entflocht seine Beine, nahm die Kleider vom Kopfe, stand auf und ging hinüber zu ihr, und dabei ging es ihm durch den Kopf, daß er diese Geschichte irgendwie falsch beurteilt hatte, daß Leva sich irrte, daß sie etwas war, was nie zuvor in den Bereich seiner Erfahrungen gekommen war.

»Na«, sagte er hilflos, »na, na, na«, und spürte die Absurdität, die bedrückende Unmöglichkeit, mit einem anderen Menschen in Verbindung zu kommen und seine Gemütsbewegung zu begreifen, wenn sein Leben niemals so war, wie es zu sein schien. »Bitte, wein nicht«, sagte er, vergebens nach Worten suchend. »Ich kann niemand weinen sehn.«

»Du weißt nicht, wie das alles ist«, sagte Karen, zitternd wie ein kleiner Hund im Regen. »Die beiden. Es ist mehr, als man ertragen kann.«

»Ach«, sagte Warden und fragte sich, wie er überhaupt in diese Geschichte verwickelt worden war. Er legte den Arm um sie. »Es ist schon gut. Er ist fort. So«, sagte er, »so.« Ihre Brust, die in seiner Hand lag, war warm und weich wie ein junger, furchtsam und vertrauensvoll zitternder Vogel.

»Tu das nicht«, sagte sie und machte sich gereizt von ihm frei. »Du weißt nichts. Es kümmert dich nicht einmal. Dir bedeutet es gar nichts. Ein Stück Weib. Was ist das für dich? Laß mich in Ruhe.«

»Oh«, sagte er. Er stand auf und ging fast erleichtert, um sein Hemd zu holen.

»Was tust du?« schrie sie ihn wild an.

»Ich gehe«, sagte Warden. »Wolltest du das nicht?«

»Willst du mich auch nicht?«

Was zum Teufel ist bloß los, dachte er. »Doch«, sagte er. »Bei Gott. Ich dachte, ich sollte gehen.«

»Ja«, sagte sie, »wenn du willst. Geh ruhig. Ich will dich nicht zu irgend etwas zwingen. Ich mach dir keinen Vorwurf, nicht den geringsten. Warum solltest du bleiben. Ich bin ja keine Frau mehr.«

»Du bist eine Frau«, sagte er und betrachtete sie in ihrem dünnen Kimono. »Ganz Frau. Glaube mir.«

»Für keinen anderen«, sagte sie. »Ich bin nichts. Nicht einmal arbeiten kann ich. Nirgends in der Welt braucht man mich.«

»Man braucht dich«, sagte Warden und kam zurück und setzte sich neben sie. »In dieser Welt werden schöne Frauen mehr gebraucht als alles andere.«

»Das sagen Männer immer. Gebraucht, um eine schöne Hure zu sein. Ich aber bin nicht einmal das.«

»Du bist hübsch gebräunt«, sagte er und strich mit der Hand über ihren Rücken und hörte den Regen draußen. »Heute ist gerade der richtige Tag, um am Strand in Kaneohe zu liegen. Dort regnet es nicht.«

»Ich mag Kaneohe nicht«, sagte Karen. »Es ist beinahe so überfüllt wie das verdammte Waikiki.«

»Ha«, sagte er, »aber ich weiß einen kleinen Strand in der Nähe von Blowhole. Niemand weiß davon. Niemand geht dorthin. Man steigt einen felsigen Abhang hinunter, und drunten ist plötzlich eine kleine Bucht mit sandigem Strand, fest und glatt, und dahinter ist eine Felswand, so daß die Wagen auf der Straße direkt über einem vorbeifahren und keiner weiß, daß man da ist. Man kommt sich vor wie als Kind, als man sich in einem Busch versteckte und die anderen nach einem suchten. An diesem Strand braucht man nicht einmal einen Badeanzug, und man kann sich über und über bräunen lassen.«

»Wirst du mich dahin mitnehmen?« sagte sie.

»Wie?« sagte er. »Natürlich. Sicher nehm ich dich mit.«

»Und können wir nachts gehn? Und im Mondlicht schwimmen und dann an dem kleinen Strand liegen? Und du liebst mich dort, wo uns sicher keiner sehen kann oder weiß, daß wir da sind?«

»Sicher, sicher«, sagte er. »Das können wir alles tun.«

»Ach, ich würde es so schrecklich gern tun«, sagte Karen mit einem Blick voller Hingabe. »Nie hat jemand so was mit mir gemacht. Willst du mich wirklich mitnehmen?«

»Bestimmt«, sagte Warden. »Wann willst du gehn?«

»Nächste Woche. Laß uns nächstes Wochenende gehn. Ich nehme Danas Wagen und treffe dich irgendwo in der Stadt. Wir kaufen ein paar Butterbrote und nehmen Bier mit.« Sie lächelte ihn strahlend an, legte ihre Arme um seinen Hals und küßte ihn.

»Gut«, sagte Warden. Er erwiderte den Kuß, fühlte hungrig unter seinen Händen die langen Zwillingsmuskeln, die an ihrem Rückgrat entlang von ihrer schmalen Taille zu ihren breiten Schultern liefen, fühlte auf sich das sanfte Suchen ihrer Lippen, spürte den Zwillingsdruck ihrer Brüste, dachte an das kindliche Leuchten, das über ihrem Gesicht gelegen hatte und das so anders war als die kultivierte Härte, die sie in der Küche zur Schau getragen hatte; fragte sich, was ist das überhaupt? In was hast du dich eingelassen, Milton? Du und deine weibliche Intuition?

»Komm«, sagte er heiser und zärtlich. »Komm, kleines Mädchen. Komm zu mir.«

Die große Zärtlichkeit in ihm, die er niemals hatte zeigen können, stieg nun blendend wie eine Flut in ihm auf.

»Oh«, sagte Karen, »ich wußte nie, daß es so sein kann.«

Draußen trommelte der Regen pausenlos und strömte pausenlos weiter vom Dach, und in der Straße, lauter als der Regen, kratzten beruhigend die harten Besen des Nachmittagsarbeitsdienstes.

10

Die Beförderung des Soldaten Bloom kam der G-Kompanie nicht überraschend. Seit Ende Dezember hatte man erwartet, daß der erste freiwerdende Posten Bloom gegeben werden würde. Bis zum vergangenen Jahr, als er plötzlich in den Kompaniekämpfen auftauchte und dann für das Regiment vier Siege in der ›Bowl‹ erboxte, war er nichts anderes gewesen als eines der vielen blöden Gesichter, die einen mit verlorenem Grinsen von dem alljährlichen Kompaniegruppenbild anstarrten. Aus der Obskurität eines weniger als mittelmäßigen Soldaten hatte sich Bloom mit Hilfe des kräftigen Hebels der Boxpolitik in eine Stellung manövriert, die am besten dadurch gekennzeichnet wurde, daß er der einzige Soldat oder Gefreite war, den Ike jemals vor den Zug treten und beim Exerzieren Kommandos geben ließ, und der zum Unteroffizier abgerichtet wurde. Die nicht sporttreibende Gruppe in diesem ewigen Kampfe beklagte sich äußerst bitter über die offensichtliche Begünstigung. Hauptmann Holmes wäre erschrocken gewesen, verletzt und entrüstet, hätte er die Reaktion gekannt, welche die Beförderung des Soldaten Bloom bei der Mehrheit der Soldaten seiner Kompanie auslöste; aber nur ein ganz kleiner Teil ihrer heimlichen Proteste kam ihm jemals zu Ohren, und auch der nur, nachdem er verwässert worden war, um für seine Ohren erträglich zu erscheinen.

Obwohl keiner der Sportler ein spezieller Freund Blooms war, hießen sie ihn doch mit viel Brüderlichkeit in ihren Reihen willkommen und verteidigten ihn heftig. Sie mußten die Behauptung stützen, daß Sportler bessere Führer abgeben; denn diese Doktrin war ihre einzige Rechtfertigung gegen das bittere Murren der Gemeinen, die allgemeinen Dienst taten und nicht befördert werden konnten.

Klein-Maggio, der Spieler und frühere Expediteur in Gimbels Warenhaus, war besonders böse und erbittert.

»Hätte ich nur geahnt«, sagte er zu Prewitt, der zwei Betten von ihm entfernt in Häuptling Choates Gruppe lag, »hätte ich nur geahnt, wie's in dieser Armee zugeht. Von allen Leuten in diesem Verein bekommt ausgerechnet Bloom den freien Posten. Bloß weil er Boxer ist.«

»Hast du was anderes erwartet, Angelo?« grinste Prew.

»Er ist nicht mal 'n guter Soldat, bitte sehr«, sagte Maggio bitter. »Er ist einfach nur ein Boxer. Ich bin erst einen Monat aus dem Rekrutendrill raus und bin ein besserer Soldat als Bloom.«

»Es kommt nicht aufs Soldatsein an.«

»Aber es sollte. Wart nur, Mann. Sollte ich jemals aus der Armee herauskommen, Dienstpflicht oder keine, die bekommen mich nie wieder.«

»Scheiße«, grinste Prew. »Du hast Anlagen zu einem Dreißigender. Auf hundert Meter sehe ich dir's an.«

»Sag das nicht«, sagte Maggio höflich. »Ich mein's ernst. Ich mag dich, aber auch du kannst dir das nicht erlauben. Dreißigender! Ich nicht. Wenn ich schon Kammerdiener, Gärtner und Stubenmädchen für einen Scheißoffizier spielen soll, dann will ich dafür auch bezahlt werden. Verstehst du?«

»Du wirst dich neu verpflichten«, sagte Prew.

»Ich verpflicht mich neu«, sang Maggio die alte Parodie auf das Hornsignal, »im Arsch einer Sau. Wenn überhaupt jemand, dann hättest du befördert werden müssen. Du bist der beste Soldat in diesem Haufen, sag ich dir. Mit hundert Millionen Meilen Vorsprung.«

Beim Unterricht in der Kaserne während der Regenzeit hatte Maggio Gelegenheit gehabt, Prew als Soldaten zu bewundern. Seine fiebrigen, schnellbewegten Augen hatten Prews Geschicklichkeit mit dem Gewehr, der Pistole, dem leichten und schweren Maschinengewehr nicht übersehen – für Prew waren das olle Kamellen von seiner früheren Dienstzeit her. Aber die Bewunderung war um hundert Prozent gestiegen, als er herausfand, daß Prew im ?? Regiment Boxer gewesen war und es nun ablehnte, für Holmes zu kämpfen. Er konnte es nicht begreifen. Als eingefleischter Verteidiger der Schwächeren aber – eine Haltung, die er bei Gimbels gelernt und bei der Armee nicht verloren hatte – bewunderte er es. Prews soldatisches Können hatte er aus einiger Entfernung respektvoll beobachtet; aber als er die andere Sache herausfand, bot er ihm offen Freundschaft an.

»Wenn du dich entschlossen hättest, für Holmes zu boxen, hättest du den Posten bekommen. Du kannst deine Eier darauf wetten, du hättest ihn bekommen. Und du willst dreißig Jahre in diesem Mistladen bleiben?«

Prew grinste zustimmend, aber er sagte nichts. Für ihn gab es nichts zu sagen.

»Komm«, sagte Maggio angewidert. »Machen wir ein Spielchen in der Latrine. Vielleicht kann ich genug gewinnen, um in die Stadt zu gehen.«

»Meinetwegen«, sagte Prew und folgte ihm, noch immer grinsend. Die Regenzeit hatte ihm gut getan. Der gemütliche Unterricht im Tagesraum und das Zerlegen und Wiederzusammensetzen der Waffen auf der kühlen Veranda, mit dem Rauschen des Regens draußen, hatte ihm Spaß gemacht, und da sie nur von einem einzigen Offizier oder Unteroffizier für die ganze Kompanie geleitet wurden, gab ihm das eine Ruhepause vor den rachsüchtigen Nachstellungen Ike Galovitchs, der es darauf abgesehen zu haben schien, die Ehre des Großen Gottes Holmes zu schützen, seitdem er herausgefunden hatte, daß Prew es ablehnte zu boxen. Auch hatte das Ende der Boxsaison wenigstens vorübergehend die Spannung, die er in die Kompanie gebracht hatte, gelöst.

Die drei Kugellampen in der Latrine des ersten Stockes leuchteten matt. Eine Militärdecke, die Maggio gehörte, war auf dem Betonboden zwischen den Reihen der offenen Klosettnischen und den Pissoirs und Waschbecken auf der anderen Seite ausgebreitet, und um sie herum saßen die sechs Mann.

Maggio, der die Karten mischte, schaute hinüber zu den deckellosen, sitzlosen Klosetts, wo drei Mann mit heruntergelassenen Hosen saßen, und hielt sich die Nase zu. »He«, sagte er, »ist das hier ein Spielzimmer oder eine Latrine? Ach-tung! Augen rechts.« Die Männer schauten von ihren Zeitschriften auf, fluchten und gaben sich wieder ihrer Beschäftigung hin.

»Gib schon, Angelo«, sagte Anderson, der Kompaniehornist. »Verteil die Karten.«

»Sicher«, sagte Salvatore Clark, der Hilfshornist, mit einem scheuen Grinsen unter seiner langen italienischen Nase. »Gib die Karten her, Makkaronifresser, oder ich leg dich um und steck sie dir hinten rein, verstehst du?« Er lachte mit warmem, scheuem Humor, unfähig, seine selbstgewählte Rolle als starker Mann weiterzuspielen.

»Wart nur«, sagte Maggio. »Ich werde die Karten schon verteilen.

Ich werde sie schon richtig verteilen.« Er hielt das Spiel in der offenen linken Hand, den Zeigefinger routiniert um das obere Ende gebogen.

»Du könntest nicht mal Mist mit ner Schaufel verteilen«, sagte Prew.

»Hör mal«, sagte Maggio. »Ich habe Kartengeben in Brooklyn gelernt, verstehst du? In der Atlantic Avenue, wo nichts als ein Royal Flush ne Gewinnchance hatte.« Er ließ die Karten von der rechten in die linke Hand gleiten, möglichst ähnlich der Kartenleiter eines zünftigen Spielers. Er begann auszuteilen. Das Spiel war offener Poker. Und plötzlich war jeder von ihnen allein, versunken.

Prew legte die fünfzig Cent in Fünf-Cent-Stücken auf die Decke, die er von Pop Karelsen geliehen hatte, dem Waffenunteroffizier, der ihn gern mochte, seit er wußte, daß Prew etwas von Maschinengewehren verstand, und zwinkerte Clark zu.

»Kinder«, sagte Clark inbrünstig, »hier ein kleines Kapital machen und dann rüber zu O'Hayer und den großen Coup landen, das wär ne Sache!« Es war ihrer aller Hoffnung und Traum. »Ich würde dieses gute alte Honolulu auf den Kopf stellen, sage ich euch. Ich würde mir das ganze vögelnde New Congress Hotel für eine ganze Nacht mieten, und die, mit denen ich nicht selbst schlafen könnte, dürften mir zusehen und mich beraten.« Er, der nie genügend Mut aufbrachte, um überhaupt in ein Bordell zu gehen, wenn nicht ein anderer mit ihm kam, kicherte und grinste über soviel Selbstbetrug. »Du warst nie im New Congress, Prew, was? Du warst nie bei Mrs. Kipfer, he?«

»Ich hab noch kein Geld dafür gehabt«, sagte Prew. Er schaute auf Sal, als dessen Beschützer er sich fühlte, dann quer hinüber auf seinen Kumpan Andy, der mürrisch in seine Karten vertieft war, und dann wieder auf Sal, um dessentwillen er hauptsächlich Freundschaft mit ihm geschlossen hatte.

Sal Clark mit seinen scheuen, vertrauensvollen Augen und seinem halbverlegen Grinsen war wie der Dorfidiot, vollkommen ohne Bösartigkeit, Neid, Mißtrauen und ohne jeden Ehrgeiz, vorwärtszukommen, und daher unfähig, sich in unserer Gesellschaft am Leben zu erhalten, und den nun die wohlhabenden Geschäftsleute, die sich mit Vergnügen gegenseitig bei jeder Gelegenheit ausräuberten, fütterten und kleideten und zärtlich beschützten, als könne er auf mysteriöse Art und Weise vielleicht mit seinem unberührten Geist bei Gott ein gutes Wort einlegen oder sie vor ihrem eigenen Gewissen retten. In der gleichen Art wurde auch für Sal Clark gesorgt, wurde er als Talisman der Kompanie respektiert.

Mehrere Male war Anderson mit Freundschaftsangeboten zu Prew gekommen, und am Zahltage, nachdem Prew sein Geld durchgebracht hatte, bot er ihm sogar ein Darlehen an. Aber jedesmal, wenn er kam, hatte Prew ihn abgeschüttelt, weil Andys Augen sich nicht auf sein Gesicht konzentrierten, sondern immer an der einen oder anderen Seite vorbeiblickten, und Prew wollte niemanden zum Freund haben, der sich vor ihm fürchtete. Und erst als Sal Clark mit seinen großen, tiefen, verständnislosen Rehaugen ihn vertrauensvoll fragte, ob sie Freunde sein wollten, merkte er, daß er es nicht ablehnen konnte.

Es geschah in einer der warmen Februarnächte, bevor die Regenzeit begann, als die Sterne zum Greifen nahe schienen. Er war aus der verrauchten Trunkenheit in Choys Restaurant herausgekommen, spürte ein wenig das Bier in seinem Körper und blieb in dem beleuchteten Tunnel der Einfahrt stehen, der die Töne der Nacht wie ein Trichter in sich aufnahm. Auf der anderen Seite des Kasernenhofes brannten noch die Lichter beim zweiten Bataillon, und Schattengestalten bewegten sich an ihnen vorbei über die Umgänge. In dem schwarzen Viereck glimmten die Leuchtkäfer glühender Zigaretten, die in Scharen um Biergläser herumhingen, aufleuchtend, wenn einer einen Zug machte, und dann wieder verblassend.

Aus der fernen Ecke in der Nähe des Megaphons für den Hornisten kamen die schwippenden Töne einer Gitarre und der Klang von Stimmen in vierstimmiger Harmonie. Es war eine nach dem Gehör gesungene Melodie, aber sie war fest verknüpft und kam klar und deutlich in schönem Klang über den Hof. Und in dem langsamen Rhythmus dieser Melodie hörte er Sals nasal gequetschte Stimme herausklingen, die echter war als die der meisten wirklichen Hinterwäldler, obwohl er ein langnasiger Makkaronifresser aus Scranton war. Sie sangen den ›Truckdriver's Blues‹.

»Fühl mich mächtig müde, vom Kopf bis zu den Schuhn ...
Muß doch weiterfahren ... darf nicht ruhn.
Hab nie nichts gehabt, bin ein armes Vieh ...
Fühl mich matt und müde ... Lastfahrermelodie.«

Die tiefe Einsamkeit der traurigen Klage in Sal Clarks Stimme berührte ihn. Er fühlte, wie sein Ärger und seine Entrüstung über Warden und diese ganze Maschinerie sich auflöste in eine alles verstehende Melancholie, für die es keine Worte gab. Es lag alles in den

Worten des Liedes, aber tatsächlich besagten die Worte nichts. Außer daß ein Lastwagenfahrer müde war und das Leben satt hatte, das er führen mußte.

Die Musik kam zu ihm, hinweg über die bald hell-, bald blaßbrennenden Zigaretten, erzählte ihm das uralte Geheimnis aller Menschen, unberührbar, unauslotbar, unfaßbar in langen Beschreibungen, unbeschreibbar in komplizierten Aufzählungen, einfach, vollkommen, nicht mehr verlangend, nicht weniger gebend, Worte, die nichts sagten und doch alles sagten, was zu sagen war. Das Lied von dem einäugigen Mann, der den Ochsenkarren über die sommerlichen Berge in Kentucky getrieben hatte, das Lied des Choctaw in seinem Indianerreservat, das Lied von dem Mann, der die Rollen gelegt hatte für die Steine, schwer wie der Tod, um daraus das ruhmreiche Denkmal für den König zu errichten. In den einfachen sinnlosen Worten sah er sich selbst und Häuptling Choate und Pop Karelsen und Clark und Anderson und Warden, jeder im Kampf mit einem anderen Element, sah den Pfad eines jeden in seinen eigenen geheimen Windungen von der gleichen Quelle zum gleichen unvermeidlichen Ende. Und wie die lange Reihe sich wie ein Stoßtrupp durch den nachtdunklen Dschungel den Hügel hinunterbewegte, wußte ein jeder, daß alle anderen mit ihm waren, daß jeder das leichte Rascheln hörte und sich dem anderen anvertrauen wollte, jeder hinausgriff in die Nacht, um Anteil zu nehmen, jeder wollte, daß man von ihm wußte, aber daß keiner fähig war, so wenig wie Clarks nasale weinende Stimme, je ahnen zu lassen, daß er da war, und so jeder gezwungen war, für sich allein dem Unbekannten ins Auge zu sehen, das vor ihm lag in dem unerforschten feindlichen Land, in der Finsternis.

Mazzioli und die anderen Schreiber, die sich morgens in Choys Restaurant versammelten, um Kunst zu diskutieren, waren dem Leben gegenüber blind. Er wußte, daß sie so in ihre komplizierten Gespräche versunken waren, so sicher in ihren sinnlosen Argumenten, daß sie nicht sahen, wie die Dinge, die sie zu begreifen suchten, vor ihrer Nase lagen, überall um sie herum, und durch ihre scharfen Analysen nur oberflächlich berührt, niemals aber wirklich erfaßt und festgehalten werden konnten. Die Dinge sprachen jetzt aus der bodenlosen Tiefe eines Bergliedes, das in seiner kunstlosen Einfachheit alles sagte, was ihre Vierdollarworte niemals sagen konnten, gingen zurück zu einer elementaren Einfachheit, die ein plötzlich aufleuchtendes Bild des ganzen Lebens gab, das nie erklärt, und ein Verstehen, das nie in Worte gefaßt werden konnte.

Die Schreiber, die Könige, die Denker. Sie redeten, und mit ihren Reden drehte sich die Welt. Die Lastwagenfahrer aber, die Pyramidenbauer, die einfachen Soldaten, alle, die nicht reden konnten, sie bauten die Welt eben aus ihrer Zungenlosigkeit, so daß die Redner sich darüber unterhalten konnten, wie man die Welt und die sie erbaut hatten lenken sollte. Und wenn sie die Welt mit ihren Reden wieder zerstört hatten, dann würden die Lastwagenfahrer und die einfachen Soldaten sie wieder aufbauen, nur weil sie nach einem Weg suchten, sich auszudrücken. Er konnte das in diesem Lied alles empfinden und in Sal Clarks heulend nasaler, schmerzlicher Stimme. »Fühl mich mächtig müde ... hab nie nichts gehabt ... bin ein armes Vieh ... Lastfahrermelodie.«

Er war im Zickzack zwischen den Gruppen von Biertrinkern hindurch zu der Ecke gegangen und stand nun am Rande der kleinen Schar, die sich immer um einen Gitarrespieler sammelt. Eine kleine Gruppe von fünf Akteuren bildete die Mitte. Die anderen, an die Überlegenheit des schöpferischen Zirkels nicht heranreichend, standen, als Zuschauer zusammengedrängt, ehrerbietig herum und sangen mit oder lauschten. Andy und Clark hatten ›San Antonio Rose‹ angestimmt, und Prew bewegte sich um den äußeren Rand des Kreises herum. Er hörte zu, aber ohne die Absicht, einzutreten, als Andy ihn entdeckte.

»He, Prew«, rief er, ein Schmeicheln in seiner Stimme. »Wir brauchen einen Gitarrespieler. Komm rüber und mach mit.«

»Nein, danke«, sagte er kurz, so beschämt über Andys Schmeichelei, als wäre sie von ihm selber, und wandte sich zum Gehen.

»Ach komm doch«, drängte Andy und schaute ihn durch die Gasse an, die die Menge gebildet hatte. Seine Blicke strichen über Prews Gesicht, ohne zur Ruhe zu kommen.

»Ja, Prew, komm doch her«, unterbrach ihn Sal, und seine großen Augen glänzten schwarz vor Begeisterung. »Mensch, wir haben dollen Spaß hier. Sogar Bier gibt's heute abend. Du«, fügte er hinzu, begierig, den neuen Gedanken auszusprechen, »ich kann schon nicht mehr. Komm, spiel du mal ne Zeitlang.« Es war so offensichtlich das größte Angebot, das er machen konnte, um Prew umzustimmen.

»Gut«, sagte er kurz. Er ging hinüber, nahm die ihm zugereichte Gitarre und setzte sich in die Mitte der Gruppe.

»Wie wär's mit ›Red River Valley‹?« sagte Sal, der wußte, daß es Prews Lieblingslied war.

Prew nickte und schlug einen Akkord an, und so begannen sie. Während sie spielten, drängte Clark ihm den Bierkrug auf.

»Sie ist nicht so gut wie Andys neue«, sagte Sal und wies auf seine Gitarre. »Er hat sie mir billig verkauft, als er die neue anschaffte. Sie ist ziemlich abgenützt, aber gut genug zum Lernen.«

»Bestimmt«, sagte Prew.

Sal hockte vor ihm, den Bierkrug in der Hand. Er strahlte vor innerer Freude, sang das Lied in seinem weinenden, näselnden Ton, die Augen halb geschlossen, den Kopf zurückgelehnt und nach der Seite geneigt, fast ertränkte er die Stimmen der anderen. Als er fertig war, nahm er Prews leere Bierbüchse, der man den oberen Teil abgeschnitten hatte, um ein Glas aus ihr zu machen, und füllte sie.

»Hier, Prew«, sagte er beflissen. »Wenn du singen willst, mußt du deine Stimme ölen. Singen macht einem den Hals trocken.«

»Danke«, sagte Prew. Er leerte die Büchse, wischte sich mit dem Handrücken den Mund und schaute Andy an.

»Wie wär es mit ›My talking Blues‹?« schlug Andy vor. Es war sein Lieblingsstück, das er nicht gern spielte, wenn viele Menschen um ihn herumstanden; nun aber bot er es Prew an.

»O. K.«, sagte Prew und schlug einen Akkord an, um zu beginnen.

»Ich habe darauf gewartet, daß du kommen würdest«, sagte Sal Clark über die Musik hinweg. »Ich hatte gehofft, du würdest kommen, Prew.«

»Ich hatte zu tun«, sagte Prew, ohne aufzusehn.

Sal nickte schnell. »Natürlich«, sagte er mit übertriebener Bereitwilligkeit. »Ich weiß. Du, wenn du auf dieser alten Kiste spielen willst, nimm sie aus meinem Spind. Du brauchst mich nicht zu fragen, ich schließ nie ab.«

Da hatte Prew aufgesehen in die offene Glückseligkeit, die sich in dem langen, dünnen, olivfarbenen Gesicht spiegelte, weil Sal einen Feind verloren und einen Freund gewonnen hatte. »Gut«, sagte er, »danke dir, Sal, vielen Dank.« Er hatte sein Gesicht wieder den Saiten zugewandt. Auch er fühlte sich innerlich warm, denn auch er hatte sich heute zwei Freunde gemacht ...

»Zwei Huren«, sagte Maggio und drehte zwei Königinnen um.

»Zwei Asse«, grinste Prew und drehte seine eigenen Karten um. Er streckte die Hand aus und sammelte die kleine Handvoll Münzen ein. Um ihn war ein Chor von Stöhnen und Fluchen, als er das Geld zu den vier Dollar legte, die er in den letzten zwei Stunden gewonnen hatte. »Noch ein bißchen mehr«, sagte er, »und ich habe genug, um mir mal O'Hayers Zelt näher anzusehn.«

Während sie spielten, hatte der Hornist vom Dienst ein wäßriges Locken aus der Ecke des regennassen, sumpfigen Kasernenhofs geblasen. Ein Strom von Pissern, die bis zur letzten Minute vor dem Schlafengehen gewartet hatten, war hereingekommen. Der U. v. D. war erschienen und hatte die Hauptschalter in den Schlafräumen umgelegt. Nun lag dort hinter den schwingenden Türen der Latrine das schwere Schweigen und das leise Atmen vielen Schlafes. Das Spiel aber war ungestört mit der Leidenschaft weitergegangen, die man im allgemeinen der Liebe zuschreibt, obwohl nur wenige Männer sie jemals für die Frauen aufbringen.

»Ich hätte es wissen müssen«, sagte Maggio niedergeschlagen. Er schob den Träger seines Unterhemdes zur Seite und kratzte sich mit tragischem Gesicht die knochige Schulter. »Prewitt oder das ›As aus dem Hinterhalt‹. Jeder, der so was tut, sollte aus unserem Klub ausgeschlossen werden.«

»Los, Angelo«, sagte Prew. »Verteil die Karten. Du kannst kein Geld verdienen, wenn du die Karten nicht verteilst.«

»Vor lauter Verlieren kann ich nicht gewinnen, deshalb gewinn ich nicht«, sagte Maggio. »Auf geht's.«

»Ich mache auf mit fünf Cent.« Andy legte die Münze auf die Decke.

»Mit fünf wirst du nie reich werden«, sagte Maggio zu Andy.

»Sagen wir zehn.« Er warf einen Zehner auf die Decke.

»Ich gehe mit«, sagte Soldat Sussman, der die ganze Zeit verloren hatte, »aber ich weiß nicht, warum. Wo hast du gelernt, so ein stinkiges Blatt zu geben?«

»Das Blatt zu geben hab ich in Brooklyn gelernt, was du wüßtest, wenn du auch nur einmal aus der Bronx herausgekommen wärst, um Luft zu schnappen. Ich bin ein gelernter Kartengeber. Königin ist hoch.«

»Wettet fünf«, sagte Sussman angeekelt, »du bist reif fürs Irrenhaus, Angelo. Der typische Zwangsjackenzögling. Besser, du machst noch mal drei Jahre.«

»Mach ich«, sagte Maggio. »Mit dem Arsch dir ins Gesicht.« Er schaute seine Karten an. »Noch zwei Wochen bis zum Zahltag. Ich muß nach Honolulu wie ein Stier auf die Kuh. Hurenhäuser, herhören!« Er nahm das Spiel auf. »Letztes Mal herum«, sagte er.

»Ha«, sagte Sussman, »ein geiles Weib und eine Fahrt auf meinem Motorrad würden dich umbringen, Angelo.«

»Hör dir das an«, sagte Maggio sich umschauend. »Dieser Waikikijunge. Er und sein Motorrad und seine einsaitige Gitarre. Letzte Runde«, sagte er. »Letzte Runde. Will jemand abheben?«

»Gib«, sagte Prew.

»Der Mann sagt gib.« Angelo verteilte die Karten. Seine dünne Hand zitterte nervös, während er geschickt die Karten in der Runde verteilte. »Ich beabsichtige, diesmal zu gewinnen, Freunde. Oh, oh. Zwei Jungen bei Andy, Jesus Christus. Ich hab nicht hingesehen.«

»'s ist eine Ukulele«, erklärte Sussman, »Original-hawaiisches Instrument. Und nebenbei fängt es mir die Mädchen. Das ist alles, was mich interessiert. Meine Maschine fängt mehr Pussykatzen als alles Geld in der Kompanie.«

»Warum ziehst du dann nicht die drei anderen Saiten auf?« sagte Maggio. »Du kannst sowieso nicht spielen.«

»Hab ich auch nicht nötig«, sagte Sussman. »Das ist nur wegen des Drumrums.«

Maggio schaute versuchsweise auf seine mit der Rückseite nach oben liegenden Karten. »Wenn ich erst eine einsaitige Geige spielen und mir ein Motorrad auf Stottern kaufen muß, um die Mädchen zu fangen, dann zahl ich lieber gleich meine drei Dollar an der Kasse.«

»Du zahlst jetzt gleich deine drei Dollar an der Kasse, Angelo«, sagte Sussman, dem sein Motorrad heilig war.

»Genau das habe ich ja gesagt, nicht wahr?« sagte Maggio angewidert. »Ich sehe deine fünfundzwanzig Cent und erhöhe um fünfundzwanzig. Fünfzig Cent für dich, Reedy.«

»Pferdedieb«, sagte Soldat Readall Treadwell, der sechste Mann, der aus dem südlichen Pennsylvanien stammte und nicht ein einziges Blatt gewonnen hatte. Er hob das fettgepolsterte Faß, das bei ihm Brust und Bauch waren, in einem faulen Seufzer, drehte seine Karten herum und warf sie hin. Sein rundes Gesicht grinste faul. Es stand in krassem Gegensatz zu der ungeheuren Kraft, die sich unter dem Fett verbarg. Neben der nervösen Schnelligkeit des kleinen Maggio wirkte er wie ein fetter Buddha mit gekreuzten Beinen. »Ihr habt mich kurz fertiggemacht. Ich sollte endlich aufhören, mit Gaunern Karten zu spielen.«

»Teufel«, sagte Maggio. »Du hast doch zwanzig Cent. Bleib da. Ich fange gerade an zu gewinnen.«

»Leck mich am Arsch«, sagte Treadwell und stand auf. »Was ich übrig habe, reicht gerade für zwei Bier, und das ist alles. Und die will ich trinken, nicht du. Ich kann nicht Poker spielen.«

»Natürlich nicht«, stimmte Maggio zu. »Du taugst bloß zum MG-

Schützen, um die siebenundzwanzig Pfund herumzuschleppen, damit sie dir irgendein Unteroffizier wegschnappen kann, wenn's zum Schießen kommt.«

»Mensch, du sagst es«, sagte Reedy Treadwell. Sobald er aufgestanden war, gehörte er nicht mehr zu dem Kreis. Er stand hinter ihnen und schaute eine Minute auf sie hinunter, dann schlenderte er hinaus, nicht unglücklicher, als wenn er zehn Dollar gewonnen hätte.

»Was ne Type«, sagte Maggio und schüttelte den Kopf. »Es hat mir fast leid getan, ihm sein Geld abzunehmen. Ich hab mich aber dazu überredet. Jeder in dieser Kompanie ist ne Type, außer mir und Prewitt. Und manchmal frage ich mich, ob Prewitt nicht auch eine ist. Schon gut, schon gut«, sagte er zu Andy, »was willst du machen?«

»Was hast du denn da?« Andy zögerte, sah mürrisch auf Maggios Karten.

»Du kannst es ja sehen«, sagte Maggio. »Vier Kreuze offen, ein Kreuz versteckt. Das gibt ein Flush.«

»Vielleicht auch nicht«, sagte Andy.

»Geh mit und sieh's dir selbst an«, sagte Maggio. »Mehr kann ich nicht sagen.«

»Du hast bei der letzten Karte gepaßt«, sagte Andy mürrisch. »Nicht wahr?«

»Da hatte ich noch nicht das letzte Kreuz«, sagte Maggio. »Hör auf, herumzudrücken. Gehst du mit?«

Andy schaute düster auf sein Paar Buben, dann auf den dritten Buben, den er als versteckte Karte vor sich liegen hatte. »Ich muß«, sagte er. »Ich hab keine Wahl. Aber mit dieser letzten Karte hast du mich fertiggemacht, Angelo«, klagte er.

»Mist«, sagte Maggio. »Du hast die vier Kreuze gesehn, ehe du gesetzt hast. Erzähl das deiner Großmutter.«

»Ich geh mit«, sagte Andy.

»Geld spricht«, sagte Maggio.

Andy warf zögernd fünfundzwanzig Cent auf die Decke.

»Was ist mit dir, Prewitt«, grinste Maggio.

»Ich muß mitgehen«, sagte Prew, während er Andys Gesicht studierte. »Ich bin hier niedrigster Mann, aber wenn er nur ein Paar hat, hab ich ihn geschlagen!« Er warf sein Geld hinein.

»Sprach es und weinte«, kicherte Angelo triumphierend und drehte das fünfte Kreuz um. Er streckte die Hand aus und sammelte das Geld ein, ließ es durch die Finger gleiten und gab ein hohes Kichern von sich wie ein Geizhals. »Du hörst jetzt besser auf«, sagte er zu

Prew, »wenn du deinen Gewinn behalten willst. Ich bin jetzt in Fahrt.«

»Es wird nicht lange dauern«, sagte Prew, zog noch einmal an seiner Zigarette und flippte sie unter einen Schrank.

»He«, sagte Maggio. »Der Stummel. Der Stummel. Wirf ihn nicht weg, du Kapitalist.« Er riß sich hoch und hob den Stummel unter dem Schrank auf, atmete genießerisch den Rauch ein. »Weiter?« sagte er. »Weiter. Reedy ist draußen. Du gibst, Andy.«

»Den Bull-Durham-Tabak hab ich satt«, sagte er zurückkommend. »Solange ich in Gimbels Keller arbeitete, hatte ich wenigstens noch richtige Zigaretten. Du machst sie naß wie ein Nigger, Prewitt. Kein guter Soldat.«

»Einen Zug«, sagte Clark. »Laß mir einen Zug.«

»Mein Gott«, sagte Maggio. »Am Monatsende und noch zwei Wochen bis Zahltag? Ich hab den Stummel gerade geholt. Laß mich selber.« Er gab das winzige Stückchen her, während Andy die zweite Runde Karten offen ausgab. Clark nahm es behutsam, bis er sich die Finger verbrannte, und warf es dann in den Abort. »So«, sagte Maggio, »du glaubst es also nicht, Prewitt. Du denkst, ich werde dein Geld nicht nehmen. As ist hoch. Fünfundzwanzig Cent.«

»Guter Gott«, sagte Prew.

»Dein eigener Fehler«, sagte Maggio. »Ich hab dich gewarnt.« Andy gab die nächste Runde, und noch immer war Maggios As hoch. Es blieb auch noch so während dieses Spiels und gewann den Pott für ihn. Er gewann auch den nächsten und übernächsten und den danach. Die funkelnde Energie, die von seiner knorrigen Gestalt ausstrahlte, schien ihm die Karten zu bringen, die er wollte, und die guten Karten von den anderen fernzuhalten. »Mensch«, sagte Maggio, »bin ich heiß. Ich kann's in meinem Bauch spüren. Ein Sargnagel, Prewitt«, sagte er bitter, »einen stinkigen Sargnagel. Ich brauche dringend einen Sargnagel.« Grinsend zog Prewitt eine fast leere Packung heraus.

»Erst nimmst du mir mein Geld ab, dann soll ich dich mit Tabak versorgen. Ich habe Geld geliehen, um dieses Päckchen zu kaufen.«

»Kauf ein neues«, sagte Maggio. »Du hast jetzt Geld, du Jud.«

»Kauf dein eigenes. Wenn ich Zigaretten an die Spieler liefern soll, dann lern ich auf Dussel spielen. Ich teile sie«, grinste er, »aber das ist alles, was ich tue, klar?« Er händigte zwei Zigaretten aus seinem kleinen Vorrat aus, eine an Maggio und Sussman, die andere an Andy und Sal, und nahm eine für sich selbst. Die anderen reichten einander abwechselnd die Zigarette, die sie teilten, während sie spielten und Andy weiter gewann.

Andy gab gerade, als sich die Tür öffnete und der Gefreite Bloom hereinkam. Er stieß die Tür so heftig auf, daß sie gegen die Wand schlug und dann mit lautem Quietschen hin- und herschwang. Gefreiter Bloom näherte sich den Männern, die um die Decke herumsaßen, mit schwerem, fleischigem, vertraulichem Grinsen seinen flachen kraushaarigen Kopf schüttelnd und so breit, daß seine gewaltigen Schultern die Tür zu füllen schienen.

»Ruhe, du Dussel«, sagte Maggio. »Soll der U. v. D. kommen und uns das Spiel versauen?«

»Der kann mich mal«, sagte Bloom mit seiner gewohnt lauten Stimme. »Und du auch, du kleiner Makkaroni.«

Eine Wandlung kam über Maggio. Er stand auf und ging um die Ecke herum zu dem gewaltigen Bloom, der ihn wie ein Turm überragte.

»Hör mal«, sagte er mit ganz veränderter Stimme. »Ich bin heikel darin, wer mich Makkaroni nennen darf und wer nicht. Ich bin kein Bulle und keiner von Dynamits drittklassigen Boxern. Für dich bin ich aber immer noch Maggio. Ich will mich an dir nicht schmutzig machen. Wenn ich dich anfasse, dann mit einem Stuhl oder mit einem Messer.« Er starrte zu Bloom hinauf. Sein dünnes Gesicht war verkniffen, und seine Augen sprühten.

»So?« sagte Bloom.

»Genau so«, sagte Maggio sarkastisch.

Bloom machte einen Schritt auf ihn zu, und Maggio neigte seinen Kopf auf den dünnen knochigen Schultern streitsüchtig nach vorne, und es entstand das gespannte Schweigen, das einem Kampf vorangeht.

»Laß ihn in Ruhe, Bloom«, sagte Prew, überrascht über den klaren Klang seiner Stimme in der Stille. »Komm her und setz dich, Angelo. Ich setz fünf.«

»Ich geh mit«, sagte Maggio, ohne sich umzusehen. »Hau ab, du Lump«, sagte er über die Schulter, während er wegging. Bloom lachte selbstbewußt und häßlich hinter ihm drein.

»Gib mir auch ein Blatt«, sagte Bloom und zwängte sich zwischen Sussman und Sal.

»Wir sind schon zu fünft«, sagte Maggio.

»So?« sagte Bloom. »Und wenn schon? Geschlossenen Poker kann man auch zu siebt spielen.«

»Dies ist offener«, sagte Maggio.

»Da kann man zu zehnt sein«, sagte Bloom, der nicht verstand.

»Vielleicht wollen wir nicht mehr«, sagte Prew und schielte durch den Qualm der Zigarette auf seine verdeckte Karte.

»So?« sagte Bloom. »Taugt mein Geld etwa nichts?«

»Nicht, wenn's in deiner Tasche ist«, sagte Maggio. »Das ist wahrscheinlich falsch.«

Bloom lachte laut. »Du bist mir ne Type, Angelo!«

»Für dich bin ich Maggio, Soldat Maggio.«

»Nimm's nicht so tragisch«, lachte Bloom. »Vielleicht wirst du auch mal Gefreiter, Kleiner.« Er schaute an sich herunter und streichelte zärtlich die neuen Litzen an seinem Hemd.

»Ich hoffe nicht«, sagte Maggio. »Ehrlich gesagt, das hoffe ich nicht. Dann merk ich vielleicht auch, daß ich ein Schweinehund bin.«

»He«, sagte Bloom. »Meinst du mich? Nennst du mich Schweinehund?«

»Wenn dir der Schuh paßt, Freundchen, trag ihn«, sagte Maggio.

Bloom schaute ihn eine Minute lang an, verdattert, nicht sicher, ob man ihn beleidigt hatte oder nicht, unfähig, die Ablehnung zu verstehen, und entschloß sich dann zu lachen. »Du bist mir eine Type, Angelo. Einen Augenblick dachte ich wirklich, du machst ernst. Wer hat die vielen Zigaretten?« fragte er. Niemand antwortete. Bloom schaute sich um und entdeckte die Ausbuchtung in Prews Hemdtasche. »Gib mir eine, Prew.«

»Ich hab keine«, sagte Prew.

»So? Was ist denn in deiner Tasche? Los, gib mir ne Zigarette.«

Prew hob ungerührt seinen Kopf. »'n leeres Paket«, log er und sah Bloom, ohne verlegen zu werden, in die Augen. »Grade leer geworden.«

»So?« Bloom lachte sarkastisch. »Wer's glaubt, wird selig. Gib mir wenigstens deinen Stummel.«

»Klar, Kamerad.« Prew warf seinen Zigarettenstummel verächtlich weg. Er fiel unter den Abort in der Nähe Blooms.

»He«, protestierte Bloom. »Denkste, die rauch ich noch? Nachdem sie in der Scheiße rumgerollt ist? Schöne Art, sich zu benehmen! Bei Gott!«

»Hab selbst eben eine geraucht«, sagte Maggio. »Hat trefflich geschmeckt.«

»So?« sagte Bloom. »Na vielleicht bin ich noch nicht so tief gesunken. Wenn ich soweit bin, heb ich mir ein paar Pferdeäpfel auf und dreh mir meine eigenen Zigaretten.«

»Das ist deine Sache«, sagte Maggio. Er kroch hinüber, hob den Stummel auf und zog daran. »Paß nur auf«, sagte er zurückkriechend, »daß du nicht den falschen erwischst und deine eigene Scheiße rauchst.«

Sal Clark hatte inzwischen die Karten für eine neue Runde eingesammelt. Er hielt sein Gesicht abgewandt, als wolle er die Spannung, die mit Bloom hereingekommen war, nicht sehen. »Soll ich ihm auch ein Blatt geben?« fragte er Prew in seiner milden Art.

»Ich denke schon«, sagte Prew.

»Was ist denn mit dir los?« höhnte Bloom. »Bist wohl Robinson Crusoes Freitag? Fragst ihn, wann du scheißen darfst?«

Sal senkte errötend seinen Kopf und antwortete nicht.

»Natürlich ist er mein Freitag«, gab ihm Prew, der Sals Gesicht sah, zur Antwort. »Paßt dir das vielleicht nicht?«

Bloom zuckte gleichgültig die Schultern. »'s ist keine Haut von meinem Arsch.«

Sal schaute Prewitt dankbar an und begann, die Karten zu verteilen. Aber Bloom sah es nicht einmal.

Mit dem Erscheinen Blooms verlor das Spiel seine Wärme, und die enge Kameradschaft löste sich auf. Jeder spielte schweigend. Es wurden keine Witze mehr gerissen. Es hätte ebensogut das große Spiel in O'Hayers Halle sein können. Maggio gewann noch ein paar Runden, und jedesmal fluchte Bloom laut.

»Halt um Gottes willen dein Maul«, sagte Julius Sussman schließlich. »Wenn ich dich seh, wollt ich, ich wär kein Jude.«

»So«, knurrte Bloom. »Was bist du? Schämst dich, daß du ein Jude bist? Vielleicht bist du gar keiner. Vielleicht bist du ein stinkiger mexikanischer Fettball.«

»Vielleicht.«

»Vielleicht ist er das«, sagte Maggio. »Bestimmt kein Saujud. Gib mir keine Karten mehr«, sagte er. »Ich hab genug. Ich geh hinüber zu O'Hayer und mach aus dem bißchen Kleingeld hier wirklich Zaster.«

»Moment mal!« sagte Bloom und sprang auf die Füße. »Gehörst du zu der Sorte, die abhaut, wenn sie gewonnen hat?«

»Klar«, sagte Maggio. »Denkste, ich geh, wenn ich verlier? Wo hast du spielen gelernt? Im Nähkränzchen bei deiner Mutter?«

»Das geht nicht«, sagte Bloom. »Das Geld aus dem Spiel nehmen und in die Halle tragen.«

Bloom wandte sich an die noch im Kreis Sitzenden. »Wollt ihr das erlauben? Euer Geld hat er auch.«

»Was meinst du wohl, warum wir spielen?« fragte Prew. »Denkste, wir spielen zur Erholung? Und geben jedem sein Geld zurück, wenn wir aufhören? Wer in drei Teufels Namen will dieses Hühnerfutter, wenn er nicht wirkliches Geld drüben damit gewinnen kann? Mein Gott, benimm dich wie ein Erwachsener!«

»So«, sagte Bloom mißtrauisch. »Du machst wohl mit dem Makkaroni halbe halbe? Ich hab zwei Dollar in diesem Scheißspiel verloren. Ein anständiger Kerl hört nicht auf zu spielen, wenn er gewonnen hat. Ich dachte, du bist ein anständiger Kerl, Prewitt. Auch wo mir alle erzählten, daß du dich weigerst zu boxen. Ich sagte, nein, du bist ein Kerl, auch wenn alle sagten, du bist ein Hosenscheißer. Scheint so, als ob ich mich irre.«

Prew steckte die paar Zehn- und Fünfcentstücke, die er noch übrig hatte, in seine Tasche und stand auf. Seine Hände hingen lose in Bereitschaft an der Seite, die Lippen waren bis zur Blutlosigkeit zusammengepreßt, seine Augen flach, als wären sie auf ein Brett aufgemalt.

»Hör zu, du Schwein«, sagte er. Er spürte die eisige Ruhe, die ihn wie ein flammendes Entzücken überkam. »Halt deine große Fresse, oder ich näh sie dir zu. Und ich würde in keinen Ring steigen, um das zu tun, und keinen Stuhl brauchen.«

»So«, sagte Bloom zurücktretend. »Hier bin ich. Jederzeit.« Er begann sein Hemd aufzuknöpfen und es aus der Hose zu ziehen.

»Wenn ich's tue«, grinste Prew steif, »hast du keine Zeit mehr, dein Hemd auszuziehen.«

»Großmaul«, sagte Bloom, noch immer an seinem Hemd zerrend. Prew ging auf ihn los. Er hätte ihn geschlagen, solange seine Arme noch in den Hemdärmeln verwickelt waren, wäre nicht Maggio dazwischengetreten.

»Halt! Mach keine Dummheiten.« Er breitete seine Arme vor Prew aus. »Das ist meine Angelegenheit, hat mit dir nichts zu tun.« Er redete beruhigend, tat das gleiche für Prew, was Prew vor einer Weile für ihn getan hatte, hielt noch immer die Arme ausgestreckt.

Prew stand bewegungslos. Seine Arme hingen entspannt und gerade herunter. »Gut«, sagte er und schämte sich jetzt der kalten Mordabsicht, die ihn ergriffen hatte, der wilden Ekstase, fragte sich, wieso Bloom einen dazu reizte, ihn zerschmettern zu wollen. »Nimm um Gottes willen deine Arme runter«, sagte er zu Maggio. »Es passiert nichts.«

»Das hab ich mir gleich gedacht«, sagte Bloom, während er sein

Hemd zurücksteckte und es zuknöpfte. Er grinste triumphierend, als wäre es sein persönlicher Sieg gewesen, daß der Kampf nicht stattfand.

»Hau ab«, sagte Maggio angewidert.

»Gerne«, grinste Bloom. »Du glaubst doch nicht, daß ich euch noch mehr Geld schenke. Ich wußte nicht, daß ihr ein Haufen Betrüger seid«, sagte er beim Verlassen des Raumes und hatte damit das letzte Wort. Er stieß die Tür laut zurück, um seine Verachtung für Betrüger darzutun.

»Ehrlich währt am längsten«, sagte Maggio. »Niemand hat dich aufgefordert mitzuspielen«, rief er ihm nach. »Eines Tages nehm ich den Kerl aus. Eines Tages bringt er mich zur Raserei.«

»Ich hab nichts gegen ihn«, sagte Prew, »aber aus irgendeinem Grunde fühl ich mich immer von ihm auf den Schlips getreten.«

»Ich tret ihm auf den Schlips«, sagte Maggio. »Er ist ein nichtsnutziger Scheißkerl. Und ich mag ihn nicht.«

»Wir haben ihn nicht gerade freundlich behandelt«, sagte Prew.

»So einen behandelt man auch nicht freundlich«, sagte Maggio.

»Wart nur, bis er Unteroffizier wird, was meinst du, wie freundlich er dich und mich behandeln wird. Er wird uns Blut schwitzen lassen.«

»Möglich«, sagte Prew, in Gedanken versunken. Er hätte gerne gewußt, was es ausmachte – welcher Zug, welche Eigenschaft, welcher Charakterunterschied –, daß man einen Mann gern hatte und den andern nicht. Von Maggio würde er sich Dinge sagen lassen, die er von Bloom niemals ertragen könnte, selbst wenn er wüßte, daß sie nur im Spaß gemeint waren. Er wünschte, er hätte ihn zusammengeschlagen. Wenigstens hätte das etwas Abwechslung geschaffen. Er wünschte, er hätte weiter gewonnen. Er wünschte allerlei. Seitdem er das letzte Mal bei Violet gewesen war, vor dem letzten Zahltag, hatte er mit keiner Frau geschlafen. Er wünschte sich eine Frau.

»Also«, sagte Maggio, Prew ins Gesicht schauend, »ich geh zu den Hallen und gewinne ein Vermögen mit diesen lumpigen Groschen.«

»Besser, du nimmst, was du hast, und gehst damit in die Stadt«, sagte Prew, »solange du's noch hast.« Er wandte sich um und ging allein zurück.

Julius Sussman stand auf und zählte das wenige Geld, das er noch übrig hatte. »Na, bis dahin war's ganz nett; unser hübsches Spiel so gemein zu stören. Ich hab nicht mal genug übrig, um meinen Benzintank aufzufüllen. Du willst wohl nicht mehr spielen«, sagte er zu Maggio.

»Ich nicht«, sagte Maggio. »Ich geh jetzt rüber.«

»Das dachte ich mir«, sagte Sussman. Er ging zu einem Fenster und schaute hinaus, die Hände in die Hosentaschen vergraben. »Scheiße«, sagte er. »Diese Bude geht mir auf die Nerven. Wenn der Regen was nachließe, könnte ich rausfahren und vielleicht ein Stück Weib finden, wenn ich nur genug Benzin hätte.« Er trat zurück und seufzte. »Will mal sehen, ob ich Zaster für Benzin auftreiben kann.«

»Soll ich dich begleiten, Angelo?« sagte Sal Clark und stand von dem Patiencespiel auf, das er auf der Bank begonnen hatte. »Ich halt dir den Daumen«, bot er an.

»Nee«, sagte Maggio abweisend. »Ich mach das schon selber. Wenn schon, will ich's auch allein genießen.«

»Wenn ich dir den Daumen halte, gewinnst du«, sagte Sal. »Ich gewinne nie selber, aber wenn ich für andere die Daumen halte, gewinnen sie.«

Maggio wandte den Kopf, um ihn anzusehen, und grinste. »Du bleibst hier und hältst mir hier die Daumen, Freitag. Wenn ich gewinne, geb ich euch allen ein Fünf-Dollar-Darlehn. He, Prew«, rief er, »sage deinem Freitag, daß er hierbleibt und mir die Daumen hält. Auf mich hört er nicht.«

Prew schaute auf, aber er grinste nicht und sagte nichts.

»Wenn ich mit dir gehen darf und die Daumen halte«, sagte Sal, »dann tu ich's umsonst. Spart dir Geld.«

»Hör um Gottes willen auf«, sagte Andy mürrisch. »Siehst du nicht, daß er dich nicht haben will? Du hast keinen Funken Stolz.«

»Wird fast niemand drüben sein«, sagte Maggio. »So spät im Monat wird nur der große Pokertisch für die großen Gewinner offen sein und vielleicht ein Tisch mit Siebzehn-und-Vier für die kleinen.«

»Wir gehen sowieso zur zweiten Vorstellung«, sagte Andy. Er ging zu Prew zurück. »Leih mir zwanzig Cent, Prew, ja? Daß wir ins Kino gehen können. Ich hab noch zwanzig, aber Sal braucht sie noch.«

»Hier«, sagte Prew bitter und gab ihm die sechzig Cent, die er noch hatte. »Nimm alles. Mir nützt's doch nichts.«

»Ich nehm's nicht gerne«, sagte Andy, zog aber seine Hand nicht zurück.

»Nein, du tust's nicht gerne«, sagte Prew. »Weiß ich, du findest es gräßlich.«

»Ich find's wirklich gräßlich«, sagte Andy. »Ich wollte nur zwanzig

Cent haben.« Er schaute Prew an und konnte seine Augen nicht ruhig halten, weil er wußte, daß er log. Er wollte nicht lügen, aber das Geld wollte er doch.

»Hast ja alles! Nun halt's Maul«, sagte Prew. »Und wenn du mit jemand sprichst, schau ihm um Gottes willen in die Augen, klar? Du fällst mir ziemlich auf den Wecker.«

»Gut, Prew«, sagte Andy. »Komm, Sal«, sagte er und ging zur Bank. »Spielen wir noch ein paar Runden Casino, bis es Zeit ist fürs Kino.«

Prew schaute ihn angewidert an und ging zurück zum Spülbecken. Das Bedürfnis nach einer Frau brannte in seinen Eingeweiden.

»He, Prew«, rief Maggio vorsichtig, mit dem Kopf nach der Tür weisend. »Komm mal eben raus auf die Veranda.«

»Wozu?« sagte Prew. Er wußte, daß er sich gemein benahm, aber er konnte nicht anders. »Du hast das Geld, jetzt werd's los.«

»Komm eine Minute raus, verdammt noch mal«, sagte Maggio.

»Meinetwegen«, sagte er. Als er vorüberging, sah Andy nicht auf, aber Sal Clark blickte hoch und grinste ihn mit seinen scheuen Rehaugen an.

»Mach's gut, Freitag«, sagte Prew freundlich.

11

Maggio stand im Unterhemd auf der Veranda und wartete auf ihn. Er hatte die knochigen Schultern hochgezogen, als könne er sich dadurch gegen die Kälte schützen, und starrte hinaus in die Wassermassen, die vor dem Fliegenfenster herunterprasselten. Das Geräusch des Regens, der auf dem Pflaster zerspritzte, füllte die Veranda und erstickte die Schlafgeräusche, die aus dem Inneren des Schlafsaales drangen.

»Kommst du mit in die Stadt, wenn ich gewinne?« fragte er, sich umwendend, als Prew herauskam.

Prew brummte gereizt. »Was soll das heißen? Willst mich wohl einladen, weil ich dir leid tue?«

»Bah«, sagte Maggio. »Bild dir bloß keine Schwachheiten ein. Ich will bloß nicht allein in die Stadt, weil ich da niemanden kenne.«

»Ich kenn auch niemanden«, sagte Prew.

»In der Stadt ist man allein einsamer als hier draußen«, sagte Maggio.

»Nicht, wenn man Geld hat. Besser wär's, du nimmst dein Geld, solange du's noch hast, und gehst allein«, sagte Prew. »Wenn du zu
O'Hayer gehst, hast du's nicht mehr lange.«

»Hör mal«, sagte Angelo, »du wirst dir doch nicht von einer Type
wie Bloom die Laune verderben lassen. Jeder weiß, was für 'n Scheißer das ist.«

»Von dem? Der kann mich mal! Wenn der frech wird, hau ich ihm
eins in die Fresse. Und das gilt für alle... verstanden?«

»Wird dir nicht viel nützen«, sagte Angelo nüchtern.

»Kann sein, auf jeden Fall würd ich mich besser fühlen hinterher.«

»Er wollte dich nur auf Touren kriegen mit all dem Scheiß, daß du
feige bist und so«, sagte Maggio. »Keiner glaubt das.«

Prew war schon wieder auf dem Wege zur Latrine, aber nun blieb er
stehen. »Sprechen wir nicht mehr davon. Mir ist's egal, was die oder
sonst irgend jemand von mir denken«, sagte er ernsthaft. »Von mir
aus können die sich gegenseitig die Köpfe einschlagen. Ich wär der
erste, der über die Straße ginge, um ihnen zuzusehn.«

»Schön«, sagte Maggio. »Tut mir leid, daß ich damit angefangen
habe. Wart auf mich; ich hol nur mein Hemd. Frier mich zu Tode.
Dabei ist mir so, als hätte auf den Reisebüroplakaten gestanden, daß
es keinen Winter in Hawaii gibt.«

Grotesk auf den Zehenspitzen gehend, verschwand er in den Schlafsaal, und Prew mußte wider Willen grinsen. Noch mit dem Anziehen seines Hemdes beschäftigt, kam er dann zurück. Auf dem Arm
trug er einen Regenmantel. Auf seinem Kopfe saß die steifgebügelte
Mütze, die er sich, seitdem er die Rekrutenausbildung hinter sich
hatte, gewissenhaft jede Woche aufbügeln ließ.

»Wo bist du nachher?« fragte er, während er seine Hose zuknöpfte
und sein Hemd hineinsteckte. Sie gingen zur Treppe und hinunter
zur Veranda im ersten Stock, wo das unentwegt herabströmende
Wasser schon so endlos lange rauschte, daß man es kaum mehr ver-
nahm.

»Ich bin im Tagesraum«, sagte Prew, »oder sonst in der Latrine.«

Maggio zog seinen Regenmantel an, als wäre er eine Rüstung und er
ein Ritter, der im Begriff war, auf ein Turnier zu gehen.

»Schön«, sagte er. »Mach schon mal einen Koffer leer, damit du mir
beim Geldtragen helfen kannst.«

»Wenn du nicht gewinnst«, sagte Prew, »soll dich der Teufel holen.
Seit einem Monat hab ich keine Frau mehr gehabt.«

»Kein Wunder, daß du dir so beschissen vorkommst«, grinste An-

gelo. »Hatte selbst keine seit dem letzten Zahltag.« Er zog seine
Mütze in die Stirn und lugte an dem messerscharfen Rand vorbei zu
Prew hinauf. »Gib mir ne Zigarette, eh ich gehe.«

»Auch das noch«, sagte Prew schmerzlich berührt. Dennoch griff er
in die Tasche und holte aus dem unsichtbaren Paket eine einzige
Zigarette heraus. »Seit wann bist du bei mir in Verpflegung?«

»Hast wohl Angst, ich klau dir deine lausigen Zigaretten, was? Wenn
ich gewinne, kauf ich dir ne ganze Stange. Jetzt gib mir noch Feuer,
und dann hau ich ab.«

»Ist dein Mund auch trocken?« fragte Prew. »Oder soll ich für dich
ausspucken?«

»Nicht auf den Boden«, sagte Angelo und zog seine Augenbrauen in
gespieltem Entsetzen hoch. »Nicht auf den Boden! Denk an deine
Kinderstube!«

»Kann ich sonst gar nichts für dich tun? Willst du meinen Mund als
Aschenbecher haben? Oder mir die Eier abschneiden und damit
Klicker spielen? Kannst du dir denn gar nichts ausdenken?«

»Nein«, sagte Maggio, »aber ich danke dir. Du bist ein feiner Kerl.
Wenn du mal nach Brooklyn kommst, kannst du mich besuchen. Ich
werd dich anständig behandeln.« Er nahm die Streichhölzer, die
Prew ihm gab, riß eines aus dem Heftchen, zündete es an und gab
Prew das Heftchen zurück. Der bronzefarbene Widerschein erleuchtete sein dünnes Kindergesicht. »Auf Wiedersehen, Prew«,
sagte er, genießerisch paffend, als wäre er ein reicher Mann mit einer
Zweidollarzigarre. Dann stolzierte er hinaus in den Regen, rannte
geduckt durch den Wasservorhang und stolzierte weiter. Seine knochigen Schultern waren kampfbereit hochgezogen, seine dünnen
Arme schlenkerten, der Körper schlingerte nach beiden Seiten. All
das gab seinem unförmigen Regenmantel ein eigenes Leben.

Mit einem halb traurigen Grinsen schaute Prew ihm nach. Seine Gereiztheit war verflogen. Er hoffte, Maggio würde wenigstens eine
Kleinigkeit gewinnen. Eine Zeitlang stand er da und blickte über den
regengepeitschten Kasernenhof hinweg zu der erleuchteten Torein-
fahrt hinüber, hörte Gesang und Johlen, wenn die Tür von Choys
Restaurant sich öffnete, und das Klappern leerer Bierkästen. Da war
man also wieder im alten Dreh, schaffte und schuftete und quälte
sich für Groschen, die einem wie Markstücke vorkamen, versuchte
so viel zusammenzukratzen, daß es für ein Glas Bier und eine Fotze
reichte.

Selbst wenn er gewinnt, dachte er, werd ich nicht finden, was ich suche, bestimmt in keinem Puff. Du warst ein gottverdammter Idiot, Violet gehen zu lassen, dachte er bitter. Er wünschte jetzt, er hätte die Sache nicht auf die Spitze getrieben, wäre ein wenig vernünftig gewesen, fragte sich, was sie wohl gerade in diesem Augenblick tun mochte. Vielleicht war sie nicht das, wonach er sich wirklich sehnte, aber wenigstens hätte er einmal die Woche hingehen können. Oder wenigstens einmal im Monat. Wie es jetzt stand, hatte er nicht einmal das. Er war im alten Dreh. Was ihm blieb, waren die Bordelle, wo man das, was man suchte, auch nicht fand. Und dann das Geld, das man brauchte, um überhaupt auf die Suche gehen zu können! Dafür mußte er sich nun abschinden und bekam dann schließlich doch nichts, außer am Zahltag, wenn die Puffs so überfüllt waren, daß man in drei Minuten seine Ladung loswerden oder an einem andern Tage wiederkommen mußte. In Violet hatte er wenigstens eine Frau gehabt. Vielleicht könntest du zurückgehen, dachte er, sie besuchen und alles erklären. Im gleichen Augenblick aber wußte er, daß es nutzlos sein würde, daß es der Vergangenheit angehörte, daß Violet wahrscheinlich einen neuen Soldaten gefunden hatte oder vielleicht sogar einen ihrer eigenen Rasse. Das war's, was sie wirklich wollte. Vielleicht hätte er sie heiraten sollen. Vielleicht hätte er auch im Musikzug bleiben sollen, was? Vielleicht würde er überhaupt nie das finden, was er suchte, dachte er und ging nach oben.

Andy und Clark waren noch immer in der Latrine und spielten Casino auf der abgefaserten und verwitterten Holzbank, die ständig von dem Wasser der Duschen bespritzt wurde.

»Bloom war wieder da«, sagte Andy, von seinen Karten aufsehend.

»Ach?« sagte Prew, dem es gleichgültig war. »Was wollte er?«

»Fünfzig Cent leihen, für ein Taxi in die Stadt«, sagte Andy mürrisch und senkte die Augen.

»Na, und hast du's ihm gepumpt?«

»Wie komme ich dazu?« sagte Andy entrüstet. »Meinst du, ich halt nicht zu dir?« Dann schaute er auf und sah, daß Prew ihn nur neckte, und seine Stimme wurde wieder leiser. »Wir haben sowieso nur achtzig Cent zusammen«, murmelte er. »Hätt ich ihm fünfzig geliehen, hätten wir nicht mal genug fürs Casino gehabt.«

»Ich dachte, du hast's ihm geliehen«, neckte ihn Prew. »Du bist jetzt die reichste Figur hier in der Gegend, außer Angelo.«

»Ich hab's nicht getan«, sagte Andy. »Und wenn du so was glaubst, dann kannst du jederzeit dein Geld zurückhaben. Brauchst nur ein Wort sagen, und ich geb dir's.«

»Um Gottes willen, nein«, sagte Prew unglücklich. »Würd mir 'n Dreck nützen.«

»Du gehst wohl mit Angelo in die Stadt«, fragte Andy ihn schlecht gelaunt.

Prew wandte sich um, erstaunt über den verletzten Ton in Andys Stimme.

»Wenn er gewinnt«, sagte er.

Andy schaute Sal bedeutungsvoll an. »Das haben wir uns gedacht.«

»*Was* habt ihr euch gedacht?« sagte Prew und näherte sich ihnen, bis er vor Andy stand. »Wenn einer sich was gedacht hat, dann warst du's. Ich wette, es war nicht Sal. Ist's ein Verbrechen, wenn ich mit Angelo gehe?«

»Natürlich nicht.« Andy zuckte ausgiebig mit den Schultern. »Nur daß man im allgemeinen seine Freunde nicht einfach sitzenläßt, wenn sie pleite sind.«

»Meinst du damit, ich sollte hierbleiben und mit euch ins Kino gehen, weil ihr nicht in die Stadt könnt?«

»Das hab ich nicht gesagt«, sagte Andy abwehrend. »Bloom meinte, ich sollte heute abend mit ihm in die Stadt gehen.«

»Na, geh doch«, sagte Prew heiter. »Wenn's das ist, was dir in der Nase steckt. Mir macht das bestimmt nichts aus, und mit wem du in die Stadt gehst, ist mir völlig egal. Was wird Freitag machen?«

»Er kann allein ins Kino gehen«, sagte Andy. »Ich brauch nur fünfzig Cent fürs Taxi.«

»Mensch«, sagte Prew, »du bist ja ganz groß!«

»Ich geh nicht ins Kino«, sagte Freitag glücklich. »Ich werde meine dreißig Cent sparen und hierbleiben und üben, wie man Karten gibt.«

»Bitte«, sagte Andy. »Das ist deine Sache. Das Geld hast du. Wenn du gehn willst, kannst du.«

»Was wollt ihr denn in der Stadt«, sagte Prew, »wenn ich fragen darf?«

»'n bißchen Spaß haben.«

»Da werdet ihr nicht weit kommen mit den fünfzig Cent fürs Taxi. Was wollt ihr tun, wenn ihr da seid? Und wie kommt ihr wieder zurück?«

»Ah«, sagte Andy, »Bloom kennt nen Schwulen in Waikiki. Einen mit ner Masse Geld. Bloom meint, wir können ihn 'n bißchen erleichtern.«

»Wenn ich du wäre«, sagte Prew, »ich würde nicht gehn.«

Andy schaute verärgert auf. »Warum nicht? Du hast gut reden. Du gehst mit Angelo.«

»Weil Bloom lügt, darum. Wie lange bist du jetzt auf Wahoo? Du solltest wissen, daß die Schwulen in Honolulu sich nicht ausnehmen lassen. Die tragen ihr Geld nicht mit sich rum. Die Stadt ist zu klein dazu, und es gibt zuviel Soldaten. Die würden ja jede Nacht ausgeleert!«

Andy schaute ihn nicht an. »Bloom sagt, wenn wir ihn nicht erleichtern können, werden wir wenigstens was zu Saufen rausschlagen und die Heimfahrt. Warum nicht?«

»Er hat dich angelogen. Darum nicht. Und warum lügt er dich an? Er weiß, daß keiner einen Schwulen in Honolulu reinlegen kann. Warum hat er dir das nicht gesagt? Ich würd mich vorsehn bei einem, der mich anlügt. Vielleicht spielt er den Zuhälter für diesen Schwulen. Das Ende wird sein, daß du reinfliegst. Irgendwas ist faul an diesem Bloom.«

»Ich sollte ihn mir also vom Leibe halten, was?« sagte Andy ärgerlich und ohne Prew in die Augen zu sehn. »Einen Schwulen, der mich reinlegt, gibt es nicht. Wie kommst du mir eigentlich vor, mir sagen zu wollen, was ich tun soll. Du gehst mit Maggio in die Stadt, nicht wahr?«

»Meinetwegen«, sagte Prew. »Tu, was du nicht lassen kannst, Kamerad.«

»Er hat mich aufgefordert mitzukommen«, sagte Andy, »nicht ich ihn. In dieser Scheißkaserne kann man ja verrecken. Nicht mal Gitarre kann man spielen bei dem Regen. Von mir aus sei beleidigt. Ich gehe trotzdem.«

»Mein Gott«, sagte Prew, »ich bin nicht beleidigt. Ich finde bloß, du bist dumm. Wenn du was mit nem Schwulen vorhast, geh allein.« Er setzte sich auf die Bank, nahm die Karten, die Andy wieder geordnet hatte, auf und begann das einhändige Mischen zu üben. Dabei fiel ihm ein, wie er diesen Trick von einem Landstreicher in einem Güterwagen gelernt hatte.

Als Landstreicher, im zarten Alter von zwölf Jahren, hatte er auch seine erste Erfahrung mit Schwulen gemacht. Ein fünfzig Jahre alter früherer Sträfling hatte ihn in einem fahrenden Güterwagen verführt. Da ein anderer Mann ihn festhalten mußte, war es mehr eine Vergewaltigung als eine Verführung gewesen.

Er schaute zu Andy auf. Seine Lippen waren zu einem Grinsen verzerrt, das beinahe eine böse Grimasse war, seine Augen waren sehr flach und sehr weit weg und glitzerten. Als Landstreicher in Georgia, im nicht mehr so zarten Alter von fünfzehn, hatte er einen anderen früheren Sträfling einen steilen Abhang hinuntergestoßen. Später hatte er in der Zeitung gelesen, daß man seine Leiche gefunden hatte.

»Tu, was du willst«, sagte er mit dünner Stimme zu Andy. »Wenn's ein schwerer Junge ist, der dich kurz fertigmacht, geh nachher zum Pfarrer und beschwer dich.«

»Willst mir wohl Angst machen?« spottete Andy. Und zu Freitag: »Gehst du jetzt? Ich muß Zivil anziehen. In fünfzehn Minuten bin ich mit Bloom im Tagesraum verabredet.«

»Du solltest auf ihn hören!« sagte Sal Clark. »Besser, du gehst nicht mit Bloom.«

»Laßt mich in Ruhe, verdammt noch mal!« sagte Andy. »Man kann nicht sein ganzes Leben lang hier auf dem Arsch rumhocken. Gehst du ins Kino oder nicht?«

»Ich werd wohl gehn!« sagte Sal Clark. »Kartengeben kann ich auch morgen üben. Warum leihst du dir keine zehn Cent, Prew, und kommst mit? Du brauchst nur zehn Cent. Dreißig habe ich.«

»Nein, danke, Freitag«, sagte Prew, während er den Ernst des langen, dünnen, olivfarbenen Gesichtes betrachtete und wieder das Gefühl von Wärme empfand. »Ich habe Angelo versprochen zu warten.«

»Wie du willst«, sagte Sal Clark. »Viel Vergnügen in der Stadt.«

»Danke«, sagte Prew. »Und hör mal. Laß du dich nicht auch von Bloom überreden, mit auf Schwulenjagd zu gehen, ja?«

»Ich nicht«, sagte Sal Clark feierlich. »Ich mach mir nichts aus Schwulen. In ihrer Nähe fühl ich mich immer komisch, dann krieg ich's mit der Angst.«

»Wenn du einen Schwulen finden willst, geh allein«, sagte Prew. Er sah ihnen nach, bis sie verschwanden, legte dann eine Patience auf und wartete. Lange dauerte es nicht. Noch nicht zehn Minuten, nachdem die anderen gegangen waren, kam Angelo in die Latrine gestürzt. Er stieß die Türen so hart auf, daß sie gegen die Wand krachten.

»Na«, sagte Prew aufschauend, »wieviel hast du gewonnen?«

»Gewonnen?« sagte Maggio heftig. »Gewonnen! In einer einzigen Runde hab ich ungefähr vierzig Dollar gewonnen. Ist das genug, um in die Scheißstadt zu gehen?«

»'s geht«, sagte Prew trocken. »Und wieviel hast du verloren?«

»Verloren? Oh«, sagte Maggio wild. »Verloren! Ich hab siebenundvierzig Dollar verloren. Auch in einer einzigen Runde, der zweiten. Himmel!« sagte er und schaute sich nach etwas um, das er hinschmeißen konnte. Als er nichts fand, nahm er seine frisch gebügelte Mütze und schmetterte sie auf den Boden. Mit einem bösartigen Fußtritt beförderte er sie quer durch den verdreckten Raum.

»Schau, was ich jetzt getan habe«, sagte er sorgenvoll und ging hinüber zur Wand, um die Mütze aufzuheben. »Warum fragst du mich nicht, warum ich nicht aufgehört habe, nachdem ich die vierzig gewonnen hatte? Los! Frag mich.«

»Ich brauch dich nicht zu fragen«, sagte Prew. »Ich weiß schon.«

»Ich dachte, ich könnte noch mehr gewinnen«, sagte Angelo, der darauf bestand, sich selbst zu bestrafen, nachdem Prew es nicht getan hatte. »Ich dachte, ich könnte genug zusammengewinnen für eine *wirkliche* Fahrt in die Stadt. Vielleicht sogar für zwei solche Fahrten. Scheiße«, sagte er. »Verdammte Scheiße.« Er stülpte sich die verdreckte, verstaubte, eingedrückte Mütze auf den Kopf, stemmte die Fäuste in die Hüften und schaute Prew an. »Scheiße, Scheiße, Scheiße!« sagte er.

»Ja«, sagte Prew, »so ist das eben.« Er schaute auf das Kartenspiel in seiner Hand und riß es plötzlich quer entzwei. Die ersten und letzten paar Karten zerriß er glatt in zwei Teile, die nächsten waren nur verbogen und etwas eingerissen. Dann warf er den ganzen zerschundenen Haufen in die Luft und sah zu, wie die Stücke auf den Boden schaukelten, wie Herbstblätter. »Kein Weib. Das verdammte Latrinenkommando soll sie am Morgen auflesen. Der Teufel soll alles holen.«

»Sind Andy und dein Freitag ins Kino?« fragte Angelo hoffnungsvoll.

»Natürlich.«

»Hat er dir dein Geld zurückgegeben?«

»Nee.«

»Verdammt«, sagte Angelo. »Ich hab fünfzig Cent gerettet. Wenn ich einen Dollar hätte, könnte ich bei einem Spielchen in der C-Kompanie mitmachen, wo der Einsatz nur ein Dollar ist.«

»Ich habe nicht einen Cent«, sagte Prew. »Nicht einen roten Cent. Zum Teufel damit. Du müßtest die ganze Nacht durchspielen, bis du genug hast, um in die Halle zu gehen.«

»Stimmt«, sagte Angelo. »Richtig.« Er legte den Regenmantel ab und begann, sich das Hemd auszuziehen. »Das haut nicht hin! Ich nehme meine fünfzig Cent und geh in die Stadt und such mir nen Schwulen. Ich hab's noch nie mit so nem verdammten Schwulen getan, aber wenn andere es können, werd ich's auch können. So schwer kann's nicht sein. Ich hab's satt«, sagte er. »Ich hab alles satt. Manchmal möcht ich meine eigenen Därme auf den Boden kotzen, mich reinlegen und verrecken.«

Prew starrte auf seine Hände, die zwischen den Knien hingen. »Ich muß dir ganz ehrlich sagen, daß ich dir das manchmal gar nicht übelnehmen kann«, sagte er.

»Komm mit«, sagte Maggio. »Irgendwo kannst du dir fünfzig Cent pumpen. Wenn wir nichts erben, fahren wir per Anhalter zurück.«

»Nein, danke«, sagte Prew. »Ich bin kaputt. Ich bin nicht in der Stimmung, in die Stadt zu gehn. Ich würd nur alles verderben. Und außerdem mach ich mir nichts aus Schwulen.«

»Ich muß mich umziehn«, sagte Angelo. »Wiedersehn. Wiedersehn morgen früh, vorausgesetzt, ich komme zurück. Wenn nicht, besuch mich im Bau.«

Prew lachte, aber es war ein Lachen, das den Namen kaum verdiente.

»Schön«, sagte er, »ich bring dir ne Stange Zigaretten.«

»Gib mir jetzt eine«, sagte Maggio. »Auf Vorschuß?« Er schaute Prew um Verzeihung bittend an. »Ich hab vergessen, welche zu kaufen, als ich das Geld hatte.«

»Natürlich«, sagte Prew. »Natürlich, hier.« Er zog die zerknitterte Schachtel heraus und gab ihm eine Zigarette, nahm selbst eine und warf die leere Schachtel in den Kübel.

»Nicht, wenn das deine beiden letzten sind«, sagte Maggio.

»Ah, zum Teufel damit«, sagte Prew. »Ich kann mir ja welche drehen.«

Maggio nickte, und Prew schaute ihm nach. Da ging er – dieser zwerghafte, schmalschultrige, krummknochige Nachkomme von Generationen von Stadtbewohnern, deren Schicksal es war, ihre Füße niemals auf die Erde setzen zu können, es sei denn auf das unter Zollverschluß aus Konservenbüchsen abgefüllte, künstlich angesäte Gras im Zentralpark ... so wie ihr ganzes Leben aus Konservenbüchsen kam, bis zu den Filmen, nach denen sie es formten, und bis zu dem Bier, das sie tranken, um es wieder zu vergessen. Da ging er nun in den Schlafraum, um in dem atemgefüllten Dunkel herumzutasten und seine Zivilsachen zu finden, das Filipinohemd, die billigen Hosen und die Zweidollarschuhe. Prew stieß mit dem Fuß nach den verbogenen Karten, lauschte auf den niemals endenden Regen und entschloß sich, da er noch nicht zu Bett wollte, in den Tagesraum zu gehen.

Der Tagesraum war fast leer. Zwei Männer lungerten auf den schmutzigen Kunstledersesseln, die an den Wänden in dem schmalen Raume standen. Von etwa Kniehöhe ab hatte der Tagesraum Fliegenfenster, die bis zur Decke reichten. Der Stubendienst hatte alle Sessel von der Außenwand ins Zimmer hineingeschoben, um sie vor der Nässe zu schützen. Damit wurde der Raum zwischen den Sesselreihen noch schmaler. Die Männer schauten nicht zu ihm auf. Sie blätterten weiter in den zerlesenen Dreißigcentheften, in die sie vertieft waren.

Er stand unter der Tür zur Billardnische, die jetzt, eine Stunde vor Zapfenstreich, ebenfalls verlassen war, und fragte sich, was zum Teufel er hier unten verloren hatte. Er schaute hinüber zu dem leeren Ping-Pong-Tisch, auf dem er noch nie ein Netz gesehen hatte; am Zahltag würde man Siebzehn-und-Vier darauf spielen... Schaute nach dem Radio, das seit dem letzten Zahltag auch nicht mehr benutzt worden war, schaute durch die Flügelfenster hinaus auf die regennasse Straße, auf die Eisenbahn dahinter und die blechbedeckten Hallen hinter der Eisenbahn. Dort war all das Geld. Nach dem letzten Zahltag war's dort hoch hergegangen. Nun aber, in der Mitte des Monats, wurde nur noch an einem einzigen Tisch gespielt, und die großen Gewinner blieben unter sich. Das Leben in der Kaserne wurde nicht nach Stunden gemessen, sondern nach Zahltagen: letzter Zahltag, nächster Zahltag – dann gab es noch die Zeit dazwischen, die sehr lange dauerte, aber an die man sich nicht erinnerte.

Der Zeitschriftenständer aus Sperrholz war ebenfalls von der Außenwand weggerückt worden. Er ging zu ihm und überflog die schweren Schutzdeckel aus Pappe, die wie Leder aussehen sollten, es aber nicht taten, las die Kompanie- und Regimentsbezeichnung, die in der Mitte der Deckel eingeprägt war. Er nahm einen Stoß Zeitschriften heraus, setzte sich damit in einen Sessel, so weit wie möglich von dem tropfenden Wasser entfernt, und begann zu blättern.

Alle waren sie da – abonniert von der Kompanie, bezahlt aus dem Kompaniefonds, bestimmt für die Mußestunden der Männer.

Und er durchblätterte sie alle, betrachtete die Bilder und Annoncen, ohne die Geschichten zu lesen.

»In deiner Zukunft ist ein *Ford*«, erzählten die Annoncen. »Was Amerika braucht, ist ein gutes, sparsames Motorenöl für fünfundzwanzig Cent.« »Wissen Sie, warum Jimmy in der Schule besser geworden ist... er ißt *Kelloggs Maisflocken*.« »Ich möchte nicht auf meinen Schlaf verzichten, sagt Al Smith – daher fahre ich Schlafwagen.« »Mit Gummi geht es besser« (über diese grinste er). »*Jetzt* kannst auch du einen Cadillac besitzen – nur 1345 Dollar.« »Schenk ihr die amerikanische Traumküche.«

Da gab es eine alte Nummer der *Post*, zerfetzt und zerschunden und zerlesen. Sie war vom 10. November 1940. Sie war eine Goldgrube, eine Pfeife Opium mit viel Stoff zum Nachdenken. Den Umschlag, eines der Gemälde von Norman Rockwell, eine typisch amerikanische Szene, studierte Prew sehr lange. Es zeigte einen jungen Mann, der auf seinem Mantel lag, auf einer Ukulele klimperte und Pfeife rauchte. Seine unbeschuhten Füße hatte er auf einen Handkoffer gelegt, auf den eine Faust mit hochgehaltenem Daumen und das Wort *Miami* gemalt waren. Die Schuhe standen neben dem Koffer auf dem Boden. Es war klar, daß der junge Mann trampte. Vielleicht, entschied Prew schließlich, war es ein Student. Das war's!

Mehrere Zeitschriften durchblätterte er von vorne bis hinten, ohne sich mit den idiotischen Erzählungen aufzuhalten, und betrachtete die Annoncen. Fast immer waren Frauen drauf, und dafür interessierte er sich am meisten.

Die bunten Photographien waren die besten, was Lebensechtheit betraf. Andererseits aber waren die Frauen in diesen Annoncen meistens etwas mehr bekleidet als in den gezeichneten. Die kleinen Frauenzeichnungen ganz hinten, unten in den Außenspalten der Seiten, mit den übergroßen Brüsten und einer Menge fächerartig auseinanderlaufender Falten zwischen den Oberschenkeln, gut modelliert, greifbar und fleischig – diese Anzeigen waren die besten.

Dann war da die Annonce von Treeburns Gesichtsseife mit einer schlanken Blondine, die auf ihrem Bademantel liegt und sich von einem gutaussehenden Mann küssen läßt, ein Gemälde, dessen Umrisse unwirklich und verwischt waren. Lang ausgestreckt, etwas auf die eine Hüfte gedreht, lag sie da, die Arme hinter dem Kopf, und in einem Badeanzug, der wie Leopardenfell aussah. Auf ihrem Gesicht war der schwerlidrige, vollippige, etwas schmollende Ausdruck, den Frauen bekommen, wenn sie sich ehrlich nach einem Mann sehnen. Diese Anzeige war wirklich gut, besser als die anderen, tatsächlich die beste bis jetzt.

Und schließlich – von den dreien wirklich die beste – war da eine kleine Anzeige, eine etwas dunkle Zeichnung von einem Mädchen in

einer kurzen Bluse und weichen kurzen Hosen. »Duchessa Lazy-
days... Schlaf in ihnen, spiel in ihnen, faulenze in ihnen! – Duchessa
Unterwäsche-Gesellschaft.« Die Bluse wölbte sich unter dem Druck
der vollkommenen Brüste. Schraffierte Halbkreise und kleine Licht-
punkte deuteten die roten Brustwarzen an. Die Kleider machten
wirklich gar nichts aus. Hätte der Künstler ein halbes Dutzend
Linien weggelassen, wäre sie nackt gewesen. Dennoch starrte Prew
wieder und wieder auf das Bild, versuchte vergebens, durch die
Schicht der Kleidung zu der darunter befindlichen Gestalt zu drin-
gen, als wäre das Bild dreidimensional. Eigenartig, wie ein paar
geschickt gezeichnete Linien das schwellende, warmblütige, pulsie-
rende Leben einer schönen Frau hervorzaubern konnten.

Er spürte, wie seine Hände zu schwitzen begannen und die Muskeln
seiner Schenkel zu zittern anfingen.

Mach lieber Schluß, sagte er sich. Jetzt solltest du dir keine geilen
Bilder ansehn. Du bist pleite, und es ist erst der Fünfzehnte. Sogar
zu spät, um die drei Dollar von den Zwanzigprozentlern zu leihen
und damit eine Spritztour zu Big Sue in Wahiawa zu machen. Du
kehrst lieber wieder zur *Saturday Evening Post* zurück, Kamerad.

Das erste aber, was er in der *Post* sah, war wieder eine Anzeige, ein
ganzseitiges Inserat der Greyhound-Omnibus-Linien, das von der
Sonne des Südens sprach. In der Mitte war die volle Gestalt einer
Frau. Sie trug einen zweiteiligen Badeanzug, und ihre runden schlanken Hüften starrten einen durch die winzigen Hosen an.

Gut, dachte er. Wenn das so ist. Eine wilde Wut gegen die Bilder
hatte ihn gepackt. Man nennt sie ›Pin-ups‹ und denkt, es ist doch
schön, daß sich ›unsere Jungen‹ nun, nachdem sie eingezogen sind,
diese Bilder so gern in ihre Koffer kleben. Und dann schließt man
alle Puffs, jedes Bordell, das da ist, damit ›unsere Jungen‹ sich ja
nichts holen.

Er riß die Seite aus der *Post*, zerknüllte sie, bis sie nur noch eine
Papierkugel war, und warf sie dann quer durch den schmalen Raum
in eine der Pfützen auf dem Boden. Er stand auf und trat darauf, zer-
malmte den Fetzen unter seinen Schuhen zu einer schmutzigen
Masse, trat dann zurück und schaute darauf hinunter. Er schämte
sich, weil er Schönheit zerstört und eine lebendige, feingeschwun-
gene Frauenhüfte in einen Dreckklumpen verwandelt hatte.

Er stieg die dunkle Treppe hinauf, fühlte die Männlichkeit in sich,
diese Männlichkeit, die verneint, vertuscht, verschrien, eingedämmt,
gegeißelt, verdammt, verurteilt und benutzt wurde... fühlte, wie ihr

Überschuß ranzig in sein Blut flutete, wie Säure in seinem Blut brannte und sich schließlich in seiner Kehle festsetzte als ein dicker säuerlicher Schleim.

12

Es war kaum Mitte März, kaum zehn Tage, seit Holmes ihm die Papiere gebracht hatte, daß Warden den Versetzungsantrag für den Koch von Kamehameha genehmigt zurückbekam. Für eine Versetzung von einer Waffengattung zu einer anderen war das eine unglaublich kurze Zeit.

Milt Warden saß an seinem Tisch, als Mazzioli den Versetzungsbefehl brachte. Das Kinn auf den Knöcheln seiner großen Faust, zerbrach er sich den Kopf über eine Photographie, die Karen Holmes ihm gegeben hatte und die nun vor ihm auf den Papieren lag, an denen er gearbeitet hatte. Ein wenig glich er einem kleinen Jungen, der einen Film für Erwachsene sieht, den er nicht versteht.

Das Bild hatte sie ihm in der Nacht ihres Mondscheinbades, wie er es jetzt gerne grinsend nannte, gegeben. Sie hatte es ihm gegeben, ohne daß er sie darum gebeten hatte, als er zu ihr in den Wagen stieg. Als hätte sie angenommen, daß er das von ihr erwartete, dachte er.

Sie hatte ein gutes Bild ausgesucht. Es zeigte sie in einem weißen Badeanzug, der sich scharf von der sonnenverbrannten Haut abhob. Sie saß zurückgelehnt auf einer Militärdecke vor einer jener ananasartigen Palmen in ihrem Vorgarten. Er erkannte den Baum. Sie hatte eine Sonnenbrille auf und las. Ein Bein war ein wenig aufgestützt, so daß man deutlich die langen vollen Linien ihres Schenkels und ihrer Wade, die sich in der Enge ihres Knies zart vereinigten, sehen konnte. Die Weiblichkeit, die sich in diesem Bilde offenbarte, verlangte männliche Beachtung – so, wie eine Straße voller langbeiniger, sonnverbrannter, hochbrüstiger Frauen das Auge eines Mannes fängt und ihn zwingt, seinen Kopf zu drehen, ob er will oder nicht. Selbst wenn das alles wäre, dachte er zum fünfzehnten Male an diesem Tage, einfach die Weiblichkeit da auf diesem Bild, würde es schon genügen. Aber das Bild zeigte nicht alles. Er war sich darüber klar, daß er der Jüngling nicht mehr war, der von der feierlichen und heiligen Freude am ersten weiblichen Fleisch so betrunken war, daß er darüber die Frau selbst ganz und gar vergißt, und nicht zu wissen wünscht, daß sie existiert. Es wäre gut, noch so zu sein, dachte er, aber du bist es nicht mehr, bist es schon seit langer Zeit nicht mehr und wirst es niemals wieder sein. Du kannst nicht mehr die Frau ignorieren und alles andere behalten, nicht einmal während der ersten zwei Wochen, obwohl es vielleicht das beste gewesen wäre, wenn man's hätte tun können.

Von neuem erinnerte er sich, wie es gewesen war. Sie hatten sich im Geschäftsviertel von Honolulu getroffen, im Kau-Kau, einem Restaurant, das Mahlzeiten an den Wagen servierte, wo die Touristen sich mit ihren geliehenen Wagen trafen. Sie waren übereingekommen, daß sie dort am sichersten waren, nicht von Bekannten gesehen zu werden. Er hatte den Wagen fahren wollen, da er den Weg zu dem kleinen verschwiegenen Strand kannte. So oft hatte er ihn von oben, wenn er mit dem Lastwagen vorbeifuhr, gesehn und so oft gedacht, welch wundervoller Ort für einen Mann und eine Frau das wäre, daß er schließlich einmal hinuntergeklettert war. Sie aber hatte Angst gehabt, ihn fahren zu lassen, da es der Wagen ihres Mannes war, und so mußte er ihr den Weg weisen. Zweimal war sie falsch eingebogen und schließlich sehr nervös geworden, auf dieser Fahrt von der Kau-Kau-Ecke zur Kaimuki und Waialae Avenue, die dann in die Kalaniaole-Autostraße mündete und zum Sprengloch über den Strand führte. Vielleicht war das der Anfang gewesen, hatte damit die Zerstörung des Vergnügens, wie er es sich vorgestellt hatte, begonnen. An dem Tag, als er in ihre Wohnung kam, war sie wie zwei völlig verschiedene Frauen gewesen, und diesmal schien sie eine dritte zu sein, ohne jede Beziehung zu den beiden andern. Sie hatten den Wagen in der Nähe des Sprengloches auf einem kleinen Parkplatz abgestellt. Eine Betontafel besagte, daß man an klaren Tagen Molokai von hier aus sehen konnte. Dann waren sie hinuntergestiegen. Sie war, wie sie mit einer etwas verzweifelten Anstrengung sagte, ›sehr froh und glücklich‹. Alles war da, der Vollmond, die kleine, sanfte Brandung mit ihren kleinen weißen Säumen, der blasse Sand des winzigen Strandes, der inmitten der Felsen lag und unheimlich im Mondlicht leuchtete, der schwache Wind, der in den Kiawe-Bäumen auf der anderen Seite der Straße flüsterte. Er hatte eine Flasche Whisky mitgebracht, und sie hatte eine Thermosflasche mit Kaffee und belegte Brote gerichtet, und sogar Decken waren da. Es war wirklich alles da und ganz erstklassig. Genauso, wie er es sich vorgestellt hatte. Als sie die Felsen hinunterstiegen, war sie ausgerutscht und hatte ihren Arm aufgeschürft, und als sie schließlich drunten waren, hatte sie ihr Kleid an einem Baumstamm zerrissen, eines ihrer besten, wie sie sagte. Sie waren Hand in Hand nackt ins Wasser hinausgewatet. In der Brandung, die bergauf zu rollen schien und schwer um ihre Füße atmete, boten sie, wie er sich erinnerte, ein hübsches Bild. Ihr war kalt geworden, und sie hatte zurückgehen und sich in eine Decke wickeln müssen. In diesem Augenblick hatte er die ganze Sache überhaupt aufgegeben. Es war ihm klargeworden, daß er eine verdammte Dummheit gemacht hatte und alles sein Fehler, in der Hauptsache *sein* Fehler gewesen war. Er war mit ihr zurückgegangen, und so schmerzhaft dumm er sich vorkam, war er doch noch immer hungrig nach ihr, brennend, fühlte überhaupt keine Kälte, verlangte danach und brauchte es sehr. Wie aber konnte man es so bekommen, wie man sich es wünschte, wenn man erst mit einer Decke kämpfen müßte, sie hätte festhalten müssen, damit Karen nicht von neuem mit der kalten Luft in Berührung kam. Die Folge davon war, daß er sie zum Trinken bringen wollte. Bis dahin hatte er nicht darauf bestanden, obwohl es ihm sonderbar vorkam. Sie sagte, im Augenblick würde sie überhaupt nichts trinken, absolut nichts. Sie hatte traurig – mit der tiefen Trauer eines Märtyrers, der den Römern verzeiht – gelächelt, hatte sich selbst beschuldigt, wie sie immer alles verderbe, was sie anrühre, und daß sie vielleicht einfach nicht dazu geschaffen sei, im Freien zu leben, obgleich es ihr wunderschön vorgekommen sei, als sie zu Hause in der Schofieldkaserne in ihrem Schlafzimmer darüber gesprochen hatten, und sie glaube ehrlich und ernsthaft, er solle sich für diese Sachen eine andere Frau suchen, es würde ihr bestimmt nichts ausmachen. Auf der Rückfahrt sagte sie, sie wolle fair sein, und fragte ihn, ob er nicht das Bild zurückgeben wolle, es würde ihr bestimmt nichts ausmachen. Danach hatte er sich schuldig gefühlt, weil er sie nicht um das Bild gebeten hatte und einsah, daß die Sache mit der Fahrt eine dumme Idee gewesen war, und sagte, er wolle das Bild unbedingt behalten, was, wie er plötzlich merkte, wirklich stimmte. In diesem Augenblick hatte er dann irgendwie, ohne es eigentlich beabsichtigt zu haben, das neue Rendezvous nach dem Zahltag vereinbart. Von Holmes bekam sie nicht viel Geld, wie sie sagte, und das nur nach kleinlichen Zänkereien. Er hatte schüchtern versucht, sie zu einem einzigen kleinen Schluck zu bringen. Mit schlechtem Gewissen hoffte er, sie vielleicht betrunken machen zu können, vielleicht irgendwohin gehen und ein Zimmer mieten und etwas von dem Abend retten zu können. Sie trank aber nicht und hatte auch kein Alibi vorbereitet, weil sie nicht damit gerechnet hatte, die ganze Nacht wegzubleiben.

Und in einem Wagen würde sie es nicht machen, niemals, weil sie das als erniedrigend empfand.

Er war dann, nachdem sie ihn hatte aussteigen lassen und schüchtern an das kommende Rendezvous erinnert hatte, zu Wu Fats in der Hotelstraße im Herzen des Hurenviertels gegangen. Er hatte sich schwer betrunken und dann mit der Kraft eines Zuchtstieres Mrs. Kipfers New Congress Hotel gestürmt, was sehr befriedigend war. Er entschloß sich, daß es – soweit es ihn anging – kein Rendezvous mehr geben würde, ganz egal, was er ihr versprochen hatte. Und nun, als Mazzioli gerade zur Tür hereinkam, war er noch immer mit dieser Sache beschäftigt, fragte sich, was geschehen war und warum es überhaupt geschehen war und hauptsächlich, weshalb er sich nicht darüber klarwerden konnte. Er war sich noch immer im unklaren, als er die Photographie zurück in seine Brieftasche hinter den Ausweis schob, wo er sie aufzubewahren pflegte. Immer, wenn er den Ausweis beim Militärpolizisten am Tor vorzeigte oder in der Schreibstube vor Dynamits Augen herausnahm, hatte er das befriedigende Gefühl eines Verschwörers.

Mazzioli sah selbstzufrieden aus und lachte offensichtlich in sich hinein, als er ihm den Stoß Papiere überreichte, in denen er den Versetzungsbefehl versteckt hatte. Er stand grinsend herum und wartete auf die Explosion, während Warden ungeduldig den fingerdicken Stoß von Memoranden, allgemeinen und speziellen Befehlen und Rundschreiben des Kriegsministeriums durchblätterte und nach etwas suchte, das vielleicht wirklich wichtig sein könnte. Es war schon ein ganz beachtlicher Brief! Er war auf dem Dienstweg hinausgegangen und auf dem Dienstweg zurückgekommen, und auf jeder Station hatte man ihm ein neues Blatt beigefügt. Warden, der inbrünstig gebetet hatte, irgendein Büro möge irgendeinen Truppenteil überbesetzt oder unterbesetzt finden, schaute wissend zu Mazzioli auf, als er den Brief entdeckte.

»Na«, knurrte er. »Was zum Teufel stehst du da rum? Hast du nichts zu tun?«

»Ich mach doch gar nichts«, wehrte sich der Schreiber. »Kann man nicht mal mehr ruhig dastehn, ohne daß du einen anfährst?«

»Nein«, sagte Warden. »Keiner kann rumstehen! Ist nun mal ne Marotte von mir! Wenn du keine Arbeit hast«, drohte er, »kann ich dir welche besorgen!«

»Ich muß zurück zur Personalabteilung«, protestierte Mazzioli. »Auf der Stelle. O'Bannon will mich zurückhaben.«

»Dann hau ab! Steh nicht rum mit dem Finger im Arsch«, sagte Warden, seiner Stimme einen drohenden Klang gebend. In Wirklichkeit war er trotz der Katastrophe dieser Versetzung froh, wenigstens für einen Augenblick, sich von der fast furchterregenden Abgründigkeit Karen Holmes' zu lösen, die verpatzte Nacht am Strand vergessen und festen Boden unter die Füße bekommen zu können, Boden, den er kannte, wenn auch nur in seiner Unfruchtbarkeit. »Warum ziehst du nicht überhaupt dort rüber, Mazzioli?«

»Ich wollte, ich könnte«, sagte der Schreiber verärgert. Er war enttäuscht, weil der erwartete Ausbruch ausgeblieben war. »Und wie! Was hältst du von dieser Versetzung, Spieß?« stichelte er hoffnungsvoll. Warden antwortete nicht. »Dolle Schweinerei, was?« sagte er voller Sympathie, seine Taktik ändernd. Er hoffte noch immer. »Dieser Brief vom Obersten hat Wunder gewirkt, was?«

Aber Warden starrte ihn nur schweigend an und fuhr fort, ihn anzustarren, bis Mazzioli schließlich geschlagen und tief enttäuscht den Raum verließ. Milt Warden ging voll Bitternis an seine Arbeit zurück, versuchte, soviel Trost wie möglich daraus zu schöpfen, daß er Mazziolis Absicht durchschaut hatte. Ich wollte, ich könnte ebenso leicht Karen Holmes durchschauen oder die Folgen dieser Versetzung.

Manchmal hatte er es satt, Hauptfeldwebel zu sein. Es zahlte sich nicht aus. In einem Beruf, in dem es Standardpraxis war, Dinge zu versauen, hatte dieser Posten einen Ruf, der in jedem Unteroffiziersklub im ganzen Lager zum Himmel stank. Um ihn zu bekommen, hatte Milt Warden einen notorisch verlotterten Truppenteil übernommen, den kein anderer Unteroffizier im ganzen Regiment hätte haben wollen; aus den Händen eines abgebrühten alten Feldwebels, der seine dreißig Jahre glücklich hinter sich gebracht hatte, jetzt auf der Pensionsliste stand und sich um nichts mehr zu kümmern brauchte. Du warst wirklich arg hinter diesem Posten her, Milt, was – du Idiot?

Er nahm den Brief mit zu seinem Tisch, um die nötigen Eintragungen vorzunehmen. Er fühlte die alte Wut – die Wut, die ihn immer rettete – angenehm in sich hochsteigen. Voll Verachtung warf er den Rest der schwangeren Masse von Papieren, totgeboren, in Mazziolis Korb.

Vielleicht war dieser Alte, sein Vorgänger, einmal ein tüchtiger Kerl gewesen. In dreißig Jahren hatte man ihn aber abgenutzt, wie ein großes Messer durch ständiges Geschliffenwerden dünn und zerbrechlich wie eine Nadel wird. Der gute Stahl war einfach weggerieben, und niemand wußte, was daraus geworden war. Er, der in den alten Tagen in China ein toller Draufgänger gewesen war, klammerte sich in den letzten fünf Jahren mit den Fingernägeln an seinem Posten fest, nur um die Pension zu bekommen. So endet man nicht. Wenn meine Zeit kommt, dachte Warden, können sie mich am Arsch lecken mit ihrer Pension. Ich werd ihnen deshalb nicht hinten reinkriechen.

Vielleicht aber gehörte das alles zum Älterwerden, dachte er. All die Alten, Harten endeten, wie es schien, auf dieselbe Art. Jones imitierte Jones, Smith imitierte Smith, und alle spielten sie eine Rolle, die sie einmal gelebt hatten. Und so war es nicht nur in der Armee.

Ich glaube, du brauchst was zum Saufen, dachte er und ging zum Aktenschrank, um den versteckten Whisky herauszuholen. Du brauchst einen guten kräftigen Schluck, um dich wütender zu machen, du, der du in Gefahr bist, Warden zu werden, der Warden imitiert, einen guten Warden, du.

Alles wurde schließlich alt. Auch auf diesem Kopf sind schon graue Haare. Was aber nicht zum Altern gehörte, war dieses allmähliche Abgenutztwerden von der Brandung der Bürokratie. Wenn es aber doch dazu gehörte, dann war es schlecht zu altern und hatte keinen tieferen Sinn, und es gefiel ihm nicht, und er würde sich bei Gott nicht darauf einlassen.

Ich denke, 's ist an der Zeit, daß wir mal ne Pause machen und unseren Schnurrbart ein wenig stutzen, dachte er. Wir wollen doch hübsch sein für die Weiber, oder nicht, Warden? Er stand auf, nahm die Papierschere von Holmes' Tisch und ging an den Schrank, wo der Spiegel hing. Er hörte die Arbeitskommandos hereinkommen und Pop Karelsens kultivierte Stimme auf der Treppe.

Wie er so dieses große, wütende Gesicht, das ihn aus dem Spiegel anstarrte, betrachtete, die schwere Schere in der dickaderigen Hand, fragte er sich, ob es wirklich nichts anderes als Altern war. Er fühlte, daß er unfähig war, nach dieser Geschichte mit der Versetzung weiterzuarbeiten. Gib mir einen Punkt, auf dem ich stehen kann, hatte jener olle Knabe gesagt, und ich werde die Welt bewegen. Alles, was man damals brauchte, war ein Punkt, auf dem man stehen konnte. Man suchte ihn noch immer.

Sieht so aus, als hättest du noch einen Schluck aus der Pulle nötig, dachte er. Anscheinend bist du immer noch nicht wütend genug. Allerdings wird ein einfacher Schluck nicht genügen. Ich persönlich glaube fast, daß es mehr als zwei Schluck sein müßten. Ganz persönlich bin ich sogar der Ansicht, daß ich ein bißchen Boxerarbeit am schweren Sandsack nötig habe. Ja – das ist's, dachte er und ließ seine Zunge über den Schnurrbart gleiten, ob er kurz genug war, um ihn nicht zu kitzeln. Befriedigt trat er zurück, hob seinen Arm und warf die Schere über die Schulter, wie ein reicher Mann einem Landstreicher einen Dollar gibt. Glücklich lauschte er auf das Klirren des Aufschlages. Im Kompaniefonds war genug Geld. Mochten sie eine neue kaufen. Mochte Dynamit sich darum kümmern. Das entsprach etwa seinen Fähigkeiten. Er hob die Schere auf und legte sie auf Holmes' Tisch auf den Versetzungsbrief in das Fach, auf dem ›Dringend‹ stand. Eine Spitze war jetzt zwei Zentimeter kürzer. – Dann ging er hinauf in den ersten Stock, wo er neben der Veranda einen Raum mit Karelsen teilte, um seinen ›Sandsack‹ zu finden. Pop Karelsen, einer von Mazziolis Brüdern im Geiste, nur bedeutend klüger, war der beste ›schwere Sandsack‹ in der ganzen Gegend. Mazzioli konnte als ›leichter Sandsack‹ benutzt werden, für leichte schnelle Arbeit, aber er besaß nicht genug Gewicht, um einen schweren Sandsack, gegen den man seine ganze Kraft entwickeln mußte, abzugeben.

»Pete«, brüllte er, während er ins Zimmer stürzte und damit die stille Gemütlichkeit des Regentags sprengte. »Ich hab's satt. Ich gebe meine Litzen zurück. Dies ist die verdammteste, beschissenste Einheit, der ich je angehört habe. Ein Kerl wie Dynamit ist eine Affenschande für die Scheißuniform, die er trägt. Er und dieser Scheißer Culpepper.«

Pop Karelsen war dabei, sich auszuziehen. Er saß auf dem Bett, um seine schmerzenden Gelenke zu entlasten. Er hatte gerade seine Mütze abgenommen und seinen Drillichrock ausgezogen und war damit beschäftigt, sein Gebiß aus dem Mund zu nehmen. Zurückhaltend schaute er auf. Er war gereizt, weil sein Alleinsein gestört worden war, befürchtete, daß der ›Verrückte Milton‹ sich wieder mal austoben wollte, hoffte aber, daß dem nicht so war. Immerhin wollte er sich auf nichts einlassen, bis er wußte, was gespielt wurde.

»In der alten Armee«, sagte er tiefschürfend, aber leise, »war ein Offizier ein Offizier und kein Kleiderständer.« Er ließ seine Zähne in das Wasserglas auf dem Tisch fallen und hoffte, daß alles gut ausgehen würde.

»In der alten Armee – o mein blutender Arsch«, wütete Warden mit Genuß, sich der Platitüde bemächtigend, »ihr Zigeuner mit eurer alten Armee! Ihr bringt mich zum Kotzen. Eine alte Armee hat's überhaupt nie gegeben. Die alten Marschierer des Bürgerkrieges haben's den Rekruten der Indianerkriege bloß vorgemacht, man so, wie die Veteranen der Revolution es den jungen Springern von 1812 vorgemacht haben. Und warum? Weil sie sich alle davon reinwaschen wollten, daß sie so blöd waren und alles gefressen haben, wie's ausgeteilt wurde.«

»Du weißt anscheinend alles«, sagte Karelsen steif und eigentlich gegen seinen Willen. Nun war er sicher, daß Milt wieder seinen Koller hatte. Er wußte, daß man ihm in diesem Zustande nur mit Gleichmut gegenübertreten konnte. »Du hast unter Braddock gedient, stimmt's?« Die einzige Schwierigkeit war nur, daß er es niemals fertigbrachte.

»Ich hab lang genug gedient und weiß, daß ich mich von diesem Alten-Armee-Scheiß nicht an der Nase herumführen lasse«, schrie Warden ihn an. »Ich habe selbst einmal kapituliert!«

Karelsen murrte nur. Er hatte sich über seinen Bauch gebeugt, um die lehmigen Feldschuhe aufzuschnüren, und versuchte, seinen Gleichmut zu bewahren. Aber Warden warf sich auf sein eigenes Bett und ließ die Faust auf das gußeiserne Bettende sausen.

»Pete«, schnauzte er den anderen vorwurfsvoll an, »dir brauch ich über die Kompanie nichts zu erzählen. Du bist kein Scheißkerl. Ich bin mir zu gut, um meine Fähigkeiten an diesen Haufen zu verschwenden. Die bringen mich hier um, langsam, aber sicher. Sportler! Kerle von Bliss! Und jetzt noch ein Neuer.«

Petes Gesicht verzog sich zu einem eitlen Grinsen, wie immer, wenn ihm etwas Geistreiches einfiel. »Unsere glorreiche Armee«, sagte er deutlich – und nun hatte er seinen Gleichmut wiedergefunden, »war immer eine sporttreibende Armee, seit Tunney für die Marinetruppen in Frankreich zu boxen begann. Und sie wird es wahrscheinlich bleiben.« Der kleine Mazzioli, dachte er, würde an diesem Satz seine Freude haben.

»Wen meinst du mit dem Neuen«, sagte Pete, der sich den Stachel bis zum Ende aufgespart hatte, so, wie ein Senator ganz am Ende seiner Rede erst einen Abänderungsantrag einbringt. »Ist dieser Küchenbulle von Fort Kam herversetzt worden?«

»Wen soll ich sonst meinen«, schrie Warden ungeduldig. »Einen Koch! Ich hab schon jetzt mehr von den Möchte-gern-Köchen, als ich brauchen kann. Und nun bringt er diesen Stark hierher.«

»Das ist natürlich ein dolles Ding«, tröstete Pete gemütlich. »Übrigens«, sagte er mit seiner verklatschten Schläue, »was steckt da wohl hinter? Will der Alte ihn zum Küchenunteroffizier machen?«

»Ich könnte mich morgen versetzen lassen«, wütete Warden glücklich weiter. »Auf den gleichen Posten, verstehst du, auf den gleichen Posten bei irgendeiner von den zehn Kompanien des Regiments. Was zum Teufel soll ich mich hier abschuften, ohne Unterstützung oder Anerkennung?«

»Aber natürlich«, konnte Pete dazwischenwerfen, während sein Gleichmut zerrann. »Natürlich könntest du. Ich könnte auch Chef des Generalstabs sein, wenn ich nur meine alten Kameraden im Stich lassen könnte... doch was steckt nun eigentlich dahinter?«

»Ich brauch's mir nicht gefallen zu lassen«, donnerte Warden. »Ich bin der beste Mann im ganzen Regiment. Das weiß jeder. Ich geb meine Tressen zurück, Pete, und ich tu auch, was ich sage. Lieber bin ich Schütze Arsch, der die Befehle ausführt, die man mir gibt! Hätt ich gewußt, was gut für mich ist, ich wäre Feldwebel bei der A-Kompanie geblieben.«

»Wir wissen alle, daß du unentbehrlich bist«, sagte Pete ärgerlich.

»Ich bin einfach zu gut, um meine Fähigkeiten bei diesem Verein zu vergeuden, das ist arschklar«, brüllte Warden ihn an. Ohne jede Zurückhaltung peitschte er sich selbst in eine erlösende Tirade hinein, auf den anderen wie mit der Feuerspritze losgehend. Warum, sagte er, hatte Gorilla Galovitch den ersten Zug unter sich? Wie kam es, daß jeder Unteroffizier zufällig ein Sportler war? Warum war der feine Herr O'Hayer Kammerbulle? Und woher bekam Dynamit das Geld, das er wie Wasser beim Poker im Offiziersklub verlor?

»Offiziere«, schnaubte er. »Herren der Gesellschaft von der Offiziersschule. Lernen Pokern, Polo und Bridge und welche Gabel man benutzt, damit sie in Gesellschaft verkehren können. Damit sie heiraten können, und zwar möglichst eine Frau mit Geld, die Gesellschaften geben und ihre japanischen Mädchen lehren kann, wie man im englischen Stil serviert. Damit sie die ollen Kolonialengländer nachahmen und dämliche Berufssoldaten mit Privateinkommen sein können, geradeso wie Lord Leckmichamarsch.

Woher, denkste, hat Holmes seine Frau? Direkt aus dem Ausverkauf in Washington, wo die Mädchen aus den guten Familien mit Privatvermögen verramscht werden. Nur daß Dynamit falsch spekuliert hat und die Familie pleite ging, noch bevor Holmes was andres rausschlagen konnte als seine vier Polo-Ponys und die Silbersporen.«

Mitten in dieser Ansprache sah er, als befände er sich im ruhigen Zentrum eines Wirbelsturms, die Neugierde in Petes Augen aufleuchten. Kühl lenkte er den Lauf seiner Rede von Holmes' Frau ab und dahin zurück, wo er ihn haben wollte, zu dem, was Pete ohnehin wußte. Feldwebel Henderson, so sagte er, hatte in zwei Jahren nicht einen einzigen Tag Dienst gemacht, weil er für Holmes' Polo-Ponys Dienstmädchen spielte – draußen bei der Transportabteilung.

»Heiliger Himmel!« schrie Pete schließlich und steckte die Finger in die Ohren. Sein Gleichmut war zu Ende durch diesen wortreichen Energieausbruch. »Halt's Maul. Laß mich in Ruhe. Halt's Maul. Wenn dir das hier alles zum Halse heraushängt, und du kannst dich mit dem gleichen Rang versetzen lassen, dann tu's doch! Tu's und laß mich in Ruhe!«

»Was?« schrie Warden entrüstet. »So weit kommt's noch! Wenn ich diesen Verein verlasse, fällt er zusammen wie eine Bambushütte im Taifun.«

»Ich möchte nur wissen, warum der Generalstab dich noch nicht entdeckt hat«, schrie Pete, der spürte, daß alles deshalb so unerträglich war, weil es der Wahrheit verdammt nahe kam. Wäre es nicht wahr gewesen und er hätte nur einfach Dampf abgelassen, wäre es leichter zu ertragen gewesen.

»Die andern sind alle viel zu dumm. Pete, das ist es!« sagte Warden plötzlich leichthin mit normaler Stimme. »Gib mir ne Zigarette.«

»Wenn du diese Scheißlitzen immer wieder abtrennst und annähst«, schrie Pete ihn an, »wirst du sie schnell abnutzen. Manchmal frage ich mich direkt, wie so 'n toller Kerl wie du überhaupt geboren werden konnte.«

»Reg dich nicht auf«, sagte Warden. »Manchmal frag ich mich das selbst. Gib mir ne Zigarette, verdammt noch mal.«

»Ich bin gar nicht aufgeregt. Aber eins sage ich dir: Du wirst die Armee nie ändern!« schrie Pete, merkte plötzlich, daß Warden gar nicht mehr schrie, und schraubte seine Stimme mitten im Satz auf normale Tonstärke zurück. »Du kannst dich also ruhig abregen!« sagte er. Er warf ein zerknittertes, regenfeuchtes Päckchen Zigaretten zu einem grinsenden Warden hinüber. Die Stille in dem kleinen Raum, unterbrochen nur von dem Tropfen des Regens vor dem offenen Fenster, betäubte ihn.

»Ist dies Dreckzeug alles, was du hast?« fragte Warden angewidert. »Die kann man ja nicht mal anrauchen.«

»Was willst du noch?« schrie Pete. »Goldmundstück?«

»Selbstverständlich«, grinste Warden. »Mindestens.« Er legte sich zurück auf sein Bett. Die innere Reinigung war durchgeführt. Zufrieden schob er einen Arm unter den Kopf und kreuzte die Füße.

»Du wirst die Armee nie ändern«, wiederholte Pete. Er machte eine Pause und stand auf. Er wandte sich nach seinem Handtuch um, wobei sein Hinterteil sichtbar wurde. Es war übersät mit den Spuren der Syphspritzen, die er nun ein Jahr lang alle zwei Wochen bekommen hatte. Mit seinen schmalen Schultern, breiten Hüften und seinem runden Arsch sah er aus wie ein Stehaufmännchen. Während der Pause konnte Warden spüren, daß jetzt ein weiser Ausspruch fällig war.

»Diese Einheit ist nicht schlechter als irgendeine andere. Die Armee war immer so«, sagte Pete mit wie durch ein Wunder wiedergefundenem Gleichmut, »seit Benedict Arnold.«

»Wer war Benedict Arnold, Pete?«

»Leck mich am Arsch«, sagte Pete. »Der Teufel soll dich holen!«

»Aber Pete«, sagte Warden. »Aber Pete. Nun reg dich doch nicht auf. Behalt um Gottes willen deine Ruhe.«

»Denkste, ich weiß nicht, was du treibst?« schrie Pete. »Wenn du hier raufkommst und mich auf die Schippe nimmst. Keiner ist so gerissen wie du, was? Und ich lasse mir das auch für immer und ewig gefallen, nur weil du Spieß bist? Fehlanzeige! Eines Tages hau ich von hier ab, und wenn ich in den Schlafsaal muß.«

Warden schaute fast erschreckt zu ihm hinüber, ohne sich zu rühren. Er war richtig ein bißchen verletzt.

»Wenn du solch ein Aas bist«, schrie Pete, »warum hast du dann Prewitt nicht in meinen Zug gesteckt? Wie ich dich neulich bat. Warum machst du's jetzt nicht?«

»Weil ich ihn da haben will, wo er ist, Pete, in Galovitchs Zug. Darum.«

»Ich könnte ihn gut gebrauchen bei der Wagenpflege.«

»Er ist überall gut zu gebrauchen.«

»Im Bau vielleicht, meinst du. Mit dem, was der Junge über Maschinengewehre weiß, könnte er sofort Zugführer sein, und sobald ich was frei hätte, würde ich ihn zum Gruppenführer machen.«

»Vielleicht will ich ihn noch nicht befördern. Vielleicht will ich ihn erst erziehen.«

»Und vielleicht kriegst du Dynamit gar nicht dazu, eine Beförderung für Prewitt zu unterschreiben«, sagte Pete. »Vielleicht kriegst du ihn nicht mal dazu, den Jungen zu mir zu versetzen.«

»Vielleicht, Pete, habe ich bessere Dinge mit ihm vor.«

»Was zum Beispiel?«

»Ihn zum Beispiel einen Ferienkurs nehmen und Reserveoffizier werden zu lassen«, höhnte Warden.

»Warum schickst du ihn nicht gleich auf die Kriegsakademie?«

»Tadellose Idee! Vielleicht mach ich's. Was weiß man, was alles passieren kann! Köppchen!«

»Du heiliger Strohsack! Soll ich dir was sagen, du spinnst! Einfach verrückt bist du! ne Schraube ist bei dir locker. Und keinen Dunst hast du, was passiert, am allerwenigsten mit Prewitt oder diesem neuen Versetzten.«

Vielleicht hat er recht, dachte Warden. Hat er recht? Er hat wahrhaftig recht. Denn wer kann noch wissen, was passieren wird in dieser Welt, in der kein Mensch mehr das geringste tun kann, ohne sonderbare Folgen in Kauf nehmen zu müssen, die er nicht vorausgesehen hat, so wie es mir gerade ergangen ist.

»Das ist meine Meinung«, bekräftigte Pete.

Warden starrte ihn nur freundlich und mit schlauem Grinsen an. Pete versuchte, die Würde zu wahren, die er unter Wardens schweigendem Grinsen allzuschnell verlor, und ging zu seinem Koffer, um sich Seife und Rasierapparat zu holen. Sein Körper strömte den schalen, faden Geruch eines alten Mannes aus, der zuviel trinkt und den Alkohol nicht mehr wie in seiner Jugend verarbeiten kann.

Aber er ist ein alter schlauer Fuchs. Ist das die Art, in der Milt Warden alt werden wird? Als Zuhälter für die alte Armee? Für eine Hure, die nie eine war? Um sein Gesicht zu wahren? Sein Gesicht kann nicht einmal gewahrt werden, dachte Milt, ohne Zähne, eingefallen und verwittert wie das Gesicht eines weinenden Affen, wie ein guter gesunder Apfel, der vergessen wurde und zweiundzwanzig Jahre auf dem Gestell liegenblieb, bis sein frischer Saft verdunstet war und nichts blieb als ein fade riechendes Etwas.

Über den alten Pete lief eine Legende in der Kompanie um, die er mit aller Mühe aufrechterhielt. Es hieß, er stamme aus einer reichen Familie in Minnesota und habe sich im letzten Krieg freiwillig gemeldet, um die Welt zu retten. Von einer Krankenschwester habe er sich dann in Frankreich einen Tripper geholt und sei wegen der kostenlosen Armeebehandlung, die damals so selten und so teuer war, und auch weil seine Familie ihn verstieß, bei der Armee geblieben. Pete liebte diese Geschichte, und deshalb war sie vermutlich nicht wahr. Es gab so viele, die stolz darauf waren, Ausgestoßene zu sein, stolz auf Rebellion um der Rebellion willen. Eine Art umgekehrter Sentimentalität beherrschte sie, eine umgekehrte Romantik. Man hatte selbst ein wenig davon. Andererseits, was gab's schon für Möglichkeiten? Die Offiziere? Wie konnte man seine Wahl treffen zwischen falschem Erfolg und gefälschtem Versagen? Zwischen einem falschen Gott und einem gefälschten Teufel? Wäre die Geschichte wahr gewesen, sie hätte keinerlei romantischen Reiz besessen, weder für Pete noch für sonst jemand. Immerhin war ein Teil davon wahr, dachte er, die Sache mit dem Tripper, ob er ihn sich nun bei einer Krankenschwester in Paris geholt hatte oder bei einer französischen Nutte oder bei einem Mädchen aus Chicago. Daß dieser Teil stimmte, konnte man an seiner Gicht sehn. Bei manchen Männern setzte es sich in die Knochen und blieb da.

Trotzdem blieb, wenn man sich dieses zusammengefallene Gesicht in seiner wäßrigen Undeutlichkeit ausgefüllt vorstellte, eine feste intelligente Linie den Kiefer entlang bestehn, wie das Echo eines vergessenen Versprechens. Und wenn das zahnlose Grinsen die Augen nicht zerquetschte, konnte man darin den klaren Blick eines Mannes erkennen, der sein Maschinengewehr kannte und dies wußte. Dies war die einzige Befriedigung, die einem alten Mann blieb, dessen Steckenpferd es jetzt war, pornographische Bilder zu sammeln.

»Wohin geht mein Prinz Echo«, fragte Milt ihn, als er in seinen japanischen Holzbadeschuhen an ihm vorbei zur Tür holperte.

»Unter die Dusche, wenn der Herr Hauptfeldwebel nichts dagegen hat. Was dachtest du? Vielleicht ins Kino?«

Warden setzte sich auf und rieb sein Gesicht, als wolle er alles wegreiben – Karen, den neuen Versetzten, Prewitt, Pete, sich selbst.

»Schade«, sagte er. »Ich wollte gerade zu Choys rübergehn und das Bier probieren. Wollt dich einladen.«

»Ich bin pleite«, sagte Pete. »Habe kein Geld mehr.«

»Ich zahle. Ich lade dich ein.«

»Danke vielmals! Du denkst vielleicht, du könntest mich mit deinem Bier kaufen! Kommst rauf und ärgerst mich den ganzen Nachmittag, und dann kaufst du mir zwei Gläser Bier und denkst, nun sei alles wieder gut. Danke, Fehlanzeige! Ich würde dein Bier nicht saufen, und wenn's das letzte wär auf dieser Welt.«

Warden schlug ihm auf den Arsch. »Und wenn's das allerletzte wäre? Würdest du's wirklich nicht anrühren?«

Pete strengte sich heftig an, seine Gier nicht zu zeigen. »Na«, sagte er, »wenn's das allerletzte ist! Aber ich hoffe zu Gott, daß er's nie so weit kommen läßt.«

Milt Warden lächelte. Die tiefe Wärme, die in seinen Augen leuchtete, löschte Petes Strenge aus.

»Komm, wir gehn beide zu Choys und saufen uns höllisch einen an und schlagen alle Tische und Stühle zusammen.«

Pete mußte ein wenig grinsen, aber ganz gab er noch nicht auf. »Auf deine Kosten!« sagte er. »Klar, ich zahle«, sagte Warden. »Alles zahle ich. Für die ganze beschissene Welt. Geh und dusch dich. Ich warte. In zwei Tagen wissen wir, was mit dem Neuen los ist, diesem Stark...«

Sie brauchten nicht so lange warten, denn der Stark kam schon am nächsten Tage, mit Sack und Pack.

Es war einer jener ersten klaren Tage, die das Ende der Regenzeit ankündigten. Den ganzen Morgen hatte es geregnet. Dann, um Mittag, hatte es sich plötzlich aufgeklärt. Die Luft schien frisch gereinigt, sie war weich und staubfrei. In ihrer harten Klarheit verlieh sie wie ein dunkler Kristall jedem Bilde eine strenge Schärfe. Alles sah sauber aus, roch sauber, und über allem lag das Feiertagsgefühl, das immer einen bevorstehenden Wetterumschwung begleitet. Es war ein Verbrechen, an einem solchen Tag Dienst zu machen, aber Warden mußte auf dem Posten sein, um den Neuen zu inspizieren.

Warden empfand es als sehr passend, daß es an diesem Tag als Nachtessen das übliche Preemsche Menü gab, nämlich Frankfurter und dicke Bohnen aus der Büchse. Manchmal wurde dieses Essen ›Sterne und Streifen‹ genannt. In letzter Zeit aber, seit Preem es fast jeden Tag servierte, hieß es ›Ratten- und Hundedreck‹.

Innerlich seufzend über die Hilflosigkeit des Menschen in den Händen des Schicksals, sah er das Hickham-Field-Taxi langsam um den Kasernenhof herumfahren, als säße darin ein Fremder, der eine Adresse sucht. Er wartete, bis es hielt und ein Mann mit seiner Ausrüstung ausstieg. – Das Gras war noch naß und die Luft so greifbar, als wäre sie Wasser. Schließlich ging er hinaus, um seinem Gegner gegenüberzutreten.

»Ist mir egal, ob der Kerl ein ehemaliger Soldat ist oder nicht«, sagte der neue Mann, der dem Taxi nachstarrte. »War auf jeden Fall zuviel!«

»Wahrscheinlich hat er eine Filipino-Frau«, sagte Warden, »und muß ein halbes Dutzend Mäuler stopfen.«

»Dafür kann ich nichts«, sagte Stark. »Die Regierung müßte die Versetzung bezahlen.«

»Das tut sie auch. Außer wenn die Versetzung auf Wunsch des Betreffenden erfolgt.«

»Sie müßte alles bezahlen«, sagte Stark eigensinnig. Er hatte Wardens kleinen Seitenhieb wohl verstanden.

»Das wird sie auch tun. Wenn wir einmal unsere Volksarmee aufgebaut haben und im Krieg sind.«

»Wenn es soweit ist, wird's keine Versetzung auf Antrag mehr geben«, sagte Stark. Sie wechselten einen Blick des Einverständnisses, den Pete Karelsen nicht hätte verstehen können. Obwohl er vorbereitet war, fühlte sich Warden überrascht. Jener andere Teil seines Verstandes, der immer beobachtend außerhalb stand, nahm dies zur Kenntnis.

»Man zahlt es den Offizieren«, sagte Stark im gleichen eigensinnigen Sing-Sang. »Einen Landser schröpft jeder, selbst ein ehemaliger.« Er zog ein Säckchen Golden Grain an der Verschlußkordel aus der Tasche und brachte ein Zigarettenpapierblättchen zum Vorschein. »Wohin mit meinem Zeug?«

»In die Küchenstube«, sagte Warden.

»Geh ich jetzt zum Alten oder später?«

»Dynamit ist im Augenblick nicht hier«, grinste Warden. »Er kommt vielleicht zurück, vielleicht auch nicht. Er will dich aber sehn.«

Während er seine Zigarette drehte und dabei das Säckchen an der Kordel zwischen den Zähnen hielt, schaute Stark unverwandt in Wardens Augen. »Wußte er nicht, daß ich heute komme?«

»Doch«, grinste Warden und nahm den größten Sack und den kleinen Wäschebeutel auf, »er wußte es schon. Hatte aber wichtige Geschäfte. Im Klub.«

»Er hat sich nicht sehr verändert«, sagte Stark. Er nahm die beiden anderen blauen Säcke auf und folgte Warden. Gebeugt unter dem doppelten Gewicht, das er lässig auf dem Rücken balancierte, ging er hinter ihm über die Veranda und durch den verlassenen Speisesaal, der dämmerig und geisterhaft im Dunkeln lag. Warden führte ihn in die winzige Küchenstube, deren Tür dem Tagesraum gegenüber lag.

»Du kannst anfangen, deine Klamotten zu verstauen. Ich rufe dich, wenn der Alte kommt.«

Stark ließ die Säcke schwer auf den Boden fallen, richtete sich auf und schaute sich in dem kleinen Raum um, den er mit den anderen Köchen teilen und der sein Heim sein würde.

»Na«, sagte er, »da bin ich also. Ich mußte Geld von den Zwanzig-Prozent-Leuten leihen, um herzukommen.« Mit leidenschaftsloser Geste zog er sich die Hosen hoch. »Als ich abfuhr, regnete es, als wenn eine große Kuh auf einen flachen Felsen pißt.«

»Morgen wird es hier auch regnen«, sagte Warden und ging zur Tür.

»Man sollte die Betten hier zweistöckig stellen«, sagte Stark. »Es gäbe mehr Platz.«

»Das ist Preems Sache«, sagte Warden von der Tür. »Ich misch mich hier nicht rein.«

»Guter alter Preem«, sagte Stark. »Hab ihn seit Bliss nicht mehr gesehn. Wie geht's ihm?«

»Großartig«, sagte Warden. »Einfach großartig. Deshalb misch ich mich nie rein.«

»Hat sich also auch nicht sehr verändert«, sagte Stark, öffnete die Schnüre seines Sackes und griff hinein. »Hier sind meine Papiere, Spieß.«

In der Schreibstube studierte Warden sie eingehend. Maylon Stark war vierundzwanzig Jahre alt, hatte zwei Dienstperioden hinter sich und war jetzt in seiner dritten, war nie vorbestraft. Das war alles, und damit konnte man nicht viel anfangen.

Es war eigenartig, dachte er, während er sich zurücklehnte und seine großen Füße auf den Tisch legte, seine massiven Schultern und dikken Arme wohlig und mit Befriedigung entspannte, es war eigenartig, wie es in der Armee überhaupt kein richtiges Alter gab. Zu Hause in seiner Heimatstadt hätte Stark, der vierundzwanzig war, einer anderen Generation angehört, einem jüngeren Jahrgang als er selber, der vierunddreißig war. Hier aber waren sie beide Altersgenossen Levas, der vierzig, und Prewitts, der erst einundzwanzig war. Hier waren sie sich gleich – ausgestattet mit einer bestimmten Ähnlichkeit, einem bestimmten gemeinsamen Wissen, einem bestimmten tiefen, unerschütterlichen, äußerst biegsamen Etwas, das sich in der Knochenstruktur ihrer Gesichter und in den dunklen Halbtönen ihrer Stimmen offenbarte. Sie waren aber nicht Altersgenossen Maggios oder Mazziolis oder Sal Clarks, die noch armselige Kinder waren. Und sie waren auch wiederum nicht Altersgenossen von Burschen wie Wilson, Henderson oder Turp Thornhill oder O'Hayer. Nun wollen wir aber nicht sentimental sein, dachte er.

Trotzdem, auch wenn man alle Sentimentalität beiseite ließ, gab es wirklich diese Gemeinsamkeit, die einen von anderen unterschied. Man konnte sie spüren. Auch bei Häuptling Choate. Manchmal sogar bei Pete Karelsen, aber nicht sehr oft. Meistens nur dann, wenn er wirklich wütend war. Oder betrunken. Ja, bei Pete, wenn er betrunken war. Es war etwas, das man spürte, auch wenn man den Namen dafür nicht fand und auch wenn es gar kein Wort dafür gab. Er kaute noch immer an dieser Erleuchtung herum, versuchte vergebens das Wort dafür zu finden, als Hauptmann Holmes hereinkam.

Als die üblichen Fragen und die Begrüßungsansprache für Neue vorbei waren, wußte jener andere Teil von Wardens Verstand ganz genau, was in der Küchenangelegenheit zu tun war.

Maylon Stark stand während der ganzen Ansprache mit den Händen auf dem Rücken in der Schreibstube und starrte Holmes nachdenklich an. Er und Holmes hatten sich die Hände geschüttelt, und Holmes hatte ihn voll Freude angestrahlt. Stark dankte kurz und sprach sonst nichts. Als die Ansprache beendet war, starrte er noch immer nachdenklich seinen Kompanieführer an, grüßte dann zackig und entfernte sich sofort.

Maylon Stark war mittelgroß und robust. Das war das einzige Wort, das auf ihn paßte – robust. Er hatte ein robustes Gesicht, und die Nase darin war arg verbogen und robust plattgedrückt. Seine Stimme war robust, sein Kopf saß robust auf dem Hals in der Art eines Boxers, der aus Gewohnheit seinen Kopf so hält, daß das Kinn eingezogen ist. Es war die Robustheit eines Mannes, der seine Schultern in die Höhe zieht und sich mit beiden Händen an etwas festhält. Damit verbunden war ein seltsam fixer Gesichtsausdruck Maylons. Der Gesichtsausdruck von jemand, der sich mächtig an der Erde festhalten muß, um sie daran zu hindern, unter seinen Füßen wegzugleiten: die Linie auf der rechten Seite seiner abgeplatteten Nase zum Mundwinkel war dreimal so tief wie die auf der linken. Sein Mund kräuselte sich nicht, aber diese Linie gab ihm ein Aussehen, als sei er im Begriff, sardonisch zu lächeln und müde zu weinen oder kampflustig zu grinsen. Nie wußte man, was von den dreien. Und nie fand man's raus. Weil Maylon Stark keins je tat.

»Er ist ein guter Mann, Feldwebel Warden«, sagte Holmes, nachdem Stark gegangen war. Sein Gesicht zeigte einen verdutzten, nicht ganz zufriedenen Ausdruck.

»Ich weiß sofort, was ein guter Mann ist, wenn ich ihn sehe. Stark wird einen ausgezeichneten Koch abgeben.«

»Jawohl, Sir«, sagte Warden. »Das glaube ich auch.«

»Wirklich?« sagte Holmes überrascht. »Sieh da! Ich sag's ja immer: wirkliche Soldaten wachsen nicht auf den Bäumen. Man kann schon lange suchen, bis man einen findet!«

Warden gab sich keine Mühe, darauf zu antworten. Dynamit hatte das gleiche über Ike Galovitch gesagt, als er ihn zum Feldwebel machte, nur daß er damals nicht verdutzt ausgesehen hatte.

Hauptmann Holmes räusperte sich und begann Mazzioli, der während der Ansprache hereingekommen war, den Dienstplan für die nächste Woche zu diktieren. Der Hauptmann wanderte, die Hände auf dem Rücken, den Kopf nachdenklich zurückgelegt, auf und ab, während er so langsam diktierte, daß Mazzioli seinen Worten auf der Schreibmaschine folgen konnte.

Mazzioli tippte mißmutig. Er wußte, daß Warden nachher seine Vorschriften herausholen und den ganzen Dienstplan auf den Kopf stellen würde und er dann alles noch einmal schreiben müßte. Und Dynamit würde es unterschreiben, ohne etwas zu merken.

Sobald Holmes den Raum verlassen hatte, ging Warden in das Zimmer des Kochs. Dynamits langweilig kleinliches Wiederkäuen des Dienstplans hatte ihn irritiert, wie immer, und es kam ihm vor, als sei er plötzlich aus einer luftdicht verschlossenen Flasche entkommen. Er atmete tief ein, fragte sich, was Holmes wohl tun würde, wenn er sich jemals seiner eigenen Nutzlosigkeit und der übertriebenen Anstrengung, mit der er sie zu verbergen suchte, bewußt würde. Mach dir keine Sorgen, dachte er, das wird ihm nie gelingen. Es würde ihn umbringen. Er hoffte, daß keiner der anderen Köche während Holmes' Trödelei zurückgekommen war und er noch Zeit haben würde, mit Stark allein zu sprechen.

»Komm mit rauf«, sagte er, als er Stark noch allein antraf. Stark sah gerade kritisch auf ein paar altmodische Reithosen, die er an sich nicht mehr brauchen konnte, aber auch nicht wegwerfen wollte. »Auf mein Zimmer, ich muß privat was mit dir besprechen. Und ich will nicht, daß einer von den andern Köchen mich mit dir sieht.«

»O. K., Spieß«, sagte Stark, der die Dringlichkeit in Wardens Stimme fühlte. Noch immer die Reithose in der Hand, stand er auf. »Diese Hosen hab ich seit dem Jahr, in dem meine Schwester sich verheiratet hat.«

»Schmeiß sie weg«, entschied Warden für ihn. »Wenn der Krieg kommt und wir abhauen, wirst du nicht die Hälfte von dem unterkriegen können, was du noch brauchen kannst.«

»Das stimmt«, sagte Stark. Er warf sie auf den unerbittlich wachsenden Ausschußhaufen neben der Tür und schaute sich in dem kleinen Raum um. Sein Blick fiel auf die drei Säcke, die alles enthielten, was er im Laufe von sieben Kommiß-Jahren angesammelt hatte.

»Nicht viel, was?« sagte Warden.

»Ganz schön!«

»Kein Platz für Erinnerungen in ner Feldkiste«, sagte Warden. »In Säcken noch weniger. Du lieber Himmel, und früher führte ich Tagebuch! Weiß heute noch nicht, was draus geworden ist.«

Stark nahm das ledergerahmte Bild einer jungen Frau und dreier Buben aus seinem Wäschebeutel und stellte es geöffnet auf seinen Spind. »So«, sagte er. »Ich bin zu Hause.«

»Ich hab was Wichtiges«, sagte Warden. »Gehen wir.«

»Ich komme, Spieß«, sagte Stark und hob den Haufen Abfall und die Reithosen auf. »Zum Ausmisten komme ich immer nur, wenn ich umziehe«, sagte er entschuldigend.

Auf der Veranda ließ er, ohne stehenzubleiben, alles in einen Abfalleimer fallen und folgte Warden die Treppe hinauf, schaute aber vom Treppenabsatz noch einmal darauf zurück ... auf ein aus dem Eimer hängendes Hosenbein mit seinen dünnen, runden Armeesenkeln, deren Metallspitzen längst verlorengegangen waren.

»Setz dich«, sagte Warden und deutete auf Petes Bett. Stark setzte sich, ohne etwas zu sagen. Warden setzte sich ihm gegenüber auf sein eigenes Bett und zündete sich eine Zigarette an. Stark drehte sich eine.

»Willst du eine von meinen?«

»Ich zieh die hier vor. Ich rauch immer Golden Grain«, sagte Stark und schaute ihn nachdenklich, aber kühl an, »wenn ich das Zeug kriegen kann. Wenn ich keinen Golden Grain bekommen kann, rauch ich lieber Country Gentleman als aktive Zigaretten.«

Warden stellte den verbeulten Aschenbecher zwischen ihnen auf den Boden. »Ich will mit offenen Karten spielen, Stark.«

»Das hab ich gern.«

»Du hattest bei mir verschissen, bevor du kamst. Weil du bei Holmes' Haufen in Bliss gewesen bist.«

»Das hab ich mir gedacht«, sagte Stark.

»Du bist aus Texas, was?«

»Stimmt . . . in Sweetwater geboren.«

»Warum bist du weg von Fort Kam?«

»Gefiel mir nicht.«

»Gefiel dir nicht«, sagte Warden zärtlich. Er ging zu seinem Spind und angelte darin rum, bis er eine Flasche Lord Calvert Whisky fand. »Mein Zimmer wird samstags nicht kontrolliert«, sagte er. »Willst du einen saufen?«

»Klar«, sagte Stark. »Einen Schluck.« Er nahm die Flasche und betrachtete das Etikett, studierte lange den langhaarigen Dandy, als wollte er den bevorstehenden Genuß durch längeres Warten steigern, hob dann die Flasche und trank.

»Hast du schon mal eine Küche unter dir gehabt, Stark?«

Starks Adamsapfel machte eine Pause. »Natürlich«, sagte er an der Flasche vorbei und fuhr dann fort zu trinken. »In Kam.«

»Ich meine wirklich geleitet.«

»Selbstverständlich, was denkst denn du? Ich war Küchenunteroffizier im Rang eines Gefreiten. Und ich hab die ganze Arbeit getan.«

»Speisezettel zusammenstellen und Fouragieren?«

»Klar«, sagte Stark. »Alles.« Zögernd gab er die Flasche zurück. »Prima«, sagte er.

»Was für 'n Rang hattest du?« fragte Warden, der im Augenblick keine Zeit hatte zu trinken.

»Schnäpser. Ich war zur Beförderung eingereicht; es klappte aber nie. Auf dem Dienststellenplan stand ich als zweiter Koch, bloß ohne die Bezahlung. Ich habe die ganze Küche geleitet. Den ganzen Laden habe ich geschmissen, außer daß ich die Litzen trug und das entsprechende Geld kassierte.«

»Und das gefiel dir nicht?« grinste Warden, indem er wiederholte, was Stark vorher gesagt hatte. In seiner Stimme war ein Kichern.

Stark starrte ihn nachdenklich an. Auf seinem Gesicht war dieser eigenartige – fast lachende, fast weinende, fast höhnende – Ausdruck: »Nein«, sagte er. »Das ganze Drum und Dran – außer der Arbeit. Die bin ich gewohnt«, sagte er.

»Gut«, sagte Warden, und nun trank er. »Ich brauche für meine Küche einen guten Mann, einen, auf den ich mich verlassen kann, *mit* dem Rang, versteht sich. Wie wär's mit deiner Einstufung als eins und vier, für den Anfang?«

Stark schaute ihn nachdenklich an. »Klingt ganz vernünftig«, sagte er. »Wenn's nur hinhaut. Und weiter?«

»Der Rang«, sagte Warden, »ist Preems Rang.«

Stark besprach sich mit seiner Zigarette. »Ich kenne dich nicht«, sagte er. »Karten auf den Tisch!«

»Die Sache ist ganz einfach: Von deiner alten Einheit in Bliss sind vier Mann in der Kompanie – alle vier sind Feldwebel, du hast also keine Schwierigkeiten zu befürchten.«

Stark nickte. »So weit kapier ich's.«

»Der Rest geht von selbst. Alles, was du zu tun hast, du darfst keine Dummheiten machen und nicht zeigen, daß du mehr kannst als Preem. Ab heute bist du erster Koch mit der Einstufung eins und vier. Geh hin und übernimm das Kommando, sobald Preem sich nicht zeigt, und das ist täglich so.«

»Ich bin neu hier. Küchenbullen halten zusammen. Und Preem hat den Rang.«

»Kümmer dich nicht um den Rang! Das geht vorläufig ohne. Laß das nur meine Sorge sein. Wenn du Schwierigkeiten in der Küche hast, komm zu mir. Die Leute von der Küche werden eine Zeitlang brummen, besonders dies fette Schwein von Willard. Er ist erster Koch und auf Preems Posten scharf. Aber Dynamit kann ihn nicht riechen.

Manche werden ihr Maul nicht halten können, aber streit nicht mit ihnen. Scheiß drauf! Komm zu mir. Dann läuft alles, wie du's haben willst.«

»Das wird ein harter Schlag sein für den armen alten Preem«, sagte Stark und nahm die Flasche, die Warden ihm wieder hinhielt.

»Hast du ihn schon gesehen?«

»Seit Bliss nicht mehr.« Stark gab die Flasche zögernd zurück. »Prima!« sagte er.

»Schmeckt mir auch ganz gut«, sagte Warden und wischte sich den Mund. »Und Preem erst! Preem hat sich damit verheiratet. Preem sieht aus wie einer, der gerade ein Wunder gesehn oder dem man einen mit dem Gummihammer übern Schädel verpaßt hat.«

»Als ich ihn kannte, war er ne ganz ruhige Nummer. Einer von der Sorte, die plötzlich verschwinden und sich still besaufen gehn.«

»So ist er immer noch. Nur muß er jetzt plötzlich verschwinden, um still nüchtern zu werden.«

»Solche Typen sind immer verdächtig, die dem stillen Suff ergeben sind. Die gehn meistens hops.«

»Denkst du?« sagte Warden plötzlich ganz wach. Jener andere Teil seines Verstandes hatte sich eingeschaltet – die Binsenwahrheit zur

Kenntnis genommen und ihn daran erinnert, daß, wo Rauch ist, Feuer ist, und wo eine Binsenwahrheit ausgesprochen wird, ein Lügner steckt. »Manche halten sich!«

Stark zuckte mit den Schultern. »Noch eins, Warden. Wenn ich deine Küche übernehme, dann führe ich sie so, wie ich es will. Keiner quatscht mir dann rein. Wenn ich deine Küche übernehme, gibt's keine Fernlenkung aus der Schreibstube. Sonst scheiß ich auf das Ganze.«

»Beruhige dich!« sagte Warden, »du siehst zu, daß du den Laden in Schuß hast, und die Küche gehört dir, hundertprozentig.«

»Das ist nicht genau das, was ich gesagt habe«, sagte Stark eigensinnig. »Ich sagte, sie gehört mir hundertprozentig, egal ob ich sie in Schuß habe oder nicht. Und die Schreibstube hält die Finger raus. Sonst will ich mit der Sache nichts zu tun haben.«

Warden grinste ihn schlau an. Seine faunartigen Augenbrauen zuckten. *Allzu* dumm konnte der Kerl nicht sein, dachte er. »In Ordnung«, sagte er. Warum kannst du nicht einmal ehrlich sein, dachte er, kannst nicht einmal ein Versprechen geben, ohne innerlich einen Vorbehalt zu machen, du Hund.

»Abgemacht dann«, sagte Stark. »Wie wär's mit noch nem Schluck?«

Warden gab ihm die Flasche. Das Spiel war vorüber. Die Karten wurden eingesammelt. Spontan kam eine Unterhaltung in Gang, wie immer, wenn eine Spannung vorüber ist.

»Was ich nicht ganz verstehe«, sagte Stark im Unterhaltungston, »was profitierst du bei diesem Handel?«

»Nichts«, grinste Warden. »Hast du mal von dem Mann gehört, der die Zügel in der Hand hält? Also schön, das bin ich. Holmes glaubt zwar, das sei seine Kompanie...«

Die Flasche ging zwischen den beiden nun hin und her wie ein Weberschiffchen, das leuchtende Schnüre von Worten webte.

»Wie viele aus Bliss sind jetzt in der Kompanie?«

»Fünf mit dir. Meister Wilson führt den ersten Zug«, sagte Warden und spießte das Wort ›Meister‹ auf. »Preem hat die Küche. Zwei sind Zugführer. Henderson und Ike Galovitch.«

»Ike Galovitch. Jesus! Der war Heizer bei uns in Bliss. Konnte nicht mal richtig englisch reden.«

»Genau! Er kann's noch immer nicht. Aber er ist Dynamits Fachmann fürs Exerzieren.«

»Du lieber Himmel!« sagte Stark. Er war aufrichtig erschrocken.

»Verstehst du jetzt, womit ich fertig werden muß?« Warden grinste glücklich. Die Flasche ging hin und her, leuchtend und schön, und sie wob und wand und spann ein Netz von Worten um die beiden.

»... Du aber brauchst dir keine Sorgen zu machen. Du warst in Bliss, und das gibt dir einen Vorsprung.«

»Den Küchenbullen wird's aber nicht passen...«

»Die können uns am Arsch lecken. Solange es mir paßt, kann's dir egal sein...«

»Gut, Spieß, du bist der Chef...«

»Da hast du verdammt recht...«

»... Wie die Sache im Regiment steht? Holmes und der Oberst Delbert sind ein Herz und eine Seele, verstehst du. Die...«

»... Mit was ich fertig werden muß...«

»Es gibt zwei Männer, auf die du dich verlassen kannst...«

»Folgendermaßen steht die Sache bei der Kompanie. Reine Sporttruppe. Dhom ist Oberfeldwebel, weil er Dynamits Sportriege trainiert, aber weiter wird er's auch niemals bringen...«

Das größte Vergnügen eines Soldaten, dachte er, während er seiner eigenen Stimme lauschte, ist das Geschwätz. Kommt noch eine Flasche hinzu, so ist das seine reinste Wonne, die beste Flucht aus der Wirklichkeit, dachte er.

Wenn man nur jenen anderen Teil seines Ichs ausschalten könnte, wie Stark es konnte, oder wenn man ihn doch wenigstens für eine Weile vergessen könnte.

»Gib mir was zu trinken«, sagte Stark. »Ist seine große blonde Frau noch immer bei ihm?«

»Wer?« fragte Warden.

»Seine Frau«, sagte Stark. »Wie heißt sie doch? Karen. Ist er noch immer mit ihr verheiratet?«

»Ach die«, sagte Warden.

Vielleicht war es besser für ihn, daß er jenen anderen Teil seines Ichs nicht absichtlich ausschalten konnte, dachte er. Sicher schmerzlicher. Aber auf lange Sicht vielleicht doch besser. Vorausgesetzt natürlich, man konnte es ertragen..., es gibt verschiedene Arten von Mut, dachte er.

»Klar«, sagte er. »Er ist noch immer mit ihr verheiratet. Von Zeit zu Zeit kommt sie rüber. Warum?«

»Ich dachte nur«, sagte Stark, der sich jetzt abgeklärt und zum Sinnieren aufgelegt fühlte. »Ich weiß nicht warum, aber ich hatte die Vorstellung, Holmes hätte sie längst verlassen. Als ich sie in Bliss kannte, war sie läufig wie ne Hündin, aber irgendwie verbittert, so als wollte sie's eigentlich gar nicht und haßte jeden, mit dem sie's gerade trieb. Dabei heißt es, sie hätte mit der halben Kompanie in Bliss geschlafen.«

»Tatsächlich?« sagte Warden.

»Da kannst du Gift drauf nehmen! Hab sogar gehört, sie hätt sich dabei nen Tripper geholt. Einzig und allein, daß sie verheiratet war, hat sie daran gehindert, ne hundertprozentige Hure zu sein.«

»Meinst wohl, sie blieb bei Gelegenheitsarbeit?«

Stark warf seinen Kopf zurück und lachte. »Haargenau das!«

»Trotzdem geb ich im allgemeinen nicht allzuviel auf solches Gerede«, sagte Warden vorsichtig und beiläufig. »Man kriegt's über jede Frau, die in ner Garnison lebt, zu hören. Meistens ist da der Wunsch der Vater des Gedankens, was?«

»Denkste?« sagte Stark entrüstet. »Aber bei mir nicht, das kannst du mir glauben! Ich hab sie selber gefickt in Bliss. Das war kein Wunschtraum, verlaß dich drauf!«

»Wenn ich's recht bedenke«, sagte Warden, »hab ich ja selber auch schon paar ziemlich dolle Dinge über sie gehört.« Was hatte sie an jenem Nachmittag gesagt, in ihrem Haus, während der Regen in sanften Strömen am offenen Fenster vorbeirauschte? Wie war das gewesen? Nun fiel es ihm ein. Sie hatte gesagt: »Du willst mich wohl auch nicht?«

»Eigentlich«, sagte Stark unschuldig im Whiskynebel, »kannst du alles über sie glauben. Sie ist schon 'n tolles Stück. Ich versteh ja, wenn eine rumhurt, wenn sie allein steht«, sagte er. »Sogar bei ner Verheirateten versteh ich's, daß sie mal mit 'm anderen schläft. Ich kann aber nicht verstehen, wenn eine – noch dazu, wo sie verheiratet ist – jedem auflauert, der ihr über den Weg läuft. Was ne Hure ist, ist ne Hure, und verdient sich ihr Geld damit. Aber wenn's eine nur so macht und dann noch keinen Spaß dran hat, ist was faul an der Sache!«

»Du meinst, das ist der Fall«, sagte Warden. »Ich meine bei Holmes' Frau?«

»Natürlich. Warum hätte sie in Bliss sonst mit mir ins Bett steigen sollen? Einem dreckigen Landser aus dem letzten Glied – der nicht mal Geld hatte zum Ausgeben?«

Warden zuckte mit den Schultern. »Was weiß ich«, sagte er. »Ich scheiß drauf. Vielleicht krieg ich bei Gelegenheit auch mal was ab.«

»Wenn du schlau bist«, sagte Stark, »läßt du die Finger davon. Sie ist nichts weiter als ne erstklassige Sau. Sie ist kälter und abgebrühter als irgendeine Hure, der ich je begegnet bin.« Sein Gesicht war hart und überzeugend.

»Da«, sagte Warden, »trink noch was. Laß dich um Gottes willen nicht unterkriegen.«

Stark nahm die Flasche ohne hinzusehn. »Ich hab zuviel von diesen reichen Weibern gesehen. Die sind schlimmer als Schwule. Ich mag sie nicht.«

»Ich auch nicht«, sagte Warden. Wenn sie wirklich so viele gehabt hätte... Leva hatte gesagt, sie würde aussehn wie ein Stachelschwein, dachte er, während er Starks Stimme lauschte, der jetzt von etwas anderem sprach, und seiner eigenen, die antwortete. Und sie sind beide durchtriebene Jungens, dachte er. Die wissen was vom Leben. Die sind keine kleinen Kinder mehr.

Leva aber hatte nur erzählt, was er vom Hörensagen wußte. Er hatte selbst nichts mit ihr gehabt. Und Stark war damals, als er was mit ihr hatte, fünf Jahre jünger gewesen, kaum neunzehn. Sein Erlebnis mußte also wirklich was Besonderes gewesen sein, dachte er, ein wirklich scheußliches Erlebnis, daß er noch jetzt nach fünf Jahren so darüber sprach. Vergiß nicht, daß Stark damals ein blutjunger Kerl in seiner ersten Dienstzeit war. Trotzdem...

Konnte die Frau, die mit ihm schwimmen gegangen war, so etwas getan haben? Hatte sie wirklich mit der halben Kompanie in Bliss geschlafen? Was denkst du? Ich weiß es nicht. Aber hier sind zwei Männer, die es wissen. Kannst du ihrem Urteil glauben? Nein, du kannst es nicht. Du kannst nicht hinnehmen, was sie wissen, ohne daß du's selber weißt. Du weißt es aber nicht. Welche Folgerungen ziehst du daraus?

Er wollte die Flasche nehmen, aufstehn und sie auf diesem schwätzenden kieferknochenwackelnden Schädel zertrümmern, ihn auf dem Boden zu Brei schlagen, bis er aufhörte zu wackeln. Nicht als Vergeltung für das, was Stark ihm erzählt hatte, und auch nicht, weil er mit der Frau geschlafen hatte, die er selbst umgelegt hatte (du wehrst dich gegen das Wort, nicht wahr?), nein, nicht darum. Das verband ihn sogar auf eigenartige Weise mit Stark. Nein, er wollte diesen Schädel nur deshalb zu Brei schlagen, weil er zufällig hier vor ihm war, und er ganz eigenartigerweise und ohne besonderen Grund den Wunsch empfand, irgend etwas zu zerschmettern. Denn welches Recht hatte er, auf Stark wütend zu sein? Weil sie sich mit ihm ins Bett gelegt hatte? Was das betraf, welchen Grund hatte er, auf irgendeinen Soldaten wütend zu sein, mit dem sie das gleiche getan hatte?

»... Ich glaube, wir werden's schaffen«, sagte Stark. »Wir halten alle Trümpfe in der Hand.«

»Du sagst es!« Warden schnappte die Flasche und legte sie in den Koffer zurück. »Nach diesem Gespräch wirst du nicht mehr viel von mir zu sehn bekommen, Maylon«, sagte er. Kannst ihn ebensogut mit Vornamen nennen. Er ist praktisch dein Schwager. Scheint so, als hättest du ne ganze Menge Schwäger. »Wenn du Klagen hast, komm auf die Schreibstube«, sagte er und lauschte angestrengt dem Klang seiner eigenen Stimme. »Wird schon allerhand zusammenkommen. Außer Dienst aber kennst du mich nicht besser als irgendeinen Unteroffizier hier, verstanden?«

Stark nickte. »Verstanden«, sagte er.

»Und jetzt machst du dich besser runter und bringst deine Klamotten in Ordnung«, sagte Warden, erstaunt, vielleicht sogar stolz darüber, wie kühl er den Klang seiner Stimme halten konnte.

»Donnerwetter«, sagte Stark und stand auf. »Das hatt ich völlig vergessen.«

Warden grinste. Ihm war, als zerbräche sein Gesicht. Er wartete, bis Stark gegangen war. Dann streckte er sich auf dem Bett aus und legte die Arme unter den Kopf. Mit jenem anderen Teil seines Verstandes, der immer auftauchte, wenn er allein war, dachte er nun bewußt darüber nach; wie ein Mann, der nicht aufhören kann, auf einen schmerzenden Zahn zu beißen, aber nicht zum Zahnarzt geht.

Vor seinem inneren Auge sah er, wie es wahrscheinlich gewesen war ... wie Stark sie hielt, als sie auf dem Bett lag, so wie er sie selbst hatte liegen sehn, wie jedes Geheimnis sich erschloß und entschleierte, wie sie schwer atmete, wie ein Läufer, wie ihre Augenlider sich zitternd senkten in dem Augenblick, in dem man seinen eigenen Körper weit hinter sich läßt und nichts weiß und alles weiß, weit weg ist und nur noch mit einem dünnen Silberfaden dem eigenen Ich verbunden ist. Vielleicht hatte Stark sie besser befriedigt als er, dachte er, auf den unerträglich schmerzenden Zahn beißend. Vielleicht befriedigten alle sie besser als er. Vielleicht sogar Holmes. Nie zuvor hatte er sich Holmes mit ihr im Bett vorgestellt. Jetzt aber dachte er daran. Und er fragte sich, ob sie wohl immer noch und die ganze Zeit mit Holmes schliefe.

Was ist los mit dir, dachte er. Was schert's dich? Du liebst sie nicht ...

Kann dir scheißegal sein, mit wem sie schläft. Siehst sie sowieso nicht mehr. In der Nacht, in der du mit ihr schwimmen warst, hast du dich doch dazu entschieden, oder nicht?

Nach einer Weile entschloß er sich, diese eine Verabredung noch einzuhalten. Es hatte keinen Sinn, ein Stück Weib, das man gratis bekam, auszuschlagen, wenn es bei Mrs. Kipfers drei Dollar kostete. Und dann würde er gern die richtige Antwort auf dieses Rätsel finden, nur um seine Neugierde, seine geistige Neugierde zu befriedigen.

Ich glaube, meldete sich plötzlich der andere Teil seines Verstandes, *ich* glaube, daß du diese Verabredung die ganze Zeit einhalten wolltest und nie etwas anderes vorhattest.

Vielleicht, gab er zu. Aber immerhin hab ich diese Versetzungsgeschichte gut gedreht, oder nicht? Es hätte schiefgehen können, aber ich hab's geschafft. Dieser Handel müßte sich eigentlich, wenn wir ein bißchen Glück haben, lohnen, denkst du nicht auch?

Weich bitte nicht vom Thema ab, beharrte der andere Teil. *Ich* glaube, du wolltest die Verabredung einhalten, selbst an dem Abend, als du zu Wu Fat gingst, um dich zu besaufen und Mitgefühl zu finden.

Meinetwegen, sagte er zu dem anderen Teil, aber verschwinde. Mußt du auch mich die ganze Zeit bespitzeln? So wie du's mit jedem andern machst? Kannst du nicht einmal deinem eigenen Fleisch und Blut vertraun?

Was weißt du schon von Familienbanden? sagte es angewidert zu ihm, daß du mich so was fragst. Dir sollte ich am allerwenigsten trauen.

Hör mal, sagte er, ich habe zu arbeiten. Diese Sache mit der Küche wird noch eine ganze Zeitlang wacklig sein, und wir brauchen all unser Glück. Entwickeln wir das, wird's gehn. Öde mich also nicht mit theoretischem Kram an. Hier ist was Praktisches. Und schnell stand er vom Bett auf und ging – noch ehe der andere Teil antworten konnte –, um Starks Beförderung auszuschreiben.

Und sie hatten Glück! Hauptmann Holmes fand den Befehl am gleichen Abend noch, als er auf dem Weg zum Nachtessen einen Augenblick hereinkam, auf seinem Tisch vor und unterschrieb ihn. Er machte Stark zum ersten Koch mit einer Einstufung eins/vier, versetzte Willard zurück und machte ihn zum zweiten Koch mit einer Einstufung zwei/sechs, reihte den Gefreiten Sims in den allgemeinen Dienst ein und nahm ihm seine Einstufung sechs. Es war genauso,

wie Holmes es geplant hatte, nur daß es nicht Holmes' Absicht gewesen war, Sims den Rang als Gefreiter zu belassen. Er war überrascht, den Befehl nun so vorzufinden, denn er hatte Schwierigkeiten
von seiten Wardens erwartet. Nichts Ernstliches, nur ein wenig von
dem üblichen kindischen Widerstand. Dennoch war er, als er den
Befehl unterschrieb, froh, daß ihm eine Auseinandersetzung erspart
geblieben war. Selbst wenn's zum Nutzen der Kompanie sein mußte,
haßte er es, seinen Rang herauszukehren.

Das übrige entwickelte sich ebenso planmäßig. Lächerlich planmäßig geradezu. Wie erwartet, hatte Stark mit den Küchenbullen
Schwierigkeiten. Sie wehrten sich gegen die Autorität des Neuen.
Der fette Willard, der spürte, daß der Wind sich drehte, und sah, daß
sein eigener Stern im Sinken war, machte den Rädelsführer. Er hetzte
glänzend und meckerte großartig, bis Stark ihn hinaus auf den Rasen
nahm und ihn so verprügelte, daß er Angst hatte, überhaupt noch zu
sprechen. Als der Rest versuchte, Neuerungen zu verhindern, beschwerte sich Stark in der Schreibstube, und Warden griff ein. Als
die Woche zu Ende ging, war Hauptmann Holmes völlig davon
überzeugt, ein Küchengenie entdeckt zu haben. Er mußte daraufhin
Warden die ungeheure Bedeutung einer anständigen Rekrutenausbildung ausführlich klarmachen.

Stark liebte seine Küche, es war schon *seine* Küche. Stark verlangte
von sich selbst ebensoviel und mehr, als er von den Köchen oder
dem Küchendienst verlangte. Der schlummernde Kompaniefonds
wurde zu neuem Leben erweckt, und Stark kaufte neue Bestecke
und empfahl die Anschaffung besserer und modernerer Einrichtungen. Selbst frische Blumen standen ab und zu auf den Tischen – ein
für die G-Kompanie einzigartiges Erlebnis. Schlamperei beim Essen
wurde nicht länger geduldet, und Stark erzwang für dieses neue Regime Gehorsam wie ein Tyrann. Ein Mann, der Catchup über den
Teller auf das Wachstuch schlappte, konnte sich plötzlich mitten
während der Mahlzeit vor der Tür wiederfinden. Dem Küchendienst
wurde die Hölle heiß gemacht. Dennoch blieben die nachdenklichen
Augen in Starks traurig-höhnisch-lachendem Gesicht immer sanft,
und kein Küchenhelfer brachte es fertig, ihn zu hassen. Sie stellten
fest, daß er ebenso hart wie sie arbeitete, und hatten ihren Spaß
daran, wie er die Köche rannahm. Selbst der dicke Willard sah sich
gezwungen zu arbeiten.

Kaum zwei Wochen später, noch vor Ende März, wurde der große,
leichenhaft aussehende Preem zum gewöhnlichen Soldaten degra-

diert. Hauptmann Holmes konnte so hart wie irgendein anderer sein, wenn es nötig war. Er ließ Preem kommen und teilte es ihm militärisch und ohne Umschweife mit. Schließlich und endlich war es Preems eigene Schuld. Niemand hätte ihm eine bessere Chance geben können als Hauptmann Holmes. Wenn ein anderer sich besser bewährte, dann sollte er billigerweise auch den Posten haben. Er ließ Preem die Wahl, sich innerhalb des Regiments zu einer anderen Kompanie versetzen zu lassen oder zu einem anderen Regiment zu gehen, denn man kann einen ehemaligen Feldwebel nicht als Gemeinen bei seiner alten Einheit lassen; das wirkt sich schlecht auf die Disziplin aus.

Preem, der jeden Tag erst um Mittag aufgestanden war und, den abgestandenen säuerlichen Geruch des Trinkers ausströmend, verdöst durch seine jetzt geschäftige, blitzende Küche gewandert war, wählte, da er sich schämte, das letztere. Er sagte nichts. Es gab auch nichts, was er hätte sagen können. Er war erledigt, und er wußte es. Seine fetten Jahre waren vorüber. Er hörte sein Urteil mit einem Gesicht an, das ebenso verdutzt wie unbeweglich war. Er war ein gebrochener Mann.

»Sir«, sagte Warden, nachdem er gegangen war. »Wie soll ich diesen Befehl formulieren? Degradiert wegen Untauglichkeit?«

»Natürlich«, sagte Holmes. »Was denn sonst?«

»Nun, ich dachte, wir könnten vielleicht Insubordination sagen. Jeder wird einmal wegen Insubordination degradiert. Ein Soldat, der nicht wenigstens einmal deswegen degradiert wurde, ist noch kein Soldat. Aber einer, der Untauglichkeit in seinen Papieren stehen hat, kommt auf keinen grünen Zweig mehr.«

»Richtig, Feldwebel«, sagte Holmes. »Schreiben Sie Insubordination. Ich nehme an, niemand wird das erfahren. Preem verdient eine Chance, solange meine Kompanie nicht darunter leidet, was? Immerhin hat er mit mir in Bliss gedient.«

»Jawohl, Sir«, sagte Warden.

Der Befehl wurde so ausgeschrieben, aber er wußte, daß es eine nutzlose Geste war. Im gleichen Augenblick, in dem Preem mit seinem Gummihammerausdruck bei seinem neuen Truppenteil auftauchte, wußte man dort, woran man war.

An diesem Abend kaufte Stark die üblichen Kisten Zigarren und verteilte sie während der Mahlzeit. Jeder war zufrieden mit dem Essen, mit der neuen Leitung und mit den neuen Rängen. Soldat Preem saß schon völlig vergessen an einem Tisch im Hintergrunde.

Seine Ärmel zeigten die rührendsten Spuren des Soldatenlebens: die dunklen Stellen, die zurückbleiben, wenn die Litzen entfernt worden sind.

Stark, Warden, Leva, Choate und Pop Karelsen feierten den Anlaß und tauften Starks drei Streifen mit Bier. Sie saßen an einem Nebentisch im lauten, vernebelten Innenraum bei Choy. In dieser Nacht gab es vier Schlägereien, und der Große Häuptling mußte wie üblich nach Hause transportiert werden. Leva holte den großen zweirädrigen Maschinengewehrkarren, und mit viel Anstrengung und Keuchen wurde der ungeheure, bewegungslose Choate daraufgelegt und von den vier anderen nach Hause gefahren.

Während der ganzen Festlichkeit saß Stark schweigend am Tisch. Die ewigen schwarzen Ringe unter seinen Augen ließen sie wie brennendes Öl auf dem Boden tiefer Brunnen erscheinen. Er bezahlte alles Bier, das die anderen zwischen sieben und elf zu trinken vermochten, und trank selber seinen Teil. Das Geld dafür hatte er sich für zwanzig Prozent leihen müssen. Aber er beobachtete nachdenklich alles, und der alte, eigenartige – fast lachende, fast weinende, fast höhnische – Ausdruck verschwand nie von seinem Gesicht.

Prewitt war einer von der G-Kompanie, die während des Abends zufällig hereinkamen. Stark bezahlte jedem das traditionelle Bier, wie es sich für einen neugebackenen Unteroffizier gehörte. Es war üblich, zu erscheinen, um es sich zu holen. Als aber Prewitt erschien, wurde Warden in seiner Betrunkenheit sarkastisch.

»Was gibt's, Kleiner«, wollte er – die Haare im Gesicht, völlig benebelt – wissen. »Hast kein Geld, was? Armer Kleiner, hast gar kein Geld. Kein Bier, kein Geld, kein Garnichts. Armer Kleiner. Ich lad dich zu einer ganzen Kiste ein, Kleiner. Ich mag dich nicht um ein Almosen betteln sehn, Kleiner. 's ist so erniedrigend wie Schlange stehn. Hey, Choy! Bring meinem Freund da eine Kiste Pabst und schreib's auf meine Rechnung.« Er lachte schallend.

Stark beobachtete Warden mit ernsten Augen und maß dann gedankenverloren Prewitt. Er kniff die Augen zusammen, während er beide nachdenklich studierte. Dann bot er Prewitt außer dem Freibier noch ein weiteres Glas an. Prewitt aber lehnte ab und ging, und Stark nickte gedankenvoll vor sich hin.

In dieser Nacht lag Warden auf seinem schmalen Feldbett, seine dicken Arme unter dem Kopf gekreuzt, und lauschte auf Petes betrunkenes Schnarchen. Es war ihm, als hätte er im offenen Poker einen

Flush bekommen, wenn ein Dreiständer die bestmögliche Karte für ihn war. Der faunische Ausdruck des Genusses ging im Dunkeln über sein Gesicht und hob die zuckenden Enden seiner Augenbrauen. Mitleidig betrachtete er die undeutlichen Umrisse von Petes Gestalt und rollte sich dann triumphierend auf die Seite – dem Schlafe zu.

Hab kein Mitleid mit Pete, sprach es in aller Stille zu ihm. Was, dachte er, du schon wieder? Ich glaubte, du seist verreist.

Nee, ich bin noch hier. Hast dir wohl gedacht, du könntest mich auf ewig vertrösten? Die letzten zwei Wochen hast du dir 'n guten Tag gemacht, indem du mir ausgewichen bist. Die Sache mit Stark ist nun aber vorbei.

Sokrates war mir in nichts voraus, dachte er. Willst du damit sagen, daß ich dir absichtlich ausgewichen bin?

Na? Etwa nicht?

Du lieber Himmel, dachte er, was ist eigentlich in dich gefahren? Ich kann mich an eine Zeit erinnern, wo du jedem trautest. Nicht nur mir, sondern jedem. Und das ist nicht mal so lange her, vielleicht zehn Jahre. Und jetzt akzeptierst du nicht einmal *mein* Ehrenwort.

Stimmt, sagte es fröhlich. Erinnerst du dich auch an all die Schwierigkeiten, in die wir damals gerieten. Wir trauten diesem und wir trauten jenem. Mensch, das ist uns verdammt teuer zu stehen gekommen, oder nicht? Ich kann mich sogar daran erinnern, daß ich ein paarmal dir getraut habe, und das kostete uns beinahe das Leben.

Du übertreibst, dachte er, du bist einfach zynisch, der Teufel soll dich holen.

Ist das eine Art, mit mir zu sprechen? Nach allem, was ich für dich getan habe?

Himmel, dachte er, ich bin doch schließlich nicht mit diesem Ding verheiratet. Es entwickelt sich so, daß ich manchmal denke, ich höre meine eigene Mutter.

Mecker nicht über mich, sagte es kalt. In dieser Geschichte mit Stark, fuhr es unaufhaltsam fort, hast du jemandem ein Schnippchen geschlagen. Alles scheint in Butter. Aber die Kompanie hat sich nicht um ein Haar verändert. Sie ist genau die gleiche wie früher. O'Hayer und die Sportler haben nicht einen Zentimeter an Boden verloren. Und außerdem ist's nicht mal dein Verdienst. Jeder hätte solch ein Blatt spielen und gewinnen können, mit Stark als Trumpf.

Gut, du Hund, dachte er. Ich geb's auf. Was willst du?

Wirst du die Verabredung mit Karen einhalten?

Ich hab doch schon gesagt, daß ich's tun werde.

Aber du hast nicht zugegeben, daß du das schon die ganze Zeit vorhattest.

Ich hab's zugegeben!

Aber du hast es nicht *geglaubt*.

Meinetwegen, dachte er, dann *glaub* ich's jetzt. Bist du nun zufrieden, du moralisierender Hund? Soll ich sonst noch was zugeben?

Im Augenblick nichts, grinste es. Auf Wiedersehn.

»Verdammt«, sagte er laut, »bist du ein mißtrauisches Aas. Um nichts in der Welt möchte ich so sein wie du.«

»Was?« murmelte Pete in seinem Schlaf und setzte sich kerzengerade in seinem Bett auf. »Ich hab's nicht getan, Sir. Ehrenwort, ich nicht, Sir. Ich bin unschuldig wie ein neugeborenes Lamm, Sir. Ehrenwort....«

»Himmelherrgottsakrament, halt's Maul und schlaf!« brüllte Warden, während er sein Kissen aufbeulte. »Du besoffenes Schwein, du!«

13

Am nächsten Morgen war Stark in der Vorratskammer mit seiner Bestelliste beschäftigt, als Preem in die Küche kam.

Preem nahm Abschied. Jeder Mann, einschließlich der Küchenhelfer, war verlegen, wie jemand, der am offenen Sarge eines früheren Freundes vorbeigeht, ungeschickt mit seinem Hut hantiert und verlegen dreinschaut. Ich habe nichts damit zu tun, möchte er sagen. Sobald Preem sich näherte, war jeder plötzlich höchst angestrengt mit seiner Arbeit beschäftigt. Preem aber schien es nicht zu bemerken. Er verabschiedete sich weniger von den Leuten als von der Küche als solcher.

Durch die offenen Türen konnte Stark sehen, wie er langsam dem Vorratsraum näher kam. Er fuhr fort zu arbeiten. Als aber Preem schließlich im Vorratsraum anlangte, legte er seine Liste beiseite und schaute den großen, hageren früheren Küchenunteroffizier mit seinem eigenartigen, traurig-lächelnd-höhnischen Ausdruck an. Er fühlte, daß er nicht einfach wie alle anderen diese letzte Begegnung übergehen konnte.

»Ich bin nur gekommen, um mich zu verabschieden«, sagte Preem linkisch. »Sie haben doch nichts dagegen?«

»Ich? Kein Gedanke«, sagte Stark. »Tun Sie, was Sie nicht lassen können.«

Preem ging an den Wänden entlang. Er schaute hinauf zu den Fächern oben und hinunter auf die unten. Alle waren sie voll mit Büchsen und Säcken. Er legte seine Hand auf eine Zehnerkanne Ananas. Er stieß mit der Faust in einen Zentnersack von Zucker.

»Sie müssen Mehl bestellen«, sagte Preem. »Vergessen Sie das nicht.«

»Nein«, sagte Stark. »Schließlich hab ich Sie selbst darauf aufmerksam gemacht.«

Stark setzte seine Arbeit nicht fort. Er saß bewegungslos da, beobachtete Preem angespannt, wartete. Preem schloß die Tür zur Küchendienststube und kam zu dem selbstgezimmerten Tisch zurück.

»Na, Stark, jetzt gehört alles Ihnen«, sagte Preem. »Und ich gönn's Ihnen.«

»Danke«, sagte Stark trocken. Die tiefe Falte rechts am Mund saß fest und unnachgiebig.

»Ich hab's nicht anders verdient«, sagte Preem, »und ich beklag mich auch nicht.«

»Na, das ist ja schön«, sagte Stark.

Preem achtete nicht auf ihn. »Ich bin erledigt«, fuhr er fort. »Sie sind der Überzeugung, Sie haben Schwein gehabt, Stark, und vielleicht stimmt's auch. Sie sind eben eingezogen, und das hier ist Ihr erster Daueraufenthalt. Sie führen allerhand Änderungen ein und machen den Leuten Feuer unterm Arsch, so wie's sich gehört. Alles ist neu, und es macht Ihnen Spaß. Die Welt sieht rosig aus.«

Preem machte eine Pause. Er brachte seinen Fuß, wie es schien mit großer Anstrengung, auf eine Kiste und stützte sich auf sein Knie.

Stark sagte nichts.

»Als ich meine erste Küche bekam, war ich genauso«, sagte Preem. »Man kann sich überhaupt nicht vorstellen, daß irgend etwas schiefgehen könnte. Wenn aber mal das Neue seinen Reiz verloren hat, dann merkt man's. In einem halben Jahr hat Holmes einen neuen Blond-Jüngling, den er vorzieht. Warden steckt dann ein neues Eisen ins Feuer. Und Sie fangen an, um jede Kartoffel zu kämpfen. Alle Welt gibt plötzlich ihren Senf dazu und erklärt Ihnen, wie man eine Küche führt. Das macht Sie unsicher – da können Sie machen, was Sie wollen.

Nach einer gewissen Zeit macht Sie's kaputt. Nach einer Dienstperiode ist ein Küchenunteroffizier nichts mehr wert. Und das ist überall das gleiche.

Ich bin nüchtern, Stark. Heute nacht werd ich mich besaufen, aber jetzt im Augenblick bin ich nüchterner als ein Richter.

Ich bin nicht nachtragend, denn ich hab's ja nicht anders verdient. Ich such auch keine Entschuldigung, aber man kann nur ein bestimmtes Maß ertragen, dann macht man schlapp. Es höhlt einen aus. Nichts ist schlimmer, als wenn das, was man liebt, in die Hände von Intriganten fällt. Nach zwanzig Dienstjahren höre ich auf als Schütze Arsch im letzten Glied.«

»In Bliss waren Sie kein Prachtstück von Küchenunteroffizier!« sagte Stark. »Sie waren Koch wie ich. Und Sie haben diesen Posten hier so bekommen wie ich: Sie sind hergekommen und haben einen anderen aus seiner Stellung gedrängt, weil Sie mit Holmes in Bliss waren.«

»Das stimmt«, sagte Preem. »Einen, der mir in meinem ganzen Leben nichts getan hat. Ein kluger Mann geht, bevor es zu spät ist. Für mich ist's zu spät. Besser, man ist die ganze Zeit gemeiner Soldat, als man wird's nach zwanzigjähriger Dienstzeit. Schliff um acht und Arbeitsdienst um eins. Seien Sie klug, Stark, und gehen Sie! Das ist der Rat, den ich Ihnen gebe.«

»Ich bin nie besonders klug gewesen«, sagte Stark.

»Ich weiß«, sagte Preem, »und ich erwarte auch gar nicht, daß Sie's sind. Ich wollt es Ihnen nur gesagt haben. Es gibt welche, die sind klug, und andere, die sind's nicht. Die Klugen kommen vorwärts, und die anderen geben auf.«

»Dann geb ich eben auf«, sagte Stark. »Und dann?«

»Weiß ich nicht«, sagte Preem. »Sie kriegen Sie so und so am Arsch. Ein junger Kerl hat wenigstens noch ne Chance. Ich hab nie aufgegeben, und Sie werden's auch nie tun.«

»Ich hab gesagt, daß ich nicht klug bin«, sagte Stark. »Mit dem Krieg vor der Tür kommt sowieso keiner mehr raus.«

»Das stimmt«, sagte Preem. »Aber wenn man was liebt, ist man schutzlos. Hast du ne Wunde am Auge, wird der andere bestimmt versuchen, dir dahin einen zu verpassen. Wenn einer die Küche liebt wie ich, dann sollte er nur machen, daß er schleunigst rauskommt, und allgemeinen Dienst tun. Wenn einer es haßt, Schreiber zu sein, dann sollte er Schreiber werden. Nur so ist man sicher, erfolgreich und bekommt und behält seine Posten – man hat dann nämlich keine Schwächen, wo sie einen treffen können.«

Stark grinste. »Hört sich an wie 'n guter Rat. Aber wie gesagt, ich bin nicht so klug.«

Aber Preem grinste nicht. »Noch eins, Stark. Nehmen Sie sich vor Warden in acht. Im Augenblick ist er auf Ihrer Seite, weil Sie ihm nützlich sind. Trauen Sie Warden aber nie zu sehr.«

»Ich trau nie jemand zu sehr«, sagte Stark.

»Gut«, sagte Preem. »Sie sind richtig. Sie brauchen keinen Rat. Wollen Sie mir die Hand geben?«

Stark schaute auf seine Liste. »Sicher«, sagte er.

»Wie alt, glauben Sie, bin ich«, sagte Preem, während sie sich die Hand gaben.

Stark schüttelte den Kopf. »Weiß ich nicht.«

»Achtunddreißig.« Preems Grinsen war bitter. »Sehe wie fünfundachtzig aus, was?«

»Noch älter«, sagte Stark und versuchte, die Sache ins Lächerliche zu ziehen.

Preem öffnete die Tür, und die dampfige Luft, die von den Spültischen kam, erfüllte den Vorratsraum.

»Ich werd nicht mehr zu Choys kommen«, sagte Preem. »Aber wann immer ich Sie im ›Biergarten‹ treffe, zahl ich Ihnen ein Bier.«

»Einverstanden, Preem«, sagte Stark. »Auf Wiedersehn.«

Er folgte der großen ausgemergelten Gestalt mit den Augen durch den Raum der Küchenhelfer. Einmal machte sie halt, um den großen eingebauten Kühlschrank zu betrachten. Stark ließ sich an seinem selbstgezimmerten Tisch nieder und nahm die Liste auf. Dann legte er sie nieder und nahm den Bleistift in die Hand. Eine Bestelliste war eine wichtige Angelegenheit. Für jeden Tag des Jahres mußte man eine aufstellen. Dreihundertfünfundsechzig Bestellisten. In Schaltjahren dreihundertsechsundsechzig. Stark zerriß seine Bestelliste und warf die Fetzen auf den Boden. Dann stand er auf und schaute hinüber zu den schwitzenden, tropfnassen Küchenhelfern, die sich über die Spültische beugten. Er lehnte sich gegen die Tür und beobachtete sie nachdenklich mit einem Gesicht, das aussah, als könne er jeden Augenblick sardonisch lachen oder müde weinen oder kampfbereit grinsen.

Nach einer Weile ging er zu seinem Tisch zurück und nahm sich ein neues Formular. Eine Bestelliste war wichtig, genauso wichtig wie ein Speisezettel.

14

Alles hatte, wie Prew wohl wußte, damit begonnen, daß er aus dem Musikzug ausgeschieden war. Alles andere war die natürliche Folge davon gewesen. Es war wie eine Treppe. Jede Stufe lag logischerweise über der vorausgehenden. Hatte man einmal die unterste Stufe betreten, mußte man natürlicherweise weitersteigen, indem man einen Fuß über den anderen setzte, einfach um zum Ziel zu kommen. Weil dies ganz offensichtlich der einzige Weg war, um hinaufzugelangen, oder in diesem Fall, hinunter. Dies war, so überlegte er, eine nach unten führende Treppe. Jede folgende Stufe war unter der vorhergehenden – ihre Parallelen erstreckten sich tiefer und tiefer hinunter, bis zu einem Punkte, wo die beiden Linien der Geländer sich in einem Punkt trafen. Dieser Punkt lag eingehüllt in die Nebel einer Zukunft, in die man nicht zu schauen vermochte, und mathematisch war es überhaupt kein Punkt, sondern eine optische Täuschung, die man nie erreichen konnte. Das war die Treppe, die er betreten hatte, als er den ersten Schritt machte und den Musikzug verließ. Alle folgenden Schritte konnte er daher außer acht lassen (daß er zurückversetzt worden war, daß er Violet verloren hatte, daß er nicht boxen wollte und ähnliches). Sie hatten ihn auf seine gegenwärtige Stufe gebracht, auf der er kein Geld besaß, ein Schütze Arsch im letzten Glied, und nicht einmal fähig, sich ein Weib zu beschaffen, wenn schon der Gedanke an eine Frau ihn wild machte; sie hatten ihn, schließlich und endlich, auf diese Stufe der erduldeten Verachtung gebracht. Zurückblickend konnte er alle diese Stufen außer acht lassen und sich lediglich auf die erste konzentrieren. Den ersten Schritt hatte er freiwillig unternommen. Er hatte es damals gewußt, und er wußte es jetzt. Er wußte aber auch, daß es sein eigener freier Wille war, der ihm, obwohl er ihm die Wahl offenließ, nur eine einzige Alternative erlaubte. Und wenn dem so war, und er war dessen ziemlich sicher, dann war auch jener Schritt, als er den Musikzug verließ, nicht der erste gewesen. Dann gab es überhaupt nirgends einen ersten Schritt, sondern lediglich wieder ein sagenhaftes Zusammentreffen der Geländer, das sich – Gott mochte wissen, wo – im Schatten der Zeit lange vor seiner Geburt verlor. Dennoch war diese Treppe nicht zufälliges Stückwerk. Sie war wohlgebaut, gut proportioniert, aus einem Stück und sehr solid. Nie würde sie unter einem zusammenbrechen. Man hatte sie hingesetzt, jede Stufe eine Entscheidung, die keine war, als Teil eines Planes, der kein Plan war, jede mit den ihr folgenden Stufen, die gar nicht die ihr folgenden Stufen waren. Das alles sah er deutlich vor sich, wußte es alles ziemlich sicher und war sich recht klar darüber, daß er gar nicht anders hätte wählen können, als er es getan hatte. Nur daß nach einer gewissen Zeit, nicht nach einem Dutzend Stufen, auch nicht nach hundert oder fünfhundert Stufen, sondern nach einer unendlich unendlichen Zahl die Beine, die jeden einzelnen Schritt so leicht unternahmen, müde wurden.

Er sah Angelo zu, wie er das große und fast vollständig gefüllte Album vorholte, das er schon mindestens tausendmal angesehn hatte und so gut kannte, als wäre es sein eigenes, hätte er jemals eines besessen. Er hatte sich nie was aus dem Sammeln von Photographien gemacht; sie waren immer gestellt und daher nie wahrheitsgetreu. Nun aber wünschte er doch manchmal, er hätte es getan, denn selbst wenn die Bilder nicht ganz der Wahrheit entsprachen, so hätten sie ihm all die Orte gezeigt, an denen er gewesen war, und Leute, die er gekannt hatte, so wie sie damals waren. So hätten sie trotz ihrer Unwahrhaftigkeit wahrheitsgetreue Erinnerungen hervorgerufen, geradeso, wie sie dies offensichtlich für Angelo taten. Im Mittelpunkt des ersten Drittels des Albums, das er ihnen zuerst zeigte, stand der junge Angelo aus der Atlantic Avenue in Brooklyn, der – tatsächlich, ob du's glaubst oder nicht, und komm selbst und schau dir's an – eine Familie hatte. Da waren sie alle fünfzehn; zunächst der fette, runde, ganz offensichtlich zu nachgiebige und bestimmt nicht genügend würdevolle Herr Maggio, der sich bemühte, würdig dreinzusehn, ohne daß es ihm ganz gelang; da war weiter die noch dickere, streng blickende, geschäftstüchtige, allesbestimmende, familienbeherrschende, nicht grinsende Frau Maggio, die sich im Gegensatz zu ihrem Mann sehr bemühte zu grinsen, aber ebenfalls ohne Erfolg. Beide versuchten sie, so gut sie es konnten, die Kamera zu betrügen, wie ein jeder versucht, nur das zu zeigen, was er gerne zeigen möchte. Mit diesen beiden waren ihre dreizehn grinsenden Kinder, alle in ihren besten Kleidern, alle mit dem gleichen, für den Augenblick aufgesetzten falschen glücklichen Grinsen. Jedes Mitglied der Familie war in voller Größe zu sehen, so daß Klein-Angelo sie alle, wie sie waren, mit sich herumtragen konnte.
Sie waren noch dabei, das Album anzusehen, als Bloom frisch geduscht hereinkam. Er stellte sich neben Treadwell auf die andere Seite des Bettes und beugte sich, ohne daß man ihn dazu aufgefordert hatte, herunter, um ebenfalls die Bilder zu betrachten.

Die vier Soldaten, die schweigend das Album ansahen, bildeten eine Gruppe, die auf keine Weise gefährlich erscheinen konnte. Bloom aber, dachte Prew später, war nicht der Mann, der sich lange in den Hintergrund drängen ließ, nicht einmal von einem Photographiealbum. Wahrscheinlich tat er es nur, um alle wissen zu lassen, daß der Große Bloom auf der Bildfläche erschienen war, und weil so lange keiner Notiz von ihm genommen hatte. Damit aber, daß er es tat, schuf er sich mindestens zwei, wenn nicht gar drei Feinde, die ihre Einstellung ihm gegenüber niemals mehr ändern würden. Das war genau das, was Bloom immer tat.

Alles ging sehr schnell. Eben noch konnte man dieses anscheinend friedliche Stilleben von vier Männern, die ein Album betrachten, genießen. Dann erzitterte das Bild, wackelte und zerbrach, wie Träume zerbrechen und sich weiter entwickeln, begann sich in einer Reihe offenbar nicht zusammenhängender Handlungen aufzulösen, eins, zwei, drei und so weiter, ruckweise, wie in einem alten Film. Alles geschah zu unpräzis und zu schnell, als daß man es hätte verstehen können, und alles wurde beherrscht von diesem Gefühl: ›Nun aber Schluß mit der ganzen Scheiße‹ – wie immer, wenn man die Nase endgültig voll hat.

Bloom streckte seine Hand zwischen zwei Köpfen hindurch und deutete auf das Bild eines kleinen, olivenhäutigen, schwarzäugigen Mädchens von fünfzehn Jahren. Es war Angelos jüngste Schwester. Sie saß sehr hollywoodmäßig im Badeanzug in der Brooklyner Sommersonne am Rande eines Ziegeldachs, das noch mit dem Ruß des vergangenen Winters bedeckt war. Als wäre sie schon eine ausgewachsene Frau, versuchte sie, ihren mädchenhaften, aber sehr vollen jungen Körper, auf den sie stolz war, weil die Männer ihr schon nachsahen, zu zeigen. Ganz offensichtlich aber war ihr Körper noch gar nicht der einer ausgewachsenen Frau, weil sie ihn ja noch nicht erprobt und überhaupt nur eine völlig verschwommene romantische Vorstellung davon hatte, welchen Gebrauch sie davon würde machen können. Es war kein sehr gutes Bild, aber Bloom sagte halb entzückt, halb neckend:

»Mensch, ich wette, das ist ne tolle Nummer im Bett«, und lachte selbstzufrieden über seinen Witz.

Prew, der nicht bemerkt hatte, daß Bloom sich im Zimmer befand, aber wohl wußte, daß dies Maggios Schwester war, und überdies wußte, daß Bloom dies wußte, weil sie alle ja das Album viele Male gesehen hatten, verspürte den Schauer eines augenblicklich die Zeit anhaltenden Erschreckens. Dann packte ihn das rote, flackernde Feuer des Hasses. Halb schämte er sich, halb war er wütend auf Bloom, der dies absichtlich getan hatte, vielleicht aus Spaß, vielleicht auch nicht, bestimmt aber aus Dummheit. Wahrscheinlich hatte er Maggio auf seine plumpe, gönnerhafte, herrschsüchtige Art necken wollen. Aber selbst in diesem Necken lag eine bewußt abschätzige Bosheit. Man trampelte nicht wie ein Ochse auf einem der wenigen respektierten Tabus herum, sagte nicht Dinge, die selbst in der Armee keiner zum andern sagt. Das Feuer des Hasses war so heiß, daß Prew am liebsten jeden Funken Lebens aus so viel Dummheit herausgeschlagen hätte.

Aber ehe er noch den Kopf heben konnte, merkte er, daß er plötzlich das volle Gewicht des Albums auf sich hatte, und sah, wie Maggio schweigend zu seinem Spind ging, ihn öffnete, sich schweigend und gelassen umwandte, zu Bloom trat und mit aller Kraft, die er besaß, den abgesägten Billardstock auf seinen Kopf sausen ließ. Prew schloß das Buch sorgfältig. Nun ist es also soweit, dachte er, warf das Album auf das übernächste Bett, um es vor Beschädigung zu schützen, und stand kampfbereit auf. Readall Treadwell, der Angelo hatte kommen sehen, war rücksichtsvoll in den Gang zwischen den Betten getreten, um ihm den nötigen Raum zu geben.

»Himmelherrgottdonnerwetter«, sagte Bloom über das Krachen des Billardstocks auf seinem Kopf hinweg. »Du hast mich geschlagen, du kleiner Makkaronifresser.«

»Da kannst du Gift drauf nehmen«, sagte Maggio, »mit einem Billardstock. Und ich tu's noch mal.«

»Was?« sagte Bloom blinzelnd. Die überwältigende Kraft des Schlages, die einen Ochsen niedergeworfen hätte, schien ihn erst jetzt zu treffen. Bis jetzt hatte sie so wenig Eindruck auf seinen massiven Schädel gemacht, daß er weder umfiel noch schwindlig wurde; er hatte sich nicht einmal setzen müssen. Noch begriff er nicht, was geschehen war, aber es begann ihm zu dämmern, und mit diesem wachsenden Begreifen wuchs auch seine Entrüstung.

»Mit einem Billardstock?«

»Genau das«, sagte Maggio klar und deutlich, »und ich werd es wieder tun, gleich jetzt, und immer und überall, wenn du mir zu nahe kommst oder an mein Bett, ganz gleich warum.«

»Aber weshalb? Das ist keine Art, sich zu schlagen. Wenn du dich schlagen willst, kannst du es mir sagen.«

Bloom legte seine Hand auf den Kopf und zog sie blutbeschmiert wieder weg. Als er das Blut sah, verstand er erst ganz, was geschehen war, und eine blinde, rasende Wut packte ihn über sein eigenes, vergossenes Blut.

»Da hätte ich ne tolle Chance, was?« sagte Maggio.

»Der Teufel soll dich holen!« schrie Bloom, der ihn nicht hörte. »Du dreckiger, feiger, falscher, verlogener, verrotteter ...«, er mußte aufhören, weil ihm weitere Worte fehlten, um diesen Bruch aller sportsmännischen Regeln zu brandmarken. »Du Makkaronifresser«, sagte er, »du feiger, kleiner Katzelmacher. Wenn das die Art ist, wie du kämpfen willst«, sagte er, »wenn du mir so kommen willst.«

Er rannte durch den Schlafraum zu seinem eigenen Bett, mitten zwischen all den jetzt interessiert herumstehenden Männern hindurch. Dabei kam ein nicht abreißender Strom von Flüchen aus seinem Munde. Er zerrte an seinem Sack herum, um das Bajonett herauszuziehen, stieß jeden Fluch aus, der ihm einfiel, und wiederholte ihn, als er keinen neuen mehr wußte. Dann raste er zurück, das gezogene Bajonett ölig und bösartig glitzernd in seiner Hand. Noch immer kamen dröhnende Flüche aus seinem Munde. Niemand im Raume versuchte, ihn aufzuhalten, nur Maggio trat mit seinem Stock in der Hand in den Gang. Er war bereit, es mit ihm aufzunehmen, und es schien, als ob der Tod plötzlich in diesen großen Raum glitte, sich wie ein Boxer auf leichten Füßen panthergleich nähernd.

Aber noch ehe sie sich im Mittelpunkt der Diele treffen und das Spiel, das ihr noch immer halb betäubtes Publikum gar nicht sehen wollte, beginnen konnten, trat Hauptfeldwebel Warden plötzlich zwischen sie. Mit seinem unheimlichen Wissen um geheime Zusammenhänge mußte er geahnt haben, daß etwas vorging, und nun stand er da, in der Hand die eiserne Verschlußstange vom Gewehrgestell, fluchte wild und gemein und forderte sie heraus, es mit ihm aufzunehmen. Er würde sie gerne beide umbringen, wenn es darauf ankäme. Er war aus seinem Zimmer gekommen, um dem Lärm, der seinen Nachmittagsschlaf störte, ein Ende zu bereiten, und war dann, als er sah, was vorging, dazwischengetreten. Seinem überraschten Publikum aber schien er wie der rächende Genius aller Disziplin und Autorität, geheimnisvoll der Erde entstiegen, und seine Gegenwart allein genügte, um die beiden Kampfhähne auf ihren Plätzen festzunageln.

»Wenn hier, in meiner Kompanie, einer umgebracht wird, dann tu ich das«, sagte Warden höhnisch ... »Nicht zwei Säuglinge, die in die Hosen scheißen, wenn sie Blut sehen. Na? Kommt doch. Warum kommt ihr nicht?« höhnte er. Seine Riesenverachtung ließ sie in ihren eigenen Augen töricht erscheinen. Ihr Stolz, nicht nachzugeben, war nicht mehr verletzt, sondern sie sahen darin die einzige Möglichkeit, ihn zu retten.

»Ihr kommt nicht«, spottete Warden. »Dann wirf das Bajonett da auf das Bett, Bloom, wenn du's doch nicht brauchst. Sei ein braver Junge. So.«

Bloom tat gehorsam und schweigend, was ihm befohlen wurde. Das Blut lief über seine Stirn, aber in seinen Augen war ein unverkennbarer Ausdruck der Erleichterung.

»Hattest wohl Angst, daß keiner kommt und dich aufhält, was?« schnaubte Warden. »Totschläger. Schwere Jungens. Blutrünstig. Richtige Mörder. Gib Prewitt den Stock, Maggio.«

Maggio gab ihn ihm. Er sah aus wie ein geprügelter Hund. Der Bann war gebrochen.

»Wenn ihr euch schlagen wollt«, schrie jemand, »kämpft mit Fäusten, und zwar draußen auf dem Rasen.«

»Maul halten«, donnerte Warden. »Hier gibt's keine Schlägerei. Und keine dämlichen Vorschläge von irgendwelchen Blödmännern, die rumstehen und zusehen wollen, wie zwei Idioten sich gegenseitig umbringen.« Er schaute sich kampfbereit um, aber niemand begegnete seinem Blick.

»Und nun zu euch beiden«, sagte Warden. »Keiner von euch ist erwachsen genug, daß man euch kämpfen lassen könnte. Um zu kämpfen, muß man ein Mann sein. Wenn ihr euch wie Kinder benehmt, müßt ihr damit rechnen, daß man euch wie Kinder behandelt.«

Niemand sagte etwas.

»Ihr werdet schon noch genug zu kämpfen kriegen«, sagte Warden. »Mehr als ihr vertragen könnt. Und das wird gar nicht mehr so verdammt lange dauern. Wartet, bis ihr mal ne Kugel am Kopf vorbeipfeifen hört, und dann kommt zu mir und sagt mir, was für großartige Totschläger ihr seid. Dann glaub ich euch, daß ihr's seid. Totschläger«, schnaubte er, »wirkliche Totschläger – Jesus, Maria und Joseph.«

Niemand sagte etwas.

»Unteroffizier Miller«, sagte Warden, »nimm diesem Kind das Bajonett weg und verwahr's. Er ist noch nicht alt genug, um damit zu spielen. Und dann bring Bloom zu seinem Bett und setz ihn drauf und paß auf, daß er dort bleibt. Laß ihn mit dem Gesicht gegen die Wand sitzen, wie ein Kind. Er darf sich nicht bewegen, außer wenn er auf die Latrine muß, und dann begleitest du ihn und paßt auf, daß er zurückkommt, weil man ihn nicht allein rumlaufen lassen kann. Und knöpf ihm ja die Hosen zu.

Prewitt, du tust das gleiche mit Klein-Maggio. Beide bleiben hier, bis es soweit ist für die Küche. Und keinerlei Unterhaltung. Scheint so, als müßten wir ein paar Eselbänke für diese Kompanie zimmern lassen. Meckert einer von den zweien irgendwie, will ich's wissen. Für solche Dinge werden Leute vors Kriegsgericht gestellt, obwohl es ein Jammer wäre, Kinder aburteilen zu lassen. Das ist der einzige Grund, weshalb ich euch nicht beide einsperren lasse, verstanden?

Na also«, sagte er. »Gibt's sonst noch irgend ne Kleinigkeit, die ich hier in Ordnung bringen muß? Wenn nicht, dann habt die Freundlichkeit und verhaltet euch ruhig, damit ich meinen Gesundheitsschlaf genießen kann, klar?«

Er wandte sich um und ging auf sein Zimmer zurück. Er wartete nicht einmal, bis seine Befehle ausgeführt waren. Die Männer gingen wie auf Stelzen herum und taten, wie ihnen befohlen worden war. Der Schlafraum wurde still, mit Maggio in der einen Ecke und Bloom in der anderen. Niemand wußte, daß Warden sich mit trockenem Munde auf sein Bett warf und den Angstschweiß von der Stirn wischte. Beinahe wäre etwas geschehen. Er nahm sich vor, zehn Minuten ruhig liegenzubleiben und dann erst durch den Schlafraum zu gehen und einen Schluck Wasser zu holen, den er sehr nötig hatte.

»Recht hat er!« flüsterte Maggio Prewitt zu. »Is 'n prima Kerl, dieser Warden. Hast du das gewußt?«

»Ja, hab ich«, flüsterte Prewitt zurück. »Er hätte euch ebensogut einsperren können. Solche wie den gibt's nicht oft.«

»Ich hab noch nie ne Leiche gesehn«, flüsterte Maggio. »Außer meinem Großvater im Sarg, als ich noch ganz klein war, und da wurde mir übel.«

»Na, ich hab welche gesehn, kann der Warden sagen, was er will. Ich hab viele gesehn. Hat man sich mal dran gewöhnt, ist es nicht viel anders als tote Hunde.«

»Selbst tote Hunde lassen mich kotzen«, flüsterte Maggio. »Wahrscheinlich hab ich irgendwas falsch gemacht, aber ich weiß nicht wo. Aber was hätte ich anders tun sollen.«

»Ich will dir sagen, was du falsch gemacht hast. Du hat ihn nicht ordentlich genug geschlagen, um ihn umzulegen. Wenn er weg gewesen wäre, hätte er nicht den Kopf verloren. Er hätte dir vielleicht später aufgelauert, aber das bezweifle ich noch.«

»Du lieber Gott«, protestierte Maggio. »Ich hab so ordentlich zu-
geschlagen, wie ich konnte. Der muß einen Betonschädel haben.«
»Da hast du wahrscheinlich recht!« flüsterte Prew. »Sollte er mit mir
je wieder anfangen, schlag ich ihn nicht auf 'n Kopf.«
»Immerhin. Ich bin heilfroh, daß Warden dazwischengekommen
ist.«
»Ich auch«, sagte Prew.

15

So saßen sie, bis die Pfeife des Kochs wieder zum Dienst rief. Dann
gingen sie einzeln und schweigsam nach unten. An diesem Abend
gab's unter den Küchenhelfern kaum Gespräche und gar keine
Witze. Nicht einmal Bloom hatte Lust zum Sprechen. Wahrscheinlich versuchte er noch immer, sich darüber klarzuwerden, ob das
überraschende Ende dieses Nachmittags ihn in seiner Ehre verletzt
hatte oder nicht.
Selbst Stark fiel die gedrückte Stimmung auf, und er erkundigte sich
bei Prew nach der Ursache. Prew erzählte es ihm, obwohl Stark offensichtlich schon davon wußte – wahrscheinlich von irgend jemand, der,
wie gewöhnlich, gleich mit der Neuigkeit hinuntergerannt war – und
nur ein klares Bild aus erster Hand gewinnen wollte, wie das gute
Polizeileute und Unteroffiziere immer tun.
»Hoffentlich ist das eine Lehre für das dicke Schwein«, sagte
Stark.
»Der wird nie eine Lehre annehmen.«
»Ich glaube aber«, sagte Stark, »der wird hier noch mal ein ganz großer Mann. Ich habe mir sagen lassen, der Alte wollte ihn im April
auf den nächsten Unteroffizierslehrgang schicken. Das dauert gar
nicht lange, und der ist Unteroffizier. Und wenn er mal die Litzen
hat, macht er dir und Angelo die Hölle heiß.«
»Nicht allzu heiß.«
»Was 'n guter Soldat ist«, spöttelte Stark, »dem wird die Hölle nie zu
heiß.«
»Meinetwegen«, sagte Prew. »Aber da sind noch ganz andere hinter
mir her als Unteroffizier in spe Bloom. Die wollen mich dazu
rankriegen, daß ich boxe. Bis jetzt hat's aber noch keiner so weit gebracht.«
»Stimmt«, sagte Stark. »Dir macht so leicht keiner Angst, was?«

»Weiß Gott nicht«, sagte Prew. »Man kann sich doch nicht von so ner Saubande schikanieren lassen.«

»Nein«, sagte Stark, »das kann man nicht.«

Prew zuckte die Schultern. »Vielleicht hast du recht. Aber das ist nun mal meine Meinung. Warum soll ich damit hinterm Berg halten? Verlaß dich drauf, 's ist keine Angabe!«

»Weiß ich! Ich seh aber nicht ein, warum man alles tun muß, um die Prügel herauszufordern.«

»Ich fordere Sie nicht heraus.«

»Das denkst *du*!« sagte Stark. »Die anderen denken anders.«

»Ich will nur in Ruhe gelassen werden.«

»In dieser Welt«, sagte Stark, »wird keiner in Ruhe gelassen, heutzutage wenigstens.«

Er setzte sich auf den Tisch neben dem Spülbecken, zog sein Säckchen Golden-Grain-Tabak und ein Zigarettenpapier heraus, öffnete das Säckchen mit den Zähnen und ließ vorsichtig und mit größter Aufmerksamkeit Tabak in die Rundung gleiten.

»Leg mal ne kleine Pause ein«, sagte er vertraulich. »Heute abend ist's nicht so eilig. Paß auf«, fügte er dann hinzu, »hast du Lust, bei mir in der Küche zu arbeiten?«

»Meinst du kochen?« fragte Prew und legte den Kratzer beiseite. »Unter dir hier kochen?«

»Warum nicht?« sagte Stark, ohne aufzusehen. Er bot Prew das Säckchen an.

»Danke«, sagte Prew und nahm es. »Ja, ich weiß nicht recht. Ich hab nie darüber nachgedacht.«

»Du gefällst mir«, sagte Stark, voll damit beschäftigt, den Tabak von der Mitte wegzustreichen, um die Zigarette gleichmäßig dick zu machen. »Ich nehme an, du weißt Bescheid, was dich erwartet, wenn der Geländedienst wieder losgeht nach der Regenzeit. Du kennst sie doch alle, Ike Galovitch und Wilson und seinen Freund Henderson, und Glatzkopf Dhom, Dynamit und die ganzen Athleten. Und gleichzeitig kommt die Boxsaison näher und näher. Das heißt, vielleicht änderst du deine Meinung und willst bei den Regimentskämpfen mitmachen ...«

»Soll ich dir sagen, warum ich nicht boxe?«

»Nee, ich hab das alles schon gehört. X-mal. Old Ike spricht überhaupt von nichts anderem. Wenn du in der Küche bist, Prewitt, könnten sie dir nichts anhaben.«

»Ich brauche keinen, der mich beschützt«, sagte Prew.

»Ich bin kein Wohltätigkeitsverein, Kamerad«, sagte Stark plötzlich ganz deutlich und gar nicht mehr zögernd. »In ner Küche ist dafür kein Platz. Wer da seine Arbeit nicht machen kann, fliegt wieder raus. Wenn ich nicht der Meinung wäre, daß du's schmeißt, hätte ich dich überhaupt nicht gefragt.«

»Ich bin nie gern im Innendienst gewesen«, sagte Prew langsam. Er begriff jetzt, daß es ernst gemeint war. Wie gut wäre es, unter einem Mann wie Stark arbeiten zu können. Mit Häuptling Choate war es ähnlich, der Fehler war nur, daß in dieser Kompanie nicht die Unteroffiziere ihre Gruppen führten, sondern die Zugführer, die nicht einmal Englisch konnten. Stark aber war wirklich Chef in seiner Küche.

»Ich wollte schon die ganze Zeit Willard loswerden«, sagte Stark. »Es wären zwei Fliegen mit einer Klappe. Sims würde erster Koch werden und du als Lehrling anfangen, damit keiner meckern kann. Dann würd ich dich zum zweiten Koch machen und dich als eins/sechs einstufen lassen, wenn du lange genug hier bist, daß mir keiner was vorschmeißen kann.«

»Glaubst du, ich schaff die Arbeit?«

»Ich weiß verdammt genau, daß du's schaffst«, sagte Stark, »sonst hätt ich gar nicht erst mit dir gesprochen.«

»Und was wird Dynamit dazu sagen? Wo sich's um mich dreht?«

»Nichts, wenn ich's vorschlage. Im Augenblick bin ich hier Mamas Liebling.«

»Ich bin aber gern draußen«, sagte Prew sehr, sehr langsam. »Ne Küche ist dreckig. Essen ist schön auf dem Tisch, aber in der Pfanne ist's mir zu schlabberig. Da verdirbt's mir den Appetit.«

»Hör auf, lange Geschichten zu machen«, sagte Stark. »Ich will dich zu nichts überreden. Entweder du willst oder du willst nicht.«

»Ich würd's bestimmt gern tun«, sagte Prew langsam. »Aber ich kann nicht«, sagte er endgültig.

»Wie du willst«, sagte Stark. »'s ist dein Todesurteil.«

»Moment mal«, sagte Prew. »Laß mich's dir erklären, Stark; ich möchte, daß du's verstehst.«

»Ich versteh's schon.«

»Nein, du verstehst es nicht. Jeder Mensch hat angeblich gewisse Rechte.«

»Gewisse unveräußerliche Rechte«, sagte Stark, »auf Freiheit, Gleichheit und Glück. Das hab ich als Kind in der Schule gelernt.«

»Das mein ich nicht«, sagte Prew. »Das steht in der Verfassung. Daran glaubt sowieso keiner mehr.«

»Natürlich glauben sie noch daran«, sagte Stark. »Alle miteinander. Sie handeln nur nicht danach. Aber glauben tun sie's.«

»Eben«, sagte Prew, »das meine ich ja.«

»Mindestens glauben sie's in unsrem Land«, sagte Stark. »Selbst wenn sie's nicht tun. In anderen Ländern glauben sie nicht mal dran. Schau Spanien an. Oder Deutschland. Schau dir Deutschland an.«

»Sicher«, sagte Prew. »Ich selber glaube auch dran. Es sind meine Ideale. Aber ich spreche nicht von Idealen. Ich spreche vom Leben. Jeder Mensch hat gewisse Rechte«, sagte er. »Ich meine im Leben, nicht in den Idealen. Und wenn er sie nicht selbst verteidigt, wird's kein anderer für ihn tun.

Es gibt kein Gesetz und keine Vorschrift, die mich zwingt zu boxen, verstehst du? Daher ist es mein Recht, es eben nicht zu tun, wenn ich nicht will. Ich will kein Spielverderber sein, sondern ich hab meinen guten Grund dafür. Und wenn ich was Bestimmtes tun will und tu's dann, bin ich immer noch berechtigt weiterzuleben, ohne daß man mich herumstößt, solange ich niemand anderm einen Schaden zufüge. Das ist mein Recht als Mensch, nicht herumgestoßen zu werden.«

»Verfolgt«, sagte Stark.

»Genau das. Wenn ich aber in die Küche gehe, dann verzichte ich auf mein Recht, verstehst du? Dann gebe ich zu, daß ich im Unrecht bin und daß es das Recht überhaupt nicht gibt, und die anderen denken, sie hätten recht, daß sie mich gezwungen haben. Ob sie mich zum Boxen zwingen oder nicht, darauf kommt es nicht an. Sie haben's auf jeden Fall versucht. Verstehst du?«

»Gut«, sagte Stark. »Ja, ich verstehe. Nun laß mich mal reden. Vor allem«, sagte er, »siehst du alles verkehrt rum an. Du meinst, die Welt ist so, wie's die Leute sagen, anstatt zu sehn, wie sie wirklich ist. In Wirklichkeit hat niemand irgendwelche Rechte, außer denen, die er packen und behaupten kann. Und für gewöhnlich kann man sie überhaupt nur bekommen, wenn man sie einem anderen wegnimmt.

Nun frag mich nur nicht warum. Ich weiß nur, daß es so ist. Und wenn man etwas festhalten oder gewinnen will, dann muß man sich im klaren darüber sein, daß es so ist. Man muß sehen, wie andere Leute das bekommen und behalten, was sie haben, und es dann genauso machen.

Die beste Art und die häufigste ist die Politik. Sie befreunden sich mit einem, der Einfluß hat, und dann benutzen sie den Einfluß. So hab ich's gemacht. In Fort Kam war ich genauso übel dran wie du hier. Ich bin aber nicht abgehauen, als ich nicht aus noch ein wußte, Alter; ganz übel war ich dran, kann ich dir sagen. Aber ich bin so lange geblieben, bis ich völlig sicher war, daß ich was Besseres gefunden hatte, verstehst du? Ich hörte, daß Holmes hier ist, und ich benutzte ihn, um dort wegzukommen.«

»Das hast du goldrichtig gemacht«, sagte Prew.

»Nun vergleich das mal damit, wie du aus dem Musikzug weggegangen bist«, sagte Stark. »Wenn du wirklich auf Draht gewesen wärest, mein Lieber, dann wärst du geblieben, bis du was Richtiges an der Hand gehabt hättest. Anstatt halb wahnwitzig abzuhauen und sich wie 'n Verrückter anzustellen, der sich versetzen läßt, wie du's gemacht hast. Was hast du nun davon gehabt?«

»Ich hatte eben keine guten Beziehungen«, sagte Prew. »Ich hatte überhaupt keine Beziehungen.«

»Das ist es ja gerade. Du hättest bleiben sollen, bis du welche gehabt hättest. Schau, ich biete dir ne tadellose Sache an, festen Boden unter den Füßen, was machst du? Du lehnst es ab. Das ist einfach dumm und unvernünftig, weil du nämlich damit die einzige Tour ablehnst, mit der man in der Welt weiterkommt.«

»Mir scheint, ich bin einfach unvernünftig«, sagte Prew. »Aber ich will's nicht glauben, daß das der einzige Weg ist, um weiterzukommen. Denn wenn das so ist, dann ist der Mensch einen Dreck wert, einfach nichts.«

»Ja, in gewissem Sinne«, sagte Stark, »hast du recht. Es kommt wirklich darauf an, wen du kennst, und nicht, wer du bist. Sieh mal an: was du bist, bleibt sich gleich. Und nichts in der Welt, keine Philosophie, das ganze Christentum nicht, kann was dran ändern. Was du bist, wird nur jeweils in einen anderen Kanal geleitet, das ist alles. Wie ein Fluß, dessen altes Bett verstopft ist, und der sich ein neues sucht, wo die Strömung dann genauso stark ist, nur daß sie sich in einer anderen Richtung bewegt.«

»Nur will das keiner wahrhaben«, sagte Prew. »Das macht mich so wütend. Sie behaupten, sie hätten sich hochgearbeitet mit guter, ehrlicher Arbeit, und in Wirklichkeit haben sie die Tochter des Chefs geheiratet und alles geerbt. Du sagst es ja auch, daß man genauso tüchtig ist, wenn man die Tochter des Chefs heiratet, wie wenn man durch seine ehrliche Arbeit die Konkurrenz schlägt. Was sowieso heutzutage ausgeschlossen ist.«

»Und immer war«, verbesserte Stark.

»Meinetwegen immer war. Und du willst behaupten, daß man dabei ein anständiger Kerl bleibt?«

Stark runzelte die Stirn. »In gewissem Sinn ja, aber das ist ja auch unwichtig.«

»Wenn das stimmt«, sagte Prew, »wo bleibt dann die Liebe? Ich meine, wenn es so ne Leistung ist, die Tochter des Chefs zu heiraten, was wird dann aus der Liebe?«

»Hast du diese berühmte Liebe schon mal kennengelernt?«

»Ich weiß nicht. Manchmal mein ich ja und manchmal wieder, daß alles nur Einbildung war.«

»Ich denke«, sagte Stark, »daß man nur das liebt, wo man was rausholen kann. Und daß man nichts liebt, wo man nichts rausholen kann.«

»Nein«, sagte Prew, sich an Violet erinnernd, »das stimmt nicht. Du kannst mir nicht einreden, daß Liebe nur in Romanen oder in der Phantasie vorkommt.«

»Weiß der Kuckuck«, sagte Stark gereizt. »Du wirst mir zu problematisch. Alles, was ich weiß, habe ich gesagt.

Sieh mal, wir leben in einer Welt, die sich selbst zerfleischt, so gründlich, wie das fünfhundert Millionen Menschen zustande bringen können. In so ner Welt gibt's für mich nur eins. Und das ist, was zu finden, was einem gehört, wirklich gehört, was einen nie im Stich läßt, wofür man dann arbeitet... hart arbeitet, und was sich dann auch wirklich lohnt. Bei mir ist's meine Küche...«

»Bei mir mein Horn.«

»... Und das ist alles, worum ich mich zu kümmern habe. Solange ich das richtig mache, brauche ich mich nicht zu schämen. Und wenn alle anderen sich gegenseitig umbringen und sich abschlachten und die ganze Scheiß-Welt zum Teufel gehn lassen, mich geht's nichts an.«

»Bloß daß du mit zum Teufel gehst«, sagte Prew.

»Gut, dann bin ich alle Sorgen los.«

»Aber auch deine Küche.«

»Auch in Ordnung, dann bin ich weg und merk nichts mehr davon. Und mehr will ich gar nicht wissen.«

»Es tut mir wirklich leid, Stark«, sagte Prew langsam, weil er es nicht sagen wollte, und hart, weil es ihn schwer ankam, es überhaupt zu sagen. Er wünschte, es gebe einen Weg – vielleicht ein Argument, das Stark selbst gebraucht hatte –, es nicht sagen zu müssen. Er war fast ärgerlich auf Stark, daß er ihn nicht überzeugt hatte, wo er doch so gerne überzeugt worden wäre. »Ich kann's nicht. Ich kann's einfach nicht, und das ist alles. Aber glaub nicht, daß ich dir nicht dankbar bin.«

»Ich glaub's schon«, sagte Stark.

»Wenn ich's täte, dann wär alles, was ich bisher in meinem Leben getan habe, nichts wert und sinnlos.«

»Es ist manchmal besser, etwas aufzugeben und von vorne anzufangen, als stur dran festzukleben.«

»Nicht, wenn man gar nichts anderes hat und keine Aussicht auf Ersatz besteht. Du hast immerhin deine Küche.«

»Schön«, sagte Stark, seinen Zigarettenstummel wegwerfend und aufstehend. »Du brauchst mir das nicht unter die Nase zu halten. Ich weiß, daß ich gut dran bin, aber das hat mich auch viel Mühe und Arbeit gekostet; mir hat keiner was geschenkt.«

»Ich halt dir's nicht unter die Nase. Und ich würde gern bei dir Dienst machen, Stark, wirklich.«

»Bis später dann«, sagte Stark. »Es ist gleich Zeit mit dem Essen, und ich muß mich drum kümmern, daß es pünktlich hinkommt.«

Prew sah ihm nach, wie er sich entfernte. Sein Gesicht war noch wie immer das Gesicht aller guten Polizisten und Unteroffiziere, bewußt die Maske eiserner Gerechtigkeit, jenseits der nichts geduldet wurde. Jede Nuance menschlicher Neugierde war daraus gewichen. Männer dieser Art verzichten auf viel, dachte er, aber andererseits gewinnen sie wahrscheinlich etwas, was wir anderen nicht kennen. Zum mindesten sind sie fähig, die Arbeit zu tun, die ihnen paßt.

Dann gab er es auf, darüber nachzudenken, und fing wieder an zu arbeiten. Er mußte sich dranhalten. Bald würden die Töpfe und Pfannen vom Abendessen eintrudeln.

Auf einer Insel oder in der Nähe des Meeres wird es schnell dunkel. Der Sonnenuntergang ist eine Sache von Minuten. Eben, in diesem Augenblick ist sie noch da, und es herrscht vollstes Tageslicht, und schon in der nächsten Minute ist sie versunken, und es herrscht Nacht. Steht man am westlichen Ufer, kann man tatsächlich sehn, wie die tiefe Kühle des Meeres die goldene Scheibe verschlingt, während in den Bergen das sonnenlose Zwielicht noch für Stunden über dem Lande liegt. Du hast viel von dieser Welt gesehn, Prewitt, sagte er zu sich selber. Er bemerkte, wie seine Augen angestrengt zwinkerten, während sie sich dem schwächer werdenden Licht anpaßten. Immerhin, das hast du wirklich gehabt.

Die Kompanie aß ihre Würstchen und Bohnen und ließ sich, lachend und schwatzend, Zeit mit dem Kaffee. In der Garnison ist der Abend die schönste Zeit für den Soldaten, weil sie ihm gehört und er sie vergeuden kann. Er kann sie mit einem einzigen großartigen Schwung verschwenden oder sie centweise wie in einem Bonbongeschäft verbrauchen... soundso viel dafür, zwei Stückchen Schokolade, vier Drops, eine Lakritzenstange, und ich behalt noch immer zwei Cent in meiner Tasche.

Anderson und Freitag Clark blieben beim Hinausgehn bei ihm stehen und fragten ihn, ob er nachher, wenn sie die Gitarre holten, mit von der Partie sein würde. Andy, der Hornist vom Dienst, hatte das Leinwandkoppel mit der schwarzen Pistolentasche umgeschnallt. Der Halteriemen der Pistole zog sich vom Kolben über seine Brust zur Schulter, unter die ins Hemd gesteckten Krawatte durch, und das Horn, das er immer bei sich tragen mußte, solange er Wache hatte, hing auf dem Rücken.

»Bis neun muß ich im Wachlokal bleiben«, sagte er. »Der Wachhabende will ins Kino gehn, und ich muß ihn vertreten. Nach dem Locken hab ich aber frei bis zum Zapfenstreich. Das ist die Zeit, an die wir gedacht haben.«

»O. K.«, sagte Prew und hatte nun noch mehr das Bedürfnis, rasch fertig zu werden. »Ich wollte sowieso erst mit Angelo ne Partie Billard spielen, sobald wir hier wegkommen.«

»Darf ich euch zusehen?« fragte Freitag. »Auf Wache kann ich nicht mehr gehn, nachdem der O. v. D. mich heut nachmittag rausgeschmissen hat.«

»Klar kannst du mitspielen, wenn du Lust hast.«

»Nein, ich seh lieber zu. Mit euch kann ich sowieso nicht gut mit.«

»Gut, dann guck zu. Jetzt aber mach, daß du hier verschwindest, damit ich fertig werden kann.«

»Komm«, sagte Andy mürrisch. »Merkst du nicht, daß er's eilig hat? Immer mußt du dich irgendwo rumdrücken!«

»Laß mich ja in Ruhe«, sagte Freitag, während sie gingen. »Du brauchst gar nicht so dicke zu tun. Wenn du nicht Wache hättest heute nacht, wärst du sowieso mit Bloom in die Stadt zu den Hübschen, und deine Gitarre liegt schön in deinem Spind.« Das war der schlimmste Vorwurf, den sich Freitag auszudenken vermochte.

Sobald das Abendessen vorüber war, geriet alles in Bewegung. Die paar Leute, die Geld hatten, bestellten sich ein Taxi, um in die Stadt zu fahren. Die vielen andern, die keins hatten, gingen ans Tor und versuchten per Anhalter hinzukommen, oder sie gingen ins Kino oder in die Sporthalle, wo die Basketballmeister der Fünfunddreißigsten ein Freundschaftsspiel gegen die Mannschaft von Fort Shaffer austrugen. Prew konnte die Stimmung auf der Veranda hören, wie sie besprachen, was sie tun wollten, und arbeitete noch schneller. Er war dabei, die Spülbecken zu reinigen, als Stark wieder auftauchte.

»Ich gehe heute abend in die Stadt, Prew«, sagte er. »Willst du mit?«

»Ich bin pleite«, sagte Prew. »Total.«

»Ich hab dich nicht gefragt, ob du Geld hast. Das hab ich. Ich heb's mir immer auf fürs Monatsende. Die schönsten Touren mach ich immer, wenn fast keiner in der Stadt ist, statt am Zahltag, wo man nicht mal in ne Bar reinkommt, vom Puff ganz zu schweigen.«

»Wenn du dein gutes Geld für mich ausgeben willst, bitte sehr. Um wieviel Uhr?« Er sah plötzlich weißes, haarbeschattetes Fleisch vor sich, die grellbunten dünnen Abendkleider, sah schwach erhellte Räume und die farbigen Lämpchen des Musikautomaten. Der Hunger nach einer Frau, den er so lange unterdrückt hatte, stieg in ihm auf und machte seine Stimme heiser.

»Das beste ist nach dem Zapfenstreich«, sagte Stark. »Macht mehr Spaß, wenn man zu zweit ist«, erklärte er, »und mir scheint, du sitzt schon ne ganze Weile auf dem trocknen«, fügte er mit seinem schiefen Grinsen hinzu.

»Da kannst du recht haben, Kollege«, sagte Prew, und das war alles, was sie über die unerwartete Einladung zu sagen hatten.

»Wir werden so um Mitternacht in der Stadt sein«, sagte Stark, »und haben dann Zeit für ne Bar, um uns 'n bißchen aufzupulvern. Dann so um eins rum gehn wir rauf und warten etwa bis um zwei. Suchen uns was für die Nacht. Vielleicht zwischenrein noch eine auf die Schnelle. So ungefähr mach ich's immer.«

»Eine für die ganze Nacht«, sagte Prew. Gierig dachte er an die drei Stunden, von zwei bis fünf, die in Honolulu eine ganze Nacht in einem Bordell bedeuteten. »Das kostet fünfzehn Dollar.«

»Richtig«, sagte Stark, »aber das ist die Sache wert. Wenn du nur einmal im Monat drankommst und alles dafür sparst, dann ist's sogar noch mehr wert als das.«

»Mensch«, sagte Prew, »das haut genau hin! Wir wollten noch 'n bißchen Gitarre spielen bis zum Zapfenstreich. Haut haargenau hin!«

»Bestens«, sagte Stark. »Wir haun erst nach Zapfenstreich ab. Vielleicht komm ich sogar selber noch runter und mach 'n bißchen mit«, sagte er abrupt, halb fragend.

»Klar! Spielst du Gitarre?«

»Ach, nicht so, daß es zählt. Ich hör aber gern zu. Dann also auf später«, knurrte er fast unfreundlich, so daß man spürte, er wollte nicht mehr darüber sprechen. Er ging schnell weg, als habe er Angst, Prew könne sich bei ihm bedanken.

Prew grinste hinter ihm her und begann von neuem, die Becken zu scheuern. Jetzt fühlte er sich wohl, jetzt fühlte er sich ganz ausgezeichnet, mit einem Riesenrad-Schwindelgefühl in seinem Magen, in seiner schweren, vibrierenden Mannbarkeit sich erhebend.

Maggio wartete auf ihn in der Billardnische. Sie spielten gewöhnlich Pool-Billard, und Prew, in seiner ›Seid-umschlungen-Millionen-Stimmung‹, war in großer Form. Das Spiel war ziemlich ausgeglichen, auf der einen Seite der Meister der Atlantic Avenue, auf der anderen der Junge, der als Landstreicher sein Taschengeld damit verdiente, daß er es mit Lokalgrößen in kleinstädtischen Billardsälen aufnahm. Am Ende war Prew doch etwas überlegen.

Freitag, die Ellenbogen auf das Fensterbrett hinter ihm aufgestützt, sah zu. Er war interessiert, aber ganz offensichtlich brachte er nur die Zeit herum, bis es soweit war, um die Gitarre zu holen. Später kamen sogar Leute aus dem Tagesraum herüber, um zuzusehn.

Maggio, mit dem Billardqueue in der Hand, die steif gebügelte Mütze stolz auf dem Kopf, ein wenig nach hinten geschoben, daß man ein paar von der Anstrengung feuchte Locken sehen konnte, hockte wie eine selbstgefällige Domdrossel auf dem nächsten Fensterbrett, wenn Prew spielte, und gab über die Spitzenleistungen, die besonderes fachmännisches Verständnis verlangten, Kommentare für den Fall, daß sie dem Publikum entgangen sein sollten.

»Ein Billardspieler ist dieser Kerl«, erklärte er und deutete mit dem Daumen auf Prew. »Ich weiß es. Ich kann's beurteilen. Alle großen Billardspieler kommen aus Brooklyn. Mensch, was ich dafür geben würde, diese Type bei uns im Billardsaal zu haben. Ich würd ihm Overalls anziehn und einen Strohhut aufsetzen und einen Grashalm zwischen die Zähne stecken, und einen Sack mit Geld mit ihm verdienen.«

»Neunter Ball aus der End- und Seitenschiene in die Tasche auf der andern Seite«, kündigte Prew an und tat es.

»Seht ihr, was ich sage?« kicherte Maggio dem Publikum zu.

»Vielleicht komme ich mal zu dir nach Hause«, sagte Prew, während er sein Queue frisch einkreidete. »Auf Besuch.«

»Bloß nicht«, wehrte Maggio ab. »Bloß nicht, mein Lieber. Meine Olle würde uns beide rauswerfen. Sie mag Soldaten nicht, seit einer meine zweitälteste Schwester durchgeprügelt hat. Sie kann Uniformen nicht vertragen.«

Um neun kam Andy von der Wache, sein Horn noch immer auf dem Rücken, und sie hörten auf zu spielen. »Wenn ich das Locken geblasen habe, bin ich frei bis zum Zapfenstreich«, sagte er und ging durch den Raum und zur anderen Tür hinaus. »Bringt die Gitarre raus.«

»Ich hol sie«, sagte Freitag, »ich hol sie.« Nun wurde er lebendig und rannte hinüber zur Treppe.

»Darf ich mitkommen und zuhören?« sagte Angelo, der wußte, daß das eine exklusive Sache war. »Ich werd kein Wort sagen. Keinen Wunsch.«

»Ich dachte, du machst dir gar nichts aus unserm Gedudel«, grinste Prew.

»Tu ich auch nicht«, sagte Angelo hitzig. »Ihr macht aber gar kein Dorfgedudel. Bei Gené Autry ist es Hillbilly, wenn ihr's spielt, ist es wirklich Musik.«

»Von mir aus, komm mit. Ich möcht nur wissen, was unser Freund Bloom heute nacht anstellt«, sagte Prew und trat hinaus auf den Kasernenhof. »Hab ihn den ganzen Abend nicht gesehen.«

»Ich auch nicht«, sagte Angelo. »Wahrscheinlich ist er in die Stadt gegangen. Seine Schwulen besuchen. Ich treff ihn dauernd unten im Waikiki-Hotel, wenn ich den meinen seh. Er hat jetzt nen festen, bloß der hat nicht soviel Geld wie meiner.«

»Vielleicht will er gar kein Geld.«

»Vielleicht. Vielleicht sucht er ne Schulter, um sich auszuweinen. Hund, der!«

Sie trafen die andern in der Dunkelheit des Kasernenhofs. Freitag schleppte die Gitarren. Nachdem Andy das Signal ›Lichter aus!‹ geblasen hatte, saßen sie auf der Treppe hinter der Küche, spielten ihre traurigen Lieder leise in der Dunkelheit, damit niemand dazukäme. Sie wollten allein sein in ihrer Gemeinschaft. Eins nach dem andern verlöschten um das Quadrat herum die Lichter in den Schlafsälen. Stark kam aus der Küche und setzte sich auf den Randstein. Gegen die Mauer gelehnt saß er da und rauchte, lauschte, aber redete nicht, nicht ein einziges Wort, starrte über das Stabsgebäude hinweg in die

Dunkelheit, als versuche er, Texas zu sehn. Maggio hockte zusammengekrümmt auf der untersten Stufe, wie ein haarloser Affe auf einer Drehorgel, und lauschte ebenso gespannt auf die Musik, die seiner Heimatstadt Brooklyn so fremd war. »Wißt ihr was?« sagte er nach einer Weile, »diese Lieder klingen fast wie Jazz und gar nicht wie Hillbillies, wenn ihr sie spielt. Langsamer, richtiger Nigger-Jazz, wie in den Kneipen in der 52. Straße.«

Prew hörte auf zu spielen, und auch Freitags Gitarre verstummte allmählich. »Irgendwie ist es auch Jazz«, sagte Prew. »Niemand kann sagen, wo Hillbilly anfängt und Jazz aufhört. Das geht ineinander über. Andy und ich, wir haben ja vor, selbst was zu komponieren. Wir haben darüber gesprochen und werden's vielleicht auch mal tun.«

»Bestimmt tun wir das«, sagte Freitag. »Werden's Soldaten-Blues nennen. Es gibt nen Nachtfahrer-Blues und nen Baumwollpflücker-Blues, aber keinen Soldaten-Blues. Wie?«

Stark saß schweigend dabei, lauschte auf den steigenden und fallenden Klang ihrer Stimmen, hörte alles, aber beteiligte sich nicht, rauchte und unterhielt sich nur mit dem bitteren Schweigen, das in ihm hockte.

»So bläst man kein ›Lichter aus!‹« sagte Prew mit der Überzeugung des Fachmannes. »Das muß staccato geblasen werden. Kurz und hart. Nicht eine Sekunde darf man an den langen Tönen verlieren. ›Lichter aus‹ hat was Dringendes. Du verkündest den Leuten, sie sollen ihre verdammten Lichter ausmachen, und zwar sofort. Darum muß es zackig und schnell gehen, ohne ineinanderfließende Töne. Und trotzdem im geheimen so 'n bißchen traurig, weil du's ihnen ja im Grund genommen gar nicht sagen willst.«

»Wir können nicht alle gleich gut sein«, sagte Andy. »Ich bin Gitarrenspieler. Du bleibst bei deinem Horn und ich bei meiner Gitarre.«

»Gut«, sagte Prew. »Hier.« Er reichte ihm die neue Gitarre, die nicht mehr sehr neu war, aber immerhin Andys Privateigentum.

Andy ergriff sie und nahm die Melodie auf, die Freitag begonnen hatte. In der Dunkelheit beobachtete er Prews Gesicht.

»Willst du den Zapfenstreich für mich blasen?« bot er ihm an. »Wenn du willst, kannst du's heute abend tun.«

Prew überdachte den Vorschlag. »Macht dir's bestimmt nichts aus?«

»Absolut nicht. Ich bin kein Hornist, ich bin Gitarrenspieler. Übernimm's ruhig. Den Zapfenstreich kann ich sowieso nicht richtig.«

»Gut. Gib mir das Horn. Hier hast du dein Mundstück. Ich hab mein eigenes gerade dabei.«

Er nahm das Horn, rieb es ein wenig und legte es dann auf seinen Schoß, während sie in der kühlen Dunkelheit saßen, leise spielten und ein wenig redeten, aber meistens nur lauschten. Stark sprach überhaupt nichts, sondern hörte nur zu, glücklich vor sich hinträumend. Einmal gingen zwei Männer vorbei, blieben eine Minute lang stehen, um zu lauschen, von dem hoffnungslosen Hoffen dieser Lieder gefangen. Der schweigende Stark aber war wachsam. Wütend warf er seine Zigarette nach ihnen auf die Straße. Die glühende Asche zerstäubte vor ihren Füßen, und Funken stoben nach allen Seiten. Sie gingen weiter, als habe eine unsichtbare Hand sie weggeschoben.

Fünf Minuten vor elf verstummten die Gitarren, und alle standen auf. Vier von ihnen gingen hinüber zu dem Megaphon in der Ecke. Stark blieb gegen die Wand gelehnt sitzen. Er rauchte noch immer. Stillschweigend nahm er es hin, allein gelassen zu sein. Er drehte Zigaretten und rauchte sie und sah wortlos zu und ließ sich nichts entgehen.

Prew nahm sein Quarzmundstück aus der Tasche und steckte es auf das Horn. Nervös stand er vor dem großen Megaphon. Er blies prüfend leise Töne, wischte dann ärgerlich das Mundstück aus und rieb heftig seine Lippen.

»Lippen sind nicht in Ordnung«, sagte er nervös. »Seit Monaten kein Horn angerührt. Ich werd überhaupt nicht blasen können. Meine Lippen sind weich wie Butter.«

Er stand da im Mondlicht, trat nervös von einem Bein auf das andere, fingerte an dem Horn herum, schüttelte es ärgerlich, brachte es immer wieder versuchsweise an die Lippen.

»Teufel noch eins«, sagte er. »Ich werd nicht spielen können, wie's sich gehört. Zapfenstreich ist was Spezielles.«

»Ach, mach keine Geschichten«, sagte Andy. »Du weißt, daß du's kannst.«

»Schon gut«, sagte er ärgerlich. »Schon gut. Ich hab ja nicht gesagt, daß ich nicht blasen will, oder? Du bist wohl nie nervös, was?«

»Nie«, sagte Andy.

»Dann hast du keinen Funken Gefühl«, sagte Prew ärgerlich. »Überhaupt keinerlei Verständnis.«

»Nicht für dich«, sagte Andy.

»Dann halt um Gottes willen dein Maul«, sagte Prew ärgerlich und nervös.

Er sah auf die Uhr. Als der Minutenzeiger den höchsten Punkt erreicht hatte, trat er vor und hob das Horn zum Megaphon. Die Nervosität fiel von ihm wie eine abgelegte Uniformbluse. Plötzlich war er allein, weit weg von allen anderen.

Der erste Ton war rein und absolut sicher. In diesem Ton gab es keine Frage und keinen Zweifel. Er strich klar über das dunkle Viereck des Kasernenhofes, wurde ein ganz klein wenig länger gehalten, als die meisten anderen Hornisten ihn hielten. Wurde lange gehalten, wie die Zeit, die sich von einem müden Tag zum andern hinzieht... lange, dreißig Jahre lang. Der zweite Ton war kurz, fast zu kurz und zu abrupt. Kurz und schnell vorbei, wie die Minuten bei einer Hure. Kurz wie eine Zehnminutenpause während der Arbeit. Und dann erhob sich die letzte Note des ersten Satzes triumphierend aus dem leicht gebrochenen Rhythmus, schwebte triumphierend zu einem unerreichbaren Gipfel des Stolzes hinauf, hoch über alle Erniedrigungen und Beleidigungen.

So spielte er alles... in einem erst zurückhaltenden, dann beschleunigten Tempo, dem kein Metronom gewachsen war. Hier gab es keine vorgeschriebenen Regeln. Die Töne schwebten hoch in der Luft, hingen zärtlich zitternd über dem Kasernenhof, gefüllt mit unendlicher Trauer, nie erschöpfter Geduld, sinnlosem Stolz. Sie waren das Requiem und das Grabmal des einfachen Soldaten, der wie ein einfacher Soldat roch – wie eine Frau einmal zu ihm gesagt hatte. Sie strahlten über den Köpfen der schlafenden Männer, verwandelten alle Häßlichkeit in Schönheit... die Schönheit des Mitgefühls und des Verstehens. Hier sind wir, sagten sie. Ihr habt uns gemacht, nun bewundert uns. Öffnet die Augen und erschauert vor der Schönheit und der Traurigkeit der Dinge, so wie sie sind. Dies ist das wahre Lied, das Lied der armen Kreatur, nicht das der Kriegshelden. Das Lied der Sträflinge, krätzig, stinkig, verschwitzt, eingehüllt in Mäntel von grauem Staub. Das Lied der dreckigen Küchenhelfer, der Männer ohne Frauen, die die blutigen Binden der Offiziersweiber aufsammeln und den Offiziersklub scheuern, wenn das Fest vorüber ist. Dies ist das Lied des Abschaums, der Haarwassersäufer, der Schamlosen, die gierig die noch halbvollen, lippenstiftverschmierten Gläser leeren, die von den Festgästen stehengelassen wurden.

Dies ist das Lied der Männer, die kein Zuhause haben, von einem Mann geblasen, der nie ein Zuhause kannte. Hört zu. Ihr kennt dieses Lied, nicht wahr? Es ist das Lied, dem ihr jede Nacht eure Ohren verschließt, damit ihr schlafen könnt. Dies ist das Lied, um dessent-

willen ihr jeden Abend fünf Martinis trinkt, um es nur nicht zu hören. Dies ist das Lied der großen Einsamkeit, die durch die Türritzen
dringt wie der Wüstensand und die Seelen austrocknet. Dies ist das
Lied, das du hören wirst am Tage deines Todes. Wenn du daliegst auf
deinem Bett und wartest und weißt, daß alle Ärzte und Schwestern
und weinenden Freunde nichts bedeuten und dir nicht helfen, dir
nicht einen Tropfen all der Bitterkeit ersparen können, weil *du* es
bist, der stirbt, nicht sie. Wenn du darauf wartest, daß er kommt,
und weißt, daß du ihm nicht durch Schlaf entrinnen kannst, noch
daß Martinis ihn ablenken, noch Gespräche ihn umgehen, noch
Spiele ihn besänftigen werden, dann wirst du dieses Lied hören, dich
erinnern und es wiedererkennen. Dieses Lied ist die *Wirklichkeit*.
Erinnerst du dich? Bist du sicher, daß du dich erinnerst?

>>Tag ins Land,
Sonn verschwand
Von dem See,
Von dem Berg
Fern und nah.
Schlaf in Ruh,
Du Soldat!
Gott ist da...<<

Und als der letzte Ton verklang und der Hornist das Megaphon her-
umdrehte für die traditionelle Wiederholung, erschienen Gestalten
aus Choys Restaurant in der erleuchteten Einfahrt. >>Ich hab ja gesagt, daß es nur Prewitt sein kann<<, drang die Stimme eines Mannes,
der offenbar eine Wette gewonnen hatte, undeutlich über das große
Viereck. Und schon erklangen die Töne der Wiederholung. Hin und
her über dem Kasernenhof schwebte der Widerhall der klaren stolzen Klänge. Aus den Tagesräumen waren Männer auf die Veranda
hinausgetreten, um in der Dunkelheit zu lauschen. Mit zugeschnür-
ten Kehlen spürten sie mit einem Male ihre angstgeborene Zusam-
mengehörigkeit, die stärker ist als alle persönlichen Vorurteile. Sie
standen in der Dunkelheit der Umgänge, lauschten, fühlten sich
plötzlich dem Mann neben sich sehr nah, der auch ein Soldat war
und sterben mußte wie sie. Dann gingen sie still, wie sie gekommen
waren, mit gesenkten Blicken ins Haus zurück, schämten sich ihrer
eigenen Rührung und daß sie die Seele eines anderen unverhüllt gesehen hatten.

Maylon Stark, an die Küchenwand gelehnt, starrte auf seine Zigarette. Sein zusammengepreßter, verzogener Mund sah aus, als wäre er im Begriff zu lachen, im Begriff zu weinen, im Begriff höhnisch zu grinsen. Er schämte sich. Er schämte sich über sein Glück und darüber, daß jener andere das seine verloren hatte. Zwischen seinen Fingern zerdrückte er die harmlose Glut, genoß den kurzen Schmerz und warf sie dann mit aller Kraft auf den Boden und mit ihr all die überwältigende Ungerechtigkeit der Welt, die er weder ertragen noch verstehen, noch erklären, noch ändern konnte.

Prewitt senkte langsam das Horn. Zögernd nahm er das Mundstück ab und gab Andy das Horn zurück. Das Mundstück hatte eine rote Rille um seine Lippen gegraben.

»Himmel«, sagte er heiser. »Ich brauch ein Glas Wasser. Ich bin müde. Ich geh mit Stark in die Stadt. Wo ist Stark?« Er fingerte an dem Mundstück herum und ging planlos in die Dunkelheit hinein, gar nicht stolz und in seiner Unschuld keineswegs dessen bewußt, was er geleistet hatte.

»Mensch«, sagte Maggio, während sie ihm mit den Blicken folgten, »der kann wirklich blasen. Warum tut er's nicht? Der sollte im Musikzug sein.«

»Das war er doch, du Idiot«, sagte Andy voll Verachtung. »Er ist ausgetreten. Er wollte nicht bei diesem Sauhaufen bleiben. Er hat den Zapfenstreich in Arlington geblasen.«

»Wirklich?« sagte Maggio. Er blickte auf die sich entfernende Gestalt. »Ist doch allerhand.«

Schweigend standen die drei herum; unfähig, auszusprechen, was sie fühlten, schauten sie hinter ihm her, bis Stark, der alles gehört hatte, zu ihnen kam.

»Wo geht er denn hin?«

»Dich suchen«, sagte Andy, »will mit dir in die Stadt. Ging in Richtung auf die Veranda.«

»Danke schön«, spottete Stark. »Darauf wär ich nie gekommen«, und ging, um ihn zu suchen.

»Komm, Kamerad«, sagte er. »Gehn wir in die Stadt und toben wir uns 'n bißchen aus.«

Drittes Buch · Die Weiber

16

Sie stiegen die lichtlosen Treppen des New-Congress-Hotels hinauf. Nach der hell erleuchteten, fast menschenleeren Hotelstraße kam es ihnen hier dunkel vor. Vorsichtig tasteten sie sich mit halbbetrunkenen Bewegungen aufwärts. Sie hatten gerade die kleine Bar im Erdgeschoß von Wu Fats tropischbunt dekoriertem Restaurant nebenan verlassen und spürten nun plötzlich die unbeschreibliche, bedrückende Beklemmung, das Kloßgefühl in der Kehle, die Atemlosigkeit von Männern, die im Begriff sind, einer Frau beizuwohnen. Es waren dieselben Symptome, die so schamlos von den Hunden draußen in der Kaserne zur Schau gestellt wurden, wenn sie in den Alleen hinter widerspenstigen Hündinnen her waren, und über die man lachte, wenn sie erfolglos blieben. Nun aber, während schon die Bilder von Brüsten und Bäuchen und langen Schenkeln – alle von absolut überirdischer Schönheit – an ihrem inneren Auge vorüberzogen, war es ihnen nicht zum Lachen.

Schon den ganzen Abend hatten sie sich (in Vorfreude auf das, was kommen würde) großartig unterhalten, hatten bösartige, streitsüchtige, herrliche Stunden in wüster Zecherei hingebracht. Bis jetzt hatte es keine Schlägerei gegeben, kaum einen Streit, außer mit ehemaligen Soldaten, Taxichauffeuren, die Filipinoweiber geheiratet hatten und sie um ihre Freiheit beneideten. Aber die zählten nicht, denn mit ihnen bekam man sowieso immer Streit. Nachdem sie das Schofield-Taxi vor dem breit hingelagerten, mit Palmen umgebenen Armee- und Marine-Klub des Christlichen Vereins Junger Männer (immer in Gedanken an das, was kommen würde) verlassen hatten, waren sie sofort quer über die Straße zur ›Schwarzen Katze‹ gegangen, um dort das erste große Glas, das beste von allen, zu trinken. Die ›Schwarze Katze‹ ging ausgezeichnet, da sie dem Christlichen Klub direkt gegenüberlag, wo alle Taxis der Schofield- und Pearl-Harbor-Kasernen hielten. Jeder trank sein erstes und bestes Glas in der ›Schwarzen Katze‹, und ebenso das letzte und schlechteste, ehe er zurückfuhr. So kam es, daß die ›Schwarze Katze‹ immer überfüllt war, und daher mochten beide sie nicht leiden. Es kam ihnen vor, als würde sie dick und fett von ihrem Lebensblut und ihrem Hunger. Unmittelbar ehe sie zu Wu Fat gingen, kehrten sie zur ›Schwarzen Katze‹ zurück und bestellten bei dem dummen chinesischen Kellner zwei Toast mit Limburger Käse zum Mitnehmen. Sie erklärten ihm, daß sie zurückkommen und es abholen würden, und gingen dann einmal um das Straßenviereck. Als sie schließlich zurückkamen, war die ›Schwarze Katze‹ nicht mehr überfüllt. Für den Augenblick ging sie nicht einmal mehr gut. Sie war vielmehr leer und mit einem eisernen Gitter verschlossen, das man vor die offene Front gezogen hatte. Nicht eine Menschenseele war mehr da. Überhaupt war auf dieser Seite der Straße weit und breit alles leer. Glücklich schüttelten sie sich (immer noch in der Vorfreude auf das, was kommen würde) die Hände und gingen zur nächsten Bar, um ihren Sieg zu feiern.

Ehe das geschah, nach ihrem ersten Glas, hatten sie sich ihren Weg durch die winklige Hotelstraße gebahnt. Hier und da hatten sie in einer Bar, die ihnen gefiel, ein Glas getrunken, hatten die engelgesichtigen exotischen Kellnerinnen beobachtet (sie konnten das nun ohne Bedrückung tun, da sie wußten, was auf sie wartete), die Chinesenmädchen, die von der Seite so dünn und brustlos schienen und so erstaunlich rund von vorne, die gedrungenen japanischen Mädchen mit ihren schwereren Brüsten, kürzeren Beinen und wollüstigeren Hüften, und die Besten von allen, die portugiesischen Halbblutmädchen mit ihrer heißen, rauchenden, katzenklauigen Sinnlichkeit – Weiber, Weiber, Weiber. Sie selbst fühlten übermütig ihre innere Spannung (von der sie bald erlöst sein würden), spürten den Alkohol, der ihr Blut heißer in die Ohren steigen ließ. Bei ihrer ersten Runde hatten sie sich nicht bei Wu Fat aufgehalten. Vielmehr waren sie, unterbrochen nur durch kurze Besuche in kleinen Bars, geradewegs zum Fluß hinuntergegangen, bis zu dem Punkt, wo Hotel und King Street sich treffen und wo dunkel und geheimnisvoll auf der anderen Seite der Brücke der Aala-Park liegt. Sie hatten glücklich die King Street hinaufgeschaut, als die Kinos gerade ihre zweite Vorstellung beendet hatten, waren hinübergegangen zur Beretania Street und zur schmutzstarrenden River Street, und hatten sich dann wieder zum Klub hinaufgearbeitet, wo sie den Streich ausheckten, den sie der vollgefressenen ›Schwarzen Katze‹ spielen wollten. Glückselig gingen sie zwischen ebenso glückseligen Matrosen, die betrunken Arm in Arm dahertorkelten, und leichtfüßigen Filipinos mit wattierten Schultern, die in Gruppen zu zwei und drei, aber nie allein, in ihrer weibischen Art dahertappten. Sie gingen (glücklich mit aller Welt versöhnt, in Aussicht auf das, was sie vor sich hatten) zwischen den ein- und zweistöckigen Häusern umher, die sich gegen das Trottoir drängten, als hätten sie Angst, nicht bemerkt zu werden: Bars, Schnapsläden, Restaurants, Schießhallen, Photoateliers. Und immer wieder, nach jeweils zwei oder drei Läden, kamen die dunklen Treppen, die zu den Weibern hinaufführten. Und über allem und immer und ewig und wie das Schicksal alles durchdringend, lag der Geruch faulenden Fleisches und toter verwelkter Gemüse, der durch die eisernen Gitter der offenen Grünkramstände drang. Diese Gitter sahen aus wie altmodische Telephone, die man aus der Wand ziehen mußte, um sie zu benutzen. Dich halten sie draußen, halten aber nicht die Gerüche von drinnen zurück, diese Gerüche, die so zärtlich und traurig an den morgigen Katzenjammer erinnern, und an den danach, und so immer weiter bis zum letzten endgültigen Katzenjammer, dem größten und anhaltendsten, dem Katzenjammer faulenden Fleisches und verdörrender Karotten. Immer werden wir uns dieser Düfte als des wahren Geruchs von Hawaii erinnern. Niemals in unserem ganzen Leben werden wir sie riechen, ohne an Hawaii zu denken, das Hawaii unserer reuelosen unbereuten Jugend.

Nach dem glorreichen Streich mit der ›Schwarzen Katze‹ gingen sie noch einmal die Hotelstraße hinunter. Dieses Mal gingen sie zu Wu Fat, aßen Wan-Tan-Suppe im oberen Stock und stiegen dann hinunter in die Bar. Ein zarter, dünner Schwuler mit englischem Akzent wollte in delikater Schmeichelei von ihnen wissen, ob sie vielleicht Zivil-Seeleute auf Abenteuertour seien. Er lud sie zu einem Glas ein, aber Stark antwortete ihm, er solle sein Geld für jemand aufheben, der zu arm ist, um in einen Puff zu gehen, und daher empfänglicher für solche Freundlichkeit wäre. Der Schwule machte einen boshaften weibischen Witz, und Stark hieb ihm strahlend eine herunter. Weil Stark derjenige war, der mehr Geld ausgab, geleitete der Barmann den etwas benommenen Schwulen zur Tür. Dann kam er zurück, schüttelte Stark die Hand und sagte, daß er Schwule auch nicht ausstehen könne, aber Barmänner müßten eben leben. Schließlich begannen sie ernsthaft zu saufen, um betrunken zu werden; Stark mit einem wilden gierigen Durst, den Prew diesem kühlen, langsam sprechenden, klardenkenden Mann nicht zugetraut hätte. Mit dem hemmungslosen Mitteilungsbedürfnis eines Betrunkenen vertraute Stark ihm an, daß er in keinem Puff etwas taugte, wenn er nicht richtig unter Alkohol stand, und daß er nicht wußte, warum das so war, daß es aber, wie dem auch sei, für ihn keinen anderen Weg gab, und daß er ganz ehrlich gar nichts dagegen hatte (wobei die Aussicht auf das, was kommen würde, alles mit einem unübertrefflichen Glanz umgab, alles mit jener unübertrefflichen Inbrunst verklärte, die schließlich und endlich nichts anderes war als die reine Liebe zu allem Lebendigen, und die anders überhaupt nicht erreicht werden konnte). Was einer auch reden mochte, sagte Stark, etwas, das einen die Welt so lieben ließ, konnte bei Gott nicht unrecht sein – ganz egal, was sie quatschten – oder schlecht, gottverdammt noch mal, oder beschämend, leck mich am Arsch, und auch er halte es nicht für falsch.

Bis schließlich – in dem Augenblick, in dem sie am oberen Ende der Treppe auf dem Vorplatz vor einer massiven Stahltür mit einem viereckigen Guckloch in der Mitte standen – die große irdische Liebe, die sich danach sehnte, sich zu verschwenden, der große Liebeshunger, der gestillt werden mußte, so groß waren, daß es ihnen beinahe vorzeitig geschah.

Stark, der sehr betrunken war, aber noch immer geschickt eine Zigarette rollen konnte, zündete ein Streichholz an. Das aufflammende Licht ließ wie ein Echo ihrer Gedanken all die mit Bleistift an die Wand gezeichneten männlichen und weiblichen Körper aufleuchten, die vom Körper gelösten männlichen und weiblichen Geschlechtsorgane, die sehr realistisch aussehenden Scheiden, die zustande kamen, wenn man ein brennendes Streichholz gegen die Wand hielt und dann die Beine dazu zeichnete, und all die dazugehörigen Verse vieler Generationen reimender Soldaten, Matrosen, Marineinfanteristen und eingeborener Schuhputzer. Stark schlug mit der Faust gegen die Tür.

Das Guckloch öffnete sich sofort, und ein großes, schwarzes, hawaiisches Weibergesicht schaute sie mißtrauisch an.

»Laß uns rein«, sagte Stark. »Wir erfrieren in dieser bitterkalten Nacht.«

Er endete mit einem tragischen, aus dem Herzen kommenden Rülpser.

»Du besoffen«, schnaufte die große Masse. »Geh weg. Wir wollen keine Schweinerei mit Militärpolizei. Dies ist anständiger Platz. Geschlossen. Geh heim.«

»Werd nicht grob, Minerva«, grinste Stark, »oder ich laß dich degradieren. Geh und sag Mrs. Kipfer, daß ihr Liebling da ist, und warum sie nicht an der Tür steht, wo sie hingehört.«

»Ich werd sehn«, sagte sie mißtrauisch. »Warte«, und schlug das Guckloch gereizt zu.

Prew spürte, wie die überaus schönen Brüste und Bäuche und langen Schenkel in die Ferne zu rücken begannen und verschwammen. Er sah Stark an.

»Da hast du's«, sagte Stark bitter. »Das Weib denkt, wir sind betrunken.«

»So was«, sagte Prew. »Mißtrauische alte Schachtel.«

»Immer, wenn diese Weiber einen Landser sehn, denken sie, er ist betrunken. Warum? Weißt du warum?«

»Weil er's ist.«

»Stimmt haargenau. Einfach mißtrauisch. Deswegen geh ich nicht gern ins Puff. Kein Vertrauen in die Menschheit. Wenn sie mich noch eine Minute warten läßt, gehe ich in die verdammten Service Rooms oder zu den Pacific Rooms oder zu den Ritz Rooms oder zum White Hotel. Denkt die vielleicht, sie hat den einzigen Puff in der Stadt? Vier Häuser weiter gibt's sogar ne Japanische Elektrische Massage.«

»Komm, gehn wir hin. Da war ich noch nie.«

Stark kicherte. »Geht nicht. Geschlossen. Schließt um elf.« Dann kam ihm erst zu Bewußtsein, was Prew gesagt hatte. »Du warst noch nie bei einer Elektrischen Massage?« sagte er ungläubig.

»Nie.«

»Einer mit so nem kleinen weißen Schild und roten Buchstaben und einem Blitz darunter?«

»Nicht ein einziges Mal.«

»Ts, ts«, sagte Stark, »wo kommst du denn her?«

»Ich komm vom Dorf«, sagte Prew. »Ganz frisch.«

»Ts, ts. Ich wette, Wahoo ist der einzige Ort auf der ganzen beschissenen Welt, wo man ne Japanische Elektrische kriegen kann. Und du willst nichts davon wissen. Du hast was versäumt, Prewitt, hast deine Erziehung vernachlässigt. Da mußt du dich auf die Seite legen«, sagte er, »und dann kommt so ne scharfe Japanerin und betastet dich am ganzen Körper mit nem elektrischen Vibrator. Du darfst sie aber nicht anfassen. Sie ist ganz nackt und arbeitet an dir rum. Aber du darfst sie nicht anfassen, nicht mal mit der Fingerspitze. Das kriegst du alles vorher erklärt. Und wenn das einer nicht kapiert hat, haben sie nen Rausschmeißer, einen Bullen von einem Judo-Kämpfer. Den kriegst du gleich gezeigt, wenn du reinkommst.«

»Ich will sie aber anfassen«, sagte Prew. »Das tu ich gern.«

»Ich auch. Aber das ist ja gerade der Witz, verstehst du? Du willst gerne, aber du darfst nicht. Komisches Gefühl. Da steht sie vor dir, ganz ohne, aber du kannst nicht. Ungefähr so wie 'n Zivilist, der ne anständige Frau verführen will, verstehst du? Sehr komisches Gefühl. Das gibt's nur einmal. Nur ein Japaner kann sich so was ausdenken.«

»Sonst kann's wahrscheinlich auch keiner genießen als wie 'n Japaner.«

»Oh, nein«, sagte Stark, »mir gefällt's. Macht dich scharf, so scharf, daß du beinahe den Vibrator auffrißt. Nach so ner Massage könnte ich jeden Puff pleite machen, auch wenn ich nüchtern wäre. Da merkst du erst, was ne Frau wert ist, selbst ne Hure. Gibt dir 'n großes Verständnis für die menschliche Rasse. Die ganze Sache.«

»Trotzdem gefällt mir's nicht«, sagte Prew eigensinnig.

»Du bist einfach eigensinnig«, sagte Stark eigensinnig. »Woher weißt du, daß dir's nicht gefällt. Mir gefällt's, warum soll's dir nicht gefallen?«

»Weil ich sie anfassen will. Und nicht bloß ansehen!«

»Mein Gott«, sagte Stark plötzlich, »dieses Weib bleibt lange weg.« Er wandte sich um und schlug wieder mit der Faust gegen die Tür. »Verdammt lange. He! Mach auf!«

Das Guckloch öffnete sich sofort, als habe die große, schmalgesichtige, hübsche, weiße Frau, die ihnen zulächelte, die ganze Zeit über lauschend hinter der Tür gestanden.

»Hallo, Maylon«, sagte die Frau entzückt, »Minerva hat mir gar nicht gesagt, daß du es bist. Wie geht's dir?«

»Ich platze gleich«, sagte Stark, »laß uns rein.«

»Aber Maylon«, sagte sie sanft aber bestimmt, »spricht man so mit mir?«

Prew schaute auf die damenhafte, fast jungfräuliche Frau und spürte, wie plötzlich alles aus ihm herausglitt, wie Schnee plötzlich unter der Februarsonne von einem Dach gleitet und die alten Schindeln zum Vorschein kommen läßt. Und wie so oft zuvor war er bereit umzukehren. Ich möchte wissen, was Violet Ogure macht, dachte er, gerade jetzt in diesem Augenblick.

»Jesus, Maria und Josef«, wütete Stark, »hast du Angst, daß wir dir die Bude kleinschlagen?«

»Keineswegs«, sagte die Frau, »in dieser Hinsicht habe ich absolut keine Angst. Und, bitte, fluche nicht, Maylon.«

»Mrs. Kipfer«, sagte Stark mit plötzlicher Nüchternheit angesichts der ernsten Lage. »Ich bin erstaunt, Mrs. Kipfer. Bin ich jemals betrunken hierhergekommen? Ganz ehrlich, sehe ich so aus, als wenn ich so was tun könnte?«

»Das hab ich niemals angenommen, Maylon«, log Mrs. Kipfer geschmeichelt, »du hast dich immer tadellos benommen.«

»Danke sehr, Madame«, sagte Stark, »und würden Sie uns jetzt einlassen, nachdem wir dieses kleine Mißverständnis aufgeklärt haben?«

»Starkes Trinken«, erwiderte Mrs. Kipfer, »verträgt sich einfach nicht mit unserem Geschäft. Jedes angesehene, anständige Etablissement muß an die Zukunft denken.«

»Mrs. Kipfer! Madame!« sagte Stark, »ich gebe Ihnen mein feierliches Ehrenwort, Ihre Zukunft ist bei uns sicher.«

Mrs. Kipfer war beruhigt. »Nun«, lächelte sie, »wenn du mir dein Wort gibst. Ich bin sicher, daß du es halten wirst, Maylon.«

Man hörte Stahl über Stahl gleiten, und die Tür schwang nach innen. Prew sah vor sich eine kultiviert aussehende Dame mit hochgekämmten Haaren und einer wollüstigen Figur in einem eleganten, wunderschönen rehfarbenen Abendkleid. An der Schulter trug sie ein Bukett purpurner Orchideen. Sie sah genau aus wie jene aristokratische Dame auf einer Anzeige für International Sterling Silver, die ihre Gäste zu Tisch bittet. Mit verzeihender mütterlicher Besorgnis lächelte sie ihm zu, und er begriff, warum alle von Mrs. Kipfer sprachen und sie so bewunderten. Das kam daher, daß Mrs. Kipfer bereit war, ihnen zu verzeihen, obwohl sie eine solche Dame war.

Hinter ihm schob Minerva die massive Tür zu und ließ die schwere Eisenstange in ihr Widerlager einrasten.

»Maylon«, sagte Mrs. Kipfer, »ich glaube, du hast mir deinen Freund noch nicht vorgestellt.«

»Diesen Türtrick haben Sie mit mir noch nie gemacht, Mrs. Kipfer«, sagte Stark vorwurfsvoll. »Es sieht fast aus, als wäre dieses Lokal illegal und nicht der feinste Puff in Honolulu.«

»Wir wollen nicht ordinär werden«, sagte Mrs. Kipfer eisig, »nur weil uns ein Mißverständnis unterlaufen ist. Sie wissen genau, wie ich über diesen Ausdruck denke. Ich möchte Sie ungern auffordern, wieder zu gehen, Maylon, aber ich werde es leider tun müssen, wenn Sie weiter so häßlich sind.«

Stark schwieg eigensinnig.

»Ich glaube, Sie haben sich für Ihre letzte Bemerkung noch zu entschuldigen«, sagte Mrs. Kipfer, »nicht wahr?«

»Scheint so«, sagte Stark gereizt, »ich bitte um Verzeihung.«

»Sie haben mir noch immer nicht Ihren Freund vorgestellt«, sagte sie.

Stark stellte sie einander vor und machte dabei eine tiefe, spöttische Verneigung. Er sah mehr wie ein eigensinniger Junge aus als wie ein ärgerlicher Mann.

»Ich bin wirklich entzückt«, sagte Mrs. Kipfer, die Starks Verneigung als völlig unmöglich ignorierte. »Ich freue mich immer, einen Angehörigen der Kompanie kennenzulernen.«

»Freut mich, Ihre Bekanntschaft zu machen«, sagte Prew unbehaglich. Wo zum Teufel waren die Weiber? Er kam sich ungeschickt vor angesichts dieser erlesenen Manieren und erinnerte sich plötzlich bitter an das, was Onkel John Turner, der niemals geheiratet hatte, einmal zu ihm gesagt hatte. Weiber lenken die Welt, mein Junge. Gott hat ihnen alle Trümpfe zwischen die Beine gesteckt, sagte er. Die sind nicht aufs Glück angewiesen wie wir Männer, und wir geben's besser gleich zu. Er hatte dies alles so bitter gesagt, daß der Junge es damals gar nicht hatte verstehen können. Er war eben noch ein Kind.

»Ich werde Sie Prew nennen«, sagte Mrs. Kipfer, »darf ich?«, und führte die beiden durch den breiten Flur nach rechts, dann durch eine schmale Diele und eine Tür in das Wartezimmer.

»Natürlich«, sagte Prew, der nun endlich Frauen sah, zwar nicht die Frauen, die er in Gedanken gesehen hatte, aber immerhin Frauen. »Niemand nennt mich mit Vornamen.«

Im Warteraum waren sieben Frauen. Eine stand mit einem Soldaten beim Musikautomaten, zwei saßen und unterhielten sich mit zwei Matrosen. Die anderen vier saßen für sich. Drei davon waren fette, Kaugummi mahlende Kühe, in kurzen Kleidern aus einem Stück, alle einander ähnlich. Sie saßen immer allein, ohne daß es ihnen was ausmachte, außer wenn sie bei der großen Zahltagschlacht als Reserve in den Kampf geworfen wurden (auch das würde ihnen nichts ausmachen). Die vierte aber war anders. Sie war eine schlanke Brünette, im langen Abendkleid der besseren Hurenklasse. Sie saß da mit sehr viel Haltung und Ruhe, die Hände gelassen im Schoß gefaltet, und Prew stellte fest, daß er nur sie ansah.

Mit erfahrenem Auge hatte er bereits gemerkt, daß die vier Schlanken, die zur besseren Klasse zählten und von denen eine die gelassene Brünette war, alle Abendkleider mit praktisch langem Reißverschluß trugen und daß sie sich bewußt von den drei fetten Gummikauenden absonderten. Daraus hatte er bereits geschlossen, daß auch dieses Bordell nicht anders als alle anderen war. Man zahlte seine drei Dollar am Schalter, nahm sich, was man dafür bekommen konnte, und ging. So war es trotz allem, was er über dies Stammlokal der Kompanie gehört hatte. All das hatte er mit einem einzigen Blick gesehen, aber noch immer schaute er *sie* an, die so offensichtlich anders war als selbst die drei Besseren.

»Dies ist Maureen«, sagte Mrs. Kipfer, als eine der zwei Besseren, die bei den Matrosen gesessen hatte, aufstand und zu ihnen herüberkam. Sie war eine dünne, scharfnasige Blondine. Durch den dünnen blauen Stoff ihres Abendkleides konnte man deutlich das dunkle Dreieck ihrer Schamhaare sehen.

»Prew ist hier neu«, sagte Mrs. Kipfer zu ihr. »Würden Sie ihn bitte vorstellen, meine Liebe?«

»Aber gewiß, meine Liebe«, sagte die Blondine grob sarkastisch und legte den Arm um Prews Hals. »Komm, Kleiner. Hallo, Stark, alter Junge«, rief sie und griff nach ihm, »hast du was Schönes für mich?«

»Paß auf«, sagte Stark und wich ihr aus, »oder ich hab's nicht mehr.«

Mrs. Kipfer lächelte süß. »Maureen ist unser kleiner Draufgänger, nicht war, liebste Maureen?«

»Man verdient halt sein Geld, meine Beste«, sagte Maureen süß. »Ich geh ran, warum soll ich's nicht zugeben?«

Mrs. Kipfer, die noch immer süß lächelte, wandte sich an Prew. »Sie dürfen nicht denken, daß wir Sie hetzen wollen, Prew. Sie sollen sich umsehn, solange es Ihnen gefällt. Wir möchten, daß Sie mit Ihrer Freundin zufrieden sind. Es ist absolut nicht überfüllt heute nacht, und Sie haben eine Menge Zeit, nicht wahr, Maureen, Liebes?«

»Natürlich«, sagte Maureen. »So viel Zeit gibt es gar nicht. Ich bin nicht romantisch«, sagte sie direkt zu Prew, »aber wenn du ne gute Nummer suchst, dann komm zu mir, Kleiner. Frag Stark, der hat schon mal eine geschoben mit mir. Bin ich gut im Bett, Stark«, sagte sie, »oder nicht?«

Mrs. Kipfer drehte sich auf dem Absatz um und ging zurück in den Gang.

»Gut«, sagte Stark, »aber mechanisch.«

»Der Teufel soll dich holen«, lachte Maureen triumphierend. Sie packte Stark glücklich am Arm und zog ihn zum Plattenautomaten. »Zur Strafe darfst du Musik für mich machen.«

In diesem Augenblick kam Mrs. Kipfer zu Prew zurück, der noch immer am Eingang stand.

»Wir haben solche Schwierigkeiten, gutes Personal zu finden heutzutage«, sagte sie entschuldigend, »die allgemeine Wehrpflicht zu Hause hat uns sehr geschadet. Sie können sich gar nicht vorstellen, wie sehr wir darunter leiden. Ich bin vollkommen hilflos und einfach darauf angewiesen, was mir die Agentur gütigst schickt.«

»Gewiß«, sagte Prew, »ich verstehe.«

»Hat sie Sie überhaupt nicht vorgestellt?« fuhr Mrs. Kipfer atemlos fort. »Hat sie Sie mit überhaupt niemandem bekannt gemacht?«

»Nein«, sagte Prew, »mit keiner Menschenseele.«

»O mein Gott«, sagte Mrs. Kipfer, »was soll man nur zu so was sagen. Aber machen Sie sich nichts draus. Ich werde dafür sorgen, daß man sich um Sie kümmert. Sie dürfen's uns nicht nachtragen.«

»Nein«, sagte Prew, »bestimmt nicht.«

»Lorene«, rief Mrs. Kipfer, »sind Sie beschäftigt, meine Liebe? Würden Sie so freundlich sein und einen Augenblick hierherkommen?«

»Eigentlich hatte ich Ihnen Lorene zugedacht«, sagte sie zu ihm. »Sie ist ein sehr nettes Mädchen, wirklich. Das war tatsächlich meine ursprüngliche Absicht«, sagte sie entschuldigend.

»Oh«, sagte Prew, »ich bin überzeugt.« Er hörte das übrige nicht mehr. Er schaute auf die schlanke Brünette, die in so guter Haltung und sehr still für sich allein gesessen hatte, sah, wie sie sich erhob und gelassen auf sie zukam. Er hörte etwas von »fast wie eine Tochter« und »hat nicht *ein* schlechtes Haar auf dem Kopf«, aber in Wirklichkeit hörte er gar nichts. Er hatte sie zuvor schon angesehen und tat es nun wieder, während er vorsichtig vermied, sie anzustarren. Wie er sie auf sich zukommen sah, konnte er auch bei ihr das flache Dreieck der Schamhaare unter dem dünnen Stoff sehen, aber bei ihr war es anders als bei Maureen, die sich dessen in keiner Weise bewußt war. Dieses Mädchen war sich dessen bewußt, aber sie stand darüber. Sie war sich dessen bewußt, aber sie beachtete es nicht.

Wird drei- oder vierundzwanzig sein, dachte er. Er sah, daß sie sehr aufrecht ging und daß ihr Haar in einer Rolle im Nacken lag. Sie hatte sehr große Augen, die ihn offen und gelassen musterten. Sie blieb stehen und lächelte ihn an, und nun sah er, wie breit ihr Mund in ihrem schmalen, fast kindlichen Gesicht wirkte, und wie voll ihre Lippen waren, besonders in den Mundwinkeln. Sie hat ein schönes Gesicht, dachte er.

Mrs. Kipfer machte sie in aller Form miteinander bekannt und fragte dann Lorene, ob sie sich nicht um ihn als Neuling kümmern und mit allem bekannt machen wolle.

»Selbstverständlich«, sagte sie, und er bemerkte, wie angenehm tief und sicher ihre Stimme war. Diese Stimme paßte zu ihrer ganzen Persönlichkeit. »Wollen wir uns nicht setzen?« lächelte sie.

Sie hat wirklich ein schönes Gesicht, dachte er von neuem, während sie Platz nahmen, ein tragisches, ein von Leiden gezeichnetes Gesicht, wie man es sonst in einer solchen Umgebung nicht fand. Leiden macht Huren nicht schön, sondern häßlich. Aber das liegt daran, daß sie ihr Leiden nicht begreifen. Sie aber begreift es. Diese in sich selbst sichere heitere Gelassenheit ist die Gelassenheit, die ich mir immer gewünscht habe, aber niemals erringen konnte. Sie entspringt einer großen Weisheit, der Weisheit, die darin besteht, daß man sein Leiden versteht. Es ist die Weisheit, nach der ich mich sehne, dachte er tiefgründig, nach der vielleicht alle Menschen sich sehnen, und die man, weiß Gott, am allerwenigsten in einem Bordell vermutet hätte. Vielleicht ist es auch nur eben das, dachte er, vielleicht bin ich einfach nur überrascht, ein so tragisch schönes Gesicht in einem Puff zu finden. Wahrscheinlich ist es nicht mehr als das, und die Tatsache, daß ich betrunken bin.

»Mrs. Kipfer sagt, daß du noch nicht lange in Maylons Kompanie bist«, sagte sie mit dieser tiefen selbstsicheren Stimme. »Bist du gerade erst nach Hawaii gekommen? Oder kommst du von einer anderen Kompanie?«

»Von einem anderen Verein«, sagte er und strengte sich erfolglos an, die Heiserkeit aus seiner Stimme zu bannen, zermarterte sein Hirn nach einem einzigen Gedanken, mit dem er der Weisheit dieses Mädchens begegnen könnte.

Lorene wartete. Heiter gelassen sah sie ihn mit großen Augen an.

»Ich bin schon fast zwei Jahre in Wahoo«, sagte er.

»Und warst noch nie bei uns?« sagte sie. »Das ist ja merkwürdig!«

»Ja«, sagte er. Es war wirklich merkwürdig, wenn man es sich richtig überlegte. »Man gewöhnt sich daran, dahin zu gehen, wo man schon einmal war«, sagte er, um eine Erklärung zu versuchen, spürte aber gleichzeitig, daß dieser Versuch dumm war. »Ich bin oft vorbeigegangen, kannte aber niemand, der hier bekannt war. Das heißt so lange, bis ich zur G-Kompanie kam.«

»Ich bin seit einem Jahr hier«, sagte sie.

»Wirklich«, sagte er. »Und gefällt's dir?«

»Ach«, sagte sie, »gefallen tut's mir gerade nicht, aber es ist auch nicht übel. Ich will ja auch nicht hier bleiben. Ich meine, nicht mein ganzes Leben lang.«

»Nein, sicher nicht. Warum solltest du auch? Ich verstehe überhaupt nicht, wieso du hier bist.«

»Ach, da gibt's schon einen Grund. Einen guten sogar. Aber ich fange an, dich zu langweilen, nicht wahr?« sagte sie. »Wahrscheinlich erzählt dir jede Nutte genau das gleiche.«

»Möglich«, sagte er, »wenn ich's richtig bedenke, jetzt, wo du's sagst. Aber wenn die anderen 's tun, hört man sowieso nicht zu. Da weiß man von vornherein, daß es nicht stimmt.«

»Ich hab mir alles genau ausgerechnet. Jetzt bin ich ein Jahr hier. Nach zwein kann ich wieder gehn. Ich hab mir alles genau ausgerechnet, ehe ich überhaupt hierhergekommen bin.«

»Was ausgerechnet?« sagte Prew. Er sah, daß Stark und Maureen auf sie zukamen.

»Wie lange ich bleiben muß«, sagte Lorene und brach ab.

»Ach so«, sagte Prew, »ich verstehe.« Er hoffte, Stark und Maureen würden an ihnen vorübergehen, aber das taten sie nicht.

»Na, nun schlägt's dreizehn«, sagte Stark, »schau einer an. Hallo, Prinzeßchen. Ich dachte, du hättest dich schon längst schlafen gelegt.«

»Hallo, Maylon«, sagte Lorene gelassen. Es sah so aus, dachte Prew, als sehe sie mit ihren großen Augen durch Stark hindurch, als durchschaue sie ihn vollkommen.

»Du fängst ja gleich ganz oben an, was?« sagte Stark zu ihm, »wie hast du's fertiggebracht, gleich an unsere Prinzessin zu kommen? Einfach so?«

»Durch Mrs. Kipfer«, sagte Prew plötzlich kampflustig. »Warum?«

»Scherz beiseite«, sagte Stark, »Mrs. Kipfer? Hat sie dich vorgestellt? Schon?«

»Natürlich«, sagte Prew, »warum nicht?«

»Weiß Gott, Kleiner, du hast wirklich einen Stein im Brett. Ich bin erst beim drittenmal so weit gewesen, daß ich sie überhaupt kennenlernen durfte. Und dann mußte ich noch zweimal kommen, bis ich mit ihr ins Bett durfte. Und dann hat sie noch gezögert. Stimmt's, Prinzeßchen?« grinste er.

»Ich geh mit jedem ins Bett, der mich haben will«, sagte Lorene gelassen.

Stark starrte sie nachdenklich an. »Verdammt«, sagte er. »Ist sie nicht ne Prinzessin? Jeder Zoll ne Prinzessin, was, Prinzeßchen? Jeder Zoll.«

Maureen lachte heiser, und Stark grinste sie an und blinzelte.

Prew schaute Lorene an, und plötzlich wurde ihm klar, daß sie wirklich wie eine Prinzessin aussah, wie eine heitere, selbstsichere Prinzessin, dachte er, unberührbar und fern vom Leben und den Männern. Ganz besonders von Männern, dachte er, und wieder spürte er die Heiserkeit in seiner Kehle.

»Sie sieht genauso aus, was?« sagte Stark, »oder vielleicht nicht? Prinzessin Lorene, die Jungfrau von Waikiki. Ich glaube, ich muß mal ne Stange Wasser in die Ecke stellen«, sagte er plötzlich. »Ist die Latrine immer noch am alten Platz?«

»Hier wird nie was geändert«, sagte Maureen männlich heiser. Sie packte Prew am Arm und zog ihn hoch. »Komm, Kleiner, ich stell dich vor.«

Lorene blieb ruhig sitzen, und Maureen zog ihn durch den Raum, setzte ihn auf einen Stuhl und hockte sich schwer auf seinen Schoß.

»Das da drüben ist Billy«, sagte sie mit einer Kopfbewegung nach dem kleinen dunklen Mädchen mit der jüdischen Nase und den fiebrigen Augen, die vorher mit dem Soldaten am Musikautomaten gestanden hatte und jetzt auf seinem Schoß saß.

Sie wandte sich wieder Prew zu. »Stark sagt, ihr beiden Goldstücke wollt die ganze Nacht bleiben. Hast du was zum Trinken, Kleiner?«

»Nee«, sagte Prew, der noch immer über den Raum hinweg Lorene ansah. »Nichts. Ich dachte, das ist verboten.«

»Stimmt auch!« sagte Maureen. »Überall. Aber meistens lassen sie einen, der die ganze Nacht bleibt, was reinschmuggeln. Hier läßt die alte Hexe noch nicht mal das zu. Trotzdem könnten wir, solange sie draußen in der Diele ist, ne Flasche reinschmuggeln, wenn wir eine hätten.«

»Für Mrs. Kipfer hast du nichts übrig, was?«

»Nichts übrig?« sagte Maureen. »Und ob wir was übrig haben für sie. Die ist noch mein Tod. Wenn die nicht wäre, hätte ich gar nichts zum Lachen. Die mit ihren stinkfeinen Manieren, als wäre sie Frau Stinko Astor!«

»Wie ist die überhaupt Puffmutter geworden?«

»Wie alle anderen. Hat ganz unten angefangen und sich raufgearbeitet.«

»Sieht aber noch ganz gut aus.«

»Das ist aber auch alles, was du davon hast«, lachte Maureen. »Da kannst du eher bei der Königin von England landen.« Sie gähnte fast in sein Gesicht und streckte ihre dünnen Arme. »Laß mal sehn«, sagte sie. »Wie weit sind wir mit dem Vorstellen? Das da drüben ist Sandra«, sagte sie und deutete auf das andere Mädchen, das bei den beiden Matrosen gesessen hatte und noch immer bei ihnen saß. Sie war eine große Brünette, die ihre schnippische Nase kraus zog, wenn sie ausgelassen mit den Matrosen lachte. Dabei schüttelte sie jedesmal den glitzernden Wasserfall ihrer langen Haare. Sie lachte sehr häufig.

»Sie ist stolz auf ihr langes Haar«, höhnte Maureen, fast mechanisch und wie aus langer Gewohnheit. »Sie behauptet, daß sie auf irgendeiner Universität im Mittelwesten studiert hat, schreibt jetzt einen Roman über ihr Leben als Prostituierte, so ähnlich wie ›Call House Mistress‹.«

»So?« grinste Prew.

»Ja«, sagte Maureen. »Und die anderen drei da drüben«, sie zeigte auf die drei dicken Gummikauenden, »das sind Moe, Larry und Curly.«

Prew lachte laut auf. »Du bist selbst ne Type.«

Maureen starrte ihn fragend an. »Denen werde ich am Zahltag ein Damespiel kaufen, wenn sie dafür mit dem Kauen aufhören. Dann sind da noch vier oder fünf im zweiten Wartezimmer, wenn du die auch kennenlernen willst. Aber ich würde mich nicht wundern, wenn die alle eingeschlafen sind.«

»Stör sie nicht.«

»Oh, vielen Dank, mein Lieber«, sagte Maureen, »das ist zu reizend.«

»Oh, bitte sehr.«

»Na also«, sagte sie, »hast du irgendwas Passendes gefunden oder nicht? Ich hab nicht die ganze Nacht Zeit.«

»Sie gefallen mir alle, ganz besonders Moe, Larry und Curly«, sagte er und sah wiederum quer durch den Raum Lorene an.

»Die Prinzessin ist hübsch, was?« sagte Maureen.

»Ja«, sagte er, »es geht.«

»Du meinst, sie geht gerade noch«, sagte Maureen. »Gerade noch so, wenn nichts Besseres da ist, wenn gar nichts Besseres da ist.«

»Ganz recht«, sagte Prew.

Maureen stand plötzlich auf und strich ihr Kleid glatt.

»Ich fürchte, Sie werden mich entschuldigen müssen, mein Lieber«, machte sie Mrs. Kipfer nach, »ich sehe schon, daß ich Ihnen nicht weiterhelfen kann. Mir scheint doch das Jungfräuliche zu fehlen. Ich werd eben nie ne gute Hure.«

»Niemand scheint sie hier zu mögen«, sagte Prew, »woher kommt das?«

»Sagen wir Brotneid«, sagte Maureen, »in Ermangelung einer besseren Erklärung.

Nun«, sagte sie, »so sehr es mir widerstrebt zu enteilen, müssen Sie mir, fürchte ich, doch gestatten, mich von Ihnen zu reißen. So kostbar mir Ihre Gesellschaft auch ist, darf ich doch meine Arbeit nicht vernachlässigen. Minerva macht gerade die Tür auf, um jemand hereinzulassen, und, wie Mrs. Kipfer so schön sagt, erst kommt die Arbeit, dann das Vergnügen.«

»Dann lassen Sie mich Ihrer Pflicht nicht im Wege stehn«, sagte Prew. Er grinste mechanisch, weil alles längst nicht mehr komisch war, aber doch bereitwillig, weil er sie ehrlich gern mochte und nicht mehr verletzen wollte, als nötig war, um sie loszuwerden.

An ihrem eigenen Lachen merkte er, daß sie ihn völlig verstand. Sie ging, sich in den fleischlosen Hüften drehend. Mit ihren Stöckelabsätzen wirkte sie wie ein kleiner Junge auf Stelzen, mit ihren hohen, mageren Schultern wie mit einem Buckel daherschwankend. Während er ihr noch mit den Augen folgte, überkam ihn ein großes trauriges Gefühl der Unabänderlichkeit des Lebens, wie es ihn beim Zapfenstreich überkam. Darunter aber machte sich, dringender und verständlicher, wieder das alte Würgegefühl in seiner Kehle bemerkbar. Er schaute hinüber zu Lorene. Noch immer saß sie gelassen und wartend da. Nun stand es ihm frei, zu ihr zurückzugehen. Er spürte das Blut in seinen Augen pochen.

Dann, als er gerade aufstand, hörte er über die Schultern und den Kopf Maureens hinweg das Geräusch der sich schließenden Stahltür und der wieder einrastenden Eisenstange, und gleich danach die mächtige triumphierende Brooklyner Stimme des Soldaten Angelo Maggio.

»Ja, was sehe ich denn da«, sagte die Stimme, sich zu einem hohen, hellen Diskant erhebend, »ja, wer ist denn da! Wenn das nicht mein alter Freund, Landsmann, Waffenbruder und Küchenbulle, Feldwebel Stark ist. Nee, so was... Ausgerechnet hier muß ich dich treffen. Ich wette, du hast nie daran gedacht, daß du heute noch den alten Angelo hier treffen wirst«, behauptete die Stimme. »Wo ist mein Freund Prewitt?«

»Wo hast du bloß das Geld her, um hierherzukommen?« wollte Starks Stimme wissen.

»Ah«, schmunzelte Maggios Stimme. »Das war keine Kunst. Höchst einfach war das. Alles für einen Freund, alles für einen Freund.«

Die beiden kamen durch die Tür. Halb betrunken gingen sie Arm in Arm an Maureen vorbei. Maggio kniff sie zärtlich in den Hintern und sagte: »Hallo, mein Liebling«, und Maureen lachte und zwickte

sein Ohr und sagte: »Angelo, mein Romeo.« Maggio löste seinen
Arm und verbeugte sich, und Prew sah, daß Mrs. Kipfer Angelo
vom Eingang her anstrahlte. Stark zog ihn wieder in die Höhe, und
sie gingen weiter. Angelo, glücklich nach allen Seiten winkend, wie
ein siegreich heimkehrender Held.

»Mein Gott«, sagte Angelo betrunken und glücklich und schlang
seinen anderen Arm um Prews Hals. »Was ist denn hier los? Sieht ja
aus wie 'n Sportfest bei der New York University. Nichts als Juden,
Katzelmacher und Pollacken.«

Er zog ihre Köpfe zu sich heran und flüsterte:

»Ich bin besoffen, Freunde. Hab seit elf Champagner-Cocktails ge-
soffen. Ich bin blau. Und glücklich. Sagt aber Mama Kipfer nichts,
sonst schmeißt sie mich raus. Auch nichts von dem Liter Whisky,
den ich hier unter dem prima losen Hawaiihemd habe.«

Er richtete sich auf und schaute sich um und winkte Sandra zu, die
bei dem Matrosen saß.

»Großartige Erfindung, die Hawaiihemden, was, Puppe? So lose
und kühl. Viel Platz zum Bewegen. Ich liebe sie geradezu, liebst du
sie auch?«

Sandra rümpfte ihre schnippische Nase und lachte. »Ich liebe Hawaiihemden auch, Angelo.« Die zwei Matrosen starrten ihn sauer an.

Maggio zog von neuem ihre Köpfe zu sich heran.

»Die werd ich mir reservieren«, flüsterte er, »für die ganze Nacht.
Das heißt, wenn ihr sie nicht schon gechartert habt, für mich können
sie nicht groß genug sein. Ich bin der Zwerg, der die Riesendame im
Zirkus geheiratet hat. Jeder Quadratkilometer davon«, flüsterte er,
»kolossal.«

»Ich möchte nur wissen«, sagte Stark, »wie du zu dem Geld gekommen bist.«

»Ganz einfach«, sagte Angelo, »gar nichts dran, wirklich nichts. Absolut nichts. Das ist aber ne lange Geschichte. Soll ich's trotzdem
erzählen?«

»Natürlich«, sagte Prew, »schieß los.«

»Wirklich? Na meinetwegen, wenn ihr unbedingt wollt. Aber das ist
ne lange Geschichte. Wollt ihr sie bestimmt ganz unbedingt hören?
Gut, wenn ihr so sicher seid, dann werd ich sie erzählen. Gehen wir
aber auf die Latrine.«

»Ich war gerade«, sagte Stark.

Maggio schlug sich auf den Bauch. »Ja, aber du weißt nicht, was ich
da finde!«

»Ich hab nichts gesagt«, sagte Stark, und so gingen sie Arm in Arm in die Toilette, die nach Ammoniak aus den entleerten Blasen Tausender von Männern stank, und nachdem Stark die Flasche geöffnet hatte, erzählte Maggio die Geschichte seines Triumphes.

»Nachdem ihr in die Stadt gegangen wart, hab ich mich gefragt, warum zum Teufel ich zu Hause bleiben sollte. Ich rief also meinen Schwulen Hal an (ihr wißt doch, den ich in der Nacht getroffen habe, als ich mein ganzes Geld beim Pokern verlor) und sagte dem Heini, er soll nach Wahiawa fahren und auf mich warten. Erst wollte er nicht, aber dann hab ich ihn erpreßt«, sagte er und hielt einen Mittelfinger steif in die Höhe, »bloß ganz höflich. Er ist ein Intellektueller und sehr empfindlich. Also ich sagte ihm, es handle sich um eine Notlage, und wer seinen Freunden in einer Notlage nicht helfen will, der hat überhaupt keine Freunde verdient. Schließlich hat er's dann kapiert.

Er brachte mich in die Stadt und hat mir 'n großes Steak mit Bratkartoffeln gestiftet, und zwar in Lau Yee Chais Restaurant, hört nur gut zu, in Lau Yee Chais Restaurant. Wenn Maggio ausgeht, ist nichts für ihn zu gut. Nach dem Essen gingen wir in die gute alte Waikiki-Taverne, wo sich alle ›Tanten‹ treffen, und tranken Champagner-Cocktails.

Ich erkläre also dem guten alten Hal, daß ich von nem Zwanzig-Prozent-Mann zwanzig Dollar geliehen hatte und daß ich das Geld sofort brauchte, weil der Kerl mich anzeigen wollte und ich dann aber bestimmt sitzen müßte, und daß er, der gute alte Hal, seinen lieben Maggio dann vielleicht sechs Monate lang nicht wieder zu sehen bekäme.«

Er zog ein Bündel Eindollarnoten aus der Tasche und hielt es ihnen glücklich vor die Nase.

»Ja, das war so ungefähr alles. Der gute alte Hal spuckte ein Darlehen von zwanzig Dollar aus. Er wollte mir's ja schenken, aber dafür bin ich viel zu schlau. Ich wollt's nicht nehmen, außer als Darlehn. Ich weiß, wie ich den behandeln muß. Wenn der sich selbst beweisen könnte, daß ich ihn betrügen will, könnt ich keine zehn Cent mehr aus ihm rausquetschen. Jetzt schuld ich ihm zwanzig Dollar«, sagte Maggio triumphierend. »Aber lieber schulde ich sie ihm ein ganzes Leben lang, als daß ich ihn darum betrüge.«

Stark kicherte und gab ihm die Flasche. »Da hast du ihm also erzählt, du mußt in 'n Bau, wenn du das Geld nicht zurückgibst. Was für ne Geschichte, Junge. Weiß dieser Hal denn nicht, daß es verboten ist, Geld gegen Zinsen auszuleihen? Und daß der, der dich meldet, um sein Geld zurückzubekommen, selbst hinter Schloß und Riegel kommt?«

»Der hat überhaupt keine Ahnung von der Armee«, grinste Maggio. »Er tut so, als wüßt er was, aber nen Dreck weiß er. Das einzige, wovon er ein bißchen was versteht, ist die Marine. Aber frag ihn mal, wie er sie kennengelernt hat«, grinste er.

Er verkorkte die Flasche und steckte sie zurück in den Gürtel unter das überhängende Hemd.

»Hört mal«, sagte er, »'s ist schon fast zwei Uhr, Leute. Wir suchen uns lieber was aus, sonst schnappen uns diese Matrosen alles weg.«

»Ich hab meine schon«, sagte Stark plötzlich mürrisch und ohne sie anzusehen.

»So?« sagte Maggio, »na also, diese große, fette, lange Sandra ist für mich. Wenn nicht einer von euch sie schon beschlagnahmt hat. Wen hast du genommen?« fragte er Stark ängstlich.

»Billy«, sagte Stark mürrisch. Noch immer schaute er sie nicht an. »Die kleine Jüdin. Ich hab sie schon gefragt und 's ist in Ordnung.«

»Aha«, sagte Maggio, »die kleine mit dem geilen Blick?«

»Natürlich«, sagte Stark ärgerlich. »Paßt dir was nicht?«

»Doch«, grinste Maggio, »die hab ich selbst schon mal ausprobieren wollen.«

»Dann ist ja alles in Ordnung«, sagte Stark mürrisch, »du nimmst dir deine und ich nehm mir meine. Was schert's dich, wen ich nehme?«

»Einen Scheißdreck«, sagte Maggio, »solange ich die dicke Sandra bekomme. Mir ist's egal, was sie sind, solange sie groß und dick sind.«

»Gut«, sagte Stark, »das ist deine Sache. Und wenn ich Billy will, dann ist das meine Sache, nicht wahr? Du magst Sandra, und ich mag zufällig Billy. Noch was?«

»Gar nichts«, sagte Maggio. »Ich hab nur gefragt...«

»Dann hör auf zu fragen«, sagte Stark. »Es geht dich einen Dreck an. Ich hab Billy gern und damit basta.«

»Maureen ist noch frei«, sagte Prew.

»Zum Teufel mit der«, sagte Stark. »Ich weiß, was ich will. Ich will Billy. Willst du Streit anfangen?«

»Schon gut. Schon gut«, sagte Maggio. »Hör du auf zu streiten. Du hast sie ja, oder nicht? Ich aber, Mensch«, sagte er, »ich liebe Sandra.

Wenn eine so groß und so dick ist, Mensch Meier, das ist ne Sache. Hast du deine ausgesucht?« fragte er Prew.

»Ja«, sagte Prew. »Hab ich.«

Stark schnaubte. »Die gottverdammte Prinzessin.«

»Kein Witz«, sagte Maggio, »Scherz beiseite.«

»Kein Witz«, sagte Stark sauer, »Scherz beiseite. Prinzessin Lorene, die Jungfrau von Waikiki«, höhnte er.

»Die ist eingebildet«, protestierte Maggio.

»Und wenn schon«, sagte Prew, »ich red euch ja auch nichts drein. Ich brauche euern Rat nicht.«

»Ich geb dir keinen Rat«, sagte Stark, »von mir aus kannst du dir Minerva aussuchen. Ich scheiß drauf. Mir kann's weiß Gott egal sein.«

»Nun wollen wir aber dafür sorgen«, sagte Maggio, »daß wir die drei Zimmer alle nebeneinander bekommen, damit wir alle drei was von der Flasche haben. Vergeßt das nicht«, sagte er. »Hast du mit deiner schon gesprochen?« sagte er zu Prew.

»Nein«, sagte Prew zögernd, »noch nicht.«

»Na, dann beeil dich besser damit«, sagte Angelo, »wenn du sie wirklich haben willst. Diese Matrosen sehen ganz so aus, als wollten sie auch die ganze Nacht bleiben.«

»Du hast ja Sandra auch noch nicht gefragt, oder doch?« sagte Prew.

»Bei Gott, nein«, sagte Maggio. »Das hab ich glatt vergessen. Gehn wir gleich, Mensch, sofort.«

17

Von der Toilette gingen sie zurück durch den langen Gang, an den vielen Türen winziger Schlafzimmer, an kurzen Seitengängen, auf die weitere Schlafzimmertüren mündeten, vorbei, gingen dann um eine Ecke und kamen schließlich zurück in den Warteraum.

»Großer Laden«, sagte Maggio.

»Na ja, bei der Nachfrage«, sagte Stark.

Prew sagte nichts.

Er fand Lorene immer noch da, wo er sie verlassen hatte, und mit dem gleichen Ausdruck heiterer Sicherheit. Er fühlte sich ein wenig erleichtert. Aber jetzt saß ein neuer Soldat, den er zuvor nicht gesehen hatte, neben ihr, redete auf sie ein, überschüttete sie mit einem ununterbrochenen Strom von Worten, dem sie gelassen, aber aufmerksam lauschte. Unentschlossen blieb er am Eingang stehen, ließ die beiden anderen vorausgehen. Wieder spürte er das Würgen in der Kehle, das ihm fast die Luft abschnitt, und dazu eine Art von Schwäche und Schlaffheit auf der Innenseite seiner Schenkel.

Er wußte, daß er sie sofort, ehe es zu spät war, fragen müßte. Plötzlich aber hatte er Angst, er könnte am Ende schon zu lange gewartet haben. Dazu schien es ihm plötzlich äußerst wichtig, sie zu bekommen und keine andere. Es war von solcher Wichtigkeit, daß er Furcht davor hatte, sie zu fragen. Er kam sich sehr ungeschickt vor und wußte nicht, wie er beginnen sollte.

Jesus, Maria und Josef, wütete er gegen sich selber. Was ist los mit dir? Sie ist nichts anderes als eine ganz gewöhnliche Hure oder meinethalben eine außergewöhnliche Hure, warum solltest du da Hemmungen haben? Was macht es schon aus, wenn sie dich nicht will? Frag Maureen, die mag dich. Ich weiß, was mit dir los ist, dachte er. Du hast so lange keine gehabt, daß du auf jede hübsche kleine Nutte, die dir in den Weg läuft, hereinfällst. Mehr ist es nicht, und darum hör um Gottes willen auf, Hemmungen zu haben. Frag Maureen.

»Bist du schon vergeben, Lorene?« fragte er sie ungeschickt.

Seine Stimme ließ den geschwätzigen Soldaten mit seinem Gerede aufhören, aufschauen und grinsen.

Wenigstens gibt's was, das ihm das Maul stopft, dachte Prew.

»Nein, Prew«, lächelte Lorene heiter. »Wir unterhielten uns nur.« Sie stand auf. Sie lächelte dem Soldaten zu, und Prew fand, daß er nie zuvor einen so selbstzufriedenen, redseligen Soldaten gesehen hatte.

»Ich meine für die ganze Nacht«, sagte er mit gepreßter Stimme. »Vergeben für die ganze Nacht.«

»Du willst die ganze Nacht bleiben?« sagte Lorene. »Ich dachte, du meinst, ob ich im Augenblick vergeben bin.«

»Die ganze Nacht«, sagte Prew geradeheraus. »Bist du schon vergeben?«

»Noch nicht, Prew.«

»Na dann bist du's jetzt«, sagte Prew und schaute dabei den geschwätzigen Soldaten an.

»Abgemacht«, lächelte Lorene. »Aber zwanzig Minuten haben wir noch Zeit. Du brauchst dich nicht beeilen. Setz dich und sei ein bißchen gemütlich.« Wie eine heitere ruhevolle Mutter tätschelte sie den Sessel neben sich, lächelte ihn an mit ihrem langlippigen Mund in dem dünnen Kindergesicht.

»Wir sprachen über Wellenreiten«, erklärte sie, während er sich niederließ. »Bill ist in De Russey stationiert und ein Fachmann auf dem Gebiet. Er beschreibt es ausgezeichnet.«

Der Soldat hörte auf zu grinsen. Er lächelte kurz. »Verstehst du was von Wellenreiten?« fragte er Prew, indem er sich nach vorne neigte und sich an Lorene vorbei an Prew wandte.

»Nein«, sagte Prew und beugte sich ebenfalls nach vorne. »Keine Ahnung davon.«

»Nun«, sagte der geschwätzige Soldat und lächelte Lorene an. »Ihr in Schofield seid ja im Inland stationiert. Da habt ihr wenig Gelegenheit, Wellenreiten zu gehen, was?«

»Sehr wenig«, sagte Prew. »Dafür haben wir Berge. Verstehst du was vom Bergsteigen?«

»Etwas«, sagte der Soldat und lächelte wiederum Lorene an. »Bist du Bergsteiger?«

»Nein«, sagte Prew, »ich verstehe vom Bergsteigen überhaupt nichts. Verstehst du was vom Fliegen?«

Der geschwätzige Soldat lächelte kurz. »Ich hab ein paar Stunden gehabt«, sagte er. »Draußen auf dem John-Rogers-Flugplatz.«

»Na also, ich kann auch nicht fliegen«, sagte Prew, »was verstehst du vom Tiefseetauchen?«

Lorene, die so saß, daß sie den geschwätzigen Soldaten ansah, wandte sich rasch um und schaute Prew heiter, aber streng an.

Auch der geschwätzige Soldat runzelte dieses Mal die Stirn, ehe er kurz lächelte.

»Nein«, sagte der Soldat. »Ich hab's nie versucht. Macht es Spaß?« Er lehnte sich in seinem Sessel zurück und wandte sich wieder seiner Privatunterhaltung mit Lorene zu, die seinen Worten mit der gleichen gelassenen Aufmerksamkeit folgte.

Prew lehnte sich ebenfalls zurück, überließ dem anderen Soldaten unbestritten das Feld, wartete darauf, daß er sich nach und nach leerlaufen würde, und biß ein loses Stück Daumennagel ab. Aber er lief sich nicht leer. Er redete weiter mit einem scheinbar unversiegbaren Strom nicht abreißenden Geschwätzes.

»He«, sagte Prew schließlich und beugte sich wieder nach vorne, um an Lorene vorbei zu sprechen. »Warum gehst du nicht mit ihr ins Bett? Bist du nicht deshalb hergekommen? Oder willst du ihr die Ehrenmitgliedschaft im Wellenreiter-Klub überreichen?«

Der geschwätzige Soldat hörte auf zu schwätzen und lächelte Lorene traurig an. »Na«, sagte er zu ihr, »sieh einer an. Ein geistreicher Infanterist.«

»Wenigstens bin ich kein gottverdammter Küstenartillerist, der gleichzeitig wellenreitet«, sagte Prew. »Willst du sie vögeln oder nicht?«

Steif wandte sich Lorene um und starrte ihn von neuem an, dieses Mal aber nicht streng, sondern entsetzt, als sei er gerade aus einem Schmutzloch herausgekrochen.

Prew grinste sie an.

»Na, was ist nu?« fragte er Bill.

»Wolltest du aufs Zimmer gehn, Bill?« sagte Lorene. »Ich meine, mit mir? Wenn du magst, wir haben noch genug Zeit, Liebling.«

»Ja«, sagte Bill. »Sicher. Ich glaube schon. Vielleicht wäre es besser, oder denkst du nicht? Die Luft hier drin kommt mir ziemlich stinkig vor, was?«

»Tatsächlich«, sagte Prew langsam. »Das hab ich auch schon gemerkt, krummer Hund.«

»Hör mal, Freundchen...«, begann Bill.

»Wollen wir nicht lieber gehen?« unterbrach ihn Lorene. »Ich sehe nicht ein, warum wir hier bleiben sollen, wie? Komm, Bill«, sagte sie und ergriff mit jungfräulicher Scheuheit seine Hand. »Je früher wir gehn, um so mehr Zeit haben wir für uns, Bill.«

»Gut«, sagte Bill. Er ließ sich von ihr hinausführen. An der Tür machte sie lange genug halt, um Prew einen sehr mißbilligenden Blick zuzuwerfen und um ihn sehen zu lassen, wie sie bebend und scheu Bill zulächelte.

Prew grinste sie an. »Vergiß nicht, ihr die Photos von deinem neuen Wellenbrett zu zeigen, Bill«, rief er hinter ihnen drein.

Als sie gegangen waren, ließ er seine grinsende Maske fallen. Er lehnte sich im Sessel zurück, rutschte so tief hinunter, daß er mit den Hüften auf der Vorderkante lag. Sein Kinn berührte die Brust. Großmaul Prewitt. Der die anderen armen, unglücklichen Teufel aufzieht, die wie er selber so gierig nach ein paar Worten mit einer Frau sind, daß sie in einen Puff kommen, um zu reden, und noch drei Dollar dafür bezahlen. Hast's ihm wirklich gezeigt, was? Wie der alles hingenommen hat, ohne zu streiten. Wolltest Krach mit ihm bekommen, was? Und du bist stolz darauf, daß du nie einen anderen fühlen läßt, daß du der Stärkere bist, du bist so großartig menschlich, daß du nicht in Dynamits blöder Boxriege kämpfst. Schläger Prewitt, hartfäustiger Veteran aus tausend Schlachten. Blut macht dich kotzen, oder nicht? Fein hast du heute abend ausgesehen, wirklich fein. Totschläger. Eigentlich müßte sie dich jetzt ungeheuer bewundern. Du mußt wirklich einen großartigen Eindruck auf sie gemacht haben mit deiner Männlichkeit und deinen fünfzehn Dollar. Ich wette, jetzt wird sie bestimmt die ganze Nacht bei dir bleiben. Und das war doch alles, was du wolltest, nicht wahr. Totschläger? Alles, was sie sowieso verkauft, um leben zu können, was? Du wolltest von ihr nicht Bewunderung oder Freundschaft oder Interesse oder Intimität oder wie das sonst heißt, was sie für sich behalten und nicht zum Verkauf anbieten, was? Nein, natürlich nicht. Wer will schon die Bewunderung oder das Interesse einer Hure?

Auf der anderen Seite des Raumes waren Maggio und die große, langbeinige Sandra damit beschäftigt, sich herzlich von zwei mürrischen Matrosen zu verabschieden. Wollten sie das Interesse einer Hure? Natürlich nicht. Deshalb waren sie ja auch so mürrisch, obwohl so viele andere, wenn sie nur gewollt hätten, auf sie warteten.

Die kleine Billy saß auf Starks Schoß. Fieberhaft flüsterte sie mit ihm. Wollte Stark die Bewunderung der kleinen, heißäugigen Hure? Natürlich nicht, deshalb grinste er ja auch so selbstzufrieden. Mensch, du machst mich fertig, du legst mich bei Gott glatt auf die Bretter. Totschläger Prewitt, das Wunderkind.

»Wie steht's, wie geht's?« Stark grinste ihn verschwommen an. »Ist alles in Butter?«

»Selbstverständlich«, sagte er. »Alles in Butter. Alles in allerfeinster Butter.«

Vielleicht legst du dich besser aufs Wellenreiten, Totschläger, dachte er.

»Hast du ihr gesagt, daß wir die drei Zimmer nebeneinander wollen?« fragte Stark ihn.

»Nein«, sagte er, »das hab ich vergessen.«

»Wir haben's sowieso schon arrangiert«, sagte Stark. »'s geht in Ordnung. Aber vergiß nicht, es ihr zu sagen, wenn sie wiederkommt, oder du kriegst keinen Schnaps.« Dann biß Billy ihn ins Ohr, und er warf den Kopf herum und fluchte, lachte dann, richtete schließlich seine Aufmerksamkeit wieder auf sie.

»Ich werd's nicht vergessen«, sagte Prew zu niemandem. »Ich will mir nichts entgehen lassen. Auf keinen Fall werd ich mir was entgehen lassen.«

Maggio und Sandra verabschiedeten gerade die beiden Matrosen, wie ein Ehepaar ihre späten Gäste. Sobald sie durch die Verbindungstür in den zweiten Warteraum verschwunden waren, ließ

Maggio sich mit einem tiefen Seufzer nieder und zog Sandra auf seinen Schoß, woraufhin nichts mehr von ihm zu sehen war.

»He«, sagte Maggio erstickt, »so geht das nicht. Wie wär's, wenn ich mich auf deinen Schoß setze, abwechslungshalber?«

»Schön«, sagte Sandra, »das ist mal was anderes.«

Sie stand auf, rümpfte ihre schnippische Nase, schüttelte den Wasserfall ihres leuchtenden Haares und tauschte den Platz mit ihm. Maggio sah nun aus wie ein Inder auf seinem Lieblingselefanten oder wie ein Zirkusaffe hoch oben auf einem Shetlandpony.

»He«, sagte er, »schau mich an. Wollt ihr auch ne große fette – dicke Mama ganz für euch«, sang er.

»Was heißt hier fett«, sagte Sandra, die, von ihren Brüsten abgesehen, sehr schlank war. »Ich bin nicht fett, Bubi.«

»Ich weiß, Baby«, sagte Maggio, »sag nicht Bubi zu mir. Ich hab's nur bildlich gemeint, du hast gar keinen Anlaß, auf mich wütend zu werden und mich zu beleidigen.«

»Prew«, sagte er und wechselte das Thema, »diese Matrosen erinnern mich an was, das ich dir noch erzählen wollte. Heut nacht hab ich unseren Freund Bloom in der Taverne gesehen.«

»So«, sagte Prew uninteressiert, »mit wem?«

»Mit nem großen, dicken Schwulen am Bändel. Heißt Tommy und ist noch größer als Bloom, wenn du dir das vorstellen kannst.«

»Aha«, sagte Prew, »na ja.«

»Ich kann mir's auch kaum vorstellen«, sagte Maggio. »Hat ne Masse Schultern, da kann unser Kleiner sich ausweinen. Wie Bloom mich sieht und ich das sehe, hab ich mich schnell nach nem guten Stuhlbein umgesehn.«

»Willst du sagen, daß es ihn nicht glücklich machte, dich zu sehn?« sagte Prew.

Maggio lachte. »Hat 'n Pflaster so groß wie mein Maul auf seinem Plattkopf. Mein Freund Hal kennt diesen Tommy ziemlich genau«, sagte er. »Als er ihn das erstemal mit Bloom sah, weißt du, was er da gesagt hat? ›Ach, armer Tommy, ich kannte ihn.‹«

»Das ist Shakespeare«, sagte Sandra, »bloß abgewandelt. Aus'm Hamlet. ›Ach, armer Yorrick, ich kannte ihn, Horatio.‹«

»Wirklich?« sagte Angelo. »Ist doch allerhand. Mein Freund Hal ist aber gebildet. Hochliterarisch, weiß Gott.«

»Bestimmt«, grinste Sandra, »ich wette, der *ist* literarisch. Die sind alle literarisch veranlagt. Ich hab zwei von der Sorte, die mich von Zeit zu Zeit besuchen.«

»Wirklich«, sagte Maggio, »warum bloß?«

»Rate mal«, grinste Sandra.

»Ich brauch nicht zu raten«, sagte Maggio. »Hal«, sagte er zu Prew, »erzählt mir, daß Tommy seinen Wagen leiht, damit er Bloom spazierenfahren kann, sooft wie Hal ihm den Wagen gibt. Behauptet, Tommy verdient kaum genug, um davon zu leben. Sagt, er arbeitet irgendwo in einem Büro und schreibt nebenher Geschichten für Zeitschriften. Sagt, er verdient lange nicht genug, um unseren Freund Bloom auszuführen, sagt, er kann unserem Freund Bloom kaum etwas zu trinken kaufen. Ich frag mich schon bald, wer's eigentlich mit wem hat.«

»Sicher«, sagte Prew, und strengte sich an, eine passende Antwort zu finden. »Ich würd mich über nichts wundern«, sagte er schließlich.

»Heute hab ich bei Lau Yee Chai zu Nacht gegessen«, sagte er prahlend zu Sandra. »Stell dir vor.«

»Lau Yee Chai«, sagte Sandra gleichgültig, »das ist mein Stammlokal. Erstklassige Kneipe. Ich esse immer da.«

»Lassen die dich denn rein?«

»Natürlich«, sagte Sandra, »warum nicht?«

»Ich dachte, ihr Mädchen müßt außerhalb wohnen.«

»Stimmt schon«, sagte Sandra, »aber bei Lau Yee Chai hält man mich für ne reiche Dame auf Reisen.«

»Hast du schon mal Pa-pa-ya gegessen?« fragte Maggio.

»Papaya?« sagte Sandra, »sehr oft. Eß ich sehr gern.«

»Hab ich heute zum erstenmal gegessen«, sagte Angelo. »Sieht bißchen wie Melone aus, aber schmeckt nach gar nichts. Man muß Zitronensaft darantun, damit's überhaupt 'n Geschmack bekommt.«

»Wie bei Oliven«, sagte Sandra. »Man kommt erst nach und nach auf den Geschmack.«

»So wie Avocado«, sagte Stark mit Autorität, »oder Schnecken. Man muß erst auf den Geschmack kommen.«

»Nee«, sagte Angelo, »wenn Zitrone dran ist, riecht's genau wie Kotze. An Kotze kann ich mich nicht gewöhnen.« Er lachte schallend, halb betrunken, daß er fast von Sandras Schoß rutschte. Sandra schaute ihn forschend an.

»Wir hatten so 'n Hawaiiesen als Kellner heute abend«, erklärte Angelo lachend. »Der Kerl stand die ganze Zeit hinter mir, als wenn er Angst hätte, ich nehm die falsche Gabel und stoß die Gäste vor den Kopf. Wie er dann das Papaya mit der Zitrone bringt, flüstere ich ihm zu, ›was ist denn das?‹, und er sagt ›natürlich Papaya, mein Herr‹. ›Sie‹, flüstere ich, ›Angelo Maggio sieht sich alles genau an‹, und frag ihn, ob es richtig ist, wenn man die Zitrone drüber ausdrückt. ›Aber gewiß, mein Herr‹, flüstert er zurück. ›Komisch‹, flüstere ich, ›wenn man Zitronensaft draufspritzt, riecht's genau wie Kotze, oder nicht?‹ Er starrt mich einfach an, ohne ein einziges Wort zu sagen, und ich flüstere ›bloß gut, daß ich ganz verrückt auf Kotze bin, nicht wahr?‹«

Alle außer Prew lachten, selbst Billy, und Angelo grinste so selbstgefällig wie der Papagei im Witzblatt, der gerade die alte Jungfer durch ein Schimpfwort aus dem Zimmer geekelt hat.

»Der alte Hal wär vor Lachen beinahe geplatzt«, grinste Angelo, »und dieser blöde Kellner schwebte danach nicht mehr um mich rum.«

Billy stand plötzlich von Starks Schoß auf, als habe das Gelächter sie aus einem hypnotischen Schlaf erweckt. Fiebrig streckte sie ihren schmalen, wollüstigen Körper. Die kleinen, aufrecht stehenden Brüste, um die sie manche tugendhafte Frau beneidet hätte, traten straff hervor, und die Brustwarzen, die unter dem dünnen Stoff dunkel sichtbar waren, berührten fast Starks Gesicht.

»Wie wär's, Maylon«, flüsterte sie heiser, »es ist gleich zwei Uhr, jetzt kommen keine Nachzügler mehr, und wenn noch mehrere kommen, brauche ich sie nicht anzunehmen, mit ner ganzen Nacht vor mir.« Sie neigte sich ihm durstig und stolz zu. »Wie wär's mit einer Reise um die Welt«, sagte sie seidig, »als Anfang?«

»Ich dachte, das gibt's nur, wenn man die Nummern einzeln zahlt«, sagte Stark gepreßt.

»Stimmt«, sagte Billy.

»Kostet fünf Dollar, was?«

»Richtig. Fünf Dollar extra. Aber das ist die Sache auch schon wert, Maylon. Bestimmt, das ist sie wert.«

Stark holte tief Atem. »O. K.«, sagte er. »Verkauft.« Seine Augen waren blutunterlaufen und sehr tief.

»Kommt ihr mit?« sagte Billy zu Maggio und Sandra. »Ihr habt die Flasche.«

»Wir kommen schon«, grinste Sandra sie an, »wir kommen, Liebling.«

Billy lachte fiebrig.

»Ich verstehe nicht, wie sie das aushält«, sagte Sandra zu Maggio. »Es würde mich umbringen, und jede andere normale Frau auch.«

Als sie an Prew vorbeiging, beugte Sandra sich herunter und sagte: »Wenn Lorene zurückkommt, sag ihr, daß wir über den Flur und um die Ecke zu den Zimmern über der Treppe gehn. Sie weiß dann schon.«

»Gut«, sagte Prew gleichgültig und schaute ihnen nach, wie sie lachend um die Ecke verschwanden. Scheiß drauf, dachte er, es ist ja gar nicht zwei Uhr. Stark muß fünf Dollar extra bezahlen für diese ›Reise‹. Angelo bekommt keinen Rabatt für seine Flasche, obwohl die beiden Huren das meiste saufen werden. Darum mach dir nichts draus. Du hast keinen Grund zu klagen, sagte er sich.

Er wiederholte es ein paarmal. Aber er war allein im Zimmer mit dem dunklen Musikautomaten, und es gibt nichts Einsameres als einen stillen, unbeleuchteten Musikautomaten, wenn alle Leute und alle Groschen verschwunden sind. Er wußte nicht, wie oft er es sich wiederholte und wie oft er immer wieder von vorne begann.

Als er schließlich Lorenes tiefe, sichere Stimme draußen im Gang hörte, stand er schnell auf. Zu schnell, dachte er ärgerlich. Lieber setzt du dich wieder. Oder soll sie denken, daß du ausgehungert bist?

Aber er setzte sich nicht mehr. Draußen in der Halle sagte Lorene dem Wellenreiter aus dem De-Russey-Lager freundlich gute Nacht. Es schien Prew, daß sie lange brauchte, viel länger, als nötig gewesen wäre, und daß sie sehr freundlich war, viel freundlicher als nötig, und er fragte sich, ob sie es tat, um ihn von neuem zurechtzuweisen. Allerdings machte es ihm auch dann nichts aus. Er stand noch immer neben dem Sessel und suchte nach einer Zigarette, als Lorene schließlich lächelnd hereinkam. Er war sehr erleichtert, daß sie lächelte.

»Schrecklich, wie du dich benommen hast«, tadelte sie ihn lächelnd. »Wie kann man so was tun?«

»Ich weiß«, sagte er, »es tut mir leid.«

»Du solltest dich schämen.«

»Tu ich auch«, sagte er.

»Du hast wenigstens Geld. Der arme Bill wollte die ganze Nacht bleiben, hatte aber kein Geld. Ich glaube fast, daß es überhaupt seine letzten drei Dollar waren und daß er jetzt den ganzen Weg bis nach Waikiki laufen muß.«

»Armer Teufel«, sagte er, »er tut mir leid, ich hätt mich nicht so gemein benehmen sollen.« Er dachte daran, wie er noch am Nachmittag selbst pleite war und Küchendienst tun mußte. Dieser Nachmittag erschien ihm nun lange vorbei. Als wäre das alles mindestens vor dreißig Stunden irgend jemand anderem passiert, dachte er. Vielleicht dem armen Bill.

»Bevor du kamst«, lächelte Lorene traurig, »war der arme Bill so verzweifelt, daß er mich bat, ihm die fünfzehn Dollar bis zum Zahltag zu leihen. Und dann mußtest du kommen und ihn so verhöhnen.«

»Ich war eifersüchtig«, sagte er.

»Eifersüchtig?« sie lächelte gelassen. »Meinetwegen? Wegen einer ganz gewöhnlichen Hure? Versuch doch nicht, mir zu schmeicheln. Du solltest dich ganz einfach schämen.«

»Ich schäme mich ja«, sagte er, »ich hab's dir doch schon gesagt. Und trotzdem bin ich eifersüchtig.«

»Dazu hast du kein Recht.«

»Das weiß ich. Ich bin's aber trotzdem.«

»Der arme Bill wollte mir sogar fünf Dollar Zinsen geben und mir gratis Wellenreiten beibringen. Ich hätte kein Brett leihen müssen, er wollte mir eins umsonst geben.«

Lorene lächelte traurig. »Trotzdem hat er mir leid getan, besonders nachdem du rüberkamst und anfingst, auf ihm herumzuhacken.«

»Warum hast du ihm das Geld dann nicht geliehen?«

»Bestimmt nicht wegen dir«, sagte sie. »Wie kann ich ihm was leihen? Ich hab ein Geschäft, genau wie ein Krämer. Ich bin hier, um Geld zu verdienen, nicht weil ich gern arbeite. Hier gibt man keinen Kredit. Wo würde ich da hinkommen, wenn ich jedem Kredit gebe, den ich mag oder mit dem ich Mitleid habe? Ich bin mir gemein vorgekommen. Und du hast mir nicht viel geholfen.«

»Ich weiß«, sagte er, »aber der muß schon ziemlich stur sein, dich überhaupt um so was zu bitten. Das ist die richtige Sorte, die immer alles getan haben – Wellenreiten, Bergsteigen, Fliegen, Tiefseetauchen, was immer man erwähnt, alles haben sie ein bißchen getan –, die Sorte hat immer ne ganz gehörige Portion Frechheit. In Wirklichkeit haben sie überhaupt nichts richtig getan. Ich kenn die Brüder schon.«

»Er kann bestimmt Wellenreiten. Ich hab ihn nämlich in Waikiki auf seinem Brett gesehn, und er ist gut. Er gibt sein ganzes Geld für Wellenreiten und Harpunenfischen aus und dafür, daß er im Klub bleiben darf. Immer ist er für mindestens drei Monate im voraus verschuldet. Schon deshalb konnte ich ihm nichts leihen.«

Er hatte es langsam satt, über Bill, den Wellenreiter, zu sprechen.

»Sandra sagte, ich soll dir ausrichten, daß sie nach hinten zu den Zimmern über der Treppe gegangen sind. Sie sagte, du weißt schon Bescheid. Angelo hat ne Flasche reingeschmuggelt, und wir wollen alle was von haben.«

Sie schaute ihn fest an, sehr kühl und sehr gelassen. »Gut«, sagte sie, »ich weiß schon, wo das ist. Komm.«

»Warte«, sagte Prew, »du bist noch immer böse mit mir wegen dieser dummen Sache?«

»Nein«, sagte sie, »ich bin nicht böse.«

»So? Ich dachte. Aber ich muß es wissen. Denn wenn du noch immer böse bist, möchte ich lieber die ganze Sache abblasen.«

Wieder schaute sie ihn fest an, dann lächelte sie. »Du bist komisch. Nein, ich bin nicht böse. Ich war's, aber ich bin schon drüber weg.«

»Ich möchte nicht, daß du mir böse bist. Deshalb mußte ich dich fragen.«

Es war schwer, solche Dinge auszusprechen, ohne sich töricht dabei vorzukommen, schwer, sie so auszusprechen, daß sie glaubhaft klangen. So viele andere sagten sie wahrscheinlich, ohne wirklich zu meinen, was sie sagten.

»Schmeichler«, sagte Lorene kokett. Es war das erstemal, daß er sie kokett sah, und es erregte ihn.

Sie nahm seine Hand. Fröhlich und kokett schwang sie seinen Arm, als sie mit ihm die Eingangshalle durchquerte. Sie gingen um die Ecke in den Gang, der nach hinten zur Treppe führte und auf den viele winzige Schlafzimmer mündeten. Fröhlich führte sie ihn, den ihre Fröhlichkeit verlegen machte, über den abgenutzten Teppich durch die dämmerige Enge, unter der einsamen nackten Birne an der Decke zur dritten Tür auf der Straßenseite.

»Hier kommt nie einer hin, außer am Zahltag, wenn Hochbetrieb ist«, sagte sie fröhlich. »Die übrige Zeit ist hier reserviert für Freunde, die die ganze Nacht bleiben«, sagte sie, »für solche, die was Besonderes sind. Niemand geht hier nachts vorbei, und es ist still, bloß von der Straße hört man manchmal einen Omnibus vorbeifahren. Die Zimmer auf der anderen Seite sind ganz anders«, sagte sie. »Hier braucht man keine Angst zu haben, daß einer plötzlich ins Zimmer kommt, wie's manchmal in den anderen Zimmern passiert.«

»Bin ich denn einer von deinen ›Besonderen‹?« fragte er gepreßt.

Sie blieb an der Tür stehen und lachte ihn über die Schulter an. »Nun«, sagte sie kokett, »du bist hier, oder vielleicht nicht?«

»Sicher bin ich hier, aber das könnte auch wegen Angelo und Maylon und wegen der Flasche sein, die wir uns teilen wollen«, sagte er, während ihm auffiel, wie weiblich sie war, wenn sie kokettierte. »Billy und Sandra haben die anderen hergebracht, nicht mich.«

»Ist es so wichtig?« neckte ihn Lorene.

»Ja, es ist wichtig«, sagte er eindringlich, »wichtig, weil ja so viele von uns herkommen. Für euch sind das einfach Gesichter. Für uns sind viele von euch noch nicht mal Gesichter, sondern einfach Körper. Willst du nichts sein als ein vergessener Körper? Wenn wir hierher kommen und dann wieder weggehn, dann wollen wir wenigstens wissen, daß man sich an uns erinnert. Vielleicht scheinen wir alle gleich, aber in Wirklichkeit gleicht keiner ganz dem anderen. Das bringt einen um, immer gleich zu sein, immer gleich vergessen. Man stirbt innerlich. Die meisten Frauen machen's genauso wie die Huren, einfach eine blöde Nachahmung, die nichts taugt. Sie verstehen's halt nicht besser. Aber nach und nach trocknet das die Quelle aus, und nichts bleibt übrig als ein Sumpfloch, als wenn man gutes warmes Blut in ein Rattenloch im Stroh gießt, das nachher stinkt – wenn man so gar nichts bedeutet. Wir verlangen nicht, daß man uns braucht, nur soll man uns nicht wie ein Nichts vergessen. Irgendwo wollen wir in einer Erinnerung leben, das ist...«

Im dämmrigen Zwielicht konnte er sehen, wie sie ihn höchst überrascht ansah, und rasch schloß er den Mund, die kleine Öffnung, aus der dieser Strom, von dessen Existenz er gar nichts wußte, sich über sie ergossen hatte.

Lorene lachte verlegen in das Schweigen hinein.

»Wenn es für dich wirklich so wichtig ist«, lächelte sie, »dann bist du einer meiner ›Besonderen‹.«

Prew schüttelte den Kopf. »Das ist keine Antwort«, sagte er eigensinnig und schloß wieder das kleine Loch, das kleine Leck; es war sein wunder Punkt.

»Was willst du denn für eine Antwort?«

»Ich weiß nicht«, sagte er müde, »sprechen wir von was anderem. Ist das unser Zimmer?«

»Ja«, sagte sie. Dann legte sie ihre feingliedrige Frauenhand auf seinen Arm und sagte »hör mal«, halb scherzhaft. Aus dem Zimmer nebenan hörte er das rhythmische Quietschen der Sprungfedern.

»Schon bei der Arbeit«, scherzte sie mit dem Versuch, diese Seite auszuradieren und sie auf ihre eigene Art neu zu schreiben. Doch ihre Unsicherheit ließ den Versuch mißlingen. Die Bemerkung verfehlte ihren Zweck.

»Ja, Arbeit«, sagte Prew steinern und lauschte auf den harten, gleichmäßigen Rhythmus. »Harte Arbeit.« Immer noch lag die feinknochige Frauenhand auf seinem Arm, so zart und doch im Besitz solcher Kraft. Er wollte Lorenes Zartheit packen und sie atemlos machen mit seinen Küssen, sie zu seinem eigenen Wissen erwecken, zu seinen Gefühlen. Aber eine Hure durfte man nicht küssen. Sie mochten es nicht. Ihre Küsse gehörten ihnen allein wie anderen Frauen ihr Körper. Es war ein altes Gesetz, und sie würde nichts empfinden, würde sich höchstens darüber ärgern, daß er das Gesetz gebrochen und sich eine Freiheit herausgenommen hatte, die ihm nicht zustand.

»Ich habe nur Spaß gemacht«, sagte Lorene entschuldigend.

Dann schaltete sie das Licht an, zeigte damit plötzlich alles, stellte es nackt vor seine Augen: das Bett mit der dünnen Matratze, den Waschständer in der Ecke, der hier ebenso wichtig war wie der Besen in der Fabrik; denn das laufende Band muß vor allem sauber gehalten werden, wenn die Produktion nicht unterbrochen werden soll: er stand da und sah den Waschständer an. Er dachte an die Kriegerdenkmäler auf dem Platz vor den Gerichtsgebäuden, die auch immer die gleichen waren, ganz gleich, ob es sich um die Toten des Bürgerkrieges oder des Weltkrieges oder des drohenden Krieges oder eines zukünftigen Krieges handelte. Fast kam er sich vor wie zu Hause.

»Ich muß dich um das Geld bitten«, sagte Lorene verlegen.

»Selbstverständlich«, sagte er. »Ich hatte es glatt vergessen.« Er nahm seine Brieftasche heraus und gab ihr Starks fünfzehn Dollar. Dieses Mal sind's nicht einmal deine eigenen fünfzehn Dollar, dachte er.

Sie versuchte, ihre Verlegenheit, die sie selbst überraschte, zu verstecken, indem sie zwei billige Steppdecken aus dem Schrank holte und auf das Bett warf.

»Da. Minervas Mädchen richten die Betten nur für Laufkundschaft, wir brauchen aber was zum Zudecken«, sagte sie fröhlich, in einem kläglichen Versuch, etwas Fröhlichkeit aus ihrer Verlegenheit zu destillieren. Aber Prew konnte kein Lächeln auf sein steinernes Gesicht quälen.

»Fertig«, sagte sie.

»Oh«, sagte er, »gut. Schön.«

»Ich wollte dich nicht hetzen. Ich dachte nur, du hast mich nicht gehört«, sagte sie. Es fiel ihr auf, daß er sich gar nicht ungeschickt entkleidete, obwohl in diesem Augenblick auch die Abgebrühtesten verlegen und unsicher wurden. Er war aber gar nicht verlegen. Er war auch nicht abgebrüht. Es schien einfach, als wäre er gar nicht da, und sie spürte plötzlich, wie etwas in ihrem Inneren sich rührte.

Es war, dachte er, wie Wasser, das Druck erzeugt, wenn es eingedämmt wird, eine Kraft, die durch jeden kleinen Kanal, den sie finden kann, aus jeder kleinen Öffnung nach außen strömt, rauschend mit einer lange eingedämmten, lange aufgestauten Energie, die Erden, Monde, Sterne und Sonnen auslöscht, nur um schließlich zu einem lächerlich kleinen Gerinnsel zusammenzusickern, das nicht einmal einen Kieselstein zu bewegen vermag, so daß man sich ganz dumm fragt, wie dieses kleine Gerinnsel solche Kraft erzeugen konnte, und ob nicht alles nur Einbildung war. Genauso ist es, dachte er.

Sie lagen, ohne sich zu berühren, Seite an Seite unter den beiden Steppdecken, und das weit offene Fenster ließ die Nacht herein. Sie hörten schwere Schritte in der Ferne – Schritte wie die eines Polizisten –, das Quietschen einer Straßenbahn, die stöhnend ihren Wettlauf mit der Zeit begann. Irgendwo zischten drohend die Luftdruckbremsen eines Omnibus. Sie redeten nicht. Er wußte, daß ihr nichts an einem Gespräch lag, und er wollte selbst nicht reden. Er wollte auch an gar nichts denken, außer an das, was gerade geschehen war. Unter dem halb heruntergelassenen Laden schaute er hinüber zu den Dächern auf der anderen Seite der Straße, fragte sich müde, ob Angelo wohl im mittleren Zimmer schlief, und ob er die Flasche hatte, oder ob sie gerade bei Stark war, und ob er nicht aufstehen und seine Hosen anziehen und die Flasche holen sollte. Denn nun brauchte er dringend einen guten Schluck.

Er wußte nicht, wie lange es dauerte – es schien nur sehr kurz, gleichzeitig aber auch sehr lang zu sein –, bis jemand leicht an die Tür klopfte. Unmittelbar darauf öffnete sich die Tür ein wenig, und es erschien Angelo Maggios grinsender Kopf hinter einem vorgestreckten, wie vom Körper losgelösten Arm, dessen Hand mit tödlichem Griff den Hals einer langen braunen Flasche umklammerte. Mit einigem Erstaunen bemerkte Prew, wie Lorene die Decken rasch über ihre Brust riß und die Schultern vorsichtig zudeckte.

»Hab keinen Kampflärm gehört«, grinste Angelo, »dachte mir, ihr macht 'n bißchen Atempause.«

»Ruhen uns aus«, sagte Prew.

»Hier habt ihr was zu trinken! Die gute, alte, langbeinige Sandra säuft sonst noch alles allein aus. Ist ja 'n nettes Mädchen«, sagte er, »'n tadelloses Mädchen. Aber säuft wie 'n Loch. Darf ich reinkommen?«

»Natürlich, komm rein«, sagte Prew, »ich brauch was zu trinken.«

»Bist du auch anständig angezogen und bringst mich nicht in Verlegenheit?«

»Hör auf, den Hanswurst zu spielen, und gib mir die Flasche.«

Angelo war barfüßig, und seine Hühnerbrust war nackt. Er trug nichts als die abgetragenen Zivilhosen, die er von jemandem in der Kompanie gekauft hatte und die ihm so weit waren, daß er sie mit der freien Hand über seinen knochigen Hüften festhalten mußte. Er ließ sich neben ihnen auf den Rand des Bettes nieder. Mit dem Grinsen eines Mitverschwörers reichte er Prew die Flasche.

»Danke«, sagte Prew trocken. Er merkte, daß er grinste, wie immer, wenn Angelo irgendwo auftauchte. »Willst du auch was?« fragte er Lorene.

»Nein, danke.«

»Was ist los?« sagte Angelo, »trinkst du nicht?«

»Nicht viel. Und niemals Whisky pur.«

»Wirklich nicht?« sagte Prew.

»Nein«, sagte Lorene. »Natürlich trink ich mal einen Cocktail oder ne Flasche Bier. Aber wirklich trinken tu ich nicht. Warum überhaupt? Gibt's vielleicht ein Gesetz, wonach jede Hure eine Säuferin sein muß?«

»Nein«, sagte Angelo, »die meisten sind's aber, glaube ich.«

»Ich bin's auf jeden Fall nicht. Ich finde, es ist eine Schwäche.«

»Das gebe ich zu«, sagte Angelo.

»Und ich mag solche Schwäche nicht. Und du?« fragte sie Prew.

»Nein«, sagte Prew, »ich mag es auch nicht. Aber ich trinke gern.«

»Bei dir ist's keine Schwäche«, sagte Lorene. »Bei dir ist's irgendwie fast eine Tugend.«

»Ich verstehe das nicht«, sagte Angelo, »das ist mir zu hoch.«

»Ich versteh es selber nicht«, sagte Lorene, »trotzdem spür ich das irgendwie.« Immer noch die Steppdecke fest um die Schultern haltend, wandte sie den Kopf um und lächelte Prew zu. Dann rückte sie mit ihrem Körper unter der Decke gegen die Mitte des Bettes in die Nähe Prews, um Angelo mehr Platz zu machen. Wieder lächelte sie wohlig.

»Es gibt Menschen«, sagte sie, ihn anlächelnd, »deren Schwäche ihre Stärke ist, anstatt ihre Schwäche.«

»Das ist eine sehr tiefgründige Bemerkung«, sagte Angelo, »vielleicht kapier ich sie deshalb noch nicht.«

»Es ist aber so«, lächelte Lorene zufrieden.

»He«, protestierte Angelo, »was hast du vor? Willst du diesen Kerl heiraten? Warum grinst du ihn die ganze Zeit an, als wenn du seine Frau wärst?«

»Tue ich das?« sagte Lorene. Sie lächelte Prew an, und plötzlich, fast im gleichen Augenblick, wußte sie, daß er sie wirklich so ansah, als wäre sie seine Frau, sein Privateigentum; als stünde dieses Bett in ihrem eigenen Heim, in das ein Außenstehender, ein sehr gern gesehener Freund, aber dennoch ein Außenstehender, freundschaftlich eingedrungen war; eine dritte Person, ein anderer Mann, der sie nicht kannte, nicht alles an ihr kannte, soweit er sie kannte, dem sie nicht erlauben wollte, sie so zu kennen, wie er sie kannte; und der so das Geheimnis ihrer Intimität noch erhöhte.

Prew legte seine Hand auf den formlosen Hügel, den die Steppdecke über der festen, geschwungenen, warmen Lebendigkeit ihrer Hüfte bildete, die ihm, wie er spürte, wirklich ganz allein gehörte. Unter der Berührung seiner Finger schien Lorene lautlos zu schnurren. Zum ersten Male dachte er erschrocken an eine Möglichkeit, die ihm vorher gar nicht in den Kopf gekommen war – nämlich, daß er sie liebte.

Was für eine Möglichkeit, dachte er. Mensch, was für eine Möglichkeit. Warum aber schließlich nicht. In wen konnte ein Soldat sich hier überhaupt verlieben, außer in eine Hure? Auf dieser Insel waren alle weißen Mädchen kleine Snobs, selbst die aus dem Mittelstand. Unter dem Mittelstand aber gab es gar keine weißen Mädchen. Selbst für die Filipinomädchen – und die gehörten zur niedrigsten Klasse – war es eine Schande, mit einem Soldaten gesehen zu werden. Warum also dann nicht eine Hure? Es war nicht nur möglich, es war vollkommen logisch. Vielleicht war es sogar vernünftig.

Es war eine Möglichkeit, an die er sich noch oft im Laufe seines Lebens erinnern und über die er noch oft nachdenken sollte. War es eine plötzliche Eingebung, die sie beide hatten, weil Angelo gerade in diesem Augenblick ins Zimmer gekommen war? Würde es sich auch ereignet haben, wenn Angelo nicht gekommen wäre, oder wäre dann vielleicht überhaupt nichts geschehen? Kam es einfach daher, weil er so lange bei keiner Frau gewesen war, daß diese Augenblickseingebung eine dauernde Illusion in ihm hervorrief und ihn mit Wunschträumen verwirrte? Oder aber, als eigenartigste aller Möglichkeiten, war es vielleicht überhaupt so, daß Liebe zwischen Mann und Frau auf diese Art entstand, daß sie voll ausgewachsen geboren wurde aus einer Verbindung zwischen zufälliger Situation und bedeutungslosem Zusammentreffen? Es schien ihm, als eröffne die ursprüngliche Möglichkeit eine Unzahl weiterer Möglichkeiten, und er wußte, daß er viele Dinge verstehen würde, wenn es ihm gelänge, während des Restes seines Lebens und ehe er starb das Rätsel dieser ursprünglichen Möglichkeit zu lösen.

»Ihr zwei seht glücklich aus«, sagte Angelo, der etwas davon spürte. »Seid ihr glücklich? Ich bin glücklich. Seh ich glücklich aus?«

»So glücklich, wie man's nur erwarten kann«, lächelte Lorene. Prew fühlte, wie unter der Steppdecke ihre Hand zu ihm kroch, wie ihre feingliedrigen Finger auf der Innenseite seines Schenkels zur Ruhe kamen.

»Paß auf«, grinste Angelo. »Ich sehe, was du tust. Du lieber Gott, Prew, sieh nur, wie rot sie wird.«

Lorene wandte sich errötend zu Prew und zwinkerte ihm zu. Seine eigene Hand fand insgeheim ihre Finger und umschloß sie fest.

»Wenn du noch was von dem Whisky haben willst, Kamerad«, sagte Angelo, »dann gleich jetzt. Wenn Sandra ihn erst wieder in die Hand bekommt, ist nichts mehr davon übrig.«

»Hat Stark schon seinen Teil gehabt?«

»Stark bekommt keinen Teil«, sagte Angelo. »Eh ich hierher kam, bin ich zu seinem Zimmer gegangen. Ich lauschte an der Tür und hörte keinen Laut. Ich klopfte und konnte keinen Schwanz aufwecken. Ich schaute durchs Schlüsselloch und konnte nichts sehn. Bei Gott, ich glaube, sie haben ein Hemd davorgehängt. Ich bin sogar auf die Türklinke gestiegen, um durchs Oberlicht zu sehn, ob er noch am Leben war, aber der krumme Hund hatte ein Handtuch davorgehängt. Das nenne ich ganz einfach miserable Manieren.«

»Du meinst«, sagte Prew, »daß er ein mißtrauisches Schwein ist.«

»Ja«, sagte Maggio, »als ob jemand, verdammt noch mal, durch das Oberlicht schauen würde.«

Er blickte beide so lange mit gerunzelter Stirn an, daß Lorene kichern und schließlich laut herauslachen mußte.

»Nun«, sagte er aufstehend, »ich gehöre zu der Sorte, die merkt, wenn sie nicht mehr willkommen ist. Ich weiß, wenn ich unerwünscht bin. Ich überlasse euch beide jetzt eurem Schicksal.«

»Ach, bleib noch da«, grinste Prew, »renn doch nicht gleich weg.«

»Ja«, sagte Angelo, »wie ich dich liebe, du Hundesöhnchen. Ich werd euch etwas von diesem Whisky dalassen, damit ich mich nicht so schuldig fühle. Ich schütt ihn in ein Glas, und ihr könnt ihn dann gemütlich trinken.«

Er wanderte im Zimmer herum, bis er schließlich auf dem Waschständer einen Becher fand. Der Becher war noch halb voll mit Wasser. Er schleuderte es in einem einzigen festen Batzen gegen das Fenster, wo es den Fliegenschutz traf und zerspritzte. »Hoffentlich steht da unten ein Schutzmann«, sagte er und füllte den Becher mit Whisky aus der Flasche. Prew beobachtete ihn grinsend, spürte ein lächerlich warmes, fast väterliches Gefühl für ihn, merkte, wie der Whisky Angelos normalerweise übergroße Lebhaftigkeit verlangsamt hatte, daß er sich jetzt wie in einem Zeitlupenfilm zu bewegen schien, und wurde sich bewußt, daß dies das erstemal war, daß er den kleinen, lockigen Italiener entspannt sah.

»Ist das genug?« fragte Angelo.

»Aber ja. Wenn ich das alles trinke, bin ich nicht mehr wert als ne weiche Wachskerze.«

»Na, schön, dann bis nachher. Bis morgen früh. Wir gehn irgendwohin«, sagte er, »wir drei, und frühstücken erst gut und teuer, ehe wir zurückgehn. Wollen wir zum Alexander-Young-Hotel gehn, was? Die machen früh auf und servieren ein ausgezeichnetes Frühstück. Frühstück ist wichtig«, sagte er, »nach einer solchen Nacht. O. K.?«

»O. K.«, grinste Prew, »mach's gut.«

»Du magst ihn«, sagte Lorene, nachdem Angelo die Tür geschlossen hatte, »nicht wahr? Du magst ihn sehr gern.«

»Ja«, sagte er. »Ich hab ihn gern. Er ist ein komischer kleiner Lauser, und trotzdem möchte ich eigentlich weinen, wenn ich über ihn lache, und deshalb hab ich ihn wirklich gern. Ich weiß nicht, vielleicht ist das verrückt. Hast du schon mal solch ein Gefühl gehabt?«

»Ja«, sagte Lorene, »oft.«

»Na, das ist wenigstens etwas«, sagte er.

»Ich hab dieses Gefühl bei Angelo«, sagte sie, »jedesmal, wenn ich ihn treffe. Und ich glaube, ich hab's auch bei dir.«

»Bei mir?«

»Ja, weißt du«, sagte sie leise, »du bist schon sehr, sehr komisch.«

»Komisch?« sagte Prew. »Bin ich wirklich so komisch?«

»Ja.«

»Sind andere nicht auch komisch?«

»Nicht in der gleichen Art.«

»Na, das ist gut. Vielleicht vergißt du mich dann nicht.«

»Ich werd dich nicht vergessen.«

»Wirklich? Auch morgen noch nicht?«

»Ja. Die nächste Woche auch noch nicht.«

»Und in einem Monat?«

»Dann auch noch nicht.«

»Ich glaub's nicht.«

»Es ist aber so. Ganz bestimmt.«

»Gut. Ich glaube dir. Ich weiß jedenfalls, daß ich an dich denken werde.«

»Warum?«

»Darum.«

»Aber warum? Warum wirst du an mich denken?«

»Deshalb«, sagte er, »deshalb«, und lächelnd nahm er einen Zipfel der Steppdecke und warf sie zurück und sah sie an, wie sie dalag.

Sie bewegte sich nicht, wandte nur den Kopf, um ihn anzulächeln.

»Ist das der einzige Grund?«

»Nein, auch weil du mich berührt hast, als Angelo im Zimmer war.«

»Ist das alles?«

»Vielleicht nicht alles, aber viel.«

»Aber nicht, weil du mit mir geredet hast?«

»Doch, das auch. Bestimmt das auch. Aber auch das«, sagte er und sah wieder auf ihren Körper.

»Aber auch, weil du mit mir geredet hast?«

»Ja, das auch. Reden ist wichtig.«

»Mir ist es sehr wichtig.« Sie lächelte zufrieden, nahm einen Zipfel der Steppdecke, unter der er auf einen Ellenbogen gestützt lag, und zog sie weg, wie er es mit ihrer Decke gemacht hatte.

»Mein Gott, schau dich an«, sagte sie.

»Ich weiß. Ist es nicht eine Schande?«

»Ich möchte wissen, woher das kommt.«

»Ich kann nichts dafür. Passiert jedesmal.«

Er lachte, und plötzlich redeten sie so, wie zwei im Bett reden und wie sie's zuvor nicht getan hatten. Und dieses Mal war überhaupt alles anders.

Als es vorüber war, beugte er sich dankbar über ihre Lippen.

»Nein«, sagte Lorene. »Tu's nicht. Bitte.«

»Aber warum nicht? Warum?«

»Weil ich lieber hätte, du tust es nicht. Es würde alles verderben, und ich möchte nicht, daß es verdorben wird.«

»Gut«, sagte er, »es tut mir leid.«

»Sag nicht, es tut dir leid. Es ist schon gut. Du darfst nur nicht vergessen, wo wir sind. Du mußt daran denken, wer ich bin.«

»Zum Teufel damit. Das ist mir egal.«

»Mir aber nicht. Es wäre genau wie mit allen anderen, mit den Betrunkenen und den Brutalen. Alle versuchen, einen zu küssen, als ob sie damit was bekommen könnten, was andere nicht bekommen.«

»Ja«, sagte Prew, »ja, ich glaube, das stimmt. Das wollen sie wohl alle. Es tut mir leid.«

»Es braucht dir nicht leid zu tun«, sagte Lorene, »ich wollte es nur nicht verderben. Jetzt nicht. Laß mich jetzt los«, sagte sie, »geh.«

Sie stand auf, ging zum Waschständer und lächelte ihm quer durch den Raum zu. »Prew«, sagte sie, »mein kleiner Prew, mein kleiner komischer Junge. Es tut mir leid wegen des Küssens, kleiner Prew.«

»Schon in Ordnung.«

»Nein, absolut nicht in Ordnung. Aber ich kann nichts dran ändern. Es ist nicht wegen dir, sondern wegen dieses ... dieses Hauses. Und wegen der anderen. Du verstehst das nicht.«

»Doch, ich versteh's.«

»Wie kannst du, wenn du nie eine Frau gewesen bist?«

Sie wusch ihre Hände sehr sorgfältig, kam dann zurück ins Bett und drehte das Licht aus. »Willst du ein wenig schlafen?« sagte sie.

»Ja«, sagte er in der Dunkelheit. »Gehst du oft an den Strand?«

»Strand? Welchen Strand?«

»Waikiki. Wo Bill, der Wellenreiter, reitet.«

»Ach, dahin. Ja, oft. Jeden Tag, wenn ich kann. Sehr gern. Warum?«

»Ich hab dich nie dort gesehn.«

»Du würdest mich nicht erkennen.«

»Vielleicht doch.«

»Nein, bestimmt nicht.«

»Ich glaub aber doch.«

»Nein. Du würdest nicht. Ich muß einen Hut aus Bananenblättern tragen und eine Strandjacke und meine Beine in ein Handtuch wikkeln oder Hosen anziehn. Damit ich nicht braun werde. Wenn du mich siehst, würdest du denken, ich sei eine steinalte Touristin.«

»Ich habe mir überlegt, wie ich dich woanders treffen kann. Jetzt weiß ich, wonach ich suchen muß, wenn ich an den Strand gehe.«

»Nein, bitte, tu das nicht. Wirklich nicht.«

»Warum nicht?«

»Darum. Weil es einfach schlechte Politik ist, sehr schlechte. Darum.«

»Ich versteh das nicht, wieso?«

»Weil ich's dir sage«, sagte Lorene scharf und setzte sich auf. »Weil ich dich niemals mehr ansehn werde, wenn du das tust.«

»Wirklich nicht?« sagte er. Er hörte den Ernst in ihrer Stimme, fühlte sich selber gar nicht ernst, noch in der Laune zu streiten. So bog er das, was er ernst gesagt hatte, in eine Neckerei um. »Wahrhaftig nicht.«

»Nein, bestimmt nicht.«

»Aber warum?« neckte er sie. »Nach dieser Beschreibung werde ich dich ganz leicht finden. Du wirst herausstechen wie eine Weiße unter lauter Negern.«

»Nun«, sagte Lorene beruhigt, weil sie merkte, daß er sie nur neckte, »lieber nicht.«

»Warum willst du denn nicht braun werden?« sagte er. »Es würde dir großartig stehen.« Im Geiste konnte er sie am Strande sehen. Er hätte gerne gewußt, wo sie wohnte. Sandras Leidenschaft war Lau Yee Chais Restaurant, nicht der Strand. Er fragte sich, wo Sandra wohnte. »Du würdest sonnverbrannt großartig aussehn«, sagte er, »ich würde dich sehr gern so sehn.«

»Willst du, daß ich rausgeschmissen werde?« Ihre Stimme war jetzt ein Lächeln in der Dunkelheit. »Wie oft warst du nun schon in einem Puff in Honolulu? Weißt du nicht, daß die Mädchen niemals braun sind?«

»Mir ist das wahrscheinlich nie aufgefallen.« Wo in der Stadt, wo auf dieser Insel, in welchen unverdächtig aussehenden Häusern leben sie, diese ganze Armee von Frauen, die, so weit seine Erfahrung reicht, die einzigen Frauen auf der ganzen Insel hätten sein können?

»Wenn eine von ihnen braungebrannt wäre, hättest du es gemerkt«, sagte sie. »Die stechen noch mehr ab als Weiße unter Negern, Frauen mit braunen Armen und Beinen und alles übrige noch weiß. Braun zu werden ist hier verboten, selbst im Gesicht.« Sie machte eine Pause. »Anscheinend«, sagte sie dann, »wollen Soldaten und Matrosen ihre Huren weiß und rein wie Jungfrauen.«

»Punkt für dich«, sagte er. »Diese Runde geht an dich. Trotzdem würde ich's gern haben. An dir.« Sie sind für uns die einzigen Frauen, dachte er, und hier ist der einzige Platz, wo wir sie treffen können. Wenn man sie in den Bars oder am Strand oder in den Geschäften traf, erkannte man sie nicht, und wenn sie einen erkannten, so verstanden sie es großartig, es nicht zu zeigen. Vielleicht hab ich sie sogar schon in Waikiki gesehn und wußte es nicht. Sie verlassen ihr Büro, dachte er, ihre Geschäftsräume, gehen hinaus, mischen sich unter die Bewohner der Stadt und verschwinden. Sich unter die Bewohner mischen, ist ein hübscher Ausdruck. Ich glaub, ich muß was trinken.

Der Becher stand noch da, wo Angelo ihn gelassen hatte. Er war unberührt. Prew zwang sich, aufzustehen und zu suchen, bis er ihn fand. Doktor Maggios wundersamer Schlaftrunk, dachte er. Er trank die Hälfte, trug das Glas zurück zum Bett und stellte es in Reichweite daneben. Er hatte nicht lange daran. Es wärmte ihn auch nicht, noch füllte es die Leere, in die er es hineingoß.

»Ich würde gern die helle, weiße Haut sehn«, sagte er zu ihr, »gegen das tiefe Braun. Dann würde ich mir vorstellen, wie draußen am Strand das Weiß verdeckt ist, daß keiner es sehn kann, und wie ich etwas sehe, was keiner sieht.«

»Du bist mir ein Komischer, kleiner Prew.«

»Das hast du schon mal gesagt.«

»Ja, und ich sag's wieder. Du bist komisch, sehr, sehr komisch, und ich weiß gar nicht, was ich von dir halten soll.«

»Ich glaube, das kannst du leicht herausfinden, wenn du den Schlüssel hast.«

»Ich nicht. Wahrscheinlich hab ich den Schlüssel nicht.«

»Nein«, sagte er schläfrig, »du hast ihn nicht. Und das scheint einen großen Eindruck auf dich zu machen.«

»Das stimmt. Rätsel, die ich nicht lösen kann, machen mich neugierig. Ich rechne mir gern alles genau aus. Eins, zwei, drei. Geradeso, wie ich mir mein Leben hier ausgerechnet habe, lange, ehe ich hierhergekommen bin.«

»Ja«, sagte er und hörte ihre Stimme einmal laut, einmal leise durch den Vorhang seiner Schläfrigkeit zu sich kommen. Vielleicht schlafe ich schon, dachte er. Vielleicht träume ich. »Das hast du heute abend schon mal gesagt«, sagte er, »und es ist mir aufgefallen. Aber du hast mir's noch nicht erklärt. Erzähl mir, wie bist du überhaupt hierhergekommen?«

»Freiwillig«, sagte Lorene, und er merkte, daß keine Spur von Schläfrigkeit in ihrer Stimme war.

»Vielleicht denkst du«, sagte sie, »daß alle Huren ursprünglich Jungfrauen sind, die von Mädchenhändlern entführt, vergewaltigt und verkauft werden. Vielleicht bildest du dir ein«, sagte die Stimme,

»daß alle Huren sozusagen eingezogen werden. Das stimmt aber nicht. Viele melden sich freiwillig. Manche, weil sie einfach diese Art Leben lieben und weil es ihnen nichts ausmacht, das zu tun, was sie tun müssen, um alles andere zu bekommen. Andere sind verbittert, weil ein Mann ihnen die Jungfernschaft gestohlen und sie vielleicht geschwängert und dann verlassen hat, und wollen sich so an ihm rächen, oder es ist ihnen alles egal. Oh«, sagte die Stimme, »es gibt viele bei uns, die sich freiwillig melden.«

»Und viele, die sich wieder melden, wenn ihre Zeit um ist«, sagte Prew. »Viele, die als Dreißigender enden.«

»Nicht unbedingt. Es gibt ein paar, aber bei weitem nicht so viele, wie du denkst. Viele von ihnen rechnen sich schon vorher alles aus, wie ich's getan habe. Tun eine Weile Dienst, bringen ihr Schäfchen ins trockene und gehn. Viele tun das.«

»Das hast du vor?«

»Du denkst doch nicht, daß ich mein ganzes Leben hier bleiben will? Weil's mir Spaß macht? In einem Jahr bin ich zu Hause mit einem Haufen Geld, genug, um mir die Wand damit zu tapezieren. Und dann bin ich versorgt für mein ganzes Leben.«

»Und wie ist's bei dir zu Hause?« fragte die Stimme, schläfrig, zweifelsvoll, noch immer nicht sicher, ob dies nicht ein Traum war, sondern ob er alles tatsächlich hörte. »Was werden die Leute daheim sagen.«

»Nichts. Denn sie werden nichts wissen. In meiner Heimatstadt – meine Mutter lebt da noch von dem Geld, das ich ihr schicke – bin ich Privatsekretärin bei einem Zuckerkönig in Hawaii. Ich war eine Kleinstadtkellnerin, die nebenbei nachts die Schule besuchte und die es zur Privatsekretärin gebracht hat; die ihr Geld spart, um nach Hause zu kommen und für ihre kranke Mutter zu sorgen.«

»Und wenn man dich erwischt?« fragte er diesen Traum.

»Wie kann man mich erwischen? Aus der kleinen Stadt in Oregon wagt sich keiner raus, außer den ganz Reichen, und die höchstens bis Seattle. Wenn ich nach Hause komme, als Privatsekretärin mit streng konservativen Kleidern, und mich mit meinen ›bescheidenen Ersparnissen‹ zur Ruhe setze, wer will dann zweifeln, daß ich nicht das bin und war, was ich behaupte?«

»Vermutlich niemand. Aber warum? Wie bist du überhaupt auf diese Idee gekommen?«

»Ich hatte einen Freund«, sagte die Erscheinung. »Ich war Kellnerin in einem kleinen Restaurant. Er kam aus einer der reichsten Familien

273

der Stadt. Es ist die alte Geschichte und gar nichts Besonderes dran. Er machte mir kein Kind, nichts dergleichen. Er heiratete einfach das Mädchen, von dem seine Eltern glaubten, daß es zu ihm paßt, nachdem er zwei Jahre lang mit mir geschlafen hatte.«

»Schlimm«, murmelte er der Erscheinung zu. War das der Whisky, der seine Arme und Beine so löste? »Sehr schlimm. Wirklich scheußlich.«

»Hübsche Geschichte, nicht wahr?« lächelte die Stimme. »Vielleicht könnte man einen Film daraus machen.«

»Das hat man schon getan«, sagte er, »nicht nur einen, Zehntausende.«

»Aber nicht mit diesem Ende. Diesmal endet er nicht damit, daß die Heldin noch immer in Liebe hingegeben für das junge Paar im neuen Heim arbeitet und die Kinder versorgt, nur um ihrem Liebsten nahe zu sein.«

»Nein«, sagte er. »So ist das Leben nicht, oder nicht oft. Und schon gar nicht in den Kreisen, die ich kennengelernt habe.«

»In gar keinen Kreisen. Bestimmt ist es nicht so. Ich ging weg aus der Stadt, als sie geheiratet hatten, und ging nach Seattle als Kellnerin. Ein Zuhälter, keiner von denen, die im großen Stil arbeiten, war Stammgast bei uns. Die anderen Mädchen zeigten ihn mir. Es war nicht schwer, ihn so weit zu interessieren, daß er zärtlich wurde. Schwer war es nur, mit ihm schlafen zu gehn und ihn davon zu überzeugen, daß ich es gern hätte. So daß ich ihn dann, als er glaubte, ich liebe ihn, kaum dazu bringen konnte, das zu tun, was er von Anfang an vorhatte. Aber ich konnte es dann arrangieren, daß ich hierher geschickt wurde anstatt nach Panama oder Mexiko. Denn ich liebte ihn ja, und er liebte mich ... das verstehst du doch? Er wußte nicht, daß ich Nacht für Nacht aufstand und meine Därme herauskotzte, wenn er gegangen war.«

»Lorene«, sagte er, und er war nicht sicher, ob er träumte oder ob er es wirklich sagte, »du hast ne Menge Schneid, Lorene. Ich bin stolz auf dich, Lorene. Ich verstehe dich jetzt, Lorene, und ich bin stolz auf dich, ganz gleich, was irgendein anderer Schweinehund sagt.«

»Schneid«, sagte die Stimme. »Schneid ist gar nichts. Schneid ist nur gut, wenn du was damit verdienen kannst.«

»Das hört sich hart an, Lorene.«

»Wenn es Ruf und Stellung und Geld ist, was gute Männer von ihren Frauen wollen, dann werd ich's ihnen beschaffen. Auf die einzige Art, auf die man sie bekommen kann. Mit Geld.

Und wenn ich nach Hause gehe mit einem Strumpf voll Banknoten, wenn ich für meine Mutter und mich ein neues Haus gebaut habe, wenn ich dem Country-Klub beitrete, Golf spielen lerne, im besten Bridge-Klub Mitglied werde und im literarischen Dienstag-Zirkel einen Vortrag über das neueste Buch halte – wird ein standesgemäßer Mann in mir eine standesgemäße Frau finden, die ein standesgemäßes Haus führen und standesgemäße Kinder aufziehen kann, und den ich heiraten werde. Und wir werden glücklich sein.«

»Lorene«, träumte er, »ich hoffe, du schaffst es. Bei Gott, das hoffe ich.«

»Da gibt's nichts mehr zu schaffen. Es ist alles da. Eins, zwei, drei. Schwarz auf weiß. In meiner Heimatstadt gibt's viele, die das getan haben, nur daß sie Amateurhuren waren, Maitressen anstatt Prostituierte.

Und dann«, sagte die Stimme sanft, »wenn alles gut im Schuß ist und wie eine gut geölte Uhr geht, dann wird das andere verblassen und sterben und nur noch eine Erinnerung sein, ein Traum, den man träumt und bei dem man immer Angst hat, er könnte einmal Wirklichkeit werden. Aber das tut er niemals. Denn wenn man standesgemäß lebt, dann ist man sicher.«

»Lorene«, träumte er, »Lorene, Lorene. Ich glaube, ich liebe dich, Lorene. Du hast Schneid und du bist schön und, Lorene, ich glaube, daß ich dich deshalb liebe, Lorene.«

»Du bist betrunken«, sagte die Stimme. »Wie kann man eine Hure lieben, die man das erstemal in einem Puff getroffen hat? Du bist betrunken, und es wäre besser, du schläfst jetzt.«

»Ich dachte mir, daß du das sagen wirst«, grinste er schlau die Traumerscheinung an, »ich wußte, du würdest es sagen.«

»Wieso wußtest du das?« sagte die Stimme.

»Ich wußte es eben«, sagte er. »Ich kenne dich, Lorene. Wird dieser reiche Bursche dich aber lieben, Lorene? Wird er dich so lieben, wie ich dich liebe?«

»Du liebst mich nicht«, sagte die Schläfrigkeit um ihn herum, »du bist betrunken. Und er wird nicht reich sein.«

»Er wird aber einen guten Ruf haben, Stellung, Geld, alles, was wir armen beschissenen Kerle nie haben werden. Doch lieben wird er dich nicht, Lorene. Ich glaube es nicht.«

»Er wird nie erfahren, daß ich eine Hure war. Es gibt keine Möglichkeit in der Welt, daß er's herausfinden könnte.«

»Das habe ich nicht gemeint, Lorene.«

»Was das übrige angeht, so werd ich ihn schon dazu bringen, daß er mich liebt. So viel werd ich ja wohl bis dahin gelernt haben.«

»Nein. Keiner kann alles haben, Lorene. Manch einer hat Glück und darf sich's aussuchen, aber auch dann ist es keine vollkommene Wahl. Keiner hat je alles. Es wäre auch sinnlos, es sich zu wünschen oder darum zu kämpfen. Und auch du kannst das nicht erwarten, Lorene. Der reiche Kerl wird dich nicht lieben, niemals. Dein Verstand, so wie du gebaut bist, Lorene, wird's nicht zugeben, daß er dich liebt. Mit diesem Verzicht wirst du für das andere bezahlen müssen; niemals hat man alles; für alles, was du vom Leben bekommst, mußt du teuer bezahlen, mit dem Verzicht auf das, was du noch lieber gehabt hättest, ohne es vorher zu wissen oder zu ahnen.«

»'s wird Zeit, daß du einschläfst«, sagte die Stimme besänftigend.

»Ich weiß. Weil ich betrunken bin. Aber gerade, wenn ich betrunken bin, sehe ich die Dinge, an die ich mich nicht erinnern kann und die ich nicht sehe, wenn ich nüchtern bin. Ich bin betrunken und ich träume, aber, ach Lorene, ich kann die Wahrheit so klar sehn. Ich kann fast die Hand ausstrecken und sie berühren.«

Dann schien es, als neige sich der lange, blasse Traum ihm zu, in einem duftigen fließenden Kleid, das weder die Brustwarzen noch das schwellende, schwarze Dreieck verhüllte, das er so gerne sah, und reichte ihm auf einem Teller ein goldenes Horn und auf einem zweiten Teller zwei Büchsen Rindfleisch mit Bohnen, beugte sich über ihn und küßte ihn auf die Lippen, weil er die falsche Wahl getroffen hatte. Dann stürzten die wolkigen Himmel ein.

»Schlaf jetzt.«

»Warum hast du mich geküßt? Du denkst, ich bin betrunken und werde mich nicht daran erinnern. Aber ich werd mich erinnern und ich werd wiederkommen.«

»Still, ja? Natürlich kommst du wieder.«

»Du denkst, er wird schon nicht. Aber ich komm! Ich komm wieder. Immer werde ich wiederkommen.«

»Natürlich. Ich weiß das doch.«

»In der Nacht nach dem Zahltag.«

»Ich werde auf dich warten.«

»Und ich werde mich an alles, was ich heut nacht gesehn habe, erinnern und es dir dann erklären. Ich hab alles so klar und so deutlich vor mir gehabt, daß ich sicher bin, mich zu erinnern. Glaubst du nicht, ich werde mich erinnern?«

»Natürlich wirst du.«

»Ich muß mich erinnern. Es ist wichtig. Geh nicht weg, Lorene. Bleib bei mir.«

»Ich bleibe hier. Schlaf jetzt ein.«

»Gut«, sagte er, »gut, Lorene.«

18

Er erinnerte sich wirklich. Er war sehr betrunken und sehr verschlafen gewesen, aber er erinnerte sich. Die drei schwer verkaterten Soldaten, mit erschöpften, aber wieder entspannten Gesichtern, aßen ihr Frühstück im luxuriösen, spiegelgeschmückten Speisesaal des Alexander-Young-Hotels im Geschäftsviertel von Honolulu, und während der ganzen Zeit erinnerte er sich. Er erinnerte sich auch später, als sie, gestärkt von Toast und Spiegeleiern und Speck und Schinken und viel Kaffee, durch die verlassenen, taufrischen Straßen des frühen Morgens zum Armee- und Marine-Klub des Christlichen Vereins Junger Männer gingen, um ein Taxi zu nehmen, um noch zur Zeit zum Wecken zu kommen. Er erinnerte sich auch noch während der ganzen fünfunddreißig Meilen langen Autofahrt zurück zur Kaserne.

Sein Kopf kam ihm ungeheuer groß vor und war empfindlich gegen jede Berührung, und es fiel ihm schwer, den Traum von der Wirklichkeit zu trennen. Deutlich konnte er sich aber daran erinnern, daß sie ihn auf den Mund geküßt hatte. Huren küssen im allgemeinen niemanden auf den Mund, noch erzählen sie ihr Leben. Er konnte sich aber an alle Einzelheiten ihres Lebens erinnern, auch daran, wie während des Erzählens ihre sorgfältig gepflegte Aussprache und ihre peinlich gewahrte Gelassenheit von ihr abgefallen waren und die wirkliche Lorene sich offenbart hatte. Eine harte Lorene, kalt und leuchtend wie ein Diamant. Aber wirklich, sehr wirklich und lebendig. Einen weiteren Beweis brauchte er nicht. Er hatte ihren Panzer durchbrochen, wie Männer nur selten den Panzer einer Frau durchbrechen und Soldaten niemals den einer Hure. In der Nacht nach dem Zahltag würde er wieder zu ihr gehn, und wenn er das Geld dazu stehlen müßte. Denn das Schwerste von allem Schweren auf dieser Welt schien ihm zu sein, die Wirklichkeit von der Illusion zu trennen, Auge in Auge mit dem wirklichen Menschen zu stehen, ohne schallsichere hygienische Zwischenwände, und zu wissen, daß dies der wirkliche Mensch war und nicht seine augenblickliche Rolle. Das ist das Schwerste auf dieser Welt, dachte er, in der jede Biene im eigenen Körper das Wachs für die eigene Zelle erzeugt, um den eigenen Honigvorrat zu schützen. Ich aber bin einmal wenigstens, ein einziges Mal, zum Wirklichen vorgedrungen. Zum mindesten glaube ich das.

Er dachte darüber nach. Tatsächlich war das einzige, woran er sich nicht erinnern konnte, die altbekannte Offenbarung der Trunkenheit, der Augenblick, in dem man die letzte Wahrheit zu erfassen meint, sie in einem einzigen Satz komprimiert, der ein Heilmittel für alles ist, leicht zu schlucken und schmerzlos einzunehmen. Von all dem wußte er nur noch, daß er die Offenbarung gehabt hatte. An den Satz selber konnte er sich nicht erinnern. Dann aber dachte er, daß er nicht erwarten konnte, sich an ihn zu erinnern. Dein ganzes Leben lang hast du das nicht gekonnt, du solltest daran gewöhnt sein.

Sie erreichten die Kaserne, nachdem sie – vorsichtigerweise – die letzten beiden Häuserblocks zu Fuß gegangen waren für den Fall, daß Holmes oder Warden nach ihnen Ausschau halten sollte, gerade als die Kompanie vom Frühstück zurückkam. Seitdem sie sich innerhalb der fast vergessenen Grenzen des Lagers befanden, war Prew doch ein wenig unruhig und Angelo sogar sehr, während Stark, der nicht zum Appell erscheinen mußte, keinerlei Sorge hatte und die beiden sogar noch aufzog.

Aber sie hatten Glück dieses Mal, und alle Sorgen waren überflüssig. Häuptling Choate, der noch immer ihr Unteroffizier war, erwartete sie auf der Veranda. Weder Holmes noch Warden noch Oberfeldwebel Dhom hatten an diesem Morgen den Appell abgenommen, sondern Leutnant Culpepper, sagte der Häuptling, und es war ihm möglich gewesen, seine Korporalschaft als vollzählig zu melden und damit durchzukommen, da Zugführer Galovitch ebenso dumm wie eifrig war; aber wo zum Teufel hatten sie gesteckt?

Mit dem Gefühl, richtig Dusel gehabt zu haben, rannten beide die Treppe hinauf, zogen ihre Zivilsachen aus und direkt ihre Arbeitsanzüge an.

Häuptling Choate, dessen unbeweglichem Gesicht man trotz seiner gewohnten indianischen Schwerfälligkeit anmerkte, daß er noch nicht alles gesagt hatte, folgte ihnen geduldig die Treppen hinauf. Nach seiner üblichen Nacht in Choys Restaurant hatte er blutunterlaufene Augen, war aber ganz ruhig.

»Ist ne andre Uniform befohlen worden!« sagte er schwerfällig. »Dienstanzug und umgeschnallt.«

»Mein Gott, warum hast du das nicht gleich gesagt?« sagte Maggio, der schon geglaubt hatte, vollständig fertig zu sein.

»Ihr habt mir ja keine Zeit gelassen«, sagte der Häuptling.

»Dann aber Tempo!« sagte Maggio und rannte zu seinem Spind.

Prew betrachtete des Häuptlings Mondgesicht, das nichts über die überraschenden Konsequenzen des Befehls verriet. »Das heißt also, daß wir Geländedienst machen?«

»Richtig geraten. Der Dienstplan wurde heute früh geändert. Sieht so aus, als wenn die Regenzeit vorbei ist. Du ziehst besser deine Gamaschen an.«

Prew nickte und ging zu seinem Spind, während Häuptling Choate sich eine Zigarette anzündete, den Rauchringen nachschaute und geduldig darauf wartete, daß sie zurückkamen.

»Old Ike«, sagte er, »hat vor dem Frühstück überall rumgeschnüffelt und nach dir gesucht. Ich hab ihm gesagt, du bist zur Kantine gerannt, um ein Päckchen Zigaretten zu holen.«

»Danke«, sagte Prew.

»Nichts zu danken«, sagte der Häuptling. »Zum Teufel mit deinem Dank.«

Angelo war fieberhaft damit beschäftigt, die erste Gamasche zu schnüren.

»War mir immer klar, daß das ein Scheißkerl ist«, grinste er.

Der Häuptling sah ihn unbeweglich an. »Das ist keine gewöhnliche Scheiße, Kleiner, das ist Ernst. Oder hast du vielleicht nicht gehört, was ich gesagt habe? Geländedienst habe ich gesagt.«

»Nein, das hab ich nicht gehört«, sagte Angelo.

Der Häuptling beachtete ihn nicht. »Es hat sich schon herumgesprochen«, sagte er zu Prew. »Von jetzt an ist alles erlaubt. Jetzt haben sie freie Hand mit dir.«

Prew schob seine Zehen durch die Schlaufe der Gamasche, rückte sie zurecht und schwieg. Es gab nichts zu sagen. Schon lange hatte er gewußt, daß es kommen würde, aber er hatte es nicht erwartet. So ähnlich wie es einem mit dem Sterben ging.

»Noch so ein Ding wie Nichterscheinen zum Appell«, sagte der Häuptling, »und du bist erledigt. Heute morgen hab ich für dich meine Litzen riskiert. Noch mal tu ich's nicht.«

»Das erwarte ich auch nicht von dir«, sagte Prew. »Wenigstens jetzt nicht.«

»Ich kann mir's nicht erlauben«, sagte der Häuptling gelassen, sachlich, ohne einen Ausdruck von Schuld in seinem Gesicht oder in seiner Stimme. »Vielleicht wirst du denken, ich laß dich im Stich, wo wir Freunde sind.«

»Nein.«

»Ich sag dir's jetzt, damit du weißt, woran du bist, wenn ich dich melden muß.«

»Schon gut. Ich verstehe schon.«

»Ich hab zwar beim Oberst 'n Stein im Brett«, erläuterte der Häuptling sachlich, »aber dazu langt's nicht. Ich helfe dir, so gut ich kann, aber ich riskier nichts mehr für dich. Ich bin froh, wenn ich behalten kann, was ich habe, und ich werd's nicht aufs Spiel setzen... Ich fühl mich hier ganz wohl.«

»Ich auch«, sagte Prew. »Komisch, was?«

»Ja«, sagte der Häuptling, »sehr komisch. Ha, ha, ho, ho.«

»Guter Witz«, sagte Prew. »Bloß auf meine Kosten.«

»Du rennst mit dem Kopf gegen die Wand, wenn du gegen die Boxer hier anläufst. Die haben die Kompanie in der Hand. Vielleicht sogar das ganze Regiment. Und die wollen dich zwingen, daß du boxt, und wenn sie dich zur Sau machen, daß sie dich nur noch als Fliegengewichtler kriegen.«

»Erzähl mir lieber was Neues.«

»Schön. Ich dachte, du wolltest Bescheid wissen. Aber du bist stur, ein harter Brocken. An dich können sie nicht ran.« Er schickte sich an, aufzustehen.

»Augenblick«, sagte Prew, »die können mir nichts, solange ich mich an die Vorschriften halte, solange ich gegen keine Vorschriften verstoße.«

»Vielleicht nicht. Aber sie haben dringend die Divisionsmeisterschaft im nächsten Winter nötig, Dynamit hat sie sogar ganz dringend nötig.«

»Ich seh nicht ein, was er machen will, wenn ich mich an die Vorschriften halte.«

»Stell dich doch nicht dumm«, sagte der Häuptling. »Du wirst mir doch nichts vormachen. Du bist doch kein Rekrut mehr; hast du vielleicht noch nie gesehn, wie sie einem die ›Sonderbehandlung‹ verpassen?«

»Hab davon gehört.«

»Was ist das, die ›Sonderbehandlung‹«, wollte Maggio wissen.

Der Häuptling beachtete ihn nicht. »Vielleicht hat man's hier noch nicht zu einer richtigen Wissenschaft entwickelt, wie in West Point oder in Culver«, sagte er zu Prew, »aber es wirkt. Nichts bringt einen Mann schneller auf Vordermann. Oder es bringt ihn um. Ich hab's nur ein einziges Mal gesehn. Der Kerl ist desertiert, in die Berge verschwunden und hat eine Moro geheiratet. Als man ihn schließlich einfing und verurteilte, bekam er zwölf Jahre. Jetzt sitzt er lebenslänglich.«

»Dazu bin ich zu schlau«, grinste Prew. »Und ich bin auch kein Killer, Häuptling«, fügte er hinzu. Er grinste steif, fühlte, wie die Steifheit sich bis zu seiner Stirn ausbreitete, als werde langsam eine Schicht Gips auf seinem Gesicht hart. Er zog die Lippen über den Zähnen straff und spürte, wie tiefe Löcher unter den Backenknochen entstanden. Das alles tat er nicht selber, sondern die Steifheit tat es, diese Steifheit, die ihn und sein Gesicht immer überkam, wenn er im Ring stand und ein Boxer ihn zu treffen versuchte, oder in einer trunkenen Schlägerei, wenn einer ein Messer gegen ihn zog, immer, wenn er in einen Kampf verwickelt wurde, wenn man ihn bedrohte, wenn dieses Wort auftauchte, dieses Mörderwort. Es gab nichts Verkommeneres, nichts Ekelhafteres als dieses Wort, das manche so häufig und so stolz gebrauchten.

Häuptling Choate sah ihm gelassen und ungerührt zu, doch Maggio, der ihn ebenfalls anschaute, war tief beeindruckt. Ein bißchen wie Humphrey Bogart, dachte Maggio, ein bißchen wie ein Schädel, ein lippen- und backenloser Totenschädel.

»Ich kann das aushalten, was die zu bieten haben«, grinste Prew, »und mehr als das.«

»Jawohl«, sagte Maggio, »und ich auch.«

»Willst du deinen Schädel eingeschlagen haben, Kleiner?« fragte Häuptling Choate im Ernst.

»Nein«, sagte Maggio.

»Dann halt dein Maul. Das ist eine ernste Sache. Und wenn du gescheit bist, hältst du deine große Nase da heraus. Das ist seine Sache. Du machst es nur schwerer für ihn, wenn du dich einmischst.«

»Das stimmt, Angelo«, grinste Prew und fühlte, wie die Steifheit nachließ, während er den wütenden, schmalschultrigen Italiener anschaute.

»Ich kann's nicht sehen, daß jemand schikaniert wird«, sagte Maggio.

»Dann gewöhnst du dich besser dran«, sagte der Häuptling. »Du wirst es noch oft genug sehen müssen. Ich weiß nicht, warum du dich darauf einläßt«, sagte er dann zu Prew. »Du machst es dir nur schwerer, aber 's ist natürlich deine Sache und geht mich nichts an. Aber ich würde es nicht gerne sehen, wenn du reinfliegst.«

»Du hast selbst mal abgelehnt, für Dynamit zu boxen.«

»Ja, aber ich wußte, was ich tat. Ich hatte genug Einfluß beim Regiment. Ich konnt's mir erlauben. Du kannst es nicht.«

»Vielleicht nicht. Wir werden ja sehn. Bis jetzt hab ich mich noch nie geweigert, einen Befehl auszuführen, wenn's im Dienst war. Ich glaube aber nicht, daß die mich außer Dienst herumkommandieren können.«

»Das hat nichts mit Recht oder Unrecht zu tun, das sind einfach Tatsachen. Außerdem ist es noch die große Frage, ob ein Soldat überhaupt außer Dienst sein kann, ob er überhaupt ein Recht hat, ein Mensch zu sein.«

»Und so wird's langsam überall, in der ganzen Welt.«

»Nicht bloß bei der Armee«, warf Angelo ein, und Prew konnte sehen, daß Maggio an Gimbels Keller dachte.

»Stimmt«, sagte Häuptling Choate, »und was weiter?«

»Das mit der Pflicht ist ja vielleicht berechtigt«, sagte Prew, »im Krieg. Im Krieg ist ein Soldat immer im Dienst. Aber nicht im Frieden.«

»Es war immer Krieg«, sagte der Häuptling, »seitdem ich bei der Armee bin. Das heißt seit dreizehn Jahren. Für eine Armee ist immer Krieg.«

»Das stimmt«, sagte Prew. »Es gibt keine Armee für den Frieden. Ich kann aber nicht einsehen, was die Boxriege und was das Boxen mit dem Krieg zu tun hat.«

»Frag Dynamit, was er davon hält«, sagte der Häuptling, »ich höre, was er sagt.«

»Zum Teufel«, sagte Angelo Maggio, »den brauchen wir nicht zu fragen. Dynamit ist so voll von Schlagworten aus der Offiziersschule, daß sie ihm zu den Ohren rauslaufen.«

»Möglich«, sagte der Häuptling, »aber er ist der Kompaniechef.«

Vom Kasernenhof kam das Signal ›Antreten zum Exerzieren‹, und Häuptling Choate stand mit einem fragenden Blick auf Prew vom Bett auf.

»Na ja«, sagte er, »dann bis nachher.«

»Im Bau«, grinste Prew und sah, wie der große Mann schwerfällig elegant zu seinem Bett am Ende des Ganges trottete, um seine Ausrüstung zu holen. Dann nahm er das Bajonett, das er vergessen hatte, auf, schob den Haken unter der dritten Tasche ins Koppel.

»Schöne Begrüßung«, sagte er.

»Die können uns am Arsch lecken«, sagte Angelo Maggio. »Alle miteinander. Die können überhaupt nichts machen. Was sollen sie machen?«

»Sicher«, sagte Prew und schob den zweiten Haken ins Koppel. Er sah, wie der Häuptling sich zum Dienst fertigmachte. An ihm sah das Bajonett wie ein Zahnstocher aus, der Tornister auf seinem Rükken wie eine Streichholzschachtel. Als seine Riesenfaust das Gewehr aufnahm, sah selbst die große, gewichtige Springfield 03 wie ein Spielzeug für kleine Jungen aus.

»Auch der kann uns mal«, sagte Angelo. »Ein feiner Kamerad.«

»Nein, der ist schon in Ordnung.« Man mußte sich damit abfinden, wenn sich die Zeiten änderten. Die Tage eines Napoleon, der trotz aller Strapazen auf dem Weg von Moskau nach Hause von der Ergebenheit der Alten Garde und der Liebe der Jungen getragen wurde, waren vorüber. Aber damals gab's auch noch keinen Gaskrieg. Damals tötete man den Feind nicht einmal, wenn man es vermeiden konnte. Die Zeiten ändern alles, oder vielleicht waren das auch nur Märchen, nachträglich erfunden, weil man gerne glauben wollte, daß es so gewesen sei. »Bloß weil er gelegentlich mit mir bei Choys gefrühstückt hat, schuldet er mir nichts. Der Häuptling ist ein verdammt anständiger Kerl.«

»Bestimmt«, sagte Angelo, »auch Pontius Pilatus war ein guter Mann.«

»Ach Scheiße. Halt's Maul, ja? Du verstehst nichts davon. Halt's Maul, wo du nicht mitreden kannst.«

»Gut«, sagte Angelo und stopfte ein Päckchen Zigaretten und Streichhölzer in die Patronentasche. »Die werden wir brauchen. Jesus, brummt mir der Kopf. Und dieser gottverdammte Stark liegt drüben in seiner Bude und schläft seinen Rausch aus. Wir sehn besser zu, daß wir rauskommen.«

Vom Kasernenhof kam das Wiederholungssignal, und von unten kam die dröhnende Stimme des Oberfeldwebels Dhom, die sehr soldatisch klang.

»Auf, auf, da oben! Raus zum Antreten! Alles raus! Oder soll ich euch Feuer unterm Arsch machen? Raus, antreten!«

»Korporalschaft raustreten!« brüllte Häuptling Choate. »Der Krieg fängt an.« Er tappte elegant und leichtfüßig die Treppen hinunter, während er in einem natürlichen Baß das Signal sang: »*Raus zum Drill, es geh, wer will, hab noch nen leeren Bauch, hör zu, raus zum Drill, bei Gott, ich will, der Hauptmann kommt ja auch.*«

»Aber singen kann er«, sagte Angelo widerwillig. Der ganze Schlafraum war in Bewegung, als die Männer ihre Gewehre aufnahmen und zur Treppe eilten.

»Na, denn rin ins Vergnügen«, sagte Prew und nahm sein eigenes Gewehr in die Hand.

Von der Veranda im dritten Stock konnte er alles übersehen, den ganzen Ritus des ersten Antretens zum Geländedienst, zum ersten Geländedienst nach der Regenzeit. Er blieb stehen, um es zu betrachten. Angelo blieb ebenfalls stehen, um auf ihn zu warten. Dem Bilde gegenüber war er gleichgültig.

Dennoch war es ein gutes Bild, ein soldatisches Bild, wie die Anzeige der Pall-Mall-Zigarette, die noch immer im Deckel seiner Feldkiste klebte, ein feines Bild, wenn man ein Dreißigender war. Das große Rechteck war voll von Männern in blauen Drillichanzügen und khakifarbenen, von der Sonne fast weiß gebleichten Leinwandkoppeln und Gamaschen und ihren olivfarbenen, scharfkantigen Feldmützen. Sie kamen über die Fußwege und stellten sich militärisch kompanieweise auf. Es war die militärische Art, mit der man einen Krieg gewann, dachte er stolz. Jeden Krieg. Dennoch schienen alle anderen Kompanien in die Ferne gerückt, selbst der Musikzug schien unwirklich, als bestehe er nur aus gesichtslosen Gestalten, wäre nichts anderes als der Hintergrund für unsere Kompanie. Hier war jedes Gesicht ein Gesicht, das er kannte, so daß die Gleichheit der Uniform keine Rolle spielte, sondern im Gegenteil die Individualität der Gesichter unterstrich.

Durch die Fliegenfenster blickend, konnte er drunten das Gesicht Readall Treadwells sehen. Readall Treadwell, der den Spitznamen ›Fettsack‹ trug, obwohl er mehr Muskeln als Fett an sich hatte und wegen seiner unverwüstlichen Ausdauer im Schleppen des schweren MG, mit dem er noch nie geschossen hatte, eine legendäre Figur war. Er konnte Crandell Dusty Rhodes sehen, der den Spitznamen ›der Professor‹ trug, und dessen Gelehrsamkeit einzig und allein darin bestand, daß er immer wieder mit einem garantiert echten Brillantring auftauchte oder einer – so wahr ich hier stehe – echten antiken römischen Münze, die er bereit war, ausnahmsweise nur dir zu überlassen, weil du sein Freund warst. Er konnte Bull Nair sehen, der ›der Hengst‹ genannt wurde.

Sie alle gehörten dazu, waren wichtige Teile, so wie jede kleine Erinnerung ein wichtiger Teil deines Lebens ist, Teil der dir zugedachten Erbschaft, vielleicht Teil deines Geschicks. Sie waren kleine, sich bewegende Teile des winzigen Sonnensystems der Kompanie, winzig in den Milchstraßen der Regimenter, die zusammen das Universum der Armee bilden. Sie waren Teile des einzigen Universums, das du kennst, dachte er, des einzigen Universums, das du willst, weil es das einzige ist, in dem du einen Platz gefunden hast. Und nun bist du im Begriff, ihn zu verlieren.

»Los, Angelo«, sagte er, während er auf die kleine Gruppe von Unteroffizieren schaute, die um den kahlköpfigen Dhom mit seinen Sackträgerschultern herumstanden, der sie alle, selbst Häuptling Choate, überragte. »Wir machen besser, daß wir runterkommen.«

»Mensch, du siehst krank aus«, sagte Angelo, als sie sich beim ersten Zug einreihten.

»Nicht krank«, sagte Prew, ihn von der Seite ansehend, »nur verkatert.« Es war aber nicht der Kopf, dachte er. Sei ehrlich. Du bist schon mit schwererem Kopf angetreten, und es hat dir nichts ausgemacht. Vier Stunden Exerzieren mit schwerem Kopf gehörten ebenso zum Soldatsein wie Schießübungen mit einem Viertelliter Whisky als Zielwasser heimlich im Koppel oder Gewaltmärsche mit einer Flasche Reiswein in der Hüfttasche. Soldatsein und Trinken sind immer Blutsbrüder gewesen. Was aber, dachte er, heißt das eigentlich: Soldatsein?

Es beunruhigte ihn, daß alle Schwierigkeiten, die er in der Armee hatte, nichts mit dem Soldatsein zu tun hatten. Es müßte da irgend etwas Wichtiges geben, sagte er sich. Wirklichkeit, dachte er. Daß man das Wirkliche vom Eingebildeten unterscheiden kann. Mensch, ich glaube, bei dir ist ne Schraube los, aber er konnte dieses neue Gefühl des Abgesondertseins nicht abschütteln.

Die Gruppe der Unteroffiziere auf dem Rasen brach auseinander. Der Riese Dhom ging geradeaus nach der Mitte, während die anderen im Laufschritt zu ihren Zügen eilten. Dann stand Dhom allein vor der Front. Er sah sehr soldatisch aus. Sehr soldatisch kommandierte er ›Das Gewehr über‹, und die Gewehre bewegten sich und klappten sehr soldatisch im Gleichtakt. Aber selbst das befreite ihn nicht von dem quälenden Gefühl des Abgesondertseins, das schlimmer als alle Einsamkeit war und daher kam, daß er etwas wußte, was alle anderen nicht wußten.

Sie marschierten hinaus durch die nordwestliche Lastwageneinfahrt und überquerten die Straßenkreuzung, an der ein piekfeiner Militärpolizist den dichten Morgenverkehr regelte. Dann kam das Rührteuch-Kommando, und jemand in den hinteren Reihen begann den alten geheiligten Wechselgesang der Infanteristen.

»Wer begann den Krieg?«

»Die Militärpolizei«, kam die Antwort.

»Und wie kam der Sieg?«

»Ihre Mütter und Schwestern schliefen für die Kriegsanleih.«

Der große, hübsche, statuarische Militärpolizist errötete, und als sie am Lagertheater Nr. 1 vorbeizogen, begann jemand das Regimentslied, und die übrigen nahmen es auf. Sie sangen einen Text, der nie im Jahrbuch des Regiments erschienen ist.

»Nach Wahoo kommen wir nicht mehr,
Nicht mehr nach Wahoo kommen wir.
Wir ficken deine Kanaky,
Wir trinken deinen Saki –
Doch nach Wahoo kommen wir nicht mehr.«

Und Häuptling Choate mit seinem tiefen, warmen Baß sang allein seine Lieblingszeile in der Zwischenstrophe.

»Küß mir, Hänschen,
Ach, mein Schwänzchen
Heute nacht im Bett.«

Und die Stimme der Autorität sprach soldatisch knarrend aus der Kehle des Oberfeldwebels Dhom:

»Aufhören, Leute, oder ich laß euch in geschlossener Ordnung marschieren. Hier könnten Damen in der Nähe sein.«

Das bedeutete Soldatsein ... Die Kolonne marschierender Männer von der G-Kompanie, die sich auf der Kolekole-Paß-Straße bewegte, mit den Ulmen auf beiden Seiten, von denen eine Atmosphäre ewiger Dauer auszugehen schien. Soldat Robert E. Lee Prewitt aber war unberührt. Die alte Unruhe war verschwunden. Das Soldatsein, das einst harte Wirklichkeit bedeutete, war ihm zur Illusion geworden, während die Wirklichkeit irgendwo verborgen lag.

19

Den ganzen Morgen über erschien kein Offizier beim Gefechts-
dienst, nicht einmal für die übliche kurze Visite. Er entwickelte sich
zu einer allgemeinen Treibjagd auf Prewitt, an der die Unteroffiziere
der Reihe nach teilnahmen. Sie gaben ihm Saures. Bis dahin hatte er
nicht geglaubt, daß man einem Menschen so viel Schmerzen zufügen
könnte, ohne ihn geradeheraus zu foltern. Er stellte fest, daß er
neuerdings überhaupt einiges über Schmerzen dazulernte.

In der ersten Stunde nahm sich Dhom, der als Trainer der Boxriege die
Freiübungen leitete, seiner an und ließ ihn die Sprungübungen, sechs-
unddreißigmal ›Beine seitwärts spreizt‹, allein wiederholen (wie es bei
ungeschickten Soldaten üblich war), während die Kompanie sich aus-
ruhte. Prew, der seit seiner Rekrutenzeit keine derartige Übung gemacht hatte, war perfekt, aber er mußte sie wiederholen, und zwar
dieses Mal richtig und (wie dies bei ungeschickten Soldaten üblich
war) ein wenig lebhafter, wenn er keinen Sonderdienst haben wollte.

Prew kannte Dhom und hatte sich nie viel aus ihm gemacht. Es war
Dhom gewesen, der einmal während des Appells wie eine Kanonen-
kugel in die Reihen geschossen kam und einem Rekruten einen
Kinnhaken gab, weil er gesprochen hatte. Damals wäre er beinahe
degradiert worden, aber nur beinahe, und er kam daran vorbei, ohne
sich ernsthaft Sorgen machen zu müssen. Andrerseits aber hatte derselbe Dhom während des Dreißig-Meilen-Marsches im vergangenen
Herbst vier Extragewehre und ein Maschinengewehr über die
letzten zehn Meilen geschleppt, um die G-Kompanie als einzige
Kompanie im ganzen Regiment ohne einen Ausfall in die Kaserne
zurückzubringen. Und derselbe Dhom stand so sehr unter dem Pan-
toffel seiner Filipinofrau, daß es in der Kompanie geradezu sprich-
wörtlich geworden war.

Als Prew später in der Kaserne mit dem Häuptling sprach, hatte er
es abgestritten, verletzt zu sein. In diesem Augenblick war von Verletzung auch noch keine Rede. In Harlan County wurde einem die
Fähigkeit, Schmerzen zu ertragen, angeboren, oder man blieb nicht
am Leben, und er war stolz auf diese oft erprobte Qualität. Er war
fest davon überzeugt, daß man ihn alles doppelt machen lassen konnte,
ohne jemals seine Ausdauer zu brechen, die das einzige war, was sein
Vater ihm vererbt hatte. Er betrachtete die ganze Sache als einen gewöhnlichen Kampf körperlicher Kräfte, was es in einem gewissen
Sinne auch war. Darüber hinaus aber war es viel mehr als das, und diese

Seite hatte er übersehen. Er hatte nicht gewußt, daß diese Männer ihm etwas bedeuteten. Vor langer Zeit, als er in Fort Myer das Boxen aufgab, um Hornist zu werden, und man das allgemein als Feigheit auslegte, hatte er widerstrebend die Hoffnung zu Grabe tragen müssen, jemals verstanden zu werden. Dies brachte eine gewisse Vereinsamung mit sich, aber er hatte sie ertragen, weil sie seinem Wunsch entsprang, das Horn zu blasen. Als man ihn dann aus dem Musikzug ausschloß, weil er den Tripper bekam und niemand von seinen vielen Freunden für ihn eintrat, hatte das eine noch größere Vereinsamung zur Folge gehabt. Gleichzeitig aber steigerte sich auch seine Unverwundbarkeit.

Da er nunmehr unverwundbar war, weil nichts mehr in ihm existierte, was hätte verletzt werden können, war er ziemlich sicher gewesen, daß diese Männer ihm nichts bedeuteten. Nur hatte er vergessen, daß sie eben Menschen waren und daher irgendeine Bedeutung für ihn haben mußten. Er hatte vergessen, daß er ein Mensch war und daß diese Männer die gleichen waren, die in der vergangenen Nacht (wirklich erst gestern nacht) schweigend auf die Veranda gekommen waren, um seinem Zapfenstreich zu lauschen. Einem dieser Männer hatte die körperliche Stimme gehört, die über den Kasernenhof zu ihm gedrungen war: »Ich hab ja gesagt, daß es nur Prewitt sein kann.« Wie das möglich sein konnte, wußte er nicht. Er wußte nur, daß es schwer zu verstehen war. Er hatte ganz und gar vergessen, daß er, obwohl er auf ihre Kameradschaft und ihr Verständnis gesetzt und dabei verloren hatte, noch immer den Glauben besaß, daß irgendwo Menschen existieren mußten und das der Punkt war, an dem sie ihn verletzen konnten. Es dauerte nicht lange, bis er den Schmerz zu spüren begann.

Während der zweiten Stunde, die Old Ike leitete, wurde er zweimal angepfiffen, einmal weil er bei einer Wendung nachklappte (was zum mindesten die beiden Männer vor ihm ebenfalls taten) und dann dafür, daß er bei einer komplizierten In-Gruppen-kehrt-marsch-Wendung aus dem Glied geriet (während sich die ganze Kompanie mit Ausnahme der zwei ersten Viererreihen in einen fluchenden Sauhaufen verwandelte). Beide Male ließ Ike ihn vortreten und schrie ihn an, wobei er Prews Hemd mit einem feinen Regen slawischen Speichels besprühte. Nach dem zweiten Anschiß sandte er ihn mit einem Unteroffizier auf die andere Seite der Straße, wo er mit angezogenem Gewehr und im Dauerlauf sieben Runden um die vierhundert Meter lange Aschenbahn machen mußte.

Als er in Schweiß gebadet, aber schweigend wiederkam, starrten alle Männer der Sportlerpartei ihn entrüstet an, während die Nichtsportler ihn überhaupt nicht ansahen, sondern eingehend die modernistischen Konturen eines neuerrichteten Gebäudes gegenüber studierten. Nur Maggio grinste ihm zu. Es war wirklich sehr interessant.

Bei der Art des Exerzierens, für die Ike bekannt war, war es tatsächlich lächerlich, für einen derartigen Fehler inmitten des allgemeinen Durcheinanders angeschissen zu werden. Daher lachte Prew. Die ganze Sache war wirklich ein Triumph der Phantasie über die Materie. Die Männer schlichen bei Ikes Exerzieren ohne Schneid oder Strammheit dahin, besonders da die in verdrehtem Englisch gegebenen Kommandos selten verständlich waren. Oft wurden sie auf den falschen Fuß gegeben, und ein Drittel der Kompanie war bei Ikes unregelmäßigem Rhythmus ohnehin ständig außer Schritt. Wenn Ike kommandierte, schien er zwischen einer keuschen, unsicheren Bescheidenheit und einer grotesken, mussolinihaften Selbstsicherheit hin und her zu schwanken. Keine von den beiden Methoden war einem straffen Exerzieren zuträglich. Für jeden Mann, der jemals Soldat gewesen war, bedeutete es mehr als eine Qual, es war die äußerste Prostitution allen Soldatentums, die größte Sünde, die je von einem Kesselheizer begangen wurde. Zur dritten Stunde marschierten sie hinauf zu dem großen hügeligen Feld, an dem der Reitweg begann, gerade oberhalb des Golfplatzes. Von dort aus konnten sie verschiedene, streng nach den Regeln spielende Offiziersvierer (und zwei kichernde und nicht nach den Regeln spielende Dreier von Offiziersfrauen) bei ihren morgendlichen Runden beobachten.

Dieses Feld war der Schauplatz der traditionellen Unterrichtsstunde über Deckung und Tarnung, die Feldwebel Thornhill gab. Dabei lagen die Männer im Schatten der Eichen, die das Feld einsäumten, faul auf dem Bauch und beobachteten die Hintern der Offiziersfrauen und -töchter, wie sie vor ihnen auf dem Feld in den Sätteln herumhopsten. An diesem Morgen aber gab Thornhill, ein langer, sehniger, frettchenköpfiger, kieferloser Mann aus Mississippi, der siebzehn Dienstjahre auf dem Buckel hatte und weder ein Sportler noch ein Nichtsportler war, Prewitt einen Anschiß wegen Unaufmerksamkeit. Mit einem Unteroffizier schickte er ihn für weitere sieben Runden auf die Aschenbahn.

Dieses Mal kostete Maggio seine Sympathie ebenfalls sieben Runden. Ike Galovitch sah, wie er Prew das Heilige Zeichen gab (bei dem man die Hand zu einer Faust ballt und mit ausgestrecktem Mittelfinger in die Luft stößt). Wütend über so viel Mißachtung von Disziplin und Gerechtigkeit schickte er Maggio Prew nach.

Und so ging es weiter und weiter. Und immer weiter. Erst ein Unteroffizier, dann ein anderer, als ob sie alle darauf versessen waren, Rekrutenoffiziere bei den Filipinos zu werden, die jetzt gerade eingezogen wurden.

Selbst Meister Wilson, der königliche Boxer, der Kühle, immer Ruhige, ewig Gleichgültige, ließ sich herab, ihn während der Schießübungen anzufahren, weil er, wie der Champion sagte, sein Feuer nicht ordnungsgemäß verteilt hatte.

Prew lehnte sich auf seinen Gewehrlauf und hörte zu, wie er den anderen zugehört hatte. Es war das einzige, was man bei einem Anschiß tun konnte. Nur hörte er dieses Mal nur halb, was der Champion sagte. Er stand vor dem Champion, sein Geist aber war mit dem Problem beschäftigt. Er konnte alles vor seinem inneren Auge sehen, als wäre es ein Film, den man mit den Händen am Auge entlangführt. Logisch folgte ein Bild dem anderen, am einen Ende war der Anfang und am anderen der Schluß, eins, zwei drei, eines nach dem anderen.

Erschwerend war nur, daß man den Anfang nicht mehr sehen konnte, da er in den verwirrten Zelluloidschleifen auf dem Boden verloren war. Auch das Ende konnte man nicht sehen, weil es sich noch auf der Rolle befand.

Immerhin fiel ihm ein, daß die einzigen Unteroffiziere, die sich nicht dazu hergaben, diesen neuen Ball herumzukicken, Häuptling Choate und Pop Karelsen waren, die beide als seine Freunde bekannt waren. Sie hätten genügend Gelegenheit gehabt, ihn zu schikanieren, aber sie hatten es vorgezogen, wie die nichtsporttreibenden Soldaten in eine andere Richtung oder auf die sich langsam bewegenden Gletscher der Kumuluswolken zu starren, die gutes Wetter ankündigten und die wie weiße Berge hoch über einem dunklen Vorgebirge aussahen.

Was hast du eigentlich erwartet, dachte er. Daß sie meutern und dich erlösen? Du mußt dir doch klar darüber sein, daß man dich zu nichts zwingt, nicht wahr? Schließlich war es dein eigener freier Wille, sagte er sich. Jawohl, dachte er, so ist das ganz genau.

Aus freiem Willen, dachte er. Es gibt so etwas wie freien Willen. Es gibt auch freie Liebe, vergiß nicht, freie Liebe. Und dann gibt es auch freie... laß mich mal nachdenken, freie, was? Freie Politik. Nee, keine freie Politik. Was dann? Nun, Freibier. Freier Wille, freie Liebe, Freibier.

Dies hier aber ist freier Wille. Dein eigener freier Wille verursacht das alles. Die anderen tun dir nichts. Sie bieten deinem freien Willen nur eine freie Wahl an. Freundlich, aber logisch, ernst, aber ohne Bosheit, freie Wahl dem freien Willen.

Erstens, du kannst dich bereit erklären zu boxen. Zweitens, du kannst dich nicht bereit erklären zu boxen und wütend werden und dich wehren. Wenn du das tust, wanderst du ins Militärgefängnis. Drittens, du kannst weder boxen noch dich wehren. In diesem Falle kannst du fortfahren, die Unannehmlichkeiten zu erdulden, die dich verletzen, weil du ein empfindsamer und künstlerisch veranlagter Hornist bist und kein Boxer, was alles sehr vereinfacht hätte. Und wenn du in dieser unangenehmen Lage, die du aus freiem Willen gewählt hast, verharrst, dann kommt als logische Folge Bestrafung durch den Kompanieführer wegen Nachlässigkeit plus Nachexerzieren plus Urlaubssperre plus schließlich und unausweichlich Militärgefängnis.

Auf einen Nenner gebracht, haben wir einerseits: geh und melde dich zum Boxen. Und andererseits bekommen wir als Resultat das Militärgefängnis. Da du ein künstlerisch veranlagter Hornist bist (und nicht, wie der Champion hier, ein künstlerisch veranlagter Boxer), können wir die erste Möglichkeit streichen. Also bleibt nur übrig, erstens: geh ins Militärgefängnis, und zweitens: geh ins Militärgefängnis. *Du* kannst wählen. Es ist zwar eine ziemlich beschränkte Wahl, aber immerhin eine Wahl, die deinem freien Willen ohne Gefühlsduselei, logisch gerecht und ohne persönliche Bosheit oder Gemeinheit präsentiert wird.

Er hätte es vorgezogen, daß sie ihn gehaßt hätten, sich im geheiligten Namen von Heim und Vaterland gegen ihn zusammengeschlossen und ihn mit der Keule des Gesetzes und der Ordnung erschlagen hätten. So wie es zum Beispiel die Nazis mit den Juden machten. Oder die Engländer mit den Indern. Oder die Amerikaner mit den Negern. Dann wäre er ein verhaßtes Individuum gewesen statt einer gehaßten Nummer (Wehrnummer 6 915 544 zur Stelle). Aber andererseits kann man natürlich nicht alles haben. Du hast eigentlich niemals wirklich geglaubt, daß man dir was antun würde, was? Nein, bestimmt nicht. Weil du verdammt genau weißt, daß du selber nie einem von ihnen das hättest antun können, weil du dein ganzes Leben lang unter einem überentwickelten Gerechtigkeitssinn gelitten hast, gar nicht davon zu reden, daß du immer leidenschaftlich auf der Seite der Unterdrückten gestanden hast (wahrscheinlich, weil du selbst immer einer warst, wenigstens stell ich mir das so vor).

Immer hatte er geglaubt, für die Unterdrückten gegen die Unterdrücker kämpfen zu müssen. Er hatte es nicht zu Hause oder in der

Schule oder in der Kirche gelernt, sondern von dem vierten großen Former eines sozialen Gewissens, dem Film. Aus all den Filmen, die gedreht wurden, als Roosevelt Präsident geworden war.

Damals war er ein Kind gewesen, noch nicht auf der Walze. Er wurde mit all den Filmen gefüttert, die zwischen 1932 und 1937 hergestellt wurden und die noch nicht zu routinierten Nachahmungen ihrer eigenen Art herabgesunken waren. Aus ihnen hatte er gelernt, für die Unterdrückten zu kämpfen, und sich seine eigene Philosophie daraus gemacht, so daß ihm gar nichts anderes möglich war, als aus innerster Überzeugung für die Kommunisten in Spanien zu kämpfen, solange er glaubte, daß sie die Unterdrückten seien; daß er aber im gleichen Augenblick, als die Kommunisten in Rußland zu Unterdrückern wurden und die (wie nennt man sie in Rußland? die Verräter, glaube ich) Verräter unterdrückten, für die Verräter und gegen die Kommunisten eintrat. Er glaubte an den Kampf für die Juden in Deutschland und gegen die Juden in Wallstreet und Hollywood. Und wenn in Amerika die Kapitalisten die Unterdrücker waren und das Proletariat die Unterdrückten, dann kämpfte er auf seiten des Proletariats gegen die Kapitalisten. Diese Philosophie, die ihm so sehr in Fleisch und Blut übergegangen war, daß er sie nie vergessen konnte, hatte dazu geführt, daß er, ein Mann aus den Südstaaten, für die Neger gegen die Weißen eintreten zu müssen glaubte, weil die Neger, bis jetzt wenigstens, nirgends die Unterdrücker waren.

Unterdrücker zu werden muß eine große Versuchung sein, dachte er. Natürlich wußte er es nicht. Er war ja nie einer gewesen. Man konnte sich aber vorstellen, wie es sein würde. Man muß sich nur vorstellen, man wäre ein Offizier. Das kann man sich doch vorstellen.

Er war sich darüber klar, daß seine Philosophie närrisch wäre, eine Art von Chamäleon-Philosophie, die unaufhörlich ihre Farbe wechselte. An einem Tag war man ein Kommunist und am nächsten ein Antikommunist. Aber es war ja auch ein närrisches Zeitalter, ein Chamäleon-Zeitalter, in dem das Chamäleon wie auf einer schottisch gemusterten Reisedecke lebte.

Und wenn man heute ein Kapitalist ist und morgen ein Kommunist? Und wenn man in diesem Augenblick über unterdrückte Juden weint und im nächsten gegen sadistische aufbegehrt? Eine sehr unrationelle und emotionale Philosophie. Nur, wir leben ja auch in einem sehr unrationalen und erregten Zeitalter. Ich glaube, daß deine Philosophie ganz zu dem Leben in diesen Vereinigten Staaten und zu dem Leben in dieser verunreinigten Welt paßt.

Zu welcher politischen Einstellung führt dich das, fragst du. Welche politische Richtung vertrittst du?

Ich glaube, wir können von dieser Frage absehen, antwortete er sich selbst. Es ist eine falsche Frage, denn die Frage unterstellt, daß du überhaupt eine Politik vertreten mußt. Daher ist die Frage unfair. Sie begrenzt deine Antwort, weil sie sich nur nach der Art deiner Politik erkundigt. Eine solche Frage würde ein Republikaner oder ein Demokrat oder ein Kommunist stellen. Und du darfst ohnehin nicht wählen, weil du bei der Armee bist, niemand würde sich daher für deine Ansicht interessieren.

Ja, ich glaube, wir können diese Frage zurückweisen. Wenn wir sie aber beantworten müßten, wahrheitsgemäß, unter Eid (nehmen wir an, Mr. Dies und sein Komitee gegen unamerikanische Umtriebe würden dich vorladen, weil du dich weigerst zu boxen), dann würde ich sagen, daß du politisch die Art von Über-Erz-Revolutionär bist, die die Revolution in Rußland gemacht hat und die nun von den Kommunisten getötet wird, gewissermaßen der perfekte Verbrecher, sehr gefährlich, ein toller Hund, der die geprügelten Hunde liebt. Das würde ich antworten.

Du sagst das aber besser keinem, Prewitt, wenn du nicht mußt. Sonst sperren sie dich in ein Irrenhaus. Denn hier in Amerika, dachte er, kämpft jeder darum, nach *oben* zu kommen und es dann zu *bleiben*. Und vielleicht ist das der Grund, warum die Unterdrückten, wenn sie mal Unterdrücker werden und es nun nichts mehr gibt, wofür sie kämpfen können, dahinsiechen und sterben oder fett werden und kurzatmig und ebenfalls sterben. Denn dann haben sie ja nichts mehr, wofür sie kämpfen können, außer um das zu behalten, was sie bereits besitzen.

All das, mein lieber Prewitt, nützt dir verflucht wenig. Höchstens erleichtert es dich ein wenig. So wie die Dinge jetzt aussehen, ist es höchst unwahrscheinlich, daß du jemals zu den Unterdrückern gehören wirst. Du brauchst dir daher auch keine Sorgen darüber zu machen, daß du fett und kurzatmig werden könntest. Wenn du derartige Sorgen hättest, würde all das Herumrennen und Schwitzen sie schon verscheuchen. Vielleicht tut man dir unbeabsichtigt einen Gefallen. Du sagst's ihnen aber lieber nicht. Laß es sie nur nie wissen.

Was für eine Schweinerei. Du gehst deines Weges und bemühst dich, du selbst zu sein und niemanden zu stören, und sieh, was mit dir geschieht. Ja, sieh nur, was passiert. Bis zu deinem Arsch versinkst du in einem Sumpf. Erwachsene Männer geraten sich ernstlich über die brennende Frage in die Haare, ob einer boxen muß oder nicht. Es kam ihm plötzlich so dumm vor, da er kaum glauben konnte, daß etwas Derartiges jemals irgendwelche ernste Konsequenzen für ihn haben könnte.

Dennoch wußte er, daß seine Weigerung derartige Folgen haben konnte und haben würde. Man kann nicht die allgemein akzeptierten Werte einer Gruppe von Menschen ablehnen, ohne daß sie einen, wenn möglich, ans Kreuz schlagen. Wenn andere Leute ihr Leben an irgendwelche verrückte Ideen hängen und man ihnen dann erklärt, daß diese Ideen für dich persönlich (ich unterstreiche, für dich persönlich) verrückt sind, können und werden daraus ernste Konsequenzen für dich erwachsen. Der Grund dafür ist der, daß du ihnen damit praktisch sagst, ihr Leben sei nichts wert. Das ärgert die Leute natürlich, weil keiner es gern hat, ein Nichts zu sein. Schau dir nur die Nazis an. Und daher kommt es, daß Menschen überhaupt ihr Leben an Dinge hängen.

Warum hängst nicht auch du, Prewitt, dein Leben an etwas? Vielleicht an einen Baum? Das würde uns eine Menge Mühen und Unannehmlichkeiten ersparen.

Eine Art mürrisch eigensinniger, stumpfer Auflehnung begann sich in ihm zu erheben. Er hatte am Zahltag etwas vor, und dieser sehr ernsthafte Blödsinn konnte sehr wohl zur Folge haben, daß er gerade am Zahltag Küchendienst hatte.

Gut. Spielen wir dieses Spiel, wenn's das ist, was sie wollen. Wenn sie Haß haben wollen, sollen sie Haß ernten. Wir können ebensogut hassen wie jeder andere auch. Wir können verwunden, verbrennen, verstümmeln, töten und foltern, genau in der gleichen, fein durchdachten und unangreifbaren Art wie sie, können es ebensogut wie sie Wohlwollen und wohldurchdachte Disziplin nennen. Auch das Spiel des Hasses können wir spielen und es freien Wettbewerb und freies Spiel der Kräfte nennen.

Dies war der einzige Weg, um es zu bewältigen. Wir werden hassen, und wir werden der vollkommene Soldat sein. Wir werden hassen und jeden Befehl aufs genaueste und bis ins Letzte ausführen. Wir werden hassen und nicht widersprechen. Wir werden nicht eine einzige Regel brechen. Nicht einen Fehler werden wir machen. Nur hassen werden wir. Dann laß sie tun, was sie wollen. Es wird ihnen schwerfallen, uns eine einzige Verfehlung vorzuwerfen.

Er blieb für den Rest des Morgens mürrisch und voller Haß in dieser Rolle. Und es wirkte. Sie waren verwirrt. Sie waren bestürzt. Ganz offensichtlich waren sie verletzt, weil er sie haßte und weil er ein so vollkommener Soldat war. Manche zeigten ihm sogar ihren Ärger. Er hatte kein Recht, so zu reagieren. Er war wie eine sture Bulldogge, die ihre Zähne in das Fleisch eines Mannes gegraben hat, der sie schlug, und von der er sich weder durch Schwingen noch Treten noch Schlagen befreien kann, sondern allein dadurch, daß er ihre Kiefermuskeln durchschneidet. Das aber wäre in diesem Falle illegal gewesen.

Er lachte ekstatisch in sich hinein, denn er wußte nun, daß er sie da hatte, wo es schmerzte. Er war jetzt sicher, daß es ihnen nicht gelingen würde, ihm den Zahltag zu verderben. Einen Augenblick hatte er sogar die wilde Vorstellung, daß er sie von allem abbringen würde. Er hielt weiter durch, und seine einzige schwache Hoffnung auf Erleichterung konzentrierte sich auf den Nachmittag und den Arbeitsdienst. Wie sich aber herausstellte, brachte auch er keine Erleichterung. Im Gegenteil, während des Arbeitsdienstes verlor er nicht nur den kleinen Vorteil, den er beim Geländedienst gewonnen hatte, sondern erlitt eine vollkommene Niederlage.

Seit einiger Zeit hatte er sich angewöhnt, bis zum letzten Augenblick in der Stube zu bleiben, ehe er zum Mittagsappell antrat. Er tat dies, um ganz am Ende der Reihe zu stehen und damit Warden zu entgehen. Die letzte Hälfte oder das letzte Drittel der Kompanie – je nachdem, wieviel Mann das Regiment jeden Tag für den Arbeitsdienst anforderte – wurde regelmäßig für Säuberungsarbeiten im Kompanierevier eingesetzt. Auf Grund eines Dauerbefehls, den Holmes Warden erteilt hatte, unterstand diese Arbeit regelmäßig Ike Galovitch. Wenn Prew am Ende der Reihe stand, war er für Warden sozusagen im Niemandsland, und noch immer war ihm dieser kleine Trick gelungen. Er würde zwar nicht ein angenehmes Kommando, wie das Offiziersklub-Kommando oder das Golfplatz-Kommando, bekommen, aber ebensowenig den Müllwagen oder das Metzgerei-Kommando. Natürlich hätte Warden leicht die Reihenfolge umkehren und am anderen Ende der Kompanie beginnen können, oder er hätte, wenn er gewollt hätte, die schlechteste Arbeit bis zum Schluß aufheben können, nachdem er zuvor Ikes Kommando abgezweigt hatte. Er wußte aber, daß Warden etwas Derartiges nicht tat. Jenes ganz private Gefühl für Billigkeit, deren Grenze mit solcher Schärfe und strengster Heimlichkeit gezogen war, daß niemand außer Warden selbst sie bemerkte, ließ es nicht zu, daß der große Mann seine Machtstellung auf eine solche Weise ausnützte. Jedesmal, wenn Prew nicht aufpaßte und sich in die erste Hälfte der Kompanie einreihte, halste Warden ihm begeistert das schlechteste Kommando des Tages auf. Solange Prew aber am anderen Ende der Linie stand, war er sicher. Es war so, als wende Warden auf sein ganzes Leben das gleiche Prinzip an, das beim Sport durch gewisse willkürliche Regeln dem Spieler den Erfolg erschwert. So war es beim Fußballspiel verboten, die Hände zu benutzen, beim Tennis spannte man ein Netz quer über den Platz, und gewisse sportliche Fischer benützten eine dünne Schnur anstatt einer starken, wenn sie fliegende Fische fingen. Mit diesen freiwillig auferlegten härteren Bedingungen machten sie sich den Erfolg um so wertvoller. Während aber die Fischer dies nur an ihren freien Tagen machten oder in ihrem Urlaub, um eine gewisse geheime Genugtuung zu empfinden, die ihnen die Halsabschneider- ethik ihres täglichen Lebens nicht mehr gab, wendete Warden diese Regeln auf sein ganzes Leben an und hielt an ihnen fest. Prew wußte, daß er dies tat, denn hin und wieder, wenn er gerade in der richtigen Laune war, hatte er die Herausforderung angenommen und das Spiel so gespielt, daß er sich an der Spitze der Kompanie aufstellte. Seine Absicht war, Warden zu überlisten, daß er ihm ein leichtes Kom- mando gab. Einmal war ihm dies gelungen, und als wolle er sich selbst für seinen Fehler bestrafen, hatte Warden ihm daraufhin das Offiziersklub-Kommando für eine ganze Woche gegeben. Es machte Spaß und unterbrach die Eintönigkeit des täglichen Lebens. Zwi- schen ihm und Warden bestand eine gewisse enge Beziehung, ein stillschweigendes Einverständnis, von dem sie nie sprachen, das aber fester geknüpft und stärker war als selbst das, was er für Maggio empfand. Wann immer er nicht zum Spielen aufgelegt war, stellte er sich ans Ende der Reihe, wo Warden ihn nicht anrühren würde. So geschah es auch an diesem Tag.

»Also heute«, sagte Ike zu seinen Leuten und schob seinen langlippi- gen, affenartigen Unterkiefer befehlshaberisch nach vorne, »werden wir säubern die Innenseite der Kaserne. Hoben und hunten wir wer- den waschen alle Fenster. Und im Tagraum und Billardzimmer und im Korridor die Wände. Der Herr Führer von die Kompanie wird inspizieren morgen, ob es geworden ist richtig. So tut's richtig und keine Drückebergerei. Versteh? Irgendwelche Fragen?«

Jeder von ihnen hatte die gleiche Arbeit schon mindestens fünfmal getan, und so gab es keine Fragen.

»Dann zu zwei abzählen«, brüllte Ike, wobei er seinen Brustkasten wie einen Blasebalg stolz aufblies, als wolle er seiner Kommandostimme Raum geben. »Alle Einser die Fenster hoben und hunten. Alle Zweier die Wände.«

Sie zählten ab. Prewitt und Maggio hatten sich mit Vorbedacht nicht nebeneinander aufgestellt und waren beide Zweier. Die Einser machten sich auf den Weg zur Kammer, um ihren Bedarf an Putzlumpen und Sandseife zu holen. Feldwebel Lindsay, ein mittelmäßiger bis mäßiger Bantamgewichtler, hatte die Einser unter sich. Die Zweier gingen in die Küche, um dort Seife und Bürsten zu holen. Unteroffizier Miller, ein untermittelmäßiger Leichtgewichtler, befehligte die Zweier.

»He, ihr zwei«, brüllte Ike. »Prewitt, Maggio. Hierher zu mir, abgetreten, ihr Oberklugen. Wieso seid ihr beide Zweier?«

»Du hast uns selbst abgezählt, Ike«, sagte Angelo.

»Du denkst, du kannst spielen solche Tricks mit Old Ike?« sagte Ike und starrte sie mißtrauisch aus den kleinen roten Augen unter den buschigen Brauen an. »Mir ihr nicht könnt streuen Sand in die Augen. Ich teile euch zwei Mann auseinander. Du, Maggio, gehst mit denen im hoberen Stock. Sag Feldwebel Lindsay, soll er herunterschicken Treadwell als Ersatz. Dies ist Arbeitsdienst, nix Kaffeekränzchen oder Ferien. Im Befehl bin ich von diesem, und ich will nicht Faulenzen, sondern Arbeit. Versteh?«

»Bis später«, sagte Angelo angewidert.

»Jawohl«, sagte Prewitt mit der Sturheit des vollkommenen Soldaten.

»Also los«, brüllte Ike, »vorwärts. Wir nicht haben Zeit ganzen Tag. Du, Prewitt, zurück zu den Zweiern und denk dir nix aus, mich hereinzulegen, versteh? Ich werde hier sein, ganze Zeit dich beobachten, versteh? Du bist vielleicht nicht ganz so schlau, wie du denkst.«

Auf Ike konnte man sich verlassen. Er richtete sein Hauptquartier in dem Korridor ein, wo die Zweier Leitern aufstellten und sie mit Brettern verbanden. Auf einem von diesen arbeitete Prewitt. Erst mußte er auf dem Brett stehen, dann saß er darauf, dann kniete er auf dem Fußboden. So wurde Streifen auf Streifen der körnigen Gipswand von der Decke bis zum Boden gesäubert.

»Hier Arbeitsdienst, nix Ferien«, klärte Ike ihn von Zeit zu Zeit auf mit einem wolfartigen Grinsen seines gelblichen Affenkiefers. »Ich dich habe im Auge.«

Und er behielt ihn im Auge. Wenn Prew herunterstieg, um seine Lumpen auszuwaschen, wenn er hinausging, um das Wasser im Eimer zu wechseln, wenn er sich umwandte, um die Bürste wieder einzuseifen ... immer stand Ike vor ihm, beobachtete ihn mißtrauisch hoffnungsvoll mit seinen kleinen scharfen Augen.

»Hier Arbeitsdienst, nix Ferien, Prewitt.«

Aber Ikes Hoffnungen waren unbegründet. Prew hatte an diesem Morgen viel Schlimmeres ertragen und hatte es ertragen, indem er den vollkommenen Soldaten spielte. Ikes Anstrengungen waren geradezu bemitleidenswert, verglichen mit der einfallsreichen Vielfalt, mit der zum Beispiel Dhom einen Mann piesacken konnte. Dies ging ihm nicht an die Nieren, so wenig wie der scharfe Geruch des schmutzigen Seifenwassers oder seine eigenen weißen, vom Wasser verschrumpften Finger oder der Gestank der nassen Gipswand, die nach altem Keks roch.

Eigenartigerweise ließ ihn das alles kalt, bis plötzlich Hauptmann Dynamit Holmes mit federndem Schritt über den Kasernenhof kam und im Korridor erschien – frisch geduscht, rasiert, shampooniert und mit auf Hochglanz geputzten Reitstiefeln. Erst in diesem Augenblick änderte sich das ganze Bild.

»Hallo, Feldwebel Galovitch«, grinste Holmes und blieb im Eingang stehen.

»Ach-tung!« brüllte Ike und trennte den Befehl in zwei Teile. Dann machte er, großfüßig, langarmig, ungelenk, aus seinem Körper eine stolze bucklige Travestie seines eigenen Kommandos. Die Männer arbeiteten ruhig weiter.

»Alles in Schuß, Feldwebel?« sagte Holmes freundlich. »Machen Sie diesen Laden mal richtig sauber?«

»Jawohl, Sirr«, grunzte Ike unbehaglich, weil er noch immer die Daumen fest irgendwo an den Knien gegen die Hosennaht preßte. »Aufwaschen. Alles tue ich genau, wie der Kompaniechef befohlen.«

»Gut«, sagte Holmes leutselig grinsend. »Fein.« Noch immer grinsend, ging er hinüber zur Wand, um sie zu inspizieren, dann nickte er. »Sieht gut aus, Feldwebel Galovitch. Eins A, fahren Sie so fort.«

»Jawohl, Sirr«, grunzte Ike, der noch immer strammstand, ehrfurchtsvoll. Seine schmalschultrige, faßartige Affenbrust dehnte sich, bis es aussah, als würde sie platzen. Dann salutierte Ike steif und hastig, als schlüge er sich selbst ein Auge aus.

»Nun«, grinste Holmes freundlich. »Weitermachen, Feldwebel.« Er ging in die Schreibstube, und Ike brüllte: »Ach-tung!«

Prew fuhr fort, seinen Lumpen über den körnigen Gips zu reiben, den er gerade gewaschen hatte. Nun ekelte ihn das alles plötzlich an.

Er spürte, wie seine Kiefer sich ohne Grund aufeinanderpreßten. Es kam ihm vor, als habe er gerade der Verführung eines noch unschuldigen Schwulen beigewohnt, dem die Verführung Spaß gemacht hatte.

»Los, los, ihr Leute«, brüllte Ike stolz, indem er schlürfend hinter ihnen auf und ab ging. »Ich will, daß ihr Leute seid auf Posten, verstanden? Kein Grund, zu hören auf mit Arbeit, weil Kompanieführer erscheint. Hier Arbeitsdienst, nix Ferien.«

Die Männer fuhren noch immer fort zu arbeiten. Müde überhörten sie den neuen Ausbruch, den sie erwartet hatten... so, wie sie die anderen Ausbrüche überhört hatten. Auch Prewitt tat das gleiche. Er erstickte fast in dem Geruch feuchten Gipses, der ihn umgab. Er wollte, er hätte ein Paar glänzend gewichster Reitstiefel.

»Du, Prewitt«, brüllte Ike, ärgerlich, daß er nichts anderes zu kritisieren fand. »Ein wenig mehr lebendig. Hier Arbeitsdienst, nix Ferien für Damenstift. Ich hab dir schon zu oft müssen sagen das gleiche. Mach voran jetzt.«

Hätte Ike nicht seinen Namen genannt und wäre nicht Holmes im Raume nebenan und vermutlich in Hörweite gewesen, er hätte es noch schlucken können. Aber plötzlich schlugen die Worte immer härter und härter gegen seine Ohren, daß er instinktiv den Kopf schütteln mußte, um nicht schwindlig zu werden.

»Was zum Teufel willst du von mir? Soll ich mir noch zwei Arme wachsen lassen?« sagte er plötzlich heftig. Er konnte hören, wie seine eigene Stimme die Ikes überschrie. Er glaubte den Großen Gott Holmes grinsend an seinem Pult sitzen zu sehen, wie er mit Genuß seinem Lieblingsfeldwebel zuhörte. Vielleicht würde der Große Gott zur Abwechslung auch mal ganz gerne hören, was seine Leute über seinen Lieblingsfeldwebel dachten.

»Wie«, sagte Ike erstaunt, »was?«

»Ja was«, höhnte Prew, »wenn du willst, daß diese Arbeit so schnell und so gut gemacht wird, warum nimmst du nicht selber eine Bürste in die Hand? Anstatt herumzustehen und Befehle zu geben, auf die doch keiner hört?«

Mechanisch hörten die anderen auf zu arbeiten, mechanisch starrten sie ihn an. Er erwiderte ihre Blicke. Er war wütend, aber nun wußte er, warum. Was er tat, war sinnlos, vollständig sinnlos, vielleicht sogar gefährlich. Für einen Augenblick aber erfüllte ihn ein wilder Stolz.

»Nun hör mal«, sagte Ike, der sich Mühe gab, zu denken. »Widerrede ich nicht haben will. Zurück an die Arbeit und Schnauze halten.«

»Oh, leck mich am Arsch«, sagte Prew rasend. Noch immer schrubbte er mechanisch die Wand mit seinem Lumpen. »Ich arbeite. Was denkst du sonst, was ich tue?«

»Was«, schnappte Ike, »was?«

»Weitermachen«, brüllte Hauptmann Holmes, der unter der Tür erschienen war, »was zum Teufel soll der Radau, Prewitt?«

»Jawohl, Sirr«, grunzte Ike und erstarrte. »Dieser Bolschewiki da widerspricht einem Unteroffizier.«

»Was ist los mit Ihnen, Prewitt«, sagte Hauptmann Holmes streng, ohne im Augenblick seinen Lieblingsfeldwebel zu beachten. »Sie wissen doch wohl genau, daß man einem Unteroffizier nicht widerspricht, und schon gar nicht in diesem Tone.«

»Einem Unteroffizier bestimmt nicht, Sir«, sagte Prew mit wildem Grinsen. Er war sich bewußt, daß acht weit offene Augenpaare ihn beobachteten. »Ich bin aber nie gerne angepinkelt worden, Sir. Noch nicht einmal von einem Unteroffizier«, sagte er.

Warden erschien hinter Holmes unter der Tür. Über das alles erhaben, schaute er sie alle aus nachdenklich zusammengekniffenen Augen an.

Holmes sah aus, als habe ihm jemand ohne jeden Grund ein Glas eiskalten Wassers ins Gesicht geschüttet. Seine Augenbrauen waren ungläubig in die Höhe gezogen, seine Augen schmerzlich weit aufgerissen, sein Mund überrascht geöffnet. Als er schließlich zu sprechen begann, zitterte seine Stimme hörbar vor Wut und Erstaunen.

»Soldat Prewitt, ich glaube, Sie schulden sowohl Feldwebel Galovitch als auch mir eine Entschuldigung.« Er machte eine Pause und wartete.

Prew antwortete nicht. Er spürte, wie etwas in seinem Magen sich zusammenzog, fragte sich, welcher Teufel ihn geritten hatte, daß er etwas Derartiges tat.

»Na?« sagte Holmes mit Autorität. Er war ebenso überrascht über das Geschehene wie alle anderen, ja ebenso überrascht wie Prewitt selber, und hatte das erste, was ihm eingefallen war, gesagt. Nun konnte er natürlich nicht mehr zurück, sondern mußte weitermachen. »Entschuldigen Sie sich, Prewitt.«

»Ich glaube nicht, daß ich irgend jemand irgendeine Entschuldigung schulde«, sagte Prewitt wild und eigensinnig. »Wenn Entschuldigungen am Platze sind, dann schuldet man sie mir«, fuhr er rücksichtslos fort. Er hatte plötzlich den Wunsch, über das Komödienhafte dieser Geschichte zu lachen. Holmes kam ihm vor wie eine Mutter, die ihr

Kind für irgendeinen Streich strafen wollte. Aber das ist ja die Art, in der wir behandelt werden, nicht wahr?

»Was?« sagte Holmes. Er hatte nicht damit gerechnet, daß ein gewöhnlicher Soldat etwas ablehnen könnte. Er wußte sich ebensowenig zu helfen, wie Ike sich zuvor zu helfen gewußt hatte, und seine Augen, die inzwischen wieder normal gewesen waren, wurden noch größer als zuvor. Er schaute, als suche er Hilfe, Galovitch an, wandte sich dann zu Warden, der hinter ihm stand, starrte schließlich verloren zur Tür hinaus. Unteroffizier Paluso, ein zweitklassiger Fußballspieler, saß draußen auf der Veranda auf einem Schemel. Er hatte ein großes, flaches, mörderisches Gesicht, das er mit einem tollpatschigen, poltrigen Humor vergessen zu machen suchte. Er hatte sich umgewandt und schaute in den Gang hinein. Seine harten Augen in dem Mördergesicht waren ebensoweit aufgerissen wie die aller anderen, so weit wie Holmes'.

»Unteroffizier Paluso«, brüllte Holmes mit seiner Bataillons-Kommandostimme, die die beste im ganzen Regiment war.

»Jawohl, Sir«, sagte Paluso und sprang wie von der Tarantel gestochen auf.

»Nehmen Sie diesen Mann nach oben. Lassen Sie seinen Tornister packen, aber wirklich voll, mit Extraschuhen, Helm und was sonst dazu gehört. Nehmen Sie dann ein Fahrrad und marschieren Sie mit ihm hinauf zum Kolekole-Paß und zurück. Und sehen Sie zu, daß er den ganzen Weg läuft. Und wenn er zurückkommt, führen Sie ihn mir vor.« Es war eine ziemlich lange Rede für seine Bataillonsstimme, die er mehr für kurze Kommandos ausgebildet hatte.

»Jawohl, Sir«, sagte Paluso, »komm, Prewitt.«

Geduckt und wortlos stieg Prewitt von dem Brett herunter. Warden wandte sich ab und ging angeekelt in die Schreibstube zurück. Paluso führte ihn zur Treppe. Im Gang lag noch immer das erschreckte Schweigen wie eine Wolke.

Prew biß sich auf die Lippen. Er nahm die Decke aus dem Spind und den Tornister vom Fußende des Bettes. Er legte beides auf den Boden und öffnete den Tornister. Jeder im Schlafraum setzte sich auf und beobachtete ihn schweigend und nachdenklich, so, wie man ein krankes Pferd beobachtet, auf dessen Tod man Wetten abgeschlossen hat.

»Vergiß nicht die Schuhe«, sagte Paluso, als wolle er sich entschuldigen, in einem Tone, wie man ihn in der Nähe eines Toten gebraucht.

Er nahm sie vom Fach unter dem Spind, mußte den Tornister noch einmal öffnen, um die Schuhe einzupacken, verschnürte dann alles. Niemand sagte ein Wort.

»Vergiß nicht den Helm«, sagte Paluso, als wolle er sich entschuldigen.

Er hängte ihn in den dafür bestimmten Haken, nahm dann die ganze feste und schwere Masse von Riemen und Schnallen auf, schob seine Schultern hinein, ging zum Gewehrständer und holte sein Gewehr. Um alles in der Welt wollte er so schnell wie möglich diesem traurigen, erschreckten Schweigen entkommen.

»Wart, bis ich 'n Rad gefunden habe«, sagte Paluso, wie um Entschuldigung bittend, als sie am Fuß der Treppe ankamen.

Er stand auf dem Rasen und wartete. Die fünfundsechzig oder siebzig Pfund zerrten an seinem Rücken, begannen schon jetzt, die Blutzirkulation in den Armen zu stören. Es waren ungefähr fünf Meilen bis zum Paß. Im Gang herrschte noch immer die große Stille.

»Vorwärts!« sagte Paluso in seiner offiziellen, abgehackten Stimme, weil sie nun auf dem Hofe waren.

»Marsch.«

Er hängte das Gewehr um, und sie gingen durch die Lastwageneinfahrt hinaus. Noch immer folgte ihnen das Schweigen. Außerhalb des Kasernenhofes bewegte sich alles geschäftig, geradeso, als ob sich keine Katastrophe ereignet hätte. Sie gingen vorbei am Theater Nr. 1, am Schwimmstadion, am Exerzierplatz des Regiments, stiegen dann die Straße hinauf in die Sonne. Verlegen fuhr Paluso auf dem Rad neben ihm her. Bei dem langsamen Tempo wackelte sein Vorderrad gefährlich.

»Willst du ne Zigarette?« fragte Paluso mit einer Stimme, die um Entschuldigung bat.

Prew schüttelte den Kopf.

»Mach keine Sachen und nimm eine. Zum Teufel«, sagte Paluso. »Du hast keinen Grund, auf mich wütend zu sein. Mir macht das genausowenig Spaß wie dir.«

»Ich bin nicht wütend auf dich.«

»Dann nimm ne Zigarette.«

»Meinetwegen.« Er nahm eine Zigarette.

Paluso sah erleichtert aus. Er fuhr mit dem Rad voraus, machte Kunststücke damit und schaute zurück. Sein großes mörderisches Gesicht grinste. Er wollte Prew zum Lachen bringen. Prew tat ihm schwach grinsend den Gefallen. Paluso gab weitere Anstrengungen auf und überließ sich, neben ihm herwackelnd, der Eintönigkeit des Marsches. Dann hatte er eine neue Idee. Er fuhr hundert Meter voraus, kam dann zurück, winkte im Vorbeifahren und fuhr hundert Meter weiter, wendete und kam, so schnell wie er konnte, zurückgerast, bremste dann mit aller Kraft an Prews Seite, daß das Rad über den Boden rutschte. Als ihn schließlich auch das zu langweilen begann, stieg er ab und ging eine Weile zu Fuß.

Sie marschierten am Golfplatz vorbei, am Reitpfad der Offiziere, am Lastwagendepot, an der Gaskammer, die der letzte Außenposten des Lagers war. Prew stapfte weiter. Seine Gedanken konzentrierten sich auf den gewohnten Marschrhythmus, Aufschwung und Fallenlassen, Aufschwung und Fallenlassen. Beim Aufschwung benutzte er nur die Schenkelmuskeln und ließ die Muskeln in den Waden oder im Gelenk oder im Fuß ruhen, ließ den Fuß einfach fallen und den Körper von seiner eigenen Bewegung vorwärts tragen, während sich die Schenkelmuskeln schon zum nächsten Aufschwung spannten. Den Rhythmus hatte er vor langer Zeit von ›Fachleuten‹ in Myer gelernt. Zum Teufel, er konnte zehn Meilen auf dem Kopf marschieren mit zwei Tornistern, fluchte er, während der Schweiß in dickeren Strömen über seinen Rücken rieselte, an den Beinen und Armen entlangfloß und aus der Stirn in seine Augen lief.

Als sie die letzte steile Strecke erreichten, die in einem Bogen zum Paß führte, hielt Paluso an und stieg von seinem Rad.

»Komm, wir drehen um. 's hat keinen Sinn, bis zum Gipfel zu gehen. Das merkt sowieso keiner.«

»Scheiß drauf«, sagte Prew grimmig und tappte weiter. »Er hat gesagt auf den Paß, und ich geh auf den Paß.« Er schaute zurück zu dem Steinbruch des Militärgefängnisses, der sich rechts von der Straße in den Berg hineinfraß. Da wirst du morgen um diese Zeit sein. Gut. Fein. Die können mich alle kreuzweise am Arsch lecken.

»Was ist los mit dir?« sagte Paluso ärgerlich und verblüfft. »Du spinnst.«

»Natürlich«, rief er zurück.

»Ich schlepp das Rad nicht da hinauf«, sagte Paluso. »Ich wart hier auf dich.«

Die Gefangenen, die im Staub des Steinbruchs arbeiteten, bombardierten die beiden mit Zurufen und rissen Witze über den Extradienst und das schwere Dasein in der Armee. Wie Schießscheiben leuchteten die großen weißen P auf ihren blauen Jacken. Die MP-Wachen brachten sie fluchend zum Schweigen und zurück an ihre Arbeit.

Paluso wartete mürrisch rauchend am Fuße der Steigung, während Prew eigensinnig allein hinaufstieg. Der steile Hang brachte ihn noch mehr in Schweiß, bis ihn schließlich auf dem Gipfel die große, ewig wehende Brise traf und ein Frösteln über seinen Rücken ging. Er sah die steile Straße mit ihren Schlangenwindungen hinab. Mindestens dreihundert Meter tief ging sie ins Tal, zwischen den großen, spitzen Lavaklippen hindurch, nach Waianae, wohin sie im letzten September marschiert waren. Jeden September gingen sie dort hinunter zum Maschinengewehrstand, und es machte ihm Spaß. Es war gut, den schweren Gurt mit seinen gleichen, klirrenden Geschossen, von denen jedes fünfte rot gestrichen war, einzuführen, den Abzug leicht zwischen Zeigefinger und Daumen zu drücken, zu spüren, wie sich der Griff gegen die Hand bäumte, während der Gurt vorwärts kletterte. Man schoß über die leere Wasserfläche hinweg auf Ziele, die vorübergezogen wurden, und in der Nacht sprühte die Leuchtmunition wie eine Kette flachfliegender Meteore. Er atmete ein wenig von der Kühle der Brise ein. Dann wandte er sich um und stieg hinunter. Der Wind starb plötzlich. Paluso wartete auf ihn.

Als sie in der Kaserne ankamen, waren seine Jacke und seine Hose bis zu den Knien vollkommen durchgeschwitzt. Paluso sagte: »Warte hier« und ging hinein, um sich zurückzumelden. Hauptmann Holmes kam mit ihm heraus, und er nahm sein Gewehr ab und stand stramm und machte die Ehrenbezeigung mit Gewehr.

»Nun?« sagte Holmes mit tiefer und humorvoller Stimme. Scharfe Linien milden Humors teilten sein Adlergesicht in nachsichtige Ebenen und Winkel. »Glauben Sie immer noch, daß Sie Unteroffizieren Ratschläge geben müssen, wie sie ihre Kommandos zu führen haben, Prewitt?«

Prew antwortete nicht. Er hatte keinen Humor erwartet, schon gar nicht nachsichtigen Humor. Drinnen waren sie noch immer damit beschäftigt, die Wände abzuwaschen, wie sie es schon vor zwei Stunden getan hatten. In ihrer müden, gelangweilten Eintönigkeit sahen sie sehr sicher und geborgen aus.

»Dann nehme ich an«, sage Holmes humorvoll, »daß Sie jetzt bereit sind, sich bei Feldwebel Galovitch und mir zu entschuldigen, nicht wahr?«

»Nein, Sir, das bin ich nicht.« Warum mußte er das sagen? Warum konnte er es nicht einfach dabei belassen? Sah er denn nicht, was er tat und wie unmöglich es war?

Paluso hinter ihm schrak hörbar zusammen, um gleich darauf in schuldbewußtem Schweigen zu erstarren. Holmes' Augen wurden dieses Mal nur unmerklich größer. Er hatte sich besser in der Gewalt und war besser darauf vorbereitet, was er zu erwarten hatte. Die nachsichtigen Ebenen und Winkel seines Gesichtes verschoben sich auf eine fast unmerkliche Art und waren plötzlich weder nachsichtig noch humorvoll.

Holmes machte eine Kopfbewegung in der Richtung des Passes.

»Nehmen Sie ihn noch einmal hinauf, Paluso. Er hat noch nicht genug.«

»Jawohl, Sir«, sagte Paluso und nahm eine Hand von der Lenkstange, um zu salutieren.

»Wir werden sehn, was er das nächste Mal antwortet«, sagte Holmes leise. Sein Gesicht rötete sich von neuem. »Ich habe die ganze Nacht Zeit«, fügte er hinzu.

»Jawohl, Sir«, sagte Paluso, »komm, Prewitt.«

Prew wandte sich um und folgte ihm von neuem. Er fühlte sich bodenlos krank und müde, ungeheuer müde.

»Der Teufel soll dich holen«, schimpfte Paluso, sobald sie außer Hörweite waren. »Du bist verrückt. Komplett wahnsinnig. Weißt du nicht, daß du dir ins eigene Fleisch schneidest? Wenn du schon nicht an dich selbst denkst, denk wenigstens an mich. Meine Beine werden müde«, grinste er entschuldigend.

Prew brachte dieses Mal nicht einmal ein schwaches Lächeln zustande. Er wußte, daß er sich jetzt die letzte Möglichkeit verpatzt hatte, die vielleicht in dem nachsichtigen Humor gelegen hatte. Auf diese Weise kam man ins Militärgefängnis. Er marschierte die zehn Meilen mit seinen fünfundsechzig oder siebzig Pfund auf dem Buckel. Das Bewußtsein seiner Lage belastete ihn mit einem noch größeren Gewicht.

Er wußte nicht, was in der Schreibstube geschehen war und wodurch Holmes in seine nachsichtige Laune versetzt worden war. Noch wußte er, was dieses Mal, das zweite Mal, geschehen würde.

Das Gesicht des Hauptmanns war ziegelrot, als würde er jeden Augenblick einen Schlag bekommen. So stürmte er zurück in die Schreibstube. Der Ärger, den er vor Prewitt hatte verheimlichen können, stieg nun mächtig in die Höhe, wie die Flut hinter einer Brücke.

»Sie mit Ihren großartigen Ideen«, fuhr er Warden wütend an, »Sie mit Ihren brillanten Ideen, wie man Bolschewiken behandeln soll.«

Warden stand noch immer am Fenster. Er hatte alles gesehen. Nun wandte er sich um. Er wünschte, das Große Maul, oder sollte man besser sagen das Schwert, das Flammende Schwert, ginge hinaus, um mit Ike zu sprechen, so daß er, Warden, an den Aktenschrank gehen und einen Schluck aus der Pulle tun könnte.

»Feldwebel Warden«, sagte der Hauptmann mit dicker Stimme, »machen Sie nun die Anträge für ein Kriegsgerichtsverfahren gegen Prewitt fertig. Insubordination und Weigerung, den direkten Befehl eines Vorgesetzten auszuführen. Sofort.«

»Jawohl, Sir«, sagte Warden.

»Und dann schicken Sie sie noch heute nachmittag zum Regiment«, sagte Holmes.

»Jawohl, Sir«, sagte Warden. Er ging zum Aktenschrank, wo die nun nutzlose Flasche versteckt war, nahm vier der langen doppelseitigen Formulare heraus, schloß die Schublade über der Flasche und nahm die Papiere zur Schreibmaschine.

»Solch einen Mann kann man einfach nicht anständig behandeln«, sagte Holmes gepreßt. »Er hat uns nur Ärger gemacht, seitdem er hierhergekommen ist. 's wird Zeit, daß er mal eine Lehre bekommt.«

»Wollen Sie ein summarisches Verfahren beantragen oder ein spezielles?« sagte Warden gleichgültig.

»Ein spezielles«, sagte der Hauptmann. Sein Gesicht wurde noch röter. »Am liebsten würd ich's vor einen General bringen. Ich würde es tun, wenn ich könnte. Sie mit Ihren feinen Ideen.«

»Mir ist's egal«, zuckte Warden mit der Schulter und begann zu tippen. »Ich hab nur gesagt, daß wir in den letzten sechs Wochen schon drei Fälle vor dem Kriegsgericht hatten und daß es sich vielleicht nicht gut ausnehmen wird in unseren Berichten nach oben.«

»Zum Teufel mit den Berichten.« Der Hauptmann schrie es beinahe. Das war der Höhepunkt gewesen. Er ließ sich in seinem Drehstuhl nieder und starrte brütend auf die Tür, die er sorgfältig geschlossen hatte.

»Mir soll's recht sein«, sagte Warden, der noch immer tippte. Der Hauptmann schien ihn nicht zu hören. Warden beobachtete ihn, während er tippte. Sorgfältig suchte er abzuschätzen, wie die Sache stand. Er wollte sicher sein, daß Holmes' Zorn den Höhepunkt erreicht hatte. Dieses Mal konnte man ihn nicht behandeln, wie er ihn das letzte Mal behandelt hatte. Was ihn jetzt bewegte, war stärker. Es war ein Vielfaches dessen. So würde er die Stärke seiner Argumente um ein Vielfaches erhöhen müssen. Wenn Holmes' Zorn schon im Abkühlen war, würde er logischerweise Erfolg haben müssen.

Lohnte es sich aber? Zum Teufel, nein, es lohnte sich nicht. Nicht, wenn man sich damit vielleicht die eigene Lage erschwerte. Was lag ihm daran, wenn der verdammte Sohn eines vorsintflutlichen Dummkopfs in die Räder einer fortschreitenden Welt geriet, weil er in einer Traumwelt herumlief, um seinem romantischen, rückständigen Ideal individueller Integrität nachzuleben. So einem konnte man immer wieder die Kastanien aus dem Feuer holen, und nie würde es ihm wirklich helfen. Aber wenn es sich auch niemals lohnte, es wäre eine hübsche Feder an seinem Hut, wenn er auch dieses Mal damit durchkäme. Das allein machte einen Versuch lohnend, einfach aus Spaß. Wenn er es tat, dann nicht deshalb, weil es seine Pflicht war, sich um kopflose Hühner zu bekümmern, die sich weigern, modern zu werden und sich den Kopf waschen zu lassen, sondern nur aus Spaß und um zu sehen, ob es ihm wieder gelingen würde, die Sache zu schaukeln. Bestimmt nicht für ein dummes Arschloch, das noch an Anständigkeit glaubte.

»Schade, daß Sie auf diese Art einen Weltergewichtler verlieren«, sagte Warden gleichgültig, nachdem der Hauptmann eine Zeitlang vor sich hingebrütet hatte. Er nahm die Blätter aus der Maschine und begann, das Blaupapier für die zweite Seite zurechtzulegen.

»Was?« sagte der Hauptmann. »Was meinen Sie damit?«

»Ja, wenn die Kämpfe beginnen, wird er noch im Bau sitzen«, sagte Warden gleichgültig.

»Zum Teufel mit den Kämpfen«, sagte der Hauptmann. »Gut«, sagte er, »beantragen wir eben ein summarisches Verfahren.«

»Ich habe aber das andere schon ausgefüllt«, sagte Warden.

»Dann ändern Sie's, Feldwebel«, sagte der Hauptmann. »Wollen Sie, daß Ihre Faulheit einen Mann fünf Monate mehr Gefängnis kostet?«

»Um Gottes willen, nein«, sagte Warden. Er zerriß die Papiere und holte sich frische. »Diese Dickschädel aus Kentucky machen einem mehr Scherereien als ein ganzes Regiment Nigger. Könnte ebensogut ein spezielles Kriegsgericht sein, es wird ihm doch nichts nutzen.«

»Er muß einen Denkzettel bekommen«, sagte der Hauptmann.

»Bestimmt«, sagte Warden in vollstem Einverständnis. »Das Dumme mit solchen Burschen ist bloß, daß sie nie eine Lehre annehmen. Ich habe zu viele von dieser Sorte ins Gefängnis wandern sehen, und alles, was man davon hat, ist immer wieder neuer Ärger. Sie sind noch keine zwei Wochen draußen, schon sind sie wieder drin. Die würden sich lieber totschlagen lassen als zuzugeben, daß sie im Unrecht sind. Haben nicht mehr Verstand als ein verdammtes Maultier. Wenn er gerade mit dem Training für die Regimentskämpfe im Dezember fertig ist, dreht er irgendein neues hirnverbranntes Ding und läßt sich wieder einsperren, nur um mit Ihnen quitt zu werden. Ich hab schon zu viele von diesen Burschen gesehn. Die sind geradezu staatsgefährlich.«

»Ich scheiß drauf, was er tut«, schrie der Hauptmann und setzte sich auf. »Ich scheiß auf die Regimentskämpfe und ich scheiß auf die beschissene Meisterschaft. Ich brauch mir solche Frechheit nicht gefallen zu lassen. Ich habe das nicht nötig. Ich bin Offizier und kein Heizer.« Die rote Wut der Empörung war wieder in seinem Gesicht. Er starrte Warden an.

Warden wartete. Er beobachtete die Gesichtsfarbe Holmes' und wartete den richtigen Zeitpunkt ab. Dann sagte er dem Hauptmann, was der Hauptmann dachte.

»Das können Sie nicht meinen, Sir«, sagte Warden leise, als wäre er zutiefst erschrocken. »Sie sind einfach wütend. So was könnten Sie gar nicht sagen, wenn Sie nicht wütend wären. Sie wollen doch nicht riskieren, nächsten Winter die Meisterschaft zu verlieren, weil Sie jetzt wütend sind?«

»Wütend«, sagte der Hauptmann. »Wütend? Wütend«, sagte er. »Herr Jesus Christus.« Er rieb mit seinen Händen über sein Gesicht. »Meinetwegen«, sagte er. »Wahrscheinlich haben Sie recht. Es hat wohl keinen Sinn, den Kopf zu verlieren und wie ein Verrückter herumzurennen und sich ins eigene Fleisch zu schneiden. Vielleicht wollte er gar nicht respektlos sein.« Warden seufzte.

»Haben Sie schon mit den neuen Formularen begonnen?«

»Noch nicht«, sagte Warden.

»Dann legen Sie sie zurück«, sagte der Hauptmann, »denk ich.«

»Geben Sie ihm selbst wenigstens eine harte Strafe«, sagte Warden.

»Ha«, sagte der Hauptmann. »Wenn ich nicht der Boxtrainer hier wäre, mit mir könnt der was erleben«, sagte er. »Er kommt verdammt leicht davon. Gut, tragen Sie's ein im Strafregister, drei Wochen Stubenarrest. Ich gehe jetzt nach Hause«, sagte er, als spräche er zu sich selbst. »Bestellen Sie ihn morgen zum Rapport bei mir, dann spreche ich mit ihm und unterschreib den Befehl.«

»Gut«, sagte Warden. »Wenn Sie denken, daß das der richtige Weg ist.« Er nahm das steife, in Leder gebundene Kompanie-Strafregister aus der Schublade, öffnete es und ergriff die Feder. Der Hauptmann lächelte ihm müde zu und ging. Warden schloß das Buch und legte es weg. Er ging zum Fenster und schaute dem Hauptmann nach, wie er durch die langen Abendschatten über den Kasernenhof nach Hause ging. Er tat ihm fast leid. Andererseits aber hatte er reichlich verdient, was immer ihm geschah.

Als Holmes am nächsten Tag nach dem Buch fragte, holte er es heraus und öffnete es. Dann entdeckte er, daß die Seite noch unbeschrieben war. Mit beschämtem Gesicht erklärte er, daß ihm etwas anderes dazwischengekommen war. Er hatte die Sache vergessen. Der Hauptmann war auf dem Weg in den Klub und hatte Eile. Er befahl Warden, es für den nächsten Tag fertigzumachen.

»Jawohl, Sir«, sagte Warden. »Ich tue es sofort.« Er nahm seine Feder heraus. Der Chef ging, und er legte die Feder wieder beiseite.

Am nächsten Tag hatte selbst Holmes alles vergessen. Wichtigere Dinge verdrängten das Alte.

Nicht etwa, daß es ihm das mindeste ausmachte, ob dieser Idiot drei Wochen Stubenarrest bekam oder nicht, so überlegte Warden sorgfältig. Tatsächlich würden ihm drei Wochen Stubenarrest wahrscheinlich guttun. Besonders nachdem er, wie Stark ihm erzählt hatte, über dieser frechen Hure bei Mrs. Kipfer den Kopf verloren hatte. Drei Wochen zu Hause wären vermutlich lang genug, um ihm über diese Geschichte wegzuhelfen. Es tat Warden jetzt leid, daß er es sich zur Bedingung gemacht hatte, Prewitt jede Strafe zu ersparen. Andernfalls verlor er die Wette, die er mit sich selbst abgeschlossen hatte. Prew war ihm gleichgültig. Er verdiente, was ihm geschah. Auf eine ausgekochte Hure in Mrs. Kipfers Puff hereinzufliegen. Das war ungefähr, was man von diesem halbwüchsigen Burschen zu erwarten hatte. Nicht nur forderte Prewitt alles heraus, was ihm zustieß, er bettelte geradezu auf den Knien darum. Warden schnaufte verachtungsvoll.

Prewitt war erleichtert, als er fand, daß Holmes bei seiner zweiten Rückkehr nicht auf ihn wartete. Auch Paluso atmete auf. Er entließ Prewitt schnell und verzog sich in die Kantine, um sich unsichtbar zu machen. Keiner von beiden wußte, daß alles vorüber war. Prew hinkte nach oben, packte den Tornister aus und verstaute sein Zeug, duschte und wechselte die Uniform, streckte sich auf seinem Bett aus und wartete auf den Offizier vom Dienst oder den wachhabenden Feldwebel. Als sie bis zum Abendessen nicht gekommen waren, wußte er, daß sie nicht mehr kommen würden. Anderthalb Stunden hatte er gewartet.

Als die Pfeife zum Essen blies, wurde ihm klar, daß sich etwas zwischen ihn und das Schicksal gestellt hatte. Es konnte nur Warden gewesen sein. Aus irgendeinem dunklen Grunde hatte er es für richtig gehalten, sich einzumischen. Ich weiß bei Gott nicht, was es ihn angeht, dachte er ärgerlich, während er zur Küche hinkte. Warum kann er seine große Nase nicht aus anderer Leute Angelegenheiten halten?

Nach dem Essen legte er sich von neuem auf sein Bett. Schwer ruhten seine müden Beine auf der Decke. Maggio kam herüber und gratulierte ihm.

»Mensch, bin ich stolz auf dich!« sagte Angelo. »Ich wollte nur, ich wär dabeigewesen und hätt's mit eigenen Augen gesehen. Ohne diesen Schweinehund Galovitch wäre ich dabeigewesen. Aber ich bin stolz auf dich, trotzdem.«

»Sicher«, sagte Prew müde. Er war noch immer damit beschäftigt, sich darüber klarzuwerden, warum ihm nichts geschehen war. Er hatte ihnen nicht nur die Möglichkeit gegeben, ihm am Zahltag Extradienst aufzubrummen, was immer noch geschehen konnte, er hatte ihnen auch Tür und Tor geöffnet, ihn schleunigst ins Gefängnis zu schicken. Er hatte dies alles getan, trotz den feinen Vorsätzen, ein vollkommener Soldat zu sein, und trotz seinen großartigen Plänen, ihnen die ganze Anstrengung zu überlassen. Und das alles, das alles, sagte er sich selbst, nicht nach einem Monat oder nach einer Woche, nicht einmal nach zwei Tagen der ›Sonderbehandlung‹, sondern schon am Nachmittag des allerersten Tages. Es wurde ihm klar, daß es gar nicht so leicht war, wie es aussah. Offenbar gab es irgendwo versteckt gewisse Feinheiten bei der ›Sonderbehandlung‹. Offenbar konnte man sie bedeutend listiger der menschlichen Natur anpassen, als er erwartet hatte. Und er hatte entweder die Fähigkeit der anderen erbärmlich unterschätzt oder aber, was noch schlimmer war, seine eigene Widerstandskraft fürchterlich überschätzt. Die ›Sonderbehandlung‹ konzentrierte ganz offensichtlich alle Kraft auf die stärkste Stelle eines Mannes – seinen Stolz als Mann. War es möglich, daß das auch seine schwächste Stelle war?

Bei diesem Gedanken überwältigte ihn ein Schrecken über seine eigene Unzulänglichkeit. Er überwältigte selbst die Angst vor dem Gefängnis, die ihn überfiel, sobald er nachließ, sich mit Wut vollzupumpen.

Ein trauriger und klügerer Mann, trat er am nächsten Tag zum Exerzieren an. Die Idee, die anderen zu heilen oder ihnen eine Lehre zu erteilen, hatte er aufgegeben wie die Hoffnung auf einen schnellen Sieg. Als die ›Sonderbehandlung‹ genau da begann, wo sie am Tage zuvor aufgehört hatte und er sofort in die Rolle des vollkommenen

Soldaten zurückfiel, focht er nur noch ein Rückzugsgefecht. Unter dem schwelenden Schweigen des Hasses, der seine einzige Verteidigung war, lag nichts als der Gedanke an Lorene und den Zahltag. Beides belebte ihn wie ein guter, steifer Grog. Es war ein Feuer, an dem er sich wärmen konnte gegen die Kälte seines Hasses, die ihn langsam zum Erfrieren brachte.

20

Am Zahltag hört das Exerzieren schon um zehn Uhr auf. Man nimmt eine Dusche, rasiert sich, putzt nochmals seine Zähne, zieht vorsichtig die beste Uniform an und bindet sich die Krawatte so genau wie möglich. Dann, fertig angezogen, bearbeitet man seine Fingernägel. Schließlich geht man ins Freie, steht draußen im Kasernenhof herum und wartet darauf, daß mit dem Auszahlen begonnen wird. Die ganze Zeit über paßt man gut auf den Krawattenknoten und auf die Fingernägel auf, denn alle Offiziere haben eine Vorliebe für Sauberkeitskontrollen bei dieser Gelegenheit, auch wenn der Zahltag kein regulärer Appell ist. Bei manchen waren es die Schuhe, bei anderen die Bügelfalten in den Hosen, bei anderen wieder der Haarschnitt. Holmes zog den Krawattenknoten und die Fingernägel vor. Obwohl er niemand deswegen bestrafte, gab es doch einen schweren Anpfiff, und man mußte am Ende der Schlange antreten.
Am Zahltag steht man in kleinen Gruppen herum und unterhält sich aufgeregt. Es ist ein halber Feiertag. Gruppen bleiben nicht beisammen. Sie brechen auseinander und bilden mit Teilen anderer Gruppen neue Ansammlungen. Unfähig still zu stehen, geht man ununterbrochen umher mit Ausnahme der Zwanzig-Prozent-Männer, die sich wartend an der Küchentür aufgestellt haben, die man unbedingt passieren muß. Bis dann der Hornist vom Dienst zum Megaphon auf dem Kasernenhof geht. Eigenartigerweise scheint an diesem Morgen die Sonne immer noch leuchtender als an den anderen Tagen. Schließlich kommt das Signal.
›Zahltag‹, sagt das Horn zu dir, ›Zahltag. Was wird man mit nem betrunkenen Soldaten tun? Zahltag?‹
›Zahltag‹, antwortet das Horn dir, ›Zahltag. Bringt ihn auf die Wache, bis er nüchtern ist. Zahltag, Zahltag, Zahltag.‹
Dann wird das Hin und Her aufgeregter (oh, der Hornist spielt eine verantwortliche Rolle, eine traditionelle, gefühlsmäßig wichtige

Rolle, eine Rolle, voll von Erinnerungen an die Vergangenheit, an viele versunkene Jahrhunderte Soldatentums). Man sieht Warden, der eine Decke aus der Schreibstube in den Speisesaal trägt. Wie ein Lordsiegelbewahrer folgt ihm Mazzioli mit den Listen. Dann erscheint Dynamit mit blankgeputzten Stiefeln, in der Hand die schwarze Aktentasche, auf dem Gesicht ein wohlwollendes Lächeln. Es nimmt eine ziemlich lange Zeit in Anspruch, bis sie fertig sind. Sie rücken Tische zurecht, legen die Decke auf, zählen die Münzen und ordnen die Noten in kleinen Haufen, breiten die Listen der auf Pump getätigten Kantineneinkäufe aus, so daß Warden das Geld kassieren kann. Schon aber beginnt man sich aufzustellen. Erst kommen die Unteroffiziere, dann die Gefreiten, schließlich die Soldaten. Innerhalb der Gruppen gibt es ausnahmsweise keinen Streit und kein Herumgestoße, da man in alphabetischer Ordnung antritt.

Dann fängt man schließlich an auszuzahlen. Sehr langsam bewegt sich die Reihe vorwärts, bis man endlich selbst am Eingang zum Speisesaal steht und der Mann vor einem dran ist. Dann wird dein eigener Name aufgerufen. Du antwortest mit deinem Vornamen und deiner Nummer, baust dich vor Dynamit auf und salutierst. Stramm stehst du da, während er dich von Kopf bis Fuß mustert, zeigst deine Fingernägel vor, worauf er dich, wenn er befriedigt ist, ausbezahlt. Dabei macht er einen seiner Standardwitze wie »Behalten Sie genug übrig, um mal richtig in die Stadt zu gehn« oder »Vertrinken Sie nicht alles in einem einzigen Lokal«. Oh, er ist ein Soldat, dieser Dynamit, ein feiner Soldat der alten Schule. Dann hältst du dein Geld in Händen (abzüglich Wäsche, abzüglich Versicherung, abzüglich Zahlungen an Familienangehörige, wenn du welche hast, abzüglich einen Dollar für den Kompaniefonds). Einen ganzen Monat hast du gebraucht, um dieses Geld zu verdienen. Nun gibt man dir den Rest des Tages frei, um es durchzubringen. Du wanderst hinunter zu dem mit einer Decke bedeckten Tisch, hinter dem Warden steht und die Schulden, die du in der Kantine und im Kino gemacht hast, kassiert. In Wirklichkeit wolltest du diese Schulden gar nicht machen. (Hattest es dir am letzten Zahltag geschworen.) Als man aber am 10. oder 20. die Bons verkaufte, gabst du deine guten Vorsätze auf. Dann geht man hinaus durch die Küche, wo das Großkapital in Gestalt der Zwanzig-Prozent-Männer, wie Jim O'Hayer und Turp Thornhill, seinen Tribut fordert und den schon recht kleinen Haufen noch weiter reduziert. Auch Champ Wilson tut das gleiche, aber mehr aus Liebhaberei.

Zahltag. Es ist wirklich etwas Besonderes. Selbst die ewige Fehde zwischen dir und den Sportlern tritt am Zahltag in den Hintergrund. In dem langen, düsteren Schlafsaal mit seiner niederen Decke – draußen scheint strahlend die Sonne – schälen sich Männer fieberhaft aus ihren Uniformen, ziehen Zivilkleider an, und man weiß, daß an diesem Tage nicht sehr viele zum Mittagessen dasein werden. Zum Nachtessen aber so gut wie keiner, außer denen, die bereits ihr Geld im Spiel verloren haben.

Von seinen dreißig Dollar hatte Prew, nachdem seine Schulden bezahlt waren, genau zwölf Dollar und zwanzig Cent übrig. Diese Summe, die nicht einmal dazu ausreichte, Lorene für eine Nacht zu bezahlen, nahm er mit hinüber in O'Hayers Spielsaal.

In dem schlechtgebauten Schuppen, den man gegenüber dem Tagesraum auf einem Streifen ausgebrannter, fast kahler Erde zwischen der Straße und der Schmalspurbahn errichtet hatte, war schon Hochbetrieb. Die Lastwagen hatte man zum Parkplatz des Regiments geschafft, die riesigen Spulen Fernsprechkabel waren sauber außerhalb aufgestapelt, die 3,7-cm-Panzerabwehrgeschütze hatte man hinausgerollt (einige davon waren noch die alten, stahlbereiften mit dem kurzen Lauf, die man kannte, andere waren neu, mit langem Lauf und Gummireifen und sahen eigenartig und fremd aus wie die Bilder deutscher Waffen im *Life*-Magazin). Sie waren mit Segelplanen bedeckt. Die Ausrufer, die man für einen Dollar die Stunde engagiert hatte, priesen ununterbrochen wie Marktschreier am Eingang jeden Schuppens ihre ›Ware‹ an. »Kommt herein, Jungens! Poker, Siebzehn und vier, Würfelspiele, alles da. Versucht euer Glück, Jungens!«

In O'Hayers Schuppen arbeiteten alle fünf Tische, an denen Siebzehn und vier gespielt wurde, auf Hochtouren. Unter den grünbeschirmten Lampen riefen Kartenverteiler mit grünen Augenschirmen leise und monoton Bezeichnung und Höhe der Karten in das allgemeine Gesumme. Beide Würfeltische waren von drei Spielerreihen umgeben, und an den zwei Pokertischen, wo heute, um mehr Platz zu schaffen, nur ›Offener Poker‹ gespielt wurde, war kein Stuhl frei.

Wie er so unter der Tür stand, dachte er daran, wie etwa um die Mitte des Monats all dies Geld sich in den Händen von ein paar großen Gewinnern angesammelt haben würde. Sie würden um den Tisch sitzen, an dem O'Hayer jetzt selbst spielte und wo einer seiner Angestellten die Karten verteilte. Sie würden die Gewinner der ganzen Insel sein und aus Lagern, so weit entfernt wie Hickam und Fort Kam und Shafter Fort Ruger, hierher kommen. Hier würde dann das große Spiel stattfinden. Der Gedanke, daß er auch einer von ihnen sein könnte, nahm ihm einen Augenblick den Atem. Er hatte es schon einmal fertiggebracht, allerdings nur ein einziges Mal, in Myer. Sein Entschluß, nur gerade genug zu gewinnen, um in die Stadt gehen zu können, und dann aufzuhören, geriet ins Schwanken. Hätte er nicht einen starken Willen besessen, der noch durch das Bild Lorenes unterstützt wurde, sein Entschluß wäre vollständig zerbrochen.

Zwei Stunden lang arbeitete er methodisch mit kleinen Einsätzen an einem Siebzehn-und-vier-Tisch. Er tat dies absichtlich eintönig, absichtlich schwunglos und trocken. Er mußte seine zwölf Dollar auf die zwanzig bringen, die der Mindesteinsatz beim Poker waren. Dann ging er hinüber zu dem Pokertisch, an dem O'Hayer saß, um auf einen freien Stuhl zu warten, was an einem Zahltag nie lange dauerte, da die meisten Spieler wie er nur kleine Fische waren, die mit ihrem Einsatz versuchten, ein bescheidenes Stück aus der großen Torte herauszuschneiden, aber einer nach dem anderen pleite ging und aufgab. Ohne Erregung wartete er. Er nahm sich selbst das feste Versprechen ab, aufzuhören, wenn er zwei Hände gewonnen hatte. Bei der Höhe des Spieles würde das genügen, ihn für diese Nacht mit dem nötigen Kleingeld zu versorgen. Darüber hinaus würde er genug übrigbehalten für ein gutes Wochenende (heute war Donnerstag) oder vielleicht für Samstagnacht und Sonntagnacht mit Lorene. Vielleicht konnte er sogar, wenn sie es erlaubte, mit ihr den Sonntag am Strand verbringen. Nur zwei Gewinne. Er hatte sich alles ausgerechnet.

Der runde, grüne Filz, aus dem man ein Stück herausgeschnitten hatte, um Platz für den Kartengeber zu machen, war übersät mit Haufen von Fünfzig-Cent-Stücken und Silberdollars und mit Fünfundzwanzig-Cent-Chips aus rotem Zelluloid, die man einsetzte, ehe das eigentliche Spiel begann. Sie fingen und reflektierten sardonisch das Licht der grünbeschirmten Lampen, leuchteten lebhaft rot und silbern auf dem sanften, lichtsaugenden Filz. Er entdeckte Stark und Warden unter den Spielern. Jim O'Hayer saß gelassen mit einem schicken, teuer aussehenden Schirm schief über den kalten, streng rechnenden Augen und rollte ununterbrochen zwei Silberdollar gegeneinander. Jedesmal gab es einen kleinen klirrenden Ton, der einem auf die Nerven ging.

Schließlich war es Stark, der, die Mütze tief über den Augen, seinen Küchenschemel zurückschob und sich selbst den Gnadenstoß versetzte. »Stuhl frei.«

»Du gibst doch nicht auf?« sagte O'Hayer sanft.

»Nicht für sehr lange«, sagte Stark und sah ihn nachdenklich an. »Nur bis ich mir etwas Geld geliehen habe.«

»Dann bis dahin«, grinste O'Hayer. »Hoffentlich hast du Glück.«

»Verbindlichsten Dank, Jim«, sagte Stark.

Stark hatte, so flüsterte ein Kiebitz, in der letzten Stunde die ganzen sechshundert Dollar verloren, die er seit zehn Uhr morgens hatte ansammeln können. Stark starrte ihn an, und er verstummte, und Stark schob sich mit Hilfe seiner Ellenbogen langsam durch die Reihen. Er sah noch immer nachdenklich aus.

Prew glitt auf den leeren Sechshundert-Dollar-Stuhl. War das vielleicht ein schlechtes Omen? So unauffällig wie möglich schob er dem Kartengeber seinen Zehner und die beiden Fünfer zu. Die Geldmänner hielten den Einsatz an Zahltagen absichtlich niedrig, damit man sich beteiligen konnte. Dennoch wurde man verachtungsvoll angesehen, wenn man nur zwanzig Dollar setzte: Er bekam eine kleine Säule von fünfzehn Silberdollar zurück, sechs halbe Dollar und acht Zelluloidchips. Sobald er sie in den Fingern hielt, machte ihm die Verachtung nichts mehr aus. Der alte, vertraute Zauber packte ihn, als er einen roten Chip auf den Tisch zu den anderen warf. Sein Herz begann schneller zu schlagen, lauter, eindringlicher, und er spürte das Echo in seinen Ohren. Die Erregung des Spiels breitete sich wie ein Fieber über sein Gesicht. Der Boden unter ihm versank. Er stand am Rande einer Welt, die aufgehört hatte, sich zu bewegen.

Hier, dachte er, hier und nur hier in diesen Stückchen Pappe, die mit dem Gesicht nach unten auf den Tisch fallen, so, wie irgendwelche Gesetze sie lenken oder eine unbeständige Göttin ihnen befiehlt, hier liegen Unendlichkeit und das Geheimnis allen Lebens und Sterbens. Hier liegt das, wonach die Wissenschaftler suchen, unter deinen Händen, wenn du es nur verstehen könntest, die Geheimnisse zu entziffern. Vielleicht hast du bald tausend Dollar gewonnen. Vielleicht bist du auch viel eher pleite. Vor den Spielern lagen dicke Haufen von Dollarnoten, die mit Silbergeld beschwert waren. Der Anblick des frischen, grünen Papiers erfüllte ihn mit der Begierde, diese faltigen, gut riechenden Fetzen an sich zu reißen, nicht, weil er sich dafür dies oder jenes kaufen könnte, sondern um ihrer Schönheit willen. All dies war im langsamen, gemessenen, unerbittlichen Fallen der Karten enthalten. Es klang, als schlage die Zeit langsam, aber unwiderstehlich den Takt in den Ohren eines uralten Mannes.

Zweimal um den Tisch herum, zweimal zehn Karten, eine mit dem Bild nach oben, eine mit dem Bild nach unten. Eine Uhr tickte laut. Die bekannten Gesichter nahmen neue Züge an und wurden fremd. Das helle Licht warf eigenartige Schatten unter unbewegliche Augenbrauen und Nasen, löschte die Augen aus und grub tiefe Falten um den Mund. Er kannte diese Leute nicht. Dies war nicht Warden oder O'Hayer, sondern Paare körperloser Hände, die die oberste Karte über die verdeckte Karte schoben, um einen geheimen Blick darauf werfen zu können, war nur eine harmlose Hand, die eine Säule Halbdollarstücke Münze für Münze klickend aufeinanderfallen ließ, sie in die Höhe hob und alle, eine nach der anderen, wieder fallen ließ, ununterbrochen, mit gemessener Sorgfalt. Ein unerklärlicher Schauder lief über seinen Rücken, und alle Lasten, die das Leben ihm in den letzten Monaten aufgeladen hatte, fielen von ihm ab, tot und vergessen.

Die erste Hand war sehr gut. Er hatte auf eine mittlere gehofft. Bei dieser Art von Spiel würden seine zwanzig Dollar nicht lange reichen. Aber die Karten waren hoch, und es wurde hoch gelegt. Er hatte Buben, Rücken an Rücken, und beim dritten Haufen war er seiner Sache sicher, ohne jedoch aus Mangel an Geld höher gehen zu können. Der Pott, den er gewinnen konnte, wurde zur Seite geschoben, und das Wetten ging weiter, und er selber konnte nichts tun als dabeisitzen und warten. Bei der vierten Karte bekam O'Hayer ein As und hatte damit zusammen mit seiner verdeckten Karte bestimmt ein Paar, da er nie nur zum Spaß mitging. Er erhöhte um fünfzehn. Prews Magen drehte sich um, und er schaute traurig auf seine Buben und war froh, daß er wenigstens den Pott sicher hatte. Als letzte Karte aber bekam er einen weiteren Buben, und nun lag ein Pärchen offen da. Er spürte, wie sein Herz einen Schlag aussetzte, und fluchte in sich hinein, denn mit genügend Kapital hätte er den ganzen Pott gewinnen können.

Er gewann fast einhundertfünfzig Dollar. O'Hayer gewann den anderen, kleineren Pott. Warden schaute erst O'Hayer an und dann ihn. Er schnaubte verärgert. Prew grinste, während er seinen Gewinn zu sich herüberschob. Er erinnerte sich selbst daran, sofort aufzuhören, wenn er den nächsten Pott gewann. Dann konnte Warden wirklich schnauben.

Er hätte nicht auf den nächsten zu warten brauchen. Was er im ersten gewonnen hatte, wäre ausreichend gewesen. Aber er hatte sich selbst zwei Runden zugebilligt, und so blieb er. Die zweite Runde aber gewann nicht er, sondern Warden. Er selbst verlor etwa vierzig Dollar, was ihm rund hundert übrigließ. Nun hatte er das Gefühl, daß er unbedingt gewinnen *mußte*. So blieb er im Spiel. Er gewann aber weder die dritte, noch die vierte, noch die fünfte Runde. Er verlor alles bis auf fünfzig Dollar, bis er schließlich wieder eine Runde gewann.

Während er das Geld zu sich herüberzog, befreite er sich durch einen Seufzer der Erleichterung von der inneren Spannung, die mit dem Schwinden seines Kapitals angewachsen war. Er hatte schon geglaubt, nie mehr gewinnen zu können. Jetzt aber hatte er einen Fonds, mit dem er abeiten konnte. Sein zweiter Gewinn brachte sein Kapital auf mehr als zweihundert. Nun begann er vorsichtig zu spielen, überlegte sich jede einzelne Wette, genoß das Spiel ungemein, verlor sich vollständig in diesem Genuß, in diesem Kampf seines Gehirns gegen alle anderen körperlosen Gehirne. Es war ein wirklicher Poker, hart, monoton und ohne Aufregung, und er hatte Spaß daran. Er spielte stetig, verlor nur wenig, paßte oft, gewann hin und wieder einen kleinen Pott, spielte nun in Erwartung des Augenblicks, in dem er den wirklich großen Pott gewinnen und dann aufhören würde.

Natürlich wußte er die ganze Zeit, daß es nicht ewig so weitergehen konnte. Zweihundert Dollar waren keine Reserve gegen das Kapital, das gegen ihn stand. Was er wollte, war noch ein einziger großer Gewinn, wie es die beiden ersten gewesen waren, einer der noch größer sein würde, weil er ja nun mehr Geld hatte, und der es ihm ermöglichen würde, aufzustehen und zu gehen. Hätte er die beiden ersten gewonnen, so wie er es sich vorgestellt hatte, er wäre längst gegangen. So aber hatte er nur gewonnen, und nun wollte er den letzten, sozusagen als Schlußstrich unter dieses Unternehmen, ehe es ihn erwischen konnte.

Ehe aber der große Gewinn kam, auf den er wartete, erwischten sie ihn, und das gründlich.

Er hatte Zehner, Rücken an Rücken, eine gute Hand. Als vierte Karte zog er einen dritten Zehner. In der gleichen Runde hatte Warden ein Paar Könige offen auf dem Tisch. Warden erhöhte nicht gegen die Zehner. Prew war vorsichtig. Niemand *versuchte* schmutzig zu spielen. Wenn aber so viel Geld auf dem Tische lag, war alles erlaubt. Warden hatte vielleicht einen Dreiständer. Prew würde sich nicht reinlegen lassen. So grün war er nicht mehr. Als die Wette wieder an ihn kam, ohne daß jemand erhöht hatte, erhöhte er selbst ein ganz klein wenig, ein winziges bißchen, nur um vorzufühlen und sicherzugehen. Die Summe war klein genug, daß er es riskieren konnte, sie zur Not aufzugeben. Drei Leute gingen nicht mehr mit. Nur O'Hayer und Warden blieben schießlich dabei. O'Hayer hatte offensichtlich ein Paar Asse Rücken an Rücken und war bereit, für die Chance, vielleicht ein drittes As zu kaufen, zu bezahlen. O'Hayer war ein Mann der Prozente, der zwanzig Prozent. Und Warden, der es sich eine ganze Weile überlegte, ehe er mitging, schaute zweimal auf seine verdeckte Karte und ging dann beinahe doch nicht mit. Er hatte also keinen Dreiständer.

O'Hayer bekam kein drittes As und ging nicht mehr mit. Er tat dies völlig gleichgültig. Er konnte sich Gleichgültigkeit erlauben. Warden, dessen Könige noch immer hoch waren, ›schob‹, und Prew fühlte sich von einer Welle der Erleichterung gehoben, denn nun war er sicher, daß Warden keinen Dreiständer hatte. Wahrscheinlich hatte Warden zwei Paare und hoffte nun, seine offenliegenden Könige würden Prew aus dem Spiel werfen, besonders nachdem O'Hayer mit zwei Assen aufgegeben hatte. Nun, wenn Warden sein Blatt sehen wollte, dann sollte er bei Gott dafür bezahlen, wie jeder andere dafür bezahlen mußte. Er wettete fünfundzwanzig. Er wollte den letzten Tropfen aus ihm herausmelken. Dieses Mal war er seiner Sache sicher. Wenn Warden glaubte, mit seinen lächerlichen zwei Paaren durchzukommen. Es war eine sichere Wette. Warden hatte mit seinen hohen Königen zweimal ›geschoben‹. Da erhöhte Warden seinen Einsatz um sechzig Dollar.

In diesem Augenblick sah er an dem bösartigen Grinsen Wardens, daß er hereingefallen war. Warden hatte ihn am Angelhaken. Mit drei fetten Königen. Überlistet. Reingelegt, wie man einen grünen Jungen reinlegt. Das erste Mal, daß ihm das geschehen war. Sein Magen drehte sich um, und es wurde ihm schlecht. Er war versucht, aufzugeben, aber er wußte, daß er Wardens Karte sehen *mußte*. Er hatte zu viel Geld in diesem Pott, einem wirklich großen, als daß er es hätte riskieren können, sich hinausbluffen zu lassen. Und Warden wußte ganz genau, wieviel er erhöhen konnte, ohne Prew zum Passen zu zwingen.

Diese Hand kostete ihn glatte zweihundert, und er behielt ungefähr vierzig Dollar übrig. Er schob seinen Stuhl zurück, weit zurück, und stand auf.

»Stuhl frei.«

Wardens Augenbrauen zuckten, schoben sich dann faunisch in die Höhe.

»Tut mir leid, dir das anzutun, Kleiner. Wirklich. Wenn ich das Geld nicht so verdammt nötig hätte, würd ich dir's zurückgeben.« Der ganze Tisch brach in Gelächter aus.

»Ach, behalt's nur, Spieß«, sagte Prew. »Hast's gewonnen. Keine Karte mehr für mich«, sagte er zum Kartengeber. Du Schweinehund, dachte er, warum hast du nicht nach dem zweiten Gewinn aufgehört, wie du's dir geschworen hast? Bei Gott, keine originelle Klage, dachte er.

»Was ist los, Kleiner?« sagte Warden. »Man könnte meinen, dir wär schlecht.«

»Nur hungrig. Hatte kein Mittagessen.«

Warden zwinkerte Stark zu, der gerade zurückkam. »Zu spät zum Essen jetzt. Vielleicht bleibst du lieber da? Gewinnst was zurück? Mit vierzig, fünfzig Dollar kann man nicht nach Hause gehn.«

»Es reicht«, sagte Prew, »für das, was ich vorhabe.« Warum ließ er ihn nicht in Ruhe? Warum mußte er es ihm unter die Nase reiben? Dieser verdammte Schweinehund.

»Natürlich, aber du willst doch auch ne Flasche Whisky haben, nicht wahr? Zum Teufel, wir sind doch alles Freunde hier. Nichts anderes als ein Freundschaftsspiel zum Zeitvertreib. Stimmt's, Jim?«

Prew sah, wie seine Augen sich zusammenpreßten und plötzlich von lauter Falten umgeben waren, die strahlenartig von ihnen ausgingen.

»Klar«, sagte O'Hayer gleichgültig. »Solange man Geld hat, um freundschaftlich zu sein. Gib Karten!«

Warden lachte leise, als lache er vor sich hin. »Siehst du?« sagte er zu Prew. »Hier gibt's keine Halsabschneider. Nur zwanzig Dollar Einsatz.«

»Zu viel für mich«, sagte Prew. Er wollte hinzufügen, »ich muß an meine Familie denken«, aber niemand hätte es gehört. Die Karten wurden schon wieder gegeben.

Als er zurücktrat, stieß Stark ihn freundschaftlich in die Rippen und zwinkerte ihm zu. Dann ließ er sich auf den Schemel nieder.

»Hier sind fünfzig«, sagte Stark zum Kartengeber.

Die Luft draußen, frei von Rauch und von der Feuchtigkeit verbrauchten Atems, traf Prew wie ein Strahl kalten Wassers. Er saugte sie tief in sich hinein, war plötzlich wieder hellwach, atmete dann langsam aus und versuchte, die schlappe, müde Ruhelosigkeit loszuwerden, die ihn drängte, zurückzugehen. Er konnte den Gedanken nicht loswerden, daß er gerade zweihundert Dollar von seinem eigenen, schwerverdienten Gelde an diesen Schweinehund Warden verloren hatte. Hör auf damit, sagte er sich, du hast nicht einen einzigen Cent verloren, du hast zwanzig Dollar gewonnen, genug für heute nacht, drum laß uns beide, dich und mich, verschwinden.

Die Luft hatte ihn wach gemacht. Er sah ein, daß es nicht eine persönliche Auseinandersetzung war, sondern ein Pokerspiel. Man konnte nicht gegen alle angehen. Zum Schluß bekamen sie einen klein. Er ging um die Schuppen herum und überquerte die Straße. Er kam sogar so weit, daß er schon die Hand auf dem Türknopf des Tagesraumes und die Tür halb geöffnet hatte; als er sich schließlich entschloß, sich nicht mehr selbst an der Nase herumzuführen. Ärgerlich schlug er die Tür zu, wandte sich um und ging gereizt zurück zu O'Hayers Schuppen.

»Ja, wer kommt denn da?« grinste Warden. »Ich dachte schon, wir hätten dich das letztemal gesehen heute. Ist ein Stuhl frei? Macht doch diesem alten Spieler einen Stuhl frei!«

»Halt's Maul«, sagte Prew wütend und ließ sich auf den Stuhl eines anderen Verlierers nieder. Dieser war gerade im Begriff gewesen zu verschwinden und grinste jetzt unglücklich zu Warden hinüber, mit dem Blick eines Mannes, dem es schwerfällt, ein guter Verlierer zu sein, obwohl er es so gern möchte.

»Los, los«, sagte Prew. »Warum geht's nicht weiter? Wann fängt die Vorstellung denn endlich an?«

»Mensch«, sagte Warden, »dir scheint das Fell nach einer gehörigen Tracht Prügel zu jucken.«

»So ist's. Paß besser auf dich selber auf. Ich bin scharf. Der erste Bube macht auf.«

Er war aber gar nicht scharf, und er wußte es. Er war nur übermäßig gereizt. Das ist etwas ganz anderes. Es dauerte nur fünfzehn Minuten. In drei Runden verlor er die vierzig Dollar. Es kam alles genau so, wie er es im voraus gewußt hatte. Wenn er sich zuvor glücklich gefühlt hatte beim Spielen, versunken jede Minute genossen hatte, spielte er jetzt mit eigensinniger Gereiztheit und völliger Wurstigkeit. Sogar der Zeitverlust beim Kartengeben ärgerte ihn. Wenn man so Poker spielt, gewinnt man nicht. Als er sich erhob, fühlte er sich angenehm erleichtert, bankerott zu sein und aufhören zu können.

»Jetzt kann ich nach Hause gehn, mich ins Bett legen und schlafen.«

»Was?« sagte Warden, »nachmittags um drei Uhr?«

»Natürlich«, sagte Prew. War es wirklich erst drei Uhr? Es kam ihm vor, als hätte es schon zum Wecken geblasen. »Warum nicht?« sagte er.

Warden schnaubte ärgerlich. »Warum hören diese Kinder nicht auf mich. Ich hab dir gesagt, du sollst aufhören, als du gewonnen hattest. Hast du auf mich gehört? Einen Dreck hast du gehört.«

»Muß es überhört haben«, sagte Prew, »glatt überhört. Wie wär's, wenn du mir hundert leihst? Dann werd ich's vielleicht nicht überhören.« Rund um den Tisch brach Gelächter aus.

»Tut mir leid, Kleiner. Ich bin selber am Verlieren.«

»Donnerwetter. Und ich dachte, du bist am Gewinnen.« Auch das löste Gelächter aus, und er fühlte sich etwas besser. Aber es täuschte ihn nicht darüber hinweg, daß es ihm sein Geld nicht wiederbrachte. Mit den Ellenbogen bahnte er sich einen Weg.

»Warum hackst du immer auf Prewitt herum, Spieß?« hörte er Stark hinter sich sagen.

»Was heißt das?« sagte Warden entrüstet. »Wieso hack ich auf ihm rum?«

»Dazu braucht er dich nicht«, sagte der Hauptfeldwebel der K-Kompanie, ein fetter, glatzköpfiger Mann mit tiefliegenden Säuferaugen. »Nach allem, was ich gehört habe.«

»Stimmt«, sagte Stark. »Er braucht überhaupt keine Hilfe.«

Warden schnaubte. »Er kann's vertragen. Ist ein Boxer. Ist dran gewöhnt, geschlagen zu werden. Macht ihm eher noch Spaß.«

»An seiner Stelle«, sagte der Spieß der K-Kompanie, »würde ich mich versetzen lassen, so schnell ich könnte.«

»Davon verstehst du nichts«, sagte Warden. »Dynamit läßt ihn nicht gehen.«

»Weitermachen«, sagte Jim O'Hayers näselnde Stimme. »Ist das ein Kaffeekränzchen oder ein Kartenspiel? König ist hoch. König wettet.«

»Fünf«, sagte Warden. »Weißt du, Jim, das gefällt mir so gut an dir. Dein überwältigendes Mitgefühl«, sagte er zweideutig. In Gedanken konnte Prew sehen, wie Wardens Augen sich zusammenzogen und das Netz von Linien um sie entstand.

Er ließ die wackelnde Tür hinter sich ins Schloß fallen, schnitt damit das Gespräch ab. Gerne hätte er in sich die Kraft gefunden, diesen bösartigen Warden zu hassen. Er konnte es aber nicht. Es fiel ihm ein, daß er in seiner Leidenschaft total vergessen hatte, sich von

O'Hayers ›Freiem Mittagstisch für die Spieler‹ ein belegtes Brot und Kaffee geben zu lassen. Jetzt konnte er nicht mehr hineingehen.

Plötzlich erinnerte er sich auch einer Menge anderer Dinge, die er hatte kaufen wollen. Er brauchte Rasiercreme und eine neue Bürste zum Gewehrreinigen und einen neuen Putzlumpen. Er hatte beabsichtigt, sich einen Vorrat an Zigaretten anzulegen. Er hatte Glück, daß er noch ein Päckchen Tabak irgendwo verstaut besaß.

Du bist erledigt, Prewitt, sagte er zu sich. Du hast dein Geld vergeudet, deinen Zaster vertan. Nun bist du pleite bis zum nächsten Monat, und in diesem Monat gibt's keine Lorene für dich. Nächsten Monat hat sie sich vielleicht schon zurückgezogen und ist nach Hause gegangen.

Er rammte seine Hände in die Taschen und fand etwas Wechselgeld, einen kleinen Haufen von Fünf- und Zehncentstücken. Er nahm die Münzen heraus und betrachtete sie, fragte sich, was man wohl damit anfangen konnte. Es war genug, um sich an einem Pfennigspiel in der Latrine zu beteiligen. Dann aber dachte er daran, wie völlig hoffnungslos es war, aus diesen paar Cent wieder zweihundertsechzig Dollar zu machen, und wütend warf er sie auf den Bahndamm, sah mit Befriedigung das Klimpern, mit dem sie auf den Schienen aufschlugen. Er ging zurück zur Kaserne. Lorene oder keine Lorene, Poker oder kein Poker, er würde kein Geld von den Zwanzig-Prozent-Männern leihen. Das war sicher. Er hatte es nicht getan, seit er auf der Insel war, und er würde es jetzt nicht tun, was immer auch geschehen mochte.

Er fand Turp Thornhill in seinem eigenen Schuppen, der neben dem O'Hayers lag. Solange O'Hayer spielte, konnte man von ihm selbst zu zwanzig Prozent nichts leihen. Turp spielte nicht mit und gab auch nicht Karten. Er lief vom Würfeltisch zum Siebzehn-und-vier-Tisch, zum Pokertisch, zum Würfeltisch. Ununterbrochen kontrollierte er nervös seine Kartengeber, daß sie ihn auch nicht betrogen.

Der lange, kinnlose, hakennasige Holzfäller aus Mississippi besaß alle abstoßenden Züge eines rückständigen Volkes, ohne seine guten zu besitzen. Aber er verlieh Geld, obwohl er mit seinen durchbohrenden Augen das personifizierte Mißtrauen war. Er besaß einen raffenden, geizigen, hündischen Stolz, ›genau das zu sein, was er war, bei Gott, und keine hochnäsigen Allüren, ob's dir paßt oder nicht‹. Er hatte sich seinen Spielschuppen damit verdient, daß er seit siebzehn Jahren in derselben Kompanie war und jede Minute dazu verwandt hatte, seinen Vorgesetzten in den Arsch zu kriechen. Jetzt aber konnte er sich dafür mit sadistischer Grausamkeit an denen rächen, die er nach seiner Meinung beherrschen konnte.

»Hm«, räusperte er sich, als Prew ihn auf die Seite bat und um zwanzig Dollar anpumpte. Er beugte sich hinunter und klopfte ihm hinterhältig auf die Schulter. »Ha«, brüllte er laut genug, daß jeder im Schuppen es hören konnte. »Prewitt, der Eiserne, gibt endlich nach? Was? Hat so viel Hunger, daß ihm die Zunge aus dem Maul hängt? Hat er sich schließlich entschlossen, seinen Stolz zu vergessen und den guten alten Papa Turp zu besuchen, der sonst nicht gut genug ist, daß man ein Wort mit ihm spricht, außer am Zahltag, wenn man Geld leihen will, was? Na, jeder von uns kommt mal in die Lage, mein Junge, jeder von uns.« Er nahm seine Brieftasche heraus, aber er öffnete sie noch nicht, denn noch war er nicht fertig mit dem, was er sagen wollte.

»Wohin willst du gehn? Die Service Rooms? Zum Ritz? Zum Pacific? Zum New Senator? Zum New Congress, Mrs. Kipfers Hotel? Ich kenne sie alle, mein Junge, ha, die leben von mir! Hör mal genau zu, mein Junge. Laß dir 'n guten Tip geben. Im Ritz ist ne Neue. Nicht so hübsch zum Ansehn, aber sonst, mein lieber Mann, die wird dich durcharbeiten. Hach? Wie ist's? Macht dich 'n bißchen verrückt, was? Hätt'st gerne ein bißchen was? Wie ist's damit?«

Eine Anzahl von Spielern sah jetzt herüber und lachte. Turp grinste ihnen selbstgefällig zu. Er genoß es, daß man ihm zuhörte. So schnell wollte er diesen Genuß nicht aufgeben.

Prew war noch immer ruhig. Gegen seinen Willen war er rot geworden und verfluchte sich dafür.

Turp lachte von neuem. Wieder zwinkerte er seinen Zuhörern zu. Was nun kam, würde wirklich gut sein. Paßt mal genau auf. Mit jedem Stoß seines nervösen Lachens stieß seine lange knochige Nase fast in Prewitts Gesicht. Sein Grinsen zog die langen Ecken seines kinnlosen Mundes in die Höhe und verwandelte sein Gesicht in eine Reihe scharf gewinkelter Vs. Die untertänigen trüben Augen bekamen eine glänzende Intensität, als wären sie plötzlich aufleuchtende Raketen. Eine obszöne Neugierde und beleidigendes Lachen lag in ihnen. Turp wuchs über sich selbst hinaus, wenn er Zuhörer hatte. Nun paßt mal genau auf.

»Hm«, räusperte er sich mit einem Zwinkern zu seinen Zuhörern. »Mein lieber Freund, ich sag dir eins. Wenn du's mit ihr machst, so wie sie es will, dann brauchst du überhaupt kein Geld zu leihen. Dann macht sie's dir ganz umsonst. Und nimmt dich vielleicht in Pflege. Na, wie wär das, he?«

Die Zuhörerschaft brüllte vor Lachen. Turp war in Hochform. Sogar die Würfel hörten auf zu rollen.

»Wie ich hörte, sucht man so was wie dich«, hüstelte Turp. »Wie wär's damit? Niemand weiß, ehe er's nicht versucht hat. Vielleicht hast du dein ganzes Leben lang was versäumt. Wie ich höre, machen sie in Hollywood ne Menge Geld damit. 'n bißchen Kleingeld kann man immer brauchen, was? Vielleicht macht's dir Spaß, wer weiß?

Hm, schaut ihn euch an. Er wird rot. Schaut ihn euch an, Jungens. Mein Gott, er wird wirklich rot. Willst du wirklich noch immer Geld leihen, Prewitt? Oder machst du dich nur lustig über mich? Vielleicht brauchst du's jetzt gar nicht mehr.«

Prew blieb still, aber es fiel ihm nicht leicht. Er mußte den Mund halten, wenn er das Geld bekommen wollte. Und Turp hatte Geld. Turp verdiente Geld. Er hatte einen Schuppen der G-Kompanie geleitet, als O'Hayer gerade begann. Aber O'Hayers Aufstieg war meteorhaft gewesen, und er war weiter gekommen als alle anderen. Dafür haßte und fürchtete Turp den Spieler mit einer hinterhältigen, langnasigen Unversöhnlichkeit. Trotzdem nahm er die kleinen Gewinne, die er beim Geldverleihen machte, und die großen, die der Schuppen abwarf, um die Mitte jeden Monats hinüber zu O'Hayer und verlor sie dort im Poker. Wenn der Andrang des Zahltages vorüber war und sein eigener Schuppen geschlossen, nahm er am Spiel der Gewinner teil, wild wettend, nervös fluchend, immer verlierend. Es war, als wäre der sterile Boden Mississippis in sein Blut eingedrungen und hätte ihn selbst zum Objekt seines eingewachsenen mißtrauischen Hasses gemacht, daß er, um Turp daran zu hindern, Thornhill zu betrügen, wie ein Wilder jeden Cent wegwerfen mußte, den er verdiente. Und am Ende erntete der verhaßte O'Hayer kühl und berechnend und unpersönlich jeweils die Gewinne aus Turps Schuppen zu seinen eigenen.

Turp gab ihm schließlich die zwanzig Dollar nach einer Pause, in der weiße Linien des Mißtrauens sich um seinen Mund legten und sein Lachen durchschnitten, während er versuchte, die tausend Möglichkeiten zu erraten, die diesem anscheinend ehrlichen Menschen offenstanden, wollte er ihn betrügen. Oh, er sah zwar anständig aus, aber man war nie sicher, und Turp Thornhill konnte ein paar Geschichten erzählen. Er hatte gelernt, einen Menschen nicht nach seinem Aussehen zu beurteilen. Er war wie Diogenes. Nie hatte er einen wirklich ehrlichen Menschen getroffen. Nie würde er einen treffen. Nachdem er ihn beleidigt und lächerlich gemacht, ihn verdächtigt und gequält hatte (indem er zu verstehen gab, er könne es sich nicht erlauben, ihm das Geld zu leihen), gab er ihm großzügig die ganzen zwanzig Dollar, die er verlangt hatte, zu zwanzig Prozent, mit der ausdrücklichen Warnung, ja nicht den Versuch zu machen, ihn mit irgendwelchen frechen Tricks zu hintergehen.

Während Prew, die zwanzig Dollar in der Tasche, sich für die Stadt fertigmachte, fühlte er noch immer die Erniedrigung von Turps faulem Atem, den keine Dusche herunterwaschen konnte, auf sich. Er fragte sich, was schlimmer war, mit Turps stinkiger Mississippi-Nase gestoßen zu werden oder sich von Galovitchs Speichel besprühen zu lassen. Das war schon ein feiner Verein. Ein schönes Zuhause hatte man hier. Auch wunderte er sich, während er sich ankleidete, über die Erniedrigung, die Männer um einer Frau willen ertragen und die sie für nichts anderes auf sich nehmen würden, nicht einmal um ihren Ehrgeiz zu befriedigen.

21

Milt Warden, der sich überlegte, ob er aufhören sollte zu spielen, dachte fast ebenso erstaunt über die gleiche Sache nach. Nur, daß es sich bei ihm um eine andere Frau handelte.

Vielleicht kam es daher, daß er Karen Holmes an diesem Abend im Moana treffen wollte, dachte er, aber jedesmal, wenn er von den Karten aufsah, fiel sein Blick auf das zerschlagene, robuste Gesicht Maylon Starks. Jedesmal packte ihn eine Art ungläubigen Erschrekkens, wie es einen Mann erfaßt, der auf seinen eigenen abgerissenen Arm schaut, der neben ihm im Schützengraben liegt. Dieses Gesicht war eine Beleidigung, und was schlimmer war, es ruinierte sein Spiel. Denn er konnte nicht aufhören, es zu betrachten. Zwei der letzten drei Runden, die er verloren hatte, hätte er eigentlich gewinnen müssen. Seine Blicke saugten sich an diesem Gesicht fest, dessen Augen und Lippen ebenfalls Karen Holmes liebkost hatten. Wenn sie sich hingab, versank sie in eine todesähnliche Trance, an die er sich klar erinnerte. Zweifellos erinnerte sich auch Stark deutlich dieser Versunkenheit, denn es stand außer Frage, daß er bei ihr geschlafen hatte, verdammt noch mal. Wie man es auch drehte und wendete, es war kein Wunschtraum gewesen, wenn auch Stark nichts mehr erwähnt hatte. Starks Einbildungskraft war nicht so groß, daß er die Gebilde seiner Phantasie als Wirklichkeit akzeptierte. Und offensichtlich hatte er es auch niemand anderem gegenüber erwähnt. Sonst wäre es längst herumgekommen. Andererseits war Stark kein Prahler, der eine Stütze für sein Selbstbewußtsein brauchte. Nein, dachte er, und der Gedanke schmerzte ihn bis in die Hoden, es gab keinen Zweifel. Man konnte es nicht wegerklären. Das Schlimmste aber war, daß man dann auch anderen Gerüchten über sie Glauben schenken mußte, über sie und Champ Wilson, sie und den verdammten Schwulen Henderson, sie und möglicherweise sogar O'Hayer. Er sah O'Hayer an. Sie hatte allerdings gesagt: »Ich wußte nie, daß es so sein kann.« Daran erinnerte er sich genau. »Ich wußte nie, daß es so sein kann.«

»Gib mir keine mehr«, sagte er zu dem Kartengeber, »damit ich in ein Spiel einsteigen kann, wo was geschieht. Hier sind siebenundneunzig Dollar in Silber. Ich hab sie schon gezählt.«

Der Kartengeber grinste. »Hast du was dagegen, wenn ich sie auch zähle, Milt?«

»Natürlich nicht, ich wollte dir nur sagen, daß ich sie gezählt habe.«

Der Kartengeber lachte herzhaft.

»Nimm meins auch«, gähnte O'Hayer. »Ich hör ne Weile auf und sehe, wie der Laden läuft. Schieb's zu den anderen in die Schublade. Ich nehm's später wieder raus.«

»O. K., Chef«, sagte der Kartengeber, der ein Feldwebel war. Er schob Warden seine Scheine zu und legte O'Hayers Geld in die Schublade, die schon voll war mit den roten Chips und Silbermünzen, die er als O'Hayers Anteil bereits einkassiert hatte.

»Es ist noch genauso da, wenn du wiederkommst, Jim«, versprach der Kartengeber treu und stolz. Warden beobachtete ihn. Mit ausdruckslosen Augen ließ er eine Zehndollarnote von O'Hayers Geld in der rechten Hand verschwinden, während er mit der linken zu geben fortfuhr, indem er die Karten mit dem Daumen vom Blatt schob. Dann brachte er die rechte Hand zurück ins Spiel. In ihrer Innenfläche hielt er noch immer den gefalteten Zehner. Als er fertiggegeben hatte, griff er mit der rechten Hand in die Hemdtasche, um eine Zigarette herauszuholen.

Warden sah O'Hayer an. Der stand da und streckte sich, nachdem er seinen teuren Augenschirm an einen Nagel hinter seinen Platz gehängt hatte. Warden zündete sich eine Zigarette an und hielt grinsend dem Kartengeber das brennende Streichholz hin. Dieser erwiderte sein Grinsen nicht, sondern sah über das Streichholz hinweg mit ausdruckslosen Augen durch ihn hindurch.

Warden lachte und warf das Streichholz weg, folgte dann O'Hayer nach draußen. Rauchend und die frische Luft einsaugend standen sie nebeneinander. O'Hayer, still und irgendwie mathematisch verschlossen, starrte gleichgültig auf die dünn mit Rost überzogenen Eisenbahnschienen.

Warden, der eigentlich die Absicht gehabt hatte, zur Kaserne zu gehen, blieb rauchend neben ihm stehen. Es fiel ihm ein, daß dieser Augenblick so gut wie irgendein anderer war, um die übliche Nadel in dieses dicke Fell zu stecken. Zunächst wollte er aber sehen, ob er es nicht fertigbringen konnte, daß dieses einzige Mal wenigstens die automatische Rechenmaschine das erste Wort sagte.

»Küche muß ganz gut gehn, nachdem Preem weg ist«, sagte O'Hayer schließlich. Es war eine gleichgültige Bemerkung, die er dem Hauptfeldwebel gegenüber machte. Man hatte den Eindruck, daß er überhaupt nichts gesagt hätte, wenn es irgendein anderer gewesen wäre. Immerhin hatte er gesprochen.

»Bestimmt«, sagte Warden, der sich insgeheim gratulierte. »Ich wollte, alles andere wäre genauso gut in Schuß.«

»So?« sagte O'Hayer kühl. »Macht dir Mazzioli Schwierigkeiten?«

Warden grinste. »Wer sonst? Wie geht's bei dir? Wie weit bist du mit den neuen Seitengewehren? Wieviel hast du ausgegeben?«

»Ach, die«, sagte O'Hayer und hob seinen Kopf. Seine kühlen Augen gaben die Betrachtung der Schienen auf, um Warden zu studieren. »Geht alles fein, Spieß, habe Leva instruiert, wie es gemacht werden soll. Wenn ich mich recht erinnere, hat er bis jetzt ungefähr die Hälfte von den verchromten gegen die schwarzen ausgetauscht. Die überzähligen verchromten hat er zurückgehen lassen. 's ist nur eine Frage der Zeit«, sagte er.

»Wieviel Zeit?«

»Zeit«, sagte O'Hayer leichthin, »einfach Zeit. Leva hat sehr viel zu tun, das weißt du ja. Willst du vielleicht sagen, daß es zu langsam geht?«

»Aber natürlich nicht«, sagte Warden. »Der Rest des Bataillons hat den Austausch erst vor zwei Wochen beendet und die überzähligen zurückgegeben. Du liegst ungefähr richtig.«

»Weißt du was, Spieß«, sagte O'Hayer, »du regst dich zu sehr über Kleinigkeiten auf.«

»Und du regst dich nicht genügend auf, Jim«, sagte Warden. Wieder hatte er, wie immer bei O'Hayer, leidenschaftslos den Wunsch, ihn plötzlich anzugreifen und zu Boden zu schlagen, nicht etwa, weil er ihn nicht mochte, sondern einfach um zu sehen, ob in diesem Räderwerk überhaupt irgendwelche Gefühle steckten. Eines Tages werde ich es tun, sagte er sich. Eines Tages denke ich einfach nicht darüber nach, sondern tu es. Dann können sie mich absägen. Ich werde glücklich und zufrieden wieder Schütze Arsch im letzten Glied sein, werde keine Sorgen haben, nichts tun als mich besaufen, ein Gewehr herumschleppen und eben glücklich sein. Eines Tages werde ich's tun.

»Es lohnt sich nicht, sich aufzuregen«, erklärte O'Hayer. »Dann vergißt man einiges, Spieß. Wichtige Dinge. In der Aufregung.«

»Du meinst zum Beispiel die Beziehungen zwischen dem Regimentsstab und dem Spielschuppen? Oder die kleinen, aber wichtigen Ansichten von Hauptmann Holmes?«

»Das habe ich nicht gerade gemeint«, sagte O'Hayer. Er grinste. Sein Grinsen bestand darin, daß er die Backen spannte, was die Mundwinkel in die Höhe zog und die Zähne sichtbar werden ließ. »Aber wenn du's schon erwähnst, ja, ich glaub schon, das ist ein gutes Beispiel.«

»Wenn du mir Angst machen willst, dann ist das nicht nur zwecklos, sondern auch lächerlich«, sagte Warden. »Jeden Abend bitte ich Gott darum, daß ich am nächsten Zahltag nur noch dreißig Dollar bekomme.«

»Ja, wir Unteroffiziere haben alle eine schwere Verantwortung«, sagte O'Hayer voller Sympathie. »Sieh mich an.« Er machte eine Handbewegung nach dem Schuppen.

Was nützt es? fragte sich Warden. Man konnte nicht mit ihm reden. Die einzige Art, in der man mit ihm sprechen konnte, war die, sich gehenzulassen und wütend zu werden so wie damals in der Kammer, und selbst das führte am Ende zu nichts. Er konnte die Spiegelfechterei ruhig aufgeben.

»Hör mal zu, Jim«, sagte er. »Wir werden bald eine Menge ähnliche Sachen zu tun haben wie diesen Bajonettaustausch. Sehr bald werden wir die neuen M-1-Gewehre bekommen, und in Benning wird gerade ein neuer Helm ausprobiert. Wir bereiten uns auf den Krieg vor, und das wird eine Menge Änderungen geben, und zwar nicht nur in der Ausrüstung, sondern auch in der Verwaltung. Ich werde alle Hände voll zu tun haben mit der Schreibstube und meinem Aktenkram. Ich werde dann nicht auch noch die Kammer besorgen können.«

»Ich und Leva machen das schon«, sagte O'Hayer, noch immer unberührt. »Bisher hat sich noch keiner über meine Arbeit beklagt. Nur du. Meiner Meinung nach leisten Leva und ich gute Arbeit. Meinst du nicht, Spieß?«

Aha, dachte Warden. Das war der Augenblick, in dem er die Spritze in die Höhe hielt und die Flüssigkeit durch die Nadel drückte, um sicherzugehen, daß sie richtig funktionierte.

»Was würdest du tun«, fragte er, »wenn Leva sich versetzen läßt?«

O'Hayer lachte. Es war wie mit seinem Lächeln. »Jetzt willst du mir Angst machen, Spieß. Du weißt, daß Dynamit Levas Versetzung niemals genehmigen würde. Ich schäme mich für dich, daß du solche Tricks anwendest.«

»Wie wär's, wenn die Versetzung vom Regiment befohlen wird, von Oberst Delbert?« grinste Warden.

»Dynamit würde natürlich gleich zu ihm gehen und ihn aufklären, das wäre alles. Das weißt du doch selbst, Spieß.«

»Nein, ich weiß es nicht«, grinste Warden. »Und anscheinend kennst du Dynamit nicht, wenn du denkst, er wird seine Beförderung aufs Spiel setzen und sich mit dem Großen Weißen Vater rumstreiten.«

O'Hayer schaute ihn kühl an. Warden konnte fast sehen, wie die Räder in diesem Werk sich drehten.

»Leva«, grinste Warden gemütlich, »hat die Sache mit der M-Kompanie besprochen, Jim. Die wollen ihn als Kammerunteroffizier. Er braucht sich nur versetzen zu lassen, und er bekommt die Stelle. Der Kompanieführer der M-Kompanie braucht ihn so dringend, daß er sich mit seinem Bataillonskommandeur in Verbindung gesetzt hat. Und der ist kein Hauptmann, sondern ein Oberstleutnant und hat die Sache schon mit Delbert besprochen, Jim.«

»Danke für den Tip«, sagte O'Hayer. »Ich werde mich drum kümmern.«

»Das ist kein Tip«, grinste Warden. Das macht dir Spaß, nicht wahr, dachte er. Was bist du doch für ein Scheißkerl. »Ich hätte dir nichts gesagt, Jim, wenn es nicht schon zu weit fortgeschritten wäre für dich und Dynamit. Leva ist ein guter Mann. Ich bin gemein, aber so gemein denn doch nicht. 's ist nur eine Frage der Zeit, Jim«, grinste er.

O'Hayer sagte gar nichts.

»Deshalb ist es auch kein Tip. Jetzt will ich dich nur um einen Gefallen bitten. Einen persönlichen Gefallen. Würdest du Dynamit bitten, dich als Kammerunteroffizier abzulösen? Du kannst ihm sagen, daß es dich langweilt. Er soll dich als überzählig im allgemeinen Dienst führen und Leva deinen Posten in der Kammer geben. Du würdest mir damit einen persönlichen Gefallen tun. Du verlierst nichts, und ich behalte Leva.«

O'Hayer sah ihn nachdenklich an. Die Räder in seinem Gehirn klickten leise. Ohne jede Erregung rechnete er.

»Mir gefällt's, wo ich bin«, sagte er schließlich. »Ich sehe keinen Grund, warum ich mich ablösen lassen soll, nach dem, was du mir gesagt hast. Der Alte könnte auf den Gedanken kommen und mich mit der Kompanie exerzieren lassen, wenn er mich als überzählig führt. Ich bin gerne Kammerunteroffizier.«

»Wenn Leva sich versetzen läßt, ist's aus mit dir, Jim.«

»Vielleicht läßt er sich nicht versetzen.«

»Doch.«

»Vielleicht nicht«, sagte O'Hayer von neuem. Seine Stimme schien eine versteckte Drohung zu enthalten, als wisse er mehr, als er sagte.

»Schön«, sagte Warden. Na, dachte er, es hat also nicht funktioniert. Er warf seine Zigarette auf den Bahndamm und sah, wie die schwache Glut in der zunehmenden Dämmerung zerspritzte.

Er wandte sich um und ging, glücklich vor sich hingrinsend, weg. Ehe er um die Ecke bog, sprach er über die Schulter hinweg zu O'Hayer, der ihm unbewegt nachschaute.

»Weißt du, Jim«, sagte er, »eine ganze Weile habe ich geglaubt, daß du was ganz Seltenes bist, nämlich ein Mensch ohne jedes Gefühl. Einer von denen, die alles auf ganz natürliche Weise bekommen, weil sie keine Angst davor haben, kaltblütig zu riskieren oder auch kaltblütig zu verlieren, was sie besitzen. Romantisch, was?«

Als er um die Ecke ging, sah O'Hayer ihm noch immer nach, noch immer unbewegt, das Räderwerk ganz offensichtlich noch immer in guter Ordnung.

Gut also, es hatte nicht funktioniert. Vielleicht hätte Dynamit ihm wirklich den Gefallen getan. Der Große Jim bedeutete ihm viel, nicht nur als Boxer. Vielleicht hätte er ihn wirklich als überzählig geführt, wer konnte das wissen? Bestimmt hätte Dynamit ihn nicht degradiert.

Andererseits hätte er ihn vielleicht versetzen lassen. Vielleicht zur Stabskompanie, wo man arbeiten mußte. Oder vielleicht hätte Dynamit ihn einfach dazu gezwungen, hier etwas zu tun, obwohl er weiß Gott erst ausgebildet werden mußte, ehe man ihm eine Kammer anvertrauen konnte. Vielleicht hätte er ihn auf eine Schule geschickt.

Dynamit hätte dies alles tun *können*, wenn O'Hayer ihn darum gebeten hätte, abgelöst zu werden. Warden hatte gehofft, er würde darauf eingehen. Vielleicht hatte der Rechenautomat O'Hayer alles richtig ausgerechnet. Vielleicht hatte er wirklich keine Angst.

Immerhin war es auch möglich, daß Dynamit ihn wirklich als überzählig mitgeschleppt hätte. Vollkommen möglich. Und Warden zog es vor zu glauben, daß Dynamit tatsächlich so gehandelt hätte und der Rechenautomat sich irrte und nur Angst hatte, seinen Druckposten zu verlieren, wie wir gewöhnliche Sterbliche auch. Vielleicht hätte Dynamit ihn nicht als überzählig geführt, aber Warden glaubte lieber, daß er's getan hätte. Es machte ihn froh, das zu glauben.

Fröhlich ging er hinüber zur Kaserne, um zu duschen und sich anzuziehen und in die Stadt zu gehen. Irgendwo würde er etwas trinken oder vielleicht einfach im Geschäftsviertel herumlaufen, nicht draußen in Waikiki, sondern im Geschäftsviertel, zwischen den Bars und Schießbuden und Bordells, und auf den Augenblick warten, in dem er Karen Holmes im Moana in Waikiki treffen würde. Sein Unterhemd und sein Hemd waren vom Spielen völlig durchgeschwitzt. An der Treppe blieb er stehen, hob seinen Arm und brachte seine Nase an die Achselhöhle, atmete tief den salzigen Männergeruch ein, der von ihm ausging. Er spürte, wie seine Brust sich in Männlichkeit weitete, spürte die harte, säulenartige Schönheit seiner Schenkel und die schlanke, muskulöse Schönheit seiner Hüften und Lenden. Er war Milt Warden, und er würde heute abend Karen Holmes in der Stadt treffen. Plötzlich aber konzentrierten sich die Augen in seinem Inneren, die gar nicht seine Augen waren, auf das robuste, zerschlagene Gesicht Maylon Starks. Er richtete sich auf. Vom Mannsgeruch wurde ihm plötzlich übel. Mit der Faust schlug er gegen die Wand, schlug mit steifem Gelenk und hartem Vorderarm wie ein Boxer gegen die Stelle, an der geisterhaft Maylon Starks robustes, zerschlagenes Gesicht zu hängen schien. Dann ließ er die schmerzende Hand fallen und ging die Treppe hinauf, um zu duschen und sich anzuziehen und Karen Holmes in der Stadt zu treffen.

Pete Karelsen war im Zimmer. Er saß auf seinem Bett und starrte mit eingefallenem Mund auf das falsche Gebiß, das auf seiner Handfläche lag und ihn angrinste. Schnell legte er es auf den Tisch.

»Was ist denn mit deiner Hand los?« wollte er neugierig wissen. »Hast du mal wieder ne Schlägerei gehabt?«

»Was ist denn mit deinen Scheißzähnen los«, sagte Warden verachtungsvoll. »Warst du wieder in einem Speisesaal?«

»Meinetwegen«, sagte Pete beleidigt, »sei nicht unverschämt. Ich wollte nur wissen, was mit deiner Hand passiert ist.«

»Meinetwegen«, sagte Warden, »sei beleidigt. Mich haben nur deine Scheißzähne interessiert.« Er fuhr fort, sein eigenes, verhaßtes Gesicht im Spiegel zu betrachten, während er sein Hemd aufknöpfte und es aus der Hose zerrte.

»Immer freche Bemerkungen machen«, sagte Pete. »Immer jemand aufziehn. Ich hab nur eine ganz harmlose Frage gestellt. Du mußt nicht gleich mit Beleidigungen um dich schmeißen. Du mußt nicht so rotznäsig sein.«

Warden fuhr, ohne zu antworten, fort, sich im Spiegel zu betrachten. Er hatte sein Hemd aufgeknöpft, zog es aus und ließ es auf das Bett fallen. Schweigend öffnete er sein Koppelschloß.

»Was hast du vor?« fragte Pete im Gesprächston, »gehst du in die Stadt?«

»Nein, ich will rüber zu Choys gehen. Deshalb ziehe ich Zivil an.«

»Schön. Geh zum Teufel.«

»Ich geh zu Choys und besauf mich auf Teufel komm raus.«

»Ich hab schon dran gedacht, selbst hinzugehn«, sagte Pete. »Irgendwie habe ich keine Lust, in die Stadt zu gehn. Weißt du«, sagte er, während er heimlich nach den Zähnen auf dem Tisch sah, »'s ist immer wieder das gleiche, wenn man drüber nachdenkt. Und was hat man am Schluß davon, daß man in die Stadt gegangen ist? Einen Katzenjammer, das ist aber auch alles. Mich kotzt das allmählich an«, sagte er und warf wieder einen verstohlenen Blick auf seine Zähne. »Ich komme immer mehr und mehr dahin, daß es mir scheißegal ist, ob ich in die Stadt gehe oder nicht. Überhaupt. Dann geh ich noch lieber zu Choys.«

»Gut«, sagte Warden und wandte sich vom Spiegel ab. Er nahm das Hemd auf, zog es wieder an und begann es zuzuknöpfen.

»Gehn wir. Worauf wartest du denn noch?«

»Du meinst zu Choys? Wirklich?«

»Natürlich. Warum nicht? Wie du sagst, warum in die Stadt gehn?«

»Ich dachte, du nimmst mich auf den Arm«, sagte Pete. Er stand mit einem zahnlosen Grinsen auf, nahm sein Gebiß vom Tisch und feixte es an. »Hm«, sagte er und legte es wieder auf den Tisch.

»Du bleibst hier. Komm, Milt.«

Sie gingen durch den leeren Schlafsaal, während Warden seine Hosen aufknöpfte und das Hemd hineinstopfte, dann seine Hosen wieder zuknöpfte und die Krawatte band. Pete lief angeregt schwatzend neben ihm her.

»Wir lassen uns ne Kiste mit Büchsen kommen«, sagte er. »Vielleicht setzen wir uns heute in die Küche. Am Zahltag hab ich keine Lust, vorne zu sitzen, wo die jungen Burschen alle rumschreien. Oder vielleicht bestellen wir uns vier oder fünf Krüge und nehmen sie raus auf den Rasen. Vielleicht ist das noch besser?«

»Wenn wir in Schwung sind«, sagte Pete, als sie zur Treppe kamen, »wenn wir schon einen sitzen haben, gehn wir vielleicht rüber nach Wahiawa und machen schnell ne Nummer bei Big Sue. Dann gehn wir gleich wieder zurück. Einfach zum Spaß. Einen Augenblick«, sagte er, »ich glaube, ich hol besser meine Zähne.«

Warden blieb schweigend stehen. Er zündete sich eine Zigarette an, lehnte sich gegen das Geländer der Veranda und kreuzte seine Arme. Er erstarrte plötzlich zu einer Statue, zu granitener Unbeweglichkeit. Die obere Hälfte seines Körpers hob sich wie ein Scherenschnitt aus schwarzem Papier scharf gegen die tieferwerdende Dämmerung ab.

Als Pete zurückkam, sprach er, ohne sich zu bewegen. Der auf und ab tanzende glühende Punkt seiner Zigarette war das einzig Lebendige an ihm.

»Was bei dir nicht stimmt, Pete«, sagte die Stimme, die nicht von ihm, sondern von der Zigarette zu kommen schien, brutal, »ist einfach, daß du nicht weiter sehn kannst, als deine Scheißnase reicht. Um nicht zu denken, gibst du dich mit den unwichtigsten Einzelheiten ab, zum Beispiel damit, ob du dein verdammtes Gebiß anziehn sollst oder nicht, weil dich vielleicht ein Weib sehen könnte, genau, wie die Hausfrauen bei meinem Bruder in der Gemeinde sich schminken, ehe sie zur Beichte gehn. Wenn die ganze Welt in Fetzen fliegt, gehst du zurück und holst deine lausigen Zähne. Warum gehst du nicht in die Kirche und hältst Händchen mit dem Popen und bittest Gott um Frieden. Du bist doch jetzt in dem Alter, wo man so was tut, und du leidest an genau der gleichen Krankheit, an der die ganze Menschheit leidet.«

Pete stand da, als habe ihn der Schlag getroffen, während er im Begriff war, die Zähne in den Mund zu schieben. Er schien von der brutalen Heftigkeit des Angriffs wie festgenagelt. Sein Mund stand offen. Die Daumen, mit denen er seine Zähne hielt, waren noch immer im Mund. Entgeistert starrte er diese zweidimensionale Zinnstatue an.

»Wegen dir gibt es Nazis in Deutschland«, predigte die Stimme, die nicht Wardens Stimme war, »du wirst schuld daran sein, wenn wir hier einen Faschismus bekommen. Erst aber werden wir in den Krieg eintreten und wieder mal für die übrige Welt die Kastanien aus dem Feuer holen und den Krieg für England gewinnen. Und du hockst herum mit Mazzioli und mit den anderen ehrenwerten Schreibern und diskutierst. Ganz egal was, Hauptsache, du diskutierst. Warum organisierst du nicht nen regulären literarischen Abend jeden Dienstag, wie die irischen Damen bei meinem Bruder? Intelligenz!«

Die Statue bewegte sich, rannte zur Treppe, dann mit tanzenden Füßen die Stiegen hinunter.

»Komm schon, du dummer Trottel«, brüllte Warden. »Auf was wartest du denn noch, Himmelherrgottsakrament?«

Pete schob seine Zähne endgültig ein und schloß die Kiefer, um sie festzuklemmen. Verstört schüttelte er den Kopf.

Sie gehörten zu dem knappen Dutzend Unteroffizieren, die das Vorrecht hatten, in Choys Küche zu sitzen und dort zu trinken. So ließen sie sich jetzt dort nieder und bereiteten sich auf das vor, was kommen würde, indem sie die Kragen unter den gelockerten Krawatten aufknöpften, die Ärmel zwei Umdrehungen hochrollten, die Füße auf Choys frisch gescheuerten Fleischerklotz stellten und dann Choy senior riefen. Er saß auf einem hohen Hocker in einer Ecke, und er sollte ihnen ihr Bier bringen. Sie wollten ein kleines Fest geben.

»He, alter Choy, du heidnischer Chinese«, brüllte Warden. »Du bring mir Bier, was? Bring mir zwei, vier, sechs Bier? Chop-chop.«

Er hielt alle zehn Finger in die Höhe, und die achtzigjährige Statue in der Ecke wurde lebendig. Zerbrechlich, mit breitem Grinsen unter dem dünnen, schütteren Haar schlurfte sie zum Eisschrank. Der alte Choy grinste immer mit Warden. Seit der junge Choy, sein ältester Sohn, das Geschäft übernommen hatte, durfte der ehrenwerte Alte nicht mehr in die Wirtschaft gehen. Dort waren die Gäste, und dort stand, inmitten des lauten Zahlungstrubels, Choy junior. Der alte Mann, der tagein tagaus in seinem schwarzen Käppchen und in der langen gestickten Robe, die Choy junior schlecht fürs Geschäft nannte (er hatte den Ahnenkult gegen amerikanische Geschäftsethik eingetauscht), in der Küche hockte, liebe Warden, weil Warden gerne in die Küche kam und Bier trank und den alten Mann neckte. Er tat das immer, wenn er deprimiert war.

»Huba, huba«, brüllte Warden hinter ihm her, während er Pete zuzwinkerte, »wiki-wiki, chop-chop. Füße deine kleben Boden, alter Geißbock. Ich bin in Eile, alter Herr, du besser rennen.«
Der alte Choy erschien schwankend mit einem Arm voll Bierbüchsen beim Fleischerklotz.
»Du alter Geißbock, alter Choy«, grinste Warden. »Geißbock, verstehst du? Deine Mutter Geiß. Mama-San sie Geiß, verstehst du? Sie bringt dich als Geiß zur Welt. Geiß, ja? Geiß. Bähhhhh.« Er legte die Finger unter sein Kinn und wackelte mit ihnen.
Der alte Choy stellte das Bier auf den Klotz. Seine mandelförmigen Augen waren zu hellen Schlitzen zusammengekniffen, und er kicherte mit großer Fröhlichkeit darüber, daß Warden ihn einen Geißbock nannte.
»Kein Geißbock«, kicherte er. »Du Geißbock, Warden.«
Warden packte eine leere Bierbüchse. Seine hellen Augen tanzten in dem großen, breiten Gesicht. In blendenden Strahlen strömte Kraft von ihm aus. Aus dieser Sache wollte und würde er ein Fest machen.
»Schau, alter Geißbock«, brüllte er wild. Mit einer einzigen Bewegung drückte er die Büchse ein, indem er seinen Daumen gegen den Rand preßte. »Kannst du das nachmachen? Kannst du Büchse flachdrücken? Du mich noch einmal Geißbock nennen und ich dich flachdrücken. So, verstehst du?«
Er nahm eine andere Büchse und tat das gleiche, tat es in einem plötzlichen Anfall von Brutalität mit allen, die auf dem Klotz standen. Mit bösartiger Leichtigkeit quetschte er sie über den Daumen zusammen und warf sie dann über seine Schulter in den Mülleimer.
»Siehst du, so. Siehst du, so. Besser, dich nix mit mir einlassen, alter Geißbock.« Der Chinese stand vor ihm. Er grinste über das ganze ausgemergelte Gesicht. Seine Schultern wurden von Kichern geschüttelt. Sein Kopf wackelte vor Altersschwäche.
»Bringe Bier«, sagte der alte Choy. Mit entzücktem Grinsen streckte er die Hand aus. »Ich bringen Bier. Du zahlen jetzt.«
»Haha«, lachte Warden. »Hoho. Ich können nicht zahlen. Ich haben kein Geld.« Er streckte seine Hand zur alten Armeegeste in die Höhe, den Mittelfinger ausgestreckt, die anderen Finger geschlossen, während Daumen und Zeigefinger sich wiederholt zusammenpreßten.
»Du bringen Weib, dann ich zahlen.«
Wieder machte er unter Choys Nase das alte Armeezeichen für Weib.

»Du spielen, Warden«, sagte Choy kichernd, »nicht zahlen. Mit Weib du spielen.«

Warden nahm seine Brieftasche heraus und gab ihm eine Banknote. »Du schlau wie Fuchs, alter Geißbockmann. Du haben viel, viel Geld. Dein Sohn verdienen Million Dollar.«

Der alte Chinese lachte geschmeichelt, tätschelte Wardens große, dicke Schulter mit seiner feinknochigen, fast durchsichtigen Hand und schlurfte mit der Banknote zur Vordertür. Leise rief er seinem Sohn auf chinesisch zu, in die Küche zu kommen, um das Geld zu holen. Dann kam er mit dem Wechselgeld zurück. Er grinste noch immer. Ununterbrochen wanderten seine hellen, alten Augen hin und her. Vorsichtig kletterte er auf seinen hohen Hocker, um von dort aus zu sehen, was geschah.

»Gut«, seufzte Pete. Er wischte sich mit dem Handrücken den Schaum von den Lippen. Dann zwickte er mit Daumen und Zeigefinger einen kleinen Schaumfleck von seiner Nase und schleuderte ihn auf den Zementboden. »Ah, gut«, sagte er. »Mensch, das tut gut.«

Pete hatte traurig den Ritus, der jedem derartigen Gelage vorausging, beobachtet. Vom Gipfel seiner zweiundzwanzig Dienstjahre sah er darauf herab. Nun begann er mit seinem eigenen Ritus.

»Erinnerst du dich noch an das alte Bijou-Theater in Coconut Grove, Milt?« sagte er traurig. »Ich möchte wissen, ob das noch existiert nach so vielen Jahren.«

»Bestimmt«, grinste Warden, der auf seinem Stuhl hin und her schaukelte. »Das Red Dog Theater in der Balboa Street. Wahrscheinlich hat man das geschlossen, nachdem die ganze Gegend hochmoralisch geworden ist. Wenn's noch nicht soweit ist, wird's bald soweit sein; da brauchen bloß diese unverdorbenen Jungfrauen zu kommen. Die zukünftigen Heldenmütter werden dann die ganze Armee auf Kriegsdauer moralisieren. Erinnerst du dich noch dran, was im letzten Krieg aus Storyville geworden ist?«

»Wahrhaftig«, sagte Pete traurig. »New Orleans ist nie mehr geworden, was es gewesen ist. Selbst der alte Markt wurde abgerissen und ein neuer gebaut, der hygienisch ist. Wußtest du das, Milt?«

»Natürlich«, sagte Warden gleichgültig. Dieses Wiederkauen alter Erinnerungen untergrub seine Kraft. Er öffnete sich eine frische Büchse, um der Kraft neue Zufuhr zu geben.

»Du hast recht«, sagte Pete. Mit großer Rührung blickte er in eine Ecke. »Colon. Balboa. Panama City. Wache schieben an den Schleusen. Coconut Grove. Das alte Bijou-Theater mit nichts als geilen Filmen. Wochenschau, Trickfilm und Hauptfilm. Da hab ich ein paar von den besten Bildern meiner ganzen Sammlung her. Wie sich die Zeiten geändert haben, Milt. Erinnerst du dich? Höher als im Parterre hatte die Militärpolizei nichts zu sagen. Und wenn dich eine Nutte in den zweiten Stock schleppte, konntest du dein Testament machen. Fünfzig zu fünfzig, daß man dich als Leiche aus dem Fluß zog. Damals gab's noch Männer.«

»Wenn sie dich mit deiner Sammlung erwischen«, neckte Warden ihn, »kannst du auch dein Testament machen. Fünf Jahre stehen drauf und Ausschluß aus der Armee, Pete.« Er hatte das alles schon so oft gehört. Es tötete das Kameradschaftsgefühl. Dafür stellte sich der harte Widerwillen erneut ein. »Wäre das nicht traurig«, stichelte er, »wo du nur noch sieben Jahre abzukloppen hast, bis du deine Schaukelstuhlrente bekommst?«

»Einmal hab ich 'n Mädchen mit ins Bijou genommen«, erinnerte Pete sich gerührt. »Kannst du dir so was vorstellen? Aber damals war ich 'n junger Esel. 'n Draufgänger.«

»Wieviel Büchsen Bier hast du schon getrunken, Pete?«

»Nur vier. Bis jetzt. Warum? Das Mädchen war die Tochter eines Pflanzers, verstehst du? Ihr Vater hatte ungefähr fünfhundert eingeborene Arbeiter, und sie führte 'n sehr behütetes Leben. Sie war ne sehr moralische junge Dame, Milt. Ich lud sie erst zu nem erstklassigen Abendessen ein und brachte sie dann ins Bijou. Das war 'n harter Schlag für sie, aufgeklärt zu werden. Hat's aber gut überstanden. Hat mich richtig gerne gehabt danach.« Er nahm eine neue Büchse Bier.

»Na«, sagte Warden, »mach weiter. Erzähl schon den Rest.«

»Das war alles«, sagte Pete.

»Das letzte Mal hast du's anders erzählt.«

»Nun«, sagte Pete, noch immer sehr gerührt. »Was glaubst denn du? Damals war ich eben in ner andern Stimmung.«

»Ach«, sagte Warden. »So ist das also? He, alter Choy, bring mir Bier für Kameraden, oder Papa Choy kriegen Bart gerissen von Gesicht, was?«

Choy erhob sich und wankte grinsend zum Eisschrank.

»Warum läßt du den alten Gaga nicht in Ruhe?« fragte Pete, noch immer sehr bewegt. »Warum läßt du ihn nicht in Frieden sterben? Wo er doch alt und überflüssig ist?«

»Ich laß ihn ja in Ruhe. Er und ich, wir verstehen uns, was, alter Choy?«

»Du bezahlen«, grinste der alte Choy, während er die Büchsen hinstellte. »Du zahlen, Warden.«

»Siehst du?« sagte Warden.

»Niemand kann mehr etwas mit ihm anfangen«, sagte Warden, während er wiederum eine Banknote herausnahm. »Ihm gehört das Geschäft, aber sein ältester Sohn leitet es, kassiert das Geld und gibt ihm 'n Taschengeld und sagt ihm, was er zu tun hat. Nun, ich bin der Hauptfeldwebel, und jeder sagt mir, wie ich meine Kompanie zu führen habe. Ich hab die Litzen und werd entsprechend bezahlt, und die sagen mir, wen ich zu befördern habe und wen nicht, und wie alles gemacht werden soll. Ich und der alte Choy, wir verstehen uns.«

»Ja«, sagte Pete, »dir spielen sie bestimmt arg mit, was?«

»Natürlich. Selbst Mazzioli will mir erzählen, was ich in der Schreibstube zu tun habe. Komm, gehn wir. Wie spät ist es?«

»Acht Uhr. Aber warum? Es fängt gerade an, mir Spaß zu machen«, protestierte Pete.

»Klar. Und wenn wir noch länger hierbleiben, wirst du noch in dein Bier reinheulen.«

»Du verstehst das eben nicht«, sagte Pete und fiel zurück in Rührseligkeit. »Was ich gesehn habe, was ich getan habe, ist alles vorbei. Das alles existiert überhaupt nicht mehr.«

»Klar«, sagte Warden, »das ist es gerade, ich weiß schon. Komm jetzt um Gottes willen. Komm. Ich halt's nicht länger aus. Du machst mich fertig.«

»Aber du verstehst's eben *nicht*«, sagte Pete. »Wohin sollen wir gehen?«

»Nach vorne«, sagte Warden. Er ging vor Pete her zur Küche hinaus und um das Gebäude herum zur Vorderseite, so daß niemand sie herauskommen sah, weil es gegen die Vorschriften verstieß.

Es war nicht mehr das gleiche. Man konnte alles tun, wie man es früher getan hatte, aber es war nicht mehr das gleiche.

Häuptling Choate saß an seinem Ecktisch. Sie setzten sich zu ihm und bestellten von neuem Bier. Bald kam noch der Hauptfeldwebel der K-Kompanie hinzu, der gerade mit einem kleinen Gewinn in der Tasche O'Hayers Schuppen verlassen hatte. So bildeten sie zu viert eine feste kleine Gruppe von Veteranen inmitten des verrauchten Raumes, der voll von schreienden, singenden, Witze machenden jungen Leuten war. Ruhig und würdig saßen die viere in ihrer Mitte und sprachen über die alte Armee. Der Häuptling erzählte wieder einmal die Geschichte, als er auf Posten stand auf den Philippinen und einen schwarzen Eingeborenen mit der Frau des Obersten in einer Kutsche überraschte, in völlig unzweideutiger Stellung.

»Hast du's *gesehn?*« sagte Warden. »Hast du's wirklich *gesehn?* Oder hast du nur 'n Verdacht?«

»Gesehn«, sagte der Häuptling mit seiner gewichtigen Ruhe. »Glaubst du, ich würde das erfinden? So was?«

»Himmel, nein«, sagte Warden. Seine großen Schultern hoben und senkten sich nervös, und seine Blicke wanderten im Raum herum. »Wie soll ich das auch beurteilen können, zum Teufel? Was haltet ihr davon, wenn wir 'n paar Krüge bestellen und uns auf den Rasen verziehn? Dieses Scheißlokal macht mir ne Gänsehaut.«

Sie blickten auf den Häuptling. Er mußte zustimmen, denn es war sein Tisch, den er nur selten verließ.

»Ich hab nichts dagegen«, sagte der Häuptling. »Am Zahltag gefällt's mir hier auch nicht.«

»Ich kann's aber einfach nicht glauben«, sagte Warden, als sie durch die Einfahrt gingen. »Wahrscheinlich hast du diese Geschichte irgendwo gehört. Irgend so 'n Schweinehund hat sie erfunden, und du hast sie erzählen hören, und mehr ist nicht dran.«

»Das ist mir scheißegal, was du denkst«, sagte der Häuptling. »Ich weiß, was ich gesehn habe. Was hast du denn?«

»Nichts hab ich. Warum soll ich was haben?«

Der Häuptling zuckte die Schultern. »'s ist besser hier draußen«, sagte er. »Bedeutend besser.«

Und es war wirklich hübscher. Mit gekreuzten Beinen ließen sie sich mit den Krügen, die sie mitgebracht hatten, auf dem spärlichen Gras nieder. Die klare Luft war leicht und rein nach dem betäubenden Durcheinander und dem dicken Rauch in Choys Restaurant. Der Kasernenhof war übersät mit Gruppen von Biertrinkern. Ihre Unterhaltung floß zu einem angenehmen, insektenartigen Summen zusammen, das hier draußen nichts Ohrenbetäubendes an sich hatte. Ab und zu stieg aus dem Summen ein scharfes und helles Lachen auf, und über die Schultern der anderen hinweg schienen ihnen die Sterne zuzublinzeln. Die Streitereien, die hier draußen aufflammten, waren weit von ihnen entfernt, nicht mehr in ihrer unmittelbaren Nähe. Gerade kam der große, warme, halbtropische Mond herauf, ließ die Sterne um sich herum erblassen, erfüllte die klare Luft mit dem Gold eines greifbar pulsierenden Lebens, malte neue harte Schatten auf den Boden in den unperspektivischen Flächen und Winkeln eines Kubisten.

Pete und der Häuptling begannen eine Debatte über die gegenseitigen Vorzüge der Philippinen und Panamas, zählten Vor- und Nachteile auf und wogen sie gegeneinander ab.

»Ich kenne sie alle beide«, schloß der Häuptling schwerfällig. »Ich sollte es eigentlich wissen.«

Pete war unbedingt im Nachteil, denn er hatte nicht auf den Philippinen gedient.

»China«, sagte der Spieß der K-Kompanie, »China schlägt alles. Stimmt's, Milt? Dein Geld ist zehn-, zwölfmal mehr wert, ich meine umgewechselt. Ein einfacher Soldat lebt in China wie ein General. Ich lasse mich nach China schicken, sobald meine Zeit um ist in dieser verlausten Ananas-Armee. Stimmt's, Milt? Du hast in China gedient. Sag du ihnen, wie's ist.«

Warden lag lang ausgestreckt auf einen Ellenbogen gestützt, sah zu, wie der Mond heraufkam, schaute hinüber zu den erleuchteten Fenstern der Kaserne. Nur wenige Schatten bewegten sich an diesem Abend auf der Veranda. Er schüttelte sich.

»Ach, das ist doch alles ein und dasselbe. Überall ist's das gleiche. Fünf Cent hier, ein Fünfer dort.« Er setzte sich auf und legte den Arm um die Knie. »Ihr macht mich krank. Immer da sein wollen, wo ihr gerade nicht seid; sich immer wieder für ein neues Land verpflichten, das man noch nicht kennt, immer wechseln, immer schon nach dem ersten Jahr die Schnauze voll haben von dem, was man hat.

Im übrigen«, sagte er, »nächstes Jahr, wenn ihr euch neu verpflichten wollt, gibt's kein China mehr, dafür aber Japan.«

Er legte sich zurück und verschränkte die Arme unter dem Kopf. »Immerhin, in Shanghai hab ich ein weißrussisches Mädchen gekannt. Das ist das Gute an China, daß es so viele von *der* Sorte gibt. Sie war ne Herzogin oder Prinzessin. Ich glaube, ne Gräfin, jawohl, ne Gräfin. Hatte blondes Haar bis untenhin. Mensch, war die schön! Mein Gott. Die schönste Frau, die ich je gesehn habe. Auch die schärfste, die ich je gesehn habe. Ich glaube, die hätt ich heiraten sollen.«

»Mein Gott«, blinzelte Pete den anderen zu, »jetzt geht's wieder los.«

Warden setzte sich auf. »Weißt du, was du kannst? Du kannst mich am Arsch lecken. Ich scheiß drauf, ob du's glaubst oder nicht. Ihr Alter war ein Rußki, kämpfte zusammen mit dem stinkigen 27. Regiment in Sibirien und wurde von den Roten umgebracht. Das

27. Amerikanische Russische Wolfshund-Infanterieregiment. Hast du schon mal von dem gehört, du eingebildeter Trottel? Sind deine nächsten Nachbarn hier, das sind sie. Und wenn du's nicht glaubst, dann komm mit rüber und laß es dir vom Stabsfeldwebel Fisel erzählen. Der hat ihren Alten gekannt.«

»Ich weiß«, grinste Pete, »ich weiß. Trink noch was und erzähl uns die ganze Geschichte. Noch mal.«

»Du kannst mich mal, du Armloch.«

»Da kommt der Hornist«, sagte der Häuptling, und alle hörten auf zu sprechen und wandten sich um. In der Ecke des Kasernenhofes war der Hornist im Begriff, sein Horn ans Megaphon zu bringen, um das Locken zu blasen. Scharf und eindringlich kamen die komplizierten Klänge des Signals ›Licht aus!‹ Die vier Männer lagen still und versunken da, bis er geendet hatte. Traditionsgemäß gab er das Signal erst in der einen Richtung, schwang dann das Megaphon herum und gab es nach der anderen … nach Norden, in der Richtung des dritten Bataillons. Eines nach dem anderen verloschen die Lichter in den Schlafsälen um den Kasernenhof herum.

»Das wär's«, sagte der Spieß der K-Kompanie ausdruckslos und unfähig, diesen tiefen Eindruck in Worte zu fassen. »Dem Prewitt kann er aber nicht das Wasser reichen«, sagte er. »Habt ihr gehört damals, wie er den Zapfenstreich geblasen hat? Weiß Gott, ich hätte beinahe geflennt. Eine Schande, daß er ihn nicht mehr blasen kann.«

»Ja, ich hab ihn gehört«, sagte der Häuptling. »Dem haben sie übel mitgespielt. Von allen Seiten.«

»Und jetzt geht's ihm noch viel schlechter«, sagte Pete. »Jetzt wird er wirklich fertiggemacht.«

Alle folgten sie dem Hornisten vom Dienst mit den Augen, als er verschwand, sahen ihm ohne Ausdruck in ihren Gesichtern nach, unfähig, etwas zu sagen. In ihm sahen sie die Unabänderlichkeit des Schicksals, die sie wohl kannten, aber nicht beeinflussen konnten, die Unabänderlichkeit, die stärker war als Menschen, eine kosmische Kraft, die man nicht abändern konnte.

»Ja«, sagte der Spieß der K-Kompanie und stand auf, »ich glaub, ich mach einen kleinen Abstecher rüber zu Big Sue. Ich hab morgen Dienst.«

»Ich komm mit«, sagte Pete. »Leih mir fünf Dollar, Milt.«

»Aber klar«, sagte Warden, »zu zwanzig Prozent.« Alle lachten, und Warden stand mit einem vollen Krug Bier in der Hand auf.

»Reingefallen«, sagte Pete. »Ich hab Geld. Kommst du mit?«

»Bei Gott nicht«, sagte Warden verachtungsvoll. »Wenn ich dafür bezahlen muß, geb ich's auf.«

»Also ich gehe«, sagte der Spieß der K-Kompanie.

»Kommst du mit, Häuptling?« fragte Pete.

»Warum nicht?« sagte Choate. Er hob seinen ungeheuren Körper vom Boden. »Komm mit, Milt.«

»Nein. Ich hab euch ja gesagt, ich geb es auf, wenn ich's bezahlen soll.«

»Ach los, komm«, sagte Pete.

»Nein«, sagte Warden. »Verdammt noch mal, nein.«

Er nahm den vollen Bierkrug in beide Hände und hob ihn hoch in die Höhe über den eisernen Deckel eines Kanals. Das Bier schlappte in tausend Spritzern heraus, und die anderen drei Männer sprangen zur Seite. Warden blieb stehen. Er sah den Krug senkrecht fallen. Das Bier bespritzte seine Uniform und sein aufwärts gewandtes Gesicht mit kleinen Tropfen.

»Hoppla«, schrie er, als der Krug auf dem eisernen Deckel zersplitterte und das Bier ihn bespritzte.

»Du verrückter Hund«, sagte der Spieß von der K-Kompanie.

»Wir hätten's im Taxi mitnehmen können.«

Warden rieb die nassen Hände über sein bierfeuchtes Gesicht. »Laßt mich in Frieden«, sagte er durch die reibenden Hände hindurch. »Warum laßt ihr mich nicht in Frieden?«

Er wandte sich um und ging von ihnen in die Richtung der Kaserne, um zu duschen und sich im Dunkeln umzukleiden für die Stadt, wo er Karen Holmes im Moana treffen würde.

22

Warden trug seinen verhältnismäßig neuen Anzug aus Forstmann Tropical Worsted, der ihn zu Touristenpreisen hundertzwanzig Dollar gekostet hatte, und den er für ganz große Gelegenheiten aufsparte. Aber den ganzen Weg in die Stadt über war er wütend auf sich selbst, daß er überhaupt ging. Seine Hand schmerzte ihn und war dick geschwollen, und auch das war sein eigener Fehler. Er wünschte wütend, er wäre bei Pete und den anderen geblieben, vergaß, wie elend er sich in ihrer Gesellschaft gefühlt hatte, wünschte ebenso wütend, er hätte sie und überhaupt alle diese besseren Damen den Gigolos überlassen, die selber neurotisch genug waren, um solche Weiber zu begreifen. Wütend wünschte er noch viele andere Dinge. Einmal wünschte er sogar wütend, er wäre tot und beim Teufel. In diesem Augenblick kam es ihm zum Bewußtsein, daß er sie liebte.

Als das Taxi anhielt, ging er geradewegs zur ›Schwarzen Katze‹, um sich eine Flasche Whisky zu kaufen, und trank an der Bar – da er nun schon einmal da war – ärgerlich ein paar Drinks. Schließlich ging er wütend zur King Street, um dort wütend einen Kalakaua Avenue Bus zu besteigen, der hinaus nach Waikiki fuhr. Er war wirklich verliebt. Ganz bestimmt. Warum sollte er das nicht zugeben?

Als er den Bus vor der Waikiki-Taverne verließ, hatte der Whisky, den er zusätzlich zu all dem Bier in der Kaserne getrunken hatte, ihn wie mit einem Hammer auf den Kopf geschlagen. Nun war er nicht mehr nur verliebt, sondern auch halb betrunken. Er sehnte sich nach einer Schlägerei, konnte aber keine auftreiben. Jeder war zu glücklich. Waikiki war zahltagmäßig überfüllt, und selbst die Gesichter der Zivilisten zeigten, daß sie von dieser alle Schranken durchbrechenden Feststimmung angesteckt waren.

Wütend ging er an der vollbesetzten Taverne vorbei zu dem Punkt, an dem die Straße fast den Strand berührt. Dort liegt ein kleines sandiges Dreieck, das man Kuhio Park nennt, wo grüne Bänke im Sand unter Palmen stehen und wo er Karen Holmes treffen wollte. Auch Kuhio Park war überfüllt. Soldaten in Zivil und Matrosen in Uniform promenierten auf und ab und hockten auf den Bänken mit oder ohne Frauen, aber meistens ohne. Er erwartete nicht, daß er sie hier treffen würde. Aber sie war da. Inmitten all dieser angeberischen Männlichkeit saß sie zurückgezogen auf einer der verstecktesten Bänke, versuchte, so gut sie es konnte, nichts von dem Getriebe zu sehen. Sie saß geziert mit gekreuzten Knöcheln und keusch im Schoß gefalteten Händen und affektiert an die Seiten gepreßten Ellenbogen. Sie war wirklich und wahrhaftig da. Die Oberlippe zwischen den Zähnen, starrte sie hinaus auf das dunkle Wasser, als wünsche sie, woanders zu sein. Er glaubte, ihre Schultern sich mehrfach wie in Seufzern heben und senken zu sehen, und er ging zu ihr hinüber.

»Oh! Tag«, sagte sie leichthin. »Ich dachte nicht, daß du kommen würdest.«

»Warum? Hab ich mich verspätet?« Er kam sich ungeschickt vor, gehemmt und mürrisch und ein ganz klein wenig betrunken und sehr ärgerlich. Das war nicht die heitere, höfliche Art eines Mannes, der ein Verhältnis mit einer verheirateten Frau hat. Er hatte schon früher Liebschaften mit Ehefrauen gehabt, oder nicht? Zu Anfang, als er als gewöhnlicher Soldat auf diese Insel kam, hatte er nachts als Helfer auf einem der Ala-Moana-Schiffe gearbeitet, die mit Touristen Mondscheinfahrten nach Molokai machen. Damals hatte er so viele verheiratete Frauen gehabt, wie er wollte. Allerdings war er damals nicht verliebt gewesen.

»Ach«, sagte sie leichthin. »Ich konnte mir einfach nicht vorstellen, warum du hättest kommen sollen. Schließlich habe ich dich sozusagen zu dieser Verabredung gezwungen. Nicht wahr?«

»Nein«, log er.

»Doch. Und du weißt es ganz gut.«

»Wenn ich nicht gewollt hätte, wäre ich nicht gekommen, oder?«

»Nein«, stimmte sie zu. »Siehst du«, sagte sie leichthin, »das ist die gleiche Frage, die ich mir in der letzten halben Stunde gestellt habe, während der ich hier auf dich wartete. Allerdings bin ich zu früh gekommen, was? Ich hab wohl zu große Sehnsucht gehabt. Du aber sicher nicht, oder? Du warst pünktlich auf die Minute.«

»Was hast du eigentlich?« sagte Warden, dem die Affektiertheit, die sie noch immer zur Schau trug, nicht gefiel. »Laß dich ein bißchen gehn. Nimm's nicht so schwer.«

»Oh«, sagte sie, »ich nehm's nicht schwer. Nur in der letzten halben Stunde bin ich fünfmal von verschiedenen Männern angesprochen worden.«

»Das hat dich gestört? Mein Gott, das bedeutet doch nichts. Das ist doch vollkommen in Ordnung hier draußen.«

»Ein Angebot«, sagte Karen leichthin, »war von einer Frau.«

»Von einer großen, dicken, breitschultrigen, blond gefärbten Person?«

»Ja«, sagte Karen. »Kennst du sie?«

»Wenn du meinst, ob sie meine persönliche Freundin ist: nein.«

»Oh«, sagte Karen, »ich wollte nur wissen.«

»Da kannst du beruhigt sein. Ich kenne sie. Jeder Soldat kennt sie. Sie treibt sich die ganze Zeit hier herum und versucht, sich eine anzulachen. Die Soldaten nennen sie die Jungfrau von Waikiki. Langt das?«

»Du hast dir weiß Gott einen sauberen Platz ausgesucht für unser Rendezvous, Liebling«, sagte Karen.

»Ich hab es deshalb getan, weil dich hier keiner sehen wird, den du kennst. Hättest du mich lieber in der Bar im Royal getroffen?«

»Ich denk nicht«, lächelte Karen leichthin. »Du mußt aber nicht vergessen, Liebling, daß ich ein ziemlicher Anfänger in solchen Sachen bin. Diese ganze Geheimniskrämerei, als wenn wir eine Sünde begingen. Dieses Um-Ecken-schleichen-Müssen. Diese ganze Hintertreppenliebelei.«

»Du kommst mir vor, als wärst du die Vorsitzende im Eltern- und Lehrerverein«, sagte Warden. »Hast du ne bessere Idee, wie wir das alles arrangieren können?«

»Nein«, sagte Karen leichthin, »hab ich nicht.« Sie schaute zurück auf das leise atmende Wasser und zog wieder ihre Lippen zwischen die Zähne. »Du brauchst nicht rücksichtsvoll zu sein, Milt«, sagte sie. »Wenn ich dich langweile oder wenn du meiner müde bist, dann sag es nur geradeheraus. Es wird mich nicht verletzen, wirklich, Liebling, bestimmt nicht. Ich verstehe es, wenn Männer schnell einer Frau überdrüssig sind.« Sie ließ ihre Lippe los und lächelte ihn gequält leichthin an. Offensichtlich wartete sie darauf, daß er ihr widersprach.

»Wie kommst du darauf, daß ich dich loswerden wollte?«

»Weil du wahrscheinlich denkst, daß ich eine Hure bin«, sagte sie bündig, blickte zu ihm auf und wartete.

Er konnte sehen, wie sie darauf wartete, daß er sich auch dagegen wehre und ihr sage, nein, das ist nicht so. Er aber sah vor sich das zerschlagene, robuste Gesicht Maylon Starks, das geisterhaft vor dem Stamm der Palme schwebte. Stark war sehr männlich, und wahrscheinlich hatte sie es ungeheuer genossen, mit ihm zu schlafen. Er mußte sich sehr beherrschen, daß er nicht auch noch die andere Hand zerschlug.

»Was bringt dich auf den Gedanken, ich könnte annehmen, daß du eine Hure bist?« fragte er, und er war sich dessen bewußt, daß es vermutlich die falsche Antwort auf ihre Frage war.

Karen lachte. Ihr Gesicht schien sich plötzlich zusammenzurollen, dachte er, mit all dem süßen, keuschen Terrorismus einer gut einbalsamierten alten Jungfer.

»Aber Milt, Liebling«, lächelte sie. »Du willst doch nicht sagen, daß es mir nicht im Gesicht geschrieben steht? Andere sehn's doch auch. Die fünf, die mich angesprochen haben, müssen es gesehen haben, und bestimmt hat's die Frau auch gesehn. Die Jungfrau von Waikiki«, sagte sie. »Immer sieht man im Gesicht eines Menschen, was er ist, das weißt du doch. Wie ein Mensch denkt, so sieht er auch aus«, zitierte sie. »Du glaubst doch nicht, die hätten versucht, mit einer anständigen Frau anzubändeln?«

»Aber natürlich. Die versuchen es mit jeder Frau und beinahe mit jedem Mann. Ich meine hier unten.«

»Aber selbst der Empfangschef im Moana hat's gesehen, als ich mich als Feldwebel Martin und Frau einschrieb. Es war ganz deutlich auf seinem Gesicht abzulesen, was er dachte.«

»Lieber Gott im Himmel«, sagte Warden. »Er hat doch die ganze Zeit nur damit zu tun. Was macht ihm das aus? Solange er sein Geld bekommt. Alle Touristenfrauen, die im Halekulani und im Royal wohnen, bringen ihre Freunde ins Moana und umgekehrt. Damit machen die Hotels doch erst das Geschäft.«

»Na«, sagte Karen, »jetzt weiß ich wenigstens, wo ich hingehöre. Ich wüßte nur gerne, was die Männer in der Zwischenzeit tun?«

»Wie soll ich das wissen?« sagte Warden, der nach und nach in die Verteidigung gezwungen wurde. »Wahrscheinlich treiben sie sich irgendwo in der Geschäftsgegend herum, rauchen Zigaretten und diskutieren über die Geschäftsaussichten für das nächste Jahr.«

Karen lachte. »Ich dachte, sie gehen vielleicht zu Herrenabenden. In den Privaträumen des Offiziersklubs. Da geht meiner hin.« Sie stand geziert auf. »Ja, ich glaube, es wird Zeit, daß ich nach Hause gehe«, sagte sie.

»Nicht wahr«, sagte sie leichthin.

»Oder nicht, Milt?« sagte sie mit eindringlicher Süße. »Wird's nicht Zeit?«

Warden schluckte seinen Ärger hinunter. Er sah, daß, wenn irgend jemand seinen Ärger hinunterschlucken mußte, er es war, und so tat er es. »Hör mal«, sagte er demütig. »Wie kommen wir denn nur darauf? Ich hab nicht damit angefangen, und wenn, dann hab ich's bestimmt nicht beabsichtigt.«

Karen schaute ihn an und ließ sich dann wieder nieder. Sie beugte sich nach vorne und nahm seine Hand, die nächste, die sie erreichen konnte. Es war seine Linke. Unter Tränen lächelte sie ihn an. »Und ich würde alles zum Teufel gehen lassen nur wegen meines dummen Stolzes. 's ist nicht sehr erfreulich, mit mir zusammenzusein, nicht wahr?« sagte sie leise. »Ich kann nicht begreifen, warum du mich lieben solltest. Ich bin absolut nicht fröhlich. Nie siehst du mich glücklich und fröhlich, nicht? Manchmal aber, wenn ich mich wohl fühle, bin ich wirklich fröhlich. Du mußt mir das glauben. Und ich werd mir Mühe geben, für dich fröhlich zu sein.«

»Hier«, sagte Warden mit Mühe. Er reichte ihr die Flasche. »Ein Geschenk für Sie, Madame.«

»Aber Liebling«, sagte Karen. »Eine Flasche Whisky. Wie mich das freut. Gib sie her. Ich werde sie ganz allein austrinken.«

»Moment«, grinste er, »einen Augenblick. Ich will auch ein bißchen.« Er fühlte sich den Tränen nahe wegen nichts und wieder nichts.

»Gib sie mir«, sagte Karen von neuem. Und sie stand auf, und die affektierte Gespanntheit war plötzlich von ihr abgefallen. Mit einem Male sah sie gelöst und ungezwungen aus. Sie nahm die Flasche, legte sie in ihren linken Arm und preßte sie gegen den hauchdünnen Stoff ihres blumigen Sommerkleides, trug die Flasche wie ein Kind und sah ihn an.

»Ich geb dir alles, Kleines«, sagte Warden, ohne sie aus den Augen zu lassen. »Ich gebe dir wirklich, wirklich und wahrhaftig alles.«

»Wirklich«, sagte sie und legte ihren Kopf zurück und schaute zu ihm auf. »Wahrhaftig. Alles? Und du tust es gern, ja? Ich meine, weil ich's bin?«

»Ja«, sagte er. »Ja.«

»Dann laß uns gehn«, sagte sie bewegt. »Nach Hause, Milt, kleiner Milt.« Sie nahm seine linke Hand mit ihrer rechten. In der anderen hielt sie noch immer die Flasche. Beide Arme begannen im Rhythmus ihrer Schritte zu schwingen, und im Gehen lehnte sie den Kopf zurück und schaute zu ihm auf.

Warden grinste zu ihr hinunter. Aber innerlich spürte er, wie sein gereizter Ärger wiederkam, nun, da er sicher war, daß sie ihm nicht davonrennen würde. Plötzlich fühlte er sich verletzt und herausgefordert, weil sie ihn fast zum Weinen gebracht hatte wegen nichts und wieder nichts, nur um ihren Stolz zu befriedigen.

»Wir gehen lieber den Strand entlang«, sagte er grinsend, um seinen Ärger zu verstecken. »Wird kaum einer bei Nacht am Strand sein.«

»Gut«, sagte Karen. »Gehn wir am Strand entlang. Und zum Teufel mit den andern, was kümmern sie uns. Die können uns alle... Wart mal einen Moment«, sagte sie, und während sie sich mit der Hand, die dic Flasche hielt, auf ihn stützte, hob sie erst das eine lange Bein und dann das andere und streifte ihre Schuhe ab. Dann gruben sich ihre Zehen in den Sand.

Warden fühlte seinen gereizten Ärger einem viel stärkeren Gefühl weichen.

»Jetzt«, lachte sie kehlig und lehnte ihren Kopf zurück und schaute ihn an, wie sie ihn zuvor angeschaut hatte. »Gehn wir.«

Sie gingen den schmalen, vielgerühmten Strand entlang, diesen bei Tag enttäuschenden, von Grapefruitschalen überschwemmten, aber jetzt bei Nacht wundervollen Waikiki-Strand. Sie gingen am Rande des Wassers, wo der Sand fest und feucht war. Karen barfüßig mit zurückgelehntem Kopfe (wodurch die ganze glatte Linie ihres Halses sichtbar wurde) und ohne den Blick von ihm zu wenden, mit schwingenden Armen, als wäre sie ein Kind. Noch immer hielt sie die Flasche, als hielte sie ein Baby. Warden, der ihre Füße mit den bemalten Nägeln in der jetzt dunkleren als halbdunklen Dämmerung sah, spürte, wie eine Hitzewelle über ihn ging. Müssen die Wechseljahre sein, dachte er. Du hast einen von den Anfällen, wie sie deine arme Schwester quälten, dachte er, während sie durch die salzigfeuchte Luft gingen, vorbei an den Rückwänden der Läden mit ihren angebauten Arkaden, vorbei an der offenen Terrasse der Taverne, die jetzt nicht mehr ganz voll war, und an dem hölzernen Musikpavillon, unter dem am Tage Hawaiianer saßen und ihre Ukus spielten, um die Stimmung zu erhöhen, vorbei an Privatvillen, mit Obstständen dazwischen, den langen dunklen, verlassenen Strand hinunter zum Moana-Hotel mit seinem großen Innenhof, der nach dem Wasser zu offen war und in dem ein ungeheurer Baum wuchs (ein Ban-yan, nicht wahr?), wo Karen schließlich ihre Schuhe wieder anzog und er es wieder fühlte.

»Hier sind wir, Feldwebel Martin«, lachte Karen.

»Schön, Frau Martin.«

»Ich habe ein Eckzimmer nach dem Ozean verlangt und auch bekommen. Teuer, aber auch mehr wert. Ich hoffe, wir können's uns leisten, Feldwebel Martin?«

»Wir können uns alles leisten, Frau Martin.«

»Wart nur, bis du's siehst. Es ist groß und luftig und schön, und wir werden uns morgen das Frühstück aufs Zimmer kommen lassen. Wirklich ein erstklassiges Hotel, Feldwebel Martin.«

»Gerade richtig für die Flitterwochen, Frau Martin?« fragte er, ohne sich zu schämen.

»Ja«, sagte sie und lehnte den Kopf so zurück, wie sie's zuvor getan hatte, und sah ihn mit gesenkten Lidern an. »Für Flitterwochen, Feldwebel Martin.«

Es war niemand im Innenhof, und er küßte sie. Sie standen noch immer draußen am Strand. Aller Ärger, den er noch vor einer kleinen Weile gespürt hatte, war vergangen, und alles erschien ihm so, wie er es sich vorgestellt hatte. Dann gingen sie hinauf in das hübsche Zimmer. Sie stiegen die Treppe zum zweiten Stock hinauf und gingen dann durch einen langen Gang, der wie alle Hotelgänge war, gleichgültig ob sie billig oder teuer sind, bis zu dessen Ende, zur letzten Tür zur Linken.

Sie knipste das Licht an und wandte sich dann ihm zu und sagte: »Schau, sogar die Jalousien sind heruntergelassen für Herrn und Frau Feldwebel H. L. Martin. Man kennt uns schon.« Und Warden sah das gewohnte Gesicht der Frau des Hauptmanns Holmes, das er in der Kaserne so oft von weitem gesehen hatte, ehe er sie kannte, und es berührte ihn eigenartig. Er sah die Schönheit ihrer großen fraulichen Brüste, die sich gegen den Stoff des Sommerkleides preßten, die langen Beine mit den langen Schenkeln und die Hüften, die schmal aussahen unter dem Kleid, es aber nicht waren. Ohne Kleid waren sie nicht einmal schlank, sondern voll. Er verriegelte die Tür, machte drei Schritte und war bei ihr in dem Augenblick, als sie den Arm aus einem winzigen Ärmel ihres Kleides ziehen wollte. Das Kleid hatte sie auf dem Rücken aufgeknöpft, und Warden konnte den Träger ihres Unterrockes auf der tiefgebräunten Schulter sehn. Nein, er gab nichts auf all das Geschwätz, gab nichts auf Stark oder Champ Wilson oder auf O'Hayer oder auf irgendeinen, noch auf das, was sie schwätzten, er glaubte von allem nicht ein einziges Wort, er wußte das und wußte auch, daß er weise und überlegen und tapfer und groß genug sein mußte, um dies alles zu retten, es aus dem Morast von Lügen und Halblügen und verfälschten Wahrheiten herauszugraben und es festzuhalten, jetzt, wo er es endlich in Händen hielt. Und warum hatte *er* es gerade, hatte alles, wo er doch wußte, wie wenige jemals auch nur ein Stückchen davon bekamen? Er schämte sich dessen fast, nun da er seine Lider wieder aufschlug und sah, daß alles noch da war, leibhaftig da, und hinuntersah in die leuchtenden Augen, die in der Tat zwei große vertikale Strahlen waren, als betrachte er einen einzigen Stern durch einen falsch eingestellten Feldstecher – einen Stern, wie er ihn niemals gesehn hatte. Er fühlte sich stolz und demütig und lachte, als er sich umsah und die Kleider erblickte, die von der Tür zum Bett führten wie eine Spur, die man in Pfadfinderübungen auslegt.

»Du lachst wunderschön, mein Liebling«, murmelte Karen schläfrig, »und bist ein wundervoller Geliebter. Wenn du mich lieb hast, dann kommt es mir vor, als wäre ich eine Göttin, die man verehrt, eine weiße Göttin unter Wilden, und du bist einer von ihnen und hältst dich vorsichtig zurück in deiner Verehrung, aber deine Zähne sind abgefeilt, und du hast einen goldenen Ring im Ohr.«

Er lag auf dem Rücken in dem verschwitzten Bett und hörte ihr zu.

Zufrieden starrte er an die Decke, halb verschlafen wie nach einem guten, reichen Mahle. Auf seiner Brust fühlte er ihre feine, knochige Hand, die fast so durchsichtig war wie die des alten Choy, aber glatt und vollständig anders in der Art und im Gewebe. Der hohe, wohlbeleuchtete Raum gab ihnen die geheime und anonyme Abgeschlossenheit, die nur ein Hotelzimmer geben kann. Von draußen kam das Geräusch teppichgedämpfter Schritte auf dem Korridor und entferntes Flüstern, das Klirren von Schlüsseln und das Zuschlagen von Türen, die mit geheimnisvoller Endgültigkeit geschlossen wurden. Endgültigkeit, Endgültigkeit, Endgültigkeit der Endgültigkeiten, sagte der Feldwebel. Alles ist Endgültigkeit. Welchen Nutzen hat ein Mensch von allen Wahrscheinlichkeiten unter der Sonne? Eine Wahrscheinlichkeit versinkt, und eine andere taucht auf. Alle Dinge sind voll von Wahrscheinlichkeiten. Ein Mann kann es nicht ausloten, aber Endgültigkeit bleibt für immer. In einem Hotelzimmer gibt es keine Erinnerungen an frühere Wahrscheinlichkeiten, noch soll es Vorfreude geben auf Wahrscheinlichkeiten, die kommen werden für die nach uns. So spreche ich, der Feldwebel, der ich König war über Israel in Jerusalem, wo ich hauste im Tale des Schattens eines Hotelzimmers mit meiner Geliebten, die die Rose von Saron ist und die Blume des Tales der Schatten, wo es keine Ungereimtheiten gibt und keine Wahrscheinlichkeiten, sondern Endgültigkeit. Bleibe, oh, bleibe – oh, Sulamith, bleibe, bleibe, auf daß du mir zu trinken gibst von dem gewürzten Wein, vom Safte deines Granatapfels in einem Hotelzimmer, wo nichts ungereimt ist. Endgültigkeit, aber eins und alles für immer und ewig, und zahllose Tage lang, während alle Wahrscheinlichkeiten hinunterrieseln in die Welt, aber die Welt ist nicht voll davon. Amen.

»Keiner hat mich je so geliebt wie du«, sagte Karen zärtlich und geborgen.

»Keiner?« sagte er.

Karen lachte, und es war, als tropfe Honig im Sonnenglanz von einem Löffel ins Glas.

»Nein, keiner.«

»Nicht ein einziger?« sagte er scherzend. »Von all den vielen, die dich im Arm gehalten haben?«

»Nun«, sagte Karen, noch immer lächelnd, »da muß ich erst nachrechnen. Hast du nicht einen Bleistift? Mit wieviel Männern glaubst du, Liebling, hab ich schon geschlafen?«

»Das weiß ich nicht«, scherzte er. »Kannst du's nicht so ungefähr sagen?«

»Nicht ohne Rechenmaschine«, sagte Karen etwas weniger heiter. »Hast du deine Rechenmaschine nicht dabei?«

»Nein«, scherzte er, »ich hab vergessen, sie mitzubringen.«

»Dann werd ich's, fürcht ich, nicht feststellen können«, sagte Karen, gar nicht mehr lachend.

»Vielleicht weiß ich's schon.«

Sie setzte sich im Bett auf und sah ihn fragend an. Sie zeigte plötzlich eine viel stärkere Persönlichkeit. Nie zuvor hatte er sie so erlebt, nicht einmal damals bei ihr zu Hause, bevor das Kind heimkam.

»Was ist los, Milt?« sagte sie, ihn noch immer ansehend. Es klang kurz und verheiratet, als habe sie ihn Milton genannt.

»Aber gar nichts«, grinste er steif. »Warum?«

»Doch, etwas ist los mit dir«, sagte sie. »Worauf spielst du an?«

»Ich spiele an?« grinste er. »Ich hab auf gar nichts angespielt. Ich hab nur Spaß gemacht.«

»Nein«, sagte sie, »das ist nicht wahr. Worüber ärgerst du dich?«

»Über gar nichts«, sagte Warden. »Wieso? Worüber sollte ich mich ärgern? Und worauf sollte ich anspielen?«

»Ich weiß nicht«, sagte sie. »Vielleicht eine Menge. Oder vielleicht denkst du nur, daß es eine Menge ist. – Sag mir«, sagte die Frau des Hauptmann Holmes, »was ist los? Ist dir schlecht? Hast du was Verdorbenes gegessen?«

»Um meine Gesundheit brauchst du dir keine Sorgen zu machen, Kleines.«

»Dann sag, was los ist. Warum sagst du's mir nicht?«

»Schön«, sagte er, »hast du schon von jemand namens Maylon Stark gehört?«

»Aber natürlich«, sagte Karen betont. »Ich kenne Maylon Stark. Er ist der Küchenunteroffizier der Kompanie.«

»Stimmt. Außerdem war er einmal bei Holmes in Bliss Koch gewesen. Vielleicht hast du ihn damals schon gekannt?«

»Ja«, sagte Karen, ihn ansehend. »Ich hab ihn schon damals gekannt.«

»Vielleicht sogar ganz gut?«

»Gut genug«, sagte Karen.

»Vielleicht kennst du ihn jetzt noch besser.«

»Nein«, sagte Karen, ihn ansehend. »Jetzt kenn ich ihn überhaupt nicht mehr. Ich habe seit acht Jahren kein Wort mit ihm gesprochen.« Als er nicht antwortete, fuhr sie fort, ihn anzuschauen, und dann sah sie seine Hand. »Du mußt ihn ziemlich hart geschlagen haben«, sagte sie.

»Ich hab ihn überhaupt nicht geschlagen«, sagte Warden. »Nur keine falsche Romantik. Ich hab die Wand geschlagen. Warum hätte ich ihn schlagen sollen?«

»Ach, du verdammter Dummkopf«, sagte sie ärgerlich. »Du verrückter Dummkopf.« Sie nahm zärtlich seine Hand auf.

»Au«, sagte er, »sei vorsichtig.«

»Was hat er dir gesagt?« fragte sie, noch immer zärtlich seine Hand haltend.

Warden schaute erst sie an, dann seine Hand. Dann sah er sie wieder an.

»Er hat gesagt, er hätte dich gefickt«, sagte Warden.

Wie der Kanal eines Geschosses breitete es sich im Raum aus. Er hätte sich die Zunge abbeißen können, die es gesagt hatte. Im Krachen der Explosion konnte er sehen, wie sie erstarrte. Aber sie erholte sich schnell. Sie erholte sich sehr schnell, dachte er bitter und bewundernd. Wahrscheinlich hatte sie gewußt, was kommen würde.

Warum tust du das? Was um Himmels willen hat dich dazu verleitet, so etwas zu sagen? Was bedeutet es dir, ob sie's getan hat oder nicht? Es ist gleichgültig. Warum tust du's dann? Aber natürlich hatte er gewußt, was er tat. Er wußte, daß das erste einmal ausgesprochene Wort unweigerlich zu diesem Ende führen mußte. Es schien ihm alles außerordentlich vertraut, wie etwas, das er früher schon einmal erlebt hatte. Er fühlte sich elend, weil er es tat, aber er konnte es nicht mehr aufhalten. Er mußte die Wahrheit erfahren. Wenn derartige Geschichten erzählt wurden, konnte man nicht einfach die Ohren verschließen. Man konnte sie nicht einfach vergessen; nicht, wenn man tagaus, tagein mit diesen Leuten zusammenleben mußte. Diesem verdammten Gesindel.

»Das wäre nicht nötig gewesen«, sagte Karen. Vorsichtig legte sie seine Hand nieder.

»O doch, du weißt gar nicht, wie nötig es war.«

»Gut«, sagte sie. »Vielleicht. Aber nicht auf diese Art. So hättest du es nicht sagen sollen, Milt. Nicht ohne mir erst eine Chance zu geben!«

»Außerdem sagte er, daß wahrscheinlich auch Champ Wilson das gleiche getan hat. Das macht jetzt gerade die Runde. Von Jim O'Hayer gar nicht zu reden. Oder von Liddell Henderson.«

»Ich bin also jetzt die Kompaniehure«, sagte sie. »Na, vermutlich geschieht es mir recht. Wahrscheinlich bin ich selbst dran schuld, hab's herausgefordert, als ich das erste Mal mit dir ausging.«

»Niemand weiß, daß du mit mir ausgegangen bist. Niemand«, sagte Warden.

»Immerhin sollte man glauben, daß ich wenigstens klug genug wäre, um zu wissen, was passieren würde«, sagte sie. »Aber ich bin's nicht. Oh, nein, *ich* bin nicht so schlau. Ich redete mir ein, daß du anders seist. Ich vergaß, daß du ein Mann bist. Und daß du dieselben schmutzigen und verdorbenen Gedanken hast, die alle haben. Der stolze Eroberer, der Hahn bei seinen Hennen. Oh, ich kann's mir vorstellen, wie ihr, du und Stark, euch amüsiert habt, als ihr über mich spracht, eure Erfahrungen ausgetauscht habt, wie gut ich im Bett bin. Sag, wie bin ich denn, verglichen mit den richtigen Huren? Noch bin ich's ja aus Liebhaberei . . .«

Sie stand auf und begann, ungeschickt ihre Kleider aufzuheben. Ihre Kleider lagen noch im Zimmer verstreut. Sie mußte sie aus den seinen heraussuchen. Es machte ihr Schwierigkeiten. Ununterbrochen fielen ihr die Haare ins Gesicht. Sie mußte sich dauernd über die Augen wischen, erst mit der einen Hand, dann mit der anderen.

»Gehst du?« sagte Warden.

»Ja, ich will gehen. Oder hast du einen anderen Vorschlag? Es ist doch alles vorbei, nicht wahr? Du kannst nicht erwarten, daß es jemals wieder das gleiche sein könnte, wie? Es war schön zusammen, aber jetzt muß ich aussteigen.«

»Ja, dann trink ich erst mal was«, sagte Warden und fühlte sich krank und kastriert. Was hast du eigentlich erwartet? Warum kann man niemals sprechen? Warum sagt man immer etwas anderes, als man tatsächlich meint. Er stand auf und nahm die Flasche von der Kommode. »Willst du nen Schluck?« sagte er.

»Nein, danke schön. Ich muß schon alles dransetzen, um mich nicht zu übergeben.«

»Ach«, sagte er. »Es liegt dir im Magen. Der kleine dreckige Warden mit der schmutzigen Phantasie. Hast du noch nie das alte Sprichwort gehört, daß, wo Rauch ist, auch Feuer sein muß?« sagte er bösartig.

Während er dies bösartig sagte, sah er auf ihre Brüste mit den sanften Spitzen, die ein klein wenig nach unten hingen. Nur reife Frauen hatten diese vollblütige Schwere, die so schön und so notwendig war und ohne die allen Jungfrauen und Mädchen etwas zu fehlen schien.

Und während er dies bösartig sagte, spürte er die Übelkeit, diese impotent machende Übelkeit in sich aufsteigen und schwellen.

»Ja«, sagte Karen. »Das Sprichwort kenn ich. Hast du auch davon gehört, daß jede Frau dreimal stirbt? Einmal, wenn sie verführt wird, einmal, wenn man ihr die Freiheit raubt (ich glaube, man nennt es Ehe), und einmal, wenn man sie ihrem Mann entfremdet. Hast du das schon mal gehört?«

»Nein«, sagte er. »Nie.«

»Ich auch nicht«, sagte Karen. »Ich hab's gerade erfunden. Du kannst noch ein viertes Mal hinzufügen: Wenn man ihr den Geliebten nimmt. Ich sollte das an *Reader's Digest* schicken, glaubst du nicht? Vielleicht bekomme ich fünf Dollar dafür. Vielleicht auch nicht, weil die natürlich einen Mann als Redakteur haben.«

»Du kannst Männer so wenig leiden wie ich Frauen, was«, sagte Warden, der sich an die Kommode lehnte und sich nicht erbot, ihr zu helfen.

»Warum auch. Wenn sie so wie du und deine schmutzigen Freunde sind? Du weißt vielleicht, wie gemein es war, mir das zu sagen. Ganz besonders, nachdem das mit all den anderen Männern nicht wahr ist, sondern glatt gelogen.«

»Schön«, sagte er. »Aber die Sache mit Stark ist doch wahr, oder nicht?«

Karen wandte sich ihm mit vor Erregung glänzenden Augen zu. »Du bist wohl unberührt zu mir ins Bett gekommen, was?«

»Dann ist's also wahr«, sagte er. »Na?« sagte er im Gesprächston. »Wie war's denn? Hat dir's gefallen? Hat es dir wirklich gefallen? War er so gut wie ich? Männlich genug sieht er ja aus.«

»Schau einer an, wir haben ja ziemlich schnell Besitzansprüche entwickelt, wie?« sagte Karen verachtungsvoll. »Was geht das dich an?«

»Oh, ich dachte nur, ich könnte mir vielleicht etwas Neues ausdenken, eine neue Technik vielleicht, wenn du nicht zufrieden warst. Die G-Kompanie tut alles für ihre Kundschaft.«

»So was zu sagen ist wirklich gemein«, sagte Karen mit verzerrtem Gesicht. »Aber wenn es dich erleichtert, will ich dir sagen, daß es grauenhaft war und daß ich es abscheulich fand.«

»Wie soll ich wissen, daß du mich nicht anlügst?«

»Und wer bist du eigentlich, mir das zu sagen?«

»Warum hast du's dann getan?«

»Du willst also wissen, warum ich's getan habe? Du willst es wirklich wissen. Vielleicht erzähl ich dir's einmal. Das könnte dir so passen. Du sprichst schon wie ein Ehemann. Warum wartest du dann nicht auch wie ein richtiger Ehemann?«

Sie lachte gehässig, und dann schien ihr Gesicht plötzlich in sich zusammenzufallen. Häßliche Linien sammelten sich um ihren Mund und um ihre Augen, und sie begann ärgerlich zu weinen.

»Du Schwein«, sagte sie, »du Schwein, du Schwein! Du läßt einem nichts, nicht wahr, du Schwein?«

»Gut«, sagte er. »Gut. Ich mache dir keinen Vorwurf.«

Sie stand da und starrte ihn an und weinte, und in ihren Augen war der größte Haß, den er jemals gesehen hatte, und er hatte in seinem Leben manchen Haß gesehn.

»Nein«, sagte sie. »Ich will es dir jetzt erzählen. Jetzt ist der richtige Augenblick. Du kannst es dann zurück in die Kaserne tragen. Es wird ein großartiger Gesprächsstoff sein.«

Sie ließ die Kleider, die aufzuheben ihr solche Schwierigkeiten bereitet hatte und die sie schützend vor sich hielt, fallen. Sie ließ sich auf das Bett nieder und deutete auf die lange Narbe auf ihrem Bauch, die Narbe, die er jedesmal bemerkt, aber aus irgendwelchen Hemmungen heraus nie erwähnt hatte.

»Siehst du das?« sagte sie. »Weißt du, was das ist? Hast du das überhaupt jemals bemerkt?

Nun, das ist die Narbe einer Hysterektomie«, sagte sie. »Eine Hysterektomie ist eine Uterusexstirpation. Eine Uterusexstirpation ist eine Operation, bei der man den Uterus herausnimmt. Man nennt es aber Hysterektomie. Natürlich weißt du, woher das kommt, was? Von Hysterie. Hysterie und Mutterschoß und Frauen, das ist bei den Ärzten alles dasselbe, mußt du wissen. Daran verdienen sie am meisten. Dumme Frauen, die weinen und sehr nervös sind und in Stücke gehen und vielleicht verrückt werden, wenn sie sich den Wechseljahren nähern, aber deren Gatten sie immer pflichtgemäß und besorgt beschützen und liebend für sie sorgen, so daß sie nur selten in Anstalten landen. Schlag mal gelegentlich in einem medizinischen Wörterbuch nach, wenn du eins finden kannst. Man hält sie sehr geheim, und sie werden nur an Ärzte ausgeliehen, so daß du wahrscheinlich eins kaufen mußt. Ich mußte meins jedenfalls kaufen. Sieh nach, was alles unter Hysterie steht. Ein Hysteroskop ist ein Instrument, mit dem man in den Uterus hineinschauen kann. Wußtest du das? Ein Hysterograph ist ein Apparat, mit dem man die Stärke der Uteruszusammenziehungen während der Wehen mißt; wußtest du das? Zwei, vielleicht auch drei engbedruckte Seiten voll von Hystero dies und Hystero das.

Du gehst hin, und sie mustern dich von oben bis unten, abschätzend, und fragen dann, wie alt du bist. Du sagst: Fünfunddreißig. Oh, sagen sie. Sie nicken. Sie blicken wissend. Fünfunddreißig, sagen sie. Wissen Sie, da kommt man in die Wechseljahre. Sie trösten einen. Man muß sich darüber nicht aufregen. Man muß die Ruhe behalten. Das kann jeder passieren. Sie untersuchen dich. Sie sind Gynäkologen, und natürlich geht alles rein professionell vor sich. Dann waschen sie sich die Hände und nicken tiefgründig. Wie ich gedacht habe, sagen sie. Sie brauchen eine Hysterektomie, das ist alles, nur eine kleine Hysterektomie.

Gott weiß, was die Mediziner tun würden, wenn sie nicht ihre Hysterektomie und alle Hysteroabteilungen hätten. Wahrscheinlich würden sie bankrott machen und für die Sozialisierung stimmen, nehme ich an. In dem Krankenhaus, in dem ich war, machten sie manchmal neun Hysterektomien an einem Morgen. Bist du überrascht? Auch du kannst dir keinen Begriff davon machen. Du weißt ja gar nicht, wieviel Frauen über Dreißig es gibt. Und es ist wirklich sehr einfach geworden. Es ist noch immer eine schwierige Operation, aber die Technik wird von Tag zu Tag verbessert. Bald wird es so einfach sein wie eine Blinddarmoperation. Dann kann jede Frau über Fünfunddreißig sich operieren lassen, und ganz billig.

Es ist wirklich nichts Besonderes mehr, sozusagen ein Spezialberuf, den Uterus herauszunehmen. Wenn sie den herausnehmen, geht gleich alles andere mit. Du brauchst's ja doch nicht mehr, wenn die Gebärmutter weg ist. Alles nehmen sie raus – die Eileiter, die Eierstöcke, alles. Nur zur Vorsicht, damit kein eitererzeugendes Gewebe zurückbleibt. Sogar den Blinddarm nehmen sie raus. Das kriegst du sogar gratis.

Wenn sie dich aber wieder zusammengenäht haben, entdeckst du plötzlich, daß du keine Frau mehr bist. Oh, die Schale ist noch immer da. Auch der Teil, der die Männer interessiert. Es hat nichts mit Kastrieren zu tun. Manche Ärzte deuten sogar an, daß es einem mehr Spaß machen würde, wenn man keine Angst mehr zu haben braucht, schwanger zu werden. Du siehst weiter aus wie eine Frau und ziehst dich auch so an. Deine Haut und dein Haar verändern sich nicht. Nichts Derartiges geschieht. Nicht einmal die Brüste trocknen aus, weil es dafür Pillen gibt, damit die Schale sich genauso erhält, als wenn sich an sich nichts verändert hätte. Hormone nennt man sie.

Schau«, sagte sie. Sie zog eine kleine grüne, viereckige Flasche aus ihrer Reisetasche. »Man nimmt sie jeden Tag. Die Pillen, die man nie vergißt. Wirklich bemerkenswert, was?« Sie steckte die Flasche zurück.

»Aber«, sagte sie, »eine Frau bist du nicht mehr. Du gehst noch immer ins Bett, die Männer bekommen noch immer, was sie wollen, aber der Zweck von allem ist verlorengegangen. Auch die Bedeutung. Du bist keine Frau, und bestimmt bist du auch kein Mann. Du bist noch nicht einmal ein Zwitter. Du bist überhaupt nichts. Eine ausgebrannte Hülle. Das nächste, was man erfinden muß, ist eine Pille, die allem seinen Sinn wiedergibt, oder wenigstens eine Illusion davon. Dann kann man jeden Tag zwei Sorten Pillen schlucken, und das Leben wird wieder großartig. Jetzt aber – jetzt bist du noch immer die schöne Traube, nur daß man das Fleisch aufgerissen und die Kerne herausgenommen hat. Du bist eine leere Schale, und dein Geschlecht hat keinen Sinn mehr, denn du kannst keine Kinder mehr bekommen.

Vielleicht«, sagte sie, »vielleicht kommt es daher, daß man so hungrig nach Liebe jagt und so hungrig danach jagen muß... obwohl man weiß, daß man insgeheim über dich lacht, sich hinter deinem romantischen Rücken zuzwinkert. Schon wieder eine neurotische Frau, flüstern sie, eine in den Wechseljahren, die die Welt ändern und ihr Liebe geben will. Als ob die Welt jemals Liebe brauchte! Was würde sie denn mit Liebe anfangen?

Aber Liebe, wenn man sie finden würde, könnte auch dem Geschlecht seine Bedeutung zurückgeben, denkt man. Dann könnte vielleicht alles wieder einen Sinn bekommen, vielleicht sogar das Leben an sich. So ist Liebe alles, was einem bleibt. Wenn man sie findet.

Nein«, sagte sie, »nein, sag bitte nichts. Noch nicht. Ich bin noch nicht fertig. Laß mich erst alles sagen.

Noch niemals hab ich's irgendeinem Menschen erzählt, mit keiner Menschenseele darüber gesprochen, außer mit meinem Arzt, bis es so weit kam, daß er selbst herausfinden wollte, wie es sich bei einer Frau schläft, der man ihre weiblichen Organe herausgenommen hat.

Darum laß mich einfach alles sagen.

Weißt du, was die Ursache meiner Hysterektomie war? Gonorrhöe. Gonorrhöe ist überhaupt in den meisten Fällen die Ursache. Natürlich nicht bei allen, aber bei der großen Mehrheit.

Und wo, denkst du, habe ich mir eine kleine Dosis Gonorrhöe geholt? Ich wette, du kannst auch das nicht erraten. Ich bekam sie von einem Mann, wo die meisten Frauen sie herbekommen, wenn sie sie kriegen. Von Hauptmann Dana E. Holmes. Bloß daß er damals nur Oberleutnant war.

Sieh nur nicht so schockiert aus. Ich bin nicht bitter. Ehefrauen stekken auch Ehemänner an, habe ich gehört. Es ist gar nicht ungewöhnlich, bei weitem nicht so ungewöhnlich, wie du vielleicht meinst.

Wir waren damals drei Jahre verheiratet. Das Kind war schon da. Der Erbe. Der stolze Träger des Namens. Der Erbe der Segnungen unserer Gesellschaft. Ich hatte schon meine Pflicht getan, und ich hatte einen Sohn. Das war ein Glück, was?

Natürlich waren wir noch keine zwei Monate verheiratet, als ich schon wußte, daß er mich betrog. Aber das war nichts anderes als was andere Frauen auch ertragen müssen. Es gehört dazu, wenn man eine Ehefrau ist. Deine Mutter sagt dir, so sei eben das Leben. Sogar deine Schwiegermutter fühlt mit dir. Schließlich gewöhnte ich mich daran, und ziemlich leicht. Trotzdem war es nicht ganz das, was ich von einer Ehe erwartet hatte. Verstehst du, deine Mutter sagt dir alles erst, wenn es schon geschehn ist.

Dann, als das Kind geboren war, hörte er allmählich auf, mit mir zu schlafen. Außer bei seltenen Gelegenheiten. Daran konnte ich mich etwas schwerer gewöhnen, weil ich den Grund nicht wußte. Schließlich aber gewöhnte ich mich auch daran. Fast war ich sogar erleichtert, denn die seltenen Gelegenheiten waren so klar: halb betrunken kam er spät nach Hause, außer Rand und Band, weil er offensichtlich nicht in der Lage gewesen war, die Frau ins Bett zu kriegen, mit der er ausgewesen war. Es war immer das gleiche. Ich nehme an, das ist der Grund, warum Männer Ehefrauen in ihrem Hause haben, nicht wahr? Irgendwie aber hatte ich an diesen Nächten keine Freude mehr.

Dann hörte er eine Zeitlang überhaupt auf. Mir schien das nur natürlich. Ich nahm an, er bekäme alles, was er brauchte, woanders. Wie konnte ich wissen, daß er wegen Gonorrhöe behandelt würde? Anständige Frauen sollten eigentlich gar nicht wissen, was Gonorrhöe ist, was? Deshalb ahnte ich auch nichts Böses, als er in jener Nacht, ein wenig betrunkener als sonst, nach Hause kam.

Natürlich wurde es mir ein wenig später klar. Vielleicht war er einfach zu betrunken, um daran zu denken. Oder vielleicht war er einfach so erregt, daß er es vergaß. Du weißt, wie so was geht.«

»Jesus«, sagte Warden. Schon lange hatte er die Flasche hingestellt. »Jesus Christus«, sagte er, »Jesus, Maria und Joseph.«

Karen lächelte ihn an, mit einem fahlen Lächeln.

»Ich bin gleich fertig«, sagte sie. »Es ist nicht mehr viel. Ich will dir von Stark erzählen.

Verstehst du, Dana hatte mich zu seinem Arzt genommen, dem gleichen, der auch ihn behandelte. Natürlich in der Stadt. Wenn er ins Lazarett gegangen wäre, hätte man ihn selbstverständlich rausgeschmissen. Ich glaube, dem Arzt gefiel nicht, was er getan hatte, aber andererseits war er ein sehr wissenschaftlicher, kleiner Mann. Glatzköpfig und wissenschaftlich und sehr objektiv, wie alle wahren Wissenschaftler, und ziemlich reich geworden seit einiger Zeit. Ich erfuhr nie, wie Dana zu ihm gekommen war. Ich nehme an, durch einen Leidensgenossen in der Kaserne. Wie dem auch sei, der Arzt hatte eine blühende Praxis. Texas war bekannt für Gonorrhöe. Zu nahe an der Grenze, weißt du.«

»Moment«, sagte Warden verkrampft. »Hör mir zu, bitte.«

»Nein, nein, laß mich fertig erzählen. Ich bin fast fertig. Das mit Stark kam nach meiner Rückkehr. Ich mußte verreisen, verstehst du? Bei Frauen ist es schwerer zu heilen als bei Männern. Hat fast immer eine Hysterektomie zur Folge. Ich war ziemlich lange verreist. Während ich nicht da war, kam Stark als Rekrut zur Kompanie. Ich glaube, er war noch ein halbes Kind. Ein ganz gewöhnlicher, angeberischer, junger Bursche, der sich mir näherte, um damit prahlen zu können. Ich glaube, er bekam eine Heidenangst, als ich ihn beim Wort nahm. Immerhin war ich die Frau des Leutnants. Irgend etwas aber mußte ich tun. Ich mußte mich selbst reinigen. Ich war schmutzig. So lange Zeit war ich schmutzig gewesen. So sehr hatte ich versucht, mich selbst davon zu überzeugen, daß ich es gar nicht sei, daß mir gar nichts anderes geschah, als was allen anderen Frauen auch geschieht. Ganz plötzlich aber war es mir völlig gleichgültig, was andere Frauen durchzumachen hatten und was nicht. Ich *wußte*, daß ich schmutzig war. Andere belogen sich vielleicht. Ich aber konnte es nicht länger aushalten. Ich *wußte*. Du verstehst doch, was ich meine, ja?«

»Hör mal«, sagte Warden.

»Stark war das Werkzeug, das ich benutzte, um mich selbst zu reinigen. Er war einfach der erste, der mir nach meiner Rückkehr in die Hände fiel. Jedes andere Werkzeug hätte mir den gleichen Dienst getan. Es war nur ein einziges Mal, und es tat mir körperlich weh, und es ekelte mich an. Nachher aber fühlte ich mich sauber. Du kannst verstehn, nicht wahr, daß ich einfach sauber sein *mußte*?«

»Ja«, sagte Warden. »Ich kann's verstehn. Aber so hör doch zu.«

»Das ist alles«, sagte Karen mit ihrem fahlen Lächeln. »Nun bin ich fertig. Jetzt geh ich.«

Sie saß da und sah ihn an, und das fahle Lächeln verschwand langsam, ganz langsam von ihrem Gesicht, und dann sah sie ihn einfach nur noch an. Ihr Gesicht war vollkommen ohne Ausdruck, und es machte ihr nichts aus, daß es so war. Sie war viel zu erschöpft. Als wäre es ihr plötzlich schlecht, brach sie auf dem Bett zusammen, lag da, nicht ohnmächtig, nicht bewußtlos, nicht weinend, nicht erbrechend, gar nichts. Sie war wie eine Frau, die bis vor kurzem schwanger war. Lange hatte sie gespürt, wie dieses Ding in ihr wuchs und wuchs, dieser von einem Manne erzeugte Tumor, den sie loswerden mußte, aber vor dessen Geburt sie sich fürchtete. Schließlich aber brachte sie ihn doch zur Welt und ließ sich dann erleichtert für eine Weile in ein absolutes Nichts fallen.

Warden nahm die Flasche und trug sie zu ihr hinüber. »Hör zu«, sagte er. »Hör mir doch zu.«

»Du willst, daß ich jetzt gehe, nicht wahr«, sagte sie mit hohler Stimme. »Du willst diesen Abschaum aus den Augen haben, was?« Sie setzte sich auf. »Ich gehe in einer Minute. Ich muß nur erst eine Minute ausruhen.«

Warden nickte.

Sie sah ihn an und nahm die Flasche aus seiner Hand.

»Ich glaube, ich werde was trinken, ehe ich gehe. Aber Milt«, sagte sie. »Du weinst ja.«

»Ich wein doch nicht«, nickte Warden.

»Trink *du* was«, sagte Karen und gab ihm die Flasche zurück.

Warden nickte. »Ich *will* nicht, daß du gehst, verstehst du?« sagte er. »Ich bitte dich darum, nicht zu gehn.«

»Ich will ja gar nicht gehn«, sagte Karen, »ich will ja bleiben. Oh, Milt, ich will ja so gerne bleiben, Milt.«

»Na also«, sagte er. »Hör zu«, sagte er. »Oh, dieser Schweinehund, dieses verdammte elende Schwein.«

»Ich brauch vor morgen abend nicht zurück zu sein«, sagte sie verloren. »Er geht zu einem Herrenabend bei Oberst Delbert heute nacht.«

»Ich liebe dich«, sagte Warden. »Oh, dieses Schwein.«

23

Ob Hauptmann Holmes ein Schweinehund war oder nicht, hing davon ab, wie man es ansah. Eines aber war sicher, daß Hauptmann Holmes kein dummer Mann war. Er wußte, daß seine Frau ein Verhältnis hatte. Wenn man mit einem Menschen zwölf Jahre lang zusammenlebte, dann spürte man das. An diesem Abend hatte seine Frau sich geweigert, ihm das Abendessen zu kochen. Das hatte sie nie zuvor getan. Frühstück oft und Mittagessen immer, aber nicht das Abendessen. Abendessen kochen war ein Teil des Abkommens. Abkommens? dachte Hauptmann Holmes. Vertrag. Vielleicht wäre bewaffneter Waffenstillstand ein besseres Wort für den gegenwärtigen Zustand. Seine Ehe war nicht typisch. Oder war sie's doch?

Um sich den Fraß zu ersparen, den ihm die eingeborene Köchin vorsetzen würde, hatte er in der Messe der ledigen Offiziere zu Nacht gegessen, und zwar gut zu Nacht gegessen. Mit ihm am Tisch hatten andere verheiratete Offiziere gesessen, deren Frauen ebenfalls kein Abendessen kochten. Nun saß er mit angenehm vollem Bauch unglücklich am Bartisch im Klub, beobachtete, wie der Barmann, der ebenfalls Soldat war, dienstbeflissen die Gläser polierte, und wartete auf das Erscheinen des Obersten.

Seit einiger Zeit, das heißt, seit dem Verlust der Meisterschaft, stand Hauptmann Holmes nicht auf besonders gutem Fuß mit dem Obersten. Wenn er darüber nachdachte, stand er in letzter Zeit eigentlich mit niemandem auf besonders gutem Fuß. Erst war es sein Oberst gewesen, dann seine eigene Frau. Aber die zählte eigentlich nicht, denn mit ihr stand er ja nie besonders gut. Weder sein Spieß noch sein Küchenunteroffizier schienen sich viel aus ihm zu machen. Die Hälfte der Männer seiner Kompanie haßte ihn bis aufs Blut. Die andere Hälfte, die, von denen er *wußte*, daß er ihnen geholfen hatte, schienen es nicht gemerkt zu haben. Manchmal hatte er den Verdacht, daß sie ihn noch mehr haßten als die anderen. Er wußte nicht, woher das kam. Offenbar hatte er bis jetzt noch nicht den ihm angemessenen Platz im Leben gefunden. Logischerweise hätte er mit jedem auf bestem Fuß stehen müssen, denn logischerweise hatte er sich selbst diesen Platz als den einzigen, den er wirklich wollte, ausgesucht, und es war sein Wunsch, mit jedem auf bestem Fuß zu stehen.

Wohin war alles verschwunden, fragte er sich mit einem Gefühl, als öffne sich unter seinen Füßen ein gähnender Abgrund, der ihm Angst einflößte. Wo waren die Ideale der Führerelite, die aus der

Offiziersschule hervorgegangen war. Wo war die fröhliche und glückliche Ehe, das anständige Leben, das gewissenhafte Führertum? Wo war der schneidige, draufgängerische, junge Kavallerist? Er konnte sich nicht erinnern, alle diese Dinge irgendwo verloren zu haben, und er wußte sicher, daß er sie auch nicht beiseite gelegt hatte. Was war aus ihm geworden?

Es wird ein Zivilist sein, dachte er. Sie ist zu diskret, um sich einen Offizier auszusuchen, und sie hat zu viel Geschmack und eine zu gute Kinderstube, um sich einen Soldaten zu nehmen. Ergo ein Zivilist und vorzugsweise ein reicher. Hauptmann Holmes war seit je von der Stichhaltigkeit logischer Schlüsse überzeugt.

Er sollte sich eigentlich wohl fühlen, sagte er sich. Nun brauchte er heute nacht überhaupt nicht nach Hause zu gehn, wenn er keine Lust dazu hatte. Er war von dem Zwang befreit, den Schein zu wahren. Auch war es gut zu wissen, daß seine Frau einen Geschlechtstrieb besaß wie jeder andere Mensch. Jetzt hatte er etwas, das er *ihr* vorhalten konnte. Das war eine gesunde Basis für eine glückliche Ehe. Logischerweise hätte er sich wirklich wohl fühlen müssen. Er hatte immer an Logik geglaubt, oder nicht? Folgerichtiges Denken war eine absolute Notwendigkeit für einen Offizier, oder nicht? Es war ihm sozusagen eingeimpft worden, oder nicht? Jawohl, aber versuche mal, es anzuwenden. Ja, wenn man's nur anwenden könnte.

Um von diesem furchterregenden Abgrund loszukommen, bestellte Hauptmann Holmes einen neuen Whisky Soda. Er unterhielt sich über die Launen des Lebens mit dem dienstbeflissenen Barmann, der, obwohl er sich langweilte, dienstbeflissen zuhörte. Zynisch gestattete er sich selbst die Frage, wo zum Teufel der alte Delbert war.

Oberst Delbert kam in der Tat ein wenig spät. Als Gast brachte er einen Brigadier mit. Dieser Brigadier war eine Art Stabschef bei der Brigade, die von einem Generalmajor kommandiert wurde. Dieses Mal ärgerte Hauptmann Holmes sich nicht einmal, obwohl es ein schmutziger Trick war, diesen Brigadier ohne vorherige Warnung mitzubringen. Oberst Delberts Schnurrbart sträubte stolz seine Federn, als er die beiden einander vorstellte – und zwar ganz unformell. Selbst das konnte keine Unruhe in Hauptmann Holmes erzeugen, der nach wie vor der Meinung war, daß seine Frau über derartige Dinge erhaben sein sollte.

Mit der Bemerkung, daß die anderen (zwei Majore vom Regimentsstab) später kommen würden, führte Oberst Delbert sie hinaus. Ein steinplattenbelegter Weg führte quer durch den Hof, der sich nach der Schlucht öffnete, die das Klubhaus von dem hellerleuchteten Militärhospital trennte. Er führte sie durch den verlassenen Pavillon, wo man bei Festlichkeiten mit Damen zu essen pflegte, zu der Treppe in der verlassenen großen Diele, wo die Damen gewöhnlich Bridge spielten. Alle Veranstaltungen der Damen waren parterre. Wenn überhaupt Damen erschienen, kamen sie nur selten in den oberen Stock. Aber heute war Zahltag, und es waren überhaupt keine Damen in der Nähe.

»Schmeichle mir selber, daß ich für unsere *tour de force* gerade den Zahltag erwischt habe«, sagte Oberst Delbert zu dem Brigadier, der viel jünger war als der Oberst, mit dünner Stimme. Hauptmann Holmes gefiel er sofort.

Natürlich hatte Hauptmann Holmes den Brigadier schon früher getroffen. Er wußte, wer er war. Die Bekanntschaft war aber nur formell gewesen. Einen General bei einer inoffiziellen Gelegenheit wie dieser zu treffen, war etwas ganz anderes. Und dieser Brigadier war ein großer Mann. Er war frisch aus den Staaten gekommen und wurde als ein brillanter Taktiker betrachtet und als ein Mann mit Zukunft. Gerüchtweise verlautete, daß sein jetziger unkonventioneller Posten nur eine Zwischenlösung war, bis der schrullenhafte alte Generalmajor abgeschoben und in den Ruhestand versetzt werden und dem jüngeren Mann seine Stelle gegeben werden konnte. Hauptmann Holmes war froh, jung genug zu sein, um Oberst Delbert durchschauen zu können.

»Wir werden zu fünft sein«, schnaufte Oberst Delbert, während sie die Treppe hinaufstiegen. »Sechs Weiber. Aufregender so, was? Und die sechs sind alle dunkel. Zwei Japanerinnen, eine Chinesin, zwei Chino-Hawaiianerinnen und ein reines Niggerblut oder ziemlich rein wenigstens. Man sagt, es gibt überhaupt keine reinen Hawaiianerinnen mehr.«

»Oberst Delbert«, sagte Hauptmann Holmes, »ist der Ansicht, daß man sich die Gegend zunutze machen soll, in der man stationiert ist.«

Der Brigadier lachte und warf ihm einen versteckten Blick zu. Er grinste zynisch glücklich zurück.

»Bei Gott, jawohl«, schnaufte der Oberst. »Werd nicht mein ganzes Leben lang in Hawaii sein. Wenigstens hoffe ich das. So 'ne vollblütige Hawaiianerin aber ist 'n seltener Vogel und schwer zu fangen.«

Oberst Delbert hatte wie üblich alle drei Wohnungen gemietet und die Zwischentüren geöffnet, so daß man sechs Räume in einer Reihe zur Verfügung hatte. Ursprünglich waren diese Wohnungen als temporäre Quartiere für neuangekommene Offiziere oder Offiziere auf Besuch gebaut worden. Dafür wurden sie aber nie mehr benutzt, so daß der Klub-Offizier auf den Gedanken gekommen war, sie für Privatzwecke zu vermieten, und mit dem Ertrag den Klub soweit wie möglich finanziell auf eigene Füße zu stellen. Nachdem sich diese Praxis einmal eingebürgert hatte, stand der Klub nicht nur auf eigenen Füßen, sondern warf sogar einen Überschuß ab.

»Nun, Sir«, fragte Oberst Delbert stolz. »Was halten Sie von der Sache? Wie?«

Dekorativ verteilt standen ein paar Flaschen ›Haig-and-Haig‹ und ›Old Forrester‹ herum. Alle waren sie noch unangebrochen. Außerdem gab es drei Tablette mit Siphonflaschen und schweren großen Whiskygläsern, auf denen wildes Geflügel in bunten Bildern prangte.

»Ah«, sagte der Brigadier, ein ziemlich großer Mann, während er sich streckte und die müde Luft einsog, die trotz der offenen Fenster noch nicht völlig aufgefrischt war. »Erinnert mich an die alten Geheimbünde in der Offiziersschule.«

Oberst Delbert lachte beflissen. »Essen rollt gleich an. Mein Bursche Jeff kümmert sich darum. Ließ ihn alles von zu Hause mitbringen. Immer größten Wert auf korrekte Ausrüstung gelegt. Ob im Felde oder im Bett. Ist sehr entscheidend. Jeff ist unten in der Küche. Organisiert einen Koch und Eis.«

Der Brigadier, der das Etikett einer Flasche studierte, antwortete nicht.

Oberst Delbert breitete die Arme aus und deklamierte: »General Slater, wir Vertreter des – Dingsda-Regiments heißen Sie willkommen in dieser Zufluchtstätte unterjochter Männlichkeit.«

Hauptmann Holmes beobachtete glücklich seinen nervösen Oberst. Der Brigadier ließ sein hageres Knochengerüst in einen chintzüberzogenen Sessel fallen. »Sam Slater«, verbesserte er. »Sam Slater aus Sheboygan. Lassen Sie mich mit diesem Unsinn in Ruhe, Jake. Niemand kennt die Bedeutung von Rang und Vorrechten besser als ich. Sie sind ja mein täglich Brot. Aber alles zu seiner Zeit, nicht wahr? Das heißt, nicht gerade hier.«

»Schön, Sam«, grinste Jake Delbert verlegen. »Bin belehrt. Ich...«

»Und Sie«, wandte sich Sam Slater an Holmes, »können mich auch gleich Sam nennen. Das heißt, wenn Sie das außerhalb dieses Raumes riskieren, laß ich Sie zum Leutnant degradieren, verstanden?«

»O. K.«, grinste Holmes, und sein Gefallen an Slater wuchs. »Hab sowieso nie zum Erpresser getaugt.«

Sam Slater sah ihn einen Augenblick an. Dann lachte er. »Wissen Sie, Jake, ich mag Ihren Schützling«, sagte er.

»Ist ein netter Bursche«, sagte Jake etwas besorgt. »Bloß ist er gerade nicht mein Schützling«, begann er zu erklären.

Sam Slater beobachtete beide nachdenklich, wie ein Pianist die Tasten betrachtet, ehe er zu spielen beginnt. »Ehrlich gesagt«, grinste er Holmes an, »dachte ich, um Himmels willen . . ., als der gute alte Jake mir sagte, daß ein junger Hauptmann mit von der Partie sein würde.« Er sah Jake an. »Ich hätte aber wissen müssen, daß der gute alte Jake Delbert seine Leute kennt, was?« log er offensichtlich. Selbst Jake wußte, daß es eine glatte Lüge war.

»War überzeugt, daß er Ihnen gefallen würde«, erwiderte Jake mit einer ebenso wackeren Lüge. Sein Schnurrbart hob nervös seine kleinen Flügel wie ein Vogel, der noch nicht recht flügge war. »Er wird mich schon ordentlich rausgestrichen haben!« sagte Holmes.

»Und ob«, sagte Sam Slater. »Nicht wahr, Jake? Hat mir alles über Sie erzählt. Und wie leid es ihm tat, daß Sie die Meisterschaft verloren haben, die Sie von Rechts wegen hätten gewinnen müssen.«

»Ich versuche immer, so ehrlich wie möglich zu sein«, sagte Jake.

»Ich hätte das«, sagte Sam, »was ich gerade gesagt habe, nämlich daß Sie mich einfach Sam nennen sollen, nicht zu irgendeinem x-beliebigen jüngeren Offizier gesagt. Nicht einmal unter diesen Umständen. Die meisten würden es gar nicht verstehen, stimmt doch, Jake, was?«

»Jawohl, Sam, die würden's bei Gott nicht verstehen«, sagte Jake, den Zweifel zu plagen begannen. Er hatte Holmes beobachtet. Nie zuvor hatte er ihn in einer so respektlosen Stimmung gesehen.

Hauptmann Holmes, der Oberst Delbert gegenüber noch nie in dieser Stimmung gewesen war, spürte eine Art Einverständnis mit dem Brigadier. Hier konnte er gefahrlos aus sich herausgehen. Er wollte kichern. Es geschah nicht oft, daß er den Oberst in der Klemme sah, mit dem Rücken gegen die Wand und so verängstigt.

Jake war offensichtlich erleichtert, als Oberfeldwebel Jefferson mit Eis hereinkam. Er beauftragte ihn, die ersten Whiskys zu bereiten, überwachte ihn gnadenlos, ließ ihn dann den Feldstecher bringen, der in Reichweite des Tisches lag, und sandte ihn dann, ohne sich bei ihm zu bedanken, gereizt nach Wahiawa, um die Weiber zu holen.

»Und seien Sie ja vorsichtig, daß kein Zivilist Sie mit den Mädchen in meinem Dienstwagen sieht. Oder es geht Ihnen an den Kragen, Jeff, verstanden?«

»Jawohl, Sir«, sagte Jeff ungerührt. Man hatte das Gefühl, daß er sich eigentlich hätte verbeugen müssen.

Jake wandte sich nicht einmal um. Er stand in vorsichtigem Abstand am Fenster und stellte den Feldstecher auf die erleuchteten Fenster der Schwesternzimmer auf der anderen Seite der Straße ein.

»Kein Schwanz zu sehen«, sagte er enttäuscht und warf das Glas auf den Tisch. »Nichts Nacktes, bei Gott.«

Keiner der beiden antwortete ihm. Sam Slater redete noch immer mit Holmes. In seinem Vortrag über jüngere Offiziere war er vom Besonderen aufs Allgemeine gekommen.

»Was mir an Ihnen sofort auffiel, war, daß Sie keine Angst haben. Die meisten jüngeren Offiziere heutzutage haben genau wie die Leute eine irrsinnige Furcht vor ihren Vorgesetzten. Jeder ihrer Gedanken und alles, was sie tun, wird von der ewigen Angst beherrscht, nicht unangenehm aufzufallen. Sogar die meisten älteren Offiziere sind nicht anders. Sehr selten findet man einen Offizier, mit dem man vernünftig reden kann, was Leuten wie mir die Sache natürlich sehr erschwert.«

»So war's aber doch immer«, sagte Holmes, »oder nicht?«

»Ach«, lächelte Sam Slater, »gerade darin täuschen Sie sich. Und ein wenig Nachdenken wird Ihnen beweisen, daß Sie sich irren. Es *war* nicht immer so. Darüber habe ich meine eigene Theorie.«

»Na, dann lassen Sie hören«, sagte Holmes enthusiastisch. »Ich bin ganz Ohr. Auch ich finde nicht oft einen vernünftigen Menschen, mit dem ich reden kann«, sagte er glücklich, wobei er Jake angrinste.

Jake erwiderte sein Grinsen nicht. Er hatte diese Theorie schon früher gehört und mochte sie nicht. Irgendwie ängstigte sie ihn, und er konnte sich nicht zu der Annahme entschließen, daß das Leben wirklich so war. Überdies hielt er es für unter der Würde General Slaters und seiner selbst, daß der General über diese Theorie mit einem Hauptmann, der noch nicht einmal Adjutant, sondern gewöhnlicher Kompanieführer war, diskutierte. Während er in kleinen Schlucken trank, fragte er sich erstaunt, wie ein so brillanter Mann wie der junge Slater, vor dem er selbst sich immer gefürchtet hatte, sich derartig gehen lassen konnte.

»In der Vergangenheit«, sagte Sam Slater vorsichtig, »war diese Angst vor der Autorität nichts als die negative Seite eines positiven moralischen Kodex, der ›Ehre, Vaterlandsliebe und Pflichterfüllung‹ umschloß. In der Vergangenheit bemühten sich die Menschen, das Positive dieses Kodex auszufüllen, nicht einfach nur das Negative.«

Offenbar wählte er seine Worte behutsam, als wäre er besorgt, man könnte sie mißverstehen. Beim Sprechen wuchs sein Charme wie sein Enthusiasmus, der, wie Holmes bemerkte, einen eigenartigen Reiz hatte. Sam Slater erregte sich nicht. Statt sich nach vorne zu neigen und schneller zu sprechen, schien er sich zu entspannen. Er sprach langsamer und langsamer, wurde immer ruhiger und noch kälter als zuvor. Dennoch gewann er an Charme. »Mit dem Einzug des Materialismus aber und des Zeitalters der Technik änderte sich das alles. Wir haben in unserer eigenen Generation«, sagte er, »einer Zeitenwende beigewohnt. Die Technik hat den Sinn des alten positiven Kodex zerstört. Es ist klar, daß sich ein Mensch nicht freiwillig an eine Maschine ketten läßt, weil das ›ehrenvoll‹ ist. Ein Mensch ist nicht so dumm.«

Holmes nickte zustimmend. Es war eine originelle Idee.

»Einzig und allein übriggeblieben ist also«, fuhr Sam Slater fort, »die standardisierte negative Seite des Kodex, wie sie ihren Niederschlag im Gesetz findet. Die Angst vor der Autorität, die früher nur eine Nebensache war, ist heute zur Hauptsache geworden, sie ist überhaupt das einzige, was übriggeblieben ist.

Wenn man einen Mann nicht davon überzeugen kann, daß es ›ehrenvoll‹ ist, sich an die Maschine zu ketten, dann hat man keine andere Wahl, als ihm Angst davor zu machen, sich *nicht* an die Maschine zu ketten. Man kann dies tun, indem man ihn die Mißbilligung seiner Freunde fürchten läßt. Man kann ihn damit beschämen, daß er eine Drohne im Volkskörper ist. Man kann ihm damit drohen, daß er verhungert, wenn er nicht für die Maschine arbeitet. Man kann ihm mit Gefängnis drohen. Oder, in der höchsten Potenz, kann man ihm mit der Todesstrafe drohen.

Man kann ihm aber nicht mehr sagen, es sei ehrenvoll. Man muß ihm Angst machen.«

»So ist's, bei Gott«, sagte Holmes. Erregt ließ er seine Faust in die Handfläche sausen.

Sam Slater lächelte nachsichtig. »Daher kommt es, daß heutzutage unsere jüngeren Offiziere, und auch die älteren, diese Angst haben, und nur diese Angst. Sie leben nach dem einzigen Kodex, den ihnen ihr Zeitalter gestattet. Noch im Bürgerkrieg konnten sie glauben, für die ›Ehre‹ zu kämpfen. Heute nicht mehr. Im Bürgerkrieg gewann die Maschine ihren ersten unvermeidbaren größeren Sieg über das Individuum. Die ›Ehre‹ starb.

Dabei ist es saudumm, Männer nur noch mit ›Ehre‹ unter Kontrolle halten zu wollen. In dieser Zeit aber müssen wir volle Kontrolle haben, denn die Mehrheit der Menschen muß der Maschine, die die menschliche Gesellschaft ist, dienen.

Natürlich sprechen wir auf unseren Werbeplakaten noch von ›Ehre‹, um neue Rekruten zu bekommen. Das gleiche gilt für die Leitartikel in den Zeitungen der Industriellen, damit es nach außen hin besser aussieht. Die Masse frißt das, weil sie Angst hat. Verlassen wir uns aber etwa auf die Werbung von Freiwilligen, um die nötigen Rekruten zu bekommen? Es wäre absurd, oder nicht? Nein, wir haben eine Dienstpflicht, eine Dienstpflicht mitten in Friedenszeiten, zum ersten Mal in unserer Geschichte. Sonst würden wir nicht die nötigen Leute bekommen. Und wir müssen sie haben und müssen sie für den Krieg ausbilden. Wir haben keine andere Wahl. Entweder das oder Niederlage. Moderne Armeen müssen wie jede andere Einrichtung der modernen Gesellschaft durch Angst gesteuert werden. Das Schicksal des modernen Menschen ist, was ich die ›Angst‹ nenne – Sie verstehen. Das ist seine Bestimmung für die nächsten Jahrhunderte, bis die Kontrolle sich stabilisiert haben wird. Wenn Sie mir nicht glauben, sehen Sie sich nur unsere Irrenhäuser und die Zunahme an Patienten an. Dann betrachten Sie sie von neuem, wenn dieser Krieg vorüber ist.«

»Ich glaube Ihnen«, sagte Holmes, der plötzlich an seine Frau denken mußte. »Aber etwas stimmt da nicht. Sie selbst haben diese Furcht doch nicht.«

Ein dünnes Grinsen legte sich auf Sam Slaters Gesicht. Eigentlich war es ein trauriges Grinsen, dachte Holmes.

»Natürlich nicht. Ich verstehe mich auf die Sache. Ich lenke. Ich bin mit einem logischen Verstand gesegnet oder gestraft und imstande, den Zug der Zeit zu erfassen. Ich und Leute meines Schlages sind gezwungen, die Verantwortung der Herrschaft zu übernehmen. Wenn die organisierte Gesellschaft und die Zivilisation, wie wir sie kennen, überhaupt bestehen soll, muß es nicht nur eine Konzentration der Macht geben, sondern auch eine vollkommene und unangreifbare Kontrolle über diese Konzentration ...«

»Jawohl«, sagte Holmes erregt. »Ich verstehe das. Seit langem habe ich das kommen sehen.«

»Dann sind Sie einer der wenigen«, lächelte Sam Slater traurig. »Zum mindesten in diesem Lande. Die Russen haben es natürlich längst erfaßt. Die Deutschen sind im Begriff des Begreifens und machen damit erstaunlich schnelle Fortschritte. Die Japaner haben es immer gewußt und angewandt. Sie sind aber unfähig, sich der modernen Maschinentechnik anzupassen, und ich zweifle daran, daß sie sich anpassen können, ehe es zu spät ist. Was uns anbetrifft, so wird dieser Krieg zeigen, ob wir's können oder nicht. Entweder lernen wir's und gewinnen den Krieg damit, oder wir sind erledigt. So wie England und Frankreich und alle dekadenten demokratischen Staaten der Welt erledigt sind. Dann wird das Szepter in andere Hände übergehen. Wenn es uns aber gelingt, dann werden wir mit unserer Produktionskapazität und unserer modernen industriellen Maschinentechnik unbesiegbar sein, selbst gegenüber den Russen, wenn dieser Tag einmal kommt.«

Hauptmann Holmes fühlte einen kleinen Schauder über seinen Rükken gehen. Er schaute Sam Slater an, und wieder wurde er mitgerissen von dem großen persönlichen Zauber, der, wie warmes Licht von einem Leuchtturm, von diesem Manne ausging. Gleichzeitig empfand er es als tragisch, daß das Schicksal diesen Mann mit der Bürde einer solchen Verantwortung belastet hatte.

»Dann werden wir's lernen müssen«, sagte Hauptmann Holmes. Er spürte, daß Jake Delbert ihn mit einer Art von Entsetzen von der Seite anschaute, aber Jake Delbert hatte nun für ihn keine Bedeutung mehr. Dies war wie etwas, das er seit langem gewußt hatte, etwas, das verstaubt und versteckt in einem Hinterzimmer seines Hirns gelegen hatte, bis ihm die Tür geöffnet worden war. »Wir haben keine andere Wahl. Wir müssen's lernen.«

»Persönlich«, sagte Sam Slater lebhaft, »glaube ich, daß es unsere Bestimmung ist, es zu lernen. Wenn aber der Tag einmal kommt, müssen wir die vollkommene und uneingeschränkte Macht in Händen haben, so wie die auf der anderen Seite sie bereits besitzen. Bis jetzt hat man die Kontrolle den großen Gesellschaften wie Ford und General Motors und US Steel und Standard Oil überlassen. Und, vergessen Sie nicht, daß die unter dem Banner der Demokratie nicht schlecht damit gefahren sind. Diese Gesellschaften haben bereits ein phänomenales Maß an Macht gesammelt, und das in verhältnismäßig kurzer Zeit. Nun aber lauten die Parolen: Gleichschaltung, Konzentration, Zivilisation, und dazu sind die Gesellschaften nicht stark genug, selbst wenn sie es wollten. Aber das ist nicht der Fall. Allein die Armee kann die Konzentration der Macht unter einheitlicher Führung zustande bringen.«

Hauptmann Holmes sah plötzlich das Bild einer Nation vor sich, über die man ein Netz sechsbahniger Autostraßen geworfen hatte.

»Ich glaube, wir können das dem Krieg überlassen«, sagte er.

»Das glaube ich auch«, sagte Sam Slater. »Historisch gesehen, sind die großen Gesellschaften bereits am Ende. Sie haben ihren geschichtlichen Zweck erfüllt. Überdies haben sie einen bösen Defekt, der, wenn er nicht abgestellt wird, tödlich werden kann.«

»Und der wäre?« fragte Holmes.

»Die Tatsache, daß sie selber Angst vor der Autorität haben, obgleich es keine Autorität über ihnen gibt«, sagte Sam Slater. »Sie haben so lange mit ihrem demokratischen System Propaganda getrieben, daß sie nun selbst daran glauben. Sie glauben an ihr eigenes Aschenbrödelmärchen, das Märchen von dem armen, aber ehrlichen Jungen, der's zu Reichtum bringt, und das hemmt sie natürlich und belastet sie mit einem bestimmten Quantum sentimentaler, moralischer Verpflichtungsgefühle. Sie müssen die Rolle des Vaters spielen, die sie selbst erfunden haben.«

»Einen Augenblick«, sagte Holmes, »ich verstehe das nicht ganz.«

Sam Slater setzte sein leeres Glas ab und lächelte ihn traurig an. »Es ist dieselbe Geschichte, von der ich schon gesprochen habe, die gleiche Sache, mit der eine große Anzahl unserer höheren Offiziere belastet ist. All das ist ein Anachronismus aus einer Generation, die in der Viktorianischen Epoche aufgewachsen ist.

Die Männer, die die großen Gesellschaften kontrollieren, und unsere höheren Offiziere sind einander wahrhaftig sehr ähnlich. Das werden Sie ja wissen. Beide bedienen sich dieser gesellschaftlichen Angst, für deren Entwicklung sie mitverantwortlich sind, und doch zögern sie beide aus moralischen Bedenken, sich ihrer voll zu bedienen. Das scheint ein Überbleibsel aus der Zeit der Viktorianischen Moralität und der britischen Schule des Imperialismus zu sein . . ., der Schule, die sich scheute, die Eingeborenen zu Tode zu schinden, wenn nicht ein Missionar zugegen war, der ihnen die Letzte Ölung geben konnte.«

Holmes lachte krampfhaft. »Aber das ist doch dumm.«

Jake Delbert räusperte sich und stellte sein eigenes Glas ab.

»Natürlich ist's dumm«, sagte Sam Slater mit seinem dünnen Lachen. »Logisch gesehen, ist es eine Absurdität. Trotzdem spielen alle unsere großen Industriellen und die meisten unserer gegenwärtigen höheren Offiziere noch immer diese Rolle, die Rolle des väterlichen Engländers. Sie werden sich klar darüber sein, welche Folgen das für ihre Macht haben *mußte*.

Soziale Angst ist die ungeheuerste Einzelquelle von Macht, die überhaupt existiert. Jetzt, wo die Maschine den komplementären positiven Kodex zerstört hat, ist sie überhaupt die einzige Quelle. Trotzdem wird sie vergeudet, indem man sie auf so idiotische Trivialitäten anwendet wie zum Beispiel die Keuschheit vor der Ehe, die sowieso niemand mehr ernst nimmt. Es ist etwa das gleiche, als riefe man die Feuerwehr, um einen Fetzen brennenden Papiers zu löschen.«

Wieder lachte Holmes, dieses Mal so mächtig, daß sein Lachen fast wie ein Anfall wirkte. Dann dachte er wieder an seine Frau. Das Lachen verließ ihn sofort, übrig blieb ein Gefühl der Leere und gleichzeitig ein sprachloses Erstaunen über die absolute Richtigkeit der Argumentation Sam Slaters.

»Es ist leider gar nicht komisch«, lächelte Sam Slater. »Ihre falsche Moralität verursacht noch größere Mängel und Schäden in anderer Beziehung. Wenn sie ihre Macht auf wirklich wichtige Probleme richten, Probleme, die eine sofortige Lösung erfordern, wie zum Beispiel, ob man in den Krieg eintreten soll oder nicht, wird diese Frage durch die sich widersprechenden Gefühlsduseleien der öffentlichen Meinung so vernebelt, daß nichts, absolut nichts geschieht. Denken Sie etwa an die Fragestellung: ›Patriotismus‹ kontra ›Friedensliebe‹. Beides hebt sich gegenseitig so vollkommen auf, daß wir mit unserer industriellen Überlegenheit abwarten und hin und her schwanken werden (obwohl jeder weiß, daß der Krieg unvermeidbar ist), bis irgend jemand uns angreift und uns zum Kämpfen zwingt – und bei der Gelegenheit natürlich einen großen Anfangsvorteil für sich herausschlägt.«

»Das ist schlimmer als eine logische Absurdität«, sagte Holmes ärgerlich. »Das ist...«, er konnte es nicht aussprechen.

Sam Slater zuckte mit den Schultern.

»Es könnte mich rasend machen«, sagte Holmes.

Jake Delbert räusperte sich von neuem. »Meine Herren«, sagte er.

»So kann's aber nicht weitergehen«, sagte Sam Slater. »Glauben Sie nicht einen Augenblick, daß in Rußland und Deutschland die Konzentration der Macht und die Kontrolle nicht bis zum letzten ausgenutzt werden. Entweder müssen wir selber uns von unseren Moralisten befreien und sie durch Realisten ersetzen, oder die Russen und die Deutschen, von den Japanern gar nicht zu sprechen, werden dies für uns tun, verstehen Sie?« sagte er zum ersten Male, seit er zu sprechen begonnen hatte, heftig.

»Meine Herren«, sagte Jake Delbert wiederum. Er sprang auf die Füße. »Oh«, sagte er, »Ihre Gläser sind leer, meine Herren. Glauben Sie nicht, daß es an der Zeit ist, sie wieder zu füllen? Jeff ist noch nicht zurück. Ich... äh... werde ein bißchen Barmann spielen, was?«

Niemand lachte.

»Sie sind auf einem Fest, meine Herren«, fuhr Jake zu scherzen fort, »nicht auf einer Tagung. Das wissen Sie doch, wie? Meinen Sie nicht, wir sollten vielleicht, möglicherweise, wenn ich so sagen darf, äh...«

Beide schauten ihn ausdruckslos an, und allmählich verstummte er wie ein Grammophon und versank in nervöses Schweigen.

»Ich bin durstig«, sagte Jake schließlich verzweifelt.

Sam Slater lächelte ihm zu, ohne seine Verachtung zu verstecken, und Jake fühlte einen Krampf namenloser Angst.

»Selbstverständlich, Jake«, sagte Sam Slater beruhigend, »trinken wir noch was. Trinken wir alle noch was.«

»Was ich aber nicht begreife«, sagte Holmes plötzlich, »woher kommt es dann, daß alle Angst haben? Ich habe keine, bestimmt keine vor der Wahrheit.« Und er meinte es ehrlich. Er schaute tief in sich hinein, und da gab es keine Angst.

Sam Slater zuckte die Schultern. »Beeinflussung durch die Umgebung, nehme ich an. Psychologisch ist es eine Art von subjektiver Identifizierung des eigenen Selbst mit dem äußeren Objekt. Manche Jungens können keine Vögel schießen, weil sie sich in die Seele des verletzten Vogels versetzen. Das ist die gleiche Geschichte.«

Holmes war gereizt. »Aber das ist ja zu dumm.«

»Meine Herren«, sagte Jake Delbert dringend. »Ihre Getränke, meine Herren.«

»Danke, Jake«, sagte Sam Slater beruhigend. Irgendwie, dachte Jake, ist Sam Slaters Trost immer verdächtig. »Natürlich ist's dumm«, sagte Sam zu Holmes. »Niemand hat behauptet, es sei gescheit. Dennoch geschieht es.«

»Häh«, sagte Delbert laut – und zum Teufel mit den zwei, was sind die überhaupt? – »Sagen Sie mal, Dynamit«, fuhr er fort, »wie weit

sind Sie mit diesem neuen Mann, wie heißt er doch gleich – Prewitt?
– Haben Sie ihn schon davon überzeugt, daß es besser für ihn sein
wird, zu boxen?«

»Wer?« sagte Holmes. Er schaute erschreckt auf, fühlte sich heraus-
gerissen aus der Klarheit des Abstrakten in das verwirrend Konkrete, in dem alle diese Prinzipien angewandt werden mußten.
»Ach«, sagte er, »Prewitt. Nein, noch nicht. Meine Leute bearbeiten
ihn aber.«

»Geben Sie ihm die ›Sonderbehandlung‹?« warf Slater ein.

»Ja«, sagte Holmes zögernd.

»Das ist ein gutes Beispiel für meine Theorie. Wie lange, glauben Sie,
könnten wir eine Armee lenken, wenn wir nicht Unteroffiziere hätten, die unsere Kaste so sehr fürchten, daß sie bereit sind, ihresglei-
chen für uns zu tyrannisieren?«

»Wahrscheinlich nicht sehr lange«, sagte Holmes.

»Das Geheimnis«, sagte Sam Slater, »liegt darin, jede Kaste dazu zu
bringen, daß sie die über ihr Stehenden fürchtet und die unter ihr
Stehenden verachtet. Sie sind sehr gescheit, daß Sie es Ihrem Unteroffizier überlassen, statt es selbst zu tun. Das zeigt den Unteroffizieren nur um so deutlicher die Kluft zwischen Mannschaften und
Offizieren.«

»Hat es aber schon irgendwie gewirkt?« drängte Jake, lenkte das Gespräch wieder zum Konkreten zurück, weg von der teuflischen
Theorie des jungen Slater. »Die Kompaniekämpfe sind dieses Jahr
im Juni, anstatt im August. Sie haben dieses Jahr nicht soviel Zeit
wie letztes Jahr, und bis jetzt hat er noch nicht klein beigegeben,
was?«

»Ich habe Ihnen gesagt, nein, noch nicht«, sagte Holmes heftig. Er
wurde sich bewußt, daß er mit einem Male nur wieder Hauptmann
war. »Ich habe das alles aber in Rechnung gestellt. Ich weiß genau,
was ich tue. Wirklich, Sir.«

»Ich bin davon überzeugt, mein Junge«, sagte Jake voll Sympathie.
Nun war er auf vertrautem Boden. Er konnte einen spitzen Seitenblick auf Slater riskieren. »Vergessen Sie aber nicht, mein Sohn, daß
dieser Mann offenbar ein Bolschewik ist, ein echter Unruhestifter.
Die sind nicht mit den üblichen Maßstäben zu messen. Ich selbst
glaube fest daran, daß man seine Männer führen soll. Bolschewiken
aber muß man mit der Knute behandeln. Das ist die einzige Art, um
mit ihnen zu Rande zu kommen. Und sie dürfen nie die Oberhand
über einen gewinnen. Sonst verliert man Prestige bei seinen Leuten,

und dann versuchen auf einmal alle, einem auf dem Kopf herumzutanzen.«

»Das stimmt«, warf Sam Slater ein, »wenn sich diese Sache bereits zu einem offenen Konflikt entwickelt hat, dann müssen Sie sie bis zum letzten durchfechten. Nicht, daß die Sache an sich Bedeutung hätte, sondern wegen des Eindrucks, den sie auf die Leute macht.«

»Bis jetzt hat sie sich nicht zu einem offenen Konflikt entwickelt«, sagte Holmes, der sich in die Enge getrieben fühlte. »Die Leute tun es sozusagen von sich aus, ohne mein Dazutun.« Sofort wurde ihm klar, daß er sich selbst in einer Falle gefangen hatte. »Was ich damit sagen will . . .«, sagte er.

»Oh«, grinste Jake. Nun ließ er keinen Stich aus. Diese jungen Sprücheklopfer, die immer dem jeweils höchsten Offizier nach dem Mund redeten. Die Theorie war schön und gut, was aber allein zählte, war die Anwendung in der Praxis. »Aber glauben Sie nicht, daß es bei den Leuten den Eindruck erwecken wird, als wollten Sie sich vor der Verantwortung drücken?«

»Nein«, sagte Holmes, der verstand, was in Jake vorging. »Nicht im geringsten. Ich hab versucht, mein Ziel mit Hilfe der Unteroffiziere zu erreichen, ohne selbst einzugreifen, wie der General gerade gesagt hat.« Er nickte Sam Slater zu.

»Ich würde mich aber darauf nicht allein verlassen«, sagte Jake. »Wenn er nicht bald klein beigibt, so daß sie ihn voll trainieren können, wird er nicht von großem Nutzen für Sie sein, was?«

»O doch«, sagte Holmes. »Ich will ihn vor allem für die Regimentssaison im nächsten Winter haben, nicht für die Kompaniekämpfe.« Er lächelte nachsichtig. Er hatte das Gefühl, diese Runde gewonnen zu haben.

»Ja schon«, drängte ihn Jake. »Wenn er aber im Juni nicht mitmachen muß, hat er einen Sieg errungen, und den Leuten gegenüber verlieren Sie an Gesicht. Und das ist doch nicht gut, was?« sagte er zu Slater. »Hab ich nicht recht?«

Sam Slater sah ihn eine Weile an, ehe er antwortete. Er hatte dagesessen, hatte beide beobachtet und war sich bewußt, daß beide um seine Billigung warben. Es tat ihm gut. Jake hatte natürlich den höheren Rang, aber Jake war ein Feigling und ein Mitglied der alten patriarchalischen Schule, mit der er und seine Generation unweigerlich eines Tages den Kampf würden aufnehmen müssen. Und der junge Holmes gefiel ihm.

»Ja«, sagte er schließlich. »Das stimmt. Das Wichtigste«, sagte er zu

Holmes, »ist, daß Sie als Offizier auch den Schatten eines Verdachtes vermeiden müssen, daß ein einfacher Soldat einen Sieg über Sie errungen habe. Die Boxerei selbst ist ganz bedeutungslos«, sagte er mit einem Blick auf Jake.

Jake zog es vor, das zu überhören. Er hatte einen vorübergehenden Vorteil errungen, und er hatte das Thema gewechselt. Für den Augenblick genügte das. Ohnehin war es eine Frechheit, daß er – ein Oberst – mit einem Hauptmann kämpfen mußte. »Wenn er nicht bald klein beigibt«, sagte er kalt zu Holmes, »werden Sie seinen Starrsinn brechen müssen. Es bleibt Ihnen keine andere Wahl. Lassen Sie ihn die volle Schwere des Gesetzes spüren, so daß er mindestens im Winter, wenn die Bowl-Saison anfängt, mit sich reden läßt.«

»Jawohl«, sagte Holmes voller Zweifel. Er hatte in der letzten Bemerkung, die der Brigadier über das Boxen gemacht hatte, seine Gunst zu spüren geglaubt, wußte aber nicht, ob er genügend Sicherheit hatte, um den Sprung ins Dunkel zu wagen. »Ich glaube aber nicht, daß es so gehn wird«, sagte er und entschied sich, dennoch den Sprung zu wagen. »Ich glaube nicht, daß man diesen Mann kleinkriegen kann.«

»Was?« sagte Jake. Er sah den General an. »Natürlich kann man ihn kleinkriegen.«

»Man kann jeden Mann kleinkriegen«, sagte Sam Slater kalt. »Sie sind Offizier.«

»Richtig«, sagte Jake herzhaft. »Ich erinnere mich noch, wie ich hier in Schofield als Hauptmann diente und John Dillinger Soldat war. Wenn es jemals einen Mann gegeben hat, den man nicht zähmen konnte, dann war's der Mann. Und bei Gott, er wurde trotzdem gebrochen. Hier, gerade hier in unserem Militärgefängnis hat man das fertiggebracht. Ich sage Ihnen, von seinen drei Jahren hat er die meiste Zeit im Gefängnis zugebracht«, sagte Jake entrüstet. »Damals hat er sich geschworen, mit den Vereinigten Staaten quitt zu werden, und wenn es ihn sein Leben kosten würde.«

»Das klingt nicht so, als hätte man ihn kleingekriegt«, sagte Holmes, der sich nun nicht mehr zurückziehen konnte. »Nach allem, was er später getan hat, würde ich sagen, daß man ihn niemals kleingekriegt hat.«

»O doch«, sagte Jake. »Hoover und seine Jungens haben ihn schon kleingekriegt. In jener Nacht in Chicago haben sie ihn glatt kleingekriegt. Glatt entzweigebrochen. Die wurden genauso fertig wie mit dem schönen Floyd und allen anderen Gangstern.«

»Sie haben ihn abgeknallt«, sagte Holmes. »Nicht kleingekriegt.«
»Das ist Jacke wie Hose«, sagte Jake entrüstet. »Wo zum Teufel liegt der Unterschied?«
»Ich weiß nicht«, sagte Holmes und entschloß sich aufzugeben. »Keiner, wahrscheinlich.« Aber er wußte, daß er das selbst nicht glaubte. Seine Stimme verriet es.
»Nein«, sagte Sam Slater. »Jake hat unrecht. Natürlich ist es ein Unterschied. Dillinger hat man niemals kleingekriegt. Das können Sie ruhig zugeben, Jake.«
Jake Delberts Gesicht wurde dick und rot.
»Sie können das nicht begreifen«, sagte Sam Slater langsam. »Ich aber kann ihn verstehen. Und ich glaube auch, Dynamit kann ihn begreifen.«
Jake ließ sich auf seinen Sessel nieder. Er hob sein Glas zu seinem geröteten Gesicht und nippte davon, Sam Slater erwiderte unberührt seinen Blick. »Das Wichtigste dabei ist aber, daß man ihn getötet hat, wie man diese Sorte immer tötet. Dillinger hatte nur den einen Fehler, daß er ein Individualist war, und Sie, Jake, können das nicht begreifen. Das aber ist der Grund, warum er getötet werden mußte. Verbrechen zahlen sich nie aus, nicht wahr?« grinste er.
Holmes fühlte sich ungeheuer erleichtert. Plötzlich aber, während Slater sprach, wurde es ihm klar, wie eine Meinungsverschiedenheit so wie diese hier – sagen wir zwischen einem Soldaten und einem Unteroffizier – einen Mann rettungslos ins Militärgefängnis bringen konnte und von dort, wenn er nicht seine Meinung änderte oder klein beigab, Schritt für Schritt unwiderruflich dorthin, wo er bei Nacht in einer Seitenstraße in einem Chevrolet hockte, einen Revolver in der verängstigten Hand, und darauf wartete, daß jeden Augenblick aus der Dunkelheit Kugeln in ihn hineinschlügen, und daß all dies geschehen konnte, während die Nation sich im Frieden und nicht mitten in einem Kriege befand. Es war ein überwältigend unheimlicher Gedanke, und ein Frösteln ging über seinen Rücken. Er konnte sich noch gerade davor bewahren, weiterzudenken, daß derartiges ebensogut ihm hätte passieren können. Dann erinnerte er sich daran, was Slater über Jungens gesagt hatte, die keine Vögel schießen konnten. Es kam ihm vor, als sei alles um ihn sonderbar unwirklich. Da konnte man sehn, welche Kraft ein Gedanke hat, dachte er. Und alles war einem solch unschuldigen Anfang entsprungen.
»Hauptmann«, sagte Jake mit unterdrückter Stimme zu ihm, »ich

gebe Ihnen den ausdrücklichen Befehl, diesen Prewitt die ganze Strenge des Gesetzes fühlen zu lassen, wenn er nicht klein beigibt, ehe es zu spät ist für die Regimentskämpfe.«

»Ich habe mir das schon seit langem vorgenommen, Sir«, sagte Holmes. »Nur dachte ich bisher, es würde vielleicht nicht nötig werden.« Er hatte ein wenig Mitleid mit dem armen alten Aufschneider.

»Es wird nötig sein«, sagte Jake brutal. »Sie können sich auf mich verlassen. Und das ist ein direkter Befehl, Hauptmann.« Er lehnte sich zurück.

Holmes aber fühlte sich nicht im geringsten geängstigt. Der Majorsposten beim Regiment, auf den er spekulierte, war nichts, verglichen mit einem Posten beim Brigadestab. Und selbst wenn daraus nichts wurde, konnte Jake Delbert ihm nichts anhaben, solange Slater über ihn wachte.

»Das Wichtige ist«, sagte Sam Slater, indem er sich wie ein Fechtmeister einmischte, der eine Pause im Kampf seiner Schüler benützt, um weitere Belehrungen zu erteilen, »das Wichtige ist, daß man sich der grundsätzlichen Idee erinnert, die dahintersteckt. Sie würden einem einzigen widerspenstigen Maulesel ja auch nicht gestatten, einen ganzen Packzug mit Vorräten in den Waianae-Bergen zu blockieren, nicht wahr? Wenn Sie ihn nicht dazu bringen könnten, weiterzugehen, würden Sie ihn in den Abgrund werfen lassen, oder nicht?«

»Jawohl«, sagte Holmes.

»Das ist alles.«

»Ja, das ist alles, nicht wahr?« fragte Holmes nervös. »Man muß an die Mehrheit und an das Endziel denken, was? Vielleicht muß man im Interesse des Ganzen grausam sein. Stimmt das?«

»Genau«, sagte Slater mit einer sonderbar weibischen Befriedigung. »Wer führt, muß hart sein.«

»Ja«, sagte Holmes und kam sich plötzlich so vor, als wäre er verführt worden, wie es einer Frau vorkommen mußte.

»Sie lernen schnell«, sagte Slater zu ihm.

Danach versuchte Jake nicht mehr, das Thema zu ändern. Sam Slater wandte sich sofort wieder seiner Theorie zu. Nun sprach er fast schnell. Er unterhielt sich immer noch mit Holmes, als die zwei Majore vom Regiment kamen. Wie nicht anders zu erwarten war, erschraken sie, als sie einen General sahen, verdrückten sich, um einen stärkenden Drink zu holen, kamen zurück, fanden, daß man sie noch immer nicht beachtete, und schlenderten wieder weg, um sich ihn einzuverleiben.

Die beiden unterhielten sich auch noch, als Oberfeldwebel Jefferson mit den Frauen ankam, und sie ließen sich auch nicht unterbrechen. Meist hörte Holmes angestrengt zu. Er wußte, daß Prewitt ihn in eine Lage gebracht hatte, in der es nur zweierlei gab: entweder weitermachen oder zurückweichen. Sam Slater erläuterte sein tröstliches Glaubensbekenntnis, das er sich entwickelt hatte, als er sich selbst einmal in einer ähnlichen Situation befand. Während er erzählte, bekamen seine Augen neuen Glanz.

Die zwei gewichtigen Exemplare von Weibern, die sich auf ihre Knie gehockt hatten, tranken und lauschten verständnislos. Jake und die beiden Majore hatten es schon längst aufgegeben, dem Gespräch zu folgen, und sich in die hinteren Zimmer verzogen, um sich dem eigentlichen Zweck des Abends zu widmen.

Holmes aber hatte das fast vergessen. Das Gespräch eröffnete ihm eine ganze Reihe überraschend neuer Ausblicke. Da gab es Dinge, die er nicht einmal geahnt hatte. Mit aller Kraft konzentrierte er sich, konnte aber nur kurze Einblicke erhaschen, ehe die Wolkenwand sich wieder darüberschob. Immer wieder gab es dahinter etwas Neues, das er glaubte, vielleicht vollkommen erfassen zu können.

»Vernunft«, sagte Slater, »ist die größte Entdeckung der Menschheit. Gleichzeitig ist sie die am meisten mißachtete und am wenigsten benutzte. Kein Wunder, daß vernünftige und empfindsame Menschen bitter und enttäuscht werden.«

»Ich hab es immer genauso gesehen«, sagte Holmes erregt. »Mein ganzes Leben lang hab ich's gesehn. Immer in der Ferne.«

»Die Grundlage von allem ist die Angst«, lächelte Sam Slater. »Angst ist der Schlüssel. Sobald man einmal den Grad an Angst in einem Menschen kennt, kann man unfehlbar voraussagen, wie weit man ihm trauen kann und wie weit er mitgehn wird. Der nächste Schritt ist natürlich, Angst künstlich hervorzurufen. An und für sich ist sie immer vorhanden. Was man zu tun hat, ist lediglich, sie zu erwecken. Je größer die Angst, um so besser die Möglichkeit der Kontrolle.«

»Hör mal«, sagte die Chinesin auf Holmes' Knie. »Was ist los mit euch zwei, wie?«

»Absolut nichts«, sagte Sam Slater.

»Ihr uns nicht leiden könnt, vielleicht nein?« sagte die Japanerin.

»Aber doch«, sagte Sam Slater. »Ihr seid wunderschöne Damen.«

»Du bist nicht böse mit mir, nein?« sagte die Chinesin zu Holmes.

»Warum soll ich böse sein?«

»Ich weiß nicht. Vielleicht ich tun, was du nicht mögen?«

»Komm, Iris«, sagte die Japanerin. »Laß sie gehn zum Teufel. Wir gehn finden den weißhaarigen alten Dicken. Er mit Beulah. Machen vielleicht ein bißchen Spaß mit ihm.«

Iris stand auf. »Ich nichts getan zu verletzen dein Gefühl?« versuchte sie Holmes zu verführen.

»Aber nein«, sagte Holmes.

»Sehen Sie«, grinste Sam Slater, als die beiden verschwunden waren. »Sehen Sie, was ich mit Angst meine?«

Holmes lachte.

»Wissen Sie«, sagte Sam Slater, »ich habe schon hundertmal versucht, all das dem alten Jake zu erklären. Ich hab es ihm ununterbrochen erklärt, seitdem ich auf diese Insel gekommen bin. Jake hat sehr große Fähigkeiten, er müßte nur lernen, sie zu nutzen.«

»Er ist ziemlich alt«, sagte Holmes vorsichtig.

»Zu alt«, sagte Sam Slater. »Wenn ich je einen Menschen gesehn habe, der im Dunkel seinen Weg verloren hat und ihn nicht mehr finden kann, so ist es der gute alte Jake. Und dabei sollte man meinen, wenn irgend jemand durch seine Herkunft und Ausbildung dazu prädestiniert wäre, die Zeichen der Zeit zu erkennen, es Jake Delbert sein mußte. Er hat aber noch immer Angst. Er hat Angst und hat noch immer so viel von einem Moralisten, daß er an die sentimentalen Tagesbefehle glaubt, die er seinen Truppen gibt, statt daß er versucht, der Menschheit zu helfen. Dann erleichtert er sich mit diesen Herrenabenden, als könnte er einfach aufs Klosett gehen, wenn sein seelisches Gedärm voll ist.

Nicht, daß ich etwas gegen diese Herrenabende hätte, verstehen Sie mich bitte nicht falsch. Ich finde sie wunderbar und genieße sie. Aber alles zu seiner Zeit. Man kann das nicht zu seinem Lebensinhalt machen. Nicht, ohne daß man dabei vor die Hunde geht. Ein Mann muß etwas Größeres haben, größer als er selbst, an das er glauben kann.«

»Genau das«, sagte Holmes erregt. »Was Größeres als er selbst. Und wo kann man das heutzutage finden?«

»Nirgends«, sagte Sam Slater, »außer in der Vernunft. Sie sind ziemlich alt für einen Hauptmann, Dynamit, das wissen Sie ja, aber Sie wären ziemlich jung für einen Major. In Ihrem Alter war ich selbst erst Major, verstehen Sie? Und ich hatte noch nicht einmal damit angefangen, mir die neue Logik zu eigen zu machen. Hätte nicht ein Mann von Format mich unter seinen Schutz genommen, ich wäre heute noch Major und ein Jake Delbert.«

»Der Unterschied bei Ihnen aber war«, sagte Holmes, »daß Sie bereit waren, auf die Vernunft zu hören, als Sie sie schließlich entdeckten.«

»Genau«, sagte Sam Slater. »Und in unserem Beruf haben wir heute einen ungeheuren Bedarf an Nachwuchs, der in der Lage ist, seine Lektion zu lernen. Später werden wir noch weit mehr benötigen, und alle Möglichkeiten werden ihnen offenstehen.«

»Der Rang ist mir egal«, sagte Holmes. Er wußte, daß er das zuvor schon einmal gesagt hatte. Dieses Mal aber war es wahr. Nun meinte er es wirklich. »Alles, was ich will«, sagte er, »ist, wirklich festen Boden unter den Füßen zu finden, ein Fundament, auf dem ein denkender Mensch stehn kann, eine gesunde Logik, die einen nicht im Stich läßt. Geben Sie mir das und zum Teufel mit dem Rang.«

»Genauso habe ich auch empfunden«, sagte Sam Slater. Er lächelte sein dünnes Lächeln. »Wissen Sie, ich könnte einen Mann wie Sie gebrauchen. Es laufen weiß Gott genug Dummköpfe in meinem Stab herum. Ich brauche wenigstens einen Kopf. Was hielten Sie von einer Versetzung zur Brigade und einer Tätigkeit in meinem Stab?«

»Wenn Sie wirklich meinen, daß ich dazu geeignet bin?« sagte Holmes bescheiden. Er dachte daran, was Karen wohl dazu sagen würde. Wenn es nach ihr gegangen wäre, hätte er nie an einem dieser Herrenabende teilgenommen. Und dann, was wäre dann aus ihm geworden? Er konnte sich Jake Delberts Gesicht vorstellen.

»Natürlich. Mein Gott«, sagte Sam Slater. »Wenn Sie den Posten wollen, können Sie ihn haben, verstehn Sie? Ich werde mich morgen darum kümmern.

Wissen Sie«, sagte er, »tatsächlich ist die Geschichte mit diesem Prewitt nur insoweit interessant, als sie Ihre persönliche Karriere betrifft. Nicht für die Boxriege, nicht einmal für Ihr Prestige. In Wirklichkeit ist sie nichts als eine Gelegenheit, um die Stärke Ihres Charakters zu prüfen und zu entwickeln.«

»Von der Seite hab ich es noch nie angesehen.«

»Ich glaube nicht, daß es in Ihrem eigenen Interesse läge, sich versetzen zu lassen, ehe Sie diese Sache völlig durchgeführt haben, was? Dann, wenn Sie damit fertig und versetzt sind, könnten Sie die ganze verdammte Boxriege aufgeben. Wir können Ihre Energie besser verwenden.«

»Ja, das könnte ich tun«, sagte Holmes und fragte sich, ob er nicht eigentlich Trainer bleiben wollte.

»Na«, sagte Sam Slater grinsend und stand auf. »Ich möchte noch was trinken. Ich glaub, wir haben wirklich genug gequasselt, wie? Wir vergeuden wertvolle Zeit, he? Ich geh jetzt diese verdammten Weiber holen.« Er griff nach der Siphonflasche. Plötzlich war er gar nicht mehr der Philosoph. Es schien, als sei ein Teil seines Wesens abgestellt worden, wie man einen Wasserhahn abstellt.

Hauptmann Holmes war erstaunt, dann fast erschreckt. Denn *er* konnte nicht alles so leicht vergessen. Er hatte das Bild einer neuen Macht gesehn, die eine vollkommen neue Welt gestalten würde, eine Welt mit einem auf Vernunft basierten Sinn, nicht einfach mit dem der Moralisten. Es war ein Ziel, das sich in der Praxis bewähren würde. Seine Grundlage war realistische Macht. Eine Macht voller Güte, die über alle Möglichkeiten verfügte, Gutes zu tun und die Menschheit zu neuen Höhen zu führen, trotz des Eigensinns und der Trägheit dieser Menschheit. Der Güte dieser Macht haftete eine gewisse Tragik an, denn die Massen, die nichts als beischlafen und ihre Bäuche füllen wollten, würden sie immer mißverstehen. Nur die Geschichte würde sie rechtfertigen. Immer waren die Leben großer Männer und großer Ideen tragisch. Er war erfüllt von dem Wunsch, laut aufzuschreien, einem Wunsch, den er seit seiner Jugend nicht mehr gehabt hatte. Wie konnte Slater das alles abdrehen, wie man einen Wasserhahn abdreht?

Dann wurde ihm plötzlich klar, daß er zweifelte. Gerade hatte er es gelernt, und schon begann er zu zweifeln, und das ängstigte ihn noch mehr. War Logik noch immer Logik, auch wenn man an ihr zweifeln konnte?

Für Slater ist das längst nichts Neues mehr, sagte er sich. Er ist daran gewöhnt. Natürlich kann er es abstellen, wenn er will. Nur für dich selber ist es neu, das ist das Ganze. Und du hast noch immer die alte Gewohnheit, zu zweifeln. Das ist alles. Er hätte gerne gewußt, ob Slater auch gezweifelt hatte, als er es das erste Mal hörte. Natürlich tat er das, sagte er sich. Wenn aber Slater *nie* daran gezweifelt hatte, was dann? Er dachte daran, Slater zu fragen, ob er je gezweifelt hatte, und plötzlich begann sein Herz zu zittern. Er war nicht mehr nur ängstlich, er hatte wirklich Angst, fürchtete sich davor, mit seiner Frage seinen Unglauben zu verraten.

Er wußte plötzlich, daß er nicht an der Logik zweifelte, sondern an sich selber. Er zweifelte an seiner Fähigkeit, je mit Zweifeln aufhören zu können. Vielleicht hatte Slater sich in ihm getäuscht.

Wenn aber Slater sich täuscht, dann war auch Slaters Logik anfällig, oder nicht? Hauptmann Holmes fühlte die gähnende Leere zurückkommen. Wiederum verweigerte sich der Boden seinen Füßen.

Was wäre geschehen, wenn seine Frau es nicht abgelehnt hätte, sein Abendessen zu kochen, wenn sie nicht mit ihrem reichen Zivilisten ausgegangen wäre?

Was wäre geschehen, wenn Jake Delbert ihn vorher über die Anwesenheit des Generals an diesem Abend verständigt und ihm Gelegenheit gegeben hätte, sich zu fürchten?

Was, wenn Sam Slater nicht die Absicht gehabt hätte, Jake eins auszuwischen?

Hauptmann Holmes sah ganz plötzlich und ganz klar, daß er dann ein anderer Mann gewesen wäre. Alles hätte sich ganz anders abgespielt. Als Sam Slater ihm einen neuen Whisky reichte, zitterte seine Hand.

»Kommen Sie«, grinste Sam Slater. »Die sind alle dahinten im nächsten Zimmer.«

»Gewiß, natürlich«, sagte Hauptmann Holmes und folgte ihm. Hoffentlich hatte der General sein Zittern nicht bemerkt. Er fragte sich, ob Sam Slater sich morgen der ganzen Angelegenheit erinnern würde. Er fragte sich ferner, ob diese welterschütternde Unterhaltung nicht in Wirklichkeit nur eine Holmes und Slater erschütternde gewesen war. Und er fragte sich schließlich, warum die Erde nie stillstand und einem gestattete, die Füße fest daraufzusetzen.

Er sah auf die Leute im Zimmer ... auf den Oberst, der ausgestreckt auf dem Bett lag und trank, auf die Frau, die neben ihm saß und das gleiche tat, auf die Majore, auf Oberfeldwebel Jefferson, der ein Tablett mit Getränken herumreichte, auf Sam Slater, der sich grinsend eine Frau aussuchte, auf die Frau, die er selber ausgesucht hatte. Er kannte sie nicht. Niemand kannte er: Er kam sich vor wie jemand, der aus dem Fenster eines Wolkenkratzers schaut, die ganze Höhe der Wand hinunter, die immer kürzer zu werden scheint und immer weiter zurücktritt bis auf die Straße, wo er die wundervoll winzigen Wagen sehen kann, die sich wie Käfer durch die Straßen bewegen, und der seinen Kopf zurückziehn oder hinunterspringen muß.

Tu das nicht, Holmes. Du kennst diese Straße, sie führt nirgends hin. Sie hat dich hierher gebracht. Es kommt darauf an zu glauben. Man *muß* glauben. Man muß Vertrauen besitzen. Das ist die Antwort. Die einzige Antwort.

Und so blickte er auf Sam Slater und glaubte. Er schaute auf den sich amüsierenden Sam Slater aus Sheboygan, so wie eine Frau verängstigt, aber noch immer hoffnungsvoll auf den Mann schaut, dem sie erlaubt hatte, sie zu verführen, dem sie sich hingegeben, der sie genommen, dann sich abgewandt und zu schnarchen begonnen hat. Er wußte, daß in alledem irgendwo eine Logik stecken mußte. Es konnte nicht alles einfach zufällig sein.

Morgen würde er den neuen Mixapparat kaufen und ihn in die Küche bringen, bevor sie nach Hause kam. Die Maschine würde das erste Ding sein, das sie sah, wenn sie in die Küche eintrat. Dann würde sie Bescheid wissen.

Nur ganz leicht schwankend stand er auf und führte das derbe Chinesenmädchen in eines der hinteren Zimmer.

24

Der Mann, um dessen Rettung jeder besorgt zu sein schien, war selber absolut nicht in Sorge. Nicht einen Augenblick lang dachte er daran, daß er ein Sünder sein könnte, während er die Stufen des New Congress Hotel hinaufstieg.

Prew gab sich erneut dem Gefühl des Auf-Urlaub-Seins hin. Das Leben war aufgeschoben bis zum nächsten Morgen. Dann würde er wieder an seine Lage denken können. Im Augenblick aber durfte nichts geschehen, was seine Erwartungen stören konnte. Vielleicht konnte er nie wieder Hornist werden. Gut, dann eben nicht. Dies aber konnte er bekommen, und es würde ihm helfen, eine Leere auszufüllen. Bestimmt war es gut, es festzuhalten. Eines Tages, schon bald würde er es bitter nötig haben. Wichtiger als alles andere war im Augenblick der Gedanke an Lorene. Welch ein Name. Lorene! Kein Hurenname, sondern ein wirklich echter Frauenname, Lorene. Für ihn hatte er, wenn er ihn vor sich hinsagte, einen besonderen persönlichen Klang, als habe nie zuvor eine andere Frau so geheißen. Er konnte sich von dieser Sportkompanie wegversetzen lassen. Wer wollte ihn daran hindern? Vielleicht konnte er wieder zu einem wirklich soldatischen Truppenteil kommen, wieder wirklich strengen Dienst machen, wieder zum Feldwebel befördert werden, denn das hätte jetzt wieder einen Sinn.

Dann fiel ihm ein, daß man seine Versetzung nicht genehmigen würde.

Schön, dann konnte er also nicht versetzt werden. Und wenn schon? Was bedeutete das schon? Nicht einen Dreck. In einem Jahr war alles vorüber. Sie hat sowieso die Absicht, noch ein Jahr lang zu arbeiten, nicht wahr? Dann war man soweit, daß man nach Hause fahren konnte, zurück in die Staaten, jetzt in einem Jahr, 1942. Er war glücklich. Kräftig klopfte er an die Stahltür. In Gedanken konnte er plötzlich alles vor sich sehen. Er würde in einer kleinen Garnison dienen, in der man von Tag zu Tag dahindöste, wie Jefferson Barracks oder Fort Riley. Die Kaserne würde aus solidem Backstein sein, der Rasen frisch geschnitten und die Wege gut erhalten unter den langen Nachmittagsschatten alter Eichen. Diese Bäume hatten schon existiert, als George Armstrong Custer von den Siouxindianern einen Kopf kürzer gemacht wurde. Wenn er sich für eine weitere Dienstzeit neu verpflichtete, würde er sich selbst nur einen Ort aussuchen, wo auch die Unteroffiziersquartiere aus solidem Backstein waren und nicht solch baufällige Baracken, wie man sie hier hatte, wo er sie in eine Gemeinde einführen konnte, in die kleine Gesellschaft, die nur aus den verheirateten Unteroffizieren bestand und nur aus diesen. Sagten nicht alle alten erfahrenen Burschen wie Pete Karelsen, daß Huren die besten Frauen abgäben? Sagten sie nicht, daß Huren, die einmal im tiefsten Sumpf gelebt hatten, die kleinen Dinge des Lebens besser zu schätzen verstanden? Viele Veteranen heirateten Huren. Sieh dir nur den alten Dhom an. Seine Frau war eine Hure in Manila. Nein, sehen wir uns Dhom lieber nicht an. Seine Frau ist eine Eingeborene. Sie zählt nicht. Das wäre so, als hättest du Violet geheiratet. Du willst aber Lorene. Und wenn Behagen und Sicherheit die Dinge sind, die sie sucht, wo kann man sie besser finden als in einer abgelegenen Garnison, die seit neunundsechzig Jahren so ist, wie sie ist, und noch neunundsechzig Jahre so bleiben wird.

Mein Gott, sie könnte ihn schon jetzt heiraten, noch heute. Dann könnte sie noch ein weiteres Jahr arbeiten, was sie sowieso vorhatte. Ihm war das gleichgültig. Achtbarkeit hatte ihm verdammt viel genützt in seinem Leben, was? Für Achtbarkeit und fünfzehn Cent kann man sich ein Glas Bier kaufen.

»Aber das ist ja Prew.«

Mrs. Kipfer ließ ihn mit anmutiger Geste ein. »Ich habe bestimmt nicht erwartet, Sie so schnell wiederzusehn. Das ist aber mal eine Überraschung.«

»Wie geht das Geschäft?« grinste er, während die dicke, sägemehlstaubige Zirkusatmosphäre in Wellen auf ihn einstürzte. Mrs. Kipfer sah etwas gehetzt aus. Nicht, daß ihre Ansteckblumen verwelkt gewesen wären. Eher erinnerte sie an eine Dame, die es erleben muß, daß ihr Mann einen betrunkenen Gast mit zum Essen bringt.

»Ist es nicht fürchterlich?« sagte sie.

Beide Wartezimmer waren voll. Männer bewegten sich lachend durch die Gänge. Die zwei Musikautomaten kämpften ununterbrochen gegeneinander an. Schwitzende Mädchen warfen Türen zu. Spitze Absätze klapperten auf dem Boden. Das Ganze erinnerte an das laufende Band eines Rüstungsbetriebes in den Hauptarbeitsstunden. Ein starker Geruch gemischter Parfüms vermengte sich mit dem Qualm von Zigaretten, die Stimme eines Mannes versuchte halbbetrunken mit dem Musikautomaten im zweiten Wartezimmer zu wetteifern, und vom anderen Ende des Ganges schrie eine gehetzte Stimme: »Handtücher.«

»Man könnte uns fast«, sagte Mrs. Kipfer angespannt, »mit dem Parteitag der Republikaner in Philadelphia verwechseln, nicht wahr?«

»Sogar mit dem Veteranentag in Detroit«, sagte Prew.

»O nein, das bitte nicht.«

»Handtücher!«

Mrs. Kipfer zuckte zusammen. »Petunia. Josette braucht Handtücher. Auf Nummer sieben.«

»Iss gutt.« Die große, schwarze Masse weiblichen Fettes setzte sich ungerührt in Bewegung. Selbst gegenüber dem zarten Hauch ihres winzigen Dienstmädchenhäubchens und des weißen Schürzchens, mit denen man sie aufgeputzt hatte, war sie gleichgültig.

»Und sieh nach, ob sonst noch jemand welche braucht.« Mrs. Kipfer tätschelte ihr geistesabwesend die Backe. »Und beeile dich, Petunia. Sie heißt wirklich so. Ist das nicht schrecklich? Genau wie im Kino. Ich wüßte aber nicht, was ich ohne sie tun sollte. Minerva ist so zimperlich. Heute ist sie krank. Am Zahltag ist sie immer krank. Mit ihr kann ich überhaupt nichts anfangen.« Sie holte tief Atem. »Diese Minerva. Wissen Sie, ich habe nur diese beiden. Die Service Rooms haben mindestens vier Mädchen. Aber die sind natürlich auch das größte Haus am Platze.«

»Wo ist Lorene?« sagte Prew.

Mrs. Kipfer legte ihre Hand leicht auf seinen Arm und sah ihn strahlend und wissend von der Seite an. »Aber Prew. Sind Sie ihretwegen extra am Zahltag hierher gekommen? Wie haben Sie das gemacht – – – haben Sie sich Geld geliehen? Nur um heute hierher zu kommen und Lorene zu treffen?«

»Warum sollte ich das tun?« sagte Prew steif. Er fühlte, wie seine Oberlippe und sein Hals gleichzeitig steif wurden. »Um die Wahrheit zu sagen«, fuhr er steif fort, »habe ich heute ein wenig Geld gewonnen und mich entschlossen, damit in die Stadt zu gehen, ehe ich alles wieder verliere.«

»Na, das lobe ich mir.« Mrs. Kipfer lächelte ihn an, wobei sie den Kopf seitwärts legte. »Wieviel haben Sie denn gewonnen, mein Lieber?«

Prew spürte, wie eine hohle Furcht seine Gereiztheit in zwei Hälften schnitt, wie diese Hälften zu Boden fielen und nichts übrigblieb als eine vollkommene Leere. Schnell griff er nach seiner Brieftasche, wie ein Mann es tut, der seine Mittel zählen muß, um festzustellen, wieviel er hat. Sie war noch da. Er atmete auf.

»Oh«, sagte er, »um die hundert.«

»Nicht schlecht, was?«

»Mäßig«, sagte er. Es fiel ihm ein, daß er schon einen Dollar von den zwanzig ausgegeben hatte. Damit hatte er die zwei Whiskys bezahlt, die ihm helfen sollten, die Falltür in seinem Innern zu schließen. (Es gibt Zeiten, wo es unbedingt nötig ist, diese Falltür zu schließen. Die Scharniere klemmen aber leicht und oft.) Nun hatte er nur noch neunzehn Dollar übrig. Wenn man noch einen Dollar für das Taxi hin und zurück abzog (dieses Mal konnte er es nicht riskieren, per Anhalter zurückzufahren), blieben ihm achtzehn. Davon würde er fünfzehn für die ganze Nacht brauchen und drei für eine schnelle Nummer. Whisky würde er sich verkneifen müssen. Dafür war es etwas zu scharf kalkuliert.

Mrs. Kipfer lächelte ihn noch immer von der Seite her an. »Wissen Sie, ich bewundere Ihren Geschmack ungemein, mein Lieber. Nur am Zahltag ist immer eine so ungeheure Nachfrage nach Lorene. Im Wartezimmer sind zwei oder drei andere Mädchen gerade frei ...«

»Moment«, sagte er, und nun hatte er den Wunsch, sie auszulachen. »Ich hab keine Eile. Sagen Sie mir einfach, wo ich sie finden kann.«

Mrs. Kipfer zuckte lächelnd die Schultern. »Wie Sie wollen. Sie ist auf Nummer neun. Den Gang gerade hinunter. Am besten wird es sein, Sie warten und erwischen sie dann, wenn sie herauskommt. Entschuldigen Sie mich jetzt bitte, ich höre die Glocke.«

Er grinste hinter ihr her. Noch immer wollte er über sie lachen, weil sie bei weitem nicht alles wußte, was sie zu wissen glaubte. Dann wandte er sich um und ging den Gang hinunter.

»Es tut mir leid, Jungens«, hörte er Mrs. Kipfer durch das Guckloch sagen, »aber hier ist alles besetzt . . .«

»Nichts ist mehr frei . . .«

»Es tut mir wirklich außerordentlich leid . . .«

»Nun«, sagte sie. »Wie Sie wollen. Tun Sie ruhig, was Sie nicht lassen können. Ich bedaure.

Ach, Prew«, rief sie.

»Ja?«

»Vollkommen betrunken«, flüsterte sie, auf ihn zukommend.

»Was ich Sie fragen wollte. Wie geht es Feldwebel Warden?«

»Wem?«

»Milt Warden. Er ist doch noch bei der Kompanie, oder nicht?«

»Doch. Natürlich.«

»Er war schon so lange nicht mehr hier, daß ich annahm, er wäre vielleicht nach den Staaten gegangen. Wollen Sie ihn bitte von mir grüßen?«

»Jawohl. Ja«, sagte er. »Ja, das werde ich tun.« Genau das würde er machen. Nach dem Appell zu Warden hingehen und ihm diese Grüße bestellen.

»Wissen Sie«, sagte Mrs. Kipfer, »ihr Jungens könnt froh sein, solch einen Mann zum Hauptfeldwebel zu haben.«

»Finden Sie?« sagte Prew. »Doch, das finde ich auch. Ja, ja, das denken wir eigentlich alle.« Schau, schau, dachte er, schau, schau. Ausgerechnet Warden. Es geschehn noch Zeichen und Wunder.

Die Tür von Nummer neun stand offen, und ein Marinefeldwebel kam gerade, seine Krawatte bindend, aus dem Zimmer. Es war erstaunlich, wie Prew jede Einzelheit dieses Mannes in sich aufnahm. Versunken schaute er ihm nach, wie er sich durch den Gang entfernte.

Nach ihm kam Lorene heraus. Sie bewegte sich schnell, und ihre dünnen, hohen Absätze klapperten ein Stakkato auf dem Boden. Er sah sie plötzlich, und sein Herz stockte. Ihm schien, als sei sie nicht lebendig, sondern eine lebensgroße Photographie, die man, während sie einen Schritt machte, aufgenommen und hier aufgehängt hatte. Dann trat sie aus dem Bild heraus in den Gang. Mit der einen Hand, in der sie einen weißen Pokerchip hatte, hielt sie auch ihr offenes Kleid zusammen. In der anderen balancierte sie eine Flasche mit einer dunklen Flüssigkeit, so wie eine Kellnerin eine Tasse Kaffee, die nicht überlaufen soll. Sie machte schnelle Schritte und drehte ihre Schultern zur Seite, um an ihm vorbeizukommen.

»He«, sagte er, »Lorene.«

»Hallo, mein Lieber«, sagte sie.

»He. Moment mal, ja?«

»Ich muß mich beeilen, mein Bester. Drei oder vier kommen noch vor dir dran.« Dann erkannte sie ihn. Sie blieb stehen. »Ach, du bist's, Tag. Wie geht es dir?« Sie warf einen Blick den Gang hinunter.

»Wie's mir geht?« War das alles, was sie zu sagen hatte? Verzweifelt jagte er durch sein Inneres, das plötzlich völlig leer schien, und diese Jagd schien eine Ewigkeit zu dauern. »Mir geht's gut«, sagte er lahm, »und dir?«

»Na, das ist ja nett«, sagte Lorene und sah den Gang hinunter. »Hör mal, Lieber. Ich kann mich um dich« – sie schaute auf ihre Uhr – »sagen wir in einer halben Stunde kümmern! Mehr kann ich wirklich nicht für dich tun, Liebling.«

»Schon gut«, sagte Prew, der spürte, wie sich seine Kehle schloß, als wenn er Alaun geschluckt hätte. »Sag mal«, sagte er. Er mußte sich ungeheuer anstrengen, um es auszusprechen. »Sag mal, erinnerst du dich überhaupt an mich?«

»Natürlich erinnere ich mich an dich, Dummerchen«, sagte sie, während sie sich nach hinten neigte, um besser durch den Gang schauen zu können. »Dachtest du, ich könnte dich vergessen? Hör mal, du kannst dich jetzt nicht mit mir unterhalten. Du kannst in einer Stunde wiederkommen. Warum versuchst du das nicht?«

»Na ja, dann lassen wir's sein. Zum Teufel damit«, er trat zurück. Innerlich war er noch immer leer.

»Ich glaube, das wäre sowieso nicht gegangen«, sagte Lorene. »Wahrscheinlich werden dann mehr als vier warten.«

»Wahrscheinlich. Mrs. Kipfer hat mir schon gesagt, wie beliebt du bist. Denk nicht mehr dran. Ich will dich nicht um deinen Verdienst bringen.«

»Weißt du was«, sagte sie und sah den Gang hinunter. »Ich kann niemand sehen, vielleicht kann ich dich jetzt gleich drannehmen. Wie wäre das?«

»Tu mir bloß keinen Gefallen.«

Zum ersten Male sah Lorene ihn wirklich an. Zum ersten Male wurden ihre Augen lebendig, füllten sich mit Besorgnis, als sehe sie nun erst etwas anderes in ihm als einen ihrer gewöhnlichen Kunden.

»Nun sei doch nicht so. Was hast du eigentlich erwartet?«

»Ich weiß nicht.«

»Du hast dir eben einfach eine schlechte Zeit ausgesucht. Du weißt, daß ich nicht zum Vergnügen hier bin. Mindestens solltest du es wissen.«

»'türlich«, sagte er. »Ich bin der Kerl, der vor drei Tagen hier war und die ganze Nacht bei dir geschlafen hat und dir treu und brav versprochen hat, heut wiederzukommen, um wieder die ganze Nacht bei dir zu bleiben. Weißt du noch? Ich bin der Bursche, der mit dir im Bett gelegen und sich fast drei Stunden mit dir unterhalten hat.«

»Natürlich erinnere ich mich.«

»Ja, du erinnerst dich. Du weißt ja nicht mal mehr meinen Namen.«

»Selbstverständlich weiß ich, wie du heißt, du heißt Prew. Wir haben uns darüber unterhalten, wieso ich im Puff bin. Na also. Siehst du, daß ich mich erinnere?«

»Ja«, sagte er.

»Hör zu. Geh auf Nummer neun und warte dort. Ich werde in einer Minute wiederkommen. Du kannst dich schon ausziehn, während du wartest.«

»Nein, danke. Ich warte lieber bis später, wenn's dir nichts ausmacht. Ich hab mir noch nie viel aus Serienproduktion gemacht.«

Wieder – nun schon zum dritten Male – war sie im Begriffe gewesen, wegzugehen. Nun kam sie zurück und schaute ihm gerade ins Gesicht, wenn auch ihre Augen fortwährend abglitten. »Auch das wird nicht gehn, Prew«, sagte sie sanft. »Ich bin schon für die ganze Nacht vergeben.«

»Was?« Sein Mund fühlte sich sehr trocken an, und er bewegte seine Zunge, um die Lippen anzufeuchten. »Das hast du mir neulich aber nicht gesagt... Was heißt das eigentlich? – Willst du mich an der Nase herumführen?«

»Damals habe ich es noch nicht gewußt«, erklärte Lorene mit großer Geduld. »Heute ist Zahltag. Das weißt du doch. Ich verdiene mehr Geld«, sie schwenkte den weißen Chip vor seinen Augen hin und her, »an diesem einen Tag als in den drei letzten Wochen im Monat zusammen. Eine Gruppe Stabsoffiziere aus Fort Shafter kommt her. Sie haben fast das ganze Lokal gemietet. Heute morgen haben sie Mrs. Kipfer angerufen und speziell mich verlangt.«

»Aber du hattest dich doch mit mir verabredet«, protestierte er, »verdammt noch mal. Warum hast du ihr das nicht gesagt?« Warum bittest du sie jetzt? sagte er sich. Merkst du nicht, wenn man dich nicht haben will? Du hast schon so ziemlich alles verloren, mußt du auch das noch aufgeben?

»Hör mal«, sagte Lorene fassungslos, »kannst du das nicht verstehen? Wenn die Offiziere kommen, dann schließt Mrs. Kipfer das ganze Lokal für alle anderen. Es ginge ja gar nicht anders den einfachen Soldaten gegenüber.«

Ja, dachte er, diese Hure, diese verdammte Hure hat es die ganze Zeit über gewußt. »Ich scheiß drauf, wie es aussehen würde. Und wie ich darauf scheiße.« Ein fetter Soldat in Zivil, fett genug, um ein Koch zu sein, drängte sich zwischen ihnen durch. Prew beobachtete ihn hoffnungsvoll. »Paß doch auf, du Idiot«, sagte er, aber der fette Bursche wandte sich nicht einmal um. Verdammt, dachte er, man kann noch nicht mal jemand beleidigen. Ach, verdammt.

»Du hättest nicht mal reingekonnt«, sagte Lorene, »selbst wenn ich das Engagement abgelehnt hätte. Ich hätte einfach meine Stelle verloren, und das für nichts und wieder nichts. Wenn die aus Shafter kommen, bezahlen sie gut. Die schmeißen mit dem Geld um sich, als wären die Scheine lauter Salatblätter. Fünfzehn Dollar ist für die überhaupt nichts. Die Mädels schlagen aus einem von denen mehr raus, als sie sonst in einer ganzen Woche verdienen. Es tut mir leid, Prew, aber was hätte ich sonst tun sollen?«

»Dir tut's leid? Was glaubst du, was in mir vorgeht? Ihr tut's leid«, sagte er, »ihr tut's außerordentlich leid. Ich hab drauf nur so gewartet wie ein Kind auf den Weihnachtsmann.« Warum hältst du nicht dein Maul, Prewitt? Hast du gar keinen Stolz mehr?

»Es tut mir leid. Aber du hast kein Recht auf mich, mein Freund. Du bist nicht mein Mann.«

»Nein, ich weiß das. Das bin ich auch nicht. Du lieber Gott, Lorene«, sagte er.

»Hör mal, jede Minute, die wir hier verschwätzen, kostet mich fünfzig Cent...«

»Und das ist ne Menge Geld, nicht wahr?«

»...und wegen dieser anderen Sache kann ich überhaupt nichts machen. Soll ich dich vorausnehmen oder nicht? Das allein ist schon schwierig genug.«

Das stimmt, dachte er. Frauen waren so *praktisch*.

»Na«, sagte sie, »wie ist's?«

Er sah sie an. Ihr sehr dünner Mund, der quer durch ihr dünnes Kindergesicht ging, war jetzt in gehetzter Ungeduld zusammengepreßt. Eigentlich hätte er ihr gerne die Meinung gesagt, hätte sich gerne umgewandt und wäre gegangen. Statt dessen hörte er sich selbst »O. K.« sagen und verabscheute sich dafür, weil er es gesagt hatte.

»Also gut«, sagte Lorene. »Auf Nummer neun. Und zieh dich schon aus. Ich bin zurück, sobald ich das hier erledigt habe.«

Und dann war sie gegangen. Er sah ihr nach, wie sie sich durch die Menge im Gang hindurcharbeitete. Ein Mann streckte seinen Arm aus und hielt sie an. Sie lächelte, sagte etwas, wurde nervös und ging weiter.

Noch ein Prewitt, dachte Prewitt. Dann ging er ins Zimmer. Langsam spürte er, wie die Leere in seinem Innern sich mit Ärger füllte. Aber dieser Ärger tropfte unten, wo er keinen Magen mehr besaß, wieder heraus. Er setzte sich aufs Bett. Ununterbrochen sah er das Bild vor sich, das er mitgebracht hatte. Er fühlte sich völlig verloren.

Er hörte sie zurückkommen. Als er aufsah, war die Tür bereits wieder geschlossen und ihr Kleid lag auf dem Stuhl. Dann blieb sie stehen und sah ihn verständnislos an.

»Aber du bist ja noch nicht einmal ausgezogen!«

»Wirklich nicht? Bei Gott, wirklich nicht.« Er stand auf.

Lorene sah aus, als wolle sie anfangen zu weinen. »Ich hab dir gesagt, du mußt ausgezogen sein, wenn ich wiederkomme, verdammt noch mal. Ich nehme dich vor, um dir einen Gefallen zu tun, und du hilfst mir nicht einmal dabei.«

Prew stand da und sah sie an. Er konnte überhaupt nichts sagen.

»Laß das jetzt«, sagte sie. »Zeig her, was du hast.«

»Wie du willst«, sagte er.

Er gab ihr drei Dollar.

Sie schob ihre feuchten Haare aus den gehetzten Augen. Schweiß glänzte auf der flachen Stelle zwischen ihren rundlichen kleinen Brüsten.

»Du weißt, daß am Zahltag eine bestimmte Zeit vorgeschrieben ist. Petunia kann jeden Augenblick klopfen.«

Er richtete sich auf und sah sie an. Ein gespannter Schmerz saß tief in seinen Kiefern, lief das Rückgrat hinunter und machte einen saueren Knoten aus seinem Magen. Sie lag nackt auf dem Bett, wartete ungeduldig. Den Kopf hielt sie nervös hoch, um ihn ansehen zu können.

»Warum kommst du nicht morgen wieder«, sagte Lorene, »und bleibst morgen die ganze Nacht?«

Er konnte ihre Stimme nur schwach vernehmen. Er war eingekapselt in einen Anzug aus Plexiglas... der vollkommene Mensch des zwanzigsten Jahrhunderts, der, um gesund zu bleiben und um seine Figur nicht zu verlieren, seine Freiübungen in einem luftdichten, schallsicheren, liebessicheren, haßsicheren, lebenssicheren Anzug aus Plexiglas macht, in einem Wunder der modernen Technik, einem Meisterstück der Konstruktionskunst. Jeder Haushalt sollte mindestens zwei davon besitzen und einen für jedes Kind. Ein Mann des zwanzigsten Jahrhunderts sah so töricht aus, wenn er nackt war und nur mit Schuhen und Socken bekleidet, wie ein muskulöses Eichhörnchen ohne Fell, aber noch mit dem Pelz um die Füße. Er wollte verdammt sein, in alle Ewigkeit verdammt, wenn er ihr jetzt sagte, daß er nicht wiederkommen konnte, weil er sich die zwanzig Dollar von den Zwanzig-Prozent-Männern hatte leihen müssen, um überhaupt heute kommen zu können. Morgen würde ihm das Geld nicht mehr reichen, um zu kommen. Überdies hätte er zu laut schreien müssen, um sich außerhalb des Plexiglases verständlich zu machen.

»Du mußt dich eilen, Liebling«, sagte Lorene. »Wenn du's nicht lieber verschieben willst.«

Es war ganz eigenartig. Hier lag er, Robert E. Lee Prewitt, der Mann des zwanzigsten Jahrhunderts, der über Mutter Erde dahinging in seiner allerneuesten Plexiglas-Weltraum-Kombination, die von der Industrie in solchem Übermaß hergestellt wurde, daß jeder, Mann, Frau und Kind, eine zum Herstellungspreis erwerben konnte. Hier war dieser moderne Mann, der soviel Grund zur Dankbarkeit hatte, mit der ganzen Erbschaft vieler Jahrhunderte, der hören konnte, wie seine Schuhe gegen das Ende des Bettes kratzten und kratzten und ihn mit diesem Geräusch, das wie das Ticken eines teuren Metronoms war, daran erinnerten, daß er die Bettücher nicht beschmutzen durfte. Hier war diese Kreatur, und sie war nicht glücklich. Nur weil sie nicht aus ihrem Plexiglasanzug herauskonnte, aus ihrer sanitären Allwetter-Weltraum-Kombination, nur weil man ihn nicht kannte, nur weil er wußte, nur weil er eine andere menschliche Seele nicht berühren konnte.

Dann, wie um alles zu erhärten, erklang von der Tür her ein lautes und hartes Klopfen, und Petunia rief: »Los, los, da drinnen. Die Zeit ist um, Fräulein Lorene.«

»Schon gut«, schrie Lorene.

»Versuch es«, schnaufte Lorene, »oder wir müssen's auf ein andermal verschieben.«

Warum versuchen?

»Ach zum Teufel damit«, sagte er. Er stand auf, nahm ein Taschentuch aus der Hose und wischte sich den Schweiß aus den Augen.

»Was fehlt dir denn heute abend?«

»Ich glaube, ich hab zuviel getrunken«, er zog seine Hosen an. Dann
das Hemd. Dann wischte er von neuem sein Gesicht. Die Schuhe
brauchte er nicht erst anzuziehen.

»Es tut mir leid, daß es nicht geklappt hat, Prew.«

»Das braucht dir doch nicht leid zu tun. Du hast getan, was du
konntest, oder nicht? Du hast dein Bestes getan.«

Als sie ihm die gedruckte Karte gab und das Geld, das sie ihm zu-
rückzahlte, sah sie beinahe wie ein kleines Mädchen aus, das durchs
Schlußexamen gefallen ist. Sie wollte es gutmachen und nicht ihren
Ruf verlieren.

»Wirst du morgen abend wiederkommen?«

»Ich glaube nicht«, sagte Prew. Er sah auf die anderthalb Dollar in
seiner Hand, die für das Taxi am nächsten Abend reichen würden.

»Egal, halt den Atem nicht an, bis du mich wiedersiehst.«

Er riß die Karte in zwei Stücke und legte sie sorgfältig aufs Bett.

»Gib sie irgendeinem anderen Drei-Minuten-Mann. Ich habe keine
Angst um meine Männlichkeit.«

»Schön, wenn du's so haben willst.«

»Genauso.«

»Meinetwegen. Ich muß jedenfalls jetzt gehn. Vielleicht seh ich dich
ein andermal.«

Er sah ihr zu, wie sie das Kleid anzog und ging. Er hoffte, sie würde
noch etwas anderes sagen, etwas mehr, wollte, daß sie ihm die Hand
reichte, die er ihr nicht reichen konnte. Selbst in seinem Ärger wollte
er das, was zwischen ihnen bestand, nicht zerstören. Eine Sekunde
stand sie still an der Tür und sah zu ihm zurück, und er wußte, daß sie
darauf wartete, daß er den ersten Schritt tat. Aber er konnte nicht. Sie
würde es tun müssen. Aber auch sie konnte nicht. Und so ging sie.

Er beendete seine Toilette allein im Zimmer. Der Raum war schwül
von verdampftem Schweiß, wie vor einem Gewitter. Aber auch
draußen im Gang war es nicht besser, und in seinen Augen und
Schläfen pochte die Hitze seines unerlösten überreichen Blutes. Sein
Gesicht war gerötet. Schon war der Rücken seines Hemdes durchge-

schwitzt. Auch der Sitz seiner Hosen. Na, dachte er, das ist das erste Mal passiert. Irgendwie änderst du dich anscheinend. Er fühlte sich sehr elend und sehr verärgert.

Im Gang traf er Maureen, die in der Tür zu ihrem Zimmer stand und verschnaufte. Jemand hatte eine Flasche zu ihr hineingeschmuggelt, und sie war halb betrunken.

»Na, schau einer, wer da ist«, schrie sie. »Hallo, Kleiner, was ist denn dir über die Leber gekrochen? Kommst du nicht ran an deine wahre Liebe?«

»Willst du mit mir aufs Zimmer gehn?«

»Wer? Ich? Was ist los mit der heiligen Prinzessin, Kleiner?«

»Zum Teufel mit der. Ich hab dich gefragt.«

»Die halten die Prinzessin in Trab, was? Alle die einsamen, liebeskranken Heinis. Verdammt, ich wollte, ich würde auch wie ne Jungfrau aussehen. Die wollen alle keine Huren mehr, die wollen Mütter. Um sie zu beschützen. Was dir fehlt, ist ne Frau, Kleiner.«

»Fein. Heiraten wir.«

Maureen hörte auf, sich lustig zu machen, und sah ihn an. »Mein Gott, du brauchst keine Frau. Was du brauchst, ist was zu trinken, und das sofort. Ich weiß, was du hast.«

»Woher weißt du, was ich habe? Das kannst du noch nicht mal raten.«

»Du hast genau das, was ich zwei- oder dreimal jede Woche, zweiundfünfzig Wochen im Jahr, jahraus, jahrein bekomme. Versuch nicht, mir was vorzumachen, Kleiner. Ich weiß Bescheid.«

»Willst du aufs Zimmer gehn?« sagte Prew. »Oder nicht?«

»Das würde dir nichts helfen, Kleiner. Nimm dein Geld und geh zur nächsten Bar und besauf dich auf Teufel komm raus. Nur das wird dir helfen, Kleiner. Mir kannste schon glauben.«

»Wer zum Teufel bist denn du? Briefkastentante Dix? Ich hab dich nicht um Rat gefragt.«

»Na, ich geb ihn dir trotzdem.«

»Und ich nehm ihn nicht an.«

»Halt's Maul«, sagte Maureen. »Jetzt rede ich.«

»Gut. Dorothy Dix. Sag mir alles, was es darüber zu sagen gibt.«

»Ich sag dir's. Was du hast, ist das Gefühl, als wärst du in eine Schachtel eingeschlossen, die dir zwei Größen zu klein ist, und du kriegst keine Luft und erstickst. Und die ganze Zeit hörst du draußen alle Welt vorbeigehn und jeder amüsiert sich großartig. Das ist alles, was du hast.« Sie sah ihn an.

»Gut«, sagte Prew demütig, »weiter.«

»Schön. Was du hast, hab ich die ganze Zeit, und das einzige, was es kuriert, ist der Suff. Ich hab's ausprobiert, verstehst du? Du mußt bloß immer daran denken, daß niemand was dafür kann. 's liegt am System. Niemand hat schuld.«

»'s ist ziemlich schwer, daran zu denken.«

»'türlich. Zu schwer. Und deshalb mußt du dich sternhagelvollaufen lassen. Wenn du's nicht tust, wirst du nicht dran denken.«

»Gut, ich werde mich besaufen«, sagte er. »Aber auf dem Weg raus werd ich Mrs. Kipfer adieu sagen. Ich werd ihr sagen, was ich von Puffmüttern halte. Die falsche alte Sau.«

»Nein, das tust du nicht. Laß sie in Ruhe, verstanden? Sie ruft die Militärpolizei schneller, als du Lorene sagen kannst. Willst du 'n Monat hinter schwedischen Gardinen in Shafter sitzen? Du gehst ganz ruhig weg und besäufst dich.«

»Gut«, sagte er. »Meinetwegen. Aber hör mal, gibt's gar nichts, was man tun kann? Ich meine überhaupt, niemals?«

»Nee«, sagte Maureen. »Niemals. Weil ja niemand dran schuld ist. 's liegt am System. Das mußt du dir immer vor Augen halten, daß niemand schuld ist.«

»Ich kann das nicht glauben«, sagte er. Er steckte die drei Dollar in seine Brieftasche zurück. »Aber 's geht in Ordnung ... Ich versteh, was du meinst.«

»Fein«, sagte Maureen. »Dann hau ab. Ich bin nicht deine Ziehmutter, oder? Ich hab nicht den ganzen gottverdammten Tag Zeit.«

»Geh zum Teufel«, grinste er.

»Der Nächste, bitte«, rief Maureen, als er die Tür schloß.

Er grinste noch immer, als Mrs. Kipfer anmutig und süß lächelnd ihm die Tür öffnete. Nun konnte er leicht an ihr vorübergehen, grinsend und ohne ein Wort zu verlieren.

Daran muß man denken: niemand ist schuld, es ist das System, sagte er zu sich selber. Was konnte man an einem Zahltag anderes erwarten? Eine Musikkapelle, um einen abzuholen? Eine Eskorte auf Motorrädern? Sie war einfach beschäftigt, und das war alles. Würdest du dich getrauen, beim Inventurausverkauf in ein Warenhaus zu gehen und dich mit deiner Freundin hinter der Theke zu unterhalten, während die Kunden überall um dich herum einander mit Nylon-Wäsche totschlagen?

»Das ist die ganze Geschichte«, sagte er im Treppenhaus. »Sie muß Geld verdienen. Das ist das System. Oder vielleicht nicht?«

»Das ist alles«, sagte er zu sich selbst.

Trotzdem löste sich der saure, feste Knoten unverdaulicher Wut in seinem Magen nicht.

Vermutlich hat sie also recht. Man muß es mit Alkohol aus sich herauswaschen. Man muß sich so sehr betrinken, daß man sentimental werden kann, um die Dinge anders zu sehen. Ganz egal, wie du's auch drehst und wendest. Kein Wunder, daß es in diesem gottverdammten Land so viele Alkoholiker gibt. Und in diesem gottverdammten zwanzigsten Jahrhundert.

Was für ein Name, Lorene. Der vollkommene Name für eine Hure: romantisch, hochtrabend und sehr weiblich. Lorene, die Feine, Lorene, die Reine, Lorene die Lilie vom Bordell. Wie hatte er jemals denken können, daß es ein wunderschöner Frauenname sei? dachte er gallig.

Nun gut, er würde also hinaufgehen zu Wu Fat und nirgendwo anders hin. Er würde sich in den Keller hocken und seine dreizehn Dollar fünfzig versaufen und dann sehen, wie man sich fühlte. Wir werden uns schrecklich fühlen, so wird's sein. Gut, und danach würde er sich in einen Kalakaua-Bus setzen und hinausfahren nach Waikiki. Maggio hatte gesagt, daß er dort mit seinem Schwulen sein würde, weil er sogar in dieser Zahltagnacht kein Geld hatte und alles brauchte, um seine Schulden zu bezahlen. Wir werden ihnen einen Besuch machen. Wir werden auf ihre Rechnung weitersaufen. Zum Teufel, wenn er sich genügend besoff, würde er vielleicht sogar in der Lage sein, sich selbst einen Schwulen anzulachen. Alles andere hatte er schon probiert. Es war Zeit, daß er sich auch auf diesem Gebiet die Sporen verdiente.

25

Er mußte nicht erst nach Waikiki gehen, um Maggio zu treffen. Als er in die Bar von Wu Fats Restaurant kam, saß Maggio an der Theke. Er stand am Eingang zu diesem Zahltag-Pandämonium, hatte plötzlich den Wunsch, laut hinauszulachen wie ein Mann, der zum Tode verurteilt ist und einen Aufschub erhält. Er fühlte, wie die Wärme, die Maureens Whisky ihm nicht geben konnte, sich durch seinen Körper verbreitete, als er hoch droben über all dem Getriebe den kleinen Italiano auf einem Barstuhl entdeckte: wie ein siegreicher Jockei von seinem unsicheren Platz auf die schreiende Menge gnädig herunterlächelnd, während er sich auf italienisch mit dem Barmann stritt.

»Hallo, Landsmann«, rief Angelo und schwenkte seinen Arm. »He, hier bin ich. Hier. Hierher.«

Prew arbeitete sich langsam hinüber zu dem Stuhl und merkte, wie er zu grinsen begann.

»Kannst du atmen?« sagte Angelo.

»Nein.«

»Klettre auf meine Schultern. Von hier oben kannst du alles sehn und dabei noch Luft kriegen. Ist das nicht toll?«

»Ich hab gedacht, du wärst heute abend in Waikiki?«

»Kommt noch. Das hier ist nur Vorbereitung. Wie wär's mit etwas Vorbereitung für dich, Landsmann?«

»Würde mir nichts schaden«, schnaufte Prew, der noch immer damit beschäftigt war, sich mit den Ellenbogen einen Weg zur Theke zu bahnen.

»Hallo, Type«, rief Angelo dem Barmann zu, »bring dieser anderen Type hier etwas Vorbereitung. Diese Type ist ein guter Freund von mir. Diese Type hat dringend etwas Vorbereitung nötig.«

Der schwitzende, grinsende Barmann nickte glücklich und verschwand.

»Diese Type hat auch unter Garibaldi gekämpft«, schrie Angelo ihm nach. »Er ist nur allerbeste Bedienung gewöhnt.«

»Ich hab ihn gut erzogen«, sagte er zu Prew. »Haben beide für Garibaldi gekämpft, ich und er. Hab ihm von dem wunderbaren Denkmal erzählt, das die Amerikaner für Garibaldi auf dem Washington Square aufgestellt haben.«

»Wo hast du bloß das verdammt viele Geld her? Als ich dich heute mittag traf, warst du doch total pleite.«

»War ich auch. Ehrenwort. Zufällig treffe ich da einen von der E-Kompanie, der mir noch fünf Dollar schuldet, und ich einige mich mit ihm auf zwei fünfzig, und wir sind quitt. Damit ich mir ne kleine Vorbereitung genehmigen kann, bevor ich zur Arbeit nach Waikiki gehe.«

»Ein hübsches Märchen.«

»Glaubst du mir vielleicht nicht? Schau mir in die Augen. Sind das die Augen eines Lügners? He, Type«, schrie er über die ganze Theke hinweg, »wach auf! Frag diese Type«, sagte er, »ob das die Augen eines Lügners sind. Ich und er, wir haben unter Garibaldi gekämpft.«

»Diese Type ist noch nicht mal alt genug, um mit Mussolini gekämpft zu haben, geschweige denn mit Garibaldi. Und du bist betrunken.«

»Und wenn schon. Was hat das damit zu tun? Halt's Maul, da kommt er«, er nickte dem Barmann zu. »Diese Type hier ist ne Type«, sagte er laut zu Prew, während der Barmann die Gläser abstellte.

»He, Type«, sagte Prew, »hast du wieder 'n paar Schwule rausgeworfen?«

»O nein. Nein, nein«, sagte der Barmann. Er spreizte die Arme, um mit dieser Geste das ganze Gedränge vor der Theke einzuschließen. »Heute kein Schwuler. Alle Schwulen beschäftigt wie Teufel am Zahltag. Alles Futter für Schwule hier, verstehst?«

»Type«, sagte Angelo, »'s ist ein wundervolles Denkmal. Unglaublich schön.«

Der Barmann schüttelte seinen verschwitzten Kopf. »Würd es wirklich gern sehn.«

»Wie kann ich es dir nur beschreiben«, sagte Angelo. »Die Schönheit. Solange ich bei Gimbels arbeitete, habe ich an jedem Zahltag einen Kranz davor niedergelegt, so schön ist es.«

»Garibaldi«, grinste der Barmann, »feiner Mann. Mein Großvater kämpfte mit Garibaldi.«

»Da hast du's«, sagte Angelo zu Prew. »Siehst du?« Er wandte sich zum Barmann und deutete auf Prew. »Das gleiche hat diese Type getan.«

»Jedesmal, wenn du den Kranz niederlegst«, sagte Prew, »wäschst du dann auch den Taubendreck ab?«

»Nein«, sagte Angelo, »das macht mein Assistent.«

»Garibaldi kämpfte für Freiheit«, sagte der Barmann.

»Das stimmt, Type«, nickte Angelo. »Halt's Maul«, sagte er zu Prew, als der Barmann sich entfernte. »Willst du mir's verderben? Ich versuch aus dieser Type eine kleine Gratisvorbereitung herauszuschlagen.«

»Zum Teufel mit dieser Type. Ich hab dreizehn Dollar fünfzig, die wir für Vorbereitungen ausgeben können.«

»Das ist was anderes«, sagte Angelo, »warum hast du das nicht gleich gesagt?«

»Nur die fünfzig Cent fürs Taxi nach Hause muß ich auf die Seite legen. Wenn ich nochmals das Wecken versäume, haben sie mich am Arsch.«

»An deinem blutigen Arsch«, korrigierte Angelo. »Mensch, du machst wirklich keinen Witz. Diese Armee bringt mich zum Kotzen, weißt du das? Schau Garibaldi an. Schau George Washington an. Und Abraham Lincoln. Schau Franklin D. Roosevelt an und Gary Cooper. Und dann schau dir diese Armee an.«

»Schau dir General MacArthur an«, sagte Prew, »und seinen Sohn General MacArthur. Schau dir den alten Stabschef an, George C. Marshall.«

»Stimmt«, sagte Angelo. »Schau dir die Magna Charta an. Schau dir die Unabhängigkeitserklärung an. Schau dir die Verfassung an. Schau dir die Bill of Rights an. Schau dir den vierten Juli an.«

»Schau dir Weihnachten an«, schlug Prew vor.

»Stimmt«, sagte Angelo. »Schau dir Alexander den Großen an. Und betrachte dir diese Scheißarmee. Sprich nicht mehr darüber. Ich kann's nicht mehr hören.«

»Nicht ohne weitere Vorbereitung«, sagte Prew.

»Richtig. Jetzt hast du's endlich kapiert. Warum kommst du nicht mit nach Waikiki? Diese dreizehn fünfzig werden nicht ewig reichen.«

»Vielleicht tu ich's nach ein paar weiteren Vorbereitungen. Ich kann warme Brüder nicht ausstehen. Jedes Mal, wenn ich einen sehe, möchte ich ihm eine runterhauen.«

»Ach, die sind gar nicht so übel. Nur anders sind sie, das ist alles. Sie passen sich nicht an. Aber abgesehn davon, sie kaufen einem nächtelang Vorbereitungen.«

»Glaubst du, du kannst einen für mich finden?« sagte Prew zögernd, obwohl er schon wußte, daß er mitgehen würde.

»Bestimmt. Der gute, alte Hal wird einen für dich ausfindig machen. Warum kommst du nicht mit?«

Prew sah sich in der Bar um. »Ich hab schon mal gesagt, ich gehe, oder nicht? Halt's Maul jetzt. Sprich von was anderem. Ehrlich gesagt, ich hatte schon die ganze Zeit vor, mitzugehn. Ich wollte nach Waikiki gehn, um dich zu suchen, sobald ich hier genug hatte. Was für Zeug trinken wir hier eigentlich?«

»Gin und Ginger Ale.«

»Ein verdammtes Weibergesöff, warum hast du keinen Whisky bestellt? Wir haben doch Geld.«

»Wenn du Whisky willst, trink Whisky. Ich trinke das hier, weil ich nachher arbeiten muß. Wenn ich nach Waikiki komme, trinke ich Champagner-Cocktails. Was anders trink ich gar nicht. Champagner-Cocktails, mein lieber Freund.«

Sie verließen Wu Fat um zehn Uhr dreißig. Prew hatte noch zwei Dollar übrig, außer dem Geld für die Rückfahrt. Sie entschlossen sich, ein Taxi hinaus zu nehmen. Sie überquerten die Hotelstraße und gingen zur Taxihaltestelle vor dem japanischen Friseur mit Frauenbedienung und stellten sich am Ende der Reihe auf. Hier waren fast ebenso viele Menschen wie in der Bar. Alles war überfüllt. Selbst vor dem Friseurladen stand eine Schlange.

»Ist ne richtige Scheiße«, sagte Angelo betrunken. »Fünfzig Cent muß man bezahlen für ne Dreimeilenfahrt nach Waikiki, genausoviel wie für die fünfunddreißig Meilen nach Schofield. Aber 's ist bequemer als die Scheißomnibusse. Ganz besonders am Zahltag. Na ja, uns können sie ja ausplündern.«

In dem Taxi, das sie schließlich bekamen, waren der Rücksitz und die beiden Notsitze schon mit anderen Waikikipassagieren besetzt. Sie stiegen vorne ein, setzten sich neben den Chauffeur und schlugen die Tür zu. Der Chauffeur fuhr schnell und fachmännisch ab, um den hinter ihm wartenden Taxen Platz zu machen. Er ließ den Wagen in den nicht abreißenden Verkehrsstrom gleiten, der zur Pauahi-Straße geht, bewegte sich langsam durch die abwechselnd hellen und dunklen Stellen, die von den Lichtern der Bars oder der Dunkelheit der Bordelle herrührten, fuhr um den Häuserblock herum und zurück zur Hotelstraße.

Angelo seufzte betrunken. »Ich geb dir jetzt besser 'n paar Anweisungen. Gut, daß du nicht in Uniform bist«, fügte er hinzu.

»Wirklich? Und wieso, bitte? Was hat dir die Uniform getan? Ich bin stolz auf die Uniform.«

»Aber die haben was dagegen«, grinste Angelo. »Ihre hochnäsigen Freunde könnten am Ende auf die falsche Idee kommen, daß sie schwul sind, wenn sie sich mit Soldaten zeigen.«

»Mein Gott, in Washington und in Baltimore hat ihnen das nichts ausgemacht.«

»Das sind Städte. Honolulu aber ist 'n Kaff. Jeder kennt jeden. Hatte keine Ahnung, daß du schon mal mit ihnen aus warst.«

»Im ganzen zweimal. Ich und noch einer haben uns an 'n paar Reichen in Washington gesundgestoßen. Haben uns nicht angezeigt. Wir machten's mit ner irischen Kartoffel in 'nem Militärsocken. Hat fein gewirkt.«

»Nicht schlecht«, sagte Angelo, gegen seinen Willen voller Bewunderung. »Zu Hause haben wir manchmal Socken voll Sand genommen, aber die Sauerei ist, daß der Socken meistens platzt, wenn man dem Kerl das erstemal übern Schädel haut.«

Das Taxi fuhr langsam durch den Verkehr der Hotelstraße, die wie ein Jahrmarkt erleuchtet war. Sie passierten die Arkade, zwei Häuser entfernt vom Christlichen Club, wo eine dichte Menge stand und mit Maschinengewehren nach Flugzeugscheiben schoß; wo andere darauf warteten, den Arm betrunken um ein dickbrüstiges japanisches Hulamädchen zu legen und mit ihr vor einem gemalten Hintergrund von Palmen und Bergen photographiert zu werden. Etwas zum Nachhauseschicken, sagte das Schild an der Photographenbude.

»Hier kann man ihnen nicht so leicht die Taschen leeren«, sagte Angelo. »Die tragen nie Geld mit sich herum. Zu viele Soldaten in der Stadt.«

»Das weiß ich alles«, sagte Prew.

»Man muß mit ihnen spielen wie mit einem Fisch, verstehst du? Mein Gott«, grollte Angelo, »die dich ansprechen, brauchen dir nicht mal was zu trinken kaufen, so groß ist das Angebot. Zu Anfang bin ich auf die reingefallen, ehe ich mich auskannte. 's ist wie alles andere in der Welt. Du mußt für alles bezahlen, was du bekommst. Das ist meine Philosophie. Ich hab's irgendwo gelesen.«

Das Taxi fuhr im Schritt, vorbei an dem überfüllten Stand, wo heiße Würstchen verkauft wurden, unmittelbar neben dem Klub, vor dem die Menge der Wartenden vor dem Zehn-Cent-Photoautomaten auf das an und für sich schon überfüllte Trottoir überfloß, vorbei an dem dunklen, palmenbewachsenen Rasen des Klubs, und auf der gegenüberliegenden Seite, der ›Schwarzen Katze‹, die ebenfalls überfüllt war. Eine Anzahl Betrunkener lag besinnungslos auf dem Rasen unter den Palmen.

»Heute nacht sind's Reguläre«, sagte Angelo. »Die haben Scheckbücher dabei und zahlen für alles mit Schecks.«

Prew sah zum Fenster hinaus, hinüber zum Klub »Zahltag im Bergwerk«.

»So ist das. Wahrhaftig, die ganze Sache ist ein furchtbarer Beschiß, sag ich dir. Wir, die wir ehrlich hinter den Schwulen her sind, haben überhaupt keine Chancen mehr. Die halbe Kompanie treibt sich in der Taverne herum. Du wirst's ja sehn. Man könnte meinen, die Taverne wär 'n Feldlager für die G-Kompanie. Harris geht hin, und Martuscelli und Knapp und Gustav Rhodes...«

»Der Professor«, grinste Prew, »der auch?«

»Natürlich. Und der gute, alte Readall Treadwell und Bull Nair und Johnson. Bloom und Andy sind fast jede Nacht zusammen unten.

Mein Gott, ich weiß nicht, wer noch alles. Sieht wirklich aus wie 'n Kompanietreffen.«

»Andy, dieser Dummkopf«, sagte Prew. »Ich hab ihm doch gesagt, er soll die Finger davon lassen, ganz besonders von diesem Bloom.«

Angelo zuckte die Schultern. »Trotzdem sind sie alle da. Zum Teufel, es gibt kaum mehr genug Schwule für alle. Vielleicht sollten wir doch ne Gewerkschaft organisieren. Schließlich müssen wir Professionelle uns ja gegen die sich immer mehr breitmachenden Amateure und Streikbrecher schützen.«

Das Taxi fuhr um die Ecke, hinein ins Dunkel der Richard Street, zwischen der Von-Hamm-Young-Garage zur Rechten, dem Gelände des Palace Squares zur Linken und den Lichtern der King Street vor ihnen ganz unten am Ende der Häuserfront.

»Aber was bin ich dann?« sagte Prew. »Ein Streikbrecher. Geh weg mit deiner Gewerkschaft!«

»Nein, du bist kein Streikbrecher. Dich könnte ich in die Gewerkschaft bringen. Zum Teufel, ich würde sogar die Beiträge für dich bezahlen. Weißt du, Schwule sind sonderbare Heinis. Dieser Hal wär wirklich 'n recht anständiger Kerl, wenn er nicht alles so hassen würde. Er haßt jeden. Jeden, nur mich nicht. Ich glaube, er ist verbittert, weil er schwul ist. Ich hab schon ne Menge Zeit darauf verwandt, rauszufinden, warum ein Schwuler schwul ist. Viele behaupten ja, daß du selbst schon einer bist, wenn du nur mit ihnen sprichst, und daß du sie eigentlich dauernd verdreschen solltest. Ich kann das nicht verstehn. Ich glaube, die hassen die warmen Brüder einfach.«

»Ich mag sie auch nicht«, sagte Prew nachdenklich. »Aber ich hasse sie nicht. Ich mag nur nicht mit ihnen zusammen sein.« Er machte eine Pause. »Wenn ich mit einem zusammen bin, schäm ich mich immer aus irgendeinem Grund.« Er machte von neuem eine Pause. »Und ich weiß gar nicht weswegen.«

»Ich weiß«, sagte Angelo. »Mir geht's genauso. Hab schon viel darüber nachgedacht. Alle behaupten, sie sind so geboren worden. Sie sagen, sie waren nie anders, solange sie überhaupt zurückdenken können.«

»Weiß ich nicht«, sagte Prew.

Der Chauffeur wandte seinen Kopf ein wenig und sprach zum ersten Male. »Das ist ja alles Quatsch«, sagte er. »Hört mal zu, Jungs, und laßt euch nen Rat geben. Ich war selbst Soldat. Bleibt weg von den Schwulen. Ihr braucht nur lange genug mit denen rumzurennen, und ihr werdet schließlich selber so. Und das wollen sie bloß. Die wollen

Jungs, wie euch, verführen und zu Schwulen machen. Das reizt sie. Ich hasse diese Hunde. Am liebsten würde ich jeden umbringen, den ich treffe.«

Er riß das Taxi bösartig aus dem Dunkel ins Licht der King Street, bog links ein, vorbei an der Post und an der vergoldeten, braungesichtigen Statue Kamehamehas in Federcape und Helm. Hier war die Straße sehr breit. In der Mitte waren zwei Inseln mit Autobushaltestellen, und der Verkehr war weniger dicht. Der Chauffeur beschleunigte das Tempo ein wenig.

»Ja, das hab ich auch schon gehört«, sagte Angelo. »Meiner hat aber nie so was bei mir versucht.«

»Ich hasse sie«, sagte der Chauffeur.

»Und wenn schon«, sagte Prew, »dann haßt du sie eben. Haß du nur ruhig weiter, Kamerad. Aber sag uns nicht, was wir tun sollen. Wir sagen dir ja auch nicht, was du zu tun hast.«

»O. K.«, sagte der Chauffeur, »O. K. Regt euch nur nicht gleich auf.«

»Ich möchte wissen, ob sie wirklich so zur Welt kommen?« sagte Angelo. Ruhig sah er aus dem Fenster. Die stille Friedlichkeit der Taxifahrt hielt sie beide in ihrem Bann. Sie saßen drinnen und sahen als Beobachter hinaus, waren abgeschieden von dem wilden Sauf-Ritual des Zahltages, und das ernüchterte sie.

Auch Prew empfand es. Der große Platz, um den sich die meisten öffentlichen Gebäude gruppierten, lag im Lichte der normalen Straßenlaternen verhältnismäßig ruhig da, besonders nach dem Lichterrausch der Hotel Street und des Klubs. Sie fuhren vorbei an den schattenhaften Umrissen des Bundesgebäudes und des Gerichts, am Palasthotel, das sich hinter einem Wall von Bäumen versteckte, dann am Landeshaus und an der Kawaiahao-Kirche, wo die Straße sich wieder verengte, an der Bibliothek und am Rathaus. Alle waren sie in der Nacht geschlossen. Schließlich erreichten sie die King Street und damit das Dunkel außerhalb der Stadt.

»Ich weiß das nicht«, sagte Prew. »Ich weiß nur, daß auch bei den Landstreichern viele schwul geworden sind, weil es einfach keine Weiber gab. Die Alten zeigten den Jungen, wie's gemacht wird. Das ist's, was ich nicht vertragen kann. Ein junger Mann weiß noch gar nicht, was er will. Der Oberhornist Houston war auch so einer, ne richtige Tante, wie man so sagt. Das war auch mit ein Grund, warum ich aus dem Musikzug ausgetreten bin – er und sein ›Freund‹.«

»Natürlich«, sagte der Chauffeur. »Und alle sind sie so, man braucht ihnen bloß ne Möglichkeit dazu geben. Glaub ja nicht, sie würden's nicht tun, diese schwulen Säue.«

»Wo hast du eigentlich Hornblasen gelernt?« fragte Angelo, »ich meine, so wie du's kannst? Ich hab noch nie jemand so blasen hören.«

»Ich weiß nicht«, sagte Prew. »Ich hab's einfach immer gekonnt, glaube ich. Ich hab's immer gern getan.« Er schaute hinaus in die plötzlich tiefere Dunkelheit, in der sich Thomas Square versteckte.

»Hier lauern die Schwulen, die Anschluß suchen«, sagte der Chauffeur.

»Ich höre dich wirklich gerne blasen«, sagte Angelo, »'s ist schade.«

»Sprechen wir von was anderem«, sagte Prew. »Reden wir nicht mehr davon.«

»Meinetwegen«, sagte Angelo, »wenn du's so haben willst.«

Dann versanken sie in Schweigen, in die kühle Stille der Fahrt. Sie wußten, daß neben ihnen der Chauffeur darauf brannte, zu sprechen und ihnen Ratschläge zu geben, aber davor zurückschreckte, von sich aus zu beginnen, aus Angst, es könne so scheinen, als wäre er darauf aus, über dieses Thema zu sprechen. Sie gaben ihm keinen Anlaß, den Mund aufzutun.

Beim Moana stiegen sie aus und gehörten plötzlich wieder dazu, waren ein Teil der hitzigen Erregung des Zahltages.

»Wir gehn von hier aus zu Fuß hinunter«, sagte Angelo, »wenn wir im Taxi vorfahren, sieht's aus, als wenn wir im Geld ersticken.«

Er blieb auf dem Trottoir stehen, um dem Chauffeur nachzusehen, wie er sich vom Randstein in den Verkehr hineinjonglierte. »Das ist nun wirklich komisch«, sagte Angelo.

»Was ist komisch, Angelo?«

»Wenn ich den Kerl nicht so reden gehört hätte, hätte ich geschworen, daß er 'n Schwuler ist. Ich kann sie drei Meilen gegen den Wind riechen.«

Prew lachte. »Vielleicht haßt er sie deshalb. Vielleicht ist es genau das, was er fürchtet.«

»Ich weiß nicht. Aber bestimmt hab ich ne Nase für die Sorte.«

Auch die Waikiki-Taverne war überfüllt. Ein bißchen weniger lärmend, ein bißchen zivilisierter, aber doch überfüllt.

»Ich wart hier draußen«, sagte Prew, »bis du rausgefunden hast, ob sie da sind.«

»Mach keine Geschichten. Du warst doch früher schon mal hier, oder nicht? Komm rein.«

»Sicher war ich schon hier. Aber ohne Geld geh ich nicht rein.«

»Du hast doch Geld.«

»Ich hab nicht mal genug, um was zu trinken zu bestellen. Nur reingehn und durch und wieder raus, wenn sie nicht da sind, nee, das mach ich nicht. Ich wart hier draußen.«

»Schön, wie du willst. Weißt du was? Diese Autofahrt hat mich fast nüchtern gemacht.«

Angelo ging hinein. Prew stand draußen an einen Laternenpfahl gelehnt, die Hände in der Tasche, und beobachtete die vorbeigehenden Menschen. In der Diele neben der eigentlichen Bar unter den farbigen Lichtern, inmitten summender Unterhaltungen und klingender Gläser, spielte der Klavierspieler etwas Klassisches. Es war etwas, das er schon früher einmal gehört hatte. Er wußte nicht, wie das Stück hieß. Einige gut angezogene, kühl aussehende weiße Frauen gingen an ihm vorbei. Sie unterhielten sich mit offensichtlich jüngeren Männern, die wie Gigolos aussahen.

So was müßte man haben, sagte Prewitt sich. Eine dieser reichen Touristinnen. Das ist besser als diese geizigen Schwulen. Diese Weiber haben genug Geld und scheuen sich nicht, es auszugeben. Der Gedanke daran erregte ihn. Dann dachte er an Lorene drunten im New Congress Hotel. Ich glaube, die Fahrt mit dem Taxi hat auch dich ernüchtert, dachte er. Verdammt noch mal.

Er überlegte sich, ob es erlaubt war, eine Frau, die man liebte, zu betrügen, wenn sie eine Hure war ... vorausgesetzt, man tat es nur mit Touristenfrauen um des Geldes willen. Wenn das nicht erlaubt war, war die nächste Frage, ob es das gleiche war, wenn man es mit einem Schwulen machte. Das ist so ne Frage für dich, Prew, dachte er. Gelegentlich mußt du darüber mal in einem Buch über richtiges Benehmen nachlesen. Dann kam Angelo zur Tür und winkte ihm.

»Er ist da«, sagte er, »und er hat auch schon einen für dich.«

Prew folgte ihm in die gedämpfte Atmosphäre des Reichtums, wo Pyramiden von Gläsern sich im Spiegel verdoppelten und wo die leise sprechenden Barmänner einen immer fühlen ließen, daß man nicht dazugehörte. Durch die Bar gingen sie hinaus auf die Terrasse.

Die zwei Männer saßen in einer Nische für vier. Hinter ihnen, jenseits der Grenzen des Lichts, lag dunkel das Meer. Einer war groß und sehr schlank, trug einen winzigen, grauen Schnurrbart und hatte kurzgeschnittenes, graues Haar und sehr helle Augen. Der andere war ein dicker Mann mit dem Ansatz eines Doppelkinns und Schultern, die fast so breit waren wie der Tisch.

»Dies ist Prewitt«, sagte Angelo, »von dem ich euch erzählt habe.

Mein Kamerad. Und dies ist Hal«, er deutete auf den Dünnen, »von dem ich dir erzählt habe. Und das hier ist Tommy.«

»Tag«, sagte Hal mit scharfer Stimme, die ausländisch klang.

»Tag, Prew«, sagte Tommy mit einer tiefen Baßstimme, die fest aus seinem faßartigen Brustkasten kam. »Du hast doch nichts dagegen, wenn wir dich Prew nennen.«

»Das geht in Ordnung«, sagte Prew. Er steckte die Hände in die Tasche. Dann nahm er sie heraus. Dann lehnte er sich gegen die Nische. Dann richtete er sich wieder gerade auf.

»Kommt rein, ihr Lieben«, sagte Hal mit seiner scharfakzentuierten Stimme. »Setzt euch.«

Jetzt geht's los, dachte Prew. – Er setzte sich neben den dicken Mann, Tommy.

»Du kennst Tommy«, sagte Angelo zu Prew. »Weißt du, von dem ich dir erzählt habe, daß er Blooms Freund ist.«

»Na«, lächelte Tommy selbstgefällig, »ich muß schon sagen. Ich werde langsam bekannt.«

»Aber jetzt haben sie Krach«, sagte Angelo.

»Ja«, sagte Tommy steif. »Jeder macht Fehler. Dieses Schwein. Er ist nicht nur ein Schwein, der ist pervers.«

Hal lachte entzückt. »Was darf ich euch zu trinken bestellen?«

»Champagner-Cocktails«, sagte Maggio.

Hal lachte. »Tonyliebling und seine Champagner-Cocktails. Ich mußte Champagner kaufen und lernen, sie zu mischen, und all das nur für ihn. Er hat den Magen eines Künstlers. Der heilige Antonius Maggio von den Champagner-Cocktails.«

»Scheiße«, sagte Tommy. »Pferdescheiße.«

Hal lachte entzückt. »Unser Freund will nichts von Katholiken wissen. Er war selbst mal einer. Ich persönlich habe nicht mehr gegen die Katholiken als gegen irgend jemand anders.«

»Ich hasse sie«, sagte Tommy.

»Ich hasse Amerikaner«, Hal lächelte, »ich war selbst mal einer.«

»Warum leben Sie dann hier?« sagte Prew.

»Weil ich, was traurig genug ist, mein Lieber, Geld verdienen muß. Ist das nicht scheußlich? Andererseits aber betrachte ich Hawaii nicht als hundertprozentig amerikanisch. Wie so viele andere Orte ist es nicht aus freien Stücken amerikanisch, sondern aus Notwendigkeit der bewaffneten Macht. Wie alle Heiden waren diese von vornherein verurteilt, unsere ganz besonders morbide Art von Christentum anzunehmen.«

»Was willst du trinken, Prew?« warf Tommy ein.

»Champagner-Cocktails«, sagte Maggio.

Tommy warf Maggio einen vernichtenden Blick zu und wandte sich von neuem an Prew.

»Klar«, sagte Prew, »geht in Ordnung.«

»Ihr müßt mich entschuldigen«, lächelte Hal, »wenn ich mich in Diskussionen verliere, vergesse ich alles. Manchmal vergesse ich sogar zu essen.«

Hal winkte dem Kellner, bestellte und wandte sich dann wieder Prew zu. »Du besitzt die Art von Mentalität, mit der ich mich gerne beschäftige. Sie bekräftigt meinen etwas fadenscheinig gewordenen Glauben an die Menschheit. Du hast einen wißbegierigen Verstand, und das einzige, was du brauchst, ist die richtige Richtung.«

»Ich brauche keine Hilfe«, sagte Prew. »Ich bilde mir mein eigenes Urteil. Über alles, einschließlich Tanten.«

Maggio schüttelte über den Tisch herüber warnend seinen Kopf und machte ein finsteres Gesicht. Tommy hatte sich gerade abgewandt.

Hal stieß einen schweren Seufzer aus. »Das ist ein hartes Wort. Andererseits sind wir's gewohnt. Und natürlich fühlst du dich noch nicht wohl, da du uns schließlich zum ersten Male triffst.«

Prew bewegte sich unruhig auf seinem Platz. Er schaute zu dem ausdruckslosen Gesicht des Kellners auf, der gerade die Getränke brachte. »Ja«, sagte er, »das ist wahr. Ich fühl mich nicht wohl. Ich wollte es aber ausgesprochen haben. Ich kann's nicht vertragen, wenn jemand mir sagen will, was ich über irgendwas denken soll.«

»Aha«, sagte Hal, »ein Mann nach meinem Herzen.«

»Hör mal«, sagte Tommy abrupt. »Wessen Freund ist Prew? Deiner oder meiner?«

»Deiner natürlich, mein Lieber«, lächelte Hal. »Ich unterhalte mich nur gerne mit neuen Leuten.«

»Schön«, sagte Tommy, »aber hör um Gottes willen auf, ihm Avancen zu machen. Er ist nicht der intellektuelle Typ. Oder bist du das, Prewchen?«

»Ich glaube nicht«, sagte Prew, »nachdem ich nicht mal die Volksschule zu Ende gemacht habe.«

»Hal ist Lehrer für Französisch«, warf Maggio ein. »In ner Privatschule für reicher Leute Kinder. Tommy hat ne Stellung irgendwo im Geschäftsviertel. Er spricht nie darüber. Wo arbeitest du, Tommy?« sagte Maggio. Wieder schüttelte er heftig den Kopf und blinzelte Prew zu.

»Ich bin Schriftsteller«, sagte Tommy.

»Natürlich«, sagte Maggio, »aber du arbeitest doch auch, oder nicht?«
Hal lachte entzückt.

»Gegenwärtig«, sagte Tommy steif, »hab ich eine Stellung. Das dauert aber nur so lange, bis ich so viel Geld auf die Seite gelegt habe, daß ich mich ganz allein meiner Kunst widmen kann. Was meine Stellung betrifft, so möchte ich lieber nicht darüber sprechen. Ich mag den Posten ohnehin nicht, den ich habe.«

»Selbst ich weiß nicht, wo er wohnt«, sagte Hal. »Er sagt mir überhaupt nichts. Mir persönlich ist es vollkommen gleichgültig, wer was über mich weiß. Überhaupt, von einem Französischlehrer erwartet man so etwas beinahe. Das ist einer der Gründe, warum ich meinen Beruf gern habe.

Und übrigens bin ich Privatlehrer. Ich gebe Privatunterricht in Klassen und auch für Einzelpersonen, aber nicht an einer Schule.« Er lächelte Angelo zu. »Aber solange ich, wie gesagt, Geschäft und Vergnügen getrennt halte, stören mich diese scheußlichen Abkömmlinge von Missionaren nicht. Manchmal kommt es mir sogar vor, als wären sie insgeheim eher noch dafür. Man hält es für weltmännisch und kultiviert. Und selbstverständlich benehme ich mich nicht wie Oscar Wilde. Mein Appetit richtet sich nicht auf harmlose Knaben. Mit anderen Worten, bei mir braucht man keine Sorgen um seine Kinder zu haben.«

»Trinken wir noch was?« sagte Maggio. »Wir sind den ganzen Weg hier heraus gelaufen.«

»Warum hast du mich nicht angerufen?« sagte Hal. »Ich hätte euch abgeholt.«

»Wir wollten zu Fuß gehn«, sagte Maggio. »Um den nötigen Durst zu bekommen.«

Hal winkte dem Kellner. »Garçon. Nochmal das gleiche, bitte. Tony, manchmal denke ich, du führst mich an der Nase herum, um mich ein wenig zu schröpfen.« Er wandte sich mit einem süßen, fast jungenhaften Lächeln zu Maggio. »Manchmal denke ich, daß du mich fallenließest wie ein heißes Eisen, wenn ich dir nicht Dinge kaufe, die du willst. Vielleicht ist das gerade der Grund, warum ich dich so liebe.«

»Ach, du weißt doch, daß das nicht stimmt, Hal«, sagte Maggio. »He, schau mal«, sagte er, »da drüben sind Bloom und Andy. Ich hab dir ja gesagt, daß die ganze Kompanie bald hier unten sein wird.«

»Heute sind es nicht so viele«, lächelte Hal, »wie in der Mitte des Monats.«

Prew sah hinüber zu der Stelle, auf die Angelo deutete. Bloom und Andy waren gerade hereingekommen. Sie trugen Zivilhosen und Hawaiihemden. Mit ihnen waren fünf andere Männer, von denen Prew keinen kannte. Sie nahmen einen großen Tisch in der Ecke der Terrasse. Bloom schien der Mittelpunkt zu sein. Er sprach laut, und seine starken Arme machten weite Bewegungen, wenn er redete. Angespannt beugte er sich über den Tisch zu einem anderen Mann.

»Der liebe Bloom«, sagte Hal, »er sinkt immer tiefer und tiefer. Ich würde mich nicht wundern, wenn er sich eines Tages umbringt.«

»Er ist ein zu großes Schwein«, sagte Tommy. »So sensitiv ist er nicht. Aber den süßen kleinen Gitarrenspieler habe ich gern, den er mit sich herumschleppt. Der ist wirklich reizend, nur Bloom läßt keinen an ihn ran.«

»Bloom hat jetzt Flora als Freundin«, sagte Hal traurig. »Seht ihr den dicken, weibischen Kerl ihm gegenüber? Das ist Flora.« Er wandte sich und lächelte Prew mit seinen großen, erregten Augen zu. »Ich nehme an, du hattest dir, bevor du uns trafst, solch ein Bild von uns gemacht, was?«

Prew sah, wie der Blonde seine Hand vorsichtig über sein gelocktes Haar gleiten ließ. Dann ließ er die Hand müde sinken, eine große, weiße, flatternde Hand, stand auf und ging mit wiegenden Hüften schwerfällig auf die Toilette. »Ja«, sagte er, »genau so.«

»Das hab ich mir gedacht«, lächelte Hal. »Nun, wir sind keine Schauspieler. Wir haben es nicht nötig, uns damit aufzugeilen, daß wir uns wie Weiber benehmen. Im Gegenteil, je weniger ich von Weibern sehe und höre, um so besser. Es gibt vieles, was ich nicht mag. Am meisten von allem aber hasse ich Weiber.«

»Aber warum?« sagte Prew.

Hal schnitt eine Grimasse. »Sie sind schlecht. Herrschsüchtig. Und selbstbewußt, daß es einem schlecht wird. Wußtest du, daß wir ein Matriarchat haben? Schlecht«, sagte er, »schlecht wie die Sünde und bös. So feucht und weich und bös. Du lieber Gott«, sagte er.

»Wenn Sie schon die Religion hassen, wie können Sie dann an Sünde glauben?« sagte Prew. »Gerade das Gegenteil müßte eigentlich der Fall sein.«

Hal sah ihn an und zog die Augenbrauen hoch. »Ich habe nicht gesagt, daß ich an Sünde glaube. Ich glaube, du hast mich mißverstanden. Ich habe das lediglich als Ausdruck gebraucht. Als eine Art Vergleich. Tatsächlich glaube ich nicht an den Begriff der Sünde. Er ist dumm, und ich lehne ihn vollständig ab. Glaubst du, ich könnte das sein, was ich bin, und dennoch an Sünde glauben?«

»Ich weiß nicht. Vielleicht.«

Hal lächelte. »Hast du nicht gesagt, du seiest kein Intellektueller?«

»Ich bin's auch nicht«, sagte Prew. »Ich habe Ihnen doch gesagt, daß ich nicht mal eine komplette Volksschulbildung habe. Aber ich könnte mir vorstellen, wie das mit der Sünde möglich wäre.«

Hal sah zu Bloom hinüber und wechselte das Gesprächsthema. »Tommy war mal verliebt in diesen Bloom. Kannst du dir so was vorstellen? Eine Zeitlang haben sie wirklich ein sehr intimes Verhältnis gehabt. Ich persönlich hab das ja nie begriffen.«

»Ich war nie«, sagte Tommy, »aber überhaupt nie verliebt in Bloom. Ich hab auch kein ›Verhältnis‹ mit ihm gehabt, wie du das so schön ausdrückst. Ein paarmal bin ich mit ihm ausgegangen. Das ist alles. Er ist zu brutal, zu unwissend und zu dumm für einen Mann, der so empfindsam ist wie ich.«

Hal lächelte entzückt. »Ich habe nur wiederholt, was ich gehört habe. Und ich weiß bestimmt, daß du ihn zu mir in die Wohnung bringen wolltest.« Er wandte sich wieder Prew zu. »Tommy benutzt, wann immer ich es erlaube, meine Wohnung für seine Liebesabenteuer. Bei Bloom habe ich es nicht erlaubt. Sonst nimmt er seine Freunde hinaus in den Kapiolani-Park, oder ich leihe ihm meinen Wagen. Ich nehme an, er fährt hinaus zum Sprengloch. Wegen der romantischen Atmosphäre, verstehst du?«

»Du Schwein«, sagte Tommy wütend in seiner tiefen Baßstimme. Prew sah den dicken Mann an. Das lange Gesicht mit der dünnen Nase erinnerte ihn plötzlich an etwas, das ihm vertraut war, etwas, das er genau kannte. Was war es nur?

Dann wußte er es. Als er im Fort Slocum war und darauf wartete, verschifft zu werden, war er auf Urlaub nach New York gegangen. Dort, in einer der Greenwich Village Bars an der dritten Avenue, wo die Kellner und die Artisten schwul sind, hatte er eine der Künstlernutten angesprochen. Am nächsten Morgen hatte sie ihn ins Metropolitan-Museum mitgenommen, wo gleich beim Haupteingang hoch droben die Marmorstatue eines nackten griechischen Jünglings stand. Die Nutte hatte ihn besonders auf diese Statue aufmerksam gemacht, und nun erinnerte er sich, daß diese Skulptur genau den gleichen Ausdruck hatte wie dieser Mann. Mit der geradlinigen Nase und den hohen Backenknochen, unter denen das Fleisch weich schien, sah sie überzüchtet aus. Weichheit lag über dem ganzen Gesicht, ein Ausdruck stolzen Schmerzes und bewußter nutzloser Schönheit. Sie war mit einem Wort dekadent, dachte er.

»Wie ist's mit noch was zu trinken?« sagte Angelo. »Ich hätte gerne einen Champagner-Cocktail.«

»Nur, weil du zufällig Geld hast«, sagte Tommy zu Hal. »Und ich hab keins. Dafür brauch ich noch lange nicht deine boshaften Bemerkungen einstecken.«

»He, Kellner«, sagte Maggio.

»Was ich an dir besonders liebe«, sagte Hal zu Maggio, ohne Tommy zu beachten, »ist deine wunderbare Einfachheit. Du bist durchsichtig wie Glas. Beenden wir diese widerwärtige Unterhaltung und gehen in meine Wohnung. Ich habe eine frische Kiste französischen Champagners, die dich reizen sollte. Hast du je französischen Champagner getrunken?«

»Ist das hier kein französischer Champagner?«

»Nein, der ist einheimisch. Made in America.«

»Verdammt«, sagte Maggio enttäuscht. »Ich hab gedacht, das ist französischer Champagner.«

»Und«, sagte Hal, »trotz allem, was Somerset Maugham sagt, *ich* behaupte, daß einheimischer Champagner nicht an französischen heranreicht. Und ich sollte es eigentlich wissen.«

»Hal hat lange in Frankreich gelebt«, sagte Maggio zu Prew.

»Wirklich?« sagte Prew.

»Ja«, sagte Hal. »Erinnere mich daran, daß ich dir mal davon erzähle. Kommt, gehn wir. Ich habe diesen Champagner speziell für dich gekauft, Tony, und bei dem Krieg in Europa wird es jeden Tag schwerer, ihn zu bekommen. Ich möchte ihn gerne versuchen. Außerdem können wir's uns dort gemütlich machen. Es ist so schwül hier heute nacht. Ich möchte mich ausziehn.«

»Gut«, sagte Angelo. »Ich habe nichts dagegen. Wie steht's mit dir, Prew?«

Prew war damit beschäftigt, Blooms Riesengestalt zu beobachten, die den Tisch der fünf dünnen Männer und Andy völlig beherrschte.

»Was?« sagte er. »Ach so, ja, mir ist's auch recht.«

»Schön«, sagte Hal. »Ich nehme an, du würdest nicht mitgehen, wenn er nicht auch mitkommt, was?« sagte er zu Angelo.

Maggio blinzelte Prew zu. »Nein, das würd ich nicht tun. Ich kann meinen Kameraden nicht im Stich lassen.«

»Diese Anhänglichkeit ist sehr rührend«, sagte Tommy verschnupft.

Hal rief den Kellner und bezahlte die Rechnung mit einem Scheck. »Ich zahle immer per Scheck«, sagte er zu Prew, während sie auf das Wechselgeld warteten. »Ich sag das, mein Lieber, nur für den Fall, daß du irgendwelche dumme Gedanken haben solltest«, fügte er hinzu, und wieder erschien dieses süße Lächeln, das mehr in seinen Augen als in seinem Mund saß. Er gab dem Kellner ein großes Trinkgeld.

»Das ist alles für heute, Garçon«, sagte er. »Wir gehn.«

»Warum nennen Sie ihn immer Garsong«, sagte Prew.

»Das ist das französische Wort für Kellner«, sagte Hal.

»Das weiß ich«, sagte Prew. »Es ist ungefähr alles, was ich auf französisch weiß. Es klingt aber affektiert. Man könnte meinen, Sie könnten überhaupt kein Französisch.«

»Das ist mir völlig egal«, lächelte Hal. »Ich tue es, weil es mir gefällt.« Er nahm Prew am Ärmel seines Hawaiihemdes und überschüttete ihn mit einem Strom von Französisch, der stieg und fiel und in sich zusammenlief. Es klang wie fernes Gewehrfeuer. »Na, siehst du?« lächelte er.

Sie gingen an dem riesigen Herausschmeißer mit dem zerschlagenen Gesicht vorbei hinaus. Er grüßte Hal mit einem Finger an der Mütze und verbeugte sich ein wenig. Aus der Diele kam die gleiche Klaviermusik, auf die Prew gelauscht hatte, als er draußen wartete. Als habe jemand die ganze Zeit, während sie drinnen waren, das gleiche Stück gespielt, spielte es noch immer und würde es spielen für immer und ewig.

»Wie heißt das Stück, das man da spielt?« fragte Prew.

»Wie?« sagte Tommy. »Ach das? Einen Augenblick. Ich kenne es.«

»Es ist Rachmaninows Präludium in c-moll«, sagte Hal schnell. »Ganz ordinäres Zeug. Es ist eine Spezialität dieses alten Säufers. Irgendein Pseudo-Intellektueller verlangt es immer. Très chic«, sagte er.

»Was bedeutet Pseudo?« fragte Prew.

»Es bedeutet Halbarsch«, sagte Angelo.

Hal lachte. »Ja. Genau. Schwindel würde etwa passen.«

»Es ist eine Vorsilbe«, sagte Tommy steif. »Es bedeutet unwirklich, illusionär.«

»Pseudo«, sagte Prew. »Halbarsch.«

26

Zu viert gingen sie die Kalakaua Street zurück und vorbei am Moana. An der Ecke der Kaiulani Street überquerten sie die Straße und gingen an den Touristenläden entlang, die in ihren Schaufenstern Wasserbrillen, Angelausrüstungen und Schwimmflossen liegen hatten. Ein Laden hatte nur Strandmäntel und Badehosen, alle mit hawaiianischen Blumenmustern. Ein anderer war ein Spezialgeschäft für Damensachen und stellte Kleider und Mäntel, ebenfalls mit hawaiianischen Motiven, aus. Dann kam ein Juwelier mit teuer aussehenden kleinen, aus chinesischer Jade geschnitzten Figuren. Am Ende der ununterbrochenen Kette von Läden war das Waikiki-Theater, in dem lebende Palmen wuchsen. Aber jetzt war es geschlossen. Es war fast Mitternacht geworden, und die Straßen sahen schon mitternächtlich verlassen aus. Die Luft war kühl, eine kleine Brise wehte, und nur ein paar Wolken schwebten hoch droben gen Osten und verdunkelten hier und da auf ihrem Weg die Sterne. Die Palmen, die sich über das Trottoir neigten, raschelten leise in dem sanften Wind.

Hinter der weißen Masse des Waikiki-Theaters, das jetzt geschlossen war, bog Hal vom Strande weg nach Norden in eine der kleinen Seitenstraßen ein, in der tropische Pflanzen im Dunkel flüsterten.

»Ist es nicht herrlich, hier zu wohnen?« rief Hal. »So schön und einfach. Ach, was für eine herrliche Nacht!«

»Nicht wahr?« sagte Tommy. »Einfach exquisit.«

Hal und Maggio gingen voraus, und der große, hagere Hal beugte sich tief hinunter, während er mit dem kleinen Maggio sprach.

»Ich bin froh, daß du mitgekommen bist«, flüsterte Tommy Prewitt zu. »Eine Zeitlang hab ich schrecklich Angst gehabt, daß du es vielleicht nicht tun würdest.«

»Ach, ich hab von Angelo so viel über diese Wohnung gehört, daß ich sie sehen muß.«

»Ach so«, sagte Tommy leise. »Ich dachte, es sei meinetwegen.«

»Nun«, sagte Prew, »teilweise auch deinetwegen.«

Er lauschte auf Hal, der ebenfalls leise redete.

»Wo warst du denn so lange, du kleiner Wilder? Du weißt ja gar nicht, wie ich mich danach gesehnt habe, dich wiederzusehn. Nie weiß ich, wann ich dich erwarten darf. Ich kann nur immer hoffen. Ich hätte Angst, dich anzurufen, und sowieso weiß ich gar nicht die Nummer deines Regiments. Manchmal denke ich, du kommst nie zu mir, außer wenn du Geld brauchst.«

»Ich habe den ganzen Monat Strafdienst tun müssen«, log Maggio. »Du kannst Prewitt fragen.«

»Stimmt das, Prew?« rief Hal.

»Stimmt«, rief Prew zurück. »Er ist im Verschiß.«

»Ihr Lügner«, sagte Hal schelmisch. »Einer lügt, und der andere unterstützt ihn, ohne mit der Wimper zu zucken. Ihr Soldaten seid alle gleich. Treulos wie das Glück.«

»Mein Gott«, sagte Maggio, »du hast einfach Dusel gehabt, daß ich heute am Zahltag pleite bin. Sonst hätte ich mich besoffen und hätte wieder Strafdienst tun müssen.«

»Wie es scheint«, sagte Hal, »hat Tony immer gerade am Zahltag Strafdienst.«

»Stimmt«, sagte Maggio entschieden. »Wie es scheint, besaufe ich mich immer am Zahltag, und dann bekomme ich zwei oder drei Wochen Strafdienst. Immer sag ich mir, es wird nicht mehr passieren, aber immer passiert es wieder. Außer heute, weil ich pleite bin. Es ist nicht so, daß ich nicht komme, wenn ich Geld habe, sondern wenn ich Geld habe, besauf ich mich. Dann bekomm ich Strafdienst. Siehst du den Unterschied?«

Hal lachte. »Das ist ziemlich haarspalterisch, oder nicht?« sagte er.

»Mein kleiner Primitiver«, sagte er. »Darum lieb ich dich so. Bitte verliere nie deine Fähigkeit, so überzeugend zu lügen.«

»Es ist aber die Wahrheit«, protestierte Maggio. »Ich besauf mich und komm in die Stadt, um zwei Nummern zu schieben, und die verdammte Militärpolizei greift mich, und schon hab ich meinen Strafdienst weg.«

»Findest du es nicht schrecklich, in 'n Puff zu gehen?« fragte Hal.

»Ach«, sagte Angelo, »ich kann nicht sagen, daß ich nicht lieber ne Freundin hätte, aber ich hab auch nichts dagegen. Auf dieser Insel hat ein Soldat nicht viel Auswahl.«

Prew fragte sich, ob Angelo sich in seinen Erklärungen immer so verfing, und wollte lachen, aber Hal schien nichts zu merken.

»Du meine Güte«, sagte Tommy plötzlich, »ich könnt's nicht ertragen. Ich meine, Soldat zu sein. Lieber würde ich mich aufhängen. Ich schwör's euch.«

»Ich auch«, sagte Hal. »Das kommt aber daher, daß wir nicht primitiv sind. Wir sind anomal empfindsam.«

»Das ist es wohl«, sagte Tommy.

Hal lachte. »Ich hoffe, du siehst ein, Tony, daß die moralischen Skrupel der hiesigen Frauen unser Vorteil sind – ich meine Tommys und

meiner und der aller anderen Mitglieder des dritten Geschlechts. Das
hat eine feine Ironie. Es amüsiert mich unendlich, weil es ein Finger-
zeig dafür ist, welche Wendung die allgemeine Entwicklung nimmt.
Eines Tages werden wir vollkommen das Übergewicht haben.«

»Wahrscheinlich ist es so«, sagte Maggio. »Ich meine, daß es euer
Vorteil ist.«

»Hast du das gehört, Prew?« rief Hal zurück.

»Ja«, sagte Prew gleichgültig, »ich hab's gehört.«

»Weil alle diese Frauen Soldaten hassen«, sagte Hal und fuhr fort,
seine Gedanken fortzuspinnen, »weil sie Soldaten für Abschaum
halten, überhaupt alle Männer für Abschaum halten, führen sie langsam aber unausweichlich ihren eigenen Untergang herbei.«

»Wie war das?« fragte Prew.

»Ist es nicht klar?« lachte Hal. »Schau dich selber an. Für euch Soldaten gibt es keine Frauen außer Huren. Ihr müßt zu uns kommen,
weil wir kein Gefühl für Sünde haben wie die sogenannten anständigen Frauen.«

»Ach, ich weiß nicht«, sagte Prew, aber es kam der Wahrheit so ungemütlich nahe, daß er die Hohlheit in seiner eigenen Stimme hören
konnte.

Hal lachte sein süßes, jungenhaftes Lachen, nützte aber seinen Vorteil nicht aus. »Siehst du«, sagte er sanft, »darüber habe ich meine
eigene Theorie. Meine Theorie ist, daß Homosexualität die direkte
Folge der Keuschheit bei den Frauen ist.«

»Wie erklärst du dann Lesbierinnen?« erwiderte Prew.

»Touché«, lachte Hal. »Ich glaube aber wirklich, daß Homosexualität
das Resultat von Unbefriedigtsein und Enttäuschung ist. Je mehr sich
eine Gesellschaft veredelt und je achtbarer sie wird, um so mehr Homosexuelle wird sie hervorbingen. Man nennt das Dekadenz. Hast du
jemals darüber nachgedacht, weshalb eine Gesellschaft ihre größten
Kunstwerke immer in der Zeit ihrer größten Dekadenz hervorbringt?
Siehst du, Homosexualität erzeugt Freiheit, und nur in der Freiheit
kann die Kunst gedeihen. Leider aber bricht mit der Freiheit die Gesellschaft zusammen. Zerfällt in Staub. Verschwindet. Wird zerstört.
Ganz und gar.« Er lachte fröhlich.

»Welches Kunstwerk hast du je geschaffen?« sagte Prew.

»Wer, ich? Nicht viel. Einmal habe ich einen Roman über das Leben
eines Bisexuellen geschrieben. Niemand wollte ihn veröffentlichen.
Immer aber, bei allen Verlegern, wollte jeder im Büro ihn unbedingt
lesen. Ein Verleger hat ihn sieben Monate lang behalten. Aber ich bin

unbedeutend. Schau die Griechen an, wenn du mir nicht glaubst. Oder die Römer. Oder die Kirche, unsere Heilige Mutter, während der Renaissance.«

»Blödsinn«, sagte Tommy.

»Ich hab ein wenig darüber gelesen«, sagte Prew. »Ich möchte gerne einmal deinen Roman sehn.«

»Ich zeig ihn dir mal«, sagte Hal. »Na, hier wären wir also.«

Er führte sie um einen Banyanbaum herum. Sie stolperten in der Dunkelheit über die aus der Erde ragenden Wurzeln, und die bleistiftdünnen Zweigwurzeln, die noch nicht in die Erde hineingewachsen waren und frei herunterbaumelten, schlugen ihnen ins Gesicht.

»Ist es nicht schön, so was im Garten zu haben?« sagte Hal. »Vorsicht jetzt!«

Sie standen an der Seite eines weißgestrichenen zweistöckigen Holzhauses am Fuße einer Freitreppe. Sie war nicht überdacht und wurde von viereckigen Balken getragen. Auch sie war weiß gestrichen.

»Wir müssen unsere Diskussion fortsetzen, nachdem wir was getrunken haben«, flüsterte Hal Prew zu, als sie auf dem kleinen Treppenabsatz standen und quer durch den Garten in die dunkle Masse des Banyanbaumes schauten. Hal schloß die Tür auf.

Er führte sie in eine kleine Diele.

»Macht es euch gemütlich, meine Lieben. Ich ziehe mich aus. Wenn ihr wollt, könnt ihr das gleiche tun.« Er lachte und verschwand durch eine Tür.

»Ist das nicht was?« sagte Maggio zu Prew. »Würd dir wohl auch gefallen, so was zu besitzen, wie? Stell dir mal vor, du würdest in so einem Haus leben. Jesus, Maria und Joseph!«

Die beiden standen in der Diele und schauten sich um und betrachteten die Sauberkeit und Ordnung der Wohnung.

»Ich kann's nicht«, sagte Prew. »Ich meine, ich kann's mir gar nicht vorstellen.«

»Jetzt verstehst du wohl, warum ich hierherkomme«, sagte Maggio. »In den gottverdammten Betonkasernen vergißt man ja ganz, daß es noch so was gibt auf der Welt.«

Tommy, der hinter ihnen stehengeblieben war, wurde ungeduldig. Er drängte sich an ihnen vorbei, durchquerte den Raum und setzte sich in einen der großen modernen Sessel aus verchromtem Stahl und Leder. Das brach den Bann.

»Ich muß pinkeln«, sagte Maggio, »und bei Gott, ich möchte was trinken. Ich bin gleich wieder zurück.«

Prew sah ihn durch die Tür gehen, durch die Hal verschwunden war, in einen winzigen Gang, in dem links das Badezimmer war und am Ende das Schlafzimmer. Er wandte sich ab, um sich im Wohnzimmer umzusehn.

Links, wenn man hereinkam, war eine Stufe, die auf einen kleinen Podest führte, der von einem schmiedeeisernen Gitter umgeben war. Auf diesem Podest stand ein Eßtisch, und dahinter führte eine Tür in die Küche. Auf der anderen Seite war die Wand im Halbkreis gerundet, und die Fenster reichten die ganze Runde entlang vom Boden bis zur Decke. Ein Vorhang war halbwegs davorgezogen. In der Mitte stand ein Grammophon, und rechts und links davon je ein Regal voll mit Platten und Alben. An der rechten Wand standen ein Bücherschrank und ein Schreibtisch. Prew lief um den Raum herum und betrachtete sich die Möbel. Er bemühte sich, ein paar Worte zu finden, die er zu Tommy hätte sagen können.

»Ist von deinen Sachen je was veröffentlicht worden?« fragte er schließlich.

»Natürlich«, sagte Tommy steif. »Erst vor ein paar Wochen erschien eine meiner Erzählungen in *Colliers*.«

»Was für eine Art von Erzählung?« Prew betrachtete die Platten. Es war nur klassische Musik, Symphonien und Konzerte.

»Eine Liebesgeschichte«, sagte Tommy.

Prew sah ihn an, und Tommy kicherte mit seinem tiefen Baß.

»Die Geschichte einer ehrgeizigen jungen Schauspielerin und eines jungen Broadway-Regisseurs. Er heiratet sie, und sie wird ein Star.«

»Ich kann diese Art Geschichten nicht lesen«, sagte Prew. Er sah wieder die Platten an.

»Ich auch nicht«, kicherte Tommy.

»Warum schreibt ihr sie dann?«

»Weil es Leute gibt, die sie lesen wollen und die dafür was bezahlen.«

»So was ist gar nicht wie's wirkliche Leben«, sagte Prew. »Da kommt dieser Unsinn nie vor.«

»Natürlich nicht«, sagte Tommy steif. »Deshalb lesen die Leute es auch. Man muß den Menschen geben, was sie wollen.«

»Ich bin nicht so überzeugt, daß sie das wirklich wollen«, sagte Prew.

»Was bist du eigentlich?« kicherte Tommy mit seinem Baß. »Ein Soziologe?«

»Nein. Aber ich denke, ich bin wie die meisten anderen auch. Ich hab keine Ahnung von großer Literatur, aber solchen Dreck kann ich nicht lesen.«

»Es sind auch gar nicht die Männer«, sagte Tommy. »Es sind die Frauen. Die dummen, romantischen, schmutzigen, moralistischen Weiber. Die fressen's wie's kommt. Die kaufen Bücher und Zeitschriften. Und die lesen's. An irgend etwas müssen sie sich ja schließlich aufgeilen. Im Bett können sie's bei ihrer Moral nicht tun.«

»Ach, ich weiß nicht. Ich bin davon nicht überzeugt.«

»Weiber und ihre Moralbegriffe!« sagte Tommy. »Wenn die nicht aufpassen, werden sie eines Tages überhaupt keine Männer mehr finden, die was von ihnen wollen.«

»Das begreife ich schon«, sagte Prew. »Du meinst, sie bringen alle Männer dazu, homosexuell zu werden, wie Hal vorhin schon gesagt hat.«

»Nein, das habe ich nicht gemeint«, sagte Tommy steif. »Das habe ich absolut nicht gemeint. Die Weiber haben damit überhaupt nichts zu tun.«

»Vielleicht aber doch«, sagte Prew. »Heute abend denke ich zum erstenmal, es könnte vielleicht doch so sein.«

Er ging gerade am Schreibtisch vorbei.

»Was?« sagte Maggio hereinkommend. »Was könnte doch so sein?«

Er kam herüber zu Prew, der noch immer vor dem Schreibtisch stand. Hinter ihm kam Hal herein. Er hatte einen buntbedruckten tahitischen Schal um sich geworfen. Seine dünne elegante Figur wirkte jetzt eckig und flach und muskellos. Das tiefe Braun seiner dicken saftlosen Haut wirkte unnatürlich, trocken, als hätte er Jod auf seine Haut geschmiert.

»Es könnte doch sein, daß die Weiber etwas damit zu tun haben«, sagte Prew.

»Ich glaub das nicht«, sagte Angelo.

»Bisher hab ich das auch nicht geglaubt«, sagte Prew, »jetzt aber scheint es mir, daß vielleicht doch was dran ist.«

»Aha«, sagte Hal. Er lächelte sein tiefes, jungenhaftes Lächeln. »Na, weißt du, manche sind tatsächlich als Homos geboren. Unglücklicherweise oder glücklicherweise, wie man's nimmt. Ich will also keinesfalls behaupten, daß es nur so ist.«

Prew schüttelte den Kopf. »Ich habe zuviel gesehen, von Times Square bis Frisco, um das mit dem So-geboren-Werden zu fressen.«

»Du wärst ein lieber Kerl«, sagte Hal angeekelt, »wenn du dir nicht so furchtbar Mühe geben würdest, vulgär zu sein.«

»Vulgär?« grinste Prew.

»Es kommt nicht darauf an, *was* du sagst; es kommt darauf an, *wie* du's sagst, und deine Art, Dinge zu sagen, ist vulgär. Ich bemühe mich sehr, nur die Schönheit in dieser Tragödie zu sehen.«

»Ich nicht. Ich halte das für Photomontage.«

Hal hob seine Augenbrauen und starrte ihn an. »Manchmal«, sagte er zu Angelo, »ärgert mich dein Kamerad beinahe.«

Prew spürte, daß er grinste. Aber unter seinem Grinsen blieb sein Gesicht steif, wie immer, wenn er Gefahr witterte. »In meinen Augen ist deine Anschauung genausosehr Wunschtraum wie der reiche junge Broadway-Regisseur in Tommys Erzählung.«

»Ich sehe jetzt, daß ich mich in dir getäuscht habe«, lächelte Hal. »Ich sehe, daß du überhaupt keine Phantasie hast und nichts anderes bist als ein ziemlich langweiliger Tölpel.«

»Kann schon sein«, grinste Prew. »Wahrscheinlich haben die Armee und die Landstraße so ziemlich alles an Phantasie aus mir herausgetrampelt.«

»Wo ist eigentlich der Champagner, Hal?« sagte Angelo. »Los, bring ihn mal zum Vorschein, he? Ich fang an, durstig zu werden.«

»Einen Augenblick, mein Liebling. Eines Tages«, sagte er zu Prew, »wenn du älter bist, wirst du sehn, daß Phantasie Wahrheiten hervorbringt, die allen sogenannten Tatsachen überlegen sind.«

»Das verstehe ich schon«, grinste Prew, »aber etwas anderes verstehe ich nicht. Je länger ich mit dir rede, desto mehr sprichst du wie ein Pfaff.«

Hal lächelte. »Wenn du nicht Tonys Freund wärst, würde ich dich wegen dieser Bemerkung vor die Tür setzen.«

Prew grinste ihn gemütlich an. »Ich glaube nicht, daß du dich trauen würdest. Wenn du aber willst, daß ich gehe, brauchst du's nur zu sagen.«

»Na«, lächelte Hal zu Maggio, »dein Freund ist ja ein ganz schöner Grobian!«

»Was, zum Teufel, nimmst du ihn ernst!« sagte Maggio. »Er ist ein blöder Hitzkopf, das ist alles. Ihm fehlt nichts als ordentlich was zu trinken.«

»Stimmt das?« fragte Hal Prew.

»Na«, sagte Prew, »ich könnte schon einen vertragen.«

Tommy stand von seinem Stuhl auf und trat beschützend an Prewitts

Seite. »Der Teufel soll dich holen, Hal. Kannst du das arme Stück nicht einen Augenblick in Ruhe lassen. Er ist mein Freund und nicht deiner, nicht wahr? Hör auf, ihn zu quälen.«

»Du brauchst mir nicht zu helfen«, sagte Prew.

»Wenn es dir nicht paßt, wie ich meine Gäste behandle, Tommy«, lächelte Hal, »steht es dir jederzeit frei, nach Hause zu gehn. Mir scheint fast, das wäre das Beste, was du tun könntest. Wann müßt ihr eigentlich zurück sein, Jungs?«

»Um sechs«, sagte Angelo. »Zum Wecken.« Er schaute hinüber zu der Uhr, die auf dem Pult stand, als wäre ihm plötzlich eingefallen, daß er eines Tages sterben müßte. »Los, du Hund«, sagte er. »Schaff um Gottes willen was zu saufen ran!«

»Du Schwein«, sagte Tommy zu Hal, »du dreckiges, lausiges Schwein. Ich hätte wirklich Lust zu gehen.«

Hal lachte vergnügt. »Bitte sehr, Madame.« Er drehte sich auf dem Absatz um, ging die Stufe hinauf und in die Küche.

Tommy sah ihm mit bösen Augen nach. Seine schweren Arme hingen gerade herunter, seine Fäuste, groß wie Schinken, preßten sich gegen die Schenkel.

»Du weißt ganz genau, daß ich nicht gehe«, sagte er. »Du weißt, daß ich bleiben muß.«

Hal streckte seinen Kopf durch die Küchentür. »Natürlich weiß ich das. Komm lieber her und hilf mir.«

»Wie du wünschst«, sagte Tommy. Steif bewegte er seinen schweren Körper. Seine verletzten Gefühle spiegelten sich in seinem Gesicht.

»Komm mal her, Prew«, flüsterte Maggio und winkte mit dem Kopf. Er führte ihn in die Ecke und hinüber zum Grammophon an der Fensterbank. »Mein Gott, nimm dich ein bißchen zusammen, ja? Oder willst du mir alles versauen? Halt mal ne Zeitlang das Maul.«

»Gut. Tut mir leid. Ich weiß gar nicht, was mich so aufgeregt hat. Wahrscheinlich der Mist von dem ›So-geboren-Sein‹. Ich will dir nicht an den Wagen fahren, Angelo, aber irgend etwas an diesen Kerlen bringt mich einfach auf die Palme. Immer hat er mich am Wickel, als wäre er ein Pfaffe, der drauf besteht, daß man in die Kirche geht und betet. Warum muß man sich ne Heilsarmeepredigt anhören, bevor man seine Suppe bekommt? Warum müssen die jeden überzeugen, wie herrlich es ist, schwul zu sein?«

»Verdammt noch eins, ich weiß's auch nicht. Laß sie einfach reden.

So mach ich's. Denkst du vielleicht, ich streit mich mit ihnen rum? Quatsch. Ich hör zu und wackel mit dem Kopf und fresse, was sie sagen, und verlang was zu trinken, bitte schön.«

»Ich glaube, dafür bin ich nicht gemacht«, sagte Prew.

Angelo schüttelte den Kopf. »Manchmal komme ich mir vor wie auf einem Pulverfaß, das jeden Augenblick in die Luft fliegt. Für alles, was du auf der Welt bekommst, mußt du zahlen, Mensch.«

»Ich hab ne Menge über die ›Große Liebe‹ zwischen Homos gehört, aber ich hab sie nie gesehn. Wahrscheinlich ist sie mehr so was wie Haß.«

»Ist mir gleich, was es ist. Solange ich was dabei rausschlagen kann. Darum reg dich bitte ab, ja?«

»Klar, ich will dir die Sache nicht versauen.«

»Mein lieber Schwan«, sagte Maggio, »ich werd mich besaufen, daß ich nicht mehr auf den Beinen stehn kann.« Er sah nach der Uhr auf dem Pult. »Wecken«, sagte er, »wecken oder nicht wecken.«

Hal kam aus der Küche. Er trug zwei kristallene Sektgläser. Hinter ihm kam Tommy mit zwei weiteren.

»Tut mir leid, daß wir kein Tablett haben«, lächelte Hal. »Immerhin sind die Gläser korrekt. Man kann Champagner-Cocktails nicht aus Wassergläsern trinken.«

Maggio nahm ein Glas und zwinkerte Prewitt insgeheim zu.

»Ich schlage vor«, sagte Hal, »ihr zieht euch alle aus und macht es euch bequem. Wo wir nun mal unter Freunden sind. Sind wir doch, oder nicht?«

»Ist mir recht«, sagte Tommy begeistert. Er gab Prew ein Glas, setzte das seine ab und begann, sich zu entkleiden. Er zog sich bis auf ein Paar kurze Unterhosen aus, setzte sich dann und nahm sein Glas in die Hand. Im Gegensatz zu Hal war Tommy weiß wie Milch. Sonnverbrannt war er nur oberhalb seines Kragens und an den Unterarmen. Es gab ihm ein unerfreuliches, altbackenes Aussehen.

»Ich weiß, Soldaten tragen nie Unterhosen«, lächelte Hal. »Ich habe ein paar kurze Hosen, die ich Tony gebe, wenn wir schwimmen gehen, aber für dich habe ich nichts.«

»Das macht nichts«, sagte Prew. »Ich behalte genausogern meine Hosen an.«

Hal lachte vergnügt. Er war wieder in guter Stimmung.

So saßen die vier Männer mit entblößtem Oberkörper herum, um die Kühle zu genießen, die von außen hereinkam. Jeder, der sie so gesehen hätte, wie sie tranken, ausruhten und sich friedlich unterhielten, hätte das Ganze für ein schönes, freundschaftliches Beisammensein gehalten.

»Ich trage das immer, wenn ich zu Hause bin«, sagte Hal, der verloren mit einem Zipfel des Schals spielte. »Es entspricht der hawaiianischen Tradition, meint ihr nicht auch? Am Strand tragen jetzt allerdings alle Badehosen. Früher trugen sie den Pareu. Natürlich nur, bevor die Missionare kamen. In Tahiti trägt man ihn immer noch. Leider braucht man dort einen französischen Privatlehrer genausowenig wie in Frankreich selber.«

»Wann warst du in Frankreich?« sagte Prew.

»Fünfzehn Jahre lang war ich immer wieder für länger oder kürzer dort«, lächelte Hal. »Als Privatlehrer in New York sparte ich, bis ich für die lange Reise genug beieinander hatte. Dann fuhr ich nach Frankreich und blieb dort, bis ich nichts mehr hatte. Natürlich war das vor dem Krieg. Ich kam hierher, nachdem der Krieg schon begonnen hatte. Ich halte diese Insel hier für den am wenigsten gefährlichen Platz. Glaubst du das nicht auch?«

»Doch. Wenn wir aber erst mal im Krieg sind, wird es wahrscheinlich überall das gleiche sein.«

»Ich bin zu alt, um eingezogen zu werden«, lächelte Hal.

»Ich dachte an allgemeine Einschränkungen und derartiges.«

Hal zuckte die Schultern. Es war ein sehr französisches Schulterzucken. »Einmal habe ich ernstlich daran gedacht, französischer Bürger zu werden. Es ist das wunderbarste Land der Welt. Jetzt jedoch«, er lächelte, »bin ich eigentlich froh, daß ich es nicht geworden bin. Es ist sonderbar, die gleichen Errungenschaften der Freiheit, die das Leben in Frankreich so wunderbar gemacht haben, verursachen heute die Niederlage der Belle France.« Hal lächelte, aber jetzt sah es aus, als wäre er im Begriff zu weinen. »Es scheint, daß das ein Gesetz des Lebens ist«, sagte er.

»Es ist wohl so, daß ein Mann auf jeden Fall übers Ohr gehauen wird, was?« sagte Prew. Nun endlich, unter dem Einfluß dieser paar letzten Gläser Champagner, empfand er wieder das schöne Urlaubsgefühl. Nun endlich hatte er es zurückgewonnen, so wie in dem Augenblick, als er die Stufen des New Congress hinaufstieg. Wehmut übermannte ihn. Nun endlich sank die Sonne, die Hitze verschwand und die Schatten wurden länger. Es war an der Zeit, sich auszuruhen.

»Ich glaube nicht, daß das Wort Freiheit noch irgendeine Bedeutung hat«, sagte er zu Hal.

»Ich glaube, daß ich frei bin«, sagte Hal.

Prew lachte versonnen. »Wie wär's mit noch nem Glas?«

»Gut.« Hal nahm das Glas und ging hinaus in die Küche.

»Glaubst du vielleicht nicht, daß ich frei bin?«

»Bring mir auch eins«, sagte Angelo. Er stand leicht schwankend auf und trug sein Glas hinaus in die Küche.

»Hast du vor irgend etwas Angst?« rief Prew Hal nach.

»Nein«, sagte Hal, der mit den Gläsern in der Hand zurückkam, »ich fürchte nichts.«

»Dann bist du frei«, sagte Prew. Er sah, wie Angelo sich setzte und sein Glas leerte.

»Ich bin frei«, schrie Angelo. Er lehnte sich in seinen Sessel zurück und warf die Beine in die Luft. »Ich bin frei wie ein Vogel in der Luft. Das ist's. Du bist nicht frei«, schrie er Prew an. »Du bist ein gottverdammter Dreißigender. Du bist ein Armeesklave. Aber ich nicht. Ich bin *frei*. Bis sechs Uhr morgen früh.«

»Sei nicht so laut«, sagte Hal scharf. »Du weckst meine Wirtin auf.«

»Leck mich am Arsch«, sagte Angelo. »Und sie kann mich auch und du auch.«

»Ich glaub, Tony, es ist Zeit, du gehst ins Bett«, sagte Hal traurig, »und schläfst deinen Rausch aus.«

»Klar«, sagte Angelo. »Nachtigall, ich hör dir trapsen.«

»Das sollst du nicht zu mir sagen«, sagte Hal.

»Tut mir leid, alter Knabe. Ich kann's nicht ändern. Ist doch die Wahrheit, oder nicht?«

»Doch«, sagte Hal, »aber man muß nicht immer die Wahrheit sagen, oder?«

»Nein«, sagte Angelo, »wahrscheinlich nicht.«

»Komm«, sagte Hal, »ich helfe dir.« Er ging hinüber zu Maggios Stuhl und wollte ihm den Arm um die schmalen, knochigen Schultern legen und ihm aufhelfen. Maggio wehrte ihn ab.

»Noch nicht. Ich stehe ganz alleine auf.«

»Willst du mit mir hier draußen bleiben?« fragte Tommy Prew schüchtern.

»Natürlich«, sagte Prew. »Warum nicht? Was ist schon dabei?«

»Nun«, sagte Tommy steif. »Du *mußt* nicht, wenn du nicht willst.«

»Nein? Dann ist's ja gut.«

»Ich bin nicht betrunken«, schrie Angelo, »juchhe! Wenn du nicht ein verdammter Dreißigender wärst, Prew, ich hätt dich wirklich gern.«

Prew grinste. »Du hast selber gesagt, es ist nicht viel anders als in Gimbels Keller.«

»Stimmt«, sagte Angelo. »Genau das habe ich gesagt, was? Weißt du«, sagte er, »ehe meine Zeit um ist, werden wir in diesem Scheißkrieg stehen. Weißt du das? Ich hasse die Armee. Selbst du haßt die Armee, Prewitt. Du willst es bloß nicht zugeben. Ich hasse sie. O Gott, wie ich diese Scheißarmee hasse.«

Er lehnte sich zurück und ließ die Arme über die Lehnen hängen. Während sein Kopf hin- und herrollte, wiederholte er immer wieder die gleiche Litanei.

»Schreibst du unter deinem eigenen Namen?« fragte Prew Tommy.

Hal stand neben Maggios Sessel. Er sah ängstlich aus und schien die Hände zu ringen.

»Natürlich nicht«, lächelte Tommy. »Denkst du, ich würde solches Zeug unter meinem eigenen Namen veröffentlichen?«

»Du bist nüchtern, was?« sagte Prew. »Ich wette, du wirst nie betrunken. Warum nicht? Warum schreibst du's dann überhaupt?«

»Du kennst ja meinen richtigen Namen auch nicht«, sagte Tommy. Seine tiefliegenden Augen richteten sich plötzlich wild auf Prew. »Du kennst ihn doch nicht, was? *Oder kennst du ihn?*«

Prew beobachtete Hal, der versuchte, Maggio auf die Beine zu bekommen. »Nein. Ich kenne ihn nicht. Du schämst dich wegen dieser Story, was?«

»Ich hasse sie«, sagte Angelo. »Die ganze Armee. Alles.«

»Ich würde kein Signal blasen, auf das ich nicht stolz sein könnte«, sagte Prew. »Das ist etwas, was ich mir bewahrt habe, verstehst du?«

»Ach«, lächelte Tommy, »ein Hornist. Hal, wir haben einen Künstler in unserer Mitte.«

»Nein«, sagte Prew, »nur einen Hornisten. Aber ich bin auch das nicht mehr. Und du schreibst gar kein Buch. Du willst nur darüber sprechen.«

Er stand auf. Er spürte jetzt die Wirkung des Alkohols. Er wollte irgend etwas zerschlagen, irgend etwas tun, damit die Räder nicht in den nächsten Tag hineinrollen könnten, ins Wecken um sechs Uhr früh. Die Uhr, die sich immer wieder von selbst aufzog. Alles um ihn herum war verschwommen. Es war nichts da, das er hätte zerschmettern können.

»Hör mal zu«, sagte er. Er stieß mit dem Finger gegen Tommys große weiße Körpermassen. »Du bist schwul wie ne Drei-Dollar-Note. Wie bist du dazu gekommen? Was ist mit dir passiert?«

Tommys dunkle rotgeränderte Augen, die sich niemals auf irgend etwas zu konzentrieren schienen, wurden heller und immer heller, je länger Prew in sie hineinschaute.

»Ich war immer so«, sagte Tommy. »Ich kam so zur Welt.«

»Möchtest gerne drüber sprechen, was«, grinste Prew. Er spürte hinter sich das Schweigen Hals und Maggios und wußte, daß sie ihn beobachteten.

»Nein«, sagte Tommy. »Ich spreche nicht gern darüber. Es ist bitter, so geboren zu werden.« Er lächelte jetzt und atmete schnell. Sein Lächeln war schmerzlich wie der Ausdruck eines überfahrenen Hundes, wenn man ihn streichelt.

»Mist«, sagte Prew. »Niemand wird so geboren. Wann hast du's zum erstenmal getan?«

»Als ich zehn war«, sagte Tommy. Er sprach jetzt schnell, fast fröhlich. »Ich war auf einer Kadettenschule in der Nähe von New York. Meine Eltern waren geschieden, und meine Mutter schickte mich auf diese Schule. Ein Haufen Jungen aus der höheren Klasse – ein ganzer Haufen, wenigstens zwölf«, Tommys Augen leuchteten jetzt noch mehr, und seine Worte kamen schneller und fast ohne Atempause, »schleppten mich ins Freie und fesselten mich und schlugen mich. Dann taten sie's mit mir, einer nach dem anderen, und sie schlugen mich so lange, bis ich nachgab.«

Prew beobachtete ihn, während er sprach. Sein großer Körper zuckte nervös, als schlüge man ihn mit einer Peitsche.

»Ich glaube das nicht«, knurrte Prew. »Ich wette, das war nicht das erste Mal. Mich hätten sie umbringen können, ehe ich das getan hätte. Wenn die's taten, dann deshalb, weil du's wolltest. Es macht dabei gar nichts aus, wie sehr du dich gewehrt hast. Du wolltest geschlagen werden und schlecht sein.«

Hal vergaß Maggio und trat auf die beiden zu. »Das ist eine Lüge«, sagte er.

»Es ist wahr«, flüsterte Tommy, »es war nicht das erste Mal. Aber es war das erste Mal, das zählte. Und ich wollte es. Verachtest du mich jetzt?«

»Nein«, sagte Prew verachtungsvoll, »warum sollte ich?«

»Aber du tust es. Du verachtest mich. Nicht wahr? Nicht wahr? Du denkst, ich bin schlecht.«

»Nein, aber du selbst hältst dich für schlecht. *Das* denke ich. Ich halte dich nicht für schlecht. Ich meine nur, daß du alles gerne tust, was du für schlecht hältst; je schlechter, desto besser und um so lieber tust du's. Vielleicht nur, um zu zeigen, wie sehr du die Kirche haßt.«

»Das ist eine Lüge.« Tommy saß weit zurückgeschoben in seinem Sessel. »Ich bin schlecht, und ich weiß es. Du brauchst keine Entschuldigung zu suchen, um es mir leichter zu machen!«

»Zum Teufel, Freundchen, ich will dir's gar nicht leichter machen. Du bist mir vollkommen egal.«

»Ich weiß, ich bin schlecht«, sagte Tommy. »Ich weiß, ich bin schlecht.«

»Wer hat dir das eingeredet?« sagte Prew. »Wer hat dir das beigebracht? Deine Mutter?«

»Nein«, sagte Tommy, »nein – nein – nein. Meine Muter war eine Heilige. Du verstehst das nicht. Meine Mutter war eine *Heilige*.«

»Halt's Maul, Tommy«, sagte Hal hart.

Prew wandte sich ihm zu. »Wenn ihr so 'n Spaß dran habt, schwul zu sein, warum tut ihr's dann nicht miteinander, statt die ganze Zeit zu versuchen, euch gegenseitig die Gurgel durchzuschneiden. Wenn ihr an den Scheißdreck über wahre Liebe, die nur ihr empfindet, glaubt, warum seid ihr dann so leicht gekränkt? Andauernd verletzt jemand eure Gefühle. Warum sucht ihr euch immer jemanden aus, der nicht schwul ist? Weil ihr euch nicht schlecht genug vorkommt, wenn ihr nur unter Schwulen seid. Darum.«

»Stop«, sagte Hal. »Dieser schwabblige Pudding kann sagen, was er will. Ich habe damit nichts zu tun. Ich stehe als Rebell gegen die Gesellschaft. Ich hasse ihre Verlogenheit, und ich laß mich von ihr nicht unterkriegen. Es gehört Mut dazu, für das einzustehn, was man glaubt.«

»Ich mach mir auch nicht viel aus der Gesellschaft«, grinste Prew. Er konnte spüren, wie ihm die Wärme und der Alkohol zu Kopf stiegen. Er wollte, wollte, wollte, zerschmettern, zerschmettern, zerschmettern, sechs Uhr, sechs Uhr, sechs Uhr. »Die Gesellschaft hat nie viel für mich getan. Was hat sie mir gegeben? Sie hat nicht halb soviel für mich getan wie für dich. Schau dir nur deine Wohnung an, schau sie dir nur an.

Dennoch hasse ich sie nicht so, wie du sie haßt. Du haßt sie, weil du dich selber haßt. Du protestierst überhaupt nicht *gegen* irgend etwas, du protestierst einfach nur.«

Er stieß den großen Mann mit dem Finger an.

»Und daher kommt es, daß du dich wie ein Pfaffe aufspielst. Du hast ein Evangelium zu predigen. Das wahre Evangelium. Das einzige

Evangelium. Weißt du nicht, daß das Leben nichts mit einem Evangelium zu tun hat? Du, du und alle anderen Pfaffen, ihr wollt das Leben verwandeln, damit es in *euer* Evangelium paßt. In eures und in kein anderes. Du wirst noch nicht mal zugeben, daß noch irgendein anderes neben dem deinen existiert.«

Er machte eine Pause. Die strahlende Offenbarung tauchte von neuem vor ihm auf. Er konnte sie sehen. Wie aber sie in Worte kleiden? Wie das, was er sah, ausdrücken? Wie es formen und verdeutlichen? Leben an sich war genug. Alle Menschen sollten erkennen, daß Leben an sich genug war, daß es alles war, weil es eben da war. Das Leben war da, es war zu keinem Zweck weiter erschaffen worden. Es war da. Das genügte. Das war alles.

»Wenn das Mut ist«, schloß er lahm und leise, »vielleicht bist du dann mutig, mein Freund. Vorausgesetzt, daß das Mut ist.«

»He, he«, schrie Angelo plötzlich. »Ich hab Mut. Den größten Mut in der ganzen verfluchten Welt. Ich bin frei, ich habe Mut. Soviel ich will. Zu einem Dollar fünfzig den halben Liter in jedem Schnapsladen.«

Er arbeitete sich schwankend in die Höhe und machte sich in planlosem Kreuz und Quer auf den Weg zur Tür.

»Wohin gehst du, Tony?« sagte Hal. Alles andere war vergessen. »Bitte, komm zurück, Tony. Bitte, komm hierher zurück, sag ich dir. In dem Zustand kannst du nicht herumlaufen.«

»Ich geh spazieren«, schrie Angelo. »Ich brauche Luft!«

Er ging hinaus und schlug die Tür zu. Sie konnten hören, wie er draußen barfüßig die Treppe hinunterstolperte. Dann hörten sie ihn straucheln und mit lautem Krach stürzen, und seine kräftigen Flüche auf den Banyanbaum. Dann war es still.

»Ach du guter Gott«, sagte Hal. »Jemand muß ihn aufhalten. Man muß irgendwas tun. Wenn er in diesem Zustand herumläuft, wird man ihn festnehmen.«

»Das ist deine Sache«, sagte Prew, »er ist dein Freund.«

»Geh ihm nach, Prew«, sagte Hal. »Bitte. Du willst doch nicht, daß man ihn arretiert. Er ist dein Freund. Oder nicht?«

»Ich schlaf nicht mit ihm«, sagte Prew. »Geh du und hol ihn.« Er grinste schwach und setzte sich schwer auf die Couch, schaukelte ein wenig in trunkener Entschlossenheit.

»Ich kann aber doch nicht«, schrie Hal. »Ich kann wirklich nicht. Ich würde es tun, wenn ich's könnte. Mein Gott, wenn man ihn aufgreift, betrunken wie er ist, kommt vielleicht die Polizei hierher.«

»Das macht nichts«, grinste Prew. Sein Gesicht fühlte sich steif an vom Alkohol, und irgendwo in seinem Kopf läutete eine Glocke. Er war sehr betrunken und plötzlich sehr glücklich.

»Aber das geht doch nicht«, sagte Hal händeringend. »Die kennen uns doch alle. Alles, was sie brauchen, um uns den Prozeß zu machen, ist so eine Affäre.«

»Nein, ist das schrecklich«, sagte Prew zufrieden. »Mach dir nur keine Sorgen, du hast doch Mut.« Er sah, wie Tommy aufstand und sich anzuziehen begann.

»Wohin gehst du?« fragte Hal scharf.

»Nach Hause«, sagte Tommy mit Würde. »Direkt.«

»Hör mal, Prew«, sagte Hal. »Ich würde ihm ja nachgehn. Wirklich, ich würde es tun. Du weißt ja gar nicht, was mir der kleine Kerl bedeutet. Aber wenn man mich erwischt, bin ich ruiniert. Und wenn sie mich nur mit ihm zusammen sehn, nehmen sie mich fest, weil sie nur darauf warten, mir eins reinzuwürgen. Ich würde meine Stelle verlieren, ich würde hier rausgeworfen.« Seine Arme machten eine den Raum umfassende Bewegung. »Ich würde mein Heim verlieren.«

»Ich dachte, die wissen Bescheid über dich«, sagte Prew.

»Natürlich. Glaub mir, sie wissen Bescheid. Aber verhaftet und in einen öffentlichen Skandal verwickelt zu werden, ist wieder etwas anderes. Du kannst nicht erwarten, daß man meine Partei ergreift, wenn die Polizei damit zu tun hat.«

»Nein«, sagte Prew, »vermutlich nicht. Das Leben ist hart, was?«

»Bitte, geh und such ihn«, bettelte Hal. »Schau, ich knie vor dir nieder und bitte dich darum. Schau. Siehst du? Geh bitte. Bitte. Er ist doch dein Freund.«

Prew begann seine Socken und Schuhe anzuziehen. Ein Schuhsenkel verwickelte sich, und Hal, der noch immer kniete, versuchte, ihm zu helfen. Prew schlug seine Hand beiseite und band sich den Schuh selber.

»Du bist doch nicht zu betrunken, wie?« sagte Hal.

»Nein«, sagte er. »Ich bin nicht zu betrunken. Ich bin nie zu betrunken.«

»Du findest ihn, ja, Prew? Und wenn du festgenommen wirst, sagst du nicht, wo ihr herkommt, nein?«

»Wo ich herkomme, ist es ungehörig, überhaupt danach zu fragen. Man nimmt das als selbstverständlich an.« Er stand auf und sah sich nach seinem Hemd um.

»Gute Nacht, es war sehr nett«, sagte Tommy von der Tür her. »Auf Wiedersehn, Hal. Und ich hoffe, dich gelegentlich mal wieder zu treffen, Prew«, sagte er. Er ging hinaus und schlug die Tür zu.

Prew ließ sich wieder auf der Couch nieder und begann zu lachen. »Höflicher Mensch, was?« sagte er zu Hal.

»Bitte, geh, Prew«, sagte Hal. »Bitte, verliere keine Zeit. Tony ist zu betrunken, er weiß nicht, was er tut. Nimm ihn zurück zur Kaserne und leg ihn ins Bett.«

»Seine Kleider sind noch hier.«

»Nimm sie mit«, sagte Hal. Er begann herumzulaufen und Maggios Kleider aufzuheben. »Wenn du ihn hierher zurückbringst, könnte es Schwierigkeiten geben, betrunken wie er ist.«

»Schön«, sagte Prew. »Ich hab aber kein Geld fürs Taxi.«

Hal lief in das Schlafzimmer, um seine Brieftasche zu holen. »Hier«, sagte er, als er zurückkam. »Hier sind fünf Dollar. Das reicht doch für ein Taxi in die Stadt und von da zur Kaserne, was?«

»Na, ich weiß nicht«, grinste Prew. »Es ist zu spät für die Autobusse, weißt du? Wir müssen den ganzen Weg mit dem Taxi fahren.«

»Dann nimm zehn.«

»Tja«, sagte Prew und schüttelte sorgenvoll den Kopf. »Weißt du, die Schofield-Taxen fahren nach zwei nicht mehr, glaube ich. Es ist jetzt schon beinahe zwei.«

»Am Zahltag?« sagte Hal.

»Natürlich«, grinste Prew, »jeden Tag.«

»Gut«, sagte Hal. »Hier sind zwanzig. Bitte, beeile dich, Prew.«

Prew schüttelte langsam und zögernd den Kopf. »Die Schweinerei mit Angelo ist die, daß er jedesmal, wenn er sich besäuft, ein Weibsstück haben will. Kriegt er's nicht, dann wird er bösartig und macht Schwierigkeiten. Deshalb wird er auch meistens aufgegriffen.«

»Gut«, sagte Hal, »hier sind dreißig.«

»Schau«, grinste Prew, »ich nehm dein Geld wirklich nicht gerne. Behalt's lieber. Ich krieg ihn schon irgendwie nach Hause.«

»Verdammt noch mal«, sagte Hal, »hier sind vierzig. Vier Zehner. Das ist mein ganzes Bargeld. Aber du mußt dich beeilen. Ach, bitte, eile dich, Prew.«

»Na, ich denke, das wird genügen, um uns beide nach Hause zu bringen«, sagte Prew. Er nahm das Geld und machte sich langsam auf den Weg zur Tür.

»Du bist nicht zu betrunken?« sagte Hal ängstlich.

»Ich bin nie so betrunken, daß ich nicht weiß, was ich zu tun habe.

Ich will genausowenig wie du, daß er aufgegriffen wird. Aber aus nem anderen Grund.«

An der Tür schüttelte Hal seine Hand. »Komm mal wieder und besuch mich«, sagte er, »komm mal, wenn Tony nicht dabei ist. Du brauchst nicht darauf zu warten, daß er dich mitnimmt. Komm einfach vorbei.«

»Das ist aber nett. Vielen Dank, Hal«, sagte Prew. »Vielleicht tu ich das. Ich bin immer gerne mit Leuten zusammen, die den Mut haben, zu ihrer Überzeugung zu stehn, verstehst du?«

An der Ecke sah er sich um. Die Tür war geschlossen, und die Lichter waren schon gelöscht. Er grinste verloren. Er hatte die Hand in der Tasche. Die vier Zehner fühlten sich sehr neu und sehr gut an.

27

Die Straße lag jetzt vollkommen nächtlich und verlassen da. Selbst die dunklen, stillen Häuser und die Straßenlaternen sahen verlassen aus.

Keine Spur von Angelo oder Tommy. Zum Teufel mit Tommy. Angelo war es, den er finden mußte. Man konnte nicht sagen, wohin der betrunkene kleine Schweinehund gegangen sein mochte. Vielleicht zurück zur Kalakaua Street. Andererseits konnte er ebensogut in die andere Richtung gegangen sein, um im Ala-Wai-Kanal zu baden. Er nahm den Papierbeutel mit Angelos Sachen unter den Arm. Er griff in die Tasche, um ein Geldstück zu finden. Er fand aber keins, nur Hals vier Zehner. Wieder grinste er, wanderte dann glücklich hinüber zum Rinnstein. Dort leuchtete er mit Streichhölzern, bis er einen flachen Kieselstein fand.

Er hatte keine Eile mehr. Jetzt war alles Glückssache. Man konnte nicht sagen, wohin er gegangen war. Ein friedlicher, trunkener Fatalismus erfüllte ihn. Irgendwo jagten die Militärpolizisten in Paaren wie Falken, es konnte aber immer noch zwei Stunden dauern, ehe sie ihn fanden.

Mit der Sorgfalt des Betrunkenen wischte er den Kieselstein sauber. Er nahm sich Zeit in dieser Stille, die er glückselig durch und durch genoß. Dann spuckte er auf die eine Seite des Kiesels und warf ihn in die Luft, wie man ein Geldstück in die Luft wirft. Wie damals, als man noch ein Junge war, dachte er.

Weiß Gott, der kleine Schweinehund mochte vielleicht sogar zu Hal zurückkehren. Hal würde ihn natürlich einlassen. Dann würde Prewitt irgendwo nach ihm suchen, während er längst wieder bei Hal war.

Naß bedeutete Kalakaua Street. Trocken bedeutete den Kanal. Mit einem brennenden Streichholz suchte er in der Dunkelheit nach dem Kiesel. Die nasse Seite lag oben.

Schön.

Als er auf die Hauptstraße kam, wandte er sich nach links, in Richtung der Taverne. Er kam sich vor wie ein Jäger im Wald. Nichts rührte sich an den Häuserfronten der weiten, leichtgekrümmten Straße. Die Straßenbahngeleise verloren sich in der Ferne. Nur an jeder zweiten Straßenecke brannte eine Laterne. Nicht ein Auto, nicht ein Autobus, kein Mensch, kein Leben. Seine Schritte klangen sehr laut. Er verließ das Trottoir und ging auf dem Rasen.

Nur einmal blieb er stehen, um zu lauschen. Aber dann fiel ihm ein, daß Angelo barfüßig war. Und außerdem in kurzen Hosen, nicht mehr und nicht weniger.

Mit den Militärpolizisten hier unten war nicht zu spaßen. Sie waren von Shafter und vom Hauptquartier des Departments. Alles große Burschen, wie die in Schofield auch. Immer gingen sie in Paaren, mit ihren schweren Militärstiefeln und ihren weißen Gamaschen. Die Männer der MP-Kompanie in Schofield, deren Bezirk das Lager war und Wahiawa, waren ebenso groß und ebenso grob; aber Prew kannte ein paar von ihnen persönlich, und so schienen sie ihm irgendwie menschlicher. Einige waren mit ihm auf demselben Schiff gekommen, alles gute Kerle, bis sie die weißen Gamaschen anzogen. Draußen in Schofield hatte er im Notfall eine Vierzig-zu-sechzig-Chance, einen zu treffen, den er kannte und den er dazu überreden konnte, ihn laufenzulassen. Hier unten aber kannte er keinen einzigen. Und Angelo, barfüßig und in kurzen Hosen auf der Straße! Er begann schallend und ungezügelt zu lachen. Der laute Klang seiner eigenen Stimme ließ ihn verstummen.

Sorgfältig durchsuchte er die Kalakaua Street, blieb stehen, um in dunkle Höfe zu schauen und auf die Bänke am Rand der Trottoirs und unter die Bänke. Mensch, hast du Dusel, daß du nicht groß bist. Vielleicht wärst du dann selbst ein gottverdammter MP geworden. Der Provost Marshall ließ kein Nein als Antwort gelten, wenn er sich die Leute ansah, die vom Schiff über den Landungssteg herunterkamen. Wen er sich aussuchte, nahm ihm keiner mehr weg. Er erinnerte sich eines großen Kerls von ungefähr einsneunzig, der gerade vor ihm herausgewinkt worden war. Das einzige, was ihn gerettet hatte, war, daß er zum fliegenden Personal gehörte, und der Provost Marshall hatte sich darüber grün und blau geärgert.

Er suchte eine Ewigkeit, so kam es ihm wenigstens vor. Jeden Augenblick erwartete er, daß ein Arm mit einer blauen Binde ihn von hinten ergriff. Und wenn es geschah, dann war's Matthäi am letzten. Diese Burschen verstanden es, einen zu vermöbeln. Die brauchten sich nicht so vorzusehen wie die Zivilpolizisten, deren Schläge keine Spuren hinterlassen durften. Er ging, nach beiden Seiten schauend, durch die Lewers Street. Dann, als er die Royal Hawaiian Street passierte, sah er (oder glaubte er zu sehen), wie sich in der Ferne ein Schatten lautlos bewegte. Er überquerte die Kalakaua Street und schlich am Rande des Hotelparks entlang. Als er die Uferstraße erreicht hatte, da, wo die Einfahrt zum Royal Hawaiian Hotel von der Kalakaua Street abzweigte, konnte er eine Gestalt in kurzen Hosen erkennen, die ruhig auf einer Bank vor dem Hotelpark saß.

»He, Maggio«, rief er.

Die Gestalt rührte sich nicht.

Er ging hinüber zum Randstein, wobei er die Gestalt auf der Bank ständig im Auge behielt, als wäre sie ein Reh, an das er sich anschlich. Sein Weg führte ihn an den hohen, glatten, weißen königlichen Palmen entlang und an dem lebendig grünen, jetzt schwarzen Dickicht von Pflanzen und Büschen, das fast bis hinaus aufs Trottoir reichte.

Ein paar Schritte von der Bank entfernt war eine Straßenlaterne. Er konnte sehen, daß es Angelo war. Er atmete auf.

»Der Teufel soll dich holen, Maggio«, sagte er. Seine eigene Stimme klang unheimlich. Die Gestalt bewegte weder die auf der Rückenlehne der Bank ausgestreckten Arme noch den dichtbelockten, nach hinten gelehnten Kopf.

»Bist du's, Angelo? Wach auf, verdammt noch mal. Gib Antwort, du Schweinehund.«

Die Gestalt bewegte sich nicht. Er hatte vor der Bank haltgemacht und sah auf Maggio hinunter. Er grinste plötzlich. Um sich spürte er die Stille der Nacht, spürte mit einem Male die Nähe von Reichtum und Wohlstand und Behagen, die sich vom Royal Hawaiian Hotel herüber durch die Büsche ausbreiteten.

Hier wohnten die Filmstars, wenn sie nach Hawaii kommen, um sich zu erholen und sich zu amüsieren. Alle Filmstars. Wäre das nicht hübsch, dachte er. Er war niemals im Hotel gewesen, aber einmal war er den Strand entlang am Royal vorbeigegangen und hatte die Stars auf der Terrasse gesehen. Aber wäre es nicht hübsch, dachte er, wenn jetzt ein Filmstar herauskäme und mich hier sähe und mitnähme auf ihr Zimmer? Vielleicht kam sie gerade vom Schwimmen, und kleine Tröpfchen Wasser hingen noch an ihr, und sie nahm gerade ihre Bademütze von ihrem langen, fallenden Haar und hatte die Ellenbogen bis zum Kinn gehoben.

Plötzlich sah er auf, sah hinüber zu der verdunkelten Einfahrt, in der man den schwachen Schimmer eines Lichtes sehen konnte. Bestimmt würde diese Frau jetzt herauskommen. Es war ganz sicher, daß sie auf der Suche nach einem Manne war und ihn mitnehmen würde. Wie man erzählte, kam das jeden Tag vor. Plötzlich packte ihn ein Schmerz, fast wie ein Krampf, und er dachte an Lorene im New Congress. Er stand da und sah hinüber zu der leeren Einfahrt. Daß man sich so sein Brot verdienen mußte.

»He, los jetzt. Wach auf, du Makkaronifresser. Wach auf. Komm, wir gehn in die Stadt und suchen uns ein Weib.«

»Tut mir leid, Sir«, sagte Angelo, ohne die Augen zu öffnen oder sich zu bewegen. »Ich will's nicht wieder tun. Bitte, sperren Sie mich nicht ein, Sir. Wirklich, ich will's nicht wieder tun.«

Prew beugte sich hinunter und schüttelte seine nackten, knochigen Schultern. »Los, wach auf.«

»Ich bin wach. Nur ... ich will mich nicht bewegen. Ich hab einfach keine Lust, mich zu bewegen.«

»Wir müssen zurück.«

»Ich weiß. Aber wenn wir lange genug hier sitzen, wird vielleicht ein Filmstar herauskommen, uns ansprechen und uns im Privatflugzeug mitnehmen in die Staaten und uns in ihr privates Schwimmbad setzen. Meinst du nicht?«

»Jesus, Maria und Joseph«, schnaubte Prew. »Filmstars, sonst nichts. Mein Gott, bist *du* besoffen! Los. Wach auf. Ich hab deine Kleider.«

»Ich will keine Kleider«, sagte Angelo.

»Ich hab sie trotzdem.«

»Gut, gib sie den Indianern. Die Indianer brauchen Kleider. Die gehn in Lumpen. Hast du Weiber gesagt?« Angelo öffnete seine Augen und hob den Kopf, um die Frage zu unterstreichen.

»Natürlich. Ich hab aus deinem Freund vierzig Dollar rausgeschlagen. Er hatte Angst, daß man dich festnehmen würde und daß du ihm die Polizei auf den Hals schickst. Hat mich fortgeschickt, um dich zu suchen und nach Hause zu bringen.«

»Donnerwetter«, sagte Angelo. Er setzte sich auf und rieb sich mit den Händen kräftig das Gesicht. »Ich bin nicht betrunken, mein Freund.« Er machte eine Pause. »Mensch Maier, du brauchst keine Ratschläge von mir. Das Höchste, was ich je aus ihm herausquetschen konnte, waren zweiundzwanzigfünfzig. Und dann sollte ich sie ihm zurückzahlen. Hab's aber nicht getan.«

Prew lachte. »Ich hätt's auch nicht bekommen, wenn er nicht solche Angst gehabt hätte, daß er in die Hosen schiß.«

»Wirklich?«

»Nein.«

»Siehst du, Prew, ich bin nicht betrunken. Ich hab euch wirklich reingelegt, was?« Er stand auf und fiel sofort zurück gegen den Laternenpfahl, umschlang ihn haltsuchend mit beiden Armen.

»Siehst du?« sagte er.

»Nein, du bist nicht betrunken.«

»Bin's auch nicht. Bin einfach über diesen Graben da gestolpert.« Er schob sich am Laternenpfahl in die Höhe und ließ sich vorsichtig los.

»Hoppla«, schrie er, indem er den Kopf nach hinten warf und dem Schrei die volle Kraft seiner Lungen gab.

»Scheiße. *Ich verpflichte mich auf weitere drei Jahre!*«

»Halt's Maul, verdammt noch mal«, sagte Prew. Dann packte er ihn mit schnellem Griff am Hosenbund, weil er das Gleichgewicht verloren hatte und im Begriff war, flach auf den Rücken zu fallen.

»Willst du die MP auf uns hetzen?« sagte Prew.

»*MP, MP, MP*«, schrie Angelo.

»*Kommt uns holen! Hier sind wir!*«

»Du Idiot«, Prew ließ den Hosenbund wirklich los, und Angelo fiel der ganzen Länge nach aufs Trottoir, ohne daß er auch nur die Hand ausstreckte, um sich zu fangen.

»Schau mich an, Prew. Mich hat's erwischt. Ich bin tot. Armer, toter Soldat, keinen Freund in der ganzen beschissenen Welt. Schickt den Orden nach Hause zu Muttern, Jungens. Vielleicht kann sie ihn versetzen.«

»Steh auf«, grinste Prew. »Los. Verschwinden wir von hier.«

»O. K.« Angelo kämpfte sich zurück auf seine Beine, indem er sich an der Bank hochstemmte. »Wie lange dauert's noch bis zum Krieg, Prew?«

»Vielleicht machen wir überhaupt nicht mit.«

»O doch.«

»Ich weiß.«

»Du brauchst mich nicht zu schonen«, sagte Angelo und ahmte Tommys tiefe, weibische Baßstimme nach. Er begann zu lachen. »Ich wollte, ich hätt was Anständiges zu trinken. Dieses Gesöff war abscheulich.« Er ahmte Hals präzise Sprechweise nach. »Scheiß drauf. Los«, sagte er. »Gehn wir in die Stadt.«

»Wir müssen 'n Taxi suchen. Aber zunächst müssen wir dich anziehn.«

»Meinetwegen, Prew. Wie du willst, Prew.« Angelo packte die kurzen Hosen, riß sie bis zu den Knien herunter und versuchte, seine Beine herauszuziehen. Er verfing sich mit einem Fuß und fiel von neuem auf den Boden.

»Wer hat mich geschlagen? Wer? Dem Schweinehund geh ich an den Hals.«

»Verdammt noch mal«, sagte Prew. Er packte den kleinen Kerl unter den Armen und schleifte ihn aus dem Licht in die Büsche.

»Zum Teufel«, protestierte Angelo. »Langsam, langsam, Prew. Du reibst meinen Arsch auf.«

»Dir wird noch was ganz anderes aufgerieben werden, wenn du dich jetzt nicht anziehst und verschwindest... Still«, sagte er.

Beide hielten den Atem an und lauschten, und Angelo war plötzlich sehr nüchtern. Die Straße herauf kamen die schweren Schritte von Soldatenschuhen. Es war kein Laufen, aber auch kein Gehen. Mit ihnen kam der Klang von Stimmen. Dann hörten sie, wie ein Gummiknüppel gegen einen Pfosten schlug.

»Verdammt und zugenäht«, sagte eine Stimme. »Sei still, um Gottes willen.«

»Reg dich ab«, sagte die andere Stimme. »Ich brauch ne Verhaftung ebenso dringend wie du. Du und deine verdammte Beförderung.«

»Dann halt's Maul und los.«

Bei Nacht kamen sie in Paaren, mit schweren Füßen, mit leise aneinanderreibenden Gamaschen, mit baumelnden Knüppeln. Wo immer Soldaten lebten, waren sie auch. Eine Welle von Angst lief vor ihnen her, und die Soldaten wandten sich ab und rannten davon. Sie kamen in Paaren, wo immer Soldaten tranken, um zu vergessen, oder brüllten, um zu vergessen, oder sich prügelten, um zu vergessen, oder die Hände in die Taschen steckten, um sich zu erinnern. Soldaten dürfen nicht vergessen, sagten sie, Soldaten dürfen sich nicht erinnern. All das ist Verrat.

»Jetzt haben wir's«, sagte Prew. »Los, hier hinein. Verduften wir.«

»Tut mir leid, Prew.«

Angelo folgte ihm fügsam. Nun war er nüchtern, schämte sich, daß er sie in Schwierigkeiten brachte. Sie schlichen an der großen, weiten Einfahrt des Hotels, in dem sich die Filmstars erholten, entlang, arbeiteten sich westwärts durch den Park, rannten vorbei an der Willard Inn, die für Offiziere reserviert war, und atemlos durch die Büsche bis zur Kalia Road, ganz unten am Strand, wo das elegante Halekulani-Hotel war, so elegant, daß nur die wenigsten Touristen es kannten. Leise atmete die Brandung am Rand des Sandes.

»Jetzt«, sagte Prew, »zieh die Hose aus und deine Kleider an.«

»Gut. Gib mir den Beutel. Was fang ich mit diesen Dingern an, Kamerad, he?«

»Mein Gott, was weiß ich. Gib sie her. Hör zu, Angelo, bist du auch bestimmt nüchtern jetzt? Diese Kerle warten oben in der Kalakaua-Straße auf uns. Vielleicht geht einer von ihnen die Lewers Street hinunter, um uns den Weg abzuschneiden. Am besten gehn wir zum Fort Derussey und von da aus dann weiter. Hör mir doch zu, verdammt noch mal.«

Maggio sah ihn an, und dann konnte Prew die Tränen sehen, die ihm über die Backen liefen.

»Ach, verdammt«, sagte Angelo, »rennen zu müssen wie ein Verbrecher. Ich hab's satt. Die ganze Zeit Angst haben vor einem Furz, weil die MP ihn hören könnte. Ich hab's satt. Ich schluck's nicht länger, verstehst du? Ich tu's nicht.«

»Schön«, sagte Prew. »Reg dich ab, Angelo. Du willst doch nicht festgenommen werden. Du bist noch immer betrunken.«

»Sicher bin ich betrunken. Sicher. Und wenn. Darf man sich nicht besaufen? Darf man überhaupt nichts mehr tun? Darf man nicht einmal seine verdammten Hände in seine verdammten Taschen stecken auf diesen Scheißstraßen? Warum sich nicht verhaften lassen? Warum nicht gleich ins Zuchthaus, statt immer davorzustehn und nie reinzukommen wie ein Kind vor der Konditorei. Warum sich nicht aufgreifen lassen? Ich bin kein Feigling, ich hab keine Angst vor denen. Ich hab nicht die Hosen voll. Ich bin kein Feigling. Ich bin kein Landstreicher. Ich bin kein Dreck.«

»Ja, ja, ja. Reg dich nur ab. Gleich ist alles wieder gut.«

»Gut? Es wird nie mehr gut. Für dich vielleicht, wenn du ein Dreißigender werden willst. Für mich nicht. Ich scheiß auf die, verstehst du? Mich können sie alle kreuzweis von vorne und von hinten und von oben und von unten am Arsch lecken. Ich – hab – einfach – die – Nase – voll.«

»Tief einatmen, Kamerad. Bis zehn zählen und tief einatmen. Ich bin gleich zurück, schmeiß nur die Hose weg.«

Er ging zum Rand des Strandes, wo das Wasser das Ufer bedeckte. Sanft kam es an, schäumte auf, lief zurück. Er schleuderte die Hose weit hinaus und ging zurück zu der Stelle, wo er den Jungen aus Brooklyn gelassen hatte. Maggio war verschwunden.

»He«, sagte Prew leise. »He, Angelo. He, Kamerad. Wo bist du?« Als er keine Antwort erhielt, wandte er sich um und begann die Straße hinaufzurennen, die Lewers Street hinauf, hinauf gegen das Licht. Er lief auf den Zehen, sehr schnell und sehr leise.

Als er zum Rand des Lichttümpels unter der Straßenlaterne kam, machte er halt und trat zurück, weg vom Trottoir, wo er nicht gesehen werden konnte.

An der Ecke, da, wo die Straße eine Biegung machte, inmitten des Lichtscheins unter der Straßenlaterne, kämpfte der kleine Maggio mit den zwei großen MP von Fort Shafter.

Einen von ihnen hatte er auf dem Boden, hing wie eine Krabbe auf seinem Rücken und bearbeitete mit den Fäusten aus vollen Kräften seinen Kopf. Während Prewitt noch hinsah, schlug der andere ihm mit dem Gummiknüppel über den Schädel und zog ihn von dem Rücken seines Kameraden herunter. Dann schlug er wieder zu. Maggio hielt die Hände über den Kopf. Der Gummiknüppel traf seinen Schädel und seine Finger, und Maggio sackte zusammen. Auf Händen und Knien kroch er über den Boden und versuchte, den MP an den Beinen zu packen. Seine Bewegungen waren jetzt langsam, und der MP schlug auf ihn ein, während er sich näherte.

»Nur weiter«, sagte Maggio. »Schlag mich noch einmal, du Schwein.«

Nun stand auch der erste MP wieder auf den Beinen und begann ebenfalls, auf Maggio einzuschlagen.

»Klar«, sagte Maggio. »Kommt nur alle beide. Ist das alles, was zwei große, starke Männer tun können? Los, schlagt mich. Los. Ist das alles, was ihr könnt?« Er versuchte aufzustehen, wurde aber wieder zu Boden geschlagen.

In diesem Augenblick trat Prew wieder hinaus aufs Trottoir und zurück ins Licht, rannte auf sie zu die Straße hinauf, rannte leichtfüßig, seine Schritte berechnend, ehe er sie ansprang.

»Hau ab«, schrie Maggio. »Laß mich nur machen. Das geht dich nichts an. Brauch keine Hilfe.«

Der eine MP schaute sich um und ging auf Prewitt los. Wie eine Krabbe bewegte sich Maggio über den Boden und packte zu. Der MP fiel nieder, und Maggio hockte sich auf seinen Rücken, hämmerte seinen Kopf gegen den Asphalt der Straße und schlug damit den Takt zu den Worten, die er vor lauter Atemlosigkeit kaum aussprechen konnte.

»Klar, ihr großen Trampeltiere. Ihr und eure Gummiknüppel. Was ist los? Könnt ihr keine Prügel einstecken? Aber austeilen könnt ihr's, jawohl, austeilen könnt ihr's.«

»Los, mach, daß du fortkommst«, brüllte er Prew an. »Hörst du? Verschwinde.«

Der MP, der auf dem Boden lag, richtete sich langsam auf. Maggio hing noch immer auf seinem Rücken und hieb mit der Faust gegen seinen Schädel. Dann krümmte der MP seinen Rücken und warf den Dämon ab, wie ein Pferd seinen Reiter abwirft.

Der andere MP war im Begriff, nach der Pistole zu greifen. Er trat auf Prewitt zu, zerrte am Kolben, um sie aus dem Halfter zu bekommen. Prew wandte sich um und verschwand die Straße hinunter, aus dem Schein des Lichtes und in den Schatten der Büsche. Über die Schulter hinweg sah er die Pistole auf seinen Rücken gerichtet. Als er die Büsche erreichte, warf er sich auf den Boden und arbeitete sich wie ein Schütze unter Feuer auf dem Bauch tiefer hinein.

»Weg mit der Pistole«, schrie der andere MP. »Was ist los mit dir? Wenn du da hineinschießt und einen Filmstar triffst, was glaubst du, was mit uns passiert?«

»Klar«, sagte Maggio, und schlug weiter auf ihn ein. »Du Riesenochse. Du blödes Rindvieh.«

»Komm, hilf mir mit diesem Verrückten«, stöhnte der MP.

»Aber der andere wird uns durchgehn.«

»Laß ihn doch. Hilf mir den hier kleinkriegen, oder der haut uns auch noch ab.«

»O nein«, schluchzte Maggio, »der nicht. Der geht euch nicht durch. Klar«, sagte er, »kommt nur. Noch besser, du rufst noch zehn Mann, daß ja nichts schiefgeht. Oder glaubst du, zwei sind genug?«

Prewitt lag schwer atmend in den Büschen. Er konnte sie nicht sehen, aber er hörte alles.

»Klar«, hörte er. »Komm nur. Schlag nur zu. Los. Mein Gott, du kannst mich noch nicht einmal k. o. schlagen. Los, schlag mich k. o. Ihr Scheißkerle. Los. Ist das alles? Los.«

Prew lag lauschend. Er konnte das Klatschen der Knüppel hören, gedämpft, aber mit einem durchdringenden, klumpigen Knüppelton. Das Geräusch boxender Fäuste war verklungen.

»Geh nach Hause in die Kaserne«, schrie Maggio. »Ich weiß schon, was ich tue. Geh nach Hause. Hörst du mich?« Seine Stimme wurde leiser.

»Klar. Warum laßt ihr mich nicht aufstehn? Los. Habt ihr keine Suppe zum Frühstück gekriegt?«

Nach einer kleinen Weile erstarb seine Stimme, aber der Knüppelton hörte nicht auf. Prewitt lag und lauschte auf ihn, nachdem die Stimme längst zum Schweigen gekommen war. Er spürte einen Schmerz in seinen Händen und schaute sie an. Sie waren zu Fäusten geballt, und er öffnete sie. Er wartete, bis auch das Knüppeln aufhörte.

»Soll ich dem anderen nachgehen, Jack?« hörte er einen schnaufen.

»Nee, der ist uns durch die Lappen. Bringen wir erst mal den hier zur Wache.«

»Dafür solltest du Feldwebel werden. Ich möchte nur wissen, was mit diesem Kerl los war. Der war ja rein wahnsinnig.«

»Ich weiß nicht«, sagte der andere. »Los. Telefonieren wir.«

»Eine Scheißarbeit das, was?«

»Ich hab mich nicht darum gerissen«, sagte der andere. »Du vielleicht? Los, telefonieren wir, daß sie den Wagen schicken.«

Prew machte sich auf den Weg hinunter zum Strand und zur Kalia Road, die nach Derussey führte. Er ging gebückt und hielt sich in den Büschen auf. Als er zum Strand kam, setzte er sich eine Zeitlang in den Sand, lauschte auf das Wasser. Da merkte er, daß er weinte. Dann dachte er an die vierzig Dollar in seiner Tasche.

Viertes Buch · Das Militärgefängnis

Drei Tage lang blieb Maggio in der Kaserne der Militärpolizei in Shafter. Dann schickten sie ihn unter Bewachung nach Schofield zurück. Sie schickten ihn geradewegs von Shafter in das Standortgefängnis. Auf seinem Weg ins Gefängnis fuhr er an der Unterkunft seiner Kompanie vorbei. Während er auf die Kriegsgerichtsverhandlung wartete, wurde er in Haft gehalten. Er arbeitete mit einem sechzehnpfündigen Hammer im Steinbruch auf dem Kolekole-Paß. Er wartete sechs Wochen im Gefängnis auf den Termin. Hauptfeldwebel Milton Warden machte die Papiere für Angelo Maggio fertig. Es gab kaum einen Paragraphen, der nicht auf Maggio zutraf. Der Provost Marshall des Departments ließ die Anklage gegen ihn erheben. Er wurde der Trunkenheit und ordnungswidrigen Verhaltens beschuldigt, des tätlichen Widerstands, der Insubordination, der Gehorsamsverweigerung und des Angriffs auf einen Unteroffizier im Dienst und unmilitärischen Verhaltens, das dem Ansehen der Armee abträglich war. Der Provost Marshall beantragte ein Sonderkriegsgericht. Die Höchststrafe vor diesem Gericht war sechs Monate Zwangsarbeit und Verlust des Soldes und aller anderen Bezüge während dieser Zeit.

Gerüchtweise verlautete, Regimentsfeldwebel Pheneas O'Bannon habe Hauptfeldwebel Warden vertraulich mitgeteilt, daß der Provost Marshall ein Generalkriegsgericht beantragt haben würde, wenn er hätte beweisen können, daß Angelo Maggio jemanden ernstlich verletzt habe oder sich unerlaubt entfernt habe. Ein Generalkriegsgericht ist das einzige Militärgericht, das über schwere Vergehen entscheiden darf. Die Höchststrafe vor einem solchen Gericht ist lebenslängliches Zuchthaus oder Tod. Ein derartiges Urteil wird nicht oft gefällt. Die Höchststrafe vor einem Summarischen Kriegsgericht ist ein Monat Gefängnis und Verlust von zwei Dritteln des Soldes und aller anderen Bezüge. Im Falle U. S. Armee vs. Schütze Angelo Maggio wurde ein Summarisches Kriegsgericht nicht in Betracht gezogen.

Nach einer Wartezeit von sechs Wochen für die vielfältige Büroarbeit, mit der die Rechte des Angeklagten gewahrt werden sollen, wurde Angelo Maggio unter Bewachung ins Stabsgebäude gebracht und vor Gericht gestellt. Das Gericht bestand aus drei Offizieren, von denen einer Rechtswissenschaft studiert hatte und rechtssachverständig war. Sein Verteidiger war anwesend und stellte sich Maggio vor. Der Provost Marshall, ein Oberst, war nicht zugegen, aber sein

Vertreter, ein Major, war da, um die Anklage zu vertreten. Außerdem erschienen drei Zeugen, Feldwebel (früher Unteroffizier) John C. Archer und Gefreiter Thomas D. James, beide Angehörige der MP-Kompanie von Fort Shafter, und Gefreiter George B. Stuart, Schreiber der Fort Shafter MP-Kompanie.

Ehe der Prozeß begann, wurde Angelo Maggio vom Gericht dahin instruiert, daß ihm, außer den Rechten, die er auch vor einem bürgerlichen Gerichtshof besaß, noch die folgenden gesetzlichen Sicherungen zustanden:

a) Ehe das Verfahren begann, hatte er das Recht, Beweise vorzulegen oder Zeugen gegenübergestellt zu werden und diese vernehmen zu lassen, um zu zeigen, daß er unschuldig war, oder um seine Schuld zu verringern.

b) Es war die Art des Verfahrens ausgewählt worden, in dem er die kleinste, nicht die größte, mit der militärischen Disziplin noch zu vereinbarende Strafe erhalten konnte.

c) Man hatte ihm kostenlos einen Verteidiger gestellt.

d) Während des Prozesses stand ihm das Recht zu, eine unbeschworene schriftliche Erklärung abzugeben, ohne im Kreuzverhör darüber vernommen zu werden.

e) Frühere Verurteilungen durften bei der Feststellung seiner Schuld nicht in Betracht gezogen werden.

f) Er würde ein maschinengeschriebenes Protokoll des Verfahrens erhalten.

g) Ehe seine Verurteilung rechtskräftig wurde, würde sie automatisch von der Berufungsinstanz überprüft werden.

h) Drei Monate nach Verbringung in eine Strafabteilung oder ins Militärgefängnis würde sein Fall im Hinblick auf eventuelle Begnadigung geprüft werden.

i) Zu jeder Zeit während seiner Inhaftierung konnte er, wenn er anständiges Benehmen, Fleiß und Fähigkeit an den Tag legte, in seine Rechte als Soldat wiedereingesetzt werden und damit das Anrecht auf alle daraus erwachsenden Vorteile und Privilegien erwerben.

Der Vorsitzende des Gerichtes instruierte sodann Angelo Maggio dahingehend, daß ihm das Recht zustand, als Zeuge in eigener Sache aufzutreten. Er stellte fest, daß ein Verzicht Angelos auf dieses Recht nicht gegen ihn verwendet werden durfte. Er instruierte ihn ferner noch einmal, daß er das Recht auf eine unbeschworene Erklärung hatte, über die er nicht vernommen werden durfte. Angelo Maggio sagte, er kenne nun seine Rechte, und lehnte es ab, als Zeuge in eigener Sache aufzutreten.

Sodann wurden von der Anklage die Zeugen gegen Maggio aufgerufen, und der Prozeß begann. Er dauerte vierzehn Minuten. Angelo Maggio wurde aller ihm vorgeworfenen Vergehen für schuldig befunden und zu sechs Monaten Gefängnis, zu verbüßen im Standortgefängnis, sowie zum Verlust des Soldes und aller anderen Bezüge für den gleichen Zeitraum, verurteilt.

Vor der Urteilsverkündung teilte der Vorsitzende Angelo Maggio mit, daß eine Armee ohne Disziplin eine Bande sei, die keinen Kampfwert besitze, und daß deshalb die Regeln, welche die Rechtspflege der Armee bestimmen, im Kriegsstrafgesetzbuch niedergelegt wurden, das vom Kongreß verabschiedet worden sei. Er sagte ferner, daß sich das Kriegsstrafrecht auf eine entsprechende Ermächtigung in der Verfassung stütze und daß es in der Tat sogar älter sei als die Verfassung selbst, daß die ersten Kriegsartikel von einem Komitee unter der Leitung George Washingtons vorbereitet und dann vom Kontinentalen Kongreß im Jahre 1775 angenommen worden seien, und zwar drei Tage, ehe Washington das Kommando der Kontinentalen Armee übernahm. Er sagte ferner, daß diese Artikel von Zeit zu Zeit durch den Kongreß den Notwendigkeiten und neuen Bedingungen entsprechend verändert worden seien und daß sie ein Gesetzbuch darstellen, das von einer zivilen Autorität für die Verwaltung der Armee geschaffen worden sei. Er sagte weiter, daß im Kriegsstrafgesetzbuch vorgesehen sei, daß jeder Soldat mit den Grundregeln seines Benehmens vertraut sein müsse und daß ihm innerhalb von sechs Tagen, nachdem er in die Armee eingetreten sei, die Kriegsartikel vorgelesen und erklärt werden müssen und daß das gleiche alle sechs Monate wiederholt werden müsse. Schließlich sagte er, daß dieses periodische Vorlesen und die dazugehörige Erklärung vom Kongreß vorgeschrieben seien, daß aber die Armee zusätzliche Maßnahmen treffe, um dafür zu sorgen, daß jeder Soldat das Militärgesetz verstehe und daß der jeweilige Truppenführer die Verantwortung dafür trage, daß seine Leute voll unterrichtet sind, und daß ein Soldat das Recht besitze, unterrichtet zu werden.

Angelo Maggio sagte, er kenne seine Rechte, und man habe ihn unterrichtet.

Der Vorsitzende des Gerichts verkündete daraufhin das Urteil und stellte fest, daß es nicht wirksam werde, bevor es nicht überprüft und bestätigt worden sei.

Angelo Maggio wurde unter Bewachung ins Gefängnis zurückgeführt, um auf die Überprüfung des Urteils zu warten. Er arbeitete mit seinem sechzehnpfündigen Hammer im Steinbruch am Kolekole-Paß. Er wartete acht Tage im Gefängnis auf die Urteilsüberprüfung.

Das Urteil wurde durch Oberstleutnant Rutherford B.H. Delbert, Angelo Maggios Regimentskommandeur, überprüft und voll bestätigt. Das vollständige Protokoll des Verfahrens, einschließlich des Kommentars von Oberst Delberts Gerichtsoffizier sowie seiner eigenen Bestätigung, wurde dann an Generalmajor Andrew J. Smith gesandt, der Angelo Maggios Brigadekommandeur war. Dort wurde es von erfahrenen Anwälten im Büro des Brigadegenerals geprüft, die General Smith berichteten, daß die im Protokoll enthaltenen rechtlichen Tatsachen Oberst Delberts Bestätigung rechtfertigten. General Smith erließ dann einen Sonderkriegsgerichtsbefehl, der besagte, daß Angelo Maggio aller ihm vorgeworfenen Vergehen für schuldig befunden und zu sechs Monaten Gefängnis im Standortgefängnis der Schofield-Kaserne sowie zum Verlust seines Soldes und aller anderen Bezüge für den gleichen Zeitraum verurteilt worden sei. Der Befehl wurde in der ganzen Brigade, überall da, wo Angelo Maggio einmal gedient hatte, bekanntgemacht und in allen Schreibstuben der Brigade angeschlagen.

Angelo Maggio wurde im Gefängnis ein maschinengeschriebenes Protokoll des Prozesses ausgehändigt sowie eine Abschrift des Kriegsgerichtsbefehls. Dann begann er, seine Zeit abzusitzen. Er arbeitete mit einem sechzehnpfündigen Hammer im Steinbruch droben im Kolekole-Paß. Weder die sechswöchige Wartezeit vor dem Prozeß noch die acht Tage Wartens auf die Nachprüfung des Urteils wurden ihm auf seine sechsmonatige Strafe angerechnet.

28

Etwas in Prewitt hatte sich nach Angelos Ein-Mann-Revolution verändert, etwas, was die ›Sonderbehandlung‹ trotz all ihrer Finessen nicht hätte berühren können. Etwas hatte ihn verlassen. Nie hätte die ›Sonderbehandlung‹ das vermocht. Es war, als könnte er tief in sich spüren, wie Knochen sich dumpf am Knochen rieb, während ein neuer Gang im Motor seines Lebens eingeschaltet wurde. Es klang wie eine Rundfeile auf Stein.

Er hatte noch immer Hals vierzig Dollar. Er entschloß sich, sie dazu zu verwenden, um Lorene kaltblütig zu verführen. Wahrscheinlich war das der einzige Weg, um zum Ziel zu kommen. Niemand wußte, daß er Geld hatte. Turp Thornhill brauchte er das Darlehen nicht vor dem nächsten Zahltag zurückzugeben, und Angelo würde nichts dagegen haben, wenn er das Geld verbrauchte. Dieses Mal aber würde er planmäßig vorgehen. Er entwarf einen Plan auf der Grundlage von sechzig Dollar in fünf Wochen. Seiner Berechnung nach konnte er es damit gerade ungefähr schaffen, wenn er seinem Plan folgte, ohne die nächste Löhnung, die er bereits Turp schuldete, einzukalkulieren.

Während er darauf wartete, daß der Zahltagandrang im Bordell abebbte, investierte er vorsichtig zehn Dollar und nur zehn Dollar von den vierzig an einem Siebzehnundvier-Tisch in O'Hayers Schuppen. Sie brachten ihm einen Gewinn von etwas über zwanzig Dollar. Siebzehnundvier machte viel weniger Spaß als Poker. Deshalb war es auch eine bessere Anlage. Fünfundvierzig Dollar von sechzig würden drei volle Nächte mit Lorene bezahlen. Die anderen fünfzehn würden für drei Flaschen à dreifünfzig draufgehen. Was noch übrigblieb, würde er für Taxis benötigen. Wenn er einmal wußte, wo sie wohnte, und sie dazu gebracht hatte, ihn zu sich kommen zu lassen, konnte er den finanziellen Teil außer acht lassen. Sie hatte genug Geld, und wenn er es richtig anfing, würde ihr nichts dranliegen, es für ihn auszugeben. Es versprach, ein interessantes Abenteuer zu werden. Es würde ihn beschäftigen, während Angelo auf sein Verfahren wartete. Er plante alles genauestens – eine fesselnde, faszinierende Denkaufgabe. Er verlor sich vollkommen in ihr.

Mit der gleichen Versunkenheit verfolgte er das Verfahren während der sieben Wochen, die das Gesetz benötigte, um Maggio das zukommen zu lassen, was er verdiente. Seine Versunkenheit war so groß, daß er die ›Sonderbehandlung‹, die noch immer fortgesetzt wurde, kaum spürte.

Einmal während der sechs Wochen vor dem Prozeß kaufte er zwei Stangen Zigaretten und ging zum Militärgefängnis, um Maggio zu besuchen. Es war ein Weg von fast zwei Meilen, bergauf an den Tennisplätzen und am Golfplatz vorbei, dann über den Reitweg durch die kleinen Sonnenpfützen unter den hohen Bäumen und durch den Ledergeruch der Reitställe. Er schwitzte in der heißen Sonne, und er sah viele Offiziere, Offiziersfrauen und Offizierskinder. Sie sahen alle sehr sonnverbrannt und sehr sportlich aus. Das Militärgefängnis war ein hölzerner, weißgestrichener Bau mit einem grünen Dach. Es stand in einem kühlen Eichenhain in der Mitte eines großen, flachen Feldes, ganz am Rande des Lagers. Es sah aus wie ein Landschulhaus. Der hohe Drahtzaun mit seinen drei nach innen geneigten Stacheldrahtsträhnen darauf erhöhte diesen Eindruck noch. Auch die Gitter vor den Fenstern erinnerten ihn an ein Landschulhaus, an jenes Landschulhaus, in das man ihn nicht hineingelassen hatte.

Aber dies war keine Landschule. Es war eine militärische Einrichtung. Auch die Zigaretten für Angelo durfte er da nicht lassen. Jeder Insasse erhielt täglich ein Säckchen Dukes-Mischung, und zusätzliche Gaben von außerhalb waren verboten. Jeder Insasse war ein Soldat, und ihm stand genau das gleiche zu wie jedem anderen Insassen. Nicht mehr. Er nahm die Zigaretten wieder mit. Angelo sah er nicht.

Dennoch war er den MP dankbar. Sie hätten ihm leicht sagen können, er solle die Zigaretten ruhig dalassen, um sie dann selbst zu rauchen. Als er sie später rauchte, kam er sich schuldig vor. Natürlich hätte er sie wegwerfen können, aber sie hatten zwei Dollar fünfzig gekostet, und wem hätte es etwas genützt. Es wäre eine nutzlose Geste geblieben, daher rauchte er sie. Aber er kam sich schuldig vor.

Auch Angelos wegen fühlte er sich schuldig. Das war einer der Gründe, warum er ihn hatte besuchen wollen. Es kam ihm vor, als sei das, was sich am Zahltag ereignet hatte, sein Fehler gewesen. Angelo hatte die Schwulen schon eine ganze Weile geschröpft. Er war oft in Hals Wohnung gewesen, und nie zuvor war etwas Ähnliches geschehen. Erst als Prewitt auftauchte, wie ein Katalysator, den man in eine chemische Lösung tropfen läßt, begann die Mischung zu brodeln und explodierte. Angelo hatte keine Gewissensbisse wegen seiner Schwulen gefühlt. Erst als Parsifal Prewitt auftrat mit seinen moralischen Bedenken und Problemen, auf der Suche nach dem Heiligen Gral, fühlte Angelo sich plötzlich so schuldbefleckt, daß er etwas Drastisches tun mußte. Es gab Zeiten, in denen Prewitt eine besondere Qualität in sich wahrzunehmen glaubte, eine eigenartige, unangenehme Eigenschaft, die, wie es schien, jeden, mit dem er in Berührung kam, dazu zwang, drastische Entscheidungen zu treffen. Kein Wunder, wenn niemand gern mit ihm zusammen war. Bei diesem Gedanken empfand er eine tiefe Angst, weil er nicht begreifen konnte, was es war, und weil er gar nicht die Absicht hatte, einen derartigen Einfluß auf andere auszuüben. Die anderen lebten ihr Leben, so gut sie konnten, vielleicht gewannen sie nicht viel dabei, doch sie verloren auch nichts. Aber die ganze Zeit lag schlafend und tief versteckt der große, persönliche Konflikt der Angst in ihnen. Auftritt Parsifal Prewitts, und die Handlung überstürzt sich. Der Angstkonflikt steigt flossenschwingend aus den Tiefen wie ein Riesen-Manta. Er wird größer und größer, wächst ins Ungeheure, taucht auf aus den tiefen, grünen Abgründen, in die du durch ein Glas hinunterschauen kannst, nur um die Ankerkette in gewaltigem Bogen sich im Unergründlichen verlieren zu sehen. Von noch tiefer kommt es herauf, schwingt die Flügelflossen der Alternativen, nimmt das Ego in die Zange. Und nun mußten sie wählen und mußten dem Konflikt ins Auge sehen, und welche Wahl sie auch immer trafen, es war immer schmerzvoll. Er wollte das gar nicht, wußte auch gar nicht, daß es geschah, bis alles vorüber war. Er fürchtete sich vor solchen Gedanken. Meist konnte er sie unterdrücken. Manchmal aber war es zu schwierig, sie in glatten, gleichmäßigen Wellen laufen zu lassen – er mußte nachgeben und ihnen sein Gehirn öffnen. Dann begannen sie, in ihm ziel- und regellos herumzuspringen, als habe er keinen Boden unter den Füßen, und sie erschreckten ihn. Vielleicht gab es Dinge im Menschen, die man nicht anblicken durfte, so wie es auf dem tiefsten Grund des Meeres Dinge gab, von denen man besser nichts ahnte. Manchmal spürte er die Wahrheit dieses Gedankens. Das Leben erschreckte ihn oft. Aber er konnte ohnehin nichts ändern. Denn er konnte seine Eigenschaft weder kontrollieren noch konnte er sie abstellen. Wenn es ihm aber gutging, wußte er, daß es besser war, den Dingen ins Auge zu sehen, ganz gleichgültig, was daraus werden konnte. Er wußte das. Das Leben mit seiner unglaublichen Grausamkeit, seiner unfaßbaren Ungerechtigkeit, seiner unerhörten Ziellosigkeit jagte ihm Schrecken ein. Jetzt, während Angelo auf seinen Prozeß wartete, ging er durch eine der Tiefen seines Lebens. Es hätte ihm damals, in jener Nacht, gelingen müssen, den kleinen Kerl davon abzuhalten, Amok zu laufen, auch wenn er selber, wie es schien, die Ursache dazu gewesen war. Er hätte es voraussehen müssen. Er hätte ihn nicht allein lassen dürfen, als er zum Strand hinunterging, um die Hosen loszuwerden. Er hätte in den Kampf eingreifen müssen, trotz der Warnungen des kleinen Burschen. Beide zusammen hätten sie der MP Herr werden können, mitsamt ihren Gummiknüppeln, und hätten zur Kompanie und in die Sicherheit zurückkehren können. Er sah tausend Dinge, die er hätte tun sollen, aber nicht getan hatte. Er trug die Verantwortung für das, was Angelo geschehen war. Darum wollte er unbedingt

Angelo sehen. Vielleicht konnte er es ihm erklären. Aber man ließ ihn nicht zu ihm.

Wahrscheinlich hätte er Angelo überhaupt nie mehr gesehen, wenn nicht die Stadtpolizei eine Untersuchung gegen die Homosexuellen in der Stadt eingeleitet hätte.

Sie wurden mit zwei Lastwagen abgeholt. Es waren große Zweieinhalb-Tonner, die der MP-Kompanie in Fort Shafter gehörten. Am Steuer saß ein bewaffneter MP, neben ihm ein zweiter bewaffneter MP. Voraus fuhr ein hochbeiniger Spähwagen, ebenfalls mit einem bewaffneten MP am Steuer. Ein großer, halb weißer, halb hawaiianischer Polizeileutnant, in der senffarbenen Baumwolluniform der Städtischen Polizei, mit einer Figur wie einer der jungen Strandwächter, befehligte die Expedition. Er fuhr in dem Spähwagen zusammen mit dem Oberstleutnant der MP-Kompanie, der einen Blanko-Haftbefehl des Provost Marshall bei sich hatte, und mit den zwei jungen FBI-Männern, die in ihren konservativen, aber teuren Straßenanzügen wie intelligente Söhne reicher Männer aussahen. Sie fungierten als Verbindungsmänner zwischen Zivilpolizei und Militär.

Der Transport fuhr in den Kasernenhof ein, machte vor dem Gebäude der G-Kompanie halt und stürzte sich auf Hauptmann Holmes' Schreibstube, die beiden sauber gewaschenen jungen Sachverständigen des FBI an der Spitze. Sie sahen gescheit, solide und unschuldig aus, sprachen mit gedämpfter Stimme und waren sehr taktvoll, flossen von Diskretion über. Dieser Eindruck war aber nur äußerlich, denn unter der Oberfläche waren sie von jener eisernen Entschlossenheit und Ruhe, die ein Mann besitzt, der weiß, daß sein Wort Gesetz ist und gefürchtet werden muß. Der U. v. D. wurde sofort mit einer Liste von Namen auf den Übungsplatz geschickt.

Er kam mit einem Kommando zurück, das, wie es schien, mindestens zwei Drittel der G-Kompanie umfaßte und nur noch einen kläglichen Rest für das Exerzieren übrigließ. Das Kommando trat vor dem Kompaniegebäude an, wurde abgezählt und dann nochmals namentlich aufgerufen. Die Männer sahen einfältig drein, traten von einem Fuß auf den anderen und hatten Angst (der U. v. D. hatte die Anwesenheit des FBI erwähnt). Dennoch lag unter dieser Angst jene Art von Feststimmung, die jede Unterbrechung der Eintönigkeit des Exerzierens auslöst, selbst wenn die Ursache eine Untersuchung durch das FBI ist. Sie alle kannten das FBI, wußten, daß es für zivile Verbrechen von Angehörigen der Armee zuständig war, und hatten alle die Kolportageromane über den Kampf des FBI gegen die Gangster gelesen. Der U. v. D. hatte keine Ahnung, was man von ihnen wollte, aber es gab nur ein einziges ziviles Vergehen, das die Ladung so vieler Teilnehmer erforderlich machte. Es konnte nur eine Untersuchung gegen die Homosexuellen sein.

Fast die ganze Bande aus der Waikiki-Taverne war vertreten. Unteroffizier Knapp und Feldwebel Harris und Martuscelli, auch der Pole Dyzbinski und Bull Nair und Dusty Rhodes, der Professor. Auch der fette Readall Treadwell, Champ Wilson und Liddell Henderson sowie Unteroffizier Miller und Feldwebel Lindsay und Anderson und Freitag Clark und Prewitt.

Man erlaubte ihnen, auf die Stube zu gehen, sich zu waschen und umzuziehen. Weder der Unteroffizier vom Dienst noch die MP begleiteten sie. Niemand fürchtete, daß einer entfliehen könnte. Ihre Namen standen ja auf der Liste.

Sie kamen herunter und konnten noch schnell einen Blick auf den abfahrenden Spähwagen mit dem senffarbenen städtischen Polizeimann werfen, auf die MP mit ihren Armbinden und auf die drei dunklen Straßenanzüge, die uniformähnlicher als alles andere waren. Dann mußten sie antreten, wieder wurden ihre Namen von einer Liste abgelesen, und schließlich kletterten sie auf die offenen Lastwagen, wo der Gefreite Bloom und ein anderer Gefreiter von der Unteroffiziersschule bereits ziemlich trostlos auf sie warteten. Die MP-Wachen saßen gelangweilt vorne bei den Fahrern. Niemand befürchtete, daß einer herunterspringen und versuchen könnte, einer FBI-Liste zu entkommen.

Sobald sie auf den Lastwagen unter sich waren, begannen sie gleichzeitig auf beiden zu beraten, wie man sich verhalten sollte. So, wie nach Süden ziehende Wildgänse oder Schwärme von Fischen instinktiv sich an einem bestimmten Platz treffen, entwickelten diese Beratungen sich nach dem gleichen Muster. Instinktiv wußte jede der beiden Gruppen, was die andere tat, und verließ sich darauf, daß es das gleiche war, was sie selber zu tun beabsichtigte, so daß in Wirklichkeit nicht zwei verschiedene Besprechungen stattfanden, sondern nur eine einzige.

Jede Gruppe war nach einiger Überlegung in der Lage festzustellen, wer sich in der anderen Gruppe befand. Daraus konnte dann geschlossen werden, wer fehlte. Dabei entdeckte man, daß mindestens sechs Mann der G-Kompanie, die bestimmt ebenso ausdauernd und erfolgreich wie alle anderen die Schwulen geschröpft hatten, überhaupt nicht auf der Liste standen.

In beiden Lastwagen konnte man fast gleichzeitig Ausrufe hören wie »Was soll das eigentlich heißen« und »Die haben aber Schwein gehabt« und »Leicht kommen die davon« und »Sind die etwa einen Scheißdreck besser als wir«.

Auf beiden Lastwagen wurden dann wiederum fast gleichzeitig und von den gleichen Männern Rufe laut, wie »Halt's Maul um Gottes willen«, oder »Verdammt, aber wir haben genug mit uns selber zu tun. Laßt das ihre Sache sein«, oder »Was denn, was denn, hört doch damit auf. Sehn wir lieber zu, was wir selber tun sollen«.

Als die Ruhe wiederhergestellt war, machte man die weitere Entdeckung, daß auf dem Lastwagen, auf dem sich Prew befand, auch zwei Mann der F-Kompanie waren und einer der E. Es hieß, auf dem anderen Lastwagen sei einer von der F-Kompanie, aber keiner von der E. Die Strategen entschieden, daß der Denunziant, wer immer er auch war, die G-Kompanie sehr gut kennen müßte, obwohl diese Feststellung nichts half. Offenbar hatte man überhaupt niemand vom ersten oder dritten Bataillon vorgeladen, obgleich jeder von ihnen eine ganze Anzahl Burschen vom ersten und dritten getroffen hatte, die sich der Waikiki-Schwulen annahmen. Man schloß daraus, daß die ganze Sache mehr eine lokale Angelegenheit und nicht ein allgemeines Reinemachen war. Das beste war, das Maul zu halten und nichts zu wissen und niemand zu erkennen. Die Polizei konnte keine Beweise besitzen, weil sie sonst eine Generalaktion eingeleitet hätte. Sie versuchte offensichtlich nur, Beweise in die Hand zu bekommen, indem sie einen in Angst versetzte. Das war alles. Man wollte ihnen einheizen, um sie zum Reden zu bringen.

Auf beiden Lastwagen erklang fast gleichzeitig, nachdem man zu dieser Schlußfolgerung gekommen war, ein Chor von Erleichterungsseufzern. Dies verminderte aber weder die Nervosität noch die sorgenvolle Bedrückung der Angst. Noch verminderte es die glückliche, zahltagähnliche Feiertagsatmosphäre, die jede Befreiung vom Exerzieren begleitete. Beide Konferenzen endeten fast gleichzeitig und zerfielen in aufgeregte Diskussionen über die bevorstehenden Ereignisse.

Freitag Clark, dessen lange italienische Nase wachsgelb war, hatte tödliche Angst. Als die Besprechung vorüber war, stand er auf, ging, sich mit den Händen an den Rippen des Verdecks über seinem Kopfe festhaltend, durch den schwankenden, rüttelnden Lkw und drückte sich auf die Bank neben Prewitt.

»Jesus, Prewitt, hab ich Schiß. Warum holen sie mich? Ich war nie mit einem einzigen aus. In meinem ganzen Leben nicht.«

»Ebensowenig wie einer von uns«, sagte Bull Nair gedehnt.

Seine Worte riefen allgemeines Gelächter hervor.

»In deinem *ganzen* Leben?« sagte Readell Treadwell.

»Wie bitte«, sagte Bull Nair, »meinst du in meinem *ganzen* Leben?«

Wieder allgemeines Gelächter.

»Mein Gott«, sagte Dusty Rhodes. »Zeig mir nen Schwulen, und ich werd das Ding nicht von nem Weib unterscheiden können.«

»Das ist wahr«, sagte jemand.

»Gut, vergiß nicht, das den Polypen zu sagen, Professor«, sagte ein anderer.

»So hab ich's nicht gemeint«, protestierte der Professor. »Ich wollte nur sagen, zeig mir nen Schwulen, und ich werd 'n vermutlich so anstaunen.« Er ließ seine Augen aus dem Kopf treten und riß den Mund auf, bis er wie der Schlund eines hungrigen jungen Vogels aussah.

»He, Nair«, sagte er, »ich staun dich an, Nair.«

»Und ich staun dich an«, sagte Nair und staunte zurück.

Der Professor lachte schallend, und sie begannen alle einander anzustaunen.

»Schau Knapp an«, rief Nair und deutete auf die lange dünne, gleichmütige Gestalt des Unteroffiziers, der sich lang ausgestreckt hatte. »Der sieht leicht besorgt aus, was? Staunen wir mal den alten Knapp an.«

»Gut«, sagte Rhodes, »hilft ihm vielleicht.«

Gemeinschaftlich staunten sie ihn an.

»Wir staunen dich an, Knapp.«

Sie lachten schallend, schauten einander schlau an mit dem verschmitzten Humor eines Bauern, als hätten sie den größten Bühnentrick entdeckt, der je erfunden worden ist.

»Staunt das an«, sagte Knapp und drehte ihnen den Hintern zu. Es berührte sie nicht. Sie probierten ihren Trick erst an einem, dann an einem anderen aus, den ganzen Lkw durch. Die allgemeine Angst wurde davon kaum beeinflußt.

»Denen geschieht's nur recht«, sagte Freitag zu Prew, und seine scheuen Rehaugen waren voller Angst. »Die haben's mit Schwulen gehabt. Aber ich doch nie. Was passiert, wenn die mich in 'n Bau bringen? Für etwas, das ich gar nicht getan habe.«

»Ich war selbst nur ein einziges Mal dabei«, grinste Prew. »Dir kann nichts passieren. Die werden sowieso keinem was tun.«

»Aber schau, wie meine Hände zittern«, sagte Freitag. »Ich will nicht in 'n Bau.«

»Mein Gott, wenn die alle Schwulen und alle von uns, die mit ihnen in Honolulu ausgegangen sind, ins Kittchen stecken wollten, die Stadt würde pleite gehen. Jeder zweite Laden müßte schließen wegen Mangels an Angestellten, und die Armee müßte Ferien machen.«

»Ja«, sagte Freitag, »aber ...«

»Halt schon's Maul«, sagte Bloom vom anderen Ende. »Hast du etwa Schiß? Was kannst du denn verlieren? Schau mich an, ich lauf Gefahr, vom Unteroffizierslehrgang zu fliegen.«

Bloom saß auf dem schwankenden Sitz, die Ellenbogen auf die Knie aufgestützt, und ließ die Knochen seiner Fingergelenke knacken. Neben ihm saß der andere Anwärter, ein Mann namens Moore.

»Denkst du, die schmeißen uns deshalb raus?« fragte ihn Bloom.

»Mensch, ich hoffe nicht«, sagte Moore.

»Natürlich habe ich Angst« blitzte Freitag Bloom an. »Ich geb's wenigstens zu. Wer hat denn Andy dazu verführt, hinter den Schwulen her zu sein und das Gitarrespielen aufzugeben?« sagte er vorwurfsvoll. »Ich jedenfalls nicht.«

Andy, der mit ausgestreckten Beinen, den Rücken gegen das Führerhäuschen gelehnt, auf dem Boden hockte, grinste schmerzlich. Er versuchte, die Angst zu verbergen, die in seinen Augen saß. Er sah aus, als wünschte er, bei der Gitarre geblieben zu sein, sagte aber nichts.

»Willst du vielleicht behaupten, daß ich schwul bin?« sagte Bloom und stand auf. Mit einer Hand hielt er sich an einer Rippe des Verdecks über seinem Kopf. »Überleg dir genau, was du sagst, du drekkiger kleiner Makkaroni.«

»Leck mich am Arsch«, sagte Freitag plötzlich und erschrak über seine eigene Kühnheit.

»Da soll doch einer ...« Bloom beugte sich nach vorne. Mit der linken Hand hielt er sich an der Rippe fest, mit der anderen packte er Freitag vorne am Hemd, riß ihn in die Höhe und schüttelte ihn. Des zarten Freitag Kopf und Arme schlappten lose hin und her wie die einer Stoffpuppe, wenn man sie schüttelt.

»Laß mich los, Bloom«, stotterte Freitag. »Laß mich los. Ich hab dir nichts getan, Bloom.«

»Nimm das zurück«, sagte Bloom und schüttelte ihn, »nimm das zurück.«

»Ja, ja«, gurgelte Freitag hin und her schlappend, »ich nehm's zurück.«

Prew stand auf, ergriff eine andere Rippe, um sich festzuhalten, packte Blooms Handgelenk und bohrte seinen Daumennagel hart in Blooms Sehne.

»Laß los, du Schwein. Er nimmt nichts zurück. Was, Freitag?«

»Doch«, gurgelte Freitag. »Nein. Ich weiß nicht.«

Blooms Hand öffnete sich unter dem Druck des Daumennagels, und Freitag fiel schlaff auf den Sitz zurück. Seine Augen waren vor Angst weit aufgerissen. Bloom und Prew standen mitten im Wagen; schwankend schauten sie einander an, während jeder von ihnen versuchte, das Gleichgewicht zu halten.

»Du stehst auch auf meiner Liste«, sagte Bloom. »Wenn du so ein großartiger Boxer bist, warum drückst du dich dann?« Er sah sich auf dem Lastwagen um. »Wenn du so'n toller Draufgänger bist, warum kommst du dann nicht in die Boxriege?«

»Weil's dort zuviel Dreckfinken wie dich gibt, deshalb.«

Sie standen schwankend und starrten sich an. Keiner war fähig, sich vollkommen darauf zu konzentrieren, weil sie zuviel Aufmerksamkeit auf ihr Gleichgewicht richten mußten.

»Eines Tages wirst du mich zur Raserei bringen«, sagte Bloom.

»Mach keine Witze«, sagte Prew.

»Im Augenblick aber habe ich wichtigere Sorgen«, sagte Bloom und setzte sich.

»Wann immer es dir paßt«, sagte Prew. »Und ich werde dir auch Zeit lassen, dein Hemd auszuziehn.« Auch er setzte sich.

»Danke, Prewitt«, sagte Freitag.

»Ach was«, sagte Prew. »Hör mal, Freitag«, sagte er laut und sah Bloom an, »wenn dieses Schwein dich wieder belästigt, mach kurzen Prozeß mit ihm. Nimm einen Stuhl oder eine Stange und schlag sie ihm über den Kopf, wie Maggio.« Er war außer sich darüber, daß Bloom es gewagt hatte, das Tabu zu mißachten, das aus Freitag eine Maskotte der Kompanie gemacht hatte, so daß keiner ihn jemals schlug, ebensowenig wie man einen Dorftrottel schlagen würde.

»Schön, Prew«, schluckte Freitag, »wie du sagst.«

»Ja«, schnaubte Bloom. »Tu das. Dann wirst du auch da landen, wo Maggio gelandet ist.«

»Ohne dein Zutun«, fügte Prew hinzu.

Bloom zog verachtungsvoll die Schultern in die Höhe. Dann wandte er sich wieder an Moore, den anderen Teilnehmer des Unteroffizierslehrgangs. Der Ausdruck der Wut und des Ärgers verschwand von seinem Gesicht so plötzlich, wie er gekommen war, und wurde wieder von Erstaunen, Angst und Entrüstung abgelöst... als erinnere er sich plötzlich daran, daß er gegen seinen Willen in die Stadt geschleppt wurde, um als Schwuler verhört zu werden.

»Mensch«, sagte er gedämpft zu dem anderen, »ich hoffe nur, daß uns das nicht den Lehrgang verpatzt.«

»Jesus«, sagte der andere nervös, »ich auch.«

Bloom schüttelte den Kopf. »Man sollte viel vorsichtiger sein mit solchen Sachen.«

»Stimmt«, sagte der andere. »Ich hätt gar nicht erst da runtergehn sollen.«

Nun waren sie fast bei der Abzweigung der Autostraße nach Pearl Harbor und Hickam angelangt. Langsam fuhren die beiden Lastwagen nach Honolulu hinein. Soweit als möglich benutzten sie Seitenstraßen, fuhren durch die nördlichen Ausläufer der Stadt, passierten bei der Durchfahrt durch Middle Street die Kirche mit der riesigen Leuchtinschrift JESUS KOMMT BALD, wandten sich dann bei der School Street ostwärts, mußten aber schließlich doch, um zur Polizeistation zu kommen, entlang der Nuuanu Street mitten durch die Stadt fahren. Als sie ankamen, stand der Spähwagen schon da.

Fußgänger, die von den Docks kamen oder dorthin gingen, wo gerade ein Touristendampfer inmitten von hawaiianischen Leis ankam und von einer Musikkapelle im hellen Sonnenschein begrüßt wurde, blieben stehn, um sie anzustarren. Wahrscheinlich dachten sie, daß wieder mal eine Sabotageabwehrübung auf dem Programm stand, grübelten einen Augenblick über den Ernst des Lebens in diesem Jahr unseres Herrn 1941, ehe sie sich wieder ihren eigenen Geschäften zuwandten. Neugierig standen sie herum und sahen zu, wie die Lastwagen in den Hof einfuhren und die Männer die Treppen hinauftrotteten.

Angelo Maggio, flankiert von zwei MP mit aufgepflanztem Bajonett, saß bereits im Vorzimmer des Polizeileutnants, als der Trupp hereinkam.

»Mein Gott«, jubelte Maggio, »das sieht ja aus wie ein Appell der G-Kompanie oder wie ein Kompanietreffen. Wer schmeißt das Bier?«

Einer der großen MP riß den Kopf herum. »Halt's Maul«, sagte er.

»Schön, Brownie«, grinste Maggio vergnügt. »Wie du willst. Ich möchte nicht, daß du mich mit deiner Kanone erschießt.«

Der MP sah aus, als fühlte er sich nicht sonderlich wohl in seiner Haut. Er starrte Maggio an, und Maggio grinste und starrte zurück.

»He, Angelo! Hallo, Angelo! Hei, Angelo. Da ist ja Angelo. Schau mal da, Angelo. Wie geht's, Angelo?« Männer, die ihn gerne gehabt hatten, Männer, die ihn nicht gemocht hatten, Männer, die kaum gewußt hatten, daß er zur Kompanie gehörte, selbst Bloom, der ihn am liebsten nicht in der Kompanie gehabt hätte ... alle drängten sie sich um Angelo, um ihn zu begrüßen.

»Ich darf nicht sprechen«, grinste der Star. »Befehl. Ich bin Sträfling. Ich mein natürlich, ich bin eingesperrt. Und Sträflinge dürfen nicht sprechen. Atmen dürfen sie, das heißt, wenn sie sich gut benehmen.«

Er schien der gleiche alte Angelo. Er wollte wissen, wie die ersten Spiele der Brooklyn Dodgers in dieser Saison verlaufen waren. »In den letzten Wochen kam ich nicht dazu, den Sportteil zu lesen«, grinste er.

Und auf den ersten Blick schien der eine Monat im Gefängnis ihn nicht wesentlich verändert zu haben. Erst bei näherer Betrachtung sah man, daß er viel Gewicht verloren hatte. Die Höhlen unter seinen mageren Backenknochen waren noch tiefer als gewohnt, die schmalen, knochigen Schultern waren womöglich noch schmaler geworden, und tiefe Halbmonde rötlich-runzliger Haut hingen unter seinen Augen. Er sah härter aus, sowohl körperlich als seelisch, und ein metallisches Klirren lag in seinem Lachen.

Als den Leuten befohlen wurde, sich zu setzen und zu warten, fand Prew einen Platz neben ihm. Sie unterhielten sich schnell und leise. Es war ganz klar, daß die MP von Schofield hier in der Öffentlichkeit nicht in der Lage waren, ihren Häftling wie gewohnt unter Kontrolle zu halten.

»Hier können sie mir nichts tun«, grinste Angelo selbstzufrieden. »Sie müssen sich anständig verhalten, um bei der Zivilpolizei keinen schlechten Eindruck zu machen. Befehl vom Stab.«

»Wart nur, bis du nach Hause kommst«, sagte der MP, den Angelo Brownie genannt hatte, mit Betonung. »Wenn du nach Hause kommst, wärst du froh, wenn du dein großes Maul gehalten hättest.«

»Zu wem sagst du das?« grinste Angelo. »Er gibt mir nen Rat«, sagte er zu Prew. »Mein ganzes Leben lang hat mich mein Maul in Schwierigkeiten gebracht. Als ob *er* mir das sagen müßte.«

»Wenn du denkst, das waren Schwierigkeiten«, sagte der MP. »Wart nur ab, Makkaronifresser, was dich jetzt erwartet.«

Angelo grinste bösartig. »Was kannst du mir schon Schlimmeres tun, als was ich jetzt tun muß? Mich zwei Tage einsperren, nun schön. Du kannst mich höchstens umlegen, aber fressen kannst du mich auch nicht, Brownie.«

Er sprach weiter, überließ den MP seinen trüben Gedanken darüber, daß ein Gefangener es wagen könnte, ihm auf dem Kopf herumzutanzen.

»Vielleicht nimmst du dich doch besser etwas in acht«, schlug Prew vor.

»Mein Gott«, grinste Angelo. »*Die* Gelegenheit hab ich nicht oft. Die haben mich sowieso am Arsch. Warum soll ich nicht auch mal davon profitieren.«

»Wie ist's im Bau?« sagte Prew.

»Halb so schlimm. Schau, was ich für Muskeln kriege. Und«, fügte er hinzu, »stell dir vor, Dukes Mixture schmeckt mir jetzt schon besser als richtige Zigaretten. Werd ich ne Menge Geld sparen, wenn ich rauskomme.«

»Dann behandeln sie dich also ordentlich?« sagte Prew. »Keine Schläge?«

»Na, is nicht gerade 'n Mädchenpensionat. Aber immerhin, man weiß, daß sie nur unser Wohl im Auge haben. Stimmt's, Brownie?« grinste er.

Der MP antwortete nicht. Ihm war die Lage noch immer unangenehm. Er starrte vor sich hin.

»Er ist nicht dran gewöhnt, so behandelt zu werden«, setzte Angelo Prew auseinander. »Wenn ich mir's überlege, bin ich auch nicht dran gewöhnt, ihn so zu behandeln.«

»Ich kam mit zwei Stangen Zigaretten zu dir«, sagte Prew entschuldigend. »Sie haben mich aber nicht reingelassen.«

»Ich hab davon gehört«, sagte Angelo mitteilsam. »Wollten mich auf die Strafliste bringen deswegen. Bloß ich war schon drauf. Dachten, ich bin verweichlicht, daß ich Aktive rauche. War nicht leicht, die zu überzeugen, daß ich's nicht bin.«

»Was passiert mit dir?« fragte Prew. »Hast du herausgefunden, was die vorhaben?«

»Mein Gott, nein. Mir sagen die nichts. Meine Verhandlung muß aber bald sein. Ich stecke jetzt schon 'n ganzen Monat im Bau. Selbst wenn sie mich vor ein spezielles Kriegsgericht stellen und mir die Höchststrafe verpassen, habe ich nur noch fünf Monate zu brummen, bis ich rauskomme. Mensch, wenn ich rauskomme, bin ich reif für 'n Dreißigender.

Hör mal«, sagte Angelo. »Mach dir meinetwegen keine Sorgen. Es wird schon alles schiefgehn. Einen Monat habe ich schon hinter mir, was? Das wird angerechnet. Dann ist's gar nicht mehr so lang. Hast du noch immer die vierzig Dollar?« Ohne den Kopf zu wenden, drehte er seine Augen nach dem MP hinter sich und ließ sie dann zurück zu Prewitt wandern.

»Teilweise«, sagte Prew. »Einen Teil hab ich verbraucht.«

»Na also, ich wollte dir nur sagen, die vierzig gehören dir, verstehst du? Du hast sie verdient. Du sollst sie auch ausgeben. Mach dir keine Sorgen darüber, was du mir schuldest, was?« Wieder schielte er kurz nach dem hinter ihm stehenden MP.

»Gut«, sagte Prew.

»Die nehmen einem sowieso das ganze Geld in der Wachstube ab, wenn man eingeliefert wird«, sagte Angelo. »Gib's nur aus.«

»Ich brauch es, um Lorene zu kriegen«, sagte Prew.

»Am Zahltag hat sie's dir schwergemacht?« sagte Angelo.

Prew nickte.

»Also, brauch's auf! Und Hals- und Beinbruch, Kamerad.«

»Gut«, sagte Prew.

»Sieht so aus, als käme das hier endlich ins Rollen«, sagte Angelo.

Ein Polizeischreiber war mit einer langen Liste in der Hand herausgekommen. Er rief einen Namen auf, einer der Männer stand auf und folgte ihm ins Büro. Eine ganze Zeit blieb die Tür geschlossen, und dann rief der Schreiber mit der Liste Maggios Namen.

»Hier«, sagte Maggio und stand auf. »Ich glaube, ich bin der Köder, oder sollte ich lieber Versuchskaninchen sagen?« Er ging durch die Tür. Einer der MP mit Gewehr ging voraus, dann kam er, und dann kam der andere MP mit dem Gewehr. Die Tür wurde geschlossen. Nach ein paar Minuten kam Maggio zurück, ein MP mit Gewehr vorneweg und einer hintendrein.

»Wie Dillinger, was?« grinste Maggio. Alles lachte, trotz der Nervosität.

»Halt's Maul, Maggio«, rief der MP, den Angelo Brownie nannte. »Komm!« Sie führten ihn durch eine Tür in der gegenüberliegenden Wand, nicht zu der, die auf den Gang hinausführte, sondern zu einer, die das Vorzimmer mit einem anderen Raume verband. Die vierte Wand gegenüber der Gangtür bestand aus lauter Fenstern. Die Fenster waren unvergittert.

Ziemlich bald kam auch der Mann, den man zuerst aufgerufen hatte, wieder heraus, und der Schreiber führte ihn durch die Tür, durch die auch Maggio gegangen war, und schloß sie. Einer der MP von Shafter stellte sich auf einen Wink des Schreibers neben diese Tür. Dann rief der Schreiber einen neuen Namen. Der Mann meldete sich und folgte ihm ins Büro des Polizeileutnants.

»Sieht nach Einzelvernehmung aus«, sagte jemand nervös.

Nach ein paar Minuten kam der Schreiber zurück, ging zur gegenüberliegenden Tür und rief von neuem Maggio.

»Hab's euch ja gesagt, ich bin der Köder, was?« grinste Maggio der Menge zu. Wieder rief seine Bemerkung nervöses Gelächter hervor, und die Spannung ließ ein wenig nach. Instinktiv verglich jeder sich selbst mit dem kleinen, knochigen Italiener. Man kam zu der Erkenntnis, daß es einem – verglichen mit dem – gar nicht so schlecht ging.

»Halt's Maul, Maggio«, rief der MP, den Angelo Brownie nannte. »Komm.«

Sie gingen hinein. Ziemlich bald kamen sie zurück und verschwanden wieder in dem anderen Zimmer. Dann führte der Schreiber den dritten Mann ebenfalls dorthin und rief einen neuen Namen auf. Bei jedem neuen Namen auf der Liste ging es genauso.

Als Prew aufgerufen wurde, erhob er sich und folgte dem Schreiber. Seine Knie schienen ziemlich locker. Der halb hawaiianische Polizeileutnant in seiner senffarbenen Uniform saß hinter seinem Schreibtisch. Neben dem Tisch saß in einem großen und tiefen Lehnstuhl Tommy mit einem Ausdruck verdrießlicher und mürrischer Resignation. An der Wand saß der MP-Leutnant von Shafter. Die zwei jungen Beamten des FBI standen unauffällig auf der anderen Seite des Raumes, als gehörten sie zum Mobiliar. »Kennen Sie diesen Mann?« fragte der Polizeileutnant Tommy.

»Nein«, sagte Tommy müde. »Ich hab ihn noch nie gesehen.«

Der Polizeileutnant blickte auf eine Liste. »Prewitt«, sagte er. »Prewitt, haben Sie je zuvor diesen Mann gesehn?«

»Nein, Sir«, sagte Prew.

»Waren Sie je draußen in der Waikiki-Taverne?« fragte der Leutnant geduldig.

»Jawohl, Sir.«

»Und Sie wollen behaupten, diesen Mann nie dort gesehen zu haben?«

»Nicht, daß ich mich erinnere, Sir.«

»Wie mir berichtet wurde, treibt er sich dort ständig herum.«

»Vielleicht hab ich ihn dann auch mal gesehn, Sir, aber ich kann mich nicht erinnern.«

»Sind Sie da draußen je irgendwelchen Homosexuellen begegnet?«

»Ich habe einige Männer gesehn, die mir so vorgekommen sind. Sahen ziemlich feminin aus, aber ob sie schwul waren, weiß ich nicht.«

»Können Sie nicht sagen, ob einer schwul ist, wenn Sie ihn sehn?« fragte der Leutnant geduldig.

»Ich weiß nicht, Sir. Ich glaube, es gibt nur einen sicheren Weg, um festzustellen, ob einer schwul ist oder nicht.«

Der Leutnant lächelte nicht. Er sah müde aus.

»Sind Sie je mit einem Schwulen ausgegangen, Prewitt?«

»Nein, Sir.«

»Kein einziges Mal? In Ihrem ganzen Leben?«

Prew erinnerte sich an Nairs Bemerkung ›Oh, du meinst nie in meinem *ganzen* Leben‹ und unterdrückte ein Grinsen. »Nein, Sir«, sagte er.

»Sie brauchen mich nicht anzulügen«, sagte der Leutnant geduldig. »Jedes Lehrbuch der Psychologie sagt, daß jedermann irgendwann in seinem Leben einmal mit einem Schwulen ausgegangen ist. Ihre Aussagen werden streng vertraulich behandelt. Wir versuchen euch nicht reinzulegen. Wir versuchen im Gegenteil, euch vor solchen Leuten zu schützen.«

Tommy saß in seinem Sessel und sah mit verbissenem Gesicht zum Fenster hinaus. Er sah nicht gerade wie ein Ungeheuer aus. Prew hatte plötzlich Mitleid mit ihm.

»Um das tun zu können«, sagte der Leutnant müde, »müssen wir beweiskräftiges Material haben, das uns gestattet, diese Leute dorthin zu bringen, wo sie nach Recht und Gesetz hingehören. Wir sind nicht hinter euch Männern her.«

»Ich dachte, das Gesetz verlangt, daß beide Parteien zu gleichen Teilen verantwortlich gemacht werden müssen«, sagte Prew. »Zum mindesten«, sagte er, »habe ich das immer gehört.«

»Das stimmt«, sagte der Leutnant müde, »dem Gesetz nach. Wie ich aber schon vorhin gesagt habe, hat niemand die Absicht, etwas gegen euch zu unternehmen. Wir wollen nur, daß ihr uns helft, die Brutstätte des Lasters draußen um Waikiki herum zu säubern. Die Waikiki-Taverne ist ein anständiges Lokal. Die wollen ebensowenig als Treffpunktort für solche Pärchen mißbraucht werden, wie wir das wollen. Allein können sie aber mit einer Sache dieses Umfanges nicht fertig werden. Das ist eine Angelegenheit der öffentlichen Ordnung.«

»Jawohl, Sir«, sagte Prew. Der Polizeileutnant sah sehr müde aus, und nach ihm mußte er noch weitere zehn verhören. Prew fühlte plötzlich Mitleid mit ihm.

»Schön. Ich frage Sie noch einmal, Prewitt. Sind Sie je mit einem Schwulen ausgegangen?«

»Ich habe mal einen reingelegt«, sagte Prew, »als ich noch auf der Walze war, bevor ich zur Armee kam.«

Des Leutnants müder Mund wurde ein wenig fester. »Schön«, sagte er. Er nickte dem Schreiber zu. »Bringen Sie ihn rein.«

Der Schreiber ging hinaus und kam mit Maggio und den zwei MP mit ihren Gewehren zurück. Sobald sie im Raum waren, wandte der erste MP sich um. Maggio und der andere blieben stehen, gerade vor dem Schreiber, der sich anschickte, das Zimmer zu durchqueren. Sein Weg hätte ihn normalerweise zwischen dem MP, den Maggio Brownie nannte, und Maggio hindurchgeführt. Der MP aber versperrte ihm mit vorgehaltenem Gewehr und unbewegtem Gesicht den Weg.

»Sie dürfen nicht zwischen dem Gefangenen und seiner Wache durchgehen, Unteroffizier«, sagte Brownie hölzern.

»Oh, Verzeihung«, sagte der Schreiber. Er war schrecklich verlegen. »Ich hatte das vollkommen vergessen«, fügte er lahm hinzu und ging außen herum.

»Prewitt, kennen Sie diesen Mann?« sagte der Leutnant müde.

»Jawohl, Sir.«

»Ist er mit Ihnen befreundet?«

»Nicht gerade ein Freund, Sir«, sagte Prew. »Er gehört zu meiner Kompanie.«

»Haben Sie nicht vor einer Weile draußen mit ihm gesprochen?« sagte der Leutnant.

»Jawohl, Sir«, sagte Prew, »das gleiche haben viele andere getan.«

»Sie haben aber neben ihm gesessen, oder nicht?«

»Jawohl, Sir.«

»Sind Sie je gemeinsam mit diesem Manne ausgegangen?«

»Jawohl, Sir. Mehrere Male.«

»Sind Sie je mit ihm nach Waikiki gegangen?«

»Nein, Sir«, sagte Prew. »Ein- oder zweimal habe ich ihn draußen getroffen, ich bin aber nie mit ihm hinausgegangen.«

»Sie sagen, Sie haben ihn dort getroffen.«

»Jawohl, Sir. Ich habe viele Leute aus der Kompanie da draußen getroffen. Von Zeit zu Zeit geht jeder von uns mal hinaus.«

»Dieser Mann interessiert uns im Augenblick«, sagte der Leutnant. »Mit wem war er zusammen, als Sie ihn da draußen trafen?«

»Ich erinnere mich nicht, Sir.«

»War es jemand aus der Kompanie?«

»Ich erinnere mich nicht, Sir. Ich glaube, er war mit niemandem.«

»Sie meinen mit niemand, den Sie kennen? Oder mit überhaupt niemand?«

»Mit überhaupt keinem, Sir.«

»Sie haben ihn nicht mit irgendeinem der Männer gesehen, die aussahen, als könnten sie Schwule sein?«

»Nein, Sir.«

»Nun gut«, sagte der Leutnant müde zu dem Schreiber. »Führen Sie ihn hinaus.«

Sie führten Maggio hinaus in derselben Art, wie sie ihn hereingebracht hatten, erst ein MP mit Gewehr, dann Maggio, dann wieder ein MP mit Gewehr.

»Die sind weiß Gott vorsichtig«, sagte Prew, ohne sich direkt an jemand zu wenden.

»Soldat«, sagte der MP-Oberleutnant aus Shafter scharf. »Sie sind lange genug bei der Armee, um zu wissen, wie Sträflinge bewacht werden.«

»Jawohl, Sir«, sagte Prew und verstummte.

»Dann lassen Sie diese Bemerkungen sein«, sagte der MP-Oberleutnant scharf.

»Jawohl, Sir«, sagte Prew und verstummte.

Der Polizeileutnant spielte müde mit einem Bleistift. »Sie können uns also nichts über diesen Mann hier sagen?« Er machte eine Kopfbewegung zu Tommy hin, der mit verschlossenem Gesicht aus dem Fenster starrte, sichtlich bemüht, über solch schmutzige Verdächtigungen und Verleumdungen erhaben zu erscheinen. »Gar nichts?«

»Nein, Sir«, sagte Prew, »ich kenne ihn überhaupt nicht, Sir.«

»Wir versuchen, euch aus der Schweinerei, in die ihr geraten seid, herauszuhelfen«, sagte der Leutnant geduldig. »Draußen in Waikiki geht ihr auf dünnem Eis. Jeder von euch sollte das eigentlich wissen.« Er machte eine Pause.

»Jawohl, Sir«, sagte Prew. »Ich meine, nein, Sir.«

»Sobald ein Mann das Gesetz bricht, begibt er sich auf dünnes Eis«, deklamierte der Leutnant müde. »Am Ende wird er doch erwischt. Wir versuchen, euch zu helfen, ehe es zu spät ist, Prewitt. Wir können euch aber nicht helfen, wenn ihr uns nicht dabei helft.« Er machte eine Pause.

»Nein, Sir«, sagte Prew. »Ich meine, jawohl, Sir.«

»Sie haben noch immer nichts zu sagen?«

»Ich weiß nicht, was ich sagen soll, Sir.«

»Schön, dann wäre das alles«, sagte der Leutnant müde. »Der nächste, bitte.«

»Jawohl, Sir«, sagte Prew. Instinktiv machte er vor dem zivilen Polizeileutnant eine Ehrenbezeigung. Der Leutnant lächelte, und der MP-Oberleutnant lachte höhnisch. Die zwei intelligent aussehenden Beamten des FBI taten gar nichts. Sie lehnten an der Wand und sahen aus, als gehörten sie zum Mobiliar.

»Schon gut, Prewitt«, lächelte der halb hawaiianische Polizeileutnant. »Führen Sie ihn hinaus. Wer ist der nächste?«

Der Schreiber führte ihn durch den Vorraum und durch die Tür, neben der der MP Wache stand. Er schloß die Tür hinter ihm. In dem langen Raum war niemand außer den beiden Schofield-MP, die drüben am anderen Ende Maggio bewachten, und die Männer, die das Verhör schon hinter sich hatten. Ihre Gesichter sahen immer noch angespannt aus. Prew stand da und sah sie an. Noch immer lief ihm der Schweiß aus den Achselhöhlen über die Rippen. Dann ging er auf Maggio und die beiden MP zu.

Der MP, den Maggio Brownie nannte, riß den Kopf herum: »Weg da, Maxe«, sagte er. »Dieser Mann ist Strafgefangener.«

Prew starrte ihn an, ließ dann seine Augen zu Maggio wandern, blinzelte ihm zu und grinste. Angelo blinzelte und erwiderte das Grinsen. Es schien aber so, als käme es nicht mehr aus vollem Herzen. Prew wandte sich um und ging zu den anderen. Jemand hatte ein Kartenspiel mitgebracht, und ein paar hockten im Kreis auf dem Boden und spielten Poker um Streichhölzer. Er setzte sich auf eine Bank und sah zu.

Seit er Tommy auf dem Sessel im Büro des Polizeileutnants gesehen hatte, konnte er ein leichtes Gefühl der Unruhe nicht loswerden. War es Tommy, hinter dem sie her waren, so hatte es keinen Sinn, Maggio als Köder zu verwenden. Angelo war nie mit Tommy aus gewesen. Bloom war mit ihm aus gewesen und Andy und Readall Treadwell. Einmal war auch Prewitt mit ihm aus gewesen. Die einzige Beziehung aber, die Angelo zu ihm hatte, stammte vom letzten Zahltag. Damals hatte Angelo ihn für Prewitt ausgesucht, und dies war überhaupt das einzige Mal gewesen, daß Prewitt mit irgendeinem der Schwulen aus war. Trotzdem war Prewitt in diese Untersuchung einbezogen worden. Woher hatten sie seinen Namen? Und wo war Hal, der Französischlehrer? Wenn sie wirklich genügend Material gegen Angelo hatten, um ihn als Köder zu benutzen, dann hätte auch Hal anwesend sein müssen. Es schien, als hätte der Denunziant, wer auch immer er sein mochte, sich auf den letzten Zahltag gestützt. Wenn dem aber so war, wo war dann Hal, der Französischlehrer?

Ein anderer Mann hatte eines der immer vorhandenen Pokerspiele aus der Tasche gezogen, und nun fanden gleichzeitig drei oder vier Spiele um Streichhölzer auf dem Boden statt. Sie spielten alle mit tiefster Konzentration, ohne zu reden, und während sie sich dem Spiele hingaben, begann die Spannung von ihren Gesichtern zu verschwinden.

Mißmutig gab Prew es auf, über die Zusammenhänge nachzugrübeln, und beteiligte sich an einem der Spiele. Wahrscheinlich war alles reine Phantasie. Er war nervös. Immer glaubte er, die Hauptrolle spielen zu müssen.

Die Spieler rückten zusammen und machten ihm schweigend Platz. Niemand hatte etwas gegen ihn einzuwenden. Die gemeinsame Gefahr war wichtiger als die ›Sonderbehandlung‹! Sobald sie wieder glücklich zu Hause waren, würde die ›Sonderbehandlung‹ wieder einsetzen. Für den Augenblick aber war sie vergessen, bis man den Maschen des Gesetzes entronnen war.

Der Gefreite Bloom kam als zweiter Mann nach Prewitt von der Vernehmung zurück. Als er ins Zimmer kam, schaute er blicklos erst die Pokerspieler und dann Maggio an. Dann ging er zu der Bank an der anderen Wand und ließ sich abgesondert von den anderen nieder. Er beteiligte sich an keinem der Spiele. Er saß allein, ließ seine Knöchel knacken und fluchte eintönig leise vor sich hin. Er war erstaunt, wütend und verletzt, und der Ton seiner fluchenden Stimme war wie ein ununterbrochenes Fließen, das weiter und weiter fließt, ohne sich je zu ändern. Als Moore, der andere Unteroffiziersanwärter, hereinkam und sich neben ihn setzte, stand er auf und ließ sich woanders nieder, um wieder allein zu sein. Dann streifte er Moore mit einem entrüsteten Blick, weil dieser es gewagt hatte, die Monotonie seines Fluchens zu unterbrechen.

Die übrigen spielten angestrengt Poker um Streichhölzer, bis der letzte Mann das Verhör hinter sich hatte. Dann wurden sie von den Shafter MP, die nun nur noch Pistolen trugen, auf die Lastwagen zurückgetrieben. Prew warf Angelo einen letzten Blick zu. Der saß noch am anderen Ende des Raumes zwischen den beiden MP mit ihren Gewehren. Auch er sah wütend aus, weil dieser unerwartete Urlaub, für den er nach seiner Rückkehr ins Gefängnis würde bezahlen müssen, so schnell vorübergegangen war.

Die Lastwagen fuhren, wieder unter den prüfenden Blicken der Fußgänger, ab. Wahrscheinlich waren es nicht mehr die gleichen Fußgänger. Für die Soldaten aber waren sie es. Noch immer kamen sie von dem gleichen Dock, auf dem die gleiche Musikkapelle immer das gleiche Lied für die gleichen Touristen spielte. Wie auf Kommando erwiderten alle Männer auf den Lastwagen ihre Blicke so bösartig, daß es den Fußgängern ungemütlich wurde. Sie wandten ihre Blicke ab und taten, als wären sie beschäftigt, und dachten, daß wir bestimmt eine ebenso harte und blutdürstige Armee ins Feld stellen könnten wie alle anderen, wenn es zum Kriege kommen sollte. Dann waren die Lastwagen draußen auf der offenen Autostraße, fuhren über die tiefen Schluchten zerbröckelnder, karmesinroter Felsen, an den Zuckerrohrfeldern vorbei, von denen manche brannten und in der klaren, frischen Sommerluft unter dicken, dunklen Wolken von Rauch lagen, vorbei an den mit mathematischer Genauigkeit angelegten Ananasfeldern, und zurück nach Schofield. Es war drei Uhr vorbei. Unter der ungeheuren Kuppel des blauen Himmels sah alles sehr klein und sehr weit entfernt und sehr still aus, alles, so weit das Auge reichte, bis zu den dunstblauen Bergen auf beiden Seiten.

Anläßlich des allmonatlichen Unterrichts über Geschlechtshygiene und des Gesundheitsappells, die eine Woche später stattfanden, hielt Hauptmann Holmes einen kurzen verlegenen Vortrag über Perversität und Degeneration. Vorher war der Filmstreifen vorgeführt worden, der zeigte, was Geschlechtskrankheiten anrichten können. Der Kaplan erwähnte keines von beiden in seiner Ansprache über die Bedeutung der Liebe im Geschlechtsakt und die Notwendigkeit geschlechtlicher Treue und die Enthaltsamkeit des Mannes vor der Ehe.

Lorene, dachte Prew, während er den Vorträgen zuhörte. Es war solch ein ausgezeichneter Hurenname, Lorene. Er paßte so gut zu ihr. Er hatte genau den richtigen Klang, er weckte genau die richtigen Assoziationen. Es war ein so viel besserer Name als Billy oder Sandra oder Maureen. Er war froh, daß sie Lorene hieß und nicht Agnes oder Gladys oder Thelma oder sonst irgendwie. Lorene war besser.

29

Er benötigte noch nicht einmal die drei Besuche zu jeweils fünfzehn Dollar, um herauszufinden, daß ihr wirklicher Name gar nicht Lorene, sondern Alma war.

Offenbar sollte ihm, zusammen mit allem anderen, selbst diese kleine Befriedigung versagt bleiben. Es war fast zu viel für ihn, und, was ihn davor bewahrte, vollkommen die Waffen zu strecken, war nur die Tatsache, daß auch diese Enttäuschung so gut zu allem anderen paßte, was ihm zugestoßen war, seitdem er den Musikzug verlassen hatte.

Wie es schien, war Lorene nichts als ein Hausname, den Mrs. Kipfer für sie auf einer Parfümreklame ausgesucht hatte. Mrs. Kipfer war offenbar der Meinung gewesen, daß Alma weder französisch genug, noch genügend intellektuell für den Star ihres Unternehmens klang. Ihr wirklicher Name aber war ausgerechnet Alma Schmidt. Und sie wohnte ausgerechnet in Maunalani Heights. Beim besten Willen hätte er, und wenn er sich noch so sehr angestrengt hätte, im ganzen Telefonbuch keinen weniger hurenmäßigen Namen finden können, und mit noch so viel Phantasie keine weniger hurenmäßige Adresse.

Maunalani Heights war die Hochburg des gehobenen Mittelstands von Honolulu, wohlverstanden nicht der reichen Leute. Reiche Leute wie Doris Duke hatten ihre Besitzungen am Strand, in Black Point oder Kahala Beach oder Kaalawai, zwischen dem Fuß des Diamond Head und dem Ozean. Reiche Leute wie Doris Duke besaßen solche Besitzungen, lebten aber nicht auf ihnen. Der gehobene Mittelstand von Honolulu aber besaß Maunalani Heights und lebte dort. Dieser Hügel erhob sich hoch über Kaimuki, und man konnte von ihm aus über den erloschenen Krater von Diamond Head hinweg so weit auf den Ozean hinausschauen, daß man die Wölbung der Erde bemerken konnte, bis dorthin, wo manchmal – wie ein Vorhang von Molokai herüberwehend – der Regen auftauchte, der vom Südwind hereingeweht wurde, bis er über Diamond Head hing, dann über Kaimuki, dann schließlich über ihnen selber. Es war eine wunderbare Wohngegend für den gehobenen Mittelstand, aber es war weit weg vom Strand. Kaimuki war der Sattel zwischen Diamond Head und den Heights. Dort wohnten in einer dichtbesiedelten Gemeinde die besser situierten Japaner, mit Ausnahme des großen Quadrats zwischen der 13. und 18. Avenue. Dieser Teil gehörte der Regierung. Dort lag Fort Ruger. Fast war es symbolisch, wie Maunalani Heights die bessergestellten Japaner, die in Kaimuki wohnten, beherrschte.

Und hier oben hatten Alma Schmidt und eine Freundin aus den Service Rooms ein Haus. Noch erstaunter war er, als er das Haus sah, das sie gemietet hatten.

Genauer gesprochen, wohnten Alma Schmidt und ihre Freundin auf dem Wilhelmina Rise, nicht auf den Maunalani Heights. Wilhelmina Rise war der steil abfallende Sattel, der sich von Kaimuki zu den Heights hinauszog. Wilhelmina Rise war eine Art Vorraum zum Allerheiligsten, denn genau gesprochen umfaßten die Heights lediglich Maunalani Circle fast auf dem Gipfel der Höhe, Lurine Drive ein wenig und Matsonia Drive noch ein wenig tiefer, und dann Lanipili Drive, der so kurz war, daß er kaum zählte, und möglicherweise – aber keineswegs sicher – Mariposa Drive. Alle diese Straßen lagen, treppengleich, unterhalb des Circle, aber noch immer ziemlich hoch droben auf Maunalani Heights. Dennoch war es in Ordnung, wenn Alma ihm sagte, sie wohne in Maunalani Heights, weil auch alle anderen, die auf dem Wilhelmina Rise wohnten, das gleiche taten. Und sowieso kannte er den feinen Unterschied nicht. Er hatte sogar gedacht, daß nur reiche Leute wie Doris Duke auf dem Wilhelmina Rise wohnten. Allerdings gab er das ihr gegenüber, nachdem sie ihm die Situation erklärt hatte, niemals zu.

Das Haus selbst lag am Sierra Drive. Es war einstöckig und klein, aus irgendeinem Material – wahrscheinlich aus Betonblöcken –, aber derartig verputzt, daß es aussah, als wäre es aus einem einzigen Guß. Es hatte ein tiefes Dach, das weit über die Wand hinausragte wie das Dach einer spanischen Hacienda in einem Märchen, und wie das Schloß in einem Märchen stand es weit draußen am Rande des westlichen Abhanges hoch über dem Palolo-Tal.

In der Tat, wenn er darüber nachdachte, schien alles, was mit dem Haus zusammemhing, viel von einem Märchen an sich zu haben. Es war von der ganz einmaligen, unwirklichen Zartheit und behaglichen Schönheit, an die er glaubte, solange er das Märchen las, an die er aber zu seinem untröstlichen Kummer nicht mehr zu glauben vermochte, wenn er das Buch weglegte. Es war ihm klar, daß dies der richtige Ort für die Prinzessin war. Auch Alma dachte dies. Er fragte sich, ob alle reichen Leute ebenso schön lebten.

Das Haus hatte auf der Seite eine kleine, ungedeckte Veranda unmittelbar über dem Abhang. Von dort aus konnte man hinunter in die Straßen des Palolo-Tales schauen, als wäre man der liebe Gott. Es war eine wunderschöne kleine Veranda. Hinter ihr waren zwei große Glastüren und hinter den Türen drei Stufen tiefer der große Wohnraum. Wollte man nicht ins Freie gehen, konnte man durch die Türen hinausschauen. Es war auf dieser Veranda, am Spätnachmittag eines Samstags, als die Sonne gerade ins Meer zu sinken begann und zum Abschied alles mit rotem Gold überstrahlte, als Alma Schmidt ihm, der das erstemal hier heraufgekommen war, zum ersten Male gestand, daß sie ihn liebte. Und sofort machte er seinen ersten Fehler.

Die kleine Garnison unter den alten Ulmen- und Ahornbäumen fiel ihm ein. Und während er verzweifelt nachdachte, wie er das Leben in jener kleinen Garnison vorteilhaft mit dem Leben hier vergleichen könne, erklärte er Alma, daß auch er sie liebe, und bat sie, ihn zu heiraten.

Seit dem Beginn des Sechzig-Dollar-Plans war dies sein erster Fehler in der Beurteilung einer Situation. Vielleicht hätte er mit einem ganzen Sack voll Handgranaten seine Geldinvestition ebenso gründlich in die Luft sprengen können, aber er bezweifelte es.

Vielleicht war der Sonnenuntergang schuld, der ihm den Verstand benebelte. Vielleicht war es auch die Nähe ihres Körpers. Er hatte die Erfahrung gemacht, daß die Nähe eines weiblichen Körpers häufig dazu führte, seinen Verstand in Unordnung zu bringen. Manchmal wirkte das noch stärker als Sonnenuntergänge. Er hatte in vieljähriger Erfahrung herausgefunden, daß diese Reaktion gewöhnlich nicht auf Gegenseitigkeit beruhte und daß Frauen dadurch einen gewissen Vorsprung errangen. Vielleicht war es auch die absolut neue Umgebung, der er sich noch nicht hatte anpassen können. Nichtsdestoweniger gab es keine Entschuldigung für eine derart gefährliche Dummheit.

Eine Weile hing alles an einem Faden. Am Ausdruck ihres Gesichtes konnte er sehen, wie sie zwischen Entscheidungen schwankte. Sollte sie ihn sofort hinauswerfen, oder sollte sie sich nur langsam von ihm zurückziehen. Nur ihr Zweifel, wie sie ihn loswerden sollte, rettete ihn. Es gab ihm Zeit, zu retten, was noch zu retten war, indem er sie schlau anschaute und laut hinauslachte, und sich dann, um ihr zu zeigen, daß seine Hände nicht zitterten, eine Zigarette anzündete. Das Anzünden der Zigarette war eine brillante Leistung. Dennoch war er sich bewußt, daß ihm das mit der Zigarette nur durch einen glücklichen Zufall eingefallen war. Er kam sich vor wie ein Mann, der, gelähmt durch seine eigene Blödheit, nach jedem Strohhalm greift, um sich zu retten.

Sie sah, daß seine Hand nicht zitterte, und schließlich erschien auf ihrem Gesicht ein Ausdruck der Erleichterung. Dann begann sie sogar mitzulachen. Sie führte ihn zurück ins Haus und mischte Martinis, ehe sie das schon vorgekochte Abendessen auf den Herd setzte. Während sich das Haus mit seinem heimeligen Duft erfüllte, tranken sie eine neue Runde Martinis. Die Martinis waren gut. Gleich am Anfang seines Sechzig-Dollar-Plans hatte er ausfindig gemacht, daß Alma gerne etwas trank und nur während ihrer Arbeit darauf verzichtete. Bei geeigneter Gelegenheit trank sie ab und zu sogar unverdünnten Whisky. Trinken machte sie bedeutend liebenswerter. Es löste sie. Oder vielleicht war es auch so, daß Trinken ihn selbst geneigter machte, sie zu lieben. Wie dem auch war, besaß er trotz seiner Lähmung noch immer Geistesgegenwart genug, um nun weitere Martinis vorzuschlagen. Das nach New England Art gekochte Abendessen war ebenso gut wie die Martinis, und nachdem sie gegessen hatten, gingen sie sehr verheiratet ins Bett, als wäre nichts geschehen.

Dennoch war er sich völlig klar darüber, daß es um ein Haar schiefgegangen wäre. Er konnte nicht begreifen, wie er so etwas Blödsinniges hatte sagen können. Er konnte es sich bestimmt nicht erlauben, oft derartige Fehler zu machen. Der Sechzig-Dollar-Plan hatte gerade ausgereicht, ihn hier heraufzubringen. Hätte er nur fünf Dollar mehr ausgeben müssen, hätte er es nicht geschafft. Er konnte nicht herumlaufen und derartig schwere Fehlentscheidungen treffen und sich darauf verlassen, daß man sie glücklicherweise übersah.

Danach war er äußerst vorsichtig. Es gab genug Möglichkeiten, Fehler zu machen. Einmal fuhren sie mit dem Chrysler-Cabriolet, das Almas Freundin gehörte, die mit ihr zusammen wohnte, ins Kaneohe-Tal zum Schwimmen. Alma hatte keinen Wagen, weil sie ihr Geld sparte. Es war eine glänzende Gelegenheit, Fehler zu machen. Die steilen Osthänge der Koolau-Berge steigen hufeisenförmig hinter dem Strand in die Höhe. Im Vordergrund waren der Zuckerhut des Pali und die schwarzen Klippen des Makapu Point, wo der Leuchtturm stand, der Rabbit Island überblickte. Nun aber war er klug und vorsichtig und machte alles richtig, was ihm sein Selbstvertrauen wiedergab. Alles lief glatt, so glatt wie der importierte Rum, den Almas Freundin kistenweise kaufte und mit dem sie sehr freigebig war.

Da er pleite war, versorgte Alma ihn mit dem nötigen Geld für die Taxifahrten von Schofield. Sie gab ihm einen Schlüssel, und von da an gewöhnte er sich daran, regelmäßig jedes Wochenende hinauszugehen. Wenn er keinen Dienst hatte, verließ er die Kaserne am Samstagmorgen gleich nach der Inspektion, verzichtete auf das Mittagessen und ging geradewegs zu Almas Haus.

Es war eine lange Fahrt. Schließlich kannte er sie in- und auswendig. Immer hatte er es eilig, hinzukommen, und immer war er außer Atem, wenn er ankam. Dann pflegte er sich mit seinem eigenen Schlüssel die Tür aufzuschließen, und plötzlich fiel alles von ihm ab und verließ ihn, und es gab keine Armee mehr. Das enorme Wohnzimmer, das mit roten viereckigen Platten ausgelegt war, lag drei Stufen tiefer als die Tür. Die zwei Türen zu den Schlafzimmern waren links, wenn man hereinkam, die Glastür zur Veranda rechts. Neben dieser Tür ging es in die kleine Küche mit ihrer verglasten Frühstücksnische. Daneben waren das Badezimmer und die Dusche. Ein zweites Bad lag zwischen den beiden Schlafzimmern. Die ganze Wohnung war vom Boden bis zur Decke mit honigfarbenem Sperrholz getäfelt, außer der Küche, die sehr amerikanisch war und Wandschränke hatte.

Wenn sie arbeiten mußte und nicht da war – gewöhnlich war das an Samstagen der Fall –, holte er sich aus dem Kühlschrank in der Küche Eiswürfel und mischte sich einen steifen Drink. Die Flaschen standen im Wohnzimmer in dem Schränkchen, das gleichzeitig Bar und Radio enthielt. Manchmal trank er von dem Rum, den Georgette – das war Almas Freundin – mitgebracht hatte, oder er trank Gin und Ginger Ale oder Scotch oder Bourbon mit Soda, was immer er wollte. Dann zog er im Schlafzimmer seine kurzen Hosen an, nahm ein Buch aus dem Bücherschrank, der zwischen den Schlafzimmertüren stand, und ging hinauf auf die Veranda. Er liebte es, barfuß und nur mit kurzen Hosen bekleidet im Liegestuhl zu liegen und zu trinken. Er las nicht viel. Er liebte es, die herrliche Aussicht in sich aufzunehmen und sich langsam und genießerisch zu betrinken. Ab und zu stand er auf, ging barfüßig über die Veranda, deren Boden mit dicken japanischen Matten belegt war, auf denen es sich gut barfuß lief, mischte sich an der Bar ein neues Glas und ging dann zurück zum Liegestuhl. Alles, was er während der ganzen Woche bei der Kompanie hatte einstecken müssen, versank, so daß er wieder völlig auf dem Damm war, wenn Alma etwa um zwei Uhr von der Arbeit nach Hause kam. Ganz selten einmal wartete sie auf ihn, wenn er samstags kam. Er hatte es aber lieber, wenn er sie nicht mehr antraf, wenn er allein eintreten, seinen eigenen Schlüssel benützen und sich vertraut durch die Stille des *Niemand-da* bewegen konnte. Dann gehörte ihm das Haus. Nie zuvor hatte er einen Schlüssel besessen. Allein den Schlüssel die ganze Woche bei sich zu tragen, war es wert, nicht vom Heiraten zu sprechen. Selbst die Hälfte von all dem wäre es mehr als wert gewesen.

Niemals begegnete er einem Soldaten in dieser Gegend. Es grenzte fast ans Übernatürliche, wie die Soldaten verschwanden, sobald man über die Waialae Avenue hinaus und in den Autobus zum Rise kam. Scharenweise waren sie am Wochenende im Geschäftsviertel der Stadt. Leute wie Ruger waren immer in Mengen im Kaimuki und auf der Waialae Avenue, wo die Läden waren. Oberhalb der Waialae Avenue aber war es, als käme man in ein anderes Land. Die Reichen (er konnte es sich nicht abgewöhnen, den gehobenen Mittelstand von Wilhelmina Rise und von den Maunalani Heights die Reichen zu nennen, so oft Alma ihn auch verbesserte), die Reichen hier oben machten sich nichts aus Soldaten. Das war mit ein Grund, warum *er* diese Gegend so besonders liebte.

Immer wieder erstaunte er darüber, daß es Alma gelungen war, sich hier oben einzumieten. Natürlich wußte niemand, wo sie arbeitete. Eine ihrer nächsten Nachbarinnen war Clare Inter, die bekannte Hilo Hattie. Die drei, Alma, Georgette und er selber (Georgette brachte ihre Freunde nie nach Hause), saßen manchmal herum und lachten vergnügt bei dem Gedanken, daß *sie* hier oben waren, in diesem Haus, hier oben.

Die Miete mußte die beiden Mädchen allerhand Geld kosten. Alma sagte ihm nie genau, wieviel es war, aber er wußte, daß solch ein Haus teuer war. Alma gab das zu, aber es war der einzige Luxus, den sie sich leistete. Nun, Alma konnte das tun. Alma hatte das Haus durch Mrs. Kipfer gefunden. Mrs. Kipfer besaß Freunde. Sie hatte Beziehungen in Honolulu. Niemand wußte genau, wer ihre Freunde waren, noch was sie taten, aber Mrs. Kipfer hatte Freunde. Und Lorene, das heißt Alma, war ihr Liebling. Alma konnte einen Tag oder zwei Tage frei bekommen. Sie brauchte nur darum zu bitten. Mrs. Kipfer wollte nicht, daß ihre Primaballerina angestrengt oder müde aussah, wenn sie zur Arbeit kam. Wann immer Alma auf diese Art und Weise eine

Nacht Urlaub bekam, rief sie ihn in der Kaserne an. Dann nahm er sich ein Taxi und fuhr zu ihr hinaus. Hatte er nicht genügend Geld dabei, ging er hinein ins Haus, holte es sich und brachte es dem Chauffeur auf die Straße, wie ein verheirateter Mann. Und immer weckte sie ihn so früh, daß er genügend Zeit hatte, rechtzeitig zum Wecken wieder in die Kaserne zu gelangen. Sie stand auf und bereitete sein Frühstück. Manchmal stand sogar Georgette auf und frühstückte mit ihnen, während sie gutmütig darüber schimpfte, daß man sie so früh geweckt hatte. Er hatte ihnen von der Boxriege und von Dynamit und von der ›Sonderbehandlung‹ erzählt. Es war rührend zu sehen, wie Alma darauf bedacht war, den Wecker zu stellen, ganz gleich, wie betrunken sie alle waren. Es war beinahe ehefraulich, wie sie es nicht zuließ, daß er sich durch Schwätzchen beim Frühstück verspätete und den ersten Autobus versäumte.

Am meisten liebte er aber doch die Samstage, an denen er allein kommen, seinen eigenen Schlüssel benützen und es sich allein gemütlich machen konnte. Für gewöhnlich lag er in dem großen Doppelbett und schlief, wenn sie von der Arbeit nach Hause kam. Dann kitzelte sie ihn, bis er aufwachte und mit ihr ins Wohnzimmer ging. Sie mischte jedem was zu trinken, ehe sie sich schließlich schlafen legten. Oder sie kroch gleich zu ihm ins Bett, um ihn zu wecken, zum Tanzvergnügen, wie sie es nannte. Dann sagte sie ihm, wie sehr sie ihn liebte und ihn brauchte, wie schrecklich sie ihn brauchte, und daß er keine Ahnung hätte, wie sehr.

Nun, er brauchte auch sie, und auch sie hatte keine Ahnung.

Ja, aber sein Bedürfnis nach ihr war nicht so groß. Für ihn war es leichter, es mußte nicht sein. Er brauchte sie wirklich nicht so, wie sie ihn brauchte, wenn sie aus dieser Hölle nach Hause kam.

Ach, das war nur, was *sie* dachte. Er brauchte sie mehr, als sie ihn je brauchen würde. Ohne diesen Zufluchtsort hätten sie ihn mit ihrer ›Sonderbehandlung‹ längst kleingekriegt.

Ja, schon, aber wenn er nur wüßte.

Nun, wenn *sie* nur wüßte.

Das führte manchmal – aber nicht sehr oft – zu einer Auseinandersetzung. Offenbar sollte keiner von ihnen jemals wissen, wie es wirklich war. Während dieser ganzen Zeit mußte er äußerst vorsichtig sein, um nicht einen Fehler zu machen. Es gab häufig Gelegenheiten, Fehler zu machen. Fast an jedem Tag, den er dort verbrachte. Es machte ihm aber nichts aus, und keine der Gelegenheiten brachte ihn zu Fall, bis sie das erstemal öffentlich miteinander ausgingen.

Ihm war es gleich, ob sie jemals irgendwohin gingen. Er war sehr häuslich geworden. Es war ihr Einfall gewesen. Sie wollte sich mit ihm zeigen, sagte sie. Ehe sie das Haus verließen, gab sie ihm zwei Zwanzig-Dollar-Noten, und dann gingen sie zu Lau Yee Chais Restaurant. Niemals zuvor war er in Lau Yee Chais Restaurant gewesen. Der Abend kostete die ganzen vierzig Dollar. Das war es aber auch wert. Sie amüsierten sich großartig. Sie war eine ausgezeichnete Tänzerin, viel zu gut für ihn. Sie versprach, ihm zu Hause Unterricht zu geben.

Erst auf dem Nachhauseweg im Taxi, nachdem sie ihre ganzen vierzig Dollar ausgegeben hatte, wurde er sich mit Schrecken darüber klar, daß er sich von einer Frau aushalten ließ und daß das schon eine ganze Weile der Fall war. Vielleicht konnte man ihn sogar einen Zuhälter nennen, auch wenn er ihr nicht ihre Männer beschaffte. Man brauchte den Begriff nur ein wenig zu erweitern. Zunächst fühlte er sich erniedrigt. Es wurde ihm übel. Als er dann aber sein Gefühl analysierte, wurde ihm klar, daß er sich in keiner Weise verändert hatte und noch immer der gleiche Mann war. Fühlt man sich so, wenn man ausgehalten wird? fragte er sich. Es ängstigte ihn ein wenig und beschämte ihn, weil er sich gar nicht anders fühlte als sonst. Irgendwie hätte er anders sein müssen.

Es geschah erst, als sie nach Hause kamen und auf die Veranda in die frische Nachtluft hinaustraten – noch immer in Abendtoilette (für seine hatte sie Maß genommen, sie für ihn ausgesucht und bezahlt). Sie sahen auf die Ketten weißer Lichter, drunten im Palolo-Tale und drüben auf der anderen Seite an den St. Louis Heights; sie schauten zur Linken, wo ganz in der Ferne die Scheinwerfer des Royal aufblitzten und inmitten der Ketten weißer Lichter die roten, blauen, grünen und gelben Neonblumen Waikiki anzeigten, wo sie gerade gewesen waren. Da geschah es, daß er sie von neuem bat, ihn zu heiraten. Vielleicht, weil er meinte, daß er sich dann weniger ausgehalten vorkommen würde.

Wie es schien, stellte er diese Frage immer auf der Veranda. Offenbar hatten die Veranda und die Aussicht, die man von hier aus hatte, diese Wirkung auf ihn. Während er die Frage stellte, wurde er von dem großartigen und festlichen Gefühl überwältigt, das jemand empfindet, der alle Warnungen in den Wind schlägt und sich mit einem Fluch darüber hinwegsetzt. Gleichzeitig sagte ihm eine Stimme, daß er vielleicht die Frage ab und zu stellen dürfte, ohne allzuviel zu riskieren, da er nun schon so lange hierherkam.

Dieses Mal setzte er ihr alles genau auseinander, erzählte ihr von der kleinen Garnison, von der Geselligkeit der verheirateten Unteroffiziere, und, während er sprach, schien ihm alles groß und wunderbar. Selbst das Jahr, das er warten mußte, ehe er zurückgeschickt werden konnte, schloß er in seine Erzählung ein und bemerkte, wie das alles auch mit ihren eigenen Plänen übereinstimme. Man könnte ein wenig von ihrem Gelde verwenden, um gut zu leben, bis er sich in eine der drei höheren Gehaltsstufen hinaufgearbeitet hatte, was nicht lange dauern würde, wenn er sich wirklich anstrengte. Ihm machte es nicht das mindeste aus, sich von ihr aushalten zu lassen, noch scherte er sich darum, wie sie ihr Geld verdiente. Während er sprach, war er sehr stolz auf seine Großzügigkeit.

Aufmerksam hörte sie zu. Sie sah ihn nicht ein einziges Mal an. Sie blieb lange stumm.

»Du sagst, daß du mich liebst«, ergriff er das Schlußwort für die Verteidigung, »und wie sehr du mich brauchst. Gut, ich glaub dir das. Und ich liebe dich und brauche dich genausosehr. Dann ist es doch für uns beide das einzig Logische, oder nicht?« sagte er logisch.

»Du fühlst dich einfach einsam, weil sie dir in der Kompanie so mitspielen«, sagte sie. »Gehn wir rein und trinken wir was.«

»Nein«, sagte er, »antworte mir.«

»Du brauchst mich im Augenblick«, sagte Alma, »wirst du mich aber auch in einem Jahr brauchen? Wenn du aus deiner gegenwärtigen Lage heraus bist und wieder in den Staaten?«

»Natürlich werde ich. Ich liebe dich doch.«

»Man liebt einander aber nicht, wenn man sich nicht sehr nötig hat. Wenn ich nicht gerade jetzt in meinem gegenwärtigen Leben ein wirkliches Bedürfnis danach hätte, würde ich dich nicht lieben.«

»Ich werde dich immer lieben«, sagte er. Er sagte es, ohne nachzudenken, weil es die logische Antwort in dieser Auseinandersetzung war.

Alma sah ihn in dem schwachen Lichte an und lächelte. Als er es sagte, war es ihm nicht klar gewesen, wie lächerlich und lügenhaft es klingen würde. Er hatte es nur gesagt, weil es ihm bei der Richtung, die die Unterhaltung nahm, das Richtige zu sein schien.

»Du hast mich gefangen«, sagte er.

»Du hast dich selbst gefangen«, sagte sie.

»Jetzt liebe ich dich aber«, sagte er.

»Nun, ich lieb dich jetzt auch«, sagte sie. »Und warum? Weil du einem ganz bestimmten Bedürfnis in meinem gegenwärtigen Dasein entsprichst. Ich komme gern zu dir nach Hause, nach der Arbeit da unten. Das bedeutet aber nicht, daß ich dich in einem Jahre, wenn sich mein Leben ändert, auch noch lieben werde. Wie könnte jemand so etwas versprechen und halten?«

»Wenn du wolltest, könntest du.«

»Natürlich. Aber angenommen, daß keiner von uns beiden mehr wollte, wenn einmal das Bedürfnis nicht mehr besteht?«

Er sagte nichts.

»Siehst du? Natürlich könnte ich mich ununterbrochen selbst täuschen, genau so, wie du gerade eben, als du sagtest, es würde dir nichts ausmachen, wenn deine Frau eine Hure war. Oder wenn du dir selbst sagtest, du würdest deiner Frau nicht mißtrauen. Oder wenn du dir selbst sagtest, du hättest wirklich keine Angst, deine Frau aus den Augen zu lassen. Oder wenn du dir selbst sagtest, du würdest dich wirklich nicht schämen, wenn andere herausfänden, daß deine Frau eine Hure war. Oder wenn...«

»Gut«, sagte er, »schon gut.« Es klang, als würde sie bis in alle Ewigkeit fortfahren mit ihrem ›Oder wenn du dir selbst sagtest‹. Er kam sich vor wie ein Fisch, der seinen Kopf schüttelt, um den unbegreiflichen Haken in seinen Kiefern loszuwerden, den er nur geschluckt hatte, weil er nach einer ganz gewöhnlichen Fliege schnappte, die nicht anders war als alle anderen Fliegen.

Sie schwieg, und ein langes Schweigen folgte.

»Das ist aber nicht der wahre Grund«, sagte er, weil er das Gefühl hatte, etwas sagen zu müssen. »Was ist der wirkliche Grund, warum du mich nicht heiraten willst?«

»Vielleicht will ich einfach nicht die Frau eines Unteroffiziers werden.«

»Schön. Aber wenn ich wollte, könnte ich Offizier werden. Mit dem neuen Beförderungsprogramm, das mit der Allgemeinen Wehrpflicht eingeführt wurde. Wenn ich mich darum bemühen würde?«

»Vielleicht will ich auch nicht die Frau eines Offiziers sein.«

»Dann ist alles hoffnungslos«, sagte er, »das ist das Äußerste, was ich je für dich tun könnte.«

»Willst du wirklich den wahren Grund wissen?« sagte Alma. »Ich sage dir den wahren Grund, warum ich dich nicht heiraten kann. Einkommen hat nichts damit zu tun. Ich kann dich einfach deshalb nicht heiraten, weil du nicht solide genug bist.

Und jetzt trinken wir was«, sagte sie.

»Gut«, sagte er. »Darauf ist ein Schnaps gerade das Richtige.«

Er war überzeugt. Er würde das Thema nicht mehr anschneiden. Sie veranstalteten eine Art von Fest, um seine neuerworbene Überzeugung zu feiern. Sie betranken sich sehr und weinten miteinander darüber, daß sie sich nicht heiraten konnten. Als Georgette von der Arbeit nach Hause kam, fand sie die beiden in Tränen. Als sie wissen wollte, was los war, sagten sie es ihr. Da betrank sie sich auch, und dann weinten sie alle drei.

»Sie muß einen Mann heiraten«, erklärte Georgette, die Almas Pläne kannte, »der über jeden Verdacht erhaben ist und der eine solche Stellung besitzt und solch einen Ruf hat, daß es unmöglich erscheinen würde, daß seine Frau jemals eine Hure war. 's ist eine Schande, was? Du verstehst, warum sie keinen Soldaten heiraten kann. 's ist eine Schande, was?« Georgette begann wieder zu weinen und füllte ihr Glas von neuem.

Es war eine wunderschöne Feier und sie dauerte fast die ganze Nacht. Er erzählte ihr von Harlan, Kentucky. Alma sprach von ihrer kleinen Stadt in Oregon. Georgette, die in Springfield in Illinois geboren und aufgewachsen war, erzählte ihnen vom Parlamentsgebäude und vom Palast des Gouverneurs und vom Lincoln-Mausoleum und daß manche Leute noch immer glaubten, daß man die glorreichen Überreste aus ihm gestohlen habe.

Es war überdies sehr angebracht gewesen zu feiern, denn für lange Zeit sollte er keine von beiden wiedersehen, obgleich damals alle drei noch keine Ahnung davon hatten.

Als er, noch immer mit einem Katzenjammer, rechtzeitig zum Wekken zur Kompanie zurückkam, sah er, daß am Schwarzen Brett neue Befehle angeschlagen waren. Sie rückten aus, um für zwei Wochen in einer der neu eingeführten Sabotageabwehrübungen geschult zu werden. Ihr Bestimmungsort war Hickam Field, wo sie den Flugplatz bewachen sollten. Gerüchtweise hatte man im Regiment schon gewußt, daß eine Sabotageübung bevorstand, aber keiner hatte gewußt, wann. Zwei Wochen machten ihm nicht viel aus. Das Lagerleben gefiel ihm besser als das Leben in der Garnison. Zwei Wochen Lagerleben wären wunderbar gewesen, hätte es nicht bedeutet, daß er nicht nach Maunalani Heights gehen konnte.

Es gelang ihm, sich im Durcheinander des Packens davonzumachen und sie von einem Telefonautomaten in Choys Restaurant auf ihre Kosten anzurufen. Alma war nicht da, aber Georgette nahm das Gespräch an. Sie sagte, sie würde Alma benachrichtigen, und wünschte ihm alles Gute. Er sagte, zwei Wochen seien ja nicht so schrecklich lange. Damals wußte er natürlich noch nicht, daß es länger als zwei Wochen dauern würde, viel länger als zwei Wochen, drei Monate mehr als zwei Wochen im Militärgefängnis. Hätte er etwas Derartiges geahnt, hätte er Alma eine andere Nachricht zukommen lassen. So aber glaubte er, alles geregelt zu haben. Er hoffte, mit dieser Zuflucht in die Stadt die ›Sonderbehandlung‹ lange aushalten zu können. Und so hätte es auch sein können. Tatsächlich hatte die ›Sonderbehandlung‹ mit dem, was geschah, überhaupt nichts zu tun. Was passierte, war, wie Warden es ausgedrückt hätte, genau das, was ihm geschehen *mußte*. Ihn verfolgte die Ironie oder er verfolgte sie.

Die lange Kette von Zweieinhalbtonnern fuhr, vom Fahrzeugpark kommend, schwerfällig und polternd auf den Kasernenhof und machte vor den Gebäuden des zweiten Bataillons halt. Alles löste sich in einer letzten großen Unordnung auf, als in ameisenhaftem Durcheinander fertiggepackte Tornister auf dem Boden wieder geöffnet wurden, um noch eine Tube Gewehröl oder ein vergessenes Reinigungsgerät hineinzustopfen. Dann wurden sie neu gepackt. Spindtüren klapperten blechern, während sie die Felduniformen anzogen, das am Kragen offene wollene Hemd, die Hosen in die Gamaschen gestopft und auf dem Kopf die kleine Feldmütze, die man in die Tasche stecken konnte, wenn man den Stahlhelm aufsetzte. Sie stürmten die Treppen hinunter, traten an, wurden abgezählt und auf die einzelnen Lastwagen verteilt. Dann kletterten sie hinauf, die Rückwände wurden geschlossen und hinter ihnen verriegelt. Auspuffrülpsend setzten sich die großen Laster in Fahrt. Dies war die Art Soldatentum, die Prewitt gern hatte.

30

Zu dieser Zeit, als sie in Hickam Field Sabotageabwehr übten, schrieben sie die ›Dreißigender-Melodie‹.

Es sollte, wenn sie damit fertig würden, das echte, das wahre, das einzige Armeelied dieser Art werden. Lange hatten sie sich darüber unterhalten. Nie hatten sie es getan. Wahrscheinlich hätten sie es auch niemals unternommen. Da aber Bloom in der Unteroffiziersschule und Maggio im Bau war und Prew keine Möglichkeit hatte, nach Maunalani Heights zu gehen, fanden er und Anderson und

Clark sich plötzlich wieder in die alte Zeit zurückversetzt, in der sie nichts anderes zu tun gehabt hatten. Daraus entstand der Song vom ›Dreißigender‹.

Sie hatten ihr Lager am Fuße eines alten, nicht mehr benutzten Bahndammes aufgeschlagen, der nackt aus dem verkommenen Lianen- und Kiawedschungel aufragte. Es lag etwa zweihundert Meter innerhalb der Umzäunung, zwischen dem Flugplatz und der Autostraße von Pearl Harbor nach Hickam Field versteckt. Unter den verkrüppelten, engverflochtenen Zweigen, die das Unterholz am Nachwachsen hinderten, war der Boden trocken und glatt und von einer dicken Staubschicht bedeckt, als habe Vieh auf ihm geweidet. Sie hatten dreihundert Meter doppelten Draht gespannt und eine Kette von ineinandergreifenden Postenstellungen errichtet, die sich auf das Haupteingangstor zum Hickam Field im Norden stützte, und damit waren sie zu Hause. Es war ein feiner Lagerplatz, wenn man von den Schnaken absah. Sie überließen sich den regelmäßigen Gezeiten von Ebbe und Flut, zwei Stunden Wache und vier Stunden frei.

Nur zwei Drittel der Kompanie waren in dieser Stellung. Das andere Drittel war drüben bei der Kamehameha-Straße, wo es eine Transformatorstation gegen Sabotage schützte. Es war eine ausgesprochene Antisabotageübung. Die Boxriege war in Schofield geblieben, um für die Kompaniekämpfe zu trainieren.

Hauptmann Holmes hatte seinen Gefechtsstand drüben aufgeschlagen, wo nicht so viele Schnaken waren. Stark war mit der Küche hiergeblieben, wo sich die Mehrzahl der Leute befand. Stark hatte sich bereit erklärt, Hauptmann Holmes zwei Köche und eine seiner Feldküchen zu geben, wenn Holmes seine eigenen Küchenleute stellte. Weiter hatte Stark keine Zugeständnisse gemacht. Für die Leute auf der Hickam-Seite war das eine ausgezeichnete Lösung. Die Schnaken machten ihnen nichts aus. Stark sorgte dafür, daß die ganze Nacht ein Koch oder ein Küchendienstler mit heißem Kaffee und belegten Broten bereitstand. Andy als Kompaniehornist mußte selbstverständlich beim Gefechtsstand bleiben. Aber jeden Abend kam er mit seiner Gitarre auf dem leichten Lastwagen, der die Offiziere zur Inspektion der Posten brachte, mit herüber. Der erste Weg der Offiziere war immer der zur Küche. Auch Andy hielt sich dort schadlos. Die Köche gaben ihm immer, was er wollte, wenn er mit den Offizieren kam. Stark gab überhaupt jedem jederzeit zu essen. Dann, während Leutnant Culpepper sich zu Fuß mit Feldwebel

Galovitch und dem wachhabenden Unteroffizier aufmachte, um die Posten zu kontrollieren, stiegen sie mit den Gitarren für eine Stunde auf den Bahndamm, wo immer ein leichter Wind von Pearl Channel herüberwehte, der die Schnaken fernhielt. Meistens waren sie zu dritt, manchmal auch nur zu zweit, wenn Prew oder Freitag gerade Wache schieben mußte.

Prews Posten lag oben auf dem Damm, etwa zweihundert Meter auf das Haupttor zu. Nach drei- oder vierstündigem Schlaf wurde er geweckt, sank aber immer wieder zurück in seine Decken trotz der Hand, die seinen Fuß durch das Moskitonetz hindurch schüttelte. Langsam erhob sich sein Bewußtsein aus der Tiefe, stieg traumartig wie ein Gummiball unter Wasser auf und sprang dann über die Oberfläche ins volle alarmierte Wachsein. Ike oder der Häuptling hockte dann neben ihm und fluchte eintönig im Takt mit dem Schütteln seines Fußes.

»Aufwachen, aufwachen, verdammt noch mal, Prewitt. Aufwachen! Los, aufwachen! Ablösung, los, wach auf!«

»O. K., ich bin wach«, heiser und verschlafen, »laß den Fuß los, zum Teufel, bin schon wach.«

»Bist du auch wirklich wach?« Noch immer schüttelnd. »Los, steh auf!«

»Laß den Fuß los. Ich bin wach. Ich sag dir's doch.« Man setzt sich auf, um es zu beweisen, und stößt gleich mit dem Kopf gegen die straffgespannte schräge Wand des Zeltes, versucht sich das Novocain des Schlafes aus den starren Gesichtsmuskeln zu reiben. Dann kämpft man sich heraus aus den Decken und dem Moskitonetz, zerrt die Schuhe, die man in die Hose eingerollt und als Kopfkissen verwendet hat, heraus, kriecht halb nackt ins Freie, um sich dort stehend anzuziehen, quetscht sich, so gut man kann, an der Zeltstange vorbei, versucht leise zu sein, um Freitag nicht zu wecken, der die dritte Wache hatte, weckt ihn aber dennoch regelmäßig, so wie Freitag es nicht verhüten kann, einen aufzuwecken, wenn er selber zur Ablösung muß. Dann steht man barfuß in dem dicken Staub der Lichtung, während die Schnaken einen Triumphgesang über die fette Weide anstimmen, die ihnen ein nackter Körper bietet, und kämpft sich, so schnell man kann, in Hosen, Socken und Schuhe hinein, um möglichst wenig gestochen zu werden. Dann greift man nochmals in das dunkle Durcheinander des Zeltes nach dem wollenen Hemd, das sich in der Nachtkühle rauh und warm anfühlt, zieht es dankbar über das Unterhemd, das man nicht ein einziges Mal während der ganzen zwei Wochen auszieht. Nun war man geschützt und konnte in Ruhe die Gamaschen in der Dunkelheit schnüren. Dann kommt der leinene Patronengürtel, der sich schlangengleich um die Taille legt, und dann das Gewehr, das man aus dem Wirrwarr des Moskitonetzes und der Decken herauskramt, wo es einigermaßen vor Staub und Tau geschützt war. Schließlich greift man nach dem Helm, der vor dem Zelt auf dem Boden liegt und feucht-rostig vom Tau ist, stolpert unter der schweren Ausrüstung gereizt und verschlafen quer über die wurzeldurchzogene und vom Mondlicht betropfte Lichtung, hört die ewig rauschenden Blätter der Bäume über sich und bewegt sich auf die Feldlaterne zu, die blaß und bräunlich durch das Segeltuch des Küchenzeltes herüberleuchtet.

Im Küchenzelt hocken sich dann die Ablösungen dankbar um den mit Benzin geheizten Feldherd, der auf Befehl Starks immer für sie warm gehalten werden muß, trinken den kochendheißen Kaffee, als schluckten sie geistige Anregung, kauen dazwischen die Starkschen Spezial-Sandwichs, heißen, gerösteten Schinken und Käse auf Toast, die der vorwurfsvolle Koch (er machte *sie,* nicht Stark, für seine gestörte Nachtruhe verantwortlich) brummend für sie richtete und die sich vom kalten Schinken und dem ungetoasteten Brot des normalen Küchenbullen so unterscheiden wie heißer Kaffee von kaltem.

Aus der Milchbüchse, die mit der Kante eines Hackmessers aufgeschlitzt wurde, tropft das dicke Weiß in den Metallbecher, vorbei an erstarrtem Gelb, das vom letztenmal hängengeblieben ist und fast die Öffnung wieder versiegelt hat. Aus der Kanne holt man sich einen Schöpflöffel des mit regenbogenfarbenem Öl betupften Kaffees und läßt ihn wie einen schwarzen Wasserfall über die Milch strömen. Dann nimmt man das Ganze wie einen kleinen Herd zwischen die Hände, saugt dankbar den Kaffee heraus, ohne den heißen Rand mit den Lippen zu berühren, ißt eines der guten, fettigheißen, gerösteten Fleisch- und Käsebrote, steht wie eine Schafherde, die zur Schlachtbank geführt wird, mit den anderen um den Herd herum, während der Häuptling einen freundlich und voll Sympathie betrachtet.

»Vorwärts jetzt. Die Leute draußen wollen rein. In zwei Stunden steht ihr draußen und wartet drauf und beschwert euch, wenn eure Ablösung nur eine Minute zu spät kommt. Also macht jetzt, daß ihr wegkommt und Schluß.«

Dann füllt man den Becher ein letztes Mal zum Mitnehmen, packt sich ein Extrabrot in Wachspapier (Stark sah darauf, daß die Köche immer welches für die Männer bereit hatten, was normale Küchenbullen ebenfalls niemals taten), steckt es sich in die Tasche des Wollhemdes, wo man seine Wärme auf der Brust spüren kann, verläßt den mißmutigen, verschlafenen Koch, der fest dabei bleibt, daß die Männer nur unnötig verwöhnt werden. Gescheiterweise bleibt der Häuptling im Küchenzelt beim Kaffee, geht dann den steilen Pfad hinter dem Küchenzelt hinauf zum Bahndamm.

Vielleicht entstammt etwas im Song der ›Dreißigender‹ auch dieser Stimmung.

Da stand er, beobachtete die Scheinwerfer der Autos, die auf der anderen Seite der Umzäunung vorüberfuhren, sich nordwärts dem hellerleuchteten Haupttor zuwandten, zur Kontrolle durch die Flugplatzwachen anhielten und sich dann wieder in Richtung des Lichtermeers in Bewegung setzten, das eine Meile westlich des Tores in den Wolken reflektiert wurde. Dort war Hickam Field. Er stand da und beobachtete diese Lichter. Er spürte, wie die Schläfrigkeit wie Wasser aus ihm herausfloß. Er stand da mit der angespannten Versunkenheit eines Pumas oder eines Rehes oder eines Bären, die nachts am Berghang stehen und mit Erstaunen die hellerleuchteten Züge beobachten, die die Jäger zur Eröffnung der Jagd bringen, ohne zu wissen, was die vorbeirasenden Lichter bedeuten. Er wurde zu einem Teil der Natur und der Nacht selber, als hätten zwei Stunden ihrer Stille ihn schließlich wieder aus sich hinausgezwungen, hinein in ein Bewußtsein, das er überwunden zu haben glaubte.

In diesen Augenblicken konnte er dann begreifen, daß auch die Rehe und das andere Wild die Jäger lieben mochten, die kamen, um sie zu töten, und begriff, daß auch die Jäger das Wild liebten, das zu töten sie sich so große Mühe gaben, ja, daß sie es mehr liebten, als irgendein Tierschutzverein es jemals lieben konnte. Und hätte er all das ändern können, er hätte es nicht getan. Denn er war Soldat, und darum konnte er in diesem Augenblick alles begreifen, in dieser letzten halben Stunde, bevor man abgelöst wird, in dieser so leicht zerstörbaren kristallenen Klarheit des Schweigens, das einen Soldaten auf nächtlicher Wache umgibt.

Vielleicht entstammte auch dieser Stimmung ein Teil des Songs der ›Dreißigender‹.

Er hörte seine Ablösung, ehe er sie sah. Der Mann kam vom Bahndamm herunter. Dann tauchte hinter dem Klang der Schritte Readall Treadwell auf. In vollem Kriegsschmuck und nach Schnaken um sich schlagend, sah er aus wie ein wandernder Woolworth-Laden.

»Freitag hat mir aufgetragen, daß ich dir sagen soll, er warte unten auf der Südseite auf dich am Draht«, sage Readall Treadwell.

»Was zum Teufel stellt er denn da unten an?«

»Wie soll ich denn das wissen, verdammt noch mal? Ich sag dir einfach, was er mir aufgetragen hat.«

»Schön«, grinste Prew. Er räusperte sich. Immer räusperte er sich. Nach zwei Stunden Posten hatte er das Gefühl, daß seine Stimmbänder möglicherweise nicht mehr funktionieren könnten. »Muß ihn wohl geweckt haben, als ich auf Posten zog.«

»So? Schlimm genug. Ist der Leutnant schon durch?«

»Nee, noch nicht.« Er würde Freitag holen, sie würden die Gitarre mitnehmen und auf den Bahndamm gehen und auf Andy warten.

»Dann kommt er wieder bei mir«, sagte Readall Treadwell bitter. »Das Schwein kommt auch nie nach elf. Kriege mal wieder keinen Schlaf heut nacht.«

»Das ist aber wirklich zu beschissen!« grinste Prew. »Du kannst ja allemal runtergehn und mit den anderen Posten reden und ne Stikum-Zigarette rauchen.«

»Ich scheiß drauf«, sagte Readell Treadwell. »Was ich brauche, ist Schlaf. Und nie komm ich dazu. Sag dem Häuptling, er soll einen Mann herschicken, wenn er den Lastwagen mit dem Leutnant kommen sieht«, rief Reedy ihm nach. »Das heißt, wenn er interessiert dran ist, daß sein Posten nicht pennt.«

Häuptling Choate lag friedlich auf dem Rücken in seinem Zelt. Seine Körpermasse schien auf den Seiten herauszuquellen. Beim Schein einer Kerze, die er auf seinen Helm gesteckt hatte, las er unter dem Moskitonetz einen Kolportageroman. Der Häuptling schlief allein. Selbst für Choate allein war kaum genügend Platz in einem regulären Zwei-Mann-Zelt, von einem zweiten Mann ganz zu schweigen. Wenn er auf eine Übung zog, was selten vorkam, packte er zwei Zelthälften statt einer. Das war seit der Zeit, als Leva, der Kammerschreiber, einmal mit ihm zusammen hatte schlafen müssen.

»Reedy hat mir gesagt, daß du einen Mann raufschicken sollst, wenn der Leutnant auftaucht.«

»Ist das vielleicht meine Wache«, protestierte Choate, »ich hab doch keinen Dienst.«

»Ich sag dir nur, was man mir aufgetragen hat.«

»Das faule Schwein«, sagte der Häuptling müde und ließ das Buch offen auf seine Brust fallen. Er räkelte sich. »Wenn man dem ein Feuer unterm Arsch ansteckt, ruft er nach jemandem, der kommt, um es auszumachen. Also gut«, sagte er, »geht in Ordnung«, und wandte sich wieder versunken den Abenteuern Dick Tracys zu.

Prew stolperte volle hundertfünfzig Meter weit am Draht entlang durch die Dunkelheit über Wurzelarme, ehe er Freitag fand. Freitag unterhielt sich mit dem Posten der Luftwaffe, der den Abstellplatz auf der anderen Seite der Strecke bewachte. Hier unten, wo der Drahtverhau sich von der kiesbestreuten Straße entfernte, waren die Schnaken lästiger als lästig. Ganz in der Nähe war einer der Brackwassertümpel, die sich weiter unten zu einem richtigen Sumpf verdichteten, und dort war die Brutstätte der Schnaken.

»Was treibst du hier unten, Teufel noch mal«, sagte Prew, während er nach den summenden, schneidenden Messern schlug, die seine Ohren umschwirrten.

»Hab mich mit dem Kameraden hier gerade ernsthaft über die Armee unterhalten«, grinste Freitag.

»Und dazu muß man im Sumpf stehen mit diesem Schnakendreck.« In kaleidoskopisch sich verändernden Geisterwolken hingen sie um ihn. Nie verstummte ihr ständiges Summen, das wie das Singen einer Kreissäge klang. Sich drehend und wendend und plötzlich davonschießend, waren sie so unerreichbar wie kämpfende Indianer zu Pferd.

»Er muß in der Nähe bleiben. Sein Postenbereich ist da drüben«, sagte Freitag mit einer Kopfbewegung zur Straße. Er grinste. »Er behauptete, die Luftwaffe ist schlimmer, und ich sage, die Infanterie. Was meinst du?«

»Sie taugen beide nichts«, sage Prew, während er nach den Schnaken schlug. »Wenn du mich fragst.«

»Das ist nicht dein Ernst«, sagte der Luftwaffenmann entsetzt mit überraschter Stimme.

»So?« sagte Prew, jetzt ebenfalls mit überraschter Stimme. »Und warum nicht?«

»Ich hab nur Spaß gemacht«, setzte Freitag auseinander.

»Weil . . .«, begann der Luftwaffenmann.

»Das ist mein Kamerad Prewitt«, grinste Freitag ihn an, »der, von dem ich erzählt habe.«

»Ach so«, sagte der Luftwaffenmann. »Das ist was anderes. Das wußte ich nicht.«

»Du darfst ihn nicht ernst nehmen«, grinste Freitag. »Ist ein Dreißigender bei der Infanterie. Mit Leib und Seele dabei. Kann dir alles sagen, was du wissen willst.«

»Prima«, sagte der Luftwaffenmann interessiert. Er kam näher und streckte höflich die Hand durch den Draht. »Freut mich, dich kennenzulernen, Prewitt. Mein Name ist Slade.«

»Alles, was er worüber wissen will?« sagte Prew, während er die gereichte Hand nahm.

»Er will sich zur Infanterie versetzen lassen«, sagte Freitag.

»Zur Infanterie!«

»Ja, zur Kompanie. Zu unsrer Kompanie.«

»Doch nicht zu *unsrer* Kompanie. Warum zum Teufel?«

»Warum?« sagte der Luftwaffenmann aufgeregt. »Weil ich in die Armee gegangen bin, um Soldat zu werden, und nicht Gärtner. Deshalb.«

Prew betrachtete ihn genauer. »Die meisten, die ich kenne, versuchen zur Luftwaffe zu kommen.«

»Wenn sie's schaffen, werden sie's früh genug bedauern«, sagte Slade und schlug automatisch nach den Schnakenschwärmen, die um seinen Kopf schwirrten. »Das heißt, wenn sie's nicht darauf abgesehen haben, Gärtner zu werden.«

»Wieso Gärtner?« sagte Prew. »Ich dachte, bei der Luftwaffe wird jeder auf ne Schule geschickt.«

»Hah«, sagte Slade. »Klar: Komm zur Luftwaffe und lerne ein Handwerk. Mein Vater ist drauf reingefallen.«

»Dein Vater?« sagte Prew.

»Wenn ich damals nur ein bißchen Grips gehabt hätte, wär ich gleich zur Infanterie gegangen, wie ich eigentlich vorhatte.«

»Ich hab ihm gesagt, du weißt, wie's gemacht wird«, sagte Freitag.

»Wie was gemacht wird?«

»Na, daß man zur Kompanie versetzt wird.«

»Ach so«, sagte Prew. »Klar weiß ich das. Du brauchst nur nach Schofield zu gehn, zu unsrem Kompanieführer, sobald wir nur wieder in Garnison sind und ...«

»In Garnison«, sagte Slade begeistert. »Ein prima Ausdruck. Das klingt schon eher nach Militär, nicht?«

»So«, sagte Prew, »tut's das? Na, also du sprichst mit dem Chef und bittest ihn um seine Zustimmung, daß du dich zur Versetzung in seine Kompanie melden darfst. Dann meldest du dich mit dem Brief des Kompanieführers bei deinem Hauptfeldwebel und stellst den Antrag. Und das ist alles.«

»Ist das alles?« sagte Slade. »Ich dachte, es wäre schwerer. Du verstehst, was ich meine, kompliziert.«

»Dachte ich auch«, sagte Freitag.

»Mein Gott«, sagte Slade, »hätt ich gewußt, daß es so einfach ist, hätt ich's längst getan.«

»Was haben sie mit dir gemacht?« sagte Prew. »Dich um deine Beförderung beschissen?«

»Pah«, sagte Slade, »die sind nichts anderes als ein Haufen von Zivilisten in Uniform. Als ich meine Rekrutenzeit rum hatte und sie mich wegen der Spezialausbildung rankriegten, da...«

»Was?« sagte Prew.

»Wegen der Spezialausbildung. Ich hatte mich auf Waffenschule gemeldet«, sagte Slade. »Ich wollte Bordschütze werden. Aber was machen sie mit einem? Schicken einen auf Schreiberlehrgang nach Wheeler Field, und kaum hatte ich das Examen hinter mir, stecken sie mich auch schon in ein reguläres Scheißbüro. Schreibtische, Aktenschränke und was sonst noch dazugehört.« Er sah sie entrüstet an.

»Aha«, sagte Prew, »ich verstehe. Und um die Bezahlung, die zu so nem Posten dazugehört, haben sie dich beschissen, was?«

»Bezahlung?« sagte Slade zornig. »Ich blieb ja nicht lange genug dabei, um befördert zu werden. Ich ging und meldete mich zum Wachkommando. Weiß Gott, ich hätte zu Hause in Illinois bleiben können, wenn ich in ein Büro gewollt hätte, oder Rasen mähen. Dafür hätte ich nicht in die Armee eintreten und nach Wahoo kommen brauchen.«

»Warum willst du aber ausgerechnet zur Infanterie?« sagte Prew. »Soviel ich weiß, halten die meisten in der Luftwaffe nicht gerade viel von der Infanterie.«

»Ich war immer für die Infanterie«, sagte Slade eifrig. »Bei der Infanterie ist man Soldat und kein verkleideter Zivilist. Da muß man wirklich Soldat sein bei der Infanterie.«

»Nichts gegen die Infanterie zu sagen«, sagte Prew schnell, »wenn sie einem liegt.«

»Genau das will ich sagen«, sagte Slade begeistert. »Die Infanterie ist die Königin der Waffen. Die Luftwaffe, die Artillerie, die Pioniere – alle dienen sie nur der Infanterie. Denn zu guter Letzt muß eben doch die Infanterie das Gelände erobern und halten.«

»Stimmt«, sagte Prew.

»In der Infanterie muß man Soldat sein«, erzählte ihnen Slade. »Die Infanterie marschiert und kämpft den ganzen Tag, und dann geht sie aus und tanzt mit den Weibern die ganze Nacht lang, und marschiert und kämpft am nächsten Tag wieder.«

»Klar«, sagte Freitag glücklich. »Richtig was für Männer.«

Prew bewegte seinen Kopf. »Woher weißt du das eigentlich alles so genau?« Eine Schnake verirrte sich in sein Ohr, und er zerdrückte sie und grub sie heraus.

»Ich weiß nicht«, sagte Slade. »Wahrscheinlich hab ich's irgendwo gelesen. Als ich noch jünger war, auf der Penne, hab ich immer gelesen. Aber was nützt einem das Lesen, du lieber Gott?« fragte er ärgerlich. »Es kommt darauf an, zu leben. Zu handeln. Etwas zu tun. Was hat man davon, wenn man sein ganzes Leben lang liest?«

»Ich weiß auch nicht«, sagte Prew, »was hat man eigentlich davon?«

»Gar nichts«, sagte Slade, »das ist's ja. Nicht einen Dreck. Ich beneide euch. Ich habe euch beobachtet, seitdem ihr hier seid. Ihr habt ein prima Lager da drüben. Habt alle ordentlich euern Spaß. Lacht und singt. Man müßte eben bei einem Verein sein, wo der Dienst hart ist und man sich nachher gut amüsiert. Bis er's mir sagte«, er nickte Freitag zu, »wußte ich gar nicht, daß ihr die beiden seid, die immer Gitarre spielen. Klingt wirklich prima, wenn man nachts auf der Straße Wache schiebt. Nehmt ihr die Gitarren immer zu den Übungen mit?«

»Natürlich«, sagte Prew, »wenn wir können.«

»In Hickam hört man so was nie«, sagte Slade.

»Heut nacht wollen wir auch noch einen spielen«, sagte Prew. »Trifft sich grad so. Sobald unser Kamerad vom Kompaniegefechtsstand herkommt. Hast du Lust, rüberzukommen und zuzuhören?«

»Ist das dein Ernst?« sagte Slade eifrig. »Das habe ich mir gerade gewünscht.«

»Wir würden uns jedenfalls freuen«, sagte Prew.

»Ich komme gern«, sagte Slade. »Aber ich hab jetzt Wache. Wird noch ne halbe Stunde dauern, bis ich abgelöst werde.«

»Na, ich denk schon, wir können so lange warten«, sagte Prew. »Das heißt, wenn du wirklich rüberkommen willst.«

»Das wär ne Sache«, sagte Slade. »Wollt ihr das tatsächlich tun?«

Prew nickte. »Klar. Warum nicht? Wenn dir die Musik wirklich gefällt? Uns stört's gar nicht, wenn du dabei bist. Wir spielen nicht sehr gut«, sagte er, »aber wenn du . . .«

»Ich finde, ihr spielt prima«, sagte Slade.

»He, Slade«, unterbrach ihn Freitag. »Da drüben kommt ein Wagen deine Straße rauf.«

Slade zuckte herum. »Das muß Feldwebel Follette sein«, sagte er. »Das ist jetzt das drittemal, daß er auftaucht, seit ich auf Posten bin.«

»Vielleicht ist's unser Lastwagen«, sagte Prew.

»Nee, kann nicht sein«, sagte Freitag. »Ist schon an der Abzweigung vorbei.«

»'s ist bestimmt Follette«, sagte Slade. »Schon seit zehn Monaten versucht er, mir was anzuhängen, damit er mich aus der Wachtruppe rausschmeißen kann, zurück zum Grasschneiden.«

»Hat dich wohl auf dem Kieker, was?« sagte Prew.

»Und ob«, sagte Slade, »er kann mich nicht riechen, weil ich ihm einmal gesagt habe, daß er 'n pompöses Arschloch ist, und er müßte im Lexikon nachsehen, was das heißt.«

»Dann sieh lieber zu, daß du hinkommst, wo du hingehörst«, sagte Prew.

»Natürlich«, sagte Slade. »Weiß schon Bescheid. Wir treffen uns dann in ner halben Stunde, ja?«

»Bestimmt.«

»Ihr vergeßt mich nicht?«

»Nein.«

»Mach, daß du rüberkommst«, sagte Freitag nervös und sah auf die sich nähernden Scheinwerfer.

»Ja«, grinste Slade. Er wandte sich nach der Straße um, auf der die Scheinwerfer ständig näherkrochen. Nach ein paar Schritten blieb er stehen und kam zurück. »Ihr wißt gar nicht, wie froh ich bin, daß ich mit euch sprechen konnte. Es ist so selten, daß man mal mit jemand reden kann, der so wie ihr versteht, was man meint. In der Luftwaffe gibt's überhaupt keine Kameradschaft wie bei euch in der Infanterie, nichts von ›alle für einen und einer für alle‹. Das sind keine Waffenbrüder. Ihr werdet auch bestimmt hier sein in ner halben Stunde?« sagte er verlegen.

»Bei Gott, ja«, sagte Prew. »Wir haben's doch schon mal gesagt. Verdammt noch mal, mach, daß du da hinüberkommst.«

»Danke«, sagte Slade. »Oh, danke schön. Vielen Dank, Prewitt.«

Er wandte sich um und rannte zur Straße, während er seine Pistolen und den tanzenden Gummiknüppel festhielt. Prew nahm eine rostige Drahtspirale auf und folgte ihm mit den Blicken. Er verschwand in der undurchsichtigen Dunkelheit. Beide warteten gespannt. Dann hörten sie einen Anruf und sahen ihn im Licht der Scheinwerfer, die nun stillstanden, erscheinen.

»Mein Gott«, sagte Freitag, »ich dachte nicht, daß er's schaffen würde.«

»Ich auch nicht.« Prew ließ den Draht fallen und betrachtete die

Rostspuren auf seiner Hand, rieb sie dann an der Hose sauber. »Schafskopf, so was zu riskieren.«

»Scheint sich nicht viel draus zu machen«, sagte Freitag. »Ist ziemlich auf Draht, was? Hat ne ganz schöne Auffassung von der Infanterie.«

»Wenn man's richtig ansieht, ist die Infanterie auch ne dolle Sache, was?«

»Bestimmt«, sagte Freitag. »Die Infanterie marschiert den ganzen Tag und kämpft den ganzen Tag und schläft die ganze Nacht mit nem Weib. Dann marschiert sie wieder den ganzen nächsten Tag. Ich bin heilfroh, daß ich bei der Infanterie bin und nicht bei dieser beschissenen Luftwaffe.« Er schlug nach einer Schnake.

»Komm«, sagte Prew reizbar, »gehn wir weg von hier. Diese verdammten Bestien fressen uns sonst noch auf.«

»Wollen wir nicht auf ihn warten?«

»Ja, aber im Küchenzelt. Wir holen ihn dann. Ich steh auf jeden Fall nicht ne verfluchte halbe Stunde hier draußen rum.«

»Schön«, sagte Freitag. »Schön.«

Die Feldlaterne brannte noch immer im Küchenzelt, aber das Zelt war leer. Nur der Koch war da und der Unteroffizier, der den Häuptling abgelöst hatte. Der Koch schlief auf dem Tisch. Der Unteroffizier döste in dem einzigen Feldstuhl. Als die beiden hereinkamen, riß er den Kopf in die Höhe.

»Was ist los?« sagte er. »Ist der Leutnant. – Ach«, sagte er. »Ihr seid's. Warum schlaft ihr nicht, verdammt noch mal. Ach so«, sagte er, als sein Blick auf die Gitarre fiel. »Das hätt ich wissen können«, sagte er. Sein Kopf fiel stufenweise zurück auf die Brust. Seine Augen schlossen sich.

Der Koch auf dem Tisch setzte sich gereizt auf. »Was wollt ihr eigentlich? Hier ist kein Nachtlokal. Ihr könnt essen, wenn ihr auf Posten geht oder von Posten kommt. Sonst nicht.«

»Wir wollen gar nicht essen«, sagte Prew.

»Ihr habt mich geweckt«, sagte der Koch.

»Wir können uns wohl noch ne Tasse Kaffee nehmen, was?« sagte Prew.

»Nichts könnt ihr«, sagte der Koch ärgerlich. »Ihr habt mich schon genug gestört. Geweckt habt ihr mich. Ich bin kein gottverdammter...«

Wieder hob sich der Kopf des Unteroffiziers, seine Augen öffneten sich und schauten ins Nichts. Dann wandte er sich zum Koch.

»Halt's Maul, verstanden?« sagte er. »In drei Teufels Namen, halt's Maul. Du machst den Lärm hier. Laß ihnen ne Tasse Kaffee, solange sie still sind.«

»Was weißt denn du«, sagte der Koch entrüstet. »Ach, Scheiße«, sagte er und streckte sich wieder aus.

»Nehmt euch euern Kaffee«, sagte der Unteroffizier, »aber seid still.« Wieder fiel sein Kopf stufenweise zurück, und seine Augen schlossen sich vor dem Nichts. Glückselig versank er in Schlaf.

Der Kaffee war noch warm, und während sie ihn tranken, lehnten sie sich gegen den warmen Herd.

»Besser, wir gehn bald wieder«, flüsterte Freitag nervös. »Wenn er zurückkommt und uns nicht findet, denkt er vielleicht, wir haben ihn aufsitzen lassen.«

»Gut«, flüsterte Prew gemütlich. »Wir gehn gleich.« Er wollte nicht an die nächtliche Stolperei am Draht entlang denken, noch an die Wolken von Schnaken, die bei jedem Schritt aus dem Gras aufstiegen. In der atmenden Stille schlürften sie ihren Kaffee.

»Wir gehn lieber bald«, flüsterte Freitag nervös.

Prew setzte seine Tasse nieder. »Verdammt noch mal, dann komm«, sagte er. »Je eher wir's hinter uns haben, desto besser.«

»Mensch«, sagte Freitag glücklich, als sie draußen waren. »Wir werden ihm mal richtig zeigen, was Gitarrespielen heißt, wenn der Andy auch noch kommt. Wir zeigen ihm, was Infanterie heißt.«

»Klar«, sagte Prew dahinstolpernd. »Gott verdammt, dies Dreckloch.«

Slade wartete schon am Draht auf sie.

»Ich dachte, ihr kommt nicht mehr. Ich war schon drauf und dran, 's aufzugeben und nach Hause zu gehen.«

»Hör mal«, sagte Prew, »wenn wir etwas versprechen, dann halten wir's auch. Und darauf kann man sich verlassen.«

Slade knipste seine Taschenlampe an und beleuchtete ihre Füße. »Sicher«, grinste er. »Wußte ich ja auch. Kommt daher, daß ich schon viel zu lange mit diesen Scheißkerlen von der Luftwaffe zusammen bin.«

»Mach lieber das Licht aus«, sagte Freitag. »Wir dürfen kein Licht machen bei dieser Übung.«

»Ach so«, sagte Slade schnell, »natürlich.« Er knipste die Lampe aus. »Ihr denkt wahrscheinlich, ich bin furchtbar grün. Wie komme ich durch den Zaun hier durch?«

»Du mußt da raufgehn«, sagte Prew, »und durch die Lücke kommen, die wir für die Lastwagen offengelassen haben.«

»Schön«, grinste Slade. »Ich geh rauf und komme wieder herunter. Ihr braucht mich nicht zu begleiten. Ihr tut schon so genug für mich.«

»Wir müssen sowieso zurückgehn«, sagte Freitag schnell, indem er wieder sinnlos mit den Händen um die Ohren fuchtelte.

»Die Küche ist da hinten«, erklärte Prew, als sie ihren Weg zum Lager antraten, sie auf der einen Seite der Umzäunung, Slade auf der anderen. Wieder stolperten sie über Wurzeln und rannten in die Äste hinein.

»Stören dich diese Schnaken überhaupt nicht?« sagte Freitag.

»Nee«, sagte Slade. Er zögerte. »Ich hab sie fast gerne, irgendwie.«

»Gerne?« sagte Freitag.

»Ja«, sagte Slade verlegen. »Nicht, daß ich sie wirklich gern habe, verstehst du, aber irgendwie geben sie mir das Gefühl, daß ich immerhin etwas leiste. Die geben einem doch wenigstens ein gewisses Gefühl von Soldatentum. Natürlich sind sie gar nichts, ich meine in Wirklichkeit, verglichen mit dem, was ihr aushalten müßt, was?«

»Das krieg ich nicht ganz mit«, sagte Freitag. Er dachte einen Augenblick nach. »Es macht dir doch nicht wirklich Spaß, so zerbissen zu werden, oder doch? Du hast dich doch dafür nicht freiwillig gemeldet, wie?«

»Oh, mein Gott, Freitag«, sagte Prew gereizt.

»Ich kann mir wohl vorstellen, daß es 'n bißchen verrückt klingt«, sagte Slade verlegen. »Nein, freiwillig habe ich mich nicht gemeldet. Ich stand am Haupttor, aber Follette schmiß mich raus und stellte mich hier unten auf.«

»Diese Schnaken sind schlimmer als alles, was ich je bei der Infanterie erlebt habe«, sagte Freitag, um sich schlagend.

»Das kann ich nicht gerade behaupten«, sagte Prew herumfuchtelnd. »Da hab ich ganz andere Sachen mitgemacht. Zum Beispiel Wintermanöver in Myer. Sag mal«, sagte er, »möchtest du gerne ne Tasse Kaffee, Slade? Ehe wir auf den Bahndamm gehn?«

»Großartig«, sagte Slade eifrig, »ihr habt sogar nachts Kaffee, wenn ihr Übung habt, was? Nicht mal wir haben nachts Kaffee, und wir haben ne feste Wachstube.«

»Keinen Kaffee!« sagte Freitag. »Mensch, das ist ja schrecklich. Die Posten müssen doch Kaffee haben bei Nacht.«

»Selbstverständlich«, sagte Slade, »natürlich haben wir ne Kaffeemaschine im Tagesraum und könnten ihn uns selber kochen. Aber die Hälfte der Zeit sperren sie uns nachts aus und lassen uns den Raum nicht benützen. Da habt ihr die Luftwaffe.«

»Hättest du auch gerne 'n belegtes Brot?« sagte Prew.

»Ein belegtes Brot?« sagte Freitag. »Hör mal, Prew.«

»Willst du damit etwa sagen, daß ihr belegte Brote haben könnt, wenn ihr wollt, was?« sagte Slade. »Jesus, ihr lebt ja wie die Könige.«

»Mein Gott«, sagte Prew, »was ist Kaffee wert ohne heiße Brötchen?«

»Heiß sind sie auch noch«, sagte Slade.

»Aber hör doch mal, Prew«, sagte Freitag.

»Klar«, sagte Prew. »Wir haben eben nen richtigen Küchenbullen hier.«

»Bei Gott«, sagte Slade.

»Der weiß, wie man für seine Leute sorgt«, sagte Prew, »wenn sie nachts Wache schieben müssen. Solange man jemand hat, der so für einen sorgt, macht's einem nichts weiter aus, wenn's 'n bißchen hart hergeht.«

»Aber Prew«, sagte Freitag, »hör doch mal, Prew.«

»Los«, sagte Prew. »Wir sind gleich da.«

Bei der Lücke kam Slade durch die Umzäunung. Sie gingen geradewegs auf das Küchenzelt zu. Prew ging voraus. Drinnen war noch alles unverändert. Als sie hereinkamen, setzte der Koch sich auf.

»Was ist denn nun los?« schrie er. »Jesus Christus, ich hab doch keinen Puff hier. Wer zum Teufel ist denn der Kerl?«

»Ein Kamerad von der Luftwaffe«, sagte Prew. »Er hätte gern ne Tasse Kaffee.«

Freitag stand unmittelbar am Eingang und preßte sich gegen die straffgespannte Zeltwand, versuchte, so unauffällig wie möglich zu sein.

»Eine Tasse Kaffee, was?« sagte der Koch. »Was glaubt der Kerl, wo er ist? Beim Roten Kreuz?« sagte er.

»Und wie wär's mit nem belegten Brot, Herr Koch«, sagte Prew eigensinnig.

»Ein belegtes *Brot*!« sagte der Koch. »Ein *belegtes* Brot!«

»Natürlich«, sagte Prew eigensinnig. »Zum Kaffee.«

»Heilige Mutter Gottes«, sagte der Koch. »Ein belegtes Brot.«

»Du hast ja das Fleisch und alles schon drüben liegen«, sagte Prew. »Wir richten's uns selber her und du sparst die Arbeit.«

»O nein«, sagte der Koch. »Nein, Sir. Bei Gott nicht. Und jetzt ist Schluß. Das Zeug da drüben ist für die dritte Ablösung.«

»Freitag ist von der dritten Ablösung«, sagte Prew.

Der Unteroffizier setzte sich auf und sah sie alle angewidert an. »Was ist hier eigentlich los? Sind wir vielleicht auf nem Bahnhof? Hier kommt man ja überhaupt nicht zur Ruhe. Ebensogut kann ich losgehn und meine Posten kontrollieren.« Er bahnte sich mit den Ellenbogen einen Weg an Freitag vorbei und trat verärgert hinaus in die Nacht.

»Hier ist keine Küche für den ganzen Flugplatz, Prewitt«, sagte der Koch. »Mein Gott.«

»Du hast doch genug Zeit«, sagte Prew eigensinnig.

»Einen Dreck hab ich«, sagte der Koch. »Wenn ich euch ne belegtes Brot gebe, kommt morgen jeder verdammte Heini mit seiner ganzen Familie die ganze Nacht hier herein, um sich belegte Brote zu holen. Da käme ich ja nie zum Schlafen.«

»Morgen hast du den ganzen Tag frei«, sagte Prew hartnäckig. »Dann kannst du dich ausschlafen. Den ganzen Tag. Wir müssen Wache schieben.«

»Morgen will ich in die Stadt.«

»Was ist eigentlich auf einmal in dich gefahren«, sagte Prew. »Du hast dich doch nie so angestellt.«

»Nicht?« sagte der Koch verständnislos.

»Aber natürlich nicht. Was für ne Eindruck soll das auf die Luftwaffe machen? Und ich Idiot hab die ganze Zeit erzählt, was für ne großartige Küche wir haben.«

»Ja, Scheiße«, sagte der Koch, sich erholend. »Ich sage, es gibt keine belegten Brote. Und dabei bleibt's. Ne Frechheit, hier hereinzuschneien und belegte Brote zu verlangen. Und um's ganz klar zu machen ... Kaffee gibt's auch nicht, verstanden? Du hast gerade erst Kaffee gehabt.«

»Warum regst du dich denn auf einmal so auf?« sagte Prew ratlos. »Du hast uns doch nie was abgeschlagen.«

Freitag schnappte hörbar nach Luft, hustete dann.

»So?« sagte der Koch, der sich diesmal nicht an der Nase herumführen ließ. »Keine belegten Brote!«

»Wenn sie belegte Brote wollen«, rief eine Stimme wie der Donner des Jüngsten Tages von draußen herein, *»dann gib ihnen belegte Brote.«*

Wie ein einziger Mann wandten die drei sich um. Selbst Freitag drehte den Kopf, um zu sehen, was der Koch so fassungslos anstarrte.

Maylon Stark stand im Zelteingang. Wie der Held in einem Melodrama war er im letzten Augenblick auf der Bühne erschienen, um in der letzten Sekunde der letzten Szene des letzten Aktes die Situation zu retten. Die tiefliegenden rötlichen Halbmonde unter seinen Augen waren schlafgeschwollen. Und sein ganzes Gesicht schien fett und aufgeschwemmt. Seine Stimme war schlaftrunken, und seine Uniform sah sehr danach aus, als hätte er darin geschlafen. In seiner rechten Hand baumelte eine Flasche.

»Guten Abend, Maylon«, lächelte der Koch leicht bestürzt. »Was machst du denn hier um diese Zeit?«

»Solange ich Küchenunteroffizier bin«, sagte Stark lallend zu niemand im besonderen, »gibt es belegte Brote und Kaffee für die Nachtwachen, und zwar zu jeder Zeit.«

»Ganz meiner Meinung, Maylon«, sagte der Koch mannhaft. »Hundert Prozent richtig. Aber diese Burschen hier gehen weder zum Dienst noch kommen sie vom Dienst. Die treiben sich einfach herum, statt zu schlafen. Einer davon gehört noch nicht mal zur Kompanie, er ist von Hickam Field. Wie komm ich zum Schlafen, wenn ich ganz Hickam Field füttern soll.«

»Du hast nicht zu schlafen«, sagte Stark lallend. Er sah sich feierlich um, ging dann schwerfällig zu dem leeren Stuhl, ließ sich schwer darauf nieder und starrte ins Nichts. Ein starker Geruch von unverdünntem Whisky schwebte durchs Zelt.

»Du hast nicht zu schlafen, und du wirst nicht schlafen. Morgen hast du den ganzen Tag frei zum Schlafen, weil du nämlich die ganze Nacht aufbleibst. Wenn du morgen arbeiten willst, kannst du jetzt schlafen gehn.«

Er wandte den Kopf und starrte den Koch grimmig an. Der Koch sagte nichts.

»Na?« sagte Stark feierlich. »Was willst du tun, Koch? Du willst schlafen gehn? Dann geh. Hau dich hin. Ich übernehm die Küche für den Rest der Nacht, und du kannst morgen Dienst tun.«

»Das habe ich nicht gesagt, Maylon«, erklärte der Koch. »Ich hab nur gesagt, daß...«

»Dann halt's Maul«, sagte Stark.

»Schön, Maylon, ich wollte nur...«

»*Halt's Maul*, hab ich gesagt.«

Er wandte sich um und sah Prew an, ohne ihn zu sehen. Es schien, als sehe er durch ihn hindurch zur Wand. »Ihr wollt belegte Brote, Leute, ihr bekommt belegte Brote. Soldaten müssen essen«, sagte er. »Den ganzen Tag können sie sich gegenseitig totschlagen, aber die übrigbleiben, müssen essen. Darauf kann ein Mann sich immer verlassen«, sagte er. »Solange nur ein Mann übrigbleibt, wird er essen«, sagte er lallend.

Niemand sagte etwas.

»Richte diesen Leuten ein paar belegte Brote, du Idiot«, sagte Stark zu der Wand hinter Prew.

»Schön, Maylon«, sagte der Koch. »Wie du willst.«

»Dann beeil dich, du Idiot«, sagte Maylon lallend.

»Wir können sie selber richten, Maylon«, sagte Prew besänftigend. »Er braucht's nicht zu machen.«

»Er ist Koch«, sagte Stark zu niemandem. »Er wird dafür bezahlt, daß er die Brote richtet. Ihr wollt, daß er euch Brote richtet, und er tut's.«

»Natürlich«, sagte der Koch, »mir macht's nichts aus, sie zu richten.«

»Halt's Maul, du Idiot«, sagte Stark.

»Ich mach's schnell selber«, sagte Prew, dem die Sache nicht geheuer war. »Wir machen uns belegte Brote und heißen Kaffee und nehmen alles mit rauf auf den Bahndamm, wo wir keinen stören. Dann kann er schlafen.«

»Ich scheiß auf seinen Schlaf«, sagte Stark. »Das ist das Küchenzelt. Wenn ihr hier essen wollt, dann eßt ihr hier. Wenn er auch nur ein Wort sagt, bring ich ihn um, den Schweinehund. Ich könnte sowieso endlich mal 'n paar *gute* Köche brauchen!«

»Wir nehmen wirklich lieber das Zeug mit rauf zum Bahndamm«, sagte Prew unbehaglich.

»Meinetwegen«, sagte Stark. »Wollt Gitarre spielen, was?« sagte er hölzern.

»Ja«, sagte Prew vom Herd herüber, während er das Fleisch auflegte.

»Schön«, sagte Stark lallend, »du kannst dich wieder schlafenlegen, du nichtsnutziger Bastard.«

»Ich bin nicht müde, Maylon«, sagte der Koch.

»Ich hab gesagt, leg dich schlafen«, sagte die Donnerstimme des Jüngsten Tages.

»Gut«, sagte der Koch. So still und unaufdringlich wie möglich streckte er sich wieder auf seinen Tisch aus. Stark sah ihn nicht an. Er sah keinen von ihnen an. Er hob seine rechte Hand, in der die Flasche war, schraubte den Verschluß mit seiner Linken ab und nahm einen langen Schluck, schraubte den Verschluß wieder darauf und ließ den Arm wieder fallen. Der Arm hing außerhalb der Armlehne. Er sagte kein weiteres Wort.

Als Prew die Brote gerichtet hatte, reichte er sie herum, und nervös schenkten sie sich inmitten des undurchdringlichen Schweigens, das wie ein Nebel von Stark aufstieg, ihren Kaffee ein. Dann gingen sie auf den Zehenspitzen hinaus, froh wie Flüchtlinge, die sich aus der Stille, die einem Hurrikan vorausgeht und schlimmer ist als der Sturm selber, hinwegschleichen. Im Eingang wandte Prew sich um, um Stark zu danken. Der bewegte sich nicht, wandte noch nicht einmal den Kopf.

»Soldaten müssen essen«, sagte er feierlich und schwer.

Vom Bahndamm aus sah man den Nachthimmel über dem Flugplatz glühen. Jede Nacht übten sie dort Nachtnavigation, und die Hallen waren erleuchtet wie leere Theatersäle. Rote, blaue und grüne Lichter zwinkerten herunter von den Flugzeugen, die hoch droben im Himmel flogen. Hin und wieder berührte ein Scheinwerfer mit seinen Fingern die Bäuche der Wolken.

Hundert Meter innerhalb der Straße hockten die Bomber in ihren Verkleidungen. Sie waren der eigentliche und vollkommen undankbare Anlaß für die ganze Übung. Um die Aufgabe realistischer zu gestalten, hatte man sie aus den Hallen herausgerollt. Nun sahen sie so aus, als nähmen sie es übel, daß man sie als Kulissen verwandte. Weit nach links konnten sie gerade noch Slades Ablösung auf der Straße auf und ab gehen sehen.

»Was hältst du von unserem Küchenbullen«, sagte Prew kauend und schluckend in die stille, klare, harte Luft hinein. »Ich hab dir ja gesagt, daß er 'n tadelloser Kerl ist.«

»Er war nicht ganz das, was ich erwartete«, sagte Slade zurückhaltend.

»Er führt seine Küche wie ein Diktator«, sagte Prew.

»Hab ich gesehn«, sagte Slade.

»Natürlich hatte er vorher ein bißchen getrunken«, sagte Prew.

»Scheint nicht sehr glücklich zu sein«, sagte Slade vorsichtig.

»Glücklich?« sagte Prew. »Ist der glücklichste Kerl, den ich kenne.«

»Wie wär's mit dem ›Tausend-Meilen-Blues‹«, sagte Freitag, die Gitarre stimmend, »während wir auf Andy warten.«

»Recht«, sagte Slade eifrig und erleichtert, »ich habe Blues gern.«

»Dann ist Andy dein Mann«, sagte Freitag, »wird gleich kommen.«

Die Scheinwerfer des Lkw verlöschten, als er von der Straße abbog, und dann konnten sie hören, wie er im niedrigen Gang durch die Lücke keuchte. Ein kleiner Schwarm von Lichtern bildete sich um eine zentrale Schwärze, und dann bewegte sich das Ganze auf die Küche zu.

»Ich dachte, ihr habt Verdunkelung vorgeschrieben«, sagte Slade.

»Das ist der Leutnant«, sagte Prew.

»Ach so«, sagte Slade.

Eines der Lichter löste sich vom Zelt. Nun, da es allein war, sah es winzig und armselig aus. Es begann den Pfad heraufzukommen. Schließlich verwandelte es sich in Andy, der die Gitarre trug.

»War Stark in der Küche?« sagte Prew.

»Allerdings«, sagte Andy.

»Hatte er ne Flasche dabei?«

»Mein Gott, nein. Man konnte wenigstens keine sehn. Er schlief fest. Wenigstens waren seine Augen geschlossen.«

»Er ist gar nicht betrunken«, sagte Prew.

»Ich auch nicht«, sagte Andy. »Aber schaut, was ich dabei habe.« Er öffnete sein Hemd und zog eine Flasche hervor.

»He«, sagte Freitag, »wo hast du die her?«

»Beziehungen«, sagte Andy.

»Mach keine Sachen«, sagte Prew. »Woher hast du sie?«

»Ich hab sie nicht selbst besorgt«, grinste Andy. »Warden hat irgendwo was von dem Zeug ergattert. Hab ihm was abgekauft. Der Hund könnte Whisky auf ner einsamen Insel finden. Kam mit uns auf dem Lastwagen, sternhagelvoll.«

»Hat der Leutnant nicht gemeckert?«

»Ach was, du weißt doch, der Leutnant sagt nie nichts zu Warden. Ganz egal, um was es sich handelt.«

»Wer ist Warden?« sagte Slade.

»Der Spieß«, sagte Prew. Dann stellte er Slade Andy vor und beschlagnahmte die Flasche für den Mann von der Luftwaffe.

»Da kommen sie«, sagte Andy und deutete hinüber zu den Lichtern, die aus dem Küchenzelt herauskamen und ihre Kontrollrunde begannen. »Nur drei. Wahrscheinlich ist Warden nicht dabei.«

»Na also, da haben wir wenigstens noch ne Stunde Zeit«, sagte Prew.

»Gib mir dein A«, sagte Andy zu Freitag.

»Gib mir die Flasche«, sagte Prew zu Andy. »Hier, Slade. Willst du noch 'n Schluck?«

»Jesus Christus«, sagte Slade glücklich. »Ihr habt wirklich ein Leben.«
»Meinst du wirklich?« sagte Prew. »Meinst du, es wär gar nicht so
schlecht?
Ich möchte bloß wissen, weshalb Warden rübergekommen ist«,
sagte er.

31

Milt Warden wußte selber nicht genau, weshalb er gekommen war.
Mit dem ersten besten Fahrzeug hatte er, einem betrunkenen Impuls
folgend, den Kompaniegefechtsstand verlassen. Er konnte den Gefechtsstand nicht länger ertragen, und schon gar nicht das immer
weniger aristokratische und immer mondähnlichere Gesicht des
Hauptmann Holmes. Ehe er wußte, wie ihm geschah, befand er sich
mit Leutnant Culpepper in diesem gottverlassenen, schnakengepei-
nigten Dreckloch. Es war schwer zu sagen, was schlimmer anzusehen war, Leutnant Culpepper oder dieses Loch.
Auf dem Gefechtsstand hatte er schon eine ganze Weile gespürt, daß
Hauptmann Holmes heimlich über ihn lachte, als wüßte er irgendeine schrecklich amüsante Geschichte über ihn. Milt Warden hatte
nicht die Absicht gehabt, sich in Hauptmann Holmes' Frau zu verlieben. Seine Absicht war lediglich gewesen, mit Hauptmann
Holmes dafür quitt zu werden, daß er ein gottverdammter Offizier
war. Für das andere konnte er nichts. Neuerdings empfand er immer
mehr und immer deutlicher die lächerliche Neigung, Hauptmann
Holmes persönlich dafür verantwortlich zu machen. Hätte dieser
Schweinehund sich nur so um seine Frau gekümmert, wie jeder anständige Mann das tun sollte. Nichts von alledem wäre dann geschehen. Milt Warden, statt bis über die Ohren verliebt zu sein, wäre
noch immer in der Lage gewesen, das Leben zu genießen.
Seit dem Zahltag hatte Milt Warden Karen Holmes noch zweimal
getroffen. Das erstemal verbrachten sie die Nacht wieder im Moana.
Die zweite Nacht hatten sie im Alexander Young Hotel, im Geschäftsviertel der Stadt, geschlafen. Sie waren der Ansicht, daß es das
beste sei, nicht immer an den gleichen Platz zu gehen. Beide Male
hatte die Nacht damit geendet, daß sie in einen heftigen Streit gerieten über die Frage, was weiter geschehen sollte. Beide stimmten
überein, daß sie nicht aufhören konnten, sich zu lieben. Schließlich
schlug Karen als Lösung vor, daß Milt sich zu einem der Kurse mel-

den sollte, die mit der Allgemeinen Wehrpflicht eingeführt worden waren. Milt sollte Offizier werden.

Milt Warden war nicht nur entsetzt gewesen, sondern auch gedemütigt. Nicht, daß er nicht bereit gewesen wäre, irgend etwas zu tun, wenn es nur einigermaßen im Bereich des Vernünftigen lag, aber das war zuviel. So hatte er zum siebenten Male den Entschluß gefaßt, sie nicht mehr zu treffen. Das war einer der Gründe, warum er sich an diesem Abend betrunken hatte.

»Gehn wir essen«, befahl Leutnant Culpepper, als der Gefreite Russell die Zündung abstellte, und knipste seine Taschenlampe an. Das war das Signal für alle anderen, das gleiche zu tun. »Verdammter Platz, um Posten zu kontrollieren!« sagte Leutnant Culpepper ärgerlich, »wäre an der Zeit, denke ich, ein paar jüngere Offiziere hierher zu bekommen.«

Warden stieg aus. Er grinste Culpepper brutal an. Der wandte den Kopf ab und machte sich auf den Weg zum Küchenzelt. Ohnehin wußte er nicht, weshalb der Hauptfeldwebel mitgekommen war. Er war nicht gerne mit Warden zusammen. Seine Gegenwart verursachte Unbehagen. Manchmal hatte er den sonderbaren Verdacht, daß Milton Anthony Warden verrückt war. Wie es schien, war ihm alles völlig egal.

Warden wartete, bis Leutnant Culpepper und Anderson vorausgegangen waren. Dann packte er den Gefreiten Weary Russell beim Arm und zog ihn zu sich.

»Hör mal, du Hund«, flüsterte er wild. »Wenn ich nicht dasein sollte, um mit euch auf dem Lastwagen zurückzufahren, kommst du und holst mich um zwei Uhr, verstanden?«

»Aber um Gottes willen, Spieß«, wehrte sich Weary Russell, der sich vorstellte, wie er die Nacht mit der Uhr in der Hand würde durchwachen müssen.

»Keine Widerrede«, sagte Warden, »du hast gehört, was ich gesagt habe.«

»Was zum Teufel hast du denn hier vor?« sagte Weary Russell.

Warden grinste ihn schlau an.

»Hier gibt's keine Weiber und gar nichts«, sagte Weary.

Warden grinste nur.

»Dann gib mir wenigstens was zu trinken«, sagte Weary nachgebend.

Warden holte die Flasche unter dem Sitz hervor, wo er sie versteckt hatte.

»Vielleicht bin ich da, um mit euch zurückzufahren«, sagte er, während Weary trank. »Das ist nur für den Fall, daß... verstanden? Wenn ich aber nicht zurück bin und du erscheinst nicht, reiß ich dir den Schwanz aus, verstanden?« Zur Bekräftigung packte er Russells Arm mit seiner ungeheuren Hand.

»Au. Schon recht«, sagte Weary Russell müde. »Ich hab ja schon gesagt, es ist O. K., oder nicht? Hier ist deine Flasche.«

»Gut«, grinste Warden. »Vergiß also nicht, hörst du? Jetzt verzieh dich«, sagte er und schlug ihm hart aufs Hinterteil, um ihn in Bewegung zu setzen. Er wartete, bis Russell außer Sicht war, ehe er die Flasche zwischen den Wurzeln eines Kiawebaumes versteckte und den anderen folgte.

Stark saß noch immer auf seinem Feldstuhl, als er und Russell hereinkamen. Der Koch stand am Herd und richtete Brote für den Leutnant. Stark stand nicht auf, um dem Leutnant seinen Platz anzubieten.

»Hallo«, grinste Warden ihn grimmig an.

»Hallo«, sagte Stark tonlos. Die ganze Zeit, während sie da waren, sagte er nicht ein zweites Wort. Er sah niemand an, und er bewegte seine Arme nicht, die außerhalb der Armstützen zum Boden herunterhingen.

Andy verließ das Zelt zuerst. In der einen Hand hielt er die Gitarre, in der anderen ein belegtes Brot. Dann ging der Leutnant, zusammen mit Russell und dem Unteroffizier, die Posten kontrollieren. Warden blieb im Zelt. Der Koch legte sich wieder auf den Tisch schlafen.

»He, Männeken«, sagte Stark.

»Wer? Ich?« sagte der Koch und setzte sich auf.

»Ja, du«, sagte Stark. »Wen könnte ich denn sonst meinen?«

»Was ist denn jetzt los?« sagte der Koch. »Was willst du denn jetzt?«

Stark machte eine unwillige Kopfbewegung. »Mach, daß du rauskommst«, sagte er. »Hau ab. Es macht mich krank, dich anzusehn.«

»Und wohin soll ich gehn?« sagte der Koch.

»Leg dich ins Bett und schlaf«, sagte Stark, »du siehst halbtot aus. Ich kann's nicht ertragen, dich ansehn zu müssen. Ich übernehme den Rest deiner Schicht. Lieber tu ich das, als dich anzusehn.«

»Und wie ist's mit meinem freien Tag morgen?« sagte der Koch.

»Du bekommst deinen verdammten Tag frei«, sagte Stark, »du faules Mistvieh. Mach, daß du rauskommst, verdammt noch mal.«

»Meinetwegen«, sagte der Koch mit dem Versuch, seiner Stimme einen unglücklichen Ton zu geben. »Wenn du's so haben willst, Maylon.« Er war draußen und fort, ehe irgend jemand noch ein weiteres Wort sagen konnte.

»Was ist los mit dir?« sagte Warden.

»Nichts«, sagte Stark drohend. »Was ist los mit *dir*?«

»Du bist 'n Masochist! Einer von denen, die sich selber quälen«, sagte Warden. »Bleibst die ganze Nacht auf, ohne aufbleiben zu müssen.«

»Vielleicht macht's mir Spaß«, sagte Stark. »Was geht's dich an?«

»Du bist betrunken«, sagte Warden.

»Du auch«, sagte Stark.

»Natürlich«, grinste Warden brutal. »Und bin dabei, mich noch viel mehr zu besaufen. Wo ist deine Flasche?«

»Vielleicht hatte ich 'n Grund, den Koch loszuwerden«, sagte Stark. Seine Worte enthielten eine dunkle Anspielung. Er lehnte sich zurück, zog die Flasche zwischen einem Werkzeugkasten und der Zeltwand hervor und warf sie Warden zu. »Wo ist *deine* Flasche?« sagte er.

»Drüben im Gefechtsstand«, sagte Warden. »Leer.«

»Tatsächlich?« sagte Stark, vor sich hinbrütend. »Nimm einen Schluck aus meiner.«

»Danke«, sagte Warden. »Werd ich tun.«

»Du wirst es nötig haben«, sagte Stark. »Ich will mit dir reden.«

»Heb dir's auf«, sagte Warden um die Flasche herum. »Ich bin auf Urlaub. Absolut nicht in Stimmung, Beschwerden von Köchen über mich ergehen zu lassen. Du und deine Scheißköche, ihr seid wie zwei ausgetrocknete alte Jungfern. Ich habe keine Lust, mich dienstlich zu unterhalten.« Er gab die Flasche zurück.

»Das ist nicht dienstlich«, sagte Stark drohend. »Das ist persönlich. Wie ich höre, hast du dir ne neue Freundin zugelegt«, sagte er.

Warden war auf dem Weg zum Fleischblock, um sich zu setzen. Er blieb nicht stehen. Er machte noch nicht einmal eine Pause. Er ging weiter und ließ sich nachlässig nieder, dachte, daß es nicht anders war, als hätte jemand das Radio angedreht. In sich spürte er die alte Klarheit im Kampf mit dem roten Nebel des Ärgers, der den ganzen Abend sein Gehirn ausgefüllt hatte. Er zündete sich eine Zigarette an, fragte sich zerstreut und völlig losgelöst, wer wohl als Sieger aus diesem Kampf hervorgehen würde. Dann, als er sich gesetzt hatte und gemütlich mit gekreuzten Beinen dasaß, sagte er: »So? Wo hast du denn das her?«

Stark sah ihn noch immer prüfend an. »Ach«, sagte er glatt und elegant, »ich hab meine Methoden, um gewisse Dinge rauszufinden.«

»So?« sagte Warden. »Vielleicht wäre es ganz gut, wenn du die gleichen Methoden dazu verwenden wolltest, herauszufinden, wie du dich um deinen eigenen Dreck kümmern kannst.«

»Nimm an, ich will nicht«, sagte Stark. Ohne aufzustehn bewegte er seinen rechten Arm und warf ihm die Flasche zu. Warden fing sie auf.

»Nimm an, du mußt«, sagte Warden. Zweiflerisch blickte er auf die lange, braune Flasche, hob sie in die Höhe und trank. Dann schraubte er den Verschluß darauf und warf sie angewidert zurück. »Wie hast du denn das alles herausgefunden?« sagte er.

Ohne sich in seinem Sessel zu bewegen, hob Stark schlaff den Arm und fing die Flasche. Er ließ den Arm fallen, setzte die Flasche neben den Stuhl auf den Boden.

»Egal, wie ich's rausgefunden habe«, sagte Stark. »Kümmer dich nicht drum. Wichtig ist, daß ich's weiß. – 's ist ein reines Wunder, daß nicht schon die ganze Kaserne die Geschichte kennt. Ich hab dir einmal geraten, in solchen Sachen vorsichtig zu sein, wenn du dir nicht die Pfoten verbrennen willst. Ich hab dir alles gesagt. Ich weiß Bescheid. Ich habe in Bliss gelernt.«

»Hat's gut geschmeckt?« fragte Warden in Gedanken.

»Nein«, sagte Stark. »Doch. Ich weiß nicht. Tatsache ist, daß ich damals noch zu grün war, um's zu beurteilen. Aber darauf kommt's nicht an. Worauf 's ankommt...« Er unterbrach sich und schüttelte den Kopf. »Ich dachte, du bist auf Draht«, sagte er.

Warden stand von dem Fleischerklotz neben Starks Stuhl auf, ging um den Stuhl herum und bückte sich nach der Flasche. Es gab einen Weg, diese Sache zu meistern. Für alles gab es einen Weg. Man mußte nur vorsichtig sein. Andererseits aber machte es einen so müde, immer vorsichtig sein zu müssen.

»Ich will wissen, wie du's rausgefunden hast«, brüllte er plötzlich mit unerwarteter Heftigkeit, beinahe direkt in Starks Ohr.

»Ich hab dich drunten im Alexander Young Hotel gesehn«, sagte Stark gelassen, »vor nicht ganz einer Woche. Wahrscheinlich haben dich zehntausend andere Soldaten vom Schofield ebenfalls gesehn. Bei dir muß ne Schraube fehlen.«

»Wahrscheinlich«, grinste Warden wild. Er trat zurück. Die Flasche hing in seiner Hand. Es war die linke. »Und was hast du vor, oder hast du dich noch nicht entschieden?«

»So!« sagte Stark. »Du streitest es also nicht ab? Was?«

»Warum sollte ich, verdammt noch mal? Du hast mich gesehn, oder nicht?«

Betrunken setzte Stark sich im Stuhl auf. Hölzern starrte er den andern an. »Ich weiß schon, was ich tun werde. Ganz egal, was du sagst. Du brauchst's gar nicht erst versuchen.«

»So weit sind wir noch gar nicht«, sagte Warden.

»Würd auch nichts nützen«, sagte Stark. »Gibst besser gleich von vorneherein auf. Spieß, wenn du nicht für dich selber sorgen kannst, muß ein anderer für dich sorgen. Sieht so aus, als wenn ich das bin.

Du kommst mir nicht aus diesem Zelt heraus, ich meine, du kommst heute nacht nicht aus diesem Zelt heraus, Spieß«, sagte Stark feierlich, während er die Arme faltete, um das Urteil zu sprechen, »ehe du mir nicht auf dein Soldatenehrenwort, verstehst du, auf dein Soldatenehrenwort versprichst, daß du mit dieser Nutte nichts mehr zu tun haben wirst.«

»Ha«, schnaubte Warden. »Auf mein Soldatenehrenwort, was? Komm hier nicht raus, was?«

»Hast du gar keine Selbstachtung mehr«, sagte Stark, »hast du gar keine Achtung vor der Armee, in der du dienst? Keinen Respekt vor der Uniform, die du so lange getragen hast? Du solltest dich schämen. Du bist ne Schande für die Litzen, die du trägst, Spieß.«

»Da scheiß ich drauf«, höhnte Warden.

Stark schüttelte den Kopf. »'s ist mein letztes Wort. Ich hab meine Entscheidung gefällt, verstehst du mich, ich hab meine Entscheidung gefällt. Du verläßt dieses Zelt nicht, ehe du versprichst. 's ist mein letztes Wort, Spieß.«

Warden schnaubte. »Letztes Wort, was? Bedrohst mich, was?«

»*Weißt* du denn nicht, was sie *ist*?« brüllte Stark. Er fuchtelte mit den Armen herum. »Begreifst du nicht, was sie aus dir macht? Sie ist gräßlich«, schrie er, »abscheulich. Oh, du kennst sie ja nicht, so wie ich sie kenne. Spieß. Sie ist ne gottverdammte Drecksau von ner Hure, sie ist schlimmer als ne Hure, sie ist . . . Sie ist die Tochter eines reichen Mannes mit ner verkommenen Mutter, wenn du's wissen willst. Mein Gott, sie würde dich . . .« Er schloß plötzlich seinen Mund und faltete die Arme. »Ich laß sie's aber nicht tun«, sagte er.

»Entweder du versprichst, was ich verlange, oder . . .«

»Oder was?« sagte Warden.

»Sei vorsichtig«, sagte Stark. »Spiel nicht mit mir, Spieß. Ich kenne dich in- und auswendig. Preem hat mich schon vor dir gewarnt, ehe er gegangen ist, Spieß. Ich weiß aber, wie ich dich behandeln muß. Für solche Männer wie dich gibt's nur eine Behandlungsform. Und die hab ich raus.« Er faltete die Arme noch fester, um seine wirkliche, endgültige Endgültigkeit kundzutun. »Ich wart auf dein Versprechen«, sagte er.

Warden betrachtete ihn noch immer in Gedanken versunken. Stark war betrunken, und morgen würde er alles vergessen haben. Aber Milt Warden würde auch morgen noch das gleiche triumphierende Gesicht sehen, das er an der Wand des Treppenaufgangs gesehen hatte, damals, als er seine Hand verletzte.

»Versprechen!«.brüllte er plötzlich. »Ich zeig dir's, du verfluchter Hund. Ich werd dich lehren, so mit mir über die Frau zu sprechen, die ich liebe.«

Er trat auf Stark zu, der noch immer mit gefalteten Armen auf dem Feldstuhl saß, und schlug ihn so hart, wie er nur schlagen konnte. Fast fröhlich legte er das ganze Gewicht seines Körpers in diesen Schlag.

Die gefalteten Arme fuchtelten nach beiden Seiten auseinander, während der Stuhl nach hinten überkippte. Stark stürzte aufs Genick und fiel zwischen Fleischerklotz und Werkzeugkasten auf den Boden. Noch ehe er den Boden berührte, versuchte er kickend und strauchelnd wieder auf die Beine zu kommen. Wie ein Gummiball prallte er vom Boden ab, zog sich dann mit den Händen am Fleischklotz in die Höhe, suchte seine Füße vom Segeltuch des Feldstuhles zu befreien. Sein Mund stand offen, und ein unartikuliertes Gebrüll kam aus ihm hervor.

Er riß das Hackmesser aus dem Fleischerklotz heraus und ging wie ein langsam sich näherndes Gewitter auf Warden zu. Noch immer brüllte er mit weit offen hängendem Mund. Sein wütendes, sinnloses, zorniges Brüllen füllte das Zelt wie einströmendes Gas einen Ballon.

Warden trat augenblicklich zurück und warf die Flasche, die noch immer in seiner linken Hand baumelte. Stark duckte sich, ohne auch nur mit der Wimper zu zucken oder den Mund zu schließen, und näherte sich. Die Flasche zersplitterte am Fleischerklotz in tausend Stücke.

Warden schob sich durch die Zeltklappe ins Freie und begann zu rennen. Hinter sich hörte er, wie das Hackmesser gegen die Zeltwand schlug und sie zerschnitt. Es hörte sich an, als habe man einen Reißverschluß geöffnet.

Er rannte den Fußweg hinunter, trotz der Dunkelheit so schnell, wie ihn seine Beine trugen, bis er mit der Stirn gegen einen Ast krachte. Er spürte, wie seine Beine unter ihm davonliefen. Dann lag er flach auf dem Rücken am Boden, schnappte mit leeren, gelähmten Lungen nach Luft. Er konnte Stark brüllen und fluchen und in der Finsternis nach seinem Hackmesser suchen hören.

Wie ein Schütze unter Feuer kroch Warden unter die Büsche abseits vom Weg. Nun hast du's getan, sagte er zu sich selber, sobald er wieder atmen konnte, jetzt hast du was angerichtet, hast's ausgerechnet mit dem einzigen Mann in der ganzen Kompanie verdorben, der ein guter Koch ist, gar nicht zu reden von einem guten Küchenfeldwebel. Dennoch mußte er lachen. Stark hatte so dumm überrascht ausgesehen, wie er dastand mit dem Hackmesser in der Hand und dem brüllenden Maul, weit geöffnet, als wäre er ein kastrierter Bulle.

Er lag in den Büschen, versuchte, sein Lachen zu unterdrücken, lauschte auf Stark, der den Fußweg hinauf- und hinunterirrte und ihn suchte. Immer noch brüllte und fluchte er und schlug mit dem Hackmesser auf die Äste in seinem Weg ein. Ein bißchen klang es wie das Brüllen Petes, wenn er seine Zähne nicht im Munde hatte.

»Gottverdammt noch mal«, brüllte Stark in die Dunkelheit. »Drecksau von ner Hure. Verdammte Drecksau. Hat mein ganzes Leben versaut. Werd ihm zeigen. Nicht mehr gut, für gar nichts mehr. Wo isser? Hat mich kaputtgemacht, nicht mal mehr stehn tut er mir. Wo isser? Mach ihn kalt. Zeig's ihm. Schweinehund. Wo isser?«

Warden lauschte auf die leiser werdende Stimme, noch immer von unterdrücktem Gelächter geschüttelt. Was würde der besoffene Hund tun, wenn er ihm die Wahrheit gesagt hätte? Daß es nämlich damit angefangen hatte, daß Holmes selbst ihr den Tripper aufgehängt hatte und kein anderer? Hätte wahrscheinlich sein Hackmesser genommen und wäre wie ein Wilder hinübergerast zum Gefechtsstand, um den Kompanieführer zu erledigen. Warden lag still und wartete. Unhörbares und unkontrollierbares Gelächter schüttelte ihn, während er versuchte, sich gegen die Wolken von Schnaken zu wehren, die sich wie Meuten bellender Bluthunde auf seine Kehle stürzten.

Bald kam Stark zum Zelt zurück, aber Warden hatte das vorausgesehen. Er konnte das Klirren von Glasscherben hören, als der Küchenfeldwebel seine Küche saubermachte. Dann kam Krachen und Klappern, als der noch immer fluchende Stark den ganzen Dreck, wie es sich gehörte, in den Abfalleimer warf. Schließlich kam er wieder heraus und begann von neuem nach ihm zu suchen, diesmal aber hinterhältig leise.

Vom Bahndamm konnte er noch immer das Gitarrespielen hören. Sie spielten Blues, alle die alten traurigen Lieder, eines nach dem anderen. Saint-Louis-, Birmingham-, Memphis-Blues, die Lastfahrermelodie, das Erntearbeiterlied, den Song der Route Sechsundsechzig. Freitag Clark spielte die Baßbegleitung und sang, während Anderson mit seiner Musik um ihn herumflog und -flatterte wie ein gefesselter Falke.

Die verdammten Idioten, kicherte er, während er sich gegen die Schnaken wehrte. Sitzen da oben und lassen sich von den Schnaken fressen, anstatt auf 'm Sack zu liegen und zu schlafen. Wieder begann er zu lachen. Stark krachte noch immer durchs Unterholz.

Kein Sohn eines Dreckkochs aus Texas konnte Milton Anthony Warden vorschreiben, mit welcher Frau er ausgehen dürfte und mit welcher nicht. Wenn es ihm Spaß machte, mit Karen Holmes auszugehen, so würde er das bei Gott tun. So lag er da, glücklich lachend, lauschte auf Starks Schritte und Fluchen und hörte das Singen der Gitarren.

32

»Hört mal zu«, sagte Andy.

»Los«, sagte Freitag, der auf seinen Saiten herumfingerte, ohne sie anzuschlagen.

Sie verstummten, und als wäre es gar nichts Besonderes, ließ Andy mitten in der Stille, auf die er als vollendeter Meister Anspruch hatte, eine Reihe von Akkorden in Moll erklingen.

Sie stiegen auf wie ein zartes, verwickeltes Filigranmuster, um dann in sich zusammenzufallen und mit einem langen Ton zu enden, der in der Luft zu hängen schien. Unheimlich und melancholisch schwebte das Ganze im Dunkel und verschwand wie ein aufsteigender Ballon irgendwo in höheren Sphären.

Andy, als säße er unter diesem Gebilde, starrte sie an. Er sah äußerst gelangweilt und gleichgültig aus. Sein Gesicht schien hölzern. Er saß im Schneidersitz, wie immer, wenn er Gitarre spielte. In der Stille, die seinem ersten Spiel folgte, wiederholte er das Ganze.

»Mensch«, sagte Freitag voller Verehrung, »woher hast du das?«

»Ach«, sagte Andy faul. »Ist mir gerade eingefallen.«

»Spiel's noch einmal«, sagte Prew.

Andy spielte es wieder, während er sie helläugig aber gelangweilt und mit hölzernem Gesicht anschaute, genau wie zuvor. Und wieder hörten sie auf zu sprechen, so wie sie es sich angewöhnt hatten, mit allem aufzuhören, was sie gerade taten, um zu lauschen, wenn Andy herumprobierte und ihm dann plötzlich etwas einfiel. Nun lauschten sie diesen Akkorden, die in der gleichen Weise verklangen wie zuvor, die scheinbar unvollendet in der Luft hingen, so daß sie versucht waren zu sagen »Ist das alles?« Sie waren sich bewußt, daß es alles war, weil es vollendeter und vollkommener war, als wenn es zu Ende gewesen wäre. Es drückte alles aus, was es überhaupt zu sagen gab. So hatte er es den ganzen Abend gemacht, war aus dem gemeinsamen Musizieren ausgeschieden, um zu experimentieren und herumzuprobieren, wenn er zufällig auf etwas stieß, das ihn interessierte. Dann, wenn es ihn befriedigte, hatte er es ihnen vorgespielt. Befriedigte es ihn nicht, hatte er sich wieder am allgemeinen Thema beteiligt, indem er sich Freitags Klimpern anschloß. Jetzt aber hatte er etwas geschaffen, das besser war als alle anderen Melodien und Akkordfolgen, obwohl auch sie gut gewesen waren. Mit dem jetzt aber konnten sie sich nicht messen. Hier war quälende Tragödie, eine Tragödie, die so offensichtlich war, daß sie zur höhnenden, ironischen, mehr als herzzerbrechenden Travestie ihres eigenen Schmerzes wurde. Nun konnte Andy sich ein wenig auf seinem Erfolg ausruhen.

»Hat jemand ne Zigarette?« sagte Andy gelangweilt, während er die Gitarre zur Seite legte. Freitag beeilte sich, dem großen Manne eine zu reichen.

»Mensch«, sagte Slade, der Luftwaffenmann, »Mensch, das ist das Wahre. Ihr sprecht von Blues, Mensch, aber das ist wirklich einer.«

Andy zuckte die Schultern. »Gib mir was zu trinken.« Prew gab ihm die Flasche.

»Das ist Blues«, sagte Freitag. »Es geht eben nichts drüber.«

»Stimmt«, sagte Prew. »Wir haben vor, unseren eigenen Blues zu schreiben«, erklärte er Slade. »Armee-Blues, soll ›Song der Dreißigender‹ heißen. 's gibt ne Lastfahrermelodie, 'n Erntearbeiterlied, den Maurer-Blues. Machen wir unseren eigenen Soldaten-Blues.«

»Ja«, sagte Slade aufgeregt, »das ist ja die Sache! Das wird dann der Infanterie-Blues ... Mensch, was ich euch beneide.«

»Na ja, noch haben wir ja nichts fertig«, sagte Prew.

»Wir werden aber!« sagte Freitag.

»Hört mal zu«, sagte Slade eifrig. »Warum nehmt ihr nicht einfach das, was Andy gerade gespielt hat? Das wär ja *die* Melodie für so 'n Lied.«

»Ich bin nicht sicher«, sagte Prew. »Wir sind noch nicht ganz so weit.«

»Nein, aber hört doch mal«, sagte Slade begeistert. »Könnte man das nicht tun?« fragte er Andy eifrig. »Du könntest doch daraus ne Melodie machen, oder nicht?«

»Ich glaub schon«, sagte Andy. »Ich glaub schon, daß das ginge.«

»Da«, sagte Slade aufgeregt. »Trink was.« Er gab ihm die Flasche. »Mach 'n Lied draus. Hänge 'n Ende dran. Wiederhole einfach die erste Zeile mit ner kleinen Variation und bring dann alles zu einem Finale in der dritten. Du weißt ja schon, was ich meine. Ganz 'n regulärer zwölftaktiger Blues.«

»Meinetwegen«, gähnte Andy. Er wischte sich den Mund mit dem Handrücken, gab die Flasche zurück, nahm die Gitarre auf und begann von neuem seine ganz private Unterhaltung mit den Saiten des Instruments.

Sie lauschten, während er herumprobierte. Dann spielte er es ihnen vor. Es waren die gleichen höhnisch quälenden Molltöne, nur daß sie dieses Mal in die Form eines Blues gebracht waren.

»Meinst du so?« fragte Andy bescheiden. Wieder legte er die Gitarre beiseite.

»Genau so«, rief Slade aufgeregt. »Das ist ja großartig. Mensch, ich hab fünfhundert Platten zu Hause, und mehr als die Hälfte sind Blues. Da ist aber kein einziger darunter, der da mitkommt. *Saint Louis* einbegriffen, versteht ihr?«

»Na also, nun mach mal halblang!« sagte Andy demütig. »So gut bin ich ja nu wieder nicht.«

»Nein, nein, das ist meine ehrliche Meinung«, sagte Slade. »Mensch, vergiß nicht, daß ich Blues sammle.«

»Wirklich?« sagte Andy. »Ach, hör mal«, sagte er und vergaß, gelangweilt zu sein, »hast du je von einem gewissen Dajange gehört. Dajange Sowieso.«

»Klar«, sagte Slade mitteilsam. »Django Reinhardt. 'n französischer Gitarrenspieler. Man spricht's Jango aus. Das D verschluckt man. Er ist weitaus der beste von allen.«

»Siehst du«, sagte Andy zu Prew. »Da hast du's! Und du dachtest immer, ich lüge; ich hätte mir da was ausgedacht.« Er wandte sich aufgeregt wieder an Slade. »Hast du irgendeine von den Django-Platten?«

»Nein«, sagte Slade. »Die sind schwer zu bekommen. Werden nur in Frankreich hergestellt. Sind schrecklich teuer. Hab nur ne Menge drüber gehört. Na, was sagt man dazu«, sagte er. »Kennt den guten alten Django.«

»Nicht persönlich«, sagte Andy. »Ich kenne seine Musik. In der ganzen Welt gibt's nichts Ähnliches.« Er wandte sich zu Prew. »Hast gedacht, ich wollte dich aufziehn, was?« sagte er vorwurfsvoll. »Hast gedacht, ich hätte das alles kurz erfunden. Was sagst du jetzt?«

Prew nahm einen Schluck aus der Flasche. Er zuckte mit den Schultern, gab seine Niederlage zu. Andy beachtete es noch nicht einmal. Er hatte sich bereits wieder Slade zugewandt und begonnen, seine Geschichte zu erzählen.

Andy kannte nur eine einzige Geschichte. Es schien, als wäre ihm nie etwas anderes im Leben passiert, als wäre dies die einzige Erfahrung, die ihn genügend beeindruckt hatte, um Material für eine Geschichte zu liefern. Prew und Freitag hatten sie schon tausendmal gehört. Dennoch lauschten sie ebenso gespannt wie Slade auf Andys Erzählung. Denn es war eine gute Geschichte, und sie wurden nie müde, sie zu hören.

Es war eine Geschichte über Frisco und tiefhängende, treibende Nebelfetzen. Halb und halb erwartete ein Mann aus dem Mittelwesten oder Süden, während er die steilen, regennassen, mit rauhen Ziegelsteinen gepflasterten Straßen hinauf- und hinunterstieg, daß jeden Augenblick aus diesem Nebel ein chinesischer Mörder mit dem Beil in der Hand vor ihm auftauchen würde. Es war eine Geschichte von Angel Island, der großen Schwesterinsel von Alcatraz, wo man in der Frisco Bay darauf wartet, bis man an Land gehen darf oder eingeschifft wird.

Es war die Geschichte von Telegraph Hill. Vielleicht war es auch Knob Hill. Es war die Geschichte der steilen Straßen im Chinesenviertel, der Tanzlokale und Touristenbars, die Geschichte eines grünen Rekruten aus dem Mississippital, der alles bestaunte und bewunderte. Es war die Geschichte des legendären Eddie Lang und des sagenhaften Django, jenes Franzosen, der ›der größte Gitarrenspieler der Welt‹ war und dessen Nachname irgendwie deutsch klang. Nie konnte sich Andy dieses Nachnamens erinnern.

Ein reicher Schwuler hatte Andy in einem der chinesischen Nachtlokale angesprochen. Er war ein leicht verweichlichter, sehr trauriger, ziemlich wohlhabender Homo. Als er hörte, daß Andy Gitarre spielte, hatte er ihn in seine sehr teure und exklusive Wohnung mitgenommen, über die er sich lustig machte, die er aber bewohnte, um sich den ›größten Gitarrenspieler der Welt‹ anzuhören. Es war eine wunderschöne Junggesellenwohnung, so wunderschön, daß Andy das Gefühl hatte, in eine andere, unwirkliche Welt versetzt zu sein. Andy hatte wirklich noch niemals einen Blick in diese Welt getan, nie eine so reiche, schöne, harmonische und saubere Wohnung gesehen. Es gab sogar ein Herrenzimmer, und in diesem Herrenzimmer war sogar eine Bar, und in dieser Bar waren sogar ganze Pyramiden von Gläsern unter bunten Lichtern. Und vor den mit dunklem Holz getäfelten Wänden standen Bücher und Alben mit Grammophonplatten vom Boden bis zur Decke. Oh, er erinnerte sich an alles. Jede Einzelheit hatte er im Gedächtnis.

Wenn er aber denen, die es nie gehört hatten, die präzise, flüchtige, ausgesucht zarte Melodie jener Gitarre beschreiben wollte, so ließ ihn regelmäßig sein Gedächtnis im Stich. Es gab einfach keine Möglichkeit, etwas Derartiges zu beschreiben. Man mußte es selber hören, diesen sicheren, schwingenden, niemals schwankenden Takt mit den doppelten oder dreifachen Mollakkorden am Ende der Sätze, von denen jeder die ganze Atmosphäre und die ganze Vielfalt der fröhlich-unglücklichen Tragödie dieser Welt enthielt. Und immer über allem die einfache Tonkette der Melodie, unfehlbar dem Takt folgend, sich mit schnellen, jagenden Arpeggios verwebend und um sie rankend. Immer ging es vorwärts, nie gab es ein Zögern, kein Sichverlieren, kein Pausieren, um sich zurückzufinden; aus dem festgefügten, leicht akzentuierten, melancholischen Jazztakt ging es plötzlich über in den scharfen, wild explosiven Zigeunerrhythmus, der, während er über das Leben lachte, Tränen vergoß, zu schnell für das Ohr, um ihm zu folgen, zu originell für den Verstand, um ihn zu verstehen, zu kompliziert für das Gedächtnis, um ihn genau zu bewahren. Andy verstand nichts von Jazz, aber dafür um so mehr von Gitarren. Der Amerikaner Eddie Lang war gut, aber der Franzose Django war unerreichbar, ein Gott.

Die Platten Djangos kamen alle vom Ausland, wurden in Frankreich oder in der Schweiz hergestellt. Andy hatte nie zuvor von ihm gehört gehabt und nie wieder von ihm gehört, bis Slade kam. Er versuchte, sie zu kaufen, aber kein Verkäufer in einem Plattengeschäft hatte jemals von Django gehört. Oder sie führten keine ausländischen Platten. Und überdies konnte Andy ihnen nicht sagen, wie Django mit dem Nachnamen hieß. Was übrigblieb, war lediglich jene eine Nacht, so daß er nicht einmal ganz sicher war, ob es wirklich geschehen war. So oft hatte er die Geschichte erzählt und dies oder jenes ausgeschmückt, daß er nicht mehr genau wußte, wo die Erinnerung endete und die Einbildung begann. Er war froh, durch Slade beweisen zu können, daß Django wirklich existierte.

Der Schwule sagte, Django sei ein Zigeuner, ein französischer Zigeuner, und er habe nur drei Finger an der linken Hand. Unglaublich. Fast die ganze Nacht hatten Andy und der Schwule dagesessen und die Platten spielen und immer wieder spielen lassen, und der Schwule wurde gesprächig und erzählte, daß er ihn einmal in Wirklichkeit gesehen habe, in einem Bistro in Paris; Django sei eines Tages davongelaufen und habe eine Stellung mit tausend Francs die Woche aufgegeben, um sich einer drittrangigen Zigeunerkapelle anzuschließen, die den Süden – den Midi nannte er es – bereiste. Der Schwule fand das wundervoll. Er machte Andy keinerlei Anträge. Entweder vergaß er es in der Aufregung der Musik, oder er wollte seine wahre Liebe nicht mit dem Geschäft vermengen. Wie es schien, machte dieser nur solchen Männern Anträge, die zu stumpf und zu empfindungslos waren, um Gitarrespielen schätzen zu können. Offenbar wollte er sie um dieses Mangels willen erniedrigen und sich selbst dafür bestrafen, daß er sich überhaupt mit ihnen einließ. Er hatte Andy durch den Nebel hinunter zum Dock gefahren, um die letzte Barkasse zu erreichen, und wegen des Nebels konnte Andy sich nicht einmal daran erinnern, wo das Haus gestanden hatte. Später, als er herausfand, daß die Platten nirgends zu bekommen waren, versuchte er es wiederzufinden, hatte aber keinen Erfolg. Nicht einmal die Straße konnte er wiedererkennen. Er war noch nicht einmal sicher, auf welchem Hügel sich alles zugetragen hatte. Es war, als wären Straße und Haus von der Erde verschwunden, als suchte er nach dem blassen Gespenst eines längst gestorbenen Traumes. Er wurde eingeschifft, ohne daß er den Mann noch einmal gesehen hätte.

Das war das Ende von Andys Geschichte.

Eine ganze Weile sagte keiner etwas.

»Das ist die Art von Geschichte, die ich gern habe«, sagte Slade schließlich. »Der arme einsame Schwule. All das viele Geld und keinen, mit dem er reden kann.«

»Schwule haben nie jemand, mit dem sie reden können«, sagte Prew ärgerlich, während ihm Maggio einfiel. »Die wollen's nicht anders. Armer reicher Mann«, sagte er ärgerlich. Dennoch war es eine Geschichte, die auch Prew gefiel, weil sie unheimlich war und unver-

nünftig und sinnlos, fast geisterhaft. Auch in ihr fand er Anhalts-
punkte dafür, daß er vielleicht mit seiner Theorie recht haben
könnte, daß alle Menschen im Grunde gleich waren und daß alle
nach dem gleichen Trugbild suchten.

»Du weißt nicht, wo ich ein paar von diesen Platten finden könnte,
was?« sagte Andy.

»Ich wollte, ich wüßt's«, sagte Slade. »Ich wollt, ich könnt dir helfen. Alles, was ich von ihm weiß, ist sein Name«, sagte er schuldbewußt. »Ich hatte keine Ahnung, daß er dir so viel bedeutet. Ich
hab dich sogar angelogen vorhin. Ich hab nicht einmal seine Platten
spielen hören.« Er sah sie ängstlich an. Niemand sagte etwas.

»Gib mir was zu trinken«, sagte Andy schließlich.

»Es tut mir leid«, sagte Slade. »Hör mal«, sagte er, »spiel doch bitte
den Blues noch einmal, ja?«

Andy wischte sich den Mund und spielte.

»Jesus«, sagte Slade, »hör mal zu«, sagte er verlegen. »Wo wir jetzt
schon die Melodie haben, warum schreiben wir nicht gleich den
Text?«

»Er wird seine Musik schon nicht vergessen«, sagte Prew. »Wir können das noch immer tun, wenn wir wieder in der Kaserne sind. Du
wirst dich doch dran erinnern, Andy, was?«

»Ach, ich weiß nicht«, sagte Andy mit einem traurigen Achselzuk-
ken. »Ist sowieso nichts Besonderes, wie?«

»Doch«, sagte Slade. »Also nun hör mal. Wenn ihr das aufschiebt,
dann geht's genauso aus wie seine Geschichte mit Django. Ne halbe
Erinnerung«, sagte er, »etwas, das man tun wollte, als man noch jung
war.«

Alle sahen ihn an.

»Ihr dürft nie etwas verschieben«, sagte Slade beinahe verzweifelt.
»Sonst wacht ihr auf, und es ist weg.«

»Wir haben keinen Bleistift und kein Papier«, sagte Prew.

»Ich hab 'n Notizbuch und einen Bleistift«, sagte Slade eifrig und
zog beides heraus. »Hab ich immer bei mir. Um Gedanken festzuhalten, versteht ihr? Los, schreiben wir.«

»Du lieber Gott«, sagte Prew verlegen. »Ich weiß ja gar nicht, wie
man anfangen soll.«

»Überlegen wir einfach«, sagte Slade eifrig. »Man kann auf alles
kommen. Es ist über die Armee, ja? Darüber, daß sich einer wieder
verpflichtet. Paß auf«, sagte er, »fangen wir damit an, wie er entlassen wird, wie er ausbezahlt wird.«

Andy nahm die Gitarre auf und begann, langsam und nachdenklich die Melodie zu klimpern. Slades fast verzweifelte Begeisterung war ansteckend. Seine Energie packte sie alle, riß sie mit, wie Angelo Maggio sich selbst steigernd antrieb, wenn er im Poker gewinnen wollte, dachte Prew.

»Gib uns deine Taschenlampe«, sagte er, »damit wir was sehen können.«

»Meinst du, wir können sie ruhig anmachen?« sagte Slade.

»Klar«, sagte Prew. »Verdammt noch mal. Der Leutnant und die ganze Bande hatten ihre Lampen auch an, oder nicht?« Er richtete das Licht auf das Notizbuch.

»Wie wär's damit«, sagte Prew. »*Man zahlt mich aus am Montag.* Schreib das auf. Dann können wir mit dem Montag anfangen, an dem er ausbezahlt wird, und weitermachen durch alle Tage der Woche bis zum nächsten Montag, wenn er sich neu verpflichtet.«

»Großartig«, sagte Slade aufgeregt. Er schrieb es nieder. »*Man zahlt mich aus am Montag.* Weiter?«

»*Soldat bin ich nicht mehr*«, sagte Andy leise, noch immer klimpernd.

»Wunderbar«, sagte Slade und schrieb es nieder. »Was kommt dann?«

»*Man gibt mir all den Zaster*«, grinste Freitag. »*Macht meine Tasche schwer.*«

»*So reich war ich noch nie. Dreißigender-Melodie*«, sagte Prew.

»Herrlich«, sagte Slade. »Wunderbar. Wart, bis ich's geschrieben habe. Ihr macht mir zu schnell.«

Andy fuhr fort zu klimpern, immerfort die gleichen quälenden drei Zeilen, wieder und wieder, als wandere sein Geist in ihnen herum.

»Wie wär es mit *Ging zur Stadt am Dienstag*«, sagte Slade.

»Sag besser *Nahm mein Geld zur Stadt am Dienstag*«, schlug Prew vor. »*Nahm mein Geld zur Stadt am Dienstag* klingt mehr nach Armee«, sagte er und dachte an Angelo Maggio.

»Es reimt sich nicht«, sagte Slade. »Ich mein, es paßt nicht im Rhythmus. Du weißt schon, was ich meine.«

»Macht nichts«, sagte Andy leise, »man kann die ersten drei Worte zusammenziehen.«

»Gut dann«, sagte Slade. Er schrieb es nieder.

»*Fand 'n Doppelbett ohne Not*«, sagte Freitag aufgeregt, plötzlich inspiriert.

Nun waren sie alle inspiriert. Slades innere Erregung hatte sie mitgerissen. Sie waren wie vier Statuen in einem Gewitter, von deren gespreizten Fingern Funken sprühten, von einem zum anderen und wieder zurücksprangen.

»*Such mir ne Stellung morgen*«, sagte Prew.

»*Bin nachts vielleicht schon tot*«, sagte Andy leise, noch immer klimpernd.

»*Zeit verbleibt uns nie. Dreißigender-Melodie*«, sagte Slade entzückt und kritzelte schneller.

»*Ging in die Bars am Mittwoch*«, sagte Prew, »*Lad all meine Freunde mit ein.*«

»*Find 'n hübsches Chinesenkätzchen*«, grinste Freitag. »*Wird mich niemals lassen allein.*«

»*So scharf war noch keine wie die*«, sagte Andy leise, fast traurig. »*Dreißigender-Melodie.*«

»Moment, Moment«, rief Slade entzückt. »Laßt mir doch Zeit, das aufzuschreiben, verdammt. Jetzt geht's *zu* schnell.«

Sie warteten, während er wild kritzelte. Dann fuhren sie fort, richteten sich an ihrer eigenen Schaffenskraft auf, von deren Existenz sie nichts gewußt hatten, schauten einander ein wenig verblüfft an, weil es so erstaunlich leicht schien.

Sie beendeten zwei weitere Verse in schneller Folge. Dann ließ Slade sie von neuem pausieren. Sein rundes Gesicht und das Holz seines Bleistiftes glänzten ekstatisch im Licht der Taschenlampe.

»Laßt's mich jetzt niederschreiben«, bat er. »Wartet ein wenig. Da«, sagte er. »Jetzt. Ich les es euch vor, ehe wir weitermachen. Laßt uns erst mal sehen, was wir haben.«

»Schön, lies es«, sagte Prew, nervös mit den Fingern beider Hände schnalzend. Andy klimperte noch immer leise die Melodie, als spiele er für sich allein. Freitag war aufgestanden und ging auf und ab.

»Gut«, sagte Slade. »Ich fange an. *Song vom Dreißigender.*«

»He, wart mal einen Augenblick«, sagte Freitag, der zum Lager hinunterschaute. »Kommt da nicht jemand rauf?«

Alle wandten die Köpfe, um hinunterzusehn, beobachteten, was vorging, wie es Zeugen eines Dramas von einem Balkon aus tun. Der kleine Haufen von Lichtern war wieder um die tiefere Schwärze des Lastwagens herum erschienen. Eines hatte sich von dem Haufen gelöst und kam schaukelnd und hüpfend den Pfad herauf.

»Wird wohl der gute alte Weary Russell sein«, sagte Andy. »Kommt herauf, um mich zu dem verdammten Gefechtsstand zu holen.«

»Ach, Scheiße«, sagte Freitag ängstlich. »Können wir's denn nicht fertigmachen?«

»Ihr könnt's auch allein«, sagte Andy, »wenn ich fort bin«, sagte er betrübt. »Ihr könnt mir's morgen zeigen.«

»O nein«, sagte Prew. »Wir haben's zusammen angefangen, und wir machen's auch zusammen fertig. Dem guten alten Weary wird's wohl nichts ausmachen, wenn er ein bißchen wartet.«

Andy sah ihn sauer an. »Nein, Weary macht's nichts aus. Aber dem Leutnant macht's was aus, da kannst du Gift drauf nehmen.«

»Hab keine Angst.« Prew runzelte nervös die Stirn. »Du weißt doch, wie's ist. Immer treiben sie sich noch ne halbe Stunde oder so herum, bis sie abhauen. Los«, sagte er nervös zu Slade. »Los, lies vor!«

»Gut«, sagte Slade. »Hier ist's. *Song vom Dreißigender . . .*«, er hielt Notizbuch und Taschenlampe ganz nahe vor sein Gesicht. Dann ließ er das Notizbuch fallen und schlug wütend auf seinen Hals.

»Schnake«, sagte er schuldbewußt. »Entschuldigt nur.«

»Komm«, sagte Prew dringend. »Laß mich die Taschenlampe halten. Lies jetzt vor, verdammt noch mal! Wir haben nicht mehr viel Zeit, wenn wir fertig werden wollen.«

»Gut«, sagte Slade. »Ich fang also an. *Song vom Dreißigender*«, er sah sich im Kreise um, *»Song vom Dreißigender«*, sagte er von neuem.

Man zahlt mich aus am Montag.
Soldat bin ich nicht mehr;
Man gibt mir all den Zaster,
Macht meine Taschen schwer.
So reich war ich noch nie. – Dreißigender-Melodie.

Nahm mein Geld zur Stadt am Dienstag,
Fand 'n Doppelbett ohne Not,
Such mir ne Stellung morgen,
Bin nachts vielleicht schon tot.
Zeit verbleibt uns nie. – Dreißigender-Melodie.

Ging in die Bars am Mittwoch,
Lad all meine Freunde mit ein.
Find 'n hübsches Chinesenkätzchen,
Wird mich niemals lassen allein.
So scharf war noch keine wie die. – Dreißigender-Melodie.

Wachte auf wie 'n Hund am Donnerstag,
Mein Kopf war geschwollen und schwer.
Durchsuchte schnell meine Hosen,
Fand all meine Taschen leer.
Durch die Lappen gegangen war sie. – Dreißigender-Melodie.

Ging zurück in die Bar am Freitag,
Verlangte gratis 'n Glas Bier;
Meine Freunde war'n alle verschwunden.
Biste schwul? sagte der Barmann zu mir.
Ich schlug ihn und er schrie. – Dreißigender-Melodie.

»Da«, sagte Slade triumphierend, »ist mir scheißegal, was irgend jemand sagt«, sagte er stolz. »Ich find es verdammt gut. Was jetzt?«
Prew schnalzte noch immer mit den Fingern. *»Das Kittchen war kalt am Samstag«*, sagte er. *»Durch die Gitter schaut ich hinaus.* Machen wir's so, was?«
»Gut«, sagte Slade schreibend.
»He«, unterbrach sie Freitag, »das ist gar nicht Weary.« Sie verstummten und blickten auf die Gestalt, die sich ihnen auf dem Fußpfad näherte. Schnell stieß Andy mit dem Fuß die fast leere Flasche den Bahndamm hinunter. Slade lenkte den Strahl seiner Taschenlampe auf den nun schon ganz nahen Schatten. Der Strahl spiegelte sich in zwei goldenen Schnallen auf der Schulter. Slade wandte sich, da er nicht wußte, was er tun sollte, an Prew.
»Achtung«, brüllte Prew. Es geschah völlig automatisch.
»Was zum Teufel treiben Sie hier oben um diese Zeit?« fragte Leutnant Culpeppers Stimme scharf, scharf wie seine Culpeppernase oder sein steifer Culpepperrücken.
»Gitarre spielen, Sir«, sagte Prew.
»Habe ich mir gedacht!« sagte Leutnant Culpepper in einem komisch trockenen Ton. Er trat auf sie zu. »Was fällt Ihnen eigentlich ein, hier ne Taschenlampe zu benutzen?«
»Wir brauchten sie, um ein paar Notizen zu machen«, sagte Prew. Die anderen drei betrachteten ihn als ihren Sprecher. Er fuhr fort zu sprechen, während er sich bemühte, die Wut der Enttäuschung nicht im Ton seiner Stimme bemerkbar werden zu lassen. Heute nacht würden sie nicht weiterschreiben können. »Überall im Lager werden Taschenlampen benutzt, Sir«, sagte er. »Wir glaubten nicht,

daß es was schaden würde, wenn wir sie hier oben ein paar Minuten benutzen.«

»So dumm können Sie gar nicht sein, Prewitt«, sagte Leutnant Culpepper wieder in einem komisch trockenen Ton. »Ihr seid hier bei einer Feldübung, die möglichst genau tatsächlichen Kriegsverhältnissen entsprechen soll. Das schließt totale Verdunkelung ein.«

»Jawohl, Sir«, sagte Prew.

»Die Lichter unten waren Inspektionslichter«, sagte Leutnant Culpepper. »Sie wurden nur ein einziges Mal benutzt und das, um die Posten zu kontrollieren.«

»Würde man unter tatsächlichen Kriegsbedingungen auch Lichter zur Postenkontrolle benutzen?« fragte Slade. Seine Stimme zitterte.

Leutnant Culpepper wandte den Kopf, ohne seine geraden Culpepperschultern oder seinen steifen Culpepperrücken zu bewegen. Die Kopfwendung erfolgte im traditionellen militärischen Culpepperstil, der in vielen Culpeppergenerationen entwickelt worden war. »Wenn Sie einen Offizier ansprechen, Mann«, sagte Leutnant Culpepper schneidend, »ist es üblich, der Frage die Anrede ›Sir‹ vorauszuschikken oder folgen zu lassen.«

»Jawohl, Sir«, sagte Slade.

»Wer ist dieser Mann eigentlich?« sagte Leutnant Culpepper in einem komisch trockenen Ton. »Ich dachte, ich kenne alle Leute der Kompanie.«

»Soldat Slade, Sir«, sagte Slade. »17te Flughafen-Abteilung Hickam Field, Sir.«

»Was machen *Sie* denn hier?«

»Ich bin rübergekommen, um dem Gitarrespielen zuzuhören, Sir.«

Leutnant Culpepper wandte den Schein seiner Taschenlampe von Prew zu Slade. »Haben Sie jetzt Dienst?«

»Nein, Sir.«

»Warum sind Sie denn nicht bei Ihrer Einheit?«

»Wenn ich wachfrei habe, kann ich mit meiner Zeit machen, was ich will, Sir«, sagte Slade mit unterdrückter Wut. »Ich habe gegen keine Vorschrift verstoßen, als ich hier rüberkam nach meiner Ablösung.«

»Mag sein«, sagte Leutnant Culpepper in einem komisch trockenen Ton. »Aber bei der Infanterie dulden wir nicht, daß Angehörige fremder Einheiten sich auf unserem Lagergelände herumtreiben. Besonders nicht mitten in der Nacht. Verstanden?« schnarrte er.

Niemand sagte etwas.

»Prewitt«, schnarrte er.

»Jawohl, Sir.«

»Sie sind der dienstälteste Mann hier oben. Ich mache Sie für alles verantwortlich. Im Lager sind Leute, die schlafen wollen. Einige müssen auf Wache gehen in...«, er schaute auf seine Armbanduhr, »37 Minuten.«

»Deshalb sind wir gerade hier raufgegangen, Sir«, sagte Prew. »Niemand hat sich beklagt, soweit mir bekannt ist.«

»Mag sein«, sagte Leutnant Culpepper in einem komisch trockenen Ton. »Das ändert aber nichts daran, daß es generell den Bestimmungen widerspricht und gegen meinen ausdrücklichen Befehl ist, den ich hiermit erteile. Es ändert auch nichts an der Tatsache, daß Sie während totaler Verdunkelung an gut einsehbarer Stelle eine Taschenlampe benutzt haben.« Leutnant Culpepper ließ den Strahl seiner Taschenlampe von Slade zurück zu Prewitt wandern.

Niemand sagte etwas. Alle dachten sie an das unvollendete Lied, das sich noch immer in Slades Hand befand und das nun vielleicht niemals vollendet werden würde. So etwas konnte man nicht einfach hinschreiben. Man mußte dafür in der richtigen Stimmung sein, und das würde nun vielleicht lange auf sich warten lassen. Alle hatten sie das Gefühl, daß Leutnant Culpepper daran schuld war. Dennoch hatten sie keine Lust, etwas zu sagen.

»Schön, da weiter nichts zu sagen ist«, sagte Leutnant Culpepper in einem komisch trockenen Ton, »schlage ich vor, daß wir diese Unterredung beenden. Wenn Sie wollen, können Sie Ihr Licht auf dem Rückweg benutzen«, sagte er.

»Jawohl, Sir«, sagte Prew und grüßte. Leutnant Culpepper erwiderte die Ehrenbezeigung mit aller Förmlichkeit. Dann grüßten auch Andy, Slade und Freitag, als fiele es ihnen plötzlich ein. Leutnant Culpepper erwiderte auch ihre Ehrenbezeigungen mit aller Förmlichkeit und kollektiv. Er wartete, bis sie vorausgegangen waren, und folgte ihnen dann in einiger Entfernung. Sie knipsten ihr Licht nicht an.

»Der Teufel soll sie holen«, murmelte Slade unterdrückt. »Immer geben sie einem das Gefühl, als sei man ein Schuljunge, dem man mit dem Lineal auf die Finger haut.«

»Reg dich nicht auf«, sagte Prew laut. »Wie gefällt dir jetzt die Infanterie?« sagte er ärgerlich. Seine kleine Komödie war beendet.

Niemand sagte etwas.

Am Lastwagen trafen sie auf Weary Russell.

»Ich hatte keine Möglichkeit, euch zu warnen«, flüsterte er. »Kaum sah er das Licht, lief er auch schon hinauf, nicht mal rufen konnte ich. Was hätt ich tun sollen?«

Leutnant Culpepper kam hinter ihnen her zum Lastwagen. »Übrigens, Prewitt«, sagte er in einem komisch trockenen Ton, »ich möchte Sie darauf aufmerksam machen, daß es keinen Sinn hat, etwa wieder zurückzugehn, sobald ich den Rücken kehre. Ich habe dem Wachhabenden Weisung gegeben, seine Augen auch in Richtung Bahndamm offenzuhalten.«

»Jawohl, Sir«, sagte Prew und grinste. »Wir sind ohnehin fertig, Sir«, sagte er. Es klang pompös. Er verfluchte sich selber. Leutnant Culpepper grinste. Leutnant Culpepper kletterte auf den Wagen.

»Wo ist der Hauptfeldwebel, Russell?« sagte er.

»Weiß nicht, Sir«, sagte Weary. »Ich glaube, er wollte hierbleiben.«

»Wie kommt er zurück?«

»Kann ich nicht sagen, Sir«, sagte Weary.

»Schön«, grinste Leutnant Culpepper glücklich, »das ist sein Pech, nicht wahr? Zum Wecken muß er zurück sein. Ich nehme an, er wird zu Fuß gehen müssen. Los, Anderson, fahren wir. Machen wir, daß wir aus diesem Stinkloch rauskommen«, sagte er zu Russell.

»Jawohl, Sir«, sagte Weary.

Der Lastwagen fuhr rückwärts an, wendete und verschwand. Ein großer, leerer Hohlraum blieb hinter ihm zurück. Sie standen bei der Lücke im Draht und sahen ihm nach. Im Widerschein der Scheinwerfer konnten sie Andy mit seiner Gitarre drin sitzen sehen.

Freitag lachte, in einem Versuch, den Hohlraum zu füllen. »Feine Geschichte, was? Jeder kam glänzend auf seine Kosten.«

»Hier«, sagte Slade. Er gab Prew die Seiten aus seinem Notizbuch. »Das gehört euch. Ihr werdet's haben wollen.«

»Willst du nicht ne Abschrift?«

Slade schüttelte den Kopf. »Ein andermal. Ich denk, ich mach mich jetzt besser auf den Weg. Ich muß ja immerhin zu Fuß zum Flugplatz zurück.«

»Schön«, sagte Prew. »Mach's gut.«

»Sei vorsichtig«, sagte Freitag. »Laß dich lieber nicht mehr von ihm hier erwischen.«

»Weiß Bescheid«, sagte Slade. »Brauchst du mir nicht zu sagen. Auf bald – alle miteinander.« Er verschwand quer über die Spuren des Lastwagens hinweg in Richtung der Straße.

»Glaubst du, daß er sich zu uns versetzen läßt?« sagte Freitag.

»Nein. Ich glaub's nicht«, sagte Prew. »Was denkst du? Würdest du's tun? Hier«, sagte er und streckte ihm die Seiten des Notizbuches hin. »Sie gehören Andy. 's ist sein Lied.«

»Irgendwann machen wir mal den Rest«, sagte Freitag, nahm die Seiten und steckte sie vorsichtig in seine Tasche. »Wir machen's später fertig. Wenn wir wieder in der Kaserne sind.«

»Klar«, sagte Prew. »Selbstverständlich.«

»Wir könnten's auch jetzt fertigmachen«, sagte Freitag eifrig. »Du und ich. Im Küchenzelt. Wir brauchen keine Musik mehr.«

»Mach's allein«, sagte Prew. »Ich geh ein bißchen spazieren.«

Er ging durch die Öffnung hinaus und über die Lastwagenspuren hinweg auf die Straße zu.

»Aber willst du's nicht jetzt machen?« rief Freitag ihm eifrig nach. »Jetzt gleich?«

33

Als er den Kies erreichte, blieb Prew stehen. Hinter sich konnte er noch immer Freitag eifrig mit sich selber reden hören. Slade war schon verschwunden, war außer Sicht- und Hörweite. Bald würde auch Freitag verschwinden, wenn er nur weit genug wegging.

Auf der Schotterstraße wandte er sich nach Norden, dem Haupttor zu. Der Weg nach Süden ging an dem Abstellplatz vorbei, wo Slades Ablösung auf Posten stand. Slades Ablösung würde ihn anrufen. Dann, wenn er merkte, daß es ein Soldat war, würde er die Zeit totschlagen wollen. Aber er wollte mit niemand sprechen. Er wollte auch keine neuen Freundschaften heute nacht anknüpfen. Eine neue Freundschaft am Tag war alles, was ein starker Mann etwa ertragen konnte. Er ging sehr langsam, um Slade nicht einzuholen.

Er ging die dunkle Straße entlang. Der tiefe Kies knirschte unter seinen Schuhen. Die nicht freigesetzte Energie des Whiskys dampfte in ihm und schwebte durch ihn hindurch wie Fetzen von Lachgas. Er wollte, er hätte noch Whisky. Er würde sich stinkvoll besaufen. Es sah so aus, als könne man in der Armee nicht nur nicht sein Horn blasen, sondern auch nicht einmal den Text eines lächerlichen Liedes fertigstellen.

Er hatte schon den ganzen nächsten Vers im Kopf gehabt, als Culpepper erschien. Der nächste Vers behandelte den Samstag, und er hatte ihn schon gehabt.

Das Kittchen war kalt am Samstag
Durch die Gitter schau ich hinaus,

dachte er, während er die Straße in der Dunkelheit weiterging.

Sah auf der Straße die Leute
Leben alle in Saus und Braus.
Was bleibt noch für mich als die – Dreißigender-Melodie?

Sie hatten auf der Bank gestanden am Fenster der großen Gemein-
schaftszelle im zweiten Stock des Stadtgefängnisses von Richmond,
Indiana, und die Samstagabend-Menge beobachtet. Sie mußten auf
den Bänken stehen, weil die Fenster so hoch lagen. Vier Mann, eingesperrt wegen Landstreicherei. Man hielt sie eine Woche fest, ließ
sie dann aber wieder frei. Im Gefängnis war nicht genügend Platz für
alle Landstreicher. Das war 1935.
Es war wie mit dem Horn. Bevor man etwas so ausdrücken konnte,
daß es klang, mußte man es selber *erfahren* haben, und so hatte er
alles präsent gehabt, fertig für Slades Notizbuch. Keiner von den anderen war fähig, diesen Vers zu machen, weil keiner von ihnen je im
Gefängnis gewesen war. Und jetzt war es so weit gekommen, daß er
vielleicht niemals niedergeschrieben werden würde. Er hatte keinen
Bleistift und kein Papier bei sich, um ihn niederzuschreiben, aber
auch wenn er alles dabeigehabt hätte, würde er es doch nicht getan
haben. Er hatte das bitterglückliche Gefühl, die Welt um etwas zu
schädigen.
Was war die Welt denn schon: nichts als ein Haufen von Culpepperfamilien.
Die hatten einen von Geburt an am Wickel.
Er ging über die in Dunkel getauchte einsame Kiesstraße, und ein
großes, herzzerreißendes Mitleid mit allen Prewitts der ganzen Welt
erfüllte ihn. Er dachte an das Lied, das sie nicht zu Ende gebracht
hatten und das sie ohne Slades idiotische Begeisterung für die Infanterie nie begonnen hätten. Ein guter Witz. Mehr noch. Hätte Slade
nicht wegen seiner Lüge über die Django-Platten Gewissensbisse gehabt und nicht unbedingt etwas tun wollen, um sich wieder reinzu-
waschen, hätte er sie wahrscheinlich nie dazu gebracht, das Ganze
überhaupt anzufangen. Das war nun wirklich noch komischer. Zum
Lachen war das.
Die Stimme Freitags, der sich mit Freitag unterhielt, war nun auch

verschwunden. Er war allein in seiner eigenen Welt, die aus einem Fleck Kies mit einem Durchmesser von drei Metern bestand. Das war's, was er sich gewünscht hatte. Nun aber wollte er es nicht mehr. Diese Welt hielt Schritt mit ihm, folgte ihm unerbittlich wie der Scheinwerfer dem Tänzer auf der Bühne.

Er rannte ein kurzes Stück. Er konnte ihr nicht entgehen, genausowenig wie er der Welt der Culpepperfamilien entfliehen konnte.

Er verlangsamte seinen Schritt. Ob der Song jemals beendet werden würde? Wahrscheinlich nicht, außer wenn Slade sich nach Schofield versetzen ließ, um sie zu inspirieren. Slade schätzte die Infanterie, weil er bei der Luftwaffe war. Er lachte auf, laut und bitter.

»Halt!«

Prew blieb wie angenagelt stehen. Hier war eigentlich kein Posten. Aber wie dem auch sei – man folgte besser einem Anruf, besonders dann, wenn ein Posten mit geladener Pistole dahinterstehen konnte.

»Wer da?« fragte die Stimme.

Etwas bewegte sich unmittelbar außerhalb seiner drei Meter weiten Kieswelt. Er gewahrte ein Blinken, das aussah wie das Blinken einer Pistole.

»Gut Freund«, sagte Prew vorschriftsgemäß.

»Komm näher, Freund, damit man dich erkennt«, donnerte die Stimme.

Prew ging vorschriftsmäßig langsam vorwärts.

»Halt«, dröhnte die körperlose Stimme augenblicklich.

Prew erstarrte sofort. Dieser zweite Anruf entsprach nicht mehr der Vorschrift.

»Wer da?« dröhnte die Stimme von neuem.

»Gut Freund, verdammt noch mal.«

»Komm näher, Freund, verdammt noch mal, damit man dich erkennt.«

Prew machte einen Schritt.

»Halt«, dröhnte die Stimme und schwang das ölig blinkende Ding.

Prew blieb stehen. »Was zum Teufel soll das heißen?«

»Ruhe«, brüllte die Gestalt und fuchtelte mit dem blinkenden Ding. »Rührt euch. Stillgestanden. Antreten. Linksum kehrt. Die Augen rechts. Halt, wer da?«

»Schütze Prewitt, G-Kompanie, Infanterie«, sagte Prewitt, und ein Verdacht wurde in ihm lebendig.

»Komm näher, Schütze Prewitt, damit man dich erschießen kann«, brüllte die Gestalt.

»Leck mich am Arsch, Warden«, sagte Prew und ging weiter.

»Bum«, schrie die Gestalt und zog sich zurück. Sie fuchtelte mit dem blinkenden Gegenstand. »Bum, bum. Hab dich am Arsch, und du bist tot. Bum.«

»Hör auf mit dem Zirkus, Warden«, sagte Prew mißmutig. Nun sah er, daß der blinkende Gegenstand in Wirklichkeit eine Flasche war.

»Sieh mal an!« kicherte Warden betrunken. Sein Gesicht leuchtete boshaft. »Hab ich dich drangekriegt, was? Hallo, Kleiner. Was machst du denn hier draußen so ganz allein? Weißt du denn nicht, daß es gefährlich ist, so ganz allein in der Dunkelheit herumzuwandern?«

»Ich geh spazieren«, sagte Prew feindselig.

»Sieh mal an!« sagte Warden mit hohler Stimme. »Geht spazieren. Der Leutnant hat eure kleine Feier da oben einfach aufgelöst, was?«

»Das Schwein«, sagte Prew.

»Na, na«, sagte Warden und hob den Zeigefinger. »Spricht man so von einem Culpepper? Weißt du denn nicht, daß in jedem Kriege ein Culpepper unserem Vaterland gedient hat – in jedem Krieg, seit Zachary Taylor den Mexikanern Kalifornien wegnahm? Was würdest du sagen, wenn wir kein Kalifornien hätten? Wo kämen dann die Filme her, was? Wo wären wir, wenn es keine Culpeppers gäbe?«

»Leck mich am Arsch mit deinen Culpeppers«, sagte Prew.

»Ts, ts, ts«, machte Warden, und nun bekam sein Gesicht einen eulenhaften Ausdruck.

»Keine Kinderstube. Kein Gefühl für das Wohlergehen der Welt. Nicht den geringsten Schliff. Für dich gibt's nur eins: erschossen zu werden. Bum«, sagte er, »bum, bum. Du bist tot. Hab dich. Was hältst du von meiner neuen Pistole, Kleiner?« Er hielt ihm die Flasche hin, und Prew wollte sie schnappen, aber Warden zog sie zurück. »Vorsicht, Vorsicht«, sagte er. »Aufgepaßt. Ist geladen.«

»So wie du«, sagte Prew.

»Trink was«, sagte Warden.

»Ich kann mir meinen Schnaps selbst kaufen«, sagte Prew. »Ich brauch deinen nicht.«

Warden sah angestrengt auf seinen Flaschenrevolver. »Ist geladen«, sagte er. »Für die Bärenjagd. Bum!« sagte er. »Willst du nen Bären?« Er warf die Flasche in die Höhe und fing sie. »Ich bin Scharfschütze,

Kleiner. Hast du nicht mal Lust, mit mir um die Wette zu schießen?« grinste er.

»Was soll das heißen, Warden? Willst wohl ein bißchen angeben, was?« sagte Prew. Warden war neben Pete Karelsen wohl der beste Schütze im ganzen Regiment. Beide besaßen Meistergewehre, o,3er, die sie hegten und pflegten. Zusammen mit Feldwebel O'Bannon und Hauptmann Stevens von der B-Kompanie bildeten sie die Schützenmannschaft des Regiments. Wie immer man sich auch anstrengen mochte, immer und überall schien Warden es noch besser machen zu können. Es war wirklich zum Kotzen.

»Nee«, grinste Warden, »ich will nicht angeben. Ich habe nur gehört, du bist 'n Meisterschütze. Hast im letzten Monat auf dem Schießstand 'n paar hübsche Sächelchen gezeigt. Da dachte ich mir, daß du vielleicht mal ganz gerne auch 'n richtigen Gegner haben willst, was?«

»Schön«, sagte Prew, »wann immer dir's paßt, Warden.«

»Richtigen Wettkampf«, sagte Warden. »Kleine Wette nebenbei, vielleicht hundert Dollar.«

»Pari?« sagte Prew.

»Ja, sollte dir wohl etwas vorgeben?«

»Ich dachte schon, ich sollte dir 'n Vorsprung geben.«

»Nee«, sagte Warden, »ich will dich doch nicht reinlegen.«

»Wo wollen wir schießen?« sagte Prew. »Gleich hier?«

»Auf dem Schießstand«, grinste Warden, »unter richtigen Wettkampfbedingungen. In einem Monat, wenn wir wieder rausgehen.«

»Scheiße«, sagte Prew, »ich dachte, du meinst heut nacht.«

»Hab kein Gewehr hier, außer dem kleinen Baby da. Müssen warten, bis wir auf den Schießstand können.«

»Pari?« sagte Prew, »und beide mit deinem Zielfernrohr?«

»Klar.«

»Vielleicht bin ich nicht da, wenn ihr auf den Schießstand geht«, sagte Prew.

»Mein Gott, stimmt ja«, Warden duckte sich und schnalzte mit den Fingern. »Das hab ich glatt vergessen. Dann wirst du wohl im Bau sein. Ach, verdammt«, sagte er unglücklich.

»Was soll das heißen?« sagte Prew. »Willst du dich drücken?«

»Klar«, grinste Warden ihn schlau an. »Drück mich immer.« Er setzte sich mit gekreuzten Beinen mitten auf den Kiesweg. »Hier, Kamerad. Trink was.«

»O. K.«, sagte Prew und nahm die Flasche. »Ich trink deinen Schnaps genausogern wie den von Culpepper.«

»Ist gut«, sagte Warden. »Ich hab genausowenig dagegen, daß du ihn trinkst, wie wenn Culpepper ihn trinkt.«

Prew ließ sich neben Warden nieder, gab die Flasche zurück und wischte sich den Mund. »Ein Hundedasein ist das, weißt du?«

»Scheußlich«, nickte Warden leichthin. »Absolut scheußlich.«

»Man kann sich keinen Spaß erlauben.«

»Stimmt«, nickte Warden. »Absolut keinen Spaß. Jetzt bist du auch noch bei Culpepper im Verschiß.«

»Mich hat sowieso jeder auf dem Kieker. Da spielt's keine Rolle mehr.«

»Stimmt«, sagte Warden. »Gibt 'n Royal Flush. Gibt 'n Full House. Tolles Blatt beim Poker.«

»Oder fünf von einer Sorte«, sagte Prew. »Mit dem Joker.«

»Du bist selbst schuld«, sagte Warden. Er gab ihm die Flasche. »Stimmt's?«

»Stimmt.«

»Ich hab's jetzt bei Stark verschissen. Muß wahrscheinlich woanders essen gehen. Ich hab's gerade nötig, dir was vorzuwerfen.«

»Wie kam denn das?« fragte Prew beiläufig. Er trank und gab die Flasche zurück. Vor und hinter ihnen erstreckte sich das helle Gelb der Straße in die Nacht und verlor sich im Dunkel wie ein Streifen Mondlicht auf den schwarzen Wassern des Meeres.

»Geht dich nichts an«, sagte Warden hinterhältig, »geht dich gar nichts an.«

»Ach so«, sagte Prew, »du traust mir nicht. Ich trau aber dir.«

»Wir reden über dich«, entgegnete Warden. »Nicht über mich. Warum setzt du dich eigentlich dauernd in die Scheiße, Prewitt? Warum bist du 'n Bolschewik?«

»Ich weiß nicht«, sagte Prew traurig. »Hab selber jahrelang versucht dahinterzukommen. Wahrscheinlich bin ich schon so auf die Welt gekommen.«

»Mist«, sagte Warden. Er trank wieder und sah ihn eulenhaft an. »Ich sag dir, es ist Mist. Hundertundeinprozentiger ausgemachter Scheißdreck. Hast du was dagegen? Los, hab was dagegen.«

»Ich weiß nicht«, sagte Prew traurig.

»Scheiße, sage ich dir«, beharrte Warden, »so kommt keiner auf die Welt. Schau mich an. Komm«, sagte er, »trink.«

Warden grinste schlau, während er trank. »Ist das nicht eine Dreckswelt?« sagte er. »Du bist auf dem Weg ins Kittchen, und ich bin bald so weit, daß sie mich absetzen. Und hier hocken wir beide mitten auf dieser verdammten Straße. Was, wenn jetzt ein Lkw kommt und uns überfährt?«

»Das wär scheußlich«, sagte Prew. »Dann wären wir tot, was?« Er fühlte, wie sich der Whisky rauchig und explosiv in seinem Inneren mit dem anderen mischte, der schon vorher dagewesen war. Tot, dachte er, tot, tot, tot.

»Und keinem wird's was ausmachen«, sagte Warden. »Uns weint keiner ne Träne nach. Schöne Aussicht. Schon besser, du stehst auf und gehst runter von der Straße.«

»Und du?« sagte Prew, während er die Flasche zurückgab und die Straße hinunter nach dem Lastwagen ausschaute. »Dein Leben hat mehr Sinn als meins. Du mußt dich um deine verdammte Kompanie kümmern.«

»Ich bin alt«, sagte Warden und nahm einen Schluck aus der Flasche. »Macht nichts, wenn ich verrecke. Mein Leben liegt hinter mir«, sagte er, »vollkommen hinter mir. Aber du bist jung. Du hast noch alles vor dir.«

»Aber nichts, auf das ich mich freuen könnte«, sagte Prew eigensinnig. »Dein Leben ist wichtig. Hitler hat selbst gesagt, ohne Unteroffiziere hätten wir keine Armee, nicht? Und ne Armee müssen wir haben, nicht? Was würden all die Culpeppers anfangen, wenn wir keine hätten? Nein, Sir«, sagte er eigensinnig, »du mußt aufstehn, nicht ich.«

»Nein, zum Teufel«, brüllte Warden. »Mein Leben ist vorbei. Ich bin 'n alter Mann. In fünf Jahren bin ich wie der alte Pete. Mich kannst du nicht überreden. Du mußt aufstehen.«

»Nein«, beharrte Prew. »Du stehst auf.«

»Ich tu's aber nicht«, schrie Warden.

»Und ich auch nicht. Ich bleib hier sitzen, solange wie du hier sitzen bleibst, weiß Gott. Ich werd's nicht zulassen, daß du dich umbringst.«

Warden gab ihm die Flasche. »Du bist verrückt, Kleiner«, sagte er freundlich. »Du bist wahnsinnig. Nen alten Mann wie mich kann man nicht retten. Und 'n junger wie du hat so viel, wofür er leben kann. Es wär ne Schande, bei Gott, ne richtige Schande. Himmelschreiend wär das. Bitte, Kleiner, bitte, steh auf. Tu's mir zuliebe, wenn du schon nicht an dich selbst denken willst.«

»Nein, Sir«, sagte Prew tapfer. »Das tut Prewitt nicht. Prewitt hat noch keinen Freund in der Not verlassen. Ich bleibe bis zum bittern Ende.«

»Mein Gott, was hab ich getan?« brüllte Warden. »Was hab ich angerichtet?«

»Niemand kümmert sich um uns«, sagte Prew. »Keinem einzigen tun wir leid. Zum Teufel damit. Es ist besser, wenn ich tot bin.«

Tränen stiegen in seinen Augen auf und umgaben den mit gekreuzten Beinen dahockenden Buddha Warden mit einem Schimmer.

»Ich auch«, brachte Warden würgend hervor. Er setzte sich auf und streckte die Brust heraus. »Dann sterben wir beide. Das ist sowieso besser, das ist tragischer. Wie im wirklichen Leben.«

»Ich könnte sowieso nicht aufstehen, glaube ich«, sagte Prew schläfrig.

»Ich auch nicht«, sagte Warden. »Zu spät. Leb wohl, Prewitt.«

»Leb wohl, Warden.«

Sie schüttelten sich feierlich die Hände. Tapfer verschluckten sie die unmännlichen Abschiedstränen, saßen aufrecht wie Soldaten da, starrten stolz auf das gelbe Band der Straße, auf der das Verhängnis nahen würde.

»Ich möchte nur, daß du weißt«, sagte Warden, »daß ich nie einen besseren Freund gehabt habe.«

»Ebenso wie ich«, sagte Prew.

»Keine Binde vor die Augen«, sagte Warden verachtungsvoll und warf den Kopf zurück. »Denkst du, wir sind Kinder? Behalt dein Tuch und wisch dir den Arsch damit ab, du Schweinehund.«

»Amen«, sagte Prew.

Wieder schüttelten sie sich feierlich die Hände, teilten den letzten Schluck in Wardens Flasche miteinander, warfen die Flasche ins Unkraut, setzten sich wieder aufrecht, verloren still das Bewußtsein und schliefen friedlich ein.

Sie lagen noch auf der gleichen Stelle, in der Mitte der kiesbestreuten Straße, als Weary Russell um zwei Uhr mit seinem Lastwagen die Straße heruntergerast kam, um Warden nach Hause zu bringen.

Weary bremste hart. Das kopfschwere kleine Fahrzeug schlitterte in dem tiefen Kies hin und her, und Weary kämpfte verzweifelt darum, es vor dem Abrutschen in den Graben zu bewahren. Ungefähr drei Meter vor Wardens Füßen brachte er es zum Stehen. Er stieg aus und betrachtete sich die beiden.

»Mein Gott«, flüsterte er. »Jesus, Maria und Joseph.«

Warden war vollständig bewußtlos, tief in friedlichem und glück-

lichem Schlaf. In Prewitt vermochte er ein wenig Leben hineinzu-
schütteln.

»Los. Wach auf. Du verrückter Hund. Los, mir kannst du nichts
weismachen. Ich weiß, du bist nicht tot. Du mußt mir ihn aufladen
helfen, damit ich ihn zurückbringen kann. Wenn Dynamit das je erfährt, setzt er ihn glatt ab.«

»Das kann Dynamit überhaupt nicht tun«, sagte Prew lallend.

»So? Und warum nicht?«

»Nein, zum Teufel«, höhnte Prew. »Wen will er denn zum Hauptfeldwebel machen?«

»Das weiß ich nicht«, sagte Weary nachdenklich. »Vielleicht könnte
er – ach, zum Teufel mit diesem Quatsch«, zischte er. »Hilf ihn aufladen. Was hättet ihr gottverdammten Rindviecher getan, wenn jemand anders als ich gekommen wäre? Ich hätt euch beide glatt überfahren können«, sagte er wütend. »Los jetzt«, bat er angeekelt, »hilf
mir ihn aufladen.«

»Schön«, sagte Prew mannhaft. »Möchte nicht, daß meinem Freund
Warden was passiert.«

»Deinem was?« fragte Weary in zornigem Erstaunen. »Was hast du
gesagt, deinem was?«

»Du hast mich verstanden«, sagte Prew entrüstet. »Meinem Freund
Warden, hab ich gesagt. Was soll ich sonst gesagt haben? Mein guter
Freund Warden, dem nichts passieren darf – hab ich gesagt. Du hast
mich ganz gut verstanden.«

Weary legte den Arm um ihn, und mühsam richtete er sich auf.

»Wo isser? Ohdaisser. Laß mich gehn. Bin ganzinordnungmann«,
sagte er. »Red später. Hilf mir meinen Freund Warden auf deinen
Scheißwagen laden. Muß mich um ihn kümmern, verstehst? Muß
ihn versorgen. Is bester Soldat in Kompanie, absolut bester.« Er
machte eine nachdenkliche Pause. »Einziger Soldat in der ganzen
Scheißkompanie überhaupt«, fügte er hinzu.

Weary ließ ihn gehen, sah angewidert zu, wie er zu dem schlafenden
Warden hinüberschwankte, sich über ihn beugte, um ihn zu packen,
und dann auf ihn fiel.

»Ach«, sagte Prew, »ich bin betrunken.«

»Nichts wert bist du«, sagte Weary mißmutig.

Er half ihm wieder auf die Beine. Es gelang ihnen, den schlaffen
Körper des schweren Mannes, der schlüpfrig wie ein Aal war, halb
tragend, halb schleifend zum Lastwagen zu schleppen. Zweimal ließen sie ihn fallen. Warden fiel wie ein Stein. Sie hoben ihn wieder auf

und brachten ihn schließlich mit viel Stemmen, Drücken und Schieben hinauf. Sobald er oben war, öffnete er die Augen und grinste die beiden schlau an. »Ist das Russell?« murmelte er lallend.

»Natürlich«, sagte Weary angewidert, »Russell, das Kindermädchen.«

»Und hör mal, Russell«, sagte Warden. »Ich möchte, daß du wass tusst, verstehsst du, ich möchte, daß du wass tusst.«

»So«, sagte Weary höhnisch. »Was?«

Warden setzte sich halb auf und sah sich um. Prewitt schlief schon wieder. Er lag ausgestreckt auf dem Fahrersitz. »Ich sags dir«, flüsterte Warden so gedämpft wie eine zischende Lokomotive. »Ich will, daß du diessen Mann ins Lager bringst.«

»Schön«, sagte Weary müde, »aber hör auf, so zu sprechen und zu tun, als wenn du betrunken bist. Du hast's schon hingekriegt, daß ich dachte, du bist bewußtlos, und dich auf den Lastwagen geschafft habe. Du bist nicht betrunken. Du bist weniger betrunken als er.«

Warden lachte. »Hab ich dich reingelegt, was?« kicherte er. »Das ist aber noch nicht alles. Wenn du ihn zu Hause hast, sagst du seinem Wachhabenden, daß der Hauptfeldwebel angeordnet hat, daß Prewitt für den Rest der Nacht keinen Dienst mehr zu machen braucht, weil er den Hauptfeldwebel bei einem privaten Spähtrupp begleitet hat.«

»Aber das kannst du doch nicht tun, Spieß«, sagte Weary erstaunt.

»Was kann ich nicht tun?« sagte Warden. »Ich *hab's* schon getan. Du hast doch gehört, was ich dir gesagt habe, oder nicht?«

»Natürlich«, sagte Weary, »aber . . .«

»Kein Aber«, sagte Warden wild. »Tu, was ich dir befohlen habe. Bin ich der Hauptfeldwebel oder bin ich's nicht?«

»Du bist's.«

»Vielleicht weißt du nicht, was für dich gut ist, wenn du Gefreiter werden willst. Bei mir gibt's kein Aber. Tu, was ich dir sage.«

»Schön, Spieß. Du verlangst aber ein bißchen sehr viel für einen schäbigen Winkel.«

»Komm her«, sagte Warden und packte ihn am Arm. »Weißt du nicht, Weary, daß wir uns um diesen Mann kümmern müssen«, flüsterte er. »Er ist der beste Soldat in der ganzen Kompanie.« Er machte eine Pause und dachte nach. »Überhaupt der einzige Soldat in der ganzen beschissenen Kompanie«, fügte er hinzu.

»Was habt ihr zwei eigentlich miteinander?« sagte Weary. »Ein gegenseitiges Hochachtungsabkommen?«

»Wir müssen uns um ihn kümmern, solang wir noch können, verstehst du?« sagte Warden eindringlich. »Er wird vielleicht nicht mehr lang bei uns sein, und solang er bei uns ist, müssen wir einfach für ihn sorgen.«

»O. K., Spieß«, sagte Weary. »Leg dich wieder lang.«

»Es ist wichtig«, sagte Warden. »Du weißt nicht, wie wichtig es ist.«

»Gut«, sagte Weary. »Schlaf jetzt um Gottes willen.«

»Versprichst du mir das?« sagte Warden.

»Ja«, sagte Weary müde. »Ich versprech's dir. Schlaf jetzt aber.«

»Gut«, sagte Warden zufrieden. »Aber nicht vergessen. Ist sehr wichtig.« Er streckte sich gemütlich auf dem schmutzigen, aufgerissenen Holzboden des Lastwagens aus. »Es kann nämlich jeden Tag passieren«, sagte er.

Weary sah ihn an und schüttelte den Kopf, schlug die Klappe des Wagens hoch und fuhr die Straße hinunter auf das Lager zu.

34

Es geschah am Tag nach der Rückkehr von Hickam. Es hatte schon so in der Luft gelegen, daß jeder es sich sehnlichst wünschte. Alle hatten es erwartet. Als es aber schließlich geschah, zeigte sich, daß es so verwickelt und kompliziert war, daß kaum jemand darüber befriedigt sein konnte, am wenigsten Prewitt. Prew hatte die Absicht gehabt, an diesem Abend nach Maunalani Heights zu gehen.

Sie waren am späten Nachmittag des Vortages angekommen, hatten die Lastwagen entladen und waren bis spät in die Nacht damit beschäftigt gewesen, ihre persönliche Ausrüstung zu säubern. Niemand mochte diese Art von Arbeit. Der ganze nächste Tag wurde dann der Säuberung der Kompanieausrüstung gewidmet, der Herde, der Pyramidenzelte, der Offizierszelte und aller übrigen Gegenstände, die für die Inspektion sauber und in Ordnung sein mußten.

Zu jedermanns Überraschung stand der Gefreite Bloom mit den anderen der Boxriege auf der Veranda, als sie ankamen. Wie sich herausstellte, war Bloom eine Woche zuvor vom Unteroffizierslehrgang entlassen worden. Wie es hieß, hatte Bloom Freiübungen beaufsichtigen sollen. Seine erste Übung hatte er mit dem Kommando ›Hüften auf Schultern – legt‹ begonnen. Die Gruppe der Kandidaten hatte sich sofort in ein wirres und wieherndes Durcheinander aufgelöst. Darauf war Bloom abgelöst und noch am selben Nachmittag vom Lehrgang entlassen worden.

Für die verschmutzte Kompanie, die gerade von der Feldübung nach Hause kam, war das eine herrliche Neuigkeit. Die Partei der Nichtsportler zögerte nicht, mit großem Behagen auf dieses Ergebnis der Methode Dynamits hinzuweisen, Boxer mit weichgeschlagener Birne zu befördern. Die Partei der Sportler begegnete diesem Argument mit einem Hinweis auf den Anwärter Malleaux, den neuen Federgewichtler. Der war nicht nur immer noch auf Lehrgang, sondern auch der Beste in seinem Kurs. Blooms Fall war nicht mehr als eine Ausnahme. Und außerdem brauchte man nicht einen Unteroffizierslehrgang absolviert zu haben, um ein guter Unteroffizier zu sein.

Bloom erklärte jedem, der es hören und der es nicht hören wollte, daß die Untersuchung gegen die Schwulen der wahre Grund seiner Entlassung gewesen war. Nur sehr wenige wollten es hören. Die Erwähnung der Untersuchung verwirrte nur, und die andere Geschichte eignete sich viel besser zum Erzählen. Ohnehin hatte die Gruppe der Nichtsportler ihn nie gemocht, und nun hatten auch die Sportler das Gefühl, daß er ihrem Ruf geschadet habe, und waren ihm auch nicht sehr zugetan.

Den ganzen ersten Nachmittag während des Abladens und den größten Teil des nächsten Morgens während des Arbeitsdienstes wanderte Bloom von einem Kommando zum anderen und versuchte, seine Lage zu erklären. An diesem Tage brauchte er auch nicht zu exerzieren, denn abends waren die ersten Regimentskämpfe. Bloom war aufgestellt und hatte deshalb einen Ruhetag. So hatte er an diesem Tag genügend Zeit, sich mit seinen eigenen Sorgen zu beschäftigen und seine Unschuld zu beteuern.

Es war Blooms erster Kampf als Mittelgewichtler. Er hatte nur deshalb in diesem Jahre wieder in den Regimentskämpfen aufgestellt werden können, weil er in der Bowl als Halbschwergewichtler gekämpft hatte. Um sein Gewicht zu reduzieren, mußte er sich drei Tage lang lediglich von Milchtabletten ernähren und außerdem in einem Schwitzanzug trainieren, der aus zwei Pullovern und einem Armeeregenmantel bestand. Er war sehr gereizt, und diese Stimmung bekam ihm nicht.

Dennoch arbeitete er intensiv daran, seine Unschuld zu beweisen. Es half ihm nicht viel. Ebensogut hätte er sich ausruhen können. Wo immer er hinkam, überall war ihm schon die andere Geschichte vorausgeeilt. Sie bewegte sich auf den Flügeln des Tratsches, und die waren schneller als die Beine eines Mannes. Man solle getrost die Wahrnehmung seiner Interessen dem Hauptmann Holmes überlassen, sagte er. Dynamit war viel zu erhaben, als daß er sich von bösartigem Geschwätz würde beeinflussen lassen. Bloom hatte Vertrauen zum Hauptmann. Er war bereit, mit jedem einzelnen zu wetten, daß Hauptmann Holmes ihn dennoch zum Unteroffizier befördern würde. Das half aber alles nichts. Jedesmal, wenn die große Masse seines Körpers am Horizont auftauchte, sah irgend jemand von der Arbeit auf und brüllte »*Achtung, Hüften auf Schultern – legt*«.

Am Frühnachmittag mußte er es schließlich aufgeben. Er verschwand im Kino Nummer eins, wo man ›Der Boxer und die Dame‹ mit Clark Gable gab, und hatte doch Ruhe und Entspannung sehr nötig, da er an diesem Abend boxen mußte.

Prew war dem Kommando zugeteilt, das den Küchenanhänger scheuerte. Als Bloom auftauchte, hatte er sich aus der Sache herausgehalten. Es tat ihm zwar nicht leid, daß Bloom nicht befördert wurde, im großen und ganzen aber war es ihm gleichgültig. Sein einziger Wunsch war, zu Alma zu gehen. Es war jetzt zwei Wochen her, daß er das letzte Mal dort gewesen war. Er wollte beim Boxen nicht zusehen, und es war auch taktvoller, sich fernzuhalten. Der Küchenwagen stand in der Kompaniestraße. Die Bodenbretter unter dem Kühlschrank waren herausgenommen und an die Seite des Wagens gelehnt worden, um das Wageninnere scheuern zu können. Einer der Gruppe war damit beschäftigt, die Bodenbretter abzuspritzen. War das getan, blieb nicht mehr viel Zeit übrig. Sobald die Brotkiste gesäubert und dann alles gut abgespritzt und die Außenseite mit einem Lumpen abgerieben war, hatte man's geschafft, und als Bloom sich ins Kino verdrückte, war's fast so weit. Sie sahen Bloom nach, der unter den Rufen von ›*Achtung, Hüften auf Schultern – legt*‹ verschwand. Sie wußten, wohin er ging. Im Umkreis von fünfzig Metern konnte man immer gleich hören, wohin sich Bloom gerade begab. Sie setzten ihre Arbeit fort.

Sie arbeiteten auch noch, als Champ Wilson und Liddell Henderson mit ein paar anderen Boxern vom Training in der Regimentsturnhalle zurückkamen. Feldwebel Wilson und die anderen Boxer hatten ebenfalls nicht an der Felddienstübung teilgenommen und waren auch keinem der Kommandos zugeteilt worden. Feldwebel Henderson, obwohl er kein Boxer war, hatte zu Hause bleiben dürfen, weil er die Pferde des Hauptmanns versorgte. Er hatte Wilson, seinen

›Ableger‹, zur Turnhalle begleitet, um ihm beim Training zuzusehen. Er war es, der Blooms Hündin, die harmlos zwischen den Kommandos herumtrottete, in eine Ecke trieb und vorschlug, man sollte doch spaßeshalber den großen Polizeihund der F-Kompanie mit ihr kuppeln.

»Der arme olle Polizeihund hat jetzt zwei ganze Wochen lang vergeblich rumgeschnüffelt. Wird wirklich Zeit, ihm 'n bißchen zu helfen«, grinste Feldwebel Henderson. Seine Stimme war hoch, und er sprach langgezogen und singend, wie man in Texas spricht. »Bloom, das Arschloch, wird sich schön wundern, wenn die olly Lady ihm auf einmal lauter kleine Polizeihunde aufs Kissen legt.«

»Ich habe diesen Bloom noch nie ausstehen können«, sagte Feldwebel Wilson grimmig, während er sich niederkniete, um die Vorderbeine von Blooms Hündin zu halten. Feldwebel Wilson sagte alles in grimmigem Ton, ganz gleich, ob innerhalb oder außerhalb des Boxrings. Feldwebel Champ Wilson war ein grimmiger Bursche. Er mußte es sein. Er war der Meister im Leichtgewicht der Hawaii-Abteilung. Eine solche Ehre nahm man nicht auf die leichte Schulter. Grimmig hielt er Ladys Vorderbeine.

Auf dem Kasernenhof standen überall Männer teils mit ihrer Arbeit beschäftigt, teils faulenzend herum. Einige Kommandos hatten auf der Veranda damit zu tun, die Rohre der wassergekühlten Maschinengewehre zu verpacken. Leva hatte entschieden, daß das bei dem allgemeinen Putzen und Reinemachen gleich mit erledigt werden konnte. Andere Kommandos arbeiteten auf der Straße und bei den Mülleimern und jenseits der Straße an den Zelten. Schon nach kurzer Zeit stand eine ansehnliche Versammlung um Henderson und Wilson herum. Man ermutigte die beiden und gab ihnen Ratschläge.

Blooms Hund war eine kleine, terrierartige Promenadenmischung. In jedem Armeelager laufen herrenlose Hunde herum, denen auch jeder Futter gibt, um sie streicheln zu dürfen. Bloom aber mußte seinen eigenen Hund haben. Diese Hündin, die er Lady nannte, hatte er in irgendeinem Biergarten aufgelesen und mit in die Kaserne gebracht. Regelmäßig hatte er Abfälle von den Köchen erbettelt, obwohl sie Lady ohnehin gefüttert hätten, um sie streicheln zu dürfen. Er wollte sie selbst dreimal am Tag füttern, um sich dadurch ihre hundertprozentige Zuneigung zu erobern. Mit dem gleichen Pflichtgefühl, aber noch größerem Eifer, der sich bis zu beleidigender Wut steigern konnte, vertrieb er alle männlichen Hunde, die sich auf das

Kompaniegelände verirrten. Der große Polizeihund der F-Kompanie war sein spezieller Feind.

Die ganze Geschichte hatte sich zu einem der größten Späße in der Kompanie ausgewachsen. Und Lady selbst, die ein kleines, armseliges angstgesichtiges Nervenbündel war und ihren Schwanz immer zwischen den Beinen trug, machte die Sache nur noch schlimmer. Sie besaß nicht das geringste Verständnis für soldatische Haltung, und es war ein großartiges Vergnügen für die ganze Abteilung, Bloom zu beobachten, wie er Lady anbrüllte und verfluchte und bedrohte, wenn sie zitternd, den Schwanz zwischen den Beinen, allmorgendlich versuchte, der Kompanie auf den Exerzierplatz zu folgen.

Lady war keine Jungfrau mehr. Es war klar, daß sie nicht besser war als andere und nicht halb soviel gegen den Polizeihund einzuwenden hatte wie Bloom. Jetzt aber war sie verängstigt. Der Polizeihund war wohl bereit zu tun, was von ihm erwartet wurde, aber er war zu groß für sie, wenn sie ihm nicht entgegenkam. Und sie wollte nicht. Lady hätte voll aufgerichtet unter seinem Bauch stehen können, ohne ihn zu berühren. Jetzt aber duckte sie sich so tief, wie es Feldwebel Henderson nur zuließ. Feldwebel Wilson hielt grimmig ihre Vorderbeine, während Feldwebel Henderson versuchte, ihr Hinterteil hochzubringen. Der Polizeihund sprang aufgeregt herum und fuchtelte vergebens mit den Vorderpfoten. Die Zuschauermenge johlte und teilte Ratschläge aus. Jeder war überzeugt, daß man dabei war, Bloom einen ordentlichen Streich zu spielen. Lady begann zu heulen und zu kläffen und sich zu winden, so daß die beiden Feldwebel alle Hände voll zu tun hatten, um sie überhaupt festzuhalten. Der Reiz der Neuheit verblaßte. Mit einem Male machte die Sache gar nicht mehr soviel Spaß. Die Menge begann sich zu zerstreuen, unsicheren Blicks und beschämt. Man wandte sich wieder seiner Arbeit zu. Feldwebel Henderson aber gab nicht auf. Die wenigen, die als Zuschauer übrigblieben, sahen halb beschämt, halb gespannt drein. Noch immer gab Henderson sich nicht geschlagen.

Prew hatte eine ganze Zeitlang geschwiegen. Es ging ihn nichts an, und es war nicht sein Hund. Bloom sollte sich um seinen verdammten Köter kümmern. Aber es hatte sich so viel in ihm angehäuft, daß er an dem Punkt angelangt war, an dem es nicht mehr weitergeht und an dem man einfach irgendeinen Anlaß braucht, um sich entladen zu können. Er sah sie an, die einen, die mit beschämtem Gesicht weggegangen waren, und die anderen, die mit schuldigem, geilem Gesicht

dabeigeblieben waren – alle diese Champ Wilsons und diese Hunde-
diebe Hendersons, welche nie, aber auch niemals eine Felddienstübung mitmachten; und er haßte sie alle, haßte sie mit dem gleichen
wilden und unversöhnlichen Haß, mit dem er Bloom und Blooms
verdammten heulenden Hund haßte.

Er verließ den Küchenwagen und ging hinüber, bahnte sich mit dem
Ellenbogen einen Weg durch die Menge halb geiler, halb zögernder
Gesichter und stieß Henderson mit der offenen Hand hart gegen die
Schulter. Henderson, der auf den Knien war und sich mit Ladys
Hinterteil abmühte, fiel nach hinten über. Dabei ließ er, um sich
selbst zu fangen, den Hund los.

Lady rannte quer über den Kasernenhof davon. Der Polizeihund
folgte ihr auf den Fersen. Einmal wandte sie sich knurrend um und
schnappte nach seiner Schulter. Danach folgte er ihr mit etwas größerem Abstand.

»Was soll denn das heißen?« fragte Feldwebel Henderson.

»Das heißt, daß ich es nicht mit ansehen kann, wenn sich jemand als
ein noch größerer Schweinehund aufführt, als er's sowieso schon
ist«, sagte Prew. »Scher dich zurück zu deinem Stall und deinen beschissenen Gäulen.«

Feldwebel Henderson grinste, lehnte sich lässig auf einen Ellenbogen und steckte die rechte Hand in die Tasche. »Was ist los mit dir,
Prewitt? Hast 'n weiches Herz, was? Oder bist du auf einmal unter
die kleinen Mädchen gegangen?«

Prew sah auf die Hand, die in der Tasche liebkosend etwas betastete.
»Zieh das Messer lieber nicht raus, du Hund«, sagte er, »oder ich
mach dich kalt damit.«

Das Grinsen verschwand von Feldwebel Hendersons Gesicht, aber
Feldwebel Wilson, der immer kühle, war schon an der Seite seines
Ablegers und half ihm beim Aufstehen. »Komm, Liddell«, sagte er
beruhigend. Er hielt Henderson am rechten Arm und zog ihn in
Richtung des Kompanieblocks.

»Eines Tages gehst du zu weit, Prewitt«, schrie Henderson plötzlich,
»und dann schneid ich dir dein verfluchtes Herz aus dem Leib.«

»Wann?« fragte Prew.

»Halt's Maul, Liddell«, befahl Wilson grimmig. »Es wäre besser,
Prewitt, wenn du dir angewöhnst, deinen Grips zu gebrauchen«,
sagte er kühl. »Eines Tages bringst du dich in eine Schweinerei, aus
der du nicht mehr herauskannst. Es gibt sowieso kaum einen in diesem Verein, der dich ausstehen kann.«

»Gut so«, sagte Prew, »ist auch kaum einer hier, von dem ich's mir wünschte.«

Wilson antwortete nicht. Er führte den wütenden Henderson, der keinen Widerstand leistete, in den Tagesraum, wobei er ihm ununterbrochen beruhigend auf die Schulter klopfte. Prew ging zurück zum Küchenwagen. Die Menge verteilte sich und wandte sich wieder der Arbeit zu. Man war ein wenig enttäuscht, daß man um einen Boxkampf gekommen war, der vielleicht gut geworden wäre. Prew war nicht sicher, ob er selbst enttäuscht war oder nicht. Niemand beim Küchenwagen sagte etwas. Offenbar, dachte er grimmig, wußte schon jeder, daß Prewitt auf der Kippe stand.

Der Rest des Nachmittags verging, ohne daß jemand etwas von der Geschichte erwähnte. Sie war schon vergessen, wie tausend andere kleine Zwischenfälle. Eigentlich hätte sie keinerlei Folgen haben dürfen, und so wäre es auch gewesen, wenn nicht ausgerechnet der Gefreite Isaac Bloom sie beim Abendessen wieder aufgewärmt hätte.

Es gab Würstchen und Kartoffelbrei, von den Kartoffeln, die vom Mittagessen übriggeblieben waren. Als Gemüse gab es Limabohnen und große Pfirsiche mit Saft als Dessert. Es war eine gute Mahlzeit, und die Unterhaltung begann erst, als Schüsseln und Teller geleert waren. Prew betrachtete das Ende seines letzten Würstchens. Es hatte eine rösche und dunkle Haut. Er steckte es in den Mund, sah, wie Stark aus der Küche hereinkam und zum Feldwebeltisch ging, um seinen ›Nach-Tisch-Kaffee‹ zu trinken, eine Zigarette zu rauchen und sich zu unterhalten. Sein Unterhemd war schweißgetränkt, und Schweiß glänzte auf seinen starken Armen und Schultern und tropfte aus den Haaren in seinen Achselhöhlen. Er hatte Stark sehr gerne, und tatsächlich war Stark ungefähr der einzige Mann in der ganzen Kompanie, aus dem er sich etwas machte. Vielleicht noch Warden. Nein, der nicht, dieser hinterhältige Hund. Vielleicht Andy und Freitag. Und Maggio. Er schluckte das letzte Restchen Wurst und zündete sich eine Zigarette an, spürte den Rauch auf der noch salzigen Zunge. Dann fügte er den Geschmack des Kaffees hinzu.

In diesem Augenblick nahm Bloom seinen Teller und setzte sich Prew gegenüber an den Tisch. Die Unterhaltung um sie wurde erwartungsvoll leiser.

»Ich möchte mich bei dir bedanken, Prewitt, daß du dich um meinen Hund gekümmert hast, während ich weg war«, rief Bloom.

»Bitte sehr«, sagte Prew. Er griff nach seiner Kaffeetasse.

»Hier«, rief Bloom. Er packte die metallene Kaffeekanne und füllte

Prews Tasse. »Man weiß immer, wer ein wirklicher Freund ist«, rief
er. »An der Art, wie jemand das Tier eines anderen behandelt, kann
man immer erkennen, was für ein Kerl er ist. Ich bin tief in deiner
Schuld.«

Prew rührte den Kaffee nicht an. »Du schuldest mir gar nichts,
Bloom.«

»O doch«, rief Bloom.

»O nein, du schuldest mir absolut nichts.«

»Ich gehör aber zu denen, die ihre Schulden bezahlen.«

»Das gleiche hätt ich genauso für den Hund von irgend jemand anders getan. Ich kann einfach nicht zusehn, wenn irgendein Schweinehund ein Tier quält. Irgendein Tier. Ich scheiß drauf, wessen
Dreckhund es ist«, sagte er. »In Wirklichkeit hab ich noch nicht mal
gewußt, daß es dein Hund ist«, log er, während er Bloom durch den
ausgeatmeten Rauch hindurch beobachtete.

»Aber jeder weiß doch, daß es mein Hund ist«, protestierte Bloom.

»Nein, nicht jeder. Ich zum Beispiel hab's nicht gewußt. Wenn ich's
nämlich gewußt hätte, so hätt ich gar nichts getan«, sagte er. »Du
schuldest mir also gar nichts. Ich bitt dich nur um eins, komm nicht
in meine Nähe.« Er stand auf und nahm sein Geschirr vom Tisch.
»Wiedersehn, Bloom«, sagte er.

Die Unterhaltung, die sich enttäuscht über Kaffeetassen und Zigaretten hinweg erneut angesponnen hatte, wurde wieder leiser, als
verminderte man die Lautstärke eines Radios.

»Na, da hört doch alles auf«, sagte Bloom. »Ist das ne Art, einen
Kameraden zu behandeln, wenn er sich bedanken will?« Er stand
ebenfalls auf und nahm mit Nachdruck sein eigenes Geschirr vom
Tisch. »Ich kam nur herüber, um dir meinen Dank auszusprechen,
Prewitt. Bestimmt nicht, weil ich Lust dazu hatte.«

»Na also, ich will deinen blödsinnigen Dank nicht, Bloom«, sagte
Prew. »Was sagst du jetzt?«

»Ha«, sagte Bloom, »das ist doch ein Witz. Wer bist denn du? Der
König von England?«

»Was willst du eigentlich?« sagte Prew. »Mich beleidigen?«

»Haben ich und mein Hund dich vielleicht um Hilfe gebeten«,
brüllte Bloom. »Nein, das haben wir nicht getan. Also wart das
nächste Mal, bis man dich fragt. Ich und mein Hund brauchen deine
Hilfe nicht, du Schweinehund. Laß in Zukunft mich und meinen
Hund in Ruhe.«

Prew hatte seinen Teller abgestellt, aber die Tasse war noch immer in seiner Hand, und nun warf er sie. Die schwere henkellose Schale traf Bloom mitten auf die Stirn. Bloom blinzelte und runzelte die Stirn. Die Schale prallte ab und kollerte, ohne zu zerbrechen, auf den Steinboden.

Stark stand zwischen den beiden, noch ehe sie sich packen konnten. Die Zigarette hing noch immer in seinem schiefen, unbeweglichen Mund, der aussah, als wäre er im Begriff zu lachen, im Begriff zu weinen, im Begriff zu höhnen. Er stellte sich vor Prew, während er Bloom gegen die Brust stieß.

»Nicht in meinem Speisesaal«, knurrte er. »Wenn ihr euch schlagen wollt, tut's draußen auf dem Rasen. Hier drin wird nicht geprügelt. Hier wird gegessen und nicht geprügelt«, sagte er stolz, »und damit Schluß, verstanden? Und du hast Glück gehabt, Prewitt, daß du die Tasse nicht zerbrochen hast, sonst hätt's dich am nächsten Zahltag zehn Cent gekostet.«

Bloom sah sich im Raum um. Auf seiner Stirn war ein kleiner roter Fleck. »Willst du mit rauskommen?« sagte er.

»Natürlich«, sagte Prew, »warum nicht? Los.«

»Na«, sagte Bloom. »Worauf wartest du dann? Hast du Schiß, oder was?« Er machte sich auf den Weg zur Tür. Während er ging, knöpfte er sein Hemd auf. Prew folgte ihm durch die Tür und zur anderen Straßenseite auf den Kasernenhof, wo noch immer die Zelte standen, die man am Nachmittag aufgestellt hatte. Glücklich strömten alle anderen hinter ihnen drein. Schon kamen auch aus anderen Speisesälen und Veranden Männer gerannt, als hätten sie, noch ehe es geschah, davon erfahren und nur die Zeit totgeschlagen, bis sie endlich losrennen konnten. Man bildete einen großen Kreis. Bloom war noch immer damit beschäftigt, sein Hemd auszuziehen. Sein ungeheuerer, milchweißer, faßartiger Brustkasten wurde sichtbar. Auch Prew zog sein Hemd aus.

Sie kämpften anderthalb Stunden lang. Als der Kampf begann, war es fünf Uhr dreißig und noch nicht dunkel. Der erste Boxkampf bei den Regimentskämpfen sollte um acht Uhr beginnen. Bloom kam aber erst bei den Hauptkämpfen dran und mußte nicht vor zehn oder halb elf antreten. Sie boxten noch immer, als bereits ein Kommando aus der Turnhalle damit beschäftigt war, den Ring auf dem Podium des Musikpavillons aufzubauen.

Es gab nur eine Art, um gegen Bloom zu kämpfen: man mußte mit ihm boxen. Bloom hatte mehr oder weniger seit vergangenem Dezember im Training gestanden, und sein Bauch war hart wie Stein.

Sein Kopf war schon immer hart wie Stein gewesen. Wenn er nicht solche Angst davor gehabt hätte, getroffen zu werden, hätte er im Handumdrehen mit Prew fertig werden können. Hatte Prew überhaupt den Schatten einer Chance, so lag sie in seiner Schnelligkeit, die er in Myer zu einem persönlichen Stil entwickelt hatte. Dennoch mußte er sich schon nach zehn Minuten vollkommen ausgeben, um überhaupt von Bloom wegzubleiben, so sehr war er außer Form.

Er konnte Bloom zwar nach Belieben treffen, aber selbst seine Schlagkraft, die für einen so leichten Mann immer bemerkenswert gewesen war, reichte nicht aus, um Bloom auch nur zu verwirren. Mehrere Male bearbeitete er Blooms Bauch mit linken Haken, gab es dann aber auf. Er entschloß sich, mit seiner Linken Blooms Nase in die Kur zu nehmen, und wirklich, der erste solide linke Haken, den er landen konnte, brach Blooms Nasenbein. Er spürte unter seiner Faust, wie der Knochen nachgab, und wußte, daß er gebrochen war. Dennoch blutete Bloom kaum. Alles, was kam, war ein Tröpfeln, das bald aufhörte. Das war die ganze Wirkung. Ungefähr fünf Sekunden lang standen Blooms Augen voller Wasser, und sein Gesicht sah für einen Augenblick sehr angeschlagen aus, aber seine Oberlippe schwoll überhaupt nicht an. Es war, als versuchte man, einen Stier mit der Faust niederzuschlagen.

Prew fuhr fort, auf die Nase zu zielen, aber Bloom duckte sich jedesmal, so daß die meisten Linken hoch über seinen Kopf hinweggingen, und schlug dann, sich aufrichtend, einen weitausholenden rechten Schwinger. Die ersten zwei-, dreimal hätte er Prew mit einem linken Haken in den Magen in Stücke reißen können. Der Haken kam aber nicht, sondern Bloom schwang immer wieder mit seiner Rechten. Prew bemerkte nach den ersten paar Malen, daß Bloom, wenn er sich duckte, seine Linke weit hinüber zur rechten Gesichtshälfte brachte und damit die linke Hälfte entblößte. Danach begann Prew mit linken Finten und nachfolgenden geraden Rechten in der Richtung der Blöße. Das erste Mal ging der Schlag fehl. Das nächste Mal aber konnte er seine Rechte genau unter Blooms linkem Auge landen. Das würde Bloom ein blaues Auge geben, aber das war ein schwacher Trost, denn auch dieser Schlag hatte Bloom in keiner Weise verwirrt. Es war, als versuchte ein einzelner Mann, ein Automobil umzuwerfen.

Als Bloom sich dann das nächste Mal duckte und Prew seine Rechte gehenließ, zog Bloom den Kopf ein, und Prew traf ihn mit voller

Kraft auf den Schädel. Er spürte, wie einer seiner Knöchel zum Teufel ging. Er war nicht gebrochen, nur verstaucht, aber das genügte. Bloom kam aus seiner Duckstellung mit einem breiten Grinsen herauf. So mußte Prew die Rechten aufgeben. Er begann von neuem, Blooms Nase mit der Linken zu bearbeiten. Seine rechte Hand hielt er in Reserve für einen eventuellen Haken auf Blooms Adamsapfel. Mehr blieb ihm nicht mehr übrig. Es war, als ginge man um ein Haus herum und versuchte, alle Türen zu öffnen, und fände sie alle verschlossen und bückte sich schließlich nach einem Stein, mit dem man ein Fenster einwerfen könnte, und merkte dann, daß die Läden geschlossen sind. Prew wurde sehr müde.

Die Menge aber, die um sie herumstand und die noch immer wuchs, amüsierte sich großartig. Mehrere Ordner, die sich selbst dazu ernannt hatten, gingen herum und hielten die Leute zurück und sorgten dafür, daß die Boxer genügend Platz hatten. Es war fast wie bei einem regulären Boxkampf im Ring. Viel Blut gab's nicht zu sehen, aber in diesem Falle fand sich die Menge damit ab, weil sie gespannt darauf wartete, wie Prew seine Aufgabe lösen mochte. Sie waren in der Lage, an Prews geistigen Anstrengungen teilzunehmen, ohne das Risiko laufen zu müssen, von Bloom getroffen zu werden. Jedesmal, wenn Prew etwas ausprobierte, waren sie alle sehr interessiert daran, zu sehen, wie der Erfolg war. Er konnte hören, wie sie hinter seinem Rücken seine Erfolgsaussichten diskutierten, als beobachteten sie den Versuch eines neuen Gambit in einem Schachspiel.

Prews Beine waren sehr müde. Seine Vorderarme, Ellenbogen und Schultern waren allmählich wund geworden von all den Schlägen, die er mit ihnen aufgefangen hatte. Seine rechte Hand war ein wenig geschwollen, und Bloom hatte es gesehen. Von da ab war er weniger zurückhaltend geworden und hatte begonnen, ihn hart anzugreifen. Noch immer hatte er keine Möglichkeit gehabt, seine Rechte auf Blooms Adamsapfel zu landen. Er begann zu zweifeln, ob diese Möglichkeit überhaupt je kommen würde. Er wollte keinen Versuch machen, ehe er ganz sicher war, da seine Hand nicht mehr viel Fehlschläge ertragen konnte, die auf Blooms Schädel landeten.

Bloom drang jetzt mit beiden Fäusten wild schwingend auf ihn ein, und er hatte alle Hände voll zu tun, um ihm zu entgehen, besonders dann, wenn Bloom ihn gegen die Menge drängte. Einmal gelang es Bloom, in einem solchen Augenblick eine gerade Rechte zu landen. Der Schlag explodierte auf seiner Schläfe, und dann war Prew auf den Knien, lag quer über einem Zuschauer, der unter ihm zusammengebrochen war, fühlte sich sehr schläfrig und sehr müde, und alles klang eigenartig und weit entfernt, und es fiel ihm schrecklich schwer, aufzustehen, weil seine Beine nicht mehr mitmachen wollten.

Ein andermal stolperte er über irgend jemandes Füße, als Bloom ihn in die Menge hineindrängte, und fiel nieder, ohne getroffen worden zu sein. Er sah den Fußtritt kommen und rollte sich zur Seite. Ein Zorn, den er bis dahin überhaupt nicht empfunden hatte, packte ihn. Jemand war dazwischengetreten, hatte Bloom zurückgestoßen und ermahnte ihn, anständig zu kämpfen. In der Dunkelheit sah er, daß es Stark war. Die Menge stimmte Stark zu. Die Menge wollte nicht, daß der Boxkampf in eine wilde Schlägerei ausartete und ihr Genuß gestört würde. Bloom war anderer Meinung.

Als er wieder aufstand, hatte Bloom seine Rechte weit zurückgezogen und schlagbereit. Er stand so nahe vor Prew, wie man es ihm erlaubte. Mit dem Stiefelabsatz trat Prew krachend auf Blooms Fuß. Bloom öffnete den Mund weit, um zu schreien. Noch immer war seine Rechte zurückgezogen und bereit, zuzuschlagen – bereit, aber mit einem Male vergessen. Prew schlug eine harte Linke und landete mitten auf der verletzten Nase, und Bloom schrie und hob beide Hände hoch, und Prew ließ einen Haken in den Bauch folgen, placierte ihn so tief er konnte, ohne direkt die Hoden zu treffen. Bloom stöhnte nicht, aber brachte beide Hände herunter. Damit war er weit offen für die Rechte auf den Adamsapfel. Es schmerzte Prews Hand wie Feuer, aber es lohnte sich. Bloom würgte, griff mit beiden Händen an den Hals und ging zum ersten Male zu Boden.

Auf den Knien würgte Bloom mit hängendem Kopf, würgte und räusperte sich, schnappte nach Luft und betastete vorsichtig seinen Hals. Dann rötete sich sein Gesicht, wurde purpurn, dann fast schwarz, und dann legte er sich nieder. Er erbrach sein Nachtessen, stand dann noch immer würgend auf und rannte mit gesenktem Kopf wie ein Wilder auf Prew los.

Prew war zurückgetreten, um ihm Platz zu machen. Es war ein Glück, daß er es getan hatte, denn wäre er auch nur ein wenig näher gewesen, so hätte er keine Zeit mehr gehabt, sein Knie in Blooms nach unten gewandtes Gesicht zu stoßen. Auch so traf sein Knieknochen nur Blooms Brustkasten, und nur das dicke Polster seiner Oberschenkelmuskeln traf Blooms Gesicht und Nase. Bloom fiel nach hinten über, mitten in die erbrochenen Überreste seines Nachtessens. Seine Nase war gebrochen, aber sie blutete nicht, noch schwoll sie an. Sein Bauch war mehrmals getroffen worden, zeigte aber keine Schramme. Mit seinem Adamsapfel, der eigentlich hätte zerquetscht sein müssen, konnte er noch immer schlucken. Sein ganzer Körper war unberührt, zeigte keinerlei Verletzungen. So lag er auf den Ellenbogen, atmete krampfhaft und sah Prew an. Dann stand er auf und ging von neuem auf Prew los. Diesmal hatte er die Hände vorsichtig erhoben, und Prew fragte sich, mit was er ihn, um Gottes willen, noch treffen sollte, nachdem er mit allem, außer dem Ringpfosten, dem Wassereimer und dem Schiedsrichter, auf ihn eingeschlagen hatte; was mußte man eigentlich mit diesem Manne anstellen, um ihn kleinzukriegen? Und in diesem Augenblick trat der Bataillonsgeistliche, Leutnant Anjer C. Dick, dazwischen.

Sie waren beide sehr froh, daß er auftauchte.

»Jungens«, sagte er, »glaubt ihr nicht, daß es jetzt genug ist? Es ist schrecklich, euch so kämpfen zu sehen. Es ist nur Kraftvergeudung und entscheidet nichts. Wenn ihr halb soviel Kraft darauf verwenden würdet, einander zu helfen«, sagte Leutnant Dick mit seiner milden Pastorenstimme, »anstatt euch blutig zu schlagen, würde es uns allen bedeutend bessergehen, und ich würde wahrscheinlich meine Stellung verlieren.«

Die Menge lachte, und Leutnant Dick schaute sich um und lächelte breit.

Von den beiden sagte keiner etwas.

»Außerdem«, sagte Leutnant Dick, »soll Bloom heute nacht kämpfen, nicht wahr? Wenn ihr euch weiter schlagt, wird er keine Zeit mehr haben, sich umzuziehen, ehe er in den Ring steigt.«

Die Menge lachte, und Leutnant Dick schaute sich um und lächelte breit. Dann legte er einen Arm um Prew und den anderen um Bloom und sagte: »Reicht euch die Hände, Jungens. So ein kleiner freundschaftlicher Kampf tut immer gut. Reinigt das Blut. Aber zu weit wollt ihr doch wohl nicht gehen, was? Ich möchte, daß ihr jetzt aufhört«, sagte er. »Nun gebt euch die Hände«, sagte er.

Mißmutig schüttelten sie sich die Hände, und Leutnant Dick nahm seine Arme von ihnen, und Prew schwankte hinüber zur Kaserne, und Bloom schwankte zur Turnhalle, um sich für den Boxkampf fertigzumachen. Leutnant Dick blieb und unterhielt sich mit der Menge.

Prew saß lange auf seinem Bett in dem leeren Schlafsaal. Er entschloß sich, nicht in die Stadt zu gehen. Er ging in die leere Latrine und erbrach sein Abendessen, fühlte sich aber auch danach nicht besser. Sein Kopf schmerzte ihn, und die Stelle an der Schläfe, wo Bloom ihn getroffen hatte, war sehr empfindlich. Sein Ohr brannte wie Feuer. Seine Hand schwoll noch an. Seine Arme waren so schwer, als könne er sie nicht heben, und blaue Flecken erschienen überall da, wo er Blooms Schläge aufgefangen hatte. Jedesmal, wenn er sich erhob, zuckten seine Beine. Es kam ihm nicht so vor, als habe er viel erreicht. Der Gedanke, mit Alma oder überhaupt irgend jemandem schlafen zu gehen, verursachte ihm ein Gefühl völligen Ausgehöhltseins. Nach einer Weile, als er die ersten Beifallsrufe des ersten Kampfes vom Kasernenhof herüberschallen hörte, duschte er und zog eine saubere Uniform an und ging, nicht ganz fest auf den Beinen, hinunter und durch den leeren Tagesraum hinüber zum Garnisonsbiergarten.

Häuptling Choate saß an einem der Tische auf dem Rasen unter den Bäumen. Der Häuptling war der Menge wegen, die zu den Boxkämpfen kam, von Choys geflohen. Der Wald von Flaschen und Büchsen aber, der vor ihm auf dem Tisch stand, sah aus, als habe man ihn lediglich von Choys Ecktisch auf den Tisch im Biergarten verpflanzt. Voll gewichtiger Zufriedenheit sah er aus diesem Wald heraus Prew an.

»Setz dich«, sagte er, »'n hübsches Ohr hast du da.«

Prew zog den Stuhl heraus. Er konnte spüren, daß sein Gesicht grinste. »Ist ein bißchen angeschlagen. Aber es hat nicht genug abgekriegt, um anzuschwellen.«

»Hier«, sagte der Häuptling glücklich. »Trink 'n Bier.« Mit gewichtiger Überlegung untersuchte er seinen Wald und entwurzelte einen der Bäume. Er schob ihn zu Prew hinüber, als verleihe er ihm einen Orden. »Wie ich höre«, sagte er in seiner langsamen, vorsichtigen Art, »hast du ganz ordentlich abgeschnitten. Wenn man bedenkt, daß du nicht im Training bist.«

Prew sah ihn an. War der Häuptling sarkastisch? Dann sah er, daß es ihm ernst war. Mit Würde nahm er das Kompliment entgegen. Plötzlich fühlte er sich bedeutend besser. Häuptling Choate war nicht freigebig mit Bier, noch mit Plätzen an seinem Tisch.

»Ich werd zu alt für solche Sachen«, sagte er bescheiden und müde.

»Mein Gott«, sagte er, »ich kann nicht begreifen, wie er überhaupt in den Ring klettern kann. Vom Boxen ganz zu schweigen. Glaubst du wirklich, daß er noch boxen kann?«

»Bestimmt«, sagte der Häuptling. »Der Kerl hat eine Natur wie ein Gaul. Und er ist scharf auf die Tressen.«

»Ich hoffe nur, du hast recht. Ich wollte ihn nicht kampfunfähig machen. Das war nicht meine Absicht.«

»Wie ich höre, hat man das aber während eurer Schlägerei nicht gemerkt«, grinste der Häuptling sanft.

Prew erwiderte sein Grinsen, lehnte sich im Stuhl zurück und nahm sein Bier auf. Der lange Schluck aus der Flasche, der den Speichel in seiner Kehle löste und sie säuberte, schmeckte scharf und salzig. Eisig kalt klärte er auch sein Gehirn. »Ahhh«, sagte er dankbar. »Na, also verdient hatte er's schon lange. Seitdem ich zur Kompanie kam, hat er diese Abreibung herausgefordert.«

»Bestimmt«, sagte der Häuptling glücklich.

»Ich möcht ihn aber nicht um seine Chance bringen.«

»Er wird boxen«, sagte der Häuptling. »Er hat eine richtige Gaulsnatur. Wenn er so klug wäre, wie er stark ist, gäbe es keinen Schwergewichtler weit und breit, der ihm das Wasser reichen könnte.«

»Er ist feige«, sagte Prew.

»Das meine ich ja«, sagte der Häuptling. »Er wird kämpfen. Und wahrscheinlich siegen. Kämpft gegen einen Anfänger der I-Kompanie. Er wird kämpfen, aber ich wette, daß er noch ein paar Tage nicht viel reden wird.«

»Weiß Gott, der wird sein Maul halten«, sagte Prew glücklich.

»Und er wird immer glauben, daß du's absichtlich gemacht hast, um ihm seinen Boxkampf zu versauen.«

»Auch Dynamit wird das glauben.«

Der Häuptling nickte gewichtig mit dem Kopfe. Es sah aus, als strenge es ihn sehr an, mit dem Kopf zu nicken. »Nun bist du endgültig im Verschiß. Aber du warst's vorher auch schon. Und ich weiß wirklich nicht, wie Dynamit dich vor ein Kriegsgericht bringen will, wo er selbst doch immer schon für anständige Kämpfe auf dem Rasen war.«

»Mein Gott, nee«, sagte Prew glücklich. »Wie er das tun wollte, weiß ich wirklich auch nicht.«

»Bloom wäre gar nicht übel«, sagte der Häuptling nachdenklich, »wenn er nur ab und zu vergessen würde, daß er 'n Jude ist.«

Es kam Prew erst jetzt zum Bewußtsein. »Verdammt noch mal«, protestierte er. »Mir ist's egal, ob er 'n Jude ist oder nicht.«

»Mir auch«, sagte der Häuptling. »Sussmann wird nur Judenjunge gerufen. Er macht sich nichts draus. Wenn aber jemand Bloom einen Judenjungen nennt, will er ihn zusammenschlagen. Verdammt noch mal, die nennen mich doch auch Indianer, oder nicht? Na ja, ich bin ja auch einer. Und ist Bloom etwa kein Jud?«

»Stimmt«, sagte Prew. »Mensch, ich bin französisch und irisch und deutsch, und warum nicht? Wär ich vielleicht beleidigt, wenn mich einer Franzmann oder Micky oder Kraut nennt?«

»So ist's«, sagte der Häuptling gewichtig.

»Genau so«, stimmte Prew glücklich zu.

»Natürlich«, sagte der Häuptling, »kenn ich 'n paar Idioten, die nen Juden gemein behandeln. Aber nicht hier in unserer Kompanie.«

»Sicher«, sagte Prew. »Man braucht nur daran zu denken, wie die Indianer behandelt wurden.«

»Richtig«, sagte der Häuptling. »Und man muß lernen, wen man schlagen darf und wen nicht.«

»Klar«, sagte Prew. Er lehnte sich bequem zurück. Schneller als gewöhnlich hatte das Bier seine Wirkung auf ihn ausgeübt. Er sah sich in dem dreieckigen Garten mit seiner überdachten U-förmigen Bar um, den ein grellgestrichener Zaun von den drei ihn umgebenden Straßen abtrennte. In einer der Ecken saßen ein paar alte, grauköpfige Stabsfeldwebel und tauschten Erinnerungen über Villa in Mexiko und über den Aufstand auf den Philippinen aus, als sie den verdammten Moros und Mexikanern gezeigt hatten, was ne Harke war. An der Bar standen Männer, drei Reihen dicht. Einige Rekruten in blitzneuen Uniformen standen Arm in Arm und sangen: *»Wir sind Hauptmann Billys Männer, reiten nur in dunklen Nächten, wir sind keine Unschuldslämmer, ficken lieber, statt zu fechten.«* Durch den Lärm kam ab und zu von ferne ein Gebrüll, das einen K.o. anzeigte. Alles schien wie für die Ewigkeit gemacht, und er wußte, daß er hierher gehörte. Hier hatte er seinen Platz.

»Sieht nicht so aus, als ob sich das andere Regiment sehr stark für unsere Boxkämpfe interessiert«, sagte er bissig.

»Warum sollten sie auch?« sagte der Häuptling sanft. »Wir haben nicht so viel Chancen wie ein Furz gegen einen Wirbelsturm, den Wanderpreis im nächsten Dezember zurückzugewinnen, und jeder weiß das.«

Prew schaute auf die große, solide Masse dieses Körpers vor ihm, die vollkommen unerschütterlich war, und mußte lachen. Er liebte ihn um dieser Unerschütterlichkeit willen, die wie ein starker Fels im Wirbelstrom des Universums stand.

»Alter Häuptling«, sagte er glücklich. »Alter Häuptling. Ja, ja, ja, die Sportler«, sagte er, »die verfluchten Sportler.«

»Vorsicht, Kamerad«, grinste der Häuptling, »ich bin selbst einer.«

Prew brach in wildes Gelächter aus.

»Nimm noch 'n Bier«, sagte der Häuptling.

»Nee, jetzt muß ich einen ausgeben.«

»Genügend da. Bedien dich nur. Hast's verdient.«

»Nein, Sir«, sagte Prew entschlossen, »den nächsten geb ich aus. Ich hab Geld. Zur Zeit hab ich immer Geld.«

»Ja«, grinste der Häuptling düster. »Ich hab das gemerkt. Du scheinst dich ganz hübsch gebettet zu haben mit dieser Nummer in der Stadt.«

»Geht mir gar nicht so übel«, grinste Prew gesprächig. »Absolut nicht übel. Die einzige Schwierigkeit ist«, hörte er sich selber sagen, »daß die verdammte Nutte mich heiraten will.«

»Und wenn«, brummte der Häuptling philosophisch, »wenn sie so viel Zaster hat, solltest du klug sein und sie heiraten und auf ihre Kosten so leben, wie du's gerne hast.«

Prew lachte. »Ist nichts für mich, Häuptling. Du weißt ja, ich bin nicht die Sorte, die heiratet.«

Glücklich ging er hinüber zur Bar am Nordende des Gartens. Du Lügner, sagte er zu sich selbst, du und deine großartigen Arrangements. Na, und war es vielleicht nicht ein gutes Arrangement, ein verdammt gutes Arrangement, wenn man es nur von einem Gesichtspunkt aus betrachtete. Und weiter? Ein gottverdammter Mann sollte das gottverdammte Recht haben, gottverdammt zu träumen. »He, Jimmy«, rief er angriffslustig.

»Hallo, Boy«, rief ihm der dicke Jimmy vom anderen Ende der Bar zu. Sein braunes Kanakengesicht grinste unter dem Schweiß hervor. Seine Hände öffneten und verabreichten Büchsen und Flaschen so schnell, wie er sie aus dem Kühlschrank herausbringen konnte. Auf der anderen Seite des Kühlschranks stand die Biergartenwache, ein Regimentsboxer, der mal von dieser, mal von jener Einheit gestellt und gemäß der Garnisonsvorschrift vom Verwalter des Biergartens dafür bezahlt wurde, Ordnung zu halten. Er hatte umgeschnallt und trug einen Gummiknüppel sowie die Abzeichen eines Hilfspolizisten. Ununterbrochen bediente er sich mit Bier aus den Tiefen des Kühlschrankes, während der hilflose Japaner ihn mit hilfloser Wut auf seinem flachen Gesicht beobachtete.

»Gib mir vier Stück, Jim«, brüllte Prew über die lange Reihe der Köpfe hinweg.

»Geht in Ordnung«, brüllte Jimmy mit einem Grinsen, das sein ganzes Gesicht zum Aufleuchten brachte. »Vier Bier sind schon hier«, er brachte sie herunter, »deine Kompanie heute nacht Ausscheidungskampf. Mensch, du nicht kämpfen?«

»Ich nicht, Jim«, grinste er glücklich. »Hab Angst, ich könnt mir 'n Blumenkohlohr holen.«

»Mensch, du schwindeln«, lachte Jimmy, während er sich das Gesicht mit einer Hand wischte, die wie ein gutgeräucherter Schinken aussah. »Mich du nicht reinlegen. Ich hören, du gerade verprügeln großen Judenjungen, was?«

»Wird das erzählt?« grinste er. »Na also, wie ich die Geschichte gehört habe, hat er mich verprügelt.« Er konnte auf seinem Genick spüren, daß mehrere Männer ihr Gespräch unterbrachen, um sich nach ihm umzudrehen. Jemand flüsterte etwas. Es mußte sich schnell herumgesprochen haben. Er wandte sich nicht um.

»Ha«, grinste Jimmy. »Hör mal, Mensch. Ich dich sehn kämpfen letztes Jahr im Bowl. Du gut. Der groß und harter Schlag, aber kein Herz. Der ohne Mut. Du hast Mut, was?«

»Meinst du?« grinste er bescheiden. »Wie steht's mit meinen vier Bier?«

»Schon da. Bestimmt meine ich«, sagte Jimmy. »Diese Lausejungen besser aufpassen, wem sie anfangen Streit, was? Ich kämpfen selber nächsten Monat in Stadt.«

Die anderen Männer sahen noch immer herüber.

»Wo denn?« sagte Prew, der sich vorkam wie der große Fachmann.

»Im Bürgerklub?«

»Stimmt. Sechs Runden Kampf in der Vorschlußrunde. Gewinne kommen in Schlußrunde. Sieg in Schlußrunde macht Reise nach Staaten zu Boxen. Was hältst du davon? Geb diese verdammte Stelle auf.«

»Ein zweiter Dadao Marino, was?« grinste Prew.

Jimmy brach in Gelächter aus und saugte seinen großen Brustkorb voll Luft, daß er fast den Raum hinter der Bar ausfüllte. »So bin ich. Wird guter Fliegen-Bantam-Gewichtler sein, was?« Er lachte. »Nein«, sagte er ernsthaft, »geh nach Staaten wie Großvater. Nachname Kaliponi, weißt du? Jimmy Kaliponi. Heiße wie Großvater, hat große Reise gemacht nach Staaten in alten Tagen. Hawaiianische Sprache, kein f, kein r. Kann nicht sagen Kalifornia, sage Kaliponi. Muß Kampf gewinnen, Kaliponi wie Großvater, mach Name Ehre, seh dich drüben«, grinste er, »hab Staaten gerne, was ich so höre.«

»Ich komm rüber in die Stadt und seh zu, wie du den Kerl auf die Bretter legst«, grinste Prew.

»Guter alter Bürgerklub«, grinste Jimmy. »Viele Kämpfe dort. Alter Dixie boxte immer in Bürgerklub. Erinnerst dich alten Dixie? Guter Freund Dixie. Feiner Junge, was?«

Prew fühlte mit einem Male, wie sich unter seinem Glücklichsein ein großes Loch öffnete und alles aus ihm heraussaugte. Er griff nach dem Bier.

»Ja«, sagte er, »sehr feiner Junge.«

Jimmy schüttelte den Kopf, und plötzlich war sein großes, lachendes Gesicht traurig. »Zu traurig, Dixie werden blind auf solche Art.« Es war das erste Mal, daß er es Prew gegenüber erwähnte. »Sehr schlimm für dich, Mensch, sehr schlimm. Du sein guter Freund. Ganz elend, schrecklich schlimm, Mensch.«

»Ja, ja, sehr schlimm«, sagte Prew. »Gib mir mein Bier.«

»Hier.« Jimmy schob sie ihm zu. »Gratis. Meine Kosten heute.« Das große, traurige Gesicht lachte plötzlich wieder. »Hab mich wirklich gefreut, du verprügeln große Kompaniehoffnung, Judenjungen. Verdammte Juden ebenso schlimm wie verdammte Deutsche. Genau gleich. Versuchen ganze Welt besitzen. Aber wir Amerikaner nicht einstecken das, was? Haben Mut. Judenjungen und Deutsche nix Mut.«

»Ganz recht«, sagte Prew, während er sich mit seinem Bier aus der Menge, die um ihn herumstand, herausdrängte, »Judenjungen und Deutsche nix Mut«, sagte er, wiederholte es leise, als spräche er mit sich selbst. Judenjungen und Deutsche und Makkaronis und Niggers und Katzelmacher und Schlawiner haben nix Mut. Er wandte sich zurück zu seinem Tisch. Ihm war ein wenig schlecht geworden. Er hatte nicht mit Bloom gekämpft, weil er ein Jude war. Warum mußte man immer eine Rassenangelegenheit daraus machen?

Hinter sich hörte er Jimmy brüllen: »Zwei Bier sind schon hier.« Das war Jimmy Kaliponis Lieblingswitz. Wart nur, bis Jimmy mal nach den Staaten kam, vorausgesetzt, er gewann seinen Kampf, wenn er dann herausfand, daß drüben die Nigger auch keinen Mut hatten. Würde es Jimmy Kaliponi überraschen? Vielleicht würde er sogar versuchen, ihnen den Unterschied zwischen Hawaiianern und Negern zu erklären, was? Vielleicht aber würde er auch schnell wieder zurückkommen nach Hawaii, wo nur Judenjungen und Deutsche keinen Mut hatten.

Während er über den Teppich dichten Grases ging, wußte er, daß er Bloom aufsuchen und ihm erklären müßte, daß er sich nicht deshalb mit ihm geprügelt hatte, weil er ein Jude war. Er würde es noch heute nacht tun, jetzt sofort, nur ging das ja gar nicht, weil Bloom im Augenblick in der Turnhalle auf seinen Kampf wartete. Dann nach dem Kampf. Allerdings würde Bloom dann schwer angeschlagen sein und in der Turnhalle bleiben, bis er zu Bett ging, oder aber, wenn er gesiegt hatte, zusammen mit ein paar anderen Boxern seinen Sieg feiern. Er mußte es morgen tun. Morgen würde er Bloom die Sache erklären.

Er hatte sich mit Bloom geprügelt, weil er sich mit irgend jemand hatte prügeln müssen. Andernfalls hätte er sich selbst gebissen und wäre wahnsinnig geworden. Aus dem gleichen Grunde hatte Bloom sich mit ihm geprügelt. Beide waren sie überreizt und überempfindlich. Die Schlägerei hatte alle anderen amüsiert, nur nicht sie selbst. Mehr war es nicht. Wahrscheinlich hatten er und Bloom viel mehr gemein als sonst irgend jemand in der Kompanie, außer vielleicht er und Angelo Maggio. Verprügelten sich, weil es so viel leichter war, einander zu verprügeln, als den wirklich gemeinsamen Feind zu finden. Da man nicht genau wußte, wonach man eigentlich suchen mußte, war der wirkliche gemeinsame Feind schwer zu finden, war es verdammt schwer, die Hand an ihn zu legen. So verprügelte man einander, was bedeutend einfacher war und es auch erleichterte, den gemeinsamen Feind zu ertragen, wer immer es auch sein mochte. Auf keinen Fall aber schlug man sich, weil Bloom Jude war und man selbst irgend etwas anderes.

Seit langem hatte er nicht an Dixie Wells gedacht. Fast hatte er Dixie Wells vergessen. Wer hätte je geglaubt, daß er Dixie Wells würde vergessen können. Auch das würde er Bloom erklären müssen.

Dann wurde er sich traurig bewußt, daß er Bloom nicht überzeugen konnte. Denn immer würde Bloom fest daran glauben, daß sich alles nur deshalb ereignet hatte, weil er Jude war. Nichts, was auch immer er sagen oder tun konnte, würde Bloom davon überzeugen, daß sein Judentum nichts damit zu tun hatte und daß der Grund nicht darin lag, daß Prewitt die Juden haßte. Es hatte keinen Sinn, Bloom irgend etwas zu erklären, weder heute, noch morgen, noch irgendwann.

Er sah auf den Häuptling hinab, der aus dem Flaschenwald zu ihm heraufschielte wie ein Spähtruppführer aus einem Gebüsch. Sein großes Mondgesicht war unerschütterlich wie ein Felsblock. Es war tief dunkelrot von den vielen Schichten tropischer Sonnenbrände, die es in den überseeischen Stützpunkten der amerikanischen Armee davongetragen hatte. Die Grundlage aber war das dunkle Blut der Choctaw-Indianer, und das war immer dagewesen. Es war dasselbe Gesicht, dessen Träger in der ganzen Welt, wo immer amerikanische Soldaten sich über Sport unterhielten, mit Ehrfurcht genannt wurde.

In ihm waren ununterscheidbar seine beiden Meisterleistungen vereinigt – die Schwergewichtsmeisterschaft von Panama und der noch immer ungebrochene philippinische Rekord im Hundert-Meter-Lauf. Nun setzte dieses Gesicht Bierfett an, aber noch immer wurde es von den Sportenthusiasten der Insel vergöttert, fast ebenso wie Lou Gehrigs Gesicht in den Staaten, wenn auch sein Träger im Augenblick damit beschäftigt war, sich langsam aber sicher in seinen allnächtlichen, besinnungslosen Rausch hineinzutrinken. Was würden wohl seine begeisterten Verehrer aus dem Christlichen Verein Junger Männer sagen, wenn sie ihn jetzt sehen könnten?

Prew ließ sich mit dem mitgebrachten Bier am Tisch nieder. Er blickte auf die große, mächtige Gestalt dieses Mannes, die so schwerfällig auf dem zerbrechlichen Stuhl saß und so schnell und wendig sein konnte, sei's auf dem Baseballplatz oder in der Basketballhalle, auf der Aschenbahn oder auf dem Fußballplatz.

»Häuptling«, sagte er eindringlich, »Häuptling, was steckt eigentlich dahinter?«

»Hm«, grunzte Häuptling Choate verständnislos, »hinter was?«

»Ich weiß nicht«, sagte Prew. Er war verlegen. Angestrengt suchte er nach etwas, das er sagen konnte. »Ich meine, was steckt hinter der Geschichte da mit Warden?« sagte er lahm, als könne er damit seine Frage erklären. »Was geht mit Warden vor, Häuptling? Ich werd nicht klug aus ihm. Warum ist er so, wie er ist?«

»Warden?« sagte Häuptling Choate. Er sah durch das weiße Gitter des Zaunes hinaus auf die Straße, als mühe er sich schwer damit ab, zu verstehen, was der andere meinen könnte. »Warden? Ich weiß nicht. Hab keine Ahnung. Warum?«

»Ach, ich weiß nicht«, sagte Prew lahm und begann sich selbst zu verfluchen, weil er ein solcher Dummkopf war. »Ich werd einfach nicht klug aus ihm, das ist alles«, sagte er. »Bei der A-Kompanie war er unser Oberfeldwebel, als ich noch Hornist war, ehe er Hauptfeldwebel wurde. Damals habe ich ihn oft getroffen. Er kann der gemeinste Schweinehund sein, und im nächsten Augenblick kann er seinen eigenen Kopf riskieren, um dich aus einer Scheiße rauszuholen, in die er dich selber reingebracht hat.«

»Wirklich«, sagte der Häuptling ungeschickt, »ist das so seine Art, was?« Immer noch starrte er auf die Straße. »Ich glaube wirklich, 's ist schwer, aus ihm klug zu werden. Einzig, was ich weiß, daß er der beste Spieß im ganzen Regiment ist. Es würd mich nicht überraschen, wenn er der beste in der ganzen Garnison ist. Gibt nicht mehr viele Feldwebel, wie er einer ist«, grinste Häuptling Choate resigniert. »Sterben langsam aus«, sagte er.

Prew nickte lahm. »Das ist genau, was ich meine«, fuhr er fort, da er nun schon mittendrin war. »Manchmal denke ich, ich könnt allerhand begreifen, wenn ich Warden begreife. Manchmal auch – wenn er ein hundertprozentiger Schweinehund wäre, wie Haskins in der E-Kompanie, könnte man klug aus ihm werden. Ich hatte mal so 'n hundsgemeinen Spieß, als ich noch in Myer war. Das Gemeinste von Saukerl in der Welt. Machte ihm einfach Spaß, seine Leute zu schinden. Freute sich, wenn sie sich quälten. Eine Zeitlang war ich bei ihm Schreiber, dann gab ich's aber auf und ließ mich versetzen.«

»So, so«, sagte der Häuptling mit oberflächlichem Interesse. »Hab gar nicht gewußt, daß du mal 'n Schreibstubenbulle warst, Prew.«

»Das weiß kaum jemand«, sagte Prew kurz. »Ich hab's hingekriegt, daß es nicht in meinen Papieren steht, damit's ja keiner erfahren und mich wieder zum Schreiber machen kann.« Er machte eine Pause. »Ich brachte mir das Tippen selbst bei, nach so nem Buch in der Regimentsbücherei. Ich glaube, ich suchte nach irgendwas«, sagte er. Dann kam er verbissen auf das alte Thema zurück. »Du verstehst aber, was ich meine. Der Kerl, von dem ich gerade sprach, war einfach durch und durch gemein. Er konnte nicht mit Leuten umgehen und darüber ärgerte er sich, verstehst du? Aus dem konnte man klug werden. Hatte seinen Rang durch Arschkriecherei bekommen und hatte immer die Hosen voll, einer könnte noch tiefer reinkriechen als er selbst. Aus dem konnte man ganz leicht klug werden.«

»Haargenau«, sagte Häuptling Choate. Langsam nickte er mit seinem großen Kopf, während er andächtig zuhörte und sich Mühe gab, alles zu verstehen. »Als ich hierherkam, kannte ich auch nur solche Kerle. Kenne immer noch welche hier.«

»Das ist aber nicht so mit Warden«, sagte Prew. »Ich habe nicht das Gefühl, daß er gemein ist. Hab ein komisches Gefühl bei ihm. Ein unheimliches Gefühl ... verstehst du?«

Der Häuptling nickte. »Manch einer wird eben einfach als Pechvogel geboren«, sagte er langsam. »Mir scheint, Warden gehört auch dazu.«

»Was meinst du mit Pechvogel?«

»Ist nicht ganz leicht zu erklären«, sagte Häuptling Choate unruhig. Prew wartete.

»Nimm mich zum Beispiel«, sagte der Häuptling. »Ich lebte als Kind im Indianerschutzgebiet. Da wurde ich geboren und erzogen. Wollte Sportler werden. Auf jeden Fall. Mein Vorbild war Jim

Thorpe. Ich las alles, was ich über ihn auftreiben konnte. Hörte mir alle Geschichten an, die man über ihn erzählte. War der richtige Volksheld. Dachte mir, er sei goldrichtig und wollte genau so werden wie er, verstehst du?«

Prew nickte. Etwas Derartiges hatte er nie zuvor zu hören bekommen, noch irgend jemand, den er kannte. Vielleicht erfuhr er hier etwas, das wesentlich war.

Der Häuptling leerte mit einem langen Schluck seine Büchse Bier und stellte sie sorgfältig mit seinen Wurstfingern in den Flaschen- und Büchsenwald zurück. »Also gut, sie haben ihn bei den Olympischen Spielen disqualifiziert«, sagte er langsam, »nachdem er ihnen fast alles an Medaillen gewonnen hatte, was es zu gewinnen gab. Schmissen ihn einfach wegen irgendeiner dämlichen Vorschrift raus. Nicht mal die Medaillen durfte er behalten. Damals hab ich ihn den wilden Indianer in Wildwestfilmen spielen sehn. Verstehst du, was ich sagen will?«

Prew nickte, während er sah, wie das große ruhige Gesicht über den Garten hinweg ins Nichts schaute.

»Ich wurde größer«, sagte der Häuptling. »Wollte auf die Universität gehn und Sportler werden. Aber ich kam doch nicht mal in ne höhere Schule. Abgesehen davon, daß mein Alter nicht mal genug Geld hatte, um seine Familie zu ernähren. Und ich konnte kein Stipendium kriegen. Wie sollte ich auch.

Und da war nun Jim Thorpe und spielte den wilden Indianer in Wildwestfilmen, um leben zu können.« Er zuckte die großen Schultern, daß ein kleines Erdbeben den Wald auf dem Tisch erschütterte. »Wahrscheinlich war er der größte Sportler, den dieses Land je hervorgebracht hat«, äußerte er scheu. »So ist's eben. Das ist der Lauf der Welt, verstehst du? So ist das Leben. Na, und kannst du dir vorstellen, daß ich mich anmalen lasse und einen Federschmuck aufsetze und mit nem Kriegsbeil und Kriegsgeheul rumrenne? Na also, konnt ich auch nicht. Wär mir zu saudämlich vorgekommen. Was ich an Federn und solchem Kram überhaupt gesehn habe, war alles von der Fabrik in Wisconsin ins Schutzgebiet geschickt worden, um den Touristen angedreht zu werden. Ich hätte das Gefühl gehabt, ich wäre... Ich hätte mich eben geschämt. Und so ging ich zur Armee, wo mir der Sport 'n bißchen helfen konnte und wo ich 'n leichtes Leben hatte. Ist mir alles ganz egal. Verstehst du, was ich meine?«

»'türlich«, sagte Prew, und sein Grinsen war scharf wie die Schneide eines Rasiermessers.

»Also mir persönlich ist's recht, wie's ist, und ich beklage mich nicht.« Der Häuptling sah sich gutgelaunt auf dem Rasen um, über den Rauchwolken zogen und Gesprächsfetzen summten.

»Ich nehme die Dinge so, wie sie kommen«, sagte er. »Wenn die Dinge so liegen, dann bin ich eben so, verstehst du? Ich tue, was ich kann, und mach mir keine Sorgen über das, was ich nicht kann. Ich führ 'n leichtes Leben, und da ist nicht viel, worüber ich mich beklagen kann, glaube ich.

Warden aber ist anders. Irgend etwas frißt ihn innerlich auf. Als wenn ein Feuer in ihm brennt, das ihn verzehrt, und von Zeit zu Zeit kann man's seinen Augen ansehn. Wenn du ihn mal beobachtet hast, wirst du's gesehn haben. Warden gehört nicht in die Armee.«

»Warum sieht er dann nicht zu, daß er rauskommt?« sagte Prew.

»Niemand hat von ihm verlangt, einzutreten oder drinzubleiben. Wenn er die Armee nicht mag, warum macht er dann nicht, daß er rauskommt und hingeht, wo er hingehört.«

Häuptling Choate sah ihn starr an. »Weißt *du*, wo er hingehört?«

Prew senkte die Augen. »Nein«, sagte er.

»Ein Mann, der weiß, wo er hingehört, kann von Glück sagen«, sagte Häuptling Choate. »Warden ist 'n lieber Kerl, aber er gehört einfach nicht in die Armee. Auch Pete Karelsen ist 'n guter Kerl, aber auch er gehört nicht in die Armee. Auch ich gehör nicht hierher. Dynamit, der gehört hierher.«

»Schön«, sagte Prew. »Schön. Warum hat er's dann auf mich so abgesehen? Wenn er gemein wäre und seine Gemeinheit an mir auslassen will, dann könnt ich's verstehen. Aber irgendwie habe ich immer das Gefühl, daß er in Wirklichkeit gar nichts gegen mich hat.«

»Vielleicht will er dir nur eine Lehre verpassen«, sagte der Häuptling.

»Und das wäre?« sagte Prew.

»Tja«, sagte der Häuptling. »Das weiß ich auch nicht. Woher soll ich wissen, was Warden dir beibringen will?« sagte er ärgerlich und verlegen. Sein ewig gelassenes Gesicht war noch immer gut gelaunt, aber tief in seinen Augen war plötzlich der kalte, flache Blick des Indianers aus dem Schutzgebiet, der den bleichgesichtigen Touristen seine Tänze vortanzt. »Warum, verdammt noch mal, fragst du Warden nicht selbst, wenn du's unbedingt wissen willst? Vielleicht sagt er's dir.«

Prew grinste. Er hatte seine Mütze zurückgeschoben, so daß etwas von den glatten, schwarzen Haaren, die vielleicht von ein paar vergessenen Cherokee-Indianern unter seinen eigenen Vorfahren stammten, sichtbar wurde.

»Führ mich nur ruhig an der Nase rum«, grinste er. »Führ mich nur ordentlich an der Nase rum.«

Der Häuptling grinste. »Ich weiß es wirklich nicht«, sagte er besänftigt. »Ich weiß nicht, was er dir beibringen will. Ich glaube, das weiß keiner, außer Warden selbst vielleicht, und vielleicht noch nicht mal er. Ich glaube das. Er ist einfach 'n toller Hund. Gegen dich persönlich hat er nichts, er benimmt sich gegen alle gleich. Pete Karelsen schwört jede Woche mindestens einmal, daß er von ihm wegzieht, auf die Gefahr hin, daß er im Schlafsaal schlafen muß, aber er tut's nie.«

»Wenn ich wenigstens verstehen könnte, warum«, sagte Prew hartnäckig. Er begann sich dumm vorzukommen und wünschte, er hätte seinen Mund nie aufgetan. Eine Minute lang hatte er geglaubt, etwas zu erfahren, etwas Wichtiges zu erfahren. Aber alles rann einem durch die Finger, und zum Schluß behielt man nichts in den Händen.

Häuptling Choate sah verloren durch das Gitterwerk nach den blassen Lichtern der Imbißstube auf der anderen Seite der Straße. »Warden gehört zu den Männern, die nicht sterben können«, sagte er mit der Sanftheit eines Bären. »Er war mit dem fünfzehnten Regiment, als es in Shanghai eingesetzt war. Selbst auf den Philippinen hat man drüber gesprochen. Er war einfach... Er bekam das Verwundetenabzeichen und das Distinguished Service Cross, aber du hast das nie erfahren, oder doch? Nicht viele wissen es. Ist einfach 'n toller Hund, und das ist alles. Kann nichts finden, wo er sich richtig austoben kann. Wenn wir erst wieder im Krieg sind, steckt Warden mitten drin und wird nichts unversucht lassen, um getötet zu werden. Aber nichts wird ihn treffen. Der kommt aus der Hölle wieder raus, nur noch wahnsinniger, wilder und verrückter. So ist er eben. Mehr kann ich nicht sagen. Mit Sicherheit weiß ich nur, daß er der beste Soldat ist, den ich je gesehn habe.«

Prew widersprach ihm nicht. Er saß da und sah ihn an, fühlte etwas und versuchte, etwas anderes zu fühlen.

»Wie wär's, wenn wir noch ein Bier trinken«, sagte der Häuptling. »Mir schmeckt Bier.«

»Tadellose Idee«, sagte Prew und bückte sich nach den Büchsen, die Jimmy ihm aufgedrängt hatte. Es ergab keinen Sinn. Er wußte, daß er trotz allem am nächsten Tage mit Bloom sprechen mußte, auch wenn nichts dabei herauskam. Etwas in dem, was Häuptling Choate gesagt hatte, etwas Unausgesprochenes in dem ganzen Durcheinander ihrer Unterhaltung, hatte es ihm deutlich zu Bewußtsein gebracht. Er würde versuchen müssen, es Bloom zu erklären. Vielleicht würde es nichts nützen, aber er wußte, daß er's versuchen mußte.

Die Kämpfe hörten früh auf. Noch vor zehn Uhr begannen die Zuschauer vom Kasernenhof in den Biergarten hereinzuströmen. Es hatte eine ungewöhnlich große Anzahl von K.o.'s gegeben. Von der G-Kompanie hatten alle drei Männer ihre Kämpfe gewonnen, aber jeder sprach aufgeregt über Bloom. Bloom hatte seinen Kampf mit einem technischen K.o. in der ersten Runde gewonnen. Jeder setzte große Hoffnungen auf Bloom. Er war mit gebrochener Nase und einem blauen Auge und unfähig zu sprechen in den Ring gestiegen und hatte dennoch in der ersten halben Minute einen K.o. hingekriegt. Der Regimentsarzt wollte ihn überhaupt nicht boxen lassen.

»Der Bursche weiß, was er tun muß, um befördert zu werden«, sagte Häuptling Choate ohne Enthusiasmus.

»Ich bin doch froh, daß er kämpfen konnte«, sagte Prew. »Und noch mehr, daß er gewonnen hat.«

»Hat ne Pferdenatur«, sagte der Häuptling freundlich, »ne richtige Pferdenatur. War selber mal so. Der könnt nochmal das gleiche tun, würd's überhaupt nicht spüren.«

»Gehört doch ne Menge Mumm dazu.«

»Nicht für 'n Gaul«, sagte der Häuptling.

Prew seufzte. »Ich glaub, ich verdrück mich und geh ins Bett. Ich fühl mich, als hätt ich nen Furunkel im Genick, und bestimmt bin ich im Augenblick so beliebt wie 'n Zuhälter in nem Nonnenkloster.«

Der Häuptling grinste. »Dachte mir schon, daß du dich nicht ganz wohl fühlst.«

Prew zwang sich zu einem Lachen und bahnte sich einen Weg durch die Menge. Am Zaun schaute er zurück. Wie zuvor saß Häuptling Choate an seinem Tisch. Seit Prew gekommen war, hatte sich die Zahl der leeren Büchsen merklich erhöht. Des Häuptlings Augen blickten etwas verschwommen, als er schwerfällig die Hand hob, um seinen Gruß zu erwidern. Prew ging hinaus. Draußen war es sehr still. Überall waren die Lichter gelöscht, und ein paar Leute waren damit beschäftigt, die Kantine zu scheuern. Er ging langsam, um möglichst niemand mehr auf dem Kasernenhof zu treffen.

Als er durch die Lastwageneinfahrt hereinkam, sah der Hof verlassen aus, und die Lichter im Musikpavillon waren gelöscht. Als er sich aber der Treppe des Kompaniegebäudes näherte, kam ein Schatten unter ihr hervor und ging auf ihn zu. Selbst in der Dunkelheit war die langarmige Affengestalt Ike Galovitchs unverkennbar. Er war betrunken und schwankte hin und her.

»Bei Gott«, brüllte er. »Ich sage dir, heute nacht ist ganz große Nacht. G-Kompanie hat bekommen heute nacht, was verdient, und Hauptmann Holmes auch«, brüllte er glücklich. »Haben wir's ihnen gezeigt heute nacht, frage ich dich, oder haben wir's ihnen nix gezeigt heut nacht. Bist du stolz, zu dieser Kompanie zu gehören an, oder bist nicht stolz, was?«

»Hallo, Ike«, sagte er.

»Wer das ist?« Ike Galovitch hörte auf zu grinsen und schob den langlippigen Unterkiefer vor, als er sich trunken nach vorne neigte, um zu sehen, mit wem er sprach. »Das nicht Prewitt? Was ist das?«

»Doch, Prewitt«, erwiderte er das Grinsen mit steifem Gesicht.

»Gott im Himmel«, explodierte Ike, »hast genügend Frechheit, zu zeigen dein Gesicht hier herum, Prewitt. In dieser Kaserne ist nicht Platz für Verräter wie dich zu schlafen.«

»Stimmt, aber bis mich versetzen hinaus, schlafen ich hier trotzdem ich tu.« Er trat zur Seite, um Ike zu umgehen, aber Ike verstellte ihm den Weg.

»Versetz dich in Bau«, grollte er. »Wenn Hunde beißen Hand, die füttert, erschießt man Hund. Selbst Kommunist ist besser. Sein besten Freund in Rücken zu stechen nach all, was Hauptmann Holmes hat getan für dich. Leider ist nur erlaubt zu erschießen Hund, nicht Männer.«

»Und du hättest bestimmt gerne, wenn man die Gesetze ändert, was, Ike?« grinste Prew. Er stand unbeweglich. Einmal hatte er versucht, um Ike herumzugehen. Er würde es nicht mehr versuchen.

»Für dich jawohl«, sagte Ike wütend. »Für tolle Hund ist Erschießen zu gut. Armee nur so stark wie schwächste Glied. Wegen Rebellen wie du sind geworden Faschisten da drüben, und ich gekommen dafür in dieses Land. Bolschewiki wie du hätten nicht gelassen werden sollen herein. Sollten geworfen werden aus diese Land.«

»Wenn du damit fertig bist, was du sagen willst, alter Mann«, sagte Prew, »dann geh aus meinem Weg, daß ich ins Bett kann.«

»Fertig bin«, fuhr Ike fort zu wüten. »Nicht mal halber Amerikaner du bist. Nicht mal dankbar für gute Dinge, die Holmes zu tun bereit ist für uns. Was du brauchst, ist Unterricht, um dich zu lehren, Vorgesetzte deiniges zu respektieren, wenn sie freundlich genug sind, zu tun Dinge für dich.«

»Und du hättest nichts lieber, als mein Lehrer sein zu dürfen, ja?« grinste er. »Hör mal. Ich bin einmal um dich herumgegangen. Ich tu's nicht wieder. Quatsch mich morgen im Dienst an, wenn ich mich nicht wehren kann. Jetzt aber geh zum Teufel, aus meinem Weg, damit ich ins Bett kann.«

»So?« sagte Ike. »Und vielleicht ich werd dein Lehrer, Gesetz oder Gesetz nicht. Hat alles für dich getan, ein Mensch kann tun, Hauptmann Holmes. Bist du dankbar?« brüllte er wütend. »Einen Dreck bist du. Feiner Mann gibt dir Chance, was zu tun, und tust du? Nein. Du nicht. Vielleicht ich geben dir Lehre selber, wo Hauptmann Holmes ist zu anständig zu tun selber. Wie gefällt dir das?«

»Gut«, grinste er. »Wann fangen wir an? Morgen beim Exerzieren?«

»Exerzieren, Scheiße. Bei Gott, ich dir zeigen, ich nicht brauchen Exerzieren oder Feldwebel.«

Mit betrunkenen Flüchen zog der Amerikaner Ike Galovitch sein Messer aus der Tasche. Es war nicht das Schnappmesser des routinierten Messerstechers, wie das Feldwebel Hendersons, aber Ike öffnete es fast ebenso schnell, indem er seinen Daumennagel in den Schlitz einführte und damit die Spitze weit genug nach außen drückte, um die Klinge mit einem Druck gegen sein Hosenbein aufzuklappen. All das geschah in einer einzigen Bewegung, die zu schnell war, als daß man ihr mit den Augen hätte folgen können. Ölig glitzerte das Messer.

Prew beobachtete ihn fast glücklich. Dies war endlich der Feind, der wirkliche Feind, der gemeinsame Feind.

Als Ike Galovitch, Amerikaner, betrunken mit dem Messer auf ihn losging, packte er sein Handgelenk mit der Linken und drehte es nach außen. Ike verlor das Gleichgewicht und war schon im Begriff zu stürzen, als Prew ihm mit der Rechten einen Faustschlag versetzte, in den er seine ganze Kraft und das ganze Gewicht seines Körpers gelegt hatte. Es war wirklich ein Sonntagsschlag, und er hatte ihn zeitlich genau richtig kalkuliert. Der Schmerz schoß durch seine geschwollene Hand bis in das Handgelenk.

Ike Galovitch, Amerikaner, taumelte, noch immer das Messer in der Hand, rückwärts vom Trottoir hinunter. Rückwärts bewegten sich seine Füße sehr schnell über das Gras. Seine Absätze stießen gegen den Bordstein der Küchenstraße auf der anderen Seite. Er stürzte hintenüber, glitt noch einen Meter über den Boden, und kam an der Betonplattform, auf der die Mülleimer standen, zum Halten. Sein Kopf fiel nach unten in den Dreck.

Prew stand auf dem Trottoir, betrachtete ihn und rieb seine schmerzende Hand. Ike rührte sich nicht. Er ging hinüber und legte sein Ohr an den Mund des alten Mannes. Ike Galovitch, Amerikaner, schlief friedlich und atmete regelmäßig und stinkig – ein müder, häßlicher alter Mann mit Narben im Gesicht, verprügelt und verlebt, der den ganzen weiten Weg von Jugoslawien nach Hawaii gewandert war, um einen Götzen anzubeten. Er war gar nicht der gemeinsame Feind, war nur ein faulriechender, faulzahniger, abstoßend häßlicher, alter slawischer Bauer. Ob er lebte oder starb, war der Welt von jeher gleichgültig gewesen, und niemand kümmerte sich darum, auch Holmes nicht, und am wenigsten des alten Mannes eigene Mutter. Wie konnte jemand mit so einem Gesicht jeden Morgen in den Spiegel sehen und sich bewußt werden, so abstoßend häßlich zu sein? Wart nur, bis er aufwacht und sein Verstand wieder zu arbeiten beginnt – was wird dann geschehen? Er hätte dich leicht umbringen können, und er hätte es auch getan, wenn er gekonnt hätte. Er stand da und sah auf diese unglaublich schlafende Armseligkeit hinab. Dann nahm er das Messer und zerbrach die gutgeschliffene Klinge in einer tiefen Ritze im Beton der Plattform, legte das Messergehäuse auf die offene Handfläche zurück und ging zu Bett.

Er sah nicht die beiden Gestalten der Feldwebel Henderson und Wilson, die unter dem Schatten der Veranda hervorkamen und zu Ike hinübergingen, nachdem er gegangen war, und auch wenn er sie gesehen hätte, wäre es ihm gleichgültig gewesen.

Der Strahl einer Taschenlampe auf seinem Gesicht weckte ihn. Seine Uhr zeigte Mitternacht. Er war noch immer ein wenig betrunken. Sein einziger Gedanke war, daß es sich wieder mal um einen Sabotage-Alarm handelte.

»Hier ist er«, flüsterte eine Stimme. Ein Arm mit Unteroffizierslitzen erschien im Kegel des Lichtes, durch den er nicht hindurchsehen konnte, und schüttelte ihn an der Schulter. »Los, Prewitt, aufstehn. Anziehn und fertigmachen«, sagte die Stimme. »Raus aus dem Bett.«

»Was ist los?« sagte er laut. »Wie wär's, wenn du aufhörst, mich zu blenden?«

»Verdammt noch mal, sei leise«, flüsterte die Stimme. »Willst du vielleicht die ganze Kompanie wecken? Los. Steh auf.« Es war die Stimme des Unteroffiziers vom Dienst Miller.

Nun wußte er, was los war. Viele Male während des letzten Monats hatte er sich vorgestellt, wie es sein würde. Nun hatte er plötzlich den Drang, zu lachen. Wie besorgt man war um die Nachtruhe der Kompanie. Dieser besondere Zug hatte in dem Bild gefehlt, das er sich gemacht hatte.

»Was ist los?« sagte er.

»Steh auf«, flüsterte der Unteroffizier vom Dienst. »Du bist verhaftet.«

»Weshalb?«

»Ich weiß nicht. Hier ist er, Feldwebel«, sagte der Unteroffizier vom Dienst. »Das ist der Mann, der gesucht wird.«

»Danke«, sagte die zweite Stimme. »Du kannst dich wieder schlafen legen. Das andere mache ich.« Die Stimme machte eine Pause und änderte die Richtung. »Hier ist der Mann, Sir«, sagte die Stimme. »Schütze Prewitt. Ich glaube, der Mann ist noch betrunken.«

»Gut«, sagte die dritte Stimme gelangweilt. »Sehen Sie zu, daß er aufsteht und was anzieht. Ich hab nicht die ganze Nacht Zeit. Als Offizier vom Dienst muß ich, wie Sie wissen, die Posten kontrollieren. Raus jetzt mit dem Kerl.«

»Jawohl, Sir«, sagte der Wachhabende.

Der Arm mit den Unteroffizierslitzen kam wieder in den Kegel der Taschenlampe. Der leistet wirklich harte Arbeit, sagte Prew grinsend zu sich selbst.

»Los, aufstehn«, sagte der U. v. D. »Raus. Zieh was an. Du hast gehört, was der O. v. D. gesagt hat.« Der Arm packte seine nackte Schulter.

Er wand seine Schulter unter der Hand hervor. »Laß deine verdammte Hand weg, Miller. Ich kann allein aufstehn. Nur immer mit der Ruhe.«

Das Leder des Riemens, an dem des Feldwebels Gummiknüppel hing, quietschte.

»Machen Sie keine Geschichten, Schütze«, sagte die gelangweilte Stimme des O. v. D. »Je mehr Schwierigkeiten Sie machen, um so schwerer werden Sie's haben. Wir sind sehr wohl in der Lage, Sie, wenn nötig, zum Mitkommen zu zwingen.«

»Ich mach keine Schwierigkeiten, nur braucht mich keiner anzurühren. Ich lauf nicht weg. Was wird mir vorgeworfen?«

»Sag Sir, wenn du mit einem Offizier sprichst, Freundchen«, sagte der Feldwebel. »Was ist los mit dir?«

»Das ist unwichtig«, sagte der Offizier gelangweilt zu dem Feldwebel. »Sehn Sie zu, daß er sich jetzt anzieht. Ich kann nicht die ganze Nacht hier herumstehn. Muß die Posten kontrollieren.«

Er ließ sich gewohnheitsmäßig so aus den Bettüchern herausgleiten, daß sie lediglich glattgezogen werden mußten, dann fiel ihm ein, daß dies nicht mehr nötig war. Der Strahl der Taschenlampe folgte ihm, als er sich nackt erhob.

»Willst du vielleicht so freundlich sein und dies gottverdammte Licht aus meinen Augen nehmen? Damit ich meine Kleider sehn kann? Weshalb werd ich verhaftet?«

»Im Augenblick braucht Sie das nicht zu kümmern«, sagte der Offizier vom Dienst. »Tun Sie einfach, was Ihnen befohlen wird. Sie werden noch genügend Zeit bekommen, um herauszubekommen, weshalb man Sie holt. Weg mit dem Licht, Feldwebel.«

»Meine Brieftasche ist in meiner Feldkiste«, sagte Prew, als er fertig angezogen war. Um sie herum im Schlafsaal hatten die Männer sich aufgesetzt und sahen zu. Das Licht der Taschenlampen spiegelte sich in ihren Augen.

»Kümmern Sie sich nicht um Ihre Brieftasche«, sagte der Offizier vom Dienst ungeduldig, »Sie werden sie nicht brauchen. Ihre Ausrüstung wird aufbewahrt werden, und los«, sagte er, »die andern zurück in die Betten und geschlafen. Diese Sache hier geht niemanden etwas an.«

Mit einem Schlage verlosch der Widerschein des Lichtes in den Augen. Die Betten quietschten, während sie sich niederlegten und dem Licht den Rücken wandten.

»Ich hab Geld in meiner Brieftasche, Sir«, sagte Prewitt. »Wenn ich's nicht mitnehme, wird es nicht mehr dasein, wenn ich wiederkomme.«

»Meinetwegen also«, sagte der Offizier vom Dienst ungeduldig, »holen Sie's. Aber beeilen Sie sich.«

Der Feldwebel führte ihn die Treppe hinunter. Der Offizier vom Dienst folgte, und der Unteroffizier vom Dienst kam als letzter.

»Ich lauf euch nicht weg«, grinste Prew.

»Das sagt jeder«, sagte der Feldwebel.

»Nur weiter«, sagte der Offizier vom Dienst.

»Und halt's Maul«, sagte der Feldwebel.

Unten im Korridor brannte das Licht des Unteroffiziers vom

Dienst. Das Moskitonetz über dem Bett neben dem Tisch war hastig zurückgeworfen worden. Im Schein des Lichtes konnte Prew die Männer erkennen. Offizier vom Dienst war Leutnant van Voorhees vom Bataillonsstab, ein großer Mann mit langer Nase und flachem Schädel, der vor drei Jahren aus der Offiziersschule gekommen war. Den Namen des Feldwebels wußte er nicht, aber sein Gesicht kannte er. Mit Unteroffizier Miller war er monatelang zusammengewesen, ohne ihn aber näher kennenzulernen.

»Bleib stehen, du da«, sagte der Feldwebel und wandte sich Miller zu. »Hast du schon einen Bericht gemacht?«

»Nein«, sagte Miller. »Ich wollte dich gerade fragen.«

Sie standen neben dem Tisch und unterhielten sich mit leisen, gedämpften Stimmen. Prew hörte ihnen zu, wie sie Namen und Nummern nannten, die im Bericht enthalten sein mußten. Er kam sich merkwürdig vor. Leutnant van Voorhees stand allein an der Tür und tappte der Reihe nach mit den Fingernägeln gegen den Türpfosten.

»Beeilen Sie sich etwas, Feldwebel«, sagte Leutnant van Voorhees.

»Jawohl, Sir«, sagte der Feldwebel. »Na, schönen Dank, Miller«, sagte er. »Tut mir leid, daß wir dich wecken mußten. Kannst jetzt wieder schlafen gehn.«

»Macht nichts«, sagte Miller. »Bin immer zur Verfügung. Kann ich bestimmt sonst nichts mehr tun?«

»Nein«, sagte der Feldwebel, »das ist alles.«

»Schön«, sagte Miller, »brauchst es nur zu sagen.«

»Nein«, sagte der Feldwebel. »Nochmals danke schön. Hast uns fein geholfen.«

»Tu ich jederzeit«, sagte Miller.

Prew wandte sich an Leutnant van Voorhess. »Was«, sagte er, »wirft man mir vor, Sir?«

»Warten Sie's ab«, sagte der Leutnant ungeduldig. »Sie werden morgen genügend Zeit haben, alles zu hören.« Er blickte ungeduldig auf seine Uhr.

»Ich habe aber das Recht zu wissen, was man mir vorwirft«, sagte Prew. »Wer hat mich verhaften lassen?«

Van Voorhees starrte ihn an. »Sie brauchen mich nicht darüber zu belehren, was Ihre Rechte sind, Schütze. Ich weiß das alleine. Hauptmann Holmes hat Sie angezeigt. Und Leute, die alles genau wissen wollen, kann ich nicht vertragen. Sind Sie fertig, Feldwebel?«

Der Feldwebel nickte geschäftig.

Prew pfiff durch die Zähne. »Die haben aber schnell gearbeitet«, grinste er, »wer immer es ist. Müssen ihn aus dem Bett geholt haben.« Es klang nicht ganz wie ein Witz.

»Dann gehn wir also«, sagte van Voorhees zu dem Feldwebel, als habe sonst niemand gesprochen. »Ich hab noch ne Menge zu tun.«

»Halt's Maul, Freundchen«, sagte der Feldwebel zu Prew. »Je weiter du deine Klappe aufreißt, um so schlechter für dich. Los, gehn wir. Du hast gehört, was der O. v. D. gesagt hat.«

In dem langen, niedrigen Arrestlokal des Regiments – eine Wellblechbaracke auf der anderen Seite der Straße – gab man ihm eine Decke und führte ihn durch die Gittertür, die das Gefängnis vom Büro trennte. Man verschloß die Tür nicht.

»Wir schließen nicht ab«, sagte der Offizier vom Dienst, der an seinem Tisch saß, »weil Mitglieder der Wachmannschaft da hinten sind. Und Sie wecken die lieber nicht auf. Ein Mann wird aber die ganze Nacht hier sein. Er ist bewaffnet. Das ist alles. Sie können da hineingehen und schlafen.«

»Jawohl, Sir«, sagte er. »Danke, Sir.« Mit der Decke unter dem Arm ging er zwischen der Doppelreihe von Feldbetten hindurch. Überall lagen die schlafenden Gestalten der Wache. Schließlich fand er ein leeres Feldbett. Er setzte sich und zog seine Schuhe aus.

Für ihn war es kein neues Gefühl, die Grenze der Gitter zu überschreiten, um in eine schwerere Welt mit schwererer Luft und schwererem Wasser einzutreten. Er war nicht zum erstenmal im Gefängnis. Er wußte, daß man sich schließlich daran gewöhnen würde, die schwere Luft zu atmen, daß die Lungen aufhören würden, sie zu verweigern. Man mußte sich akklimatisieren, das war das Ganze. Er wußte alles, was man über Gefängnisse wissen konnte. Mit Gefängnissen war er ebenso vertraut wie mit der Landstraße oder dem Militär. Er hatte gelernt, die schwere Luft zu atmen und das schwere Wasser zu trinken. Die waren in jedem Gefängnis gleich, ob in Florida oder Texas, in Georgia oder Indiana. Seine Kenntnisse über Gefängnisse waren sogar älter als seine Kenntnisse über die Armee. Tatsächlich paßten sie irgendwie zusammen. Sich daran zu gewöhnen, dauerte halt eine Weile.

Er legte sich auf das Feldbett und zog die Decke über sich.

Unter dem Schreck, der langsam nachließ, dachte er: es muß wegen Galovitch sein. Es gab keinen anderen Grund.

Wenn Wilson und Henderson, dachte er, nicht versucht hätten, den Polizeihund auf Blooms Hund zu hetzen, hätte Bloom nicht versucht, sich bei mir zu bedanken. Hätt ich mich nicht, dachte er, mit

Bloom geprügelt, hätte Ike nicht versucht, mich mit dem Messer zu erledigen.

Es war sehr kompliziert und dadurch leicht verwirrend. Andererseits aber wußte er, daß der wirkliche Grund nicht in diesen äußeren Zufälligkeiten lag. Die Wahrheit lag tiefer. Er wußte das. Dennoch war es schwer, sich daran zu erinnern.

Noch im Einschlafen konnte er den Offizier vom Dienst und den Feldwebel hören, wie sie sich draußen leise unterhielten.

35

Leutnant Culpepper wurde zu seinem Verteidiger bestimmt. Am zweiten oder dritten oder vielleicht auch am vierten Tag (die Tage waren alle gleich, alle identisch). Viermal täglich wurde er unter Bewachung in den Speisesaal der E-Kompanie geführt und unter Bewachung abgefüttert. Zweimal jeden Tag wurde er unter Bewachung zur Arbeit geführt und mußte unter Bewachung in den Blumenbeeten des Kinderspielplatzes für Offizierskinder hinter den Wohnungen für verheiratete Offiziere Unkraut jäten. Er tat dies unter Bewachung auf seinen Knien im Arbeitsanzug. Die Wache stand hinter ihm und bewachte ihn, und die Kinder lachten, schrien und spielten auf den Wippen und in den Sandhaufen. Es war nicht weiter unangenehm. Am zweiten oder dritten oder vielleicht auch am vierten Tag also kam Leutnant Culpepper geschäftig hereingerannt. Wie ein Wirbelwind brach er durch die Gittertüren herein und brachte den Geruch der See in die dürstende Prärie. Unter dem Arm trug er eine völlig neue Mappe mit Reißverschluß. Als er zum Verteidiger ernannt worden war, hatte er sie angeschafft, um die Prozeßakten darin zu tragen.

Es war das erste Mal, daß Leutnant Culpepper als Verteidiger fungierte, und der Fall begeisterte ihn. Der Fall war aussichtsreich, wie er sagte. Man konnte vielleicht nicht gerade einen Sieg und Freispruch erwarten, sicherlich aber doch einen Pyrrhussieg, sagte er. Seit Leutnant Culpepper zu Prew kam, um über den Fall zu sprechen, brauchte Prew nachmittags nicht mehr Unkraut zu jäten, sondern nur am Morgen.

»Ich hab eine große Verantwortung übernommen«, sagte Leutnant Culpepper enthusiastisch. »Zum ersten Male bekomme ich die Möglichkeit, in der Praxis zu zeigen, was ich in dem einen Semester Jura und Kriegsrecht auf der Kriegsschule gelernt habe. Jeder wird sehn wollen, wie gut ich meine Sache mache. Ich will natürlich mein absolut Bestes tun. Ich will das gerechteste Urteil für Sie herausschinden, und ich werd alles daransetzen, daß Sie das auch bekommen.«

Prew, der die Nacht in Hickam nicht vergessen konnte und an den unvollendeten ›Song der Dreißigender‹ dachte, kam, ohne daß er wußte warum, in Verlegenheit. Er sprach nicht viel. Er sagte nichts von dem Messer, und es wurde auch nicht in der Zeugenerklärung erwähnt, die Leutnant Culpepper ihm vorlegte. Er wollte Leutnant Culpepper bei seinem ersten Fall nicht enttäuschen, aber er lehnte es ab, sich schuldig zu bekennen. Andererseits basierte die ganze Verteidigung des Leutnant Culpepper auf diesem Bekenntnis seiner Schuld.

»Na, natürlich«, sagte Leutnant Culpepper begeistert, »ist Ihr gutes Recht! Bin überhapt überzeugt, daß Sie Ihre Meinung ändern werden, wenn ich Ihnen die Strategie, die ich anwenden möchte, klarlege.«

»Nein«, sagte Prew, »ich werd meine Meinung nicht ändern.«

»Sie müssen natürlich erst mal begreifen, daß es rechtlich völlig ausgeschlossen ist, einen Freispruch für Sie zu erwirken«, fuhr Leutnant Culpepper begeistert fort. »Die haben Wilson und Henderson als Zeugen. Außerdem ist da Feldwebel Galovitchs eigene Zeugenerklärung. Sagt unter Eid aus, daß Sie betrunken waren und daß Sie Feldwebel Galovitch geschlagen haben, als er Sie wegen Ruhestörung nach dem Zapfenstreich zur Rede stellte. Dagegen können wir nichts machen, klar?«

Er zeigte Prew die Anklageschrift. Die verschiedenen Punkte waren Trunkenheit, unordentliches Betragen, Insubordination, Befehlsverweigerung und tätlicher Angriff auf einen Unteroffizier im Dienst. Außerdem wurde ihm ein mit der Würde eines Soldaten nicht vereinbares Benehmen vorgeworfen. Es wurde ein spezielles Kriegsgericht empfohlen.

»Wie Sie sehn, ist's praktisch genau die gleiche Liste wie bei Maggio«, strahlte Leutnant Culpepper, »außer, daß Sie keinen Widerstand bei der Verhaftung geleistet haben.«

»Könnte man das nicht auch noch irgendwie mit reinbekommen?« sagte Prew.

»Immerhin bleibt wenigstens alles innerhalb des Regiments«, sagte Leutnant Culpepper, »während die Sache mit Maggio sich in der Stadt abspielte und der Provost Marshall mit hineinverwickelt wurde.

Hauptmann Holmes, Ihr Kompanieführer, hat in Ihrem Falle die Klage gegen Sie angestrengt. Also selbst vor einem speziellen Kriegsgericht können Sie nicht mehr bekommen als drei Monate und zwei Drittel.«

»Das ist gut«, sagte Prew.

»Und wenn wir's richtig anpacken«, sagte Leutnant Culpepper, »dann können wir das sogar noch reduzieren. Die Anklage steht aber auf festen Füßen, und es ist kein Zweifel daran möglich, daß Sie schuldig sind. Außerdem sind Sie so ziemlich beim ganzen Regiment im Verschiß. Jeder hat mehr oder weniger ein Hühnchen mit Ihnen zu rupfen. Seit Sie bei der G-Kompanie sind, gelten Sie als Bolschewik und aufsässiges Element. Das muß man natürlich berücksichtigen, letzten Endes hängt sowieso alles nur davon ab, verstehn Sie? Die haben Sie wirklich in der Hand.«

»Das kann ich mir denken«, sagte Prew.

»Na also. Und darum möchte ich, daß Sie sich schuldig bekennen«, sagte Leutnant Culpepper triumphierend. »Wir müssen uns so wehren, wie wir angegriffen werden, mit denselben Methoden. Nicht mit diesem juristischen Quatsch. Ich habe den Kram genau studiert, Prewitt. Habe ne ganz scharfe Examensarbeit über Kriegsgerichtsordnung geschrieben, die eine Menge Staub aufgewirbelt hat. Von allen Seiten hab ich Anerkennung gefunden. Ich habe dargelegt, daß man sich in gerichtlichen Verfahren stillschweigend immer mehr mit soziologischen Zusammenhängen beschäftigt als mit abstrakter Juristerei, und daß es daher, trotz aller Gesetzbücher, die zugrundeliegenden menschlichen Beziehungen sind, von denen die Urteile bestimmt werden. Verstehn Sie? Nicht wahr, Sie verstehn das doch?«

»Hört sich ganz vernünftig an«, sagte Prew.

»Vernünftig, Menschenskind«, brach Leutnant Culpepper los. »Es wirkte wie eine richtige Bombe. Ich bewies schlüssig, daß es so etwas wie abstrakte Gerechtigkeit überhaupt nicht gibt, und zwar einfach deshalb, weil alle rechtlichen Entscheidungen von der zeitbedingten Wandelbarkeit des öffentlichen Gefühls beeinflußt sind. Als bestes Beispiel benützte ich die Verhaftung von Debs und den einhundertein Mitgliedern der ›Industrial Workers of the World‹ während des letzten Krieges. Ohne die öffentliche Erregung, ohne die Kriegshysterie wäre das nicht geschehen, nicht nur, weil es rechtlich nicht möglich war, sondern auch weil Landis etwas Derartiges in normalen Zeiten gar nicht riskiert hätte. Dann machte ich die politische Seite dieser Angelegenheit deutlich, indem ich zeigte, daß Darrow, der die Gewerkschaftler zuvor draußen im Westen verteidigt hatte, plötzlich so überlastet war, daß er ihre Verteidigung dieses Mal nicht übernehmen konnte. Verstehn Sie nun, wie alles zusammenhängt?« sagte Leutnant Culpepper begeistert.

»Es war wirklich eine ganz vorzügliche Arbeit, Prewitt. Ich habe sogar prophezeit, daß der Zeitpunkt kommen wird, nach dem nächsten Krieg und der durch ihn inaugurierten Volksarmee, wo man es Mannschaftsdienstgraden gestatten wird, zusammen mit Offizieren als Richtern an Kriegsgerichtsverfahren teilzunehmen. Ich wies aber gleichzeitig darauf hin, daß das an den Fakten selbst nichts ändern würde, weil ein gewöhnlicher Soldat, der als Beisitzer bestellt wird, natürlich Hauptfeldwebel oder Stabsfeldwebel oder Oberfeldwebel ist, oder daß er selbst dann, wenn er ein einfacher Schütze wäre, sich auf die Seite der Offiziere stellen würde. Sie können sich denken, was ich damit angerichtet habe. Das hat mich bekannter gemacht als meine Meisterschaft im Fechten. Keiner, nicht mal die Professoren, konnte sich dieser Logik erwehren. Das müssen Sie auch zugeben. Wenn man in dieser Welt Anerkennung finden will, muß man die Menschen verblüffen. Jemand hat mal gesagt, daß eine ›schlechte Presse‹ besser sei als gar keine Presse. Ich aber sage Ihnen, daß eine ›schlechte Presse‹ sogar besser ist als eine gute. Schockieren Sie die Leute, und sie werden sich Ihrer erinnern. Jeder Idiot kann sich eine ›gute Presse‹ verschaffen.«

»Es muß Ihnen viel Spaß gemacht haben«, sagte Prew.

»Spaß gemacht«, sagte Leutnant Culpepper. »Aber Menschenskind, mit dieser Sache habe ich mich auf der Offiziersschule durchgesetzt. Nach dieser Arbeit stellte ich was vor. Und das ist genau das gleiche, was wir hier erreichen wollen, verstehn Sie? Genau die gleiche Geschichte.«

Leutnant Culpepper atmete tief ein. »Deshalb möchte ich, daß Sie sich schuldig bekennen. Mein Gott, ich glaube, daß etwas Derartiges in der ganzen Geschichte der Kriegsgerichte noch nicht vorgekommen ist. Niemand bekennt sich vor einem Kriegsgericht schuldig, weil das kein Milderungsgrund bei der Benennung des Strafmaßes ist.«

»Dann wird's also nichts nützen«, sagte Prew, »ich . . .«

»Warten Sie einen Augenblick. Lassen Sie mich's Ihnen weiter erklären, bevor Sie halbblind losrennen. Sie verstehen die inneren Zusammenhänge noch nicht.«

»Zunächst einmal«, sagte Prew, »war ich gar nicht betrunken. Mindestens nicht betrunken genug, um nicht mehr zu wissen, was ich tat.«

»Das ist ja der ganze Witz«, grinste Leutnant Culpepper triumphierend. »Ob Sie wirklich betrunken waren oder nicht, spielt keine Rolle. Was wichtig ist, sind die Zeugenaussagen, und die behaupten, Sie waren betrunken. Wenn Sie sich nun schuldig bekennen und zugeben, daß Sie wirklich betrunken waren, dann stellen Sie damit die ganze Sache auf den Kopf und benützen die Zeugenaussagen gegen die Zeugen selber.«

»Mit anderen Worten«, sagte Prew, »Sie meinen, ich könnte beweisen, daß die Zeugen lügen, indem ich zugebe, daß sie die Wahrheit sagen.«

»Na ja«, sagte der Leutnant. »Sie können's auch so ausdrücken. Ich habe aber nicht gesagt, daß sie gelogen *haben*. Vielleicht sagen sie die Wahrheit.«

»Wie können sie die Wahrheit sagen, indem sie erklären, daß ich betrunken war; wenn ich die Wahrheit sage, nämlich, daß ich nicht betunken war?«

»Natürlich lügen sie in gewissem Sinn, wenn Sie nicht betrunken waren. Vielleicht aber sagen sie in einem anderen Sinne die Wahrheit, wenn sie nämlich wirklich glauben, daß Sie betrunken waren. Auf diese Art sagen Sie beide vielleicht tatsächlich die Wahrheit, so, wie Sie sie eben sehn, ohne übereinzustimmen. Verstehn Sie?«

»Tja«, sagte Prew. »Kompliziert, was?«

Leutnant Culpepper nickte. »Ein Anwalt muß all diese Dinge zu Ihren Gunsten berücksichtigen. Dafür hat man mich bestellt. Aber das ist alles Nebensache. Wichtig ist, was in den Zeugenaussagen steht. Das Gericht wird Ihnen keinen Glauben schenken, wenn Sie sagen, Sie waren nicht betrunken. Vielleicht werden die Richter das nicht offen sagen, aber innerlich werden sie denken, Sie lügen. Weil jeder Verbrecher seine Unschuld beteuert. Das ist allgemein üblich. Das trägt nur dazu bei, Sie zu überführen, verstehn Sie? In Wirklichkeit tauschen Sie nur eine wertlose Behauptung gegen drei oder vier Monate Gefängnis ein. Die Wahrheit hat nichts zu tun mit dem Gesetzbuch, nach dem ein Kriegsgericht arbeitet, oder mit den soziologischen Verhältnissen, die ein Gesetzbuch bestimmen. Verstehn Sie das?«

»Ich glaube schon«, sagte Prew, »nur ich...«

»Nun warten Sie mal einen Augenblick. Ich habe bereits eine Erklärung tippen lassen, daß Sie betrunken waren und nicht wußten, was Sie taten.«

Leutnant Culpepper öffnete die neue, gelbledrene Aktentasche mit dem Reißverschluß, kramte darin herum, zog ein Schriftstück heraus und überreichte es ihm. Dann schloß er liebevoll den Reißverschluß.

»Lesen Sie das. Sie werden sehn, daß es Ihnen auf keinen Fall schaden wird. Ich würde nie auf den Gedanken kommen, Sie irgend etwas unterschreiben zu lassen, das Sie nicht gelesen haben. Das dürfen Sie überhaupt nie tun, Prewitt. Sonst kommen Sie eines Tages in Schwierigkeiten. Und dann, wenn Sie das gelesen und unterschrieben haben, zaubern wir's beim Prozeß plötzlich hervor, und ich bitte das Gericht um Milde. Dann können sie Ihnen anständigerweise nicht mehr geben als vielleicht einen Monat und zwei Drittel, oder vielleicht überhaupt nur die zwei Drittel Abzug von der Löhnung und gar kein Gefängnis.«

»Mir hat man immer gesagt, daß Militärgerichte keine Gnadenanträge berücksichtigen«, sagte Prew.

»Das ist es ja eben«, sagte Leutnant Culpepper begeistert. »Nun fangen Sie an, die Sache zu verstehn. Bestimmt hat noch niemand in der Geschichte der Kriegsgerichte einen solchen Versuch gemacht. Wenigstens weiß ich nichts davon. Wir werden sie glatt umschmeißen.«

»Aber ich . . .«

»Warten Sie«, unterbrach ihn Leutnant Culpepper. »Das Beste kommt ja erst noch. Niemand«, er machte eine Pause, »in der Armee«, er machte eine Pause, »betrachtet Trunkenheit als ein Vergehen oder als Sünde, nicht wahr? Sie wissen, daß es so ist. Trunkenheit ist ungesetzlich, aber jeder ist mal betrunken. Ich selber hole mir regelmäßig im Klub meinen Schwips, und jeder andere tut es auch. Es ist eine Tatsache – obwohl es in keinem Tagesbefehl festgelegt wurde –, daß die meisten Offiziere diese wilden und unzähmbaren Leute am liebsten haben, weil sie nämlich wissen, daß diese Hol's-der-Teufel-Einstellung die besten Soldaten macht. Das geht so weit, daß die meisten Offiziere das Gefühl haben, daß ein Soldat, der sich nicht ab und zu besäuft und über die Stränge schlägt, seinen Namen nicht verdient und darüber hinaus meistens eine sehr verdächtige Type ist. Stimmt's?«

»Ich verstehe nicht, wieso das irgendwas damit zu tun hat, daß ich mich schuldig bekennen soll«, sagte Prew.

»Aber, mein lieber Mann, begreifen Sie denn nicht? Wenn Sie zugeben, daß Sie betrunken waren und einfach Ihre Kräfte an etwas auslassen wollten, dann haben wir sie in der Klemme, weil das Sichbetrinken bei einem wirklichen Soldaten eher als eine Tugend denn als eine Sünde angesehen wird. Die Richter verstehen das und glauben selbst daran und können Ihnen dann einfach keine drei Monate oder gar die Höchststrafe geben. Natürlich sind Sie dem Gesetz nach schuldig, aber das kümmert uns ja nicht. Wir haben was ganz anderes vor. Wir wollen die soziologischen Verhältnisse ausnützen, die dem Gesetz zugrunde liegen und die in Wirklichkeit die Entscheidungen des Gerichts bestimmen.«

Leutnant Culpepper sah Prew triumphierend an und holte seine Füllfeder aus der Tasche, um Prew das Dokument unterschreiben zu lassen, aber Prew lehnte ab.

»Klingt wirklich tadellos, Sir«, sagte er mürrisch. »Und es tut mir leid, daß ich Sie enttäuschen muß, nachdem Sie sich alles so fein ausgedacht und sich solche Mühe damit gegeben haben. Ich kann mich aber nicht Ihretwegen schuldig bekennen.«

»Aber warum denn nicht, mein guter Mann«, brach Leutnant Culpepper los. »Und außerdem tun Sie's ja gar nicht für *mich*. Ich habe Ihnen doch alles auseinandergesetzt, oder nicht? Wir bauen doch nur Ihre Verteidigung darauf auf, daß Sie Ihre Schuld zugeben. Wenn Sie's nicht tun, kann ich Ihnen absolut nicht helfen. Dann wird es eben ein ganz alltägliches Verfahren, nicht anders als zehntausend andere. Keiner von uns wird irgendeine Anerkennung dafür ernten.«

»Da kann ich nichts dran ändern«, sagte Prew. »Ich bin nicht schuldig. Und ich werd mich auch nicht schuldig bekennen. Nicht mal dann, wenn ich dann ganz freigesprochen würde. Tut mir leid, aber so ist es eben.«

»Mein Gott, Mann!« schrie Leutnant Culpepper aufgebracht. »Was hat denn das damit zu tun? Niemand kümmert sich drum, ob Sie schuldig sind oder nicht. Dem Gericht ist das völlig egal. Alles wird vom Gesetz gelenkt und von den zugrundeliegenden soziologischen Verhältnissen. Kein Gericht kann loyalerweise einem Soldaten die Höchststrafe geben, der sich ein bißchen austoben wollte und betrunken war und dadurch in Schwierigkeiten gekommen ist und das nun zugibt. Mein Gott, sich besaufen und sich austoben liegt nicht nur in der Natur eines Soldaten, sondern ist fast seine heilige Pflicht. Gerade so, wie Hemingway sagt, daß Syphilis die

Berufskrankheit von Stierkämpfern und Soldaten ist. Ist ungefähr die gleiche Sache.«

»Haben Sie schon mal ne Syph gehabt, Leutnant?«

»Was gehabt?«

»Die Syphilis.«

»Wer? Ich? Mein Gott, nein. Was hat das damit zu tun?«

»Ich hab sie auch nie gehabt«, sagte Prew grimmig. »Aber nen Tripper hab ich gehabt. Und wenn Syphilis und Tripper die Berufskrankheiten des Soldaten sind, dann mach ich, daß ich aus der Armee herauskomme, und werde Autoschlosser. Außerdem«, sagte er, »ich verleg mich nicht aufs Bitten und Betteln. Wenn die mich so überfahren wollen, sollen sie's tun. Ich kriech keinem von ihnen hinten rein, selbst wenn sie stolz darauf sind, daß ihre Leute sich besaufen. Ich hab noch keinen um irgendwas angebettelt, und ich fang auch jetzt nicht damit an.«

Leutnant Culpepper kratzte sich mit seiner Füllfeder am Kopf und steckte sie wieder ein. Er nahm einen Füllbleistift heraus und ein Blatt Papier und begann, das Papier mit Schnörkeln und Ornamenten zu bedecken.

»Schön, aber denken Sie darüber nach. Ich bin sicher, Sie werden Ihre Meinung ändern, wenn Sie erst einsehen, worum es geht. Mein lieber Prewitt, sind Sie sich denn nicht klar darüber, daß wir damit vielleicht ein völlig neues Verfahren vor Militärgerichten einführen? Denken Sie mal, was das für zukünftige Generationen von Soldaten bedeuten könnte.«

»Ich hab schon genug darüber nachgedacht«, sagte Prew. »Tut mir leid, daß ich Sie enttäuschen muß, Leutnant, nach all der Arbeit, die Sie damit gehabt haben. Ich werde mich aber nicht schuldig bekennen«, sagte er mit Endgültigkeit.

»Haben Sie den Mann geschlagen, oder vielleicht nicht?« schrie Leutnant Culpepper. »Mein Gott, Mann!«

»Natürlich habe ich ihn geschlagen und würd's genauso wieder tun.«

»Wenn Sie ihn geschlagen haben, sind Sie schuldig. Dazu braucht man überhaupt keine Gerichtsverhandlung. Warum wollen Sie versuchen, die Wahrheit zu verheimlichen?«

»Ich werde mich nicht schuldig bekennen, Leutnant«, sagte Prew.

»Jesus, Maria und Joseph«, sagte Leutnant Culpepper. »Nie hab ich einen so widerspenstigen Hund gesehn. Sie verdienen, weiß Gott, was Ihnen geschieht, Sie haben nicht mehr Dankbarkeit im Leibe als ein Fisch. Wenn Sie schon auf sich selbst keine Rücksicht nehmen, können Sie wenigstens an mich denken. Ich habe nicht darum gebeten, zu Ihrem Verteidiger ernannt zu werden.«

»Ich weiß wohl«, sagte Prewitt, »und es tut mir leid.«

Er sah nicht von seinen Schuhen auf, aber sein Gesicht hatte den gleichen unbeweglichen Ausdruck wie zuvor.

Leutnant Culpepper seufzte. Er steckte seinen Füllbleistift in die Tasche, wo er auch die Füllfeder hatte, legte das Stück Papier mit dem Eingeständnis zusammen mit dem Papier mit den Schnörkeln in seine Mappe zurück, schloß den Reißverschluß und stand auf.

»Schön«, sagte er. »Denken Sie trotzdem darüber nach. Ich komme morgen wieder.«

Prew stand von seinem Bett auf. Leutnant Culpepper schüttelte ihm die Hand.

»Kopf hoch«, sagte er.

Prew folgte ihm mit den Blicken, wie er durch die Gittertür ging, vorbei an dem grüßenden Unteroffizier, mit seiner neuen, gelben Mappe und ihrem dreiseitigen Reißverschluß, hinaus in die andere Welt. Dann holte Prew sein altes Kartenspiel hervor, das er unter dem Kissen aufbewahrte.

Er hatte fünf Spiele gespielt, von denen eins bis auf ein As aufgegangen war, als Warden draußen hinter der Gittertür in die Wachstube trat. Warden brachte die beiden sauberen Arbeitsanzüge, die der Offizier vom Dienst mit der Begründung angefordert hatte, daß die Uniform, die Prew trug, so stank, daß die Moral seiner Leute darunter leide, was allerdings eine Übertreibung war.

»Brauch ich so ne Scheißerlaubnis, um diesem Kriegsverbrecher seine verdammten Klamotten zu bringen?« sagte Warden zu dem Wachunteroffizier, »oder kann ich es einfach so tun?«

»Was?« sagte der Unteroffizier schuldbewußt und versuchte einen Kolportageroman mit dem Arm zu verdecken. »Ach«, sagte er. »Ist schon gut. Geh nur rein, Spieß. Hättest sie nicht selber bringen brauchen.«

»Wer würd sie sonst bringen«, schnaubte Warden, »wenn ich's nicht selber tu?«

»Weiß ich nicht«, sagte der Unteroffizier, als müßte er sich verteidigen. »Ich meine nur – –«

»Was liest du denn da?« schnaubte Warden bissig. »Die Geschichte von J. Edgar Hoover und Mel Purvis. Erzähl mir nur noch, daß du Privatdetektiv werden willst. Wenn die ganze nächste Generation

Privatdetektiv wird, dann weiß ich nicht, wen sie noch verhaften wollen.«

»Was?« sagte der Unteroffizier. Er nahm den Arm von dem Buch. Es war ›Der Fledermausmann‹. »Ach so«, lachte er. »Gar kein schlechter Witz!« Er schloß das Buch und warf es schuldbewußt in eine Schublade. »Is nur, um die Zeit totzuschlagen«, sagte er, als müsse er sich verteidigen.

»Willst du das Bündel nicht untersuchen?« sagte Warden. »Vielleicht hab ich ein paar Feilen drin versteckt.«

Der Unteroffizier sah ihn blöde an. Dann lachte er und schüttelte den Kopf.

»Traust du mir auch wirklich?« sagte Warden. »Woher weißt du, daß ich nicht 'n verkleideter Gangster bin?«

»So ein Witz!« lachte der Unteroffizier. »Ich weiß es wirklich nicht. Vielleicht bist du's. Geh direkt nach hinten, Spieß, wie du willst.«

Milt Warden schnaubte verächtlich und ging zwischen den Feldbettreihen hindurch. Der Unteroffizier wischte sich mit der Hand das Gesicht.

»Ich weiß eigentlich nicht, warum ich meinen Witz an solche Idioten verschwende«, brummte Warden, während er die Arbeitsanzüge auf Prews Feldbett warf. Er sah sich die auf der Decke ausgebreiteten Karten an. »Schlägst du ihn?« sagte er.

»Bis jetzt noch nicht«, sagte Prew.

»Na, mach dir keine Sorgen, Kleiner. Wirst noch genug Zeit zum Üben haben.«

»Ist denn noch kein Termin angesetzt?« sagte Prew, während er die Karten aufnahm. »Du lieber Gott.«

»Nein«, sagte Warden. »Ich meine, nachdem du *hier* raus bist.«

»Ach so«, sagte Prew. »Vielleicht lassen sie mich aber im Bau gar nicht.« Er stand auf und begann, den muffigen, schmutzigen Arbeitsanzug auszuziehen. Er stank wirklich.

»Wahrscheinlich nicht«, sagte Warden, der ihm zusah. »Auf jeden Fall wirst du keine eigene Wäsche tragen dürfen. Termin ist am nächsten Montag«, sagte er. »Die Mitteilung kam gerade eben. Hast also noch vier Tage. Vielleicht geht's inzwischen wenigstens ein einziges Mal auf.«

»Vielleicht«, sagte Prew. Er zog einen sauberen Arbeitsanzug an und setzte sich wieder. »Culpepper hat gesagt, er glaubt nicht, daß ich mehr kriege als drei Monate und zwei Drittel. Er meint, weil keine Fremden reinverwickelt sind.«

»Stimmt ungefähr«, sagte Warden. »Das heißt, wenn du nicht in der Verhandlung was sagst, was sie wütend macht.«

»Ich halt die Schnauze.«

»Das glaub ich erst, wenn ich's sehe«, schnaubte Warden. »Ach so«, sagte er. »Hier.« Er zog eine Stange Zigaretten aus der Hüfttasche. »Hier sind 'n paar Zigaretten.«

»Na, ich dank auch schön«, sagte Prew.

»Mußt dich nicht bei mir bedanken, Kleiner. Die sind von Andy und Freitag. Ich würde dir gerade Zigaretten kaufen! Hast mir ungefähr ne Woche Extra-Papierkrieg verschafft.«

Prew spürte, daß er grinste. »Na, bedauere wirklich«, sagte er. »Tut mir aufrichtig leid, Warden. Aber«, sagte er, »ich glaub nicht, daß es meine Schuld ist.«

Warden stand da und starrte ihn ärgerlich und zornig an. Dann grinste er plötzlich. »Hast wirklich nicht lang an so nem Arbeitsanzug. Was machen sie denn mit dir? Lassen sie dich zur Abwechslung mal was arbeiten?« Er ließ sich auf dem Feldbett nieder, riß heftig die Stange Zigaretten auf, öffnete eine Schachtel und zündete sich eine von Prews Zigaretten an.

»Nicht so schlimm«, sagte Prew. »Bißchen Unkraut auf dem Spielplatz jäten. Macht mir nichts aus.«

»Ist nicht das Schlimmste.«

»Kannst du dir vorstellen«, sagte Prew, »all die lieben, kleinen Kinder werden Offiziere sein, wenn sie mal erwachsen sind.«

»Wahrscheinlich«, sagte Warden. »Is ne Schande. Hab die Formulare gestern ausschreiben und rüberschicken lassen«, sagte er. »Schneller konnt ich's nicht machen. Mußte Mazzioli erst in den Arsch treten, um die getippten Zeugenerklärungen rechtzeitig zu bekommen. Der Kerl ist so stinkfaul, daß ich ne Weile dachte, ich müßte sie selber tippen.«

»Ich nehme an«, sagte Prew langsam, »daß auch diesmal keiner das Messer erwähnt, was?«

Warden sagte nichts. Er betrachtete ihn prüfend. »Welches Messer?« sagte er.

»Ikes Messer, das er gegen mich gezogen hat«, grinste Prew.

Dieses Mal sagte Warden lange nichts. »Hast du mit sonst jemand darüber gesprochen?« sagte er schließlich.

»Nee«, sagte Prew. »Hab ich nicht.«

»Kannst du's beweisen?«

»Ich stell mir vor, man könnte mit zwei Vorschlaghämmern den

Mülleimerständer aufschlagen und würde dann die Klinge unten in der Ritze finden, wo ich sie abgebrochen habe.«

Warden rieb sich gedankenvoll das Kinn. »Culpepper würde es vielleicht tun«, sagte er. »Aber kein anderer. Culpepper aber möchte ne große Sache aus deinem Fall machen, weil er das erste Mal als Verteidiger fungiert. Er tät's vielleicht. Ist jedenfalls nen Versuch wert. Willst du ihm davon erzählen?«

»Nein«, sagte Prew. »Ich denke nicht.«

»Und warum nicht, verdammt noch mal? Ist 'n Versuch wert.«

»Tja«, sagte Prew, »irgendwie geht's mir gegen den Strich, den Brüdern das Schützenfest zu versauen. Wegen Bloom konnten sie mir nichts anhaben, und die Sonderbehandlung hat nichts genützt. Jetzt haben sie diese Geschichte arrangiert. Wenn ich ihnen das verderbe, müssen sie ganz von vorne anfangen.«

Warden lachte plötzlich. »Sicher schwitzt Ike jetzt langsam Blut.«

»Nee, das tut er bestimmt nicht. Ich wollt, es wär so, aber 's ist nicht so. Er glaubt schon an seine eigene Geschichte. Vielleicht glauben Henderson und Wilson noch nicht dran, aber ich wett mit dir, Ike glaubt dran.«

»Wird wohl so sein«, sagte Warden, »und Wilson und Henderson haben überhaupt noch nie Blut geschwitzt, was?« Er strich mit der Hand über sein unrasiertes Kinn. »Ich muß mich rasieren«, sagte er geistesabwesend. »Hab die letzten beiden Tage nicht viel Zeit gehabt. Weißt du«, sagte er, »vielleicht solltest du Culpepper doch davon erzählen. Wär ne feine Sache. Vielleicht könnt ich bei der Gelegenheit zwei von den Burschen loswerden.«

»Nee«, sagte Prew. »Nicht ohne Holmes, und der hilft ihnen. Irgendwie würd er sie loseisen. Irgendwie würden sie alles verdrehn und gegen mich ausnützen. Wenn die mich überfahren wollen, werd ich ihnen nicht die Freude bereiten, mich zu winden und Theater zu machen. Ich kann schon vertragen, was die austeilen können, und noch mehr, Spieß. Die können mich kreuzweise, verstehst du?«

Wieder sagte Warden lange nichts. Als er schließlich aufstand, lag ein eigenartiger Zug um seine hellen, blauen Augen. »Vielleicht hast du recht«, sagte er. »Ist jedenfalls deine Sache, und du kannst machen, was *du* willst.«

Prew glaubte einen Ausdruck der Hochachtung in Wardens Augen zu erkennen, als sie sich jetzt ansahen. Keiner sagte etwas, und keiner brauchte etwas zu sagen. Das Verständnis, das er in des anderen Blicken lesen konnte, gab ihm ein Gefühl des Stolzes. Aus irgendeinem unbekannten Grund war ihm Wardens Respekt mehr wert als der irgendeines anderen Mannes. Warum, konnte er nicht erklären. Auf jeden Fall hatte er sich diesen Respekt immer gewünscht, und darum hatte er ihm die Geschichte mit dem Messer erzählt, und nun war er stolz, daß er gefunden hatte, was er suchte.

»Die können einen umbringen«, sagte er, »aber nicht auffressen, Spieß.«

Warden schlug ihm auf die Schulter, daß es schmerzte. Es war die erste offene Freundschaftsgeste, die er von Warden je gesehen hatte, ihm selbst oder anderen gegenüber. Es wärmte ihn durch und durch wie ein Schnaps und war die drei Monate wohl wert. Dennoch blieb sein Gesicht unbewegt.

»Auf bald, Kleiner«, sagte Warden und wandte sich der Gittertür am anderen Ende des Raumes zu. Prew legte die Karten zurück auf die Decke und sah ihm nach.

»Warden«, rief er, »würd'st du mir 'n Gefallen tun?«

Der große Mann wandte den Kopf. »Jederzeit«, sagte er, »wenn ich kann.«

»Würdest du nach Maunalani Heights gehn und Lorene sagen, warum ich nicht kommen kann?« Er konnte sie nicht Alma nennen, nicht einmal Warden gegenüber. Er gab ihm ihre Adresse.

»Warum schreibst du ihr nicht nen Brief?« sagte Warden. »Ich will lieber nicht da hingehn. Immer, wenn ich Weibern in die Nähe komme, fliegen sie auf mich und laufen hinter mir her wie läufige Schafe. Ich hab's satt«, sagte er mit zuckenden Augenbrauen, »und außerdem mag ich dich zu gerne, um das zu riskieren. Ich will dein Mädchen nicht.«

»Schön«, sagte Prew sachlich, »dann ruf sie wenigstens an.« Er gab ihm die Telefonnummer.

»Wenn ich das tue«, sagte Warden, »wird sie, sobald sie meine Stimme hört, versuchen, ein Rendezvous zu vereinbaren. Und ich fürchte, daß ich vielleicht nicht die Kraft habe, nein zu sagen.«

»Gut«, sagte Prew eigensinnig, »dann geh runter zum New Congress und sag's ihr und geh mit ihr ins Bett, wenn du schon mal da bist.«

Warden grinste ihn an wie ein Faun.

»Übrigens fällt mir da ein«, sagte Prew, ohne das Gesicht zu verziehen, »als ich das letzte Mal unten war, hat deine liebe Feundin, Mrs. Kipfer, mir Grüße an dich aufgetragen und gefragt, warum du nicht mehr kommst. Habe vergessen, es dir zu erzählen.«

Warden brach plötzlich in Lachen aus. »Die alte Gert«, sagte er. »Na, was soll man da sagen? Die alte, schmutzige Gerty«, sagte er. »Gert hat ihren wirklichen Beruf verfehlt. Hätte Hausmutter in nem Studentenheim werden sollen.«

»Wie ist's also?« fragte Prew von neuem. »Wirst du Lorene für mich anrufen?«

»Gut«, sagte Warden kurz. »Ich ruf sie an. Ich versprech aber nicht, ihr 'n Rendezvous abzuschlagen.«

»Ich verlang auch kein Versprechen, oder?« sagte Prew.

»Meinetwegen, unter der Bedingung will ich's riskieren. Auf bald«, sagte er über die Schulter weg. »Ach Gott«, sagte er und blieb stehen und wandte sich wieder um, »hab's fast vergessen. Wir haben zwei Unteroffiziersstellen frei. Eine davon bekommt Bloom. Hab heut den Befehl ausgeschrieben. Wird angeschlagen, sobald das Boot die anderen beiden in die Staaten nimmt. Dachte mir, du würdest Spaß an der Nachricht haben?«

»Da wird Bloom aber froh sein«, sagte Prew.

»Nein«, sagte Warden. »Noch nicht. Im nächsten Monat gehn zwei Feldwebel nach Hause«, sagte er. »Na, Kleiner«, sagte er dann, »nur noch vier Tage bis Montag. Dann kannst du anfangen, Kerben in die Türpfosten zu schneiden.«

Prew sah ihm nach, wie er breitschultrig und schmalhüftig durch die Gittertür in die andere Welt hinaustrat. Er nahm die Karten auf.

Während der nächsten vier Tage spielte er viele Spiele Solitär. Während der nächsten vier Tage begann er auch plötzlich andere Besucher zu bekommen, außer Culpepper. Warden kam nicht mehr wieder, aber Andy und Freitag kamen und Readall Treadwell und Bull Nair und Dusty Rhodes, der Professor, und viele andere. Der Professor versuchte nicht einmal, ihm einen Diamantring oder eine echte Uhrkette zu verkaufen. Und Häuptling Choate kam. Die meisten aus der Gruppe der Nichtsportler erschienen zum mindesten einmal. Selbst ein paar Sportler kamen. Er hatte nicht gewußt, daß er so viele Freunde besaß. Er merkte, daß er, ähnlich wie Angelo, plötzlich eine Kompanieberühmtheit geworden war.

36

Im Militärgefängnis war er keine Berühmtheit. Natürlich wußte man dort nichts von dem sensationellen Prozeß. Er hoffte inbrünstig, daß auch niemals etwas davon bekannt würde. Der Prozeß rollte mit der Präzision eines geprobten Stücks und eines gut eingespielten Ensembles ab. Alles ging gut bis zum letzten Augenblick. Die drei Zeugen erzählten ihre Geschichten, klar und einfach, als sagten sie ihre schriftlichen Erklärungen auswendig her. Alle Aussagen stimmten überein. Der Ankläger setzte mit unbestreitbarer Klarheit auseinander, auf welche Art und Weise die verschiedenen Paragraphen des Kriegsstrafgesetzbuches verletzt worden waren und welche Strafen derartige Verletzungen zur Folge hatten. Dem Angeklagten, der geschwiegen hatte, wurde die Möglichkeit zur Aussage gegeben, aber er lehnte ab. Alles lief glatt und in Übereinstimmung mit der Dienstvorschrift. Dann, im letzten Augenblick, und in einer Art sinnloser Raserei gegen das Schicksal, erklärte Culpepper, daß Prew sich schuldig bekenne, und appellierte an die Milde des Gerichtes, in Anbetracht der Tatsache, daß alle Soldaten gerne einen über den Durst tränken. Erschrecktes Schweigen erfüllte den Gerichtssaal. Der Angeklagte hätte seinen Verteidiger mit Freuden erschossen. Das Gericht aber zeigte sich der Situation gewachsen. Mit allem Drum und Dran wurde das Schuldbekenntnis in das Protokoll aufgenommen, genau so, als ob es vorgesehen gewesen wäre. Dann steckten die Richter wie üblich dreißig Sekunden lang die Köpfe zusammen und verkündeten das Urteil. Drei Monate harte Arbeit und zwei Drittel Gehaltsentzug für die gleiche Zeitdauer, als wäre nichts geschehen. Der Angeklagte hätte die Richter küssen mögen.

Er war sehr erleichtert, als man ihn zurück auf die Wache brachte, wo er Leutnant Culpepper nicht anzuschauen brauchte.

Am Nachmittag kamen sie, um ihn zu holen. Der Prozeß hatte am Morgen stattgefunden. Mit ihrer Unterschrift bestätigten sie, daß er ihnen samt seinen beiden sauberen Arbeitsanzügen übergeben worden war. Vorsichtig setzten sie ihn auf einen Vordersitz des Geländewagens. Ein MP setzte sich ans Steuer, der andere nahm hinter ihm Platz. Er kam sich wie ein schäbig angezogener Zwerg vor neben der eleganten, leuchtenden Pracht der beiden ein Meter neunzig großen Kerle. Sie sagten nichts zu ihm, und er sagte nichts zu ihnen. Sie lieferten ihn vor dem Schulhaus ab, das von einem Drahtzaun umgeben und mit vergitterten Fenstern versehen war. Er hörte, wie der mit einem Gewehr ausgerüstete Posten das Gittertor hinter ihm schloß und verriegelte. Der Klang hatte etwas Endgültiges, aber niemand schien der Sache eine besondere Bedeutung beizumessen. Die beiden glänzenden Riesen führten ihn ins Schulhaus hinein, als täten sie derartiges jeden Tag. Er trug noch immer die Sommeruniform und die Krawatte, die er während der Verhandlung getragen hatte.

Das erste, was die beiden Riesen taten, sobald sie die Tür hinter sich hatten, war, daß sie ihre Gummiknüppel und Pistolen in der Wachstube gegen kurze, ungestrichene Holzknüppel austauschten.

Dann führten sie ihn zur Kammer. Noch immer sprachen sie nicht mit ihm. Die Kammer war am Ende eines langen Ganges. Man ging an ein paar Türen vorbei, wandte sich dann beim Schwarzen Brett nach links. Auf der rechten Seite waren die verschlossenen Türen der drei Barackenflügel, und danach kam man schließlich zu einem kleinen Schiebefenster in der Wand. Der Mann im Arbeitsanzug, der hinter der Halbtüre mit dem Thekenbrett stand, war offenbar selbst ein Gefangener. Er grinste ihn angenehm an.

»Willkommen in unserer Stadt«, sagte er fröhlich, als wäre er überglücklich, einmal jemand zu finden, dem es so schlecht ging wie ihm selbst.

»Gib ihm seine Sachen«, schnappte einer der Riesen, als verletze ihn die Gesprächigkeit.

»Jawohl, Sir«, sagte der Mann im Arbeitsanzug. »Jawohl, Sir.« Er rieb sich die Hände wie ein Hoteldirektor, der einen Gast begrüßt. Er machte es täuschend ähnlich nach. »Wir haben ein hübsches Eckzimmer im zehnten Stock mit Blick auf den Park und gekacheltem Bad und eingebauten Schränken. Ich bin überzeugt, daß Sie sich bei uns wohl fühlen werden«, sagte er.

»Ich hab gesagt, gib ihm seine Sachen«, sagte der erste Riese. »Hör auf mit dem Theater. Sprüche kloppen kannst du nachher; fall mir nur nicht auf die Nerven.«

Das Grinsen auf dem Gesicht des Mannes verwandelte sich in eine Grimasse, die zu Dreivierteln weinerlich war. »Natürlich Hansen, natürlich. Wollte nur 'n wenig Spaß machen.«

»Dann laß es sein«, sagte der erste Riese.

Der zweite Riese sagte gar nichts.

Die beiden standen mit ihren Knüppeln unter dem Arm gegen die Wand gelehnt und rauchten schweigend, während der Kalfaktor Prew seine Gefängnissachen aushändigte. Der erste Riese, Hansen, kam schweigend herüber und bemächtigte sich Prews Brieftasche, zählte das darin enthaltene Geld, schrieb die Zahl auf einen Zettel und legte den Zettel in die Brieftasche, während er das Geld mit einem schmutzigen Grinsen einsteckte. Der zweite Riese trat dazu, blickte über die Schulter des ersten und zählte lautlos mit den Lippen mit. Der Kalfaktor nahm Prews Arbeitsjacke und gab ihm dafür zwei andere, die ein großes weißes P auf dem Rücken hatten.

»Du bekommst die hier, damit du gleich mit der Arbeit anfangen kannst«, erklärte der Kalfaktor fröhlich. »Da brauchst du nicht zu warten, bis deine bemalt sind. Deine geben wir später einem anderen, verstehst du?« Er grinste, als Prew die Uniform ablegte, sie dem Kalfaktor einhändigte und den neuen Arbeitsanzug anzog. Sein eigener Arbeitsanzug hatte Prew so gut gepaßt, wie die sackartige Drillichjacke überhaupt passen konnte. Bei den ihm nun ausgehändigten Stücken aber reichte die Jacke fast bis zu den Knien, die Ärmel baumelten herunter bis zu den Fingerspitzen, und die Schulternähte hingen in der Nähe seiner Ellenbogen.

»Jesus, das tut mir aber leid«, grinste der Kalfaktor glücklich. »Und dabei kommt das noch deiner Größe am nächsten von all dem Zeug, was ich hier habe. Vielleicht können wir später mal tauschen, he?«

»Ist schon in Ordnung«, sagte Prew.

»Na, weißt du«, tröstete der Kalfaktor, »es gibt sowieso keine Weiber, die dich sehen könnten, außer Offiziersfrauen, die am Steinbruch vorbeireiten. Die kannst du aber sowieso nicht mit ins Bett nehmen, brauchst dir also keine Sorgen zu machen wegen deinem Aufzug.«

»Danke für den Rat«, sagte Prew. »Ich mach mir keine Sorgen.«

Die beiden Riesen grinsten und rauchten.

»Vielleicht stört's dich ne Zeitlang«, sagte der Gefangene. »Vielleicht wird's am Anfang etwas hart. Besonders, wenn du gewohnt warst, jede Nacht ne Frau im Bett zu haben. Kommst aber schon drüber weg«, sagte er zuversichtlich. »Bringt dich nicht um. Bildest dir's nur ein.«

Einer der Riesen prustete los. Prew dachte an Alma und spürte, wie eine Welle von Übelkeit durch seinen Bauch und die Schenkel ging, als er sie auf dem Bett liegen sah, im Schlafzimmer, drei Stufen über dem Wohnzimmer in ihrem Haus am Rande des Hügels über dem Palolotal. Das letztemal hatte er sie vor mehr als zwei Wochen gesehen. Drei Monate waren sechsmal zwei Wochen, im ganzen vierzehn Wochen, in denen er sie nicht sehen konnte, nicht wissen würde, wo sie war, was sie tat, oder mit wem sie es tat.

»Weiterhin«, sagte der Kalfaktor von der Höhe seiner eigenen Erfahrung herab, »fängt man an, sich zu fragen, was sie die ganze Zeit eigentlich treiben.«

»So?« sagte Prew. Das Bild des Mannes, der neben Alma lag, war undeutlich (er betrachtete es genauestens), war nur eine Silhouette. Warden war es nicht. Auch Prewitt war es nicht. Während er das Bild betrachtete, legte sich der Mann auf sie. Nein, sagte er sich, nein. Du weißt ganz genau, daß sie sich aus der Sache an sich nichts macht. Sie hat's dir selbst gesagt. Dein eigenes Ich spielt dir einen Streich, weil's bei dir so ist. Was sie in Wirklichkeit will, ist deine Nähe, die Wärme von Kameradschaft und Verständnis, das Gefühl, geliebt zu werden und nicht allein zu sein. Er fuhr fort, diese Dinge aufzuzählen. Es half nichts. Drei Monate waren zu lang. Vielleicht traf sie zufällig einen anderen, der sie interessierte, würde sich mit ihm einlassen, einfach um beschäftigt zu sein, nicht wahr? Einfach, um nicht allein sein zu müssen. Es gab ne Menge interessanter Kerle. Viele waren bedeutend interessanter als er selber.

Er hoffte, Warden würde nicht vergessen, sie anzurufen. Gleichzeitig hatte er Angst vor dem Gedanken, daß er's tun würde. Ein Mann war auch nur ein Mensch. Und Warden war ein anziehender Mann. Groß und kräftig und männlich und – interessant.

Erinnerungen an das, was er verlieren würde, tauchten auf. Es waren klare, scharfe, persönliche Bilder Almas, die wie Momentaufnahmen wirkten, wie Negative, die man auf einen Schirm projiziert, in zehnfacher Vergrößerung, zeigten jede kleinste, intimste Einzelheit. Jede Pore, jedes Haar, jede Falte ihres Körpers, den er so gut kannte wie seinen eigenen, konnte er plötzlich deutlich vor sich sehen. Er stand da und betrachtete diese Bilder. Und auf jedem Bild erschien der gleiche Schatten, die gleiche zweidimensionale schwarze Silhouette, der gleiche schwarze Verführer, der dort stand, wo Prewitt gestanden hatte, saß, wo er zu sitzen pflegte, lag, wo sein Platz zu liegen gewesen war, diese Gestalt, die nun all seine geheiligten Geheimnisse auskostete. Der Kerl bediente sich *seines* Geistes und *seiner* Erinnerungen, um die Frau, die er liebte, zu verführen, und er konnte den schwarzen Schweinehund nicht daran hindern. Es war eine Todesqual. Er stand da und sah, wie die Frau, die er liebte, von ihm selbst herzlos übertölpelt und verführt wurde. Er spürte, wie ihn die Panik, die ihn während der ersten Nacht und auf der Wache überkommen hatte, von neuem überfiel.

Der Fehler war, daß sie sich zu leicht was vormachen ließ (so dachte er), daß sie zu großzügig war. Irgendein unglücklicher Mann, der ihr mit ner rührseligen Geschichte über den Weg lief, konnte sie haben, nur aus Hilfsbereitschaft. Sie würde ihn ohne weiteres mitnehmen. Er erinnerte sich, wie glatt sie alles geschluckt hatte, was er ihr über seine Einsamkeit verzapft hatte. Die Tatsache, daß es in seinem Fall stimmte, änderte nichts. Alle diese Geschichten waren wahr. Niemand log, wenn er sagte, daß er einsam sei. Aber gleichzeitig waren diese Geschichten auch alle Lügen, wie er aus eigener Erfahrung wußte. Sobald man mit einer Frau über seine Einsamkeit zu sprechen begann, war man nicht mehr einsam. Vielmehr ähnelte man dann dem Dichter eines Theaterstückes, der an seinen eigenen Helden glaubt, dem Romanschriftsteller, der die Figuren seiner eigenen Erfindung lebt. Sobald man sah, daß die Zuhörerschaft gerührt war von dem, was man sagte, wußte man, daß man dabei etwas für sich herausschlagen konnte, und begann zu schauspielern, um die Wahrheit noch überzeugender zu gestalten. Und dann war mit einem Male die Wahrheit nicht mehr vorhanden, war im allgemeinen Wirrwarr verschüttgegangen. Wenn er nur eine einzige Minute mit ihr sprechen und sie hätte warnen können. Plötzlich hatte er eine schreckliche Angst, sie könnte vielleicht die Burschen, die sich vor ihr aufspielten, nicht durchschauen. Schließlich hatte sie ihn auch nicht durchschaut. *Oder hatte sie es vielleicht doch getan?* Vielleicht war das überhaupt der Grund, warum sie es ständig ablehnte, ihn zu heiraten. Vielleicht traute sie ihm nicht. Sie mußte ihm aber trauen. Nun überfiel ihn die Panik wieder. Fast konnte er sich nicht zurückhalten, sich umzuwenden und auf die vergitterten Fenster zu starren. Er hatte das Gefühl, daß er jeden Augenblick zu Boden fallen und schreien und um sich schlagen würde. Und das vor diesen drei Männern, die ihn beobachteten, und genau beobachteten.

Etwas Derartiges war ihm nie zuvor passiert. Oft hatte er es, ohne daß es ihm weh tat, drei Monate und länger ohne ein Weib ausgehalten. In früheren Zeiten als Landstreicher hatte es ihn nicht gestört, so wenig, wie es ihn in Myer gestört hatte. Allerdings hatte er damals keine Vorstellung davon gehabt, wie das Leben mit einer Frau wirklich sein konnte. Vielleicht kam es daher, daß er Alma liebte? Aber auch Violet hatte er zu lieben geglaubt. Oder war der Grund vielleicht der, daß er gar nicht so sicher war, daß Alma seine Liebe erwiderte? Du bist verrückt, versuchte er sich verzweifelt zu überzeugen. Du mußt mit diesem Unsinn aufhören. Dabei suchte er ununterbrochen mit angestrengten Augen die schwarze Silhouette zu erkennen.

Ich werd ihn umbringen, dachte er, diesen gemeinen Hund, ich werd ihn umbringen.

»Was ist los?« grinste der Kalfaktor besorgt, »hab ich vielleicht was gesagt?«

Prew spürte, daß sein Gesicht ein Grinsen zeigte. Gott sei Dank, dachte er. Er sah sich nach den beiden Riesen um. »Was?« sagte seine Stimme. »Du meinst zu mir? Zu mir nicht«, sagte die Stimme. »Wieso?« Ich hab's geschafft, dachte er. Ich hab's geschafft. Wie aber wird es nachts sein, in der Dunkelheit, auf der Pritsche, wenn alles schläft und keiner da ist, der deinen Stolz aufstachelt, dachte er.

Die zwei Riesen grinsten noch immer verständnisvoll, und er wußte, daß er keinem von ihnen was vormachen konnte. Er konnte es nicht vertuschen, er konnte gerade noch seinen Stolz retten. Sie konnten alle sehen, was für ein verdammt liebeskranker Idiot er war. Jeder konnte es sehen, was für ein verdammt liebeskranker Idiot er war. Warum konnte er nicht endlich einmal aufhören, ein dämlich liebeskranker Idiot zu sein? Andere waren's doch auch nicht.

»Hier ist deine Mütze, Kamerad«, sagte der Gefangene. »Vergiß deine Mütze nicht.« Er gab ihm zwei Arbeitsmützen. Sie waren neu und ihre Ränder steif wie Klosettdeckel. Die dünnen, baumwollenen Hutkronen waren von einem Netz von Millionen Falten durchzogen. Wie sorgfältig man sie auch zurechtdrücken mochte, immer sahen sie wie Putzlappen aus, die man auf den Kopf gestülpt hatte. Das war auch der Grund, warum jeder Mann in der Garnison zwei Feldmützen besaß, eine Ausgehmütze und eine für den Arbeitsdienst.

»Tut mir leid«, grinste der Kalfaktor genießerisch, als könnte er wieder seine Gedanken lesen. »Wir verpassen hier keine Feldmützen. Wahrscheinlich hat man uns vergessen, als die Feldmützen zugeteilt wurden.«

Die beiden Riesen lachten laut hinaus. Der zweite Riese, der schweigsame, sprach zum ersten Mal.

»Feldmützen sind für Soldaten«, sagte er, »nicht für Gefangene.« Niemand widersprach ihm. Prew probierte possenhaft eine der Mützen. Wenn man nur lachen, nur alles zu einem Witz machen kann. Dann ist man gerettet. Eine Weile wenigstens. Die Mütze rutschte bis zu den Ohren hinunter. Um den ganzen Kopf herum stand der Rand scharf ab, und die Krone legte sich stramm über seinen Schädel. Das Ganze sah aus wie ein Topf, war aber noch immer voller Falten.

»Siehst aus wie Clark Gable, Kamerad«, sagte der Kalfaktor. »Besonders wenn du sie auf den Ohren aufsitzen läßt.«

»Was soll ich sonst tun?« scherzte Prew.

»Mensch, du solltest andere sehn«, sagte der Gefangene gehässig, als wolle er ihn dafür zurechtweisen, daß er sich an den Scherzen beteiligt hatte. Er denkt, ich kriech diesen beiden MP hinten rein, dachte Prew, und mußte fast lachen. Glaubt, ich tu's wegen ihnen, und weiß nicht, daß ich's meinetwegen tue, und daß ich kaum –

»Hast da gar nichts Besonderes bekommen, du solltest erst die sehn, die nicht passen«, sagte der Kalfaktor.

Wieder lachten die beiden Riesen.

»Mach ich's gut?« grinste der Kalfaktor sie an.

»Nicht schlecht«, sagte der erste Riese, Hansen, der gesprächige.

»Nicht schlecht, Terry. Los du«, sagte er zu Prew.

Terry, der Kalfaktor, steckte vorsichtig seinen Kopf durch die Halbtür und sah den langen Gang hinauf und hinunter. »Wie wär's mit ner Zigarette, Hansen«, bettelte er ängstlich. »Habt doch eueren Spaß gehabt, oder nicht?«

Der Riese Hansen blickte gleichfalls vorsichtig den Gang hinauf und hinunter. Niemand war in Sicht. Schnell griff er in seine Hemdtasche, zog eine einzige Zigarette aus der Schachtel heraus und warf sie durch die Halbtür in die Kammer. Hungrig stürzte Terry zurück in den Raum, um sie vom Boden aufzulesen. Hansen stieß Prew mit dem Ende seines Knüppels in den Hintern.

»Auf geht's«, sagte der gesprächige Hansen.

Sie gingen durch den Gang in Richtung auf die Barackenflügel.

»Eines Tages sitzt du in der Scheiße, Hansen«, sagte der Schweigsame, »wenn du weiter solch idiotische Sachen machst.«

»So?« sagte Hansen. »Und willst du vielleicht der Schweinehund sein, der mich anzeigt, Turnipseed?«

»Ich nicht«, sagte der Stille. Sie gingen weiter.

»Er heißt Turnipseed«, setzte Hansen Prew auseinander.

»Nicht mal meine eigene Mutter würd ich anzeigen«, sagte Turnipseed stolz nach langem Nachdenken, »sosehr ich sie auch hasse.«

»Erst letzte Woche hast du nen Gefangenen angezeigt«, sagte Hansen unbeeindruckt, »weil er geraucht hat.«

»Dienst«, sagte Turnipseed, »war sowieso 'n Meckerer.«

Offenbar war nun alles gesagt. Die Unterhaltung brach plötzlich ab.

Die vergitterten Doppeltüren zu den drei Baracken standen weit offen. Sie führten ihn in die erste, zu der sie kamen, die westliche. Niemand war da. Sie war sehr lang und hatte Fenster nach beiden

Seiten. Die Fenster waren zugenagelt. Davor waren Gitter aus Drahtgeflecht. Die Baracke war gerade breit genug für zwei Reihen von doppelstöckigen Feldbetten und einen etwa einsachtzig breiten Gang dazwischen. Es gab weder Feldkisten noch Spinde. Am Kopfende der Betten oben und unten war je ein kleines offenes Regal an die Wand genagelt. Jedes Regal war genau mit den gleichen Gegenständen, in genau der gleichen Art und Weise ausgestattet. Vorhanden waren: ein Arbeitsanzug, Hosen zuunterst, eine Arbeitsmütze auf der Jacke. Eine Garnitur Militärunterzeug auf der Mütze, und zwar die Unterhosen zuunterst. Ein Militärtaschentuch auf dem Unterzeug. Ein Paar zusammengerollte Socken ganz obendrauf wie eine Kirsche auf einem Kuchen. Links im Fach waren die Toilettenartikel. Ein Einheitsrasierapparat, die Schachtel nach dem Gang zu geöffnet, dahinter ein Einheitsrasierpinsel und ein Stück Einheitsrasierseife nebeneinander, die Enden auf gleicher Höhe mit der Schachtel des Rasierapparates. Dahinter eine khakifarbene Einheitsseifenschale aus Bakelit und darin ein Stück Seife und darunter ein doppelt gefalteter Militärwaschlappen, Seiten genau parallel mit denen der Seifenschale. Die beiden Riesen lungerten rauchend neben Prew herum. Sie hatten die Arme auf ein oberes Bett aufgelehnt, wie ein gewöhnlicher Mensch, der an einer Bar steht. Sie beobachteten ihn, während er sein Bett baute, das Fach neben dem seinen studierte und dann mit seiner eigenen Ausrüstung einrichtete. Nachdem er fertig war, trat er zurück und betrachtete diese nicht ganz zwei Handvoll Besitz, die nun während der nächsten drei Monate alles waren, was er sein Eigentum nennen konnte. Hansen kam herüber und sah es sich ebenfalls an.

»Das Bett ist in Ordnung«, sagte Hansen.

»Und das Fach?«

»Miserabel«, sagte Hansen, »kriegst sofort 'n Strafpunkt.«

»Was bedeutet 'n Strafpunkt? Ich meine hier?«

Hansen grinste.

»Ich meine, was ist die Folge?«

Hansen grinste. »Fach ist miserabel«, sagte er. »Du bist 'n Neuer, und so geb ich dir ne Chance, es in Ordnung zu bringen. Morgen kriegst du keine zweite Chance.«

»Mir scheint's aber in Ordnung«, stritt Prew.

»Wirklich?« grinste Hansen. »Sieh dir mal die andern an.«

»Kann keinen Unterschied sehen«, beharrte Prew.

»Wie lang bist du beim Militär?«

»Fünf Jahre.«

»Wie du willst«, sagte Hansen. »Sollen wir gehn?« Er machte sich auf den Weg zur Tür, und Prew spürte, wie etwas Gefährliches ihn innerlich berührte und dann wieder verschwand.

»Moment«, sagte er lahm. »Ich möchte, daß es richtig ist.«

Der schweigsame Turnipseed, der noch immer rauchend herumlungerte, lachte plötzlich schnaubend.

Grinsend kam Hansen zurück und wandte seine Augen dem Fach zu. »Major Thompson inspiziert jeden Morgen. Trägt 'n Senkblei in der Tasche«, sagte er.

Prew betrachtete sein Fach. Er nahm den Kleiderstoß herunter. Er begann die Stücke einzeln zurückzulegen, und Hansen kam herüber und sah ihm mit den Augen des Experten über die Schulter.

»Die Linien von den Enden des Rasieretuis schneiden nicht genau mit denen des Pinselgriffs und der Rasierseife ab«, sagte Hansen. »Die Seifenschale steht nicht genau in der Mitte des Waschlappens.«

Prew richtete die Gegenstände vorschriftsmäßig aus und fuhr dann fort, seine Kleider wieder aufeinanderzulegen.

»Weißt du, was 'n Senkblei ist?« fragte Hansen.

»'türlich.«

»Hab nie davon gehört, bis ich hierher kam«, sagte Hansen.

»Wird sonst von Schreinern benützt, was?«

»Ja«, sagte Prew, »und von Maurern.«

»Wozu?«

»Weiß nicht genau. Um Ecken richtig hinzubekommen. Um sicher zu sein, daß 'n Brett gerade ist. So 'n Zeug.« Er begann sich wohler zu fühlen. Er hatte es wieder hinuntergewürgt, noch immer konnte er aber spüren, daß es dalag, daß es noch immer wartete. Es war nicht verschwunden. Schon der Gedanke daran, daß es ihm nun wieder besser ging, brachte es dazu, sich wieder zu erheben. Ihm wurde schlecht. Schwerfällig und schwindelerregend stieg es in ihm auf wie ein Luftballon auf dem Jahrmarkt. Wieder spürte er mit einer Art erstaunten Unglaubens, daß er *hier* war, eingesperrt hinter Drahtgittern, während sie *dort* war, in Maunalani Heights, das er so deutlich vor sich sah; daß er nicht, wenn er es auch noch so sehr wollte, von *hier* weggehen und sie *dort* besuchen konnte. Er schluckte, preßte die Kiefer aufeinander und hielt seine Zunge gegen den Gaumen gedrückt. Einen Augenblick drückte es in ihm nach oben, sank dann zurück, um wieder geduldig zu warten. Es war eine ebenso elementare Kraft wie die, welche die Planeten in ihren Bahnen hielt, und ebenso gefühllos. Hab dich dieses Mal drangekriegt, sagte er zu dem Etwas. Hab dich kommen sehn. Wenn man es einmal nicht mehr schlucken konnte, war man fertig und erledigt. Alma, dachte er, Alma. Nein, sagte er zu sich selber, nein, du dummer Hund, nein.

Er war schon in anderen Gefängnissen gewesen, oder vielleicht nicht? Einige davon waren recht übel gewesen, damals in der Zeit, als er Landstreicher war. Und nicht eines hatte ihn kleingekriegt. Zwei davon, ein Kreisgefängnis in Georgia und ein Städtisches in Mississippi, hatten zur schlimmsten Sorte gehört, die es überhaupt gibt. Selbst die Nazis hätten von denen noch lernen können. Ihre Narben waren noch auf seinem Körper. Aber auch die hatten ihn nicht zerbrochen.

Aber damals war er eben noch nicht verliebt gewesen. Verliebt sein machte einen ganz besonders verwundbar. Als Verliebter hatte man ein Ziel.

Er sagte sich, daß es nur einen einzigen Weg gab. Er mußte sich ›vorübergehend entlieben‹. Er versuchte, an alle Dinge zu denken, die er an Alma nicht mochte. Es fiel ihm nichts ein. Nicht ein einziges Ding fiel ihm ein. Sonderbar, daß er nicht gewußt hatte, wie verliebt er war, bis er hörte, wie die Gittertore hinter ihm ins Schloß fielen und verriegelt wurden.

»Na, siehst du«, hörte er Hansen zu Turnipseed sagen. »Hab ich dir gleich gesagt, du blöder Hammel. Dieser blöde Hammel«, grinste er Prew an, »hat versucht, mir einzureden, Major Thompson hätt es erfunden.«

»Was erfunden?« sagte Prew verwirrt.

»Das Senkblei«, sagte Hansen. »Einfach für die Inspektionen.«

»Na also, ich hab bestimmt vorher nie etwas von dem Scheißding gehört«, sagte Turnipseed ärgerlich. »Und ihm könnt man so was zutrauen. Ich glaub immer noch, er hat's getan.«

»Ach, halt's Maul«, sagte Hansen ärgerlich. »Hast du nicht gehört, was der Mann da gerade gesagt hat?«

»Doch«, sagte Turnipseed eigensinnig. »Ist das ein Beweis?«

»Oh, mein Gott«, sagte Hansen.

Prew trat zurück von dem Fach. »Was sagst du nun?« sagte er.

»Recht nett«, gab Hansen widerwillig zu.

»Mir scheint es tadellos.«

»Mir auch«, sagte Hansen. Dann grinste er. »Ich übernehm aber keine Garantie, Kamerad.«

»Gehn wir«, schlug Turnipseed vor. »Sonst kommt noch jemand.«

Sie nahmen ihn wieder in den Gang hinaus. Sie gingen an den anderen Barackentüren vorbei, den gleichen Weg zurück, den sie gekommen waren. Prew bemerkte, daß jeder Flügel eine vollständig abgesonderte Baracke war. Zwischen den Außenbaracken und der mittleren waren etwa drei Meter breite Höfe.

»Ja«, grinste Hansen, der ihn beobachtete, »die mittlere ist für die Widerspenstigen.«

»Die Bolschewiken«, grinste Turnipseed.

»Unruhestifter«, grinste Prew.

»Stimmt«, grinste Hansen. »Haben zwei Scheinwerfer auf die Höfe gestellt, wo sie rauskommen, verstehst du? Die Scheinwerfer werden die ganze Nacht nicht abgestellt.«

»Muß ziemlich schwer sein, hier abzuhauen«, sagte Prew im Gesprächston.

»Ziemlich schwer«, sagte Hansen.

»Wieviel Maschinengewehre?« fragte Prew leichthin.

»Eins auf jeden«, grinste Hansen. »Sind aber noch genug andere da, wenn sie gebraucht werden.«

»Sehr gut eingerichtet«, sagte Prew.

Turnipseed schnaubte. »Gut eingerichtet, hat er gesagt. Das will ich meinen.«

»Halt's Maul, du dummer Hammel«, grinste Hansen freundlich. Er berührte Prew mit dem Knüppel zart am Arme. »Bleib stehen, Kamerad«, sagte er.

Prew blieb stehen. Er hatte das Gefühl, daß er bei dieser Unterhaltung nicht schlecht gefahren war. Gar so übel waren die beiden gar nicht. Die alte Härte in ihm war noch nicht tot. Vielleicht würde er doch mit unbeschädigtem Ruf aus dieser ganzen Geschichte herauskommen.

Sie standen vor dem Schwarzen Brett.

In der Mitte, sozusagen auf dem Ehrenplatz, umgeben von vervielfältigten Rundschreiben und Anschlägen mit detaillierten Vorschriften über Inspektionen, hing eine Seite aus Robert Ripleys Artikelserie ›Ob du's glaubst oder nicht‹. Man hatte diese Seite aus einer Zeitung ausgeschnitten, und der Ausschnitt war gelb und brüchig geworden, weil er so alt war. Um ihn zu erhalten, wa er auf einen Pappdeckel aufgeklebt, und außen herum war ein schwarzer Rand aus Pappe. Der Ausschnitt fiel einem sofort ins Auge, wenn man auf das Schwarze Brett sah.

Hansen und Turnipseed grinsten stolz zu ihm herab. Sie erinnerten an die alten Negerführer, die Ausflügler durch die geheiligte Gegend Mount Vernons, Virginia, führten und so taten, als gehörte es ihnen persönlich. Prew trat näher an das Schwarze Brett heran.

In der Mitte des Ausschnitts war eine Zeichnung, die John Dillinger, den größten Verbrecher Amerikas, darstellte. Er trug einen schwarzen Schnurrbart, den er sich unmittelbar vor seinem Ende hatte wachsen lassen, und auf seinem Gesicht lag ein Grinsen. Darunter stand folgendes:

Das erste Gefängnis, das der Staatsfeind Nr. 1 je kennenlernte, war das Militärgefängnis der Garnison Schofield auf dem amerikanischen Territorium von Hawaii, wo die Militärpolizei das angeblich strengste Gefängnis der ganzen Armee leitet! Es war so streng, dass John Dillinger bei seiner Entlassung schwor, er werde sich dafür an den Vereinigten Staaten rächen, und wenn es ihn umbringen sollte.

Darunter stand in sauberen, mit Bleistift gemalten Druckbuchstaben:

Es hat ihn umgebracht!

Prew schaute von neuem auf die Worte Es hat ihn umgebracht! und auf den schwarzen, einen Zoll breiten Papprand. Eine flammende Wut sprang in ihm hoch wie ein Feuer, das in einem Kamin hochgesaugt wird, das den Schmutz im Kamin verbrennt und den Kamin reinigt, damit er gut zieht.

Noch immer grinsten die beiden Riesen abwartend auf ihn herab. Er hatte das Gefühl, daß er nichts Abfälliges sagen durfte.

»Großartig«, sagte er. »Warum zeigt ihr mir das?«

»Wird jedem Neuen gezeigt«, grinste Hansen. »Auf Befehl von Major Thompson.«

»Du würdest staunen«, grinste Turnipseed, »wie verschieden das wirkt.«

»Sehr aufschlußreich«, grinste Hansen. »Manche bekommen nen regelrechten Wutanfall und fluchen und schreien und schnauben wie 'n Stier auf der Weide.«

»Andererseits«, sagte Turnipseed, »kriegen manche tatsächlich das Zittern.«

»Major Thompson muß schon 'n Kerl sein«, sagte Prew, »das hier aufzuhängen. Möchte wissen, woher er's hat.«

»Mein Gott, er hat's doch nicht aufgehängt«, sagte Turnipseed entrüstet. »Ich bin schon länger hier als er, und 's war schon da, als ich kam.«

»Und ich bin schon länger hier als du«, sagte Hansen, »und als ich kam, war's auch schon da.«

»Schön«, sagte Prew, »ihr habt mir's also gezeigt. Wohin jetzt?«

»Zum Antrittsbesuch beim Major«, grinste Hansen, »dann nehmen wir dich hinaus zur Arbeit.«

Prew studierte ihn. In diesem sonderbaren Grinsen lag keine Bosheit, vielmehr ein gewisser Humor, wie ihn jemand zeigt, der sich darüber amüsiert, wenn ein Kind ein zu schwieriges Wort falsch ausspricht. Es schien ein steifes Grinsen.

»Schön«, sagte er, »gehn wir also. Worauf warten wir noch?«

»Major Thompson ist sehr stolz auf diesen Ausschnitt«, sagte Turnipseed. »Man könnte meinen, daß es seine Idee war. Er behauptet, man könnte schon an der Art, wie 'n Mann es aufnimmt, erkennen, was für 'n Sträfling aus ihm werden wird.«

»Gehn wir also«, grinste Hansen freundschaftlich. »Von jetzt an hast du in strammer Haltung zu gehn, Kamerad«, fügte er hinzu.

Als sie um die Ecke vor der Außentür bogen, durch die sie hereingekommen waren, nahm Hansen mit der vertrauten, schnellen Schlurfbewegung den Schritt auf. Im Gleichschritt gingen sie weiter, und ihre Schritte hallten krachend ihnen voraus durch den langen Gang.

»Sträfling, rechts schwenkt – marsch«, sagte Hansen, als sie die erste Tür zu ihrer Rechten erreichten, und beide Riesen traten auf der Stelle, während Prew die Wendung ausführte, folgten ihm dann mit einem Schritt Abstand, je einen halben Schritt zu seiner Linken und Rechten.

»Sträfling, halt«, sagte Hansen von links her. Es war ein wunderschönes Manöver, wunderschön und mit fachmännischer Genauigkeit ausgeführt. Prew stand jetzt zwei Schritte vor Major Thompsons Schreibtisch, genau in der Mitte zwischen den zwei Statuen der MP.

Major Thompson sah sie beifällig an. Dann nahm er das Bündel Papiere von seinem Tisch auf und betrachtete sie durch seine goldgeränderte Brille.

Major Thompson war ein untersetzter Mann mit einem faßartigen Brustkasten, um den sich der Uniformrock wie ein Handschuh schloß. Er trug das Band des World-War-Victory-Ordens mit drei Sternen und das Band der Ehrenlegion. Er blickte kurzsichtig durch die goldgeränderten Gläser und hatte die rötlichgegerbte Haut und das kurzgeschorene graue Haar, die man bei aktiven Offizieren mit langer Dienstzeit zu sehen gewohnt war. Offensichtlich war er schon seit 1918 immer Offizier.

»Wie ich sehe, kommen Sie von Harlan, Kentucky«, sagte Major Thompson. »Wir bekommen eine ganze Anzahl Leute aus Kentucky und West Virginia. Ich möchte fast sagen, sie stellen das Hauptkontingent. Die meisten sind Grubenarbeiter«, sagte er, »aber Sie sehen nicht groß genug aus, um Grubenarbeiter zu sein.«

»Ich bin kein Grubenarbeiter«, sagte Prew, »ich war niemals ...«

Die Spitze eines Knüppels stieß ihm gerade über der Niere auf der linken Seite in den Rücken, und eine Sekunde lang befürchtete er, sich übergeben zu müssen.

»Sir«, sagte er schnell.

Major Thompson nickte ihm zu. »Bedeutend besser«, sagte er. »Unsere Aufgabe hier ist, Männer umzuerziehen, ihnen sowohl das praktische Können wie auch die richtige geistige Einstellung eines Soldaten beizubringen, um das Bedürfnis wieder in ihnen zu erwecken, Soldat zu sein, beziehungsweise, falls sie es nie besessen haben, es ihnen anzuerziehen. Sie wollen doch bestimmt nicht gleich falsch anfangen?«

Prew antwortete nicht. Sein Rücken schmerzte, und er meinte, die Frage sei rein rhetorisch gemeint. Die Spitze des Knüppels, die genau auf dem gleichen Punkt in seinen Rücken fuhr, belehrte ihn eines Besseren.

»Oder wollten Sie?« fragte Major Thompson.

»Nein, Sir«, sagte Prew schnell. Er begann zu begreifen.

»Wir hier haben das Gefühl«, sagte Major Thompson, »daß ihr nicht hier wärt, wenn ihr nicht euer Können, euren soldatischen Geist oder eueren Wunsch, Soldat zu sein, verloren hättet. Daher richten wir alle unsere Anstrengungen darauf aus, unser Ziel der Wiedererziehung mit einem Minimum an Zeitverlust und einem Maximum an Erfolg zu erreichen. Dies sowohl im Interesse der Leute selber als auch im Interesse unserer Regierung. Dies ist das wenigste, was wir dem amerikanischen Steuerzahler, der unsere Armee erhält, schulden, oder nicht?«

»Jawohl, Sir«, sagte Prew schnell und wurde dadurch belohnt, daß ein raschelndes Geräusch, das zu seiner Linken schon begonnen hatte, wieder aufhörte. Muß Hansen sein, dachte er, mein guter, alter Kamerad, Gefreiter Hansen.

»Ich glaube, wir werden aus Ihnen einen Mustersträfling machen«, sagte Major Thompson und machte eine Pause.

»Ich hoffe, Sir«, sagte Prew schnell in die Pause hinein.

»Vielleicht mag es Ihnen erscheinen, als seien wir in unseren Methoden übermäßig hart«, sagte Major Thompson. »Aber der schnellste, erfolgsversprechendste und billigste Weg, einen Mann umzuerziehen, besteht darin, jeden Fehler schmerzhaft zu machen. Es ist das gleiche wie bei den Tieren. So wird er lernen aufzupassen. So wie Sie sich einen Hühnerhund erziehen. Unser Vaterland ist im Augenblick im Begriff, sich eine ziemlich widerspenstige Armee aus Zivilisten aufzubauen, um sich selbst im größten Krieg der Weltgeschichte zu verteidigen. Die einzige Art, in der man dies tun kann, ist die, daß man den Leuten den Wunsch einimpft, Soldat zu sein.

Predigten von Kaplanen und Erziehungsfilme genügen nicht. Vielleicht würde die Sache klappen, wenn es in der Welt weniger Egoismus und mehr Opferbereitschaft gäbe. Aber die gibt es nicht. Unser Verfahren ist daher das einzig mögliche. Hier werden wir Ihnen nichts vom Patriotismus erzählen. Statt dessen werden wir das Nichtsoldatseinwollen für Sie so schmerzhaft machen, daß Sie es vorziehen, Soldat zu sein. Wir haben die Absicht, dafür zu sorgen, daß ein Mann, wenn er aus dem Militärgefängnis entlassen wird, bereit ist, alles zu tun, selbst zu sterben, nur um nicht zurückzumüssen. Sie folgen mir doch, was?«

»Jawohl, Sir«, sagte Prew schnell. Das Übelkeitsgefühl in seinem Magen begann ein wenig nachzulassen.

»Immer gibt es ein paar Leute«, sagte Major Thompson, »die auf Grund psychologischer Mängel oder schlechter Erziehung nie gute Soldaten werden. Wenn solche Männer sich hier unter uns befinden sollten, so werden wir sie finden. Wenn es für sie schmerzvoller ist, Soldat zu sein, als hier in diesem Gefängnis zu bleiben, dann sind sie nutzlos, und wir wollen sie loswerden, ehe sie die Männer um sich herum anstecken. Man wird sie als zum Militärdienst untauglich entlassen. Unsere Sorge gilt nur der Armee. Wir wollen jedoch absolut sicher sein, daß Sie wirklich kein Soldat sein wollen, und sich nicht einfach nur drücken. Verstehn Sie, was ich meine?«

»Jawohl, Sir«, sagte Prew schnell.

»Unser System ist vollkommen«, sagte der Major. »Niemand kann gegen uns gewinnen. Wir finden bestimmt heraus, ob Sie wirklich kein Soldat sein wollen oder nur simulieren.«

Er drehte sich in seinem Stuhl und sah hinüber zu dem anderen Schreibtisch. »Stimmt das, Feldwebel Judson?«

»Jawohl, Sir«, dröhnte der Mann hinter dem anderen Schreibtisch.

Prew wandte den Kopf, um ihn anzusehen, und das Ende des allwissenden Knüppels sauste in seinem Rücken auf die gleiche Stelle, die inzwischen sehr schmerzempfindlich geworden war. Ihm wurde zum Erbrechen schlecht. Er ließ seinen Kopf nach vorne zurückschnappen. Immerhin hatte er gesehen, was er sehen wollte, einen ungeheuren Kopf und einen Körper wie eine Wassertonne mit dikken, konzentrischen Lagen von Fett über noch dickeren Lagen von Muskeln, was alles zusammen Oberfeldwebel Judson ein wenig das Aussehen eines schlachtreifen Schweins gab. Oberfeldwebel Judson blickte ihn mit den leblosesten Augen an, die er je in einem Menschen gesehen hatte. Sie glichen zwei Kaviarkörnchen, die weit weg voneinander auf einem großen weißen Teller lagen.

»Es gibt ein paar Regeln«, sagte Major Thompson. »Alle sind sie auf ein einziges Ziel gerichtet, nämlich herauszufinden, wie sehr ein Mann wirklich nicht Soldat sein möchte. Zum Beispiel«, sagte er, »bewegen sich Sträflinge in der Gegenwart von Vorgesetzten nur auf Kommando. Ganz besonders gilt das hier in meinem Büro«, sagte er.

»Jawohl, Sir«, sagte Prew schnell. »Ich bitte um Entschuldigung, Sir.« Das Gefühl, sich erbrechen zu müssen, war nun mit aller Kraft zurückgekommen. Es war viel schlimmer als zuvor, und er hätte gern mit den Händen die Stelle auf seinem Rücken massiert und geknetet. So empfindlich war sie geworden, daß es ihm schien, als habe sie einen eigenen Sinn entwickelt, mit dem sie das Kommen des Knüppelstiels vorausahnte.

Als Major Thompson seine Entschuldigung überhörte und fortfuhr, Regeln aufzuzählen, kam es ihm vor, als beginne die Stelle auf seinem Rücken in ihrer eigenen panischen Angst, er könnte wieder einen Fehler gemacht haben, als er redete, ohne gefragt zu sein, zitternd herumzuspringen. Der allwissende Knüppel aber schlug nicht zu. Er wartete eine Ewigkeit auf ihn, während er versuchte, auf die Regeln zu achten, die der Major aufzählte.

»Sträflinge dürfen keine Besuche bekommen und keine Zigaretten rauchen«, sagte Major Thompson. »Sträflinge erhalten täglich ein Päckchen Dukes Mischung. Jeder andere Tabak, Zigaretten, Kautabak oder Pfeifentabak, der im Besitz eines Sträflings gefunden wird, bringt ihm sofort einen Strafpunkt ein. Wiederholte Durchbrechung irgendeiner Regel hat Einzelhaft zur Folge.

Solange er seine Strafe verbüßt«, sagte Major Thompson, »wird jeder Insasse mit ›Sträfling‹ angeredet. Leute, die hier eingesperrt sind, haben das Recht auf ihren Rang verloren sowie den Ehrentitel ›Soldat‹.

Oberfeldwebel Judson ist mein Stellvertreter hier. In meiner Abwesenheit ist seine Entscheidung endgültig. Verstanden?«

»Jawohl, Sir«, sagte Prew schnell.

»Das wäre alles. Gefreiter Hansen wird Sie zu Ihrer Arbeitsstelle bringen.«

»Jawohl, Sir«, sagte Prew und grüßte. Die Spitze des Knüppels traf seinen Rücken genau in der gleichen Stelle links über den Nieren. Sie hatte die Genauigkeit einer Uhr, war wie die Züchtigung eines Schullehrerlineals.

»Sträflinge grüßen nicht«, sagte Major Thompson. »Nur Soldaten haben das Recht auf das gegenseitige Kompliment der Ehrenbezeigung.«

»Jawohl, Sir«, sagte Prew mit zerquetschter Stimme durch die Übelkeit in seinem Magen hindurch.

»Das wäre alles«, sagte Major Thompson, »Sträfling, linksum kehrt. Sträfling, im Gleichschritt, marsch.«

An der Tür übernahm Hansen das Kommando, ließ ihn rechts einschwenken. Sie gingen in der Richtung der Tür, durch die sie zuerst hereingekommen waren. Sein Rücken schmerzte ihn schrecklich bis hinunter zu den Knien, und er befand sich in einem Delirium der Wut. Er bemerkte nicht, wann Turnipseed verschwand, noch wohin er ging. Hansen ließ ihn beim Werkzeugraum, der neben dem verschlossenen Waffenraum lag, haltmachen. Ein Sträfling gab ihm einen sechzehnpfündigen Hammer. Dann ließ Hansen ihn beim Waffenraum halten, tauschte seinen Knüppel gegen ein Gewehr ein und nahm ihn schließlich ins Freie zu dem Zweieinhalb-Tonnen-Lastwagen, der innerhalb des Gitters wartete.

»Nicht schlecht abgeschnitten«, grinste Hansen, während sie auf den dickverstaubten Wagen kletterten. Dann gab er dem Fahrer das Signal zur Abfahrt. »Wieviel waren's? Nur vier, was?«

»Nur vier«, sagte Prew.

»Mensch, das ist ausgezeichnet«, grinste Hansen. »Ich habe manche gesehn, die haben beim ersten Besuch zehn und zwölf bekommen. Zwei hab ich gesehn, die haben einfach den Kopf verloren und mußten rausgetragen werden, so verrückt sind sie geworden. Ich glaube, das wenigste, was ich gesehen habe, waren zwei, und das war Jack Malloy, der schon das drittemal hier ist. Du hast's wirklich außergewöhnlich gut gemacht.«

»Ich bin froh«, sagte Prew grimmig. »Einen Augenblick habe ich gedacht, ich hätte mein Examen nicht bestanden.«

»Aber keine Rede«, grinste Hansen. »Ich war wirklich stolz auf dich. Vier ist ganz ausgezeichnet. Für den Gruß kriegt jeder eine, so daß es eigentlich nur drei waren. Sogar Jack Malloy hat dafür eine bekommen, man tut's einfach aus Gewohnheit.«

»Das hebt meine Stimmung«, sagte Prew, während er zusah, wie hinter ihnen das Tor geschlossen wurde. Er spürte den frischen Luftzug. Vor ihnen lag die Kette der Waianae-Berge. Dort hinauf fuhren sie, zum Kolekolepaß.

»Du wirst dich reinfinden«, grinste Hansen.

Der Lastwagen mußte ein Stück weit bergab in Richtung der Kaserne fahren und um den Golfplatz herum, um auf die geteerte Kolekolestraße zu gelangen.

»Sieh dir nur diese Schweine an«, sagte Hansen bitter. Er saß am Ende des Wagens. »Hast *du* je Golf gespielt?«

»Nein«, sagte Prew.

»Ich auch nicht«, sagte Hansen. »Diese Schweine.«

Der Lastwagen brachte sie bis zum Steinbruch, etwa hundert Meter unterhalb des Passes, ungefähr gerade zu der Stelle, zu der er seinerzeit von Paluso gebracht worden war und wo die Sträflinge ihn verhöhnt hatten. Er ertappte sich dabei, daß er hoffte, man würde irgendeinen anderen armen Idioten hier heraufschleppen, so daß auch er dann höhnen könnte. Hansen übergab ihn dem Wachtposten an der Straße.

»Auf bald«, grinste er, während er zurück auf den Wagen stieg und sich neben den Fahrer setzte.

Prew sah dem Lastwagen nach, wie er die Straße hinunterdonnerte. Die Schofield-Kaserne lag ausgebreitet wie auf einer Karte auf der Ebene vor ihm.

»Da rüber«, sagte der Wachtposten. »Irgendwohin.« Er winkte mit seiner Flinte. »Hauptsache, du läßt den Hammer nicht stillstehen.«

Der Steinbruch war ein halbmondförmiger Oberflächensteinbruch, den man vielleicht vierzig Meter tief in den Berg hineingetrieben hatte. Außer der Wache auf der Straße waren noch zwei weitere Posten aufgestellt. Einer von ihnen stand oben auf der Höhe, von wo aus er die ganze Arena übersehen konnte. Der andere war drüben auf der rechten Seite, da, wo die Kluft sich in den dünnen Wäldern verlor, die bis zur Wildnis des Mount Kaala (Höhe 1300 Meter), dem höchsten Berg auf Oahu, hinaufreichten. Da drüben würde er wenigstens der freien Wildnis des Berges nahe sein.

Den Hammer auf der Schulter ging Prew den Weg hinauf. Ein grauer mit Steinstaub bedeckter Zwerg ließ seinen Hammer rasten. Er sah aus wie die Zwergmenschen des Rip Van Winkle, oder wie einer von Richard Wagners Zwergen, schmutzig von den tiefen Höhlen versteckter Bergfesten. Das Wesen legte eine Hand auf den Rücken, richtete sich auf und grinste ihn fiebrig an. Augen und Zähne leuchteten wölfisch weiß im Aschgrau des Gesichts.

»Hallo, du Schweinehund«, sagte Angelo Maggio. »Wie geht's dir?«

»Mein Rücken tut mir weh«, grinste Prew.

»Du lieber Gott. Hättest meinen erst sehen sollen«, grinste Maggio wölfisch. »Grün und blau zwei Wochen lang. Jedesmal, wenn ich pissen mußte, dacht ich, ich hätt bestimmt nen Tripper.«

Prew lachte, setzte seinen Hammer nieder und schüttelte Maggio die Hand.

»Du Schweinehund«, sagte Angelo, »du nichtsnutziger Hund du. Ich hab mich wirklich gefragt, wann zum Teufel du endlich erscheinen wirst. Gott verdamm dich«, sagte er. »Gott verdamm dich.«

»Siehst selber gut aus«, sagte Angelo. »Soweit ich dich durch den Staub sehen kann.«

»He, ihr da drüben«, schrie der Posten von der Straße herüber. »Was steckt ihr euch da zu, Saukerle!«

»Wir schütteln uns die Hand«, schrie Maggio wölfisch zurück. »Schon mal davon gehört? Eine Geste zwischen zivilisierten Männern der christlichen Welt, soll Freundschaft und Wiedersehensfreude ausdrücken. Oder hast du nie davon gehört?«

»Halt die Klappe, Maggio«, brüllte der Posten. »Du bist auf dem besten Wege ins Loch. Sei lieber etwas vorsichtiger mit mir, verdammt noch mal. Ich laß mir deinen Mist nicht gefallen. Mach deine Arbeit und schüttelt euch nachher die Hände. Ihr wißt, ihr habt hier oben nicht zu sprechen.«

»Schon gut, Hosenscheißer«, brüllte Maggio. Einige der Hammerschwinger um ihn herum blickten auf und lachten wölfisch, aber er sah sie nicht.

»Verdammt«, sagte er, »verdammt noch mal, siehst du gut aus. Nie hab ich 'ne häßlichere Fratze gesehen.«

»Ich hab dich auch gern«, grinste Prew.

»Los«, sagte Angelo, »tu so, als wenn du arbeitest.« Er nahm seinen Hammer auf, beugte sich nach hinten und ließ den Hammer durch sein eigenes Gewicht auf den Felsen fallen. »Los«, sagte er, »hier ist genug Platz für zwei.« Er blickte auf das kürzlich gesprengte Stück, maß es mit den Augen, als schätzte er die Stärke eines Feindes ab.

»Ich bin nicht happig«, sagte er, »kannst die Hälfte abhaben.« Er hob den Hammer und ließ ihn wiederum mit seinem Eigengewicht auf den Felsen fallen.

»Danke«, sagte Prew und machte sich fertig zum Hämmern. »Ich will keine Vergünstigungen von dir.«

Angelo beugte sich nach vorne, um zu sehen, wo sein Hammer den Felsen getroffen hatte. »Das scheint ein ganz außergewöhnlich harter Felsen zu sein«, sagte er.

»An die Arbeit«, rief der Posten von der Straße herüber, »ihr zwei da oben.«

»Jawohl, Sir«, brüllte Maggio. »Danke schön, Sir.«

»Ich nehme an, es ist nicht erlaubt, hier oben sein Hemd auszuziehn?« fragte ihn Prew.

»Nee«, sagte Maggio. »Auch nicht die Mütze. Das Hemd hat das P auf dem Rücken, das zeigt, daß man ein Sträfling ist, und gleichzeitig ist es eine ausgezeichnete Zielscheibe. Die Mütze ist einfach als Zugabe gedacht. Nun«, sagte er, »verdammt noch mal. Wie haben sie dich endlich reingelegt?«

Prew erzählte seine Geschichte.

»Sieh einer«, sagte Angelo glücklich. »Freude über Freude. Du hast also Bloom den Arsch verschlagen.«

»War ungefähr unentschieden«, sagte Prew. »Vielleicht war ich ne Kleinigkeit im Vorteil.«

»Aber er konnt doch nicht boxen, oder doch? Ich meine bei den Regimentskämpfen. War doch nicht mehr kampffähig, was?«

»Doch, er boxte. Im Hauptkampf sogar. Und kriegte 'n technischen K.o. in der ersten Runde hin.«

»Der Drecksack«, sagte Angelo bitter. »Na ja«, sagte er philosophisch, »man kann nicht alles haben, was? Wenn einer alles hätte, gäb's gar nichts mehr, worauf er sich freuen könnte. Und dann hast du also Ike Saures gegeben, als er's Messer zog?«

»Ja.«

»Und für all das bekommst du nur drei Monate und zwei Drittel?« sagte Angelo ungläubig. »Mensch, das ist doch das Doppelte wert. Für's Doppelte würde ich sofort dasselbe tun, und noch dazu die letzten drei Monate mit angehaltenem Atem und den Schwanz in der Hand, auf dem Kopf stehend.«

»In Macys Schaufenster, mittags um zwölf, an nem Samstag«, sagte Prew. »Was, Angelo?«

»Hast du Vater Thompson schon kennengelernt?« sagte Angelo.

»Natürlich«, beantwortete er dann seine eigene Frage. »Hast doch gesagt, dein Rücken tut dir weh. Hast du aber auch Fettsau schon kennengelernt?«

»Meinst du Oberfeldwebel Judson?«

»Genau. Genau den. Den zweiten Mann, den Helfershelfer, der die Befehle ausführt nach bestem Wissen und Gewissen, und hin und wieder auch 'n paar eigene Ideen hat. Wie hat er dir gefallen?«

»Scheint nicht allzusehr zu Freundlichkeit zu neigen«, sagte Prew. »Vielleicht ist er aber auch nur zu schüchtern.«

»Freundlichkeit«, grinste Maggio ihn wölfisch an. »Fettsau ist der Mann, der das Buch verbrannt hat, in dem das Wort stand. Ganz egal, was du machst, bleib weg von Fettsau. Wenn Fettsau zu dir sagt, du sollst 'n Teller Scheiße fressen, dann frißt du ihn, und es schmeckt dir sogar, verstanden?«

»Ich würd sie vielleicht essen«, sagte Prew, »aber sie würd mir nicht schmecken.«

»Wenn sie von Fettsau kommt, wird sie dir schmecken«, grinste Angelo wölfisch, »er bringt dich sogar dazu, daß du nen zweiten Schlag verlangst, nur um zu beweisen, daß es dir schmeckt.«

»In welcher Baracke bist du?« sagte Prew. »Ich bin in der Westbaracke.«

»Ich bin in der mittleren«, grinste Angelo.

»Aha«, grinste Prew, »'n Unruhestifter.«

»Genau, was ich bin«, grinste Angelo glücklich. »Ich glaub, ich schwätz zuviel. Sind auf mich losgegangen, gleich nach der Sache mit den Schwulen in der Stadt. Erinnerst du dich? Erinnerst du dich an Brownie? Brownie hat mich angezeigt. Damit hat's angefangen. Sie haben mich geschunden, und ich hab wieder 's Maul aufgerissen und hab drei Tage Loch bekommen. Mensch«, sagte er, »wart, bis du mal das Loch siehst!«

»Ich bin nicht scharf drauf.«

»Hör mal«, sagte Angelo eifrig, und seine Augen leuchteten fiebrig auf. »Ich hab nen Plan, verstehst du. Ich ...«

Er unterbrach sich und sah sich nervös um. Ununterbrochen schufteten die anderen Sträflinge in ihren blauen Arbeitsanzügen mit den großen weißen P's auf dem Rücken. Automatisch versicherte er sich, wo die drei Wachen standen. Die arbeitenden Sträflinge führten mit wölfischem Grinsen endlose Unterhaltungen aus den Mundwinkeln heraus. Nichts konnte sie wirklich zum Schweigen bringen. Die Posten versuchten, darauf zu achten, daß alle immer arbeiteten. Gleichzeitig wollten sie weit genug wegbleiben, um ihre Uniform sauberzuhalten und ihre Gewehre vor dem Staub zu schützen. Keiner von ihnen beachtete Angelo Maggio. Dennoch blickte Angelo sich wild nach ihnen um und schüttelte nervös den Kopf.

»Zuviel Spitzel«, sagte er vorsichtig, »ich erzähl's dir später. Hab's aber alles geplant, verstehst du? Hab alles selber ausgetüftelt, und Jack Malloy sagt, 's ist 'n Kinderspiel für mich. Niemand weiß was davon, außer ich und er. Dir werd ich's sagen, aber ich kann's nicht riskieren, verstehst du?« sagte er mit schlauer Hinterhältigkeit, »die haben Spitzel über die ganze Bude verteilt, aber mich legen sie nicht rein.«

Prew, der ihn beobachtete, hatte den Eindruck, als verändere sich Angelo auf ganz eigenartige Weise, werde mit einem Male ein völlig anderer Mann, als habe er einen Zaubertrunk getrunken und verwandle sich von Dr. Jekyll in Mr. Hyde. Er benahm sich wie jemand, der sich im geheimen am Anblick eines Edelsteins weidet und gleichzeitig weiß, daß jeder diesen Stein zu stehlen versucht. Er starrte sogar Prew berechnend und argwöhnisch an, als habe er am eigenen Leibe erfahren, daß selbst Freundschaft einer solch großen Versuchung gegenüber nicht unbedingt sicher war.

Dann verwandelte er sich langsam wieder zurück in den alten Angelo, den Prew kannte.

»Na ja«, sagte er, »wie ich aus dem Loch herauskomme, werfen sie mich in Nummer Zwei, zusammen mit all den schweren Jungens. Erst hatte ich Angst, aber Mensch, wir haben die besten Kerle im ganzen Lokal. Mehr Spaß als 'n Faß voll Affen. Auch Jack Malloy ist in Zwei. Mußt zu uns kommen, sobald du kannst.«

»Wie mach ich das?« sagte Prew.

»Bester Weg ist der, daß du dich übers Essen beschwerst. Das hilft immer. So hat's Malloy gemacht, um wieder reinzukommen. Erste, was er tat, als er ankam, beschwerte sich über den Fraß, um nach Zwei zu kommen. Vielleicht lassen sie dich das erstemal laufen, weil du neu bist. Beim zweitenmal aber packen sie dich, geben dir vielleicht zwei Tage Loch und werfen dich dann in Zwei. Jack Malloy ist in Zwei«, sagte Angelo. »Ist mein Kamerad. Wart, bis du ihn kennenlernst. Ist schon zum drittenmal hier und der gerissenste Bursche im ganzen Laden. Wart nur, wird dir gefallen. Jack Malloy ist dein Mann.«

»Wer, zum Teufel, ist eigentlich dieser Jack Malloy«, sagte Prew mürrisch. »Seit ich hier bin, höre ich nichts als Jack Malloy. Scheint

das Hauptgesprächsthema zu sein. Dieser Hansen, der mich rausge-
bracht hat, hat auch die ganze Zeit von ihm gequatscht.«

»'türlich, alle sprechen sie von ihm«, grinste Angelo wölfisch. »Weil
er zu hart für sie ist und gleichzeitig zu gerissen. Läßt sie ihren eigenen Dreck fressen und Geschmack dran finden.«

»Bist du sicher, daß er nicht der Leibhaftige ist, was?« sagte Prew
aufgebracht.

»Ich weiß nur eines – daß er nämlich der geradeste, anständigste
Bursche ist, den ich je in meinem Leben getroffen habe«, sagte Angelo mit Wärme.

»Wirklich, he?« sagte Prew gereizt. Er spürte seine eigene Eifersucht.
Du willst wohl nicht, daß Angelo nen neuen Helden hat, was, Prewitt? Hast ihm wahrhaftig viel geholfen, solange *du* sein Held warst.

»Na also, er fängt an, mir auf die Nerven zu gehn«, sagte er.
Angelo sah ein wenig erschöpft aus. »Und ich weiß auch, daß er der
gerissenste Kerl ist, den ich je getroffen habe«, sagte er kühl, »wenn
dich das vielleicht interessiert.«

»Absolut nicht«, sagte Prew. »Warum ist er nicht hier draußen mit
den übrigen Unruhestiftern, wenn er so hart ist?«

»War 'n Mechaniker von Beruf«, sagte Angelo, »und arbeitet im Kfz-
Park. Wenn er nicht gerade im Loch ist. Deshalb ist er nicht hier
draußen. Er sagt, daß es jetzt schon so weit ist, daß sie ihm immer
die Stellung offen halten, weil er der einzige ist, der ihre Lkw's reparieren kann.«

»Muß schon 'n doller Bursche sein«, sagte Prew, »hat er nen Heili-
genschein?«

»Wenn ich der Papst wäre«, sagte Maggio, ohne zu zögern, »würd er
einen tragen.«

»Du bist's aber nicht«, sagte Prew, »und daher ist Jack Malloy kein
Heiliger. Also, was ist er?«

Angelo lachte fiebrig zwischen Hammerschlägen. »Er sagt, er ist der
Steinbruch...«

»Der was?« sagte Prew und hörte für den Augenblick auf zu arbeiten. »Der Steinbruch?«

»Ja.« Angelo lachte rauh. »Das hier ist der Steinbruch für die Sträflinge, ja? Nun, Jack Malloy sagt, er ist der Steinbruch, in dem Vater
Thompson und Fettsau und alle anderen lebenslänglich arbeiten
müssen.« Er sah Prew an, um zu sehen, ob er ihn verstand. Als er
sah, daß dies der Fall war, lachte er von neuem. »Mir hat er's auch
erst erklären müssen«, sagte Angelo.

»Nicht schlecht«, gab Prew zögernd zu. Er war unfähig, eine gewisse Neugier zu unterdrücken. Wie mochte der Mann aussehen, der solche Gedanken hatte.

»Wart nur, bis du ihn kennenlernst«, versprach Angelo triumphierend.

»Bestimmt«, sagte Prew.

»Und du wirst ihn kennenlernen«, fuhr Angelo fort. »Du könntest nicht in Nummer Drei bleiben, bei diesen Schwächlingen und Arschkriechern, selbst wenn du wolltest. Und du wirst nicht wollen, wenn du mal siehst, was für ne Sorte Kerle wir in Nummer Zwei sind.«

»Sieht so aus, als müßte ich mich demnächst über das Essen beschweren«, grinste Prew ihn an.

Angelo nickte. Dann schüttelte er den Kopf und grinste wölfisch. »Wird nicht angenehm sein«, warnte er. »Man weiß nie, was sie mit einem machen, besonders wenn Fettsau den Fall behandelt. Die nehmen nicht viel Rücksicht. Ganz egal, was sie mit dir anfangen, du kannst drauf schwören, daß es kein Honigschlecken sein wird. 's wird sich aber hinterher bezahlt machen.«

»Und es sieht so aus, als wäre Nummer Zwei für mich der richtige Platz«, sagte Prew.

Angelo erwiderte sein Grinsen in fiebriger Wildheit. Seine Augen wurden schmal in dem grauen Staub seines Gesichtes. »Ich wußte ja, daß es dir egal ist, was sie tun«, sagte er stolz, »und daß du dir klar bist, was so ne Versetzung kostet.« Er ließ den Hammer zur Erde sinken und stützte sich auf den Stiel. »Verdammt«, sagte er, »verdammt. Du alter Schweinehund. Hast Ike *und* Bloom ne Abreibung gegeben, was?«

»Guter alter Angelo«, sagte Prew. »Guter alter Unruhestifter Angelo. Los, arbeit weiter, du Parasit der menschlichen Gesellschaft.«

»Wie geht's deinem Mädchen?« sagte Angelo. »Was macht Lorene?«

»Gut«, sagte Prew, »geht ihr ausgezeichnet.« Mit aller Kraft schwang er den Hammer. Alma, dachte er, Alma, Alma. Und wieder schwang er den Hammer. Nein, sagte er wütend zu sich selbst, nein. Er schluckte, biß die Zähne aufeinander und drückte die Zunge gegen den Gaumen, und es wurde ein wenig besser.

»Morgen besorgen wir deinen Umzug«, sagte Angelo. »Wir drehen die Sache morgen um zwölf, und wenn du aus dem Loch herauskommst, haben wir deine Sachen schon rübergeschafft.«

»Warum nicht heute schon?« fragte Prew ihn wild.

»Ich will erst mit Jack Malloy drüber sprechen«, sagte Angelo. »Will so wenig wie möglich riskieren, besonders wo es sich um dich handelt. Möchte erst Jack Malloys Zustimmung, ehe wir auch nur das geringste unternehmen.«

»Jesus, Maria und Joseph«, brach Prew los. »Ich brauche doch nicht Jack Malloys Erlaubnis, um mich über das gottverdammte Essen zu beschweren, was?«

»Reg dich ab, Kamerad«, sagte Angelo. »Jack Malloy weiß hier hundertmal besser Bescheid als ich. Hast keine Eile, Mensch. Du hast noch drei volle Monate vor dir.«

Prew spürte, wie eine mörderische Wut in ihm platzte. Drei Monate! Drei Monate! Neunzig Tage! Vierzehn Wochen bedeutete das! Oh, Alma, dachte er. Du lieber Gott im Himmel, Alma.

Er hatte gute Lust, Maggio mit dem Hammer zu einer blutigen, knochensplitterigen Masse zusammenzuschlagen, dafür, daß er ihn daran erinnert hatte.

»Jack Malloy kennt die kleinen Tricks, mit denen du so ne Sache leichter drehn kannst«, sagte Angelo. »Tricks, die ich entweder vergessen habe oder nie gekannt habe. In diesem Laden ist das wichtig.«

»Gut«, sagte Prew, »meinetwegen. Du bist der Chef von ’s Unternehmen. Wenn du’s erst nächste Woche machen willst, machen wir’s erst nächste Woche.«

»Wir machen’s morgen«, sagte Angelo. »Ein oder zwei Tage machen dir ja nichts. Es gibt nur einen richtigen Weg für solche Sachen, und der ist, daß man vorher alles genau kalkuliert.« Er nahm seine zerknitterte Baumwollmütze ab und wischte sich damit das Gesicht ab. Die Mütze wurde schwarzgrau, aber die Farbe seines Gesichtes änderte sich kaum. »Diese Mützen«, sagte er. »Diese Scheißmützen. Keiner ahnt, wie ich diese Scheißmützen hasse. Nicht mal den Arsch würde ich mir damit wischen«, sagte er, während er sich das Gesicht damit wischte. Dann setzte er sie grinsend wieder auf.

Etwas war los mit diesem Grinsen, dachte Prew. Dann fiel es ihm ein. Es ähnelte dem Grinsen Hansens und Turnipseeds. Er konnte es sogar schon auf seinem eigenen Gesicht spüren, wie er jetzt Angelo ansah, dieses Grinsen, dieses ganz besondere Grinsen, das Maggio und Hansen an sich hatten und das nun auch sein eigenes Gesicht verzerrte. Es bestand in einer Art von Steifheit, die die Lippen auseinanderzog. Das ganze Gesicht war gespannt. Man wollte eigentlich lächeln, aber das Lächeln verwandelte sich in dieses Grinsen, das steif, wölfisch, fiebrig und wild war. Wahrscheinlich würde es einem nach einer gewissen Zeit gar nicht mehr auffallen.

»Gut, alter Angelo«, grinste er. »Der Schrecken von Gimbels Warenhaus. Nimm deinen Hammer und tu was.«

»Ihr beiden da drüben«, schrie der Posten von der Straße herüber. »He, du, Maggio. Und der Neue da. Ihr sollt den Felsen kleinkriegen. Wenn wir Angst hätten, ihr könntet dem Felsen was schaden, hätten wir euch Gummihämmer gegeben. Habt genug Zeit gehabt, euch zu begrüßen. Haltet jetzt gefälligst das Maul und schafft was.«

»Verstehst du, was ich meine«, grinste Prew ihn an.

»Der kann mich am Arsch lecken«, sagte Angelo. »Alle können sie mich . . .«

37

Den Rest des Nachmittags sprachen sie über den Plan. Es tat gut, darüber zu sprechen, während man im Steinbruch arbeitete. Die Sache war aufregend und half ihnen über die Arbeit im Steinbruch hinweg.

Schlimme Dinge, dachte Prew, waren nicht mehr ganz so schlimm, wenn man jemanden, den man kannte und mochte, dazu bringen konnte, sie mit einem zu erdulden. Meist konnte man das nicht. Gewöhnlich waren die anderen zu sehr damit beschäftigt, selber etwas zu erleiden, und wollten ihrerseits einen dazu bringen, ihr Leid zu teilen. Brachte man es aber fertig, so half es einem. Natürlich war's kein Kinderspiel für die Freunde. Man kam sich selber scheußlich vor, wenn sie litten.

Ein Gutes hatte das Militärgefängnis.

Alle lebten unter den gleichen furchtbaren Verhältnissen, so daß ihre Leiden gleichwertig waren. Man brauchte sich daher auch nicht gegenseitig Mangel an Sympathie vorzuwerfen.

Angelo Maggios Gesicht hatte sich während der letzten drei Monate verändert. Alle Spuren des naiv-zynischen, liebenswerten italienischen Großstadtjungen waren verschwunden. Dieses Gesicht hatte den Zynismus abgelegt als eine Pose, die ebenso nutzlos war wie Optimismus. Nun, nachdem seine lange, italienische Nase gebrochen war, hatte sein Gesicht jedes Merkmal einer Nationalität verloren. Da waren ferner die Narben. Sie waren alle neu und noch immer jugendlich rot, noch nicht verblaßt, auch nicht in der Erinnerung. Den Anfang dieser allmählichen Anhäufung von Narben hatte Prew undeutlich zum erstenmal bei der Untersuchung gegen die Schwulen bemerkt. Inzwischen hatte sich ihre Zahl bedeutend vermehrt. Aus seinem linken Ohr war jetzt ein Blumenkohlohr geworden. Es war nicht schlimm, aber es genügte, um ihm den etwas schiefen, wilden, draufgängerischen Audruck eines Boxers zu geben. Er hatte drei Oberzähne auf einer Seite verloren, was sein Grinsen satyrisch machte, und seine Hüften waren stärker geworden und erinnerten ein wenig an die eines alten Ringkämpfers. Eine der Narben zog sich von der Spitze seines Kinns fast hinauf bis zur Unterlippe. Eine andere, die wie ein kleines ›v‹ aussah, saß mitten auf der Stirn.

Seine Persönlichkeit war noch die gleiche, nur wenig verwandelt. Neu war lediglich jener wilde, vorsichtige, mißtrauische Blick, den er regelmäßig bekam, wenn er zufällig seinen geheimen Plan erwähnte, was er, wie es schien, alle fünf Minuten tun *mußte*. Dann war es so, als kenne er Prew nicht, noch Prew ihn.

Als sie aber ihre Tagesarbeit beendeten und sich trennten, um zu ihrem Lastwagen zu gehen, waren seine schwarzen Augen klar, und er zwinkerte Prew zu, um ihn an den nächsten Tag zu erinnern.

Am nächsten Tag erschien er nicht zur Arbeit im Steinbruch.

Prew mußte sich damit zufriedengeben, den Mund zu halten und sich im stillen um ihn zu sorgen. Er war ein Neuer und für jeden außer Angelo ein Fremder. Es wäre nutzlos gewesen, einen der anderen Männer zum Sprechen bringen zu wollen.

Unter der immer schwerer lastenden Hitze der Morgensonne erschien der Steinbruch wie ein staubverhangenes, furchtverzerrtes Phantasiegebilde aus den Träumen eines Wahnsinnigen. Der halbmondförmige Steinbruch fing alle Strahlen der Sonne auf und warf sie glühend auf die Sträflinge zurück. Prew arbeitete hartnäckig weiter. Nach einer Weile fragte er sich halb betäubt, ob er nicht am Tage zuvor nur eine Vision Angelos heraufbeschworen hatte. Die Hitze schien ihm das Gehirn im Schädel zu versengen. Daß man einen Mann von seinen Fähigkeiten und seiner Empfindsamkeit neun Stunden am Tage, drei Monate lang, in diese Tretmühle zwingen sollte, war nicht nur unverständlich, sondern einfach unmöglich. Er weigerte sich, es zu glauben. Irgendwo stimmte etwas nicht. Er wußte das. Im nächsten Augenblick würde ein riesiger MP auf ihn zukommen, seinen Arm berühren und ihm höflich mitteilen, daß man einen Fehler gemacht habe, daß er nichts mit diesen erbärmlichen, wild um sich blickenden, wölfisch grinsenden Tieren zu tun habe und daß er gar nicht hergehöre. Er möge doch bitte mitkommen, zurück in die Zivilisation, wo Männer Männer sind und Frauen sie deshalb hassen, und wo Männer die Frauen hassen, weil Frauen es nicht lieben, daß sie Männer sind.

Du lieber Gott, dachte er, ich fang schon an wie Warden vor mich hinzuschwatzen.

In einer Art rhythmischer Raserei fuhr er fort, wild den Hammer zu schwingen. Er fühlte, wie die frischen Blasen an dem schon schweißglitschigen Stiel feucht zerplatzten, und es bereitete ihm Genuß. Schließlich gelang es einem langen, dünnen, frettchenköpfigen, alten Mann von zwanzig Jahren mit schwarzumränderten Augen, dessen Name Berry war und der ebenfalls zu Baracke Zwei gehörte, ihm vorsichtig, mit der Heimlichkeit eines Verschwörers, der mithilft, ein ungeheueres, weltweites Komplott zu schmieden, die Nachricht zu übermitteln, daß Maggio sich wieder im Loch befand.

»Ich hab's mir gedacht«, flüsterte Prew, der vor lauter Erleichterung am liebsten geschrien hätte. »Ich wußte, daß was passiert ist. Was hat er ausgefressen?«

Der Posten auf der Straße hatte ihn gestern nacht wegen des Sprechens gemeldet. Nach dem Zubettgehen hatten sie ihn geholt. Es war ihre Lieblingszeit. Sie hatten ihn verprügelt und ihm dann achtundvierzig Stunden gegeben. Der Makkaroni, flüsterte Berry liebevoll mit einem wölfischen Grinsen, sandte Prewitt seine besten Grüße und sein tiefes Bedauern darüber, daß ihre geschäftlichen Angelegenheiten leider vorübergehend verschoben werden müßten, daß er aber zuversichtlich mit einem baldigen erfolgreichen Abschluß rechnen dürfe, sobald diese kleine Angelegenheit, die dazwischengekommen war, erledigt sei.

»So lautet die Nachricht«, kicherte Berry, »wörtlich. Ist ne Nummer, der Makkaroni. Ist der vielleicht nicht ne Nummer?« Peinlich genau enthielt Berry sich der Frage über die ›geschäftlichen Angelegenheiten‹.

»Das ist er«, flüsterte Prew. »Danke schön.« Auch er begann sich wie ein Verschwörer vorzukommen. Er war sorgfältig darauf bedacht, den Hammer zu schwingen und sich nicht umzuwenden. Das gleiche tat Berry neben ihm. Armer alter Angelo, dachte er, aber seine Stimmung hatte sich gehoben. »Wirklich«, sagte er, »vielen Dank.«

»Bedank dich nicht bei mir«, flüsterte Berry. »Bedank dich bei Malloy.«

»Wofür?«

»Er hat mir die Nachricht aufgetragen.«

»Schön, ich bedank mich bei ihm«, räumte Prew ein. »Wenn ich ihn treffe.«

»Er wird sich freuen«, flüsterte Berry. »Ist der härteste Bohrer in dieser Fabrik, hat aber 'n Herz wie 'n Kind«, sagte Berry mit viel Gefühl.

Der Makkaroni hatte die Nachricht Malloy gegeben, ehe Mister Brown und der schöne Hansi und Turnipseed ihn abschleppten. Berry hatte gerade am anderen Ende gestanden und sich dort mit dem Gummiknüppel-Burke unterhalten. Später hatte Malloy dann Berry den Auftrag gegeben, die Nachricht an Prewitt weiterzuleiten.

»Und was ist dein Spitzname?« flüsterte Prew dumm.

»Mein was?« flüsterte Berry.

»Dein Spitzname? Wie nennen sie dich?«

»Oh, meistens hab'n sie mich Bier-Berry genannt«, grinste Berry wölfisch, »aber jetzt nicht mehr.«

»Kommt alles wieder«, flüsterte Prew.

»Klar«, grinste Berry. »Das sollte ich eigentlich noch erleben. Den Makkaroni haben sie jetzt schon zum fünften Male erwischt«, flüsterte Berry stolz. »Weißt du das?«

»Hat's mir nicht erzählt. Hab aber gesehn, daß er ziemlich viel Narben hatte.«

»Mensch«, schnaubte Berry, »Narben soll der haben? Der Makkaroni hat überhaupt keine Narben. Sieh dir das hier an«, er zeigte auf eine lange Linie, die über seinen ganzen Unterkiefer ging. »Sieh dir *meine* Nase an. Gelegentlich zeig ich dir mal meinen Rücken und meine Brust, wie die Fettsau die bearbeitet hat.«

»Mit ner Peitsche?«

»Natürlich nicht«, platzte Berry entrüstet los. »Weißt du denn nicht, daß Peitschen streng verboten ist? Er nimmt einfach nen Knüppel, aber er ist Meister damit. Eines Tages bring ich ihn dafür um«, kicherte Berry, als machte er einen Witz auf Fettsaus Kosten.

Prew spürte, wie etwas Kaltes ihn berührte.

»Weiß er das?«

»'türlich«, grinste Berry. »Ich hab's ihm gesagt.«

Nun wurde das Kalte noch kälter, und Prew kam es vor, als stünde er in einem rauhen Wind in einem dünnen Hemd und ohne Jacke, die er hätte anziehen können. Er erinnerte sich Fettsaus Augen. »Was hat er gesagt?«

»Gar nichts«, kicherte Berry, »hat mich einfach nochmal geschlagen.«

»Möchte wissen, warum sie mich gestern nacht nicht auch geholt haben«, sagte Prew.

»Den Makkaroni haben sie auf dem Strich«, flüsterte Berry, »weil er sich nichts gefallen läßt. Die schlagen sich kaputt an dem und kriegen trotzdem keinen Laut aus ihm heraus. Ist 'n harter kleiner Bursche, Kamerad.«

»Das ist er. Kommt aus meiner Kompanie, weißt du?«

»Die schlagen auf ihm rum, daß einem Hören und Sehen vergeht«, kicherte Berry. »Bis ihnen der Arsch auf dem Boden schleift. An den kommen sie nicht ran. Nach Malloy ist er ungefähr der sturste Kerl hier.«

»Ist 'n prima Kerl«, flüsterte Prew stolz.

»Darauf kannst du einen lassen, Kamerad«, kicherte Berry. »Na, denn auf später. Muß mich verziehn, ehe der Posten auf mich aufmerksam wird. Die benehmen sich heute wie verrückt.« Schlottrig verschwand er in der grauen Wolke von Steinstaub, die, wie Prew geschworen hätte, den Hammerschlägen ebensoviel Widerstand leistete wie Wasser. Er verschwand wie ein langer, dünner Geist geradewegs aus dem Alptraum eines guten Bürgers, bewegte sich reuelos durch die Hölle, in die er verdammt worden war.

Prew wartete vorsichtig, bis er sich ein paar Schritte entfernt hatte, bevor er sich umwandte, um ihn genauer zu betrachten. Angelo machte wirklich Fortschritte, wenn er schon die Bewunderung eines so erfahrenen Mannes wie dieses Berry errungen hatte. Er mußte seine Zeit gut ausgenutzt und sich sehr angestrengt haben, um sich in nur zwei Monaten einen derart beneidenswerten Ruf schaffen zu können. In einem gewissen Umfange würde Prewitt davon profitieren.

Ein Gefühl des Neides regte sich in ihm, aber gleichzeitig kam er sich warm und geborgen vor, als würde der unsichtbare Mantel der geheimen Brüderschaft der ›Langjährigen‹, in die man ebensoschwer aufgenommen werden konnte wie in den Klub der ›Elks‹ oder in den ›Country Club‹, langsam um seine Schultern gelegt.

Alles fiel ihm allmählich wieder ein. Es war wie eine andere Welt, deren Existenz man vergaß, wenn man eine Weile nicht darin gelebt hatte. Fast mußte man alles wieder erlernen, denn nichts vergaß sich leichter, wenn man draußen war. Kam man dann wieder zurück, so erschrak man zuerst.

Dieser Berry würde Fettsau eines Tages erwischen, oder beim Versuch, es zu tun, umkommen. Die Augen Fettsaus fielen ihm ein, und wieder wurde ihm kalt. Er hoffte, er würde nie in die Lage kommen, so wie Berry eine Entscheidung treffen zu müssen. Er hoffte, daß ihm dies erspart bleiben würde, denn er war nicht sicher, ob er die Probe bestehen würde.

Mit ungläubigem Staunen fiel ihm plötzlich ein, daß ›draußen‹ Leute lebten, die überhaupt nicht wußten, daß diese andere Welt tatsächlich existierte und nicht nur eine Erfindung Hollywoods war. Trotzdem gab es immer und überall, in jeder Stadt, irgendwo ein ›verdächtiges Viertel‹, wo sich die scharfe Grenze zwischen Schuldigen und Unschuldigen verlor, wo eine große gemeinsame Not eine gemeinsame Verteidigung notwendig machte. In Frankreich nannte man es den *Untergrund* und meinte etwas Heroisches damit, hier gab man ihm den Namen *Unterwelt*, ein Wort, das natürlich eine völlig andere Bedeutung hatte. Dennoch waren beide Welten die gleichen, hatten die Menschen in beiden dasselbe Ziel vor Augen. Fast hätte er in den letzten fünf Jahren das alles vergessen. Nun aber begann er sich wieder einzuleben und zurechtzufinden.

Er hatte bereits seine erste tägliche Inspektion hinter sich.

Für einen alten Gefängnishasen wie Prew, der so lange eine Landstreicherexistenz geführt hatte, war es wie eine Heimkehr.

Geweckt wurde im Militärgefängnis um vier Uhr dreißig. Frühstück war um fünf Uhr dreißig. Die Inspektion begann um sechs Uhr und dauerte gewöhnlich bis sieben Uhr.

Sie inspizierten unbewaffnet, aber Major Thompson und Oberfeldwebel Judson trugen beide Holzknüppel lose in der rechten Hand. Der Major ging voraus. Judson kaum zwei Schritte hinter ihm her. Major Thompson hatte ferner das Senkblei bei sich und trug einen weißen Galahandschuh, mit dem er nach Staub suchte. Seit Fort Myer hatte Prew keinen Galahandschuh mehr gesehen. Oberfeldwebel Judson trug außerdem ein Notizbuch und einen Bleistift. Das war alles, und mehr brauchten sie auch nicht, denn zwei mit Gewehren und Pistolen bewaffnete Riesen standen schußbereit innerhalb der verschlossenen Gittertür. Ein dritter, mit einem Schlüssel zu dieser Tür und ebenfalls bewaffnet, stand außerhalb.

An diesem Tage bekamen nur drei Männer der Westbaracke Strafpunkte. Die fast unheimliche Schnelligkeit und Genauigkeit, mit der diese Knüppelexperten die Strafpunkte verteilten, ließen den Gefreiten Hansen als einen krassen Amateur erscheinen. Berry hatte recht gehabt. Fettsau war Meister, auch Major Thompson. Ihre Geschicklichkeit war bewundernswert.

Der erste von den dreien, die Strafpunkte bekamen, hatte seinen rechten Fuß etwas zu weit vorgesetzt. Im Vorbeigehen machte Major Thompson mit dem Griff seines Knüppels Judson darauf aufmerksam. Dann ging er, ohne sich noch umzuwenden, um das Feldbett herum, um die Ausrüstung des Mannes zu inspizieren. Eine unendlich scheinende Sekunde versuchte der Mann angstvoll, seinen Fuß zurechtzurücken. Oberfeldwebel Judson aber hatte bereits den Knüppel gehoben, und, ohne einen Schritt zu verlieren oder stehenzubleiben, den Griff gewechselt. »Fuß zurück«, sagte er, während er das glatt abgesägte Ende des Knüppels krachend auf den Fuß des Mannes hinunterstieß. Dann ging er, ohne sich umzusehen, hinter dem Major her um das Feldbett herum, ehe er stehenblieb, um den Strafpunkt in sein Notizbuch einzutragen. Der Mann erblaßte vor Wut über sich selbst und seinen verdammten dummen Fuß, und Prew mußte den gleichen Lachreiz unterdrücken, der einen überkommt, wenn man einen Mann auf einer Bananenschale ausrutschen und sich das Bein brechen sieht. Die Ausrüstung des Mannes war tadellos in Ordnung, und der Major und Oberfeldwebel Judson gingen weiter, ohne sich umzusehen.

Der zweite Mann hatte seinen Bauch nicht richtig in Reih und Glied. Er war ein fetter Bursche vom achten Feldartillerieregiment, ein früherer Koch, der einen wirklich ungewöhnlichen Bauch besaß. Als Major Thompson ungefähr fünfzehn Minuten später auf der gegenüberliegenden Seite an ihm vorbeiging, hob er seinen Arm, trieb das Ende seines Knüppels in den Bauch des Mannes und sagte, ohne sich nach ihm umzusehen, »Bauch rein«. Anstatt den Bauch hereinzunehmen, wie man ihm befohlen hatte, starrte der Mann weiter vor sich hin, als hätte er noch keine Zeit gehabt, überrascht zu sein. Dann brummte er protestierend und hob fast zärtlich beide Hände an den Bauch. Oberfeldwebel Judson, der zwei Schritte hinter Major Thompson herkam, hob seinen eigenen Knüppel, schlug damit dem Mann über die Schienbeine und sagte: »Sie haben stramm zu stehen, Sträfling, Bauch rein«, und ging um das Feldbett herum zum Major, ehe er stehenblieb, um den Strafpunkt einzutragen. Der fette Mann, der noch immer keine Zeit gehabt hatte, seinen Kopf zu bewegen, ließ die Hände fallen, als wollte er sie wegwerfen. Noch immer starrte er geradeaus, aber nun begannen seine Lippen zu zittern, und zwei einzelne Tränen liefen von den Augen zu den Mundwinkeln, so daß Prew, der ihn beobachtete, verlegen wurde und wegsehen mußte. Um diese Zeit waren der Major und Feldwebel Judson schon drei Betten weiter unten.

Der dritte Mann, ein dünner junger Bauernbursche aus Indiana, versuchte, den Major aus den Augenwinkeln zu beobachten, als er seine Ausrüstung inspizierte. Es wäre besser für ihn gewesen, wenn er sich keine Sorgen gemacht hätte. Seine Ausrüstung war tadellos. Oberfeldwebel Judson sagte: »Sie haben stramm zu stehen, Sträfling. Das heißt, Augen geradeaus.« Er sagte es, ohne sich umzusehen und ohne das Notizbuch herunterzunehmen. Dabei schwang er den Knüppel rückhändig, so daß er mit dem flachen Ende genau mit der richtigen Kraft den Bauernburschen seitlich am Kopf traf, ohne die verletzbare Schläfe zu berühren. Der Bauernbursche begann seitlich zu straucheln und bewegte sich durch die Baracke, als hätte er sich entschlossen, diesen Ort zu verlassen. Aber bevor er noch weit gekommen war, gaben seine Knie nach, und müde fiel er mit dem Gesicht auf den Boden. Oberfeldwebel Judson sagte »hebt ihn auf«, ohne den Blick von seinem Notizbuch zu heben, in das er gerade den Strafpunkt eintrug. Die zwei Mann, die links und rechts von dem Bauernburschen standen, sprangen vor und stellten ihn auf die Beine. Sie versuchten, ihn auf seinen Platz zurückzuführen, aber sobald sie ihn losließen, sackten seine Knie zusammen, und er sank wieder auf den Boden. So standen die beiden da und hielten ihn hilflos unter den Armen aufrecht. Sie sahen schuldbewußt auf, als wäre es ihr Fehler, daß er nicht stehen konnte. Oberfeldwebel Judson sagte »schlagt ihm ins Gesicht«, während er und der Major zum nächsten Bett weitergingen. Einer von den beiden schlug ihn, und er kam so weit zu sich, daß er auf den Beinen stehen konnte, obgleich es so aussah, als täte er es gar nicht gerne. Er blutete ein wenig, und etwas von dem Blut war da, wo er niedergestürzt war, auf den Boden getropft, und Oberfeldwebel Judson sagte: »Holen Sie einen Lumpen, Murdock, und wischen Sie das Blut auf, ehe es eintrocknet und Sie es dann rausreiben müssen.« Er sagte das, während er und der Major wieder in den Gang zurückkamen, um zum nächsten Mann weiterzugehen. Der Bauernbursche drehte sich nach seinem Fach um, wo kein Lumpen war, und blieb stehen. Dann hatte er einen Einfall. Er nahm sein khakifarbenes Militärtaschentuch aus der Tasche und wischte damit vorsichtig und verträumt das Blut auf. Dann, als käme ihm der Gedanke erst nachträglich, wischte er sich auch den Kopf ab. Er sah aus, als lauschte er den Klängen einer fernen, unendlich schönen Musik. Schließlich steckte er mit peinlicher Sorgfalt sein Taschentuch in die Hüfttasche zurück. Um diese Zeit hatten Major Thompson und Oberfeldwebel Judson bereits die Inspektion des letzten Mannes, der nur vier Plätze entfernt war, beendet, und waren schon auf dem Weg zum Ausgang, wo die beiden Riesen mit den Gewehren zur Seite traten, um sie vorbeizulassen, während der dritte Riese die Tür aufschloß.

Oberfeldwebel Judson blieb an der Tür stehen, ohne danach zu sehen, ob das Blut aufgewischt war oder nicht, sagte »Rührt euch« und verschwand. Der Posten verschloß die Tür und folgte ihm. Ein stiller Kollektivseufzer schien durch die Baracke zu gehen.

Erst vorsichtig, wie die Opfer eines Unfalls, die nicht wissen, ob sie verletzt sind, dann nach und nach mit etwas mehr Selbstvertrauen, begannen die Männer in der Baracke lebendig zu werden. Sie waren steif, unsicher und verlegen wie die Passagiere eines Omnibusses, die sich nach einer langen Fahrt strecken. Sie räusperten sich und begannen, laut zu sprechen. Dennoch konnten sie das große Schweigen nicht verdrängen. So drehten sie sich hungrig Zigaretten aus Dukes Mixture. Schuldbewußt gingen sie den drei Opfern aus dem Wege, wie Soldaten ihre eigenen Verwundeten meiden.

Prew stand, ohne zu rauchen, allein da. Auch er hätte gerne geraucht, aber er tat es absichtlich nicht. Kalt beobachtete er die anderen, fühlte, wie langsam der größte Ekel, den er je in seinem Leben empfunden hatte, in ihm aufstieg wie das Wasser in einem großen Eimer unter einem voll aufgedrehten Hahn. Er konnte nicht sagen, ob sich dieser Ekel gegen die anderen Barackeninsassen richtete oder gegen Thompson und Judson. Oder vielleicht gegen sich selbst als Angehörigen der Spezies Mensch. Zur gleichen Zeit begann er zu verstehen, warum Angelo und Jack Malloy und Berry es nicht nur vorzogen, in Nummer Zwei zu sein, sondern geradezu stolz darauf waren. Auch er würde stolz sein, wenn er einmal dort wäre. Er wünschte, es wäre bald soweit.

Steinern ließ er sich am Fuß seines Feldbettes auf den Boden nieder, bis zum Arbeitsdienst gepfiffen wurde. Die Männer schienen seinen Abscheu zu spüren, denn sie ließen ihn in Ruhe. Keiner von ihnen versuchte, mit ihm zu sprechen. Erst nachdem die anderen ihren Hunger nach einer Zigarette gestillt hatten, ließ er sich gehen und drehte sich auch eine.

Die Männer versuchten auch nicht, mit den drei Opfern zu reden. Sie benahmen sich wie Nachbarn, die sich schuldig fühlen, weil das Haus eines Fremden niederbrannte, während das eigene verschont blieb. Den Opfern selbst schien es gleichgültig zu sein, ob jemand mit ihnen redete oder nicht. Sie waren sich klar darüber, daß sie zu einer Klasse gehörten, der die Trostworte der Glücklichen ohnehin nicht halfen.

Der fette Mann, der noch lange, nachdem Fettsau gegangen war, mit starrem Blick strammgestanden hatte, während ihm die Tränen über das Gesicht liefen, ließ sich plötzlich auf sein mit so viel Mühe gemachtes, straff gespanntes Feldbett fallen, das er nun nochmals würde machen müssen, legte den Kopf in die Hände und begann herzzerreißend zu schluchzen.

Der erste Mann, der mit dem Fuß, hatte sich, sobald Fettsau gegangen war, auf der Stelle, wo er stand, niedergesetzt und vorsichtig seinen Schuh ausgezogen. Dann saß er einfach da. Für den Augenblick war er glücklich über die Erleichterung, wie eine dicke Frau, die gerade ihr Korsett ausgezogen hat. Angestrengt massierte er seinen Fuß. Dabei bewegten sich seine Lippen in unhörbarem Fluchen.

Der Bauernbursche aus Indiana tat gar nichts. Er stand noch auf der gleichen Stelle und starrte verträumt auf sein Fach, als wundere er sich noch immer, warum kein Lumpen da war, oder als hörte er noch immer die ferne Musik.

Prew beobachtete alle drei durch das kalte, harte Kristall seines allgemeinen Ekels. Mit leidenschaftslosem, fast wissenschaftlichem Interesse fragte er sich, wie dieses Erlebnis diese Männer in ihrer Gesamthaltung beeinflussen würde. Er nahm sich vor, sie zu beobachten.

Innerhalb einer Woche hatte der fette Mann eine Beziehung angeknüpft und sich eine Stellung als Hilfskoch erschoben. Zwei Tage später zog er in Nummer Eins, die Ostbaracke, wo die Kalfaktoren schliefen, und Prew verlor ihn aus den Augen.

Der Mann mit dem Fuß hinkte zwei Tage lang herum, ehe er sich ein Herz faßte und sich krank meldete. Er war glücklich, als ihm bei der Untersuchung mitgeteilt wurde, daß ein Mittelfußknochen gebrochen war. Der Gefängnisarzt sandte ihn in die Gefängnisabteilung des Garnisonlazaretts mit einem Bericht, in dem es hieß, der Fuß sei durch einen herabfallenden Stein bei der Arbeit im Steinbruch verletzt worden. Glücklich fuhr er in einem Geländewagen weg, in der Hoffnung, vier oder fünf Wochen Ferien in einem Gipsverband zu genießen. Schon nach vier Tagen kam er mit geschientem Fuß wieder zurück. Er war sehr verbittert. Schließlich landete er in Nummer Zwei, wo Prew und er sich anfreundeten.

Der Bursche aus Indiana, der am bösesten ausgesehen hatte, hatte weniger Schwierigkeiten als die anderen. Er blieb den ganzen Tag in seinem Zustand der Benommenheit und mußte zur Arbeit und zum Essen geführt werden. Im Steinbruch drückte man ihm einen Hammer in die Hand. Er blieb den ganzen Tag auf der gleichen Stelle stehen und schwang träumerisch den Hammer, während die anderen, einschließlich Prew, versuchten, mehr oder weniger auf ihn aufzupassen. Am nächsten Morgen erwachte er während der Arbeit plötzlich aus seiner Benommenheit. Tobsüchtig schlug er drei Männer nieder, fluchte und schrie, ehe die anderen Gefangenen in seiner Nähe über ihn herfallen konnten. Er wehrte sich mit Händen und Füßen, aber sie hielten ihn fest, und nach einer Weile beruhigte er sich selbst und wurde schließlich wieder er, kehrte zu seinem alten, milden, friedlichen, sich nie beklagenden Selbst zurück, als wenn nichts geschehen wäre.

Das waren die Folgen dieser ersten Besichtigung. Zu dieser Zeit aber gab es längst andere, nicht weniger interessante Opfer zu beobachten, und Prew hatte bereits seinen ersten, überwältigenden Ekel verloren. Die Tatsache, daß er diesen Ekel verloren hatte, schreckte ihn mehr als alles andere. Er hatte Angst, daß ihm, wenn er nicht achtgab, die ganze Sache nicht mehr soviel ausmachen würde. Sosehr er sich auch bemühte, er konnte niemand finden, den er hätte verantwortlich machen können. Er hatte das Gefühl, daß das eine große Hilfe gewesen wäre. Er haßte Major Thompson und Fettsau, aber das war nicht das gleiche, wie wenn er sie hätte verantwortlich machen können. Ebenso haßte er die Opfer, die sich wie Maulesel herumschlagen ließen, aber sie konnte er bestimmt nicht verantwortlich machen. Sein Haß gegen den Major und gegen Fettsau beruhte, wie er richtig analysierte, auf Furcht, sein Haß gegen die Opfer darauf, daß er Angst hatte, so zu werden wie sie. Sein Haß war eine private Angelegenheit. Er fühlte sich moralisch verpflichtet, jemanden nicht deshalb für etwas verantwortlich zu machen, weil er ihn persönlich haßte. Nicht einmal die Armee konnte er verantwortlich machen. Angelo konnte das tun. Angelo haßte die Armee. Er aber haßte sie nicht einmal jetzt. Es fiel ihm ein, was Maureen einmal zu ihm gesagt hatte, daß nur das System schuld an allem war. Aber nicht einmal das System konnte er verantwortlich machen, denn das System war keine festumrissene Sache, sondern nur die Summe der einzelnen Glieder. Man konnte aber nicht jedermann verantwortlich machen, wenn man nicht die Verantwortung verwässern wollte, bis sie nichts mehr bedeutete. Außerdem war das System dieses Landes immer noch das beste, das die Welt hervorgebracht hatte, oder nicht? Dieses System war heutzutage bei weitem das beste in der Welt. Er hatte das Gefühl, daß er in kürzester Zeit dazu kommen würde, jeden zu hassen, wenn er nicht bald jemand fand, den er mit der Verantwortung belasten konnte.

Er sprach darüber mit Angelo im Steinbruch, als der kleine Kerl am Morgen des dritten Tages aus dem ›Loch‹ zurückkam, und erwähnte besonders das erschreckend schnelle Nachlassen seines Ekels. Das war's, was ihn am meisten beschäftigte, mehr noch als die Frage der Verantwortung.

»Ich weiß«, lächelte Angelo Maggio grimmig mit seinem harten, zerschlagenen Gesicht, das Prew jedesmal von neuem überraschte. »Ich weiß, mir ist es genauso gegangen. Ich hab sogar Angst gehabt, ich würde vielleicht Kalfaktor werden wollen.«

»Ich auch«, gestand Prew.

»Aber daran denkst du nicht mehr, wenn du es bist, der geschlagen wird«, klärte Angelo ihn auf. »Wenn du es bist, dem's passiert.«

»Bis jetzt ist mir noch nichts geschehn, außer den paar Schlägen gleich am ersten Tag.«

»Gerade das ist mit ein Grund, warum ich so froh bin, in Nummer Zwei zu sein«, grinste Angelo ihn wölfisch an. »Jetzt wissen sie wenigstens Bescheid, wo ich stehe. Und«, sagte er, »wenn du in Nummer Zwei bist, brauchst du dir keine Sorgen darüber zu machen, ob du vielleicht versuchen sollst, drum rumzukommen. In Nummer Zwei hast du gar keine Wahl.«

Angelo grinste wild. Aus dem Loch hatte er eine ganz frische Narbe mitgebracht. Die linke Augenbraue war gespalten worden, und die dunkle Linie der Blutkruste ging der Länge nach durch sie hindurch wie der peinlich genaue Scheitel auf dem Kopf eines Mannes, der eine Glatze bekommt. Die Augenbraue sah aus, als sei sie spöttisch hochgezogen.

»Deshalb mußt du selber in Nummer Zwei kommen, sobald du kannst, Prew. Dort hat man wenigstens ein ruhiges Gewissen.«

Angelo hatte den Plan mit Jack Malloy durchgesprochen, und zwar sowohl ehe er ins Loch ging, wie letzte Nacht, nachdem er herausgekommen war. Malloy war absolut dafür. Es war die beste Möglichkeit, um in Nummer Zwei zu kommen. Dennoch war es ein leichtes Vergehen, nicht schlimmer als ein Fehler bei der Inspektion, für den man aber nur Strafpunkte bekam, und vielleicht, wenn man oft genug auffiel, ein paar Tage Loch, aber niemals in Baracke Zwei gesteckt wurde. Beschwerden über das Essen nahm man ernst, und daher brauchte Prew sich keine Gedanken darüber zu machen, daß der Plan vielleicht nicht zum Erfolg führen konnte oder möglicherweise drei- oder viermal wiederholt werden müßte, ehe sich das gewünschte Resultat zeigte. Malloy legte seine Hand dafür ins Feuer.

»Mir ist's recht«, sagte Prew. »Du brauchst mich nicht erst zu überzeugen. Ich war schon überzeugt, ehe sie dich ins Loch warfen. Ich habe überhaupt nur gewartet, weil ich dir's versprochen hatte.«

»Und das war verdammt richtig so«, sagte Angelo eindringlich. »Malloy hat mir 'n paar Ratschläge gegeben, die dir sehr helfen werden. Ich selber hätt gar nicht daran gedacht.«

»Nummer eins«, sagte er warnend, »laß die Kerle nicht merken, daß du in Zwei willst. Sie müssen denken, daß die Schläge, die du kriegst, und das Loch himmlische Vergnügungen sind, verglichen mit der Strafe, in Nummer Zwei geworfen zu werden.«

»Gut«, sagte Prew.

Vor allem aber warnte Malloy ihn davor, sich zu wehren, wenn man ihn schlug. Er sollte es hinnehmen und das Maul halten. Das war das wirklich Entscheidende. Das nächste war, zu wissen, wie man sich im Loch selbst verhalten mußte.

»Warum soll ich mich nicht wehren?« fragte Prew schnell.

»Weil sie dich nur noch schlimmer verprügeln und es überhaupt nichts nützt.«

»Ich möchte aber nicht, daß irgendeiner von den Kerlen denkt, daß ich feige bin.«

»Feige, du lieber Gott«, sagte Angelo. »Au, mein armer dicker Arsch, feige! Wenn du solche Gedanken hegst, wirst du dich bestimmt wehren.«

»Na also, wie ich sehe, wehrt ihr euch auch, du und Berry.«

Angelo grinste bitter. »Sicher, und wir sind nicht mal die einzigen. 's ist aber 'n Fehler, und du solltest es nicht nachmachen. Malloy kotzt uns dauernd deswegen an. Ich weiß auch, daß er recht hat«, sagte Angelo, »aber wenn es soweit ist, kann ich einfach nicht anders. Berry tut's, weil er's nicht besser versteht. Ich versteh's schon, aber wenn ich dann vor den Kerlen steh, vergeß ich's jedesmal. Ich laß mich gehn, und dann ist mir's egal, ob sie mich umbringen oder nicht.«

»Vielleicht geht's mir genauso«, grinste Prew. Er wünschte, sie würden endlich handeln und nicht mehr darüber sprechen. Vor drei Tagen waren derartige Unterhaltungen eine angenehme Abwechslung während der Arbeit im Steinbruch gewesen. Nun war die Erregung, in die es ihn versetzte, unangenehm.

»Man darf keine Witze darüber machen«, bohrte Angelo erbarmungslos weiter. »Man ist ein Idiot, wenn man sich von denen so verhauen läßt, wenn man nicht muß. Und es macht sie rasender, wenn man gar nichts tut, als wenn man sich wehrt. Malloy nennt es das Prinzip des passiven Widerstandes. Sagt, Gandhi hätt's erfunden. Und es klappt. Ich hab's bei Jack Malloy gesehn. Wenn ich's nicht tue, dann bloß deshalb, weil ich noch nicht reif genug dafür bin, nicht, weil ich's nicht gern tun würde, wenn ich könnte.«

»Schön«, sagte Prew reizbar. »Ich werd tun, was ich kann. Woher soll ich wissen, ob ich's kann oder nicht? Wieso kommst du darauf, daß ich es kann? Wenn du selber es nicht kannst?«

»Weil ich weiß, wie du vorgehst«, sagte Angelo herausfordernd. »Ich hab dich nie im Ring gesehn, aber ich hab davon gehört. Du bist 'n guter Soldat«, räumte er widerwillig und mürrisch ein, »gerade so, wie Malloy ein guter Soldat ist«, sagte er. »Im allgemeinen mache ich mir nichts aus guten Soldaten. Aber nur ein erstklassiger Soldat mit ungeheurer Selbstbeherrschung kann einen anderen guten Soldaten wie Fettsau, der das Heft in der Hand hat, schlagen«, sagte er ärgerlich, »das kannst du ruhig zugeben.«

»Quatsch«, sagte Prew verlegen, weil Angelo ihn an seiner schwachen Stelle berührt hatte, und spöttisch, weil er einen Ausbruch von Stolz empfand. Er wußte, daß er gegenüber einem Gesicht, wie Angelo Maggio aus der Atlantic Avenue es sich verdient hatte, kein Recht zu diesem Stolz hatte.

»Du hast mich gefragt«, sagte Angelo streitsüchtig. »Ich hab geantwortet.«

»Meinetwegen«, grollte Prew, »sonst noch was?«

»Nur noch eins«, sagte Angelo, »und zwar das ›Loch‹ selber. Du mußt wissen, wie du dich im Loch zu benehmen hast.«

»Im Loch? Ich hab gedacht, dort ist man ganz für sich allein?«

»Gerade deshalb. Darum ist's ja so schlimm. Malloy sagt, man kann auch das überwinden, wenn man weiß wie, obwohl ich's selbst nie fertiggebracht habe. Auch sonst hat's keiner fertiggebracht, soviel ich weiß, außer Malloy.

Die Hauptsache ist«, sagte Angelo, »daß du dran denkst, dich gehnzulassen. Du hast zwei Tage, drei Tage oder vielleicht mehr abzumachen. ’s gibt keinen Weg, früher rauszukommen und keine Erleiterung. Besser, man nimmt’s hin und gewöhnt sich dran und entspannt sich.«

»Klar«, sagte Prew. »Was soll da dran so schwierig sein?«

»Tja«, sagte Angelo, »du warst eben nie drin.«

»’türlich nicht. Deshalb erzählst du mir’s ja, nicht?«

»Ich will dir aber keine Angst machen.«

»Du machst mir keine Angst«, sagte Prew schnell. »Nur los. Sag, was du auf dem Herzen hast. Wie war die Geschichte?«

»Du weißt ja, ich war fünfmal drin. Ich seh doch nicht viel anders aus als vorher, was?«

»Na«, sagte Prew, »nicht *viel* anders. Los, erzähl.«

»Gut, ich werd versuchen, dir’s zu beschreiben. Ist aber in Wirklichkeit gar nicht so schlimm, wie sich’s anhört. Du darfst nie vergessen«, sagte er einfältig, »daß es längst nicht so schlimm ist, wie’s klingt.«

Er fuhr fort, den Hammer zu schwingen, unterstrich jeden Satz mit einem Hammerschlag und gab vorsichtig darauf acht, daß der Posten nicht bemerkte, daß er sprach.

»Die erste halbe Stunde«, sagte Angelo Maggio, »nachdem sie dich reingeworfen haben, ist nicht so schlimm. Wahrscheinlich haben sie dich erst mal verprügelt, und du bist erleichtert, weil’s vorbei ist, und das hilft ne Weile. Du liegst erst einmal da und ruhst dich aus.«

»Ja«, sagte Prew.

»Das hört leider nach ner halben Stunde oder so auf«, sagte Angelo Maggio. »Dein Verstand fängt wieder an zu arbeiten. Malloy sagt, der Grund dafür ist, daß man nichts anderes tun kann als dahocken, und natürlich gibt’s kein Licht, und man hat nichts, womit man seine Gedanken beschäftigen kann, verstehst du?«

»Ja«, sagte Prew.

»Ich weiß, was wirklich der Grund ist«, sagte Angelo entschuldigend, »aber nach der ersten Stunde oder so kommt es einem immer vor, als ob die Wände auf Rädern fahren, verstehst du?«

»Ja«, sagte Prew.

»Also, du hast das Gefühl, als wenn sie auf dich zurollen«, sagte Angelo Maggio, »und dabei bekommst du zum erstenmal das Gefühl, daß du keine Luft bekommst. Wahrscheinlich kommt dir das alles saublöde vor«, sagte er.

»Ja«, sagte Prew.

»Verstehst du, da drin ist nicht genug Platz, daß man aufrecht stehn kann, und selbst wenn genügend Platz wäre, könntest du immer nur drei Schritt von einer Wand zur anderen gehn. Seitwärts ist natürlich überhaupt kein Platz. Man kann sich's also auch nicht herunterlaufen. Du mußt einfach sitzen oder auf der Pritsche liegen und kannst dich nur innerlich entspannen. Ich weiß, es klingt blöde«, sagte er.

»Ja«, sagte Prew. »Mach weiter.«

Angelo atmete tief ein, wie ein Mann, der im Begriffe steht, von einem Sprungbrett zu springen, das für sein Können zu hoch ist, von dem er aber nicht mehr herunter kann, nachdem er vor aller Augen hinaufgestiegen ist.

Er atmete einen Teil der eingesaugten Luft aus. »Das erstemal, als ich drin war, dachte ich, ich ersticke. Ich brauchte meine ganze Kraft, um nicht zu schreien. Wenn du erst zu schreien anfängst, bist du schon verloren. Fang nicht an. Sonst schreist du noch, wenn sie kommen, um dich rauszulassen. Oder bis du heiser bist und die Stimme verlierst. Und selbst dann schreist du innerlich noch weiter. Selbst dann.« Er brach ab.

»Ja«, sagte Prew, »was noch?«

»Es hilft, wenn man viel schlafen kann. Manche können überhaupt nicht schlafen, weil die Pritsche ja keine wirkliche Pritsche ist. Auch kein Feldbett. 's sind zehn oder zwölf eiserne Röhren, die mit zwei Ketten an der Decke festgemacht sind, und natürlich gibt's keine Matratze und keine Decken.«

»Ja«, sagte Prew. »Ist das alles?«

»Malloy sagt, du kannst über das alles wegkommen, wenn du dein Gehirn beherrschst. Ich kann's nicht«, sagte Maggio. »Malloy kann sein Gehirn so beherrschen, daß es aufhört zu denken. Ich kann das nicht. Ich hab 'n paar Kleinigkeiten gelernt, die ein bißchen helfen, das andere aber, das wirklich Wichtige, kann ich einfach nicht. Ein kleiner Trick, den ich mir selbst beigebracht habe, ist, daß ich das Atmen reguliere. Atme ein und zähle bis acht, halt den Atem und zähl bis vier, atme aus und zähl bis acht, bleib ohne Atem bis vier. Erleichtert ein wenig das Gefühl, daß man erstickt.«

»Passiert dir das jedesmal, wenn du reinkommst?« sagte Prew.

»'n anderer Fehler ist, daß ich hungrig werde. Du kriegst dreimal täglich eine Scheibe Brot und 'n Blechnapf voll Wasser. Malloy«, sagte Angelo Maggio in Parenthese, »sagt, er ißt keinen Bissen, wenn er drin ist. Er trinkt das Wasser, aber er ißt nicht. Er sagt, wenn er nichts ißt, wird er nach dem ersten Tag nicht hungrig. Außerdem hilft ihm das, sein Gehirn zu beherrschen, sagt er. Ich

hab's nie tun können.« Er grinste einfältig. »Ich werd immer hungrig, und dann eß ich das Brot, und das macht mich noch hungriger.
Am schwersten ist es für mich, nicht an gebratene Hühner und Trut-
hähne zu denken, weißt du, wie man sie in den Delikatessenläden
herumhängen sieht, und Steaks und Bratkartoffeln und Brot und
Sauce.«
Angelo Maggio grinste entschuldigend. »Ich versuch nur, es dir klar-
zumachen. Du darfst nicht vergessen, daß es lange nicht so schlimm
ist, wie es klingt.«
»Ja«, sagte Prew.
»Ich komm so weit, daß ich alle möglichen Sachen sehe, zum Bei-
spiel ganze Festmähler auf weißem Tischtuch und silberne Bestecke
und Gläser und Kerzen, wie in den Reklamen in den Zeitschriften.
Verrückt, was?«
»Sicher«, sagte Prew. »Aber ich eß auch gern.«
»Ne andere Sache sind die Weiber«, sagte Angelo zartfühlend.
»Denk nicht an Weiber. Verstehst du, die schmeißen dich ja nackt ins
Loch, und wenn du anfängst an Weiber zu denken, dann platzt du
sozusagen aus allen Nähten und besorgst dir's selbst die ganze Zeit,
und das macht's nur schlimmer, statt dir zu helfen. Berry tut das
manchmal. Mir ist's auch einmal passiert.« Unter der Schicht grauen
Steinstaubs errötete er tief.
»Woran soll man also denken«, sagte Prew zwischen den Zähnen,
»verdammt noch mal?«
»Das ist es ja«, sagte Angelo, »wie Malloy sagt, muß man überhaupt
an nichts denken. Malloy behauptet, er kann vier und fünf Tage lang
oder noch länger drinliegen, ohne einen einzigen Gedanken zu denken. Er sagt, er hätt mal als Holzarbeiter in Oregon in nem Yogi-
buch gelesen, wie man's macht. Malloy sagt, er hätt's schon vorher
versucht, aber es wär ihm erst gelungen, als er ins Loch kam. Du
konzentrierst dich auf einen schwarzen Punkt vor deinen Augen,
und wenn ein Gedanke kommt, schiebst du ihn irgendwie weg und
denkst ihn nicht. Nach einer Weile kommen dann keine Gedanken
mehr, und alles, was du siehst, ist einfach bloß noch Licht.«
»Jesus, Maria und Joseph«, sagte Prew zwischen den Zähnen, »so 'n
Zeug kann ich nicht machen. Willst du sagen, daß er in ne Art Trance
kommt, wie diese Medien auf den Jahrmärkten, und mit toten Leuten spricht und so?«
»Nee«, sagte Angelo einfältig, »so was nicht. Nichts Übernatürliches.
Ist einfach Gehirnkontrolle. Ne Art, das Gehirn zu kontrollieren.«

»Kannst du denn so was machen?« fragte Prew ungläubig.

»Nee«, sagte Angelo. »Er hat versucht, mir's beizubringen, aber ich hab's nicht fertiggebracht. Du könntest es vielleicht...«

»Ich bestimmt nicht. Nicht solches Zeug.«

»Das weiß man nie, bis man's mal versucht hat. Ich hab's versucht.«

»Und was machst *du*?«

»Ich? Ich hab zwei Methoden, immer abwechselnd. Die eine ist die, daß ich für mich selber 'n Spiel draus mache.«

»Ein Spiel?« sagte Prew.

»Zwischen mir und denen. Die versuchen, mich zu zerbrechen, und ich laß mich nicht zerbrechen. Ich liege da und nehme alles, was sie austeilen.«

»Du machst 'n Spiel draus!« sagte Prew.

»Das ist die eine Methode. Die andere ist die, daß ich mich an was erinnere. Ich erinnere mich an hübsche Dinge, an angenehme Dinge.«

»Vielleicht kann ich das auch tun«, sagte Prew zwischen den Zähnen.

»Müssen aber Dinge sein, in denen keine Menschen vorkommen«, warnte Angelo ihn schnell. »Und etwas, was du dir nicht wünschst.«

»Wie?« sagte Prew. »Warum? Das versteh ich nicht.«

»Weil dann dein Gehirn arbeitet«, sagte Angelo. »Frag mich nicht, warum. Ich weiß es nicht, aber ich weiß, daß es so ist. Wenn du anfängst, an Leute zu denken, dann erinnerst du dich an Sachen, die du mit ihnen zusammen oder ihretwegen getan hast und die du gerne wieder tätest. Und dann denkst du an dich selbst und daran, wo du bist.«

»Ja«, sagte Prew und dachte an Violet Ogure und Alma Schmidt, »ich verstehe das.«

»In dem Moment, wo du anfängst, an Dinge zu denken, die *du willst*, dann bist *du* schon mittendrin, verstehst du das? Dann willst du nämlich diese Dinge *gleich, jetzt, in diesem Augenblick*. Und natürlich kannst du sie nicht haben. Das wichtigste ist, daß du nicht an dich selbst denkst.«

»Schön«, sagte Prew, »aber wie?«

»Ich denk an Landschaften«, sagte Angelo. »An Wälder, in denen ich mal war. Räume sind immer gut. Berge und Seen, die du gesehn hast. Wie's im Herbst aussieht, wenn alles bunt ist. Wie's im Winter ist, wenn Schnee überall liegt. Ich hab mal nen Eissturm erlebt...«, sagte er eifrig, und dann brach er ab. »Einerlei«, sagte er einfältig, »verstehst du, was ich meine?«

»Ich verstehe«, sagte Prew.

»Dann«, sagte Angelo, »wenn Leute anfangen, in meinen Gedanken aufzutauchen, wie das immer mal passiert, gehe ich eine Zeitlang zu dem Spiel über, das ich mit den anderen spiele, bis ich wieder Gedanken ohne Leute denken kann.«

»Was war deine längste Zeit im Loch?« fragte Prew zwischen den Zähnen.

»Sechs Tage«, grinste Maggio stolz über sein ganzes zerschlagenes Gesicht. »War aber leicht. Eigentlich war das gar nichts. Könnte genausoleicht zwanzig oder fünfzig Tage abmachen«, sagte er. »Ich weiß, ich könnt's. Mein Gott, die . . .«

Er brach plötzlich schuldbewußt ab, als hätte er sich beinahe zu einem Eingeständnis verführen lassen. Während Prew ihn beobachtete, kam der mißtrauische, geizige Blick wieder in seine Augen.

»Ist egal«, sagte Angelo hinterhältig. »Wirst schon selber draufkommen. Darüber erzähl ich dir später mal alles. Im Augenblick ist das wichtigste, daß du zu uns kommst.«

»Wie du willst, Kamerad. Du hast das Ganze ausgedacht«, sagte Prew zwischen den Zähnen. Sechs Tage, dachte er. »Wann fangen wir an? Brauchst es nur zu sagen.«

»Heute«, sagte Angelo, ohne zu zögern. »Jede Zeit ist recht, aber es ist besser, wenn wir schnell machen, damit du nicht soviel Zeit hast, dir den Kopf darüber zu zerbrechen. Am besten heute beim Mittagessen.«

»Einverstanden«, sagte Prew. Er sah ihn an, diese kleine, schmalbrüstige, hochschultrige, unterernährte Gestalt in ihrem sackartigen Arbeitsanzug, mit der lächerlichen Mütze auf dem Kopf, die einen Schatten über die brennenden Augen warf. Sechs Tage, dachte er, das sind hundertvierundvierzig Stunden.

»Ich muß dir was sagen«, sagte Angelo, als verursachte das Sprechen ihm Schmerzen. Er machte eine Pause. »Alles, was ich dir über das Loch erzählt habe, hab ich erzählt, weil Malloy 's mir aufgetragen hat«, gab er zu. »Ich wollt's dir nicht sagen. Ich hätt es dich allein rausfinden lassen. So wie ich. Ich hatte Angst, daß du dich vielleicht drücken würdest, wenn du vorher weißt, wie's ist.«

»Wie kommst du denn auf die Idee?«

»Weil ich ganz genau weiß«, sagte Angelo heftig, »daß ich mich gedrückt hätte, wenn ich es vorher gewußt hätte.«

Prew lachte. Sein Lachen kam ihm nervös vor. »Ich komm mir vor wie 'n Student, wenn er das erste große Examen macht«, erklärte er. »Wahrscheinlich. Ich weiß natürlich nicht, wie das ist.«

»Ich auch nicht, muß mal fragen.«

»Da ist die Pfeife«, sagte Angelo, »Zeit, aufzuhören.«

»Weiß Gott«, sagte Prew. »Schon, was?«

»Seh dich wieder in drei Tagen, alter Kamerad«, grinste Angelo, während sie, die Hämmer mit sich schleppend, zu den Lastwagen gingen, die auf sie warteten.

»Ich möcht ja gerne wissen, wie es deinem Freund, dem Unteroffizier Bloom, geht«, versuchte Angelo zu scherzen.

»Ist wahrscheinlich schon Feldwebel«, sagte Prew, der automatisch auf den Scherz einzugehen versuchte, aber seine Gedanken waren woanders. Sein Inneres war von der Außenwelt abgeriegelt.

»Vielleicht kriegst du auch nur zwei Tage«, sagte Angelo. »Auf jeden Fall seh ich dich in Baracke Zwei wieder. Nicht im Steinbruch.« Er wandte sich ab und ging zu seinem Lastwagen.

»Gut«, sagte Prew hinter ihm drein ins Leere, »auf bald.«

Dann war er allein auf dem Lkw mit den übrigen Männern der Baracke Nummer Drei. Die würden so was bestimmt nicht verstehen, und wenn sie's verstünden, es wahrscheinlich nicht tun, dachte er stolz, in dem Versuch, seine Stimmung zu heben.

Er aber würde es tun. Er wußte es. Er mußte es tun. Denn er wollte, daß Angelo Maggio und Jack Malloy und selbst Berry ihn bewunderten. Er wollte, daß sie ihn gern hatten. Er wollte, daß sie ihn akzeptierten. Wenn er sich selbst weiter einen Mann nennen wollte, dann gab es für ihn keine andere Wahl.

Sein Mund war trocken, und er hätte gern etwas Wasser getrunken. Es war sehr einsam auf diesem überfüllten Lastwagen.

38

Es war sehr einsam, dachte Unteroffizier Isaac Nathan Bloom, als er am gleichen Mittag den Speisesaal verließ. Ein Unteroffizier hatte es immer einsam. Er ging hinauf in den Schlafsaal.

Wie üblich, war der Raum leer. Bloom wußte nicht, wie er auf den Gedanken gekommen war, daß er vielleicht nicht leer sein würde. Seit mehr als zwei Wochen war er nach jeder Mahlzeit der erste gewesen, der den Speisesaal verließ. Immer war der Schlafsaal leer gewesen, aber immer hatte er gehofft, daß jemand dasein werde. Heute hatte er gedacht, daß vielleicht wegen der Hitze irgend jemand nicht zum Essen gegangen sei. Bloom konnte nicht begreifen, wie man sich an einem derart heißen Tage den Bauch mit warmem Essen füllen konnte. Er selbst hatte fünfzehn qualvolle Minuten damit verbracht, in dem dampfenden Essen herumzustochern und sich zu zwingen, ein paar Bissen zu schlucken. Er tat es aus zwei Gründen: weil er als Boxer gesund bleiben mußte, und weil er unter all den anderen hungrigen Männern nicht auffallen wollte. Nun lag das, was er gegessen hatte, schwer und sauer in seinem Magen wie die zehn Gänge eines Festessens. Bloom machte sich Sorgen über seinen Appetit.

Er zog Jacke, Schuhe und Socken aus, legte sich auf das Bett und bohrte die heißen Füße tief in die schattige Luft, die in jedem, der in den Schlafraum kam, zunächst die falsche Hoffnung auf Kühle erweckte. Eigenartig, heute nacht würde es kalt genug für eine zweite Decke sein.

Es ist die Hitze, sagte Bloom zu sich selbst. Diese Hitze mußte auch den besten Appetit zerstören. Solange man noch Appetit hatte, konnte man sich einbilden, gesund zu sein. Wenn man ihn aber verlor, so lag es verflucht nahe, zu befürchten, daß etwas nicht stimmte. Das Richtige wäre gewesen, die Hauptmahlzeit abends zu servieren, wie es die Reichen taten. Man konnte es ruhig den Reichen überlassen, zu wissen, wie man richtig lebte. Kein Offizier aß seine Hauptmahlzeit mitten am Tage.

Bloom lag auf dem Rücken und starrte auf die graue Decke mit ihren einbetonierten Trägern. Er versuchte, es zu verstehen. Nie zuvor war ihm das passiert. Auch beim Frühstück oder beim Nachtessen hatte er keinen Hunger. Es konnte also nicht die Hitze sein. Wenn er nichts dagegen tat, würde er zu einem Schatten werden. Ein Mann, der stark bleiben wollte, besonders ein Boxer, mußte essen. Nie zuvor war ihm das passiert. Es dauerte nun schon zwei Wochen, hatte ungefähr an dem Tag begonnen, an dem seine Beförderung zum Unteroffizier angeschlagen worden war. Unteroffizier zu sein war eine schreckliche Verantwortung. Vielleicht war das mit schuld daran. Wie dem auch sei, nie zuvor war ihm das passiert. Außerdem war man mitten in der Boxsaison, die noch zwei Wochen dauern würde. Boxen belastete ihn immer. In Wirklichkeit war er zu nervös, um zu boxen. Er wußte, daß Boxen eigentlich zu nervenaufreibend für ihn war. Auch das konnte etwas damit zu tun haben. Denn nie zuvor war ihm das passiert. Wenn er nicht ein guter Kerl gewesen wäre, der das Regiment nicht im Stich lassen wollte, hätte er die ganze Sache längst aufgegeben.

Bloom gab es auf, seinen Zustand mit dem Verstand zu analysieren, und ließ seine Gedanken wandern. Sinnlos und glücklich stellte er sich vor, wie das Ende der Regimentskämpfe aussehen würde.

Zwei Wochen noch, dachte Bloom. Genau zwei Wochen. Dann keine Kämpfe mehr und kein Training, bis die Saison im Dezember wieder begann. Fast war's zu schön, um wahr zu sein. Er war im Grunde seines Herzens ein friedliebender Mann, und die Aussicht auf fünf volle Monate des Friedens breitete sich wie ein Paradies vor ihm aus. Blöde war vor allem, daß er die Regimentsmeisterschaft im Mittelgewicht schon errungen hatte, gleichgültig, ob er zu den beiden letzten Kämpfen antrat oder nicht. Es schien idiotisch, weitermachen und auch noch diese beiden letzten Kämpfe durchfechten zu müssen, da er schon den nötigen Punktvorsprung besaß und sich so nach Frieden sehnte. Was aber konnte man machen? Gar nichts. Er war kein Feigling. Er hatte mehr Kämpfe durchgefochten als irgendein anderer in der ganzen Kompanie. Aber es nahm ihm die Ruhe. Seine Natur war an sich zu friedlich. Er tat es nicht *gerne*, und es belastete ihn. Wenn man dagegen Prewitt ansah. Prewitt war ganz anders. Prewitt kämpfte gerne. Bloom würde glücklich sein, wenn es endlich vorüber war. Vielleicht würde er dann auch wieder essen können.

Bloom hörte, wie die ersten aus der Küche zurückkamen. Angewidert hörte er sie heraufkommen. Ein paar von ihnen würden sich nun, nachdem er Unteroffizier geworden war, zu ihm setzen und versuchen, ihm hinten reinzukriechen. Statt dessen legten sie sich auf ihre eigenen Betten. Bloom fühlte sich erleichtert. Man mußte Gott für jede kleine Gabe dankbar sein.

Drei von ihnen hockten sich zusammen und begannen, um Zigaretten zu würfeln. Jeder von ihnen hatte drei oder vier offene Schachteln mit Zigaretten verschiedener Marken, die sie in früheren Spielen gewonnen hatten. Die Zigaretten wurden nicht geraucht. Wenn sie rauchen wollten, drehten sie sich welche. Bloom richtete sich halb auf, tat so, als wollte er hinübergehen und sich am Spiel beteiligen, entschloß sich dann aber, es nicht zu tun. Außerdem besaß er gar keine Zigaretten.

Bloom legte sich zurück. Er hoffte, daß sie seinen Blick nicht bemerkt hatten. Unteroffizier Miller ging auf dem Rückweg von der

Latrine an seinem Bett vorbei, und Bloom folgte ihm mit den Blikken, um zu sehen, ob er nicht vielleicht mit ihm sprechen oder ihn fragen würde, ob er sich ein wenig zu ihm setzen dürfe. Aber Miller ging zu seinem Bett.

Eine Sekunde lang war Bloom verletzt, aber dann erinnerte er sich, daß Miller richtig gehandelt hatte. Es war nicht gut, wenn Unteroffiziere sich vor den gewöhnlichen Soldaten zusammenhockten, sich gehenließen und zeigten, daß auch sie Menschen waren. So stand es in der Vorschrift, aber es war schwer, sich als Neuling daran zu gewöhnen. Es war keine leichte Sache, Unteroffizier zu sein, war ganz anders, als man sich das als Gemeiner vorgestellt hatte.

Bloom betastete von außen die Taschen seines Arbeitsanzuges. Er hoffte, genug Geld zu haben, um am Abend zu Big Sues Hotel in Wahiawa gehen zu können. Dann fiel ihm ein, daß Sue ihn das letztemal, als er drüben war, vor allen Mädchen Judenjunge genannt hatte, und sein Gesicht verdunkelte sich zornig. Er hatte sich geschworen, sein gutes jüdisches Geld nicht mehr in dieses Bordell zu tragen. Allerdings, so sagte er sich, hatte er damals noch nicht die Unteroffizierslitzen besessen. Man würde nicht so verdammt frech zu ihm sein, wenn man seinen neuen Rang sah und das Geld.

Und vergiß nicht, mein Lieber, sagte er zu sich selbst, daß du möglicherweise bald Feldwebel wirst. Als Meister der Mittelgewichtsklasse hast du diesen Rang in der Tasche. Dynamit hatte es ihm nach dem letzten K.o. praktisch versprochen.

Dann würde alles wirklich anders sein. – Big Sue konnte ihn gernhaben. Feldwebel Bloom würde nur im New Congress Hotel zu finden sein, wann immer sein Differential überholt werden müßte. Er würde nur noch Marlboro-Zigaretten mit Elfenbeinmundstück rauchen, nichts als Elfenbeinmundstücke, sagte er langsam und mit Genuß vor sich hin. Er versuchte, sich selbst zu begeistern, aber die schwüle Hitze machte es ihm unmöglich. Diese gottverdammte Hitze, dachte Bloom, Marlboro mit Elfenbeinmundstücken, dachte er, die gleiche Sorte, die dieses schwule Schwein Flora die ganze Zeit raucht. Diese hochnäsige Flora, dachte Bloom. Soll sie in ihrem eigenen Schweiß ersticken, in ihrem eigenen Saft kochen.

Bloom rollte sich wieder auf den Rücken, damit die Luft seine Brust berühren konnte. Wenigstens brauchte er nicht zum Arbeitsdienst anzutreten. Wenn er nicht wollte, brauchte er noch nicht einmal zu trainieren. Er konnte den ganzen Nachmittag auf dem Bett herumliegen, wenn es ihm Spaß machte. Er sah Freitag Clark hereinkommen. Im Gehen aß er eine Portion Eis, die er in der Kantine gekauft hatte. Bloom schnaubte angewidert. Er fühlte sich gekränkt, daß ein Blödian von einem ganz gewöhnlichen Landser Geld für Eis hatte, während Unteroffiziere pleite waren. Wenn er Geld für Eis hätte, würde er vielleicht wieder Appetit bekommen. Ein Boxer brauchte seinen Appetit. Ganz besonders ein Boxer. Plötzlich packte ihn ein panischer Schrecken. Er haßte seinen Magen, der ihn in dieser Krise im Stich ließ.

Freitag Clark war in der Kantine gewesen, um dort eine Büchse Schuhcreme zu kaufen, für die er fünfzig Cent von Niccolo Leva geliehen hatte. Er war überrascht, daß schon so viele vom Essen zurück waren. Ihre Anwesenheit erhöhte seine Einsamkeit. Einsamkeit war etwas Eigenartiges. Nie war er allein so einsam wie in der Gesellschaft anderer. Das war mit ein Grund gewesen, warum er sich vorm Mittagessen gedrückt hatte. Andy hatte wieder Wache, und Prewitt war im Bau, und ohne die beiden hatte Freitag keine Lust zum Mittagessen. Wenn er an Prew dachte, überkam ihn das gleiche schrecklich leere Gefühl wie in seiner Kindheit, wenn seine Mutter ihm sagte, er würde schwarz wie ein Nigger werden, wenn er nicht aufhörte, an sich selbst herumzuspielen. An solchen Tagen wie heute wünschte Freitag sich, nicht abkommandiert zu sein. Die Schuhcreme, um derentwillen er in die Kantine gegangen war, hatte er gar nicht gekauft. Fünfzehn Cent hatte er für Eis ausgegeben und weitere fünfzehn Cent für ein Romanheft, das er während des Eisessens lesen wollte. Das machte nichts aus, weil er noch immer zwanzig Cent für die Schuhcreme übrig hatte. Dann mußte er gehen und noch ein Eis für fünfzehn Cent kaufen, nur weil er den Roman nicht auf die Seite legen konnte und weil es ihm komisch vorkam, in der Kantine zu sitzen und nichts zu essen. An die Schuhcreme hatte er überhaupt nicht mehr gedacht. Er verstand nicht, wie ihm das hatte passieren können. Er aß die zweite Portion Eis langsam und vorsichtig und teilte sie sich so ein, daß sie genau bis zum Schluß eines Kapitels reichte, aber das brachte ihn auch nicht in den Besitz der Schuhcreme. Zu diesem Zeitpunkt hatte er aber nur noch fünf Cent übrig. Mit diesen hatte er dann die kleine Portion Eis gekauft, als Nachtisch, denn was lag daran? Jetzt warf er die leere Waffeltüte in den Abfalleimer unter seinem Bett. Ängstlich fragte er sich, was er tun sollte, um sich Schuhcreme zu beschaffen. Er warf den Roman auf das Bett und wünschte, keine fünfzehn Cent dafür ausgegeben zu haben. Mit dem Geld hätte er sich ein Päckchen Zigaretten kaufen

und damit vielleicht im Würfelspiel eine ganze Stange gewinnen
können. Er saß auf dem Bett und rollte sich eine Zigarette, während
er den grellbunten Umschlag des Romans anstarrte, der auf der oliv-
grünen Decke lag. Immer versprachen die Buchumschläge wunder
was, und nie hielten sie es. Er rauchte vorsichtig, um den losen Ab-
falltabak nicht in die Kehle zu bekommen und sich zu verschlucken.
Er wünschte, willensstark genug gewesen zu sein, den verdammten
Roman nicht zu kaufen. Der gute, alte Prew hatte diese Willenskraft.
Auch Andy hatte sie manchmal. Bestimmt hätte Prew ihm Schuhcreme geliehen. Aber der war im Bau. Der gute, alte Prew hatte immer Schuhcreme.
Als ihm schließlich das Bewußtsein seiner eigenen Schwäche unerträglich wurde, drückte er den Zigarettenstummel im Abfalleimer
unter seinem Bett aus und holte die Gitarre hervor; die alte natürlich. Seiner Stimmung entsprechend spielte er Mollakkorde. Eines
Tages würde er den guten alten Prew und Andy dazu bringen müssen, den ›Song der Dreißigender‹ zu vollenden. Sonst würden sie's ja
nie tun. Dann würde er eines Tages als Zivilist nach Scranton zurückkehren und auf der neuen Gitarre, die dann sein eigen wäre, für
seinen Vater und die Nachbarn den ›Song der Dreißigender‹ spielen.
Sein Vater würde sagen: »Na, mein Junge, wo hast du denn so erstklassig Gitarre spielen gelernt?«, und er würde antworten: »Auf
Hawaii, Papa, drüben im Pazifischen Ozean, wo ich selbst an diesem
Lied mitgearbeitet habe.« Er wußte ganz genau, was er sagen würde.
Und sein Vater würde sagen: »Schau mal meinen Jungen an, Kinder,
wie der die Gitarre spielt, und das Lied, das hat er selbst gemacht.«
Und alle Mädchen in der Nachbarschaft würden auf ihn fliegen und
sich darum streiten, wer mit ihm in die Büsche im Park gehen dürfte.
Vielleicht würde er sogar zur Bühne gehen. In diesem Land konnte
auch ein Italiener, wie jeder andere, zur Bühne gehen. In Deutschland konnte ein Italiener bestimmt nicht zur Bühne gehen. Er übte
wie wild, wiederholte immer wieder und wieder eine Passage, bis er
sicher war, daß sie saß, ohne Rücksicht auf die schwüle, schwere
Dösigkeit der Mittagspause.
Unteroffizier Bloom, der in der stillen Schwüle hatte ausruhen wollen, um den Gedanken an seinen Appetit zu entgehen, wartete darauf, daß jemand den Blödian zum Verstummen brachte. Bloom war
entrüstet. Wußte der Halbidiot denn nicht, daß hier Männer waren,
die zu schlafen versuchten? Selbst solch ein Trottel sollte soviel
Rücksicht nehmen. Bloom persönlich machte es ja nichts aus, denn

ihm stand ohnehin der ganze Nachmittag zur Verfügung. Die anderen aber, die zum Arbeitsdienst mußten, hatten nur eine einzige Stunde frei.

»Um der Liebe Christi willen«, brüllte er schließlich humorvoll zur Decke, »hör mit diesem Lärm auf! Die Leute wollen 'n bißchen schlafen. Kennst du denn gar keine Rücksicht?«

Freitag hörte ihn nicht. Er war bezaubert von seinem eigenen Können, das dem Instrument solch wundervolle Töne entlockte. Er hatte sich in eine ganz private Welt zurückgezogen, wo keiner den andern auslachte.

Als er nicht aufhörte, setzte Bloom sich ungläubig auf. Vielleicht wußte der Dummkopf nicht, wer geschrien hatte. Oder war er vielleicht unter Prewitts Schutz ein bißchen zu frech geworden, was?

Er hatte persönlich nichts gegen den Halbidioten. Wenn er überhaupt etwas empfand, dann eher Sympathie. Bei solch einem Trottel konnte man schon mehr als ein Auge zudrücken. Man konnte es aber nicht zulassen, daß irgend jemand sich etwas Derartiges ungestraft erlauben konnte, bestimmt nicht, wenn man als Unteroffizier respektiert werden wollte.

Bloom sprang von seinem Bett auf. Sein Gesicht nahm den nötigen Ausdruck wütender Entrüstung an. Er rannte durch den Raum, erinnerte sich noch rechtzeitig daran, Kopf und Kinn brutal nach vorne zu strecken, und riß die Gitarre aus Freitags Händen.

»Ich hab dir gesagt, du sollst mit dem Lärm aufhören, Makkaronifresser«, brüllte er in seiner Kasernenhofstimme. »Das war ein Befehl! Von einem Unteroffizier. Er gilt für Italiener wie für jeden anderen. Wenn ich diese Lärmbüchse auf deinem Kopf zerschlagen *muß*, um es dir klarzumachen, kann ich das auch tun.«

»Was?« fragte Freitag und sah erschreckt von seinen plötzlich leeren Händen auf. Auf seiner Stirn glänzte noch der Schweiß seiner völligen Versunkenheit und Anstrengung. »Was ist los?«

»Ich werd dir zeigen, was los ist«, pfiff Bloom ihn an und deutete mit der Gitarre in den Raum hinein. »Diese Leute versuchen zu schlafen. Die wollen sich ausruhen, damit sie wieder Dienst tun können, und dann arbeiten sie den ganzen Nachmittag, während wir beide – du und ich – hier auf unserem fetten Arsch liegen. Die wollen Ruhe, und ich werd dafür sorgen, verstehst du? Wenn ein Unteroffizier dir sagt, du hast mit was aufzuhören, dann hast du's zu tun, selbst als 'n Makkaronifresser.«

»Ich hab dich nicht gehört, Bloom«, sagte Freitag. »Mach meine

Gitarre nicht kaputt, Bloom. Bitte sei vorsichtig mit meiner Gitarre.«

»Du hast mich ganz gut gehört«, brüllte Bloom, der Verteidiger der guten Sache. »Versuch nicht, mir weiszumachen, du hättest mich nicht gehört, Makkaroni. Jeder hat mich gehört.«

»Aber ich nicht, Bloom«, versicherte Freitag. »Ehrlich nicht, Bloom. O bitte, Bloom, tu meiner Gitarre nichts!«

»Ich werd ihr aber was tun, deiner verfluchten Gitarre«, brüllte Bloom, der nun mit Wohlbehagen empfand, wie die gerechte Sache ihn mit sich fortriß. »Ich werd sie um deinen gottverdammten Hals wickeln. Solange ich hier Unteroffizier bin, werd ich dafür sorgen, daß meine Leute die Ruhe haben, die sie beanspruchen können, verstanden?« Er erwärmte sich immer mehr an seinem eigenen Zorn. Hier war kein Platz für Nazis und Makkaronifaschisten, die sich mit ihren brutalen Methoden über die Wünsche der Mehrheit hinwegsetzten, zum mindesten gab es das *noch* nicht.

Er war gerade im Begriff, das noch weiter auszuspinnen, als sich eine dritte Stimme von hinten einmischte. Es war eine kommandogewohnte Stimme.

»Mein Gott, Bloom«, sagte diese Stimme angeekelt. »Halt's Maul. Du machst mehr Krach als der Bursche mit seiner Gitarre.«

Bloom, der Freitags Hemdenbrust gepackt hatte, um seinen Worten den nötigen Nachdruck zu geben, fuhr, ohne das Hemd loszulassen, herum und sah plötzlich tief hinunter in die flachen schwarzen Indianeraugen des Unteroffiziers Choate, in diese alten, weisen, gleichgültigen, gelangweilten Augen. Er spürte, wie der Strom seiner gerechten Entrüstung versickerte und nichts übrigblieb als eine kleine Pfütze des Protestes, den er nicht in Worte fassen konnte.

Der Häuptling hatte seinen schweren Körper in eine halb sitzende Stellung gebracht. »Laß ihn gehen und geh zurück zu deinem Bett und reg dich ab«, sagte er mit der gedehnten Stimme des alten Unteroffiziers, der sich jahrelang damit gelangweilt hat, Befehle zu erteilen, über die es nichts zu diskutieren gab.

»Schön, Häuptling«, sagte Bloom. Er ließ Freitags Hemd los und stieß ihn zurück aufs Bett. Die Gitarre ließ er auf den Boden fallen.

»Diesmal geht's noch so ab, Clark«, sagte er. »Aber nimm dich in acht. Du hast Glück gehabt, daß ich heute besonders guter Laune bin, verstehst du?«

Er ging zurück zu seinem Bett und hörte, wie Häuptling Choates schwere Körpermasse sich auf die seufzenden Bettfedern zurücksinken ließ. Auch er legte sich nieder, deckte den Arm über die Augen und tat so, als schliefe er ein – und der Schlafraum sank zurück in die Mittagsdösigkeit, die für kurze Zeit unterbrochen worden war. Aber die ganze Zeit spürte Bloom Signale aus seinen Armen und Beinen, die sich erheben und ihn aus diesem Raum wegtragen wollten.

Er konnte sie weder beruhigen noch ignorieren, wohl aber konnte er ihren Wunsch ablehnen. Er lag da und stritt sich mit ihnen, ohne daß es ihm gelang, sie zu überzeugen, während er hörte, wie Freitag Clark sich an ihm vorbei leise zur Tür hinausstahl und nach unten ging. Wieder stieß er sauer auf.

Dankbar hörte er das Signal zum Arbeitsdienst. Eine halbe Stunde später – er hatte noch immer den Arm über den Augen, als schliefe er – kam das Geräusch der sich entfernenden Baseballspieler und Boxer zu ihm, die in Gruppen von zwei und drei zum Training gingen. Dann war er endlich allein. Allein im Schlafraum. Bloom lag auf seinem Bett und gab sich Rechenschaft.

Er war Isaac Nathan Bloom, und Isaac Nathan Bloom war Jude. Daß er Unteroffizier geworden war, änderte nichts an dieser Tatsache. Auch daß er die Mittelgewichtsmeisterschaft des Regiments gewonnen hatte, änderte nichts daran. Er war noch immer Isaac Nathan Bloom. Und Isaac Nathan Bloom war noch immer Jude. Daß er demnächst Feldwebel werden würde – Holmes hatte es ihm so gut wie versprochen –, war gleichgültig. Egal war auch, daß er die große Hoffnung des Regiments für die Divisionskämpfe war und daß die Zeitung *The Advertizer* seinen Sieg vorausgesagt hatte. Über all das hinaus war und blieb er doch Isaac Nathan Bloom. Und Isaac Nathan Bloom war noch immer Jude.

Er hatte alles getan – und vieles davon hatte ihm nicht gefallen –, weil er geglaubt hatte, er könne es ändern und beweisen, daß sein Judentum nichts bedeutete. Als er sah, daß Boxer in der Kompanie geachtet waren, war er Boxer geworden. Dachten die vielleicht, er boxe gerne? Als er sah, wie man zu Unteroffizieren aufsah und sie verehrte, war er Unteroffizier geworden. Dachten die vielleicht, er sei gerne Unteroffizier geworden? Er hatte schwer daran gearbeitet, es zu werden. Als er sah, daß man Regiments- und Divisionsmeister noch mehr bewunderte als gewöhnliche Boxer, hatte er sich dieses Ziel vorgenommen und in weniger als einem Jahre die Hälfte des Weges zurückgelegt und stand im Begriff, auch die andere hinter sich zu bringen. Als er sah, daß ein Unteroffizier um so mehr verehrt wurde, je höher sein Rang war, entschloß er sich, auch in dieser Richtung alles zu tun, was in seinen Kräften stand. Er war nicht bereit, ihnen auch nur ein einziges Schlupfloch zu lassen, durch das sie ihm hätten entkommen können. Es war nicht leicht. Niemand bekam das, was er erreicht hatte, auf einem silbernen Teller serviert. Aber er hatte durchgehalten, denn er wollte sie zwingen, ihn zu lieben, wollte ihnen beweisen, daß es so etwas wie Juden überhaupt nicht gab, und zwar so, daß nicht der Schatten eines Zweifels übrigblieb.

Das Ende aber war, daß nichts von allem, was er getan hatte, etwas geändert hatte, und er wußte, daß sich niemals etwas ändern würde. Anstatt ihn zu mögen, haßten sie ihn um so mehr, je mehr Ehren ihm zuteil wurden. Tatsachen konnten den Eigensinn dieser Gehirne nicht überzeugen. Sie verdrehten die Tatsachen, bis sie mit dem übereinstimmten, was sie von vornherein geglaubt hatten. Wie konnte man dagegen angehen?

Als er sich für den Militärdienst meldete, hatte er geglaubt, daß es wenigstens in der Armee anders sein würde als überall sonst. Er hatte sich getäuscht. Es würde niemals und nirgends anders sein.

Bloom bohrte sich tiefer in seine Überlegungen ein und gab sich Rechenschaft über das, was noch übrigblieb.

Er hatte es nicht in sich. Nie hat er etwas in sich gehabt. Prewitt hatte ihn mühelos verprügelt. Aus der Unteroffiziersschule hatte man ihn kaltblütig hinausgeworfen. Man hatte ihn vorgeladen und ihn darüber zur Rede gestellt, ob er homosexuelle Neigungen habe. Er stand im Verdacht, ein Schwuler zu sein.

Es war gleichgültig, daß der Kaplan den Kampf abgebrochen hatte. Auch daß er danach trotzdem in den Ring gegangen war, hatte nichts geändert. Ebensowenig hat es etwas geändert, daß er siegte. Prewitt hatte ihn verprügelt, und das wußten alle. Nie würden sie das vergessen. Ein kleiner Kerl, halb so groß wie er selbst, ein Weltergewichtler hatte ihn – einen Schwergewichtler – verprügelt.

Es war gleichgültig, daß es die Untersuchung gegen die Schwulen war, die, wenigstens teilweise, seine Entlassung aus der Unteroffiziersschule verschuldet hatte. Auch daß er trotzdem Unteroffizier geworden war, änderte nichts. Wie es auch nichts ändern würde, daß er Feldwebel werden konnte. Er war eben als ›untauglich‹ aus der Schule geschmissen worden, und das wußten alle. Daran würden sie sich in erster Linie erinnern, daß er einer der drei unter hundertsieben Kandidaten war, die diese einzigartige Auszeichnung erhalten hatten.

Fast die Hälfte der Kompanie hatte man damals bei der Untersuchung gegen die Schwulen vorgeladen. Warum hatte man keinen von ihnen als schwul verdächtigt? Natürlich hatte Tommy, dieser Hund, es überall verbreitet, daß Bloom einmal nachgegeben hatte. Tommy erzählte solche Geschichten gerne. Er liebte sie. Wie aber stand es mit den anderen, die es auch mal probiert hatten? Was war mit denen? Alle probierten es früher oder später einmal, wenn sie sich lange genug mit den Schwulen abgaben. Gelegenheit macht Diebe, wie dieser Bursche Hal immer sagte. Man fand es offenbar unpraktisch, die anderen zu erwähnen, als man so weit war, daß man über Bloom kichern konnte.

Wie hatte er wissen können, daß der Schuß nach hinten losgehen könnte, als er damals eine anonyme Anzeige gegen Prewitt und Tommy erstattete, nachdem er sie in der Zahltagsnacht zusammen gesehen hatte? Er hatte aus einer Telefonzelle in einem Laden angerufen. Niemandem hatte er etwas davon erzählt. Vorsichtigerweise hatte er der Polizei die Namen von Hal und Maggio nicht genannt. Er wußte, daß Tommy nicht sprechen würde. Wie aber hatte er wissen können, daß die verdammte eingeborene Polizei ihre Spitzel in der ganzen Stadt hatte? Das war doch nicht sein Fehler, oder?

Er hatte ihnen beweisen wollen, daß ein Jude nicht anders war als alle anderen. Er hatte sie dazu zwingen wollen, es wenigstens dieses eine Mal zuzugeben. Es war ihm nicht gelungen. Weil er nicht das Zeug dazu hatte.

Hätte er Prewitt verprügelt –

Hätte er das Examen auf der Unteroffiziersschule bestanden –

Wäre er nicht in der Untersuchung gegen die Schwulen vorgeladen worden –

Aber was nutzte das alles?

Nur eine gewisse Zeit lang konnte man sich selbst Sand in die Augen streuen, nicht für immer sich selbst betrügen. Nur eine gewisse Zeit lang konnte man es fertigbringen, daß sie es vergaßen. Am Ende holte es einen immer wieder ein, und immer wieder mußte man darauf zurückkommen: daß man Isaac Nathan Bloom hieß, daß Isaac Nathan Bloom Jude war und daß ein jeder das wußte. Die Erkenntnis stürzte auf ihn ein wie flüssiges Eisen, das aus einem Riesenschmelztiegel über die darunter stehenden Männer fließt, wie er es einmal beobachtet hatte, als er in einem Hochofenwerk in Gary arbeitete. – Er stand von seinem Bett in dem leeren Schlafsaal auf und ging zum Gewehrständer in der Mitte des großen stillen Raumes.

Du lieber Gott, was würde er nicht für eine Handvoll Ladestreifen scharfer Munition geben, mit der er Amok laufen und all die Schweine umlegen könnte, bis sie schließlich ihn selbst umlegten! Das war die einzige Art und Weise, auf die man irgend etwas in dieser Welt erreichen konnte.

Sein Gewehr sollte das dritte von rechts auf dieser Seite sein. Er sah nach den Nummern. Es war das vierte. Wie immer und überall: Isaac Nathan Bloom war niemals an der Stelle, an die er gehörte, immer einen Platz darunter. Er nahm das Gewehr heraus.

Es würde ihnen allen recht geschehen, wenn er es tat. Von da an würden vermutlich die Unteroffiziere vom Dienst die Gewehrständer gleich nach dem Exerzieren abschließen, wie es die Vorschrift verlangte, statt bis nach dem Locken zu warten.

Gedenkstein für Isaac Nathan Bloom, Jude: *Nach ihm verschloß man die Gewehrständer mittags.*

Er nahm das Gewehr mit zu seinem Bett, setzte sich nieder und legte es auf seinen Schoß. Bald würden sie die neuen halbautomatischen Rückstoßlader, die M 1-Modelle, bekommen. Seit Monaten sprach man schon davon. Wie mit allem anderen, würde die Armee ungefähr sechs Monate zu spät damit kommen. Nie aber würde es etwas Besseres geben als das alte Springfield-Modell, dachte er liebevoll, während er es betrachtete. Daneben sah die M 1 aus wie ein alter, durch Bewegungsmangel aufgeschwemmter Mann. Voll Vergnügen strich er mit der Hand über den Schaft. Wer war es nur, der ihm gesagt hatte, die beiden schönsten Dinge, die Amerika je hergestellt habe, seien der Griff einer Axt und das Clipperschiff, und der dann sagte, wenn es nach ihm ginge, käme noch ein weiteres Ding dazu – die Springfield 03. Prewitt war das gewesen. Eines Tages, ganz im Anfang, kurz nachdem Prewitt zur Kompanie gekommen war. Selbst jetzt konnte man nicht loskommen von diesem gottverdammten Hund Prewitt, der kein Jude war und der einen beschämte mit seinem dick aufgelegten Schwindel, vollkommen zu sein. Bloom legte das schwere Gewehr auf sein Bett und ging zu seiner Feldkiste.

In einem der Fächer bewahrte er drei scharfe Patronen auf, die er bei der letzten Schießübung gestohlen hatte, weil er es liebte, ihre glatte bronzene Oberfläche zu streicheln und die Geschosse in seiner Hand klirren zu lassen. Er nahm eines davon heraus und verschloß die Kiste wieder, ging zurück zum Bett und hielt das Geschoß parallel zum Lauf des Gewehrs. Wie kraftvoll und schön es war in seiner trägen Todesdrohung.

Bloom öffnete die Kammer und ließ genießerisch das torpedoförmige tödliche Ding hineingleiten. Dann schloß er sie wieder, sicherte sorgfältig und saß da und sah auf das Gewehr hinunter, das unschuldig und still auf seinem Schoß lag.

Es gab zwei Arten von Juden. Solche wie Sussmann mit seinem Motorrad, die lieber Christen gewesen wären. Dann gab es solche, die, wie sein Vater und seine Mutter, nur ungesalzene Butter aßen und nur koscheres Fleisch, das der Rabbiner segnen mußte, ehe sie es zu sich nahmen; die lieber Juden waren als irgend etwas anderes auf der Welt und die jeden daran erinnerten, daß sie lieber Juden waren als irgend etwas anderes in der Welt. Denn die Juden waren Gottes Auserwähltes Volk und waren das immer gewesen, und nie würde ein Ungläubiger diese Mauer überklettern können. Nur diese zwei Arten von Juden existierten, da konnte man machen, was man wollte. Es gab keine dritte Möglichkeit, auch nicht für einen Mann, der nun als Mensch nur entsprechend seinen Tugenden und seinen Fehlern gewertet werden wollte. Nie würde ihm das gelingen, solange er das offene Wahrzeichen seiner krummen Nase mit sich herumtragen mußte.

Bloom betastete sie behutsam mit seinen Fingern. Noch immer sah er auf das Gewehr. Ein wenig zuckte er zusammen, denn seine Nase war noch immer empfindlich, wo Prewitt, der Arier, sie gebrochen hatte. Vielleicht sah sie nun nicht mehr ganz so jüdisch aus wie zuvor, aber sie war noch immer deutlich als eine jüdische Nase zu erkennen.

Du kannst die Bloom-Nase nicht loswerden, Isaac Nathan. Du willst akzeptiert werden? Du willst geachtet werden? Du willst bewundert werden? Du willst ganz einfach, daß man dich mag? Sag's der Bloom-Nase, Isaac Nathan.

Bloom kannte in der ganzen Welt keinen einzigen Menschen, der ihn um seiner selbst willen gern hatte.

Er sah nach, ob das Gewehr noch gesichert war, und steckte dann den Lauf in den Mund. Er mußte ihn hoch hinauf gegen den Gaumen drücken, um das Korn hinter die Zähne zu bekommen. Das Metall schmeckte ölig. Mit seinem Daumen versuchte er, den Abzug zu erreichen. Er wußte, daß das Gewehr noch immer gesichert war. Er kam kaum bis zum Abzugbügel. Er versuchte es mit dem Zeigefinger, kam aber auch damit nicht an den Abzug heran. Auch wenn er Schulter und Arm noch so sehr streckte, konnte er doch nicht mehr erreichen, als gerade mit der Spitze des Fingers die Krümmung des Hahns zu berühren. Was ihn zu all dem veranlaßte, war Neugier, pure Neugier.

So hab ich's mir vorgestellt, dachte Bloom.

Er nahm den Lauf aus dem Mund, legte das Gewehr quer über seinen Schoß und saß da und blickte auf das lange glatte tödliche Ding, das da so unschuldig und noch immer gesichert auf seinen Knien lag. Fast war es unglaublich, was es alles anrichten konnte.

Bloom bückte sich und schnürte bedächtig seinen rechten Schuh auf. Er kam sich hart und stark vor. Dann drückte er den Lauf wieder gegen seinen Gaumen und brachte seinen großen Zeh an den Abzug. Der Abzug rührte sich nicht unter dem Druck seines großen Zehs.

Wieder legte er die Waffe auf das Knie. Die Kaserne kam ihm plötzlich grabähnlich vor in ihrer Leere. Bloom wünschte, es würde jemand hereinkommen.

Wenn sie hereinkämen, würden sie ihn nur auslachen, ihn aus der Kaserne vertreiben mit ihrem Gelächter. Es kam ihm vor, als wäre er sein ganzes Leben lang dafür, daß er sich immer nur aufspielte und nie den Mut hatte, Wahrheit aus dem Theater zu machen, stets erneut und von allen möglichen Orten weggelacht worden. Sein ganzes Leben lang hatte er sich bemüht, zu handeln, etwas zu tun, stark und kraftvoll zu sein, eine einzige Sache selbst zu vollbringen. Sein Ziel war gewesen, ein einziges Mal sagen zu können: »Ich hab das getan«, ein einziges Mal etwas Unwiderrufliches zu leisten, das nur seinem eigenen Willen entsprang. Am Ende waren es aber immer äußere Einflüsse gewesen, die ihn lenkten. Der Wind, der ihn bald hierhin, bald dorthin warf, war der Wind des Zufalls und der Zufälligkeiten, ohne daß er jemals irgend etwas daran hätte ändern können.

Noch immer wünschte er, es würde jemand hereinkommen und die Stille unterbrechen. In Gedanken sah er, was für Gesichter sie machen würden, wenn sie zu spät kamen. Es kam ihm vor, als beobachtete er sie, wie sie voll verspäteten Mitleids und Trauer das arme tote Ding betrachteten, dem sie nicht mehr helfen konnten. Wir hätten so viel für ihn tun können, sagten ihre tragischen Gesichter, wir hätten ihm sein Leben so viel leichter machen können. Wenn es zu spät war, würden sie den lieben Jungen bedauern. Dann würden sie nicht mehr denken, er sei feige. Oder schwul.

Der Krieg stand vor der Tür. In Europa hatte man schon Krieg – Kämpfe und Tod, Blut und Haß, Kinder saugten ihn mit der Muttermilch ein, dachte Bloom tragisch. Das Ganze nannte sich Christentum oder Judentum. Man lehrte Christen die Juden und Juden die Christen hassen. Und in all dem – dachte Bloom in einer Ekstase von

Trauer – gibt es nirgendwo eine einzige lebende Seele, die Isaac Nathan Bloom um seiner selbst, um seiner Persönlichkeit und seines individuellen Charakters willen liebte.

»Genausogut kann man tot sein«, sagte Bloom laut vor sich hin.

Niemand in dem leeren Schlafraum widersprach ihm.

Wieder nahm er das Gewehr auf und steckte den Lauf in den Mund. Mit ausgestrecktem linken Arm hielt er das Gewehr hoch, mit der Rechten hatte er den Lauf gepackt. Dann kam ihm ein neuer Gedanke, und er setzte den Kolben auf den Boden auf. Die 03 hatte einen ungeheuren Rückstoß. Da er die Sicherung nicht erreichen konnte, nahm er den Lauf wieder aus dem Mund. Seine Hand sträubte sich gegen die Bewegung –

Du bist schwul, dachte Bloom bitter, du bist pervers. Wenn du dir schon Rechenschaft gibst, dann tu's vollständig. Du hast's getan, und es hat dir Spaß gemacht, und deshalb bist du schwul. Jeder weiß, daß du ein Homo bist. Du verdienst es nicht zu leben.

Seine Hand entsicherte das Gewehr. Wieder nahm er den Lauf in den Mund. Seinen nackten großen Zeh brachte er an den Abzugshahn. Der nackte Fuß eines Mannes war ein häßliches, übelkeiterregendes, abstoßendes Ding. Er drückte auf den Abzug.

In dem langen, dröhnenden Krachen, das nur den Bruchteil einer Sekunde dauerte, hatte Bloom das Gefühl, als wäre jemand hinter ihn getreten, hätte sein Kinn gepackt und seine Schädeldecke und beides mit den Händen in die Höhe gerissen, wie Gewichtheber es tun. Die Hände fuhren fort, ihn zu heben und zu heben, sein Kopf flog immer höher und höher.

Das hab ich nicht gewollt, versuchte er zu schreien. Ich nehm's zurück. Ich hab nur Spaß gemacht. Ich hab mich nur aufgespielt.

Dann, als sein Kopf weiterzufliegen schien, durch die Decke hindurch, wußte er, daß alles nichts mehr nützte. Immer hatte er etwas Unwiderrufliches tun wollen, und endlich hatte er es getan, nur um feststellen zu müssen, daß es das Falsche war. Es gab so vieles, das er noch zu sagen hatte.

So viel hätte er erklären können. So viele Steaks gab's noch zu essen, so viele Frauen fürs Bett, so viel Bier zum Trinken. Vergeßt nicht die Steaks und die Huren und das Bier, Jungens, wollte er rufen. Vergeßt das nicht.

Welche Dummheit, dachte er. Was für ne verdammte Dummheit. Er würde nicht mal ihre Gesichter sehen, wenn sie ihn fanden.

Bloom starb.

Genaugenommen war es Freitag, der ihn fand. Freitag stand müßig auf der Parterreveranda, als die Explosion des Schusses durch die Fliegenfenster krachte und den Kasernenhof erfüllte. Er stand direkt an der Treppe und schlug so Niccolo Leva, der erst um die Ecke des Ganges mußte, um fast eine volle Sekunde. Das machte ihn praktisch zum ersten Mann. Warden, der in vollem Lauf aus der Schreibstube gerannt kam, war unmittelbar hinter den beiden. Hinter Warden strömten alle herein, die Leute aus der Küche, das Kommando, das im Kasernenhof arbeitete – jeder einzelne, der in Rennweite war. Alle rasten gemeinsam die Treppe hinauf, noch ehe die Gebäude in dem Kasernenhof aufgehört hatten, mit dem Echo des Schusses Fangen zu spielen.

Bloom lag quer über seinem Bett in jener eigenartig leblosen Stellung, die tote Menschen annehmen. Seine Schädeldecke war verschwunden. Neben ihm auf dem Boden lag das Gewehr. Ein teigigweißer nackter Fuß hing lächerlich vom Bett herunter. An der Decke um das Einschußloch des Geschosses breitete sich ein Fleck von Blut und Schleim. Das Gesicht war noch immer Blooms Gesicht, aber es sah aus, als hätte man alle Knochen aus ihm herausgenommen. Es glich einem jener getrockneten Kopfjägerköpfe, die man in den Raritätenläden in der Hauptstraße kaufen konnte.

»Jesus Maria und Joseph«, protestierte Niccolo Leva und wandte sich, ohne stehenzubleiben, der zur Latrine führenden Tür zu.

Niemand sonst sagte etwas. Einige Männer drängten sich durch die noch immer wachsende Menge und gingen hinaus auf die Veranda und folgten Leva. Die übrigen standen einfach herum. Langsam wurde ihnen gewiß, was geschehen war. Sie sahen aus wie verlegene Installateure, die aus Versehen in ein falsches Badezimmer geraten waren.

Freitag Clark fragte sich, wie er so dastand und die Überreste des Mannes betrachtete, der ihn erst vor so kurzer Zeit beim Kragen hatte, warum es ihm selbst nicht auch schlecht wurde. Es überraschte ihn. Er hatte gedacht, daß es ihm – wenn überhaupt einem – schlecht werden würde. Ein gewisser Stolz packte ihn, daß er's ertragen konnte.

»Los, los«, sagte Warden schließlich. »Macht, daß ihr rauskommt, Leute. Ihr habt hier nichts zu suchen. Zurück an die Arbeit.«

Als keiner sich rührte, brüllte er sie mit fast dankbarem Zorn an. »Habt ihr nicht gehört, was ich sage?« brüllte er. »Raus! Ihr habt's jetzt alle gesehn. Jeder hat jetzt genau gesehn, was los ist. Macht

jetzt, daß ihr rauskommt. Und daß mir keiner hier was anrührt, bis
der Offizier vom Dienst sich die Sache angesehen hat.«

Die Menge reagierte widerstrebend mit einem Drücken und Rücken,
das niemand von der Stelle brachte. Auf ihren Gesichtern lag ein
Ausdruck entrüsteten Protestes und hilfloser Wut, und zwar nicht
gegen Warden, sondern gegen Bloom. Sie sahen aus, als hätten sie an
einem heißen Tage ihr letztes Glas kaltes Bier einem Manne angeboten, der es abgelehnt und ihnen ins Gesicht geschüttet hätte.

»Er hatte kein Recht, so ne Schweinerei zu begehen«, sagte jemand
verloren in den Raum hinein.

»Nicht in unserem Schlafsaal«, sagte ein anderer.

Sie alle sahen so aus, als wären sie – hätte Warden sie nicht in Schach
gehalten – über Bloom hergefallen, ganz gleich, ob er tot war oder
nicht, und hätten ihn mit ihren Fäusten bearbeitet. Es war keine Art,
sie an diese Geschichte zu erinnern, die sie unter Aufopferung der
besten Jahre ihres Lebens zu vergessen versuchten.

»Aber da muß man schon Mut zu haben«, sagte Freitag Clark,
der das vage Gefühl hatte, als müßte er etwas sagen. »Ich meine,
dazu muß man schon allerhand Mut haben. Ich würde bestimmt
nicht...«

Warden unterbrach ihn. »Schön«, sagte er, und seine Stimme war
heiß von unterdrückter Wut, »wenn ihr Leute hier bleiben wollt,
könnt ihr euch nützlich machen. Zwei von euch gehen und holen 'n
paar Eimer und Mops und aus der Kammer ne Leiter. Ein anderer
steigt aufs Dach und sieht nach, ob das Geschoß durchgegangen ist,
und wenn ja, läßt er sich Dachpappe und Teer von Leva geben und
flickt die verdammte Geschichte.«

Aus der Menge ertönte ein Chor entrüsteter Proteste. Sie begann
sich aufzulösen, sich zur Treppe hin zurückzuziehn.

»Ich denk nicht dran, für ein Schwein, das sich selbst erschossen hat,
aufzuputzen«, sagte jemand.

»Ja, soll er's selber aufwischen«, sagte ein anderer.

Allgemeines halb wildes Gelächter.

»Kommt sofort zurück«, befahl Warden rasch. »Los jetzt. Die Pause
ist vorbei.«

Die Menge zerstreute sich schnell und war schon verschwunden, als
Niccolo Leva blassen Gesichts aus der Latrine zurückkam. »Mein
Gott, was für ne Sauerei. Und hier soll ich heute nacht schlafen.« Er
sah zur Decke. »Genau vor zwei Stunden hab ich ihm 'n Paar nagel-
neue Feldschuhe gegeben«, sagte er hilflos.

»Warum, meinst du, hat er's getan?« fragte Freitag, der sich ein wenig beschämt fühlte und ein Gefühl hatte wie ein Kind, wenn seine kleineren Geschwister in die Hosen machten.

»Himmelherrgottsakrament, woher soll ich denn das wissen?« brüllte Warden. »Manchmal hab ich das Gefühl, ich müßte es selber tun, bei dem verfluchten Sauhaufen, in dem ich bin. Niccolo«, sagte er, »sobald der Offizier vom Dienst hier war, holst du dir 'n paar Leute zusammen und machst hier sauber.«

»Ich tu's«, sagte Freitag Clark. »Mir macht's nichts aus.«

»Dazu braucht man mehr Leute«, sagte Warden grimmig. »Du gehst mit Leva.«

»Schön, Spieß«, sagte Freitag voller Bewunderung.

»Ich möchte nur wissen, warum er's getan hat«, sagte er verwundert auf der Treppe. »Hat alles gehabt. War Mittelgewichtsmeister und Unteroffizier und hatte die Aussicht, Feldwebel zu werden. Hatte doch wirklich alles. Warum soll so einer so was tun?«

»Halt um Gottes willen dein Maul«, sagte Leva brutal.

»Gehört ne ganze Menge Mut dazu«, sagte Freitag Clark mit dem Gefühl, er müßte es erklären. Irgendwie spürte er, daß er irgend etwas Gutes über Bloom sagen mußte. »Ich hätt bestimmt nicht so viel Mut.«

Wart nur, bis Prew davon hört, dachte er.

39

Prew hörte nichts davon, bis er drei Tage später aus dem Loch herauskam. Es war der Tag, an dem man Bloom begrub. Mit jemandem im Loch, das offiziell Einzelhaft genannt wurde, in Verbindung zu kommen, war sehr schwer.

Er kam um 18.40 heraus, gleich nach dem Abendessen. Er war von Hunger geschwächt und von den nackten Vierzig-Watt-Lampen geblendet. Genau drei Tage und siebeneinhalb Stunden mehr waren vergangen, seitdem er sich im großen Speisesaal zum Essen niedergesetzt hatte, seitdem er den ersten Bissen genommen, mit der Gabel auf seinen Teller geschlagen und das Pochen seines Herzens in den Ohren gehört hatte. Nun war er ein anderer Mensch als damals, als er hineingegangen war, und er war sehr überrascht, daß die Welt im Grunde unverändert war.

Es war bei weitem nicht so schlimm gewesen, wie er es erwartet hatte. Er kam heraus mit dem Gefühl, gewogen und nicht zu leicht befunden worden zu sein. Fast war er so stolz wie damals, als er den Zapfenstreich in Arlington geblasen hatte. Nichts davon war annähernd so schlimm gewesen, wie er es erwartet hatte. Daß nie etwas so schlimm war, wie man es erwartete, war einer der Vorteile des Pessimismus.

Das Abendessen wurde, genau wie das Frühstück und das Mittagessen, barackenweise ausgegeben, da der Speisesaal nicht genügend Platz für alle bot. Da der Dienst im Militärgefängnis sehr umfangreich war, hatte man nur eine halbe Stunde pro Mahlzeit. (Zeit genug, Zeit genug, ne halbe Stunde zum Essen, wie Major Thompson zu sagen pflegte.) Da drei Baracken vorhanden waren, mußte jede Baracke ihre Mahlzeit in zehn Minuten einnehmen. Tatsächlich waren es aber nicht zehn Minuten, sondern nur ungefähr fünf, wenn man die Zeit berücksichtigt, die man beim Aufstellen verlor, beim Kommen und Gehen, beim Sichsetzen und Sichbedienen. Vielen Sträflingen schien es, daß fünf Minuten zu wenig waren. Andererseits aber hatte niemals jemand das Militärgefängnis für ein Erholungsheim gehalten. Der Tageslauf im Bau richtete sich nach einem straffen und erbarmungslosen Plan.

Prew hatte, nach Malloys Anweisungen, die er über Angelo Maggio erhalten hatte, zwei Möglichkeiten zur Auswahl. Er konnte entweder sehr schnell essen und eine zweite Portion verlangen. In diesem Fall würde man ihn zwingen, zwei weitere Teller leer zu essen, und ihm dann eine Dosis Rizinusöl verabreichen. Oder er konnte nur ein ganz klein wenig essen und dann über den schlechten Fraß schimpfen. In diesem Falle würde man ihn zwingen, zwei weitere Teller leer zu essen, und ihm dann eine Dosis Rizinusöl verabreichen. Er hatte den zweiten Weg gewählt, weil das einen Teller weniger Nahrung in seinem Magen bedeutete, einen Teller weniger für die Auswirkung des Rizinusöls.

Er war noch beim zweiten Teller, als Baracke Nummer Zwei hereinkam (man gab immer erst den Vertrauensleuten und zum Schluß den Widerspenstigen das Essen aus). Sie ließen sich nieder, ohne ihn zu beachten. Er entdeckte Angelo Maggio und Berry und einen großen Mann mit dem milden, abwesenden Blick eines furchtlosen Träumers, der nur Jack Malloy sein konnte. Er unterdrückte eine Regung des Glücks und der Erleichterung und blickte sie nicht an, weil man ihn auch davor gewarnt hatte.

Oberfeldwebel Judson gab ihm das Rizinusöl persönlich ein, nachdem er sich versichert hatte, daß die zwei Teller Essen auch wirklich in ihm waren. Fettsaus Methode, Rizinusöl einzuflößen, bestand darin, daß er den sitzenden Mann an den Haaren packte, seinen Kopf nach hinten zog und ihm die Flasche an die zusammengepreßten Zähne hielt, während zwei Posten den Mann hielten und ein dritter seine Nase zudrückte. Prew brauchten sie nicht die Nase zuzuhalten. Pflichtbewußt folgte er Malloys Anweisungen und schluckte das ganze Rizinusöl, das Fettsau ihm einzuflößen beabsichtigte, das heißt den Inhalt einer Halbliterflasche. Auch später, als sie ihn in die ›Turnhalle‹ führten, hielt er sich streng an das, was Malloy ihm hatte sagen lassen. Während sich all das abspielte, aß Baracke Zwei unbekümmert und stoisch weiter.

In der Turnhalle, einem kleinen leeren Raum am anderen Ende des T-förmigen Ganges, wohin die Wachen die Männer zum Verprügeln führten, fragte Fettsau ihn, wie es seinem Magen gehe. Wahrheitsgemäß antwortete er, daß ihm ein wenig übel sei, worauf Fettsau ihm einen Faustschlag auf den Magen versetzte und Prew dankbar einen großen Teil des Rizinusöls mit dem Essen auf den Boden erbrach. Während er es mit Eimer und Mop, die hierfür zur Verfügung standen, aufwischte, wurde er mehrmals getreten, so daß er mit dem Gesicht nach vorne hinfiel, was aber nicht weiter schmerzhaft war. Dann stellten sie ihn gegen eine der nackten Wände, und Fettsau gab ihm, unterstützt von Turnipseed und dem Gefreiten Hansen, die beide im Speisesaal Dienst getan hatten, die üblichen Prügel. Sobald einer müde wurde, löste ihn der andere ab. Nur einmal benutzten sie einen Knüppel. Das war, als Fettsau ihm das letztemal befahl, vom Boden aufzustehen, und er nicht aufstehen konnte. Fettsau schlug ihn mit dem Knüppel über die Schienbeine, wobei eine der alten Narben aufsprang. So erhob er sich. Sonst aber war die einzige Schlachtwunde ein kleiner Schnitt, den Fettsaus Siegelring mit dem gespreizten Adler der Armee hinterließ. Dieser Schnitt saß unter dem rechten Auge, das sich, als man ihn schließlich aus der ›Turnhalle‹ heraus und zum ›Schwarzen Loch‹ hinunterführte, geschlossen hatte. Im allgemeinen vermieden sie es, ihm ins Gesicht zu schlagen, und wenn er sich an Angelos Aussehen erinnerte, so wurde ihm klar, daß die Anweisungen Malloys richtig gewesen waren.

Es gab Augenblicke, in denen es schwierig war, sich nicht zu ärgern und sich gehenzulassen und etwas Bedauerliches zu tun, genau wie Malloy via Angelo Maggio es ihm hatte voraussagen lassen. Die ganze Zeit aber hielt er sich vor Augen, daß er selbst alles herausgefordert hatte, um in Nummer Zwei zu kommen, und daß ferner, wie Fettsau betonte, sie selbst es genausowenig genossen wie er, und das half.

»Das tut uns mehr weh als dir«, teilte Fettsau ihm mit.

Das ›Schwarze Loch‹ war hinter der ›Turnhalle‹ am Ende des rechten Armes des T-förmigen Ganges. Es ging ein paar Stufen hinunter. Auf der einen Seite lagen vier Zellen nebeneinander. Alle waren leer. Man warf ihn in die erste. Am oberen Ende der Tür, so daß er es mit ausgestreckter Hand erreichen, aber nicht hinaussehen konnte, war ein vergittertes Loch. Am anderen Ende der Pritsche, die aus Eisenrohren bestand, befand sich ein Zehnlitereimer, der als Latrine diente. Wenn sie ihm dreimal am Tage sein Brot und Wasser brachten, so schoben sie es durch ein mit einem eisernen Schieber verschlossenes Loch am Fuße der Türe. Der Becher war aus schwerem Gußeisen, so daß er nicht zerbrechen konnte. Er hatte den Eindruck, daß alles sehr fachmännisch gehandhabt wurde.

Mehr als vor allem anderen hatte er sich vor dem ›Schwarzen Loch‹ gefürchtet, weil er wußte, daß er Malloys System ebensowenig anzuwenden vermochte, wie Angelo dies gekonnt hatte. Als er daher die Schritte sich entfernen und die Falltür am Ende der Treppe sich schließen hörte, verbrachte er einen bösen Augenblick. Als die Tür sich geschlossen hatte, war es sehr still. Alles, was er hörte, waren die gemessenen, leidenschaftslosen Schläge seines kaltblütigen Herzens, das, wie es schien, sich absolut nichts daraus machte, was mit ihm geschah, und das mehr oder weniger regelmäßige Geräusch seines Atems. Nie hatte er gewußt, wieviel Lärm ein menschlicher Körper machte, um am Leben zu bleiben. Es ängstigte ihn, weil es ihm als ein solch sicherer Weg erschien, um etwas so Wertvolles wie das Leben zu erhalten. Er begann zu fürchten, daß das Geräusch, das ihn nervös machte und wach hielt, plötzlich und ohne jeden Grund aufhören könnte.

Es fiel ihm ein, was Angelo über das erste Gefühl der Erleichterung gesagt hatte, aber er spürte keine Erleichterung. Er hatte Angst einzuschlafen, weil er befürchtete, daß die Geräusche aufhören könnten, wenn er es aufgab, sie zu belauschen.

Am Abend, als man ihm das erste Essen brachte, hatte er seine Ansicht geändert und sich dazu entschlossen, Malloys System wenigstens zu versuchen. Er hatte gedacht, der Posten, der ihm die Mahlzeit brachte, sei Fettsau, der ihn herausnehmen wollte, weil die drei Tage vorüber waren. Als er sich darüber klar wurde, daß es lediglich die Wache war, die sein erstes Essen brachte, wußte er mit Bestimmtheit, daß er einen Versuch mit Malloys System machen *mußte*. Wie ihm befohlen worden war, aß er das Brot nicht, trank aber das Wasser.

Das Erstaunliche war, daß es gar nicht schwer war, als er es schließlich versuchte. Später erklärte er es damit, daß er sehr erschöpft und nicht bei klarem Bewußtsein gewesen war. Im Anfang hatte es ihm einige Schwierigkeiten bereitet, sich auf den schwarzen Fleck zu konzentrieren und die Gedanken wegzustoßen. Anscheinend waren es aber sehr schwache Gedanken gewesen, und schließlich hörten sie überhaupt auf, der schwarze Punkt wurde sehr groß, und sein Verstand verkroch sich in die Schwärze des Punktes. Er spürte, wie das geschah, aber es ängstigte ihn nicht. Er war äußerst objektiv. Es fiel ihm ein, daß er den Gedanken, daß er sich eigentlich fürchten müßte, wegstoßen mußte. Der letzte Gedanke, den er schließlich beiseite schob, war der, wie überraschend leicht es war und daß er nicht verstehen konnte, warum Angelo es so schwer hatte. Dann war er weg.

Er sah kein Licht, wie Malloy es gesehen hatte. Eher war es so, als hätte er zwei verschiedene ›Ichs‹, die sich voneinander trennten. Er konnte hinter sich hinabschauen und sein anderes ›Ich‹ auf der Pritsche sehn. Er wußte nicht mehr, welches ›Ich‹ er selbst war. Eine Art Schnur verband seine beiden ›Ichs‹, und er wußte dieses Mal – aber ohne daß es ihn ängstigte –, daß er sterben würde, wenn diese Schnur einmal riß. Dann versank er noch tiefer in den schwarzen Fleck hinein und konnte sein anderes ›Ich‹ nicht mehr sehn.

Wohin er aber auch ging, immer spannte sich diese Schnur von ihm zu seinem anderen Ich – und lief durch die sich aufblähende schwarze Ferne. Es war keineswegs unheimlich, sondern alles ganz natürlich. Er besuchte viele Städte und verstand viele Dinge, die ihn immer verwirrt und gestört hatten. Es war, als hätte er sich mit einem Raumschiff von der Erde entfernt, als könnte er nun das Ganze sehn und den Grund für das Ganze verstehn und begreifen, wie es in seinen Teilen begründet war, und daß nie etwas verlorenging. Dies überraschte ihn. Es glich dem Zustand eines kleinen Jungen, der täglich zur Schule geht. Vielleicht will er nicht gehn, aber er muß es dennoch tun. Lernt er seine Lektion an einem Tage nicht, so ist dieser dennoch nicht verloren, denn der vermeintlich verlorene Tag hilft ihm, seine Lektion am nächsten Tage um so schneller zu lernen. Während einige Schüler der höheren Klasse glaubten, die Lektionen in den niedrigeren Klassen seien nicht nur dumm und ein reiner Zeitverlust, sondern geradezu schädlich, und sogar Entschließungen gegen derartigen Unterricht faßten, war es doch klar, daß sie selbst nicht in die höheren Klassen gelangt wären, wenn sie nicht die niedrigeren absolviert hätten. Auch das war eine Lektion, die man aber lernen mußte. Ohnehin beachtete der Direktor ihre Entschließungen nicht, obwohl sie seine Abgangsklasse waren. Dies machte ihn sicher, und ein Gefühl des Friedens und der Zufriedenheit überkam ihn. Immer hatte er das Gefühl gehabt, daß er im Begriff stand, etwas Derartiges zu empfinden, aber nie hatte er es wirklich empfunden. Deutlich konnte er nun erkennen, daß jeder genau das bekam, was er sich wünschte und worum er im geheimen betete, nicht mehr und nicht weniger. Das Geheimnis des Kombinationsschlosses an der Tür des Verstehens lag einfach darin, wie sehr man etwas wollte. Das wieder hing davon ab, wie lange man zur Schule gegangen war, was Zeit erforderte, viel, viel Zeit... Zeit, die man überhaupt nicht als solche messen konnte... zum mindesten nicht so, wie er Zeit maß. Daher war es sinnlos, sich zu sorgen und hinter der Zeit herzurennen. Wenn alle Menschen die Dinge töteten, die sie liebten, so kam es lediglich daher, daß sie zu sehr liebten; während alle, die diejenigen umbrachten, von denen sie geliebt wurden, nur noch viel mehr geliebt werden wollten. Es war so schrecklich viel schwerer, das zu erreichen, was man liebte, besonders, wenn man es – ganz gleich, was es auch war – wirklich liebte... er konnte es ganz klar erkennen.

Dann, ein paar Minuten später, öffnete jemand die Tür und schüttelte ihn, und widerwillig kam er zurück. Er hatte das Gefühl, daß er, wenn man ihm nur noch eine Minute, nur noch ein paar Sekunden Zeit gelassen hätte, alles in ganz klare, einfache Worte hätte fassen und mit sich zurückbringen und es schwarz auf weiß hätte niederlegen können. Dann öffnete er die Augen und sah, daß es Oberfeldwebel Judson war.

»Hallo, Fettsau«, grinste er ihn töricht an. Seine Stimme hatte kaum genügend Atem, um sie aus seiner Brust herauszubringen, und er fragte sich, warum sie schon so schnell zurückgekommen waren. Er hörte, wie jemand, der hinter Fettsau stand, nach Luft schnappte.

Oberfeldwebel Judson schlug ihn mit einer vom Gebrauch des Knüppels schwieligen Hand hart ins Gesicht, ohne daß sich der Ausdruck seines Gesichtes veränderte. Es geschah in der Art, wie eine Mutter es tut, geschickt, aber gelangweilt durch die Häufigkeit, mit der sie ihren kleinen Jungen schlagen muß. Er spürte es nicht einmal.

»Zäher Bursche«, sagte Fettsau ausdruckslos, »wieder mal ein zäher Bursche. Wie würden dir drei Tage mehr schmecken, was?«

Prew kicherte schwach. »Mir kannst du nichts weismachen, Feldwebel. Was meinst du, noch drei Tage? Glaubst du, ich weiß nicht, daß ich erst einen Tag abgesessen habe? Ja, ich glaube, ich hätte gerne noch drei Tage. Hatte gerade nen wunderbaren Traum. Warum nicht sechs Tage mehr?« kicherte er. »Dann zählen wir die ganzen neun Tage zusammen, damit es volle zweiundsiebzig Stunden gibt. Wie wär's?«

»Hartes Schwesterchen«, sagte Fettsau, ohne seine Ausdruckslosigkeit zu ändern, und schlug ihn wieder. »Abgebrühter Affe. Los, aufwachen, abgebrühter Affe.«

Dann stellten sie ihn auf die Beine und nahmen ihn hinaus, und es wurde ihm klar, daß die drei Tage tatsächlich vorüber waren. Auf seinem Weg hinaus stieß sein Fuß gegen die neun Scheiben Brot, die es bewiesen. Das war wirklich ein Witz.

»Ja«, sagte Fettsau, ohne sich aufzuregen, »ich hab sie gesehn, abgebrühter Affe. Wenn du aber glaubst, schneller aus dem Loch herauszukommen, wenn du nen Hungerstreik veranstaltest, dann hast du dich geirrt. Das haben wir schon gehabt. Wir lassen dich hungern. Du hast schon gemerkt, daß du deine vollen drei Tage abgesessen hast«, sagte Fettsau stolz, »plus vier Stunden, weil ich zu beschäftigt war, um dich herauszuholen und – so wird's jedesmal gemacht. Wenn's nach mir ginge, gäb ich dir sofort nochmal drei. Wir haben keine Angst vor Hungerstreiks, abgebrühter Affe.«

Eine so lange Rede von Fettsau war schon eine Ansprache. Muß ihn beeindruckt haben, dachte Prew glücklich, während sie ihn an die Wand lehnten und ihm seine Kleider zuwarfen.

»Auch das brauchst du uns nicht vorzuspielen«, sagte Fettsau. »Du kannst ganz gut aufrecht stehn.«

Er lehnte sich dumm grinsend gegen die Wand, während er seine Kleider anzog. Zum ersten Male merkte er, daß es der Gefreite Hansen war, der Fettsau half. Es mußte also Hansen gewesen sein, der nach Luft geschnappt hatte. Ich hab's fertiggebracht, daß Hansen nach Luft schnappte, dachte er stolz. Hansen grinste ihn stolz an, mindestens ebenso stolz wie ein paar Minuten später Angelo Maggio, als sie ihn durch die Tür der Baracke Nummer Zwei schoben. Sie grinsten ihn an, als hätte er ein in ihn gesetztes Vertrauen voll gerechtfertigt.

Seine Sachen waren schon vorher nach Nummer Zwei geschafft

worden. Die Männer in dieser Baracke hatten sich zusammengetan und alles für ihn hergerichtet. Selbst sein Bett war schon gemacht. Die Männer in Nummer Zwei waren stolze Männer. Sie waren die Härtesten der Harten, waren die Elite und trugen ihre Barackennummer wie ein Ehrenzeichen. Sie konnten sich nicht wehren und siegen. Ihr ganzes Augenmerk richtete sich daher darauf, ihren Verliererstolz zu bewahren. Sie waren so exklusiv, daß jede Neuaufnahme ein Fest war. So taten sie alles, was sie nur tun konnten. Für die Inspektion am nächsten Morgen brauchte Prew nur noch sein Bett glattzuziehen.

Angelo saß auf der Bettkante und machte die Honneurs. Für eine Weile kam Berry herüber, und dann kamen alle anderen, einzeln und zu zweit, um Prews Geschichte zu hören. Der letzte Mann, der herüberkam, nachdem alle anderen sich wieder entfernt hatten und nun redend und rauchend auf dem Boden des stuhllosen Raumes hockten, war der große Mann mit den sanften durchdringenden, furchtlosen Träumeraugen, der bis dahin beobachtend drei Betten weit weg gesessen hatte.

Prew lag auf seiner neuen Pritsche angenehm warm in eine Decke gewickelt und ließ alle Vorstellungen und Komplimente über sich ergehen, während er genießerisch im Hochgefühl seiner Leistung schwelgte. In dem Bewußtsein, einen Schmerz erduldet zu haben, lag eine Befriedigung, die von nichts anderem erreicht werden konnte, obwohl, philosophisch gesehen, Schmerz an sich sinnlos war und nie etwas anderes berührte als das Nervensystem. Körperlicher Schmerz trug seine Rechtfertigung in sich selbst. Offenbar sprechen aus dir deine Indianervorfahren, dachte er. Andererseits, dachte er, ist es sicher, daß Angelo Maggio aus der Atlantic Avenue in Brooklyn keine Indianervorfahren besitzt. Dennoch schien es ihm, als könnte er Angelo nun bedeutend besser verstehn.

Während all dem Kommen und Gehen erzählte Angelo ihm, was mit Bloom geschehen war, einschließlich aller blutigen Einzelheiten. Angelo kannte die ganze Geschichte. Im Militärgefängnis war sie noch am gleichen Abend bekannt geworden, gerade ungefähr sechs Stunden, nachdem Prew ins Loch gebracht worden war. Obwohl niemand genau wußte, wie es vor sich ging, arbeiteten die geheimen Nachrichtenverbindungen so gut, daß im Militärgefängnis alles jeweils am Abend des gleichen Tages bekanntwurde. Die Häftlinge wußten manchmal Dinge, von denen selbst die Posten noch nichts wußten. Eines der größten Vergnügen für Berry bestand darin, den Posten kleine Leckerbissen von Garnisonsklatsch zu verabreichen.

Die Wirkung war im Gefängnis ziemlich die gleiche gewesen wie in der Kaserne. Außer Angelo und Prew befanden sich noch verschiedene andere Männer vom Regiment im Bau, und sie alle kannten Bloom. Die übrigen, auch wenn sie ihn nicht persönlich kannten, hatten ihn doch alle im vergangenen Jahre in der Bowl boxen sehn. Sie nahmen die Geschichte mit dem gleichen Ausdruck der Entrüstung und demselben gekränkten Ton auf. Für sie war dieser offene Schlag ins Gesicht guten Soldatentums eine noch schlimmere Beleidigung als für die G-Kompanie. Daß sie im Gefängnis saßen, hieß noch lange nicht, daß sie hochnäsig geworden waren und alle Vorteile, die Bloom errungen hatte, verachteten. Hätten sie Blooms Vorteile gehabt, so wären sie einmal überhaupt nicht ins Kittchen gekommen und hätten sich zum anderen nicht mit ihrem eigenen Gewehr umgebracht. Man war wirklich sehr empört im Gefängnis.

Als Prew die Geschichte von Angelo hörte, kam es ihm vor, als wenn sich alles in einem anderen Lande ereignet hätte. Es fiel ihm schwer, es sich bildlich vorzustellen.

»Du sagst, er hat sich den Lauf in den Mund gesteckt und den Hahn mit seinem großen Zeh abgezogen?«

»Genau«, sagte Angelo entrüstet.

»Und der Schuß riß ihm die Schädeldecke weg und klatschte sie an die Decke?«

»Jawohl«, sagte Angelo behaglich. »Machte ein Loch von beinahe acht Zentimeter Durchmesser. Ich glaub allerdings nicht, daß er damit gerechnet hatte.«

»Und er wird hier begraben?«

»Stimmt. Auf dem Veteranenfriedhof. Niemand weiß, wo seine Leute wohnen.«

»Verdammt schlechter Platz, um begraben zu werden!«

»Mensch, hast du recht«, sagte Angelo inbrünstig.

»Warst du schon mal oben? Ist in der Nähe der Pferdeställe. Ich hab dort mal den Zapfenstreich geblasen.«

»Nee, ich war nie da und hab auch nicht vor, hinzugehen. Weder mit den Füßen noch mit dem Kopf voran«, sagte Angelo inbrünstig.

»Da stehen 'n paar große Tannen. Eine Reihe, hinten an der Rückseite. Möcht wissen, wer den Zapfenstreich für Bloom bläst.«

»Irgend 'n Grüner wahrscheinlich«, sagte Angelo. »Weißt du eigentlich, warum die Tannen immer so einsam aussehen?«

»Jeder Soldat sollte wenigstens einmal einen wirklich guten Zapfenstreich hören. Bei seiner Beerdigung.«

»Na, vielleicht hat er Schwein. Vielleicht kriegt er zufällig nen guten.«
Bloom war schon begraben, war schon seit zwei Uhr dreißig nachmittags begraben. Sie wußten das beide. Es war, als wären sie stillschweigend übereingekommen, nicht in der Vergangenheitsform davon zu sprechen.

»Ich würde es gerne für ihn tun«, sagte Prew und ärgerte sich, daß er es gesagt hatte. Er hatte sich vorgenommen, es nicht zu erwähnen, und nun war es ihm doch entfahren. »Ich würd ihm nen wirklichen Zapfenstreich blasen. Jeder Soldat verdient das«, sagte er mit einem lahmen Versuch, seine Worte wegzuerklären.

»Ach, zum Teufel«, sagte Angelo verlegen und mit viel zuviel Verständnis. »Er ist tot, oder nicht? Ihm macht's nichts mehr aus.«

»Das verstehst du nicht«, sagte Prew wütend. In Wirklichkeit, sagte er sich, kam alles daher, daß er sich die Sache nicht bildlich vorstellen konnte, obwohl ihm dies eigentlich hätte gelingen sollen. Vermutlich kam dies daher, daß das letzte Bild, das er von Bloom hatte, eine solch ungeheure Vitalität besaß – wie er über den Kasernenhof zur Turnhalle ging, um sich für den Boxkampf fertigzumachen, während er ihm erschöpft und ungläubig nachstarrte.

»Ich möcht nur wissen, warum er das getan hat«, sagte er verwundert, weil er sich seines eigenen Lebenswillens so stark bewußt war.

»Meiner Meinung nach«, sagte Angelo scharfsinnig, »befürchtete er, schwul zu sein.«

»Mein Gott, Bloom war doch nicht schwul.«

»Weiß ich.«

»Wenn ich jemand gesehn habe, der nicht schwul war, dann war's Bloom.«

»Weiß ich«, sagte Angelo.

»Na also?«

»Es ist ein Unterschied«, sagte Angelo, »schwul zu sein und sich einbilden, schwul zu sein.«

»Nach dem Kampf wollte ich eigentlich zu ihm gehn und mit ihm sprechen«, gestand Prew. »Ich wollte ihm sagen, daß ich mich nicht mit ihm geprügelt hatte, weil er Jude war oder so was. Wollt's ihm am nächsten Tag sagen«, sagte er, »aber in der Nacht haben sie mich geholt«, sagte er.

»Mensch, er hat sich nicht erschossen, weil du ihn geschlagen hast, wenn du das vielleicht denkst.«

»Ich hab ihn gar nicht geschlagen.«

»Schön, dann meinetwegen, weil du dich mit ihm geprügelt hast.

Der gute Hal hat schon vor langer Zeit mal gesagt, Bloom würde sich umbringen. Erinnerst du dich?«

»Der Kampf war völlig ausgeglichen. Wenn überhaupt, hat er mich geschlagen.«

»Hal hat gesagt, er würde immer tiefer sinken, Stufe um Stufe. Ich glaub, 's ist 'n Zitat aus irgendnem Gedicht. War ziemlich helle, der gute Hal«, sagte Angelo brummig. »Der Hund.«

»Nicht so sehr«, sagte Prew, dem die vierzig Dollar einfielen, mit denen er schließlich Alma verführt hatte. »Mir wird schlecht, wenn ich dran denke, daß ich irgendwas damit zu tun haben könnte.«

»Ach Mist«, sagte Angelo angeekelt.

»Aber«, sagte Prew, »so ist's.«

Sie saßen schweigend beieinander und sahen sich an, und keiner von ihnen war imstande, genau das zu sagen, was sie wirklich über Blooms Tod empfanden.

»'s ist komisch«, sagte Angelo in einem zögernden Versuch, es auszudrücken, »wie so 'n Mensch stirbt und weg ist und einfach nicht mehr da ist. Selbst wenn man ihn gar nicht mag. Alles, was er im Leben getan hat und gewesen ist, verschwindet einfach, als wenn's nie dagewesen wäre.«

»Stimmt«, sagte Prew. »Trotzdem verstehe ich noch immer nicht, warum er's getan hat.«

In diesem Augenblick kam der große Mann mit den eigenartig träumerischen Augen herüber und setzte sich neben sie auf den Rand des Bettes. Ohne daß er sich darum zu bemühen schien, zog er alle Aufmerksamkeit und alles Interesse auf sich, wie ein Magnet Eisenfeilspäne anzieht, und sie sahen beide dankbar zu ihm auf.

»Jedermann hat das Recht, sich umzubringen«, sagte der große Mann sanft und bemächtigte sich damit des Gesprächs, als hätte er ein Anrecht darauf. »Es ist das einzige wirklich unverletzbare Recht, das er besitzt, die einzige Tat, die er tun kann, ohne daß ihm ein anderer hineinredet, die einzige unwiderrufliche Handlung, die er auszuführen vermag, ohne von außen her beeinflußt zu sein. Schon die alten Angelsachsen wollten, als sie das Wort *Freedom* prägten, damit das gleiche sagen. Es kommt von *Free* und *Doom*, von Freiheit und Untergang. Der Gedanke war, daß diese letzte Zuflucht, die einem niemand versperren konnte, jedem, der sich ihrer bedienen wollte, offenstand.

Aber wie jede andere Sache auch«, fuhr der große Mann sanft fort, »hat auch diese ihren Preis, und der liegt in ihrer Endgültigkeit, Unwiderruflichkeit und Unabdingbarkeit. Der Tod, Bürger, ist das einzige, was jemals ›frei‹ ist«, sagte der große Mann, als kämen seine Worte aus einer sehr sicheren, sehr persönlichen Quelle, zu der sie keinen Zutritt hatten.

»Ich bin eigentlich nicht der Ansicht«, sagte Prew ablehnend.

»Warum nicht«, sagte der große Mann ruhig. »Wenn es die Wahrheit ist. Und überdies hast du vielleicht sogar recht: möglicherweise ist nicht einmal das frei.«

»Das hab ich aber nicht gemeint«, sagte Prew.

»Ich weiß schon, was du gemeint hast«, sagte der große Mann. Er brach ab und lächelte sie an. Das Gesprächsthema, das er sich angeeignet hatte, schien so ziemlich erschöpft zu sein.

»Nur noch eins«, sagte Angelo bekümmert. »Selbst für uns hier ... glaubst du nicht, daß es unrecht ist, so was zu tun?«

»Du bist Katholik«, lächelte der Mann sanft.

»Kein guter.«

»Trotzdem Katholik.«

»Meinetwegen, dann bin ich eben Katholik«, sagte Angelo streitsüchtig. »Ein anderer ist Methodist. Was hat das damit zu tun?«

»Nichts. Nur hab ich nicht vom moralischen Recht gesprochen. Ich hab vom körperlichen Recht geredet, von der Tatsache, von der Möglichkeit. Kein Gesetz, keine Predigt, kein körperlicher Zwang können das konkrete physische Recht antasten, wenn ein Mann entschlossen ist, es zu tun. Du aber als Katholik oder Anhänger jeder anderen Religion hast dieses physische Recht sofort in ein moralisches umgewandelt.«

»Aber *ist* es recht«, beharrte Angelo, »oder ist es unrecht?«

»Das hängt ganz davon ab, wie man's betrachtet. Würdest du sagen, daß die ersten christlichen Märtyrer Selbstmord begingen?«

»Nein.«

»Natürlich nicht. Du bist ja auch ein Katholik. Sie mußten aber doch nicht in die Arena gehn, oder?«

Angelo runzelte die Stirn. »Nein, sie *mußten* nicht. Und trotzdem mußten sie. Außerdem haben sie sich nicht selbst umgebracht.«

»Sie wußten aber, was sie erwartete. Sie akzeptierten den Tod aus freiem Willen, oder nicht?«

»Ja, aber – «

»Ist das vielleicht kein Selbstmord?«

»Na ja, in gewissem Sinne schon«, grollte Angelo. »Aber sie hatten einen Grund.«

»Natürlich hatten sie einen Grund. Entweder waren sie zu stolz, um nachzugeben, oder sie dachten, sie würden sich damit eine Freifahrkarte für den Himmel erwerben. Glaubst du vielleicht, Bloom hat sich erschossen, nur weil er neugierig war, wie es sein würde? Und kommt es vielleicht darauf an, wer den Hahn abdrückt?«

Wieder runzelte Angelo die Stirn. »Vermutlich nein. Wenn du's so betrachtest.«

»Und würdest du sagen, daß die christlichen Märtyrer unrecht taten?«

»Natürlich nicht.«

»Dann kommt es ausschließlich auf die Umstände an, ob Selbstmord recht oder unrecht ist.«

»Aber die Märtyrer waren doch was anderes als Bloom. Oder als ich.«

»Nur auf Grund der Tatsache, daß sie es in Masse taten und für ein unpersönliches Ideal, während Bloom es aus persönlichen Gründen getan hat, die nie jemand erfahren wird, und du kannst nicht sagen, daß es unrecht war, solange du diese persönlichen Gründe nicht kennst.

Aber«, lächelte der Mann sanft, »was du eigentlich hättest fragen sollen, war, ob es unmoralisch ist.«

»'türlich«, sagte Angelo, »das hab ich ja auch gemeint. Na – und ist's unmoralisch?«

»Selbstverständlich«, lächelte der große Mann. »Jeder weiß das. Den Römern erschien das, was die christlichen Märtyrer taten, als im höchsten Grade unmoralisch. Sie betrachteten es als feige und als eine Flucht und als unmoralisch. Es unterliegt keinem Zweifel, daß der Selbstmord und ganz besonders der Massenselbstmord unmoralisch ist. Jede menschliche Gesellschaft lehrt, daß es unmoralisch sei. Selbst in Japan und Rußland ist der Selbstmord nur dann moralisch, wenn man bei der Regierung in Ungnade gefallen ist. Jede andere Art von Selbstmord ist auch dort unmoralisch. Wie könnte eine Gesellschaft bestehen, wenn während jedes wirtschaftlichen Niederganges alle Arbeitslosen nach Washington oder London oder Moskau marschierten und dort vor dem Regierungsgebäude Selbstmord begingen? Einige solcher Vorfälle und wir hätten keinen Arbeitsmarkt mehr. Die Russen und die Japaner wissen das besser als alle anderen.«

»Aber, mein Gott«, sagte Angelo, »das wäre ja verrückt.«

»Sicher«, grinste der große Mann, »aber das ist ganz genau das gleiche, was deine christlichen Märtyrer getan haben, Bürger.«

»Allerdings«, sagte Angelo nachdenklich, »das stimmt. Aber damals waren andere Zeiten«, sagte er.

»Du meinst, die Leute hätten damals nicht so sehr am Leben gehangen wie heute.«

»Vielleicht ist's das. Sicher, jawohl, das ist's. Wir haben heute mehr, wofür es sich lohnt.«

»Kinos«, sagte der große Mann, ohne zu lächeln, sanft, fast zärtlich, »Automobile, Eisenbahnen, Busse, Flugzeuge, Nachtlokale, Bars, Sport, Erziehung, Geschäfte, Radios.«

»Stimmt«, sagte Angelo. »Bald werden wir sogar Fernsehn haben. Damals hat es das alles nicht gegeben.«

»Glaubst du, daß ein Mann in einem Nazi-Konzentrationslager ein Recht hat, sich umzubringen?«

»Aber bestimmt.«

»Warum dann nicht jemand in einer amerikanischen Aktiengesellschaft?«

»Das ist doch ganz was anderes. Er wird doch nicht gefoltert.«

»Glaubst du nicht? Und warum nicht ein Mann in der amerikanischen Armee? Warum nicht ein Mann im Militärgefängnis? Warum nicht irgendein Mann zu irgendeiner Zeit, wenn man ihn martert? Jeder redet über die Freiheit, Bürger«, sagte der große Mann sanft, und es schien, als schöpfte er es wiederum aus seiner sehr beständigen Quelle persönlichen Wissens, »aber in Wirklichkeit will er sie gar nicht. Eine Hälfte will sie, aber die andere will sie nicht. In Wirklichkeit wollen sie die Illusion der Freiheit vor ihren Frauen und Geschäftspartnern aufrechterhalten. Das ist ein zufriedenstellender Kompromiß, und solange sie den bekommen können, brauchen sie die andere, teuere nicht. Die einzige Schwierigkeit liegt darin, daß jedermann, der sich selbst für frei erklärt, aus seiner Frau und seinen Angestellten Sklaven machen muß, um die Illusion aufrechtzuerhalten und ihre Echtheit zu beweisen. Die Frau ihrerseits muß, um vor ihrem Bridgeklub ihre Freiheit zu beweisen, Mädchen, Mann und Kinder kommandieren können. Das Ganze wird zu einem Kampf. Wer auch immer gewinnt, einer verliert dabei. Auf jeden General in dieser Welt kommen sechstausend Soldaten. Deshalb«, lächelte er ihnen zu, »würde ich niemanden davon abhalten, Selbstmord zu begehn. Wenn jemand zu mir käme und mich bitten würde, ihm meinen Revolver zu leihen, würde ich es tun. Denn entweder ist es ihm Ernst, oder aber er versucht, jene Illusion der Freiheit aufrechtzuerhalten. Wenn es ihm Ernst ist, möchte ich ihm nicht im Wege stehen. Blufft er nur, dann möchte ich seinen Bluff zum Platzen bringen.«

»Das ist *eine* Art, die Sache zu betrachten«, sagte Prew, der gegen seinen Willen von diesen in weite Fernen schauenden Augen und dieser überaus sanften Stimme mitgerissen wurde.

»In unserer Welt, Bürger«, sagte der große Mann sanft, »kann ein Mann nur auf eine einzige Art seine Freiheit gewinnen, und zwar, indem er für sie stirbt. Ist er aber tot, dann nützt sie ihm nichts mehr. Das ist das ganze Problem in einer Nußschale.«

»Das ist Jack Malloy«, sagte Angelo stolz, als stellte er seinen persönlichen Freund, den Nizam von Haidarabad vor, den reichsten Mann der Welt. »Wart, bis du eine von den wirklichen Diskussionen hörst, die wir manchmal hier haben.«

»Ich hab schon viel von dir gehört«, sagte Prew scheu. Wenn er diese sanften, furchtlos träumerischen Augen betrachtete, konnte er verstehen, wie es kam, daß ein Erzzyniker wie Berry eine solch alberne Bemerkung wie die über Malloys großes Kinderherz machen konnte.

»Auch ich hab viel von dir gehört«, sagte Jack Malloy warm und streckte eine Hand aus, die groß war wie ein Schinken. »Reich mir die Hand, Bürger. Von all den Pferden in diesem Stall bist du das einzige, das je auf das gehört hat, was ich sage, und so klug war, es genau zu befolgen«, sagte er, seine Stimme erhebend.

Ohne daß er den Kopf oder Rumpf wandte, schien es, als starrte er plötzlich hinter sich auf die übrigen Insassen der Baracke, die schwatzend auf dem Boden hockten. Er sah sie nicht an, aber alle senkten die Augen und blickten auf ihre Zigaretten, während die Unterhaltung mitten in der Luft hängenzubleiben schien.

Jack Malloy ließ das Schweigen rücksichtslos fast eine Minute lang weiterläuten. Dann wandte er sich wieder Prew zu – oder besser, schien sich ihm wieder zuzuwenden, da er sich ja nicht abgewandt hatte. Er blinzelte ihm zu. Es war ein schnelles, bedächtiges, aber völlig unpersönliches Blinzeln, als sähe er Prew überhaupt nicht, sondern entledigte sich einer gesellschaftlichen Pflicht, wie es ein Gastgeber tut, der einem zukünftigen Kunden ein großes Essen gibt, um mit ihm ins Geschäft zu kommen.

»Hätte ich zwölf Leute«, sagte er laut, »genau ein Dutzend, Bürger, die das gleiche täten, was du getan hast, ich könnte Vater Thompson und Fettsau innerhalb von drei Monaten als unheilbar in die Irrenanstalt bringen.

Natürlich«, sagte er, »wären am nächsten Tag bereits zwei genau gleiche an ihrer Stelle, und wir würden wieder von vorne beginnen müssen, aber bald würde das härteste Gefängnis in der Armee der Vereinigten Staaten auch die härteste dienstliche Aufgabe sein. Hätten wir schließlich genug von der Sorte hinter Thompson und Fettsau hergesandt, würden sie am Ende in völliger Verzweiflung diese Bude schließen und uns alle nach Hause schicken.«

Der immer gegenwärtige Dreißigender in Prewitt fragte sich, ob er nach Hause meinte oder zurück zu ihren Truppenteilen, aber er hatte keine Lust zu fragen.

Wieder ließ Jack Malloy die Stille eine ganze Minute lang weiterläuten. Er hatte laut gesprochen, aber auch dieses Mal sagte keiner ein Wort. Allgemein schien man anzunehmen, daß er genau das, was er sagte, auch wirklich zu vollbringen imstande war.

Noch ein anderes Gefühl herrschte hier in dieser Baracke, ein Gefühl, das er in Nummer Drei nicht gefunden hatte. Hier konnte man alles, aber auch alles, laut aussprechen, und das war ein wunderbares Gefühl.

»Hier ist was zu rauchen, Bürger«, sagte Malloy und ließ seine Stimme absinken. Er bot ihm aus einer vollen Schachtel Zigaretten an. Es wirkte wie ein Signal, und die Männer auf dem Boden begannen von neuem, zu plaudern und zu rauchen.

»He«, sagte Prew verlegen. »Richtige Zigaretten. Danke schön.«

»Ich hab noch ne ganze Menge«, sagte Jack Malloy. »Komm nur zu mir, wenn du eine haben willst. Wenn dieser Heini«, er nickte zu Angelo hinüber, »mit seinem wirklich echten Schneid, meinen Rat nur halb so gut befolgen würde wie du, hätte er längst sein kleines Komplott durchgeführt und wäre schon seit einem Monat draußen.«

»Macht nichts«, erwiderte Angelo, während er die ihm angebotene Zigarette nahm, »wart nur. Ich kann's auch so tun. Ich weiß, daß ich's fertigbringe.«

Prew sah, wie seine Augen wieder einen leicht irren Ausdruck zeigten, wie immer, wenn sein großer, geheimer Plan erwähnt wurde. Aber dieses Mal zeigten sie wenigstens nicht den Ausdruck mörderischen Mißtrauens, den sie draußen im Steinbruch hatten.

»Ich wart nur auf den richtigen Augenblick«, sagte er verschlagen. »Ich werd's schon schaffen. Macht euch darüber nur keine Sorgen.«

»Natürlich kannst du«, sagte Malloy sanft. »Bestimmt, Bürger. Nur könntest du es leichter haben und dir ne Menge häßlicher Beulen ersparen, wenn du auf mich hören würdest.«

»Ich hör auf dich«, sagte Angelo heftig. »Mehr als einmal hab ich auf dich gehört. Und ich hab's probiert. Nicht nur passiven Widerstand, sondern auch die Sache im ›Loch‹. Ich kann's einfach nicht, Jack. Keins von beiden.«

»Der Bürger hier konnte es aber«, nickte Jack Malloy Prew zu. »Er konnte beides.«

»Ich weiß noch immer nicht, wie ich's gemacht habe«, sagte Prew.

»Das macht nichts«, sagte Jack Malloy. »Ich weiß es auch nie. Hauptsache ist, du hast's fertiggebracht.«

»Meinetwegen, er kann's eben«, sagte Angelo hitzig. »Gut für ihn. Aber das hilft mir nicht. Wozu soll ich's immer wieder versuchen, wenn ich's doch nicht kann?«

»Das brauchst du auch nicht«, sagte Jack Malloy in dem gleichen sanft zärtlichen Tone, den er auch beibehielt, wenn er laut sprach. »Deshalb hab ich dir ja gesagt, du sollst aufhören damit. Aber du könntest es tun, wenn du nur stark genug daran glaubtest, daß du's tun kannst. Dann würdest du dich auch nicht so kaputtmachen mit deinen Versuchen.«

»Da kann ich viel damit anfangen«, sagte Angelo. »Damit kann ich weiß Gott viel anfangen. Vielleicht kann Prew es tun. Ich hab dir ja gesagt, daß er deine Art von Mann ist. Aber sonst hat es keiner von uns allen je fertiggebracht.«

»Das heißt nicht, daß sie's nicht könnten«, sagte Jack Malloy. »Die haben alle das gleiche im Kopf, und mein Kopf ist nicht anders als deiner, Bürger.«

Wie Prew später herausfand, war es eine seiner Gewohnheiten, jeden mit ›Bürger‹ anzureden. Einmal hatte er sogar – wie erzählt wurde – Major Thompson mit ›Bürger‹ angeredet. Es hatte ihm vier Extratage im ›Loch‹ eingetragen. Prew fragte sich, warum er derartige Dinge tat und allen anderen davon abriet, sich ähnliches zu leisten.

»Nicht anders, meine Güte«, grinste Angelo. »Wenn ich deinen Kopf hätte, wär ich nicht hier in diesem verdammten Lokal.«

»Wenn du meinen Kopf hättest«, lachte Jack Malloy traurig. Er lachte nicht oft so, strahlend und beschämt zugleich; es war völlig verschieden von seinem Lächeln, das sich nie bis zu seinen abwesenden Augen erstreckte. »Wenn du meinen Kopf hättest, Bürger, wärst du schon bedeutend früher hierhergekommen.«

»Ich glaub, das ist nicht übertrieben«, grinste Angelo den großen Mann stolz an.

»Was ist das eigentlich für ein Komplott?« fragte Prew. »Was ist denn

654

das für ein großartiger Plan? Seit einer Woche platze ich jetzt schon vor Neugierde.«

»Er soll's dir selbst erzählen«, wich Jack Malloy vorsichtig aus.

Offenbar hatte Prew die Frage instinktiv an Jack Malloy gerichtet, obwohl es sich um Angelos Idee handelte.

»Es ist sein Plan«, sagte Jack Malloy. »Es war seine Idee, er hat sie ausgedacht, und er hat's verdient, die Sache auch selber zu erzählen.«

Prew dachte plötzlich, daß er nie zuvor so viel Zärtlichkeit in den Augen eines Menschen gesehen hatte wie in den Augen Jack Malloys, als dieser Angelo ansah. Es war jedes Leiden wert, auch zehn Tage Loch waren nicht zuviel, dachte er überschwenglich, wenn man danach mit solchen Männern zusammensein konnte.

»Dann komm mit dort hinüber«, sagte Angelo, dessen Augen wieder verschlagen und schlau geworden waren. Er stand auf und machte sich auf den Weg zum anderen Ende der Baracke, wo die beiden Latrinen standen.

»Du kannst es ruhig hier erzählen, Bürger«, versuchte Jack Malloy ihn sanft zu überreden.

»Nee«, grinste Angelo ihn schlauäugig an. »Auf gar keinen Fall.«

»Vielleicht ist Prew noch zu schwach, um aufzustehn«, sagte Jack Malloy sanft.

»Dann muß er eben warten«, sagte Angelo mit Nachdruck und kam zurück. »Wenn ich's überhaupt erzähle, dann erzähl ich's da hinten, wo niemand zuhört.«

»Mir geht's gut«, sagte Prew und stand auf. Beide Männer folgten dem kleinen Burschen hinüber zum anderen Ende. Sie hockten sich auf die geschlossenen Latrinen, und Jack Malloy lehnte sich gegen das eiserne Waschbecken, und dann enthüllte Angelo Maggio seinen großen geheimen Plan, seinen großartigen Traum.

Die übrigen, geführt von Berry, verzogen sich unauffällig zum anderen Ende der Baracke, wie es Gesunde tun, wenn sie auf taktvolle Weise auf einen Krüppel Rücksicht nehmen wollen. Prew sah Malloy an und ließ dann seine Augen schnell zu Maggio zurückwandern.

»Ich hab's nur Berry und Malloy erzählt«, erklärte Angelo eindringlich. »Sonst weiß keiner davon. Nicht 'n Wort.«

Prew sah Malloy an. Malloys Gesicht war verschlossen.

»Stimmt's, Jack?« sagte Angelo ängstlich.

»Stimmt, Bürger«, sagte Jack Malloy sanft.

»Wenn sie's wüßten«, sagte Angelo heftig, »würd ich sie umbringen, verstehst du? Selbst hier drin. Wenn einer rausbekommt, um was sich's handelt, wär's durchaus möglich, daß der's zuerst versucht. Und die Hälfte des Erfolgs hängt davon ab, daß man der erste ist, der's probiert. Nach dem erstenmal klappt's nicht mehr. Vater Thompson ist kein Idiot. Fettsau auch nicht. Ich hab's ausgedacht, und deshalb darf ich's auch zuerst versuchen.

Stimmt's, Jack?« sagte er ängstlich.

»Ja, das stimmt«, sagte Jack Malloy mit noch immer verschlossenem Gesicht.

»Also dann«, sagte Angelo, »folgendes.« Er unterbrach sich selbst. »Siehst du, ich hab recht«, sagte er, »Jack sagt es auch. Wenn du's später versuchen willst, nach mir, so ist das natürlich in Ordnung, obwohl ich keine Garantie dafür übernehmen kann. Die erste Chance aber muß *ich* haben.«

»In Wirklichkeit«, sagte Jack Malloy, »hat kein anderer den Schneid, es zu versuchen.«

»Mach dir nur nichts vor«, höhnte Angelo.

»Tu ich auch nicht«, sagte Jack Malloy. »Die haben deshalb keinen Schneid, weil sie nicht so verrückt darauf sind, rauszukommen wie du.«

»Glaub das ja nicht«, sagte Angelo. »Ich persönlich geh auf Nummer Sicher.« Er wandte sich zu Prew. »Du verstehst aber doch, wie die Sache liegt, Prew, was?«

»Ich versteh«, sagte Prew.

»Schön. Also folgendes. Jedermann, der es einundzwanzig Tage im Loch aushält, wird automatisch, wenn er herauskommt, in die Irrenabteilung im Garnisonslazarett überwiesen und als geisteskrank aus der Armee entlassen. Ich hab noch nie von so einem Fall gehört, aber das ist die Vorschrift.«

»Ich hab davon gehört«, unterbrach Jack Malloy ihn sanft. »Zweimal ist's passiert während meiner ersten Strafzeit. Deshalb gefällt mir der Plan ja auch. Verstehst du. Man ist der Ansicht, daß ein Mann, der im Militärgefängnis gewalttätig wird, ich meine mörderisch gewalttätig, zu weit fortgeschritten sein muß, um noch gerettet werden zu können. Das heißt, wirklich wahnsinnig. Man wirft ihn ins ›Loch‹, um ihm Zeit zu geben, sich abzukühlen, und tut er das nicht innerhalb von einundzwanzig Tagen (manche sagen innerhalb von dreißig Tagen), dann nimmt man an, daß die Sache wirklich ihre Richtigkeit hat, daß der Mann nicht simuliert, und entläßt ihn als unheilbar. Während meiner Strafzeit ist das in zwei Fällen, die ich kenne, geschehen. Die beiden waren aber tatsächlich verrückt. Der Bürger hier«, er nickte Angelo zu, »will sie hereinlegen.«

»Genau das«, sagte Angelo. »Draußen im Steinbruch wird mir ganz plötzlich ne Schraube locker, und ich geh mit nem Hammer auf den Posten los, verstehst du?«

»Und wenn er auf dich schießt?« sagte Prew.

»Das muß ich riskieren. Ist der einzige gefährliche Teil an der ganzen Geschichte. Ich denke, daß er nicht schießen wird, wenn ich auf ihn losgehe und nicht nach dem Wald zu weglaufe. Wird mir bloß die Flinte über 'n Kopf schlagen. Werd's ihm so leicht wie möglich machen, mir eins auf den Deckel zu geben. Ich werd ihn überhaupt nicht treffen mit dem Hammer, verstehst du? Es soll nur so aussehn, als wenn ich's vorhabe.«

»Die werden dich aber ganz hübsch verprügeln, was?« sagte Prew.

»'türlich«, sagte Angelo ernst, »aber was macht das schon? Schlimmer als bis jetzt können sie's auch nicht machen. Nur ein bißchen länger, das ist alles. Und wenn's zu lange dauert, wird man sowieso ohnmächtig und weiß nicht mehr, was passiert, verstehst du?«

»Ja«, sagte Prew, »ich verstehe.«

»Ich hab alles zu gewinnen. Das einzige, was ich verlieren kann, ist 'n Stückchen mehr von meinem Skalp. Die Zeit im Loch macht mir überhaupt keine Sorge. Die steh ich auf dem Kopf durch, einundzwanzig Tage.« Er schnalzte sie mit den Fingern weg, die einundzwanzig Tage.

Prew sah ihm zu, wie er sie vom Ärmel blies wie Zigarettenasche. Es schauderte ihn. Einundzwanzig Tage Wasser und Brot, einundzwanzig Tage Stille, einundzwanzig Tage Blindheit. Drei Wochen, vielleicht auch einen ganzen Monat im ›Loch‹.

»Deinen Trick kann man so lange nicht durchstehen, oder doch?« fragte er Jack Malloy. »Selbst wenn man weiß, wie's gemacht wird?«

»Ich weiß nicht«, sagte Malloy. »Ich habe gelesen, daß es sogar schon länger gemacht worden ist. Möcht's aber persönlich nicht versuchen.«

»Ich kann's schaffen«, sagte Angelo, »und ohne Apparat. Ich brauch nicht mal Malloys Trick dafür.«

»Bedeutet ne unehrenhafte Entlassung, was?« sagte Prew.

»Weiß nicht«, sagte Angelo, »und offen gesagt, scheiß ich drauf. Ich werd sowieso nicht mehr bei Gimbels arbeiten. Wozu brauch ich ne ehrenvolle Entlassung? Übrigens sagt Jack, daß man manchmal auch 'n blauen Entlassungsschein bekommt.«

»Aber nicht, wenn man aus dem Militärgefängnis kommt, oder?« sagte Prew. »Soviel ich weiß, bekommt jeder Mann, der als Geisteskranker entlassen wird, automatisch einen gelben Schein.«

»Nicht immer«, sagte Jack Malloy sanft mit noch immer verschlossenem Gesicht. »Ich glaube, es hängt alles von den Umständen ab und wie gut die Komödie ist, die er ihnen vorspielt.«

»Das hab ich noch nicht gehört«, sagte Prew.

»Na also, 's ist ganz klar, daß ich keinen weißen Schein bekomme«, grinste Angelo steif. »Was soll ich mir da den Kopf zerbrechen? Gelb oder Blau? Ich hau ab nach Mexiko. Aber ich kann auch dableiben. Was kann ich schon verlieren? Höchstens das Wahlrecht. Wer zum Teufel will schon wählen? In der Armee kann man ja auch nicht wählen, oder? Und außerdem ist's ganz gleichgültig, wen man wählt. Die Bonzen setzen sich doch vorher zusammen und arrangieren alles untereinander und handeln die Gesetze aus und bringen die Leute in die Ämter, die sie drin haben wollen.«

»Du kannst aber keine Stellung bekommen«, sagte Prew.

»Wer will schon ne Stellung? Sind ja doch alle gleich, alle wie in Gimbels Keller. Man arbeitet für irgendne große Gesellschaft und verdient kaum genug, um zu leben, drückt sein ganzes Leben lang ne Kontrolluhr und kriecht dem Chef hinten rein für ne Stellung, die man gar nicht mag. Wer will so was? Maggio bestimmt nicht. Ich hau ab nach Mexiko«, sagte er, »und werd in Mexiko Cowboy oder sonst was«, sagte er wild.

»Ich weiß gar nicht, warum ich mich mit dir streite«, sagte Prew. »'s ist deine Sache, und wenn du dir alles überlegt hast, na gut, was soll ich da noch sagen? Ich bin hundert Prozent auf deiner Seite, Angelo.«

»Denkst wohl, ich bin verrückt, was?« grinste Angelo ihn an.

»Bei Gott nicht. Ich persönlich möchte einfach meine Staatsangehörigkeit nicht verlieren. Ich hab dieses Land eben gern.«

»Ich auch«, sagte Angelo. »Ich lieb's sogar. Mindestens ebensosehr wie du oder irgendein anderer, und du weißt das ja auch.«

»Natürlich weiß ich es«, sagte Prew.

»Und trotzdem haß ich es. Du liebst die Armee. Aber ich lieb sie nicht. Ich hasse das Land wegen der Armee. Was hat dieses Land je für mich getan? Mir das Recht gegeben, Männer zu wählen, die ich nicht aussuchen darf? Das kannst du billig von mir haben. Mir das

Recht gegeben, in einer Stellung zu arbeiten, die ich hasse? Auch das kannst du billig von mir haben. Mir dann gesagt, ich sei ein Bürger des größten und reichsten Landes der Welt, und wenn ich's nicht glaube, darf ich mir mal Park Avenue ansehn? Jahrmarktspreise. Alles miteinander zu Jahrmarktspreisen. Zahl fünfzig Cent für den Wurf, und du bekommst ne Gipsbüste von Washington, wenn du gewinnst. Jeder Mann kann nur ne ganz bestimmte Menge einstecken, ganz egal, wie sehr man ne Sache liebt.«

»Das unterschreib ich«, sagte Prew.

»Also, ich hab eingesteckt, was ich überhaupt hab einstecken können, wenn ich's vermeiden kann, tu ich's nicht mehr. Mich werden sie nicht zum Selbstmord treiben. Sie werden mich auch nicht zum Arschkriecher machen. Man sollte den Emigrantenkindern nicht Demokratie beibringen, wenn man ihnen nicht auch 'n Stück davon geben will. Das bringt nur Ärger. Ich und die Vereinigten Staaten, wir kündigen hiermit unser Bündnis, so lange, bis die Vereinigten Staaten sich Zeit nehmen, ein bißchen in ihren eigenen Schulbüchern zu studieren.«

Prew mußte traurig an das kleine Buch ›Ein Mann ohne Vaterland‹ denken, das seine Mutter ihm so oft vorgelesen hatte, in dem der strenge, patriotische Richter den Mann dazu verurteilt, den Rest seines Lebens auf einem Kriegsschiff zu verbringen, wo niemals jemand ihm gegenüber von der Heimat spricht. Immer hatte er Genugtuung darüber empfunden, daß der Verräter seine gerechte Strafe erhält.

»Und so liegt die Geschichte«, sagte Angelo, »und so ist's nun mal.«

»Ich bin dafür«, sagte Prew.

»Wirklich?« fragte Angelo ihn ängstlich. »Bist du wirklich dafür? Ich hab dir alles auch deshalb erzählt, weil ich wußte, daß die Sache dann ihre Richtigkeit hat und ich keinen Fehler mache, wenn du mich ganz angehört hast und du noch immer dafür bist.«

»Ich bin dafür«, sagte Prew.

»Schön«, sagte Angelo. »Das ist alles, was ich wissen wollte. Jetzt können wir wieder zurückgehn.«

Prew folgte ihm mit den Augen. Dünn, schmalschultrig, krummbeinig, mit leichtem Schwingen der zahnstocherartigen Arme, ging er dahin. Einer von der neuen Rasse der Höhlenbewohner, die keine Muskeln brauchen: anstatt der Beine zum Gehen nimm die U-Bahn; für die Arme zum Klettern den Aufzug; anstatt des Rückens zum Tragen miet dir nen Kran. Ein Opfer der Kultur und Zivilisation des zwanzigsten

Jahrhunderts. Nach Mexiko und Cowboy werden! Selbst die Geschichte seines eigenen Landes führte ihn an der Nase herum.

Vielleicht, wenn sein Vater Uhrmacher gewesen wäre oder Automechaniker oder Klempner, so daß er ein erlerntes Handwerk hätte lieben können, dann hätte er sich nicht von der Demokratie so verlassen gefühlt. Wenn er nur irgendeinen ungefährlichen Kanal gefunden hätte, durch den er seine Ehrlichkeit und seinen Glauben an die Demokratie hätte nutzbar machen können, diesen Glauben, den die weltfremden, dummen alten Jungfern, die Staatsbürgerkunde in den Volksschulen unterrichteten, in ihm hochgepäppelt hatten.

Wenn er nur als der Sohn eines Millionärs geboren worden wäre. Alles wäre dann in Ordnung gewesen.

Die Schwierigkeit bei Angelo Maggio, die ernste Schwierigkeit, die gefährliche Schwierigkeit, die unmögliche, unauflösbare, erschreckende Schwierigkeit lag darin, daß Angelo Maggio nicht als ein Culpepper zur Welt gekommen war.

»Die wissen doch alle Bescheid, oder nicht?« sagte Prew.

»In diesem Laden kann man kein Geheimnis haben.«

»Werden sie nicht quatschen?«

»Nein, 'türlich nicht.«

»Hast du nicht versucht, ihn davon abzubringen?« fragte er Jack Malloy.

»Nein«, sagte Jack Malloy mit noch immer verschlossenem Gesicht. »Ich hab's nicht versucht.«

»Ich auch nicht«, sagte Prew.

»Bei manchen Dingen«, sagte Jack Malloy, und noch immer war sein Gesicht verschlossen, »hat's gar keinen Sinn, es jemand auszureden.«

»Gehn wir zurück«, sagte Prew.

»Schön«, sagte Jack Malloy, und noch immer war sein Gesicht verschlossen.

Angelo saß auf Prews Bett, und Prew kroch wieder genießerisch unter die Decke. Dann und erst dann begannen Berry und die anderen langsam vom anderen Ende der Baracke zurückzukommen. Es waren harte Männer in Baracke Nummer Zwei, die härtesten der Harten, die Elite.

Die verbleibende Zeit vor dem ›Licht aus‹ saßen sie auf dem Boden herum und rauchten Dukes Mixture oder ab und zu eine gehamsterte oder gestohlene Markenzigarette. Oder sie lehnten aufrecht stehend an den Fußenden der Betten oder räkelten sich auf den halbdunklen unteren Pritschen. Sie redeten. Es gab weder Karten noch Damespiele, noch Monopoly, noch Mah-Jongg. Aber nie ging ihnen der Gesprächsstoff aus. Die meisten waren mindestens einmal als Landstreicher durchs ganze Land gewandert, ehe sie sich zur Armee meldeten. Sie hatten in den Papierfabriken Nordkarolinas gearbeitet, im Staate Washington Holz gefällt, vielleicht auch versucht, in Südflorida Gurken zu ziehen. Sie hatten in den Bergwerken von Indiana und in den Stahlwerken von Pennsylvania gearbeitet, waren als Wanderarbeiter der Weizenernte in Kansas und der Obsternte in Kalifornien gefolgt, hatten Schiffe geladen in Frisco und Dago und Seattle und New Orleans, hatten geholfen, in Texas Öl zu bohren. Sie waren Männer, die ihr Land kannten und es dennoch liebten. Eine Generation vor ihnen hatten andere versucht, es zu ändern, und waren besiegt worden. Diese hier waren nicht mehr organisiert wie die damals. Diese hier machten sich nichts aus Organisation. Sie waren Mitglieder einer noch neueren Rasse, die durch den Wirtschaftsniedergang aus ihren Bindungen gerissen und ins Treiben gekommen war. Ihr letzter Anlegehafen war die Armee gewesen, wo sie ausgesiebt wurden und ins Militärgefängnis kamen, wo man sie von neuem siebte, bis sie in Baracke Zwei landeten.

Um acht Uhr wurden die Lichter gelöscht. Jeder Mann kroch auf seine Pritsche, bis die Kontrolle vorüber war. Dann standen sie wieder auf, hockten sich wieder auf den Boden und fuhren fort, in tiefen Zügen, die ihre Gesichter rötlich aufleuchten ließen, Dukes Mixture zu rauchen. Und noch immer redeten sie. Dukes Mixture zu rauchen, war für sie, die mit selbstgerollten Zigaretten aufgewachsen waren, nicht schlimm, und es machte ihnen auch keine Schwierigkeiten, mit Reden die Zeit zu verbringen, weil sie nicht redeten, um die Zeit zu verbringen, sondern weil sie gerne redeten. Jeder Mann kannte immer mehr Geschichten, als er erzählen konnte, in denen er selbst der Held war, und wenn er die gleiche Geschichte eine Woche später wieder erzählte, so war sie auch dann noch fast neu. Immer war Reden die Haupterholung derjenigen gewesen, die nur einmal im Monat sich teuere Ablenkungen, wie Weiber und Whisky, leisten konnten, nämlich am Zahltag, und so waren sie Fachleute auf ihrem Gebiet geworden. Obwohl sie hätten schlafen können, was immer die beste Methode war, die Zeit totzuschlagen, wie jeder wußte, der jemals im ›Loch‹ gesessen hatte, zogen sie es dennoch vor, herumzuhocken und zu reden und Geschichten zu erzählen, in denen sie selbst die Helden waren.

Fast war es so wie damals, als er Landstreicher war, dachte Prew schläfrig. Keine Weiber, keinen Whisky, kein Geld. Wenn man die Augen schloß, so konnte man glauben, wieder im Gestrüpp zu liegen, nahe den Ausläufern eines kleinen Dorfes. Glatt und staubig war es unter den Bäumen, an der windgeschützten Seite eines Dammes, der am Wasserreservoir vorbeiführte und den Wind abhielt. Man saß um ein kleines Feuer herum, mit einem Bauch voll guten Stews, für das du die Karotten hattest zusammenbetteln müssen oder vielleicht auch die Zwiebeln oder die Kartoffeln. Die Gesichter waren dieselben Gesichter, und die Stimmen waren dieselben Stimmen, und die Würze der gesprochenen Worte war die gleiche amerikanische Würze.

Amerikanische Gesichter, dachte er schläfrig, glücklich in der Ekstase des Märtyrers, die immer sein Ziel und seine Bestimmung gewesen war – amerikanische Gesichter und amerikanische Stimmen, schwach in all ihren wollüstig-hungrigen, gierig-lügenden, amerikanischen Schwächen, aber stark in der Stärke, die aus der Notwendigkeit entspringt, der einzigen wirklichen Stärke. Es waren lederne, magere, hart gewordene Gesichter und Stimmen der guten, alten, amerikanischen Tradition des Trappers und wälderrodenden Farmers, die beide bitter kämpfen mußten, um am Leben zu bleiben. Hier ist deine Armee, Amerika, wollte er ihnen schläfrig sagen, hier ist deine Kraft, die du geschaffen hast, als du sie brechen wolltest, und auf die du dich in der Zukunft wirst verlassen müssen, ob du es gerne tust oder nicht, willst oder nicht ... auch, wenn es deinen Stolz noch so sehr verletzt. Hier in Nummer Zwei ist die Elite, gesiebt und wieder gesiebt und nochmals gesiebt, bis jede Spur trockener Fäulnis ausgemerzt, alle Weichheit herausgedrückt, alle Zeichen fressender Gangräne herausgeschnitten waren. Was übrigblieb, war nichts als der feste, harte Kern absoluter Zähigkeit, die sich nicht nur behaupten, sondern über eine ganze Welt triumphieren würde. Das war alles, was übrigblieb.

Und er, Robert E. Lee Prewitt, aus Harlan County, war einer von ihnen, einer von diesen hier, einer in der alten Tradition – hier, wo man nicht ein einziges fettschichtiges Versicherungsagentengesicht der neuen amerikanischen Tradition finden konnte.

Man konnte nicht zu ihnen gehören, wenn man nicht alles mit ihnen teilte. Zum ersten Male in langer Zeit spürte er schläfrig, daß er zu seiner eigenen Art von Leuten heimgekehrt war, zu Männern, denen er nichts zu erklären brauchte, weil jeder von ihnen den gleichen harten, unangreifbaren Sinn für lächerliche, persönliche Ehre besaß, von dem er selbst sich niemals hatte befreien können.

Es hatte sich wirklich gelohnt, vom ersten Augenblick an, als er sich zum Mittagessen niedersetzte und den ersten Bissen nahm, vor dem er sich so fürchtete. Gerne würde er, wenn es nötig war, um den Kampf endgültig zu entscheiden, gleich mit der zweiten Runde beginnen.

Armer Bloom, dachte er schläfrig, armer Bloom.

Erst später, als die anderen schließlich eingeschlafen waren, verließ ihn seine Schläfrigkeit, und er begann, an Alma Schmidt zu denken. Fast glaubte er, sie vergessen zu haben. Wieder versuchte er Malloys System mit dem schwarzen Punkt. Es versagte kläglich. So lag er lange wach in seinem Bett und dachte an sie.

Langsam überkam ihn der Schlaf. Alles, was man sich schwört, nicht zu tun, tut man schließlich doch, dachte er noch. Ich erinnere mich genau, mir einmal geschworen zu haben, daß ich nie in meinem Bett liegen und das tun würde. So kann ich also auch das der langen Liste gebrochener Schwüre hinzufügen. Diese Erniedrigung wenigstens hatte Bloom nicht erdulden müssen.

Vielleicht aber hatte Bloom auch jemanden geliebt. Vielleicht hatte er sich deshalb umgebracht.

Je mehr er darüber nachdachte – und nun war er sehr, sehr schläfrig –, um so sicherer wurde er, daß dies der Grund sein müßte und daß Bloom sich aus Liebeskummer getötet hatte.

40

Milton Anthony Warden andererseits, der jeden Nachmittag mit Karen Holmes ausging, seitdem er Prewitts Prozeß erledigt hatte, dachte nicht darüber nach, warum Bloom sich getötet hatte. Ihm genügte es, und zwar reichlich, daß es überhaupt geschehen war. Es änderte sein Privatleben ebenso wirkungsvoll, als wenn die Nazis in New York gelandet, die Japaner Pearl Harbor angegriffen oder die Marsmenschen Kalifornien erobert hätten.

Nach der Übung in Hickam Field trafen sie sich immer nachmittags. Sie hatten sich für die Nachmittage entschieden, weil sie um diese Zeit fast risikolos von zu Hause wegkommen konnte. Beide hatten sie das Gefühl, daß sie einen Plan brauchten, der ihren Heimlichkeiten Regelmäßigkeit garantierte und gleichzeitig eine gewisse Sicherheit vor Entdeckung bot. Diese Sicherheit hatten sie, und so hatten beide das Glück in vollen Zügen genossen. Die Tage hatten sich zu einem angenehmen Muster geordnet, das scheinbar immer noch existiert hatte und unverändert so zu bleiben versprach. Wenn es am Nachmittag etwas zu tun gab, so ließ er es Mazzioli tun und kümmerte sich nicht darum. Es war alles nur Routine, und wenn ein Fehler vorkommen sollte, so konnte er ihn immer noch in Ordnung bringen. Der junge Mann war ohnehin da, um etwas zu lernen. Leva besorgte die Kammer, und um Starks Küche brauchte er sich nicht zu kümmern. Er traf sie in der Stadt, in einer der touristenüberschwemmten heißen Straßen. Dann fuhren sie in dem zerbeulten alten Buick-Coupé ihres Mannes immer und immer wieder um die Insel herum. Warden war barfuß und trug kurze Hosen, während sie einen kurzen knappen Badeanzug trug, der ebenso aufreizend war wie ihre gemalten Fußnägel. Sie fuhren durch alle Seitenstraßen, die sie noch nicht kannten, schwammen, wann es ihnen Spaß machte, hielten an, um sich zu lieben, wann immer sie sich lieben wollten. Allerdings hatte Karen das Gefühl, daß er das zu häufig tat. Sie hatte es manchmal ganz gerne, erklärte sie ihm. Dennoch nahm es in ihrer Liebe eigentlich keinen Raum ein. Sie hätte ebensogut ohne diese vulgäre Art, seine Liebe zu beweisen, auskommen können, vielleicht sogar besser. Immerhin versuchte sie nicht, ihn daran zu hindern. Ihm kam es vor, als verlängerten sich diese Nachmittage mit Karen Holmes, wie jede Stunde, die er mit ihr verbrachte, teleskopartig rückwärts in die Unendlichkeit, bis überhaupt nichts anderes mehr existierte. Das einzige, was ihr Glück unvollkommen machte: daß der Buick kein Cabriolet war.

Es gab keine Szenen, keinen einzigen Streit, da sie bereits ausgemacht hatten (am Tage, nachdem er hungrig von Hickam Field zurückgekommen war), daß Milt sich zu einem Offizierskurs melden würde. Dies ging folgendermaßen vor sich:

Karen machte ihm klar, daß sie es niemals von ihm verlangen würde. Daraufhin bot er es freiwillig an. Karen sagte nein. Sie konnte seine Ansichten über Offiziere vollkommen verstehen. Mithin konnte sie es von ihm weder verlangen noch erwarten. Keinesfalls durfte er es ihretwegen tun, auch dann nicht, wenn es bedeuten sollte, daß sie ihn verlor. Worauf Milton darauf bestand, daß er es dennoch tun würde, und zwar ihretwegen und nur ihretwegen, und nichts, was sie auch immer sagen mochte, konnte ihn davon abbringen. Sie weinte, und beinahe weinte auch er, und dabei blieb es. Er unternahm nichts und stellte keinen Antrag.

Als sie ihn später fragte, sagte er, er habe ihn abgeschickt (er hätte, um sich diese Nachmittage zu erhalten, noch ganz andere Dinge zusammengelogen), und er nahm sich vor, die Formulare auszufüllen und sie von Holmes unterschreiben zu lassen, um sie am nächsten Tag auf die Post zu geben, aber es kam nicht dazu. Es wäre leicht gewesen, denn Karen hatte, nachdem sie und Milton den Entschluß gefaßt hatten, angefangen, Holmes zu Hause zu bearbeiten, und Holmes hatte begonnen, ihn zu drängen. Er kam aber nicht dazu. Er hatte nicht die Absicht, einen blödsinnigen Kursus zu nehmen, der vielleicht seine Nachmittage hätte stören können, diese hellheißen, wasserkühlen Nachmittage, die mehr Traum als Wirklichkeit schienen und die für immer weitergehen sollten. Die Zukunft war eine zu unsichere Anlage, als daß er sein ganzes Kapital in sie investieren wollte. Die Zukunft sollte, wie jeder es tun mußte, für sich selbst sorgen. Sie war volljährig, oder nicht? Zum Teufel mit der Zukunft, solange man diese Nachmittage hatte.

Eine ganze Zeitlang, nachdem er Prewitts Prozeß erledigt hatte, schien es, als könnte nichts diese Nachmittage stören, und er glaubte fast, daß es für immer so bleiben würde.

Natürlich konnte er nicht voraussehen, daß ein dummes Vieh in seiner Einheit Selbstmord begehen würde, und selbst wenn er es hätte voraussehen können, was hätte es ihm genützt? Kriegsgerichtsverfahren konnte er aus dem Kopf erledigen und mit verbundenen Augen, denn er hatte sie dutzendweise erlebt. Ein Selbstmord war wieder etwas anderes. Nie zuvor hatte er mit einem Selbstmord zu tun gehabt, und die Armee verabscheute sie, ganz besonders in diesem Augenblick. Die Armee verabscheute Selbstmorde mehr als Morde. Um zu beweisen, daß ein Selbstmord nicht auf ein Verschulden der Armee zurückzuführen war, mußte eine beinahe unendliche Zahl von Berichten geschrieben und eingereicht werden.

Dazu kam die ganze übrige Arbeit bei Todesfällen: der persönliche Besitz mußte aussortiert und nach den allgemeinen Richtlinien sorgfältig auf Pornographie durchgesehen werden, bevor er eingepackt und nach Hause geschickt werden konnte. Für Holmes würde er Briefe an die Eltern zu schreiben haben. Die Ausrüstung des Verschiedenen mußte zurückgegeben und kontrolliert werden, so daß etwa fehlende Stücke festgestellt und von der Endlöhnung, die an die Eltern zu überweisen war, abgezogen werden konnten. Die Personalakten mußten abgeschlossen und abgelegt werden, das militärische Begräbnis arrangiert werden.

Das wenigste, was der Schweinehund hätte tun können, dachte Milt Warden, wäre gewesen, es als einen Unglücksfall zu tarnen, indem er beispielsweise vom Dache eines Hauses sprang. Dann hätte man sich seiner wenigstens mit Zuneigung erinnert. An jenem Nachmittag, nachdem man den Offizier vom Dienst gerufen hatte, um die Leiche offiziell untersuchen zu lassen, hatte er es fertiggebracht, so lange abzukommen, daß er sie anrufen konnte. Er nahm ein Taxi hinüber zu Kemoo, dem Schnapsladen, der wie ein Pilz auf der Ecke des Wahiawa-Reservoirs saß und dessen chinesischen Besitzer er aus seinen Junggesellentagen kannte. Dort stand ihm ein Privattelefon im Hinterzimmer zur Verfügung. Er erreichte sie gerade in dem Augenblick, als sie das Haus verlassen wollte, um ihn in der Stadt zu treffen.

Ihre erste Reaktion war Ärger. Männliche Telefonangestellte waren ebenso schwatzhaft wie weibliche, ganz besonders, wenn sie Soldaten waren und der Gegenstand ein Offizier. Die Telefonisten in der Garnison kannten jede Offiziersnummer auswendig. Immer hatten sie, so gut es ging, vermieden, das Telefon zu benutzen. Wenn sie es doch einmal tun mußten, gebrauchten sie eine Art von Geheimsprache, in der jedes Wort eine zweite Bedeutung hatte.

Sie war weniger ärgerlich, als sie hörte, daß er von Kemoo aus telefonierte. Dieses Gespräch wurde über die zivile Wahiawaleitung geführt, ehe es zur Garnison gelangte. Dennoch veranlaßte sie ihn, einzuhängen und zu warten, bis sie ausgehen und ihn von woanders her anrufen konnte. Es war eines der vielen kleinen unvorhergesehenen Dinge, mit denen man rechnen mußte, wenn man in eine verheiratete Frau verliebt war.

Natürlich wartete er – trank, während er wartete, ein paar Whisky mit Al Chomu, der ihn nervös fragte, wo er denn so lange gewesen sei –, bis sie ihn aus einer Zelle in der Kantine wieder anrief. Es war schwer zu erklären, was geschehen war, da ihre Geheimsprache keine Worte für Selbstmord oder Isaac Nathan Bloom enthielt. Als es ihm schließlich gelang, konnte er hören, wie sie mit einem Male kühl und gefaßt wurde. Es geschah beinahe mitten in einem Wort, und zwar in der bewundernswerten und fast erschreckenden Art, mit der sie einer außergewöhnlichen Situation begegnete. Ihr Ärger verflog, und an seine Stelle trat vollkommen berechnende, kaltblütige Ruhe, die nie verfehlte, seinen Realismus zu beschämen, auf den er so stolz war. »Schön«, fragte kühl die gedämpfte, unwirkliche Telefonstimme, die niemals ganz menschlich klang, »was sollen wir tun? Hast du dir schon was ausgedacht?«

»Ja. Diese neue Arbeit wird mich fast einen vollen Monat beschäftigen. Es tut mir leid, aber ich werde die Gesellschaft verschieben müssen. Wird dein Bruder bald wieder geschäftlich nach den Staaten reisen?« fragte er vorsichtig.

Übersetzt hieß das, ob Holmes bald wieder zu einem Herrenabend ging.

»Du weißt doch, wie diese Geschäfte liegen«, antwortete die kühle Stimme. »Er weiß nie vorher, wann er gehen muß. Es ist schon eine Weile her, daß er das letzte Mal fortmußte, so daß man ihn bald wieder hinüberrufen wird. Aber natürlich«, sagte die kühle Stimme vorsichtig, »hängt alles davon ab, wann seine Vorgesetzten eine neue Ladung hereinbekommen und wieder genügend Material vorrätig haben, um ihn zu rufen.«

Er mußte einen Augenblick unterbrechen, um sich dies zu übersetzen, und es machte ihn wütend. All dieses kindische Verschwörergeschwätz! Fast war es so schlimm, als wäre man Mitglied einer Loge. Was sie sagen wollte, war, daß Holmes zwar seit einiger Zeit nicht mehr bei einem Herrenabend gewesen war und sie daher annahm, daß er bald wieder gehen würde, sie aber dennoch nicht sicher sagen konnte, wann dies sein könnte. Sie lehnte es ab, ihn an einem solchen Herrenabend zu treffen.

»Ich *will* ja die Einladung nicht verschieben«, sagte Warden wütend.

»Ich auch nicht. Aber natürlich«, erinnerte ihn die kühle Stimme, die so unglaublich anders klang als sonst, »hat mein Bruder hier nie so viel Arbeit, daß er nicht trotzdem kommen könnte.«

Das bedeutete, daß sie auf seine gewöhnlichen Poker- und Saufabende im Klub, oder wo immer er sonst hingehen mochte, nicht rechnen konnten. Es war nicht sicher, ob sie abkommen konnte.

»Vielleicht können wir es dann an einem Abend machen, ehe er abreisen muß. Du weißt, wie leid es mir täte, wenn er nicht dabeisein könnte«, grinste er wütend in den blinden Trichter hinein, unfähig, diese Gelegenheit vorbeigehen zu lassen. Ihre Kühle, die er so sehr bewunderte, machte ihn noch ärgerlicher als das ganze Verschwörergeschwätz.

»Vielleicht könntest du's mal an einem Nachmittag arrangieren«, sagte die kühle Stimme, »solange er noch hier ist.«

667

»Ich hab dir doch gesagt«, erwiderte er und versuchte, seine Erbitterung zu zügeln. »Ich hab dir doch gesagt, daß ich nicht in der Lage sein werde, die Sache an einem Nachmittag zu veranstalten. Du verstehst das anscheinend nicht. Diese Arbeit muß einfach getan werden.«

»Dann meine ich«, sagte die kühle Stimme sehr logisch, »das beste wird sein, wir verschieben die Einladung, bis du mit deiner Arbeit fertig bist.«

»Aber das kann einen ganzen Monat dauern«, teilte er dem blinden, gefühllosen Trichter mit. Für sie war es leicht. Ihr würde es gar nichts ausmachen, selbst wenn sie sich nur noch Briefe schreiben könnten. Wahrscheinlich würde sie es sogar vorziehen.

»Meiner Meinung nach ist es das beste, daß wir die Einladung auf irgendeinen nahen Zeitpunkt festsetzen«, bestand er, »selbst wenn dann dein Bruder auf einer Reise sein sollte.« Das bedeutete: treffen wir uns das nächste Mal, wenn Holmes zu einem Herrenabend geht. Er hatte das Gefühl, daß sie ihn nicht verstand. »Verstehst du?« sagte er vorsichtig. »Selbst wenn er auf einer Reise ist?«

»Ich verstehe genau«, sagte die Stimme kühl, »aber das Schwierige ist eben, daß ich nicht weiß, wann er reisen wird. Und natürlich habe ich keine Möglichkeit, mich mit dir in Verbindung zu setzen.«

Das bedeutete, daß sie es ablehnte, ihn anzurufen.

»Nun, vielleicht hör ich's von ihm selbst, und dann benachrichtige ich dich«, sagte er verzweifelt.

»Aber wie kannst du mich erreichen?« sagte die kühle Stimme.

Und das bedeutete selbstverständlich, daß sie auch nicht wollte, daß er sie anrief. Selbst wenn die Folge davon sein sollte, daß sie ihn einen Monat lang nicht sehen konnte, wollte sie dennoch nicht von ihm angerufen werden. Daß jemand in Liebesdingen so kaltblütig und berechnend sein konnte, ließ ihn erschaudern. Wer hatte je behauptet, Männer seien hart?

»Verdammt noch mal«, sagte Warden, der sich schließlich nicht mehr beherrschen konnte, ärgerlich. »Du verstehst überhaupt nicht, worum es sich bei dieser Einladung handelt. Sie ist unvermeidlich. Sie ist wichtig. Ich schulde sie einer Menge von Leuten.«

»Und glaubst du vielleicht, ich sei selber nicht auch enttäuscht?« sagte die Stimme ärgerlich.

Wenn ein Telefonist mithört, dachte er bitter, und dieses Geplapper hört, wird er bestimmt denken, daß sich zwei Verrückte unterhalten. Warden hielt es für absolut unmöglich zu glauben, daß irgendein mithörender Telefonist genügend herumklatschen könnte, um die Art von Skandal zu erzeugen, den Karen fürchtete, selbst wenn er nun in Kraftausdrücken spräche.

»Wenn du den Versuch machst«, sagte die nun wieder kühle und gefaßte Stimme unversöhnlich, »eine Gesellschaft zu geben, während du bis über die Ohren in Arbeit steckst, wirst du sie sowieso verderben, das weißt du doch, oder nicht? Willst du sie vielleicht selber ruinieren? Gibt es denn gar keine Möglichkeit, deine Arbeit zu beschleunigen?... So, daß du vielleicht nicht einen ganzen Monat dazu brauchst? Es gibt noch andere Leute«, sagte die kühle Stimme, »die sich genausosehr auf deine Einladung freuen wie ich. Mit ein paar von ihnen habe ich gesprochen. Ich bin sicher, keiner möchte, daß du deine Party bei all den Schwierigkeiten überstürzt, um sie dadurch zu verderben.«

Der gedämpfte, weit entfernte Stimmklang war ihm so vertraut, daß er Karen in dem schwarzen perforierten Trichter fast zu sehen glaubte. Sie würde in der heißen Zelle sitzen, deren Tür sie im Interesse der Geheimhaltung ihres Gesprächs geschlossen hatte, mit rötlich erhitztem Gesicht und feuchtem Haar, das sie sich aus der Stirne strich. Während Schweißperlen unter ihren angezogenen Knien hingen, der einzigen Stelle ihres Körpers, die jemals schwitzte, und die lange Skiabfahrt ihrer Waden hinunterrieselten, würde ihr Verstand eisig kalt sein. Diese Objektivität, die ihn so wütend machte, weil er sie so sehr bewunderte. Sie würde eines jener buntgedruckten Kleider mit viereckigem Halsausschnitt tragen, die so absolut weiblich waren, ohne herausfordernd oder besonders elegant zu sein.

Wußte sie gar nicht, was sie ihm antat? Stets versicherte sie, es nicht zu wissen.

Aber er glaubte ihr nicht. Sie mußte es wissen.

Warden hätte am liebsten Al Chomus Telefon aus der Wand gerissen und es auf dem Boden zerschmettert. In diesem Augenblick hätte er mit Freuden Alexander Graham Bell dafür entmannt, daß er dieses Folterinstrument erfunden hatte, das nun ihn entmannte.

»Gut«, sagte er, »gut. Ich werde sehn, ob ich's nicht beschleunigen und innerhalb einer Woche erledigen kann. Wird dir das genügen? Ist das besser?«

»Es wäre herrlich, wenn du das fertigbrächtest. Aber Liebling«, sagte die kühle Stimme, sorgsam darauf bedacht, das Wort ›Liebling‹ nun als konventionelle Anrede zu gebrauchen, »ich bin ja nicht dran schuld. Es ist doch deine Einladung. Sei nicht zornig.«

»Zornig?« fauchte er. »Wer ist denn zornig? Ich schaff's in einer Woche«, versprach er, obwohl er wußte, daß es unmöglich war, »und geb dann die Gesellschaft heute in einer Woche im gleichen Lokal. Du bist eingeladen«, schnappte er und wollte mit diesem Triumph von Sarkasmus einhängen.

Aber er tat es nicht.

»Hast du verstanden?« fragte er ärgerlich. »In einer Woche. Gleiches Lokal. Verstehst du, im gleichen Lokal, ja?«

»Ich hab dich verstanden«, sagte die kühle, ruhige Stimme, die noch immer haushoch überlegen war, mit dem gleichen gleichgültigen Ton, der alles so gut und sicher manipuliert hatte, alles, auch ihn selber, so logisch und sachlich, daß am Ende alles so ausging, wie sie es wollte und vorausgesehen hatte. »Ich hab's genau verstanden, Liebling.«

Wieder kam diese unpersönlich klingende Anrede. Nie würde sie am Telefon mehr von ihren Gefühlen zeigen, als in diesem Wort ›Liebling‹ lag. Er hängte ein, tat es widerstrebend und mit dem Empfinden, daß irgend etwas unbeendet war, aber gleichzeitig sich dessen bewußt, daß er nicht mehr bekommen konnte, und ging hinaus in Al Chomus Bar.

Und diese Weiber nannte man das schwächere Geschlecht, behauptete, daß sie bei jeder kleinen Krise zusammenbrachen und weinten. Hexenbrut. Die Weiber regierten diese Welt. Niemand wußte das besser als ein verliebter Mann.

Der Chauffeur wartete noch auf ihn draußen in dieser heißen, dösenden, sommerlichen Ekstase des Daseins, die Warden nicht bemerkt hatte, als er kam, deren er sich aber intensiv bewußt wurde. Gereizt hupte er. Warden ging aber erst hinaus, nachdem er mit Al noch ein großes Glas Whisky geleert hatte. Er wollte etwas Alkoholgeruch in seinem Atem haben, damit sein Verschwinden nicht ungewöhnlich erscheinen würde, was es bestimmt getan hätte, wenn er nüchtern zurückkäme.

Er stand in der kühlen Höhle der Bar, gegen deren großes Fenster die Sonne vergebens anrannte, trank und war wütend und hart wie Stein. Freute sich in wilder Ekstase der Tatsache, daß er Milt Warden war und lebendig, genoß streitsüchtig die Freude am Kampf, die er nicht mehr empfunden hatte seit dem Kampf um den Küchenunteroffizier Stark. Al Chomu sprach ununterbrochen auf ihn ein, erzählte ihm von seiner Nichte, deren Collegebild mit dem Doktorhut auf einem Schrank stand und die nun an der Stanford University blieb, um dort ihr Staatsexamen zu machen, alles von dem Geld der Soldaten, die ihren Whisky bei Chomu kauften, nur weil er es war. Warden fragte sich halb geistesabwesend, ob ihre hochgeborenen Freundinnen in Stanford wohl jemals etwas von dem fetten, alten Al Chomu gehört hatten (oder von seinem Geld), und beantwortete diese Frage negativ.

Hart und schnell kamen seine Gedanken. Wie, wenn die Arbeit wirklich einen vollen Monat in Anspruch nahm? Wenn es unmöglich war, sie schneller zu erledigen? Wenn es in der ganzen Armee einen einzigen Mann gab, der einen Selbstmord in einer Woche erledigen konnte, dann war es Milt Warden.

Er wußte, daß er die Frau heiraten mußte, die solche Gefühle in ihm wecken konnte.

Dann ging er hinaus. Eine ungeheure Energie strahlte von ihm aus. Der Chauffeur war offenbar zu stumpf, um irgend etwas zu bemerken. Trotzdem betrog er ihn um fünf Dollar. Warden ließ den Wagen vorsichtigerweise vor der Garnisonsbibliothek halten. Von da ging er zu Fuß zurück zum Kasernenhof und stürzte sich in das wilde Durcheinander einer Kompanie, die unter dem frischen Eindruck eines Selbstmordes stand.

Es herrschte ein Chaos. Niemand wußte, was er zu tun hatte. Der alte Grundsatz der Armee: wenn es kriselt, rette dich in Anonymität, war in Kraft. Automatisch brachte jeder alles zu Warden, der ja schließlich dafür bezahlt wurde, die Arbeit zu tun und Entscheidungen zu treffen. Selbst das kleinste Detail mußte er allein ohne jede Hilfe erledigen, nur mit den großen Sammelbänden der Armeevorschriften als Nachschlagewerk neben sich, denn auch er hatte nie zuvor einen Selbstmord bearbeitet.

Er trieb Mazzioli fast genauso unerbittlich zur Arbeit an wie sich selber. Bis der Schreiber, der glaubte, schon alles erduldet zu haben, was es zu erdulden gab, plötzlich merkte, daß er nicht einmal die oberflächliche Bedeutung dieses Wortes wirklich gekannt hatte, und zum erstenmal in seiner Karriere ernstlich mit dem Gedanken zu spielen begann, sich zum allgemeinen Dienst zu melden.

Er überredete Holmes dazu, mit dem Geld aus dem Kompaniefonds ein Telegramm zu senden, anstatt des üblichen Briefes, worauf sie die Antwort erhielten, daß Blooms Eltern nicht auffindbar waren.

Wollte der Herr Hauptmann nicht die Leiche so schnell wie möglich nach Hause schaffen? Man mußte an die arme Mutter denken. War es ihre Schuld, daß ihr Sohn der Kompanie Schande machte? Würde das die Liebe einer Mutter vermindern? Sicherlich verdiente die Mutter doch eine gewisse Rücksicht. Schließlich war sie die Mutter. Wollte der Herr Hauptmann sich nicht der Mutter gegenüber richtig verhalten?

Holmes, der öffentlich als Vater bekannt war, hatte keine andere Wahl als nachzugeben. Das Kabel kam als unzustellbar zurück mit der Aufschrift ›Unbekannt verzogen‹. In Blooms Feldkiste fand man keine Briefe. Der Fall wurde an das Büro des Generaladjutanten in Washington überwiesen.

Warden beglückwünschte sich. Er hatte Schwein gehabt.

Dies ersparte ihm mindestens zwei Wochen Arbeit, ungerechnet weitere Monate ermüdender Korrespondenz. Nun war er in der Lage, Bloom innerhalb von drei Tagen unter die Erde zu bringen. Es war fast eine Rekordleistung, abgesehen natürlich von den wirklich alten Soldaten, die niemals Anspruch auf eine Familie erhoben hatten. Und wenn Holmes ihm damit kam, daß man vielleicht Vorwürfe bekommen könne, Geld aus dem Kompaniefonds, der nur für dem Gesamtwohl dienende Zwecke bestimmt war, unberechtigt ausgegeben zu haben – na also, Holmes hatte ihn schon oft belästigt, und er hatte gelernt, nicht darauf zu hören.

Es war während dieser Nächte, während dieser wilden Woche, daß er mit dem Gedanken zu spielen begann, den ihm noch zustehenden dreißigtägigen Urlaub zu nehmen. In dieser Zeit ging er regelmäßig erst gegen Mitternacht zu Bett, und immer sträubte sich sein Gehirn gegen den Schlaf wie ein um sich schlagendes, erschrecktes Pferd. Der Gedanke an diesen Urlaub, den er verschoben hatte, seitdem er Hauptfeldwebel geworden war, beschäftigte ihn, weil er glaubte, damit vielleicht über die Vorstellung hinwegkommen zu können, daß er sie jetzt eigentlich irgendwo in der Stadt hätte treffen können, wenn sie nicht so verdammt konservativ wäre. So lag er in seinem Bett und machte Pläne, wie sie, nur sie beide, dieses dreißigtägige Idyll arrangieren könnten.

Sie würden die Insel verlassen müssen. Er kannte nur einen einzigen Platz auf Oahu, wo sie vielleicht hätten hingehen können, aber auch der war zweifelhaft. Anderswo aber gab es genügend Möglichkeiten.

Er hatte noch sechshundert Dollar, die er im Spiel gewonnen hatte, auf einem Sparkonto in der Stadt, das er nie angebrochen hatte. Sie konnten es vergeuden und verschwenden. Jesus, Maria und Joseph, dachte er glücklich. Jesus, Maria und Joseph. Ich bin weiß Gott froh, daß ich daran gedacht habe, bei jedem annehmbaren Gewinn die Hälfte beiseite zu legen.

Milt Warden war liebeskrank.

In solchen Nächten lag er schlaflos, mit den Armen unter dem Kopf, auf seinem Bett. Pete Karelsen, schräg gegenüber, schnarchte nervös, aber Milt dachte an seine Pläne, wieder und wieder, malte sich genießerisch alles bis in die kleinsten Einzelheiten aus, studierte eingehend jede Facette dieses Edelsteins, bis es ihm schien, als hätte er alle diese Dinge schon getan und würde sich ihrer nun erinnern, würde auf sie zurückschauen und denken, wie schön alles gewesen war. Erlebnisse, die einem nichts mehr rauben konnte.

›Ach ja, ich hab meine Erinnerungen‹, stichelte ihn sein Dämon teuflisch. ›Was auch geschieht, meine Erinnerungen bleiben mir.‹ Dennoch wußte er genau, daß es nur ein Traum war und daß er sich selbst von der Wirklichkeit weg und aus ihr hinausträumte. Aber was machte es aus, solange man wußte, was man tat? Er erwartete nicht, daß irgendeiner seiner Träume sich erfüllen würde. Er träumte sie nur. Es half ihm beim Einschlafen. Und schlafen mußte er schließlich, wenn er rechtzeitig mit diesem Selbstmord fertig werden wollte. Und er wurde damit fertig...

Dann, drei Tage, nachdem Bloom unter der Erde war, gerade als er beinahe schon zur Routinearbeit zurückgekehrt war, platzte ein neues Ereignis wie eine Granate in seine Schreibstube hinein.

Niccolo Leva machte seine Drohung wahr und ließ sich als Kammerunteroffizier zur M-Kompanie versetzen. Warden war gerade damit beschäftigt, eine eidesstattliche Erklärung, die von ihm und Holmes unterschrieben werden mußte, auszufertigen, daß der Verschiedene keinerlei Schmähungen oder Mißhandlungen ausgesetzt gewesen war, als Niccolo in die Schreibstube kam.

Während er Warden Bericht erstattete, zeigte sein Gesicht, das die Farbe schimmligen Leders hatte, unter der zu dünnen Schicht des alten Zynismus ein einfältiges Lächeln, während er versuchte, in seiner Haltung die alte Unbekümmertheit aufrechtzuerhalten.

»Die Papiere sind schon alle fertig«, sagte er, »bloß meine Unterschrift fehlt noch. Hauptmann Gilbert hat mich gestern auf dem Kasernenhof angehalten und mir alles gezeigt. Oberst Davidson hat ihm gesagt, daß er 'n absolut festes Versprechen von Delbert hat, daß er nichts einwenden wird, wenn der Antrag einläuft. Hab nie gedacht, daß der gute, alte Jake ja sagen würde. Milt, und hab mich eigentlich nie drum gekümmert. 's ist aber jetzt oder nie, Milt. Gilbert hat mich vor die Wahl gestellt, entweder-oder. Ich kann ihn nicht hinhalten. Hat schon nen anderen Mann in Aussicht, drüben von den Einundzwanzigern, wenn ich nicht mitmache.«

Warden, dem nur dieser Bericht zusammen mit drei anderen noch fehlte, um am nächsten Mittag mit allem fertig zu sein, legte seine Arbeit weg. »Du hast dir bei Gott nen schönen Moment ausgesucht.«

»Ich weiß«, sagte Leva betrübt.

»Die neuen M 1-Gewehre liegen drüben beim Regiment. In zwei Tagen sollen sie ausgegeben werden.«

»Ich weiß.«

»Die Vorschriften über die Neuorganisation der Armee treten in weniger als einer Woche in Kraft. Die Intendantur hat zwei Eisenbahnwagen voll mit neuen Litzen auf dem Nebengleis am Bahnhof stehen.«

»Ich weiß«, sagte Leva. »Ich weiß das alles. Du brauchst es mir nicht zu erzählen.«

»Nicht erzählen!« sagte Warden. »Jesus, Maria und Joseph.«

»Gut«, sagte Niccolo. »O. K.«

»Ich nehme an, es hat keinen Zweck, wenn ich dich bitte, noch drei, vier Wochen zu warten, was?«

»Wie denkst du dir das?«

»Ich hab's mir so gedacht.«

»Du weißt doch, daß Gilbert mich gerade deshalb jetzt, in diesem Augenblick, haben will, Milt«, sagte Leva unglücklich, aber eigensinnig. »Die M-Kompanie steht doch vor derselben Arbeit.«

»Ich wollte, Bloom hätte sich nen weniger stürmischen Monat ausgesucht, um sich umzubringen«, sagte Warden.

»Verdammt noch mal«, rief Leva entrüstet, »wenn ich die Stelle nicht nehme, dann kriegt sie der Kerl vom einundzwanzigsten Regiment. Gilbert hat mir das klar und deutlich zu verstehn gegeben. Entweder muß ich scheißen oder ich muß runter vom Topf. Und du weißt selbst, wie selten man so ne Chance hat.«

»Wirklich 'n feiner Offizier, dieser Hauptmann Gilbert«, sagte Warden, seine Worte vorsichtig abwägend. Leva zu wütend zu machen, war genauso falsch, wie ihn nicht genügend wütend zu machen. »Ein wirklich verdammt feiner Offizier und Gentleman. Ich möcht nur wissen, ob er das in der Offiziersschule gelernt hat, einem Kameraden eins auszuwischen, oder ob er sich's selbst beigebracht hat?«

»Gilbert braucht eben einen Kammerunteroffizier«, verteidigte Niccolo ihn.

»Genau das gleiche gilt für die G-Kompanie.«

»Stimmt. Nur daß Gilbert ihn auch entsprechend bezahlen will.«

»Genau wie die G-Kompanie – in absehbarer Zeit.«

»Natürlich«, grinste Niccolo ihn höhnisch an. »Und ich weiß auch, daß du es ehrlich meinst, Milt. Aus ganzem Herzen. Aber ich werde schon in achtzehn Jahren pensioniert.«

Er gab sich alle Mühe, heldenhaft gab er sich alle Mühe, aber es war offensichtlich, daß er es nicht aus vollem Herzen tat.

»Nun«, sagte Warden. »Du kennst mich. Ich will dich nicht an deinem Fortkommen hindern, Niccolo.«

»Nein«, sagte Leva. »Nein, du bestimmt nicht.« Aber seine Verachtung war nicht echt.

»Ich hab dir versprochen, daß du den Posten bekommst, wenn du's lange genug durchstehst. Solche Sachen brauchen ein wenig Zeit. Hast du je erlebt, daß ich ein Versprechen nicht gehalten habe, Niccolo?«

»Nein«, sagte Leva zögernd. »Hab ich nicht.« Er gab sich alle Mühe, seine Kräfte zu sammeln und den Feind zu umgehen. »Die Zeiten haben sich aber geändert«, sagte er ärgerlich. »Nichts ist mehr wie es war. Jetzt darf man keine Zeit verlieren. Wir bereiten uns auf den Krieg vor, Milt. Du weißt das ja selbst. Ein Dreißigender erlebt nicht mehr als einen oder zwei Kriege in seiner Dienstzeit. Die muß er ausnützen. Sind's zwei, dann hat er verdammt Dusel gehabt. Wieviel aus der ganzen Kompanie waren im letzten Krieg? Genau einer: Pete Karelsen. Kriege kommen nicht mehr so leicht wie in den Tagen der Indianer, wo jedes kleine Gefecht soviel galt wie 'n ganzer Krieg. Ich bin beinahe vierzig. Dieser Krieg ist meine letzte Chance. Um mit einer Pension als Stabsfeldwebel abzugehen, muß ich wenigstens Oberfeldwebel sein, wenn's losgeht«, sagte er ein wenig unsicher.

Er war im Begriff nachzugeben. Er war reif dafür. Er hatte sein Pulver verschossen. Sein Ärger war verraucht, und er war bereit, einzulenken. Es war wie eine Schachpartie aus dem Lehrbuch, die man mit Zug und Gegenzug immer und immer wieder spielt und deren Sieger man im voraus kennt und die man lediglich spielt, weil man den Stil genießt. Er war darauf vorbereitet, den Todesstoß zu empfangen, und Warden brauchte nur die Figur aufzunehmen und sie auf dasselbe Feld wie immer zu stellen, und es war schachmatt.

Warden öffnete den Mund und schloß ihn dann wieder. Fast eine Minute lang saß er so da. »Nun«, sagte er schließlich, ebenso überrascht wie Niccolo, während er sich mit den Fingern durch die Haare fuhr. Dann fiel ihm ein, daß Karen ihm gesagt hatte, diese Geste sei schuld an seinem dünner werdenden Haar, und er hielt inne. Mit leerem

Blick sah er Niccolo an, diesen guten, alten, lederhäutigen Niccolo mit seinen vierzig Jahren, der seinerseits ihn erstaunt anstarrte. »Nun?« sagte er von neuem unsicher.

»Jeder zweite aktive Soldat im Regiment wird's zum Zahlmeister oder Hauptmann gebracht haben«, argumentierte Leva, als bestünde noch immer die Möglichkeit, daß der alte Warden auftauchte und ihm bewies, wie falsch seine unwiderlegbare Logik sei, »bis der Krieg vorbei ist. Du wirst wahrscheinlich diensttuender Major sein. Das alte Arbeitspferd Leva aber hat dann immer noch den alten Rang.«

»Ich freß meinen Hut, wenn ich Major werde«, brüllte Warden. »Du bist der Schweinehund, der Major sein wird, Niccolo, und 'n verdammt guter.« Es hörte ebensoschnell auf, wie es gekommen war, und sie starrten einander erschreckt an.

Das alte Wardensche Gebrüll war hervorgebrochen, an der falschen Stelle. Es war auch nicht das alte Gebrüll. Es klang mehr wie das Brüllen eines angeschossenen Tieres, und Leva wußte nicht, wie er reagieren sollte. Er war verlegen.

»Ich kann dir nicht sagen, was du tun sollst, Niccolo«, sagte Warden. »Das mußt du selber wissen, verdammt noch mal.«

»Ich hab mich doch schon entschlossen«, protestierte Leva. »Ich hatte meinen Entschluß ja schon gefaßt, als ich hereinkam.«

»Dann versuch aber auch nicht, mich dazu zu bringen, ihn für dich zu ändern. Ich halte dich nicht zurück. Du hast ganz recht, wenn du sagst, daß du nie mehr so ne Chance bekommst. Los, geh hin und unterschreib.«

»Wird wahrscheinlich zwei Tage dauern, bis es durchgeht.«

»Schön, und warum nicht? Vielleicht dauert's auch zehn Tage. Vielleicht dauert's 'n ganzes Jahr. Warum nicht?«

»Es wird keine zehn Tage dauern«, sagte Leva, »noch nicht mal ne Woche. Höchstens zwei Tage.«

»Scheiß drauf«, sagte Warden, »darauf, wie lang es dauert.«

»Ich werd versuchen, die Kammer tadellos in Ordnung zu bringen, ehe ich gehe«, sagte Leva. Es klang beleidigt, als hätte Warden ihn im Stich gelassen.

»Schön«, sagte Warden. »Danke.«

»Sag mal, was ist eigentlich los mit dir?« sagte Leva.

»Nichts«, sagte Warden. »Gar nichts. Was ist mit dir los?«

»Mit mir? Gar nichts«, sagte Leva. »Na«, sagte er, »na, dann auf später, Milt«, und machte ein letztes Mal unter der Tür halt. Alle Zei-

chen von Zynismus und Frechheit waren verschwunden. Niccolo
Leva sah plötzlich vergrämt aus wie ein alternder Mann, der zum
Vollstrecker eines Testaments ernannt worden ist, das zu viel Verant-
wortlichkeit mit sich bringt.

»Nein«, sagte Warden. »Später triffst du mich nicht mehr, Niccolo.
Wir könnten uns ja höchstens noch bei Choys sehn.«

»Und was hält dich ab, hinzugehn?«

»Ich hab zu viel Arbeit«, sagte Warden.

»Aha«, sagte Leva und griff glücklich diese Bemerkung auf. »Hast
zu viel Arbeit. Was willst du eigentlich? Daß ich bleibe und solange ich lebe für diesen lausigen Lohn arbeite? Willst du das damit
sagen?«

Warden sah ihn ohne zu antworten nachdenklich an.

»Meinetwegen, der Teufel soll dich holen«, sagte Leva wütend,
»wenn du das von mir verlangst.«

»Kommt nicht in Frage«, sagte Warden.

»Ich werd Gilbert sagen«, schrie Leva, »er soll den Posten nehmen
und sich damit –«

»Nein«, brüllte Warden. »Der Teufel soll dich holen. Ich hab dir
gesagt, du hast deinen eigenen Entschluß zu fassen. Ich hab es satt,
immer für andere zu entscheiden. Von jetzt an kann jeder seinen
eigenen Entschluß selber fassen. Ich hab's satt und mehr als satt. Ich
bin Hauptfeldwebel und nicht Beichtvater, und ich bin's leid, für alle
Leute Gewissen zu spielen. Würdest du vielleicht gerne für alle
Leute Gewissen spielen?«

»Lieber Gott im Himmel, nun reg dich bloß ab«, sagte Leva steif.
»Spar dir deine Puste. Ich brauch weiß Gott keinen als Hilfe für
mein Gewissen.«

»Dann geh«, sagte Warden. »Oder bleib. Aber entschließe dich um
Gottes willen.«

»Würdest du vielleicht so ne Bezahlung ablehnen?«

»Da hast du's«, sagte Warden. »Siehst du? Das mein ich ja gerade.
Woher, zum Teufel, soll ich das wissen?«

»Schön«, sagte Leva, »dann bis später, Milt.« Aber diesmal sagte er
es als eine Formalität.

»Bestimmt«, sagte Warden genauso förmlich. »Bis nachher, Niccolo.
Hals- und Beinbruch.«

Durch das Fenster folgte er ihm mit den Augen, wie er den Kasernenhof überquerte. Von nun an würde es also endlich Feldwebel
Niccolo Leva heißen, nach zwölf Jahren, und sobald die Reorganisa-

tion in Gang kam, Oberfeldwebel Leva. Wenn sich die Zeiten änderten, dann aber auch auf der ganzen Linie. Wie Niccolo Leva so unter Wardens Augen zur M-Kompanie hinüberging, trug er auf seinen Schultern die Last einer schnell versinkenden alten Ordnung, einer Last, die abbruchreif war. Warden spürte, wie die Wut in ihm aufstieg und sich aufblähte wie ein Ballon. Wenn ein lügnerischer, hinterhältiger Schweinehund seine Freunde so im Dreck sitzen läßt, so ist das sein gutes Recht, oder nicht? Ich beneide ihn weiß Gott nicht um den Posten, der ihn erwartet. Ich hätte aber nicht gedacht, daß er, Niccolo, so was fertigbrächte.

Milt Warden kam sich vergewaltigt vor. Nur war das, was er verlor, schon lange nicht mehr seine Jungfräulichkeit.

An diesem Nachmittag versuchte er gar nicht mehr, an Blooms Papieren zu arbeiten, was er eigentlich hätte tun müssen, wenn er Karen morgen treffen wollte. Statt dessen nahm er sich frei. Er ging hinüber zu Al Chomus Bar und betrank sich zusammen mit Al, und sie unterhielten sich über die guten alten Zeiten, als die Schofield-Kaserne noch keine Einberufungszentrale und das Leben noch einfach war. Wie es schien, waren von der Alten Garde nicht viel übriggeblieben. Sie betranken sich so sehr, daß Als Frau ärgerlich den Dienst an der Theke übernehmen mußte. Al wollte überhaupt schließen. Seine Frau mochte Warden nicht, und Warden konnte die sommerliche Ekstase, mit der er eine Woche vorher das Lokal verlassen hatte, nicht mehr wiederfinden. Insgeheim gab er Als Frau die Schuld daran.

Es dauerte keine zwei Tage, bis Levas Papiere fertig waren. Hauptmann Gilbert reichte sie am Nachmittag ein, und am nächsten Morgen kamen sie bereits zurück. Wie es schien, war der gute Jake Gilbert nicht nur bereit, sondern mehr als glücklich, Oberstleutnant Jim Davidson vom dritten Bataillon einen Dienst erweisen zu können.

Es war eine großartige Katastrophe für einen so wunderschönen Sommermorgen. Hauptmann Holmes benahm sich wie ein Huhn ohne Kopf und wandte sich hilfesuchend an Warden. Warden, der noch immer einen kleinen Katzenjammer hatte, grinste ihn dumm an und blieb stumm wie ein Fisch. Während Leva seine Sachen packte, kam Jim O'Hayer herein und beantragte förmlich, wieder allgemeinen Dienst tun zu dürfen. Holmes folgte seinem Wunsche, ohne sich zu wehren. Nachdem er sich eine halbe Stunde mit einer Liste aller verfügbaren Leute abgequält hatte, machte er Champ Wilson zum Kammerunteroffizier und sandte den Unteroffizier vom Dienst hinaus auf den Exerzierplatz, um Wilson zu holen. Ehe es Mittag schlug, erschien Champ Wilson in der Schreibstube und gab den Posten, der ihm übertragen worden war, wieder auf. Er wollte ihn nicht annehmen, selbst wenn es ihn seinen Rang kosten sollte. Holmes ließ ihm seinen Rang und gab Ike Galovitch die Kammer. Ike war überglücklich darüber, daß man ihn für einen so verantwortlichen Posten ausgewählt hatte. Wie er sagte, würde er sein Bestes und Letztes für den Herrn Hauptmann Holmes tun. Gerührt dankte ihm dieser. Dann verschwand Ike mit Tränen des Stolzes in den Augen in sein neues Schloß. Milt Warden schaute in steinernem Schweigen zu.

Er wußte, daß er der Zerstörung der Milt-Warden-Legende beiwohnte. Er beobachtete diese Zerstörung mit der gleichen schmerzlichen Genugtuung wie ein Junge, der Wochen damit verbracht hat, ein Flugmodell zu bauen, und nun zusieht, wie es in Flammen abstürzt, die er selbst entfacht hatte, als er vor dem Start ein Streichholz an die Tragfläche hielt. Als das ganze Durcheinander vorüber war, ging er in die Stadt.

Sie sah sehr hübsch aus, als sie ihn von der schattigen Bank im Aala-Park abholte. Es erschreckte ihn, daß sie ihn ebensowenig erregte wie einen Ehemann seine Frau an einem heißen Tag. Aus den schrillen Schreien der asiatischen Menge, die gegenüber dem mit schrill schreienden Asiaten belebten Trottoir im Grase lag, kletterte er in den Wagen, ließ sich in den Sitz zurücksinken und zündete sich eine Zigarette an. Überwältigt spürte er, daß etwas endgültig zu Ende war. Das gleiche Gefühl hatte er schon zuvor gehabt, aber es traf ihn mit voller Wucht erst, als er sie sah. Er begrüßte sie nicht einmal.

41

Karen Holmes hatte sich eine volle Woche lang auf diesen Augenblick vorbereitet. Am Abend des Tages, an dem Milt sie angerufen hatte, war es ihr gelungen, durch vorsichtige Fragen, die sich alle auf die Katastrophe bezogen, die Blooms Tod für seine Kompanie bedeutete, von Holmes zu erfahren, was sie längst geahnt, aber nicht geradeheraus zu fragen gewagt hatte: daß Hauptfeldwebel Warden bisher noch keinen Antrag für den Offizierskurs gestellt hatte. Ihr Mann zeigte sich, während sie den Fall Bloom diskutierten, hierüber besonders erbittert. Allein Wardens Antrag, ganz zu schweigen von der Genehmigung, die vollkommen sicher war, hätte den üblen Eindruck, den dieser Selbstmord erweckte, mehr als wettgemacht. (Dies war ein Argument, das seine Frau ihm ein paar Wochen zuvor, als sie ein Wort für Warden einlegte, selbst geliefert und das er sich inzwischen zu eigen gemacht hatte.) Wirklich, die Zeiten hatten sich geändert, so lautete ein bitterer Kommentar, wenn ein Offizier einen Unteroffizier darum bitten mußte, Offizier zu werden, und dieser es ablehnte. Dieser Philosophiererei hörte Karen nur mit halbem Ohr zu. Sie wußte, was sie hatte wissen wollen. Ihr Verdacht hatte sich bestätigt. Sie war hereingelegt worden. Kaum konnte sie sich zurückhalten, die ganze Geschichte ihrem Manne zu erzählen, um sein Mitgefühl zu erwecken. Sie hatte nur einen einzigen Gedanken: während dieser zwei Wochen eines Glückes, größer als sie es je gekannt hatte, in denen sie sich absichtlich aller Fragen enthalten hatte, um ihr Vertrauen in ihn zu beweisen, hatte er sie genauso absichtlich getäuscht.

Obwohl sie eine große, singende Glückseligkeit bei dem Gedanken empfand, ihm wieder nahe zu sein, hatte sie doch mit einem Übermaß von Liebe und Rachsucht sehr genau geplant, welche Strafe sie ihm auferlegen würde, und sie in allen Einzelheiten bis hinunter zur kleinsten spitzen Bemerkung vorbereitet. In ihrer Liebe wußte sie genau, was ihn am meisten verletzen würde, und ihre Rachsucht gab ihr die Entschlossenheit, ihn grausam den letzten bitteren Tropfen trinken zu lassen, ehe sie sich besänftigen ließ. Als er aber in den Wagen stieg, mit dem wilden Blick einer mühsam unterdrückten inneren Not, und sie überhaupt nicht bemerkte, wußte sie sofort, daß irgend etwas von Grund auf verkehrt war, und vergaß ihre ganze Rachsucht. Ihre Liebe füllte sich mit mütterlicher Angst um ihn, und ein mörderischer, hemmungsloser Zorn packte sie gegen was immer es sein mochte, das ihn verwundet hatte. Sie schaltete kühn, fuhr ruhig um den Park herum und wortlos die Beretania Avenue hinaus.

Schweigend fuhren sie durch das langsam kochende Geschäftsviertel und vorbei an der trockengebackenen Bowl. Sie waren beinahe schon draußen bei der Universitäts-Avenue, als Warden schließlich seine Zigarette wegwarf und anfing, ihr die ganze Geschichte zu erzählen. Er sprach, während sie durch Kaimuki, Waialae und Wailupe fuhren. Sie hatten schließlich die Stadt beinahe hinter sich. Aber anstatt aufs Land hinauszufahren, bog Karen am Koko Head ab und lenkte den Wagen unter den Kiawebäumen hindurch, hinaus zu den Klippen, wo der große Parkplatz für die Hanauma Bay war.

Eine Menge dünnbeiniger Schulkinder in Badeanzügen veranstaltete da draußen ein Picknick. Schreiend rannten sie die Klippen hinauf und hinunter zum Strand, wo hundert Meter Korallenriff herausgesprengt worden waren, um Platz zum Schwimmen zu machen. Die Jungen jagten die Mädchen, und die Mädchen ließen sich von den Jungen jagen.

Während sie den Kindern zusahen (die ihnen plötzlich fremder erschienen, als irgendein Ausländer ihnen hätte erscheinen können), wiederholte er nochmals die ganze Geschichte, während sie Fragen stellte.

»So-o-o«, beendete er seine Erzählung, »ließ der Schweinehund sich versetzen und verschwand.«

»Konntest du denn gar nichts dagegen tun?«

»Doch. Ich hätte ihn wieder davon abbringen können.«

»Unmöglich«, sagte Karen bestimmt. »Nicht, wenn du der Mann bist, für den ich dich immer gehalten habe.«

Warden sah sie angewidert an. »Das denkst du bloß. Ich hab's oft genug getan.«

»Und warum nicht jetzt«, sagte sie triumphierend.

»Warum nicht«, brüllte er heftig, »einfach, weil ich sehen wollte, ob der Kerl es nicht von sich aus ablehnen würde. Darum. Natürlich hat er's nicht getan.«

»Hast du das denn erwartet?«

»Bei Gott nicht«, log er. »Glaubst du, ich würde so was erwarten?«

Sie antwortete nicht. Sie brauchte eine gewisse Zeit, um die Folgen dieser Sache ganz genau zu verstehen.

»Das heißt also, daß unsere Nachmittage auf völlig unbestimmte Zeit verschoben werden müssen«, sagte sie schließlich.

Warden grinste sie steif an, als hätte er daran noch gar nicht gedacht, aber es doch irgendwie erwartet.

»So ungefähr, ja.«

»Und gerade jetzt, wo wir dachten, wir hätten alles so gut vorbereitet. Ach, Milt. Und nachdem du so hart gearbeitet hast. Können wir denn gar nichts tun?«

»Ich wüßte nicht, was. Es sei denn, du könntest manchmal nachts kommen.«

»Du weißt, daß ich das nicht kann.«

»Du wirst's aber tun, wenn ich mal Offizier bin, oder nicht?«

»Ja, aber das ist was anderes. Dann wird's für immer sein. Wer würde auf den Jungen aufpassen – ich meine jemand, dem ich wirklich vertrauen kann?«

»Schön. Vielleicht hast du einen besseren Vorschlag?«

»Wenn du sehr angestrengt arbeitest, könntest du dann nicht das meiste schon am Vormittag erledigen?«

Warden dachte an die Stapel von Arbeit, die er in der letzten Woche hinter sich gebracht hatte. Am liebsten hätte er wild aufgelacht.

»Vielleicht ja. Nur ist es diesmal nicht die Arbeit allein. Diesmal handelt es sich einfach darum, während der Dienststunden dazusein. In einer solchen Situation erwartet niemand, daß man die ganze Arbeit wirklich erledigt, noch nicht mal dein liebender Ehegatte erwartet das. Es wird Monate dauern, bis alles wieder einigermaßen im alten Gleis läuft. Deshalb ist es so wichtig, daß jeder da ist und so tut, als würde er mit Hand anlegen. Und jeder Mann, der dableibt, wird darauf achten, ob die anderen auch da sind.«

»Dann kannst du natürlich nicht einfach verschwinden. Das würde alle deine Aussichten ruinieren, Offizier zu werden. Und das wollen wir doch bestimmt nicht.«

»Nein«, sagte Warden. »Das wollen wir nicht. Sonst irgendwelche Vorschläge?«

Karen, die sein Gesicht beobachtete, ließ plötzlich die rachsüchtige Grausamkeit (die sie sieben Tage lang vorsichtig wie ein rohes Ei mit sich herumgetragen hatte und die sie dann in ebenso vielen Sekunden vollkommen vergessen hatte) wieder in sich erglühen. Dieses Mal aber richtete sie sich gegen ihren Mann, der ein solch ausgemachter Idiot gewesen war, die Dinge so weit kommen zu lassen. Mit der Entrüstung einer erfahrenen Ehefrau, die ihrer selbst sicher ist, gab sie sich das Versprechen, Holmes so zu behandeln, daß er wünschen würde, er wäre nie geboren.

»Ich kenne natürlich deine Arbeit nicht, so wie du sie kennst«, sagte sie. »Das erste und allerwichtigste aber scheint mir zu sein, so schnell wie möglich Feldwebel Galovitch aus der Kammer zu entfernen.«

»Offenbar kennst du auch deinen Mann nicht. Wie die Sache jetzt liegt, wird er auf keinen Fall vor einem Monat Ike Galovitch ablösen wollen. Wahrscheinlich wird es zwei dauern, bestimmt aber nicht weniger als einen, und aller Voraussicht nach mehr als zwei. Er wird es erst dann tun, wenn er sein Gesicht gewahrt hat und Ike ihm so viel Durcheinander schafft, daß er wütend wird.«

»Nicht, wenn ich ihn zu fassen kriege«, sagte Karen rasch. »Wer soll an Stelle von Feldwebel Galovitch die Kammer übernehmen?«

Einen Augenblick lang sah Warden, während sein Herz einen Schlag aussetzte, sich einer hundertprozentig unfehlbaren Methode gegenüber, seine Kompanie aufzufrischen und überhaupt nach seinen Wünschen zu lenken. Am liebsten hätte er sich selbst dafür in den Hintern getreten, daß er nicht schon früher daran gedacht hatte. Mit diesen Möglichkeiten an der Hand gab es nichts, was er nicht tun konnte.

Dann fiel ihm ein, daß es bereits zu spät war. Leva war ausgeflogen, und in der M-Kompanie konnte man ihn nicht anrühren, nicht einmal mit diesem Zauberstab, und so brach alles zusammen.

»Pete Karelsen«, sagte er, ohne zu zögern. Voll Bitternis blickte er den entschwindenden Flügeln all der Gelegenheiten nach, die er hatte entwischen lassen. »Er ist der einzige, der mal in der Kammer gearbeitet hat, auch wenn es kurz war und schon lange her.«

»Bestimmt ist er besser als Ike Galovitch«, sagte Karen ruhig. »Und wenn er der einzige ist, haben wir ja keine andere Wahl. In deiner Lage kann man nicht wählerisch sein.«

»Bestimmt wird er besser sein, aber immer noch nicht gut genug.«

»Dann bleibt's also dabei. Feldwebel Karelsen ist der Mann. Gib mir eine Woche«, sagte sie geschäftsmäßig. »Nur eine Woche. Danach wird Feldwebel Karelsen Feldwebel Galovitch in der Kammer ablösen. Vielleicht«, sagte sie fest und glücklich, »wird's nicht einmal eine Woche dauern.«

»Trotzdem wird's Monate dauern, bis alles wieder in Ordnung ist.«

»Aber Liebling, ich kann doch nicht noch mehr tun? Auf lange Sicht wird Feldwebel Karelsen doch bestimmt besser sein als Feldwebel Galovitch. Und das wollen wir doch, etwas Stabiles und Dauerndes. Wenn wir uns um unserer Zukunft willen für eine Weile trennen müssen«, sagte sie fest, »dann müssen wir das eben tun und uns damit abfinden.«

»Du hast dir ja offenbar alles genau ausgerechnet. Nimm nun einmal an, wir müßten uns vier Monate lang trennen. Um unserer Zukunft willen. Nur vier Monate. Und das ist knapp gerechnet. Hast du vergessen, daß wir in einem Jahr Krieg haben werden?«

»Nun, daran kann ich nun wirklich nichts ändern«, sagte Karen und löschte damit gelassen seine Worte aus.

»Schreib's auf deinen Kalender. Am 23. Juli 1941 hat Milt Warden dir gesagt, daß wir in etwas mehr als einem Jahr Krieg haben werden. Aller Voraussicht nach noch viel früher«, sagte er und freute sich daran, daß er es noch schlimmer machen konnte.

»Schön«, sagte Karen ruhig. »Nehmen wir an, wir befinden uns schon früher im Krieg. Heißt das, daß dann alles, was zwischen uns besteht, einfach abgeschrieben werden muß? Bedeutet es, daß wir die Zukunft und alle Pläne einfach vergessen sollen? Und was werden wir nach dem Krieg anfangen?«

»Das hab ich nicht gesagt«, sagte Warden, der anfing, ärgerlich zu werden, weil sie ihn nicht verstand. »Ich habe gesagt, daß es dumm ist, immer in der Zukunft zu leben, wenn es vielleicht überhaupt keine Zukunft gibt. Ich sage, mach Pläne für die Zukunft, natürlich. Laß aber nicht deine Pläne für eine Zukunft, die möglicherweise niemals kommt, das bißchen Leben verdrängen, das du jetzt haben kannst.«

»Und ich behaupte«, sagte Karen, die nun ihrerseits anfing, ärgerlich zu werden, weil er sie nicht verstand, »daß wir jetzt kein Risiko eingehen dürfen und Dinge tun, die uns noch nicht mal glücklich machen und uns nur unsere ganze Zukunft verderben können. Ich sage, wenn schon ein Opfer gebracht werden muß, dann soll es die Gegenwart für die Zukunft bringen.«

»Und ich sage, wenn wir schon nicht diese gottverdammten Nachmittage haben können, wie wir es geplant hatten«, sagte Warden, der nun auf den Punkt zu sprechen kam, dem er sich, wie sie beide wußten, die ganze Zeit genähert hatte, »daß wir dann wenigstens ein paar Nächte haben sollten, selbst wenn das etwas gefährlicher ist. Heut in einem Jahr haben wir vielleicht auch diese Möglichkeit nicht mehr.«

»Du weißt, wie ich darüber denke.«

»Natürlich weiß ich, wie du darüber denkst. Und nun weißt du, wie ich darüber denke.«

»Glaubst du, das interessiert mich, du Dummkopf?« sagte Karen, die nun offen ihren Ärger zeigte. »Was denkst du denn, was ich zu verlieren habe, wenn wir erwischt würden. Ich denke nur an dich, du Narr. Weißt du, was dir passiert, wenn wir in einen Skandal verwickelt werden? Du, ein Soldat, und ein Verhältnis mit der Frau eines Offiziers... nein, nicht einfach mit der Frau eines Offiziers, *sondern mit der Frau deines eigenen Kompaniefführers*!«

»Und ich sage, ich *scheiße* darauf«, fauchte Warden. »Die können mir nicht mehr antun, als der Krieg mir antun wird. Wenn dir ein Krieg in die Augen starrt, dann denkst du an das Heute. Wärst du je in China gewesen wie ich, würdest du auch dran denken.«

»Vielleicht«, sagte Karen eisig. »Laß mich aber eine einzige Frage stellen: ist das der philosophische Grundsatz, der dich davon abgehalten hat, deinen Antrag für den Offizierskursus zu stellen, den du behauptest gestellt zu haben?«

Er war in guter Fahrt gewesen, hatte sich für seine Idee erwärmt und war sogar im Begriff, ihre Richtigkeit zu beweisen. Das aber brachte ihn zum Verstummen.

Lange Zeit sagte keiner etwas.

Karen betrachtete ihn jetzt mit dem gleichen stählernen Blick, der ihm so viel Vergnügen bereitet hatte, als sie ihn auf Holmes angewandt hatte, den er aber jetzt, während sie auf seine Antwort wartete, keineswegs genoß.

»Ja«, sagte er mit erstickter Stimme, »deshalb.«

»Dann kann ich nicht verstehn«, sagte sie knapp, »wie man von mir erwarten kann, daß ich ein Risiko eingehe und mein eigenes Dasein aufs Spiel setze, lediglich um deine tierische Begierde nach ein paar Nächten im Bett zu befriedigen.

Und laß mich dir noch etwas anderes sagen, mein Freund«, sagte sie mit der präzisen Aussprache einer Krankenschwester, die zu einem besorgten Patienten spricht. »Für einen Mann ist es sehr leicht, vom Leben in der Gegenwart zu sprechen... viel leichter als für eine Frau, die jedesmal Gefahr läuft, geschwängert zu werden, wenn der Mann sich in der Gegenwart amüsiert. Gott sei Dank brauch ich mir darüber keine Sorgen zu machen. Bleibt ne Menge anderer Dinge. So zum Beispiel: was fang ich an, wenn mein Mann mich rauswirft und mein Liebhaber mich fallenläßt, weil er mich nämlich erhalten muß, wo ich nichts anderes gelernt habe, als Ehefrau zu spielen, und Erfolge nur dadurch erzielen kann, daß ich mich hinter einen dummen Mann stelle und ihn vorwärtsstoße.

Vielleicht ist es das, was du mit Leben in der Gegenwart gemeint hast? Daß wir ins Bett gehen, wenn's dir gerade paßt, und das ist offenbar immer, und daß wir die Offiziersangelegenheit und die Heiratspläne, auf denen doch alles beruht, einfach sich selbst überlassen. Oder noch besser, daß wir diese Pläne eines sanften Todes sterben lassen. Vielleicht hast du das gemeint?«

»Ich hab den Antrag gestellt, ich meine, ich hab den Antrag nicht gestellt, weil ich nicht wollte, daß plötzlich irgend etwas auftaucht und unsere Nachmittage stört... und das wäre doch sicher geschehen, wenn ich diese Kurse nehmen müßte«, sagte Warden mit erstickter Stimme. »Das ist der Grund.«

»Und warum hast du mir das nicht gesagt, sondern mich angelogen?«

»Weil ich verdammt genau wußte, daß du's genau so aufnehmen würdest, wie du's jetzt tust.«

»Wärst du ehrlich gewesen, hätt ich vielleicht ganz anders reagiert. Hast du jemals daran gedacht?«

»Ich kenn dich doch«, sagte Warden.

»Dann denkst du also«, triumphierte Karen, die ihn, ganz gleich, was er antwortete, in der Falle hatte, »schon ganz genau wie ein Ehemann, daß man der ›lüben tleinen Frau‹ nur so viel von der Wahrheit mitteilt, wie sie nach ehemännlichem Gutdünken kennen soll. Dabei hast du noch nicht mal die Pflichten eines Ehemannes. Findest du nicht, daß diese Einstellung zum mindesten ein wenig verfrüht, wenn nicht gar anmaßend ist?«

»Nicht anmaßender, als wenn du mich anfährst, als sei ich wirklich schon dein Mann«, sagte Warden, der unter der Peitsche ihrer Worte wie ein Stück Papier unter einem Brennglas aufflammte.

»Wenn du willst, brauchst du es nicht länger zu ertragen«, drohte Karen kühl.

»Genausowenig, wie du dich länger mit meinen männlichen Schwächen herumzuschlagen brauchst.«

»Und so heirateten sie, und wenn sie nicht gestorben sind, so leben sie unglücklich noch heute«, lächelte Karen.

»Genau das«, sagte Warden. Mit schiefem Lachen sah er sie an, während er spürte, wie das von ihr erzeugte Schuldgefühl sich mit den langsam tastenden Fühlern eines Fungus durch seinen Körper verbreitete.

»Sieh nicht so verdammt schuldbewußt aus«, sagte Karen angeekelt.

»Wer sieht schuldbewußt aus?«

»Wenigstens hast du jetzt nicht mehr die Ausrede unserer schönen Nachmittage«, sagte sie grausam, »wenn du den Antrag nicht einreichst.«

»Und ich reich den verfluchten Scheißdreck ein, glaub ja nicht, daß ich's nicht tue«, sagte er, wiederum gereizt. Es war unglaublich, wie Weiber es fertigbrachten, immer weiter zu sticheln und immer neue Stacheln zu erfinden und jedem Stachel neues Gift zu geben.

»Ich weiß gar nicht, was in dich gefahren ist«, sagte Karen etwas weniger scharf. »Früher warst du ein ehrlicher Mann. Das war das erste, was mir an dir imponiert hat. Du warst ehrlich, und wenn du was gedacht hast, dann hast du's bei Gott gesagt, und die Folgen waren dir egal. Das hab ich bewundert. Du warst rauh und stark und

unwandelbar wie«, sie zögerte und suchte nach einem Vergleich, »wie eine Militärdecke in einer kalten Nacht. Du hast das alles verloren. Als ich dich kennenlernte, glaubte ich, was Stolzes kennengelernt zu haben. Tatsächlich, ich glaubte, du seiest stolz.
Wie's scheint, hab ich mich getäuscht. Offenbar bist du lediglich eine recht gute Imitation. Möglicherweise bin ich ein Perfektionist, aber ehrlich gesagt, mach ich mir nichts aus guten Imitationen.
Ich hab aus Dana einen aufgeblasenen Esel gemacht, und wie es scheint, mach ich nun aus dir einen aufgeblasenen Esel. Als ich dich kennenlernte, warst du ganz anders. Vielleicht hab ich immer diese Art von Einfluß auf Männer. Wenn ich sie anrühre, fangen sie an zu zerbröckeln.«
»Genau den gleichen Gedanken hab ich selbst gehabt«, sagte Warden, »in bezug auf dich, und es macht mich genauso unglücklich wie dich. Im Anfang warst du zäh und hart wie 'n Felsen, und stolz wie 'n Löwe. Jetzt hast du dich zu ner verdammt weinerlichen Heulliese entwickelt, der man die Wahrheit gar nicht sagen *kann*, weil sie sie nämlich nicht ertragen würde. Das erstemal oben in deiner Wohnung...«, sagte er.
»Und so heirateten sie, und wenn sie nicht gestorben sind, leben sie unglücklich noch heute«, sagte Karen bitter.
»Amen«, sagte er.
»Du denkst, es ist leicht«, sagte Karen, »du glaubst, so was kann man aus dem Handgelenk machen. Dein Fehler war, daß du es jedesmal zugelassen hast, daß ich dir vertraue. Wie oft hab ich beobachtet, wie du jedes junge Ding auf der Straße mit den Augen ausgezogen hast – selbst wenn wir an ihr mit achtzig Kilometer vorbeirasen, während ich neben dir sitze und ganz genau weiß, daß du mich vollständig vergessen hast und im Geiste mit ihr ins Bett gehst.«
»Aber Himmelkreuzdonnerwetter«, protestierte Warden entsetzt, »so was tu ich doch gar nicht.«
Karen lächelte.
»Ich meine, es ist absolut nicht das gleiche. Ehrlich, Karen. Die beiden Sachen haben überhaupt nichts miteinander zu tun. Wenn ich mit denen ins Bett gehe, ist's genauso, als wenn ich in ein Bordell gehe, als – –«
»Ich möcht dir die Augen auskratzen«, sagte Karen.
»Wirklich?« sagte Warden. »Und wie oft, glaubst du, habe ich dich nach Hause fahren sehn und gewußt, daß du im gleichen Zimmer mit diesem Kerl schlafen würdest und vielleicht sogar im selben Bett? Während ich

nach Hause gehe und mich auf meine Pritsche hinhaue und es mir in allen Einzelheiten vorstelle? Du brauchst dich weiß Gott nicht darüber zu beschweren, daß du mein Privateigentum seist.«

»Oh, du dummer, blödsinniger Idiot«, raste Karen, »wie kannst du dir vorstellen, daß ich jemals wieder was mit Dana zu tun haben könnte. Ich habe keine Gefühle für ihn. Ich weiß nicht, ob einer von uns sie jemals hatte. Ich könnte mit ihm befreundet sein, eng befreundet, wenn er es wollte. Das andere aber – das gibt's nicht mehr. Ich gehe nie zu einem Mann zurück, der mich einmal betrogen hat. Wenn ich auch nicht keusch bin, so viel Stolz habe ich doch. Seit ich mit dir zusammen bin, macht mich schon der Gedanke an einen anderen Mann krank.«

»Und das macht es natürlich für mich viel leichter, was?«

»Ich glaube nicht, daß du's so viel schwerer mit mir hast als ich mit dir«, sagte Karen scharf.

»Und so heirateten sie, und wenn sie nicht gestorben sind, so leben sie unglücklich noch heute«, grinste Warden bösartig.

»Ja«, sagte Karen. »Das scheint so üblich zu sein.«

Sie saßen einander gegenüber und blickten sich wütend und wortlos an. Jedes Argument, das man hätte vorbringen können, war vorgebracht worden, jede mögliche Erwiderung schon vorweggenommen. Klar und deutlich war ihnen bewußt, daß sie das Ende jeder vernünftigen Unterhaltung erreicht hatten, ohne einander das allergeringste erklären zu können.

So mußten sie fast eine halbe Stunde gesessen haben. Jeder wartete auf das Mitgefühl des anderen, und jeder lehnte es ab, dem anderen sein Mitgefühl zu schenken, war empört über den Mangel an Mitleid beim anderen. Es war, als läge zwischen ihnen mindestens ein ganzes Zimmer, als läge jeder von ihnen gespannt in seinem eigenen Bett. Schließlich mündete die Entrüstung darüber, nicht verstanden zu werden, in dem Gefühlsstrom des tragischen Schmerzes, unverstanden zu sein. Und um sie herum rasten die schreienden Schulbuben hinter den schreienden Schulmädchen her.

»Weißt du was«, sagte Warden unterdrückt. »Wir sind genau gleich. Wir sind vollkommene Gegensätze und sind trotzdem vollkommen gleich.«

»Wir denken beide, einer will den anderen loswerden«, sagte Karen, »und keiner von uns denkt, daß der andere ihn so gern hat wie er den anderen.«

»Wir wüten gegeneinander, weil wir beide genau dasselbe tun«, sagte

Warden, »und wir sind beide so eifersüchtig, daß wir's kaum aushalten können.«

»Wir stellen uns alle möglichen grauenhaften Dinge vor«, sagte Karen, »und wir wissen, daß der andere bei weitem nicht gut genug für uns ist.«

»Ich war nie so elend in meinem ganzen Leben seit ich dich kenne«, sagte Warden.

»Ich auch nicht«, sagte Karen.

»Und ich möcht nicht eine Minute davon missen«, sagte Warden.

»Ich auch nicht«, sagte Karen.

»Man sollte denken, wir wären alt genug, um darüberzustehn«, sagte Warden.

»Eigentlich sollten wir«, sagte Karen.

»Dennoch würde ich nichts ändern«, sagte Warden.

»Liebe, wie wir sie empfinden, bringt immer Leiden mit sich«, sagte Karen mit hellen Augen und warmer Stimme. »Wir wußten das beide, als wir damit anfingen. Auch daß man uns dafür hassen würde, wußten wir«, sagte sie, während sie ihn mit halb offenem Mund und den warm leuchtenden Augen einer Jungfrau von Orléans anschaute, was plötzlich in ihm den brennenden Wunsch erweckte, mit ihr ins Bett zu gehen. »Die Gesellschaft tut alles, was in ihren Kräften steht, um eine Liebe wie die unsrige unmöglich zu machen... und wenn sie das nicht kann, dann zerstört sie eine solche Liebe. Verheiratete amerikanische Männer wiegen sich in Sicherheit. Sie möchten nicht daran erinnert werden, daß ihre Frauen sie verlassen könnten, nicht um der Liebe willen, für die man sich doch gar nichts kaufen kann. Amerikanische Ehefrauen aber, die man mit List und Tücke von der Richtigkeit dieses Satzes überzeugt hat, wissen, daß sie getäuscht worden sind, und hassen deshalb diese Art von Liebe, die *sie* auf dem Altar der Sicherheit opfern mußten. Und sie hassen sich selbst dafür so sehr, daß sie es nicht ertragen können, wenn es einer anderen besser ergeht als ihnen selbst. Gäben sie nämlich jemals zu, daß dies wahr ist, dann wäre ihr eigenes Leben und das ihrer Männer für die Katz gewesen. Zwei oder drei Jahre närrischer unreifer Jugendliebe – das war alles, was sie aufzugeben hatten.

Deshalb ist es so wichtig, daß wir unsere Liebe nicht verlieren. Deshalb müssen wir so sehr darum kämpfen... gegen alle und auch gegen uns selbst.«

»Ja«, sagte Warden.

»Und da gibt es nur einen einzigen Weg, Milt. Die einzige Art, wie wir sie schlagen können, ist die, daß wir unsere Liebe wenigstens nach außen in Übereinstimmung mit ihren Sitten und Gebräuchen bringen. Den Kern können wir schön und sauber erhalten. Passen wir uns aber nach außen hin nicht an, dann endet es damit, daß man nicht nur unsere Liebe tötet, sondern auch uns.«

»Ja«, sagte Warden. »Und die einzige Art, wie ich mich anpassen kann, ist, daß ich ihnen mit meinem Erfolg Sand in die Augen streue und dadurch unserer Liebe die vorschriftsmäßige Sicherheit gebe. Für dich, die du dich nur mit dem Kern beschäftigen mußt, ist es ganz leicht. Ich aber bin derjenige, der sich nach außen hin anpassen muß. Ich muß das Geld verdienen, auf dem die Sicherheit beruht. Ich bin es, der mit ihnen übereinstimmen und alles auf ihre Art tun muß.

Mein ganzes Leben lang, seit dem Tage, an dem mein gottverdammter Bruder Priester geworden ist, habe ich mich gegen ihre beefsteakfressende Mittelstandssicherheit gewehrt. Alles, was sie vorstellt, hab ich bekämpft. Was die anderen bekämpften, habe ich verteidigt.

Wer hat nach deiner Meinung Hitler zur Macht gebracht? Die Arbeiter? Nein, die gleiche Bourgeoisie. Wer, meinst du, hat Rußland den Kommunisten ausgeliefert? Die Bauern? Nein. Die Kommissare. Der gleiche, gottverdammte Mittelstand. Überall, in jedem Land der Welt, sitzt der gleiche Mittelstand im Sattel. Nenn es Faschismus oder persönliche Initiative oder Kommunismus, es ändert nicht das mindeste an der Sache. Jedes Land hat einen anderen Namen dafür, damit sie andere Länder, die möglicherweise zu mächtig werden, bekämpfen können. Gegen all das hab ich mich gewehrt. Für Milt Warden als Mann hab ich gekämpft, und ich hab mir einen Platz in der Welt geschaffen mit meinen eigenen Händen, wo ich ungestört existieren kann, ohne vor irgend jemand kriechen zu müssen. Ich hab's fertiggebracht, daß sie mich so nehmen müssen, wie ich bin.

Und nun soll ich hingehn und Offizier werden, das Symbol dessen, was ich mein ganzes Leben lang bekämpft habe, und soll gar nichts dabei empfinden. Ich soll das einfach für dich müssen.

Du bist der Köder in dieser Falle. Sie wissen genau, wie sie so einen Fall behandeln müssen, glaub ja nicht, sie wüßten's nicht. Was tut die liebe Mutter, wenn ihr Söhnchen von der Universität nach Hause kommt, voll mit Revolutionsideen und unzufrieden über die Art, wie man die Welt regiert?

Man findet für ihn ein süßes junges Ding, das immer neben ihm ist und an dem er sich abreagieren kann. Sie intrigieren und intrigieren, bis sie ihn schließlich verheiratet haben. Dann beruhigt Söhnchen sich und geht seinen Pflichten nach und vergißt die Revolution und akzeptiert den Status quo.«

»Ich bin nicht der Köder«, sagte Karen. »Ich will nicht der Köder sein. Ich lehne das genauso ab wie du, du müßtest das wissen.«

»Glaubst du vielleicht, das Schwein, das man für den Tiger in die Falle bindet, will als Köder dienen?«

»Denkst du wirklich so darüber, Milt?«

»Genau. Mein ganzes Leben lang hab ich um etwas kämpfen müssen, das niemand gerne sieht ... nämlich darum, ehrlich zu sein. Und nun muß ich Offizier werden – hast du schon einen ehrlichen Offizier getroffen? Einen, der ehrlich war und Offizier blieb?«

»Dann darfst du's nicht tun.«

Warden grinste sie kampflustig an. »Doch, ich werd's tun.« Wenn sie gesagt hätte, er solle es trotzdem tun, wäre er entrüstet und ärgerlich gewesen. Nun aber sah sie ihn mit überströmender Bewunderung an, und ihn überkam das starke Gefühl der Kraft, das mit dem Erfolg kommt. »Ich werd's ihnen zeigen«, sagte er. »Ich werd den Köder aus der Falle stehlen, ohne daß die Falle zuschnappt, und der Teufel soll sie holen.« Sie blickte ihn voll Stolz an, und er glaubte jedes Wort, das er sagte, spürte Milt Warden stärker in Milt Warden wachsen, als er Milt Warden je zuvor gespürt hatte.

»Wir sind genau gleich«, sagte Karen. »Ganz genau.«

»Ich würd nicht eine Minute der Zeit hergeben, die wir miteinander hatten«, sagte er.

»Ach, Milt«, sagte Karen. »Ich will nicht der Köder sein, Milt. Ich liebe dich, Milt. Ich will dir helfen, nicht dir schaden.«

»Hör zu«, sagte Warden begeistert. »Ich hab Anspruch auf dreißig Tage Urlaub, die mir zustehen, seitdem ich bei der Kompanie bin. Ich hab sechshundert Dollar in der Stadt auf einem Konto. Du und ich, wir verbringen diesen Urlaub zusammen irgendwo auf den Inseln, wo immer du willst, und das wird uns hinterher keiner mehr wegnehmen können, ob's Krieg gibt oder nicht, ob der Teufel kommt oder ne Springflut oder nicht.«

»Ach, Milt«, sagte sie leise, und diese Worte erweckten in ihm ein schöneres Gefühl, als er es jemals in seinem ganzen Leben empfunden hatte, »wie herrlich wird das werden. Stell dir vor, nur wir beide, und ohne daß wir uns verstecken oder Theater spielen müßten. Wär's nicht herrlich?«

»Es wird herrlich sein«, verbesserte er sie.

»Wenn wir's tun könnten.«

»Nicht nur, daß wir's tun könnten, wir werden's tun. Was kann uns daran hindern?«

»Nichts«, sagte sie. »Nichts, außer wir selbst.«

»Schön, dann ist ja alles in Ordnung.«

»Aber verstehst du denn nicht, Milt? Auf so lange könnte ich doch gar nicht weggehn. 's ist ein großartiger Traum, und ich hab dich um dieses Traumes willen ganz besonders lieb, aber wir können's doch nicht tun. Ich kann doch meinen Jungen nicht so lange allein lassen.«

»Warum nicht? Eines Tages verläßt du ihn doch auch für immer«, sagte er eigensinnig. »Oder nicht?«

»Natürlich«, sagte Karen hilflos, »aber das ist doch was anderes. Bis ich den Bruch vollziehe, habe ich eine Verantwortung, die ich nicht einfach so abschütteln kann. Der arme, kleine Kerl wird es sowieso schwer genug haben mit der Art von Leben, die er für ihn ausgesucht hat. So viel mindestens schulde ich meinem Kind. Ach Milt, verstehst du denn nicht? Es ist ein Traum. Wir würden reinfallen damit. Wie könnte ich meine Abwesenheit erklären? Dana hat so schon Verdacht geschöpft, und wenn er . . .«

»Laß ihn ruhig mißtrauisch sein, den Schweinehund. Er war dir ja immer treu, nicht?«

»Wir können's aber nicht tun. Wir müssen es geheimhalten, bis du Offizier bist und nicht mehr bei der Kompanie. Alles hängt doch davon ab. Verstehst du das denn nicht?«

»Ich hab mich nie gerne vor ihm versteckt«, sagte Warden eigensinnig.

»Wer ist er eigentlich, daß ich mich vor ihm verstecken müßte?«

»Es kommt nicht darauf an, *wer* er ist, sondern *was* er ist. Du weißt das doch selber, Milt. Und wenn ich auf einen Monat verschwinde, genau zur gleichen Zeit, wenn du deinen Urlaub nimmst . . .«

»Ich weiß das alles«, sagte Warden mürrisch. »Aber manchmal geht's mir eben an die Nieren und macht mich krank.«

»Wir würden reinfallen, Milt. Begreifst du das denn gar nicht? Dreißig Tage ist unmöglich. Vielleicht zehn. Wahrscheinlich könnt ich mich für zehn Tage frei machen. Nicht aber für dreißig. Du könntest deinen Urlaub nehmen, und dann könnte ich eine Woche später abreisen und dich irgendwo für zehn Tage treffen und dann wieder vor dir nach Hause reisen.«

Warden war bemüht, seinen Traum durch drei zu teilen. Es war schwierig. Noch nicht mal die sechshundert Dollar würde man in den zehn Tagen ausgeben können. Er antwortete nicht.

»Ach, Milt«, sagte sie, »verstehst du denn nicht, wie die ganze Sache liegt? Ich tät's doch gerne. Ich würd alles dafür geben, wenn es möglich wäre. Aber für dreißig Tage geht's eben nicht, Milt, siehst du das denn nicht ein? Ich kann's einfach nicht tun.«

»Ich glaube, das stimmt wohl«, sagte Milt. »Wahrscheinlich war es nur ein Wunschtraum.«

»Wann?« sagte sie. »Ach Milt, wann? Müssen wir denn immer so weitermachen? Werden wir denn niemals etwas zusammen tun können, ohne dabei Angst haben zu müssen? Ohne daß wir kalkulieren und planen und uns wie Verbrecher verstecken müssen? Wann, Milt, wann?«

»Nun, nun«, sagte Warden. »Beruhige dich, Kind. Auch zehn Tage sind schön. Zehn Tage sind wunderbar. Wir werden das schon machen. Du wirst sehn«, sagte er, ihren schmalen, zarten Hinterkopf streichelnd, der ihm immer das Gefühl gab, als sei er tölpelhaft und gefährlich in seiner Unbeholfenheit. »Zehn Tage«, sagte er. »Mein Gott, zehn Tage sind fast ein ganzes Leben. Du wirst schon sehn.«

»So kann ich's nicht länger ertragen, Milt«, sagte Karen gedämpft in sein Militärhemd hinein, das so gut und männlich roch. Ein einziges Mal gestattete sie sich den Luxus, ihren Panzer abzulegen und in vollen Zügen, in diesem einen Augenblick, die ewige Erniedrigung zu genießen, eine Frau zu sein.

»Ich kann's nicht länger ertragen«, wimmerte sie und kostete dabei das wohlige Gefühl, gefangen zu sein, gehalten vom harten Griff eines Mannes, für immer gedemütigt durch die unverschämten Freiheiten, die er sich herausnahm, auf ewig niedergedrückt von dem bleischweren Gewicht seines Körpers, unter dem man sich nicht herauswinden konnte, für immer hilflos und auf seine Gnade angewiesen, der einfach nimmt, was er will, ohne Gnade, wie alle Frauen es instinktiv gar nicht anders erwarten.

»Ich kann nicht mal hinüber zum Laden gehen, ohne alle Augen in meinem Genick zu spüren. Nie in meinem ganzen Leben war ich so öffentlich gedemütigt«, sagte sie genießerisch. Das war alles, was die Männer wollten. Alle waren sie gleich. Man gab ihnen das Wertvollste, was man besaß, das intimste Geheimnis, und sie – nahmen es einfach. Schön, mochten sie es haben. Sollten sie alle etwas davon besitzen, mochten sie alle verkommen, verrotten und verrecken. Wenn es ihnen gar nicht so wichtig war, warum waren sie denn alle so drauf aus, es sich gegenseitig vorzuenthalten? »Ich kann's nicht länger ertragen, Milt«, flüsterte sie.

»Komm, komm«, sagte Warden und spürte, wie sich das Blut in seine Augen stürzte und alles mit einem rötlichen Schimmer überzog. »Armes, armes Kindchen. Du brauchst's nicht. Brauchst's nicht zu ertragen. Komm«, sagte er, »gehen wir hinunter zum Strand und schwimmen eine Weile, und dann gehn wir irgendwo hin und gehn schlafen.« Noch während er es aussprach, wußte er, daß er das nicht hätte sagen dürfen.

Karen richtete sich auf und starrte ihn durchdringend an. Ihre Augen waren wie die Augen einer Katze. Sie hingen noch voller Tränen.

»Es ist doch nicht einfach nur Sexualität, Milt, was?« fragte sie mit der inneren Spannung eines Bergkristalls, den eine leichte Berührung zerspringen läßt. »Nicht nur animalische Begierde? Du willst mehr als nur das, oder nicht? Hinter deiner Liebe steckt Tieferes, ja? Ich weiß doch, daß Liebe ganz andere Dinge in sich birgt, nicht wahr, Milt?«

Warden hielt seine Liebe an einem Zipfel in die Höhe und betrachtete sie unter dem Vergrößerungsglas der Sexualität.

»Nicht wahr, Milt?«

»Natürlich. Liebe bedeutet viel mehr als nur das.« Es hatte keinen Sinn zu streiten, oder es von neuem zu erklären. Einen Augenblick lang hatte er sich schrecklich nach ihr gesehnt. Nun machte es ihm nicht mehr viel aus. Man mußte so schwer arbeiten, um sie ins Bett zu bekommen, daß es, wenn man sie schließlich soweit hatte, jedesmal eine Enttäuschung war. Der Gipfel, wie zum Beispiel an jenem ersten Tag in ihrer Wohnung, war überschritten, und man hatte eigentlich den Appetit verloren.

»Komm«, sagte er und spürte immer noch den Druck des Dampfes, den das Feuer erzeugt hatte, ohne ein Sicherheitsventil vorzusehen. »Gehn wir schwimmen.«

»Mußt du denn nicht in die Kaserne zurück?« sagte Karen besorgt.

»Zum Teufel mit der Kaserne.«

»Nein«, sagte Karen, jetzt ruhig und sicher. »Ich erlaube das nicht. So gern ich's auch täte. Ich werd dich in die Stadt fahren, und du nimmst ein Taxi direkt zurück in die Kaserne.«

»Schön«, sagte Warden. »Schön. Ich wollte sowieso nicht schwimmen.« Es hätte auch nichts mehr genützt, weder das Schwimmen noch das Zubettgehn. Es war zu anstrengend gewesen, es zu bekom-

men. Er lehnte sich zurück und ließ sich von ihr in die Stadt zurückfahren. Sie war voller Stolz, als hätte sie ein großes Opfer gebracht, und glücklich wie ein Pfadfinder, der seine tägliche gute Tat hinter sich hat. Er saß neben ihr und rauchte fast ebenso verbissen, starrte aus dem Fenster fast ebenso bedrückt wie auf der Fahrt hinaus, aber jetzt aus einem anderen Grunde.

»Sobald du etwas Genaueres über deinen Urlaub weißt, kannst du mir schreiben«, sagte sie. »Steck den Brief in einen gewöhnlichen Umschlag ohne Absender und wirf ihn in der Stadt in den Kasten. Ruf mich nicht an. Oder ist das zuviel verlangt?«

»Nein«, sagte er, »das ist nicht zuviel verlangt.«

Sie bestand darauf, an der Richards Street so lange im Wagen zu warten, bis er auch sicher in seinem Taxi saß. Er hatte noch nicht mal die Möglichkeit, sich auf einen Schnaps in die ›Schwarze Katze‹ zu schleichen.

Warden saß im Rücksitz des Autos zwischen zwei betrunkenen Matrosen, die sich Schofield ansehen wollten. Er sah, wie sie an ihm vorüber und die Hotel Street hinunterfuhr, während der Taxichauffeur seine Ladung vervollständigte.

Eine ganze Zeitlang hatte Milt Warden bereits das Gefühl gehabt, daß Dana heimlich über ihn lachte (in Gedanken nannte er ihn nun fast immer Dana. Mit der Frau eines Mannes zu schlafen, erzeugte offenbar Intimität. Vielleicht war die Armee deshalb so sehr dagegen, daß Soldaten es taten). Dana hatte gut lachen. Warden wußte jetzt auch warum!

Sie war Danas *Frau*. Das hieß, daß sie ihm gesetzlich angetraut war, ihm ein Kind geboren hatte und daß sie von ihm abhing, daß er ihr Sicherheit, Freiheit und das nötige Geld gab, das sie brauchte, um ein Verhältnis mit Milt Warden zu haben. Dieses Geld kam regelmäßig herein, jahraus, jahrein, nicht nur ab und zu und rein zufällig, wie Geld, das man im Poker gewann. Die Sicherheit war derart, daß Milt Warden auf Jahre hinaus nicht imstande gewesen sein würde, ihr ähnliches zu bieten. Die Freiheit schließlich würde Milt Warden ihr niemals geben können, solange er sie liebte.

Kein Wunder, daß Dana sich erlauben konnte zu lachen. Sie mochte Milt Warden lieben, aber Dana war der Stützpunkt, von dem aus sie operieren mußte. Wenn sie nachmittags mit Milt Warden ausging, war sie doch abends um neun gewissenhaft wieder bei Dana Holmes zu Hause. Es war fast so, als hätten die beiden einen Geschäftskontrakt, den er nicht zu brechen vermochte.

Dana hielt alle Trümpfe in der Hand. Er hielt sie mit dieser zuversichtlichen, beefsteakessenden Selbstverständlichkeit der Bourgeoisie, die Warden, der sie nie besessen hatte, plötzlich mehr haßte als je zuvor. Und Dana wußte, daß er sie hielt. Er brauchte nichts zu tun, als ruhig dazusitzen und abzuwarten, ihr die Zügel ein wenig zu lockern, so wie man einem nervösen Pferd die Zügel ein wenig locker läßt. (Ein reizbares Pferd nimmt man an die Kandare, meine Herren. Und gegen eine reizbare Frau setzt man nie mit Gewalt seinen Willen durch.) Man wartet einfach ab, meine Herren. Man verläßt sich auf seine Geduld, die höchste aller Tugenden.

Schließlich wird sie dieser Liebe müde werden und zurückkriechen zum warmen Herd.

Dana gehörte zur Gesellschaft, besaß Ansehen, Tradition, Moralität, Zeit, Sicherheit (ganz besonders Sicherheit) und die Erfahrung von Generationen betrogener Ehemänner, die ihn mit dem Wissen versorgten, wie man durch Geduld gewinnen konnte.

Dana Holmes konnte sich erlauben, über Milt Warden zu lachen. Milt Warden spürte das jedesmal, wenn er sah, wie sie den schwarzen Buick ihres Mannes nach Hause fuhr.

Wahrscheinlich, dachte Milt Warden, sooft er sie durch den Verkehr der King Street fahren sah, war sie in der Vergangenheit schon so häufig zu Dana zurückgekrochen, daß er schon im voraus wußte, wie er sich zu verhalten hatte.

Wahrscheinlich, dachte Milt Warden, sooft er beobachtete, wie ihre Schlußlichter unter Tausenden von anderen Schlußlichtern verschwanden, gab sie ihm in den Zwischenzeiten genug, daß er ihr hörig blieb und nicht den letzten Schritt tat und sich von ihr trennte.

Vielleicht, dachte er, sooft er die Unterhaltung mit sich selbst bis zu ihrem logischen Ende führte, läßt sie sogar während der großen Liebesaffären ab und zu etwas für ihn abfallen, wenn sie spürt, wie der Wind weht, und weiß, er ist gegen sie. Vielleicht geht sie nach Hause, um gerade jetzt Holmes seinen Anteil zu geben.

Bestimmt würde Dana ihr nicht all das durchgehen lassen, was er ihr durchgehen ließ, wenn er nicht auch etwas davon hatte. Milt Warden war dessen ganz sicher.

Wahrscheinlich, dachte Milt Warden, sooft sie ihn verließ, um nach Hause zu gehen, machte ihr diese Rückkehr zu Holmes gar nichts aus. Eine Frau konnte nicht zwölf oder fünfzehn Jahre mit einem Manne leben, ohne sich wenigstens daran zu gewöhnen und ohne daß es zum mindesten erträglich wurde.

Jedesmal, wenn Milt Warden ihr mit den Augen folgte, wenn sie nach Hause fuhr, dachte er an all diese Dinge.

Sein Fehler war es gewesen, vor ihr und vor sich selbst zuzugeben, daß er sie liebte. Dies war immer der ganz große Fehler in diesem Spiel. Es gab ihn in ihre Gewalt, wie Dana nie in ihrer Gewalt gewesen war. Nun konnte sie ihn zu allem veranlassen, selbst dazu, Offizier zu werden, da sie sicher war, daß er sie liebte. Er war nicht mehr ein frei handelnder Mann, und daher war die alte, wilde, schreckliche Stärke, die sein Stolz gewesen war, von ihm gegangen.

Alle diese Dinge dachte er aber nur, wenn er ihr nachsah. War er mit ihr zusammen, so schienen sie ihm niemals einzufallen. Dann war sein einziger Gedanke, wie wundervoll es war, sie zu lieben.

Er kam früh genug nach Hause, um seinen Antrag auf Zulassung zu einem Offizierskurs noch vor dem Abendessen auszufüllen. Auf seinem Tisch lagen noch die übriggebliebenen Bloompapiere, und er schob sie auf die Seite, um Platz zum Schreiben zu haben. Er unterschrieb den Antrag, legte ihn auf Holmes' Schreibtisch und wandte sich wieder den Bloompapieren zu. Als er mit ihnen fertig war, lehnte er sich in seinen Stuhl zurück, um auf das Abendessen und die weitere Entwicklung der Dinge zu warten.

Es geschah alles innerhalb einer Woche. Ike Galovitch wurde stillschweigend seiner Tätigkeit in der Kammer enthoben, und zwar zugunsten des neuen Oberfeldwebels Pete Karelsen, dem Dana (Verzeihung, Hauptmann Holmes) das noch undurchsichtigere Durcheinander vermachte. Er zwang ihn, es zu übernehmen, indem er ihm mit Absetzung drohte, sowie ihm feierlich versprach, er könne zu seiner geliebten Waffenkammer zurückgehen, sobald der neue Federgewichtler Malleaux eingearbeitet sei, der gerade die Unteroffiziersschule absolviert hatte. Zwei Wochen lang weigerte sich Pete, auch nur ein Wort mit Warden zu sprechen.

Ehe aber das geschah, war Hauptmann Holmes am Morgen hereingekommen und hatte auf seinem Tisch den unterschriebenen Antrag gefunden. Seine Freude war so überschwenglich, daß er seinem Spieß, trotz des chaotischen Zustands der Kompanie, sofort einen dreitägigen Urlaub anbot. Als Warden diesen ablehnte, weil er, wie er behauptete, das Gefühl hatte, er könne nicht gerade zu einer Zeit fortgehen, wenn die Kompanie sich in einer so mißlichen Lage befand, war Dana nicht nur noch glücklicher, sondern konnte kaum noch seine Dankbarkeit ausdrücken. Zum erstenmal seit Monaten begann er, sich wieder öffentlich seines Hauptfeldwebels zu rühmen.

Warden wartete, bis Pete als Kammerunteroffizier eingesetzt war, und kam am nächsten Tag um seinen dreißigtägigen Urlaub ein.

Vor einer solchen Forderung erblaßte selbst Holmes' intensives Wohlwollen.

»Mein lieber Warden! Dreißig Tage!« sagte er und schlug sich dabei nicht einmal mit der Hand an die Stirn. »Das ist unmöglich. Das wissen Sie doch selbst. Ich gebe Ihnen ja gerne drei Tage Urlaub. Ich habe Ihnen das ja schon gesagt. Selbst zweimal drei Tage hintereinander. Dann könnten Sie Ihren Urlaub aufsparen, ohne daß Ihnen ein Tag angerechnet wird. Aber dreißig Tage! Mein Gott«, protestierte er. »In einem solchen Augenblick!«

»Sir, seit einem Jahr steht mir dieser Urlaub zu«, bohrte Warden unversöhnlich weiter. »Dauernd hab ich ihn verschoben. Wenn ich ihn jetzt nicht nehme, krieg ich ihn nie. Mit Feldwebel Karelsen in der Kammer sind wir so weit über den Berg, wie wir überhaupt in den nächsten Monaten über den Berg kommen werden. Wart ich aber so lange, werd ich ihn nie bekommen.«

»Nach den Vorschriften«, sagte Holmes kühl, während sein Wohlwollen noch weiter nachließ, »haben Sie jetzt überhaupt kein Anrecht drauf. Das wissen Sie selbst, Feldwebel. Ein Wiederverpflichtungsurlaub verfällt, wenn man ihn drei Monate lang hängen läßt und nicht ausnutzt. Dann hätten Sie ihn eben damals nehmen müssen.«

»Nach den Vorschriften hätte ich diese Kompanie vor die Hunde gehen lassen sollen«, sagte Warden. »Der Grund, warum ich ihn nicht genommen habe, war eben, weil ich sie wieder in Ordnung bringen wollte. Sie, Herr Hauptmann, wissen das sehr wohl.«

»Trotzdem«, sagte Holmes schwankend. »Dreißig Tage! In diesem Augenblick! Es ist ganz einfach unmöglich!«

»Ich hab ihn zum Wohle der Kompanie verschoben«, sagte Warden verbissen. Er war viel zu schlau, um offen zu drohen, weil dann Holmes schon aus Stolz abgelehnt hätte. Die Andeutung aber war gemacht, und die Erinnerung an Levas Versetzung vor einer Woche war noch frisch in Holmes' Gedächtnis. Hauptmann Dynamit Holmes war nicht mehr Oberst Delberts Lieblingskind.

Dynamit schob die Mütze zurück und ließ sich an seinem Schreibtisch nieder. »Ich möchte Ihnen etwas erzählen, Feldwebel«, sagte er vertraulich. »Bald werden Sie selbst Offizier sein, und vielleicht hilft es Ihnen ein wenig, um weiterzukommen.

Setzen Sie sich«, sagte Dynamit. »Setzen Sie sich, Feldwebel. Mein Gott, in zwei oder drei Monaten werden Sie mich oben im Klub im

Poker schlagen. Keine Ursache, daß wir die Formalitäten zwischen Offizier und Soldat noch aufrechterhalten.«

Warden setzte sich behutsam.

»Ich werde wohl nicht mehr sehr lange beim Regiment bleiben«, sagte Holmes gesprächig, aber noch immer vertraulich. »Sie verstehen natürlich, daß dies vorerst nicht über diese vier Wände hinausgehn darf. Ich nehme an, daß ich als Major zum Brigadehauptquartier abkommandiert werde, und zwar auf Anordnung von General Slater. Wahrscheinlich wird das innerhalb der nächsten zwei oder drei Monate geschehn.«

»Das ist ja sehr schön«, hörte Warden sich selbst sagen.

»Vielleicht haben Sie das gleiche gedacht wie so viele andere, daß ich mir mein eigenes Grab schaufelte, als ich's mit dem Großen Weißen Vater verdarb«, grinste Dynamit. »Nun, eine gewisse Methode lag in meinem Wahnsinn. Das hat man nicht gewußt. Ich habe Aussicht, General Slaters persönlicher Adjutant zu werden«, sagte er mit Betonung und machte eine Pause.

»Kolossal«, sagte Warden, als wäre er überrascht.

»Das erste, was ein Offizier lernen muß, ist die Pferde mitten im Strom wechseln zu können, ohne nasse Füße zu bekommen«, lächelte Dynamit. »Von allem, was ein Offizier können muß, ist das vielleicht das Wichtigste. Bei gewöhnlichen Soldaten ist's gleichgültig. Die können auch ohne Politik weiterkommen. Natürlich kann sie auch nem Soldaten helfen, aber sie ist nicht absolut nötig. Ein Offizier ist aber verloren ohne sie. Das ist das erste, was Sie lernen müssen.«

»Jawohl, Sir«, hörte Warden sich selber sagen. »Danke sehr.«

»Allerdings wird es noch ungefähr zwei Monate dauern«, sagte Dynamit. »Ist aber so sicher, wie ich hier sitze. Wenn Sie nicht selbst Offizier werden würden und ich nicht denken würde, daß es Ihnen vielleicht helfen könnte, hätt ich's Ihnen gar nicht erzählt. Wenn ich diese Truppe verlasse, um zur Brigade zu gehn, reiche ich Sie für einen vierzehntägigen Urlaub ein. Wie wär das?«

»Ich möcht ihn lieber jetzt haben«, sagte Warden. »Und außerdem will ich meine vollen dreißig Tage. Wenn ich keinen Anspruch darauf hätte, wär's etwas anderes.«

Dynamit schüttelte den Kopf. »Ich habe Ihnen nun doch einen anständigen Vorschlag gemacht, Feldwebel«, sagte er freundlich. »Mehr wie ein Kamerad als Ihr Vorgesetzter. Wenn Sie nicht das werden würden, was Sie werden, hätt ich wahrscheinlich nicht einmal das getan. So behandle ich Sie wie einen Gleichgestellten.

Aber«, sagte er freundlich, »mehr kann ich nicht tun. Mir ist's genauso egal, was mit diesem Verein geschieht, wie Ihnen. Würde ich aber für Sie in dem Zustand, in dem die Kompanie sich zur Zeit befindet, einen dreißigtägigen Urlaub einreichen, so würde er doch nur abgelehnt werden. Gleichzeitig würde man es uns beiden übel vermerken. Das ist's eben, was ich unter Politik verstehe. Im Augenblick gehen mehr Dinge hinter den Kulissen vor als auf der Bühne, Feldwebel«, sagte er mit der verschlagenen Miene des Eingeweihten.

Warden beobachtete ihn scharf. Ihm war noch immer nicht wohl dabei, ganz offiziell bei dieser Unterhaltung zu sitzen.

»Nun, was ist Ihre Antwort?« sagte Dynamit freundlich. »Vierzehn Tage«, sagte er, »heute in zwei Monaten. Mehr könnte unter den gegenwärtigen Umständen *keiner* für Sie tun.«

»Dann nehme ich Ihr Angebot an«, sagte Warden. Man dürfte nie zu weit gehen. Preßte man eine Orange zu sehr aus, dann bekam man nicht mehr Saft, sondern riß nur die ganze Orange auseinander.

»Schön«, sagte Holmes. »Abgemacht. Natürlich unter der Voraussetzung, daß nichts, was hier gesprochen wurde, aus diesen vier Wänden hinausdringt.«

»Das ist selbstverständlich«, sagte Warden.

»Ist nichts als eine Art von Selbstschutz«, korrigierte ihn Holmes. »Glauben Sie mir, Feldwebel, es gibt für einen Offizier nichts Wichtigeres als Selbstschutz.«

»Das glaub ich Ihnen«, sagte Warden sauer.

»Nun«, sagte Holmes fröhlich. »Auf später dann. Hab drüben beim Stab ne Kleinigkeit zu erledigen.«

Warden sah ihm nach, wie er über den Kasernenhof ging, und fragte sich, wie oft und unter wieviel verschiedenen Umständen er wie viele Leute hatte über den Kasernenhof gehen sehen. Wäre es ihm nicht selbst passiert, er hätte es nicht geglaubt. So also benahm man sich, wenn man Offizier war. Nicht anders als Geschäftsleute, die sich zu Weihnachten gegenseitig Geschenke machten, die sie aus dem Reklamefonds ihrer Firma bezahlten. Es waren viele wunderbare und teuere Geschenke, die sich unter ihren Weihnachtsbäumen häuften. Es schadete niemandem. Keiner brauchte dafür zu bezahlen. Natürlich waren die Geschenke immer nur für sie selbst oder ihre Frauen bestimmt.

Was am meisten überraschte, war, daß es so leicht schien. Eben war man noch Spieß gewesen, und jetzt, eine Minute später, etwas völlig anderes und Entgegengesetztes. Nur indem man ein großes Stück Papier unterschrieb.

Zwei Monate, dachte er. Zwei ganze Monate. Wie es schien, würde Gert Kipfer wieder was von seinem Geld bekommen, ob er's ihr geben wollte oder nicht. Der arme Prewitt im Kittchen. Prewitt und Maggio, zwei ganz gewöhnliche Wirrköpfe, die oben im Kittchen ohne alle Weiber sein mußten. Keine Helden oder Robin Hoods oder legendäre Ritter, sondern einfach zwei ganz gewöhnliche, sehr normale Wirrköpfe, die den ganz gewöhnlichen, sehr normalen Preis bezahlen mußten. Pech!

Wenn man keine dreißig Tage bekommen konnte, mußte man mit zehn zufrieden sein. Konnte man Karen nicht bekommen, wann und wo man sie brauchte, mußte man damit zufrieden sein, sie zu nehmen, wann und wo man sie haben konnte. Konnte man jetzt nicht dreißig Tage Urlaub erhalten, so mußte man einen vierzehntägigen in zwei Monaten akzeptieren. Selbst der Prophet muß zum Berge gehen, wenn der Berg es ablehnt, zum Propheten zu kommen. Das war der durchschnittliche, gewöhnliche, normale Weg, selbst für Propheten. Was war man selber anderes als ein durchschnittlicher, gewöhnlicher, sehr normaler ... was immer der Kraftausdruck dafür war.

42

Im Militärgefängnis gab es ein besonderes Spiel. Am Abend nach dem Nachtessen wurde eine Matratze von einer nichtbelegten Pritsche genommen und mit zusammengeknoteten Schnürsenkeln am Gitter des Fensters in der Rückwand des Raumes aufgehängt. Ein Mann – gewöhnlich der kleinste, wenn sich nicht ein Freiwilliger meldete – stellte sich mit dem Rücken gegen die Matratze. Die übrigen traten am anderen Ende des Ganges – die kleinsten zuerst – der Größe nach an. Einer nach dem anderen rannten sie dann gegen den Mann vor der Matratze und trafen ihn mit den Schultern im Bauch. Da der Mann nicht zurückweichen konnte, war es die Aufgabe der Bauchmuskeln, sich selbst zu schützen.

Da Karten, Würfel, Rouletteräder und Münzen im Kittchen nicht erlaubt waren, schöpfte Baracke Nummer Zwei ihre Haupterholung aus diesem Spiel. In keiner der anderen Baracken wurde es gespielt, aber in Zwei hatte kein Mann das Recht, nicht daran teilzunehmen.

Es war ein rohes Spiel. Andererseits waren in Baracke Zwei auch harte Männer, die zähesten der zähen, die Elite. Konnte der Mann vor der Matratze sich aufrecht halten, bis der letzte Mann gegen ihn angerannt war, so hatte er gewonnen. Als Preis erhielt er ein freies Anrennen gegen jeden Mann in der Baracke. Nicht viele bekamen den Preis. Zur Zeit, als Prew in die Baracke eingewiesen wurde, hatten nur zwei jemals die ganze Reihe durchgestanden. Es waren dies die beiden Größten, Jack Malloy und Berry. Größe war im Militärgefängnis von Nutzen. Maggio war verschiedentlich bei dem Versuch, es auszuhalten, ohnmächtig geworden. Als Prew es das erstemal spielte, schaffte er es bis zum letzten Mann, der Jack Malloy war, der größte von allen. Dann ließen ihn sein Bauch und seine Beine im Stich, obwohl Malloy der letzte Mann war und er einfach nur auf seinen Beinen hätte bleiben müssen, um zu siegen. Nach Malloys Lauf aber brach er zusammen, und Malloy mußte ihm zurück zur Latrine helfen, wo er sich unter wütenden Flüchen erbrach. Seine Leistung wurde als ein ziemlicher Erfolg für einen kleinen Mann betrachtet. Er war aber nicht damit zufrieden, und noch ehe er eine Woche da war, gelang es ihm, sich auch über Malloy hinweg aufrecht zu halten und zu gewinnen. Allerdings mußte er dann aussetzen und die anderen für eine Weile allein weiterspielen lassen, bis er sich genügend erholt hatte, um sich seinen Preis zu holen und seine Gratisrennen zu machen.

Neben ›dem Spiel‹, das keinen anderen Namen besaß, war das ›Streichhölzchenspiel‹ das beliebteste. Dabei ging es um die Tabakration des nächsten Tages. Es gab auch noch andere Spiele, wie zum Beispiel eines, das sie ›Kannste aushalten‹ nannten. Es bestand darin, daß ein Mann mit einem Arm seinen Solarplexus, mit dem anderen seine Genitalien schützte und sich dann von seinem Gegner, so fest dieser konnte, auf den Bauch schlagen ließ. Man tat dies abwechselnd, bis einer der beiden ausscheiden mußte. Ferner hatte man von den Pfadfindern ein Spiel gestohlen, das Indianertanz hieß. Um es interessanter zu machen, hatte man ein paar besondere Erschwerungen eingeführt. ›Indianertanz-auf-dem-Tisch‹ wurde so gespielt, daß zwei Mann ihre Ellbogen aneinanderbringen, die Finger verschränken und nun versuchen mußten, den anderen Arm zu biegen. Als Spezialanreiz hielt man glühende Zigaretten hinter jede Hand. Von allen Spielen aber blieb ›das Spiel‹ das beliebteste.

Jack Malloy hatte es erfunden, als er das erstemal im Kittchen saß, und seitdem war es eine stehende Einrichtung in Nummer Zwei geworden. Nach seiner Entlassung hatte er das Spiel vergessen. Als er dann zurückkam, um seine zweite Strafe zu verbüßen, hatte er gefunden, daß man es noch immer ohne irgendwelche Abwandlung in seiner alten Form spielte (was schon an und für sich ein Kompliment bedeutete). Er spielte es mit wildem Kampfgeist und einem unbezähmbaren Willen, die ihn, verbunden mit seinem Körperbau, nahezu unbesiegbar machten. Wenn Malloy ›das Spiel‹ spielte, mußte nicht etwa Malloy sich anstrengen, auf den Beinen zu bleiben, sondern alle anderen mußten sich abmühen, ihn zu werfen. Prew brachte ihn einmal, aber nur ein einziges Mal, zu Boden, und diese Leistung erschien ihm etwas ganz Einzigartiges. Wenn es überhaupt etwas gab, worauf Jack Malloy mit dem sanften Lächeln und den Träumeraugen stolz war, so waren es sein Körperbau und seine Geschicklichkeit. Er war ein großer Mann, ein wenig in der Art wie Häuptling Choate, aber ohne dessen Fettablagerungen, und sein Stolz auf seine körperliche Geschicklichkeit (statt auf seine geistigen Fähigkeiten, die ihnen allen geradezu mystisch erschienen) erinnerte ein wenig an den Stolz eines Fußballmeisters, der sich etwas auf sein Schwimmen und Tauchen einbildet. Allerdings war dies alles nicht seltsamer als die meisten anderen Dinge, die ihn betrafen.

Für Nummer Zwei war Jack Malloy ein Rätsel, so wie alle die Dinge den Menschen rätselhaft sind, die sie zum Symbol machen. Prew lernte ihn, während Angelo im Loch war und um seine Entlassung kämpfte, besser kennen, als je irgendein anderer ihn kennengelernt hatte. Er kannte ihn schließlich so gut, daß ihm klar wurde, daß Malloy ihn nicht hinter den Vorhang seiner Vergangenheit schauen ließ, weil er ihn als ebenbürtig betrachtete, sondern weil er ihn für einen Hilfesuchenden ansah. Hilfsbedürftigkeit schien der einzige Schlüssel zu sein, mit dem man Jack Malloy aufschließen konnte.

Die Zeit, in der Angelo seine dreißig Tage absaß, war für Prew schlimm. Lange vorher hatte er sich ausgemalt, wie es sein würde, wenn Angelo sich eines Nachts entschlösse, daß morgen der Tag sei. Deutlich hatte er die sich daraus ergebenden Händedrücke vor sich gesehen und die letzten Unterhaltungen und Lebewohls gehört. Er hatte erwartet, daß er die Möglichkeit haben würde, sich zu verabschieden. Als es aber schließlich geschah, war alles ganz anders.

Einen ganzen Monat lang war er mit Angelo zusammen, während dieser Tag für Tag versuchte, sich zu entschließen und endlich die Sache zu beginnen. Jedesmal aber ereignete sich etwas anderes, das den kleinen Burschen veranlaßte, das große Ereignis zu verschieben.

Trotz seines phantastischen Mutes hatte selbst Angelo nicht ganz den Schneid, die Sache ins Rollen zu bringen. Es würde eine fürchterliche Prüfung sein, die schlimmste, die er bis jetzt hatte ertragen müssen, und Angelo war sich dessen bewußt. So konnte er sich nie ganz dazu bringen, den ersten Schritt zu tun. Als es sich schließlich dann doch ereignete, kam es für alle, einschließlich Angelo, als Überraschung. Es war das Ergebnis einer Sache, auf die Angelo keinen Einfluß hatte, und so sagte niemand niemandem Lebewohl.

Der Militärpolizist Turnipseed hatte eine ziemliche Abneigung gegen Angelo gefaßt. Der Grund hierfür war privater Natur und undurchsichtig. Immerhin war diese Abneigung ständig gewachsen, bis er Angelo jedesmal, wenn er in seine Nähe kam, offen aufreizte. An diesem Morgen war Turnipseed auf Posten ›im Schacht‹, wie die Wachen die Stelle unten im Steinbruch nannten. ›Im Schacht‹ wurde wegen der Hitze und des Staubes von den Wachen als das schlimmste Kommando betrachtet. Turnipseed hatte, wahrscheinlich weil er gereizt war, Maggio an diesem Morgen mehr als gewöhnlich gequält. Jedesmal wenn Maggio gerade lange genug mit dem Hämmern aussetzte, um Atem zu schöpfen, wurde er von dem Posten angeschrien, und sprach er auch nur ein Wort, erhielt er einen besonders beleidigenden Anschnauzer. Ganz offenbar versuchte Turnipseed, ihn zu etwas Unüberlegtem zu verleiten, wofür er ihn nachher melden konnte. Schließlich ging Turnipseed geradewegs zu Maggio, der inmitten einer Gruppe arbeitete. Das Gewehr trug er unter dem rechten Arm. Er schlug Maggio ins Gesicht, weil er angeblich nicht aufgehört hatte zu reden. Prew befand sich in der Gruppe. So konnte er Maggios Augen genau beobachten. Zum ersten Male, seit er ihn kannte, zeigten sie nicht die auf einen Nadelkopf konzentrierte Wut, die gewöhnlich aufflammte, wenn sich jemand was gegen den kleinen Italiener herausnahm. Maggios Augen waren kalt und berechnend, als würde er sich im gleichen Moment, in dem auch Prews Herz einen Augenblick stehenblieb, klar, daß seine Zeit gekommen war. Dies war genau die Situation, auf die er gewartet hatte und die er künstlich hatte schaffen wollen. Wenn er sie jetzt nicht ausnützte, würde er es niemals tun. Seine Augen bekamen den zögernden Ausdruck eines Mannes, der vor der Wahl steht, etwas zu tun, das er lieber vermieden hätte, oder aber ein für allemal sich selbst einzugestehen, daß er ein Feigling sei.

Als Turnipseed zurücktrat, um die Wirkung seiner Handlung zu beobachten und vielleicht bei schärfster Inaugenscheinnahme etwas zu finden, das ihm die Möglichkeit gab, Maggio zu melden, ließ dieser seinen Hammer fallen und stürzte sich mit bloßen Händen und einer vorzüglichen Nachahmung unartikulierter irrer Schreie auf die Kehle des Postens. Dies war ein schwereres Vergehen, als Turnipseed es erwartet hatte. Er war unvorbereitet, und Angelo hatte ihn am Boden und würgte ihn, ehe er sich auch nur bewegen konnte. Die Gruppe der Sträflinge, einschließlich Prew, die alle außer zweien aus Baracke Zwei stammten, stand regungslos, die Hämmer in den Händen, und sah zu. Turnipseed gelang es, sich mit dem Kolben seines Gewehrs freizuschlagen und aufzustehen, ehe Maggio, noch immer schreiend, wie ein Irrer von neuem auf ihn losging. Er war so nahe, daß Turnipseed nicht einmal den Versuch machen konnte zu schießen. Mit beiden Händen packte er das Gewehr und schlug Maggio mit dem Lauf zu Boden, genau entsprechend Angelos Plänen und Hoffnungen.

Turnipseed, mit Maggio bewußtlos zu seinen Füßen, stand benommen da. Sein Atem ging schwer. Mit der einen Hand rieb er seinen Hals. Seine Augen starrten auf die Sträflingsgruppe, die sich nicht bewegt hatte und die sich nun hütete, sich zu bewegen.

»Na«, sagte er schließlich keuchend. »Los. Riskiert's. Traut euch doch.«

Niemand antwortete.

»Ich wollte, ihr tätet's«, sagte Turnipseed hoffnungsvoll, während er noch immer seinen Hals rieb und schwer atmete. »Wie gern würd ich einen von euch Schweinehunden erschießen. Steht einfach da herum und laßt diesen Irren mich erwürgen, ohne den Finger zu rühren. Bei Gott, viel Mitleid kann einer von so einem Rudel Wölfen erwarten«, sagte er vorwurfsvoll.

Niemand antwortete.

»Zwei von euch tragen ihn hinunter zur Straße«, sagte er mit einer Kopfbewegung hinter sich, ohne die Augen abzuwenden. »Die übrigen machen, daß sie weiterarbeiten, und zwar sofort.«

Aus Baracke Zwei rührte sich keiner, aber die zwei Männer aus Baracke Drei traten schnell und doch zögernd vor, als wären sie gestoßen worden.

»Los, aufgehoben den Kerl!« sagte Turnipseed. »Pech, daß er nicht verreckt ist. He!« rief er den künstlichen Berg hinauf den beiden Posten zu, die an den Rand getreten waren und zusahen. »Behaltet diese Saubande hier im Auge«, rief er, »hätten um ein Haar gemeutert. Los, ihr zwei, hebt ihn auf.«

Als sie ihn aufhoben, sah Prew in Umrissen die Beule, die sich auf seiner Stirn, gerade unterhalb des Haaransatzes, zu bilden begann. Die Haut war geplatzt und ein wenig Blut zum Auge hinuntergerieselt. Ein neuer Orden für Angelo. Sein Geist aber war bereits vorausgeeilt, erwog seine Chancen für die kommenden dreißig Tage. Nichts anderes konnte ihn berühren.

Turnipseed folgte den Trägern. An der Straße legten sie ihn nieder. Dann sandte er die beiden zurück, ehe er über den Apparat, der an einem Pfosten montiert war, den vorschriftsmäßigen Anruf machte. Noch immer beobachteten die beiden Posten oben auf dem Felsen scharf, was vorging, und so wandte die Gruppe sich wieder der Arbeit zu. Das letztemal im Leben sah Prew seinen Freund Angelo Maggio, als die zwei MP, die auf Grund des Anrufs herbeigeeilt waren, ihn, den noch immer Bewußtlosen, auf den Zweieinhalb-Tonnen-Lkw warfen und mit ihm verschwanden, den Hügel hinunter.

Seit langem hatte kein Mensch in Robert E. Lee Prewitts Dasein einen so starken Eindruck hinterlassen wie Angelo Maggio, mit Ausnahme vielleicht von Jack Malloy und Warden. Während diese beiden aber, jeder auf ganz verschiedene Art und Weise, überlegene Wesen waren, die sich auf einer anderen Bahn bewegten, war Angelo Maggio – erste in Amerika geborene Generation italienischer, in Brooklyn wohnender Emigranten, absoluter Verneiner der Armee, hundertprozentiges Gegenteil eines jener Hinterwäldler und Dreißigender, deren Vorfahren schon vor der Revolution aus Schottland und England gekommen waren und die Ausländer noch immer haßten – seiner eigenen Art näher und seinem Herzen enger verbunden als die schweren Brocken Malloy und Warden. Sein Verschwinden hinterließ eine böse Lücke.

Er war sich klar darüber, daß er nie mehr etwas von Maggio hören oder sehen würde, wenn er aus der Armee entlassen werden sollte. In der Armee schloß man Freundschaften fürs Leben. Daß Maggio entlassen werden würde, stand für ihn ebenso fest wie die Tatsache, daß er ihn nicht mehr sehen würde, ehe man ihn ins Loch warf, und auch nicht danach, in der Irrenabteilung des Standortlazaretts. Es gab nur die Alternativen: entweder verendete Angelo im Loch oder er würde aus der Armee entlassen. Da er Angelo kannte, glaubte er nicht an Angelos Tod. Aber weder das Wissen um die Tatsachen noch ihre Hinnahme halfen ihm, die Lücke zu füllen.

Prew folgte dem Schicksal Maggios von der Galerie der Baracke Zwei aus mit offen zur Schau getragener Besorgnis, die ihn in jedem anderen Falle und zu jeder anderen Zeit in Verlegenheit gebracht hätte. In diesen Wochen kam Malloy unaufgefordert zu ihm und stand ihm zur Seite.

Tatsächlich brauchte Maggio nicht die vollen dreißig Tage im Loch abzusitzen. Davon abgesehen, war sein Schlachtplan aber richtig gewesen. Schon nach etwas mehr als vierundzwanzig Tagen zerrte man ihn heraus und sandte ihn zur Beobachtung in die Gefängnisabteilung des Garnisonslazaretts. Der MP Hansen hielt sie über den Fortgang des Kampfes auf dem laufenden. Gewöhnlich war es Hansen, der nach dem Abendessen die Baracke Nummer Zwei zuschließen mußte, und fast jeden Abend gab er bekannt, was sich während des Tages und der vorhergehenden Nacht ereignet hatte. Darüber hinaus erfuhren sie nichts. Nie kam aus den dunklen Tiefen des Lochs eine direkte Nachricht von Maggio.

Hansen wußte nichts von seinem geheimen Plan, noch ahnte er etwas. Hansen glaubte ernsthaft, Maggio sei verrückt geworden. Das verminderte aber nicht seine Bewunderung für den ›Makkaroni‹.

»Ihr solltet ihn sehen«, sagte er, während er die Tür vor den Augen der Menge schloß, die sich um ihn drängte, um das Neueste zu hören. »Es ist unwahrscheinlich. Man muß das gesehen haben, um's glauben zu können. Mensch, wenn der verrückt ist, ist's ein Jammer, daß es nicht mehr Verrückte gibt.

Er ist der erste, den wir haben, seitdem ich hier bin«, erklärte er. »Ich hab allerhand über die früheren reden hören, aber Maggio ist der erste, den ich wirklich erlebe. Du warst hier, als sie schon mal einen in Kur hatten, nicht wahr, Jack?«

»Zwei«, sagte Malloy. »Beide während meiner ersten Strafzeit.«

»Na also, Maggio ist mein erster«, sagte Hansen und schüttelte wieder voll Bewunderung den Kopf. »Mensch, das ist wirklich 'n Erlebnis. Einfach toll ist das. Mir kann keiner erzählen, daß ein Mann so mutig wird, einfach weil er den Verstand verliert. Genausowenig, wie man sich das aus ner Flasche antrinken kann. So 'n Schneid ist angeboren. Entweder man hat ihn oder man hat ihn nicht.«

»Ich glaube, da hast du recht«, sagte Malloy.

»Schade, daß die Armee auf so viel Schneid verzichten muß«, sagte Hansen. »Wenn in der Armee was gebraucht wird, dann solcher Schneid.«

»Ich glaube, auch da hast du recht«, sagte Malloy.

»Das kannst du ruhig zugeben«, sagte Hansen. »Mir kann keiner was erzählen. Wißt ihr, der ist ja auch Fettsaus erster. Fettsau war noch nicht hier, als die anderen überschnappten.«

»Stimmt«, sagte Malloy durch die Tür. »Damals hatten wir nen alten Stabsfeldwebel. Fettsau tauchte erst auf, als der pensioniert war.«

»Fettsau denkt, er kann noch was machen«, sagte Hansen. »Er behauptet, er kann ihn kurieren. Er sagt, ihm sei bis jetzt noch kein Mann vorgekommen, den er nicht, egal, verrückt oder nicht, dazu bringen könnte, sich vorschriftsmäßig zu benehmen, vorausgesetzt, man läßt ihm freie Hand.«

»Vielleicht schafft er's«, warf Malloy hin.

»Glaub ich nicht«, sagte Hansen. »Mit jedem anderen, aber nicht mit dem kleinen Makkaroni. Ihr habt's ja nicht so nah beobachten können wie ich. Es ist einfach unwahrscheinlich.«

»War schon 'n tadelloser Kerl«, sagte Malloy.

»Und ist's noch«, sagte Hansen, »verrückt oder nicht.«

»Was sagt denn Vater Thompson dazu?«

»Nichts«, sagte Hansen. »Er überläßt alles Fettsau. Nur umbringen darf er ihn nicht. Das hat er Fettsau ganz klar gesagt, oder er läßt ihn einsperren. Darüber hinaus aber kann Fettsau machen, was er will. Aber Fettsau schafft es nicht. Glaubt mir das.«

Die Einzelheiten mußten sie jeweils aus ihm herausquetschen. Eigentlich konnte Hansen nichts anderes tun, als immer wieder nur seinem Erstaunen und seiner Bewunderung Ausdruck geben. Drei oder vier von ihnen mußten ihn immer wieder unterbrechen, damit er zu den Tatsachen kam. Ganz allmählich wurde ein Plan erkennbar.

Als man ihn am ersten Tag hereinbrachte, hatte Fettsau persönlich ihn wiederbelebt. Er hatte Turnipseeds Telefonanruf bekommen, kannte bereits die ganze Geschichte und war nun scharf darauf, seine Theorie zu beweisen. Mit drei Wachen, unter ihnen Brownie und Hansen, hatte er Maggio in die ›Turnhalle‹ genommen. Sie hatten ihm die nach Hansens Ansicht schlimmsten Prügel verpaßt, die ein Sträfling je bekommen hatte. Zum ersten Male in Hansens Laufbahn geschah es, daß man einen Mann ohnmächtig ins Loch schleppen mußte. Fettsau hatte versucht, Maggio zu dem Eingeständnis zu zwingen, daß er nur simuliere. Maggio hatte nur gelacht und vor sich hingeplappert und unbekümmert weiterhin ungereimtes Zeug geredet. Als er das viertemal ohnmächtig wurde, nachdem sie ihn schon dreimal wiederbelebt hatten, gab Fettsau es auf und ließ ihn ins Loch schaffen.

»Er ist bestimmt verrückt«, sagte Hansen. »Wenn er nicht verrückt wäre, könnte er das einfach nicht aushalten.«

Nach Fettsaus Plan sollte Angelo mit allen Mitteln gezwungen werden, zuzugeben, daß er simuliere. Er stellte einen regelrechten Stundenplan auf, nach dem er in regelmäßigen Zeitabständen zu ihm ging, um ihn zu verprügeln. Zuerst geschah dies alle acht Stunden, dann alle vier Stunden. Der Gedanke war der, daß die Erwartung ihn zermürben würde. Als dies fehlschlug, kam er in unregelmäßigen Abständen bei Tag oder bei Nacht, in der Annahme, daß eine konstante Spannung vielleicht wirksamer sei als eine langsam anwachsende Spannung. Er war imstande, um Mitternacht zu erscheinen und schon fünfzehn Minuten später wiederzukommen, oder ebensogut ihn volle vierundzwanzig Stunden in Ruhe zu lassen. Fettsau war ein fleißiger und gewissenhafter Arbeiter. Er bot ihm alles an, von einer Stelle als Vertrauensmann, einem Straferlaß für gutes Betragen, den sich Maggio schon in der ersten Woche seiner Gefängniszeit verscherzt hatte, bis zu einer Aufhebung des Urteils, wenn er nur zugeben würde, daß er simuliere. Maggio lachte nur oder plapperte vor sich hin, schnitt Gesichter oder schwätzte ungereimtes Zeug. Einmal pißte er vor Fettsaus Füßen auf den Boden, worauf Fettsau Maggios Gesicht in den Urin tunkte. Fettsau war überzeugt, daß er simuliere; daß überhaupt alle, die als geistig gestört entlassen wurden, nichts weiter als gute Schauspieler waren. Abgesehen von wirklichen Foltermethoden machte er vor nichts halt, um von Maggio ein Geständnis zu erzwingen. Jeden Abend, wenn Hansen kam, um die Tür zu schließen, erzählte er ihnen, daß der ›Makkaroni‹ nicht zusammengebrochen war. Es ergab sich eine Lage, die schwieriger war, als selbst Malloy sie sich vorgestellt hatte. Um diese Zeit herum keimte in Prew der erste wirkliche Haß gegen Judson, ein Haß, der ihn mit Mordgedanken zu füllen begann.

Schließlich kam Hansen eines Abends mit der Nachricht, daß Maggio am Mittag aus dem Loch geholt, gesäubert, verbunden und ins Garnisonshospital gebracht worden war. Gleichzeitig brachte er die Nachricht, daß Oberfeldwebel Judsons Beförderung, die bereits seit zwei Monaten als eine feststehende Tatsache angesehen wurde, vorübergehend zurückgestellt worden war. Prew fragte Malloy, ob er glaube, daß Angelo das je erfahren würde. Er hoffte es. Aber ehrlich gesagt, zweifelte er daran.

Von einem anderen Sträfling hörten sie, was in der Gefängnisabteilung des Hospitals geschah. Der Sträfling, ein Mann namens ›Felswand‹ Jackson, hatte bei einem Bona-fide-Sturz im Steinbruch das Bein gebrochen und war, lange ehe Prew oder Maggio erschienen, ins Hospital eingeliefert worden. Er kam einen Monat, nachdem

Maggio ins Hospital geschafft worden war, zurück in Nummer Zwei und brachte die ersten Nachrichten, wie es Angelo dort ergangen war. Man hatte ihn in eine Einzelzelle mit gepolsterten Wänden für Tobsüchtige gesteckt. – Wenn die Irrenwächter sich ihm näherten, war Angelo zunächst plappernd in eine Ecke gekrochen und hatte sie gebeten, ihn nicht mehr zu schlagen. Das gleiche tat er bei allen anderen. Wann immer irgend jemand – ein Psychiater, ein Arzt, eine Schwester oder ein Wärter sich näherten, versuchte er, sich in einer Ecke zu verstecken, und bat, nicht mehr geschlagen zu werden. Diese plötzliche Änderung seiner Taktik amüsierte jeden, selbst Prew und Malloy. Jackson gelang es nur ein einziges Mal, sich mit ihm zu unterhalten. Das war, nachdem er bereits vor der Kommission gestanden hatte und seine Entlassung sicher war. Maggio war sehr mißtrauisch gewesen. Erst als Jackson ihm schlüssig beweisen konnte, daß er der Baracke Zwei angehörte, öffnete er mit einem Grinsen den Mund und trug ihm auf, den Jungens mitzuteilen, daß alles in Ordnung und er auf dem Weg in die Freiheit sei. Jackson sagte, er sei über und über mit Narben bedeckt und sähe aus wie ein halb zu Tode geprügelter Boxer. Er benehme sich aber absolut nicht so, sagte Jackson. Nachdem er vor der Kommission gestanden hatte, behielt man ihn noch zwei Wochen im Lazarett. Dann sandte man ihn zurück nach den Staaten. Die Kommission schlug eine gelbe, unehrenhafte Entlassung vor, mit der Begründung, dieser Soldat sei geistig minderwertig, erblich belastet und nicht in der Lage, sich anzupassen. Diese Qualitäten stünden weder mit dem Militärdienst in Zusammenhang, noch seien sie durch diesen verstärkt worden. Der genannte Soldat sei daher dienstuntauglich.

Während der Wochen, die Angelo im Loch verbrachte, und während des Monats des Schweigens, ehe Jackson aus dem Lazarett zurückkam, hatte Jack Malloy wie eine Mauer hinter Prewitt gestanden. Ging es schlecht, war er immer da, um zu reden oder zuzuhören. Meist redete er. Malloy konnte die großartigsten Geschichten über sein eigenes Leben und die Vergangenheit erzählen. Prew erfuhr in diesen Wochen mehr über ihn, als irgendein anderer wußte.

Von Jack Malloy ging etwas ganz Eigenartiges aus. Wenn er einen mit seinen Träumeraugen ansah und mit seiner sanften und kräftigen Stimme zu einem sprach, hielt man sich für die wichtigste Persönlichkeit auf diesem oder irgendeinem anderen Planeten und glaubte sich für Dinge befähigt, die man früher nie für möglich gehalten hätte.

In den sechsunddreißig Jahren seines Lebens war er fast überall gewesen und hatte fast alles getan. Unter anderem war er zur See gefahren und besaß noch immer ein wenig den Gang eines Seemannes, was seinen kräftigen Körperbau unterstrich und innerhalb des Gefängnisses besonders ehrfurchtgebietend wirkte. Nichts erscheint einem Berufssoldaten romantischer als ein Matrose der Handelsflotte, und vor nichts hat er mehr Respekt als vor dem gedruckten Wort. Jack Malloy hatte enorm viel gelesen. Wie es schien, waren ihm in groben Umrissen alle Biographien, angefangen von John D. Rockefeller bis hinunter zu einem obskuren General der philippinischen Armee namens Douglas MacArthur, geläufig. Nie konnte er über etwas sprechen, ohne Bücher zu zitieren, von denen die anderen nie etwas gehört hatten. Es bedurfte jedoch gar nicht all dieser Fähigkeiten, um seinen Ruf ein für allemal zu begründen. Jack Malloy gehörte zu den Menschen, die sich ihren Ruf nicht erst schaffen müssen. Er wurde ihm freigebig und gratis von jedem Mann im Kittchen zugebilligt.

1905 als Sohn eines Sheriffs in Montana geboren, war er zwölf Jahre alt, als sein Vater im Jahre 1917 ernstlich anfing, Mitglieder der Gewerkschaft der Industrial Workers of the World einzusperren. Angeregt durch Gewerkschaftsmitglieder begann er zu lesen. Die ersten Bücher verschlang er im Gefängnis seines Vaters. Es waren Bücher, die jene Gewerkschaftler immer mit sich trugen. Aus Dankbarkeit bot er sich an, ihnen zur Flucht zu verhelfen. Als die Gewerkschaftler sein Angebot ablehnten, empfing er die erste Lektion in jenem Fach, das später seine Leidenschaft werden sollte, dem passiven Widerstand.

»Sie arbeiteten damit«, erzählte er Prew, »aber nicht ausreichend. Sie hatten das Prinzip nicht begriffen. Dies war ihr größter Fehler, und ich möchte fast sagen, ihr einziger. Es genügte aber, um ihre Bemühungen zum Scheitern zu bringen. Sie glaubten an direkte Gewalt. Das gehörte zu ihren Grundsätzen. Niemals hatten sie auch nur ein Zehntel soviel gekämpft oder getötet, wie man ihnen vorwarf, und hatten nicht ein Zwanzigstel von dem getan, was ihre Feinde ihnen taten. Das wichtigste ist jedoch, daß sie am Prinzip der direkten Gewalt festhielten, und das brachte ihnen ihre Niederlagen ein. Ein rein logischer Fehler das Ganze.

Dabei waren's alle großartige Kerle. Mit ihrem Mut und ihrem Verstand hätte sie nichts auf der Welt aufhalten können, hätten sie nur das Prinzip des passiven Widerstandes begriffen.

Erinnerst du dich an die sogenannten ›Wobblies‹? Nein, du warst zu jung. Vielleicht warst du noch nicht einmal auf der Welt. Nie, weder vorher noch nachher, hat es etwas Ähnliches gegeben. Sie nannten ihre Lehre materialistische Ökonomie, in Wirklichkeit vertraten sie eine Religion. Sie waren Taglöhner und Landstreicher wie du und ich, aber zusammengeschmiedet durch eine Vision, die wir nicht besitzen. Ihre Vision hat sie groß gemacht. Ihr Glaube daran hat ihnen ihre Kraft gegeben. Und singen konnten sie. Nie hast du jemand so singen hören wie diese Burschen. Niemand singt überhaupt so, wenn's nicht um einer Religion willen geschieht.«

Als er sich entschloß, aus Protest von zu Hause wegzulaufen, hatten die Gefangenen seines Vaters ihm geraten, einen amtlichen Geburtsschein mitzunehmen.

»'s ist direkt komisch, mein Junge«, sagte einer der Wobblies zu mir, ›wieviel Leute versuchen werden, dich als nicht naturalisierten Ausländer abzustempeln.‹ Er hieß Bradbury«, grinste Malloy, »der Kerl, der mir das gesagt hat, und seine Vorfahren hatten schon vor der Revolution gegen die Franzosen und die Indianer gekämpft.«

Das erste Buch, das Jack Malloy kaufte, war Walt Whitmans ›Leaves of Grass‹. Seine zweite Anschaffung war seine ›Rote Karte‹, die er bekam, als er den Mitgliedsbeitrag bei den Wobblies bezahlte. Der Rest seines ersten selbstverdienten Geldes ging für seinen ersten richtigen Rausch und sein erstes Frauenzimmer drauf. Er war seitdem nicht mehr zu Hause gewesen.

»Es war nur eine Ausrede«, sagte er. »Ich hatte nur auf einen Vorwand gewartet. Mein Vater war ein zu braver Polizist und meine Mutter eine zu fromme Christin. Gegen diese Verbindung konnte kein Kind ankämpfen. Lange schon, ehe ich die Wobblies traf, hatte ich gemerkt, wie verhaßt gewissenhafte Polizisten und fromme Damen sind. Und mehr als alles andere wünschte ich mir, nicht gehaßt zu werden.«

Danach kamen für ihn die Felder im Sommer und die Holzfällerlager im Winter. Für den Krieg war er zu jung, und so konnten sie ihn nicht wegen Kriegsdienstverweigerung einsperren. Immer trug er seinen Geburtsschein bei sich, aber manchmal half auch das nichts. Er lernte Gefängnisse von innen kennen. Als man die hunderteins Wobblies am 28. September 1918 einsperrte, schloß er sich der Protestbewegung und der Sammelaktion an, um ihnen zu helfen. Während der zwei Jahre, in denen die Hauptführer der Wobblies immer wieder von neuem eingesperrt wurden, ging der größte Teil seines

Geldes dafür drauf. Selbst die Besuche in den Bordellen schränkte er ein. Er arbeitete hart und fuhr fort zu lesen. Er hatte das Gefühl, sich auf etwas Besonderes vorzubereiten.

Schon aber begann die alte Solidarität sich zu lockern und zu zerbröckeln. Die Prozesse während des Krieges und die Verurteilungen hatten das Rückgrat der Bewegung gebrochen. Die kommunistische Revolution, vor der sich die ganze Welt fürchtete, hatte in Rußland gesiegt, und die Meinungsverschiedenheiten unter den Wobblies über den Kommunismus führten zu Spaltungen. Er fuhr fort zu lesen. Er wollte bereit sein.

»Das Komische ist«, lächelte er, »daß wir die ersten waren, die rot als Parteifarbe wählten. Von uns haben es die Kommunisten gestohlen, und das war bei weitem nicht alles, was sie stahlen.

Sie stahlen es und warfen es weg«, sagte er, »wie Kinder, die aus einem Bäckerladen mehr stehlen, als sie essen können, und es dann wegwerfen.«

Mit neunzehn Jahren ging er zur See und diente als Matrose auf einem südamerikanischen Frachtdampfer. Er fuhr fort zu lesen. Während dieser Zeit war er, da er nichts Besseres finden konnte, ein Anhänger des Upton Sinclairschen Sozialismus geworden, den er aber später ablehnte. Der Weise von Monrovia war ungefähr der einzige Kämpfer, der von allen übriggeblieben war, und der neunzehnjährige Jünger – auf der Suche nach einem Messias – half mit, seine Flugzettel auf allen Schiffen, auf denen er arbeitete, zu verteilen. Dies war zwar nicht ungesetzlich, aber wenn einen die Offiziere erwischten, war es mit der Arbeit bei dieser Schiffahrtslinie vorbei.

»Das lehrte mich zweierlei«, grinste Malloy, »einmal: niemals konnte ich das, was ich erreichen wollte, durch Propaganda erreichen. Logischerweise heiligt nämlich am Ende der Zweck gar nicht die Mittel, er wird nicht einmal durch diese erreicht. Man kann nicht die Masse durch einen gemeinsamen Faktor teilen und erwarten, daraus einen Durchschnitt zu erhalten, mit dem man arbeiten kann. Auch wenn dies mathematisch richtig ist, wird das Resultat, wenn man es auf den Einzelmenschen anwendet, falsch. Die Massen sind eine Sache und Einzelindividuen eine andere. Dieser paradoxen Tatsache kann man nicht dadurch entgehen, daß man sie alle entsprechend dem Niveau der ersten Volksschulklasse behandelt. Wir hatten die Absicht, Besseres zu leisten. Ich wußte zwar nicht wie oder was. Ich weiß dies auch heute noch nicht. Es wird aber eines Tages unumgänglich nötig sein.

Zweitens lehrte es mich, daß man nicht für die Nachwelt leben kann, ganz besonders dann nicht, wenn man prüde ist, denn die Sitten der Nachwelt sind immer von den unseren verschieden. Sinclair ist ebenso prüde wie Ralph Chaplin es war. Beide sind sie verheiratet. Es schmerzte sie tief, wenn sie sahen, wie wir, ihre Gefolgschaft, Bordelle besuchten. Als sie merkten, daß sie uns nicht überzeugen konnten, beschlossen sie, es zu übersehen. Ich habe den starken Verdacht, daß die revolutionäre Aktivität bei beiden ihren tiefsten Grund in einem ihnen von ihren Eltern eingetrichterten Abscheu vor der Häßlichkeit des Penis und der Vulva und damit in einem Hunger nach der idealen Liebe hatte. Man kann aber dem Leben ebensowenig entfliehen, indem man dagegen rebelliert, wie man ihm entfliehen kann, indem man sich blind stellt. Man kann sich nicht auf ein Fach verlegen, die Nationalökonomie zum Beispiel, um damit den Problemen aller anderen Fächer, unter anderem auch dem Geschlechtsproblem, zu entgehen. Schließlich kommt man doch, wenn man nicht ein Lügner ist, immer wieder zu der Sache zurück, vor der man davonläuft. Man kann nicht die Individuen, aus denen sich die sogenannte Masse zusammensetzt, in etwas hineinzwingen (eines Tages werden auch die Kommunisten dies lernen müssen, oder sie werden wie Sinclairs Sozialismus sterben), und wenn Männer sich gerne sexuell austoben, so muß man diese Grundtatsache akzeptieren, wie man alle anderen Grundtatsachen akzeptieren muß.

Ich habe nie mit einer Frau geschlafen, die ich nicht liebte«, sagte er. »Nachher hat sie mich vielleicht dazu gebracht, daß ich sie aus irgendeinem anderen Grund nicht mehr mochte. Wenn ich aber das erstemal mit ihr schlief, hab ich sie geliebt. Ich stelle das nur fest, ohne daß ich versuchen will, es zu erklären oder zu rechtfertigen. Ich habe herausgefunden, daß das auf die meisten Männer zutrifft. Ob sie allerdings darüber sprechen und es eingestehen, ist eine andere Frage.«

Prew, der über diese Behauptung nachdachte, erschrak etwas darüber, daß es auch in seinem Falle zutraf.

»Ich kann mir nicht vorstellen, wie man das alles in die soziale Ordnung der Zukunft einbauen soll. Ehe aber das Millennium hereinbricht, muß sich einer da was einfallen lassen. Er ist einer der Gründe, warum ich nie geheiratet habe.«

Als Seemann hatte Jack Malloy sechsmal den Tripper gehabt –

»Nie ne Syph, unberufen.«

Aber all das hatte ihn nicht geändert, immer noch lag tief in diesen furchtlosen Träumeraugen etwas, das nichts je hatte wirklich berühren können. Immer hatte er gelesen. Und trotz allem, was ihm je begegnet war, was er gesehen oder erlebt hatte, trotz aller Mühen, Erfahrungen, Weiber – – er sehnte sich nach den USA. Dort war sein Platz. Dort lag sein Glaube, und dort mußte er sein.

1937 kam Malloy mit seiner zwölfjährigen Seemannserfahrung, zweiunddreißig Jahre alt, nach Hause zurück. Er ließ sich von der Armee als Rekrut anwerben. Wenn Krieg kam, wollte er dabeisein. Er las noch immer.

»Von allen«, sagte er, »kamen die Wobblies der Sache wirklich am nächsten. Niemand hat sie jemals wirklich verstanden. Sie hatten Mut, und was noch wichtiger ist, sie besaßen das sanfte Herz, das sich mit dem Mut verbinden muß. Ihre Niederlage wurde mehr durch die fehlerhafte Technik der Durchführung als durch einen Fehler der Idee verschuldet. Fast glaube ich, daß die Zeit noch nicht reif war für sie. Ich bin Fatalist. Wenn man an die Notwendigkeit des Fortschrittes glaubt, hat man keine andere Wahl.

Ich habe viel darüber nachgedacht. Christus mußte seinen Jesaja haben. Selbst Luther brauchte seinen Erasmus. Ich glaube, die Wobblies waren die Propheten und die Vorläufer einer neuen Religion. Gott weiß, daß wir eine brauchen. Und wenn du je die Geschichte der Religionen studiert hättest und sie nicht für übernatürlichen Hokuspokus hieltest, würdest du keine so erstaunten Augen machen.

Du denkst vielleicht, Religionen seien etwas Ewiges. Glaubst, sie kämen ausgewachsen zur Welt? Religionen entwickeln sich. Sie erwachsen aus einem natürlichen Bedürfnis, wie jedes andere natürliche Phänomen, und unterliegen genau denselben Entwicklungsgesetzen. Sie entstehen, wachsen, haben legitime und illegitime Kinder und sterben und verderben.

Jede echte Religion durchläuft den gleichen Prozeß. Erst kommen die Propheten und erwecken aus dem Leichnam des alten einen neuen Glauben. Jeder Christus braucht seinen Jesaja und Johannes den Täufer, der ihm den Weg bereitet. Lies mal drüber nach, und du wirst selbst sehen, du wirst entdecken, daß sie sich alle nach den gleichen Gesetzen entwickeln.

Jede Religion beginnt auf der niedrigsten Stufe, unter Huren, Schankwirten und Sündern. Logischerweise muß sie da beginnen, weil hier die Unzufriedenen sind. Die Satten kann man schlecht für neue Ideen gewinnen.

Jede Religion macht ihre Stifter zu Märtyrern. Das geschieht nach dem Gesetz der natürlichen Auslese. Wenn der neue Glaube stark genug ist, wird er alle Verfolgungen überstehen und zu einem glorreichen Sieg gelangen.

Erst dann hängen die Satten (die bis dahin aus Angst die Verfolger waren) ihr Mäntelchen nach dem Wind und schalten sich gleich, und zwar aus der gleichen Angst heraus, die sie erst zu Verfolgern der neuen Religion machte.

Das ist der Augenblick, in dem jede neue Religion zu sterben beginnt. Als Kaiser Konstantin das Christentum annahm, weil es eine Schlacht für ihn gewonnen hatte, und es zur römischen Staatsreligion erklärte, dekretierte er auch seinen unvermeidlichen Verfall und Untergang.

Je stärker eine Religion ist, um so länger braucht sie, um zu triumphieren. Um so länger wird es dauern, bis sie stirbt, und um so mehr illegitime Nachkommen wird sie haben. Alle aber durchlaufen sie Stufe um Stufe diesen selben Prozeß.

Sie werden von Propheten angekündigt, kommen, triumphieren, degenerieren und verfallen. Für die Religion, die ihr Werk vollbracht und ihre Lehre erteilt hat, gibt es keinen Ausweg. Sie muß untergehn, um ihrer Nachfolgerin Platz zu machen. Diese wird die alte Lehre aufgreifen, sie ausbauen und weiterentwickeln, so wie es einst das Christentum mit dem Judentum gemacht hat.

Schau«, sagte er aufgeregt. »Was brachte das Judentum? Es lehrte, daß Gott im Mittelpunkt stand wie die Erde, um die das Universum kreiste; daß Gott unwandelbar war, ein Gott ewiger Strafe und Vergeltung. Das Judentum brachte uns die zehn Gebote.

Schön.

Was tat das Christentum? Es nahm das Judentum und änderte es ein wenig. Es lehrte noch immer, daß Gott das Zentrum und unwandelbar war, aber so wie die Sonne, um die sich die Planeten bewegten. Es schob Gott weiter weg, er war noch immer unwandelbar, nur nicht mehr so sehr persönlicher Mittelpunkt. Es änderte den Gott der ewigen Strafe und Vergeltung in einen Gott der ewigen Liebe und ewigen Vergebung, der das Schlechte nur dann bestrafte, wenn er gar nicht anders konnte. Das Christentum ersetzte die zehn Gebote durch die Bergpredigt.

Fein, was könnte nun der nächste Schritt sein, die logische Entwicklung? Nicht vielleicht eine Religion, die lehrt, daß Gott überhaupt kein fester Begriff war? Eine Religion, die lehrt, daß Gott überhaupt nichts wäre, wenn er sich nicht ewig änderte? Daß weder die Erde noch die Sonne der feststehende, unwandelbare Mittelpunkt ist, sondern daß es überhaupt keinen Mittelpunkt gibt. Daß, wie Einstein sagt, das Universum ein Kreis in der Zeit ist, in dem sowohl die Erde wie die Sonne nur kleine Teile sind, und alles ständig fließt und sich ewig ändert. Könnte eine neue Religion nicht lehren, daß Gott Wachstum bedeutet und Entwicklung, ein Gott, der nie der gleiche ist?«

Als er so weit gekommen war, sprach er nicht mehr zu Prew, um Prews Gedanken von Angelo abzulenken. Er war selbst gefangen und gab sich völlig der Erörterung seiner Theorie hin, die sich in ihm so festgesetzt hatte, daß sie sein ganzes Leben beherrschte. Die furchtlosen Träumeraugen erkannten nicht Prew als Prew. Noch erinnerte er sich eines Menschen namens Angelo. Eigenartigerweise konnte Prew sich gerade in diesem Augenblick völlig ans Zuhören verlieren und vergessen, daß es einen Maggio gab. Die Augen des Träumers beherrschten ihn dann vollkommen, während die leise, sanfte Stimme ihren Faden weiter und weiter spann.

»Du verstehst, was das bedeutet? Wenn Gott Wandel ist und nicht Unwandelbarkeit, wenn er Wachstum bedeutet und Entwicklung, dann braucht man die Vorstellung der Vergebung nicht mehr. Die Idee der Vergeltung setzt den Fehler voraus, die Erbsünde. Wenn aber Entwicklung nichts anderes bedeutet als Wachstum, Prüfung und Irrtum, wie können dann Irrtümer Sünde sein? Da sie ja doch zum Wachstum beitragen? Fühlt eine Mutter sich berufen, ihrem Kind zu vergeben, weil es grüne Äpfel ißt oder seine Hand auf einen heißen Ofen legt? Hast du jemals wirklich jemanden oder etwas geliebt? Eine Frau zum Beispiel. Hast du je eine Frau geliebt? Wenn du jemals wirklich etwas geliebt hast, ist es dir doch nicht in den Kopf gekommen, ihm etwas vergeben zu müssen, oder doch? Was auch immer es tat, war dir recht, oder nicht? Ganz gleich, wie sehr es dich schmerzen mochte. Etwas, das man liebt, dem braucht man nicht zu vergeben. Man vergibt denen, die man nicht liebt.

Wenn du jemanden liebst«, sagte Jack Malloy, »kommt dir überhaupt nicht der Gedanke, ihm zu verzeihen. Du magst dich wer weiß wie mit ihm über etwas streiten und ihn unter Druck setzen, um ihn zu ändern. Ist der Streit aber vorbei, und du hast ihn nicht im mindesten geändert, dann fährst du eben fort, ihn so zu nehmen, wie er ist. Nie wirst du derart eingebildet, rechthaberisch oder überlegen sein können, um dir selbst oder ihm zu sagen: ich verzeihe dir.«

Und damit war Jack Malloys Philosophie dargelegt. Seine Religion verkündet, sein Credo hergesagt. Immer wieder kam er darauf zurück. Er konnte nicht davon lassen. Es bedeutete ihm zu viel. Immer aber lief es auf das gleiche hinaus: daß über dem alten Gott der Rache und dem neueren der Vergebung ein allerneuester stand, ein Gott der Liebe, die hoch über aller Vergebung steht, ein Gott, der nichts Böses sprach, hörte oder sah, weil es nichts Böses gab.

Damit enthüllte sich ein Geheimnis, über dem Prew so oft gebrütet hatte, das Geheimnis seiner Gewalt über die Männer im Gefängnis, das Geheimnis seiner Großherzigkeit, die selbst ein Erzzyniker wie Berry bedenkenlos verehren konnte:

Jack Malloy war fähig, die Menschen zu lieben, weil er sich von vornherein damit abgefunden hatte, von seinen Freunden im Stich gelassen, von seinen Feinden verletzt und von seinen Führern betrogen zu werden. Er sah diese Dinge als natürliche Reaktionen an, mit denen man rechnen mußte, statt sie als Schuftereien zu verdammen.

Wenn Jack Malloy etwas in seinem Leben bedauerte, so war es, daß er zu einer falschen Zeit geboren worden war. Seine Geburtszeit war die Zeit der Propheten und nicht die des Messias.

»Denn es wird kommen«, sagte er. »Noch ist es nicht gekommen, aber es wird kommen müssen. Die Gesetzmäßigkeit der Weltgeschichte fordert, daß es kommt, und es wird hier in Amerika sein. Hier in Amerika, der Heimat des verhaßtesten aller Völker, wird die Hoffnung geboren werden. Die größten Religionen entspringen immer den verhaßtesten Völkern. Vielleicht werde ich es nicht mehr erleben. Vielleicht auch du nicht. Aber es wird kommen.«

43

Während Angelo im Lazarett war, und noch ehe Jackson mit den Neuigkeiten über ihn erschien, wurde der junge Bauernbursche aus Indiana, der vor Prews Augen in Nummer Drei niedergeschlagen worden war, nach Nummer Zwei versetzt. Von all den Männern, die Prew in Nummer Drei gekannt hatte, war er der letzte, dem er eine Versetzung nach Zwei zugetraut hätte. Nachdem er seine drei Tage im Loch verbüßt hatte, kam er zu ihnen, milde und freundlich wie immer.

Man hatte ihn, schon ehe Angelo ins Loch kam, erwartet. Nach seinem ersten Anfall, der als Folge des Schlages aufgetreten war und der nur einen Tag gedauert hatte, waren die gleichen Anfälle immer häufiger gekommen und hatten immer länger gedauert. Solange er nor-

mal war, behielt er sein altes, mildes, nie klagendes Selbst, und auch
solange er einen Anfall hatte, war er der gleiche gefügige, träumerische Idiot, den Prew kannte. Jedesmal aber, wenn er aus diesem Zustand herauskam, wurde er tobsüchtig und stürzte sich wie ein
Wahnsinniger auf jeden, der sich in seiner Nähe befand. Zweimal
hatte er Posten im Steinbruch angegriffen. Einmal hatte er im Speisesaal seinen Teller voll Catchup und Bohnen über den Kopf des Mannes, der neben ihm saß, geleert und war dann mit dem Messer auf
ihn losgegangen. Das einzige was den Mann rettete, war die Tatsache, daß man mit Militärmessern kaum Butter schneiden kann.
Für diesen Ausbruch bekam er drei Tage Loch, saß sie friedlich und
ohne zu klagen ab und versuchte am Tage nach seiner Entlassung,
dem Mann, der neben ihm im Steinbruch arbeitete, mit einem mittel-
großen Felsblock den Schädel einzuschlagen. Oder ein Mann aus
Nummer Drei wachte dadurch auf, daß ein Dämon mit dem Gesichtsausdruck eines Wahnsinnigen seinen Hals würgte, bis drei oder
vier andere, von dem Lärm aufgeschreckt, ihm zu Hilfe kamen und
sich so lange auf den Bauernburschen setzten, bis er wieder ruhig
war. Solcherweise deckten ihn seine Kameraden in Nummer Drei
und richteten schließlich eine Art von Wachsystem ein. Abwechselnd mußte einer während der Nacht ihn ständig im Auge behalten.
Eines Tages aber ging er im Speisesaal auf Fettsau selbst los. Er
wurde mit einem Knüppelschlag über den Kopf belohnt, und es
wurde entschieden, daß er für Nummer Zwei reif sei.
In Wahrheit paßte er überhaupt nicht in diese Baracke. Er war da
ebenso fehl am Platze wie ein weißes Schaf unter lauter schwarzen.
Dennoch nahm er es mit derselben Gleichmütigkeit hin wie alles andere. Er erinnerte sich Prews und bemühte sich eifrig um seine
Freundschaft, und nach kurzer Zeit übertraf er selbst Berry in seiner
Verehrung für Jack Malloy. Fast war es peinlich, wie er Jack wie ein
Hündchen überallhin folgte. Bei den abendlichen Spielen strengte er
sich ebenso an wie bei allem anderen, solange er normal war, er dul-
dete die verbrannten Finger beim Indianertanz und die wunden Rippen ›des Spiels‹ so klaglos wie alles andere auch. Einmal gelang es ihm
sogar, sich gegen die fünf kleinsten Männer aufrecht zu halten, wofür
er allseitigen Beifall erntete. Ihm wurde die Auszeichnung zuteil, daß
man ihm als erstem Mann die Befreiung von den Spielen anbot. Er
lehnte es aber ab, nur als Zuschauer mitzuwirken, obwohl er bis zu
dem Zeitpunkt, wo sie allgemein begannen, ihn zu schonen, niemals
irgendein Spiel gegen irgend jemanden gewonnen hatte.

Sie nahmen ihn unter ihren Schutz, sorgten für ihn und betrachteten ihn als eine Art von Maskottchen. Seine Tobsuchtsanfälle störten sie nicht. Sie brauchten keine Wachen einzusetzen, da sie ja alle ohne Ausnahme seit ihrer Kindheit geübte Kämpfer waren. Wachte einer auf, weil er gewürgt wurde, so schüttelte er sich frei, schlug ihn nieder und legte ihn dann in sein Bett zurück, wo er am Morgen wieder milde und friedfertig aufwachte. Niemand in Nummer Zwei, oder besser, niemand im ganzen Gefängnis, hielt ihn auch nur im geringsten für gefährlich. Der Gedanke, daß er das Streichholz werden sollte, das die Ladung zur Explosion bringen, den ganzen sorgfältig ausbalancierten Status quo des Militärgefängnisses, und besonders der Baracke Zwei, in Stücke reißen und das Schicksal verschiedener Beteiligter – selbst in Beziehung zum ›Draußen‹ – ändern würde, war geradezu lächerlich.

Es geschah ohne vorherige Warnung, und ohne daß irgend jemand es erwartete, eines Nachmittags draußen im Steinbruch. Seit der Bauernbursche aus Indiana in Nummer Zwei steckte, waren seine Ansichten über das Leben immer bitterer geworden. Es entsprach seiner Veranlagung in keiner Weise, und niemand konnte später sagen, ob er es seinen neuen Helden gleichtun wollte oder ob der Grund der war, daß seine Zustände ihn seinen Strafnachlaß für gutes Betragen gekostet hatten und sich damit seine Strafzeit von einem auf zwei Monate verlängert hatte.

An diesem Nachmittag befand er sich in einem seiner Traumzustände. Prew arbeitete gerade zwischen Berry und Jackson, als er daraus erwachte. Schon eine Weile hatten sie auf die Anzeichen gewartet, und kaum hatte der Bauernbursche aus Indiana seinen Hammer hingeworfen und sich wild umgeschaut, als die drei auch schon über ihn herfielen und ihn festhielten, bis er wieder in Ordnung war. Danach nahmen sie ihre Arbeit wieder auf. Sie dachten sich nichts dabei, da sie allmählich daran gewöhnt waren.

Ein wenig später aber trat der Bauernbursche aus Indiana auf sie zu. Auf seinem Gesicht lag ein ganz ungewöhnlich entschlossener Ausdruck. Er fragte, ob einer von ihnen bereit sei, ihm den Arm zu brechen.

»Warum zum Teufel, Francis?« wollte Prew wissen.

»Weil ich ins Lazarett will«, erklärte der Bauernbursche.

»Warum willst du ins Lazarett?«

»Weil ich dieses verdammte Loch hier satt habe«, sagte der Bauernbursche aus Indiana liebenswürdig. »Ich habe meinen vollen Monat abgesessen und immer noch sechsundzwanzig Tage vor mir. Noch sechsundzwanzig Tage, Mensch.«

»Was würdest du sagen, wenn du sechs Monate abmachen müßtest wie ich?« sagte Jackson.

»Ich würde es nicht sehr schön finden«, sagte der Bauernbursche aus Indiana.

»Auch mit nem gebrochenen Arm kommst du nicht schneller raus«, sagte Prew vernünftig.

»Ich kann aber zwei oder drei Wochen im Lazarett sein.«

»Und überhaupt, wie zum Teufel sollen wir dir denn deinen Arm brechen? Vielleicht, indem wir ihn übers Knie legen und kurz durchbrechen wie 'n Stock, was?« sagte Prew. »Einen Arm bricht man nicht so leicht, Francis.«

»Ich weiß aber, wie man's machen kann«, sagte der Bauernbursche triumphierend. »Ich kann meinen Arm über zwei Felsblöcke legen, und einer von euch kann ihn mit dem Hammer kaputtschlagen. Das bricht ihn schnell und leicht, und ich habe mindestens zwei Wochen Ferien im Lazarett.«

»Das kann ich nicht tun«, sagte Prew, dem es plötzlich ein wenig mulmig wurde.

»Kannst du's für mich tun, Jackson?« sagte der Bauernbursche aus Indiana.

»Warum willst du ins Lazarett, verdammt noch mal. Ist auch nicht besser als hier. Ich war dort und kann dir sagen, daß es kein bißchen besser ist als hier.«

»Aber dort gibt es wenigstens keinen Fettsau, und man braucht nicht in dieser gottverdammten Sonne Steine zu klopfen.«

»Nein«, sagte Jackson, »aber man hockt auf seinem faulen Arsch herum und guckt durch die Gitterfenster, bis man lieber draußen ist und Steine klopft.«

»Aber das Essen ist besser.«

»Stimmt«, räumte Jackson ein, »aber das kriegst du auch satt.«

»Du willst es also nicht tun? Nicht einmal aus Gefälligkeit?« sagte der Bauernbursche aus Indiana vorwurfsvoll.

»Wenn's hart auf hart geht, werd ich's schon tun«, sagte Jackson zögernd, »aber ich tät's lieber nicht, Francis, verdammt noch mal.«

»Ich mach's«, grinste Berry, »wenn du es wünschst, Francis. Du mußt natürlich wirklich wollen.«

»Ich will's wirklich«, sagte der Bauernbursche freundlich fest.

»Schön, wo sind 'n paar Klamotten?« sagte Berry.

»Wo ich arbeite, da drüben, sind zwei, die genau passen.«

»Gut«, sagte Berry. »Gehn wir hin.« Dann blieb er stehen und wandte sich nach den anderen um. »Ihr habt doch nichts dagegen, wenn ich's mache? Was ist schließlich schon dabei? Wo er's satt hat! Vielleicht komm ich selbst mal in die Lage.«

»Nein«, sagte Prew zögernd. »Mir ist's recht. Geht mich auch nichts an. Ich selber tu's nicht, aber sonst kann es mir egal sein.«

»Find ich auch«, sagte Jackson, dem übel wurde.

»Schön, bin gleich wieder da«, sagte Berry. »Paßt ein wenig auf die Posten auf.«

Der Posten drunten im Steinbruch war außer Sicht. Die beiden oben am Felsen aber standen so, daß sie sie sehen konnten.

»Paß lieber auf die beiden da oben auf«, sagte Prew.

»Mensch, wenn ich warten wollte, bis die beiden abhauen, könnte ich warten, bis ich schwarz werde.«

»Wahrscheinlich gehn sie bald ein Stück nach der anderen Seite«, sagte Prew.

»Ach was, die können mich am Arsch lecken«, sagte Berry angeekelt. »Sind sowieso zu blind, um was zu sehn.«

Er nahm seinen Hammer und folgte dem Bauernburschen aus Indiana. Ungefähr fünf Meter entfernt deutete Francis auf die beiden Steine, die er ausgesucht hatte. Sie waren etwa fünfzehn Zentimeter hoch, hatten eine flache Oberfläche und standen ungefähr zwanzig Zentimeter auseinander. Der Bauernbursche aus Indiana kniete sich nieder und streckte seinen linken Arm so über die Steine, daß der Ellenbogen auf dem einen und das Handgelenk auf dem anderen lag.

»Siehst du, so bleiben die Gelenke ganz«, erklärte er liebenswürdig. »Ich nehm den linken Arm, weil ich Rechtshänder bin. Dann kann ich leichter essen und kann noch immer Briefe nach Hause schreiben. Fertig«, sagte er. »Schlag zu.«

»Gut«, sagte Berry. Er trat vor, maß den Schwung mit dem Kopf des Hammers, holte mit beiden Händen aus und traf den Arm zwischen den beiden Felsen mit der Kraft und Genauigkeit eines geübten Holzfällers. »Das war's.«

Francis, der Bauernbursche aus Indiana, schrie auf, als hätte er den Schlag nicht erwartet, ähnlich wie ein Mann, der von einem Scharfschützen getroffen wird, den er nicht gesehen hat. Gab es überhaupt ein Geräusch brechender Knochen, so wurde es vom Schrei übertönt. Ein paar Sekunden blieb er auf den Knien. Sein Gesicht hatte sich entfärbt, und er schien einer Ohnmacht nahe. Dann stand er auf und kam herüber zu den anderen, um ihnen zu zeigen, was geschehen war. In der Mitte des Unterarmes war eine rechtwinklige Ausbuchtung zu sehen. Bereits in den paar Sekunden, die er brauchte, um die fünf Meter zu gehen, hatte die Bruchstelle zu schwellen begonnen. Während sie die Verletzung betrachteten, schritt die Schwellung weiter fort, bis alles nur noch ein dicker Klumpen war.

»Ich glaube, er ist an zwei Stellen gebrochen«, sagte Francis glücklich. »Mensch, das bringt mir mindestens drei volle Wochen ein. Vielleicht sogar mehr.« Seine Stimme erstickte, und er ging in die Knie. Behutsam hielt er den linken Arm mit der rechten Hand, während er sich übergab.

»Das tut verdammt weh«, sagte er stolz und stand wieder auf. »Ich hab weiß Gott nicht gedacht, daß es so weh tun würde«, sagte er mit der gleichen verwunderten Überraschung, die in seinem Schrei zum Ausdruck gekommen war. »Vielen, vielen Dank, Berry.«

»Schon gut«, grinste Berry. »Wenn du wieder was brauchst.«

»Na, ich glaub, ich geh's jetzt dem Posten zeigen«, sagte Francis glücklich. »Auf später.« Er ging den Hügel hinunter. Noch immer hielt er mit der rechten Hand behutsam seinen Arm.

»Jesus, Maria und Joseph«, sagte Prew, dem es kalt den Rücken hinunterlief.

»Mensch, ich beneid ihn nicht«, sagte Jackson. »Das möcht ich nicht mitmachen, nicht mal dann, wenn sie mich sofort entlassen würden.«

»Ach was«, grinste Berry. »Jeden Tag liest man von Verbrechern, die sich selbst operieren und sich Kugeln aus dem Leib holen. Das ist noch schlimmer.«

»Bis jetzt hab ich so was nur im Kino gesehen«, sagte Prew.

»Ich auch«, sagte Jackson. »Sonst hab ich nie davon gehört.«

»Mensch, 's war ganz leicht«, grinste Berry sie an. »Gar nichts dabei.«

Zwischen den einzelnen Hammerschlägen konnten sie sehen, wie der Posten telefonierte, während der Bauernbursche glücklich neben ihm stand. Behutsam hielt seine rechte Hand den linken Arm. Bald kam dann auch der Lastwagen herauf, um ihn zu holen. Er kletterte hinauf. Noch immer hielt er behutsam seinen linken Arm fest.

»Seht ihr?« sagte Berry. »So leicht wie Kuchenessen, Mensch, ich tät's am liebsten auch.«

»Wenn plötzlich zwei mit gebrochenem Arm auftauchen, würden die's todsicher spitzkriegen«, sagte Prew.

»Weiß ich«, sagte Berry und grinste wölfisch. »Deshalb tu ich's ja auch nicht. Das ist aber auch der einzige Grund.«

Als sie am Abend zurückkamen, hörten sie, daß sich Francis Murdock bereits in der Gefängnisabteilung des Lazaretts befand, und zwar mit ›Unterarmfraktur‹ durch Sturz von einem Felsen. Leider war er nur an einer Stelle gebrochen, statt an zwei, wie er gehofft hatte.

Sonst wurde nichts erwähnt, und es wurden keine Fragen gestellt. Wie es schien, war alles planmäßig abgelaufen. Auch das Abendessen verlief wie gewöhnlich.

Nach dem Essen aber, kurz vor dem ›Licht-aus‹-Signal, erschienen Fettsau und Major Thompson mit Knüppeln bewaffnet in Nummer Zwei. Ganz offensichtlich hatten sie eine tolle Wut im Leibe.

Es war fast wie ein Appell. Die Männer mußten sich in Habachtstellung vor ihren Betten aufstellen. Die beiden Wachen mit den Gewehren standen direkt an der Tür, ein dritter Posten mit dem Schlüssel stand außerhalb. Major Thompson sah aus, als wenn er gerade seine Frau mit einem gewöhnlichen Soldaten im Bett erwischt hätte.

»Murdock hat heute nachmittag draußen im Steinbruch seinen Arm gebrochen«, sagte der Major knapp. »Er behauptet, gestürzt zu sein. In dem Zustand, in dem er sich befand, mußte er ins Lazarett. Wir machen unsere kleinen Familienzwistigkeiten gerne in unseren vier Wänden aus. Aber, unter uns gesagt, jemand hat ihm den Arm gebrochen. Sowohl Murdock wie der Mann, der's getan hat, haben sich der Selbstverstümmelung schuldig gemacht. Hier im Militärgefängnis lassen wir so etwas nicht durchgehen. Murdocks Strafzeit wird verlängert, und wenn er wiederkommt, wird er's recht ungemütlich finden. Ich möchte jetzt, daß der Mann, der Murdocks Arm gebrochen hat, vortritt.«

Niemand rührte sich, niemand antwortete.

»Schön«, sagte der Major geschäftsmäßig, »wir können auch andere Saiten aufziehen. Ihr Leute seid in Nummer Zwei, weil ihr aufsässig seid. Mit keinem von euch hab ich das geringste Mitgefühl. In letzter Zeit hat man euch zuviel nachgesehn. 's wird Zeit, daß ihr merkt, wer hier Herr im Hause ist. Ich gebe dem Mann eine letzte Gelegenheit, sich zu melden.«

Niemand rührte sich.

»Gut, Feldwebel«, sagte der Major geschäftsmäßig und nickte Fettsau zu.

Oberfeldwebel Judson trat vor den ersten Mann und sagte: »Wer hat Murdocks Arm gebrochen?« Der Mann war ein dünner, kleiner, erfahrener Häftling vom achten Feldartillerieregiment mit einem zerklüfteten Gesicht, das seinen absoluten Zynismus widerspiegelte, und Augen, die steinern geradeaus starrten. Er war ganz auf der anderen Seite des Steinbruchs gewesen, aber er kannte die Geschichte schon. Er sagte: »Ich weiß nicht, Feldwebel«, und Fettsau schlug ihm quer über die Schienbeine und fragte ihn von neuem. Das zerklüftete Gesicht bewegte sich nicht, und die steinernen Augen behielten ihren starren Ausdruck. Er sagte: »Ich weiß nicht, Feldwebel«, und Fettsau stieß ihm die Spitze des Knüppels in den Bauch und fragte wieder. Der Erfolg war genau der gleiche.

Das gleiche geschah die Reihe hinauf und die andere Reihe hinunter. Fettsau begann methodisch am einen Ende und arbeitete sich fleißig hindurch bis zum anderen Ende und wieder zurück. Jedem Mann stellte er die gleiche Frage, ›Wer hat Murdocks Arm gebrochen‹, fünfmal. Nicht eine Gestalt bewegte sich, und nicht ein Auge blinzelte, und nichts als Verachtung für Fettsaus Methoden und für Fettsau selbst zeigte sich auf den Gesichtern. Hier war man nicht in Nummer Drei, sondern in Zwei, und Nummer Zwei war ein einziger Körper, eine Wand aus Stein und Beton.

Weder die Verachtung noch die eiserne Festigkeit störte Fettsau. Sein Auftrag lautete, jedem Mann die Frage zu stellen und ihn zu schlagen, wenn er die falsche Antwort gab. Das Resultat interessierte ihn nicht. Er erfüllte die ihm gestellte Aufgabe mit Methode und Gewissenhaftigkeit. Als er sich durch die ganze Reihe hindurchgearbeitet hatte, ging er zurück zum Major, und beide schritten die Front ab, bis sie zu Berry kamen.

»Wer hat Murdock den Arm gebrochen?« fragte Major Thompson. In diesem Augenblick wußte jeder, daß Thompson und Fettsau genau im Bilde waren.

Berry starrte gerade vor sich hin, ohne zu antworten.

Fettsau schlug ihn.

»Haben Sie Murdock den Arm gebrochen?« sagte Major Thompson.

Berry starrte in Habachtstellung gerade vor sich hin.

Fettsau schlug ihn.

»Zufällig«, lächelte der Major, »wissen wir schon, daß Sie es waren, der Murdock den Arm gebrochen hat.«

Berry grinste.

Fettsau schlug ihn.

»Treten Sie vor«, sagte Major Thompson.

Berry machte zwei Schritte vorwärts. Er grinste noch immer.

Fettsau schlug ihm mit dem Knüppelende über das Nasenbein. Berry ging in die Knie. So blieb er ein paar Sekunden. Niemand half ihm. Dann stand er schwankend wieder auf. Blut strömte aus seiner Nase, aber er hob weder seine Hände, noch wandte er den Blick von der gegenüberliegenden Wand. Mit der Zungenspitze leckte er sich die Lippen und grinste den Major an.

»Ich werde an Ihnen ein Exempel statuieren, Berry«, sagte der Major geschäftsmäßig. »Sie haben sich ein bißchen viel vorgenommen, aber ich werd Sie schon kleinkriegen. Sie glauben vielleicht, daß Sie zu zäh sind, als daß mir das gelingen könnte. Ich werde diesen Leuten zeigen, was mit einem Mann geschieht, der sich zuviel vornimmt und glaubt, er sei zu zäh. Haben Sie Murdocks Arm gebrochen?«

»Leck mich am Arsch«, sagte Berry heiser.

Dieses Mal schlug Fettsau ihm den Knüppel in den Mund. Berrys Knie gaben nach, aber er ging nicht zu Boden. Seine Augen verloren ihren Halt, aber er sah noch immer geradeaus. Als er sich wieder aufrichtete, begann sein Mund zu arbeiten. Dann spuckte er Fettsau verächtlich zwei Zähne vor die Füße und grinste ihn an.

»Ich werd dich umbringen, Fettsau«, grinste er. »Wenn ich je hier rauskomme, werd ich dir nachgehn, bis ich dich erwische, und dann werd ich dich umlegen. Besser, du kommst mir zuvor. Denn wenn ich hier rauskomme, leg ich dich um.«

Fettsau berührte dies genausowenig, wie ihn die allgemeine Verachtung und der allgemeine Widerstand berührt hatten. Wieder hob er den Knüppel, methodisch, fleißig, gefühllos, aber Major Thompson hielt ihn auf.

»Nehmen Sie ihn hinunter in die ›Turnhalle‹«, sagte der Major. »Ich möchte diese Baracke nicht schmutziger machen als nötig. Ein paar Leute sollen diese Schweinerei hier aufwischen.«

Fettsau packte Berry am Arm, um ihn zur Tür zu führen. Aber Berry riß sich los und sagte: »Nimm deine fetten Pfoten weg. Ich kann noch auf meinen eigenen Beinen gehn.« Und ging allein zur Tür. Der Posten, der draußen stand, schloß auf. Berry ging hinaus. Fettsau und der Major und schließlich die beiden Wachen folgten ihm.

»Der Kerl ist verrückt«, sagte Malloy mit gepreßter Stimme.

»So kann man nicht mit ihnen fertigwerden. Ich hab's ihm hundertmal gesagt, daß man auf diese Art nichts erreicht.«

»Vielleicht hat er's einfach satt«, sagte Prew.

»Wenn die mit ihm fertig sind, wird er's noch viel satter haben«, sagte Malloy unnachgiebig. »Die machen Ernst heute.«

Es war das erstemal, daß sie einen Mann in der ›Turnhalle‹ schreien hörten. Die Tatsache, daß es Berry war, der schrie, bewies, daß sie wirklich Ernst machten, daß Fettsau und Thompson dieses Mal aufs Ganze gingen. In Nummer Zwei reinigte man den Boden und setzte sich dann nieder, um zu warten. Es war bereits neun Uhr dreißig vorbei, und die Lichter brannten noch immer, ein Zeichen dafür, wie außergewöhnlich die Angelegenheit war. Von Hansen, der bewaffnet an der Tür vorbeiging, konnten sie erfahren, daß einer der Posten oben auf dem Felsen die ganze Sache beobachtet hatte.

Es war elf Uhr dreißig, als Major Thompson mit umgeschnallter Pistole, gefolgt von einer Abteilung Wachmannschaft, hereinkam. Es waren zehn Mann. Auch sie hatten Pistolen umgeschnallt und waren mit Gewehren bewaffnet.

Sie wurden in Zweierreihen aufgestellt und in die Turnhalle geführt. Den Gang entlang standen Posten mit schußbereiten Gewehren. Weitere Posten standen in der Turnhalle. Wie es schien, hatte man jeden verfügbaren Mann alarmiert. Die Leute aus Nummer Zwei mußten sich in einem offenen Rechteck vor den Posten aufstellen.

Berry stand an der Schmalseite des Raumes. Er trug seine kurzen Militärunterhosen und versuchte noch immer zu grinsen, obwohl sein Mund so geschwollen war, daß er ihn nur noch verzerren konnte. Er war kaum wiederzuerkennen. Aus seiner gebrochenen Nase rann das Blut in Strömen. Sooft er hustete, kam Blut auch aus seinem Mund. Seine Augen waren praktisch geschlossen. Die Ohren waren von Knüppelschlägen halb vom Kopf gerissen, Blut aus Nase und Mund und von den Ohren, die nicht sehr bluteten, bedeckte in dicken Flecken seine Brust und die weißen Unterhosen.

»Der ist erledigt«, flüsterte jemand hinter Prew.

Fettsau und zwei andere MP, Turnipseed und Angelo Maggios alter Freund Brownie, standen in seiner Nähe. Alle drei sahen erschöpft aus. Major Thompson mit umgeschnallter Pistole stand für sich allein in der Ecke.

»Wir wollen euch zeigen, was mit Leuten geschieht, die glauben, daß sie die Armee an der Nase rumführen können«, sagte er geschäftsmäßig. »Feldwebel«, nickte er.

»Dreh dich um«, sagte Oberfeldwebel Judson, »Nase und Fußspitzen gegen die Wand.«

»Du bringst mich besser um, Fettsau«, flüsterte Berry. »Mach lieber ganze Arbeit. Wenn ich hier rauskomme, leg ich dich um.«

Oberfeldwebel Judson trat vor und stieß sein Knie in Berrys Hoden. Berry brüllte.

»Dreh dich um«, sagte Oberfeldwebel Judson. »Nase und Fußspitzen gegen die Wand.«

Berry drehte sich um und brachte Nase und Fußspitzen gegen die Wand. »Du Schwein«, flüsterte er, »du fettes Schwein. Besser, du bringst mich um. Wenn nicht, mach ich dich kalt. Bring mich lieber um.« Es schien, als wäre dies der einzige Gedanke, der ihm geblieben war, als hätte er sich in den Kopf gesetzt, sich daran bis zum letzten festzuklammern. Immer wieder und wieder sagte er es.

»Hast du Murdock den Arm gebrochen, Berry?« sagte Oberfeldwebel Judson.

Berry fuhr fort, seine Litanei vor sich herzusagen.

»Hast du verstanden, Berry?« sagte Oberfeldwebel Judson. »Ob du Murdocks Arm gebrochen hast?«

»Ich habe verstanden«, flüsterte Berry. »Bring mich lieber um, Fettsau. Wenn du's nicht tust, mach ich dich kalt. Besser, du bringst mich um.«

»Brown«, sagte Fettsau. Er machte eine Kopfbewegung in Berrys Richtung. »Los!«

Unteroffizier Brown stellte sich in Positur wie ein Baseballspieler und schwang den Knüppel mit beiden Händen. Er traf Berrys Rücken an der schmalsten Stelle. Berry schrie. Dann hustete er, und wieder tropfte Blut aus seinem Mund auf den Boden.

»Hast du Murdocks Arm gebrochen?« fragte Fettsau.

»Leck mich am Arsch«, flüsterte Berry. »Besser, du bringst mich um. Wenn du's nicht tust, mach ich dich kalt. Besser, du bringst mich um.«

Fünfzehn Minuten lang mußten die Leute aus Nummer Zwei zusehen. Dann wurden sie an den Reihen bewaffneter Wachmannschaften vorbei zurück in die Baracke geführt. Die Lichter wurden gelöscht. Die Schreie aus der Turnhalle verstummten aber nicht, und so war an Schlaf nicht zu denken. Trotzdem wurden sie am Morgen um vier Uhr fünfundvierzig geweckt.

Beim Mittagessen erfuhren sie, daß Berry etwa um ein Uhr dreißig nicht mehr imstande war, zu urinieren, und mit halb abgeschlagenen Ohren in die Gefängnisabteilung des Lazaretts eingeliefert worden war, mit der Erläuterung, daß er von einem Lastwagen gestürzt sei.

Am nächsten Tage, etwa um Mittag, starb er infolge ›starker Gehirn-blutungen und innerer Verletzungen‹, wie der Bericht sagte, ›wahr-scheinlich verursacht durch Sturz von einem mit großer Geschwin-digkeit fahrenden Lastwagen‹.

Erst als Berry gestorben war, teilte Prew Malloy mit, was er zu tun beabsichtigte. Er wußte es schon vorher, aber er wartete so lange, bis Berry nicht mehr lebte.

»Ich werd ihn umbringen«, sagte Prew. »Ich werd warten, bis ich hier rauskomme, und dann lauere ich ihm auf und mach ihn kalt. Ich werd aber nicht so blöd sein wie Berry und herumlaufen und es vor-her bekanntmachen. Ich halt die Schnauze und warte auf die pas-sende Gelegenheit.«

»Er *muß* umgebracht werden«, sagte Malloy. »Er verdient's, weiß Gott. Nur wird es leider nichts helfen.«

»Mir wird's aber helfen«, sagte Prew. »Sehr viel wird's mir helfen. Vielleicht macht es mich sogar wieder zu nem Mann.«

»Du könntest niemand kaltblütig ermorden«, sagte Malloy, »selbst wenn du wolltest.«

»Ich hab auch nicht die Absicht, Fettsau kaltblütig zu ermorden«, sagte Prew. »Ich werd ihm die gleiche Chance geben, die ich selber habe. Drüben in der Stadt ist ne Bar, wo er immer hingeht. Die ha-ben mir's erzählt, und daß er immer ein Messer bei sich hat. Ich werd ihn mit nem Messer umbringen. Dann hat er dieselbe Chance. Nur daß er mich nicht töten wird, sondern ich ihn. Und kein Mensch wird wissen, wer's getan hat. Ich werd zu meiner Kompanie zurückgehn und es vergessen, so wie man einen toten Hund vergißt, den man am Weg findet.«

»Es wird aber nichts helfen, wenn du ihn umbringst«, sagte Mal-loy.

»Es hätte Berry ein wenig geholfen.«

»Absolut nicht. Berry wäre eines Tages doch dort gelandet, wo er jetzt ist. Das war sein Los, seit dem Tag, an dem er in einer Hütte im Elendsviertel von Wichita geboren wurde.«

»Auch Fettsau kommt aus den Slums.«

»Natürlich«, sagte Malloy. »Und genausogut hätte er Berry sein können, und Berry Fettsau. Du verstehst das nicht. Wenn du absolut was töten willst, dann das, was Fettsau zu dem gemacht hat, was er ist. Was immer er auch tut, er tut es nicht, weil es recht oder unrecht ist. Darüber denkt er gar nicht nach. Er tut einfach, was getan wer-den muß.«

»Ich auch. Ich hab immer getan, was getan werden mußte. Aber ich hab nie so etwas getan wie Fettsau.«

»Stimmt. Aber du hast einen starken Sinn für Recht und Unrecht. Deshalb bist du so ins Kittchen gekommen, genau wie ich auch, wenn du aber Fettsau fragst, ob er denkt, daß das recht ist, was er getan hat, würde er wahrscheinlich höllisch überrascht aussehn. Dann, wenn du ihm Zeit ließest, darüber nachzudenken, würde er sagen, jawohl, es war recht; einfach nur deshalb, weil man ihm immer eingebleut hatte, daß er nur das Rechte tun würde. Daher ist für ihn alles, was er tut, recht, einfach, weil er's eben tut, und weil man ihn gelehrt hat, daß es unrecht ist, Unrecht zu tun.«

»Jetzt schwätzt du nur«, sagte Prew, »ohne irgendwas zu sagen. Fettsau ist im Unrecht. Zu sehr im Unrecht. Und nach dir und mir wird's ne Menge Leute geben, die durch dieses Gefängnis müssen.«

»Wußtest du, daß Fettsau als Junge einem Menschen das Leben gerettet hat?«

»Von mir aus kann er Präsident gewesen sein.«

»Wenn es was nützen würde, ihn umzubringen, würd ich sagen, ja, mach ihn kalt. Die Folge wird aber nur die sein, daß einer, der ganz genauso ist, seinen Platz einnehmen wird. Warum bringst du nicht Major Thompson um?«

»Sie würden genauso irgendeinen andern auf seinen Posten setzen.«

»Selbstverständlich«, sagte Malloy. »Immerhin hat er aber Fettsau die Befehle erteilt.«

»Ich weiß nicht«, sagte Prew, »gegen ihn hab ich eigentlich nie die gleichen Gefühle gehabt wie gegen Fettsau. Major Thompson ist Offizier. Von Offizieren erwartet man nichts anderes. Die gehören nicht zu uns. Fettsau aber ist Soldat wie wir. Das macht ihn zu nem Verräter an seinen eigenen Leuten.«

»Ich verstehe, was du sagen willst«, sagte Malloy. »Und es stimmt. Trotzdem ist's falsch, ihn umzubringen, weil es eben gar nichts nützt.«

»Ich muß tun, was ich tun muß«, sagte Prew unnachgiebig.

»Jawohl«, sagte Malloy. »Genau wie wir alle. Genau wie Fettsau.«

»Dann liegt eben darin das ganze Übel«, sagte Prew.

»Du liebst doch die Armee, oder nicht?« sagte Malloy.

»Ich weiß nicht«, sagte Prew. »Doch. Ja. Ich liebe sie. Ich bin ein Dreißigender. War immer einer, von jeher schon, seit ich mich zum erstenmal verpflichtet habe.«

»Nun, Fettsau ist genauso ein Bestandteil deiner vielgeliebten Armee wie dein Hauptfeldwebel Warden, von dem du immer sprichst. Ohne die Fettsau könnte es keine Warden geben.«

»Eines Tages vielleicht doch.«

»Nein. Niemals. Wenn dieser Tag kommt, dann gibt es auch keine Armee mehr, und natürlich auch keine Warden.«

»Du hast doch nichts dagegen, daß ich anderer Meinung bin?«

»Nein. Du sollst das sogar sein. Nur ist das, was du erreichen willst, nicht dadurch erreichbar, daß man alle Fettsäue umbringt, dann tötest du damit auch deinen Freund Warden.«

»Vielleicht. Dennoch werd ich tun, was ich tun muß.«

»Meinetwegen«, sagte Malloy und grinste. »Das ist also alles, was dabei rauskommt, wenn ich dir etwas über passiven Widerstand beibringen will, was? Du hast genausowenig begriffen wie Berry oder Angelo.«

»Hat den beiden viel geholfen, passiver Widerstand, was?« sagte Prew. »Sie haben's beide versucht, und wo sind sie jetzt?«

»Keiner von beiden hat ihn angewandt«, sagte Malloy. »Ihr Widerstand war immer aktiv, nie passiv.«

»Sie haben sich nicht gewehrt, oder doch?«

»Das war auch gar nicht nötig. Innerlich haben sie's getan. Sie konnten nur an keinen Knüppel rankommen.«

»Ein Mensch kann alles nur bis zu einem gewissen Punkt ertragen«, sagte Prew.

»Richtig«, sagte Malloy. »Hör mal. Ein Bursche namens Spinoza hat mal einen Satz geschrieben, der lautete: *Weil der Mensch Gott liebt, ist er nicht berechtigt zu erwarten, daß Gott ihn wieder liebt.* Darin liegt ne ganze Menge. Ich bediene mich nicht des passiven Widerstandes, um dabei etwas zu gewinnen. Ich erwarte nicht, daß er sich für mich auszahlt. Darauf kommt es überhaupt nicht an. Wäre das nämlich das Entscheidende, hätte ich schon vor Jahren darauf verzichtet, als völlig untaugliches Verfahren.«

»Ich begreife das«, sagte Prew, »und ich war im Unrecht. Ich werde aber Fettsau ebenso sicher umbringen, wie ich hier sitze. Ich habe keine andere Wahl. 's ist das einzige, was ein fettwanstiges Schwein, wie er es ist, versteht. Das einzige.«

»Gut«, sagte Malloy. Er zuckte die Schultern und wandte den Blick der Baracke zu. Schon vor einer ganzen Weile hatte man die Lichter gelöscht, und die anderen lagen schon auf ihren Pritschen. Die zwei saßen sich gegenüber auf ihren Betten. Nur ab und zu, im Aufglühen der Zigaretten, leuchteten ihre Gesichter auf. Prew hatte sich, nachdem der kleine Bursche ins Lazarett geschafft worden war, mit allgemeiner, stillschweigender Zustimmung Angelos Pritsche direkt neben Malloy angeeignet. Malloy fuhr fort, den dunklen Gang hinunterzuschauen, als kämpfte er mit sich selbst, was er weiter sagen sollte.

»Schön«, sagte er schließlich, sich wieder Prew zuwendend. »Ich werd dir jetzt was sagen. Eigentlich hatte ich nicht die Absicht, darüber zu reden. Vielleicht wird's mir aber guttun, gerade so, wie es dir gutgetan hat, mit mir über Fettsau zu sprechen. Manchmal hilft es einem, wenn man über etwas spricht, das man tun wird, obwohl man's gar nicht tun will. Ich breche hier aus«, sagte er. Prew fühlte, wie eine Stille, die nicht die Stille der Nacht war, langsam über ihn hinkroch. »Warum?«

»Ich weiß nicht, ob ich's dir erklären kann«, sagte Jack Malloy.

»Verstehst du, etwas ist mit mir nicht in Ordnung.«

»Bist du krank, oder was?«

»Nein, ich bin nicht krank. 's ist was anderes. Hat irgendwie was zu tun mit dem, was ich dir über das Zur-falschen-Zeit-Geborensein gesagt habe. Mir fehlt irgend etwas, so daß ich eigentlich nie tue, was ich tun will. Siehst du, ich bin verantwortlich für das, was mit Angelo und Berry geschehen ist. Genauso, als hätt ich selber die Entlassungspapiere unterschrieben oder den Knüppel geschwungen. Genauso, wie ich auch dafür verantwortlich bin, wenn du Fettsau umbringst.«

»Quatsch«, sagte Prew, »es ist doch alles Quatsch, Jack.«

»Nein, 's ist leider die Wahrheit.«

»Ich kann, weiß Gott, nicht verstehn, wie du auf so nen Gedanken kommst.«

»Weil sie alle versucht haben, das zu befolgen, was ich gelehrt habe«, sagte Malloy. »Ob du's einsiehst oder nicht, begreifst oder nicht begreifst. Mein ganzes Leben lang ist mir immer das gleiche passiert. Immer hab ich versucht, Leuten Dinge beizubringen, die ich sah, aber immer hat man mich falsch verstanden und meine Lehren falsch angewandt. Das rührt daher, daß in mir irgendwas fehlt. Ich predige passiven Widerstand und eine neue Art von Gott mit einer neuen Art verstehender Liebe, aber ich üb's nicht selber aus. Oder nicht genügend. Manchmal hab ich das Gefühl, daß ich nie in meinem ganzen Leben etwas wirklich geliebt habe. Ohne mich und mein Geschwätz hätten weder Angelo noch Berry das getan, was sie taten, oder bekommen, was sie bekommen haben. Und wenn ich hierbleibe (ich hab noch sieben Monate abzusitzen), wird anderen das gleiche passieren. Dich hat's auch schon erwischt. Ich sage, leistet passiven Widerstand, aber ihr alle *kämpft*, weil ich selbst an Kampf denke, selbst wenn ich sage, kämpft nicht. Ich will nicht, daß es noch jemandem passiert.«

»Ich glaub nicht, daß das stimmt, was du sagst«, sagte Prew hilflos, weil er sich der geistigen Anstrengung einer derartigen Auseinandersetzung nicht gewachsen fühlte.

»Es ist aber so«, sagte Malloy, »und deshalb brech ich aus.«

Im Aufglühen seiner Zigarette sah Prew, wie er sanft und bitter lächelte. »Anscheinend«, sagte Malloy, »geschieht das jedem, der versucht, das zu tun, was ich mein ganzes Leben lang versucht habe zu tun, ohne die nötige innere Kraft zu besitzen. Wahrscheinlich werden sie auch meinen Ausbruch mißverstehen und einen Helden aus mir machen.«

»Wie willst du's anstellen?«

»Das ist das wenigste«, sagte Malloy. »Ich könnte aus der Werkstatt genug Werkzeuge mitbringen, um diese Wand hier zu durchbohren.«

»Und die Scheinwerfer?«

»Mich werden sie nicht sehen.«

»Und der elektrische Zaun? Und die Alarmanlage?«

»Isolierte Zangen aus der Werkstatt«, sagte Malloy. »Und ein langes Stück Draht, um den Stromkreis geschlossen zu halten.

Noch leichter wird es sein, wenn ich einfach in der Werkstatt abhaue. Nicht einer ist dort, der mich anzeigen oder aufhalten würde. Ein Overall, mit dem ich bis zur Kaserne komme, dann leih ich mir bei meiner Einheit Zivilkleider, und weg bin ich.«

»Wie ist's mit Geld?«

»Brauch ich nicht. Hab mindestens ein halbes Dutzend Freunde in der Stadt, die mich verstecken, bis ich ein Schiff nach Hause finde.«

»'s gibt bald Krieg«, sagte Prew.

»Ich weiß. Wahrscheinlich werde ich mich drüben, wenn Krieg ist, unter falschem Namen wieder melden. So stelle ich mir's jedenfalls vor. Hier aber hab ich nichts mehr zu suchen, und 's hat keinen Sinn, länger zu bleiben. Bis zum Krieg kann ich noch eine Menge anderer Dinge tun – – ohne immer falsch verstanden zu werden und denen zu schaden, denen ich nützen will.«

»Nimm mich mit«, sagte Prew.

Im Aufleuchten der Zigarette sah Malloy erschreckt auf. Dann lächelte er, und dieses Lächeln war, wie Prew sich später noch oft erinnerte, das traurigste, sanfteste, bitterste und wärmste Lächeln, das er je gesehen hatte.

»Du willst gar nicht mit mir gehn, Prew.«

»Doch, bestimmt.«

»Nein. Du willst nicht. Was würde dann mit Fettsau werden?«

»Zum Teufel mit Fettsau, wenn ich mit dir gehn kann.«

»Du weißt nicht, auf was du dich einläßt. Ich war früher schon auf der Flucht vor dem Gesetz.«

»Ich auch.«

»Aber nicht von Stadt zu Stadt und von einer Polizeistation zur anderen. Dieses Mal steht die Chance fünfzig zu fünfzig, daß ich überhaupt nie von der Insel herunter und zurück in die Staaten komme. Ist völlig unromantisch. Und gar nicht so leicht.«

»Du hast doch selbst gesagt, es wäre fast so leicht von hier auszubrechen, wie's leicht ist, aus der Reparaturwerkstatt zu fliehen«, stritt Prew.

»So ist's auch, und das mein ich gar nicht. Ich mein später, wenn wir draußen sind. Zu zweit wär's noch fünfhundert Prozent schwieriger. Wir würden direkt in die Berge fliehen müssen in Sträflingskleidern, statt durch die Kaserne zu gehn. Und natürlich würden sie uns gerade in den Bergen suchen. Um sicher in die Stadt zu kommen, würde es eine Woche dauern. Jedes Dorf und jedes Haus müßten wir umgehn. Danach müßten wir uns quer durch Honolulu arbeiten, um zu meinen Freunden zu kommen.«

»Ich tät's gerne«, sagte Prew.

»Ich weiß, wie man's macht«, sagte Malloy. »All das hab ich schon früher mal gemacht. Ich weiß, wie man auf ein Schiff gelangt als reicher Mann, der über jedem Verdacht steht. Ich weiß, wie ich mich anziehn und mich benehmen muß, wie man Mahlzeiten bestellt und Stewards behandelt und Angestellte, und ganz besonders Mitreisende. Da gibt's ne Million Kleinigkeiten, doch um sie zu lernen, braucht man Jahre. Du würdest dich schon am ersten Tag verraten.«

»Ich lern aber schnell«, sagte Prew. »Hör zu. Ich weiß, ich würd dir im Anfang Schwierigkeiten machen. Später aber könnt ich's dir mehr als zurückzahlen, ich mein bei den Dingen, die du dann vorhast.«

Malloy lächelte. »Du weißt ja gar nicht, was ich dann vorhabe.«

»Kann mir's ungefähr vorstellen.«

»Ich weiß es doch selber noch gar nicht, Prew.«

»Schön«, sagte Prew steif. »Ich will dich nicht zwingen. Ich wär aber gern mitgegangen.«

»Du gehörst nicht zu mir«, sagte Malloy. »Du gehörst in die Armee. Warum willst du mit mir gehn?«

»Ich weiß nicht. Vielleicht, weil ich helfen will.«

»Was zu tun?«

»Ich weiß nicht. Einfach helfen.«

»Helfen, die Welt zu ändern?«

»Vielleicht. Vielleicht ist's das, was ich meine.«

»Das wenige, das du und ich zu ändern vermögen«, lächelte Malloy, »wird sich nicht früher als hundert Jahre nach unserem Tode erweisen. Wir selbst werden's nie zu Gesicht bekommen.«

»Es wird aber dasein.«

»Vielleicht nicht«, sagte Malloy. »Deshalb sage ich ja, daß du nicht zu mir gehörst. Du hast romantische Vorstellungen. Wir wären immer auf der Flucht, müßten viel zu eng miteinander leben. Dazu eigne ich mich nicht. Ich fühle mich wohler, wenn ich mir andere vom Leibe halten kann, wenigstens auf kurze Entfernung. Du würdest bald alle Illusionen verlieren. Was ich tue, tue ich nur für mich, nicht um des Erfolges willen. Erinnerst du dich, was ich dir vorhin gesagt habe über meine eigene Unzulänglichkeit? Weißt du's noch?«

Prew antwortete nicht. Es hätte dumm und leer geklungen, wenn er gesagt hätte, daß er Malloy nicht für unzulänglich halte.

»Du kennst mich überhaupt nicht«, sagte Jack Malloy. Seine Stimme hatte plötzlich den verzerrten und hoffnungslosen Ton einer Beichte. »Du machst dir von mir ein genauso romantisches Bild wie alle anderen auch. Ich habe in meinem Leben nie etwas wirklich geliebt. Darin liegt mein Mangel.«

»Und die Wobblies? Und Amerika?«

»Die Wobblies existieren nicht mehr. Und ich glaube, daß ich nicht einmal sie genug geliebt habe. Hätte ich's getan, hätt ich fähig sein müssen, etwas zu tun.

Und Amerika ist keine Sache. Amerika ist keine Sache, Amerika ist eine Idee. Jeder hat eine andere Definition dafür. Ich kann Ideen lieben, solange sie meine eigenen sind. Ideen sind aber keine Dinge. Ich gehöre zu denen, die nicht gerne so nahe an einen anderen herankommen, daß sie seine Fehler sehen. Tu ich's, dann zerstört das die Liebe, die ich empfinde. Ich werde ärgerlich und hasse mich selber dafür, daß ich's geworden bin. Wenn ich aber bei dem anderen bleiben muß, so werde ich auch ihn hassen. Verstehst du, ich hab genau die gleichen Fehler wie alle anderen auch. Ich predige dagegen, aber es trifft auf mich genauso zu, obgleich ich haarscharf beweisen kann, daß ich anders bin.«

»Das glaub ich nicht«, sagte Prew. »Das ist nicht wahr. Du machst dich nur selber klein.«

»Entdeckst nicht gern tönerne Füße, was?« lächelte Jack Malloy schmerzlich. »Du würdest sie nur zu bald entdecken, wenn du mit mir gingst. Weil's nämlich wahr ist, was ich sage. Glaub mir, es ist wahr. Du aber bist anders. Du liebst die Armee. – Du liebst sie wirklich. Du bist ein Teil von ihr und gehörst zu ihr. Ich hab nie etwas genug geliebt, um dazuzugehören. Die Dinge, die ich geliebt habe, waren alle zu trügerisch, zu irreal. Ich leide an der gleichen Krankheit, die ich zu diagnostizieren versuche und die die Welt zerstört.

Das ist's, was mich mein ganzes Leben lang verfolgt hat«, sagte er, wie ein guter irischer Katholik, der seinen üblichen Samstagabendfehltritt beichtet. »Immer ist es hinter mir her gewesen und hat mich zu Fall gebracht, dieses Ding, das ich gesucht hab und niemals finden werde. Welcher Platz im Himmel auch immer auf mich wartet, ich gäbe ihn dafür, wenn ich etwas so lieben könnte, wie du die Armee liebst.

Verlaß sie nicht«, sagte er. »Niemals. Wenn ein Mann einmal das gefunden hat, was er wirklich liebt, dann muß er es festhalten, ganz gleichgültig, ob seine Liebe erwidert wird oder nicht. Und«, sagte er mit fast religiöser Inbrunst, »wenn es ihn schließlich tötet, sollte er dankbar dafür sein, daß er überhaupt die Möglichkeit hatte, so zu lieben. Darin liegt nämlich das ganze Geheimnis.«

Prew sagte nichts. Er glaubte ihm noch immer nicht. Wie aber konnte er mit einem Kopf wie dem Malloys streiten?

»Ich werde von dir Abschied nehmen«, sagte Malloy, und nun war seine Stimme wieder vollkommen normal, »denn ich weiß noch nicht genau, wann ich verschwinde. Ich muß auf den richtigen Augenblick warten. Wenn er kommt, werde ich ihn erkennen. Nur so kann man es machen. Deshalb vergißt du das Ganze am besten gleich wieder, laß alles beim alten, bis du mich plötzlich nicht mehr siehst.«

»Wie's scheint«, sagte Prew mit gequälter Stimme, »wie es scheint, besteht das Leben daraus, Menschen zu begrüßen, die man nicht mag, und von Menschen Abschied zu nehmen, die man liebt.«

»Das ist Mist«, sagte Malloy. »Sentimentaler Mist. Laß mich so was nicht noch mal hören. Zufällig steckst du gerade in einer Periode des Abschiednehmens. Jeder muß mal so was durchmachen. Halt jetzt deinen Mund und quatsch keinen Mist. Gehn wir schlafen.«

»Jawohl«, sagte Prew zerknirscht. Er drückte seine Zigarette aus und schlüpfte unter die Decken. Schweigend lag er auf seiner Pritsche. Er hatte plötzlich das unsichere Gefühl, daß Jack Malloy ihn irgendwie hereingelegt hatte. Wie, das konnte er nicht herausfinden.

Es dauerte eine ganze Woche, bis Malloy die erhoffte Gelegenheit fand. Prew sah ihn jeden Tag, wenn sie von der Arbeit zurückkamen, und jeden Tag rechnete er damit, ihn nicht mehr zu sehen. Dann kam der Abend, an dem er nicht mehr da war, und Gefreiter Hansen erzählte, wie Jack Malloy in gestohlenen Overalls einfach aus der Werkstatt hinausgegangen sei und wie niemand in der Werkstatt irgend etwas davon gewußt habe. Gefreiter Hansen, dessen Verehrung für Malloy vielleicht nur von seiner Verehrung für den verschiedenen Berry übertroffen wurde, war begeistert. MP-Streifen wurden ausgesandt. Sie durchsuchten die Ananasfelder und beobachteten den Honouliuli Trail. Die Wachen in der Kaserne wurden alarmiert. Die Wahiawa-Streife und die Shafter MP drunten in der Stadt erhielten eingehende Instruktionen. Es war das erstemal, daß irgend jemand aus dem Militärgefängnis Schofield entkam, außer drei Mann, denen es vor zehn Jahren gelungen war, die aber in weniger als zwölf Stunden zurückgebracht worden waren. Von Jack Malloy aber fand man keine Spur. In Nummer Zwei war man, genau wie Jack Malloy es vorausgesagt hatte, so stolz, als gehörte man der Partei an, deren Kandidat gerade zum Präsidenten gewählt worden war.

Prew saß für sich alleine und fragte sich, ob er nicht am Ende bereits dem neuen Messias des neuen Glaubens begegnet sei, den Malloy vorausgesagt hatte. Vielleicht war es ein Messias, der keine Jünger wollte, sondern es vorzog, allein zu bleiben. Möglicherweise war er ihm begegnet, hatte neben ihm gelebt und ihn nicht erkannt.

Nach zwei Wochen fruchtlosen Suchens, das mit ebenso großem Interesse verfolgt wurde wie die Kämpfe um die Fußballmeisterschaft, verlor seine Flucht den Reiz der Neuheit. Wie alles andere auch, wurde dieses Ereignis unter dem ständigen Druck der Arbeit schartig, wie eine Schneide aus Stahl an einem Steine, und ging in Leere und Langeweile unter.

Was immer auch geschah, im Militärgefängnis wurde gearbeitet. Man schwang seinen sechzehnpfündigen Hammer, um einen Felsblock zu zerschlagen, oder schaufelte die schon zerschlagenen Brokken auf die Lastwagen. Es war Arbeit ohne Sinn, Arbeit ohne Ende. Arbeit ohne Stolz. Man bekam Blasen an den Händen, Blut und Schwielen. Sie überzogen sich mit Hornhaut wie die Füße eines Briefträgers. An ihren Schwielen sollst du sie erkennen, o Herr, am Tage des Jüngsten Gerichts, dachte man wild. Sobald man alle erreichbaren Felsblöcke zertrümmert hatte, kamen die Pioniere und sprengten freundlicherweise einen neuen Vorrat aus dem Berg heraus. Man hatte Schmerzen in den Muskeln, und sie wurden hart, hatte Schmerzen in seinem Geist, und auch der wurde hart. Man würde ein harter, guter, gefährlicher Soldat sein, wenn man einmal herauskam.

44

Alles in allem, eingerechnet die Extratage im Loch, saß er vier Monate und achtzehn Tage, und die G-Kompanie hatte sich verändert.
Warden war fort, auf einem vierzehntägigen Urlaub. Leva war weg, versetzt zur M-Kompanie und Feldwebel geworden. Maylon Stark war jetzt Oberfeldwebel, und Leutnant Culpepper war Kompanieführer. Dynamit Holmes war zum Brigadestab abkommandiert worden und Major geworden. Holmes hatte Oberfeldwebel O'Hayer mitgenommen. Ein neuer Kompanieführer, ein Hauptmann, wurde erwartet. Alles war anders geworden.
Er kam aus dem Gefängnis in der gleichen Uniform, die er während des Prozesses getragen hatte. Sie fühlte sich fremd und neu an, nach vier Monaten und achtzehn Tagen in einem zu großen Sträflingskittel. Seine Extrauniform war weder schmutziger noch zerdrückter, weder sauberer noch besser gebügelt. Vier Monate und achtzehn Tage lang hatte sie in der Kleiderkammer des Gefängnisses gehangen. Abgesehen von einer kaum sichtbaren Querfalte an den Knien war sie noch genauso wie damals, als er sie ablegte. Er konnte ein Gefühl der Überraschung hierüber nicht ganz überwinden. So ging es mit allem anderen auch.
Man händigte ihm sein Bettzeug aus und die gleiche alte Feldkiste, in der sich alle seine persönlichen Dinge befanden. Sie schienen sonderbar neu und unbenutzt. Es gab die gleichen Decken und den glei-

chen Gürtel und dieselbe Feldflasche, aber es war nicht mehr Leva, der diese Dinge ausgab. Er erhielt sie von dem grinsenden Oberfeldwebel Malleaux, dem neuen Kammerunteroffizier. Hinter diesem erschien Pete Karelsen, nun ebenfalls Oberfeldwebel, und noch immer zur Kammer abkommandiert. Grinsend schüttelte er Prew die Hand. Offenbar war er noch immer eine Berühmtheit. Man fragte ihn über Maggio aus.

In der Schreibstube unterbrach der stellvertretende Hauptfeldwebel Baldy Dhom, der schwitzend und grimmig versuchte, seine Wurstfinger um einen Federhalter zu legen, freudig seine Arbeit und schüttelte ihm glücklich die Hand. Der neue Schreiber, ein Jude namens Rosenberry, machte keine Anstalten, ihm die Hand zu schütteln, sondern starrte ihn nur ehrfürchtig erschrocken an.

Rosenberry, so hörte er später, war kein Berufssoldat, sondern eingezogen worden. Er hatte bei der Neuorganisation Mazziolis Stelle bekommen, als dieser, wie alle anderen Kompanieschreiber, zum Regiment versetzt wurde. Rosenberry war Gefreiter, und Mazzioli war jetzt Feldwebel.

Es gab noch mehr neue Gesichter neben dem Rosenberrys. Im Speisesaal am Abend sah er mehr neue Leute als alte. Die Neuen starrten ihn mit der gleichen erschreckten Ehrfurcht an, wie Rosenberry es getan hatte.

Nach dem Nachtessen setzte er sich auf sein Bett und betrachtete sein Gewehr, ein fabrikneues Garand M 1. Schweigend studierte er die schwerfälligen Formen der Waffe, die ihm nie richtig behagen würden. Im schwachen Schein der Lichter beobachteten ihn die neuen Gesichter insgeheim mit der gleichen unverändert erschreckten Ehrfurcht. Häuptling Choate und all die anderen neuen Feldwebel und Gruppenführer, außer Ike Galovitch, kamen herüber, schüttelten ihm die Hand und klopften ihm auf die Schulter. Offenbar war die ›Sonderbehandlung‹ abgeblasen. Er war eine Berühmtheit. Jeder wollte etwas über Maggio hören.

Mit Hauptmann Holmes waren die Vorrechte für die Sportler verschwunden, und verschwunden waren auch die alten Kräfte, die schuld an allen Schwierigkeiten gewesen waren. Der neue Kompanieführer wurde jeden Tag erwartet. Ein wenig kam Prew sich wie ein Mann an einem Abhang vor, dem man zu spät ein Seil zugeworfen hat, und der nun zusieht, wie es nutzlos langsam in die Höhe verschwindet, während er selbst in die Tiefe stürzt.

Sie waren ihm gleichgültig geworden, unwirklich, das einzige Wirkliche für ihn war das Gefängnis. Ganz allmählich hatte sich sein Willen auf einen einzigen Punkt konzentriert, wie die Strahlen der Sonne sich unter einem Brennglas auf einen einzigen stecknadelkopfgroßen Punkt sammeln. Niemand konnte mehr in die einzige Sphäre, die er noch als Wirklichkeit empfand, das Gefängnis, eindringen. Im übrigen hatte er sich vorgenommen, neun Tage zu warten.

Nur ein einziges Mal brach das Alte doch beinahe wieder durch. Das geschah, als Andy und Freitag plötzlich von irgendwoher auftauchten, ihn sahen und gleich zu ihm kamen und sehr froh waren, ihn zu finden. Sie holten die Gitarren heraus und kamen vertraut zu seinem Bett, und die neuen Gesichter beobachteten auch sie mit erschreckter Verehrung.

Dann zeigten sie ihm ihre Neuerwerbung. Vor zwei Monaten hatten sie eine elektrische Gitarre auf Abzahlung gekauft. Sie hatte zweihundertsechzig Dollar gekostet, von denen zweihundert noch zu bezahlen waren. Es machte ihnen Spaß, ihm die neue Gitarre zu zeigen, wie ihnen die ehrfurchtsvolle Aufmerksamkeit Spaß machte, mit der die Neueingezogenen sie betrachteten. Er war eine Berühmtheit, und sie waren seine Kameraden.

Er zwang sich dazu, die vollen neun Tage zu warten. Er ging nirgends hin. Er hockte auf seinem Bett im Schlafsaal, störte niemanden und sprach kaum ein Wort. Er ging nicht einmal nach Maunalani Heights, um Alma Schmidt zu besuchen. Er wollte nicht, daß irgend etwas die kristallene Klarheit seiner Konzentration störte, die ununterbrochen zunahm.

Der neue Kompanieführer, ein Oberleutnant statt eines Hauptmannes, kam an und übernahm die G-Kompanie. Dies geschah am fünften Tage. Er hielt eine Rede. Er war ein jüdischer Anwalt aus Chicago, der einen Reserveoffizierskurs auf einer der Universitäten mitgemacht hatte. Sein Name war Ross, und er war erst kürzlich einberufen worden. Leutnant Culpepper, dessen Vater und Großvater in der G-Kompanie als kleine Leutnants begonnen hatten, um dann die Kompanie, das Bataillon und schließlich das Regiment zu kommandieren, war nicht glücklich. Er hatte einen Hauptmann erwartet. Das wäre nicht so schlimm gewesen. Leutnant Culpepper hielt nicht viel von Oberleutnant Ross als Soldat, aber der Schütze Prewitt konnte nicht finden, daß es viel ausmachte.

Er wollte nicht zum Märtyrer werden, wenn er es irgendwie vermeiden konnte. Mehr als das, er wollte nicht nur am Leben bleiben, sondern es auch in der Armee verbringen. Ehe er das Gefängnis verließ, hatte er sich vergewissert, daß in den neun Tagen nach seiner Entlassung weitere sechs Mann frei werden würden. Es schien ihm, daß sich dadurch ein eventueller Verdacht gegen ihn verringern würde, selbst wenn man die vielen Hunderte von Leuten, die vor ihm durch das Gefängnis gegangen waren, nicht mitzählte. Neun Tage waren eine hübsche runde ungerade Zahl, die nicht so verdächtig aussah wie etwa zehn Tage oder eine Woche. Fettsau Judson aber ging, wenn er nichts Besonderes zu tun hatte – wie zum Beispiel das Mitternachtsexerzieren mit Berry –, Nacht für Nacht zur Log Cabin Bar. Er hatte also keinen besonderen Grund zur Eile.

Das Messer kaufte er in einem der vielen Ausrüstungsläden in der Stadt. Diesen Kauf hatte er im voraus genau überlegt. Der Laden war eines der kleinen, schmutzigen, jüdischen Geschäfte in der Hotelstraße, eines der vielen tausend kleinen, schmutzigen, jüdischen Geschäfte, die überall dort entstehen, wo Soldaten leben, mit dem einzigen Unterschied, daß in Hawaii alle jüdischen Geschäfte von Chinesen geführt wurden. Überall gab es die gleichen vorschriftsmäßigen Uniformblusen, wurden dieselben vorschriftsmäßigen Hosen geschneidert und die Hemden zurechtgemacht, bis sie saßen. Alle verkauften sie denselben Kram: Dienstgradabzeichen, Schützenmedaillen, Garnisonsmützen mit Messingabzeichen, Schulterklappen in leuchtenden Farben, Trillerpfeifen, Ordensschnallen, Erinnerungsshawls und Kissen und Messer. Selbst die erzwungene Anonymität der Armee hatte ihr Gutes.

Das Messer, das er sich aussuchte, war eines aus einer Reihe von zwölf genau gleichen. Sie lagen in einem Glaskasten unter einem Durcheinander von Pfeifen, Abzeichen, Ringen und Schulterklappen. Es war ein etwa dreizehn Zentimeter langes Klappmesser mit Nußbaumgriff, wie es zur Standardausrüstung jedes Soldaten gehörte. Er hatte im Laufe seines Lebens vielleicht ein Dutzend von ihnen besessen. Wahrscheinlich verkaufte der Chinamann jeden Tag ein halbes Dutzend davon. Er bezahlte in kleinen Münzen, nahm es mit sich aus dem Laden, probierte die Schnappvorrichtung ein paarmal, steckte es in die Tasche und suchte ein Lokal, wo er etwas trinken konnte.

Die Log Cabin Bar war eines der Stammlokale für Soldaten. Sie hatte indirektes, fluoreszierendes Licht und galt für Touristen, die die Armee in ihrer natürlichen Umwelt beobachten wollten, als sicher. Das Lokal war sehr sauber und sehr modern und ein wenig unter dem Niveau von Wu Fats chinesischer Bar und Restaurant. Es lag hinter

der Beretania Street, mitten in einem Block von stinkenden Gemüse-
läden und süß duftenden Bordellen, in einer schmalen, gepflasterten
Gasse. Ungefähr dreißig Meter weiter bog die Gasse im rechten
Winkel ab und mündete in eine weiter östlich verlaufende Parallel-
straße. Prew, nüchtern und kühl trotz der zwölf Glas, die er getrunken hatte, wartete an der Ecke dieser Gasse, nachts um ein Uhr, als
die Log Cabin Bar ihre Tore schloß.

Selbst im düsteren Lichte dieser Gasse konnte man Fettsau nicht mit
irgend jemand anderem verwechseln. Er kam mit zwei Matrosen. Sie
waren Barbekanntschaften. Hier gab es also keine Komplikationen
zu befürchten. Einer der Matrosen erzählte einen Witz, und Fettsau
und der andere lachten. Es war zum ersten Male, daß Prew Oberfeldwebel Judson lachen hörte.

Sie entfernten sich von ihm in Richtung Beretania Street, und so trat
er hinter der Ecke hervor. Nur selten in seinem Leben – wenn er das
Horn blies – hatte er eine solche kristallene Klarheit konzentrierter
Aufmerksamkeit empfunden wie in diesem Augenblick.

»Hallo, Fettsau«, sagte er. Er war sicher, daß der alte Gefängnisname
ihn wie ein Seil einfangen würde.

»Schau einer an«, grinste Fettsau. »Geht nur ruhig weiter«, sagte er
zu den Matrosen. »Bis nächste Woche. Alter Kamerad von drüben.
War lang mit ihm zusammen.«

»Gut, Judson«, sagte einer der Matrosen lallend, »auf bald.«

»Danke«, sagte Prew, als Fettsau sich ohne Zögern näherte und die
Matrosen sich auf dem Backsteinpflaster in Richtung Beretania
Street entfernten.

»Wofür?« grinste Fettsau. »Ich brauch keine Matrosen. Also«, sagte
er, »willst du was von mir, Prewitt?«

»Ja«, sagte Prew, »laß uns um die Ecke gehn, wo wir uns unterhalten
können.«

»Fein«, grinste Fettsau. »Wie du willst.«

Er folgte ihm um die Ecke, die Arme leicht abgespreizt und etwas
gebückt, wie ein Boxer, der auf der Hut ist.

»Wie kommst du dir vor, wieder ›draußen‹ zu sein?« grinste Fettsau.

»Genau, wie ich's mir vorgestellt habe«, sagte Prew. Er hörte, wie
sich hinter ihnen, um die Ecke herum, die Tür der Log Cabin Bar
öffnete und wieder schloß. Ein paar späte Gäste entfernten sich auf
dem Backsteinpflaster in Richtung Beretania Street.

»Nun«, sagte Fettsau. »Was hast du auf dem Herzen? Ich hab nicht
die ganze Nacht Zeit.«

»Das hier«, sagte Prew. Er zog das Messer aus der Tasche und ließ es aufschnappen. Das Klicken der herausspringenden Klinge gab einen lauten Ton in der Stille der Gasse. »Mit den Fäusten kann ich dich nicht verprügeln, Fettsau. Selbst wenn ich's könnte, wollte ich nicht. Wie ich höre, hast du immer ein Messer bei dir. Hol's raus.«

»Vielleicht hab ich aber keins«, grinste Fettsau.

»Man sagt, du hast immer eins.«

»Meinetwegen. Aber angenommen, ich hab keine Lust, es zu gebrauchen.«

»Besser, du tust's.«

»Und wenn ich davonlaufe?« grinste Fettsau.

»Ich hol dich schon ein.«

»Man wird dich sehn. Oder ich rufe die Polizei!«

»Die würden mich vielleicht schnappen, aber sie kämen zu spät, um dir noch zu helfen.«

»Hast dir wohl alles genau ausgerechnet, was?« grinste Fettsau.

»So gut ich konnte.«

»Na schön, des Menschen Wille ist sein Himmelreich«, grinste Fettsau. »Meinetwegen.« Er steckte die Hand in die Tasche, zog das Messer heraus, ließ es aufschnappen und bewegte es auf Prew zu. Er tat es in einer einzigen Bewegung und unglaublich schnell für einen so fetten Mann. Hinter ihm öffnete sich von neuem die Tür der Bar und entließ weitere Gäste in die Gasse. Ihre Stimmen verklangen in Richtung Beretania Street.

»Ich vergreif mich nicht gern an Kindern«, grinste Fettsau.

Langsam, wie der Kopf einer Schlange, bewegte sich die Klinge seines Messers, das dem Prews ganz ähnlich war, vor und zurück. In der klassischen Stellung des erfahrenen Messerstechers, ein wenig gebückt, den rechten Arm leicht nach vorne gestreckt, näherte er sich, das Messer zwischen Daumen und Zeigefinger quer in der nach oben gekehrten Handfläche. Sein linker Arm war zum Schutz ein wenig erhoben und die Hand geöffnet.

Prew bewegte sich auf ihn zu, ohne ein Wort zu sprechen, weil Sprechen doch keinen Sinn mehr hatte. In diesem Augenblick wünschte er sich, er wäre als ein anderer Mensch auf die Welt gekommen, wünschte sich irgend etwas, daß vielleicht Warden zu Hause gewesen wäre und er alles mit ihm hätte besprechen können, wünschte, er hätte daran gedacht, sich Kaugummi zu kaufen. Dann verschwand dieses Gefühl, und er sah alles in der bis zu ihrem Höhepunkt gesteigerten kristallenen Klarheit, als geschehe es in Zeitlupenaufnahmen und hätte keinerlei Ähnlichkeit mit der hektischen Geschwindigkeit eines Kampfes.

Es dauerte nicht lange. Nur in Filmen passiert es, daß Messerstecher zustechen und verfehlen, wieder schlagen und wieder verfehlen und sich durch ganze Straßenzüge hindurchfechten. Rechne mit einem einzigen verfehlten Stich, vielleicht auch, wenn du Glück hast, mit zwei. Die meisten Messerstecher stoßen im Gegenstoß zurück.

Während sie gespannt gerade außer Reichweite umeinander tänzelten, spuckte die Log Cabin ihre letzten, hartnäckigsten Gäste auf die Gasse. Nur ein paar Schritte entfernt, um die Ecke herum, gingen sie gemütlich über das Backsteinpflaster in Richtung Beretania Street.

Fast wie ein Boxer glitt Fettsau auf ihn zu, hob die linke Hand nach Prews Gesicht und täuschte mit der rechten, als wollte er über Prews linken Arm hinwegstechen. In der gleichen Bewegung, als Prew automatisch seine linke Hand zur Abwehr hob, ließ er die Hand fallen und stieß unter Prews Arm zum Körper durch. Wie heißes Eisen brannte es an Prews Rücken entlang und bohrte sich in den Rückenmuskel gerade unterhalb der Achselhöhle. Prew brachte seine linke Hand hart herüber, aber es war bereits zu spät, und das Messer schoß wie ein Komet an seiner Seite hinab.

Wäre er nicht im gleichen Augenblick, als Fettsau stach, zum Angriff übergegangen, wäre er feige oder langsam gewesen oder zögernd, so hätte der Kampf in diesem Augenblick sein Ende gefunden. Er wäre Fettsau auf Gnade oder Ungnade ausgeliefert gewesen, er hätte ihn töten können oder nicht. In den vielen Jahren seiner Boxerlaufbahn aber hatte er einen Instinkt entwickelt, der keines Nachdenkens und keines Mutes bedurfte. Sein Messer bohrte sich gerade unterhalb der Rippen in Fettsaus Zwerchfell. Es war ein völlig automatischer Gegenstoß, wie ein Schlag mit der Rechten nach dem Solarplexus.

So standen die beiden, Schenkel an Schenkel, vielleicht eine Sekunde, vielleicht zwei, vielleicht auch fünf. Prew hatte die Unterlippe zwischen die Zähne geklemmt. Drehend und stoßend bearbeitete er mit der Klinge seines Messers Fettsaus Fett, bis selbst das Heft darin vergraben war. Die einzige sichtbare Bewegung war die von Fettsaus rechtem Arm, der sich weiter nach unten streckte, bis er seine volle Länge erreicht hatte. Dann, als er voll ausgestreckt war und sich erneut krümmen wollte, entfiel das Messer seiner Hand und klirrte blechern auf das Backsteinpflaster. Danach begann Fettsau zusammenzusacken.

Als Prew spürte, daß er endlich nachgab, packte er den Griff fester und drehte sein Handgelenk, um die Schneide nach oben zu bringen. Der Körper Fettsaus löste sich durch sein eigenes Gewicht langsam von dem Messer, bog sein Handgelenk wie ein zu schwerer Fisch, der den Angelhaken gerade zieht. Das Messer glitt an der Rippe entlang tief hinüber zur linken Seite. Er war mit der Absicht gekommen, ihn zu töten, und er hatte keine Lust, ihn zu erstechen, wenn er am Boden lag, oder ihm die Kehle durchzuschneiden.

Oberfeldwebel Judson fiel mit dem rechten Arm und der Schulter auf den Boden. Sein Kopf wurde ein wenig von der Backsteinwand des Hauses gestützt. Die Augen waren bereits verglast. Noch immer war sein rechter Arm ausgestreckt, als wollte er mit der bloßen Kraft seines Willens das Messer an sich ziehen, als könnte er damit noch irgend etwas ändern. Er röchelte, und es gelang ihm, die rechte Hand auf den Bauch zu legen.

»Du hast mich umgebracht. Warum?« sagte er und starb. Der Ausdruck von Überraschung, verletztem Vorwurf und völliger Verständnislosigkeit blieb auf seinem Gesicht haften und verhärtete langsam.

Prew stand da und sah auf ihn hinab, noch immer erschüttert von dem Vorwurf, der in der Frage lag. Hinter der Ecke traten die beiden Barmänner aus der Log Cabin, verschlossen schlüsselklingelnd die Tür und entfernten sich in ruhigem Gespräch über das Backsteinpflaster in Richtung Beretania Street.

Nun kam auch Bewegung in Prew. Er klappte das Messer zu, wikkelte es in sein Taschentuch, spannte ein Gummiband darum und steckte das kleine Paket in die Tasche.

Seine Seite blutete stark. Er knüllte das andere Taschentuch, das saubere, zusammen, steckte es in sein Hemd hinein und preßte es mit seinem Arm gegen den Körper. Er tat es so schnell er konnte, um zu verhindern, daß Blut durch seine Hose sickerte. An manchen Stellen kam es schon durch sein Hemd, das dort, wo das Messer es getroffen hatte, aufgeschlitzt war. Sein Arm würde diese Stelle wenigstens teilweise verdecken.

Dann ging er zum östlichen Ende der Gasse und wandte sich nach Norden, weg von der Stadt. Nachdem er zwei Straßen weit gegangen war, bog er in eine andere Gasse ein, ließ sich auf den Boden nieder und lehnte den Rücken gegen eine Hauswand, um nachzudenken. Er kam sich sehr gemütlich und sicher vor in dieser Gasse.

Vermutlich befand er sich irgendwo in der Gegend der Vineyard Street. Dies war ein Eingeborenenviertel, und er kannte sich nicht so gut aus. Immerhin erinnerte er sich deutlich, daß Vineyard Street ein Stück weit nach Osten führte, und ostwärts mußte er gehen.

Mit der Verwundung konnte er nicht daran denken, in die Schofield Kaserne zurückzukehren. Sobald man Fettsau fand, würde man ihn verhaften, selbst wenn es ihm gelingen sollte, sich in die Kaserne hineinzuschmuggeln. Das einzige, was ihm blieb: er konnte sich zu Almas Wohnung durchschlagen. Gelang ihm das, so war er gerettet.

Sein Verstand arbeitete jetzt sehr klar und mit der gleichen kristallklaren Konzentration wie während des Kampfes. Kläglich lächelte er darüber. Wenn das Kind in den Brunnen gefallen war, deckte man ihn zu. Würde dieser verdammte Verstand, dachte er, nur immer genauso klar arbeiten, wir würden nie in eine Lage kommen, wo er so klar arbeiten *mußte*.

Die Möglichkeit, so schlimm verwundet zu werden, daß er nicht in die Kaserne zurückkonnte, hatte er überhaupt nicht in Betracht gezogen. Jeder Dummkopf hätte daran gedacht. Noch nicht einmal ein paar Extra-Taschentücher hatte er bei sich. Trockene Taschentücher wären wichtig gewesen, um das Blut schneller zum Gerinnen zu bringen.

Das Blut, das langsam, aber ebenso unaufhaltsam und gleichgültig gegenüber allen Plänen, wie eines von Jack Malloys Naturgesetzen, weiterfloß, begann durch das Taschentuch zu sickern und an seiner Seite herunterzurieseln. Er verschob das Taschentuch ein wenig, preßte seinen Arm wieder fest dagegen und hielt damit das Rieseln auf. Trotz allem würde er mit seinem zerfetzten, blutbefleckten Hemd nicht mit der Straßenbahn oder mit dem Autobus fahren können. Das Taschentuch könnte wieder durchbluten, und im Autobus könnte er es nicht verschieben. Deutlich sah er vor sich die entsetzten Gesichter, die ihm nachschauen würden, wenn er mit durchblutetem Hemd aufstand und den hellerleuchteten Autobus verließ. Nichts in der Welt war so rot wie Blut.

Wahrscheinlich waren es vier Meilen von hier bis Kaimuki, und fast eine weitere Meile die Wilhelmina-Höhe hinauf zu Almas Wohnung. Und das ohne die Umwege, die er machen mußte, um in den Seitenstraßen zu bleiben, die nicht so hell erleuchtet waren wie die Autobusse und die mindestens eine weitere Meile ausmachten. Grob gerechnet bedeutete das also sechs Meilen, die er zu Fuß gehen mußte. Gelang es ihm aber, zu Alma zu kommen, war er gerettet.

Wir wollen das ganz genau planen, sagte er sich selbst. Wir wollen verdammt sichergehen. Wir wollen einen möglichst hohen Prozentsatz an Sicherheit. Vielleicht konnte er ein Taxi riskieren, vorausgesetzt, daß er eines in den Seitenstraßen fand. Kam aber nur in Frage, wenn er das Gefühl bekam, daß er's nicht schaffen konnte. Wir heben uns das als einen letzten Trumpf auf. Manche schreiben nach Hause und bitten ihre Eltern, ihnen ein paar Münzen als Talisman zu schicken. Andere lassen sich 'n Mädchen auf den Bauch tätowieren. *Sie sprechen von Reisen und lügen so flott, von Frisco bis rüber zum Hottentott. Doch ihr Name wär Dreck, und sie wären bald weg, vergäßen sie mal ihr Maskott.* Langsam drehst du durch, Prewitt. Bald wirst du nicht mehr wissen, ob Christus gekreuzigt wurde oder an der Grippe starb.

Gegen die Wand des Hauses gelehnt, nahm er sich Zeit für eine Zigarette. Er dachte, daß das Blut vielleicht besser gerinnen würde, wenn er sich ganz ruhig verhielt. Es war die beste Zigarette, die er je geraucht hatte. Er rauchte langsam, kam sich angenehm geborgen vor in dieser Gasse. Dann grinste er weiter. Sonderbar, wie die kleinen Dinge, wie zum Beispiel eine Zigarette, einem, der sich in einer mißlichen Lage befand, so wunderbar und gut vorkamen, und wie man dachte, wenn ich je aus dieser Scheiße rauskomme, werde ich mir bestimmt mehr Zeit für die kleinen Dinge nehmen. Dann, wenn alles wieder nach Wunsch ging, beachtete man sie kaum mehr.

Nun, dachte er, wir können uns ebensogut auf den Weg machen. Weißt du, je eher wir uns aufmachen, um so früher kommen wir an.

Es war nicht leicht, die scheinbare Sicherheit der Gasse zu verlassen. Er mußte sich immer wieder sagen, daß er sich in Marsch setzen mußte, ehe seine Glieder steif wurden und ehe die Schmerzen wirklich begannen. Schon näherte er sich dem Zustand des Halbschlafs, in dem man spürt, daß man bald aufwachen wird. Das war gefährlich. Im Traum konnte man sich gehenlassen, weil man wußte, daß man ohnehin aufwachen würde. Dies aber war kein Traum. Dies ist kein Traum, Prewitt, ermahnte er sich selbst, aus diesem Zustand wirst du nicht erwachen. Was immer auch geschah, er hatte nicht vor, sich wieder ins Militärgefängnis stecken zu lassen.

An der nächsten Ecke versicherte er sich mit großer Sorgfalt, daß es auch wirklich Vineyard Street war, ehe er sich nach Osten wandte. Dieses Mal desertierst du wirklich, Prewitt, dachte er. Deine Tage als Dreißigender sind gezählt. Wenn du dich morgen nicht zeigst und sie finden Fettsau und fangen an zu kontrollieren, dann gibt's keinen Zweifel mehr, mein Lieber, wer's getan hat. Dieses Mal gibt's keine Rückkehr in die Kaserne, ehe man dich schnappt, also auch keine Kompaniestrafe. Dieses Mal ist es Fahnenflucht. Er hatte keine Ahnung, wie weit nach Osten Vineyard Street ihn führen mochte. Da es aber die einzige Straße hierherum war, die sich länger als ein Häuserblock oder zwei hinzog, bog er in sie ein.

Er folgte ihr bis zur Punchbowl Street, ging dann Miller Street hinauf zur Captain Cook Street, und diese hinunter zur Lunalilo Street, die etwa eine halbe Meile geradeaus lief, aber dann in die Makiki Street mündete. Fast eine Viertelmeile ging er diese Straße hinauf, bis er zur östlichen Wilder Avenue kam. Dann zur Alexander Street, die geradewegs zur Beretania führte. Als er aber kreuzen wollte, sah er, daß Alexander Street auf der anderen Seite nicht weiterging. Das Herumlaufen begann ihn zu packen, und er mußte sehr aufpassen, daß er seinen Verstand beieinanderhielt. Eine halbe Stunde lang suchte er die Beretania Street hinauf und hinunter nach einer Straße, die kreuzte. Aber inzwischen war alles nur noch wie im Traum und nicht mehr so schlimm. Von der Alexander Street an lachte er die ganze Zeit.

Schließlich gelangte er zu einem Golfplatz. Um nach Kaimuki zu kommen, mußte er ihn überqueren. Die Entfernung betrug eine Meile. Wie die Straßen danach hießen, wußte er nicht mehr. Das einzige, was er wußte, war, daß er gerettet sein würde, wenn er zu Alma kam.

Als er den Abflußkanal inmitten des Golfplatzes überquerte, ließ er das Paket mit dem Messer ins Wasser fallen und sah zu, wie eine Kette von Blasen heraufkam.

Eine hübsche Narbe würde er behalten, dachte er kichernd. Die Narben am Körper eines Mannes waren wie die geschriebene Geschichte seines Lebens. Mit jeder Narbe war eine besondere Erinnerung verknüpft. Jede war ein Kapitel für sich. Und wenn er starb, wurden sie alle mit ihm begraben, so daß niemand seine Geschichten und seine Geschichte lesen konnte, die Memoiren, die im Buche seines Körpers eingezeichnet waren. Armer Mann, dachte er, deine geschriebene Geschichte wird mit dir begraben. Armer Fettsau. Bestimmt hatte Fettsau eine große Narbengeschichte. Fettsau war mutig gewesen. Prewitt hatte ihn umgebracht. Armer Prewitt.

Du fängst an zu spinnen, warnte er sich selbst. Nimmst dich besser etwas zusammen und gehst in der richtigen Richtung. Bis jetzt bist du noch nicht mal bis nach Kaimuki gekommen. Hast noch 'n gutes

Stück zu gehen. Laß uns mal deine Narben betrachten und sehn, ob wir uns an ihre Geschichte erinnern können. Auch wir haben ja ne ganz hübsche Kollektion.

Da war jene am Zeigefinger der linken Hand, die er damals als Landstreicher in Richmond, Indiana, bekommen hatte, als der Neger sein Leben rettete. Die war aber ganz klein, denn damals war er fast noch ein Kind gewesen. Wo der Nigger jetzt wohl sein mochte? Und der Kerl mit dem Messer?

Dann hatte er eine Narbe am linken Handgelenk. Die war größer. Er war vom Dach des Hauses in Harlan gefallen und hatte sich an einem Nagel aufgerissen und die Schlagader verletzt. Seine Mutter kam gerannt und Onkel John, und Onkel John band ihm die Ader ab, sonst wäre er wahrscheinlich gestorben. Als sein Vater nach Hause kam, lachte er darüber. Sein Vater war jetzt tot. Auch Onkel John war tot. Auch seine Mutter war tot. Und damals war es allen, außer seinem Vater, so wichtig vorgekommen. Und nun? Nichts übrig als eine kleine Narbe an seinem linken Handgelenk.

Und wenn du stirbst?

Verschwindet sie.

Oft war er dem Sterben ganz nahe gewesen. Mit seinen Narben konnte er es beweisen. Und er war *noch* nicht tot.

Einmal wirst du sterben müssen.

Stimmt. Ist richtig. Dann verschwinden sie alle. Wenn sie dich verbrennen, ist es fast wie eine richtige Bücherverbrennung, was?

Da war die Narbe unter seiner linken Augenbraue. Nun war sie nur noch ein dünner Bleistiftstrich. Sie stammte aus dem Boxring in Myer. Der Arzt wollte den Kampf abbrechen, aber er ließ es nicht zu und gewann mit einem K. o. Der Arzt wollte ihn nähen, aber der Trainer machte einen solchen Skandal und bestand so energisch auf einem ganz gewöhnlichen Pflaster, daß der Arzt sich schließlich breitschlagen ließ. So war die Narbe fast unsichtbar geworden. Andernfalls hätte man die Wunde genäht oder geklammert, und es wäre ne verteufelte Narbe geworden. Wo wohl der Arzt jetzt sein mochte? Und der Trainer? Beide noch immer in Myer? Damals hätte er sich gerne nähen lassen, weil er sich nach einer wirklichen, saftigen Narbe sehnte.

Was für 'n Kindskopf, Prewitt. Was für 'n frecher Lausejunge. Na, jetzt hast du sie. Ne ganze Menge hast du jetzt.

Da waren die Narben, die er im Militärgefängnis bekommen hatte.

Sie waren noch neu und rot. Und da waren all die Narben aus der Kaserne, wenn er betrunken nach Hause kam und über die Feldkiste stolperte. Er hatte ne Menge Narben. Eine wirkliche Geschichte hatte er. *Robert E. Lee Prewitt*, eine Geschichte der Vereinigten Staaten in einem Band, von 1919 bis 1941, unvollendet, zusammengestellt und herausgegeben von *Wir, Das Volk*. Da waren die Narben, die er als Kettensträfling bei den Straßenarbeiten in Georgia bekommen hatte, und die aus dem Stadtgefängnis im Staate Mississippi. Da waren die Narben, die er von der Polizei, und die Narben, die er von den Feinden der Polizei bekommen hatte.

Er wußte, daß er sich in der Wilhelmina Straße befand, weil sie so verdammt steil war. Sie nahm ihm den Atem. Er war wirklich nicht in Form. Müßte 'n wenig Leichtathletik treiben. Man wurde alt.

Da waren die zwei Narben, die er während seines letzten Jahres in Myer bekommen hatte, als er mit einem Arbeitskommando auf dem Speicher arbeitete und durch ein Oberlicht in die Offiziersturnhalle stürzte. Das Glas schnitt eine gerade Linie vom linken Ohr zum Mundwinkel, und außerdem ein tiefes Loch in seine rechte Hüfte. Das war das einzige Mal, daß er die Offiziersturnhalle von innen sah. Und nun konnte man, außer unmittelbar nach dem Rasieren, die Linie in seinem Gesicht überhaupt nicht mehr sehen.

So viele Jahre, so viele Narben. Wohin gingen sie alle?

Da war die Narbe, die er bei seinem ersten Boxkampf in Washington durch einen Uppercut aufs Kinn bekommen hatte. Ihm wurde schwindlig, und dann lag er am Boden, und sein Gegner war verschwunden, und später wurde die Narbe kohlschwarz, und er konnte nie verstehen, warum, außer es kam von seinem Bart. Aber später bekam er eine andere Narbe in seinem Bart, als Koleman ihm zwei Zähne durch die Unterlippe herausschlug und die Meisterschaft der Klasse I gewann, und diese Narbe wurde niemals schwarz. Vielleicht kam es daher, daß er in die am Kinn Schmutz bekommen hatte, als er zu Boden fiel.

Im Hause brannten die Lichter. Das war gut. Es bedeutete, daß er seinen Schlüssel nicht herauszusuchen brauchte. Er konnte sich nicht daran erinnern, ob er ihn bei sich hatte oder nicht. Verstehst du, er hatte ja nicht die Absicht gehabt, zu desertieren und hierher zu kommen. Seine Absicht war gewesen, direkt in die Kaserne zurückzugehen. Das war seine Absicht gewesen.

Er klopfte mit dem bronzenen Türklopfer, und Alma öffnete die Tür, und Georgette stand hinter ihr.

»Ach, du meine Güte«, sagte Alma.

»Jesus, Maria und Joseph«, sagte Georgette.

»Hallo, Baby«, sagte er. »'n Tag, Georgette. Lange nicht gesehn.«

Und damit fiel er in den Flur.

Fünftes Buch · Das Lied fängt wieder an

45

Die Schmerzen begannen erst richtig am nächsten Morgen. Und noch schlimmer wurde es am Morgen danach. Die Wundränder hatten sich verhärtet, und damit begannen der Wundschmerz und der dumpfe Schmerz des Heilens, der immer ärger ist als der scharfe, klare Schmerz im Augenblick der Verwundung. Zwei Tage lang war er ziemlich krank.

Immerhin, er wußte, was Schmerz hieß. Er war wie ein alter Freund, den er lange nicht getroffen hatte. Er wußte, wie man sich ihm gegenüber verhielt. Man mußte sich eng an ihn schließen, nicht vor ihm zurückschrecken. Man ging um ihn herum wie die Katze um den heißen Brei, bis man den Mut aufbrachte, sich zu überwinden. Dann schöpfte man tief Atem und sprang mitten hinein und ließ sich bis zum Grunde sinken. Und wenn man es eine Weile im Schmerz ausgehalten hatte, fand man, daß es ähnlich war wie im kalten Wasser: es war bei weitem nicht so kalt, wie man dachte, während man noch außen herumlief und vor Furcht eine Gänsehaut bekam.

Etwa um fünf Uhr dreißig war er auf dem Sofa zu sich gekommen. Er hatte wild um sich geschlagen, noch unter dem Eindruck eines Traumes, daß er sich wieder im Militärgefängnis befand und Major Thompson damit beschäftigt war, ihm als Strafe für die Ermordung Fettsaus ein großes P unter den linken Arm zu brennen. Es kam ihm vor, als benütze er die gleiche Schablone, die man für die Arbeitsanzüge verwendete. Nun aber brandmarkte man ihn auf Lebenszeit, und jedesmal, wenn er sich davon wegriß, fraß die Glut nur noch tiefer sich in ihn hinein.

Dann hatte er Georgette in dem großen Armstuhl sitzen sehen. Sie beobachtete ihn, ohne zu blinzeln. Alma lag auf der Chaiselongue. Ihre Augen über den dunklen Rändern waren geschlossen. Sie hatten ihn ausgezogen und gesäubert, ihm eine Kompresse auf die Schnittwunde gelegt und sie mit Gaze um seine Brust bandagiert. »Wie spät ist es?« sagte er.

»Ungefähr halb sechs«, hatte Georgette gesagt und war aufgestanden.

Alma fuhr hellwach in die Höhe. Ihre Augen öffneten sich weit, starrten ins Nichts, ohne verschlafen zu sein. Dann folgte sie Georgette zum Sofa.

»Wie fühlst du dich?« sagte Georgette.

»Ziemlich kaputt. Der Verband ist zu fest.«

»Wir haben ihn absichtlich so fest gemacht«, sagte Alma, »du hast eine große Menge Blut verloren. Morgen nehmen wir ihn ab und machen einen, der nicht so fest ist.«

»Wie sieht's aus?«

»Es geht«, sagte Georgette. »Hätte bedeutend schlimmer sein können. Muskeln sind keine durchschnitten. Kannst dich bei deinen Rippen bedanken, mein lieber Junge.«

»Wird ne nette Narbe geben«, sagte Alma, »aber in nem Monat oder so wird's ausgeheilt sein.«

»Ihr hättet Krankenschwestern werden sollen.«

»Jede gute Hure sollte einen Kurs in Krankenpflege nehmen«, grinste Georgette. »Man kann's immer brauchen.«

Er bemerkte einen Ausdruck in ihren Gesichtern, den er nie zuvor gesehen hatte.

»Wie hat der andere Bursche ausgesehen, als du mit ihm fertig warst?« lächelte Alma.

»Er ist tot«, sagte Prew. Dann fügte er, unnötigerweise, wie ihm später schien, hinzu: »Ich hab ihn umgebracht.«

Ihr Lächeln war nach und nach verschwunden. Sie hatten nichts gesagt.

»Wer war es?« fragte Georgette.

»Ein Soldat«, sagte er und machte eine Pause. »Der Chef der Wachmannschaft im Gefängnis.«

»Aha«, sagte Georgette. »Schön, ich mach dir jetzt ne Tasse Fleischbrühe. Du mußt wieder zu Kräften kommen.«

Alma folgte ihr mit den Blicken, bis sie die drei Stufen hinaufgegangen und in der Küche verschwunden war.

»Hast du ihn absichtlich getötet?«

Prew nickte: »Ja.«

»Das habe ich mir gedacht. Deshalb bist du auch hierhergekommen, nicht?«

»Ich wollte in die Kaserne zurückgehn, um keinen Verdacht zu erwecken. Später, wenn alles vorüber war, wollte ich dann hierherkommen.«

»Und wie lange bist du schon aus dem Kittchen?«

»Neun Tage«, sagte er. Er sagte es automatisch, ohne nachzurechnen.

»Mehr als eine Woche«, sagte sie, »und noch nicht mal angerufen hast du mich. Du hättest doch mindestens mal telefonieren können.«

»Wollte nicht Gefahr laufen, schwach zu werden.« Dann grinste er.

»Wollt auch dir keinen Ärger machen, 'türlich hab ich nicht dran gedacht, daß ich selbst so zugerichtet werde, daß ich nicht mehr zurückgehn kann.«

Alma schien die Sache nicht lustig zu finden.

»Hat Warden dir nichts ausgerichtet?« sagte er. »Ich hatte ihn darum gebeten.«

»Doch«, sagte Alma. »Er hat's getan. Er ist ins New Congress gekommen. So hab ich erfahren, daß du im Gefängnis bist. Sonst hätt ich's ja gar nicht gewußt. Ich meine, du hättest wenigstens mal schreiben können.«

»Ich kann keine Briefe schreiben«, sagte Prew. Dann machte er eine Pause und sah sie an.

»Nun«, sagte Alma, »wenn du eben keine Briefe schreiben kannst...«

»Hat Warden –?« Er brach ab.

Sie sah ihn an und wartete darauf, daß er seinen Satz beendete. Ein fast verächtlicher Blick war in ihren Augen. Als er nicht weitersprach, sagte sie: »Hat Warden was getan? Er war, falls du das meinen solltest, ein vollkommener Gentleman.«

Prew versuchte, sich Warden als vollkommenen Gentleman vorzustellen.

»Sehr viel rücksichtsvoller und zuvorkommender und höflicher als viele andere, die ich kenne«, sagte Alma.

»Ist schon ein ordentlicher Kerl.«

»Ganz bestimmt. Ein wirklich feiner Mann.«

Prew preßte die Zähne zusammen und verschluckte, was er sagen wollte.

»Du kannst dir nicht vorstellen, wie's da droben war«, sagte er statt dessen. »Nicht sehr beruhigend für die Phantasie. Vier Monate und achtzehn Tage, und jede Nacht während dieser ganzen Zeit liegt man vor dem Einschlafen wach auf seiner Pritsche im Dunkeln.«

Die Verachtung verschwand von ihrem Gesicht, und sie lächelte ihn um Verzeihung bittend an. Es war das gleiche Lächeln, das er vor einer kleinen Weile gesehen hatte und das er nicht von früher her kannte. Es war mütterlich, besorgt zärtlich, beinahe glücklich und unendlich viel sanfter, als sie jemals zuvor gelächelt hatte.

»Hast schlimme Zeiten hinter dir«, lächelte sie. »Und da sitze ich und bin bös und gemein, wo du doch krank bist und Schmerzen hast und vermutlich Ruhe mehr brauchst als irgendwas anderes«, sagte sie. »Ich fürchte, ich habe mich in dich verliebt.«

Prew sah sie stolz an, obwohl seine Seite ihn stark schmerzte. Der Gedanke, daß sie eine professionelle Hure war, machte ihn besonders stolz. Sie wußte, was gespielt wurde, und es war bestimmt schwerer, ihre Liebe zu erringen als die einer anständigen Frau. Nicht viele Männer wurden jemals von professionellen Huren geliebt, dachte er stolz.

»Wie wär's mit nem Kuß?« grinste er. »So lang bin ich nun schon hier, und du hast mich noch nicht mal geküßt.«

»Doch«, sagte Alma. »Aber du hast geschlafen.«

Sie küßte ihn von neuem.

»Hast Schlimmes durchgemacht«, sagte sie leise.

»Nicht soviel wie andere«, sagte er hölzern. Wieder sah er das jetzt schon vertraute, in jeder Einzelheit deutliche Bild Berrys, wie er mit Nase und Zehen gegen die Wand der Turnhalle stand, sah Angelo Maggio am gleichen Platz.

»Ich bin desertiert«, sagte er. »Selbst wenn ich gesund bin, kann ich nicht mehr zurück. Wenn ich heute nicht auftauche, werden sie wissen, daß ich's war. Man wird mich suchen.«

»Was hast du vor?«

»Ich weiß nicht.«

»Wenigstens bist du hier sicher. Hier weiß keiner, wer wir sind. Du kannst also, wenn du willst, hierbleiben«, sagte sie, während sie fragend Georgette ansah, die gerade mit der Suppe hereinkam.

»Kannst so lange bleiben, wie du willst«, sagte Georgette, »wenigstens was mich betrifft, wenn es das ist, was ihr gern wissen wollt.«

»Wir hatten nicht darüber gesprochen«, sagte Alma, »es ist aber nicht unwichtig, wie du darüber denkst.«

»Ich hab immer ne Schwäche für Verrückte gehabt«, grinste Georgette. »Und ich hab nichts, wofür ich dem Staat dankbar sein müßte, außer meiner kostenlosen Untersuchung jeden Freitag.«

»Ich bin froh, daß du so denkst, Georgia«, sagte Alma.

»Ich bin nichts andres als 'n entsprungener Zuchthäusler«, erinnerte Prew sie. »Vor dem Gesetz bin ich ein Mörder.«

»Damit du's genau weißt«, sagte Georgette, »das Gesetz kann mich...«

Offenbar gefiel das Alma nicht besonders, aber sie äußerte sich nicht.

»Kannst du allein aufrecht sitzen?« sagte Georgette und deutete auf die Suppe.

»Natürlich«, sagte Prew, schwang seine Beine über die Seite des

Sofas und richtete seinen Oberkörper auf. Helle heiße Punkte begannen auf einer feuchtwarmen Schicht vor seinen Augen zu tanzen.

»Du verdammter Idiot«, schrie Alma, »soll es wieder zu bluten anfangen? Leg dich zurück und laß mich dir helfen.«

»Jetzt bin ich aber doch schon auf«, sagte Prew mit schwacher Stimme. »Du darfst mir aber zurückhelfen, wenn ich die Suppe getrunken habe.«

»Von diesem Zeug wirst du massenhaft bekommen«, sagte Georgette und hielt die Tasse an seine Lippen. »Wahrscheinlich bekommst du so viel davon, daß du es verdammt leid werden wirst.«

»Jetzt aber schmeckt's gut«, sagte er zwischen einzelnen Schlucken. »Wart bis morgen.«

»Morgen«, lächelte Alma, »bekommst du ein gutes, dickes Steak.«

»Und Leber und Zwiebeln«, grinste Georgette.

»Ein Rumpsteak?« sagte Prew.

»Oder ein Lendenbeefsteak«, sagte Alma.

»Menschenskind«, sagte er. »Hört auf damit. Ihr macht mir den Mund wäßrig.«

Wieder erschien auf ihren Gesichtern der gleiche liebevolle Ausdruck, nur daß er jetzt noch deutlicher war und eine fast unglaubliche, glückliche Zärtlichkeit widerspiegelte.

»Ihr behandelt eure Verwundeten wirklich, wie sich's gehört, Mädels«, lachte er sie an. »Wie wär's jetzt mit ner Zigarette?«

Alma zündete sie für ihn an. Sie schmeckte herrlich, noch besser als die in der Gasse, denn nun konnte er sich wirklich entspannen. Tief saugte er den Rauch in seine Lungen, und es schien das wunde Feuer in seiner Seite zu besänftigen, obgleich es ihn schmerzte, so tief einzuatmen.

Die Schmerzen kamen zurück, sobald er wieder ausgestreckt dalag. So ist's heute, dachte er, wie wird's erst morgen sein. Und dann wart bis übermorgen. Am dritten Tag war es immer am schlimmsten. Immerhin waren die Schmerzen bei weitem nicht so stark wie zuvor, als er sich aufgesetzt hatte. Na schön, zum Teufel damit, dachte er, und ließ sich wohlig zurücksinken in die willenlose Unverantwortlichkeit eines schwerkranken Mannes.

»Fein«, sagte er. »Jetzt ist alles in Ordnung. Jetzt könnt ihr machen, daß ihr wieder ins Bett kommt, Mädels.«

»Nun sind wir schon so lange aufgeblieben«, lächelte Alma glücklich, »nun können wir auch noch den Rest der Nacht aufbleiben.«

»Ihr habt wohl auch nicht öfter Gelegenheit, Verwundete zu pflegen, als ich krank zu sein, was?« grinste er.

»Du bist jetzt schön still und schläfst«, sagte sie im Befehlston.

»Versuch den Mund zu halten und einfach auszuruhn.«

»Aber wollt ihr denn gar nichts über den großen Kampf hören?«

»Morgen lesen wir alles in der Zeitung«, sagte Georgette.

»Schön, Fräulein Doktor«, grinste er.

»Denkst du, daß du schlafen kannst?« fragte Alma.

»'türlich«, sagte er, »schlafe wie 'n Stein.«

»Wenn du willst, geb ich dir 'n Beruhigungsmittel.«

»Brauch ich nicht.« Und so war er dagelegen und hatte zugesehen, wie sie die Lichter löschten, außer dem Nachtlicht auf dem Wandtischchen, und dann im dämmrigen Zimmer zu ihren Lagerstätten zurückgingen. Alma nahm dieses Mal den Lehnstuhl und Georgette die Chaiselongue.

Das Radio mit eingebauter Bar stand noch immer in der Ecke neben den Stufen, die zur Küche hinaufführten, und der Plattenspieler noch immer auf dem kleinen Tischchen neben den Plattenschränken, und die drei Stufen führten noch immer zur Tür, die sich auf die ziemlich große Veranda hoch über dem Palolo-Tale öffnete. Er konnte ihr Atmen in dem dunklen Raume hören. Es kam zu ihm, sicher und tröstlich, während er versuchte, es sich trotz seiner Wunde behaglich zu machen. Irgendwie war es so, als wäre man von irgendwoher nach Hause gekommen. Es machte ihm nicht viel aus, nicht schlafen zu können. Es genügte ihm, einfach dazuliegen und alles anzusehen. Mein Gott, fast war's so, als wäre man tatsächlich einfach ein Zivilist. Und so lag er lange still, ohne eine der beiden zu stören.

Am nächsten Tage aber, als er steif und wund erwachte, fühlte er sich bei weitem nicht so frisch. Immer war es am folgenden Tage schlimmer. Alma und Georgette waren bereits aufgestanden und ausgegangen, um das Steak zu kaufen und die Zeitung zu studieren. In der Zeitung fanden sie nichts. Er hatte keinen Hunger, aber sie stopften das Steak dennoch in ihn hinein. Georgette stützte ihn, während Alma das Steak schnitt und es ihm gabelweise in den Mund schob, ähnlich wie ein Bauer, der Heu in seine Scheune gabelt. Ungefähr jede Stunde brachten sie ihm eine Tasse Fleischbrühe, die er, wie Georgette prophezeit hatte, schließlich schon überhatte, wenn er nur daran dachte.

Alma rief Mrs. Kipfer an, verlangte drei Tage frei und bekam sie.

Mrs. Kipfer glaubte natürlich nicht, daß Alma ihre Periode hatte, und Alma wußte, daß Mrs. Kipfer es ihr nicht glaubte. Es war die altbewährte Ausrede ihres Berufes, die den Bevorzugten immer half, genauso wie bei der Armee der Tote-Großmutter-Urlaub immer den Bevorzugten half. Man erwartete nicht, daß die Ausrede geglaubt wurde.

Sie richteten sich ganz darauf ein, ihren Verwundeten zu pflegen. Sie bestanden darauf, daß er bis zum folgenden Abend auf dem Sofa blieb. Erst dann betteten sie ihn um und legten ihn in Almas Bett. Sie weigerte sich strikt, den festen Verband vor dem zweiten Tag abzunehmen. Dieses Mal lehnte er das Beruhigungsmittel nicht ab.

Am zweiten Tag stand es in der Zeitung. Sie hatten die Notiz gefunden, ehe er erwachte. Nachdem sie ihm sein Frühstück, bestehend aus Leber und Zwiebeln, gereicht hatten, zeigten sie es ihm. Er selbst hätte in diesem Augenblick noch nicht einmal Lust verspürt, danach zu suchen. Er nahm sich kaum die Mühe, es zu lesen, als sie es ihm vor die Augen hielten.

Er hatte erwartet, es in Fettdruck als Hauptschlagzeile auf der ersten Seite zu finden, mit seinem Namen als mutmaßlichem Mörder unmittelbar darunter. Statt dessen befand es sich fast ganz unten auf der vierten Seite einspaltig und mit einzeiliger Überschrift und ungefähr fünf Zentimeter Text, der ein Wunder an Kürze war. Tatsächlich wurde nicht mehr gesagt, als daß man wieder einmal einen Soldaten in einem der Gäßchen Honolulus mit einer Messerwunde tot aufgefunden hatte. Sein Name sei Oberfeldwebel James R. Judson gewesen. Vor zehn Jahren sei er in die Armee eingetreten. Er stammte aus Breathitt County im Staate Kentucky und habe die Wachmannschaft im Militärgefängnis der Schofield-Kaserne befehligt. Man vermute daher, er sei von einem rachsüchtigen früheren Sträfling für ein angeblich erlittenes Unrecht ermordet worden. Wahrscheinlich handle es sich dabei um einen kürzlich entkommenen Sträfling namens John T. Malloy, mit dessen Wiederergreifung die Armee jeden Augenblick rechne. Der Ermordete, sagte der Bericht weiter, sei unbewaffnet gewesen und habe offenbar den Angriff nicht erwartet, da sein Gesicht selbst im Tode noch einen Ausdruck völliger Überraschung zeige. Zeugen seien keine gefunden worden. Die Angestellten der Log Cabin Bar, in deren Nähe der Leichnam gefunden worden sei, erinnerten sich, daß der Ermordete an diesem Abend ihr Gast gewesen war, könnten jedoch nicht sagen, wann oder mit wem er das Lokal verlassen hatte.

Es war schwer für ihn, sich über die Schmerzen seiner Wunde zu erheben und seine Gedanken auf diese Zeitungsnotiz zu konzentrieren. Immerhin war er in der Lage, zwei oder drei Dinge daraus zu schließen. Einmal war es ganz offensichtlich, daß weder die beiden Matrosen, die sich nicht gemeldet hatten, noch der Barmann, der mit seiner Aussage so vorsichtig gewesen war, etwas mit der Angelegenheit zu tun haben wollten. Ferner hatte offensichtlich jemand den Leichnam vor der Polizei gefunden und sich des guten Messers bemächtigt. Schließlich kam er nach längerem Nachdenken zu dem völlig überraschenden Schluß, daß es sich bei dem kürzlich entkommenen Sträfling John T. Malloy um Jack Malloy handeln mußte, dem die Armee, mindestens für den Augenblick und der Öffentlichkeit gegenüber, dieses Verbrechen in die Schuhe schob.

Damit wurde ihm bewußt, was ihn während des Lesens der Notiz die ganze Zeit im Unterbewußtsein beschäftigt hatte, daß dies nämlich nichts weiter war als eine Zeitungsnachricht für das allgemeine Publikum. Selbst unter uns unbelesenen Leuten der regulären Armee, dachte er kichernd, weiß man, daß Zeitungen nur das bringen, von dem man annimmt, daß es im öffentlichen Interesse liegt, ob es nun wahr ist oder nicht. So mochte nicht ein Wort von dem, was in der Zeitung stand, wahr sein. Vielleicht wurde die ganze Geschichte lediglich deshalb in dieser Form dargestellt, damit Prewitt, der wirkliche Mörder, sich verriet und sich in der Erwartung, nichts Ernsthafteres als eine Anklage wegen Urlaubsüberschreitung zu riskieren, selbst stellte. Vielleicht, so dachte er listig lächelnd, stellten sie ihm nur eine Falle.

Daß sie sich aber einbildeten, Malloy jemals einzufangen, ließ ihn wirklich laut auflachen. Es schmerzte ihn, so laut zu lachen. Sowieso glaubte niemand an das, was in der Zeitung stand.

»Sieht nicht allzu schlimm aus für dich«, sagte Georgette schließlich.

»Nee«, grinste er sie listig an, »aber wie soll ich wissen, ob das Ganze nicht einfach ein Trick ist, damit ich mich verrate?«

»Genau so ist's«, sagte Georgette. »Sicher weiß man's nicht.«

»Hat dich überhaupt jemand gesehn?« fragte Alma.

»Er kam mit zwei Matrosen aus der Log Cabin heraus. Die haben mich gesehn. Ob sie mich aber so genau gesehn haben, daß sie mich wiedererkennen würden, weiß ich nicht. Schließlich war es dunkel, und sie waren vielleicht dreißig oder vierzig Meter weg.«

»Wie dem auch sei«, sagte Alma hoffnungsvoll, »bis jetzt haben sich die zwei nicht gezeigt. Wie's scheint, wollen sie nichts damit zu tun haben.«

»Stimmt«, sagte er, »wenn man der Zeitung glauben kann. Ebensogut können die beiden jetzt in diesem Augenblick im Präsidium verhört werden.«

»Amen«, sagte Georgette inbrünstig.

»Selbst, wenn ich zurückginge, nachdem ich kuriert bin«, sagte er, »würden sie mich immer noch wegen unerlaubter Entfernung von der Truppe verknacken. Bei meinem Strafregister bedeutet das mindestens sechs Monate. Und ich gehe in kein Militärgefängnis mehr, noch nicht mal für unerlaubte Entfernung.«

»Nachdem ich gehört habe, was du von diesem ›Loch‹ erzählst«, sagte Georgette, »kann ich dir das nicht übelnehmen.«

»Wie dem auch sei«, sagte Alma, »wir machen besser, daß wir hier rauskommen, damit er seine Ruhe bekommt. Wie fühlst du dich im Augenblick?«

»Gut«, sagte er. »Ein wenig wund.« Er konnte spüren, daß er grinste, wie er es immer tat, wenn er Schmerzen hatte und einen Lachdrang unterdrücken mußte.

»Wenn du willst, gebe ich dir noch ein Beruhigungsmittel«, sagte Alma.

»Ich lege keinen gesteigerten Wert drauf«, grinste er töricht.

»Könnte dir nichts schaden.«

»Ich kann sowieso nicht schlafen«, grinste er töricht, »warum hebst du sie nicht auf bis heute nacht?«

»Das beste wär's«, sagte Georgette.

»Ich kann dich nicht so leiden sehn«, sagte Alma nervös.

»Ach was, das heißt doch gar nichts«, grinste er töricht. »Was anderes war's damals, als ich als Landstreicher mal den Arm brach und kein Geld hatte, um zum Arzt zu gehen.«

»Komm«, sagte Georgette, »gehn wir und lassen wir ihn allein.«

Er folgte ihnen mit den Blicken und legte sich dann zurück. Er hatte den Wunsch zu lachen. Er öffnete die Augen ein wenig und beobachtete eine Zeitlang des kaleidoskopartige Spiel kleiner Lichtteilchen zwischen den Wimpern. Es waren endlose Variationen, Bilder, die sich *nie* wiederholten, und er konnte sich stundenlang damit vergnügen, ihr Hin- und Hergleiten zu verfolgen. Dann, nach einer Weile, begannen die Bilder in seinem Gehirn aufzusteigen, und er schloß die Augen vollkommen. Er lag da, beobachtete das Aufsteigen dieser halb geformten Gebilde, verfolgte die Geschichten, die sie ihm vorspielten, war neugierig, wie sie ausgehen würden. Es war ein Dämmerzustand wie vor dem Schlaf, und obwohl er wußte, daß er jetzt nicht würde schlafen können, war es doch leicht, es auf diese Art stundenlang auszuhalten. Man konnte die Geschichten ebensogut genießen wie einen Film – sogar besser –, da sie nicht zensiert waren. Wollte man einen Film sehen, in dem nackte Frauen erschienen, so konnte man es ganz leicht tun. Man brauchte ihn sich nur auszudenken. Ganz besonders beschäftigte er sich mit einem, in dem Georgette erschien, die ihn das letztemal, als er gefüttert wurde, gestützt hatte. Er fragte sich, während er versunken den Film betrachtete, warum ihm Georgette nie aufgefallen war. Ehe er zur Kompanie versetzt wurde, war er verschiedene Male in den Ritz Rooms gewesen.

In dieser Nacht gab Alma ihm drei Beruhigungsmittel. Am Morgen spürte er, daß er über den Berg war und daß es nun endlich anfangen würde, besserzugehen. Er merkte es hauptsächlich daran, daß er aufstehen wollte. Es erforderte seine ganze Willenskraft, aufrecht auf den Füßen zu stehen. Aber der Schmerz in seiner Wunde, der sich entrüstet gegen jede Bewegung zu wehren schien, war nicht heftig genug, um ihn davon abzubringen, daß er's nicht wenigstens versuchte. Damit wußte er, daß er sich nun auf der anderen Seite des Berges befand.

Er schwankte schwerfällig die drei Stufen zum Wohnzimmer hinunter. Dort entdeckte er Alma, die ein Bettuch und ein Kissen auf das Sofa gelegt hatte und dort schlief, um ihn hören zu können, wenn er rief. Er hatte angenommen, daß sie mit Georgette im Schlafzimmer schlafen würde, und seine Entdeckung beeindruckte ihn tief. Er bekam Tränen in die Augen, und plötzlich fiel ihm ein, wie sehr er sie liebte. Er ging zu ihr hinüber und setzte sich, küßte sie und legte seine Hand auf ihre feste, weiße Brust, die er unter dem Pyjama fühlen konnte.

Sie wachte augenblicklich auf und war ebenso augenblicklich entsetzt darüber, daß er aufgestanden war. Sie bestand nicht nur darauf, daß er sofort zurückgehe, sondern auch darauf, daß er sich helfen ließe.

»Komm«, grinste er von seinem Bett, »leg dich ein bißchen zu mir. Ist doch bestimmt bequemer als da draußen.«

»Nein«, sagte sie entschieden, weniger ärgerlich als entsetzt. »Unter keinen Umständen. Du weißt genau, was geschehen wird, wenn ich's tue, und du bist noch lange nicht gesund genug dafür.«

»Mach keine Geschichten«, sagte er. »Natürlich bin ich gesund genug. Nur meine Seite ist wund, sonst doch nichts«, grinste er.

»Nein«, sagte sie ärgerlich. Hinterher war sie immer ärgerlich auf ihn, ganz gleich, ob es dazu kam oder nicht, als hätte er sie absichtlich erniedrigt. »Du mußt sparsam sein mit deinen Kräften.«

Am Nachmittag wechselten sie schließlich den festen Verband und legten einen loseren an. Die Kompresse saß fest im Blutgerinnsel der Wunde. So beließ man sie, wo sie war. Zwei Tage später wurde auch sie unter Fluchen und Schwitzen entfernt, und das neue, rötlichfeuchte, klumpige und runzlige Narbengewebe freigelegt, das sich an den Rändern und auf dem Grund der Wunde bildete.

Eine Woche lang ließen sie ihn nicht aufstehen. Sie wechselten sogar die Leintücher, ohne daß er sich erheben durfte. Wie im Krankenhaus zogen sie das saubere Leintuch erst auf einer Seite auf, ließen ihn hinüberrollen und bezogen dann die andere Hälfte des Bettes. Und auf beiden Gesichtern, auf dem der gescheiten, kristallharten Georgette, wie auf dem der etwas verträumten und nachdenklichen, aber doch realistischen Alma, lag das gleiche leuchtende Strahlen, wie auf irgendeinem Gemälde der ›Heiligen Anna und der Jungfrau, den heiligen Johannes und das Jesuskind liebkosend‹. Es war jenes Lächeln, das er schon am ersten Tage bemerkte und nie zuvor bei ihnen gesehen hatte, mütterlich, besorgt, sehr glücklich, unendlich beschützend, eine solch abgrundtiefe Flut von mütterlicher Zärtlichkeit, daß er Angst hatte, sie könnte ihn völlig verschlingen und in den sanften Brüsten der Mütterlichkeit ersticken. Er war überrascht, daß zwei so offene Realisten, wie sie es waren, sich nicht scheuten, diese Gefühle ganz offen zu zeigen. Ihre Beweggründe waren recht einleuchtend. Sie waren zwei Huren, die endlich jemand gefunden hatten, den sie bemuttern konnten. Man könnte ein Buch darüber schreiben, dachte er bitter. Wahrscheinlich würde es ein sehr langes Buch werden. Anfangs hatte er sich dankbar und froh diesem Gefühl, verhätschelt zu werden, hingegeben. Nun aber gefiel es ihm nicht mehr, und er kämpfte dagegen an, hatte plötzlich Angst, es könnte ihn dahin bringen, sein ganzes Leben lang als Krüppel in ihrer Pflege zu bleiben.

Natürlich blieb er während ihrer Abwesenheit nachmittags und abends nicht die ganze Zeit im Bett. Sobald sie das Haus verlassen hatten, stand er auf und zog die Zivilhose an, aus der sie die Blutspuren entfernt hatten, sowie eines der neuen Hemden, die sie für ihn gekauft hatten, um das alte, ruinierte zu ersetzen, das sie verbrannt hatten. Er übte sich im Gehen, indem er auf und ab und rund um die

Wohnung ging, die sie zu seinem Versteck gemacht hatten. Er wollte sie daran hindern, daß sie einen verdammten Krüppel aus ihm machten. Er wußte genau, daß es in diesem Stadium des Heilprozesses besser war, sich zu bewegen, statt im Bett zu liegen und zu verkümmern, wie die beiden es offensichtlich von ihm erwarteten. Er hatte keine Lust, sich auf Lebenszeit zum Krüppel machen zu lassen, nur weil ihre unbefriedigten Mutterinstinkte etwas brauchten, das sie bemuttern konnten.

Es war hübsch, allein in dieser Wohnung zu sein. Am Anfang fiel es ihm schwer, sich anzuziehen. Er zwang sich jeden Tag dazu und erreichte damit, daß es von Tag zu Tag besserging. In der zweiten Woche (als sie ihm erlaubten, aufzustehen – ganz offensichtlich waren sie überrascht, wie gut er sich anstellte – und ihm in einen Schlafrock halfen, den sie nach langen Auseinandersetzungen über Farbe und Stil gekauft hatten) konnte er aus dem Schlafrock in seine Kleider fast ebenso leicht gelangen, als wäre er niemals verwundet gewesen.

Er mischte sich einen guten, steifen Whisky (solange sie da waren, durfte er keinen Alkohol trinken), stand auf, setzte sich auf die Veranda in die Mittagssonne (wenn sie zu Hause waren, ließen sie ihn aus Angst vor einer Erkältung nicht ins Freie) und las vielleicht ein wenig in einem der Bücher Georgettes. Sie war Mitglied eines Buchclubs. »Einfach aus Spaß«, wie sie sagte. »Schließlich lebe ich in Maunalani Heights, und die Bücher machen sich gut im Wohnzimmer, selbst wenn ich sie nie lese.« Auf angenehme Weise betrank er sich zu drei Viertel und beobachtete den Sonnenuntergang. Wenn sie von der Arbeit nach Hause kamen, lag er schlafend im Bett. Daher kam nichts heraus, bis gegen Ende der zweiten Woche Alma eines Nachts beschwipst zurückkam, sich über das Bett warf und ihn, ohne an seine verwundete Seite zu denken, abküßte. Sie roch den Alkohol in seinem Atem, wurde nüchtern und machte ihm wegen seines Trinkens die Hölle heiß.

Damit war sein Geheimnis preisgegeben, und so stand er auf und zeigte den beiden, wie gut er sich bewegen und sich allein anziehen konnte. Es tat ihnen weh, aber sie nahmen das Unvermeidliche hin, Alma etwas zögernder als Georgette. Sie folgten seiner Vorführung mit einem beleidigten Ausdruck, wie eine Mutter, deren Sohn so schwer betrunken und mit einer so deutlich lesbaren Geschäftskarte des örtlichen Bordells in der Hand nach Hause kommt, daß sie sich schließlich eingestehen muß, daß ihr Sohn erwachsen ist. Sie sagten nicht viel. Lauwarm gratulierten sie ihm, hoben alle Beschränkungen auf, und die Sache war erledigt.

Selbst danach aber zog er es vor, allein zu sein. Er sah sich eingehend in der Wohnung um und dachte daran, wieviel Zeit er hatte, daß er nicht zum Wecken am nächsten Morgen zurück sein mußte, keinen Urlaubsschein benötigte, der Montag früh ablief, nirgends zu irgendeiner bestimmten Stunde sein mußte. Er lebte in dem alten Urlaubsgefühl, daß das wirkliche Leben nicht vor dem kommenden Montag wieder beginnen würde, nur daß es keinen Montag gab, um den er sich zu kümmern brauchte. Er hörte sich alle Platten an und betrachtete alle Bücher, ging in den Zimmern herum und betastete die Möbel, befühlte den plattenbelegten Boden und die japanischen Matten auf der Veranda mit seinen bloßen Füßen, kochte sich am Abend in der blendend weißen Küche, in der er sich jetzt genau auskannte, sein eigenes Essen. Die Bücher waren sehr hübsch mit ihren bunten Bucheinbänden in dem über dem Sofa eingebauten Bücherschrank, wie die Plattenalben mit ihren sauberen, geraden Linien goldener Schrift auf schwarzem Grund in ihrem Mahagonischränkchen. Und er hatte so viel Zeit, wie er wollte. Da war die Bar, diese wunderschöne, gefüllte Bar, an der es zu trinken gab, wann immer man Lust dazu hatte. Er war glücklich, wenn er an all diese Dinge dachte, während er sich einen Scotch mit Soda mischte und immer wieder empfand, wieviel Zeit er hatte. Er war so nahe daran, ein ausgewachsener, vierundzwanzigkarätiger Zivilist zu werden, wie das ein Dreißigender nur jemals sein konnte.

Dann fiel ihm ein, daß er kein Dreißigender mehr war.

46

Prewitt war zwei Tage verschwunden, als der Hauptfeldwebel der G-Kompanie zurückkam.

Nach einem alten Sprichwort in der Armee kommt man vom Urlaub zurück, um sich auszuruhen, anderenfalls würde man desertieren. Milt Warden bildete keine Ausnahme. Schwankend kam er nach zwei Tagen sinnloser Betrunkenheit in die Kaserne. Sein geliebter, pulverblauer Anzug war zerknittert und schmutzig. Der stellvertretende Hauptfeldwebel Baldy Dhom begrüßte ihn in der Schreibstube mit dem abgedroschenen Witz, daß er vier Stunden zu spät erscheine und bereits als ohne Urlaub abwesend gemeldet worden sei.

Warden gab sich nicht einmal die Mühe zu lachen. Zwei Tage war er besinnungslos betrunken gewesen, aber das hatte nicht genügt, und er sehnte sich nach mehr. Die zwei Tage waren das Resultat der Erkenntnis, daß sein zehntägiges Idyll mit seiner zukünftigen Frau in einem tiefgehenden und absoluten Zerwürfnis geendet hatte. Nach einer solchen Erkenntnis mußte man sich mindestens für eine Woche besaufen. Zwei Tage reichten bei weitem nicht aus. Andererseits war es auch nicht angenehm, daran zu denken, daß die Kompanieverwaltung vierzehn Tage lang in den Wurstfingern eines dummen Ochsen wie Baldy Dhom gelegen hatte.

Kaum hatte er sich, noch immer in seinem geliebten pulverblauen Anzug, in seinen Drehstuhl fallen lassen, als Baldy auch schon begann, ihn über die Eigenheiten des neuen Kompanieführers ins Bild zu setzen. Baldy hatte sich um die Verwaltung der Kompanie ebensowenig gerissen, wie Warden gewollt hatte, daß er sie übernahm.

Finster schweigend hörte Warden zu. Wie versprochen, hatte Dynamit, einen Tag ehe er ging, Wardens Urlaub durchgesetzt, so daß er den Oberleutnant William L. Ross überhaupt noch nicht kannte. Er hatte nur gewußt, daß er kommen würde, sonst nichts, weder seinen Rang noch seinen Namen, noch daß er Jude war. Ganz typisch, sagte er zu sich selbst, vollkommen typisch. Das bekannte Wardensche Glück. Kaum werd ich den einen dämlichen Judenjungen los, der wenigstens so anständig war, Selbstmord zu begehen, werd ich schon mit einem neuen gesegnet. Nur daß es dieses Mal ein Offizier ist. Nicht mehr und nicht weniger als mein Kompanieführer. Von nun an hab ich also meine temperamentvollen jüdischen Minderwertigkeitskomplexe mitten in meiner Schreibstube, anstatt nur in der letzten Reihe meiner Mannschaft Himmelherrgottsakrament noch mal.

Dann, während er noch versuchte, dies zu verdauen, teilte Baldy ihm die nächste Neuigkeit mit. Prewitt war seit zwei Tagen verschwunden.

»Was?«

»Ja«, sagte Baldy schuldbewußt.

»Der Schweinehund war doch noch nicht mal aus dem Bau raus, als ich in Urlaub ging.«

»Weiß ich. Kam heraus drei Tage, nachdem du gegangen warst. Benahm sich sanft wie 'n Lamm. Alles zusammen war er nur neun Tage wieder hier.«

»Na, das ist doch die Höhe.«

Warden spürte, wie etwas Stärkeres als die Judenfrage seine Betrachtungen über Oberleutnant William Ross verdrängte. Es war, als sähe er an einem heißen Tag eine Wolke sich vor die Sonne schieben, und spürte plötzlich im Wind die Kühle des kommenden Regens.

»Fein hast du meine Schreibstube zugerichtet, Baldy. Es ist doch eine Affenschande, daß man nicht mal seinen Scheißurlaub nehmen kann, ohne daß gleich der Himmel einstürzt.«

»War doch nicht mein Fehler«, sagte Baldy lahm.

»Nein«, sagte Warden. Warum hatte man ihn nicht davon verständigt, daß Prewitt in drei Tagen aus dem Gefängnis entlassen würde? Mußte er alles selber machen bei diesem Sauhaufen? »Und hast du ihn auf der Essensliste gestrichen und ihn im Morgenbericht als abwesend gemeldet?»

»Nein, noch nicht«, sagte Baldy verlegen. »Verstehst du?«

»*Was?*«

»Ja, weißt du, das war so . . .«

»Was soll denn das heißen: *Noch nicht*? Du lieber Himmel, wie lange brauchst du denn zu so was? Er ist doch schon zwei volle Tage weg, oder nicht?«

»Augenblick«, sagte Baldy. »Ich versuch's dir ja zu erklären. Verstehst du, Ross kennt noch keine Menschenseele bis jetzt bei Namen, außer vielleicht ein paar Unteroffiziere.«

»Und was, zum Teufel, hat das damit zu tun?«

»Nun«, sagte Baldy, »verstehst du, Häuptling Choate hat ihn am ersten Morgen als anwesend gemeldet. Ich hab von der ganzen Geschichte überhaupt erst am nächsten Tage gehört.«

»Schön. Und wenn? Mein Gott, Dhom«, sagte er schmerzlich berührt, »wir sind hier in ner Infanteriekompanie, nicht bei den Pfadfindern.»

»Meinetwegen«, sagte Baldy verlegen, aber noch immer eigensinnig. »Du wurdest für den nächsten Tag erwartet. Da hab ich mir gesagt, einen Tag ist er sowieso nicht gemeldet, da kann ein zweiter auch nicht mehr viel schaden. Der Morgenbericht war ja sowieso schon falsch.«

»So was hab ich in meinem ganzen Leben noch nicht gehört.«

»Gut«, sagte Baldy unbewegt. »Nimm's, wie du willst. Ist deine Schreibstube. Ich vertrete hier nur. Und«, sagte er, »außerdem hab ich gedacht, vielleicht kommt er ganz von alleine zurück, ehe du auftauchst.«

»Ach so«, sagte Warden, »du hast gedacht, er kommt einfach so zurück?«

»Genau das.«

»Sag mal, was ist eigentlich los mit dir?«

»Nichts. Warum?«

»Seit wann ist Prewitt ein so verdammt guter Freund von dir?«

»Ist er bestimmt nicht.«

»Warum, zum Teufel, willst du ihn dann decken?«

»Hab ich ja gar nicht getan. Hab einfach gedacht, vielleicht kommt
er von selber zurück.«

»Hat's aber nicht getan, was?«

»Nee«, gab Baldy zu, »bis jetzt nicht.«

»Und du sitzt nun in der Scheiße.«

Baldy zuckte die Achseln und sah ihn mit der offenen Unschuld
eines schuldigen Mannes an, der weiß, daß ihm nichts geschehen
wird. »Mein Gott, und ich hab gedacht, du bist froh, daß ich warte,
bis du kommst.«

»Pferdemist«, brüllte Warden. »Jetzt muß ich ihn rückwirkend zum
sechzehnten – welchen Monat haben wir – Oktober, rückwirkend
zum sechzehnten Oktober melden. Was glaubst du, wie hübsch sich
das in der Morgenmeldung ausmachen wird?«

»Wollte dir nur nen Gefallen tun«, sagte Baldy.

»Nen Gefallen?« brüllte Warden. »Schön«, sagte er, während er
sich mit den Fingern wütend durch die Haare fuhr. »Schön. Sag mir
noch eins. Wie hast du's fertiggebracht, die ganze Sache geheimzu-
halten?«

»Was meinst du denn damit?« fragte Baldy verständnislos.

»Nun erzähl mir bitte nicht, daß bis jetzt keiner gemerkt hat, daß er
weg ist.«

»Daran hab ich überhaupt noch nicht gedacht«, sagte Baldy. »Ich
nehm aber an, sie haben's gemerkt. Verstehst du, wie ich schon gesagt habe, Ross kennt überhaupt noch keinen. Und keiner kennt ihn.
Und du kennst ja diesen Hohlkopf Culpepper. Der paßt sowieso
nicht richtig auf. Ich meine . . .«

»Ich verstehe, was du meinst«, unterbrach ihn Warden. »Nur noch
eins. Wie hat Choate es fertiggebracht, an Ike Galovitch vorbeizukommen? Erzähl mir nur nicht, daß Ike mit von der Partie ist.«

»Entschuldige, aber das ist wieder eine andere Geschichte«, sagte
Baldy. »Ich bin noch nicht dazu gekommen, dir's zu erzählen. Also,
verstehst du, Ike Galovitch ist kein Zugführer mehr. Galovitch ist
abgesetzt worden.«

»Abgesetzt«, sagte Warden.

Baldy nickte.

»Von wem?«

»Von Ross.«

»Warum?«

»Wegen Unfähigkeit.«

»Was hat er denn ausgefressen?«

»Nichts Besonderes.«

»Du willst sagen, daß Ross ihn einfach mir nichts, dir nichts abgesetzt hat? Einfach wegen Unfähigkeit?«

»Jawohl«, sagte Baldy.

Es war, als zöge man einem Elefanten die Zähne, hätte ein Elefant Zähne gehabt. »Er muß aber doch irgendwas ausgefressen haben, Baldy.«

Baldy zuckte die Schultern. »Ross ist mal dazugekommen, als er Unterricht gab.«

»Na also, da brat mir einer nen Storch«, sagte Warden glücklich. »Wer hat seinen Posten bekommen?«

»Häuptling Choate.«

»Da brat mir einer noch nen Storch«, sagte Warden glücklich.

Baldy nützte die Situation aus. »Du kannst also begreifen, wenn ich sage, daß ich nichts von der ganzen Geschichte wissen wollte. Wer hätte denn auch gedacht, daß Häuptling Choate ihn als anwesend melden würde? Etwa du, Spieß?«

»Bestimmt nicht«, sagte Warden. »Natürlich nicht.«

»Und du weißt ja, wie Champ Wilson mit seinem Zuge ist. Der paßt überhaupt nicht auf. Besonders nicht in der Boxsaison. Siehst du jetzt ein, daß die ganze Geschichte überhaupt nicht mein Fehler war?«

»Ach, bestimmt nicht«, sagte Warden. »Also weiter«, sagte er, »was ist sonst noch passiert?«

»Ich glaube, das ist alles«, sagte Baldy und stand auf. Er sah immer unbehaglich aus, wenn er sitzen mußte. »Ist's dir recht, wenn ich mir den Rest des Morgens freinehme?«

»Den Rest des Morgens frei?« brüllte Warden. »Als Belohnung wofür?«

»Na ja«, sagte Baldy unbewegt. »Praktisch ist es beinahe Mittag. Bis ich mich umziehe und auf den Exerzierplatz komme, machen die sich schon fertig, hereinzukommen.« Er blieb in der Tür stehen und blickte mit verschlossenem Gesicht auf Warden zurück. »Ach so«, sagte er, als fiele es ihm gerade ein. »Noch eine Sache. Hast du zufällig heute morgen die Zeitung gelesen?«

»Du weißt doch, ich lese die verdammte Zeitung nicht, Dhom.«

»Nun«, sagte Baldy und schaute ihn an. »Fettsau Judson vom Militärgefängnis wurde vergangene Nacht vor der Log Cabin ermordet. Jemand hat ihn niedergestochen.«

»Tatsächlich?« sagte Warden. »Und weiter?«

»Hast du ihn nicht gekannt?«

»Ich könnte Fettsau Judson nicht von Buster Keaton unterscheiden. Und wenn ich ihn mitten auf der Straße sähe.«

»Hätte sicher gedacht, du kennst ihn«, sagte Baldy.

»Irrtum!«

»Dann ist das alles, denke ich. Daß Galovitch abgesetzt wurde, hab ich dir ja gesagt, was?«

»Hast du.«

»Dann wär das alles«, sagte Baldy. »Macht's dir was aus, wenn ich mir den Rest des Morgens freinehme?« sagte er. »Muß drüben im Haus nen undichten Wasserhahn reparieren.«

»Hör mal, Dhom«, sagte Warden mit seiner Kommandostimme und indem er tief Atem schöpfte. Er war sich des neuen Schreibers Rosenberry bewußt, der noch immer still an seinem Tisch saß. »Ich weiß wirklich nicht, was in deinem Hirnkasten vorgeht. Soviel weiß ich aber, daß du alt genug bist und genug Dienstjahre auf dem Bukkel hast, um zu wissen, daß du nicht damit durchkommen kannst, einen Mann als anwesend zu führen, der desertiert ist. Selbst bei dem Sauhaufen von Luftwaffe können sie sich so was nicht erlauben. So was kommt immer raus. Ich hab viele Schreibstuben in meinem Leben gesehn und ein paar wirklich beschissene darunter, aber ich hab nie erlebt, daß in einer Schreibstube in einer so verdammt kurzen Zeit eine so hundertprozentige Sauerei einreißt wie hier. Auf dem Kasernenhof verdienst du vielleicht vier Litzen. Als stellvertretender Spieß aber bist du unter aller Sau. Hier drin könntest du noch nicht mal Gefreiter sein. Du bist total unfähig. Wird mich zwei Monate kosten, meine verdammte Schreibstube wieder in Ordnung zu bringen und den Saustall auszumisten, den du in zwei Wochen draus gemacht hast.«

Er machte eine Pause und sah zu Baldy auf, der noch immer unbeweglich in der Tür stand. Warden versuchte, sich etwas auszudenken, was er noch sagen könnte, etwas noch Besseres und Stärkeres. »Will dir nur sagen, daß ich, seit ich bei der Armee bin, noch nie einen so ganz hundsmiserablen stellvertretenden Spieß gesehn habe«, schloß er. Es klang dünn.

Dhom sagte kein Wort.

»Meinetwegen«, sagte Warden. »Mach, daß du hinauskommst, und nimm dir von mir aus frei, du würdest ja sowieso nichts tun.«

»Danke, Spieß«, sagte Baldy.

»Hau ab«, sagte Warden. Ärgerlich sah er dem großen Mann nach, dessen breite Schultern beide Türpfosten streiften, als er durch die Tür ging. Sein ungeheurer Kopf berührte fast den oberen Teil des Rahmens. Baldy Dhom, wie er leibt und lebt – Mann einer fetten philippinischen Mammi, Vater unzähliger, rotznasiger Bastarde, Trainer einer der schlechtesten Boxabteilungen in der Geschichte des Regiments, Feldwebel in einer der miserabelsten Kompanien. Alter Soldat mit achtzehn Dienstjahren im Bauch, zusammen mit achtzehn Jahren Bier, und durch seine Niggerfamilie auf Lebenszeit dazu verdammt, im Ausland zu dienen. Der Mann, der unbekümmert und loyal die Meute angeführt hatte, als Prewitt gehetzt wurde, und der jetzt ebenso loyal den Versuch leitete, Prewitt zu decken, nachdem dieser desertiert war und einen Mann ermordet hatte. Wahrscheinlich hatte er irgendeine sentimentale Entschuldigung bei der Hand, vielleicht ein Sprüchlein wie, daß ›wir alten Hasen zusammenhalten müssen, wo so viele Neulinge hereinkommen und uns die Kompanie entreißen wollen‹. Und wie er ihn so hinausgehen sah, sah er mit ihm, hinter ihm und rings um ihn herum das stillschweigende Netz einer stillschweigenden Verschwörung. Nichts wurde öffentlich gesagt oder zugegeben. Das einzige, was existierte, war eine allgemeine, plötzliche Erblindung, eine stillschweigende Ahnungslosigkeit der ganzen Kompanie, wogegen man so wenig wie gegen eine Mauer anrennen konnte.

Wenn du es überhaupt wolltest, sagte er sich selbst, du willst aber gar nicht. Du machst dir genausowenig aus dem Militärgefängnis wie die anderen auch. Niemand mag es, außer denen, die dort Dienst tun.

Na, dachte er, jetzt hat er's also doch getan. Genau, wie du dir's immer vorgestellt hast.

»Rosenberry«, brüllte er.

»Jawohl, Sir«, sagte Rosenberry mit stiller Stimme. Er saß noch immer still an seinem Tisch, legte noch immer still Akten ab.

Stiller Bursche, dieser Rosenberry, absolut stiller Bursche. Mit ein Grund, warum er ihn ausgewählt hatte, um Mazziolis Platz einzunehmen. Die ganze letzte Woche, ehe er in Urlaub ging, hatte er sich damit beschäftigt, den richtigen Mann für diesen Posten auszusuchen.

»Rosenberry, gehen Sie rüber zum Regiment und holen Sie die letzte Sammlung von nutzlosen Memoranden und wertlosen Rundschreiben ab, während ich diese verdammte Sauerei hier in Ordnung bringe.«

»Hab ich schon getan, Spieß«, sagte Rosenberry still. »Ich bin gerade dabei, sie abzulegen.«

»Dann geh rüber zur Personalabteilung und sage Mazzioli, daß ich die Personalakten von Ike Galovitch haben will. Ich kann nicht die ganze Zeit deine verdammte Fresse vor mir haben.«

»Jawohl, Sir«, sagte Rosenberry still.

»Und wenn du schon dabei bist, such mir die Dienstakten von dem anderen Kerl raus, dessen Status sich in meiner Abwesenheit geändert hat.«

»Auch Prewitts Akten, Spieß?« fragte Rosenberry still.

»Nein, verdammt noch mal, ich will nicht auch Prewitts Akten«, brüllte Warden. »Wenn ich die will, hätt ich's dir schon gesagt, du dummer Hund. Vergiß nicht, Rosenberry, du bist jetzt Soldat, nicht mehr Zivilist.«

»Jawohl, Sir«, sagte Rosenberry still.

»Vielleicht nur ein eingezogener«, sagte Warden hinterhältig.

»Jawohl, Sir«, sagte Rosenberry still.

»Aber trotzdem Soldat«, brüllte Warden triumphierend. »Nichts anderes als ein ganz gewöhnlicher, stinkiger, dreckiger Soldat, der zu tun hat, was ihm befohlen wird, und wenn's ihm befohlen wird, ohne dämliche Zivilistenfragen, verstanden?«

»Jawohl, Sir«, sagte Rosenberry still.

»Dann hau ab. Und nenn mich nicht Sir. Nur Offiziere werden mit Sir angeredet. Ich laß mir Prewitts Akten später kommen. Wenn ich sie brauche. Und wenn ich Lust dazu habe.«

»Jawohl, Sir«, sagte Rosenberry still.

»Erst muß ich diesen Scheißdreck hier in Ordnung bringen, eh ich überhaupt Prewitts Akten brauchen kann«, erklärte er in seiner fast normalen Stimme.

»Jawohl, Sir«, sagte Rosenberry, schon auf dem Weg zur Tür.

Warden sah ihm nach, wie er den Kasernenhof überquerte. Noch immer waren seine Bewegungen still. Hast ihn nicht ne Sekunde geblufft. War schon ein stiller Bursche. Ein jüdisches Geheimnis, still in sich abgeschlossen und nur für Mitglieder deutbar. Vielleicht nicht mal für diese, fügte er hinzu. Wahrscheinlich entgeht ihm nicht viel, brauchst aber auch keine Angst zu haben, daß er schwätzt.

Wenn der verdammte Scheißkerl, platzte er innerlich los, nur nicht aussehen würde wie ein zur Erde zurückgekehrter Prophet Jesaja. Rosenberry hatte ihn angesehen, als wenn er ein General mit vier Sternen wäre.

Dafür konnte man ihm keine Vorwürfe machen. Es kam daher, daß er frisch eingezogen war, und von dem verdammten Offizierskurs, den Warden mitmachen wollte. Rosenberry hatte bestimmt davon gehört. Ganz sicher, die ganze Kompanie wußte Bescheid. Nur daß Rosenberry anders reagierte als die anderen, die ihn neckten, um ihre erstaunte Enttäuschung zu verstecken. Rosenberry behielt es innerhalb jenes still verhaltenen, jüdischen Geheimnisses, zusammen mit allem anderen, was er hörte, sah oder empfand.

Mein Gott, vielleicht bewundert er dich sogar, dachte er. Er ist doch einer von den frisch Eingezogenen, was?

Allerdings würde er das niemals ausfindig machen können. Aus diesem versiegelten Vakuum war nichts herauszubekommen. Es war ein Geheimnis, das er gerne einmal bloßgelegt hätte, nur um der Übung willen und um zu sehen, was dahintersteckte.

Das wird dir allerdings nie gelingen, mindestens so lange nicht, als er weiß, daß du eines Tages Offizier werden wirst. Er lehnte sich in seinen Stuhl zurück und zündete eine ekelhaft schmeckende Katzenjammerzigarette an. Er hätte gerne gewußt, was Prewitt gedacht hatte, als er hörte, daß Milt Warden beabsichtigte, Offizier zu werden.

Als er dann aus seinen Träumen und Gedanken erwachte und seine Augen sich wieder auf die Gegenstände des Raumes konzentrierten, sah er vor sich auf dem Tisch das Meldungsbuch, das Dhom so durcheinandergebracht hatte. Gib's weiter, laß es einen andern machen, drück dich vor der Verantwortung, dachte er. Nur ja nicht sich selber herausstellen.

Nun, Warden, was wirst du tun? Etwas mußt du ja unternehmen. Wenn dieser Dhom nur gelernt hätte, ein anständiges Englisch zu sprechen. Wahrscheinlich wäre er heute schon Major. Er besaß alle Voraussetzungen. Der nichtsnutzige dumme Hund, wütete er wild in sich hinein, während er das Buch in seinen Schreibtisch einschloß. Es gibt doch bei Gott nichts Dümmeres als einen dummen Deutschen.

Er sollte in der Lage sein, ihm zehn Tage oder zwei Wochen zu geben, vorausgesetzt, daß nichts Ungewöhnliches, wie etwa ein Manöver, dazwischenkam. Die alljährlichen Manöver waren ziemlich bald fällig. Selbst fünf Tage aber würden etwas für Prew bedeuten, wenn er später zurückkommen sollte. Er zweifelte nicht daran, daß er schließlich wieder auftauchen würde. Auch Dreißigender hauten einmal ab. Ganz bestimmt sogar. Nur – sie desertieren nicht.

Nicht etwa, weil sie nicht gewollt hätten, dachte er, sondern einfach, weil sie nicht konnten.

Wohin, zum Donnerwetter, sollte ein Dreißigender auch desertieren?

Es war ja möglich, daß man jemand von der Dienststelle des Gerichtsoffiziers herüberschicken würde, aber er bezweifelte es. Fettsau Judson besaß weder für die Armee noch für das Militärgefängnis einen solchen Wert. Burschen wie Fettsau Judson gab es bei jedem Truppenteil in rauhen Mengen. Mindestens einer war in jeder Kompanie, aber meist mehr. Der Kommandant des Militärgefängnisses – laß mich mal überlegen, dachte er, während er sie der Reihe nach durchging, wer war das nur gleich? Sein inneres Auge studierte eine fast endlose Reihe von Offiziersgesichtern, die wie auf einem Filmstreifen an ihm vorbeiparadierten. Dann stoppte sein Gehirn den Streifen, und sein Auge näherte sich einem der Gesichter. Thompson, informierte ihn seine Erinnerungskartei, Major Gerald W. Thompson, früher beim soundsovielten Infanterieregiment, wurde später zum Regimentsstab versetzt und dann zum Kommandanten des Militärgefängnisses gemacht ... der gleiche, mit dessen Frau Holmes und Culpepper regelmäßig reiten gingen. – Wie dem auch sei, dachte er, Thompson würde bereits einen neuen Fettsau auf Lager haben, und eine ganze Anzahl auf der Warteliste. Allein in seiner Kompanie waren zwei von der Sorte: sowohl Liddell Henderson als auch Champ Wilson würden mit ganz wenig zusätzlichem Training gute Fettsau-Judsons abgeben.

Nein, er glaubte nicht, daß jemand kommen würde. Kam aber einer, so konnte man die Sache immer noch vertuschen. Gerade an diesem Tage würde er entdeckt haben, daß Prewitt fehlte.

Konnten sie ihm dennoch etwas nachweisen, war er durch seinen Urlaub gedeckt. Choate und Dhom sollten dann die Suppe ausfressen. Sie hatten sie auch eingebrockt. Wenn eine ganze Kompanie sich mit einer solchen Sache blind und taub stellte, brauchte man keine große Sorge zu haben. Keiner würde ihn verpfeifen. Auf keinen Fall Dhom und Choate. Der einzige, der ihn vielleicht verpfeifen würde, wäre Ike Galovitch. Wer aber würde auf einen alten Trottel, der wegen Unfähigkeit abgesetzt worden war, hören? Aber selbst Ike würde nicht den Mut haben, als einziger das Maul aufzumachen.

Als er bei diesem zufriedenstellenden Schluß angelangt war, zerdrückte er die schal schmeckende Zigarette, die er sowieso nicht hatte rauchen wollen, stand auf, ging zum Aktenschrank und holte die Flasche heraus, die er vor seinem Urlaub sorgfältig mit Tintenbleistift gezeichnet hatte. Er nahm einen langen Schluck. Der Whisky schmeckte dünn.

Hat dieser hinterhältige Schweinehund Rosenberry meinen Whisky verwässert?

Nein, Rosenberry konnte es nicht sein. Nicht Rosenberry. Viel wahrscheinlicher war es Dhom.

Er nahm noch einen großen Schluck. Dann setzte er sich wieder an seinen Tisch. Er trug noch immer seinen schmutzigen, zerknitterten Hundertzwanzig-Dollar-Lieblingsanzug, den er mit so großer Sorgfalt für sein Idyll ausgesucht hatte. Das kam dabei heraus, dachte er, wenn man sich einen kleinen Urlaub nahm. Nicht nur, daß die Berichte versaut wurden, sie verwässerten einem auch den Whisky. Es war schon so weit, daß man überhaupt keinem mehr trauen konnte.

Nicht mal sich selbst.

Das Hotel – es nannte sich Gästehaus – war draußen im Kaneohe-Tal. Er hatte es mit großer Vorsicht ausgesucht, und zwar sowohl nach ästhetischen Gesichtspunkten, als auch weil es die einzige Stelle auf der Insel war, wo sie verhältnismäßig sicher waren und nicht fürchten mußten, von scharfäugigen Burschen wie Stark entdeckt zu werden. In einem Leihwagen waren sie hingefahren. Zuvor hatte er sie von dem Schiff abgeholt, auf das Holmes sie gebracht hatte, um ihre Schwester in Kauai zu besuchen. Holmes hatte sich so lange auf dem Pier herumgedrückt, daß er sie erst in letzter Minute hatte herunterholen können, gerade ehe der Landungssteg eingezogen wurde.

Karen fuhr immer gerne über den Paliberg. Dieses Mal machte er halt und zeigte ihr in der blauen Ferne das Hotel – es nannte sich Gästehaus –, das auf der anderen Seite einer tiefen Schlucht lag. Es war ausschließlich ein Touristenhotel – es nannte sich Gästehaus, war in derselben Klasse wie das Halekulani und genauso exklusiv. Zufällig war er früher einmal, als er noch als Fremdenführer für die Molokai-Mondscheinfahrten arbeitete, während eines Wochenendes dort gewesen. Daher kannte er es. Dieses Mal hatte er bereits lange vorher angerufen und zwei Zimmer in der äußersten Ecke des obersten Stockes gemietet. Die Fenster überblickten auf der einen Seite das Tal und das Meer. Auf der anderen Seite die dahinterliegenden Berge. Dieses Mal würde er rechtzeitig dafür sorgen, daß alles wirklich vollkommen war. Nichts würde schiefgehen, dieses Mal. Der Blick war wirklich wunderschön. Außerdem war es ganz abgelegen und höchst exklusiv. Es war in der Tat ein sehr, sehr feines Hotel – es nannte sich Gästehaus –, das Haleiolani-Gästehaus. In der Landessprache bedeutete das ›Wahrhaft himmlisches Haus‹. Im Kaneohe-Tal war es immer ein wenig windig, um das Hotel herum aber standen riesige Bäume, so daß selbst der Wind schön war. Außerdem gab es einen parkähnlichen Garten. Und Ställe. Dieses Mal konnte es gar nicht anders als vollkommen sein. Dieses Mal würde es keine Lücken geben. Dieses Mal hatte er die Absicht, von vornherein jede Ritze zu verstopfen, durch die die Außenwelt hätte einsickern können.

Eines der ersten Dinge, die sie wissen wollte, war, wie es kam, daß er einen so wundervollen Platz kannte, der so exklusiv und so teuer war. Er antwortete ihr irgend etwas, er wußte nicht mehr was, aber es war auch nicht weiter wichtig. Der Grundton für die folgenden Tage war bereits angegeben.

Sie hatten zwei luxuriöse Zimmer mit acht luxuriösen Wänden. Von der Außenwelt war nichts zu spüren. Selbst während der Mahlzeiten, die sie hin und wieder im Speisesaal einnahmen, um die Monotonie des Immer-auf-dem-Zimmer-Essens zu durchbrechen, war kein Zeichen der Außenwelt sichtbar. Der Oberkellner sprach mit leiser Stimme, die Kellner gingen auf noch leiseren Sohlen. Selbst das Hotel – es nannte sich Gästehaus – war auf seiner Seite, da es ganz darauf abgestellt war, die Außenwelt möglichst draußen zu halten.

Ein paarmal ritten sie in den Bergen. Sie ritt gerne.

Fast jeden Abend fuhren sie in ihrem Leihwagen spazieren.

Zweimal gingen sie nachmittags an den Kalama-Strand zum Schwimmen.

Und nirgendwann, nirgendwo und nirgendwie gab es eine Erlösung aus den zwei Zimmern und den acht Wänden. Es waren acht luxuriöse Wände und zwei luxuriöse Zimmer, die er vorsichtig versiegelt hatte, so daß die Außenwelt nicht hereinkommen konnte. Er hatte sie wirklich gut versiegelt. So fest saßen die Siegel, daß die Zimmer eine wundervolle Grabkammer abgegeben hätten. Er hatte nur übersehen, daß sie, nachdem sie alles versiegelt hatten, die Tür öffnen mußten, um hineinzukommen. So brachten sie die Außenwelt mit sich herein. Als die zehn Tage schließlich vorbei waren, glaubte er, nie in seinem Leben einen Ort so gehaßt zu haben wie diesen.

Vielleicht, wenn sie mehr Geld gehabt hätten . . .

Nein, das war es nicht. Es lag nicht am Geld. Er hatte noch immer mehr als dreihundert, die Hälfte der ursprünglich sechshundert. Es war anstrengend, geradezu eine Mühe gewesen, so viel loszuwerden, da sie ihm bei jedem Dollar, den er ausgab, die Hölle heiß machte – genau wie eine Ehefrau.

Möglicherweise wäre alles anders gewesen, wenn sie mehr Zeit gehabt hätten . . .

Aber nein, es lag auch nicht an der Zeit. Im Gegenteil, fast hatten sie zuviel Zeit gehabt. Noch ehe der dritte Tag vorüber war, konnten beide den Vorschlag, zu packen und nach Hause zu fahren, kaum unterdrücken. Es war anstrengend, geradezu eine Mühe war es gewesen, sich zu beherrschen und nicht die Rechnung zu bezahlen, zu packen und früher als sonst aus dem alljährlichen Debakel der Ferien nach Hause zu fahren, genau wie ein Ehemann.

Ironischerweise hatte die Tatsache, daß sie sich verstecken mußten, während ihrer Flitterwochen einen Zustand geschaffen, der sonst den Flitterwochen zu folgen pflegt, wenn man als Mann und Frau leben muß.

Immer ließen sie einander für irgend etwas büßen. Verletzt du meinen Stolz, verletze ich den deinen. Er hatte es fertiggebracht, daß sie sich so sehr in ihn verliebte, daß sie auf und davon gegangen war und ihr Kind in der Obhut eines eingeborenen Dienstmädchens zurückgelassen hatte, und dafür ließ sie ihn büßen.

Er ließ sie dafür büßen, daß er die Kompanie im Stich gelassen und ihr Wohl und Wehe den Wurstfingern Dhoms anvertraut hatte.

Sie ließ ihn dafür büßen, daß er sie zur Hure gemacht hatte.

Er ließ sie dafür büßen, daß sie einen Offizier aus ihm gemacht hatte.

Die acht luxuriösen Wände der zwei luxuriösen Zimmer waren noch immer acht Wände und zwei Zimmer. Selbst wenn es sechzehn Wände und vier Zimmer oder zweiunddreißig Wände und acht Zimmer gewesen wären, mit Zentralheizung, ja selbst mit voll eingerichteter automatischer amerikanischer Küche, mit automatischem Geschirrwascher, voll eingerichteter Bar, verglaster Frühstücksnische, ja selbst mit einer Bendix-Waschmaschine und einem Spielzimmer, es hätte im Endeffekt nichts geändert.

Das ist also das Eheleben, was? sagte sein Verstand.

Das Meisterwerk war geschaffen. Fährt man fort, an einem bereits geschaffenen Meisterwerk weiter zu schaffen, so macht man nicht ein noch größeres Meisterwerk daraus, sondern man zerstört es. Dann verbringt man den Rest seines Lebens damit, daß man Punkte in Strichpunkte und Strichpunkte in Punkte ändert.

Dazu also verurteilst du uns beide, sagte sein Verstand. Mich, deinen besten Freund?

Beide wußten sie es, aber keiner von ihnen wollte der erste sein, der es zugab. Jeder hatte ein Schuldgefühl, weil er den anderen büßen ließ. Überdies besaßen sie keinen anderen Plan, nach dem sie ihr Leben hätten einrichten können. Es hieß, Liebe sei alles, aber Liebe war nicht alles. Was also war das Nächste?

Die einzige wirkliche Erholung während der ganzen zehn Tage fanden sie, als sie eines Nachts zu einem Luau in die Stadt gingen.

Das heißt natürlich, wenn man vom Whisky absah. Gleich am ersten Tage, als er auf sie wartete, hatte er eine Kiste I. W. Harper gekauft. Sie hatte ihm für diesen Einkauf die Hölle heiß gemacht. Später hatte sie mindestens die Hälfte davon getrunken, in den zwei luxuriösen Zimmern mit den acht luxuriösen Wänden.

In den letzten drei oder vier Monaten, sagte sein Verstand mit sardonischem Grinsen, während du, da du nichts Besseres tun konntest, so furchtbar beschäftigt warst, habe ich eine tiefschürfende Untersuchung über die Institution der Ehe in unseren Vereinigten Staaten angestellt. Nun schau nicht so überrascht drein. Weißt du nicht, daß man in den Vereinigten Staaten jetzt ganz offen darüber sprechen kann? Würde es dich vielleicht interessieren, meine Schlußfolgerungen zu hören?

Er, Warden, hatte sie niemals so viel trinken sehen. Gewöhnlich trank sie, wenn sie überhaupt etwas trank, sehr wenig. Sie sah es auch nicht gerne, wenn er viel trank. Dieses Mal aber betrank sie sich so stark und so häufig wie er selbst, wenn nicht noch mehr, und er nahm es ihr übel. Abgesehen davon, daß er den Whisky selbst nötig gehabt hätte, erschreckte ihn ihr Benehmen. Er wollte keine Frau, die sich zu einer Säuferin entwickelte. Er wollte nicht auch noch diese Schuld auf sich laden. Vielleicht hat er irgend etwas übersehen, irgendeinen Fehler begangen.

Meine Schlußfolgerung, so fuhr sein Verstand fort, ist die, daß die Grundlage der Ehe in den Vereinigten Staaten romantische Liebe ist. Nicht immer, natürlich, aber in der Mehrzahl der Fälle. Du mußt zugeben, daß die Mehrheit in den Vereinigten Staaten das Prinzip der romantischen Liebe akzeptiert. So sehr hat sich dieses Prinzip durchgesetzt, daß selbst die Minorität, die aus anderen Gründen hei-

ratet, wie zum Beispiel des Geldes wegen oder aus gesellschaftlichen
Gründen oder um der Sicherheit willen, sich die größte Mühe gibt,
nach außen hin den Eindruck zu erwecken, als hätte sie nur aus romantischer Liebe geheiratet. Übrigens sind die Vereinigten Staaten
vielleicht das einzige Land in der Welt, wo dies selbst bei den völlig
ungebildeten unteren Klassen der Bauernschaft zutrifft, wenn man
von England absieht. Ich persönlich sehe immer von England ab.
Durch eingehende Beobachtung und sorgfältige Experimente habe
ich während dieser drei oder vier Monate schließlich den Virus dieser Illusion der romantischen Liebe isoliert. Ich bin zu dem Schluß
gekommen, daß diese Epidemie, welche die Vereinigten Staaten zu
dezimieren droht, durch einen bösartigen, giftigen Virus hervorgerufen wird, oder durch eine Infektion, die ich mangels eines besseren
Namens Ego-Stimulation nennen will. Nach ihrem Entdecker
könnte sie auch Warden-Bazillus heißen.
Um dies zu beweisen, sagte sein Verstand, sehen wir uns doch eine
Krankheitsgeschichte an. Nehmen wir mal ein hypothetisches weib-
liches Wesen im Alter von achtzehn Jahren und ein hypothetisches
männliches Wesen im Alter von neunzehn Jahren. Setzen wir voraus,
daß beide dem allgemein akzeptierten höheren Typus angehören,
dem man die größten Erfolgschancen zuerkennt (sowohl in der
Liebe wie im Leben), sagen wir mal, einen Fußballhelden und eine
Studentin, die auch gleichzeitig Schönheitskönigin ist.
Wenn wir dieses junge Paar, sagte sein Verstand, am Anfang
ihrer . . .
»Ach, leck mich am Arsch«, brüllte Warden.
Wieder holte er die Flasche aus dem Aktenschrank und trank. Dieses
Mal tat er es in reiner Notwehr. Wenn man wenigstens eine Illusion
behalten dürfte. Die Hauptschwierigkeit für einen ehrlichen Mann
lag darin, daß Ehrlichkeit einem alle Illusionen nahm. Ihm kam ein
schlauer Gedanke. Statt die Flasche wieder in ihr Versteck zu pak-
ken, stellte er sie offen auf die Ecke eines Tisches. Dann lehnte er
sich in seinen Stuhl zurück. Er trug noch immer seinen zerknitterten
Hundertzwanzig-Dollar-Lieblingsanzug. Die Füße legte er auf den
Tisch. Hinterhältig grinste er die unschuldige Flasche an. Dann verschränkte er die Arme hinter dem Kopf und wartete hoffnungsvoll
auf jenen dummen, jüdischen Schweinehund von einem Anwalt aus
Chicago. Vielleicht hatte dieser Winkeladvokat seinen Whisky ver-
dünnt.

47

Wenn nur alles so gewesen wäre wie der Luau, dachte Warden, dessen Füße auf dem Tisch lagen und dessen Kopf in seinen verschränkten Fingern ruhte. So hätte es immer sein müssen. Der Luau hatte am achten Abend stattgefunden. Warden war so verzweifelt gewesen, daß er vorgeschlagen hatte, hinzugehen, und sie, ebenso verzweifelt, hatte angenommen. Da es ein Touristenluau in Waikiki war, liefen sie Gefahr, jemanden zu treffen, den sie kannten. Glücklicherweise trafen sie niemand. Sie waren in die Stadt gegangen und hatten an dem Luau teilgenommen, und jeder hatte sich einen neuen Liebhaber angelacht, und das war die einzige Erholung gewesen, die sie während der ganzen zehn Tage überhaupt fanden.

Die Tatsache, daß ihr neuer Liebhaber Warden, und daß die Frau, die er sich nahm, Karen Holmes hieß, spielte keine Rolle.

Es war ein Touristenluau, nicht ein echter. Wenn man aber ein wenig getrunken hatte, war er praktisch genauso gut, und die fetten, weißen Staubsaugergesichter der Zuschauer machten einem so wenig aus wie die sauber gebügelten Jacken und Hosen, auf denen weiß der Widerschein des Feuers lag. Alle Touristen hatten als Vorbereitung für ihre Tropenreise Somerset Maugham gelesen und sich daher mit weißen Leinenanzügen und Kleidern ausgestattet. Wenn man aber ein paar Glas Whisky getrunken hatte, machte das einem nichts mehr aus. Alles andere war ja vorhanden, genau wie bei einem richtigen Luau.

Die einzigen Luaus, die sie jemals mitgemacht hatte, waren gestellte Angelegenheiten im Offizierskasino der Schofield-Kaserne gewesen. Nie hatte sie die Hula-Tänzer gesehen, deren männliche Grazie und eckige Beweglichkeit die Grazie der schwingenden Tänzerinnen bei weitem überstrahlte, oder die Flötenspieler, oder das kleine Tomtom, das sie, mit gekreuzten Beinen sitzend, mit Knien und Ellenbogen spielten. Sie hatte nie Schweinehaut und Poi gegessen, noch kannte sie den Platz, an dem dieses Fest stattfand.

Sie hatte sich großartig unterhalten. Als das geröstete Schwein und das Pipi Oma Roastbeef gegessen waren, war alles betrunken. Selbst ein paar Touristen hatten einen Rausch. In diesem Augenblick hatte er sein Hemd ausgezogen, die Sandalen von den Füßen gekickt, sich die Hosen bis zu den Knien aufgekrempelt und war hinausgesprungen ins Licht des Feuers. Mit einer Gardenie, die er aus dem Haar der jüngsten Wahina stahl und sich hinters Ohr steckte, tanzte er

Meliani Oe, und dieser Tanz war es, der sie wirklich umwarf. Die grinsenden Berufstänzer, die nie vergessen konnten, daß sie für ihr Tanzen bezahlt wurden, feuerten ihn zu weiteren Soli an, schlugen, wenn sie saßen, den Takt mit den Händen auf dem Boden, stampften ihn mit den Füßen, wenn sie standen.

Es war eine Sensation. Nicht viele weiße Männer konnten überhaupt Hula tanzen, geschweige denn gut. Er aber tanzte ihn vollendet und hatte die richtige Figur dazu.

Dann war er lachend zurückgekommen und hatte ihr, mit eleganter Geste und um die Sache zu Ende zu spielen, die Gardenie ins Haar gesteckt. Die fettgesichtigen Touristen hatten miteinander geflüstert, gefragt, wer er wohl sein mochte, und gemutmaßt, daß er wahrscheinlich einer alten Inselfamilie entstammte, dieser Mann, der ihnen wilder hawaiianisch vorkam als die Eingeborenen selbst. Eingeborene, die morgen früh wieder als Kellnerinnen in einem Restaurant oder als Mechaniker in irgendeiner Autowerkstatt arbeiten würden. Ihr Katzenjammer würde ein ganz gewöhnlicher Katzenjammer sein, und die Touristen würden sie, wenn sie sich in einem Restaurant ein Coca-Cola bestellten oder ihre Vergaser nachsehen ließen, nicht einmal wiedererkennen.

»Du steckst voller Überraschungen«, hatte sie gelächelt. »Immer hast du was Neues. Es macht dir einfach Spaß, Leute in Erstaunen zu versetzen, nicht wahr? Wo, um Gottes willen, hast du so tanzen gelernt?«

Als sie zum Hotel zurückkamen – es nannte sich Gästehaus –, war es noch einmal ganz wie früher. Wieder spielte sie die weiße Göttin und er den Wilden, so, wie er es mochte, wie es aber seit langem nicht mehr gewesen war und auch in den beiden, ihnen noch verbleibenden Tagen nicht mehr sein sollte.

»*Mein* Wilder«, hatte sie geflüstert und ihn zärtlich gebissen. »Mein primitiver, wahnsinniger Wilder.«

In der nächsten Nacht, der vorletzten, beging er den Fehler, diese Stimmung nochmals hervorzuzaubern zu wollen. Er hatte sie sein Hürchen, *mein* Hürchen, genannt, wie er es früher oft getan hatte. Dieses Mal aber stieß sie ihn nicht nur von sich weg, sondern raste auch weinend aus dem Bett. Und nach einer endlos erscheinenden Reihe von Beschimpfungen, wobei ihre Sorge um das Kind von neuem eine Rolle spielte (»Wie, wenn er krank ist? Wie kann ich das je erfahren? Wo ich hier in einem Hotel mit einem anderen Mann zusammenlebe wie eine ganz gewöhnliche Hure? Was, wenn er gestorben ist? Dir würde das natürlich gar nichts ausmachen. Du würdest dich doch nicht drum kümmern.«), endete es damit, daß sie sich im anderen Bett schlafen legte. Er hätte am liebsten die Fäuste gegen die Wand geschlagen oder sich die Knöchel blutig gebissen, weil er einfach unfähig war, ein einziges Wort zu sagen, das nicht schuldbewußt oder um Verzeihung bittend klang.

Während dieser letzten beiden Tage hatte er ihr die ganze Geschichte von Prewitt, Fettsau Judson und der Hure Lorene erzählt, nur um ihr zu zeigen, was auf der anderen Hälfte der Menschheit zuging. Selbst er war überrascht gewesen, wie tief es sie beeindruckte, so tief, daß sie weinte, was ihn, verdammt nochmal, nur noch verliebter machte.

Meine Ansicht, sagte sein Verstand, und die Quintessenz meiner Schlußfolgerungen ist folgendes: die Illusion der romantischen Liebe, die sich auf dem Prinzip: ›ich mach was aus dir und du machst was aus mir‹ aufbaut, kann die Jahre des ›ich reiß dich herunter und du reißt mich herunter‹ nicht überdauern. Daher kommt es, daß die Männer fremdgehen und die Frauen Betschwestern werden.

Solange man aber die Illusion aufrechterhalten *kann*, argumentierte er grimmig, so lange kann man *lieben*.

Stimmt, sagte sein Verstand kühl. Aber die Ehe ist ein großer Illusionszerstörer. Wenn du mir nicht glaubst, versuch's.

Das habe ich auch vor, antwortete er.

Verstehst du, sagte sein Verstand, das Grundprinzip hinter dem illusionären Prinzip der romantischen Liebe – mit anderen Worten, die Wirklichkeit hinter der Phantasie – ist Eigenliebe. Dies hat bis jetzt leider noch niemand entdeckt.

Wahrscheinlich kommt das daher, sagte Warden, daß für die Illusion als solche eine so ausgezeichnete Reklame gemacht worden ist.

Ja, sagte sein Verstand gleichgültig. Aber um auf das zu kommen, wovon wir sprechen: in Wirklichkeit liebst du Milt Warden. Solange sie dein Ego stärkt und daher bewirkt, daß du Milt Warden noch mehr liebst, weil er doch so ein wundervoller einmaliger Mann ist, liebst du sie auch. Denn sie macht dich ja zu einem besseren Mann. Reißt sie dich aber herunter und erreicht dadurch, daß du Milt Warden weniger liebst, weil er doch ganz offensichtlich ein Schweinehund ist, so liebst du sie bei weitem nicht mehr so. Denn dann *bist* du ja auch gar nicht mehr so ein netter Mensch. Hält dieses Herunterreißen allzu lange an, dann liebst du sie überhaupt nicht mehr. Wenn du's einmal begriffen hast, ist's dann wirklich ganz einfach.

Schön, sagte Warden ungeduldig, aber was hält zwei Leute davon ab, einander ununterbrochen was vorzumachen?

Sein Verstand runzelte die Stirn. Gar nicht einfach, das einem Laien zu erklären, sagte er. Theoretisch hält sie gar nichts davon ab. In der Praxis aber wird es auf die Dauer ziemlich ermüdend. Mit der Zeit wird es schwer, immer neue Komplimente zu erfinden. Schließlich kommt es so weit, daß du dich nur noch wiederholen kannst. Natürlich wird der andere Teil mißtrauisch, wenn nicht gar gelangweilt.

Nette Vorstellung, sagte er. Du gibst mir wirklich eine nette Vorstellung. Schön, also das war die Diagnose. Wie steht's nun mit der Behandlung?

Du hast mich mißverstanden, sagte sein Verstand. Das Problem, um das es hier geht, ist lediglich die Isolierung des Virus. Wir haben nicht die Absicht, eine Heilmethode vorzuschlagen.

Großartig, sagte Warden. Einfach großartig. Du beweist mir, daß ich an einer Krankheit leide, und dann sagst du mir, daß sie unheilbar ist.

Nun, sagte sein Verstand, die Isolierung des Virus läßt gewisse Heilaussichten erkennen. Wir arbeiten zur Zeit an einigen Ideen ...

Wäre besser gewesen, sagte er, du hättest mich in seliger Unwissenheit sterben lassen.

Ich dachte, du seiest ein Mann, dem etwas an den Tatsachen liegt, sagte sein Verstand.

Tatsachen, du meine Güte. Wie stellst du dir vor, daß ich sie ihr beibringen werde?

Das ist deine Sache. Natürlich besteht noch die Möglichkeit, daß sie diese Tatsachen schon längst selbst kennt.

Ja, sagte er, gerade davor hab ich Angst.

Im gegenwärtigen Zeitpunkt, sagte sein Verstand, ist Heirat das einzige Heilmittel gegen die Liebe.

Du meinst, damit sie sich einfach abnützt?

Genau das.

Und damit ich den Rest meines Lebens an Krücken gehe?

Na ja, sagte sein Verstand, immerhin lebst du noch.

Dann schon lieber Kinderlähmung, sagte er.

Ich denke, ich empfehle mich jetzt, sagte sein Verstand. Wenn ich was Neues erfahr, laß ich's dich wissen.

Dank dir schön, sagte er. Danke vielmals.

O bitte sehr, ist mir ein Vergnügen, dir zu helfen. Schluß für heute, sagte sein Verstand.

Er saß allein auf seinem Stuhl und fragte sich, ob dies wohl die Gefühle eines Mannes seien, dem der Arzt gerade mitgeteilt hat, daß er Krebs habe. Er wartete auf Ross.

Ob wohl ein Mann, der Krebs hat, sich auch am meisten damit abquält, wie er's seiner Frau beibringen soll?

Selbst Whisky hatte bei diesem Leiden keinen medizinischen Wert. Hatte er die Whiskykur nicht gerade zwei Tage lang ausprobiert – einfach, weil er Angst hatte, zu Mrs. Kipfer zu gehen und sich eine Schockbehandlung geben zu lassen? Das zeigte deutlich, in welchem Stadium die Krankheit bereits war.

Du bist nichts als ne leere Hülse, Milt, sagte er zu sich und nahm einen neuen Schluck. Nichts als eine vertrocknete, ausgefressene leere Schote. Es war noch gar nicht so lange her, daß er in einem Puff zum mindesten vorübergehende Erleichterung hatte finden können. Nun konnte er nicht einmal das, da er Angst hatte, seinen Ruf durch ein Fiasko zu ruinieren.

In der guten alten Zeit, ehe die moralischen Vereinigten Staaten ihren Würgegriff an den Hals der literarischen Welt legten, wurde ziemlich viel über Fiaskos geschrieben. Damals schien ein Fiasko ein würdiger Gegenstand, und man beschäftigte sich damit. Nun wurde nicht mehr darüber geschrieben. Entweder waren Fiaskos weniger häufig geworden, was er bezweifelte, oder sie wurden für eine größere Schande gehalten, was er vermutete. Schließlich ließ sich mit Fiaskos nicht die Bevölkerung vermehren, und Vermehrung der Bevölkerung war in Deutschland, Rußland und den Vereinigten Staaten von höchster Bedeutung. Wo sollte man sonst die Männer für den *nächsten* Krieg herbekommen?

Warum schreibst du nicht mal darüber ne Abhandlung, sagte er zu seinem Verstand. Viele hätten da gerne eine Antwort drauf.

Von der Galerie kam aber keine Antwort.

Wenn man ganz ruhig darüber nachdachte, dann war eigentlich der einzige Trost, daß dieses Leiden gar kein so seltenes war. Man war nicht der einzige, der es ertragen mußte.

Na ja, warten wir mal ab, was Prozeßverschlepper Ross zu sagen hat. Er ist so ziemlich die einzige Hoffnung, die ich noch habe.

Als Oberleutnant Ross hereinkam, sagte er überhaupt nichts. Er übersah die Flasche, die voll sichtbar auf dem Tisch stand, schüttelte seinem neuen Hauptfeldwebel die Hand und unterhielt sich mit ihm. Weder vom Whisky noch von dem schmutzigen, zerknitterten Hundertzwanzig-Dollar-Anzug, noch von seines Hauptfeldwebels drei Tage altem Bart nahm er die geringste Notiz.

Der dreckige, koschere Schmock, dachte Warden. Er weiß ganz genau, daß er ohne mich die Kompanie nicht führen kann. Gleich biete ich dem Schlemihl was zu trinken an. Dann muß er von der Flasche Notiz nehmen. Zum Kotzen, sagte Warden kehlig zu sich selbst. Wie Butter ließ er das Wort auf der Zunge zergehen. Zum Kotzen, zum Kotzen. Der Scheißkerl.

»Ich hab was für Sie, Feldwebel«, sagte Ross, der offenbar das Gefühl hatte, nun mit Warden genügend bekannt zu sein. Er zog ein Papier aus der Tasche. »Anstatt daß Sie den ganzen Kurs machen müssen, um Offizier zu werden, hat man Ihnen genehmigt, daß Sie nur das Examen abzulegen brauchen. Der Grund dafür dürfte wohl in Ihrer Erfahrung, Ihrem Dienst und Ihrem Rang liegen. Überdies hatte Oberst Delbert einen Begleitbrief geschrieben, in dem er anregte, in Ihrem Falle auf den Kurs zu verzichten.« Er machte eine Pause und lächelte erwartungsvoll. Warden sagte nichts. Was erwarten die von ihm? Einen Freudensprung?

»Hier ist eine Abschrift des Examens, das Sie am kommenden Montag ablegen werden«, fuhr Oberleutnant Ross fort und legte ein Papier auf den Tisch. »Oberst Delbert schickt es mit seinen Empfehlungen und bittet Sie, sich die Fragen mal anzusehn.«

»Danke«, sagte Warden faul, ohne hinzusehen. »Ich glaub aber nicht, daß ich's nötig habe. Wie wär's mit nem Schluck Whisky, Oberleutnant?«

»Danke sehr«, sagte Oberleutnant Ross. »Hab nichts dagegen. Oberst Delbert hat mir schon prophezeit, daß Sie wahrscheinlich diese Antwort geben würden. Er sagte, daß Sie es wahrscheinlich nicht wollten oder brauchten, ich sollte Ihnen das Papier aber trotzdem bringen, nur damit Sie wissen, wie alle hinter Ihnen stehen.«

Wütend, entrüstet und verletzt sah Warden, wie er ruhig die Flasche vom Tisch nahm und sie entkorkte.

»Schmeckt 'n wenig dünn«, sagte Oberleutnant Ross.

»Irgendein Schweinehund hat Wasser reingeschüttet, während ich auf Urlaub war«, sagte Warden und starrte ihn durchdringend an.

»Das tut mir aber leid«, sagte Oberleutnant Ross.

Warden grinste ihn an. »Wissen Sie«, sagte er faul, »ich bin ein wenig überrascht über den Großen Weißen Vater Delbert. Dachte, der olle Jake würde alles tun, um mich draußen zu halten. Hätt nicht geglaubt, daß der mir helfen würde ... ganz besonders bei dem Streit, den er schon drei, vier Monate lang mit Holmes hat.«

»Soviel ich weiß«, sagte Oberleutnant Ross, »hat der Oberst von Ihnen als Soldat eine ganz ausgezeichnete Meinung. Ich glaube, daß er Sie viel zu hoch einschätzt, als daß er sich durch so eine persönliche Geschichte davon abhalten ließe, Ihren Antrag durchzudrücken, wenn er glaubt, daß Sie's verdienen.«

»Und«, grinste Warden, »wenn er sich nebenbei damit ein rotes Röckchen verdienen kann.«

»Jawohl«, grinste Oberleutnant Ross. »Genau wie ich auch.«

Warden sagte nichts. Es gab auch nichts mehr zu sagen. Er hörte auf zu grinsen und starrte Ross an, aber auch das nützte nichts. Offenbar würde es genauso sein wie mit Feldwebel Wellman von der A-Kompanie, der im letzten Januar den Antrag auf Zulassung zum Offizierskurs gestellt hatte. Jeder Offizier im Bataillon half Wellman, der eine Kolonne nicht von einer Gefechtslinie unterscheiden konnte, bei seinen Aufgaben. Nun war Wellman schneidiger Leutnant beim 19. Regiment.

»Die Sache mit Ihrem Whisky tut mir wirklich leid«, sagte Oberleutnant Ross und sah auf die Uhr. »Na, ich gehe besser rauf in den Klub zum Essen. Sehe Sie wohl später wieder. Wenn Sie irgendwelche Fragen wegen dieser Examensgeschichte haben, kommen Sie ruhig zu mir. Werd sie gerne für Sie beantworten.«

Warden richtete sich auf, nachdem Ross den Raum verlassen hatte, und nahm das Papier mit den Examensfragen in die Hand. Kein Wunder, daß es solche Scheißkerle von Offizieren gab, wenn man ihnen derartig kindische Prüfungsfragen stellte. Er wußte alle Antworten, noch ehe er die Fragen vollständig gelesen hatte. ›Wenn Sie irgendwelche Fragen haben, kommen Sie ruhig zu mir‹, äffte er den Oberleutnant nach. Scheiße. Er stopfte das Papier in die Tasche und sah dem Oberleutnant nach, wie er weichknieig und schlenkernd in seiner ihn traurig umschlotternden Uniform über den Kasernenhof ging. Bild eines Soldaten. Der Kerl hatte einen Gang wie ein Lumpensammler. Oder wie 'n Kaffer vom Land. Sah auch aus wie 'n Lumpensammler.

Ein Gentleman, höhnte er. Ein Gentleman mit Manieren. Höflich ist er ja. Wahrscheinlich ist sein Alter einer von den Schweinekönigen in der Multimillionärstraße. Er nahm die Flasche vom Tisch und stellte sie zurück in den Aktenschrank. Die mit ihrem verdammten Examen.

Am Abend aber, als Pete seinen Freund im 27. Regiment besuchte, besah er sich noch einmal die Examensfragen. Als er dann Montagmorgen hinüber zum Regiment ging, um die Prüfung abzulegen, setzte er sich hin und schrieb die Antworten verachtungsvoll in einem Zuge nieder. Dann warf er sie verachtungsvoll dem Leutnant, der als Zeitnehmer fungierte, auf den Tisch und ging weg. Er hatte weniger als die Hälfte der ihm zur Verfügung stehenden zwei Stunden benötigt. Er hatte das Gefühl, daß der Leutnant ihm ungläubig nachstarrte.

Als er in die Schreibstube zurückkam, überreichte ihm Rosenberry einen Sonderbefehl des Kriegsministeriums, in dem bestimmt wurde, daß die diesjährigen Manöver am zwanzigsten, das hieß also in zwei Tagen, beginnen würden.

Er führte Prewitt in seiner Morgenmeldung als anwesend bis zu dem Tage, an dem sie die Kaserne verließen. An diesem Tage trug er ihn schließlich als abwesend ein. Damit hatte er ihm eine Extrawoche gegeben. Sollte je eine Untersuchung wegen Fettsau Judsons Tod eingeleitet werden, so mußte dies ihn decken. Mehr konnte er nicht tun.

Am Abend, ehe sie ausrückten, ging er, einer Eingebung folgend, zum Blauen Anker in der King Street, zwei Häuser vor Mrs. Kipfers New Congress. Dieses Lokal war, solange er diesem Truppenteil angehörte, der Treffpunkt der Kompanie gewesen, weil es billig war und weil es sich in nächster Nähe von Mrs. Kipfers Etablissement befand. In der Kompanie wurde es der ›Blaue Schanker‹ genannt. Heute war niemand da. Alle waren zu Hause geblieben, um sich für den Ausmarsch am nächsten Morgen vorzubereiten. Er wartete vier Stunden, während er puren Whisky und Bier trank und sich mit Rose, der chinesischen Kellnerin, unterhielt.

Prewitt zeigte sich nicht. Rose sagte, daß sie sich nicht erinnern konnte, ihn in letzter Zeit gesehen zu haben. Rose würde ihm auch nichts erzählt haben, wenn es anders gewesen wäre. Sie sowohl als auch Charlie Chan, der Besitzer, waren über die persönlichen Angelegenheiten der G-Kompanie mindestens ebensogut im Bilde wie die Kompanieverwaltung selbst. Rose hatte im Laufe der Zeit mit fast jedem Unteroffizier zusammengelebt und war so eine Art Gemeinschaftsfrau geworden.

Eine Ahnung sagte ihm, daß Prewitt sich irgendwann einmal hier zeigen würde. Vielleicht würde er nie in die Kaserne zurückkehren, aber er würde es nicht fertigbringen, sich auf die Dauer alle Neuigkeiten über die Kompanie entgehen zu lassen. Logischerweise würde er daher früher oder später im ›Blauen Schanker‹ auftauchen. Es war nur eine Ahnung, aber er hatte es versucht. Am Morgen rückten sie dann zum Strand aus. Er strich Prewitt von der Rationsliste und meldete ihn abwesend ohne Urlaub.

Oberleutnant Ross, den sein erstes Manöver nervös machte, kannte Prewitt nicht einmal dem Namen nach und war zunächst höchst ärgerlich über die Sache. Er wollte ihn vor ein Kriegsgericht bringen. Ehe er Wardens Idee, daß eine Bestrafung durch die Kompanie genüge, akzeptierte, mußte dieser ihm auseinandersetzen, daß Prewitt wahrscheinlich betrunken bei einer Hure im Bett lag und sich vermutlich in ein, zwei Tagen bei der Befehlsstelle auf dem Hanauma-Strand melden würde. Oberleutnant Ross gab sich die größte Mühe zu lernen, wie solche Fälle bei der regulären Armee gehandhabt würden. Schließlich lachte er und beruhigte sich. Warden könnte ihm während der nächsten zwei Monate, ehe er selbst zum Offizier befördert wurde, eine Menge beibringen, sagte er.

Unbedingt, stimmte Warden zu, der sich völlig im klaren war, daß die Sache mit Prewitt nur aufgeschoben und nicht aufgehoben war. Wenn Prewitt nicht zurückkam, hatten seine Bemühungen überhaupt keinen Wert. Seine ganze Hoffnung war, daß die Manöver Prewitt zurückbringen würden. Er wußte bestimmt, daß die Manöver begonnen hatten. Jeder in Hawaii wußte das. Auf einer Insel von der Größe Wahoos waren die alljährlichen Manöver beinahe ein Lokalfeiertag. Lastwagenkolonnen fuhren durch die Stadt und hielten den Verkehr auf. Kommandos stellten an allen wichtigen Punkten der Stadt Maschinengewehrnester auf, andere Kommandos bauten Straßensperren quer über alle Autostraßen, und die Bars machten die glänzendsten Geschäfte. Ein alter Soldat verachtete die Manöver wie ein alter Spritzengaul die Feuerwehrübung.

Warden richtete den Kompaniegefechtsstand an der Hanauma Bay ein und wartete. Er fragte sich, warum er sich eigentlich um einen ganz gewöhnlichen Querkopf wie Prewitt soviel Sorgen machte. Vielleicht wurde er alt, oder sentimental wie Dynamit Holmes. Etwas stimmte nicht, wenn er sich derartige Mühe gab, den Kopf eines Mannes zu retten, dem er schon am Tage, als er zur Kompanie versetzt wurde, seine Widerspenstigkeit angesehen hatte.

Irgendwie aber lag die Sache anders. Es kam ihm vor, als läge in Prewitts Händen der Schlüssel zu einem Geheimnis. Er hatte das Gefühl, daß er, wenn er Prewitt schützte, auch noch etwas anderes rettete. Dieses Etwas, wenn es gerettet werden konnte, schien ihm wiederum den Schlüssel für etwas Weiteres zu enthalten. Für ihn war Prewitt ein Symbol geworden, und als er im Laufe der nächsten Tage nicht auftauchte und Oberleutnant Ross' gutgelaunte Milde dünner und dünner wurde, traf dies Warden fast so hart, als hätte es für ihn wirklich eine persönliche Bedeutung gehabt.

Wahrscheinlich kommt es daher, sagte er sich, weil du dich wegen deiner Beförderung zum Offizier schuldig fühlst. Wahrscheinlich ist das der ganze Grund.

Er war sicher, daß Prewitt nicht zurückkam, weil er immer noch Angst hatte, daß man ihn wegen der Sache mit Fettsau suchte. Das mußte der Grund sein. Wie aber konnte man ihn davon verständigen, daß diese Gefahr vorüber war? Man konnte es nicht, wenn man nicht wußte, wo er sich befand. Man konnte ihn während der Manöver auch nicht suchen.

Die Manöver begannen genau wie im vergangenen Jahr und dem Jahr zuvor. Man fuhr hinaus zum Strand, richtete Maschinengewehrstellungen nach dem Verteidigungsplan ein und machte es sich dann so gemütlich als möglich, bis man benötigt wurde. Der Strand, den die G-Kompanie besetzt hielt, war einer der besten. Nahebei in Waikiki gab es die besten Bars, und die Plantagen auf Black Point beschäftigten die meisten eingeborenen Mädchen, von denen fast alle auf den Plantagen wohnten. Da aber die ganze Kompanie wußte, daß sie, sobald die ›Roten‹ landeten, von der Küstenartillerie abgelöst werden würden, so brachten diese Attraktionen niemand aus der Ruhe.

Der Operationsplan dieses Jahres basierte auf einer ›feindlichen‹ Landung in der Kawela Bay, im Norden der Insel. Diese Landung erfolgte am dritten Tag. Selbst bei den zugänglichsten eingeborenen Mädchen dauerte es mindestens zwei Tage, bis man auch nur mit den Vorarbeiten fertig war. Statt dessen unternahm die G-Kompanie einen Gewaltmarsch von fünfunddreißig Meilen die Kamehameha-Straße hinauf, durch Wahiawa nach Waialua, wo sie sich mit dem Regiment traf und Verteidigungsstellungen bezog. Den ganzen Tag warfen sie Schützengräben aus. Am nächsten Tag wurden sie auf Lastwagen gepackt und über staubige Seitenwege zur anderen Seite der Insel geschafft, während eine andere Truppe ihre bisherigen Stellungen übernahm. In Hauula bezogen sie Reservestellungen. Auf offenem Felde, ohne den geringsten Schatten, warfen sie wiederum Schützengräben aus und errichteten ein Lager, das einer vollen Feldinspektion standhalten konnte und auch standhielt. Dort blieben sie den Rest der zwei Wochen, ohne etwas zu tun. Es war immer die gleiche langweilige Geschichte, ein typisches Manöver. Sie spielten

Karten, unterhielten sich darüber, wie gerne sie wieder am Strand wären, tauschten ihre Erfahrungen über die eingeborenen Mädchen aus und warteten auf die Nachricht, daß die Schlacht vorüber und der Feind zurückgeschlagen oder gefangengenommen worden sei. Dann brachen sie das Lager ab und bestiegen die Lastwagen, um nach Hause zu fahren, wo es zwar keinen Überfluß an eingeborenen Mädchen, aber doch wenigstens Duschen gab.

Dann änderte sich plötzlich das Bild, und nun war es mit einem Male kein typisches Manöver mehr. Anstatt daß die Lastwagen sie nach Hause gefahren hätten, brachten sie sie zurück zu ihren Strandstellungen, die bereits von der nach Fort Ruger zurückgekehrten Küstenartillerie geräumt worden waren. Gleichzeitig kamen weitere Lastwagen von Schofield herüber und luden Hacken, Schaufeln und Äxte sowie Säcke voll Zement ab.

Niemand wußte, was zum Teufel das alles zu bedeuten hatte.

Wie als Antwort auf ihre Fragen kam der Befehl, entlang der ganzen Stellung Bunker zu errichten. Bis dahin hatten sie noch in ihren gewöhnlichen Manöverzelten geschlafen. Ehe sie aber Zeit hatten, sich darüber zu beklagen, kamen bereits neue Lastwagen von Schofield mit Pyramidenzelten und Feldbetten an. Ihre Moskitonetze hatten sie schon dabei. Aus ihrem temporären Lager wurde schnell ein dauerndes.

Wieder richtete Warden einen Kompaniegefechtsstand ein. Noch immer war Prewitt nicht erschienen. Jetzt aber spielte dies keine Rolle mehr. Selbst alte Inselmänner wie Pete Karelsen und Turp Thornhill konnten sich nicht erinnern, daß sich je zuvor etwas Derartiges ereignet hatte.

Gerüchteweise hieß es, daß alle anderen Infanterieeinheiten genau das gleiche taten und Bunker in ihren Stellungen errichteten. Trotz aller Arbeit aber war die G-Kompanie mit mehr Weibsstücken versorgt als je zuvor in der Geschichte, gar nicht zu reden von den Liter- und Halbliterflaschen Whisky, welche die Wahinas den Soldaten besorgten oder stifteten, wenn die Soldaten pleite waren. Wenn überhaupt einer in der ganzen Kompanie sich wunderte, so war es Milt Warden, der wegen seiner neuerdings erwachten Angst vor Fiaskos nicht dazu kam, den Segen auszunützen. Warden war vielleicht der einzige, der sich fragte, ob dies am Ende der Anfang war, oder ob vielleicht jemand in Washington von etwas Wind bekommen hatte und nun die nötigen Anordnungen gab. Immer hatte er sich gefragt, wie man wohl anfangen würde, anzufangen. Niemand, der darüber schrieb, hatte je genau gesagt, wie angefangen wurde. Aber da sonst niemand darüber sprach, hielt auch er den Mund. Vielleicht war er einfach töricht. Überdies schien es schade, das Vergnügen zu stören, das jeder, außer ihm selbst, zu haben schien.

Die Arbeit dauerte einen Monat. Es war eine herrliche Zeit, obgleich man den strengen Befehl erteilt hatte, keine Urlaubsscheine auszugeben. Aber wer wollte schon Urlaubsscheine? Pioniere lieferten ihnen fertiggeschnittene Balken und Bretter. Sie brauchten nur Löcher in den Sand zu graben, Pfosten hineinzusetzen, diese mit Bretterwänden zu versehen und das Ganze mit Balken zu decken. Dann wurde alles mit Sand bedeckt, nachdem man sich versichert hatte, daß die Öffnungen für die Maschinengewehre in die richtige Richtung zeigten. Die Nächte gehörten ihnen. Nur ganz selten kamen die Offiziere vom Stab herüber, und schon gar nicht bei Nacht. Die Kompanie gab sich alle Mühe, sich bei Tage nicht zu überarbeiten, um bei Nacht die nötigen Kräfte zu haben. In Wirklichkeit waren die Leute meist von den Nächten so verkatert und erschöpft, daß sie, selbst wenn sie gewollt hätten, sich nicht hätten überarbeiten können. Dies war einer der Gründe, warum die Arbeit einen vollen Monat in Anspruch nahm. Es war eine herrliche Zeit.

Ein weiterer Grund dafür, daß die Arbeit einen ganzen Monat dauerte, war Stellung Nummer achtundzwanzig auf Makapuu Head.

Dort hatte man keine herrliche Zeit. Dreißig von Benzinmotoren getriebene Barco-Bohrer arbeiteten dort. Schon ein Fuß unter der Oberfläche war alles Felsen. Auch war die Waimanalo-Mädchenschule acht oder zehn Meilen entfernt im Kaneohe-Tal. Weil auf Makapuu Head mehr als ein ganzer Zug lag, war auch immer ein Offizier dort. Er schlief sogar dort. Es gab keine Plantagen, Bars, Häuser oder Vergnügungsstätten auf Makapuu Head.

Makapuu Head war der wichtigste Punkt im ganzen Kompanieabschnitt. Landete ein Feind in Kaneohe, so standen ihm nur zwei Straßen nach Honolulu offen, und zwar die Pali-Straße, die in die Nuuanu Avenue mündete, und die Kalanianaole-Autostraße in Makapuu Head. Den Kern der Abteilung dort bildeten Pete Karelsens Leute, da sie die besten Maschinengewehrschützen waren. Außer ihnen lag dort ein ganzer Schützenzug zur Deckung der wertvollen Maschinengewehrleute. Im Augenblick aber arbeiteten alle Seite an Seite wie ein Niggerarbeitsbataillon.

Als man sah, daß die Arbeit an diesem Felsen nur sehr kleine Fortschritte machte, wurden nach und nach immer mehr Leute nach Makapuu gelegt, um dort mit den Barco-Bohrern zu helfen. Schließlich war die ganze Kompanie draußen und arbeitete in drei Achtstundenschichten vierundzwanzig Stunden am Tage. Jeder wurde von einer Art Arbeitsfieber ergriffen, vor allem die Nachtschichten und ganz besonders, als Warden herauskam und die Arbeit mit einem Barco-Bohrer aufnahm, während er mit einer Stimme, die selbst die spukkenden Einzylindermaschinen übertönte, jeden einzelnen mit seinem Sarkasmus zerfetzte. Die Köche blieben freiwillig in drei Schichten die ganze Nacht auf, um die Leute mit belegten Broten und Kaffee zu versorgen. Selbst die Schreiber und Köche arbeiteten abwechselnd mit den Bohrern. Als Mazzioli auf zwei Tage von Schofield herüberkam, um sich umzusehen, zog er seinen Arbeitsanzug an, den er ein ganzes Jahr lang kaum getragen hatte, nahm sich einen Barco-Bohrer und zeigte der erstaunten Mitwelt seinen bis zur Hüfte nackten und überraschend gut gebauten Körper. Zur allgemeinen Überraschung kam dabei heraus, daß sein Vater Bauarbeiter war.

Die Männer, die von Anfang an draußen gewesen waren, wickelten stolz Taschentücher um ihre blutenden Hände und lachten schallend, als die Blasen an den Händen der Neulinge aufzubrechen begannen.

Hin und wieder sang sogar einer die alte Parodie der Soldaten auf das Essensignal:

»Wir bauten tausend Küchen,
War'n verdreckt, versaut, verschmutzt,
Sind Millionen von Kilometern marschiert,
Haben Lagerlatrinen geputzt.
Wenn wir je in 'n Himmel kommen,
Schreien alle Engel: Hier,
Nimm ne Loge, Mann von Schofield,
Die Höll hast du hinter dir.«

Am Ende hatte man sogar mehr Spaß als mit den Wahinas und dem Whisky. Dies konnte nicht mal durch Wardens wildes Beispiel erklärt werden. Es war dieses Etwas, das Infanteriekompanien zu Infanteriekompanien macht und alten Männern jene Sentimentalität verleiht, mit denen sie Geschichten erzählen, die ihre Enkel langweilen.

Ein Barco-Bohrer hat keinen Abzug, wie ein Lufthammer ihn hat, und ist doppelt so schwer, da sein einzylindriger Benzinmotor direkt an den Lauf angebaut ist. Hob man ihn auf, um ihn weiterzubewegen, so mußte man die ganze zitternde, um sich schlagende Metallmasse aufheben und sie gegen einen Schenkel pressen, um sie überhaupt halten zu können. Stellte man den Motor nämlich ab, so dauerte es fünf Minuten, um ihn wieder in Gang zu bringen, und da man ihn etwa jede Minute weiterbewegen mußte, so ging das nicht. Die einzige Stelle, an der man einen Barco-Bohrer anfassen kann, ohne sich zu verbrennen, ist außer den Griffen der Benzinbehälter. Hat man den Bohrer einmal eine halbe Stunde lang gegen den Schenkel gepreßt, so sind die Hosen des Arbeitsanzuges rostbraun gesengt, und die Haare am Bein sind abgeschabt oder abgebrannt. Verglichen mit einem Lufthammer ist ein Barco-Bohrer eine veraltete Monstrosität. Hätte man aber einem der Männer, die sich darüber beklagten, daß man ihnen keine Lufthämmer zur Verfügung gestellt hatte (und dies taten alle), gefragt, ob sie mit den Pionieren, die Lufthämmer benutzten, tauschen wollten, so hätten sie ein solches Angebot voll Verachtung abgelehnt. Es war, als hätten sie es gerne, daß ihnen die Haare an den Beinen abbrannten oder die Backenzähne sich lockerten, wenn sie die Bohrer weiterbewegten, oder ihnen die Haut an den Händen platzte, so daß das rohe Fleisch herausschaute. Es war, als haßten und liebten sie die Bohrer und als möchten sie sie gegen nichts eintauschen. Es war, als hätten sie nie in ihrem Leben so viel Spaß gehabt.

Innerhalb eines Monats wurde die Arbeit vollendet. Sie legten die Stahlschienen und gossen den Beton dazwischen und gingen zurück nach Schofield in die Garnison. Manche von ihnen mit einem neuen Leiden. Es kam ihnen vor, als seien die Adern in ihren Schultern, ihren Ellenbogen und Gelenken schmerzhaft geschwollen, während ihre Finger und Hände und schließlich ihre ganzen Arme prickelnd einschliefen. Es war eine Erkrankung, deren Erscheinungen jedesmal auftraten, wenn sie Arbeit mit ihren Händen verrichteten. Dann erwachten sie mitten in der Nacht mit eingeschlafenen Armen und standen auf, um ihre Arme wachzurütteln, während ihre Gelenke sie so sehr weiter schmerzten, daß sie auf die Latrine gingen und dort eine Zigarette rauchten, bis die Schmerzen nachließen und sie wieder zu Bett gehen konnten. Nie aber meldete sich einer wegen dieses Leidens krank, denn noch niemand hatte von diesem Leiden gehört, und keiner wußte, daß es überhaupt eine Erkrankung war.

Das Datum war der 28. November 1941.

48

Es war in diesen sechs Gnadenwochen vom 16. Oktober bis zum 28. November, während die Kompanie draußen im Felde war, sich zu Tode schwitzte, und jeder seinen linken Arm gegeben hätte, um mit ihm zu tauschen, daß Robert E. Lee Prewitt sich darüber klar wurde, wie unbedingt nötig es war, ein Dreißigender zu sein ... ganz besonders, wenn man seinen Urlaub wirklich genießen wollte.

Immer häufiger quälte ihn der Gedanke, daß er kein Dreißigender mehr war.

Als die Manöver begannen, war er noch ziemlich krank. Seine Seite war noch so wund, daß er, wenn er das schlaflose Sich-im-Bett-Her-umwerfen nachts nicht mehr ertragen konnte, aufstand, sich in den neben dem Bett stehenden Armsessel setzte und eine Zigarette rauchte. Diesen Trick hatte er in Myer gelernt, als ihm zum erstenmal die Nase gebrochen worden war. Aufsitzen und nicht unbedingt schlafen *wollen*, entspannte einen immer so weit, daß man im Sessel dösen konnte.

Um die Zeit, als die ›Roten‹ ihre Landung durchführten, ging es ihm bedeutend besser. Er entdeckte, daß mindestens fünfzig Prozent des Urlaubsgenusses darauf beruhten, daß man das unangenehme Bewußtsein hatte, die schöne Zeit werde bald zu Ende sein und man werde in die Kaserne zurückkehren müssen.

Über die Manöver wußte er genau Bescheid. Beide Mädchen brachten bereits zwei Tage vor dem Ausrücken die Nachricht mit nach Hause. Dann erschienen die Zeitungsartikel, die genau wie in jedem Jahr, seitdem der Krieg in Europa begonnen hatte, die Manöver als Ausgangspunkt für ihre Artikel über die Weltsituation und die Möglichkeit, in einen Krieg verwickelt zu werden, benutzten. Er las diese Artikel. Er hatte es sich angewöhnt, beide in Honolulu erscheinenden Zeitungen eingehend zu studieren.

Er glaubte eigentlich nicht an das, was die Zeitungen brachten (außer auf der Sportseite und bei den Witzen). Es interessierte ihn noch nicht einmal, aber er schlug damit jeden Morgen zwei Stunden tot. Das Lesen, das er so lange als möglich auszudehnen versuchte, schob den Genuß der Radio-Bar, des Plattenspielers und der Veranda auf angenehme Weise hinaus.

Dieser Genuß hatte nachgelassen, seitdem er sich darüber klargeworden war, daß er nicht zurückgehen konnte. Daß er seinen eigenen Schlüssel besaß, machte ihm keine Freude mehr, da er ja nie ausging und ihn somit nicht benutzen konnte. Außer bei Sonnenuntergang war der Blick über das Palolo-Tal tagein, tagaus der gleiche, selbst an Sonntagen, und sogar wenn er betrunken war. Das einzige, was ihm übrigblieb, war Zeitunglesen.

Die Mädchen schliefen immer noch, wenn er morgens aufstand. Er kochte sich selbst den Kaffee und bereitete sein Frühstück und zog sich dann inmitten der Brosamen auf dem Küchentisch zu einem stillen Zwiegespräch mit den Zeitungen zurück. Löste er das Kreuzworträsel, dann konnte er die Lektüre bis zum Aufstehen der Mädchen gegen Mittag ausdehnen. Dann trank er noch einmal mit ihnen Kaffee. An Sonntagen, wenn die Zeitungen so dick waren, daß sie bis drei oder vier Uhr nachmittags ausreichten, kam er sich wie ein reicher Mann vor.

Die Zeitung erwähnte nichts über den Bau der Strandbefestigungen nach Beendigung der Manöver. Davon erfuhr er erst, als er zu Rose und Charlie Chan in den ›Blauen Schanker‹ ging. Die Zeitungen brachten ihn aber auf eine Idee.

Er wurde von einer tollen Lesewut gepackt. Das erstemal war er von dieser Leidenschaft in Myer ergriffen worden. Das war damals gewesen, als er sich von dem Tripper kurieren ließ, den das reiche Mädchen ihm aufgehängt hatte. Nun las er jedes einzelne Buch in Georgettes Bibliothek, selbst die schlechten, die nicht lebenswahr waren, zum mindesten nicht nach den Erfahrungen, die *er* gemacht hatte. Er war aber bereit, sie hinzunehmen, da er ja nicht jede Art von Leben kannte (sagen wir zum Beispiel: das Leben der Reichen). Außerdem konnte man fast allen, auch den allerschlechtesten Büchern Glauben schenken, wenn man seinem Verstand verbot, spitze Fragen zu stellen, und sich nur auf die Worte beschränkte, die man vor Augen hatte. Im übrigen war es eine ausgezeichnete Methode, die Zeit totzuschlagen, bedeutend besser als das Lesen von Zeitungen, und es hinterließ keinen Katzenjammer.

Zwei Wochen lang las er Tag und Nacht. Standen die Mädchen um zwölf Uhr auf, oder kamen sie um zwei Uhr morgens nach Hause, immer fanden sie ihn über ein Buch gebeugt, neben sich ein Wörterbuch und einen Whisky. Er stellte fest, daß nach drei oder vier Gläsern viele der Bücher bedeutend glaubhafter wurden. Meistens war er so tief versunken, daß er den Mädchen auf ihren Gruß nur mit einem Grunzen antwortete.

Alma mochte das nicht. Sie versuchte meistens, sich mit ihm zu unterhalten, und wenn er nur brummte und weiterlas, stand sie auf und ging nach der anderen Seite des Zimmers. Manchmal ließ sie laut das Grammophon spielen. In Wirklichkeit machte sie sich gar nichts aus Grammophonmusik.

Ungefähr in der Mitte der zweiten Woche hatte er das letzte Buch aus Georgettes Bibliothek gelesen. Er betrank sich sinnlos. Im ganzen Haus gab es kein weiteres Buch. Im Durchschnitt hatte er zwei, manchmal auch drei Bücher pro Tag verschlungen, ohne zu bedenken, daß sein Vorrat immer kleiner wurde. Er betrank sich sinnlos. In seiner sinnlosen Trunkenheit wurde ihm plötzlich klar, wie sehr Georgette allen Heldinnen in den Büchern des Buchclubs ähnelte.

Als Alma von der Arbeit nach Hause kam und ihn völlig betrunken auf dem Teppich vor dem Sofa fand, kam der stille Zorn, der sich seit dem Beginn seiner Lesewut in ihr angehäuft hatte, zum Ausbruch. Es gab eine Szene, die mit einem Vergleich endete. Wenn sie ihm Bücher aus der Bibliothek besorgte, würde er keinen Alkohol mehr trinken ... wenigstens nicht mehr so viel, daß er einen Rausch bekam. Weder sie noch Georgette hatten eine Bibliothekskarte, aber sie besorgte sich eine und begann, ihm Bücher mitzubringen. Meist waren es Kriminalromane. Da er selbst ein Mörder war, interessierten ihn diese natürlich besonders. So las er eine ganze Menge dieser Bücher, aber in keinem, nicht einmal in denen Raymond Chandlers, die ihm am besten gefielen, fand er auch nur die geringste Ähnlichkeit mit seinen eigenen Gefühlen als Mörder. Schließlich gab er diese Lektüre auf.

Dann las er Jack London, und danach Thomas Wolfe. Während er sie las, schrieb er die Titel weiterer Bücher, die er noch lesen wollte, in ein kleines Notizbuch. Am Ende wurde ihm klar, daß es ihn, selbst wenn er nichts anderes täte, mindestens ein volles Jahr kosten würde, sich auch noch durch diese hindurchzuarbeiten. Es war zum Teil diese Hoffnungslosigkeit, die seiner Lesewut ein Ende machte.

Was weiter dazu beitrug, war eine neue Auseinandersetzung mit Alma. Eines Morgens, als Georgette noch im Bett lag, stellte sie ihn in der Küche. Er war gerade damit beschäftigt, ein Buch von Thomas Wolfe zu lesen, und zwar das, in dem der junge Mann nach New York kommt, um dort ein großer Schriftsteller zu werden. Er sollte nie herausfinden, wie es ihm dort erging. Er saß auf der anderen Seite des Tisches in der verglasten Frühstücksnische und konnte nicht entkommen.

»Ich möchte gerne wissen, was du vorhast«, sagte Alma, nachdem sie sich vom Herd Kaffee geholt hatte.

»Wann?« sagte er.

»Überhaupt«, sagte Alma geschäftsmäßig. »Heute. Morgen. Die nächste Woche. Leg das Buch weg und hör zu. Ich hab's satt, mich mit Bucheinbänden zu unterhalten.«

»Was paßt dir denn nicht?«

»Ungefähr alles«, sagte Alma. »Ich kann ja kaum noch mit dir reden. Du schaust mich an, als wärst du in einer Art von Halbschlaf – wie jetzt zum Beispiel ... so, als wüßtest du kaum, wer ich bin. Ich bin Alma, weißt du noch? Oder hast du's schon vergessen? Vor fünf Wochen ungefähr bist du hierhergekommen, und damals warst du verwundet.«

»Vielleicht hat meine Verwundung meinem Gedächtnis geschadet«, sagte er mit dem Versuch zu scherzen. Es gelang ihm nur schlecht.

»Du willst doch wohl nicht bis in alle Ewigkeit hier so weiterleben, oder?« sagte Alma mit spröde klingender Stimme. »Ich denke, es wird Zeit, daß du dir überlegst, was du zu tun beabsichtigst, nicht wahr? Willst du zurück zur Armee? Oder willst du hier wohnen bleiben und ne Stellung annehmen? Oder willst du versuchen, nach den Staaten zurückzugehen? Oder was?«

Prew riß einen Streifen von der Zeitung ab, legte ihn als Lesezeichen in das Buch und schob es von sich weg, so daß es außer Reichweite lag. »Offen gesagt hab ich überhaupt keine Pläne. Macht dir das was aus?«

»Herrgott«, sagte Alma, »der Kaffee ist ja gräßlich.«

»Mir schmeckt er gar nicht schlecht«, sagte Prew, als müßte er sich verteidigen. Wie alles andere auch, schien ihre Beschwerde über den Kaffee sich persönlich gegen ihn zu richten.

»Muß zu lange auf dem Herd gestanden haben, daß er jetzt so trübe und dick wie Sirup ist«, sagte Alma. Sie stand auf und leerte ihre Tasse in den Spülstein, säuberte die Kaffeekanne, legte einen neuen Filter in die Maschine und stellte frisches Wasser auf den Herd.

Prew beobachtete sie. Ihr langes, schwarzes Haar war vom Schlafen noch ganz zusammengedrückt, und ihr dünner, bedruckter Morgenrock zeigte Puderspuren. Seine Hand wollte über den Tisch greifen und das Buch wieder aufnehmen, aber es lag außer Reichweite, und er hätte dazu aufstehen müssen. Das wollte er aber nicht, denn deshalb hatte er es ja über den Tisch geschoben, bis es außer Reichweite lag.

Sie kam zurück und setzte sich wieder ihm gegenüber.

»Na, also los, was hast du vor?«

»Nichts«, sagte er und wünschte nun, er wäre aufgestanden und hätte das Buch geholt. »Warum soll ich mir irgendwelche Gedanken machen? Mir geht's doch gut.«

»Ja«, sagte Alma, »dir geht's wirklich gut. Aber in nicht ganz einem Jahr gehe ich nach den Staaten zurück und nach Hause. Und bis dahin *mußt* du dir einfach was ausgedacht haben.«

»Schön«, sagte er. »Werd mir's durch den Kopf gehen lassen. Ein Jahr ist ne lange Zeit. Warum läßt du mich jetzt nicht für ne Weile in Ruhe?«

»Auf jeden Fall kannst du nicht mit mir nach Oregon kommen«, sagte Alma kühl, zu kühl, »wenn du daran denken solltest.«

In Wirklichkeit hatte er auch schon daran gedacht, aber er hatte den Gedanken wieder fallengelassen.

»Hab ich von dir verlangt, daß du mich mitnimmst?«

»Nein«, sagte sie, »ich würde mich aber nicht wundern, wenn du mit gepacktem Koffer . . .«

»Warum wartest du dann nicht, bis du gebeten wirst? Ehe du anfängst, mit Absagen um dich zu werfen?«

»Weil ich nicht die Absicht habe, auf dem Schiff aufzuwachen und dich neben mir im Bett zu finden.«

»Schön, brauchst keine Angst zu haben. Brauchst du nicht zu haben. Und jetzt reg dich ab und laß mich in Ruhe und warte, bis es soweit ist. Ich habe dir ja gesagt, es geht mir gut.«

»Bestimmt«, schnaubte Alma, »während der letzten drei Wochen hast du nichts anderes getan, als hier in Trance herumgehockt, Bücher gelesen, dich betrunken und Georgette Augen gemacht. Gewiß geht es dir gut.«

»Das also hast du auf dem Herzen, was?«

»Vielleicht würdest du gerne, sobald ich weg bin, weiter hier wohnen bleiben und einfach nur zu Georgette hinüberwechseln, hm?«

Auch mit diesem Gedanken hatte er schon gespielt. Tatsächlich hatte er schon mit einer ganzen Reihe von Gedanken gespielt. Es ärgerte ihn aber, daß sie laut darüber sprach.

»Vielleicht ist das gar keine so schlechte Idee«, sagte er.

»Kann möglich sein«, sagte Alma kühl, »zum mindesten auf den ersten Blick. Erstens wird Georgette vielleicht aber gar nicht in der Lage sein, diese Wohnung zu bezahlen und dich standesgemäß auszuhalten. So wie's jetzt steht, müssen wir beide beisteuern, um's uns leisten zu können. Und jetzt schon muß ich mehr Geld für dich ausgeben, als ich budgetmäßig darf.«

»Wir könnten's schon irgendwie hinkriegen, denke ich«, sagte er.

»Zweitens aber«, sagte Alma, »kannst du, wenn das deine Absicht sein sollte, zusehn, daß du hier rauskommst, und woanders drauf warten, daß ich abfahre. Ich möchte nämlich nicht mit solchem Ungeziefer in einer Wohnung wohnen. Und schließlich glaube ich sogar, daß Georgette mich dir vorziehen wird, wenn's darauf ankommt.«

»Davon bin ich überzeugt«, sagte Prew. »Sie kennt dich ja auch bedeutend länger.«

»Ganz sicher«, sagte Alma. »Ganz abgesehen von der nebensächlichen Tatsache, daß ich dazu beitrage, die Miete zu bezahlen.«

»Schön«, sagte er und kroch hinter dem Tisch hervor. »Willst du, daß ich jetzt gehe?«

Almas Augen wurden merkbar größer, und sie mußte sich sehr anstrengen, ruhig zu atmen. Sie sagte nichts. Prew, der sie schweigend beobachtete, hatte ein Gefühl des Stolzes.

»Wohin willst du denn gehen?« sagte Alma.

»Kann dir doch egal sein.«

»Ach, sei doch vernünftig«, sagte Alma erzürnt.

Prew grinste. Irgendwie hatte er plötzlich die Oberhand gewonnen. Mehr und mehr wurde es jetzt jeden Tag zu einem ausgeglichenen Tennismatch. Dein Vorteil, mein Vorteil, dein Vorteil, mein Vorteil.

»Gibt ne ganze Reihe Möglichkeiten, wo ich hingehen kann«, sagte er mit der Absicht, die einmal gewonnene Oberhand nicht mehr aufzugeben. »Vielleicht finde ich ne neue Hure, die einen Zuhälter sucht. Oder ich könnte zur Armee zurück. Wahrscheinlich wissen die sowieso nicht, daß ich Fettsau umgebracht habe«, log er.

Natürlich machte die Sache mit der Hure ihr nicht das mindeste aus. Das berührte sie nie. »Du würdest selbst den Kopf in die Schlinge stecken«, sagte sie nervös. »Das weißt du ganz genau.«

»Vielleicht könnte ich mich auch auf nem Frachtdampfer anheuern lassen«, sagte er und erinnerte sich Angelo Maggios, »und als Cowboy nach Mexiko gehn.«

»Ich hab natürlich nicht damit sagen wollen, daß du gehn mußt, ehe du weißt, wo du unterkommen kannst«, sagte sie nervös. »Oder glaubst du das von mir? Du solltest mich eigentlich besser kennen. Brauchst überhaupt nicht zu gehn, wenn du nicht willst. *Ich* möchte ja gerne, daß du bleibst.«

»Das merkt man aber kaum.«

»Na ja«, sagte sie, »es regt mich einfach auf, wenn ich dich so dasitzen und Georgette Augen machen sehe und weiß, daß du nichts anderes im Kopf hast, als mit ihr zusammenzuziehn, sobald ich verschwunden bin. Was meinst du, wie angenehm mir das ist?«

»Und was zum Teufel soll ich tun? Hier rumhocken und deine große Liebe sein, solange es dir paßt; bleiben und dich dann aufs Schiff begleiten und rührend Abschied nehmen, wenn du nach Hause fährst, um den reichen Mann zu heiraten? Denkst du vielleicht, es macht mir Spaß, hier auf meinem Arsch zu sitzen und mich von dir aushalten zu lassen und es jedesmal, wenn du schlecht gelaunt bist, unter die Nase gerieben zu bekommen? Was *soll* ich tun, wenn du diesen reichen Burschen heiratest? Gebrochenen Herzens mich erschießen? Ich hab den Eindruck, daß du ein bißchen viel verlangst.«

»Ich glaube nicht, daß es zuviel verlangt ist, wenn ich dich bitte, mich anderen Frauen vorzuziehen«, sagte Alma ernst. »Mindestens, solange ich noch hier bin. Ich weiß ja, wie Männer sind. Ich sollte es bei Gott wissen. Ich bin kein sanftäugiges Aschenbrödel. Ich erwarte keine Wunder. Ich glaube aber nicht, daß ich zuviel verlange.«

»Ist ziemlich schwer, ne Frau vorzuziehn, die ganz offensichtlich nicht mehr mit einem schlafen will.«

»Ist ziemlich schwer, mit nem Mann zu schlafen, der andere Frauen vorzieht«, sagte Alma. »Ganz besonders, wenn er einen die ganze Zeit so anschaut, als sei er in Trance und man selbst existiere für ihn überhaupt nicht.«

»Nun«, sagte er, »willst du, daß ich gehe, oder nicht?«

Sie hatte begonnen, wieder Gelände zu gewinnen. Mit dieser Bemerkung aber konnte er sich immer wieder seinen Vorteil verschaffen, denn sie wußte, daß er's wirklich fertigbrachte. Vielleicht konnte er das Spiel nie damit gewinnen, aber er konnte eine Menge Punkte damit sammeln.

»Ach, setz dich und sei vernünftig«, sagte Alma. »Nein, ich will nicht, daß du gehst. Ich hab dir das ja schon gesagt. Willst du, daß ich hinknie und dich anflehe?

Georgette ist aber meine Freundin«, sagte sie weiter, »und wenn sie vor der Wahl stünde, entweder mit dir zu schlafen oder meine Freundin zu bleiben, ich glaube, sie würde die Freundschaft wählen. Vielleicht merkst du dir das für die Zukunft.«

Er setzte sich. »Sie wird dich aber niemals wiedersehn, sobald du weg bist«, sagte er, nur um ihr zu zeigen, daß er nicht nachgab, »und das weiß sie ganz genau.«

»Wenn ich mal nicht mehr hier bin«, sagte Alma, »kannst du tun, was du willst.«

»Du verlangst weiß Gott ne ganze Menge von nem Mann. Lieber noch würde ich mir mein Geld als Soldat verdienen. Ist wahrhaftig leichter. Nur kann ich das leider nicht mehr«, sagte er. »Dein Kaffeewasser kocht.«

Alma ging zum Herd, um die Flamme auszudrehn. Dann stand sie da, ohne zu sprechen, und beobachtete, wie der Kaffee in die Glasflasche tropfte.

»Ach Prew, Prew«, sie wandte sich ihm zu, »warum mußtest du's tun? Warum mußtest du ihn umbringen? Alles war so schön ... bis du so was tun mußtest. Warum mußtest du alles kaputtmachen?«

Er saß mit aufgestützten Ellenbogen am Tisch, hatte die Hände ineinandergelegt und betrachtete sie. Er starrte nicht, sondern schaute, als prüfe er ein Werkzeug, ob es richtig war für die Arbeit, die er tun wollte.

»Das habe ich immer getan«, sagte er schlicht, weder glücklich noch schuldbewußt, sondern einfach als schlichte Feststellung. »Mein ganzes Leben lang habe ich immer alles kaputtgemacht, was ich angerührt habe. Vielleicht tun das alle Männer«, sagte er und erinnerte sich an Jack Malloy. »Ich weiß das nicht. Ich weiß nur, daß es bei mir so ist, und ich hab keine Ahnung, warum.«

»Manchmal mein ich, ich kenn dich überhaupt nicht«, sagte Alma. »Dann kommst du mir vor wie ein völlig fremder Mensch. Als dein Spieß Warden kam, erzählte er mir, du hättest überhaupt nicht ins Gefängnis gemußt. Er sagte, du hättest völlig frei ausgehn können, wenn du nur gewollt hättest.«

Prew blickte schnell auf. »Hat er dich noch mal besucht? Was? Antwort mir doch, verdammt noch mal.«

»Nein«, sagte Alma, »ich spreche von damals, als er kam, um mir zu sagen, daß du im Bau bist. Er war nur ein einziges Mal da. Warum?«

»Ich weiß nicht«, sagte Prew aufatmend. Wieder sah er auf seine Hände. »Ich wollt's nur wissen.«

»Denkst du, er würde dich anzeigen, was?« sagte Alma. »Das kannst du aber nicht glauben.«

»Ich weiß nicht«, sagte er, auf seine Hände, seine Werkzeuge, schauend. »Ich weiß wirklich nicht. Konnt mir nie klar darüber werden, ob er's tun würde oder nicht.«

»Das ist ein böses Eingeständnis«, sagte Alma.

»Das verstehst du nicht«, sagte er. »Manchmal«, sagte er schlicht, »manchmal denk ich, ich wollte wirklich, ich wär wieder im Bau.« – – Angelo Maggio, Jack Malloy, Berry, Murdock, Jackson. Die langen, dunklen Abende zigarettenerleuchteter Unterhaltung. Alle zusammengenommen waren sie in jedem Winkel der Staaten gewesen. Fast in jedem Winkel der Welt – –

»Im Bau war alles leicht und einfach. Da stand jemand über einem, und den haßte man. Man hatte eine Unmenge Zeit zum Hassen. Man tat, was sie einem befahlen, und man haßte sie, und damit fertig. Ob man ihnen damit was antat, kümmerte einen nicht, weil man ihnen sowieso nichts antun konnte.«

»Nicht mal angerufen hast du, als du rauskamst«, sagte Alma. »Neun Tage lang warst du raus, ohne mich zu besuchen oder auch nur anzurufen.«

»Verdammt noch mal, ich hab versucht, dich zu decken.«

Sie lachte nicht. Sie hatte eher ein Gefühl, wie man es einem Kinde gegenüber empfindet. Seit er sich von seiner Wunde erholt hatte, gab er ihr nicht mehr oft die Gelegenheit, ein solches Gefühl zu haben.

»Prew, Prew, Prew«, sagte sie und ging zu ihm hinüber und zog seinen Kopf zu sich heran. »Komm«, sagte sie. »Komm mit mir.« Prew stand auf und folgte ihr.

Sie gingen ins Schlafzimmer.

Es war aber zu sehr das gleiche wie all die vielen anderen Male, wenn sie sich gestritten und versöhnt hatten und dann voller Wärme miteinander zu Bett gegangen waren. Er konnte sich nicht von dem Gedanken befreien, daß er kein Dreißigender mehr war. Es war fast die einzige Zeit, in der er nicht daran dachte, wenn er ein Buch las und drei oder vier Gläser Whisky in sich hatte, zur Erhöhung der Überzeugungskraft.

Alma wußte das. Beide wußten es. Die durchsichtige Mauer der Trance war wieder zwischen ihnen. Der einzige Weg, sie zu durchbrechen, bestand darin, so wütend zu werden, daß der Ärger sie durchstieß. Um sich einander zu nähern, war dies keine allzu empfehlenswerte Methode. – Sie hörten Georgette sich bewegen und herumlaufen. Dann gingen sie in die Küche zurück. Keiner von ihnen machte sich noch viel daraus, hinterher, wenn alles vorüber war, im Bett zu bleiben. Sie saßen in der Küche und tranken Kaffee und fühlten sich plötzlich sehr alt. Ihre Begierde war befriedigt. Um sie lag eine Stille, die sie nicht durchbrechen konnten. In diesem Gefühl des Altseins war mit einem Male einer dem anderen viel näher und verbundener, als er es je gewesen war, solange er noch von dem Verlangen beherrscht wurde, das sie nun verloren hatten.

Dann kam Georgette herein, freundlich wie ein übergroßer junger Hund, aber mit einem Körper, der dem der Heldinnen in den Büchern des Buchclubs glich. Sie hatte einen dünnen, bedruckten Morgenrock an, dessen Puderspuren aber sonderbarerweise nicht abstoßend, sondern eher aufreizend und erregend wirkten. Alma sah Prew an und wandte dann kühl den Kopf.

Prew versuchte, Georgette nicht anzusehen. Selbst wenn er mit ihr sprach, ruhten seine Augen auf Alma oder auf dem Herd oder auf seinen Händen, diesen Werkzeugen.

Nach einer Stunde dieses eigenartigen Spiels stand Georgette auf. Sie sah verwirrt und verletzt aus und ging in ihr Zimmer, um sich anzuziehen. Sie verließ früh das Haus. Sie sagte, sie müßte Einkäufe machen und würde direkt aus der Stadt zur Arbeit gehen.

Auch Alma verließ das Haus frühzeitig und aß in der Stadt zu Mittag.

Nachdem sie aus dem Haus waren, versuchte er zu lesen. Der Vormittag aber hatte den Zauber, der ohnehin fadenscheinig geworden war, zerrissen, und er konnte sich nicht mehr in sein Buch zurückfinden. Ein Buch konnte man nur lesen. Auch nach fünf oder sechs Gläsern Whisky konnte man es nur lesen. Den Gedanken, daß er kein Dreißigender mehr war, konnte er nicht loswerden.

Na also, was sind nun deine Pläne?

Alma hatte eine Smith und Wesson-Pistole, die ein Polizist ihr geschenkt hatte. Zusammen mit einer Schachtel Patronen bewahrte sie sie geladen in der Schublade ihres Schreibtischs auf. Er nahm sie heraus.

Was auch immer geschah, er hatte nicht die Absicht, nochmals ins Militärgefängnis zu gehen. Wär's noch das alte Gefängnis gewesen mit Angelo und Malloy und Berry und allen anderen, ja. Nie aber würde er in ein neues Gefängnis gehen, wo von den Alten keiner mehr war, wo es aber ohne Zweifel einen neuen Fettsau Judson gab und auch alles andere sich verändert hatte, außer vielleicht Major Thompson.

Er nahm die alten Patronen, die vermutlich jahrelang daringewesen waren, aus der Pistole, lud sie mit neuen aus der Schachtel und steckte weitere in die Tasche. Dann nahm er sich das Geld, das Alma ebenfalls in dieser Schublade aufbewahrte, stieg den Hügel hinunter nach Kaimuki und nahm die Straßenbahn in die Stadt. Er wollte Rose und Charlie Chan im ›Blauen Schanker‹ besuchen.

Es war herrlich, wieder im Freien zu sein, im Sonnenlicht und in der Luft. Seine Seite war immer noch ein wenig steif, aber das Gehen tat ihm nicht weh. Er mußte eine Jacke tragen, weil die Smith und Wesson in seinem Gürtel steckte. Aber die Jacke war leicht (Alma und Georgette hatten sie zusammen mit den Hosen und dem Morgenrock gekauft), und sie hatte Aufschläge, die mit Sattelstichen gesäumt waren, und selbst in der Sonne machte es ihm nichts aus, weil er sich elegant darin vorkam.

Zwei Straßen vorher stieg er aus und schlenderte an dem Gäßchen, das zur Log Cabin Bar führte und aussah wie immer, vorbei.

Als er den ›Blauen Schanker‹ betrat, war niemand anwesend, das heißt, niemand von der Kompanie. Ein paar Matrosen, die Bier tranken, versuchten, Rose zu gewinnen, aber ohne Erfolg. Rose war ausschließlich ein Armeemädchen. Er setzte sich an die Theke und trank Whisky und Soda, vorsichtig, damit er sich nicht betrank und vielleicht aufgegriffen wurde. Er unterhielt sich mit Charlie.

Die ganze G-Kompanie war draußen in Makapuu Head und baute Bunker, erzählte Charlie. Deshalb war keiner da. War keiner dagewesen, seit die Manöver begonnen hatten. War tot jetzt, dieser Platz.

Rose kam nach einer Weile herüber, setzte sich neben ihn und fragte ihn, wie es ihm als Zivilist gefalle. Erst erschreckte es ihn, oder besser, es erstaunte ihn. Dann sagte er sich aber, daß er hätte wissen müssen, daß die beiden genau im Bilde waren. Sie lachten und schienen zu finden, daß es ein Hauptspaß sei, und wollten von ihm wissen, wie lange er Ferien zu machen gedächte. Keiner erwähnte Fettsau Judson. Eine ganze Weile saß er da und unterhielt sich mit ihnen über das ungebundene Leben eines Zivilisten.

Er wußte eigentlich nicht genau, was er erwartet hatte. Sicher hatte er gehofft, ein paar Jungs von der Kompanie zu treffen. Von den Stellungen am Strand hatte er keine Ahnung gehabt. Er wußte, daß es wahnwitzig war, sich hier zu zeigen, aber er wußte auch, daß keiner von der Kompanie ihn anzeigen würde, außer Ike Galovitch. Der aber ging nie in den ›Blauen Schanker‹.

Von Rose hörte er, daß Ike abgesetzt worden war. Er rechnete sich aus, daß es am Tag nach seinem Verschwinden geschehen sein mußte. Von ihr erfuhr er ferner, daß Warden Offizier werden würde, was er vermutlich bereits während der neun Tage seines Wartens auf Fettsau erfahren, aber wohl irgendwie nicht zur Kenntnis genommen hatte. Der neue Kompanieführer, sagte Rose, sei offenbar »keine so schlimme Mann, wie man haben erwartet«.

Je länger sie sich unterhielten, um so mehr Heimweh bekam er. Er mußte vorsichtig sein, daß er sich nicht betrank. Bestimmt hatten sie draußen in Makapuu eine böse Zeit, wenn sie Bunker in die Felsen hineinbauen mußten. Anstatt aber froh zu sein, daß er nicht mitzumachen brauchte, reizte ihn gerade die Härte dieser Aufgabe. Er wünschte brennend, er wäre dabei.

Er blieb bis neun Uhr dreißig oder zehn Uhr, aß Charlies deutsche Beefsteaks, die aus mindestens einem Drittel Mehl bestanden mit Zwiebeln und Senf, wobei er sich ununterbrochen sagte, daß es die beste Mahlzeit sei, die er seit langem gegessen habe.

Eine Menge Matrosen saßen in den sechs Nischen und an den Biertischen, aber keine Soldaten. »Fast keine Soldaten mehr in Stadt«, sagte Charlie. Auch Roses neuester ›Freund‹, ein Oberfeldwebel der Feldartillerie, erschien. Und Rose mit ihren Chinesenaugen und ihrer portugiesischen Nase und dem erstaunlichen, blickfangenden, hin und her hüpfenden Faß-mich-doch-am-Hinterteil-bitte, das eine ganz besondere Spezialität chinesisch-portugiesischer Mädchen war, schenkte von nun an die Zeit, die ihr zwischen dem Bedienen verblieb, dem Oberfeldwebel in seiner Nische.

Charlie konnte über nichts anderes sprechen, als »wie dieser Bunkerbau ruiniert das Geschäft und ist sehr froh, wenn ist vorbei«.

Erst kurz vor Schluß fiel Rose ein, daß Warden sich nach ihm erkundigt hatte, und zwar unmittelbar vor den Manövern, um genau zu sein, in der Nacht, ehe sie ausrückten. Ihr machte das Ganze einen Heidenspaß.

Was sollte sie Warden sagen, wenn er wiederkam? Beide hätten es gerne gewußt.

»Sag ihm, daß ich hier war«, sagte er, ohne zu überlegen. »Sag ihm, daß er mir fehlt und daß ich es kaum ohne sein wunderschönes Gesicht aushalten kann. Sag ihm, daß ich ihn auch suche«, fügte er hinzu, »und daß, falls er mich sprechen will, hier der beste Platz dafür ist.«

Beide nickten. Sie schienen nicht überrascht. Verrückte Soldaten waren sie gewohnt. »Gehört zur Armee. Immer verdreht, Armeekerle.«

Ungefähr um zwölf Uhr kam er nach Hause. Er war mit der Straßenbahn gefahren und hatte kein Taxi genommen, vielleicht deshalb nicht, weil er sich in der Straßenbahn unter all den Menschen, die kommen und gehen konnten, wie es ihnen paßte, und sich nicht beengt fühlten, sobald sie an einem Schutzmann vorübergingen, wie ein freier Mann vorkam. Er legte die Pistole in die Schublade zurück und die Patronen in die Schachtel. Als Alma um zwei Uhr dreißig heimkam, schlief er bereits fest.

49

Das, was Rose ihm von Warden erzählt hatte, veranlaßte ihn, von neuem in die Stadt zu gehen. Er wußte, daß es Wahnwitz war. Das erstemal, nur um das neueste Geschwätz zu hören, machte nichts aus. Mehr als das aber hieß, sein Glück versuchen. Trotzdem ging er von neuem.

Alles in allem ging er fünfmal, ehe er schließlich Warden traf. Jedesmal nahm er die Pistole und ein paar Patronen aus der Schublade und steckte sie ein. Kam er heim, legte er sie jedesmal wieder zurück. Alma und Georgette ahnten nicht, daß er überhaupt jemals das Haus verließ. Sie merkten nur, daß er, wie es schien, neuerdings bedeutend besserer Stimmung war. Aber sie wußten nicht warum.

Vorsichtigerweise verteilte er seine Ausflüge in die Stadt über eine gewisse Spanne Zeit. Er hatte ein dunkles Gefühl, daß Warden alles wieder ins rechte Gleis bringen könne, er war der richtige Mann dafür. So fuhr er verbissen fort hinunterzugehen, aber niemals zwei Tage hintereinander. Das wäre selbst ihm in all seiner Verbissenheit zu riskant erschienen.

Die ersten drei Male zog er Nieten, da die Kompanie noch in Makapuu war und Bunker baute. Charlie war verzweifelt und begann davon zu reden, daß »diese Projekt wird fertig sein niemals«. Selbst Rose war besorgt, wenn sie nicht gerade bei ihrem Oberfeldwebel von der Feldartillerie saß.

Als er das vierte Mal hinging – es war am Abend des 28. November –, traf er eine ganze Gruppe von ihnen. Sie waren sonnverbrannt, hatten abgebrochene Nägel, frisch rasierte Gesichter und harte Muskeln. Es waren Häuptling Choate (jetzt Oberfeldwebel), Andy und Freitag, Feldwebel Lindsay, Unteroffizier Miller, Pete Karelsen, der Kammerunteroffizier Malleaux, der ›Professor‹ Rhodes, Bull Nair und ein Haufen Neueingezogener. Es war komisch, wie schnell sich die Neueingezogenen den alten Sitten und Gebräuchen angepaßt und den ›Blauen Schanker‹ als Stammlokal gewählt hatten. Alle, selbst die Neueingezogenen, machten einen großartigen Eindruck. Die Alten freuten sich, ihn zu treffen. Sie klopften ihm auf die Schultern, als

hätte er gerade die Leichtgewichtsmeisterschaft des Regiments gewonnen. Stark war nicht da. Er hätte gern Stark getroffen. Es gelang
ihm nur mit Mühe, sie davon abzuhalten, daß sie ihn betrunken machten. Warden zeigte sich nicht, und er erwähnte Wardens Namen nicht.
Trotz des Risikos aber ging er am nächsten Abend wiederum hin. Er
glaubte nicht, daß ein einziger von denen, die er getroffen hatte, ihn
anzeigen würde, und irgendwie hatte er eine Ahnung, mehr als eine.
Ahnung, obwohl auch keiner der anderen von Warden gesprochen
hatte, daß er auftauchen würde. Es waren nicht alle Leute vom Abend
zuvor da. Die noch fehlten, erschienen aber im Laufe des Abends, sei
es auf ihrem Weg zu oder auf dem Heimwege von Mrs. Kipfer oder
den Service Rooms, oder irgendeinem anderen Bordell. Denn dieser
Abend war eine festliche Angelegenheit. Nach sechs Wochen in der
Wüste genoß man den Überfluß der Stadt. Auch dieses Mal wurde
Warden nicht erwähnt.

Während er Bier trank und die Tür beobachtete, versuchte Prew,
nicht daran zu denken, daß manche von ihnen vielleicht aus dem
Ritz kamen, wo sie möglicherweise mit Georgette geschlafen hatten.
Trotzdem wurden seine Hände feucht.

Er sah Warden, wie ihm schien, fast ehe er vor dem weitgeöffneten
Gitter an der Vorderseite des Lokals in Sicht kam. Warden kam nicht
herein. Er sah noch nicht einmal herein. Er schlenderte vorüber und
verschwand auf der anderen Seite der offenen Veranda. Offenbar
hatte ihn kein anderer im ganzen Lokal gesehen. Prew wartete zwei
Minuten, leerte sein Bier und ging dann hinaus.

Warden stand rauchend, den Rücken an die Wand gelehnt, an der
Ecke der Gasse.

»Da brat mir doch einer nen Storch«, sagte er. »Was sehen meine ent-
zündeten Augen?«

»Unkraut verdirbt nicht«, sagte Prew.

»Mein Gott, ich habe gedacht, du wärst längst in den Staaten«, sagte
Warden.

»Hast du mit Rose gesprochen?«

»Heute nachmittag. Dachte mir, du könntest nicht auf ewig versteckt bleiben.«

»Sag mal«, sagte Prew, »wie stehn die Aktien?«

»Gehn wir auf die andere Seite«, grinste Warden. »Schlecht hier für
Gespräche, wenn man keinen Urlaubsschein in der Tasche hat.«

»Hab 'n Dauerurlaubsschein.«

»Der ist ungültig seit dem Tag, an dem die Manöver begannen«, sagte Warden. »Außerdem möchte ich nicht, daß meine Rekruten sehn, wie ihr Hauptfeldwebel sich mit einem Deserteur einläßt. Die kennen die Armee noch nicht.«

Er ging voraus über die Straße, wo sich eine genau gleiche Bar befand, die vollbesetzt war mit anderen Männern einer genau gleichen Kompanie. Nur daß es eine Kompanie des achten Feldartillerieregiments war. Sie bestellten Whisky, und Warden zahlte.

»Warum, zum Teufel, bist du nicht zurückgekommen, als die Manöver begannen?« fragte Warden ärgerlich. »Ich hatte alles arrangiert.«

»Konnt ich nicht. Ich lag noch im Bett mit einer aufgeschlitzten Seite. Wie stehen die Aktien in Sachen Fettsau? Haben sie mich im Verdacht, oder nicht?«

»Wer ist Fettsau?« sagte Warden.

»Fettsau Judson«, sagte Prew. »Du weißt, wen ich meine. Fettsau Judson. Hör auf, dich zu verstellen.«

»Hab nie von ihm gehört«, sagte Warden.

»Natürlich hast du von ihm gehört«, sagte Prew. »Oder meinst du, *die* haben nie von ihm gehört? Was willst du eigentlich sagen? Hör auf, Geheimagent zu spielen. Für mich ist diese Sache verflucht ernst.«

Sie sprachen mit leisen Stimmen über einen niedrigen Tisch hinweg. Um sie herum lärmten die Artilleristen. Ehe er sprach, schaute Warden sich um.

»Ich werd versuchen, dir die Sache zu erklären«, sagte er. »Dann kannst du tun, was du willst. Erst aber schieb die Pistole in deinem Gürtel tiefer runter oder lehn dich weiter nach vorn. Man kann den Griff durch deinen Rock hindurch so deutlich sehn, als würdest du sie offen tragen.«

Prew beugte sich schnell nach vorne, ehe er in seine Jacke hineingriff, um die Pistole nach unten zu schieben.

»Ist sowieso kein guter Platz für ne Pistole«, erklärte er.

»Bei Gott nicht«, sagte Warden. »War so deutlich, daß ich dir sogar sagen kann, was für ne Marke es ist. 'n 0,38 Colt Spezial Polizeipistole.«

»Smith und Wesson.«

»Na ja«, sagte Warden. »Hab den Griff nicht ganz genau gesehn.«

»Also los«, sagte Prew. »Wie steht die Sache?«

»Du hast's ja ziemlich eilig, was?« sagte Warden.

»In den Bau geh ich nicht zurück, wenn du das meinen solltest. Los, verdammt noch mal«, sagte er. »Hör auf, mich hinzuhalten. Wie steht die Sache?«

»Hast dich also endlich entschlossen, trotz allem zurückzukommen?« sagte Warden.

»Ich geh nicht mehr in 'n Bau.«

»Das hast du schon mal gesagt.«

»Und ich sag's noch mal.«

Warden winkte der Kellnerin und bestellte eine neue Runde. »Niemand weiß etwas von Fettsau Judson. Mindestens bringen sie dich nicht damit in Verbindung.«

»Woher weißt du das?«

»Sicher weiß ich's natürlich nicht«, gab Warden zu. »War aber keiner von der Militärpolizei da, um sich nach dir zu erkundigen. Wenn sie dich verdächtigen würden, wäre einer aufgetaucht. Ich wett meinen guten Ruf.«

»Was für nen Ruf?« sagte Prew sarkastisch, aber schon fühlte er, wie seine innere Spannung nachließ.

»Meinen Ruf als Liebhaber, du Idiot«, höhnte Warden.

»Dann kann ich also zurückkommen«, sagte Prew. »Menschenskind, eins sag ich dir. Nie mehr in meinem Leben geh ich auf die Fettsaujagd.«

»Ganz so einfach ist's leider nicht«, sagte Warden. »Wenn du zwei oder drei Tage nach Manöveranfang wieder erschienen wärst, hätt ich dich mit zwei Wochen Strafdienst wegkommen lassen können. Jetzt bist du aber schon sechs Wochen verschwunden. Selbst einem Scheißkerl wie diesem Ross kann ich das nicht wegerklären. Ein Summarisches Kriegsgericht ist das mindeste, was dich erwartet.«

»Ich geh nicht zurück in 'n Bau«, sagte Prew schnell. »Und wenn ich mich für den Rest meines Lebens auf dieser Insel verstecken muß.«

»Ich schenk dir reinen Wein ein«, sagte Warden scharf. »Ich könnte dir sagen, du kommst mit nem summarischen Urteil von zwei Wochen im Regimentsbau davon, aber ich tu's nicht. Du hast schon Schwein, wenn du überhaupt 'n Summarisches Kriegsgericht bekommst. Buchmäßig bist du seit sechs Wochen verschwunden. Wenn du überhaupt 'n Summarisches bekommst, kannst du sicher sein, daß du die Höchststrafe kriegst.«

»Einen Monat im Militärgefängnis«, sagte Prew.

»Und zwei Drittel Löhnung weniger«, nickte Warden. »Vielleicht bringen sie dich sogar vor 'n Spezialkriegsgericht. Hast schon ne

Vorstrafe. Wenn du aber vor 'n Spezialkriegsgericht kommst, dann kann ich dir, glaub ich, garantieren, daß du nicht mehr als zwei Monate und zwei Drittel bekommst.«

»Ich könnte aber auch die vollen sechs kriegen.«

»Nein«, sagte Warden. »Ich kann dir versprechen, daß du nicht mehr als zwei bekommst. Ich glaub aber, ich kann dich vor 'n Summarisches bringen.«

»Dann geh ich nicht zurück.«

»Ich weiß gar nicht, was du eigentlich erwartet hast. Du lieber Gott, du bist seit sechs Wochen verschwunden.«

»Ich weiß auch nicht. Eines aber weiß ich sicher, daß ich nicht ins Gefängnis zurückgehe. Nicht mal für einen Monat. Und das ist mein letztes Wort.«

Warden richtete sich in seinem Stuhle auf. »Mach, was du willst, aber mehr kann ich für dich nicht tun. Ross ist wütend, weil er denkt, daß du dich vor dem Manöver gedrückt hast.«

Prew war verwirrt. »Und was ist mit der Zeit vorher? Ich war ja schon ne ganze Woche weg, als die Manöver anfingen.«

»Davon weiß er nichts.«

»Wieso ...«

»Der Teufel soll's holen«, sagte Warden, »aber Baldy Dhom hat dich als anwesend geführt. Ich war im Urlaub, und er war stellvertretender Spieß, und er hat dich als anwesend geführt. Als ich wiederkam, wurdest du noch als anwesend geführt. Hatte mich in der Zange. Entweder mußte ich hergehn und dich rückwirkend abwesend melden oder weitermachen.«

»Dein Urlaub war schon drei Tage später zu Ende, nachdem ich abhaute.«

»Mach dir nichts vor, mein Lieber«, sagte Warden bösartig. »Ich hab's nicht wegen dir getan. Nicht 'n einzigen Tag hätte ich dich als anwesend geführt. Du warst 'n Unruhestifter, als du in die Kompanie kamst, bist einer und wirst ewig einer bleiben. Nicht mal jetzt weiß ich, wie ich eigentlich dazu komme, hier zu sitzen und mich mit dir zu unterhalten.«

»Weil du dich schämst, Offizier zu werden«, grinste Prew.

»Ich hab mich nie wegen etwas geschämt, was ich getan habe«, schnaubte Warden. »Einschließlich dem. Scham ist keine spontane Gefühlsregung, sondern induziert. 'n Mann, der sich selbst kennt, genau kennt, kennt keine Scham.«

»Wo hast du das gelesen?«

»Wenn ich 'n bißchen Grips hätte, wäre ich gar nicht erst hierhergekommen.«

Prew sagte nichts. Er versuchte nicht, mehr über die unerklärlichen
vier Tage Gnadenfrist herauszubekommen, versuchte nicht, tiefer in
das einzudringen, was offensichtlich eine Lüge war. Er hätte sich geschämt, wenn er's getan hätte.

»Ich nehme an, du denkst, daß ich undankbar bin«, sagte er schließlich.

»Jeder ist undankbar«, schnaubte Warden, »ich bin sogar mir selbst
gegenüber undankbar für all die Gefallen, die ich mir erweise.«

»Jeder muß selbst entscheiden, was er zu tun hat«, sagte Prew.

»Jeder«, sagte Warden. »Und natürlich immer falsch.«

»Du warst noch nie im Militärgefängnis. Ich hab gesehn, wie sie im
Militärgefängnis einen Mann umgebracht haben. Zu Tode geprügelt.«

»Wahrscheinlich hat er's so gewollt.«

»Darauf kommt's gar nicht an. Niemand hat das Recht, das einem
andern Menschen anzutun.«

»Vielleicht nicht, aber sie tun's trotzdem«, grinste Warden. »Passiert
jeden Tag.«

»Tatsächlich hat der Kerl es wirklich so gewollt«, sagte Prew. »Das
gibt ihnen aber noch nicht das Recht, es zu tun. Zufällig war er ein
Freund von mir. Und Fettsau Judson war dafür verantwortlich.«

»Erzähl mir nichts von deinen Sorgen«, sagte Warden. »Hab genug
eigene. Ich hab dir gesagt, was ich für dich tun kann, mehr kann ich
einfach nicht.«

»Verstehst du, warum ich nicht mehr ins Gefängnis zurückkann?«

»Ich versteh überhaupt nichts«, sagte Warden. »Verstehst du vielleicht, warum ich Offizier werden soll?«

»'türlich«, sagte Prew. »Versteh ich glänzend. Manchmal möchte ich
selber gern einer sein. Du wirst 'n guter Offizier werden.«

»Dann verstehst du mehr als ich«, sagte Warden bösartig. »Laß uns
machen, daß wir aus dieser Mausefalle rauskommen.«

Sie schoben sich durch die Menge hinaus und machten draußen halt,
um Zigaretten anzuzünden. Der ›Blaue Schanker‹ auf der anderen
Seite der Straße war hell erleuchtet und laut. Die Trottoirs waren
voller Soldaten von Schofield, die sich nach sechs Wochen bis zwei
Monaten Felddienst austobten.

Sie mußten an die Wand zurücktreten, um nicht von dem Strom mit-
geschwemmt zu werden. Vom Dunkel der River Street, ganz unten

am Ende der Straße, bis ganz hinauf, so weit das Auge reichte, leuchtete die Beretania Street im Schein der Neonlichter und Schaufenster. Dazwischen lagen die dunklen Treppenaufgänge der Bordelle.

»Hübsch«, sagte Prew. »Hab Neonlicht immer gern gehabt. Steh gern an einem Ende der Straße und seh runter, wie sie alle an ner Kette zusammenhängen.«

Warden sagte nichts.

»Ich wollte, ich *könnte* zurückgehn«, sagte Prew. »Möcht furchtbar gerne. Aber ich kann nicht mehr zurück ins Gefängnis, nicht mehr als Preis dafür, daß ich zurückkann.«

»Es gibt nur eine Möglichkeit, zurückzugehn, ohne ins Gefängnis zu müssen«, sagte Warden bösartig, »wenn die Japs oder sonst jemand dieses gottverfluchte Nest hier mit Bomben belegen und man alle Sträflinge rausläßt, um zu kämpfen.«

»Das hilft mir viel«, sagte Prew.

»So miserabel sind eben deine Chancen.«

»Ich weiß.«

»Hältst dich besser vom ›Blauen Schanker‹ weg«, sagte Warden, »und von jedem anderen Lokal in dieser Nachbarschaft. Die Dauerurlaubsscheine sind eingezogen, und seit Manöverbeginn werden die Urlaubsscheine kontrolliert.«

»Danke für den Tip.«

»Nichts zu danken.«

»Schön«, sagte Prew. »Wiedersehn.«

»Wiedersehn«, sagte Warden.

Der große Mann überquerte die Straße auf den ›Blauen Schanker‹ zu, und Prewitt ging die Beretania Street hinauf, weg vom Fluß. Keiner von ihnen sah sich um.

Prew beschäftigte sich mit dem, was Warden über seine Chancen gesagt hatte. Feine Chancen hatte er. Wenn man die Insel mit Bomben belegte und die Sträflinge entlassen wurden. Es erbitterte ihn. Feine Chancen!

Als er Maunakea Street überquerte, sah er den Professor Rhodes und Bull Nair Arm in Arm. Sie bestanden darauf, mit ihm etwas trinken zu gehen.

»Kommen gerade vom Ritz«, sagte Nair, glückselig betrunken, als sie schließlich an der Theke einer Bar standen. »Ist nicht ganz so fein wie Mrs. Kipfer, aber gerade das gefällt mir. Die ›ganz feinen‹ Sachen machen mich kribbelig.«

»Ich bin immer ins Ritz gegangen, bis ich zur Kompanie kam«, sagte Prew. »Ist 'n gutes Haus.«

»Mensch«, sagte Rhodes träumerisch. »War genau, als wenn's das allerletzte Mal gewesen wäre.«

»War ganz großartig«, sagte Bull Nair.

»Wann kommst du zurück?« sagte Bull Nair, als sie auf die Straße traten.

»Weiß nicht«, sagte Prew. »Hab's noch nicht satt, Zivilist zu sein.«

»Mensch«, sagte Rhodes, noch immer träumerisch. »Ich wollte, ich hätt den Mut zu türmen.«

»Mensch, wir haben denen wirklich was gezeigt im Ritz«, grinste Nair dumm. »Nicht wahr, Dusty?«

Rhodes brach in schallendes Gelächter aus. »Spür alle Knochen.«

»Na also«, sagte Nair. »Seh dich, wenn du wiederkommst. Kann jetzt nicht mehr auf den Beinen stehn.«

»Auf bald«, sagte Rhodes, noch immer träumerisch.

Prew sah ihnen nach, wie sie Arm in Arm dahinschwankten. Die Erbitterung in ihm brannte noch heller als zuvor. Am liebsten hätte er dem ersten besten Mann die Faust in die Fresse geschlagen.

Als sie außer Sicht waren, wandte er sich nach rechts, überquerte die Beretania Street und ging, anstatt zu einer Haltestelle, durch eine Seitenstraße zum Ritz, das nur zwei Straßenlängen entfernt war.

Das Ritz war überfüllt, und er mußte eine ganze Weile warten, ehe er Georgette auch nur zu Gesicht bekam. Seine Hände waren feucht, sein Gesicht gerötet und seine Kehle dick. Innerlich wurde er noch immer von jenem Feuer versengt. Zum Teufel damit, dachte er. Verrecken, verbrennen, verrotten soll alles.

Schließlich erwischte er sie im Gang und hielt sie an. Als sie ihn erkannte, zog sie ihn in ein leeres Zimmer, um herauszubekommen, was er wollte. Erst war sie verlegen, dann verlor sich die Verlegenheit.

Als es vorüber war und er ihr das Geld hinhielt, lachte sie und lehnte es ab. Er fuhr aber eigensinnig fort, es ihr hinzuhalten. Sie sah ihn an und dann das Geld, und dann nahm sie es.

Als er nach der langen Taxifahrt nach Hause kam, setzte er sich hin und wartete auf die beiden, während er einen Whisky nach dem anderen trank. Gleich jetzt sollte alles geklärt werden. Nur nicht länger warten. Dann aber schlief er auf dem Boden des Wohnzimmers ein, ehe sie erschienen.

Als er am Morgen aufstand und in die Küche ging, um Wasser für seinen Kopf zu holen, saß Alma bereits beim Kaffee am Küchentisch. An ihrem kühlen Blick erkannte er, daß Georgette ihr schon alles erzählt hatte. Er hätte eigentlich wissen können, daß sie das tun würde. Er hatte es erwartet. Er hatte vorgehabt, es selbst zu erzählen. Wenn er sich nicht betrunken hätte.

Alma erwähnte es mit keinem Wort, weder jetzt noch später. Sie bekam keinen Wutausbruch, sie ärgerte sich nicht, es geschah gar nichts. Sie war sehr höflich. Sie war warm und freundlich und lächelte ihm zu und unterhielt sich und war sehr höflich. Sie war so höflich, daß er nicht den Mut aufbrachte, es ihr zu sagen. Auch später machte sie niemals eine Anspielung oder gab ihm die Möglichkeit, es ihr zu erzählen.

Statt dessen schlief er von da an auf dem Sofa im Wohnzimmer. Auch deswegen stellte sie keinerlei Fragen und erwähnte es nicht. Nie, seitdem er sie kannte, hatte sie ihn so gut behandelt. Sie kamen großartig miteinander aus. Während der folgenden Woche kam sie einmal zu ihm aufs Sofa und schlief mit ihm. Als sie fertig waren, stand sie auf und ging zurück in ihr eigenes Bett, und auch das war sehr freundlich und sehr höflich.

Georgette behandelte ihn weder schlechter noch besser. Sie blieb nicht häufiger zu Hause und ging auch nicht öfter aus. Morgens saßen sie alle um den Kaffeetisch herum und unterhielten sich freundlich, und Georgette ging nicht mehr frühzeitig einkaufen, wie sie es einmal getan hatte. Sie waren eine große, glückliche Familie, und das war alles.

Während dieser Woche schrieb er aus dem Gedächtnis die ersten Verse des ›Song der Dreißiger‹ nieder und beendete sie dann. Als er bei der Suche nach Papier den Schreibtisch durchstöberte, sah er, daß Alma alles Geld, das sie dort aufzuheben pflegte, herausgenommen hatte. Die Pistole hatte sie nicht angerührt. Auch die Bar war nicht abgeschlossen. Meistens war er betrunken.

Das mit dem Gelde machte ihm nichts aus. Er konnte ohnehin nirgends hingehen und hatte nicht den Drang, das Haus zu verlassen. Froh war er nur, daß sie die Bar nicht abschloß. Sie sagte kein Wort wegen seines Trinkens. Sie verlangte auch nicht, daß er weggehen sollte, da er offensichtlich nicht gewußt hätte, wohin. Darüber hatten sie schon gesprochen.

So war es in jener Woche.

Irgendwoher, sei es aus ihrem Schweigen und ihrer Höflichkeit, sei es auch nur aus seiner eigenen Einbildung, kam ihm der Gedanke, daß es ihre Absicht gewesen war, ihn zu heiraten, bis dann dies dazwischengekommen war. Er kam sich wie ein Mann vor, dem seine Verlobte den Ring zurückgibt.

Ein- oder zweimal stritten sie sich heftig über nichts, über absolut gar nichts, wie zum Beispiel, ob St. Louis Heights hundertsechzig oder hundertdreißig Meter hoch waren. Es begann mit einer derartigen Lappalie, aber schließlich wurde alles überhaupt nur mögliche hereingezogen. Vorteil Aufschläger, Vorteil Rückschläger, Vorteil auf, Vorteil rück. Er behauptete sich nicht schlecht bei diesen Auseinandersetzungen. Was ihm viel mehr zusetzte, war ihr Schweigen. Viele Punkte machte er mit seiner alten Drohung, davonzulaufen. Das zog, wie es schien, noch immer.

Selbst, so dachte er, wenn ich gar nicht den Mut habe, es zu tun.

50

Am Morgen des großen Tages war Milt Warden nicht etwa früh aufgestanden, er war gar nicht zu Bett gewesen.

Nachdem Karen um neun Uhr dreißig nach Hause gegangen war, ging er in den ›Blauen Schanker‹, weil er das vage Gefühl hatte, er könnte Prewitt dort treffen. Karen hatte ihn wieder wegen Prewitt gefragt, und sie hatten lange über die Sache gesprochen. Prewitt war nicht dagewesen, aber er hatte Pete und den Häuptling getroffen. Pete half dem Häuptling, seine letzte Nacht in der Stadt zu feiern, ehe er zu Choys zurückkehrte. Die Bordelle hatten sie bereits hinter sich. Nachdem Charlie Chan den ›Blauen Schanker‹ geschlossen hatte, hatten sie zu viert im Hinterzimmer zusammengesessen, Penny Poker gespielt und Whisky getrunken.

Es war immer ein langweiliges Spiel. Charlie hatte keine Ahnung von Poker, aber er gab ihnen den Whisky zum Einkaufspreis, und wenn sie laut genug jammerten, gab er sogar eine Runde aus, obwohl er selbst nur sehr wenig trank. Daher waren sie immer bereit, sein Pokerspiel zu erdulden. Von Zeit zu Zeit ließen sie ihn eine Hand gewinnen, damit er nicht merkte, wie schlecht er spielte.

Nachdem sie so viel getrunken hatten, wie sie vertragen konnten, ohne bewußtlos zu werden, war es so spät, daß die Schofield-Taxis nicht mehr gingen. So hatten sie sich ein Stadttaxi gemietet, das sie nach Hause bringen sollte, weil es am Sonntagmorgen um sechs Uhr dreißig nichts gab, wo man sonst hätte hingehen können.

Außerdem hatte Stark an Sonntagen immer Toast mit Eiern und frischer Milch. Nichts ist so gut gegen einen Katzenjammer wie eine große Mahlzeit von Eiern, Toast und Milch unmittelbar vor dem Schlafengehen.

Sie kamen zu spät, um noch in der Küche selbst zu frühstücken. Schon bewegte sich die Reihe der Essenholer langsam an den zwei Posten vorbei. Glücklich, betrunken und unbeeindruckt von den Flüchen der Anstehenden, durchbrachen die drei die Reihen, trugen ihre Teller in den Speisesaal und setzten sich an den Tisch der Unteroffiziere.

Es war fast wie ein Familienfest. Alle Zugführer waren da, und Stark in seinem verschwitzten Unterhemd kam, nachdem er die Köche in Trab gesetzt hatte, herein, und Malleaux, der Kammerunteroffizier, setzte sich dazu. Selbst Baldy Dhom war da. Er war von seiner Frau hinausgeworfen worden, weil er sich in der Nacht zuvor im Unteroffizierklub betrunken hatte. Eine solche Zusammenkunft war an und für sich schon eine seltene Sache. Dazu war es ein Sonntag, und keiner weniger als halbbetrunken. Da am Abend zuvor die Offiziere eine große Tanzveranstaltung im Klub gehabt hatten, zeigte sich keiner von ihnen, und so brauchte man noch nicht einmal höflich zu sein.

Die Unterhaltung drehte sich meistens um Mrs. Kipfers Haus. Dort waren Pete und der Häuptling am Abend zuvor gelandet. Auch die meisten anderen waren dort gewesen. Mrs. Kipfer hatte gerade eine Sendung von vier neuen Schönheiten bekommen, die mithelfen sollten, den Zustrom der Neueingezogenen zu versorgen, die überall in der Schofield-Kaserne die Kompaniestärken erhöhten. Eine davon war ein scheues, schwarzhaariges kleines Ding, das offenbar das erstemal professionell auftrat. Sie schien die nötigen Anlagen zu haben, um eines Tages Lorene zu ersetzen, wenn sie nach Hause ging. Sie hieß Jeanette, und man empfahl sie sich hin und her über den Tisch in allen Tonarten.

Es war Vorschrift, daß immer wenigstens ein Offizier das Essen der Leute im Speisesaal mitaß, entweder Oberleutnant Ross oder Culpepper oder aber einer der drei Herren, die, von den Offizierskursen kommend, in der vergangenen Woche der Kompanie zugeteilt worden waren. Die fünf wechselten sich gegenseitig ab. Wer aber auch kam, für die Leute im Speisesaal war's immer das gleiche, es setzte einen Dämpfer auf die Stimmung am Unteroffizierstisch Heute aber war es genau wie ein großes Familienfest ... ohne die Schwiegermutter.

Stark war der einzige, außer Warden und Baldy Dhom, der in der vergangenen Nacht nicht bei Mrs. Kipfer gewesen war. Aber auch er war betrunken. Stark hatte sich eine Geliebte zugelegt, während sie in Hanauma Bay gewesen waren. Ein paar hatten sie gesehen. Sie war eine heiße, wilde Ich-mach-alles-was-du-willst-Wahina, aber Stark sprach nicht darüber. Darum nahm er an der Tischunterhaltung kaum teil, aber er hörte zu. Mit Warden hatte er seit jener Nacht in Hickam Field außerdienstlich nicht gesprochen. Sie ignorierten einander.

Es war ein für das Wochenende nach dem Zahltag typisches Sonntagmorgenfrühstück. Mindestens ein Drittel der Kompanie war nicht zu Hause. Ein weiteres Drittel lag noch schlafend in den Betten. Das letzte Drittel aber glich die Abwesenheit der beiden anderen durch die Lautheit seines betrunkenen Gelächters, die derben Scherze, das Klappern der Messer und der Milchflaschen völlig aus.

Warden war gerade auf dem Weg, sich zum zweiten Male Eier und Toast zu holen – wenn er betrunken war, hatte er immer einen ungeheueren Appetit –, als eine Explosion den Boden erschütterte, die Tassen auf dem Tisch zum Klirren brachte und dann wie eine hohe Welle über den Kasernenhof rollte.

Er blieb in der Tür, die zum Raum der Küchenhelfer führte, stehen und sah zurück in den Speisesaal. An dieses Bild erinnerte er sich den Rest seines Lebens. Der Speisesaal war sehr still geworden. Jeder hatte zu essen aufgehört und sah seinen Nachbarn an.

»Anscheinend Sprengungen in Wheeler Field«, sagte jemand zögernd.

»Hab gehört, die bauen ne neue Startbahn«, stimmte ein anderer zu.

Es schien jeden zu befriedigen. Sie begannen wieder zu essen. Jemand lachte. Es übertönte das Geräusch des hungrigen Klapperns der Messer auf den Tellern. Warden wandte sich um und ging in den Raum der Küchenhelfer. Die Reihe der Essenholer bewegte sich noch immer an den beiden Posten vorbei. Er nahm sich vor, dieses Mal hinter den Serviertisch des Kochs zu treten, um die Reihe der Wartenden zu vermeiden.

In diesem Augenblick kam die zweite Explosion. Er konnte hören, wie sie von weither unterirdisch auf sie zurollte. Dann, noch ehe er sich bewegen konnte, war sie da. Die Tassen und Teller in den Spülsteinen klirrten. Dann war es vorbei. Man konnte hören, wie das Donnern sich in der Richtung des Fußballfeldes des 21. Infanterieregiments fortbewegte. Beide Küchenhelfer sahen ihn an. Er streckte die Arme aus, um seinen Teller auf den nächsten Tisch zu stellen. Vorsichtig hielt er ihn mit beiden Händen, damit er nicht zerbrach, während er sich zu seiner Geistesgegenwart gratulierte. Dann wandte er sich, noch immer unter den Blicken der Küchenhelfer, zum Speisesaal zurück.

Da sich nichts unter dem Teller befand, fiel er auf den Boden und zersplitterte in der Stille. Aber niemand hörte es, weil bereits die dritte Explosionswelle auf sie zukam, über ihnen zusammenschlug, sich verlief und alles hinter sich zum Klirren brachte, gerade als Warden wieder beim Unteroffizierstisch anlangte.

»Da haben wir's«, sagte jemand einfach und sachlich.

Warden merkte plötzlich, daß er und Stark einander ansahen. Auf Starks Gesicht lag nichts als der lose, entspannte, friedliche Ausdruck der Trunkenheit, und Warden wußte, daß auch er nicht anders aussah. Er zog seinen Mund hoch und zeigte seine Zähne in einem Grinsen. Starks Gesicht machte genau die gleiche Bewegung. Noch immer sahen sie sich an.

Warden nahm seine Kaffeetasse in die eine und die Milchflasche in die andere Hand und rannte durch die Fliegentür des Speisesaals hinaus auf die Veranda. Die andere Tür, die in den Tagesraum führte, stand bereits so gedrängt voll, daß er sich nicht hätte durchzwängen können. Er raste die Veranda hinunter und durch den Gang, der zur Straße führte, und war außer einem oder zwei anderen als erster draußen. Als er stehenblieb, sah er Pete Karelsen und Häuptling Choate und Stark unmittelbar hinter sich. Häuptling Choate hatte seinen Teller mit den Eiern und dem Toast in der einen und seine Gabel in der anderen Hand. Er nahm einen großen Bissen. Warden wandte sich um und trank einen Schluck Kaffee.

Am anderen Ende der Straße über den Gipfeln der Bäume sah man eine dicke Rauchwolke pilzartig zum Himmel steigen. Die Männer, die hinten standen, drückten die vorderen auf die Straße hinaus. Fast jeder hatte seine Milch mitgebracht, damit sie ihm nicht gestohlen wurde. Ein paar hatten auch ihren Kaffee. Von der Straßenmitte konnte Warden auch nicht mehr sehen, als er vom Rand aus gesehen hatte, nur eine große, dicke, pilzartige Rauchwolke, die sich in der Gegend von Wheeler Field in den Himmel hob. Er nahm einen Schluck Kaffee und öffnete die Milchflasche.

»Gib mir was von deinem Kaffee«, sagte Stark mit Totenstimme hinter ihm und streckte seine Tasse hin. »Meine Tasse war leer.«

Er wandte sich um, um ihm die Tasse zu geben. Als er sich wieder der Straße zuwandte, sah er einen großen, rothaarigen Jungen, der vorher nicht dagewesen war, auf sie zurennen. Sein rotes Haar flatterte bei jedem Schritt, und seine Knie kamen fast bis zu seinem Kinn. Er sah aus, als würde er jeden Augenblick hintenüber stürzen.

»Was ist los, Junge«, brüllte Warden ihm zu. »Was ist passiert? Bleib doch stehen. Was ist los?«

Der rothaarige Junge fuhr fort, mit äußerster Anstrengung die Straße hinunterzurennen. Seine Augen starrten sie weiß und wild an.

»Die Japaner bombardieren Wheeler Field«, schrie er über seine Schulter. »Die Japaner bombardieren Wheeler Field. Ich hab die roten Kreise auf den Flügeln gesehen.«

Er fuhr fort, in der Mitte der Straße zu rennen, und dann kam plötzlich gleich hinter ihm ein Donnern von Motoren, das lauter und lauter wurde, und dann tauchte hinter den Bäumen heraus ein Flugzeug auf.

Warden und alle anderen sahen zu, wie es sich näherte. Er hatte noch die Milchflasche am Mund. Ein rotes Zwillingsblitzen fuhr aus der Nase der Maschine. Es kam auf sie zu, stieß herunter, stieg wieder in die Höhe und war verschwunden. Die Kieselsteine im Asphaltbelag zu seinen Füßen sprangen in langer gebogener Linie auf das Trottoir zu in die Höhe. Dann tauchten kleine Staubwölkchen über dem Gras auf. Schließlich bröckelte eine ganze Linie Zement aus der Hauswand heraus bis hinauf zum Dach und wieder zurück.

In einer verspäteten Reaktion rannten die Leute zur Tür zurück, nachdem das Flugzeug bereits verschwunden war, und drängten sich sofort wieder hinaus, wobei die hinteren die vorderen nach vorne drückten.

Über die Straße hinweg konnte Warden zwischen den Bäumen hindurch weitere Flugzeuge in der Nähe der Rauchwolke sehen. Sie leuchteten auf wie Spiegel. Ein paar davon wurden plötzlich größer. Sein Schienbein schmerzte ihn, ein Steinsplitter hatte ihn getroffen.

»Los, ihr dummen Schweinehunde«, brüllte er. »Macht, daß ihr reinkommt. Wollt ihr euch den Arsch abschießen lassen?«

Am anderen Ende der Straße lag der rothaarige Junge mit ausgestreckten Armen und Beinen und wilden Haaren. Er war still geworden. Die Schußlinie auf dem Pflaster ging auf ihn zu, setzte sich hinter ihm fort und hörte dann auf.

»Seht ihr das?« brüllte Warden. »Das sind keine Platzpatronen, hier wird scharf geschossen.«

Zögernd bewegte sich die Menge auf die Tür des Tagesraumes zu. Ein Mann rannte zur Wand und begann mit einem Messer in einem der Löcher herumzustochern und brachte eine Kugel zum Vorschein. Es war ein großkalibriges Geschoß. Dann rannte ein anderer auf die Straße hinaus und hob etwas auf, das, wie sich zeigte, drei Metallglieder von einem MG-Gurt waren. Im mittleren stak noch eine Hülse. Das allgemeine Drängen auf den Tagesraum zu kam zum Stillstand.

»Die sind gar nicht dumm«, sagte jemand. »Unsere Flugzeuge haben noch immer Leinwandgurte, die sie mit nach Hause schleppen müssen.« Die beiden Männer begannen den anderen ihre Funde zu zeigen. Zwei andere Leute rannten schnell auf die Straße hinaus.

»Ein prima Andenken«, sagte der Mann, der das Geschoß ausgegraben hatte, zufrieden. »Geschoß aus nem japanischen MG am ersten Kriegstag.«

»Gib mir meinen verdammten Kaffee wieder«, brüllte Warden Stark an. »Und hilf mir, diese Idioten ins Haus zu jagen.«

»Was soll ich tun?« fragte Häuptling Choate. Er hielt noch immer seinen Teller und seine Gabel und war damit beschäftigt, einen großen Bissen zu kauen.

»Hilf mir, sie hineinzutreiben«, brüllte Warden.

Ein weiteres Flugzeug, auf dem sie deutlich die roten Scheiben erkennen konnten, kam feuernd über die Baumwipfel und ersparte ihm die Mühe. Die zwei Männer, die draußen auf der Straße nach Metallgliedern gesucht hatten, kamen atemlos angerannt. Die Menge bewegte sich in einer einzigen Welle zur Tür zurück und blieb dort stehen. Das Flugzeug raste vorbei. Für einen Augenblick waren ein Kopf mit Fliegerhelm und viereckigen Brillengläsern über geschlitzten Augen, ein flatternder Schal, ein Grinsen, eine winkende Hand deutlich sichtbar.

Als die Menge wieder auf die Straße zu fluten begann, verstellten Warden, Stark, Pete und der Häuptling ihr den Weg und zwangen sie zurück in den Tagesraum. Jeder besprach erregt, was geschehen war. In dem kleinen Zimmer herrschte ein tolles Durcheinander. Stark stellte sich groß und breit in die Tür, und Pete und der Häuptling flankierten ihn; Warden schluckte den Rest seines Kaffees, setzte die Tasse auf den Zeitschriftenständer, bahnte sich einen Weg zum anderen Ende des Raumes und kletterte auf den Ping-Pong-Tisch.

»Ruhe, Ruhe, Leute – regt euch ab. Nur nicht nervös werden. Is bloß Krieg. Habt ihr noch keinen Krieg erlebt?«

Das Wort Krieg hatte die gewünschte Wirkung. Sie begannen, sich »Ruhe« und »Halt's Maul« zuzurufen, und dann wurden sie still und hörten zu.

»Jeder Mann hinauf in den Schlafsaal und zu seinem Bett«, sagte Warden. »Jeder meldet sich bei seinem Zugführer. Die Zugführer halten ihre Leute bei den Betten, bis sie Befehl bekommen, was zu tun ist.«

Die Erdstöße, die von Wheeler Field herüberrollten, waren nun bereits etwas Altgewohntes geworden. Über diesem Geräusch hörten sie, wie ein weiteres Flugzeug donnernd und maschinengewehrknatternd über sie hinwegraste.

»Der U.v.D. wird die Gewehrständer öffnen, und jeder Mann holt sich sein Gewehr und läßt es nicht aus der Hand. *Es wird aber im Schlafsaal bei den Betten geblieben!* Es ist kein Manöver mehr. Wer rausrennt, kann ne Kugel in den Arsch bekommen. Draußen kann sowieso keiner was nützen. Wenn ihr Helden sein wollt, so gibt's von jetzt an Gelegenheit genug. Wahrscheinlich haben wir die Japse schon auf dem Hals, wenn wir die Stellungen am Strand beziehn. Bleibt weg von den Veranden. Bleibt im Gebäude. Jeder Gruppenführer ist mir persönlich dafür verantwortlich, daß seine Leute innerhalb des Gebäudes bleiben. Wenn die Gruppenführer, um diesen Befehl durchzusetzen, den Gewehrkolben nehmen müssen, habe ich auch dagegen nichts einzuwenden.«

Ein Gemurmel entrüsteten Protestes erhob sich.

»Ihr habt mich verstanden«, brüllte Warden. »Wenn ihr Andenken wollt, kauft sie bei den Witwen von denen, die hinausgehen, sich welche suchen. Wenn ich jemand erwische, der draußen rumrennt, schlag ich ihm persönlich den Schädel ein und sorge dann dafür, daß er vor ein Kriegsgericht kommt.«

Wieder kam das entrüstete Gemurmel.

»Und wenn die Dreckschweine Bomben werfen?« schrie jemand.

»Wenn ihr ne Bombe kommen hört, steht es euch frei, ins Gebüsch zu rennen«, sagte Warden. »Aber erst dann. Ich glaub kaum, daß sie's tun werden. Wenn sie das vorhätten, hätten sie's längst getan. Wahrscheinlich sparen sie sich ihre Bomben für die Luftwaffe und Pearl Harbor auf.«

Zum drittenmal murrte der Chor entrüsteten Protest.

»Und wenn's anders kommt?« rief einer.

»Dann habt ihr eben Pech gehabt«, sagte Warden. »Wenn sie wirklich Bomben werfen, macht jeder, daß er aus dem Gebäude rauskommt, weg vom Kasernenhof, nicht *in* den Kasernenhof. Verteilt euch. Bleibt nicht in Gruppen. Und *weg* von den Gebäuden.«

»Wird uns nicht viel nützen, wenn sie uns eine aufs Dach gesetzt haben«, brüllte jemand.

»Genug«, schrie Warden. »Schluß mit dem Geschwätz! Los jetzt. Wir verlieren nur Zeit. Gruppenführer – hinauf mit den Leuten! MG-Schützen, Zugführer und alle anderen Unteroffiziere melden sich bei mir.«

Unter dem eindringlichen Zureden der Unteroffiziere und Feldwebel leerte sich der Raum allmählich. Die Männer gingen durch den Gang zu den Verandatreppen. Draußen brauste wieder ein Flugzeug vorüber. Dann noch eines und noch eines. Dann kam ein Geräusch, als kämen drei Maschinen gleichzeitig. Die Zugführer, Unteroffiziere und Maschinengewehrschützen bahnten sich ihren Weg zum Ping-Pong-Tisch, von dem Warden heruntergesprungen war.

»Was soll *ich* tun, Spieß?« sagte Stark. Sein Gesicht hatte noch immer den gleichen Ausdruck leerer, blanker Zurückweisung, den es im Speisesaal hatte. »Was ist mit uns in der Küche? Ich bin zwar noch ganz hübsch blau, aber ich kann noch immer 'n MG bedienen.«

»Du machst, daß du deinen Arsch in die Küche bekommst, und fängst an, mit allen Leuten, die du hast, zu packen«, sagte Warden und sah ihn an. Hart rieb er mit der Hand über sein eigenes Gesicht. »Wir beziehen Stellungen am Strand, sobald es etwas nachläßt, und ich möchte, daß die Küche komplett fertig zum Anfahren ist. Vollständige Feldausrüstung, Feldküchen und alles andere. Während du das tust, mach nen großen Eimer Kaffee. Nimm den größten Topf, den du hast.«

»Jawohl«, sagte Stark und machte sich auf den Weg zur Tür, die zum Speisesaal führte.

»Wart«, brüllte Warden. »Mach zwei Töpfe Kaffee. Die zwei größten, die du hast. Wir werden ihn brauchen.«

»'woll«, sagte Stark und ging weiter. Seine Stimme war keineswegs leer, sondern hart und klar. Nur sein Gesicht war leer.

»Nun zu euch anderen«, sagte Warden.

Beim Anblick ihrer Gesichter brach er ab und rieb wiederum sein eigenes. Es half nicht viel. Sobald er zu reiben aufhörte, kam es zurück, wie eine Feldmütze, die schief gebügelt ist.

»Die MG-Mannschaften melden sich sofort auf der Kammer, holen ihre Waffen sowie alle vollen Gurte, die sie auftreiben können, und begeben sich aufs Dach. Wenn ihr ein japanisches Flugzeug seht, schießt ihr. Macht euch keine Sorgen wegen Munitionsvergeudung. Vergeßt nicht, 'n ganzes Stück vorzuhalten. Das ist alles. Los jetzt. Alle übrigen«, rief Warden, während die Maschinengewehrmannschaften wegrannten, »alle übrigen. Das Allererste. Das Wichtigste. Jeder Zugführer ist mir persönlich verantwortlich, daß seine Leute im Gebäude bleiben... außer den MG-Schützen auf dem Dach. Ein Gewehrschütze nützt gegen 'n Tiefflieger ungefähr genausoviel wie ein Pfadfinder mit ner Schleuder. Wenn wir in unsere Stellungen am Strand kommen, werden wir jeden Mann, den wir überhaupt auf die Beine stellen können, dringend brauchen. Ich will nicht, daß ein einziger hier oben nutzlos geopfert wird... indem er beispielsweise mit nem Gewehr auf Tiefflieger schießt oder Andenken sammelt. Es wird dringeblieben. Verstanden?«

Im Chor nickten sie. Die meisten der Köpfe waren seitlich geneigt. Man lauschte auf das Geräusch der Flugzeuge, die einzeln, zu zweit und zu dritt vorüberbrausten, es war ein komisches Bild, diese Reihe einseitig nickender Männer. Warden hatte Lust, aufgeregt zu lachen.

»Wir haben die MGs auf dem Dach«, sagte er. »Die können schießen, solange wir Munition haben. Jeder andere steht nur im Weg.«

»Wie steht's mit meinen schweren MGs?« fragte Pete Karelsen. Die selbstverständliche Kühle in Petes Stimme brachte Warden für einen Augenblick zum Schweigen. Betrunken oder nicht, Pete schien der einzige, der ruhig und entspannt war. Warden erinnerte sich, daß er zwei Jahre in Frankreich gewesen war.

»Wie du denkst, Pete«, sagte er.

»Ich übernehme eins. Die können die Gurte gar nicht schnell genug laden, als daß wir mehr als eins bedienen könnten. Ich nehme Mikeovitch und Grenelli mit.«

»Kannst den Lauf hoch genug bekommen ohne Fliegerdreibein?«

»Wir stellen das gewöhnliche Dreibein auf nen Kamin«, sagte Pete, »und halten die Beine fest.«

»Wie du denkst, Pete«, sagte Warden und dachte im gleichen Augenblick, wie wunderbar es war, einen Mann um sich zu haben, zu dem man das sagen konnte.

»Kommt, ihr zwei«, sagte Pete fast gelangweilt zu seinen zwei Gruppenführern, »wir nehmen Grenellis MG, weil wir's zuletzt gereinigt haben.«

»Vergeßt nicht«, rief Warden zu den übrigen, während Pete mit seinen beiden MG-Schützen den Raum verließ, »es wird im Haus geblieben! Ist mir egal, wie ihr's macht. Ist eure Sache. Ich selbst werde mit nem MG auf dem Dach sein. Wenn ihr euch an dem Spaß beteiligen wollt, kommt mit. Ich werd jedenfalls da sein. Paßt aber gottverdammt auf, daß eure Leute im Haus bleiben und weg von den Veranden, bevor ihr raufkommt.«

»Ich nicht«, sagte Liddell Henderson. »Mich wirst du auf keinem Dach finden. Ich bleib hübsch unten bei meinen Leuten.«

»Schön«, sagte Warden und deutete mit dem Finger auf ihn. »Dann wird dir hiermit das Ladekommando unterstellt. Hol dir zehn, zwölf Mann – soviel du bekommen kannst – und laß die LMG-Trommeln und die MG-Gurte laden. Wir werden Munition brauchen, soviel wir nur bekommen können. Noch einer, der nicht aufs Dach will?«

»Ich bleib unten mit Liddell«, sagte Champ Wilson.

»Dann bist du stellvertretender Führer des Ladekommandos«, sagte Warden. »Schön. Dann gehn wir. Wenn einer ne Flasche Whisky rumliegen hat, soll er sie mit aufs Dach bringen. Ich bring meine auch mit.«

Als sie auf die Veranda kamen, fanden sie einen Haufen Leute, die sich heftig mit Kammerunteroffizier Malleaux stritten.

»Ist mir scheißegal«, sagte Malleaux. »Ist Befehl. Keine scharfe Munition ausgeben ohne den schriftlichen Befehl eines Offiziers.«

»Hier ist aber kein Offizier, du Idiot«, protestierte jemand ärgerlich.

»Dann gibt's auch keine scharfe Munition«, sagte Malleaux.

»Die Offiziere kommen vielleicht nicht vor zwölf Uhr.«

»Tut mir leid, Mann«, sagte Malleaux. »Befehl ist Befehl. Oberleutnant Ross hat ihn mir selbst gegeben. Ohne Befehl von nem Offizier – keine Munition.«

»Was zum Teufel ist denn hier los?« sagte Warden.

»Gibt uns keine Munition, Spieß«, sagte ein Mann.

»Hat zugeschlossen und den Schlüssel in der Tasche«, sagte ein anderer.

»Raus mit dem Schlüssel«, sagte Warden.

»Habe strikten Befehl, Feldwebel«, sagte Malleaux kopfschüttelnd, »daß ich erst nen Befehl haben muß, den ein Offizier unterschrieben hat, ehe ich Munition ausgeben kann.«

Pete Karelsen kam aus der Küche und quer über die Veranda. Er wischte sich mit dem Handrücken den Mund. Stark verschwand in die Küche, während er eine Halbliterflasche unter seine Schürze schob.

»Was in drei Teufelsnamen ist eigentlich los?« fragte Pete glücklich seine beiden Maschinengewehrschützen.

»Gibt uns keine Munition, Pete«, sagte Grenelli entrüstet.

»Da hört sich aber doch alles auf«, sagte Pete erzürnt.

»Befehl«, sagte Malleaux unnachgiebig.

Aus der Südostecke kam ein Flugzeug. Unerbittlich sausten seine Leuchtspurgeschosse unter die Veranda und dann die Wand hinauf, während die Maschine vorbeiraste und die Männer sich unter die Treppe duckten.

»Leck mich am Arsch mit deinem Befehl«, brüllte Warden. »Gib mir den Scheißschlüssel.«

Malleaux steckte schwitzend die Hand in die Tasche.

»Das kann ich nicht tun, Spieß. Befehl von Oberleutnant Ross persönlich.«

»O. K.«, sagte Warden vergnügt. »Häuptling, brich die Tür ein.«

Zu Malleaux sagte er: »Mach, daß du aus dem Weg kommst.«

Choate sowie Mikeovitch und Grenelli – die beiden Maschinengewehrschützen – traten zurück, um die Tür einzurennen. Hoch überragte die ungeheure Masse des Häuptlings die beiden schmächtigen MG-Schützen.

Malleaux stellte sich dicht vor die Tür. »Das kannst du nicht tun, Spieß.«

»Los«, grinste Warden den Häuptling vergnügt an. »Brich sie auf. Er wird schon aus dem Weg gehn.« Auf der anderen Seite des Kasernenhofes waren schon zwei Mann auf dem Dach erschienen.

Häuptling Choate und die beiden MG-Schützen warfen sich gegen die Tür. Malleaux machte Platz. Die Tür krachte in allen Fugen.

»Geht auf deine Kappe, Spieß«, sagte Malleaux zu Warden. »Ich habe meine Pflicht getan.«

»Schön«, sagte Warden. »Werd dafür sorgen, daß du 'n Orden bekommst.«

»Ich habe dich gewarnt«, sagte Malleaux.

»Mach zum Teufel, daß du aus dem Weg kommst!« sagte Warden.

Drei Anläufe waren nötig, ehe die Schrauben so weit gelockert waren, daß sich das Sicherheitsschloß öffnete. Warden war der erste in der Kammer. Gleich hinter ihm kamen die beiden MG-Schützen. Mikeovitch vergrub sich in einem Haufen leerer Gurte, um nach vollen zu suchen, während Grenelli liebevoll sein MG vom Ständer nahm. Auf den Dächern des ersten und dritten Bataillons waren bereits Männer, um die Flugzeuge zu beschießen, die in einem Achter erst über das eine, dann über das andere Dach der beiden Gebäude flogen. Warden packte ein LMG und gab es mit einem Sack voll Trommeln aus. Jemand ergriff es und machte sich auf den Weg zum Dach, und ein anderer trat vor, um seins zu empfangen. Drei leichte Maschinengewehre gab Warden aus, jedes mit einem vollen Sack Trommeln, ehe ihm klar wurde, was er tat.

»Zum Teufel mit diesem Quatsch«, sagte er zu Grenelli, der auf dem Weg zur Tür dabei war, die Riemen von dem MG-Dreibein zu lösen. »Ich könnt den ganzen Tag hier stehn und diese Dinger ausgeben und selber nie aufs Dach kommen.«

Er packte ein LMG und einen Sack Trommeln und stürzte zur Tür hinaus, während er sich vornahm, Malleaux einen tüchtigen Anschiß zu verpassen. Vielleicht ein Dutzend Säcke voll Trommeln waren noch von den Schießübungen im August übrig. Sie hätten längst entladen und eingefettet werden müssen.

Draußen blieb er neben Henderson stehen. Pete, Grenelli und Mikeovitch verschwanden schon um die Ecke bei der Treppe. Sie schleppten ein Maschinengewehr und Munitionskästen.

»Mach, daß du reinkommst, und fang an zu laden«, sagte Warden zu Henderson. »Trommeln und Gurte. Schick Wilson rauf. Er soll sich genug Leute holen. Sobald du ne Portion geladen hast, schick zwei Mann mit rauf. Stell drei Mann an die Gurte, die übrigen an die Trommeln.«

»Jawohl, Sir«, sagte Henderson nervös.

Warden lief zur Treppe. Auf dem Weg hinauf ging er einen Augenblick in sein Zimmer, um die volle Flasche zu holen, die er für Notfälle in seiner Feldkiste aufbewahrte.

Im Schlafsaal hockten die Männer auf ihren Betten. Sie hatten Stahlhelme auf den Köpfen. Auf ihren Knien lagen ihre leeren Gewehre. Tiefe Verzweiflung schien sie gepackt zu haben. Hoffnungsvoll schauten sie auf, als er vorbeiging, und Zurufe kamen geflogen.

»Wie steht's, Spieß? Was ist eigentlich los? Gehn wir jetzt alle aufs Dach? Wo zum Teufel ist die Munition, Spieß? Diese Spritzen sind nen Dreck wert ohne Munition. Schweinerei, auf 'm Bett zu hocken mit ner leeren Knarre in der Hand, während sie einen zusammenknallen. Sind wir Soldaten oder Pfadfinder?«

Andere, die das Frühstück verschlafen hatten und nun zerzaust und

mit weit aufgerissenen Augen aufstanden, hörten auf, sich anzu-
ziehn, um zu hören, was er antwortete.

»Zieht Felduniformen an«, sagte Warden, der sich klar darüber war,
daß er irgend etwas sagen mußte. »Fangt an, volle Feldausrüstung zu
packen«, befahl er ihnen rücksichtslos mit eisenharter Stimme. »In
fünfzehn Minuten rücken wir aus. Volle Feldausrüstung.«

Verschiedene Männer warfen ihre Gewehre angewidert auf die Betten.

»Was zum Teufel tust du dann mit nem MG?« brüllte jemand.

»Felduniformen«, sagte Warden mitleidlos und ging weiter durch
den Schlafsaal. »Volle Feldausrüstung. Zugführer, los. Aufgepaßt,
daß die Leute was tun.«

Widerwillig begannen die Zugführer auf die Leute einzureden.

Auf der anderen Seite blieb Warden unter der Tür stehen. Unter
einem unbelegten Bett in der Ecke, auf dem drei Matratzen aufeinan-
derlagen, hatte sich Oberfeldwebel Turp Thornhill in Unterkleidern
und mit dem Stahlhelm auf dem Kopf ausgestreckt. Krampfhaft hielt
er sein ungeladenes Gewehr in den Händen.

»Du wirst dich erkälten, Turp«, sagte Warden.

»Geh nicht da raus, Spieß«, bat Turp. »Es wird dich erwischen. Es
wird geschossen. Du wirst krepieren. Geh nicht da hinaus.«

»Es wär besser, wenn du deine Hosen anziehst«, sagte Warden.

Der Boden seines auf die Veranda hinausgehenden Zimmers war mit
Glassplittern übersät. Wie eine Naht liefen die Einschußlöcher über
seinen Spind hinweg die Seitenwand von Petes Schrank hinauf. Unter Petes Spind war eine Pfütze, und es roch stark nach Whisky.
Wild fluchend schloß Warden seinen eigenen Spind auf, ein Buch fiel
ihm entgegen mit einem Durchschuß genau in der Mitte. Der Rasier-
behälter war kaputt und der stählerne Rasierapparat völlig verbogen.
Wütend schmiß er den Inhalt des Schrankes hinaus. Zwei 30 mm-
Geschosse lagen zwischen den Socken und den aufeinandergeschich-
teten Unterhosen, links und rechts von seiner Whiskyflasche. Die
Flasche selbst war unbeschädigt.

Warden steckte die zwei Geschosse in seine Tasche und nahm vorsichtig die unversehrte Flasche heraus. Er schaute in den Wandschrank, um sich zu vergewissern, daß sein Plattenspieler und seine
Platten heil geblieben waren. Dann warf er sich zu Boden, mitten
zwischen die Glassplitter; sorgfältig beschützte er seine Flasche,
während wieder ein Flugzeug vorbeibrauste.

Als er durch den Gemeinschaftsraum zurückging, begannen die

Leute verbittert und ärgerlich ihre Tornister zu packen, alle, außer Turp Thornhill, der immer noch unter dem Bett mit nun vier Matratzen lag, in Unterhosen und den Helm auf dem Kopf, und außer Ike Galovitch, der im oberen Bett lag, das Gewehr neben sich und den Kopf unter den Kissen.

Im zweiten Stock stand Readall Treadwell auf der Leiter, die aus dem Lagerraum für Latrinenzubehör zu der Dachluke führte. Er trug ein Maschinengewehr und grinste von einem Ohr zum andern.

»Erstemal in meinem Leben«, brüllte er, »daß ich wirklich so 'n Scheiß-MG bedienen darf. Hätt's weiß Gott nie geglaubt.«

Er verschwand durch die Luke, und Warden folgte ihm die Leiter hinauf ins Freie. Über das Dach verteilt stand die Mehrzahl der Unteroffiziere der G-Kompanie und wartete darauf, sich dem Feind entgegenzustellen. Ein paar standen hinter den Kaminen, andere hatten sich in die Ecken gekniet. Die Maschinengewehrstützen hatten sie entweder auf die gesäßhohe Brüstung des Daches gestellt oder auf den oberen Rand der vier Kamine. Ihre Leute schauten gierig in den Himmel. Neben den Leuten – vorsichtig hart an die Wand geschoben – standen die Whiskyflaschen. Reedy Treadwell, der keine Flasche besaß, hockte sich gerade glücklich neben Häuptling Choate, der eine hatte. Zwei Unteroffiziere der G-Kompanie waren hinübergesprungen auf das Dach der F-Kompanie und standen nun dort hinter einem der Kamine. Gerade kamen die Männer der F-Kompanie durch die Luke ins Freie, überquerten das Dach und begannen eine heftige Debatte mit den Leuten der G-Kompanie. Sie wollten ihren Kamin für sich selbst haben. Überall auf den Dächern des I., II. und III. Bataillons kamen nun Männer durch die Luken. Sie waren mit LMGs, Pistolen und Gewehren bewaffnet, und hier und da stand ein schweres Maschinengewehr. Die einzigen, die keine Unteroffiziere waren, waren Readall Treadwell und zwei andere MG-Schützen der G-Kompanie.

»Werft die leeren Trommeln runter in den Hof«, brüllte Warden, während er übers Dach ging. »Weitersagen. Werft die leeren Trommeln runter in den Hof. Das Ladekommando hebt sie auf. Werft die leeren...«

Ein V, bestehend aus drei Flugzeugen, näherte sich, aus allen Maschinengewehren feuernd, aus Südosten. Die wartenden Schützen brachen in ein Freudengeschrei aus, als wären sie ein Haufen Landstreicher, die sich nach vielen Jahren des Hungers zu ihrer ersten großen Mahlzeit niederlassen. Mit ohrenbetäubendem Krachen be-

gann man von allen Dächern zu schießen. Die Erde schien still-
zustehn. Auch die Debatte auf dem Dach der F-Kompanie wurde
abgebrochen, und beide Parteien duckten sich hinter den gleichen
Kamin. Warden blieb stehen, wo er gerade stand, wandte sich, ohne
zu decken, um und feuerte freihändig direkt von der Schulter. Seine
Flasche hatte er zwischen die Knie geklemmt. Das leichte Maschinengewehr schlug mit heftigen Stößen gegen seine Schulter.
Zu seiner Rechten feuerte Pete Karelsen aus dem luftgekühlten MG
hinter einem Kamin hervor. Er hatte das Dreibein über den Kamin
gelegt, und Grenelli und Mikeovitch versuchten, es festzuhalten.
Wie zwei an Schnüren befestigte Bälle hüpften sie hin und her.
Die Flugzeuge glitten unbeschädigt übers Dach hinweg, wendeten
und kamen in Vollendung ihres Achters zurück. Wieder jubelten
alle, und wieder geschah den Flugzeugen nichts.
»Heilige Maria Mutter Gottes«, dröhnte Häuptling Choates Stimme,
die immer alle anderen übertönte. »So viel Spaß hab ich nicht gehabt,
seit meine Großmutter mit der Brustwarze in die Fleischmaschine
geriet.«
»Scheiße«, sagte Pete hinter Warden mit ruhiger Stimme. »Der Kerl
kam in nem falschen Winkel. Gab ihm zuviel vor.«
Warden nahm das leichte Maschinengewehr herunter. Er hatte Lust,
vor lauter Freude zu brüllen. Das sind *meine* Leute, dachte er. *Meine*
Jungens sind das. Er zog die Flasche zwischen den Knien heraus und
nahm einen Schluck, der eigentlich kein Schluck war, sondern ein
Ausdruck seines Gefühls. Heiß und fröhlich brannte der Whisky in
seiner Kehle.
»He, Milt«, rief Pete. »Wenn du Lust hast, kannst du zu uns rüberkommen. Wir haben noch genug Platz für dich und die Flasche.«
»Einen Augenblick«, brüllte Warden. Allmählich war er sich bewußt
geworden, daß irgendwo ein Horn eindringlich immer wieder und
wieder das gleiche Signal blies. Er trat an den Rand des Daches und
sah über die Brüstung.
In der Ecke des Kasernenhofes stand der Hornist vom Dienst vor
dem Megaphon. Unter all den hin und her rennenden Männern
stand er unbeweglich und blies das Signal zum Angriff.
»Was soll denn *das* heißen?« brüllte Warden.
Der Hornist brach ab, sah herauf und zuckte einfältig die Schultern.
»Weiß ich selbst nicht«, schrie er zurück. »Befehl vom Oberst.« Er
begann wieder zu blasen.
»Da kommen sie, Pete«, brüllte Grenelli, »da kommt einer.« Seine

Stimme ging in die Höhe und überschlug sich vor Aufregung. Es war ein einzelnes Flugzeug, das von Nordosten herüberkam. Die Stimmen aller Gewehre und Maschinengewehre erhoben sich ihm entgegen. Sie klangen zusammen zu einem ohrenbetäubenden Brausen, das dem Gebrüll einer wild gewordenen Menschenmasse glich. Unten im Hof verschwanden die hin und her rennenden Leute, der Hornist hörte auf zu blasen, rannte zurück und verkroch sich unter die Veranda der E-Kompanie. Warden schraubte den Deckel auf die Flasche zurück und rannte gebückt zu Petes Kamin. Dann drehte er sich um und begann wieder, ohne Stütze zu feuern. Die Rauchlinien seiner Leuchtspurmunition lagen weit hinter dem Flugzeug, das mit großer Geschwindigkeit kam, ihn überflog und verschwand.

»Was sagst du jetzt«, sagte Pete mit tragischer Stimme. »Haben *das* nicht erwischt, weil wir viel zu weit hinten lagen.«

»He, Mike«, sagte er, »geh was zurück und mach Platz für den Spieß, damit er die Ecke als Stütze nehmen kann. Kannst die Flasche ruhig abstellen, Milt«, sagte er. »Gleich hierher. Ich kümmere mich schon drum.«

»Nimm erst 'n Schluck«, sagte Warden fröhlich.

»Schön«, sagte Pete und wischte sich den dreckumrandeten Mund mit dem Ärmel. Als er grinste, waren Rußflecken auf seinen Zähnen. Von unten kamen wieder die Töne des Signals ›Zum Angriff‹.

»Hört euch das nur an«, sagte Warden. »Befehl vom Oberst.«

»Ich hab gar nicht gewußt, daß ein Oberst schon so früh aufsteht«, sagte Pete.

»Der gute alte Jake muß wohl seine ersten Dienstjahre bei der Kavallerie verbracht haben«, sagte Warden.

»Pete«, sagte Grenelli, »hör mal, Pete. Wann darf ich mal schießen?«

»Sehr bald«, sagte Pete, »sehr bald.«

»Werft die leeren Trommeln in den Hof, Jungs«, brüllte Warden. »Werft die leeren Trommeln in den Hof! Weitersagen.«

Über das ganze Dach hin riefen sich die Leute zu, man solle die leeren Trommeln in den Hof hinunterwerfen, während sie unbekümmert fortfuhren, sie neben sich aufzuhäufen.

»Verdammt noch mal«, brüllte Warden und stand auf. Er ging hinter ihnen vorbei übers Dach. »Wirf die leeren Trommeln in den Hof, Frank, oder der Teufel soll dich holen. In den Hof mit den Trommeln, Teddy.«

»Los, Pete«, sagte Grenelli hinter ihm. »Laß mich jetzt auch mal schießen. Bitte?«

»Ich komm zuerst«, sagte Mikeovitch.

»So siehst du aus«, sagte Grenelli. »Ist das mein MG oder nicht?«

»Haltet's Maul«, sagte Pete, »alle beide. Ihr kommt beide dran. Sehr bald schon.«

Warden war hinter dem Häuptling und Readall Treadwell, als die nächsten Flugzeuge herüberkamen. Sie waren zu zweit und flogen hintereinander. Wie der einzelne kamen sie von Nordosten.

Warden ließ sich neben dem Häuptling fallen.

Gerade gegenüber auf dem Dach des Stabsgebäudes befanden sich nur zwei Leute. Warden konnte sie deutlich sehen. Einer von ihnen war Stabsfeldwebel John Deterling, der Fußballtrainer. Er war ein riesiger Mann. Ohne den MG-Ständer zu benutzen, bediente er ein wassergekühltes SMG, das er im linken Arm hielt. Mit dem rechten feuerte er. Wenn er einen Feuerstoß gab, trieb ihn der Rückstoß übers ganze Dach.

Die MGs der Flugzeuge rissen fünfundzwanzig Zentimeter breite Narben quer durch den Kasernenhof, dann die Wand hinauf und hinweg über das Dach der D-Kompanie. Eine Wolke von Rauch hing über den Narben, sie sahen aus wie Wagenspuren. Vor lauter Lachen über John Deterling auf dem Dach des Stabsgebäudes konnte Warden nicht schießen. Dieses Mal fiel der riesige Mann fast in den Hof und hätte beinahe das Dach mit seinen Geschossen belegt. Der andere Mann hatte vorsichtshalber den Kamin zwischen sich und John Deterling gebracht, nicht zwischen sich und die Flugzeuge.

»Seht euch diesen Wahnsinnigen an«, sagte Warden, als er vor lauter Lachen wieder sprechen konnte.

Unten kamen die Leute des Ladekommandos in den Hof gelaufen, und der Hornist rannte wieder zu seinem Megaphon.

»Ich beobachte ihn schon die ganze Zeit«, sagte Häuptling Choate.

»Der Kerl ist voll wie ne Strandhaubitze. Er war bei Mrs. Kipfer vergangene Nacht, als wir auch da waren, Pete und ich.«

»Ich hoff nur, seine Frau erfährt nichts davon«, sagte Warden.

»Er müßte nen Orden bekommen«, sagte der Häuptling, noch immer lachend.

»Wird wahrscheinlich«, grinste Warden.

Es stellte sich später heraus, daß er tatsächlich einen bekam. Stabsfeldwebel John L. Deterling – den Silbernen Stern – für beispiellose Tapferkeit vor dem Feinde.

Wieder kam ein V von drei Flugzeugen heran. Warden rannte zurück zu Petes Kamin. Mit freudigem Gebrüll eröffneten sie das Feuer. Er bediente das LMG, das er auf die Ecke des Kamins gestellt hatte. Er beobachtete seine Leuchtspurmunition, die sich in dem Rauch der anderen Leuchtspuren verlor... Erst um die Vorderseite des Flugzeuges herum, dann in der Nähe des Schwanzes. Das Flugzeug zitterte wie ein Mann, der versucht, aus einer kalten Dusche herauszukommen, und zweimal sprang der Mann im Führersitz in die Höhe, als hätte er sich an einem heißen Ofen verbrannt. Man sah, wie er hilflos die Arme in die Höhe warf, als wollte er die Geschosse abwehren. Ein Jubelschrei brauste auf. Ungefähr hundert Meter hinter dem Kasernenhof begann die kleine ›Zero‹ sich auf eine Seite zu legen. In stiller, atemloser Vorfreude beobachtete jeder, was geschah. In weitem Bogen glitt sie in die Tiefe und fiel zwischen die Torpfosten des Fußballfeldes des 19. Infanterieregiments. Sie stand sofort in hellen Flammen. Ein ungeheures Freudengebrüll kam vom Kasernenhof herauf. Helme wurden in die Luft geworfen, und Leute klopften sich gegenseitig auf die Schultern, als hätte in einem Fußballspiel gegen Notre Dame die Armee ein Tor geschossen.

Als dann ein neues V von Norden herüberkam, begann eine wilde Jagd nach den Helmen.

»Hast ihn erwischt, Pete«, schrie Grenelli, der von dem zuckenden Bein des MG-Ständers hin- und hergerissen wurde. »Hast ihn erwischt!«

»Erwischt? Scheiße«, sagte Pete, ohne daß er aufhörte zu feuern. »Keiner wird je erfahren, wer den erwischt hat.«

»He, Milt.«

In einer Pause rief Häuptling Choate ihn vom Dachrand aus an.

»He, Milt – da unten ruft jemand nach dir.«

»Komm schon«, brüllte Warden. Zur Brüstung rennend, hörte er hinter sich Grenellis bittende Stimme. »Bitte, Pete, laß mich jetzt 'n bißchen damit spielen. Du hast schon einen abgeschossen.«

»In einer Minute«, sagte Pete. »In einer Minute. Nur noch ein einziges Mal.«

Warden beugte sich über die Brüstung. Drunten stand Oberleutnant Ross, der ärgerlich heraufschaute. Unter seinen Augen hingen schwere Säcke, auf den ungekämmten Haaren saß eine Feldmütze. Seine Hose stand offen, und die Schuhe waren ungeschnürt. Ohne hinzusehen, begann er seine Hose zuzuknöpfen.

»Alles in bester Ordnung«, rief Warden ihm zu. »Im Augenblick packen die Leute ihre Ausrüstung im Schlafsaal.«

»Wir müssen aber auch die Küche und die Kammer marschbereit machen, verdammt noch mal«, brüllte Ross.

»Die Küche wird gerade verladen«, rief Warden hinunter. »Ich habe Stark den Befehl gegeben, und er ist gerade damit beschäftigt. In fünfzehn Minuten wird alles fertig sein.«

»Aber die Kammer . . .«, begann Oberleutnant Ross zu rufen.

»Im Augenblick sammeln sie für uns Trommeln und Gurte auf«, rief Warden hinunter. »Sie brauchen nur noch die MGs für den Strand auf die Lastwagen zu werfen, Levas alten Werkzeugkasten danebenzustellen, und schon sind sie fertig.

Und außerdem«, rief er, »werden in der Küche belegte Brote gerichtet und wird Kaffee gekocht. Ist alles in bester Ordnung. Warum holen Sie sich nicht ein MG und kommen hier rauf?«

»Sind keine mehr da«, schrie Oberleutnant Ross ärgerlich.

»Dann machen Sie, daß Sie in Deckung gehen«, schrie Warden, während er sich umschaute. »Da kommen sie.«

Oberleutnant Ross tauchte unter die Veranda und ging in die Kammer. Von Südosten kam wieder ein einzelnes Flugzeug herüber. Brüllend öffnete sich der schützende Feuerschirm über dem Gebäude und hüllte das Flugzeug ein. Es schien unmöglich, durch dieses Feuer unbeschädigt hindurchzufliegen, aber das Flugzeug tat es.

Direkt hinter ihm aber, in nördlicher Richtung, kam ein zweites. Der Schirm schwenkte in die neue Richtung, ohne daß man die Abzugshähne losgelassen hätte.

Sofort explodierte der Benzintank der Maschine. Der Führersitz wurde von Flammen eingehüllt. Immer noch in voller Fahrt, neigte sich die Maschine nach rechts und begann abzusacken. Als ihr Bauch und ihr linker Flügel sichtbar wurden, konnte man im hellen Sonnenglanz deutlich den blauen Ring mit dem roten Stern in der Mitte sehen. Dann war sie verschwunden, durch ein paar Bäume, die ihre Flügel abrissen und den Rumpf zerfetzten, auf die Erde gestürzt – vor der Wohnung irgendeines unglückseligen Offiziers, in tausend Fetzen gerissen. Jeder hatte zugesehn.

»Das war einer von unsern«, sagte Readall Treadwell mit ganz dünner Stimme. »War 'n amerikanisches Flugzeug.«

»Pech gehabt«, sagte Warden, ohne mit Schießen aufzuhören. Von Nordosten kam ein neues Paar heran. »Dummer Teufel – hatte hier nichts zu suchen.«

Nachdem das japanische Doppel unbeschädigt vorübergebraust war, machte Warden einen neuen Rundgang übers ganze Dach. Seine Augen hatten den eigenartig angestrengten Ausdruck eines Mannes, der einen Schlag ins Gesicht bekommen hat. Man scheute sich, ihn anzusehn.

»Seid vorsichtig, Leute«, sagte er ununterbrochen Dach auf, Dach ab. »Der letzte war einer von unsern. Versucht aufzupassen. Versucht die Abzeichen zu erkennen, ehe ihr schießt. Die Idioten von Wheeler Field sind weiß Gott imstande, hier rüberzufliegen. Versucht, vorsichtig zu sein.« Dach auf, Dach ab. Seine Stimme hatte einen angespannten Klang, der der Anspannung seiner Augen entsprach.

»Feldwebel Warden«, brüllte Oberleutnant Ross vom Kasernenhof herauf. »Verdammt noch mal. Feldwebel *Warden*!«

Er rannte zum Dachrand. »Was ist denn los?«

»Kommen Sie herunter, verdammt noch mal«, rief Oberleutnant Ross hinauf. Seine Hose war jetzt geschlossen, und die Schuhe waren geschnürt. Er war damit beschäftigt, sich mit den Fingern die Haare glattzustreichen. »Sie müssen mir helfen, die Schreibstube fertigzumachen. Sie haben da oben nichts verloren. Machen Sie, daß Sie runterkommen.«

»Verdammt noch mal, ich hab zu tun«, brüllte Warden. »Holen Sie sich Rosenberry. Wir haben nämlich Krieg, Oberleutnant.«

»Ich komme gerade von Oberst Delbert«, rief Oberleutnant Ross hinauf. »Er hat Befehl gegeben auszurücken, sobald der Luftangriff vorüber ist.«

»G-Kompanie ist schon jetzt fertig zum Abmarsch«, rief Warden hinunter. »Und ich hab zu tun. Sagen Sie dem gottverdammten Henderson, er soll gefälligst 'n paar Trommeln und Gurte raufschicken.«

Oberleutnant Ross rannte unter die Veranda zurück und kam dann wieder heraus. Dieses Mal hatte er seinen Helm auf dem Kopf.

»Hab's ihm gesagt«, schrie er.

»Und sagen Sie Stark, er soll Kaffee raufschicken.«

»Der Teufel soll Sie holen.« Oberleutnant Ross war wütend. »Was ist das eigentlich – ein Betriebsausflug? Kommen Sie runter, Feldwebel. Ich brauche Sie. Das ist ein Befehl. Sie haben augenblicklich herunterzukommen. Haben Sie verstanden? Das ist ein Befehl! Alle Kompanieführer haben unmittelbaren Befehl von Oberst Delbert, innerhalb einer Stunde auszurücken.«

»Wie bitte?« brüllte Warden. »Ich kann Sie nicht verstehen.«

»Ich habe gesagt, wir rücken in einer Stunde aus.«

»Was?« schrie Warden. »Was? Passen Sie auf«, schrie er, »da kommen sie wieder.«

Oberleutnant Ross verschwand in der Kammer, und die beiden Munitionsträger zogen die Köpfe in die Luke zurück.

Gebückt rannte Warden zu Petes Kamin zurück, legte sein leichtes Maschinengewehr auf die Kaminecke und schoß auf das sich nähernde V, das vorüberblitzte.

»Verdammt noch mal, macht, daß ihr die Munition hier raufbringt«, schrie er den Trägern zu, die sich in die Luke verkrochen hatten.

»Milt«, schrie Häuptling Choate, »Milt Warden. Wirst unten verlangt.«

»Du kannst mich nicht finden«, rief Warden zurück. »Ich bin woanders hingegangen.«

Der Häuptling nickte und gab es über die Brüstung weiter nach unten. »Kann ihn nicht finden, Sir. Ist irgendwo anders hingegangen.« Pflichtgemäß lauschte er auf die Antwort und wandte sich dann Warden zu: »Oberleutnant Ross läßt dir sagen, daß wir in einer Stunde abrücken«, schrie er.

»Kannst mich nicht finden«, schrie Warden.

Sie rückten keineswegs innerhalb einer Stunde ab. Es dauerte fast noch eine ganze Stunde, ehe der Angriff aufhörte. Sie rückten erst am Nachmittag aus, das heißt dreieinhalb Stunden, nachdem der Angriff beendet war. Oberleutnant Ross war schließlich in der Kammer geblieben und hatte beim Laden geholfen. Der Feuerschirm des Regiments erzielte noch einen sicheren Abschuß und zwei zweifelhafte. Es war nicht sicher, ob die beiden letzten nicht schon vom 27. Regiment getroffen waren, als sie über dem Dach der Kompanie auftauchten.

Stark brachte ihnen selbst zusammen mit zwei Küchenhelfern einmal Kaffee und einmal belegte Brote mit Kaffee herauf. Aus Dankbarkeit ließ Pete Karelsen ihn eine Weile das Maschinengewehr bedienen.

Nachdem alles vorüber war und ein totes Schweigen herrschte, das – wie es schien – kein Laut zu durchdringen vermochte, rauchten sie alle auf dem Dach eine letzte Zigarette. Dann drängten sie sich mit schmutzigen Gesichtern, roten Augen – müde, glücklich und erschöpft – die Treppe hinunter in den neuen Wirrwarr, der gerade im Entstehen begriffen war, und begannen, ihre Tornister zu packen. Niemand hatte etwas abgekriegt, noch nicht mal einen Kratzer. Es schien aber schwer, sich von dem betäubenden Schweigen zu befreien. Selbst der Wirrwarr des Ausrückens konnte nicht in dieses Schweigen einbrechen.

Anstatt seine eigenen Sachen zu packen, ging Warden geradewegs in die Schreibstube. Die ganzen dreieinhalb Stunden, ehe sie schließlich ausrückten, befand sich Warden in der Schreibstube und packte. Oberleutnant Ross, dessen Kompanie die einzige war, die vor der angesetzten Zeit fertig war, vergaß seinen Ärger und half ihm. Das gleiche tat Rosenberry. Warden hatte mehr als genug Zeit, die Schreibstube abmarschbereit zu machen. Aber er hatte keine Zeit mehr, seine eigene Ausrüstung zu packen oder sich umzuziehn. Vielleicht vergaß er es einfach.

Die Lastwagen fuhren einer nach dem anderen vor den Kompaniegebäuden auf. Zwei und zwei standen sie da und warteten. Nacheinander kamen die einzelnen Züge aus der Kaserne, setzten sich auf ihr Gepäck und starrten – die Gewehre in den Händen – auf die wartenden Lastwagen. Das Regiment rückte als Ganzes aus.

Überall waren Lastwagen, und überall hockten Truppen auf ihrem Gepäck. Der Kasernenhof stand schließlich so voll mit Lastwagen, daß sich der Jeep des Obersten kaum einen Weg bahnen konnte. Selbst die Adjutanten und Melder des Obersten hatten Schwierigkeiten, sich durchzudrängen. Es wurde viel geflucht und viel geschwitzt. Doch endlich rückte das Regiment als Ganzes aus.

In der Schreibstube lachte Warden selbstzufrieden vor sich hin.

Als Oberleutnant Ross einmal in die Kammer gegangen war, steckte Maylon Stark seinen Kopf durch die Tür. »Der Küchenwagen ist fertig verladen und abmarschbereit.«

»Fein«, sagte Warden, ohne aufzusehen.

»Ich will dir nur sagen, daß du tadellose Arbeit gemacht hast«, sagte Stark zögernd mit gepreßter Stimme. »Es dauert mindestens noch zwei Stunden, bis irgendeine andere Küche fertig ist. Ein paar werden wahrscheinlich überhaupt hierbleiben müssen und später nachkommen.«

»Hast tadellose Arbeit gemacht«, sagte Warden, noch immer ohne aufzusehen.

»Ich war's nicht«, sagte Stark. »Du warst's, und du sollst nur wissen, daß ich's weiß.«

»Schön«, sagte Warden, »danke dir.« Und fuhr fort zu arbeiten, ohne aufzusehen.

Mit dem Jeep fuhr er vor der Kompanie her zum Strand hinunter, zusammen mit Oberleutnant Ross. Weary Russell saß am Steuer.

Der Verkehr war ungeheuer. Die Straßen waren – so weit das Auge reichte – Stoßstange an Stoßstange voll mit Lastwagen und Taxis. Die Lastwagen brachten die Leute hinüber zu ihren Stellungen am Strand. Mit Taxis fuhren sie aus der Stadt zur Schofield-Kaserne, wo sie, wenn sie ankamen, bemerkten, daß ihre Kompanien längst ausgerückt waren. Geländewagen und Jeeps flitzten zwischen den einzelnen Wagen hindurch und die Kolonnen entlang. Die großen Zweieinhalb-Tonner konnten sich nur im Schritt vorwärtsbewegen. Sie mußten halten, wenn ein Wagen vor ihnen hielt, der seinerseits wieder stoppen mußte, wenn der Wagen vor ihm zum Stehen kam. Dann warteten sie, bis der Lkw vor ihnen sich weiterbewegte, weil der vor diesem das gleiche tat.

Von den Lastwagen hatte man die Planen entfernt. Auf dem Fahrerhäuschen war ein leichtes Maschinengewehr montiert, das ein Mann bediente, der aufrecht im Lkw stand. Behelmte Köpfe waren nach oben gerichtet und beobachteten durch die Rippen des Lastwagens, über denen sonst das Segeltuch hing, den Himmel.

Warden, der im Jeep immer wieder an der Kompaniekolonne vorbeifuhr, sah sie alle, immer wieder. Ihre Gesichter hatten sich verändert, und sie sahen nicht mehr aus, wie sie zuvor ausgesehen hatten. Bis zu einem gewissen Grade war es der gleiche Ausdruck, den Stark im Speisesaal gehabt hatte ... nur daß der Rausch sich verflüchtigt hatte und nichts als die harte Gipsmaske zurückblieb. Hier draußen auf der Autostraße unter Hunderten von anderen Einheiten war das Bewußtsein, im Krieg zu sein, nicht nur klarer, sondern auch viel größer als zu Hause in der eigenen Kaserne.

Häuptling Choate, der hinter einem leichten Maschinengewehr auf einem Lastwagen stand, sah zu ihm herunter, und Warden sah zu ihm hinauf.

Sie hatten alle alles zurückgelassen. Zivilkleider, Garnisonsschuhe und Uniformen, Kollektionen von Feldmützen, Abzeichen, Fotoalben, Privatpapiere. Zum Teufel mit all dem. Es war Krieg. Das Zeug würde man nicht mehr brauchen. Sie hatten nichts dabei als die nackte Feldausrüstung, und der einzige Mann, der irgend etwas zu seiner Bequemlichkeit eingepackt hatte, war Pete Karelsen. Pete Karelsen war in Frankreich gewesen.

Ganz allmählich bewegten sich die Lastwagen in Richtung Honolulu und dem Unbekannten entgegen, das sie am Strande erwarten mochte. Bis jetzt war's ein Urlaubstag gewesen. Man hatte sich amüsiert.

Als sie an Pearl Harbor vorbeikamen, sahen sie, daß es ein Trümmerfeld war. Schon Wheeler Field hatte bös ausgesehen, aber Pearl Harbor versetzte einem einen Schlag. Wheeler Field lag abseits der Straße, aber Teile von Pearl Harbor waren unmittelbar am Wege. Bis zu diesem Augenblick war die ganze Sache ein Karneval gewesen, ein Ausflug. Man hatte von den Dächern nach Flugzeugen geschossen, und die Flugzeuge hatten auf die Dächer gefeuert, und nur ein einziger Mann im ganzen Regiment war getroffen worden. (In die Wade, der Knochen war völlig unverletzt geblieben, und der Mann war selbst zum Verbandsplatz gelaufen, um sich verbinden zu lassen.) Fast jeder hatte eine Flasche bei sich gehabt und war ohnehin halb und halb betrunken gewesen, als es begann. Das Ganze war eigentlich nicht mehr als eine Riesenschießübung nach echten Zielen gewesen – und nicht mehr. Das aufregendste Ziel, das es gab: Menschen. Nun aber verrauchten die Räusche, und es bestand keine unmittelbare Aussicht, einen neuen zu bekommen, und es gab auch keine lebenden Ziele mehr. Nun kamen die Gedanken. Mein Gott, es konnte Monate – vielleicht auch Jahre – dauern, ehe sie wieder einmal eine Flasche in die Hand bekommen würden. Dies war kein kleiner Krieg, sondern ein großer.

Als die Lastwagen durch die Straßen mit den neuerbauten Unteroffiziershäusern fuhren, jubelten ihnen Frauen und Kinder und gelegentlich ein in einem Vorgarten stehender alter Mann zu. Junge Mädchen warfen Handküsse. Mütter junger Mädchen drängten ihre Töchter, mit Tränen in den Augen, noch mehr Handküsse zu werfen.

Sehnsüchtig schauten die Truppen auf all das junge Gemüse, das so frei herumlief und im Augenblick so unerreichbar für sie war. Sie erinnerten sich der alten Zeiten, als es gutbürgerlichen Mädchen nicht erlaubt war, sich am hellichten Tage mit Soldaten auf der Straße zu unterhalten, gar nicht zu reden von nächtlichen Bars. Als Dank für die Handküsse gaben sie den alten Soldatengruß der geschlossenen Hand mit steifem, hochstehendem Mittelfinger. Winnie Churchills Zeichen für den Sieg – das V – wurde von den Soldaten mit einem viel älteren Zeichen erwidert, bei dem Mittelfinger und Daumen wiederholt zusammengepreßt wurden.

Die begeisterten Zivilisten, die nicht wußten, daß letzteres das alte Armeezeichen für ›Weib‹ war und das erstere ›Leck mich am Arsch‹ bedeutete, jubelten noch lauter, und zum ersten Male, seit die Truppen Schofield verlassen hatten, grinsten sie einander ein wenig an. Ihr ›Grüßen‹ nahm kein Ende.

Östlich von Waikiki begannen die Lastwagen sich zu verteilen, um die einzelnen, drei und vier Mann starken Kommandos – jedes unter dem Befehl eines Unteroffiziers – in die Strandstellungen zu bringen. Als sie schließlich die Steigung, die über den Koko-Head-Sattel führte, erreichten, wo die Straße nach rechts zum Kompaniegefechtsstand in der Hanauma Bay abzweigte, waren nur noch vier Lkw übrig. Auf einem befand sich der Kompaniestab mit den Leuten für Stellung 27, auf zweien die Besatzung der Stellung 28, und der vierte war der Küchenwagen. Sie alle hatten ihren großen Tag mit den Zivilisten gehabt, auf den die meisten zwei bis fünf Jahre gewartet hatten. Nun bereiteten sie sich darauf vor, dafür zu bezahlen.

Eine gewisse patriotische Begeisterung hatte sich der Truppe bemächtigt. Sie äußerte sich in schwächlichen Jubelrufen, die der schwere Wind erstickte, als sie an Oberleutnant Ross und Warden vorbeifuhren, die aus ihrem Jeep ausgestiegen waren und an der Straßenseite standen. Ein paar Fäuste wurden zwischen den nackten Rippen des Lastwagendaches geschüttelt, und Freitag Clark – zur Zeit Schütze, früher Hilfshornist der Kompanie – machte ein wildes V-Zeichen über die Rückwand des letzten Lastwagens hinweg, als er an Oberleutnant Ross vorbeifuhr.

Dieser allgemeine Patriotismus dauerte ungefähr drei Tage.

Oberleutnant Ross, der neben seinem Jeep stand und seinen Leuten nachsah, wie sie vielleicht in Verstümmelung und Tod – sicherlich aber in einen langen Krieg – hineinfuhren, blickte Freitag traurig an, ohne den Gruß zu erwidern, als stünde er auf der anderen Seite der tiefen Schlucht. Lebenserfahrung, Mitleid und größeres Wissen trennten ihn von diesem Manne. Seine Augen schienen vom Übermaß seiner Gefühle überzufließen, und sein Gesicht hatte einen Ausdruck erschreckender Verantwortlichkeit.

Hauptfeldwebel Warden, der neben seinem Kompanieführer stand, hätte ihm am liebsten einen Tritt in den Hintern gegeben.

Mehr als alles andere war es vermutlich der Bau von Drahtverhauen, was in den nächsten Tagen den Patriotismus der Leute untergrub. Die Männer, die sich beim Bau dieser Stellungen das neue, unbekannte Leiden schmerzender Muskeln und Gelenke zugezogen hatten, fühlten, wie es doppelt stark aufflammte, als sie zum Schutz der gleichen Stellungen den Stacheldraht legten. Dies ging so weit, daß sie nachts, selbst wenn sie keine Wache schieben mußten, nicht schlafen konnten. Das Legen der Drahtverhaue erwies sich nach dem ersten Tag als ein fast noch stärkerer Stimmungsdämpfer als die Tatsache, daß sie schmutzig wurden und sich nicht duschen konnten, daß ihr Bart sie juckte, ohne daß sie die Möglichkeit hatten, sich zu rasieren, oder daß sie auf den Felsen schlafen mußten mit nichts als einer Zeltbahn und zwei Decken um sich, wenn es regnete.

In Wirklichkeit entwickelte sich dieser Krieg, der so hübsch an einem Sonntagmorgen begonnen und so große Zukunftshoffnungen erweckt hatte, zu nichts weiter als zu ausgedehnten Manövern. Der einzige Unterschied war der, daß man nicht wußte, wann sie jemals enden würden.

Es dauerte fünf Tage, ehe alles so weit organisiert war, daß ein Kommando nach Schofield zurückgeschickt werden konnte, um den Rest ihrer Sachen zu holen. Es war Zeug, von dem sie angenommen hatten, daß sie es nicht brauchen würden, sowie die Pyramidenzelte der Kompanie. Aber auch diese nützten den Leuten draußen in Makapuu nichts, da es dort keine Bäume gab, unter denen man sie hätte aufstellen können.

Warden, ausgerüstet mit der Wunschliste jedes einzelnen Mannes – alle Wünsche zusammen füllten einen ganzen Schreibblock –, führte das aus drei Lastwagen bestehende Kommando. Pete Karelsen, der einzige Mann der ganzen Kompanie, der sich in den letzten fünf Tagen einigermaßen behaglich gefühlt hatte, war sein Stellvertreter. Als sie mit ihren drei Lastwagen auf den Kasernenhof fuhren, sahen sie, daß bereits ein neuer Truppenteil in die Kaserne eingezogen war. Feldkisten und Spinde der G-Kompanie waren gründlich ausgeräubert. Ihre Listen waren nutzlos. Pete Karelsen war wieder fast der einzige Mann der ganzen Kompanie, der sich an jenem Sonntagmorgen die Mühe gemacht hatte, Feldkiste und Spind abzuschließen. Aber selbst Petes zweite Garnitur falscher Zähne, die er auf dem Tisch zurückgelassen hatte, war verschwunden. Selbstverständlich wußte keiner der neuen ›Mieter‹ auch nur das allergeringste.

Wardens Platten und sein Grammophon waren verschwunden, ferner sein Einhundertzwanzig-Dollar-Anzug, seine sattelstichgesäumte Forstmannjacke sowie sein Smoking, den er gekauft, aber nie getragen hatte, und seine sämtlichen Uniformen. Verschwunden war auch die elektrische Gitarre, die erst zur Hälfte bezahlt war und die Andy und Clark gekauft hatten, als Prew sich im Gefängnis befand.

Wäre Hauptfeldwebel Dedrick von der A-Kompanie nicht gewesen, der ungefähr seine Größe hatte – Warden hätte bestimmt keine zwei kompletten Felduniformen für sich auftreiben können. Ungefähr das einzig Unberührte waren die zusammengefalteten Pyramidenzelte in der Kammer.

Am Ende des siebten Tages waren die Zelte verteilt und aufgestellt. Um diese Zeit hatten sich alle Leute der G-Kompanie, einschließlich der zwei Sträflinge, die man aus dem Kittchen entlassen hatte, zum Dienst gemeldet.

Alle, mit Ausnahme von Prewitt.

51

Prewitt schlief während des ganzen Angriffs. Am Abend zuvor hatte er sich, während die Mädchen bei der Arbeit waren, noch mehr als gewöhnlich betrunken. Es war Samstagabend – und Samstagabend war ein Feiertag. Daß überhaupt ein Angriff stattgefunden hatte, erfuhr er erst, als es der eindringlich dynamischen Stimme des Radioansagers – der ununterbrochen sprach und sprach – gelang, ein Loch durch den dicken, trockenen, völlig ausgedörrten Katzenjammer zu schlagen, den er wohl in seinem Munde spürte, den er aber fürchtete und zu dem er nicht aufzuwachen wünschte.

Er richtete sich auf seinem Sofa auf. Er trug kurze Hosen (aus Schicklichkeitsgründen hatte er sich, seit er im Wohnzimmer schlief, angewöhnt, in kurzen Hosen und nicht völlig nackt zu schlafen) und sah die beiden Mädchen in ihren Morgenröcken angestrengt lauschend vor dem Radio hocken.

»Gerade wollte ich dich rufen«, sagte Alma aufgeregt.

»Warum rufen?« Alles, an was er in seinem augenblicklichen Zustand dachte, war, sofort in die Küche zu stürzen und Wasser zu trinken.

»... am ernstesten ist jedoch der Schaden, der in Pearl Harbor selbst angerichtet wurde«, sagte die Stimme. »Kaum ein Gebäude ist unbeschädigt geblieben. Mindestens eines der Schlachtschiffe, die sich im Hafen befanden, wurde versenkt. Seine Aufbauten ragen aus dem noch immer mit brennendem Öl bedecktem Wasser. Der Angriff der in großer Höhe fliegenden Bomber galt in der Hauptsache Pearl Harbor sowie Hickam Field auf der anderen Seite des Kanals. Neben Pearl Harbor scheint Hickam Field den größten Schaden erlitten zu haben.«

»Es ist Webley Edwards«, sagte Georgette.

»Er spricht für die zu Hause«, sagte Alma.

»Entweder eine sehr große Bombe oder ein Lufttorpedo«, sagte das Radio, »traf den Hauptspeisesaal der neuen Kaserne in Hickam Field, wo vierhundert unserer nichtsahnenden Soldaten gerade beim Frühstück saßen.«

Prew wußte jetzt, um was es sich handelte, aber es fiel ihm schwer, Klarheit im Sumpf seines Gehirns zu schaffen. Er konnte den Gedanken nicht loswerden, daß die Deutschen Hawaii angegriffen hatten. Selbst später, als er erfuhr, daß es die Japaner gewesen waren, hatte er Schwierigkeiten, dies zu fassen. Die Deutschen mußten also ein völlig neues Bombenflugzeug entwickelt haben, das in der Lage war, ungeheure Entfernungen ohne Zwischenlandung zu fliegen. Selbst wenn man annahm, daß sie Stützpunkte an der Ostküste Asiens besaßen, hätten sie doch nie ein Geschwader von Flugzeugträgern an den Engländern vorbei in den Pazifischen Ozean entsenden können. Grauenhaft, daß man gerade jetzt einen derartigen Katzenjammer haben mußte. Mit Wasser würde er einen solchen Kater nie kurieren können. Das einzige, wirklich wirksame Mittel waren ein paar Gläser steifen Whisky, und selbst das würde nicht schnell genug wirken.

»Wo sind meine Hosen?« sagte er und erhob sich. Ein heftiges Zucken fuhr fast wie eine Erschütterung durch seinen Kopf. Quer durch den Raum ging er auf die beiden und auf die Bar zu, die sich über dem Radio befand.

»Sie liegen auf dem Stuhl«, sagte Alma, »was machst du denn?«

»Nein, die nicht. Meine Uniformhosen«, sagte er, während er die Bar über ihren Köpfen öffnete und sich schottischen Whisky in eines der langstieligen Cocktailgläser schenkte. »Irgendwo hier in der Gegend muß doch meine Uniform stecken. Wo ist sie?«

Sich schüttelnd leerte er das Glas, aber er wußte schon, daß es ihm guttun würde.

»Was hast du vor?« rief Alma wild und fast unartikuliert. »Was tust du?«

»So viel Alkohol in mich hineinpumpen, daß ich diesen Katzenjammer loskriege, und dann machen, daß ich in die Kaserne zurückkomme. Verdammt noch mal, was denkst du eigentlich?« sagte er, goß sich ein neues Glas voll und leerte es.

»Es läßt sich nicht ableugnen, daß unsere Flotte eine schwere Niederlage erlitten hat«, sagte das Radio, »vielleicht die schwerste in ihrer ganzen Geschichte. Es würde...«

»Um Gottes willen, das kannst du doch nicht tun«, sagte Alma entsetzt. »Du kannst doch nicht zurück.«

»Warum nicht, zum Teufel? Spinnst du?«

».... *trotz allem aber*«, sagte das Radio, »*selbst in diesen Stunden der Dunkelheit und der schamvollen Niederlage leuchtet ein helles Licht, das für immer ein Beispiel für alle Amerikaner ...*«

»Weil man dich noch immer sucht«, sagte Alma hysterisch. »Als Mörder. Du glaubst doch nicht, daß man eine Mordanklage gegen dich fallenlassen wird? Nicht mal, wenn *zwei* Kriege ausbrechen würden.«

Schon hatte er das dritte Glas eingeschenkt, und sein Kopf wurde ein wenig klarer. Die elektrisch warme Glut der Nervenenden begann die durchweichten Gehirnzellen auszutrocknen. Er leerte auch dieses Glas.

»Das hatte ich ganz vergessen«, sagte er.

»... *Es ist der Mut und der Heroismus unserer Soldaten*«, sagte das Radio, »*die angesichts des Todes und einer überwältigenden Überlegenheit des Feindes, unvorbereitet und mit mangelhafter Ausrüstung standgehalten und Widerstand geleistet haben – mit jener unbeugsamen Entschlossenheit, die stets das Wahrzeichen der Armee und der Flotte der Vereinigten Staaten gewesen ist.*«

»Spricht er von der amerikanischen Armee und Flotte?« grinste Georgette in den Raum hinein, ohne jemand anzusehn.

»Es wäre besser, wenn du es nicht vergißt«, sagte Alma, die sich ein wenig beruhigt hatte. »Wenn du jetzt zurückgehst, wirft man dich ins Militärgefängnis und stellt dich wegen Mord vor Gericht. Krieg oder kein Krieg. Und damit kannst du auch nicht den Krieg gewinnen helfen.«

Er hielt noch immer die Flasche in der einen und das Glas in der anderen Hand. Langsam ließ er sich auf einen Schemel zwischen den beiden Mädchen nieder. Er sah aus, als hätte er gerade einen Kinnhaken bekommen.

»Das hatte ich ganz vergessen«, sagte er stumpf. »Total.«

»Besser nicht«, sagte Alma.

»*Mit ihrer stillen Tapferkeit im feindlichen Feuer*«, sagte das Radio, »*mit ihrer Hingabe und Pflichterfüllung bis zum Letzten, mit dem schweigenden und klaglosen Mut, mit dem sie verwundet wurden und starben – auch in dieser Sekunde, in der ich zu Ihnen spreche –, geben sie ein Beispiel der Treue, der Pflichterfüllung und des stoischen Heroismus, das wir Zivilisten hier in Hawaii, die Zeugen*

*waren, nicht so bald vergessen werden. Sie schaffen eine Legende,
diese Männer, diese Jungens – und die meisten von ihnen sind ja nur
Jungens –, eine Legende der Demokratie, die für immer und immer
unübertroffen mit uns leben und die Herzen der Feinde der Freiheit
mit Furcht erfüllen wird.«*

»Mein Gott«, rief Georgette plötzlich aufgeregt, »die kleinen gelben
Hunde werden noch lernen, daß sie so was mit uns nicht machen
können.«

»Ich hab geschlafen«, sagte Prew stumpf. »Ich bin nicht mal aufgewacht.«

»Wir sind auch nicht aufgewacht«, sagte Georgette aufgeregt. »Wir
haben überhaupt nichts davon gewußt. Zufällig hab ich gerade das
Radio angedreht.«

»Und ich hab geschlafen«, sagte Prew. »Ganz fest.« Er schenkte sich
wiederum Whisky ein und leerte das Glas. Sein Kopf war jetzt vollkommen klar, so klar wie eine Glocke.

»Diese gottverdammten Deutschen«, sagte er.

»Welche Deutschen?« sagte Georgette.

»Die da«, sagte er und deutete mit dem Glas auf das Radio.

*»Ich bin in den Krankenstationen des Tripler-Lazaretts gewesen«,
sagte das Radio, »und habe gesehn, wie sie hereingebracht wurden.
Manche waren in Uniform, manche in ihrer Unterwäsche, manche
waren überhaupt unbekleidet. Alle waren sie gräßlich verwundet,
gräßlich verbrannt.«*

»Was ist mit Schofield?« wollte Prew wissen. »Was hat er über Schofield gesagt?«

»Nichts«, sagte Georgette. »Hat's noch nicht mal erwähnt. Wheeler
Field wurde mit Bomben belegt und Bellows Field und der Wasser-
flughafen in Kaneohe und der Flottenstützpunkt in Ewa. Und
Hickam und Pearl Harbor. Die wurden am schlimmsten getroffen.«

»Aber was ist mit Schofield?« fragte Prew. »Verdammt noch mal,
was ist mit Schofield?«

»Er hat's noch nicht mal erwähnt«, sagte Alma beruhigend.

»Überhaupt nicht?«

»Nein. Georgette hat's dir doch gerade gesagt«, sagte Alma.

»Dann wurde es nicht von Bomben getroffen«, sagte er erleichtert.

»Sonst hätte er's erwähnt. Wahrscheinlich hat man's nur mit Bord-
waffen beschossen. Das ist das Wahrscheinliche«, sagte er. »Wirklich
interessiert sind sie nur an den Flugplätzen. Natürlich werden sie
keine Bomben für Schofield vergeuden.«

»*Das Tripler-Lazarett ist groß*«, sagte das Radio, »*und mit den modernsten Einrichtungen und den neuesten medizinischen Apparaten versehen. Es war aber nicht darauf eingestellt, eine derartige Katastrophe zu meistern. Es hätte nicht Platz genug für einen kleinen Teil der Verwundeten gehabt, die ich sah. Manche von ihnen waren bereits tot oder lagen auf den provisorischen Bahren, die man in den Gängen aufgestellt hatte, im Sterben, weil man weder genügend Raum noch genügend Pflege- und Ärztepersonal hatte, um sich aller annehmen zu können. Dennoch hörte man im ganzen Haus nicht einen einzigen Schmerzenslaut, keine einzige Klage. Hier und da sagte ein entsetzlich verstümmelter Junge von neunzehn oder zwanzig, dessen Haare, Augenbrauen und Wimpern völlig verbrannt waren, zum Arzt: ›Nehmen Sie erst meinen Kameraden dran, Doktor. Ihn hat's schlimmer erwischt als mich.‹ Sonst aber war Stille. Eine anklagende Stille. Eine zornige Stille!*«

»Diese Saubande«, sagte Prew stumpf. Er weinte. »Diese dreckige Saubande! Diese Kinderschänder, diese dreckigen deutschen Schweine.« Er hob die Hand, die noch immer die Flasche hielt, wischte sich mit dem Handrücken die Nase und füllte wiederum das Glas.

»Es waren doch Japaner«, sagte Georgette. »Die *gelben Japaner*. Die kleinen dreckigen gelbbäuchigen Affen. Die haben sich rangeschlichen, ohne uns vorher zu warnen, und haben uns angegriffen, während ihre Abgesandten in Washington noch vom Frieden quatschten.«

»*Für mich war es*«, sagte das Radio, »*ein ungeheuer starkes Erlebnis, die Männlichkeit zu beobachten, mit der diese Jungens ihre Leiden ertragen. Es hat mein Vertrauen in die Staatsform, die solche Männer nicht nur in kleiner Zahl, sondern zu Hunderten und Tausenden heranziehen kann, gestärkt und vertieft. Ich wünschte, ich hätte jeden amerikanischen Bürger mitnehmen können in die Krankenstation im Tripler-Lazarett, um selbst zu sehen, was ich gesehen habe.*«

»Ist das Webley Edwards?« sagte Prew weinend.

»Wir glauben, daß er's ist«, sagte Alma.

»Bestimmt«, sagte Georgette. »Das klingt wie er.«

»Na, auf jeden Fall ist er 'n großartiger Kerl«, sagte Prew. Er leerte sein Glas auf einen Zug und füllte es wieder. »Ein ganz großartiger Kerl! Das ist alles, was ich sage.«

»Wär vernünftiger, du würdest ein bißchen aufhören mit dem Trinken«, sagte Alma beunruhigt. »Ist noch ziemlich früh am Tag.«

»Früh?« sagte Prew. »Früh! O diese verdammten deutschen Schweinehunde. Was macht das überhaupt aus, verdammt noch mal«, brüllte er, »ob ich mich besaufe. Ich kann doch nicht zurück. Ich möchte wirklich wissen, was das ausmacht. Betrinken wir uns alle! Oh«, sagte er, »Gott verdamm sie, Gott verdamm sie.«

»Das vollständige Ausmaß des angerichteten Schadens«, sagte das Radio, *»ist natürlich im gegenwärtigen Augenblick völlig unbekannt und wird wahrscheinlich eine geraume Zeit unbekannt bleiben. Da ein Notstand eingetreten ist, und um die Zusammenarbeit aller Behörden und Dienststellen zu gewährleisten, hat General Short für das Gebiet des Territoriums Hawaii den Ausnahmezustand erklärt.«*

»Ich werd euch was sagen«, schluchzte Prew, während er wieder das Glas vollgoß. »Es besteht gar keine Mordanklage gegen mich.«

»Nein?« sagte Alma.

»Keine Anklage wegen Mord gegen irgend jemand, hat Warden mir erzählt, und Warden lügt mich nicht an.«

»Dann kannst du also zurückgehn«, sagte Alma. »Aber«, sagte sie, »werden sie dich nicht auf alle Fälle einsperren, weil du ohne Urlaub abwesend warst?«

»Das ist's ja gerade«, sagte er. »Ich kann nicht zurück, weil ich in keinen Bau mehr gehe, verstanden? Wenn ich zurückgehe, werde ich mindestens vor 'n Summarisches Kriegsgericht gestellt und vielleicht vor ein Besonderes. Aber mich kriegt keiner mehr in ein Kittchen. Keiner. Verstanden?«

»Wenn du nur zurückgehen könntest, ohne ins Gefängnis zu müssen«, sagte Alma. »Das kannst du aber nicht. Und im Gefängnis hilfst du den Krieg nicht gewinnen.«

Sie legte die Hand auf seinen Arm.

»Bitte, hör auf mit dem Alkohol, Prew. Gib mir die Flasche.«

»Laß mich los«, sagte er und riß seinen Arm weg. »Ich schlage dich zusammen. Geh weg und bleib weg. Laß mich in Ruhe!« Er füllte sein Glas von neuem und sah sie streitsüchtig an.

Danach sprach keines der Mädchen mehr mit ihm, noch versuchten sie, ihn vom Trinken abzuhalten. Es war keine Übertreibung, wenn man sagte, daß Mord sie aus seinen rotumränderten Augen anstarrte.

»Und solange sie mich in ihren beschissenen Schweinestall von Militärgefängnis sperren, gehe ich nicht zurück«, sagte er wild. »Bestimmt nicht.«

Sie widersprachen ihm nicht. Schweigend hockten die drei vor dem

Radio und lauschten den Berichten, bis der Hunger die beiden Mädchen zum Frühstück in die Küche trieb. Prew leerte die Flasche, die er in der Hand gehalten hatte, und öffnete eine neue. Er verließ seinen Platz vor dem Radio nicht. Als sie ihm etwas zu essen brachten, lehnte er es ab. Er saß auf seinem Schemel vor dem Radio, trank Whisky aus einem Cocktailglas und schluchzte, und nichts konnte ihn zum Aufstehn bewegen.

»*Teuer mußten unsre Jungens die Lehre bezahlen*«, sagte das Radio, »*die unserer Nation heute erteilt wurde. Sie haben dies fair und anständig und furchtlos getan, ohne Klage und ohne Bitternis über die Höhe des Preises. Berufen, für uns zu kämpfen und zu sterben, haben Armee und Flotte das Vertrauen, das wir immer in sie gesetzt hatten, voll gerechtfertigt und bewiesen, daß sie die Hochachtung verdienen, die wir ihnen immer entgegenbrachten.*«

»Und ich hab geschlafen«, sagte Prew stumpf, »fest geschlafen. Ich bin nicht mal aufgewacht.«

Sie hatten gehofft, er würde bis zur Bewußtlosigkeit trinken, so daß sie ihn dann ins Bett schaffen könnten. Seine Wildheit beunruhigte sie derartig, daß sie es kaum in einem Raum mit ihm aushielten. Er schlief aber nicht ein und verlor auch nicht das Bewußtsein. Offenbar befand er sich in jenem Stadium, in dem einer, nachdem er einen gewissen Punkt erreicht hat, einfach unbegrenzt weitertrinken kann, ohne betrunkener zu werden. Lediglich seine Wildheit wuchs. Er blieb auf seinem Schemel vor dem Radio hocken, erst schluchzend und dann düster vor sich hinstarrend.

Am Frühnachmittag wiederholte das Radio den Aufruf Dr. Pinkertons, daß freiwillige Blutspender sich sofort im Queens-Krankenhaus melden sollten. Mehr um der schweren Atmosphäre des Hauses und der unheilschwangeren Elektrizität, mit der dieser Dynamo vor dem Radio die Luft lud, zu entkommen als aus irgendeinem anderen Grund, entschlossen sich Alma und Georgette, hinunterzugehn und Blut zu spenden.

»Ich geh auch«, brüllte der Dynamo und stand auf.

»Du kannst nicht, Prew«, sagte Alma beunruhigt. »Sei doch vernünftig. Im Augenblick bist du so betrunken, daß du noch nicht mal gerade auf den Beinen stehen kannst. Und außerdem wird man wahrscheinlich irgendwelche Papiere vorzeigen müssen. Und du weißt ja, was das für dich bedeuten würde.«

»Noch nicht mal mein Blut kann ich geben«, sagte er unglücklich und ließ sich wieder auf den Schemel fallen.

»Du bleibst hier und hörst, was das Radio berichtet«, sagte Alma besänftigend. »Wir sind sicher bald zurück. Dann kannst du uns ja erzählen, was los war.«

Prew sagte nichts. Er sah nicht mal vom Radio auf, als sie den Raum verließen, um sich umzuziehen.

»Ich muß hier raus«, sagte Alma. »Ich kann nicht mehr atmen.«

»Glaubst du, er wird vernünftig?« flüsterte Georgette. »Ich hatte keine Ahnung, daß ihn das so mitnehmen würde.«

»Natürlich wird er wieder vernünftig werden«, sagte Alma fest. »Er hat einfach ein Schuldgefühl, ist erregt und ein wenig betrunken. Morgen ist er über das Ganze weg.«

»Vielleicht sollte er trotz allem zurückgehn«, schlug Georgette vor.

»Wenn er zurückgeht, kommt er wieder ins Gefängnis, oder nicht?« sagte Alma.

»Das stimmt«, sagte Georgette.

»Dann red kein dummes Zeug«, sagte Alma.

Als sie wieder ins Zimmer kamen, saß er noch immer da, wo er gesessen hatte. Das Radio dröhnte abgehackt und aufgeregt. Irgend etwas über Wheeler Field. Er sah weder auf, noch sagte er etwas. Alma schüttelte warnend den Kopf zu Georgette hin, und so gingen sie und ließen ihn sitzen, wo er saß.

Als sie zwei Stunden später wiederkamen, saß er noch immer an der gleichen Stelle. Er sah aus, als wenn er nicht einen Muskel gerührt hätte, seit sie gegangen waren. Der einzige Unterschied lag darin, daß die Flasche, die er in der Hand hielt, nun beinahe leer war. Noch immer dröhnte das Radio.

Aber er war nicht betrunkener, sondern eher nüchterner geworden, von jener besonnenen, kristallklaren Nüchternheit, die einen schweren Trinker nach intensivem und konzentriertem Alkoholgenuß überkommt. Die knisternde Spannung schien ihnen nach der Erregung des Autoverkehrs und dem hellen, gleichgültigen Sonntagssonnenlicht draußen noch bedrückender als zuvor. Fast kam es ihnen vor, als hingen tiefe Wolken im Raum, die sich vor einem Gewitter aneinander rieben und rissen.

»War 'n hübscher Ausflug«, sagte Alma leicht in die Schwere hinein.

»Wahrhaftig«, sagte Georgette.

»Wenn wir nicht Georgettes Wagen gehabt hätten, wir wären nie in die Stadt gekommen«, sagte Alma. »Gar nicht zu reden von wieder nach Hause. Die ganze Stadt ist ein Irrenhaus. Lastwagen, Autobusse, Lieferwagen, Privatwagen – alles, was Räder hat, ist unterwegs.«

»Im Krankenhaus haben wir einen getroffen, der 'n Buch drüber schreiben will«, sagte Georgette.

»Ja«, sagte Alma, das Thema aufgreifend. »Ist Dozent für Englisch an der Universität von...«

»Ich dachte, er war 'n Reporter«, sagte Georgette.

»Nein«, sagte Alma. »Dozent. Hat mitgeholfen, Frauen und Kinder aus dem zerbombten Gebiet zu evakuieren. Und jetzt fährt er Leute, die Blut spenden wollen, ins Krankenhaus.«

»Er will mit allen sprechen, die überhaupt irgendwas damit zu tun hatten«, erklärte Georgette. »Dann wird er alle ihre Geschichten in ihren eigenen Worten in seinem Buch veröffentlichen.«

»Er will es ›Lobt den Herrn und ladet die Gewehre‹ nennen«, sagte Alma. »Ein Militärpfarrer in Pearl Harbor hat das gesagt.«

»Oder ›Vergeßt nicht Pearl Harbor‹«, sagte Georgette. »Er weiß noch nicht genau wie.«

»Er ist sehr intelligent«, sagte Alma.

»Und höflich«, sagte Georgette. »Hat uns genau wie jeden anderen behandelt. Er hat gesagt, immer hätte er sich gewünscht, Geschichte zu erleben, und nun sei sein Wunsch in Erfüllung gegangen.«

»Ein Haus in der Kuhio-Straße ist von ner Bombe getroffen worden«, sagte Alma.

»Und von der Drogerie an der Ecke McKully und King Street steht überhaupt nichts mehr«, sagte Georgette. »Der Mann, die Frau und beide Töchter sind tot.«

»Na ja«, sagte Alma, »ich denke, wir richten was zum Essen. Ich fühle mich ein klein bißchen schwach.«

»Ich auch«, sagte Georgette.

»Willst du was essen?« fragte Alma.

»Nein«, sagte Prew.

»Solltest du aber tun, Prew«, sagte Georgette. »Du solltest was in den Magen bekommen nach all dem Alkohol.«

Prew streckte die Hand aus, stellte das Radio ab und blickte sie düster an. »Hört mal zu, ihr zwei. Was ich von euch will, ist nur, daß ihr mich in Ruhe laßt. Wenn ihr essen wollt – geht und eßt. Aber laßt mich in Ruhe.«

»Haben sie im Radio was Neues gewußt?« sagte Alma.

»Nein«, sagte er heftig. »Das gleiche Zeug immer wieder und wieder.«

»Hoffentlich hast du nichts dagegen, wenn wir zuhören«, sagte Alma, »oder? Während wir das Essen richten?«

»Gehört ja euch«, sagte Prew, stand mit der Flasche und dem Cocktailglas auf, ging hinaus auf die Veranda, von der aus man ins Palolo-Tal schauen konnte, und schloß die Glastür hinter sich.

»Was sollen wir bloß mit ihm anfangen?« sagte Georgette. »Er macht mich verrückt.«

»Ach was, er wird schon wieder vernünftig werden«, sagte Alma. »Hab mal zwei Tage Geduld. Beacht ihn einfach nicht.«

Sie stellte das Radio an und ging hinaus in die Küche. Georgette folgte ihr ruhelos.

»Ich hoffe nur, daß du recht hast«, sagte sie nervös, während sie durch die Glastür auf die Silhouette sah, die sich dunkel gegen den rötlichen Himmel abhob. »Mich macht er kribbelig.«

»Ich hab doch gerade gesagt, er wird vernünftig werden«, sagte Alma scharf. »Laß ihn in Ruhe. Beachte ihn nicht. Komm und hilf mir mit dem Abendessen. Gleich müssen wir die Verdunkelungsvorhänge zuziehn.«

Sie richteten belegte Brote und füllten Gläser mit Milch und stellten Kaffeewasser auf. Dann zogen sie die Verdunkelungsvorhänge zu, die Alma so gerichtet hatte, daß sie bei Tage wie gewöhnliche Vorhänge aussahen.

»Komm jetzt herein«, sagte Alma geschäftsmäßig zu ihm, als sie zur Glastür kam, die auf die Veranda führte. »Wir ziehen die Verdunkelungsvorhänge vor.«

Ohne ein Wort zu sagen, kam er herein, ging quer durch den Raum und setzte sich aufs Sofa. Noch immer hielt er die Flasche in der linken Hand und das Cocktailglas in der rechten.

»Willst du nichts essen?« fragte Alma. »Ich hab dir ein paar belegte Brote gerichtet.«

»Ich bin nicht hungrig«, sagte er.

»Ich werd sie in Wachspapier packen, damit sie frisch bleiben«, sagte Alma.

Prew goß sich erneut zu trinken ein. Er sagte nichts, und so ging sie, nachdem sie die Verdunkelungsvorhänge auch vor die Glastür gezogen hatte, wieder in die Küche.

Als sie nach dem Essen wieder ins Wohnzimmer kamen, saß er noch immer auf dem Sofa. Er hatte eine neue Flasche geöffnet. Alles in allem trank er an jenem Tag mehr als zwei Liter von Georgettes schottischem Whisky.

Eine Zeitlang blieben sie auf und versuchten, dem Radio zuzuhören. Die gleichen Berichte wiederholten sich unaufhörlich. Hinzu kam Prews verstockte Gegenwart auf dem Sofa, und das alles trieb sie schließlich in die Betten. Sie ließen ihn da, wo er die ganze Zeit gesessen hatte, nicht betrunken und nicht nüchtern, nicht glücklich und nicht unglücklich, nicht völlig bei Bewußtsein, aber auch nicht bewußtlos.

Dieser Zustand dauerte acht Tage. Nie war er wirklich betrunken, aber auch nie ganz nüchtern. Immer hielt er eine Flasche von Georgettes teurem schottischen Whisky in der einen und ein Glas in der anderen Hand. Er redete nicht, antwortete auf Fragen lediglich mit ›Ja‹ oder ›Nein‹, meistens aber mit ›Nein‹, wenn man ihm eine direkte Frage stellte, und niemals aß er etwas, solang sie im Hause waren.

Als sie am Montag aufstanden, lag er unausgekleidet auf dem Sofa und schlief. Neben ihm auf dem Boden standen Flasche und Glas. Die beiden Brote, die Alma gerichtet und in Wachspapier eingepackt hatte, waren verschwunden. Keine von beiden ging an diesem Tage zur Arbeit.

Die große Woge des ersten Gefühlsausbruchs verebbte schnell in Honolulu. Es dauerte lediglich ein paar Tage. Das Radio nahm wieder seine Musikprogramme auf, und abgesehen davon, daß die Soldaten den Waikiki-Strand mit Stacheldraht überzogen und behelmte Wachen vor den wichtigen Gebäuden – wie Radiostationen und Gouverneurspalast – standen und daß ein paar Häuser, wie die in der Kuhio-Straße und die Drogerie, zerstört waren, schien die Stadt nicht sehr verändert.

Offenbar behielten die Geschäftsleute ihre Nerven, und die Militärbehörden empfahlen ihnen, ihre Geschäfte wie gewöhnlich weiterzubetreiben. Am dritten Tag rief Mrs. Kipfer an und forderte Alma auf, sich am nächsten Morgen um zehn Uhr zur Arbeit zu melden, nicht wie seither um drei Uhr nachmittags. Georgettes Chefin rief etwas später an und gab die gleichen Anweisungen. Wegen der Sperrstunde, die mit dem Ausnahmezustand eingeführt worden war – niemand durfte sich ohne besondere Erlaubnis nach Sonnenuntergang auf der Straße befinden –, mußten alle Geschäfte während der Tagesstunden abgewickelt werden.

Es zeigte sich, daß das Geschäft sowohl bei Mrs. Kipfer als auch in den Ritz Rooms einen schweren Schlag bekommen hatte. Weder die Armee noch die Flotte gab ihren Leuten die Erlaubnis, auszugehen.

Den Mädchen blieb nichts anderes übrig, als während des größten Teils ihrer Arbeitszeit Rummy und Casino zu spielen. Einige besorgten sich bereits Fahrkarten für eines der Schiffe, die Offiziers- und Soldatenfrauen und Kinder evakuierten.

Mrs. Kipfer hatte jedoch die Nachricht erhalten, daß sowohl die Armee wie die Flotte in Kürze wieder Urlaubsscheine ausgeben würden, und zwar so, daß jeder der Reihe nach einmal drankam. Im Augenblick aber beschränkte sich das Geschäft im New Congress Hotel auf die kleinen Gruppen höherer Offiziere, die jetzt am Nachmittag – anstatt wie gewöhnlich nachts – erschienen.

Noch eine andere Mitteilung machte Mrs. Kipfer große Sorgen. Wie sie Alma auseinandersetzte, wurde sowohl vom Festlande aus als auch auf der Insel selbst die Armee unter Druck gesetzt, die Bordelle zu schließen. Der Hauptdruck ging von Washington aus, wo ein paar Frauen, die Söhne in der Armee hatten, Skandal machten und drohten, ihre Abgeordneten im Kongreß nicht wiederzuwählen, wenn nicht etwas geschähe.

Trotz all dieser Schwierigkeiten schwor Mrs. Kipfer in einem einzigartigen Ausbruch von Patriotismus und Pflichterfüllung, daß sie auf ihrem Posten ausharren würde, solange sie bei Gott konnte, um ihren Beitrag zum Endsieg zu leisten. Solange sie noch ein einziges Mädchen unter ihrem Kommando hatte, würde sie nicht an einen Rückzug denken.

Da Prew in jener Sonntagnacht irgendwann die beiden belegten Brote gegessen hatte, gewöhnte es sich Alma an, ihm welche zu richten, ehe sie zur Arbeit ging und bevor sie sich schlafen legte. Immer waren sie aufgegessen. Vergaß sie aber, sie zu richten – was einige Male geschah –, blieb alles, sowohl im Kühlschrank wie in den Schränken, völlig unberührt. Er benahm sich einfach nicht mehr menschlich. Er rasierte sich nicht, badete nicht und zog niemals seine Kleider aus, sondern ließ sich einfach in ihnen aufs Sofa fallen, wenn er schlafen ging. Er sah aus wie der Zorn Gottes. Kein Kamm berührte sein Haar, und sein Gesicht war fettig aufgeschwemmt, mit schweren Säcken unter den Augen, während sein übriger Körper, der niemals schwer gewesen war, dünner und dünner wurde. Manchmal wanderte er – die Flasche in der einen, das Glas in der anderen Hand – von der Küche zum Wohnzimmer, ins Schlafzimmer, auf die Veranda, setzte sich dann mit ausdruckslosem Gesicht irgendwohin, saß dort für eine Weile, ging dann wieder weiter. Das erste, was sie zu ihm hingezogen hatte – und das sie vielleicht, wenn sie es hätte beschreiben können, eine gewisse Intensität des Gesichts genannt hätte, eine Art tiefen, tragischen Feuers in den Augen –, war verschwunden. Und man konnte ihn quer durch den ganzen Raum riechen.

Sein Zustand schien sich keineswegs zu bessern. Im Gegenteil, es sah so aus, als würde er bis in alle Ewigkeit so weitermachen, bis er entweder zu einem Schatten schrumpfte und starb, oder völlig dem Wahnsinn verfiel und mit einem Messer auf jemand losging.

Sie konnte den Gedanken daran, was er mit jenem Aufseher aus dem Militärgefängnis gemacht hatte, nicht loswerden.

Georgette fürchtete sich offen vor ihm und sprach es auch aus.

Dennoch konnte Alma sich nicht dazu bringen, die Hoffnung aufzugeben und ihn seinem Schicksal zu überlassen.

»Erstens«, so erklärte sie Georgette, »gibt es für ihn keinen Platz, an dem er sich aufhalten könnte, außer bei uns. Wir wissen, daß man ihn – wenn er zur Armee zurückkehrt – ins Gefängnis stecken und vielleicht umbringen würde. Die ganze Insel wimmelt von Leuten, die nichts anderes tun als Pässe kontrollieren und ähnliches. Hier ist der einzige Ort, an dem er sicher ist. Unmöglich könnten wir für ihn ne Rückfahrkarte nach den Staaten kaufen, wie noch vor Pearl Harbor. Jedes kleinste Winkelchen ist mit Evakuierten belegt. Und die Armee teilt den verfügbaren Schiffsraum ein, wie es ihr beliebt, weil sie ja Geleitschutz geben muß.

Und außerdem kann ich einfach die Hoffnung noch nicht aufgeben.«

»Willst du damit sagen, daß du gar nicht willst, daß er geht?« sagte Georgette.

»Natürlich will ich nicht, daß er geht.«

»Was wird aus ihm werden, wenn wir nach Hause gehn?« sagte Georgette.

»Nun«, sagte Alma, »vielleicht geh ich gar nicht nach Hause.«

»Du hast aber doch schon einen Platz belegt«, sagte Georgette, »genau wie ich auch.«

»Ich kann immer noch zurücktreten, oder nicht?« sagte Alma zornig.

Diese Unterhaltung fand am Abend des fünften Tages statt, und zwar in Georgettes Schlafzimmer, das Alma durch die Verbindungstür betreten hatte.

Prewitt wußte nichts davon. Er wußte überhaupt nichts mehr. Er saß auf dem Sofa im Wohnzimmer mit Flasche und Glas in Reichweite.

Er verzweifelte, wenn sie sich nicht ständig in seinem Blickfeld befanden.

Das einzige, wovon er etwas wußte oder wofür er sich interessierte, war Alkohol. Im Schnaps steckte etwas Übernatürliches und Geheimnisvolles, wenn man sich vorstellte, wie er das Blut wärmte und alles lichter erscheinen ließ. Im Schnaps lag etwas Wundervolles und Heiliges. Vorausgesetzt, daß man wußte, wie man es anzufangen hatte.

Es war wie mit jeder anderen Religion. Man besoff sich gerade im richtigen Maße, verblieb eine Weile in diesem Zustand und fügte nur dann neuen Alkohol hinzu, wenn man spürte, daß der Rausch nachließ und man den Berg hinunterzurollen begann in Richtung Katzenjammer.

Es war schwer, das Gleichgewicht zu halten. Wurde man zu besoffen, so verlor man das Bewußtsein oder es wurde einem schließlich schlecht. Beides hatte Ernüchterung und Katzenjammer zur Folge. Ließ man den Rausch aber zu schnell abfallen, so begann das Gehirn aufzutauen wie gefrorener Schlamm, auf den die Sonne scheint. Er hatte in seinem Leben viel gefrorenen Schlamm gesehn. In Myer und während der Wintermanöver in Georgia. Auch als Landstreicher hatte er viel gefrorenen Schlamm gesehn, in Montana und in den Dakotas. Dort war er so hart gefroren gewesen, daß er einem die Sohlen von den Schuhen geschnitten hatte wie ein heißer Lavastrom. Schlamm aber, auf den die Sonne schien und der dann auftaute, war der schlimmste Schlamm von allen. Er hielt einen fest. Nie durfte man in solchen Schlamm geraten.

Es war ein sehr prekäres Gleichgewicht. Fast war's eine mathematische Aufgabe. Man braucht eine ganze Menge Energie und Konzentration, um auf dem Seil zu bleiben. War man nämlich gerade richtig versunken in seinem Rausch, so wollte man, weil es so schön war, immer tiefer versinken. Das war der Augenblick, in dem man seine Willenskraft am meisten brauchte. Man benötigte Konzentration und Energie und Willenskraft und sehr viel Überlegung, wenn man wirklich ein erfolgreicher Trinker sein wollte. Jeder konnte ein idiotischer Trunkenbold werden. Ein wirklicher Trinker zu sein aber...

Neben dem Sich-nicht-Gehenlassen war das Schwerste das Erwachen am Morgen. Die ersten zwanzig Minuten oder so – ehe der erste Alkohol wirksam wurde – waren wirklich gräßlich. Man konnte diesen Zustand überlisten, wenn man zweimal täglich vier

Stunden schlief... anstatt einmal acht. Wenn man das tat, bekam man noch immer seine acht Stunden Schlaf. Zwei Extragläser Whisky unmittelbar vor dem Einschlafen reichten bis zum Erwachen. In jedem Handwerk gibt es gewisse Tricks.

Das Schwerste aber war, nicht zu tief zu versinken, sich nicht gehenzulassen, wenn man spürte, wie die magische Wärme einen durchflutete, das Tiefdruckgebiet sich plötzlich in ein Hoch verwandelte und die Sonne mit einem Male heller leuchtete. Wenn alles plötzlich einen neuen Glanz bekam, sauber aussah, scharf in Umrissen und Farben, als hätte ein Regen es gerade frisch gewaschen.

Das war das Allerschwerste. Nicht tiefer zu versinken, ganz gleich, wie gerne man es auch gewollt hätte. Hier schieden sich die Trinklämmer von den Trinkböcken. Hier lag der Unterschied zwischen Männern und Knaben.

Prewitt griff glücklich nach Glas und Flasche, die neben ihm auf dem Boden standen. Er war stolz auf seine Leistung und in Frieden mit der Welt. Die Zeit für eine neue Dosis seiner Medizin war gekommen, die Zeit für seine Wiedererweckung.

Danach stand er auf und durchquerte unsicher das Zimmer, um auf die Veranda hinauszugehn; aber die Verdunkelungsvorhänge waren zugezogen, und so ging er in die Küche und ließ sich dort nieder.

Im Schlafzimmer sagte Georgette hinter der sorgfältig verschlossenen Tür, die sie jetzt jeden Abend abriegelte:

»Also, du kannst von mir aus sagen, was du willst. Früher oder später wird etwas passieren. Ich bin schon ein nervöses Wrack. Er kann einfach nicht in alle Ewigkeit so weitermachen, Alma.«

Das wußten sie beide, aber ahnten nicht, was man hätte dagegen tun können, weil sie beide schon alles versucht hatten, was sich überhaupt ausdenken ließ. So kam es, daß am Ende Prewitt selbst die Verwandlung herbeiführte.

Am Nachmittag des achten Tages fand er in der Nachmittagszeitung einen Artikel. Er hatte wieder begonnen, regelmäßig die Zeitungen zu lesen, vorausgesetzt man nennt es Lesen, wenn einer seine Augen über die schwarzen Zeichen auf dem weißen Papier gleiten läßt. Dieser Artikel aber verwandelte sich vor seinen Augen aus Zeichen in Worte. Er berichtete, wie die Wachen am Morgen des 7. Dezember die Tore des Militärgefängnisses geöffnet hatten und alle Sträflinge zu ihren Einheiten entlassen worden waren. Wardens Bemerkung über seine Chancen – wenn die Japaner oder sonst jemand die Insel mit Bomben belegen und man alle Sträflinge freiläßt, um zu kämpfen

– saß in seiner Erinnerung wie ein Pfeil auf einer Zielscheibe. Nun schien sich alles um ihn herum zu ordnen. Warden hatte sich angestrengt, um den allerunmöglichsten Fall auszudenken... und nun war er eingetreten.

Plötzlich wurde alles sehr vernünftig. Er konnte spüren, wie sein Verstand aus dem gefrorenen Schlamm herauskroch, sich aufrichtete und nach der Sonne schaute. Was er tun mußte, war klar: er mußte, ohne sich schnappen zu lassen, zu seiner Kompanie zurück. Nachdem er die Uniform aufgestöbert hatte, nahm er Almas 38er Spezial aus dem Tisch, prüfte die Patronen im Magazin und steckte ein paar zusätzliche, die er der Schachtel entnahm, in die Tasche.

Der letzte Paragraph des Artikels besagte, daß seit dem 7. Dezember weniger neue Sträflinge ins Militärgefängnis eingeliefert worden seien als während irgendeiner Woche in der Geschichte des Gefängnisses. Das war großartig. Er war ganz damit einverstanden. Er selbst aber würde keiner von denen sein, die eingeliefert wurden. Keinesfalls, wenn er nichts weiter zu tun hatte, als zu seiner Kompanie zurückzugelangen. Die MP würde ihn nicht erwischen. Ihn bestimmt nicht.

Nachdem er die Pistole in den Gürtel gesteckt hatte, sah er sich um, ob noch irgend etwas Wertvolles vorhanden sei, das ihm gehörte und das er mitnehmen konnte. Er wollte auf keinen Fall jemals in diese Wohnung zurückkehren. Außer den Zivilkleidern aber, die die Mädchen ihm gekauft hatten, war nichts da – nur noch die Abschrift des jetzt vollendeten Songs der Dreißigender, die er sorgfältig faltete und zu den Buchtiteln in sein Notizbuch legte. Dies steckte er in die Brusttasche seines Hemdes. Dann setzte er sich, um die beiden zu erwarten.

So geschah es, daß er im Wohnzimmer ungeduldig auf sie wartete, als sie am Abend des achten Tages heimkehrten. Die Nachmittagszeitung hielt er in der Hand. Seine Augen waren, wenn auch nicht vollkommen nüchtern, doch hinreichend klar. Er hatte sich rasiert und gebadet und trug andere Kleider. Sogar sein Haar, das schon ziemlich lang war, hatte er gekämmt.

Beide waren so überrascht, daß sie schon im Zimmer waren und sich bereits gesetzt hatten, ehe sie merkten, daß die sauberen Kleider, die er trug, seine Uniform waren. In der gebügelten Uniform sah er mit seinem erstaunlich sauberen und leuchtenden Gesicht trotz der Säcke unter den Augen jungenhaft hoffnungsvoll und lebenslustig aus.

»Wenn ich nur 'n Gramm Verstand gehabt hätte«, sagte er glücklich, während er ihnen die Zeitung hinstreckte, »wäre ich, wie ich's eigentlich wollte, gleich am Sonntagmorgen zurückgegangen. Mein Gott, wenn ich direkt zum Hanauma-Strand rausgegangen wäre, ich wär wahrscheinlich noch vor ihnen dagewesen.«

Alma nahm die Zeitung, las den Artikel und gab sie dann weiter an Georgette.

»Wär ich damals gegangen«, sagte er, »hätt ich überhaupt keinen Ärger gehabt. Alles war in vollem Durcheinander, und so viele Jungens versuchten zurückzufinden, daß niemand mich bemerkt hätte. Jetzt wird es schwieriger sein. Wenn ich aber, ohne festgenommen zu werden, bis zu meiner Kompanie durchkomme und mich melde, ist alles in Ordnung.«

»Wie ich sehe, hast du meine Pistole«, sagte Alma.

Georgette, die den Artikel nun auch gelesen hatte, legte die Zeitung auf den Stuhl, stand, ohne ein Wort zu sagen, auf und zog die Verdunkelungsvorhänge vor das abendliche Zwielicht.

»Ich glaube nicht, daß ich sie brauchen werde«, sagte Prew. »Ist nur ne Vorsichtsmaßnahme. Ich bring sie wieder, sobald ich Urlaub bekomme. Nun«, sagte er auf seinem Weg zur Tür, »auf bald. Ihr macht besser das Licht aus, wenn ich rausgehe.«

»Aber willst du denn nicht bis zum Morgen warten«, sagte Alma. »Ist doch schon fast dunkel.«

»Mein Gott, warten«, sagte Prewitt. »Der einzige Grund, warum ich überhaupt so lange gewartet habe, war, daß ich euch sagen wollte, wohin ich gehe, damit ihr euch keine unnötigen Sorgen macht.«

»Das war wirklich sehr rücksichtsvoll von dir«, sagte Alma mit gepreßter Stimme.

»Ich dachte, daß ich euch wenigstens so viel schuldig bin«, sagte er.

»Ja«, sagte Alma. »Ich glaube, da hast du recht!«

Die Hand auf dem Türknopf, wandte er sich um. »Was ist eigentlich los? Man könnte meinen, ich verschwinde für immer. Vielleicht bekomme ich ne Kompaniestrafe von zwei Wochen, aber sobald ich einen Urlaubsschein kriege, tauch ich hier wieder auf.«

»Das geht nicht mehr«, sagte Alma, »denn ich werde nicht mehr dasein. Das gleiche gilt für Georgette«, sagte sie.

»Warum nicht?«

»Weil wir nach Hause gehen, deshalb«, sagte sie wild.

»Wann?«

»Wir haben Fahrkarten für ein Schiff am 6. Januar.«

»Mein Gott«, sagte er und nahm die Hand vom Türknopf. »Wie kommt das alles?«

»Weil man uns evakuiert«, sagte Alma rücksichtslos.

»Gut«, sagte er langsam, »dann werde ich eben versuchen, noch vorher herzukommen.«

»Versuchen, noch vorher herzukommen«, machte sie ihm nach. »Ist das alles? Du weißt verdammt genau, daß du nicht vorher zurückkommen kannst.«

»Vielleicht doch«, sagte er. »Was zum Teufel willst du von mir? Soll ich vielleicht hierbleiben, bis du abhaust? Schon jetzt bin ich länger als eine Woche weg. Wenn ich noch länger bleibe, werd ich überhaupt nicht mehr zurückkönnen.«

»Du könntest wenigstens bis zum Morgen bleiben. In der Nacht wimmelt's nur so von Patrouillen«, sagte sie, und ihre Stimme schwankte, »und ab Sonnenuntergang ist Ausgangssperre.«

»Am Tag wimmelt's auch von Patrouillen. Was das angeht, wird's bei Nacht noch leichter sein.«

»Vielleicht änderst du deine Meinung, wenn du bis zum Morgen bleibst«, weinte sie plötzlich, offen, nackt und ohne Vorbereitung, genau so, als flöge plötzlich, unvorbereitet und nackt eine Kugel aus dem Lauf.

Georgette, die schweigend die Verdunkelungsvorhänge zugezogen hatte, kam die Treppe von der Glastür herunter und ging die Treppe zur Küche hinauf.

»Ist das zuviel verlangt?« weinte Alma.

»Welche Meinung werd ich vielleicht ändern?« sagte Prew unbehaglich. »Du meinst, ich gehe dann nicht zurück? Und was soll ich tun, wenn du nach Hause fährst? Mein Gott im Himmel.«

»Vielleicht geh ich gar nicht zurück«, bot Alma weinend an.

»Du lieber Gott im Himmel«, sagte er verwirrt. Ekel und Ungeduld lagen im Klang seiner Stimme. »Ich hab gedacht, du *mußt* zurück.«

»Nein, ich muß nicht«, schrie Alma zwischen Stößen wilden Schluchzens. »Wenn du aber jetzt weggehst, werd ich bei Gott heimfahren.

Wozu willst du zurück zur Armee?« schrie sie. Sie hatte nun ihren Atem wiedergefunden. »Was hat die Armee jemals für dich getan ... außer daß sie dich verprügelt und wie ein Stück Dreck behandelt und wie einen Verbrecher ins Gefängnis geworfen haben? Und zu so was willst du zurück? Warum?«

»Warum ich zurück will?« sagte Prewitt erstaunt. »Aber ich bin doch Soldat.«

»Soldat«, sagte Alma. »Ein Soldat!« Ihre Tränen trockneten schnell. Wild lachte sie auf. »Ein Soldat«, sagte sie hilflos. »Ein Berufssoldat. Von der regulären Armee. Ein Dreißigender.«

»Natürlich«, sagte er und grinste wie ein Mann, der einen Witz nicht versteht, »ein Dreißigender.« Dann lachte er wirklich. »Einer, der nur noch vierundzwanzig Jahre dienen muß.«

»Jesus«, sagte Alma, »Jesus, Maria und Joseph.«

»Willst du bitte das Licht ausmachen, während ich hinausgehe?« sagte er.

»Ich tu's schon«, sagte Georgette fest, aber glücklich. Sie stand auf den Stufen, die zur Küche führten. Dann kam sie herunter und ging hinüber zum Schalter neben der Tür, vor der die Verdunkelungsvorhänge hingen. In der Dunkelheit öffnete er den Riegel, ging hinaus und schloß die Tür hinter sich.

52

Von außen sah das Haus so dunkel aus, als wäre keine Menschenseele daheim. Glücklich stand er eine Minute lang da und schaute zurück. Noch immer fühlte er sich ein wenig betrunken, obwohl er seit drei Uhr nachmittags keinen Tropfen mehr angerührt hatte. Nun war er frei. In zwei Tagen würde sie sich damit abgefunden haben. Sobald er Urlaub bekam, würde er sie besuchen, und sie würde sich genauso freuen wie immer. Sie würde schon nicht nach den Staaten reisen. Darüber machte er sich keine Sorgen.

Ein Gutes hatte die Armee ja. Sie trennte einen so oft und so lange von den Weibern, daß sie einen nie satt bekamen – und umgekehrt.

An der nächsten Ecke blieb er stehn, nahm die Pistole aus dem Gürtel und steckte sie in die Hosentasche. Die Pistole in der einen und die Patronen in der anderen Tasche scheuerten beim Gehen an seinen Schenkeln. Besonders die Pistole war sehr schwer.

Er würde die Hände in die Taschen stecken, wenn sie ihn anhielten.

Es würde immer noch eine Möglichkeit geben, sich herauszureden.

Auf keinen Fall würde er sich von einem Haufen dreckiger MP

schnappen und daran hindern lassen, zur Kompanie zurückzukehren. Er war fest entschlossen.

Das beste würde sein, die Sierra Street bis zur Kaimuki Street hinunterzugehn, obwohl Wilhelmina kürzer war. In der Sierra Street aber standen die meisten Häuser mit Garagen direkt an der Straße. Die Gärten hatten alle kleine Terrassen aus Backsteinen oder Felsstükken. Um diese Märchenhäuser der Sierra Street herum gab es mehr Nischen und Schlupfwinkel. War er einmal aus der Kaimuki Street heraus, brauchte er sich keine Sorgen mehr zu machen.

Er würde dann die Waialae Avenue überqueren und zum Waialae-Golfplatz hinübergehn.

Der Waialae-Golfplatz war ein Streifen öden, unfruchtbaren Landes, das ein wenig erhöht zwischen der Autostraße und dem Strand lag. Es war baumlos, bestand hauptsächlich aus sandigen, mit ein paar Grasbüscheln bewachsenen Hügeln und hatte sich daher nie zu etwas anderem als zu einem Golfplatz geeignet. Er kannte dieses Land wie seine Westentasche. Während der letztjährigen Manöver hatten sie dort jeden Abend ein paar eingeborene Mädchen getroffen. Wenn er über den Golfplatz ginge, so würde er die Autostraße zweimal überqueren müssen. Dennoch wollte er dieses Risiko auf sich nehmen, da er sich – wie gesagt – auf dem Golfplatz genau auskannte.

Die einzige Schwierigkeit war später der Weg über den Damm, der über die Salzsümpfe nach Koko Head führte. Er war eine halbe Meile lang. Wahrscheinlich würde er dort rennen müssen. Dann aber war's geschafft.

Alle Strandstellungen auf dieser Seite gehörten zum Abschnitt der G-Kompanie. An und für sich konnte er sich bei jeder von ihnen melden. Das aber wollte er nicht. Er hatte vor, direkt zum Kompaniegefechtsstand zu gehen.

Der Weg über den Golfplatz erinnerte ihn an den wilden Alpdruck des langen Weges zu Alma, nachdem Fettsau ihn verwundet hatte. Und an die träumerische Stille seiner Schleichwege durch Waikiki, damals, als er Angelo Maggio gesucht hatte. Außer seinem Atem und dem Knirschen seiner Schuhe im Sand war nichts zu hören. Kein Lebewesen bewegte sich in der Schwärze dieser Nacht. Er war völlig allein in einer Welt, die so schalldicht und dunkel war wie das Innere eines Kohlenschachts. Nirgends sah man auch nur das kleinste Licht. Keine erleuchteten Fenster, keine Straßenlaternen, keine Neonlichter in den Rummelplatzbuden, nicht einmal die Scheinwerfer von Autos. Hawaii war im Kriege. Er war froh, heimzukehren.

Einmal sah er drüben auf der Autostraße einen Streifenwagen mit blauen Scheinwerfern langsam westwärts fahren – also in der ihm entgegengesetzten Richtung. Er stand eine Minute lang still, um ihn zu beobachten. Als er die Waialae Avenue das erstemal überquert hatte, war er sehr vorsichtig gewesen. Er hatte lange gewartet und sich genau versichert, daß die Autostraße auch wirklich frei war. Diese blauen Lichter waren angeblich aus der Luft nicht zu sehen, und vielleicht war es wirklich so. Auf dem Lande aber konnte man sie schon eine Meile weit mit Leichtigkeit erkennen.

Was er aber nicht so leicht sehen konnte, war ein Streifenwagen mit abgedrehten Lichtern. Darauf war er nicht gefaßt.

Er stand ungefähr dreißig Meter östlich von ihm mitten auf der Autostraße.

Als Prewitt am Rande der Straße auftauchte und auf den Asphalt hinaustrat, drehte der Streifenwagen die Lichter an. Er hatte zwei blaue Scheinwerfer und ein Suchlicht, das bedeutend heller war, fast weiß. Erst in diesem Augenblick bemerkte er den Wagen. Er stand mitten in seinem Lichtkegel. Wenn er die Straße hundert Meter weiter unten oder fünfzig Meter weiter oben überquert hätte, wäre er wahrscheinlich nicht gehört worden, obwohl er sich keine Mühe gegeben hatte, leise zu sein.

Sein erster Impuls war, davonzurennen, aber er unterdrückte ihn. Es hätte ihm doch nichts genützt. Er stand fast in der Mitte der Autostraße, zu beiden Seiten war flaches und offenes Gelände. Außerdem hatte er immer die Möglichkeit, sich herauszureden. Den Fluchtversuch konnte er auch später noch machen.

»Halt!« rief ihm eine nervöse Stimme zu.

Er war schon stehengeblieben. Er mußte an jene Nacht denken, in der Warden ihn angehalten hatte. Am liebsten hätte er wild aufgelacht. O diese Hunde, diese gerissenen vollgefressenen Hunde. Hockten da mit abgedrehten Lichtern. Wo doch alles bisher so gut und glatt verlaufen war. Mußten ihm so einen Streich spielen!

Der Streifenwagen, ein Jeep, näherte sich ihm langsam und vorsichtig. Vier erschreckte MP saßen darin. Er konnte ihre blauen Gesichter und das blaue Licht sehen, das von ihren weißen Armbinden zurückgeworfen wurde. Alle trugen Stahlhelme. Der, der neben dem Fahrer saß, war aufgestanden und starrte ihn über eine Maschinenpistole und die Windschutzscheibe hinweg an.

»Wer da?«

»Ein Freund«, sagte er.

Die zwei im Rücksitz, die dies zweifellos für die übliche Antwort auf die übliche Frage hielten, kletterten langsam und zögernd aus dem Jeep. Die Läufe ihrer Pistolen waren auf ihn gerichtet.

»Komm näher, Freund, und laß dich erkennen«, sagte der Größere mit gequetschter Stimme. Dann räusperte er sich.

Und er, das heißt Prewitt, der unbekannte Freund, näherte sich ihnen langsam. Er mußte daran denken, wie sie in diesem Augenblick – vielleicht den Bruchteil einer Sekunde lang – durch ihre zufällige Schlauheit und seine eigene Dummheit alles in der Hand hatten. Vor einem Jahre hatte es mit dem Hornisten Houston begonnen, hatte über Dynamit Holmes und das Boxen zur ›Sonderbehandlung‹ und Ike Galovitch geführt und von da ins Militärgefängnis zu Jack Malloy und zum verstorbenen Fettsau Judson, und schließlich hierher, wo für den Bruchteil einer Sekunde vier Fremde, ohne es zu wissen, alles in der Hand hatten.

»Halt«, sagte der Größere wieder. Mit vier Augen und den Mündungen von zwei Pistolen betrachteten sie ihn vorsichtig von oben bis unten.

»Geht in Ordnung, Mann«, sagte der Größere ein wenig vertrauensvoller. »Ist 'n Soldat.«

So weit war man wenigstens einmal.

Der Mann, der ihn über die Maschinenpistole hinweg angestarrt hatte, setzte sich.

Unhörbar klang ein Seufzer der Erleichterung durch die Nacht.

»Stell das Suchlicht ab«, sagte der Große. Im Schein der blasseren Lichter näherten sich die beiden.

»Was zum Teufel suchst du hier draußen, Kamerad«, sagte der Größere ungehalten. Er war Oberfeldwebel. Der andere war Unteroffizier. »Haben uns wegen dir fast in die Hosen geschissen vor Angst. Wir bekommen ne Meldung von Stellung 16, daß sich jemand auf dem Golfplatz rumtreibt, und wir denken, wir haben 'n ganzes Bataillon Fallschirmjäger auf dem Hals.«

Jetzt wurde ihm alles klar. Jemand hatte seine Silhouette gegen die blauen Scheinwerfer des vorbeifahrenden Streifenwagens gesehn. Einer von der G-Kompanie. Eigentlich hätte er, der sich für einen wer weiß wie großartigen Infanteristen hielt, daran denken müssen.

»Ich bin auf dem Weg zurück zu meiner Stellung«, sagte er.

»So? Welcher Stellung?«

»Achtzehn. Unten an der Straße.«

»Achtzehn was? Welcher Truppenteil?«

»G-Kompanie ... Infanterieregiment.«

Der Oberfeldwebel wurde noch etwas zwangloser. »Hat die G-Kompanie des ... Infanterieregiments noch nie etwas von Sperrstunde gehört?«

»Doch.«

»Was zum Donnerwetter tust du dann außerhalb deiner Stellung?«

»Bin auf dem Heimweg. Hab mein Mädel besucht. Wohnt grad da drüben.« Er nickte zum Golfplatz hinüber.

»Hast du nen Urlaubsschein?«

»Nein.«

»So – also keinen Urlaubsschein«, sagte der andere. »Kommt, nehmen wir ihn mit, und fertig.« Auch er fühlte sich erleichtert. Er hatte furchtbare Angst gehabt und wollte jetzt zeigen, wie hart er war. Er hatte seine Pistole in die Tasche zurückgesteckt.

»Nicht so schnell, Unteroffizier Oliver«, sagte der Oberfeldwebel.

»Mir ist's scheißegal«, sagte der Unteroffizier.

»Wem untersteht Stellung 18, Kamerad?«

»Oberfeldwebel Choate.«

Die zwei MP sahen einander an.

»Weißt du, wem 18 untersteht, Harry?« rief der Oberfeldwebel zurück zum Jeep.

Im Jeep beriet man sich. »Nein«, sagte Harry, »aber wir können's verdammt schnell herausfinden.«

»Schön«, sagte der Oberfeldwebel, »nehmen wir ihn mit zu 18.«

»Mir ist's scheißegal«, sagte der Unteroffizier. »Nur mein ich, wir nehmen ihn lieber auf die Wache mit. Der gefällt mir nicht, Fred. Schau dir mal die Uniform an. Garnisonsuniform, tadellos gebügelt. Ohne Tornisterfalten. Diese Uniform war in keinem Tornister, seit sie das letzte Mal beim Reinigen war.«

»Kann doch nichts schaden, wenn wir ihn erst mit zu 18 nehmen«, sagte der Oberfeldwebel.

»Ist mir scheißegal«, sagte der Unteroffizier. »Könnte ne ganze Menge schaden. Beispielsweise, wenn er uns abhaut.«

»Wie um Himmels willen kann er uns vieren abhauen, möcht ich wissen?«

»Und was ist los, wenn er diese hübsche Uniform gerade zufällig geklaut hat?« sagte der Unteroffizier. »Vielleicht ist er ein Saboteur, und seine Leute warten unten auf der Straße darauf, uns umzulegen.

Mir ist's ja scheißegal. Woher sollen wir wissen, ob er nicht 'n Spion oder so was ist?«

»Na, wie ist das, Freundchen?« sagte der Oberfeldwebel. »Warten deine Leute unten auf der Straße darauf, uns umzulegen?«

»Jesus, Maria und Joseph – ich bin doch kein Spion! Seh ich etwa wie ein Spion aus?« Eine derartige Situation hatte er nicht vorausgesehn. Daß man ihn als Spion verdächtigte, war bei Gott das allerschönste.

»Und woher zum Teufel sollen wir wissen, daß du keiner bist?« sagte der Unteroffizier. »Mir ist's ja scheißegal.«

»Stimmt«, sagte der Oberfeldwebel. »Wenn's nach uns ginge, könntest du Tojo selber sein.«

»Vielleicht hat er gerade vor, den Gouverneurspalast in die Luft zu sprengen«, sagte der Unteroffizier. »Oder sonst was. Mir ist's ja scheißegal. Wenn ich aber was zu sagen habe, dann nehmen wir ihn mit zur Wache. Dann sind wir jede Verantwortung los.«

»Ach was, der ist kein Spion«, sagte der Oberfeldwebel ärgerlich. Er hatte seine Pistole nicht zurückgesteckt, aber sie hing eine Armeslänge entfernt an seiner Seite herunter. »Hast du irgend nen Ausweis bei dir, Kamerad? Damit wir wissen, wer du bist?«

»Nein.«

»Überhaupt nichts?«

»Nein.«

»Dann tut mir's leid, Freund. Dann müssen wir dich mit zur Wache nehmen«, sagte der Oberfeldwebel. »Irgendeinen Ausweis solltest du schon haben. Ich tu's, weiß Gott, nicht gerne. Andererseits können wir aber nicht jeden Heini nachts ohne Ausweis frei herumrennen lassen wie nen General.«

Es kam also, wie er es erwartet hatte. Es war ohnehin nur ein Glücksspiel gewesen. Der Oberfeldwebel war wirklich ein guter Kerl, und eine Minute lang hatte es fast so ausgesehen, als könnte Prewitt das Spiel gewinnen. Er machte noch einen Versuch.

»Einen Augenblick. Hört mal zu. Ich bin kein Spion. Bin schon sechs Jahre in der Armee. Und hab die Absicht, noch vierundzwanzig drinzubleiben. Ihr wißt ja, was mir passiert, wenn ihr mich aufgreift. So sicher, wie ich hier stehe, komm ich in 'n Bau. Es ist Krieg, und die gottverdammte Armee braucht jeden Mann, den sie bekommen kann. Wenn ich ins Gefängnis komm, hat keiner was davon. Sechs Jahre lang hab ich auf diesen Krieg gewartet. Gebt mir ne Chance.«

»Das hättest du dir überlegen müssen, eh du ausgekniffen bist«, sagte der Unteroffizier.

»Wenn auch nur die geringste Möglichkeit bestünde, daß ich so was Ähnliches wie ein Spion bin, wär's was ganz anderes. Ihr müßt aber doch wissen, daß ich kein Spion oder so was bin.«

»Du hast die Befehle gekannt«, sagte der Unteroffizier. »Du hast gewußt, daß Sperrstunde ist. Bist ausgekniffen, um dich mit deinem Mädchen zu treffen. Schön. Hast wissen müssen, was dir blüht, wenn man dich schnappt.

Und außerdem – wie sollen wir denn wissen, wer du bist? Mir ist's ja scheißegal. Erzählen kann man sonst was. Jeder weiß, daß die G-Kompanie des … Infanterieregiments den ganzen Strand hier besetzt hält.«

»Halt's Maul, Oliver«, sagte der Oberfeldwebel. »Wer kommandiert hier, du oder ich? Das, was du vom Militärgefängnis gesagt hast«, sagte er, »das ist wahr wie die Bibel. Hat keinen Sinn, einen Mann für so ne Kleinigkeit dort einzusperren, wo er gar nichts nützt, wenn wir mitten in nem Krieg sind. Ist die reine Kraftvergeudung und dumm.«

»Natürlich ist's dumm.«

»Andererseits muß ich aber ganz sicher sein. Hast du denn wirklich gar keinen Ausweis bei dir? Dann wären wir doch wenigstens sicher. Irgendein Stück Papier, das dich identifizieren könnte?«

»Nein«, log er, »nicht einen Fetzen.« Mit seiner linken Hand berührte er die grüne Karte unter den Patronen. Sie hatte ihm immer als Paß gedient. Nun war sie wie ein abgelaufenes Visum, ein Visum zurück ins verheißene Land, wo sich jeder so benahm, als wär's eine Wüste, und so tat, als wollte er ihm schleunigst entkommen. Sie war die Mitgliedskarte vom vergangenen Jahr, die ihm dieses Jahr die Türen zu den Klubräumen nicht mehr öffnen würde. Warum zum Teufel hast du nicht daran gedacht, deine Beiträge zu bezahlen? Das Ganze kam daher, daß jeder, der nicht ein Deserteur war, seine grüne Karte schon vor einem Monat hatte abgeben müssen. Nun war sie also nicht nur nutzlos, sondern ausgesprochen gefährlich. Ein guter Witz. Warden würde seinen Spaß daran haben.

»Dann *müssen* wir dich einfach mitnehmen«, sagte der Oberfeldwebel.

Er versuchte es noch einmal.

»Ihr könnt mich zur Stellung 18 mitnehmen. Die könnten mich dann identifizieren.«

»Das ginge schon«, sagte der Oberfeldwebel.

»Ich schwör dir, die kennen mich dort«, versicherte er. Das würde er auf sich nehmen. Eigentlich hatte er nicht die Absicht gehabt. Nun aber würde er's tun. Gerne. Er war nicht stolz. Was machte es schon aus, ob Häuptling Choate ihn zum Kompaniestab schickte, nachdem er sich durch Lügen vor der MP gerettet hatte, oder ob er selbst dort auftauchte? Konnte ihm das nicht gleichgültig sein?

»Du hast kein Recht, das zu riskieren, Fred«, sagte der Unteroffizier.

»Mir ist's ja scheißegal. Aber dieser Kerl . . .«

»Da hat er recht«, sagte Fred. »Meine Aufgabe ist es, nichts zu riskieren. Tut mir leid, aber wenn du keinen Ausweis hast, dann müssen wir dich mitnehmen.«

»Du lieber Gott, mach voran«, rief Harry gleichgültig vom Jeep herunter. »Du verlierst ja nur Zeit.«

»Halt's Maul, du«, brüllte Fred, der Oberfeldwebel. »Dies ist meine Aufgabe, und ich bin dafür verantwortlich, nicht du!«

»Tut mir leid, Kamerad«, sagte er zögernd, »aber wir müssen dich mitnehmen.« Er hob die Pistole, die noch immer in Armeslänge herunterhing, und wies damit nach dem Jeep.

»Siehst du wenigstens ein, daß ich kein Spion bin?«

»Doch, sicher. Trotzdem.«

»Und nimm deine verdammten Hände aus den Taschen«, sagte der Unteroffizier angewidert. »Mir ist's ja scheißegal, aber wie lange bist du schon bei der Armee, daß du die ganze Zeit die Hände in den Taschen hast?«

»Los, Kamerad«, sagte der Oberfeldwebel.

Dann sollte es wohl so sein. Meinetwegen. Er konnte sich noch immer hinter ihnen durchschlagen. Sie waren nur zu viert. Später konnte er sich über die Autostraße schleichen. Auf der anderen Seite der Autostraße würde man ihn nicht suchen. Von dort konnte er sich ostwärts wenden. So lag die Sache. *Ihn* schnappten sie nicht. Nie.

»Komm jetzt, Kamerad«, sagte der Oberfeldwebel und schob ihn ohne Schneid mit der Pistole in Richtung Jeep. »Gehn wir jetzt.«

Nun ließ er es zu, daß sein Geist, den er auf Kosten seines Kentuckystolzes und mit Hilfe des Abführmittels ›Glaube‹ offengehalten hatte, sich verstopfte. Er verwandelte sich in das alte, enge, klare, harte, kristallklare Etwas, das die Schutzmarke von Harlan County in Kentucky war und das einzige Geschenk, das sein Vater ihm zeit seines Lebens gegeben hatte – übrigens ohne es zu wissen, da er es ihm sonst wahrscheinlich wieder weggenommen hätte.

»Und nimm die gottverdammten Hände aus den Taschen«, sagte der Unteroffizier angewidert.

Er riß die Hände aus den Taschen. In der rechten hielt er Almas 38er Pistole, und mit der linken bemächtigte er sich der Waffe des Oberfeldwebels und warf sie quer über die Straße hinweg. Und wieder mit der rechten schlug er dem behelmten Unteroffizier den Lauf der 38er Pistole über den Kiefer.

Prewitt fühlte sich schwerelos frei. Er trug weder Handschellen noch Fesseln. Auch sein Atem war frei, und er trug keine Zwangsjacke. Er hatte ein so freies Gefühl, daß er fast daran glaubte, frei zu sein. Frei und ohne Hemmung rannte er in die Nacht hinein. Vor ihm lag ebenes Land, Dunkelheit, das Gelände des Waialae-Golfplatzes ... Baumlosigkeit, Sandhügel und alles andere. Gleich hier in dieser Gegend mußte irgendwo eine große Sandmulde sein.

Er lief schnell. Im Laufen warf er einen Blick über die Schulter und sah die beiden noch immer im blauen Licht der Scheinwerfer stehen. Das hätten sie nicht tun dürfen, ging es ihm automatisch durch den Kopf. Als erstes hätten sie in der Dunkelheit in Deckung gehen müssen. Er hätte sie selbst mit dieser Pistole, die er nicht kannte, erschießen können.

Dann, noch im Zurückschauen, wurde ihm klar, daß die beiden noch gar nicht wußten, daß er eine Pistole besaß. Technisch gesehen hatten sie sich daher gar keinen Fehler zuschulden kommen lassen. Zum mindesten war es kein Unbesonnenheitsfehler. Dieser Gedanke beschäftigte ihn. Fehler aus Unkenntnis waren entschuldbar. Nie aber durfte ein guter Soldat einen Unbesonnenheitsfehler begehen.

Fred, der Oberfeldwebel, rief: »Fahrt zurück zur Ecke. Dort ist ein Feldtelefon.« Der Unteroffizier war gerade im Begriff, sich taumelnd zu erheben. Mit der Linken hielt er seinen Kiefer. Noch ehe er richtig auf den Beinen stand, blitzte seine 45er Pistole rot und fröhlich auf.

Prewitt gab es auf, sich umzuschauen, und begann im Zickzack zu laufen. Ein Grinsen kam ihn an. Als Gegner waren sie ihm gewachsen. Außer in dem einen Punkt, daß sie nicht sofort aus dem Licht des Scheinwerfers verschwunden waren, verhielten sie sich ausgezeichnet. Sie handelten weiß Gott schnell. Wo zum Teufel war die Sandgrube?

»Sie sollen alle verfügbaren Leute rausschicken«, hörte er den Oberfeldwebel noch immer schreien. »Alle Strandstellungen alarmieren. Der Bursche war kein Soldat.« Der Motor des Jeeps heulte auf.

»Nein, nicht jetzt, du Idiot«, schrie Fred, der Oberfeldwebel. »Erst das Licht. Das Suchlicht. Dreh das Suchlicht an.«

Zu seiner Linken sah Prew die Sandgrube.

Dann flammte der Suchscheinwerfer auf.

Er blieb stehen und wandte sich dem Licht zu.

Vom Führersitz des Jeeps begann fast gleichzeitig Harrys Maschinenpistole einäugig herüberzublinzeln, mit der falschen, zimperlichen Lustigkeit einer einäugigen Barhure.

Prew stand ihnen fast am Rande der Sandmulde gegenüber.

Vielleicht kam es daher, daß Fred – der Oberfeldwebel – etwas vom Alarmieren der Strandstellungen gerufen hatte. Wie alle Infanteristen hatte Prew ein Grauen davor, daß seine eigenen Kameraden auf ihn schießen sollten. Vielleicht kam es auch daher, daß er gerufen hatte, man sollte jeden verfügbaren Mann herausschicken. Vor ihm lag noch immer der Weg über den Damm, der den Salzsumpf überquerte. In Gedanken sah er, wie sich Hunderte von Jeeps mit blauen Lichtern auf ihm drängten, alle auf ihn wartend, bis der Damm aussah wie der Weihnachtsbaum im Vorgarten eines reichen Mannes. Er war schon zu lange gerannt, und nun war er außer Atem. Vielleicht kam es auch daher, daß er plötzlich eine so große Zuneigung für sie empfand, weil sie die Sache richtig handhabten. Fast war er stolz auf sie. Er vertraute ihnen. Sie handhabten die Sache wirklich tadellos, verrichteten ihre Arbeit sauber und fachmännisch. Er selbst hätte es nicht besser machen können. Vielleicht aber war es ganz einfach der letzte Satz, den der Oberfeldwebel gerufen hatte: »Der Bursche war kein Soldat.«

Vielleicht hatte es auch nur rein mechanische Gründe und wurde dadurch verursacht, daß das Suchlicht aufblitzte – die instinktive Bewegung eines Mannes aus Kentucky, der es im Gegensatz zum Infanteristen gewohnt ist, daß seine Freunde auf ihn schießen, und der ein fast religiöses Grauen davor hat, in den Rücken getroffen zu werden.

Wie dem auch sei, er wußte, als er sich umwandte, daß Harrys Maschinenpistole zu ihm herüberblinzelte.

In den zwei Sekunden, in denen er dastand, hätte er seine 38er Pistole zweimal abfeuern und zwei von ihnen, Fred und den Unteroffizier, töten können. Im Licht der Scheinwerfer waren sie einzigartige Zielscheiben. Aber er schoß nicht. Er hatte noch nicht mal Lust, zu schießen. Kaum, daß er daran dachte. Auch sie gehörten ja zur Armee. Wie konnte er einen Soldaten dafür töten, daß er fachmännisch und richtig seine Pflicht tat? Töten war noch immer das miserabelste Wort in der Sprache. Er hatte einmal getötet. Es hatte nichts genützt. Obwohl es gerechtfertigt war und er es nicht bereute, hatte es nichts genützt. Vielleicht nützte es niemals. Tötete er die beiden, so würde der andere weiterschießen. Konnte er nicht auch diesen anderen töten, so hatte es keinen Sinn, überhaupt jemand zu töten. Man konnte töten und töten und töten. Und auch sie gehörten zur Armee. Es ist nicht wahr, daß alle Männer die Dinge töten, die sie lieben. Wahr ist, daß alle Dinge die Männer töten, von denen sie geliebt werden. Was wiederum eigentlich ganz in Ordnung ist.

Drei Irgendetwas rissen todespeinvoll ihren Weg durch seine Brust. Er fiel hintenüber in die Sandgrube. Harrys Maschinenpistole verstummte nach einer – wie es schien – endlosen Serie kurzer Feuerstöße.

Ich hab's gelernt, Jack. Ich hab's gelernt. Die Sandgrube war tief und der Abhang steil. Er war abwärts gestürzt und dann auf dem Boden der Sandgrube auf das Gesicht gerollt. Seine Brust schmerzte dumpf. Trotzdem war es nicht wirklich unangenehm. Er konnte sie kommen hören, aber er wollte nicht, daß sie ihn in dieser Lage fanden. Nicht mit dem Gesicht im Sand. Die Beine konnte er nicht bewegen. Mit Hilfe der Ellenbogen gelang es ihm, sich hügelabwärts auf den Rücken zu rollen, dahin, wo der Sand eben war. Dann war er fertig. Nun, Jack, ich hab's gelernt.

So würde er besser aussehen. Er konnte zu ihnen aufschauen. Du hast bestimmt nie gedacht, daß ich's lernen würde, Jack – was?

»Er ist einfach stehengeblieben«, sagte Harrys Stimme noch immer erschreckt, als sie sich näherten. »Er ist einfach stehengeblieben. Ich hab auf gar nichts Bestimmtes geschossen. Einfach geschossen. Dann ist das Licht angegangen, und er ist einfach stehengeblieben.«

Er war froh, daß es ihm gelungen war, sich umzudrehen und auf ebenem Sand zu liegen. So also war das. Er erinnerte sich seiner Mutter auf dem Feldbett. Kannst dich anstrengen, mein Freund, wenn du's ihr gleichtun willst. Immer hast du dich gefragt, wie es wohl sein würde. Irgendwie hast du dir immer was Besonderes darunter vorgestellt. Konntest dir gar nicht denken, daß es so alltäglich sein könnte. Wie gähnen. Oder sich ausziehn. Oder sich ne Zigarette drehen. Einfach ganz gewöhnlich und alltäglich. Hast gewartet und gewartet und dich geübt dein ganzes Leben lang, und schließlich kam es, und du hattest gehofft, es zu bestehn, dann kam es, und dann war es da, und nun konntest du selber sehen, wie du's bestehn würdest. Immerhin hast du dir nicht vorgestellt, daß es was ganz Alltägliches sein würde. Du hättest so viel leichter bestanden, wenn's was Besonderes gewesen wäre. Er war froh, als er ihre Köpfe über dem Rande der Sandgrube auftauchen sah, und beobachtete, wie sie sich den Abhang heruntergleiten ließen. Vor einem Publikum würde es bedeutend leichter sein.

»Jesus, Maria und Joseph«, sagte der Unteroffizier. »Diese Thompsons machen wirklich Hackfleisch aus einem.«

»Du weißt, daß ich ihn nicht erschießen wollte«, sagte Harry. »Er ist einfach stehengeblieben. Ich komme mir vor wie 'n richtiger Schweinehund.«

Das nennt man passiven Widerstand, Soldat. Stimmt das nicht, Jack? Es kam ihm vor, als glitte er einen langen, verschneiten Abhang hinab. Er spürte, wie er anfing, sich selbst zu verlassen. Die Schnur, die ihn zurückhielt, streckte sich immer länger und länger, während er weiter und weiter glitt. Dann verlangsamte er die Fahrt und hörte auf zu gleiten ..., ganz zart, als wäre das Allerletzte noch nicht entschieden, und begann wieder ein wenig zu sich zu kommen. So also war das, was? Wer hätte das ahnen können. Er war froh, daß er nicht mehr mit dem Gesicht im Sand steckte.

»Ist er schon tot?« fragte der Unteroffizier.

»Noch nicht«, sagte Fred.

»Schau mal«, sagte der Unteroffizier. »Er hatte ne Pistole. Da – im Sand. Hat er nicht geschossen?«

»Ist einfach stehengeblieben«, sagte Harry.

»Soll ich ihn mir jetzt mal ansehn?« sagte der Unteroffizier.

»Wart noch 'n Moment«, sagte Fred.

Dieser Fred. War ein guter Junge. Er verstand. Es war so, wie wenn sie ihn mit dem Gesicht im Sand gefunden hätten. Er wollte was sagen, was tun, irgendwas Gutes – vielleicht einen Witz machen, der ihnen zeigen sollte, wie gut er damit fertig wurde. Als er aber versuchte zu sprechen, merkte er, daß er nicht sprechen konnte. Kann nicht mal sprechen. Mich nicht rühren. Kann nur daliegen und sie ansehn. Schließlich doch kein Publikum. Wird wohl nicht lange dauern. Nur ganz kurze Zeit.

Er wollte, er hätte Gelegenheit gehabt, alle anderen Bücher zu lesen. Er haßte den Gedanken, daß das, was er gelesen hatte, nun alles umsonst gewesen sein sollte. Irgendwie hatte er sich vorgestellt, daß er eines Tages alles würde verwerten können. Das Schlimmste war der

Gedanke, daß alles – auch wenn er nicht mehr existierte – genauso weitergehen würde. Alma und Warden und irgendwo Maggio. Sie alle würden weiterleben. Er war bestimmt ein Egoist. Er wollte nicht, daß alles einfach so weiterging.

Man sollte gar nicht glauben, daß es so lange dauern würde. Obwohl alles in ihm zerrissen war, dauerte es so lange. Mein ganzer Körper ist zerfetzt. Mein Körper. Er wollte nicht, daß sein ganzer Körper zerfetzt war.

Wenn du willst, kannst du dich einfach fallenlassen.

Die werden's nie erfahren. Du kannst nicht sprechen. Du kannst dich nicht rühren. Und es dauert zu lange. Und mein ganzer Körper ist zerfetzt. In lauter Stücke gerissen. Völlig zerfetzt. Ein Jammer. Und sie werden's nie erfahren.

Du selbst aber weißt's. Du mußt es richtig machen. Sehr lange wird's ja nicht dauern. Vielleicht noch eine Minute. Und du willst es wirklich richtig bestehn. Selbst wenn's nie einer erfährt. Nur noch eine Minute. Dann wird's aufhören. Dann ist alles vorbei.

Er lag da. Er fühlte, wie er schwitzte, und er zwang sich, das Etwas anzusehn, das Es-ist-alles-Vorbei. Schau ihm ins Gesicht, fühle, wie ich schwitze.

Ich habe Angst.

Wenn man wenigstens was sagen könnte. Nur ein Wort. Wenn man sich ein wenig rühren könnte. Wenn man überhaupt irgend etwas tun könnte und nicht nur daliegen müßte und sie ansehn und dieses Etwas betrachten. Lieber Gott, die Welt war doch ein einsamer Ort.

Dann aber sah er daneben, als sähe er plötzlich doppelt, daß es wirklich und trotz allem gar nicht zu Ende ging und niemals zu Ende gehen würde. So hatte er noch nicht einmal diesen Trost, dachte er schwitzend. Genau das, was er vor langer Zeit einmal gedacht hatte, damals bei Choy, als er sich mit Red unterhielt. Alles war eine Kette immer neuer Entscheidungen. Und so war trotz allem alles richtig, und es gab ihm ein Gefühl des Wohlbehagens, zu wissen, daß es richtig war.

»Mensch, diese Thompsons richten einen wirklich bös zu«, sagte Unteroffizier Oliver. »Ist er noch immer nicht tot?«

»Ich kann gar nicht begreifen, warum er stehengeblieben ist«, sagte Harry klagend. »Und warum hat er nicht geschossen? Gibt einem das Gefühl, daß man ein richtiges Schwein ist. Verdammt noch mal, ich hab doch gar nicht gezielt. Ich schoß doch einfach. Bei Gott – ich

hab gar nicht gezielt. Hör doch zu, Fred.« Harry weinte nervös.
»Fred, Fred – hör doch zu.«

»Halt's Maul«, sagte Fred Dixon.

»Wahrhaftig, Fred. Fred, hör doch zu.«

»Ich hab gesagt, halt's Maul«, sagte Dixon. Er schlug ihm ins Gesicht. »Reg dich ab, verdammt noch mal.«

»Ich mein, ich könnte mir ihn jetzt mal näher ansehn«, sagte Tom Oliver.

»Geh dort hinüber und setz dich hin, Harry«, sagte Dixon. »Was hast du gefunden, Oliver?«

»Bis jetzt nichts«, sagte Tom Oliver. »Ich wußte, daß er kein Soldat ist. He, wart mal 'nen Augenblick. Schau dir das an, 'n alter Ausweis. Hab ich nicht gleich gesagt, die Uniform kommt mir komisch vor? Ist 'n Deserteur. Ganz einfach.«

»Meinetwegen«, sagte Fred Dixon. »Von welcher Einheit?«

»Schütze Robert E. L. Prewitt, G-Kompanie, ... Infanterieregiment«, sagte Oliver. »Na, dann ist er also doch ein Soldat.«

»'türlich«, sagte Dixon. »Wollte zu seiner Kompanie zurück. Besser, wir setzen uns gleich mit denen in Verbindung. Sie sollen einen schicken, der die Leiche identifiziert. Komm, Harry. Du bleibst hier, Tom. Wir fahren rauf zum Telefon.«

Warden war in der Schreibstube, als der Anruf über das Feldtelefon kam. Er schickte Rosenberry nach Weary Russell. Er würde selbst hinausfahren. Oberleutnant Ross und Pete Karelsen waren nach Schofield gefahren, um dort zu versuchen, daß Pete Karelsen wieder eingesetzt würde. Sie waren noch nicht zurück. Warden war froh darüber.

»Du paßt auf, bis ich wiederkomme, Rosenberry«, sagte er. »Schreib dir jeden Anruf auf, der nicht dringend ist. Dringende Anrufe gibst du sofort ans Bataillon durch.«

»Jawohl, Sir«, sagte Rosenberry ruhig.

»Los, Weary. Hast du den Jeep?«

»Der gute alte Prewitt ist also tot«, sagte Weary, als sie draußen auf der Straße waren. »Du glaubst wirklich, daß es Prewitt ist, Spieß – was?«

»Ich weiß es nicht, aber wir werden's bald wissen. Es ist gleich hier auf dieser Seite vom Golfplatz«, erklärte er ihm.

Er sprach nichts weiter, bis sie ankamen. »Hier ist es«, sagte er.

Die Straße war jetzt eine Ansammlung blauer Scheinwerferlichter und blinkender Taschenlampen. Die Stelle war nicht zu verfehlen. Sie lag etwa vierzig Meter neben der Straße.

»Fahr zu den andern rüber«, sagte Warden.

»Jawohl«, sagte Weary und schaltete.

Der Streifenwagen, zwei weitere Jeeps, zwei Hauptleute, ein Major und ein Oberstleutnant hatten sich um die Sandgrube versammelt.

»Sind Sie der Kompanieführer der G-Kompanie des ... Infanterieregiments?« fragte der Oberstleutnant, als Warden und Weary ausstiegen.

»Nein, Sir. Ich bin der Hauptfeldwebel.«

»Hauptfeldwebel!« sagte der Oberstleutnant und sah auf seine Litzen. »Wo ist der Kompanieführer?«

»Dienstlich abwesend, Sir.«

»Na – und Ihre übrigen Offiziere?«

»Alle dienstlich abwesend, Sir.«

»Das ist unglaublich«, rief der Oberstleutnant. »Die können doch nicht alle dienstlich abwesend sein.«

»Sir, unsere Strandstellungen erstrecken sich über zehn oder fünfzehn Meilen, und die müssen inspiziert werden.«

»Selbstverständlich«, sagte der Oberstleutnant. »Nur hier brauchen wir einen Offizier. Dies ist eine ernste Angelegenheit.«

»Sir, ich bin ermächtigt, im Notfalle alle wichtigen Handlungen vorzunehmen, wenn die Offiziere abwesend sind.«

»Haben Sie das schriftlich?«

»Jawohl, Sir«, sagte Warden, »aber nicht bei mir.«

»Nun ja«, sagte der Oberstleutnant. Dann sagte er: »Haben Sie diesen Mann persönlich gekannt?«

»Jawohl, Sir.« Weary Russell war unten in der Sandgrube. Auf den Fersen hockend unterhielt er sich mit zwei Leuten des Streifenwagens.

»Schön«, sagte der Oberstleutnant. »Dann gehn Sie und identifizieren Sie ihn.«

Warden stieg hinunter in die Sandgrube und betrachtete ihn. Einer der Leute von der Streife knipste eine blaue Taschenlampe an. »Das ist Prewitt, Sir. War abwesend ohne Urlaub seit dem zwanzigsten Oktober.«

»Dann identifizieren Sie ihn«, sagte der Oberstleutnant. »Ich meine offiziell.«

»Jawohl, Sir.« Er stieg aus der Sandgrube.

»Ich hätte gerne einen Offizier hier gehabt«, sagte der Oberstleutnant. »Das ist eine ernste Sache. Schön denn«, sagte er und trat mit einem Papier in das blaue Licht, das von den Scheinwerfern eines Jeeps kam. Er war ein großer, hagerer Mann. »Unterschreiben Sie hier, Feldwebel.

Danke. Also hier ist sein persönliches Eigentum. Ich habe alles einzeln aufführen lassen. Auch hierfür müssen sie eine Bestätigung unterschreiben, bitte.«

»Ist das alles, Sir?« fragte Warden.

»Sie sind sich hoffentlich im klaren«, sagte der Oberstleutnant, »daß meine Leute nicht dafür verantwortlich gemacht werden können. Sie haben lediglich ihre Pflicht erfüllt. All das wird ja bei der gerichtlichen Untersuchung festgestellt werden.«

»Jawohl, Sir«, sagte Warden.

»Der Mann ist offensichtlich ein Deserteur«, sagte der Oberstleutnant. »Als meine Leute versuchten, ihn mit auf die Wache zu nehmen, riß er sich los und rannte weg. Als sie dann schossen, blieb der Mann stehen, wandte sich um, und zwar direkt in die Feuerlinie. Ich wünschte, wir hätten einen Offizier hier. Bestellen Sie Ihrem Kompanieführer, daß er morgen im Büro des Provost vorsprechen und mich aufsuchen soll. Oberstleutnant Hobbs. Schön denn, unterschreiben Sie hier, Feldwebel. Für das persönliche Eigentum. Natürlich kann ich nicht sagen, wie das Urteil der Gerichtskommission lauten wird. Sie werden davon unterrichtet werden.«

»Im Interesse der Angehörigen wäre es vielleicht gut, Sir«, sagte Warden, »wenn man einfach sagen könnte, *Im Dienst ums Leben gekommen.* Die Namen Ihrer Leute könnten wegbleiben. Auf diese Art könnte man sich viel Ärger ersparen.«

Der Oberstleutnant sah ihn ein wenig sonderbar an. »Ist ne großartige Idee. In der Tat hab ich das gerade selber vorschlagen wollen.«

»Jawohl, Sir«, sagte Warden.

»Natürlich habe ich«, sagte der Oberstleutnant vorsichtig, »wie Sie ja wissen, nicht den geringsten Einfluß auf das Urteil der Gerichtskommission.«

»Natürlich nicht, Sir«, sagte Warden.

»Na, dann wären wir ja – glaube ich – einig, Feldwebel. Selbstverständlich nehmen wir die Leiche mit in die Leichenhalle.«

»In welche Leichenhalle, Sir?«

»Die übliche«, sagte der Oberstleutnant. »Hab den Namen vergessen. Sie wissen schon, welche ich meine. Die gleiche, die das auch vor dem Krieg immer für die Armee besorgt hat.«

»Jawohl, Sir.«

»Wird natürlich hier begraben werden. Wahrscheinlich auf dem Red Hill-Friedhof. Darum werden wir uns später kümmern.«

»Sir«, sagte Warden förmlich, »ich möchte gern den formellen Antrag stellen, daß er auf dem ständigen Militärfriedhof der Schofield-Kaserne begraben wird.«

Wieder sah der Oberstleutnant ihn an. »Und aus welchem Grunde, Feldwebel?«

»Aus keinem besonderen«, sagte Warden. »Ich bin aber sicher, daß auch mein Kompanieführer diesen Wunsch hat. Auch andere Leute unserer Kompanie sind dort beerdigt.«

»Der Friedhof in Schofield ist der ständige Militärfriedhof«, sagte der Oberstleutnant. »Ich denke, Sie sagten, der Mann hätte Verwandte. Seit Pearl Harbor wurden alle provisorischen Begräbnisse auf dem Hill-Friedhof vorgenommen.«

»Jawohl, Sir«, sagte Warden. »Es wird aber lange Zeit dauern, ehe wieder Leichen nach Amerika überführt werden können, Sir. Wahrscheinlich wird es nicht vor Kriegsende möglich sein. Dieser Mann aber ist ein Berufssoldat. War mindestens acht Jahre im Dienst«, log er.

»Ach so«, sagte der Oberstleutnant. »Schön«, sagte er schließlich, »ich glaube, ich kann das für Sie arrangieren. Bin selber ein alter Armeemann, Feldwebel.«

»Jawohl, Sir«, sagte Warden.

Der Oberstleutnant machte sich eine Notiz. »Nun also – wollen Sie bitte die Liste des persönlichen Eigentums unterschreiben. Er besaß nichts außer dieser Brieftasche, einem kleinen Taschenmesser, einem verfallenen Ausweis und einer Schlüsselkette mit einem Schlüssel. Wollen Sie bitte hier unterschreiben.«

»Ist das alles, Sir?« fragte Warden.

»Außer der Pistole natürlich. Die muß ich beschlagnahmen. Ebenso die Patronen.« Er hielt Warden die Feder hin. »Unterschreiben Sie.«

Warden nahm sie nicht. »Ich möchte mich gerne vergewissern, ob das wirklich alles ist.«

»Feldwebel, ich hab Ihnen doch gesagt, es ist alles.« Der Oberstleutnant schaute sich mit gerunzelter Stirn um. »Wollen Sie also jetzt...«

»Ich bitte um Verzeihung, Sir.« Der Oberfeldwebel des Streifenwagens trat auf sie zu und salutierte.

»Was ist, Feldwebel Dixon?« sagte der Oberstleutnant ungeduldig. »Was gibt's?«

»Sir, ich glaube, ein Gegenstand ist nicht aufgeführt worden.«

»Was ist das?« sagte der Oberstleutnant. »Und warum sagen Sie das erst jetzt?« sagte er streng.

»Ich glaube, es wurde in der Aufregung einfach vergessen, Sir.«

»Um welchen Gegenstand handelt es sich, Feldwebel?«

»Um ein kleines Notizbuch, Sir«, sagte der Oberfeldwebel. »Zuletzt hab ich's auf dem Sitz unseres Jeeps liegen sehen.«

»Dann sehe ich mich gezwungen, Sie um Entschuldigung zu bitten, Hauptfeldwebel«, sagte der Oberstleutnant.

»Bitte sehr, Sir«, sagte Warden.

Beim Jeep angekommen, mußten sie die Taschenlampe anknipsen, um es zu finden. Es war vom Sitz auf den Boden heruntergefallen.

»Hier ist's, Kamerad«, sagte der Oberfeldwebel. Als er es aufhob, fiel ein Papier heraus.

»'n Augenblick, bitte«, sagte Warden. Er lieh sich die Taschenlampe aus und fand das Papier.

»Hab ich gar nicht gesehn«, entschuldigte sich der Oberfeldwebel.

»Macht nichts.« Warden faltete das Papier auseinander und ließ das Licht der Taschenlampe darauffallen. Es sah aus wie die kurzen Zeilen gereimter Verse. Darüber stand in gemalten Druckbuchstaben der Titel SONG DER DREISSIGENDER. Er versuchte nicht, es zu lesen. Er legte das Papier zusammen, knöpfte es vorsichtig in seine Hemdtasche und betrachtete dann das Notizbuch. Es stand nichts darin, als eine lange Liste von Büchern unter der Überschrift ZUM LESEN. Irgendwie empfand er, selbst inmitten dieser ganzen Sache, eine leise Überraschung. Merkwürdig, unter Prewitts persönlichem Eigentum eine Liste von Büchern zu finden. Die meisten hatte er früher einmal selbst gelesen. Daß aber Prewitt sie hatte lesen wollen, hatte er nicht erwartet.

»Weißt du«, sagte der Oberfeldwebel, während Warden das Notizbuch in seine andere Hemdtasche steckte, »uns tut diese ganze Geschichte wirklich leid, Kamerad.« Er sah sich um und fuhr dann mit gleicher Stimme fort: »Harry Temple – er ist Gefreiter – war derjenige, welcher, und hat nun völlig die Nerven verloren. Ist ja nicht, als wär's 'n Japaner gewesen oder so was. Wahrscheinlich denkst du, wir lügen. Aber tatsächlich hat sich's genau so zugetragen. Er hat sich umgewandt und direkt in die Feuerlinie gestellt.«

»Was hat er denn gemacht?« sagte Warden.

»Nichts«, sagte der Oberfeldwebel. »Ist einfach davongelaufen. Unteroffizier Oliver, mein Stellvertreter, hat ein-, zweimal hinter ihm hergeschossen. Trotzdem ist er weitergerannt. Dann hat Harry Temple angefangen mit seiner Thompson. Einfach losgelegt. Dann ging das Licht an. Und dein Mann blieb einfach stehen und drehte sich direkt ins Feuer. Hatte diese 38er in der Hand, glaube aber nicht, daß er sie überhaupt gehoben hat. Haben sie später im Sand gefunden. Weißt ja, wie diese Maschinenpistolen sind. Streuen wie wild. War unmittelbar am Rande dieser Grube. Hätte reinspringen können. Glaubst wohl, ich lüge – was?«

»Nein«, sagte Warden.

»War er 'n Freund von dir?«

»Nein«, sagte Warden, »kein Freund.«

»Also jedenfalls sollt ihr wissen, wie leid's uns tut.«

»Immer tut's einem leid«, sagte Warden. »Hinterher.«

»Das stimmt«, sagte der Oberfeldwebel. »Er hat versucht, zu seiner Kompanie zurückzukommen. Hätte ihn ja laufen lassen können. Hab's aber nicht getan. War nicht sicher. Dieser Sand«, sagte er unsicher. Dann wiederholte er wütend. »Dieser Sand. Dieser verdammte Sand. Als wäre man in ner Wüste.«

»Mußte wohl so kommen«, sagte Warden. »Die ganze Geschichte war Schicksal. War nicht deine Schuld. Schlag's dir aus dem Kopf.«

»Ich laß mich versetzen«, sagte der Oberfeldwebel. «Laß mir nen Distrikt auf der anderen Seite der Stadt geben. Ich mag diesen verdammten Sand nicht.«

»In Hawaii kommst du um den Sand nicht rum.«

»Na also, Kamerad, hab dir das nur sagen wollen«, sagte der Oberfeldwebel.

»Schön«, sagte Warden. Er legte dem jungen Mann die Hand auf die Schulter. »Vielen Dank, Kamerad.«

Er ging zurück zum Jeep. Weary unterhielt sich noch immer ernsthaft mit den beiden Leuten von der Streife. Warden unterschrieb die Quittung für das persönliche Eigentum, die auf der Motorhaube lag. Dann ging er zum Oberstleutnant und salutierte.

»Ist das alles, Sir?«

»Haben Sie die Quittung unterschrieben?«

»Jawohl, Sir.«

»Dann hätten wir's wohl. Haben Sie das Notizbuch gefunden?«

»Jawohl, Sir.«

»Ich muß mich nochmals für das Versehen entschuldigen, Feldwebel«, sagte der Oberstleutnant förmlich.

»Aber bitte sehr, Sir«, sagte Warden ebenso förmlich.

»Ich mag es nicht, wenn so was vorkommt«, sagte der Oberstleutnant. »Sie können dann gehen, wenn Sie wollen, Feldwebel.«

»Danke sehr, Sir.« Er salutierte und ging hinüber zu der Sandgrube. »Weary. Los. Gehn wir.«

Nachdem der Jeep die Straße erreicht und Weary geschaltet hatte, wandte Warden sich um und schaute zurück auf die immer blasser werdenden Lichter. Er konnte an nichts anderes denken, als daß in diesem Jahre sowieso keine Boxkämpfe stattfinden würden.

»Es ist mir unheimlich«, sagte Weary. »Man sollte doch zum mindesten meinen, daß er in die Sandgrube springt.«

Warden wandte sich zurück. Wenigstens zwei Dinge hatte er für ihn tun können: *Im Dienst ums Leben gekommen. Begraben auf dem Ständigen Soldatenfriedhof in Schofield.* Er wäre dort sowieso beerdigt worden, wenn das Büro des Provost Marshal erfahren hätte, daß er überhaupt keine Verwandten besaß. War er einmal bestattet, würde man sich nie mehr die Mühe machen, ihn auszugraben.

»Erinnerst du dich an die Nacht in Hickam?« sagte Weary. »Ihr beide wart schwer besoffen und lagt mitten auf der Straße, und beinahe hätt ich euch überfahren?«

Warden antwortete nicht. Es gab noch ein drittes. Er wußte, daß er Lorene besuchen mußte. Sie würde den Schlüssel zu ihrer Wohnung zurückhaben wollen. Wenn er die Kette abnahm, konnte er den Schlüssel mit einem Begleitbrief auch durch die Post schicken.

»Mensch, damals wart ihr beide wirklich voll«, sagte Weary.

»Ja«, sagte Warden. Lieber alles andere als in die Stadt gehen und sie besuchen. Und doch würde er es tun.

»Aus welchem Grund, glaubst du, hat er's getan?« sagte Weary.

Warden antwortete nicht, weil er sich gerade fragte, warum immer alles auf einmal kam.

53

An diesem Morgen hatte Milt Warden die Bestätigung seiner Bestallung als Infanterieleutnant der Reserve erhalten.

Bei der gleichen Post lag ein zweiter Brief vom Regiment, der die G-Kompanie von der bevorstehenden Abberufung des Zugführers Pete Karelsen unterrichtete.

Die Sache mit Pete erfuhren sie aber erst ein wenig später. Oberleutnant Ross öffnete den Brief mit Wardens Bestallung.

Es war ein Brief des Kriegsministeriums an den Kompanieführer der G-Kompanie. Warden hatte das Gefühl – als Oberleutnant Ross ihn (mit gespielter Gleichgültigkeit) auf seinen Tisch warf – als hätte man ihn auf frischer Tat bei einem Verbrechen ertappt. Seine erste instinktive Reaktion war, ihn schnell, und ehe jemand ihn sah, zu zerreißen und in die Tiefen des Papierkorbs zu versenken. Dann mußte er an Karen Holmes denken.

Oberleutnant Ross hatte ihn vorher bereits geöffnet und gelesen. In den ersten Tagen nach dem Angriff hatten sie den Gefechtsstand unter Kiawebäumen im Wohnwagen eines Röstmaisverkäufers eingerichtet. Als dann die Zelte aus Schofield kamen, ließen sie die Schreibstube trotzdem in dem Wagen, angeblich zur besseren Tarnung, in Wirklichkeit aber, weil man dort einen Holzboden hatte und nicht unmittelbar auf der Erde saß.

Es war kein sehr großer Raum für vier Leute plus der Telefonvermittlung für die einzelnen Strandstellungen. Als der Postsack an diesem Morgen abgeliefert wurde, waren er selbst, Rosenberry, Ross und Culpepper da. Culpepper war nach Pearl Harbor zum Oberleutnant befördert worden. Außerdem war er stellvertretender Kompanieführer. Als Warden aufschaute, sah er, daß sie alle ihn angrinsten.

Es war, dachte er, während er mit saurem Gesicht ihren Blicken begegnete, das gleiche halbblöde Grinsen, das jeder ganz bewußt aufsetzt, wenn irgendein Dummkopf Zigarren verteilte, weil seine Frau ein Kind bekommen hatte. *Wir wissen, wie du es fertiggebracht hast*, schien dieses Grinsen zu besagen. *Wir wissen, wie du's gemacht hast.* Dann errötet der Dummkopf. Und ist seine Frau irgendwo in der Nähe, errötet auch sie. Und wahrscheinlich würde auch das verdammte Baby erröten, wenn es nicht ohnehin rot wie eine Rübe wäre. Ich taufe dich im Namen des Grinsens, des Errötens und der heiligen Verlegenheit. Du bist vom Weib geboren. Laßt uns niederknien, Brüder, und alle erröten vor Gott. Jemand hat ein Kind bekommen.

»Einige Papiere müssen noch unterschrieben werden«, grinste Oberleutnant Ross ihn an, als er ihm die Bestallung zurückgab. »Und die Vereidigung kommt auch noch. In jeder anderen Hinsicht aber sind Sie jetzt Offizier der amerikanischen Armee, Feldwebel. Meine Glückwünsche.«

»Armee der Vereinigten Staaten, Ross«, verbesserte Culpepper grinsend. »Wie kommen Sie sich denn vor, Feldwebel?«

»Wie soll ich mir denn vorkommen?«

»Ich denke, Sie müßten sich doch irgendwie verändert finden«, grinste Culpepper. »Geweiht. Wie ne Nonne oder so.«

»Werden mir auch kleine goldene Flügel wachsen?«

Jeder bestand darauf, ihm die Hand zu drücken. Selbst Rosenberry bestand darauf. Auch Leutnant Cribbage – einer der neuen Offiziere, die gerade von der Offiziersschule gekommen waren – bestand darauf.

»Wann fangen Sie denn an, Zigarren zu verteilen?« grinste Cribbage.

»Feldwebel Warden wird so was nie tun«, grinste Culpepper, »nicht für so ne Kleinigkeit wie die Beförderung zum Offizier. Sie kennen den Mann nicht, Cribbage.«

»Trotzdem«, grinste Cribbage. »Ich möchte gerne aus dieser Beförderung ne Zigarre rausschinden.«

»Sie wissen natürlich«, grinste Oberleutnant Ross, »daß Sie nur Reserveoffizier sind. Werden Sie daher nicht übermütig. Sie bleiben so lange mein Hauptfeldwebel, bis man Sie zum aktiven Dienst einberuft und irgendwohin in die Staaten schickt.«

»Sie Glücksvogel«, ergänzte Culpepper.

»Amen«, grinste Cribbage.

»Ach du guter Gott«, sagte Oberleutnant Ross. Er hatte gerade den anderen Brief geöffnet.

»Was ist los, Ross?« sagte Culpepper.

»Sehen Sie sich das an, Culpepper«, sagte Oberleutnant Ross und reichte ihm den Brief.

Während er sie beobachtete, dachte Warden von neuem, wie sehr doch alles einem Klub ähnelte, wie alles warm, freundlich und vollkommen sicher war innerhalb seiner eigenen feststehenden Regeln und Statuten. Der Brief wanderte durch die ganze Kette von Ross über Culpepper zu Cribbage. Der vierte war Warden, der letzte Rosenberry.

Als der Brief zu Warden kam und er sah, worum es sich handelte, wurde ihm beinahe schlecht. In dem Umschlag steckte ein Schreiben des Kriegsministeriums, das anordnete, daß von einem gewissen Alter ab alle Männer unter dem Range eines Stabsfeldwebels, die in irgendeiner Form aktiven Felddienst taten (zum Unterschied von Verwaltungsdienst), sofort ihrer Tätigkeit enthoben und ihre Namen zwecks Evakuierung zusammen mit entsprechenden Ersatzanforderungen eingereicht werden müßten. Das bedeutete Petes Ende.

Zu allem Überfluß war an das Rundschreiben die vervielfältigte Abschrift eines Regimentsbefehls angeheftet, auf dem dreißig oder vierzig Namen standen, die von der neuen Vorschrift betroffen wurden.

Zwei der Namen, Oberfeldwebel Pete J. Karelsen, G-Kompanie, Schütze Ike Galovitch, G-Kompanie, waren mit Rotstift unterstrichen. »Mein Gott, was mach ich mit dem Zug«, sagte Cribbage, »wenn ich Feldwebel Karelsen verliere.«

»Reißt wirklich 'n Loch in den Damm«, sagte Culpepper.

Niemand erwähnte Ike Galovitch.

»Ich denke, ich geh rüber und schau mir Stellung 16 an«, sagte Culpepper plötzlich. »Dann brauch ich heut nacht nicht da hinausgehn.«

»Und ich mach, daß ich nach Makapuu zurückkomme«, sagte Cribbage, »da ich keine Post hab.«

»Die sind ja weiß Gott schnell verschwunden«, sagte Oberleutnant Ross, nachdem die beiden gegangen waren. »Meinen Sie, ich soll einen Brief schreiben?«

Der Brief war jetzt zu Rosenberry gewandert, der ihn gerade las.

»Ein Brief nützt nichts«, sagte Warden.

»Glaub ich auch nicht«, sagte Oberleutnant Ross unglücklich.

»Verdammt noch mal, Feldwebel«, brach er los, »so was kann man mir doch nicht antun. Ich kann's mir einfach nicht leisten, Feldwebel Karelsen zu verlieren. Ich kann einfach nicht, und damit fertig.«

Auch Oberleutnant Ross erwähnte Ike Galovitch nicht. Seit dem Tag, an dem Oberleutnant Ross Ike abgesetzt hatte, war er bemüht gewesen, ihn loszuwerden. Selbst Warden hatte sich mit der Sache beschäftigt, leider erfolglos, da keine andere Einheit in der Kaserne ihn wollte. Um keinen Preis.

»Der Teufel soll die Idioten holen«, sagte Oberleutnant Ross. »Die sitzen in Washington auf ihrem Arsch und schneidern sich die Verordnungen nach Statistiken zurecht. Was wissen die, wie's wirklich ist. Was macht's denen aus, welchen Schaden sie in meiner Kompanie anrichten. Die brauchen sie ja nicht zu führen. Na? Los, Feldwebel. Denken Sie sich was aus.«

Warden hatte an etwas gedacht. Er hatte sich die Pensionärsstraße unten entlang der Kahala Avenue am Fuß von Diamond Head vorgestellt. Dorthin war Snuffy Cartwright verschwunden, als man ihn pensionierte, um für Warden Platz zu machen. Plötzlich packte ihn eine erstaunliche, fast übermächtige Angst um Pete Karelsen. Dabei machte er sich keinerlei Illusionen über Petes Liebe zu der G-Kompanie, wenn er mal die Sentimentalitäten des Abschiednehmens hinter sich hatte.

»Pete ist nun seit sechs Jahren in der Kompanie«, sagte Warden. »Vielleicht können Sie das irgendwie verwenden.«

»Sicher«, nickte Oberleutnant Ross. »Mein Gott, wahrscheinlich bricht es ihm sein gottverdammtes altes Herz. Ein alter Mann wie er.«

Rosenberry legte still und ohne ein Wort zu sagen den Befehl auf das Pult zurück.

»Rosenberry«, sagte Oberleutnant Ross ärgerlich. »Sie sehen nicht gut aus. Bißchen grünlich, als brauchten sie etwas frische Luft. Machen Sie nen Spaziergang, Rosenberry.«

»Jawohl, Sir«, sagte Rosenberry still.

»Der Bursche geht mir einfach auf die Neven«, seufzte Oberleutnant Ross, als er gegangen war. »Er ist zu still. Also was sollen wir tun?«

Es hieß, daß alte Soldaten nie sterben, nie. Nein, sie lebten in den kleinen Häusern in der Kahala Avenue am Fuße von Diamond Head weiter, kauften sich Angelruten, um damit zu fischen, und benutzten ihre alten Militärgewehre für die Jagd. Zum mindesten die, die Geld hatten wie Snuffy Cartwright. Pete hatte nicht so viel zusammengespielt wie der Glücksspieler Snuffy Cartwright. Zum mindesten hatte er es nicht gespart. Bei Snuffy hatte die Frau dafür gesorgt, aber Pete war nicht verheiratet. Pete hatte noch nicht einmal genügend Geld, sich eine Haushälterin in mittleren Jahren zu leisten, mit der er auch schlafen konnte, gar nicht zu reden von einer jungen Frau. Wieder spürte er, wie ihn die Angst um Pete packte. Pete war unverheiratet, steril durch Syphilis, hatte keine ersparten Spielgewinne, keine Frau, keine Kinder, keinen Cadillac und keine Zukunft. War nur ein entlassener alter Soldat. Aus irgendeinem Grunde hatte Warden das Gefühl, daß er Pete vor diesem Los schützen mußte.

»Sie müssen Pete nach Schofield nehmen«, erklärte er Oberleutnant Ross. »Sie werden mit Oberst Delbert persönlich sprechen müssen.«

Oberleutnant Ross, der sich begierig vorgeneigt hatte, fuhr ein wenig zurück. »Also ich muß schon sagen, so etwas Drastisches möchte ich nicht unternehmen.«

»Sie wollen ihn doch behalten, oder nicht?«

Vermutlich würden sie ihn irgendwo in den Staaten als Ausbilder in einer Maschinengewehrkompanie verwenden. Ein, zwei Jahre vielleicht, oder sogar bis zum Ende des Krieges. Für einen alten Mann eine angenehme, leichte Stellung. Die Burschen dort würden einem alten Gaul wie Pete jeden Abend so viel Bier spendieren, wie sein Bauch vertragen konnte. Jede Nacht würde er sich besaufen können ... und dabei das Bewußtsein haben, am Sieg mitzuhelfen.

»Warum gehen Sie denn nicht, Feldwebel?« sagte Oberleutnant Ross schließlich. »Sie sind bedeutend länger beim Regiment als ich.«

»Du guter Gott, ich kann doch nicht gehn. Wer ist denn hier der Kompanieführer?«

»Na ja«, sagte Oberleutnant Ross lustlos, »ich hoffe, Sie verstehen, was ich meine. Ich möchte das Richtige tun, Feldwebel. Wie können wir aber wissen, ob es etwas nützt?«

»Ist die einzige Chance, die wir haben.«

»Sie glauben wirklich, es könnte Erfolg haben?«

»Es muß.«

»Und wenn nicht? Dann bin ich der Lackierte«, sagte Oberleutnant Ross. »Nicht Sie.«

»Sie müssen entscheiden, was Sie tun wollen«, sagte Warden. »Ihre Kompanie führen oder Hauptmann werden.«

»Ha«, schrie Oberleutnant Ross ärgerlich. »Sie haben's leicht. In nem Monat oder so haun Sie ab. Ach, scheiß drauf«, sagte er heftig. »Der Teufel soll Sie holen, Feldwebel. Immerhin, Sie reißen Ihr Maul ganz schön auf.«

Er ging zur Tür und rief: »Rosenberry!« Sein dunkles Gesicht drückte Auflehnung gegen das Schicksal aus. »Rosenberry! Was zum Teufel machen Sie? Warum sind Sie nicht hier drin? Suchen Sie Feldwebel Karelsen und sagen Sie ihm, ich will ihn sprechen. Und gefälligst im Laufschritt.«

»Er ist draußen in Makapuu, Sir«, sagte Rosenberry ruhig. Er hatte draußen still gewartet.

»Dann schnappen Sie sich einen Jeep und suchen Sie ihn«, schrie

Oberleutnant Ross. »Glauben Sie vielleicht, ich wüßte nicht, wo er ist? Was ist eigentlich heute mit Ihnen los, Rosenberry?«

»Jawohl, Sir«, sagte Rosenberrys leiser werdende Stimme ruhig.

»Der Teufel soll diesen Burschen holen«, sagte Oberleutnant Ross zurückkommend. Er setzte sich an seinen Schreibtisch und kratzte sich den Kopf. »Ich glaube, ich fahre den Jeep selber nach Schofield und lasse Russell hier. So werden wir nur zu zweit sein, und ich kann's ihm auf der Hinfahrt schonend mitteilen. Glauben Sie nicht, daß es so am besten ist?«

»Doch.«

Oberleutnant Ross holte sein Notizbuch heraus und begann, sich Notizen für sein Gespräch mit Oberst Delbert zu machen. Nach ein paar Eintragungen murmelte er: »Scheiße« und begann, sie wieder auszustreichen.

»Sie mit Ihren klugen Einfällen«, sagte er ärgerlich. »Ich weiß gar nicht, warum ich mich von Ihnen immer in so was hineinhetzen lasse.«

»Weil Sie es richtig machen wollen«, sagte Warden.

»Hm«, sagte Oberleutnant Ross. »Manchmal frage ich mich, wer zum Donnerwetter diesen Haufen kommandiert, Sie oder ich.«

Er war noch immer angestrengt damit beschäfigt, Notizen zu machen und dazwischen nervös an seinem Beistift zu kauen und die Notizen dann ebenso angestrengt wieder auszustreichen, als Rosenberry Pete aus Makapuu hereinbrachte.

»Kommen Sie, Feldwebel«, sagte Oberleutnant Ross düster, während er sein Notizbuch einsteckte: »Wir müssen eine Dienstfahrt nach Schofield machen.«

»Jawohl, Sir«, sagte Pete formell und salutierte. Er war ein zu erfahrener Soldat, um nicht zu wissen, daß ihm irgendein Schlag bevorstand. Daher hatte er auch sein Gebiß eingesetzt. Außer bei den Mahlzeiten war dies das erstemal seit Pearl Harbor.

Die beiden gingen. Ross war bedrückt und Pete formell. Sie waren mit Gasmasken, Patronengürtel, Stahlhelmen und Karabinern ausgerüstet. Warden ging an seine Arbeit zurück und richtete sich darauf ein, auf das Ergebnis zu warten. Er saß noch immer und wartete, als der Telefonanruf wegen Prewitt kam.

Auch als er und Weary von der Leichenidentifizierung zurückkamen, war der andere Jeep noch nicht wieder im Autopark. Das bedeutete, daß Ross und Pete noch nicht zurückgekehrt waren.

Weary setzte ihn bei dem Wohnwagen ab und raste dann weg, um den Jeep zu versorgen. Er hatte es eilig, die Geschichte weiterzuerzählen. Drinnen im Wagen, der wegen der Fliegergefahr abgedunkelt war, saß Rosenberry in einer Wolke von Zigarettenrauch vor der Telefonzentrale und arbeitete methodisch an seinem neuesten Kreuzworträtselheft.

»Irgendwelche Anrufe, Kleiner?«

»Nicht das geringste, Sir.«

»Gut«, sagte Warden. »Und der Teufel soll dich holen, Rosenberry, du Schweinehund, wenn du nicht aufhörst, mich mit ›Sir‹ anzusprechen«, sagte er mörderisch. »Ich bin kein Offizier. Ich bin Hauptfeldwebel.«

»Zu Befehl, Sir«, sagte Rosenberry mit herausquellenden Augen. »Ich meine schön, Spieß. Tut mir leid, Spieß.«

»Wenn du nicht aufhörst, mich mit ›Sir‹ anzusprechen, dann reiß ich dir mit den nackten Händen dein Herz aus dem Leib und geb dir's zu fressen«, sagte Warden mit leise vibrierender Stimme, die so klang, als hätte er wirklich Lust dazu.

»Schön, Spieß«, sagte Rosenberry beruhigend. »Tut mir leid, Spieß. Hab's nicht bös gemeint. Ist nur ne dumme Angewohnheit. War's wirklich Prewitt, Spieß?«

»Ja, es war Prewitt. Toter als 'n toter Fisch. In ner Sandgrube. Die ganze Brust zerrissen und über den halben Golfplatz verstreut. Von ner Maschinenpistole. Und jetzt, zum Teufel, mach, daß du rauskommst, und laß mich in Ruhe.«

Als der Junge verschwunden war, breitete er das Zeug auf dem Tisch aus. Als Ergebnis eines ganzen Lebens war das weiß Gott nicht viel.

Aus der anderen Tasche nahm er das Fünfzig-Cent-Notizbuch und das gefaltete Papier und legte beides zu dem kleinen Haufen. Dann nahm er das Papier auf, faltete es auseinander und glättete es auf seinem Tisch. Er las den in Druckbuchstaben geschriebenen Titel SONG DER DREISSIGENDER und dann die neun handgeschriebenen Strophen. Dann besah er wieder das Ganze, glättete von neuem das Papier auf seinem Tisch und las es ein zweites Mal von oben bis unten. Es dauerte noch eine ganze Stunde, ehe die beiden von Schofield zurückkamen. Es war beinahe elf Uhr geworden. Als er den Jeep draußen hörte, faltete er das Papier wieder sorgfältig zusammen und verschloß es mit dem Notizbuch in einer Metallkassette.

Als sie eintraten, konnte er an ihren Gesichtern erkennen, daß sie bei Oberst Delbert keinen Erfolg gehabt hatten.

»Na also«, sagte Oberleutnant Ross. Bösartig warf er seinen Helm auf das leere Feldbett in der Ecke. Eine Staubwolke erhob sich. »Ich kann nur sagen, dieser Krieg ist eine große Sauerei«, sagte Oberleutnant Ross bitter und lehnte seinen Karabiner vorsichtig gegen den Tisch. Dann setzte er sich und strich mit einer schmutzigen Hand über sein staubiges Gesicht.

»Der Verkehr ist ganz unheimlich, sogar so spät in der Nacht noch. Wir haben mindestens vier Stunden gebraucht, um hierherzukommen.«

Pete Karelsen, den Karabiner über der Schulter, trat vor, stand in seiner gewohnten dickhintrigen Art stramm und salutierte mit weitem Schwung.

»Sir, Feldwebel Karelsen möchte dem Herrn Kompanieführer seinen Dank aussprechen für das, was er getan hat.«

»Ich hab gar nichts getan«, sagte Oberleutnant Ross. »Der ganze Erfolg war, daß ich jetzt beim Großen Weißen Vater in Verschiß bin.«

»Sir, der Herr Kompanieführer haben einen Versuch gemacht. Darauf kommt's an.«

»Nein, stimmt auch nicht«, schrie Oberleutnant Ross heftig. »Das einzige, worauf's ankommt« – es gelang ihm, seine Stimme auf einen normalen Ton zurückzuschrauben – »in dieser Welt, ist der Erfolg. Ich habe versagt«, sagte er, »vollkommen und elendiglich.«

»Sir, der Herr Kompanieführer haben alles Menschenmögliche getan«, sagte Pete.

»Um Gottes willen, Feldwebel Karelsen«, sagte Oberleutnant Ross. »Hören Sie auf, mich in der dritten Person anzureden, als ob ich jemand anders wäre. Mit mir brauchen Sie nicht so formell zu sein.«

Pete bewegte seinen Fuß dreißig Zentimeter nach links und faltete seine Hände auf dem Rücken. »Sir, ich möchte gerne, daß der Herr Kompanieführer weiß, daß ich für alles dankbar bin, was er getan hat«, sagte Pete ohne jede Gemütsbewegung, sein Gesicht noch immer steinhart wie das eines strammstehenden Soldaten. »Ich werde das niemals vergessen, Sir.«

Oberleutnant Ross sah ihn einen Augenblick an und strich sich dann wieder mit der Hand über das Gesicht. »Sie können ebensogut die nächsten zwei Tage hier schlafen, Feldwebel Karelsen«, sagte er. »Machen Sie sich's gemütlich. Sagen Sie Feldwebel Malleaux, er soll Ihnen ein Feldbett geben und es im Stabszelt aufstellen lassen. Ihr

Zug kann ebensogut jetzt schon zusehn, wie er ohne Sie fertig wird.«

»Jawohl, Sir«, sagte Pete. »Danke schön, Sir.« Langsam und stilgerecht stand er wieder stramm. Von der Hüfte aufwärts neigte er sich ein wenig nach vorne. Mit großem Schwung machte er von neuem seine schneidige Ehrenbezeigung. Sie war wirklich wunderschön.

»Sir, wenn der Herr Kompanieführer den Feldwebel jetzt entschuldigen wollen, dann möchte der Feldwebel gerne schlafen gehen«, sagte Pete.

»Gehen Sie ruhig«, sagte Oberleutnant Ross.

Pete machte eine langsame, korrekte Kehrtwendung und begann im festen 120er-Tempo zur Tür zu gehn.

»Was ist mit diesem Zeug da?« sagte Oberleutnant Ross und deutete auf den kleinen Haufen von Dingen auf Wardens Pult.

»Wart einen Augenblick, Pete«, sagte Warden von seinem Stuhl aus. »Das wird dich auch interessieren.« Er schob die Gegenstände auseinander und erzählte ihnen Prewitts Geschichte.

»Na«, sagte Oberleutnant Ross. »Ist ja großartig. Ganz herrlich. Heut haben wir wirklich unsern ganz großen Tag.«

»Wann ist denn das passiert, Milt«, sagte Pete von der Tür herüber, und zum ersten Male hatte seine Stimme einen echt menschlichen Klang. Etwas in ihr hörte sich an wie die Stimme eines gebrochenen Herzens, und ihr Ton ließ einen stumpfen Ärger in Warden aufflammen.

»Ungefähr um acht«, sagte er teilnahmslos.

Er erzählte ihnen die Geschichte genau so, wie er sie von dem MP erfahren hatte. Dann – um Oberleutnant Ross ins Bild zu setzen – ergänzte er sie mit den nötigen Einzelheiten von dem Zeitpunkt ab, in dem Prewitt den Musikzug verlassen hatte.

Ein paar Dinge ließ er aus. Zum Beispiel sagte er nichts von dem verewigten Oberfeldwebel Fettsau Judson. Auch erwähnte er nicht, wie er Prewitt zusammen mit Baldy Dhom eine Woche lang in seiner Morgenmeldung gedeckt hatte. Auch Lorene wurde nicht genannt.

»Na«, sagte Oberleutnant Ross, als er geendet hatte, »der Bursche hat auch wahrhaftig keine schlechte Arbeit gemacht. Der hat es fertiggebracht, so ungefähr jede einzelne Vorschrift der Heeresdienstordnung zu verletzen. Hat es fertiggebracht, den Ruf dieser Einheit ganz schön zu ruinieren. Dabei kann ich mich nicht daran erinnern, den Mann je gesehn zu haben.«

»Sir«, sagte Pete von der Tür aus, »wenn der Herr Kompanieführer mich jetzt entschuldigen wollen. Ich kann in dieser Sache dem Herrn Kompanieführer und dem Hauptfeldwebel wohl kaum von weiterem Nutzen sein.«

»Natürlich, gehn Sie nur, Feldwebel«, sagte Oberleutnant Ross. »Schlafen Sie sich aus. Wir beide brauchen Schlaf.«

»Jawohl, Sir«, sagte Pete. »Danke schön, Sir.« Wieder stand er langsam stramm, machte von neuem eine wunderschöne Ehrenbezeigung und Kehrtwendung.

Als er durch den Verdunklungsvorhang ging, der vor der Tür hing, flüsterte er Warden zu: »Hab heut in Schofield zwei Flaschen gekauft. Was Besonderes. Komm später rüber zum Zelt.«

»Was zum Teufel ist eigentlich los mit ihm?« sagte Oberleutnant Ross, als er gegangen war. »Braucht mit mir doch nicht so formell zu sein. Mein Gott, ich hab mein Bestes für ihn getan.«

»Sie verstehen ihn nicht«, sagte Warden.

»Bei Gott nicht.«

»Er ist eben Soldat«, sagte Warden, »und er will Ihnen beweisen, daß er's noch immer ist. Mit Ihnen, Oberleutnant, hat das überhaupt nichts zu tun.«

»Manchmal frage ich mich, ob ich jemals einen von euch verstehen werde«, sagte Oberleutnant Ross. »Euch oder die Armee.«

»Übereilen Sie's nicht«, sagte Warden. »Sie wollen alles zu schnell lernen. Sie haben weiß Gott noch genügend Zeit.«

Er lehnte sich in seinem Stuhl zurück und begann, ihn über Oberstleutnant Hobbs im Büro des Provost zu informieren, und wie er schon alles so arrangiert hatte, daß Ross nichts zu tun brauchte als den Mund zu halten und freundlich dreinzusehn.

»Aber ich dachte doch, Prewitt hatte gar keine Verwandten«, sagte Oberleutnant Ross.

»Hatte er auch nicht. Trotzdem wird's so für alle Beteiligten leichter sein. Dazu«, sagte Warden betont, »werden Sie den Vorteil haben, daß in den Kompanieakten nichts von einem toten Deserteur erwähnt wird.«

»Ich verstehe«, sagte Oberleutnant Ross. »Sie können auf mich rechnen.« Wieder strich er sich mit der Hand übers Gesicht. »Nach dem, was heute passiert ist, wird dieser Bericht an Oberst Delbert ganz besonders gut wirken. Meiner Meinung nach ist es besser, daß wir diesen Prewitt endlich los sind.«

»Wahrscheinlich«, sagte Warden.

»Vermutlich denken Sie, das sei hartherzig«, sagte Oberleutnant Ross schnell.

»Nein.«

»Meine erste Pflicht gilt der Kompanie als Ganzem«, sagte Oberleutnant Ross. »Nicht dem einzelnen. Jeder, der die Sicherheit des Ganzen gefährdet, gefährdet mich in der Erfüllung meiner Verantwortung. Ich muß noch immer sagen, ich glaube, es ist das beste, daß wir ihn endlich los sind.«

»Mir gegenüber brauchen Sie sich nicht zu rechtfertigen, Oberleutnant«, sagte Warden.

»Nein, aber mir selbst gegenüber muß ich's tun«, sagte Oberleutnant Ross.

»Dann nehmen Sie mich bitte nicht als Sandsack für Ihr Training.«

»Sie haben viel von diesem Prewitt gehalten – was, Feldwebel?«

»Nein. Ich fand nur, daß er ein guter Soldat war.«

»Genau so hat sich das angehört«, sagte Oberleutnant Ross bitter.

»Ich glaube, er war verrückt. Er hat die Armee geradezu geliebt. Nur einer, der nicht ganz normal ist, kann das tun. Ich glaube, er war verrückt genug, um einen guten Fallschirmjäger abzugeben, wenn er nicht zu klein gewesen wäre. Er hat die Armee so geliebt, wie die meisten Männer ihre Frauen lieben. Jemand, der die Armee so liebt, ist verrückt.«

»Stimmt«, sagte Oberleutnant Ross.

»In einem Krieg braucht ein Land jeden guten Soldaten, den es bekommen kann. Es kann nie genug davon haben.«

»Einer mehr oder weniger macht nicht viel aus«, sagte Oberleutnant Ross müde.

»Nicht?«

»Das Industriepotential gewinnt heute die Kriege«, sagte Oberleutnant Ross.

»Deshalb ist auch ein Mann, der die Armee liebt, verrückt«, sagte Warden.

»Mag stimmen«, sagte Oberleutnant Ross. »Na, Sie werden ja in Kürze draußen sein. Zum mindesten hier raus.« Er strich mit der schmutzigen Hand über sein staubiges Gesicht, das nun ganz verschmiert war. Dann stand er auf und nahm Karabiner und Helm.

»Ich muß nach Makapuu hinaus, ehe ich schlafen gehe, Feldwebel. Wird Cribbage ziemlich schwerfallen, wenn Karelsen geht. Ne Zeitlang wird das schwierig sein. Wenn sich irgendwas ereignet, Sie wissen, wo Sie mich finden können.«

»Würden Sie bitte Anderson oder Clark heraufschicken und mich hier ablösen lassen?«

»Wer ist zuerst dran?«

»Ich weiß nicht. Das sollen sie untereinander ausmachen. Ich möchte aber, daß Rosenberry die letzte Schicht bekommt. Er war hier während der ganzen Zeit meiner Abwesenheit.«

»Schön«, sagte Oberleutnant Ross. Er ging.

Nach ein paar Minuten kam mit verschlafenen Augen und verwirrten Haaren der Kompaniehornist Anderson herein. Er sah mürrisch aus, wie ein Mann, der auf Rot gesetzt hatte, und Schwarz kam heraus.

»Verloren, was?« sagte Warden.

»Ich hätt ihn abheben lassen sollen«, sagte Anderson. »Nie kann ich Freitag schlagen.«

»Jetzt ist's Mitternacht. Sind nur noch acht Stunden übrig. Mach selber drei, laß Freitag drei machen und Rosenberry die letzten zwei«, sagte Warden. »Er war den ganzen Abend hier, während ihr gepennt habt.« Er nahm sein Gewehr aus der Ecke.

»Klar, Spieß«, sagte Andy. Er sah nicht glücklich aus, aber man stritt sich mit Warden ebensowenig, wie man mit Gott gestritten hätte, besonders wenn er in dieser Laune war.

»He, Spieß.«

»Was gibt's?«

»Stimmt das wirklich, was man von Prewitt erzählt?«

»Ja, es stimmt.«

»Mein Gott, das ist furchtbar«, sagte Andy. Er holte einen Groschenroman aus der Hüfttasche und setzte sich vor den Klappenschrank. »Ist wirklich furchtbar.«

»Ja«, sagte Warden. »Bei Gott.«

Draußen kam in der frischen Seeluft der spät aufgehende Mond gerade über den Bergrücken von Koko Head herauf. Sein silbernes Licht verwandelte den ganzen Hain in eine dunkle Höhle. Vom Wohnwagen ging es steil hinunter durch die fleckige Dunkelheit unter den Bäumen zu der hellen Ebene des Felsplateaus, wo der Parkplatz war und wo er und Karen seinerzeit den Wagen abgestellt und die Schulkinder bei ihrem Picknick beobachtet hatten.

Es kam ihm vor, als wäre er weit fort. Aber deutlich spürte er das Gewicht des Gewehres. Blindlings wählte er einen der Pfade in dem sandigen Boden. Jeden Tag wurden diese Pfade fester und glatter, durchwoben vielfädig den ganzen Hain von Kiawebäumen, schlängelten sich zwischen den neu aufgestellten Zelten und dem alten Wohnwagen und zwei schon früher aufgerichteten Latrinen hindurch. Die Luft tat seinen Lungen und seinem Schädel wohl.

Im schattenfleckigen Mondlicht ging er weiter. Etwas Hartes und Häßliches hockte in seiner Brust. Dann stieg er einen anderen Pfad hinauf zu den verstreuten Zelten des Lagers.

Das Stabszelt war dunkel, und Rosenberry und Freitag schliefen auf ihren Feldbetten. Ein neuer Pfad brachte ihn zum Kammerzelt.

Im Kammerzelt saßen Pete und Maylon Stark vor den Flaschen, die Pete aus Schofield mitgebracht hatte. Das Licht kam von einer mit einer Decke abgeblendeten Coleman-Laterne. An der Hinterwand, auf dem improvisierten Tisch, der aus Böcken und Brettern errichtet war, stand Petes Kofferradio. An jenem 7. hatte Pete den Apparat sorgfältig verpackt und mitgenommen. Es spielte Tanzmusik.

»Es ist nicht mehr der gleiche Verein«, sagte Stark umdüstert und betrunken.

»Komm rein, Milt«, sagte Pete freundlich von seinem Feldbett aus. Er machte Platz. »Wir haben gerade davon gesprochen, wie schnell die Kompanie sich in den letzten zwei Monaten verändert hat.«

Warden bemerkte, daß die offene Flasche schon halb leer war. Stark mußte schon früher mit eigenem Alkohol angefangen haben.

»Mist«, höhnte er. »Ändert sich auch nicht schneller als sonst.« Er nahm sein Gewehr von der Schulter, setzte sich neben Pete und nahm einen halben Blechbecher puren Whiskys. Er trank ihn schnell aus und gab den Becher zum Nachfüllen zurück. »Wo ist Russell? Ich dachte, er wär hier, um seine Geschichte zu erzählen.«

»War schon hier«, sagte Stark düster.

»Ist über die Straße zu den Küchenzelten«, sagte Pete, »um's den Köchen zu erzählen.«

»Was wird er tun, wenn keiner mehr da ist, dem er's erzählen kann?« sagte Stark.

»Wahrscheinlich platzen«, sagte Pete.

Hinter ihnen verstummte die Musik im Radio.

»*Auch Lucky Strike ist jetzt im Krieg*«, sagte ein Ansager. »*Jawohl, auch Lucky Strike ist jetzt im Krieg.*«

»Nie hab ich erlebt, daß sich eine Kompanie in so kurzer Zeit so verändert hat«, sagte Stark mit Friedhofsstimme.

»Sagt mal, was ist eigentlich los?« höhnte Warden.

»Ich hab gemeint, ich geh zu nem Fest. Sieht aber aus wie ne Totenwache.«

»Könnte eine sein«, sagte Stark streitsüchtig.

»Dann laßt uns Leben reinbringen. Eine Totenwache muß lustig sein. Stell doch diesen Mist ab und sieh zu, daß wir nen guten Jazz bekommen.«

»Laß«, sagte Pete, »ist die Schlager-Parade.«

»Was? Montagnacht?«

»Prewitt war zufällig ein guter Freund von mir«, sagte Stark mürrisch.

»Ist ne Wiederholung für die Armee«, erklärte Pete.

»Mach keine Sachen«, höhnte Warden. »Eine Wiederholung für die Armee? Mensch, die behandeln uns aber fein, was? Bald werden sie uns, wenn wir wollen, den Hintern wischen, he?«

»Vielleicht war er kein guter Freund von dir«, sagte Stark. »Aber er war ein guter Freund von mir.«

»Er war ein gottverdammt guter Freund von mir«, höhnte Warden. »Mir hat er nur Kopfschmerzen und Ärger gemacht.«

»Du bist ein hartherziges Schwein«, sagte Stark streitsüchtig. »Weißt du das?«

»So spricht man nicht von nem Mann aus der eigenen Kompanie, Milt«, sagte Pete, »nicht, wenn er tot ist. Selbst wenn er ein Deserteur war, und selbst wenn du nur 'n Witz machst.«

»Witz?« sagte Warden. »Wer, zum Teufel, macht 'n Witz?«

»Ich kann einfach nicht darüber wegkommen«, sagte Stark. Er begann sie aufzuzählen. »Leva versetzt als Kammerunteroffizier zur M-Kompanie. Bloom Selbstmörder. Maggio als verrückt entlassen. Holmes und Jim O'Hayer im Brigadestab. Und dann alle diese Burschen von den Offizierskursen, die hier aufkreuzen. Und nun auch noch Prewitt.«

»Quatsch«, höhnte Warden. »Wenn Reservisten weggehen, verlieren wir manchmal genauso viele in einem Monat.«

»Glaubst du nicht, daß es was anderes ist, wenn einer stirbt?« sagte Stark.

»Die sind aber nicht alle gestorben«, sagte Warden.

»Probier's mal aus«, sagte Stark, »dann wirst du schon sehn.«

»Die Wirkung auf den Bestand der Kompanie ist die gleiche«, sagte Warden. »Gib uns noch was zu trinken, Pete.«

»Und nun geht auch Pete in ein paar Tagen weg«, sagte Stark bedrückt.

»Und Ike, vergiß nicht Ike«, grinste Warden.

»Was mich betrifft, ich werd verdammt froh sein, wenn ich wegkomme«, sagte Pete. »Sechs Jahre bei ein und derselben Einheit ist verdammt lange.«

»Und ich zum Beispiel nehm's dir gar nicht übel«, sagte Stark.

»Glaubt ihr vielleicht, daß ich *gern* draußen in Makapuu in diesen Felslöchern auf dem Bauch rumkrieche wie ne Eidechse?« sagte Pete.

»Weil's eben nicht mehr der gleiche Haufen ist«, sagte Stark.

»Ihr hört euch an wie zwei Kinder«, schnaubte Warden. »Nie bleibt ne Einheit die gleiche. Was wollt ihr eigentlich. Vielleicht, daß alle gleichzeitig alt werden und am selben Tag entlassen werden und irgendwo zusammen weiterleben?«

Hinter ihnen hörte die Musik wieder auf, und wieder ertönte die Stimme des Ansagers.

»*Suchen Sie nicht nach der bekannten grünen Packung auf dem Tisch Ihres Zigarettenhändlers*«, sagte der Ansager. »*Nein – Ihre Lucky-Zigaretten tragen jetzt andere Farben.*«

»Merkt euch, was ich jetzt sage«, sagte Pete. »Die goldenen Tage auf dieser Insel sind vorbei. Wenn man wieder Urlaubsscheine auszugeben anfängt, werden Männer vor jeder Bar und vor jedem Puff straßenweit Schlange stehn. Und drinnen wird man uns so behandeln, als wenn wir Maschinen am laufenden Band wären.«

»Ich würde gern selbst abhaun«, sagte Stark. »Nur kann ich nirgends hin.«

»Der gute alte Pete aber«, sagte Pete, »wird auf der rosigen Wolke des Überflusses zu Hause in den Staaten sitzen.«

»Selbst wenn ich irgendwo hingehn könnte«, sagte Stark, »würde ich jetzt nicht versetzt werden.«

»Und dann werd ich an euch arme Teufel, die ihr noch immer auf diesem Felsen rumhockt, denken«, sagte Pete.

»Selbst wenn ich versetzt würde, wär's überall das gleiche«, sagte Stark. »Überall Neueingezogene, überall Idioten von den Offiziersschulen.«

»Ihr seid beide verrückter als verrückt«, höhnte Warden. »Keine Kompanie ist verschieden von einer anderen ... weder im Frieden noch im Krieg. Und zu Hause wird's auch nicht anders sein als hier.«

»Nee, nee«, sagte Pete. »Nee, nee.«

»Würd mir also nichts helfen, mich versetzen zu lassen«, sagte Stark, »selbst wenn ich könnte.«

»Nee, nee«, sagte Pete. »Weiber gibt's überall. Alle sind sie losgelassen, und der Wohltätigkeit sind keine Schranken gesetzt.«

Warden blickte ihn scharf an. »Halt um Gottes willen dein Maul«, sagte er gelangweilt. »Haltet um Gottes willen alle beide eure Mäuler.«

»Ich beneide dich«, sagte Stark bedrückt.

»Da hast du auch verdammt recht«, sagte Pete. »Ich werde Ausbilder bei den Neueingezogenen. Werd ne ruhige Kugel schieben. Als wenn ich ins Büro gehe. Mach täglich meine acht Stunden und fertig. Warum zum Teufel sollte ich eigentlich bei diesem gottverdammten Haufen hier bleiben wollen?«

»Ich beneide dich«, sagte Stark unglücklich. »O Gott, wie ich dich beneide.«

»Halt's Maul«, sagte Warden zu ihm.

»Bars«, sagte Pete. »Tanzdielen. Hübsche Hotels, in die man Weiber mitnehmen kann. Gute Restaurants. Ich weiß, wie's ist. Ich war im letzten Krieg.«

»Du gehst gerade in dem Moment, in dem die alte Kompanie zusammenbricht«, sagte Stark. »Du brauchst nicht dabeizusein, um das Ende mit anzusehn.«

»Ich hab gesagt, du sollst das Maul halten«, sagte Warden.

»Und ihr werdet auf Felsen schlafen«, brüllte Pete, »kalten Fraß aus dem Kochgeschirr fressen. Eure Arme und Knie abschuften beim Stacheldrahtspannen.« Er stand vom Feldbett auf.

»Ihr werdet im Sand sitzen«, schrie er ihnen ins Gesicht. »Werdet Schlange stehen für 'n Glas Whisky. Ihr werdet die erste Infanteriekompanie im Feuer sein, die erste, die man nach Süden schickt, wenn wir mal anfangen, alle die verkrümelten Inseln zu erobern.«

Er beugte sich steif zu ihnen herunter, spuckte ihnen die Worte ins Gesicht. Die Arme hingen ihm an den fetten Hüften herunter, die so rund waren wie das Hinterteil einer Puppe. Sein Gesicht war sehr rot. Ein paar Tränen rannen ihm übers Gesicht und tropften – da er sich nach vorne neigte – auf die runden Kappen seiner Militärschuhe.

»Auf einem Pulverfaß werdet ihr leben«, brüllte Pete, »auf nem Pulverfaß, das in die Luft fliegt, sobald wir wirklich anfangen zu kämpfen.«

Warden sprang vom Feldbett auf, packte ihn, der sich noch immer, allen Gesetzen der Schwerkraft zum Trotz, nach vorne neigte, und legte beide Arme um ihn. »Schon gut, schon gut – Pete. Setz dich. Trink noch was. Laß uns ne Weile die Musik anhören.«

»Mir fehlt nichts«, sagte Pete mit erstickter Stimme. »Ich glaube, meine Begeisterung hat mich nen Augenblick überwältigt. Laß mich los.« Warden ließ ihn gehn, und er setzte sich wieder. »Wo ist mein Glas?«

»Hier«, sagte Warden und reichte ihm einen Feldbecher mit Whisky.

»Rat mal, wen ich heute in Schofield getroffen habe, Milt«, sagte Pete in einer fast erstickenden Anstrengung, harmlose Konversation zu machen.

»Weiß ich nicht«, sagte Warden. »Wen?« Er hielt seinen Becher hin.

»Ich muß die andere Flasche holen«, sagte Pete und stand auf. »Die hier ist leer.« Er ging hinüber zum Tisch.

Hinter ihnen hörte die Musik auf, und der Ansager begann von neuem.

»*Auch Lucky Strike ist jetzt im Krieg*«, sagte der Ansager. »*Jawohl, auch Lucky Strike ist jetzt im Krieg.*«

»Wen hast du also in Schofield getroffen?« wollte Warden wissen.

»*Eure Lucky Strikes haben Uniform angezogen und sind eingerückt*«, sagte der Ansager.

»Hauptmann Holmes' Frau«, sagte Pete. Er schüttete Whisky in Wardens Becher. »Stell dir vor. Habe sie monatelang nicht gesehn. War im Evakuierungsbüro beim Regiment, als ich hinkam, um meine Papiere zu holen. Fährt mit dem gleichen Boot wie ich nach Hause.«

»Hahaha«, lachte Stark schallend und betrunken.

»Wer?« fragte Warden.

»Hauptmann Holmes' Frau«, sagte Pete. »Mensch, du erinnerst dich doch an die Frau von Hauptmann Holmes, jetzt Major Holmes, oder nicht?«

»Natürlich«, sagte Warden. »Ich erinnere mich.«

»Hahaha«, heulte Stark betrunken.

»Anscheinend«, sagte Pete, »wohnen sie noch immer in ihrer alten Wohnung, so daß sie sich beim Regiment statt bei der Brigade melden mußte, um ihre Evakuierungsnummer und die Schiffspapiere für sich und ihr Kind zu bekommen. Mein Gott – ein ganzer Haufen von denen war da. Major Thompsons Frau, Oberst Delberts Frau, und ich weiß nicht wer noch alles. Frau Holmes ist auf dem gleichen Schiff wie ich. Fährt am 6. Januar.«

»Hahaha«, lachte Stark wiederum explosiv und dröhnend.

»Was ist denn los mit dir?« sagte Pete.

»Nichts«, grinste Stark. »Ich gab nur zufällig was denken müssen.«

»Natürlich reist sie erster Klasse«, sagte Pete, »während sie mich irgendwo in den Laderaum stecken. Trotzdem, sie wird auf dem gleichen Schiff sein. Ist doch wirklich ne verdammt kleine Welt, was?«

»Hahaha«, kicherte Stark. »Das stimmt wirklich.«

»Willst du noch was zu trinken, Stark?«

»Nee«, sagte Stark. »Mir geht's ausgezeichnet. Ganz ausgezeichnet.«

»Hm«, sagte Warden beiläufig. »Wie sieht sie aus? Hat sie was gesagt?«

»Hahaha«, lachte Stark dröhnend und betrunken.

»Hat sich nach der Kompanie erkundigt«, sagte Pete. »Wollte wissen, wie's der Schreibstube geht. Wie die Kammer mit dem neuen Kammerunteroffizier zurechtkommt und wie dir der neue Kompanieführer gefällt.«

»Mir?« sagte Warden.

»Hahaha«, lachte Stark.

»Ja«, sagte Pete. »Sag mal, was ist eigentlich los mit dir?« sagte er zu Stark.

»Nichts«, kicherte Stark glücklich.

»Weißt du«, sagte Pete, »sie weiß über die Kompanie viel besser Bescheid, als ich je gedacht habe.«

»Sollte sie auch«, sagte Stark.

»Hat mich sogar gefragt, ob Prewitt schon zurück ist.«

»Der auch?« grinste Stark. »Sie liebt diese Kompanie«, grinste Stark. »Jeden einzelnen. Stimmt's, Milt?«

»Weißt du, ich glaub das wirklich«, sagte Pete. »Hat mich wirklich überrascht, wie gut sie über alles Bescheid wußte. Ich fand sie sehr nett.«

»Findest du?« grinste Stark. »Na, dann solltest du sie auf dem Schiff mal besuchen. Meinst du nicht auch, Milt?«

»Sie wird oben sein«, sagte Pete, »in der Offiziersklasse. Ich bin im Laderaum. Ich werd sie noch nicht mal sehn.«

»Laß dir darüber keine grauen Haare wachsen«, grinste Stark. »Besuch sie einfach und bitt sie, dich in ihre Kabine einzuladen. Sie tut's bestimmt. Stimmt's, Milt? ... Und wenn du dann schon bei ihr bist, bitt sie, mit dir ins Bett zu gehn. Auch das wird sie tun. Sie liebt die Kompanie.«

Pete hatte eine etwas langsame Auffassungsgabe. Als ihm aber aufging, was Stark gesagt hatte, erschien ein gekränkter Ausdruck auf seinem Gesicht.

»Halt's Maul, du Schwein«, sagte Warden.

»Du denkst, ich lüge?« lachte Stark. »Ich lüg aber nicht. Frag Warden. Mit ihm hat sie auch gepennt. Ihn hat sie reingelegt. Frag mich. Mit mir hat sie's auch gemacht. Nur hat sie mich niemals reingelegt.

Paß aber gut auf«, sagte Stark vertraulich, »sonst hast en Tripper weg.«

Warden, der die dünne Maske zotigen Lachens, die etwas anderes hinter sich verbarg, beobachtete, fühlte, daß nun eine Pause kommen würde. In einer Minute oder so mußte Stark sein Pulver verschossen haben, und Warden war bereit zu warten. Ein Gefühl ungeheurer Befriedigung erfüllte ihn. Dies war es, wonach er den ganzen Tag gesucht hatte, ohne es finden zu können.

»Genug jetzt, du Schwein«, sagte er, als die Pause einsetzte, die er erwartet hatte. Er sprach deutlich und klar. »Ich werd dir jetzt etwas sagen. Willst du wissen, wo sie sich in Bliss den Tripper geholt hat? Willst du wissen, wer sie angesteckt hat? Ich werd's dir verraten. Ihr geliebter Mann – Hauptmann Dana E. Holmes – hat ihn ihr aufgehängt.«

Unter der Röte des Whisky wurde Maylon Starks Gesicht weiß wie ein Leintuch. Warden beobachtete ihn mit unbeschreiblicher Befriedigung.

»Das glaub ich nicht«, sagte Stark.

»Aber es ist so«, sagte Warden und spürte, wie er im höchsten Maße glücklich war.

»Das glaub ich nicht«, sagte Stark. »Es hieß, daß es ein Leutnant war, der deshalb entlassen wurde. Hab mit zwei Kerlen gesprochen, die sagten, daß sie die beiden zusammen gesehn hatten.«

»Die Geschichte war aber nicht wahr«, sagte Warden.

»Das glaub ich nicht«, sagte Stark. »Sie muß wahr sein.«

»Ist's aber nicht«, sagte Warden sanft.

»Muß aber«, sagte Stark.

»Ist's trotzdem nicht.«

Pete beobachtete die beiden. Durch seine Verwirrung hindurch begann ein erster ferner Schimmer des Verstehens sich auf seinem Gesicht abzuzeichnen.

Hinter ihnen hörte die Musik auf, und die Stimme des Ansagers setzte ein.

»*Auch Lucky Strike ist jetzt im Krieg*«, sagte der Ansager. »*Jawohl, auch Lucky Strike ist jetzt im Krieg.*«

»Ich bring ihn um«, sagte Stark, der sein Gesicht krampfhaft verziehen mußte, um die Worte überhaupt aus seiner Kehle zu zerren. »Ich bring ihn um, den Schweinehund. Ich mach ihn kalt.«

»Du wirst ihn nicht umbringen«, sagte Warden freundschaftlich und sanft. »Genausowenig wie ich.«

»Ich wollte sie heiraten«, sagte Stark. »Sie war acht Jahre älter als ich, aber ich wollte sie heiraten. Ich wollte die Armee aufgeben, um sie heiraten zu können.

Ich hätt's auch getan.«

»Und dann?« sagte Warden sanft. »Wärst mit der Tochter eines reichen Mannes auf dein armseliges Stückchen Land in Texas gezogen?«

Starks Gesicht war kreideweiß. »Sie hat mich auch geliebt. Ich weiß das. Ein Mann merkt es schon, wenn eine Frau ihn liebt. Mehr als sechs Monate lang sind wir in Bliss miteinander gegangen. Ich wollte sie heiraten.«

»Hast's aber nicht getan«, sagte Warden gutmütig. »Statt dessen hast du sie rausgeschmissen.«

»Ich hätt's aber getan«, sagte Stark.

»Ohne ihr auch nur eine Chance zu geben, die Geschichte zu erzählen, wie sie sie erlebt hat«, schalt Warden sanft. Er war sich bewußt, daß Pete sie immer noch beobachtete, erst einen, dann den anderen. Es sollte ihn wirklich von seinen Sorgen ablenken. Nicht jeden Tag stieß man auf einen so saftigen Leckerbissen.

»Sie hat's mir nicht gesagt«, sagte Stark verzweifelt.

»Du hast sie auch nicht gefragt«, sagte Warden fast zärtlich. Er war entschlossen, kein Schlupfloch offenzulassen.

»Halt's Maul«, sagte Stark. »Halt's Maul – halt's Maul.«

»Ihr Männer aus dem Süden«, sagte Warden freundlich. »Ihr seid alle gleich. Trotz eurem Saufen und Huren seid ihr die schlimmsten Moralisten der Welt.«

Stark stand auf und warf den Feldbecher mit Whisky nach Wardens sanft besorgtem Gesicht. Es geschah in der gleichen unvorbedachten und rein reflexiven Art, mit der eine Katze ihre Krallen ausstreckt und nach einem schlägt, wenn man ihr auf den Schwanz tritt.

»Glaubst du vielleicht, ich *werd* ihn nicht umlegen?« schrie Stark ihn an. »Ich werd's tun. Ich *töt* ihn. Ich schneid ihm den Kopf ab.«

Warden, der aufgepaßt hatte, wich dem Becher aus; aber Pete, der ein wenig älter und ein wenig betrunkener war, wurde von Becher und Whisky getroffen und durchnäßt.

Dann war Stark verschwunden.

Warden ließ sich aufs Bett zurücksinken. Er fühlte sich so vollkommen leer und entspannt, als hätte er gerade einen Orgasmus gehabt. Es war vollkommen, außer einem einzigen Haar in der Suppe. Die ganze Zeit schon hatte er vermutet, daß die beiden länger miteinander gegangen waren, als sie zugegeben hatte, aber die ganze Zeit hatte er auch gehofft, es möge nicht wahr sein.

»Jesus, Maria und Joseph«, sagte Pete. »Ich stinke wie eine ganze Brauerei.« Er betupfte sein tropfnasses Hemd. »Ich mein, du gehst ihm lieber nach, Milt. Er ist ziemlich betrunken. Er könnte sich weh tun.«

»Schön«, sagte Warden. Er nahm sein Gewehr aus der Ecke.

Als er durch die Tür ging, hörte die Musik wieder auf, und die Stimme des Ansagers ertönte.

»Auch Lucky Strike ist jetzt im Krieg«, sagte der Ansager. *»Jawohl, auch Lucky Strike ist jetzt im Krieg.«*

Der Mond war inzwischen höher gestiegen. Der Hain, der Parkplatz, die ganze Erde war ein farbloses Gemälde in Weiß und Schwarz. Er nahm den Fußweg, der die asphaltierte Straße überquerte und zum Küchenzelt führte.

Sechs volle Monate waren die beiden also in Bliss miteinander gegangen. Das war beinahe so lange, wie er selber mit ihr gegangen war. Er fragte sich, wie es wohl bei ihnen gewesen war. Vor allem war sie damals viel jünger gewesen. Ob das wohl viel ausmachte? Was hatten sie alles getan? Wohin waren sie gegangen? Worüber hatten sie gelacht? Er wünschte plötzlich, er hätte als ungesehener Gast mit dabeisein und an allem teilnehmen können. Ein gleiches Gefühl hatte er bei allen Dingen, die mit ihr zusammenhingen. Es war weniger Neid oder Eifersucht, als vielmehr eine ungeheure Sehnsucht, Anteil an ihrem Leben zu haben. Armer Stark.

Im Küchenzelt fand er eine kleine Gruppe erschreckter Köche. Wie Schafe eng zusammengedrängt standen sie möglichst weit vom Hackklotz entfernt.

»Wo ist er hin?«

»Ganz genau weiß ich's nicht«, sagte einer von ihnen. »Hatte keine Lust, ihn zu fragen. Ich weiß nur, daß er hier hereingestürzt kam, vor sich hinredete, fluchte, sein Hackmesser nahm und abhaute.«

Er machte sich auf den Weg zurück zur Kammer. Vielleicht war er

hinuntergegangen zum Strand, um sich auszuschlafen. In diesem Fall
war es das beste, ihn in Ruhe zu lassen. In der Mitte der Asphalt-
straße blieb er stehen, schaute die Straße entlang hügelabwärts bis
zur im Mondlicht sichtbaren Kurve, die zur Autostraße führte. Aber
niemand befand sich auf der Straße. So betrunken war Stark nicht,
daß er sich mit seinem Hackmesser auf den Weg nach Schofield
machte, um Holmes zu finden.

Als er wieder hinaufkam zu dem Zelt, in dem sich die Kammer befand, kam eine Gestalt aus dem Dunkel gestürzt und stieß mit ihm
zusammen.

»Spieß«, sagte die tiefe Stimme des Kompaniehornisten Anderson.
»Bist du's, Spieß?«

»Was zum Teufel machst du hier draußen? Warum bist du nicht im
Wagen beim Telefon?«

»Spieß, Stark ist hier oben. Er hat ein Hackmesser und schlägt den
ganzen Wagen zusammen. Alles haut er zusammen. Ruiniert alles.«

»Komm mit«, sagte Warden. Er nahm sein Gewehr von der Schulter
und begann, den Pfad hinaufzusteigen.

»Kam fluchend und schreiend herein und sagte, er würd ihn umbringen«, schrie Anderson atemlos hinter ihm. »Schrie unaufhörlich, er
würd ihn kaltmachen, umbringen den Hund, kaputtmachen. Ich
glaubte, er meint dich. Dann sagte er Hauptmann Holmes. Er wird
Hauptmann Holmes umbringen. Hauptmann Holmes war seit Monaten nicht hier, Spieß. Und außerdem ist er Major. Ich glaub, er ist
nicht ganz richtig im Kopf.«

»Reg dich nicht auf«, sagte Warden.

Stark war bereits verschwunden. Der kleine Wohnwagen aber war
ein Trümmerfeld. Aus den beiden selbstgefertigten Tischen war
Kleinholz geworden. Von den vier Stühlen war keiner mehr zu gebrauchen. Wardens Feldaktenschrank lag, noch immer verschlossen,
mit einem Riesenloch in der Seite auf dem Boden. Die verschlossene
Kassette hatte eine tiefe Kerbe. Überall lagen Papiere und Papier-
fetzen. Lange, tränenförmige Risse befanden sich in den dünnen
Sperrholzwänden des Wagens. Nur der Klappenschrank schien
glücklicherweise unberührt.

Inmitten dieses ganzen höllischen Durcheinanders aber lag reinweiß,
jungfräulich, unbeschädigt und unberührt wie ein Baby, das unverletzt und gleichgültig in den Trümmern eines eingestürzten Hauses
sitzt, der Brief des Kriegsministeriums, Wardens Bestätigung als

Leutnant der Reserve in der Armee der Vereinigten Staaten von Amerika.

Einen Augenblick stand Warden unter der Tür und betrachtete sich die Trümmerstätte. Dann warf er sein Gewehr wütend in die Ecke. Der kleine Wagen schaukelte auf seinen Rädern, als der schwere Kolben den Boden traf und am Griff zersplitterte.

Andy, der in der regulären Armee aufgewachsen war, wo ein Gewehr fallen zu lassen zu den größten Sünden zählte und mit nicht weniger als drei Wochen Strafdienst geahndet wurde, schnappte hörbar nach Luft und sah ihn mit unverhohlenem Grauen an.

»Mach, daß du an deinen Apparat kommst«, sagte Warden mit dünner Stimme, deutete auf den Klappenschrank und grinste ihn wild und tückisch an. »Fang unten an und ruf zur Kontrolle jede einzelne Station an, um zu sehn, ob die Leitung in Ordnung ist. Dann prüf die Leitung zum Bataillon und zur Nachrichtenzentrale. Prüf jeden einzelnen Anschluß.«

»O.K.«, sagte Andy und begann mit der Arbeit. Warden nahm den anstößig unverletzten Brief des Kriegsministeriums vom Boden auf, riß ihn mitten durch und riß ihn wieder und dann wieder mitten durch und verstreute die Fetzen über den ganzen Boden. Sie gehörten zu den Trümmern wie alles andere auch.

»Alle Leitungen in Ordnung, Spieß«, sagte Andy vom Klappenschrank herüber.

»Schön. Gut. Du hast noch zweieinhalb Stunden Dienst. Ich geh ins Bett.«

»Und was ist mit der Schreibstube? Und dem Wagen? Wird das überhaupt nicht aufgeräumt?«

»Ross soll's tun«, sagte er, nahm sein zerbrochenes Gewehr auf und verließ den Raum.

Draußen war alles still wie der Tod. Es blieb einem nichts anderes übrig, als zu Bett zu gehn. Soundso lange konnte man soundso viel tun – und soundso sehr sich erschöpfen, bis schließlich ein Moment kam, wo es auf der ganzen Welt nichts anderes mehr gab, als zu Bett zu gehn.

Warden legte die Teile seines Gewehrs ans Fußende seines Feldbetts und schlief dankbar ein.

Am Morgen fanden sie Stark unten am Strand, friedlich schlafend, die tränenfeuchte Wange auf sein geliebtes Hackmesser gelegt.

Warden, früh und erfrischt aufgestanden, hatte schon vorher den

Kampf mit Oberleutnant Ross aufgenommen, der wütend war (wütend war überhaupt kein Ausdruck), bevor sie Stark auch nur gefunden hatten.

»Sie können ihn nicht absetzen, Oberleutnant. Er ist der einzige Mann, der imstande ist, die Küche zu besorgen, ganz besonders jetzt, wo die Leute über fünfzehn Meilen verteilt sind.«

»Sie werden sehn, wie ich das kann«, sagte Oberleutnant Ross wütend. »Ich setz ihn ab, und wenn jeder einzelne Kerl in dieser ganzen Kompanie verhungert.«

»Und wen wollen Sie an seine Stelle setzen?«

»Ganz egal, wen ich einsetze«, sagte Oberleutnant Ross wütend. »Sehn Sie sich um. Mein Gott, Feldwebel, ich kann so was doch nicht durchgehn lassen. Wir werden nie irgendwelche Disziplin hier bekommen. Disziplin ist das Wichtigste.«

»'türlich, aber essen müssen wir auch.«

»Er kann als gemeiner Soldat die Küche besorgen.«

»Wird er nicht tun.«

»Dann kann er wegen Befehlsverweigerung vor ein Kriegsgericht gehn«, brüllte Oberleutnant Ross wütend.

»Damit werden Sie kaum durchkommen. Sie sind Anwalt, Herr Oberleutnant. Sie wissen genau, daß Sie damit nicht durchkommen. Man kann einen Mann nicht vors Kriegsgericht stellen, weil er sich weigert, als gewöhnlicher Soldat die Küche zu führen.«

»Ich kann ihn aber nicht ungestraft davonkommen lassen«, sagte Oberleutnant Ross wütend.

»Sie verstehn ihn einfach nicht, Herr Oberleutnant. Er ist ein sonderbarer Kauz. Von Zeit zu Zeit hat er nun mal solche Ausbrüche. Hat's schon mal in Hickam Field gemacht, ehe Sie die Kompanie übernahmen. Er meint's wirklich nicht bös. Noch nie hat er jemand dabei verletzt. Er ist halt ein Koch, das besagt alles. Köche und Küchenfeldwebel sind eben mal Stimmungen unterworfen. Es gibt keinen guten Küchenfeldwebel, der nicht halb verrückt ist.«

»Schön«, sagte Oberleutnant Ross wütend.

»Sie wissen doch selbst, daß Sie die Küche nicht ohne ihn führen können, Herr Oberleutnant.«

»Schön«, sagte Oberleutnant Ross wütend.

»Ich sehe die Dinge nur so, wie sie sind, Herr Oberleutnant. Wenn wir einen Mann hätten, der seinen Posten übernehmen könnte, ich wär der erste, der seine Absetzung vorschlagen würde. Wir haben aber keinen, der in Frage käme.«

»Also schön«, sagte Oberleutnant Ross wütend.

»Es ist wirklich nur im Interesse der Kompanie, Herr Oberleutnant.«

»Ich weiß, ich weiß«, sagte Oberleutnant Ross wütend. »Im Interesse der Kompanie.«

»Ihre Pflicht gilt der Kompanie als Ganzem.«

»Schön«, sagte Ross wütend. »Ich weiß allein, was meine Pflicht ist.«

»Jawohl, Sir«, sagte Warden.

Nachdem dies erledigt war, teilte er ihm seinen Entschluß mit, die Bestallung zum Offizier abzulehnen.

»Was!« schrie Oberleutnant Ross wütend. »Aber das ist ja unerhört!«

»Mein Entschluß ist gefaßt«, sagte Warden.

»Ich wollte bei Gott, ich wäre Offizier bei der Küstenwache geworden«, sagte Oberleutnant Ross wütend. »Niemals werd ich diese verdammte Armee verstehn.«

54

Er sah sie noch ein einziges Mal, ehe sie abreiste. Es war ein sehr merkwürdiges Erlebnis.

Zunächst war es schwer zu arrangieren. Es war nicht wie vor dem Krieg, als man einfach Zivilkleidung anziehn und hingehen konnte, wohin man wollte. Ohne offiziellen Anlaß konnte man überhaupt nirgends hingehn. Man brauchte einen offiziell abgestempelten Schein. Soldaten durften keine Zivilkleidung mehr tragen. Selbst sie zu besitzen war ein Vergehen, das einen vor ein Kriegsgericht bringen konnte. Und ein Soldat, der sich während des Tages in der Stadt herumtrieb, würde augenblicklich angehalten werden.

Damals war das von der Kommandantur ausgesprochene Ausschankverbot für alkoholische Getränke noch in Kraft. Die Bars waren geschlossen. Auch die Kinos spielten nicht. Die großen Hotels waren plötzlich äußerst neugierig und vorsichtig geworden, wenn man sich einschrieb. Die Touristen waren entweder nach Hause gereist oder saßen in ihren Hotelzimmern und warteten darauf, daß die Armee sie evakuierte. Neue Touristen gab es nicht. Selbst ein Auto, das bei Tage am Straßenrand hielt, lief Gefahr, untersucht zu werden.

Es gab keinen Ort, an dem sie sich hätten treffen, kein Lokal, wohin sie hätten gehen können, noch nicht einmal bei Tage.

Nachts war noch immer die Sperrstunde in Kraft. Bei Sonnenuntergang kroch ganz Honolulu schnell in seine Löcher, war tot bis zum nächsten Morgen. Nach Einbruch der Dunkelheit bewegte sich nichts auf den Straßen, außer den Streifenwagen mit ihren blauen Scheinwerfern.

Sie befand sich in Schofield. Sie würde in die Stadt fahren müssen. Das konnte sie nur bei Tag tun, ebenso mußte sie bei Tag auch wieder nach Hause. Für ihn aber war es eine Unmöglichkeit, bei Tag sich von der Kompanie zu entfernen, ohne entdeckt zu werden. Noch nicht einmal für eine Stunde, und eine Stunde genügte nicht.

Nachts, sobald die Ablösung am Telefon ihren Dienst angetreten hatte, konnte er sich wegschleichen. Stark tat das Nacht für Nacht, um seine Wahina, die nicht weit weg wohnte, zu treffen. Karen aber konnte bei Nacht die Fahrt nicht machen, ohne angehalten zu werden. Noch nicht einmal vor Einbruch der Dunkelheit konnte sie kommen und den Wagen parken und auf ihn warten.

Die einzig mögliche Lösung war es, einen Platz ausfindig zu machen, wohin sie nachmittags kam und wo sie, ohne bemerkt zu werden, auf ihn warten konnte, um dann die ganze Nacht zu bleiben und am nächsten Tag zurückzufahren. Die Hotels in Waikiki kamen nicht in Frage. Überdies war er zehn oder zwölf Meilen von Waikiki entfernt. Rasthäuser oder ähnliches gab es aber nicht an den Autostraßen Hawaiis.

Hier draußen kannte er niemanden, zu dem sie hätte gehen können. Alle seine Bekannten wohnten entweder in Waikiki oder aber im Geschäftsviertel Honolulus, das noch weiter weg war. Außerdem war er gar nicht sicher, ob sie überhaupt etwas Derartiges riskieren würde, herauszukommen und die ganze Nacht zu bleiben, selbst wenn er etwas Geeignetes fand.

Er brütete eine ganze Woche lang über diesem Problem. Auch wenn er auf alles andere verzichtete, schien es ihm doch nicht mehr als gerecht, daß er sie wenigstens noch einmal traf.

Schließlich wandte er sich an Stark.

Starks eingeborene Geliebte war ein wunderschönes chinesisch-hawaiianisches Mädchen, die schönste Blutmischung, die es in Hawaii gibt. Sie und ihr filipino-japanischer Mann hatten ein kleines Häuschen im Kuliouou-Tal, weniger als zwei Meilen von der Hanauma Bay entfernt. Ihr Mann, der als Küchenhelfer bei der Marine angefangen hatte, war jetzt einer der Funktechniker der Wailupe-Station. Für einen Filipino war das ein sehr ansehnlicher Aufstieg.

Ziemlich ungeschickt und nicht ohne Verlegenheit fragte er Stark, ob er es einrichten könne, daß Karen für eine Nacht ein Zimmer bei diesen Leuten bekam, so daß er sie noch einmal sehen konnte, ehe sie abreiste.

»Klar«, sagte Stark sofort und ohne zu zögern. »Werden sie sehr gerne tun.«

»Willst du sie nicht lieber erst fragen?«

»Brauch ich nicht. Die tun so ziemlich alles, um was ich sie bitte. Ich helf ihnen, ihr Baudarlehen zurückzuzahlen.«

»Gut«, sagte Warden.

»Du brauchst mir nur zu sagen, an welchem Tag sie kommen wird, und ich sag's meinen Leuten beim nächsten Mal, wenn ich hingehe. Ich zeig dir den Weg, damit du dich nicht verläufst.«

»Schön«, sagte Warden.

Er konnte sie nicht über das Feldtelefon anrufen, da dieses nur über das Bataillon und die Nachrichtenzentrale mit dem öffentlichen Fernsprechnetz verbunden war. Dennoch war dieser Teil der Aufgabe leicht. Als er das nächstemal einen Vorwand hatte, zu Stellung 17 hinunterzugehn, machte er den Anruf vom Hause des alten Ehepaares aus, auf dessen Gelände die Bunker errichtet waren. Diese Leute hatten sozusagen alle Männer in der Stellung als ihre Kinder adoptiert.

Der Anruf ging anstandslos durch. Karen sagte sofort und ohne zu zögern, daß sie kommen würde.

In mehr als nur einer Hinsicht war es ein ganz eigenartiges Erlebnis.

Stark führte ihn in eine kleine Seitenstraße, die von der Autostraße landeinwärts abzweigte. Es war eine vollkommen dunkle Nacht. Der stämmige Texaner blieb stehn und deutete auf das Haus.

»Das da drüben ist es«, sagte Stark. »Das einstöckige Haus mit den Eckfenstern.«

Als Warden hinschaute, entdeckte er den altvertrauten Buick mit der ihm so bekannten Nummer.

»Zurück wirst du wohl alleine finden, was?« sagte Stark.

»Bestimmt.«

»Dann verlaß ich dich hier und geh zurück.«

»Aber kommst du denn nicht mit rein?«

»Nee«, sagte Stark. »Ich war letzte Nacht hier und werd wahrscheinlich morgen nacht wiederkommen.«

»Sie wird sich aber bei dir bedanken wollen.«

»Braucht sich nicht bei mir zu bedanken.«

»Aber, Mensch, praktisch vertreiben wir dich aus deinem eigenen Heim.«

»Ich fürchte, es würde sie in Verlegenheit bringen, mich zu treffen«, sagte Stark. »Und wie dem auch sei«, sagte er, »ich selber will sie nicht treffen. Ich hab sie, glaub ich, zwei Monate ehe Holmes die Kompanie verließ, das letzte Mal gesehn. Warum jetzt?«

»Gut«, sagte Warden.

»Du könntest...«, sagte Stark und brach dann ab.

»Könnte was?«

»Nichts«, sagte Stark. »Auf morgen dann«, sagte er. Er ging in die lichtlose Dunkelheit hinein und wurde unsichtbar. Warden lauschte auf seine immer leiser werdenden Schritte, ehe er zur Tür ging.

In sehr viel mehr als einer Beziehung war es ein ganz eigenartiges Erlebnis.

Das wunderbare, fast überirdisch schöne chinesisch-hawaiianische Mädchen öffnete ihm die Tür und sah ihn mit leuchtenden Augen an. Dann bewölkte sich ihr Blick.

»Ist Maylon nicht mitgekommen?«

»Er muß arbeiten. Ich soll Ihnen ausrichten, daß er morgen kommen wird.«

»Ach«, sagte sie vorwurfsvoll mit ihrem bewölkten Blick. Dann lächelte sie. »Kommen Sie herein, Feldwebel.«

Sie schloß die Tür hinter ihm und knipste die Lichter an. Ihr Mann saß in blendendweißem Hemd und blauen Marinehosen mit einer japanisch gedruckten Zeitung in der Frühstücksnische.

»Ihre Freundin ist da drüben«, sagte das wunderbare, fast überirdisch schöne chinesisch-hawaiianische Mädchen nachdenklich und bewegte ihre Augen nach einer geschlossenen Tür auf der anderen Seite des Zimmers. »Ihre Freundin ist sehr schön«, sagte sie.

»Danke«, sagte Warden. »Und außerdem möchte ich Ihnen danken für das, was Sie für uns tun.«

»Aber ich bitte Sie, Feldwebel. Sprechen Sie nicht davon. Jeder hat heutzutage Sorgen.«

»John«, sagte das wunderbare, fast überirdisch schöne chinesisch-hawaiianische Mädchen leise, »komm doch bitte her und laß dich bekannt machen mit Maylons Hauptfeldwebel, Herrn Warden.« Ihr Mann, in seinem blendendweißen Hemd und den blauen Marinehosen unter dem mahagonifarbenen Gesicht, legte seine Zeitung hin, kam herüber und lächelte und gab ihm warm die Hand. »Nun aber werden Sie Ihre Freundin sehen wollen«, sagte das wunderbare, fast überirdisch schöne chinesisch-hawaiianische Mädchen traurig. »Nicht hierstehn und sich mit uns unterhalten. Ich werde Sie hineinführen.«

Alles war sonderbar, und das gab allem eine besondere Färbung. Leise schloß das Mädchen die Tür hinter sich. Karen saß in einem Sessel neben dem Bett unter einer Stehlampe und las in einem Buch. Sie hatte die Beine angezogen, und ihr grüner Rock spannte sich über den Knien. Ihre kleine Reisetasche, an die er sich erinnerte, stand auf dem Boden neben der Kommode. Sie sah völlig sicher aus, in Frieden mit sich und der Welt, als wäre sie bei sich zu Hause.

»Hallo, Liebling«, lächelte sie.

»Hallo«, sagte Warden, »hallo.« Er ging auf sie zu. Sie legte das Buch auf die Armlehne und erhob sich. Sie tat dies in der ihr eigenen, sonderbar reservierten Art, die er schon fast vergessen hatte. Er legte seine Arme um sie, und es war, als berührte er seinen eigenen Körper, wie ein Mann seine eigenen Hände umfaßt, in der Kälte vielleicht, um sie warm zu halten – und er braucht niemandes Erlaubnis dazu, denn es sind seine eigenen Hände.

Er konnte es ihr noch nicht sagen. Nur nicht gleich, nicht in diesem ersten Augenblick.

Er küßte sie, und sie erwiderte seinen Kuß. Dann machte sie sich mit der ihr eigenen, sonderbaren Zurückhaltung von ihm los. Er hielt sie nicht fest. Ihr Lächeln schien sich zu vertiefen.

»Du erregst dich sonst zu sehr«, lächelte sie. »Laß uns eine Zeitlang reden. Setzen wir uns doch.«

Sie ließ sich wieder im Sessel nieder. Mit den Armen zog sie ihre Beine fest gegen den Körper und lächelte ihn über die Knie hinweg an.

Warden setzte sich auf den Bettrand.

»Du siehst völlig unverändert aus«, lächelte sie.

»Ich fühle mich aber anders«, sagte Warden.

»Nett von diesen Leuten, daß sie uns hierherkommen lassen.«

Sie sagte es aufrichtig. Dennoch empfand sie weder Dankbarkeit noch Überraschung, daß ein Fremder ihr sein Haus zur Benutzung überließ. Es war genau wie mit ihrem Lächeln, das gleichzeitig voll warmer Liebe war und doch weit entfernt. Nie hatte er bei einer anderen Frau ein solches Lächeln gesehn.

»Stark hat es arrangiert«, sagte Warden.

»Ich weiß«, lächelte sie. »Das Mädchen hat's mir erzählt. Sie ist wunderschön.«

»Ja.«

»Und sie ist sehr verliebt in Stark.«

»Ja.«

»Er auch in sie?«

»Ich weiß nicht. Ich glaube schon, aber nicht auf die gleiche Art und nicht so sehr wie sie.«

»Ich weiß«, sagte sie schnell. »Ich hab ihm sehr weh getan.«

»Nein, er hat sich selbst weh getan.«

Er sagte nichts von den sechs Monaten in Bliss. Er erwog es und sah, wie es unwichtig wurde, so daß er keine Ursache hatte, davon zu sprechen.

»Ach, ich hoffe nur, daß er sich wirklich so in sie verlieben kann, wie sie ihn liebt«, brach es plötzlich aus ihr heraus.

»Vielleicht tut er das noch«, log Warden.

»Ich hoffe wirklich. Er verdient es. Er ist ein feiner Kerl. Ich würde mich gerne, ehe er weggeht, dafür bedanken, daß er uns diese Möglichkeit hier verschafft hat.«

»Er ist nicht mitgekommen. Er hat Arbeit im Lager und konnte nicht weg.«

»Das ist nicht wahr«, sagte Karen.

»Nein, es ist nicht wahr. Er hatte Angst, dich in Verlegenheit zu bringen.«

Ihre Augen wurden feucht. Ähnliches hatte er schon früher beobachtet, zum Beispiel bei der Sache mit Prewitt. Dann verschwand die Feuchtigkeit aus ihren Augen, ohne überzulaufen.

»Er ist ein feiner Kerl«, sagte sie, »ein feiner Kerl.«

»Ja«, sagte Warden.

»Er verdient viel mehr, als er je in seinem Leben bekommen hat.«

»Das geht jedem so.«

»Vielleicht wird er's hier bei diesem Mädchen finden.«

»Vielleicht«, log Warden von neuem. Er empfand eine große Zärtlichkeit, wie man sie für ein hübsches Kind empfindet. Verbunden damit war der gleiche egoistische und unvernünftige Drang, es vor Erfahrungen, die es noch nicht gemacht hatte, zu beschützen – nicht etwa, um es nicht zu verletzen, sondern um seine Schönheit nicht zu zerstören.

»War's schwierig, abzukommen?« fragte er.

»Nein.«

»Hat Holmes nichts gesagt?«

»Er hat mir verboten zu kommen«, sagte sie schlicht.

»Und du hast's doch getan?«

»Natürlich, Liebling«, lächelte sie. »Ich liebe dich doch.«

Einen Augenblick lang dachte Warden, er könnte es nicht aushalten. Es war keine geistige Qual, sondern eine rein körperliche.

»Ich muß dir etwas gestehen«, sagte er.

»Ja.«

»Wegen meiner Bestallung als Offizier.«

»Ich weiß es schon«, lächelte Karen. »Es war in der vergangenen Woche das Hauptgesprächsthema drüben in Schofield.«

»Das heißt also, du hast es schon die ganze Zeit gewußt, ich meine, seit ich hier im Zimmer bin?«

»Ja.«

»Sogar schon, als ich mit dir telefonierte?«

»Ja.«

»Und bist trotzdem gekommen?«

»Ja.«

»Obwohl Holmes es verboten hat?«

»Ja.«

»Und warum?«

»Weil du es wolltest und ich auch.«

»Ich verdien's nicht«, sagte er. »Ich verdien's nicht. Ich verdien's unter gar keinen Umständen.«

Mit erschreckender Plötzlichkeit stellte sie die Füße auf den Boden und lehnte sich nach vorn und legte ihre Hand über seinen Mund. »Still«, sagte sie. »Sag das nicht. Ich kann's nicht hören, wenn du das sagst.«

Warden entfernte ihre Hand mit einer fast wilden Bewegung. »Ich konnt's nicht ändern. Ich hatte keine andere Wahl. Ich hab's versucht, aber es ging nicht anders.«

»Das weiß ich doch«, sagte sie besänftigend.

»Und du wußtest es die ganze Zeit«, sagte er tonlos, »selbst als ich telefonierte.«

»Viel länger schon, die ganze Zeit über ... Nur konnte ich's nicht vor mir selbst zugeben. Vielleicht liebe ich dich deshalb, weil ich's immer gewußt habe. Du konntest es nicht tun.

Wir lieben wahrscheinlich nur das, was wir nicht haben können. Vielleicht ist das überhaupt die Liebe. Vielleicht soll das so sein. Ich habe dich gehaßt«, sagte sie. »Manchmal hab ich dich ganz schrecklich gehaßt. Jede Liebe enthält Haß. Man kann nichts dafür. Es kommt daher, daß man an den gefesselt ist, den man liebt. Liebe nimmt einem einen Teil seiner Freiheit, und dagegen wehrt man sich. Obwohl man sich aber dagegen wehrt, versucht man dennoch, den andern zu zwingen, jeden kleinsten Rest seiner eigenen Freiheit aufzugeben. Liebe muß Haß schaffen. Solange wir hier auf Erden leben, wird das immer so sein. Vielleicht ist der Grund für unser Dasein hier, daß wir lernen sollen, ohne Haß zu lieben.«

Sie neigte sich noch immer nach vorne. Ihre Arme waren auf ihren schlanken Knien aufgestützt. Ihre Augen leuchteten. Ihre Hand, die Warden von seinem Mund weggezogen hatte, lag noch in der seinen.

»Ich hab's versucht«, sagte er mit gepreßter Stimme. »Niemand weiß, welche Mühe ich mir gegeben habe.«

»Außer mir.«

»Nein, auch du nicht. Ich hab mir Culpepper und Ross und Cribbage und all die anderen betrachtet, und ich hab gesehn, was sie sind, und da konnte ich einfach nicht.«

»Natürlich nicht. Wenn du's gekonnt hättest, wärst du nicht Milt Warden gewesen, und ich hätte dich nicht geliebt.«

»Und unsere Pläne und all das andere? All das hab ich doch ruiniert.«

»Ist nicht so wichtig.«

»Aber es *ist* wichtig.«

»Ich hab tausend Häuser besessen, die ich nie gebaut habe«, sagte sie. »Hab nie das Geld dazu gehabt. Ich hätt sie nicht benutzen können, wenn ich das Geld gehabt hätte. Vielleicht hab ich sie überhaupt nie wirklich bauen wollen. Dennoch besitz ich die Häuser immer noch.«

»Du meinst, du willst in deinen Erinnerungen leben«, sagte Warden bitter.

»Nein. Ganz und gar nicht«, sagte sie klar und deutlich. »Das meine ich nicht. Was ich meine, ist, daß ich meine Häuser noch immer besitze.«

»Warum muß die Welt so sein, wie sie ist?« sagte Warden und ließ sich völlig gehn. »Ich versteh das einfach nicht.«

»Das weiß ich auch nicht«, sagte sie. »Früher war ich darüber sehr erbittert. Jetzt aber weiß ich, daß es so sein muß. Die Welt kann gar nicht anders sein. Sobald man einer Gefahr Herr geworden ist, erhebt sich eine neue, noch feiner ausgedachte; so muß es aber sein.«

»Ich hab immer nur von dir genommen«, sagte Warden mit gepreßter Stimme. »Du hast gegeben und gegeben. Ich hab nie etwas gegeben. Immer hab ich nur genommen.«

»Nein«, sagte Karen, »das ist nicht wahr. Du hast mir meine Freiheit gegeben. Dana kann mir nichts mehr tun. Nie mehr kann er mich verletzen. Du hast mir gezeigt, daß ich schön bin, daß man mich lieben kann.«

»Stark hat dir das gleiche gegeben. In Bliss.«

»Was Stark mir gegeben hat, das hat er am Schluß wieder genommen und ausgelöscht. Anstatt es mir zu lassen, hat er alles darangesetzt, es zu zerstören.«

»So wie ich's jetzt tue.«

»Nein, du tust das nicht, um die volle Wahrheit zu sagen: ich wollte es gar nicht anders als so, wie es jetzt ist. Ich glaube nicht, daß ich dich heiraten möchte. Wir hätten nur langsam unsere Liebe erwürgt. So schon haben wir angefangen, sie langsam zu verlieren. Das weißt du doch selbst.«

»Ja«, sagte Warden. »Das stimmt.«

»Nun aber werden wir sie niemals verlieren. Liebe verhungert entweder und verwandelt sich in einen Schatten, oder sie stirbt jung und bleibt ein Traum. Hätten wir immer hungrig und nie gesättigt weiterleben können, unsere Liebe wäre erhalten geblieben. Aber keiner von uns war dazu fähig. Wenn wir geheiratet hätten, wäre es der Gnadenstoß gewesen für einen verhungernden Mann. Der Krieg hat dem einen Riegel vorgeschoben. Auch Kriege haben ihre guten Seiten.«

»Karen«, sagte Warden. »Wo hast du das alles her?«

»Ich bin halt so alt geworden, wie ich jetzt bin, und habe immer die Augen aufgemacht.«

Sie lehnte sich in ihren Sessel zurück. Noch immer war dieses wundervolle Licht in ihren Augen, das immer auftauchte, wenn sie über die Liebe sprach. Ihre zerbrechlichen, feinknochigen Finger lagen schlaff ihren Hüften entlang auf dem Sessel.

Und dann lag er, Milt Warden – Hauptfeldwebel Milt Warden –, auf seinen Knien neben ihrem Stuhl.

»Ich kann dich nicht verlieren«, flüsterte Milt Warden. »Ich brauche dich.«

Er schob seine Hände unter ihren Rock und berührte ihre nackten Schenkel.

»Tu das nicht«, sagte Karen unruhig. »Bitte tu das nicht. Bitte zerstör nicht alles.«

»Ich will nichts tun«, log Milt Warden. »Ich will dich nur fühlen.«

»Du kommst dann nur in Erregung«, sagte sie fast gereizt. »Du weißt das doch.«

»Bestimmt nicht.«

»Das geht doch immer so. Und ich will's nicht. Ich will nicht Begierde. Ich will Liebe.«

»Ich will dich nur spüren«, log er. »Das ist alles.« Er legte seinen Kopf auf ihre festen, nackten Schenkel unter dem grünen Rock.

»Es war doch so wunderschön, Milt. Bitte zerstör es nicht.«

»Bestimmt nicht«, versprach er. »Ich zerstör dir's nicht. Ich versprech's dir. Kannst du denn gar nicht fühlen, wie ich dich liebe? Strömt es denn nicht aus meinen Händen?«

Es war ein sehr sonderbares Erlebnis in viel mehr als nur einer Beziehung.

Allmählich ergab sie sich seinen Zärtlichkeiten, wie ein mißtrauisches zahmes Reh nur ganz allmählich sich streicheln läßt, bis schließlich ihre Hände auf seinem Haar waren, in seinem Gesicht, auf seinem Hals, seinen Schultern, seinem Rücken. Er erhob sich, setzte sich halb auf den Arm des Sessels, halb neben sie, damit er sie küssen konnte. Dann versanken sie in der Ekstase einer geschlechtlichen Liebe, die geschlechtslos war.

»Ich fühle dich so gern«, flüsterte Karen, »liebkose dich so gern, laß mich so gern von dir streicheln, ich liebe dich. Immer aber kommt am Schluß das Sexuelle dabei heraus. Du kannst dir gar nicht vorstellen, wie oft ich dich berühren wollte und es nicht getan habe, weil das Ende immer das gleiche ist.«

»Nein, dieses Mal nicht«, flüsterte er und fuhr fort, sie zu liebkosen.

Und dann flüsterte sie schließlich verliebt: »Ich will die Decke abnehmen. Es macht mir nichts aus, wirklich nicht. Ich weiß doch, wie sehr du dich danach sehnst. Wir wollen aber nicht ihr Bett ruinieren, nachdem sie so nett zu uns waren.«

Bis zu diesem Punkt hatte sich das gleiche auch früher schon abgespielt.

Nun aber lehnte Warden ihr Angebot ab. Halb aus Demut und Dankbarkeit dafür, daß sie – obwohl sie wußte, wie die Sache stand – gekommen war, halb auch aus einem anderen Grunde.

»Es macht mir wirklich nichts aus«, sagte sie hingebungs- und liebevoll. »Nun ist's was anderes. Jetzt kann es nichts mehr zerstören. Und ich weiß doch, wie sehr du es wünschst.«

Wieder aber lehnte er ab. Offenbar gab es in ihm ungeahnte Tiefen, von denen er selbst nichts wußte. Tatsächlich hatte der Gedanke, daß er jetzt mit ihr schlafen sollte, für ihn etwas Beleidigendes. Offenbar hatte er sich trotz allem nicht völlig von seinem katholischen Moralismus befreit. Offenbar war er ebensowenig über seine jungfräuliche Mutter hinausgewachsen wie alle anderen amerikanischen Männer.

»Wenn du willst, tu es nur«, lächelte Karen. »Es macht mir nichts aus. Ich will, daß du dir darüber völlig im klaren bist.«

»Ich möchte lieber nicht«, sagte er, und es war mindestens zur Hälfte wahr.

»Ach, mein Liebling«, rief Karen und warf ihre Arme um seinen Hals, »mein liebster Liebling.«

Es war sehr sonderbar.

Sie lehnte sich zurück in ihren Sessel. Ihre Hände lagen auf seinem Haar, sein Gesicht lag auf ihren Brüsten. Sie fuhren fort, sich gegenseitig zu berühren, zu sprechen, ohne zuzuhören, dumme und einfältige Worte zu sagen, die nicht dazu bestimmt waren, einen Gedanken auszudrücken.

Es war ein Lieben von einer Intensität und von einer Durchschlagskraft, wie er's noch nie erlebt hatte, und es war intensiver und führte zu einem höheren Gipfel, als ihm jemals möglich erschienen wäre.

Im Augenblick der höchsten Intensität – als wüßte er instinktiv, daß dies das Richtige war – stand er auf, legte sich aufs Bett und zündete sich eine Zigarette an, während Karen ihn mit einem leuchtenden Lächeln betrachtete. Es kam ihm vor, als hätte er einen Orgasmus gehabt, obwohl das nicht der Fall war. Er war weder enttäuscht, noch fühlte er sich betrogen oder unerfüllt. Er lag auf dem Bett und rauchte seine Zigarette. Er war entspannt, friedvoll und schlafbereit. Ganz dunkel fühlte er etwas wie Stolz und Triumph, als hätte er einen Sieg errungen.

Es war das wunderbarste Gefühl, das er in seinem Leben gespürt hatte, obwohl es ihm schien, es sei für den Alltag ein wenig zu intensiv.

»Jetzt weißt du, wie Liebe wirklich sein kann«, sagte Karen vom Stuhl herüber.

Ohne zu schlafen, lagen sie den Rest der Nacht miteinander im Bett, ohne zu schlafen und ohne sich zu berühren. Sie sprachen über vieles, fast über alles. Er erzählte ihr das letzte Kapitel und Ende von Prewitts Geschichte. Sie vergoß Tränen darüber. Sie waren beide sehr glücklich. Sie redeten, bis der kleine Wecker, den sie in seinem Interesse immer bei sich hatte, um vier Uhr dreißig läutete. Dann stand Warden auf und zog sich an.

»Das ist doch kein Lebewohl«, sagte Karen vom Bett aus, »nicht wahr, Liebling?«

»Natürlich nicht«, sagte Warden.

»Zwei Menschen, die sich so viel bedeuten wie wir, verschwinden nicht einfach aus dem Leben des anderen«, sagte Karen.

»Bestimmt nicht«, sagte Warden. »Es ist unmöglich.«

»Im Augenblick sieht es natürlich dunkel aus«, sagte Karen. »Es wird lange dauern, und unsere Pläne haben sich geändert. Es ist Krieg. Wir werden uns aber wiedersehen.«

»Sicherlich«, sagte Warden. »Ich weiß es ganz bestimmt.«

»Eines Tages wird's geschehn. Menschen, die sich einmal so nahegestanden haben wie wir, treffen sich immer wieder«, sagte Karen. »Du hast ja meine Adresse in Maryland.«

»Ja«, sagte Warden. »Ich hab sie. Und du kannst mir immer an die Kompanie schreiben. Ganz gleich, wohin wir gehen, unsere Feldpostnummer bleibt immer dieselbe.«

»Natürlich kann ich dir schreiben«, sagte Karen.

»Du wirst hoffentlich gut nach Hause finden, oder nicht?« fragte er.

»Bestimmt«, sagte sie. »Ohne jede Schwierigkeit.«

»Und wirst du keinen Ärger mit Holmes haben, wie?« fragte er.

»Er wird nicht den Mund aufmachen.«

»Ich liebe dich«, sagte Warden.

»Ich liebe dich«, sagte sie.

»Dann«, sagte Warden. »Auf später«, sagte er.

»Küß mich noch einmal, Milt«, sagte sie vom Bett.

Nachdem er sie geküßt hatte, ging er zur Tür. Ehe er sie schloß, sah er sich um und winkte.

Karen lächelte ihm zu und erwiderte sein Winken.

Dann, als er die Tür geschlossen hatte, legte sie sich zurück und lockerte den harten Knoten. Damit schien auch alles andere zusammenzufallen. Ihre Gedanken wanderten. Sie lauschte auf das Schließen der Außentür, das bedeutete, daß er gegangen war. Als sie es endlich hörte, drehte sie sich um, legte sich auf den Bauch und preßte ihre Wange erschöpft in das Kissen. Sie war völlig ausgepumpt. Sie war aber froh und glücklich, daß es ihr gelungen war, ihn zu schützen. Er hatte Schutz so dringend nötig. Es war schwer für ihn. Er sah ganz und gar verloren aus. Sie konnte es nicht ertragen, ihn so verloren zu sehn. Männer waren so viel weicher als Frauen. Sie war froh, daß sie es ihm hatte leichter machen können. Und es war nicht mal eine Liebe. Vielleicht würden sie sich wirklich eines Tages wieder treffen. Daran zu glauben schadete ja nichts. Sie schlief ein.

Warden dachte, während er seinen Weg die Seitenstraße hinunter zur Autostraße suchte, an das weißrussische Mädchen, das er in China gekannt hatte. Vor ihr hatte er die junge Frau eines alten chinesischen Kaufmanns gekannt und vor ihr eine junge Studentin aus Chicago und noch vorher jenes protestantische Mädchen zu Hause in Connecticut, die der Anlaß dafür gewesen war, daß er zur Armee ging.

Vier.

Fünf mit Karen.

Fünf richtige. Fünf, die zählten. In wieviel Jahren? In sechzehn Jahren.

Wenn er Glück hatte, blieb ihm vielleicht Zeit für zwei mehr, möglicherweise auch für drei, ehe er zu alt wurde. In der Armee alterte man schnell. Pete Karelsen war noch nicht fünfzig.

So viel lag noch vor ihm. Vielleicht.

Und so viel lag hinter ihm, und das war sicher.

Noch drei in der Zukunft, wenn er Dusel hatte.

Irgendwie aber hatte er eine Ahnung, daß keine von allen, die noch kommen würden, dieser hier das Wasser würde reichen können. Er hatte eine Ahnung, und er hatte Angst, daß diese hier am Ende der Gipfel des Berges bleiben würde.

Er arbeitete sich vorsichtig durch die Dunkelheit zum Kompaniegefechtsstand zurück. Er glaubte nicht, daß sie seine Lüge durchschaut hatte. Es hatte keinen Sinn, es unnötig zu erschweren. Vielleicht würden sie sich wirklich eines Tages wieder treffen. Daran zu glauben schadete ja nichts. Er war sicher, daß sie seine Lüge nicht durchschaut hatte.

Dann – noch immer mit seinen Gedanken beschäftigt – fiel ihm plötzlich ein, warum sie ihn nicht durchschaut hatte, und er erschrak. Sie war zu sehr damit beschäftigt gewesen, ihre eigene Lüge überzeugend klingen zu lassen, als daß sie die seine bemerkt hätte.

Er hoffte nur, daß sie keinen Ärger mit Holmes haben würde.

55

Major Holmes wartete auf seine Frau, als er am nächsten Morgen nach Hause kam.

Als Karen schließlich anlangte, war es fast elf Uhr. Rücksichtsvollerweise war das wunderbare, fast überirdisch schöne chinesisch-hawaiianische Mädchen sehr leise gewesen, und so hatte Karen bis nach neun Uhr geschlafen. Als sie dann endlich aufstand, kochte das schöne Chinesenmädchen das Frühstück für sie beide, und eine weitere Stunde lang saßen sie in der Wohnküche, aßen Eier und Büchsenschinken und tranken Kaffee. Sommerlich hell kam die Sonne durch die Fenster. In warmer, freundlicher Intimität besprachen diese beiden glücklichen Ehebrecherinnen die guten Charaktereigenschaften ihrer Liebhaber. Die Sonne, die Luft, der ganze Tag schienen wie ein Ferientag im Sommer. Solch ein Erlebnis hatte Karen nie zuvor gehabt. Um keinen Preis, auch wenn Holmes bis vier Uhr hätte warten müssen, hätte sie darauf verzichtet. Das Ferientagsgefühl begleitete sie auf ihrem Weg nach Hause.

Holmes hockte eigensinnig und dickköpfig am Küchentisch und trank seinen selbstgemachten Kaffee.

Hauptmann Holmes hatte sich durch seinen Majorsrang nicht viel verändert. Er hatte seine Reithosen und -stiefel und die Kavalleriemütze gegen die Hosen des Stabsoffiziers, Halbschuhe und eine Infanteriemütze eingetauscht. Wie alle anderen trug er jetzt die reguläre Kriegsuniform. Im Grunde hatte es ihn aber nicht verändert. Allerdings war er erst seit ein paar Monaten auf seinem neuen Posten.

»Ich möchte wissen, wo du warst«, sagte er, als sie hereinkam.

»Hallo«, sagte Karen fröhlich. »Wieso bist du nicht im Büro?«

»Ich habe angerufen und mir den Morgen freigenommen.«

»Wo ist Bella?«

»Hab sie für den Tag beurlaubt.«

Karen schenkte sich eine Tasse seines Kaffees ein und setzte sich zu ihm an den Tisch.

»Sie hat sich sicher gefreut«, sagte sie glücklich. »Und nun ist also alles vorbereitet für die Szene.«

»Ich habe bereits gesagt, ich will wissen, wo du warst«, sagte Holmes. »Und mit wem.«

»Aber das habe ich dir doch gestern schon erzählt, Liebling«, sagte Karen fröhlich. »Ich hab mich von jemandem sehr Lieben verabschiedet.«

»Nenn mich nicht Liebling.«

»Wie du willst«, sagte Karen vergnügt. »Ich hab's nur aus Gewohnheit gesagt.«

»Gestern hast du mir überhaupt nichts erzählt.« Holmes' Augen waren wie zwei wild leuchtende Diamanten im trockenen rissigen Gips seines Gesichts. »Du hast mir weder gesagt, wo du ihn treffen würdest, noch wer er ist.«

»Ich hab nicht gesagt, daß es ein ›er‹ ist«, sagte Karen.

»Natürlich war es ein Mann. Glaubst du wirklich, ich hätte das nicht schon längst gewußt? Ich habe mich bemüht, so lange als möglich die Augen zu schließen. Nun ist es aber zu auffällig geworden. Jetzt will ich wissen, wo du ihn getroffen hast und wer es ist.«

»Ich glaube beinahe, das geht dich nichts an«, sagte Karen.

»Ich bin dein Mann«, sagte Holmes. »Es geht mich wohl an.«

»Nein. Es geht mich an«, sagte Karen, »und sonst keinen Menschen. Du klingst fast wie eine Seite aus einem Hemingway-Roman.«

»Dann werde ich dir zeigen, daß es mich angeht.«

»Das«, sagte Karen, »wird dir kaum gelingen.«

»Ich nehm an, daß du die Scheidung willst.«

»Ich habe noch nicht darüber nachgedacht.«

»Du bekämst sie auch nicht.«

Karen schlürfte ihren Kaffee. Sie konnte sich nicht erinnern, sich jemals – seit sie geheiratet hatte – so glücklich, lebendig und voll gesunder animalischer Lebenslust gefühlt zu haben wie jetzt.

»Hast du gehört? Ich lasse mich nicht scheiden.«

»Fein«, sagte Karen Holmes.

Holmes sah sie an. Die Diamanten in seinem Gipsgesicht blitzten sie verzweifelt an. Selbst in seiner akuten Misere konnte er sehen, daß sie nicht schauspielerte.

»Vielleicht werd ich selber auf Scheidung klagen«, sagte er in einem Frontalangriff.

»Fein«, sagte Karen freudig.

»Wir können alles gleich jetzt regeln«, sagte Holmes. »Ich möchte diese Sache ein für allemal aus der Welt schaffen.«

»Soweit ich es beurteilen kann, ist es bereits aus der Welt geschafft. Du wirst dich von mir scheiden lassen.«

»Aha«, sagte Holmes. »Das würde dir so passen, was? Also, mein liebes Kind, ich lasse mich nicht scheiden. Und ich lasse auch nicht zu, daß du dich scheiden läßt. Versuchst du's doch, dann widersetze ich mich, und wenn ich bis zum höchsten Gericht gehen muß.«

»Fein«, sagte Karen freundlich. »Damit ist also alles erledigt. Keine Scheidung.«

»Was für ein Gefühl hast du denn bei dem Gedanken, mit einem Scheusal, wie ich's bin, den Rest deines Lebens verbringen zu müssen?« sagte Holmes gepreßt.

»Kein sehr angenehmes«, sagte Karen fröhlich. »Auf der anderen Seite ist es angenehm zu wissen, daß du den Rest deines Lebens mit mir verbringen mußt.«

»Mein Gott«, sagte Holmes gequält, »wie kannst du nur so grausam sein? Wie kannst du dasitzen und lächeln? Nach allem, was du getan hast? Hast du kein Gefühl für Verantwortung? Und die Jahre, die wir verheiratet sind – hast du die ganz vergessen? Hast du nicht an deinen, an unsren Sohn gedacht? Hast du denn gar kein Schamgefühl?«

»Offenbar nicht«, sagte Karen. »Kein bißchen. Sonderbar, was?«

»Du müßtest es aber haben.«

»Ich weiß«, sagte Karen. »Ich hab's aber nicht. Schrecklich, was?«

»Schrecklich?« rief Holmes rasend. »Eine Frau von deiner Herkunft? Deiner Erziehung? Eine glücklich verheiratete Frau mit einem achtjährigen Sohn? Und du sagst schrecklich?«

»Ich kann's selbst nicht begreifen«, sagte Karen fröhlich.

Nach und nach zerbrachen alle die unfehlbaren Speere seiner Selbstgerechtigkeit an dem undurchdringlichen Panzer ihrer Fröhlichkeit.

»Weißt du denn nicht, was du mir angetan hast?«

»Was denn?«

»Meine Ehe hast du zerstört – das ist alles. Du hast mir den Boden unter den Füßen weggezogen. Du warst meine Frau. Ich habe dir vertraut.«

»Schön, es tut mir leid«, sagte Karen. »Wahrhaftig, es tut mir leid, daß ich dir das angetan habe. Aber ich habe das Gefühl, es konnte nicht anders gehn.«

»Warum, glaubst du, habe ich alles getan, was ich getan habe? All das«, sagte Holmes gepreßt. Er breitete die Arme aus.

»Was alles getan?«

»Mein Gott, mich zu Tode geschuftet in dieser verdammten Boxabteilung, die ich wie die Pest gehaßt habe. Warum bin ich Oberst Delbert und General Slater hintenreingekrochen? Hab mich selber erniedrigt? Mich von ihnen durch die Scheiße ziehen lassen?«

»Ich weiß wirklich nicht. Warum?«

»Für dich, einzig und allein für dich. Weil du meine Frau bist und ich dich liebe. Für dich und unseren Sohn und unser Heim. Dafür.«

»Ich dachte immer, du hättest es getan, weil du vorwärtskommen willst«, sagte Karen.

»Und warum will ein Mann vorwärtskommen? Glaubst du nur des Geldes und der Stellung wegen?«

»Ja, so dacht ich mir's.«

»Was können Geld und Macht einem Manne nützen, wenn er allein ist? Ein Mann will vorwärtskommen wegen seiner Frau und seinen Söhnen, damit er ihnen alles das bieten kann, was er selbst nicht haben konnte. Um ihnen ein angenehmes Leben zu ermöglichen. Um ein Heim zu haben. Und eine Familie.«

»Ich glaube, ich weiß einfach nicht, was Dankbarkeit ist«, sagte Karen.

»Dankbarkeit«, sagte Holmes verzweifelt. »Um Gottes willen, Karen.«

»Vielleicht bin ich unmoralisch«, sagte Karen fröhlich. »Weißt du, so wie Gewohnheitsverbrecher.«

Nachdem der letzte Speer an dem unzerbrechlichen Panzer zersplittert war, fand sich Holmes plötzlich in der Verteidigung. Er fing an zu bitten.

»Wenn alle Frauen so wären wie du, was würde schließlich aus Amerika werden?«

»Ich habe nicht die leiseste Ahnung«, sagte Karen. »Tatsächlich hab ich diese Möglichkeit überhaupt noch nicht in Betracht gezogen.«

»Ein Mann hört manchmal über die Frauen von anderen Männern«, sagte Holmes. »Seine eigne aber . . .«

»Du hast dir nicht vorgestellt, daß so was auch in deinem eigenen Haus passieren könnte, was?«

»Passieren«, sagte Holmes. »Wenn jemand zu mir gesagt hätte, so was könnte in meinem Haus passieren, ich hätte ihn umgebracht. Ich habe versucht, es nicht zu glauben. Ich habe mir selbst vorgemacht, daß es nicht stimmen könnte. Solang ich konnte, hab ich das getan.«

»Nun ist's aber in deinem eigenen Haus passiert, was?«

Holmes nickte stumpf. »Ich hab versucht, mir einzureden, daß alles nur ein Hirngespinst ist.«

»Nun muß man sich also damit befassen. Ja?«

»Du weißt nicht, wie ein Mann fühlt«, sagte Holmes.

»Nein«, sagte Karen. »Vermutlich nicht.«

»Männer empfinden anders als Frauen, ich meine bei einer solchen Geschichte. Frauen denken, daß es einem Manne gar nichts ausmacht. In Wirklichkeit aber verletzt es einen Mann zutiefst. Es zerstört seine Männlichkeit.«

»Ich möchte gern wissen, warum Männer so anders empfinden als Frauen«, sagte Karen.

»Ich weiß nicht«, sagte Holmes elend. »Ich weiß nur, daß es so ist.«

»Ich sag dir was«, sagte Karen fröhlich. »Es ist wunderschön draußen. Ich glaube, ich mach einen kleinen Spaziergang und geh dann zum Klub und esse dort. Ich hab einen Mordshunger. Dann hast du Zeit, eine Entscheidung zu treffen, bis ich wiederkomme.«

»Was für eine Entscheidung?«

»Was du tun willst.«

»Mir wär's lieber, wenn du jetzt nicht gehst«, sagte Holmes. »Ich möchte diese Sache gern erst aus der Welt schaffen.«

»Ich dachte, sie ist schon aus der Welt geschafft.«

»Das stimmt nicht. Du hast noch kaum etwas gesagt.«

»Was soll ich denn sagen?«

»Ich bin bereit, dir zu verzeihen«, sagte Holmes. »Sag mir, wo du warst und mit wem. Mach reinen Tisch. Ich verzeih dir.«

»Tut mir leid«, sagte Karen. »Ich fürchte, daß du das nie erfahren wirst.«

»Eines Tages wirst du's mir sagen *müssen*.«

»Warum?«

»Du wirst es. Schließlich bin ich dein Mann. Du kannst nicht auf ewig Dinge vor mir verstecken.«

»Du meine Güte«, sagte Karen lachend, »wenn das nicht klingt wie eine Seite aus Hemingway! Ich werde gar nichts vor dir verstecken. Ich sage nur nichts. Etwas anderes aber will ich dir sagen. Ich habe dich auch früher schon betrogen. Einmal. Und aller Wahrscheinlichkeit nach werde ich dich wieder betrügen. Das kann man nie wissen. Ich dachte, es wäre besser, du wüßtest das, ehe du deine Entscheidung fällst. Wir müssen, wie du siehst, leider die Bedingungen unseres Abkommens ändern.

Nun setz dich mal hübsch dahin«, sagte sie mütterlich, »und reg dich nicht auf und triff deine Entscheidung. Willst du dich von mir scheiden lassen, bitte sehr. Und willst du dich nicht scheiden lassen, ist's mir auch recht. Was immer deine Entscheidung sein wird, ich habe nichts dagegen.

Junior kommt in ein paar Minuten zum Mittagessen nach Hause, und wir wollen doch nicht, daß er sieht, wie wir uns eine Szene machen, wie?«

»Ich habe Hunger«, sagte Holmes unglücklich.

»Im Kühlschrank steht kalter Aufschnitt und alles mögliche«, sagte Karen. »Und ich bin vor dem Abendessen zurück.«

»Und wie steht's mit Juniors Mittagessen?«

»Bella richtet es immer gleich nach dem Frühstück und stellt es in den Kühlschrank. Weißt du das nicht?« erklärte sie geduldig. »Es ist bestimmt auch jetzt da. Er weiß, wo's ist.«

»Hast du dann was dagegen, wenn ich mit dir hinaufgehe zum Klub?« fragte Holmes unterwürfig.

»Lieber geh ich alleine. 's ist so schön draußen, und ich möchte das gerne genießen, ohne über Probleme zu sprechen.«

»Wir können aber nicht beide in den Klub gehen und an verschiedenen Tischen essen«, protestierte Holmes.

»Dann kannst du in die Kantine hinübergehn«, sagte Karen sanft, aber fest, »es sei denn, du willst dir hier selbst etwas richten. Eins noch«, sagte sie von der Tür her, »wenn du den Kaffee nicht kochen, sondern nur gerade bis zum Kochen kommen läßt, wird er nicht so bitter.«

»Ich werde die Maschine nehmen«, sagte Holmes.

»Gut«, sagte Karen sorglich, »auf später dann.«

Sie ging zur Hintertür hinaus und unter den großen alten Bäumen hindurch ins helle Sommerlicht der Waianae Avenue. Es war wirklich ein bemerkenswert schöner Tag, und seine faule sommerliche Schönheit ging wie ein Prickeln durch ihren Körper. Sie ging die Waianae Avenue entlang. Schofield war wirklich ein schöner Ort. Auf dem Baseballfeld standen Flugabwehrgeschütze in Stellungen aus Sandsäcken, und um die Unterstände, die ausgehoben wurden, lag viel aufgeworfene Erde. Aber selbst das war schön. Alles war schön. In der Tat war es so schön, daß es Karen vorkam, als könnte sie, wenn sie nur alles im Gleichgewicht und in der richtigen Proportion hielt, ihre Zeit gut ausnützte und jedes kleinste Geschenk ohne Gier genoß, sich diese Schönheit unbegrenzt erhalten.

Sie fühlte, daß sie niemals einen anderen Mann lieben würde. Wenn aber auch die Liebe vorüber war – das Leben brauchte damit nicht zu enden.

Wie sie so die Waianae Avenue entlangging, begann sie plötzlich über die schönen Flugabwehrgeschütze und die aufgeworfene Erde zu weinen.

Major Holmes saß, nachdem seine Frau durch die Hintertür hinausgegangen war, schwerfällig am Küchentisch. Dann stand er schwerfällig auf, ging zum Kühlschrank und richtete sich zwei belegte Brote mit Senf. Er trank Milch statt Kaffee.

Er stellte die Teller aufeinander und räumte das Zeug zurück in den Kühlschrank und fegte den Tisch sauber. Er wusch und trocknete die Teller ab. Er leerte den übervollen Aschenbecher, wusch und trocknete ihn ab. Dann, als es nichts mehr zu tun gab, ließ er sich am Tisch nieder und rauchte eine Zigarette.

Die Zigarette schmeckte nicht besser, als die Brote und die kalte Milch geschmeckt hatten. Kochen konnte er nicht. Er wollte, er hätte dem Mädchen nicht freigegeben. Sobald Karen und der Junge evakuiert waren, konnte er anfangen, im Speisesaal für unverheiratete Offiziere zu essen. In zwei Wochen schon würde es soweit sein. Am sechsten Januar.

Bevor er die Zigarette halb aufgeraucht hatte, drückte er sie in dem sauberen Aschenbecher aus. Er stand vom Tisch auf und stürzte zur Hintertür hinaus, fort von seinem Haus. Er war wieder in der Sicherheit seines Büros, lange bevor sein Sohn nach Hause kam.

56

Am sechsten Januar war Milt Warden auf Urlaub in der Stadt. Maylon Stark begleitete ihn.

Es war der erste Tag seit Pearl Harbor, daß Urlaubsscheine an die Truppe des Distrikts Hawaii ausgegeben wurden, und um zehn Uhr morgens stürzte sich eine mit Geld wohlversorgte johlende Horde wilder Männer aus einem Umkreis von neunzig Meilen auf Honolulu. Sie kamen aus allen Richtungen, wie Speichen eines Rades, die der Nabe zustreben, und begannen sich vor den Bars und Bordellen aufzustellen, bis diese Schlangen durcheinandergerieten, weil Männer, die ins New Congress Hotel wollten, plötzlich in Wu Fats Restaurant gingen und sich an der Bar etwas zu trinken bestellten. So blieb es ungefähr den ganzen Tag bis zur Sperrstunde. Dieser erste und die beiden folgenden Tage werden für immer unvergeßlich bleiben. Kein Barmann in der ganzen Stadt wird diese Tage je vergessen, noch werden sie von den Bordellmüttern vergessen werden, die sich damals in der Stadt befanden. Selbst ein paar achtbare Leute werden sich ihrer erinnern. Es war ausdrücklich befohlen worden, daß nie mehr als ein Drittel der Besatzung einer Stellung abwesend sein durfte. Für die G-Kompanie bedeutete das ein Verteilungsproblem, da sie vierzehn Strandstellungen besetzt hielt. Der Befehlshaber jeder Stellung (häufiger ein Unteroffizier als ein Offizier) wurde von Oberleutnant Ross aufgefordert, eine Liste mit einem Drittel seiner Leute einzureichen, und diese erhielten sodann ihre Urlaubsscheine. Warden hatte die Urlaubsverteilung des Stabspersonals unter sich, Stark tat das gleiche für die Küche.

Ein ungeschriebenes Gesetz fordert, daß kein Vorgesetzter auf Urlaub geht, ehe nicht seine Leute auf Urlaub waren. So kam es, daß die Unteroffiziere (die anders als die Offiziere nicht darüber erhaben waren, sich mit gewöhnlichen Soldaten über gewisse Dinge freundschaftlich zu verständigen) ergatterten, was sie nur ergattern konnten. Ein reger Austausch von Handschlägen, Geld und Andenken fand statt, und eine stattliche Anzahl der unschätzbaren, viel zu schnell dahinschwindenden Flaschen mit Whisky wechselte am Vorabend des 6. Januar die Hände.

Ihr Ehrgefühl verbot es Warden und Stark, ihre eigenen Namen auf die Urlaubsliste zu setzen, aber Warden sorgte dafür, daß sie beide dennoch ihre Scheine bekamen. Er füllte einfach zwei zusätzliche Formulare aus und ließ sie von Oberleutnant Ross unterschreiben. Niemand in der Kompanie bestritt ihm das Recht, die Etikette auf diese Art und Weise zu durchbrechen, am allerwenigsten Oberleutnant Ross. Oberleutnant Ross wußte, was er an Warden hatte. Seit dem Tage, an dem Warden seine Beförderung zum Offizier abgelehnt hatte, hatte er die Kompanie in der Hand. Stark besaß eine Halbliterflasche, die ihm aus dem Urlaubshandel geblieben war. Sie leerten sie auf dem Weg in die Stadt. Ihren ersten Besuch machten sie bei Charlie Chan im ›Blauen Schanker‹. Der ›Blaue Schanker‹ war nicht so voll wie die besseren Bars. Draußen auf dem Bürgersteig stand keine Schlange. Im ›Blauen Schanker‹ standen die Männer lediglich drei Reihen tief um die Theke herum. Sechs Glas mußten sie im Stehen leeren, ehe sie Hocker an der Bar bekamen und damit beginnen konnten, ernsthaft zu trinken.

»Das tut gut«, seufzte Stark, als sie sich auf die Hocker schoben. »Meine Füße sind zum Marschieren gemacht, nicht um in Bars herumzustehn. Selbst in Fort Bliss war Zahltagsabend in Juarez nicht so schlimm.«

»Hallo, Warden! Hallo, Stark!« strahlte Charlie. »Lang nicht gesehen. Ist wundervoller Tag, was?«

»Ja«, sagte Warden, »herrlicher Tag.«

»So ein herrlicher Tag«, sagte Stark heiter, »daß ich Lust habe, mich gut und lausig zu besaufen und irgendein Großmaul sauber und glatt zu Tode zu prügeln.«

»Stark, du bist 'n Texaner«, sagte Warden. »Texaner lieben ihre Kameraden, den Staat Texas und ihre Mutter. Sie hassen Nigger, Juden, Fremde und unmoralische Frauen – wenn sie sie nicht gerade vögeln.«

»Scheint, wir sind früh dran«, sagte Stark. »Oder die G-Kompanie hat sich vom ›Blauen Schanker‹ losgesagt.«

»Ich kann durch dich durchsehn wie durch Glas«, sagte Warden. »He, Rose.«

Tatsächlich waren sie früh dran. Sie hatten den Gefechtsstand schon fünf Minuten nach neun verlassen, anstatt um zehn wie alle anderen. Das einzige vertraute Gesicht im Lokal war das von Roses Freund, dem Oberfeldwebel der Artillerie, der mit drei Kameraden in der gleichen Nische saß, als wenn er in der Zwischenzeit das Lokal nie verlassen hätte.

»Du dich besaufen«, strahlte Charlie. »Jeder sich besaufen. Herrlicher Tag. Dieses Glas auf meine Kosten.« Er nickte ihnen strahlend und schwitzend zu und entfernte sich hinter der Theke.

»Großartiger Bursche«, sagte Stark.

»Ja. Wunderbarer Mensch«, sagte Warden.

»Glaubst du, er kann sich's leisten, uns 'n Glas Whisky zu spendieren?«

»Nein. Ich bezweifle es.«

»Er braucht noch einen hinter der Theke, der ihm hilft«, sagte Stark.

»Hier vorne braucht er auch noch einen«, sagte Warden, während er Rose betrachtete. Obwohl sie ein Mädchen hatte, das ihr half, klappte ihre Bedienung genausowenig wie die Charlies hinter der Bar, und zwar hauptsächlich deshalb, weil sie versuchte, gleichzeitig die Gäste zu bedienen und bei dem Oberfeldwebel zu hocken.

»*He*, Rose!« brüllte Warden.

Sie saß in der Artillerie-Nische, aber sie kam herüber. Allerdings zeigten sich in ihrem dunklen, leeren, kleinen Gesicht – das portugiesisch war, aber durch seine geschlitzten Augen eine Mesalliance verriet – Zeichen des Ärgers.

»Was willst du, Warden?«

»Wie heißt denn dein Freund?«

Sie betrachtete ihn mürrisch. »Wozu willst du das wissen? Geht dich doch nen Dreck an.«

Warden beäugte ganz offen ihre vollen Brüste. Rose folgte seinem Blick, hob dann wütend die Augen und starrte ihn eingehend an.

»Bei welcher Einheit ist er denn?« fragte Warden leichthin.

»Hör mal. Was geht das dich an. Ich hab gedacht, du wolltest was bestellen. Bist besoffen, was? Charlie bedient dich schon. Ist nicht meine Aufgabe, an der Bar zu bedienen.« Mit einer wütenden Bewegung wandte sie sich um und marschierte zurück zur Artillerie-Nische.

Als wären sie ein einziger Mann, drehten Warden und Stark sich auf ihren Hockern um und sahen ihr nach. Ihre runden, nackten Beine glitten unter dem Rock verheißungsvoll zusammen. Ihre Taille war konkav, wölbte sich nach unten zu atemberaubend vor und ging über in die festen, rundlichen Backen ihres Hinterteils, die neckisch hin und her wackelten.

»Mensch«, sagte Stark andächtig, »was 'n Arsch.«

»Amen«, sagte Warden still. Er spitzte die Lippen und ließ langsam die Zunge über seinen Schnurrbart laufen. Er spürte die wolkige Streitsucht der Trunkenheit durch seine Brust in den Kopf steigen wie Kampferrauch. Alles besaß jene überraschende Klarheit vergessener Dinge, die man plötzlich wiedersieht.

»Bist du glücklich?« sagte Stark.

»Klar bin ich glücklich.«

»Mensch, das ist das wahre Leben«, sagte Stark nachdrücklich. »Ich möchte es gegen nichts in der Welt eintauschen. Möchtest du?«

»Nein«, sagte Warden. »Stark«, sagte er, »weißt du, was dir fehlt? Du bist ein Texaner und hast keinen Humor.«

»Klar hab ich Humor.«

»Klar! Hat ja jeder. Deiner ist aber nicht der richtige. Ist zu zäh, wie Lakritze. Du kannst Stolz nicht von Humor unterscheiden. Ein stolzer Mann mit der richtigen Art von Humor prügelt sich zu Tode, ehe er dreißig ist. Nimm mich zum Beispiel. Ich hab die richtige Art von Humor. Deshalb kann ich so einen wie dich dazu bringen, daß er alles tut, was ich will.«

»Mich kannst du nicht dazu bringen, daß ich was tue, was ich nicht will«, erklärte Stark.

»Kann ich nicht?« sagte Warden hinterhältig. »Willst du wetten?«

»Klar wett ich.«

Warden wandte sich wieder seinem Glase zu. Er lächelte schlau. Dann richtete er sich auf: »He, Rose!«

Rose kam mit gerunzelter Stirn zur Bar. »Der Teufel soll dich holen, Warden. Was willst du jetzt?«

»Noch einen Korn, mein Rosenkind. Füll mein Glas. Das ist's, was ich will.«

»Der Mann wird dich bedienen. Charlie, schenk ihm ein.«

»Der Teufel soll ihn holen. Ich will, daß du's tust.«

»Meinetwegen. Auch noch 'n Bier?«

Warden sah auf seine Flasche. »Ja. Schütt das weg. Gib mir kaltes.«

»Du mehr Umstände machen, als ich wert«, lächelte Rose.

»Glaubst du? Wie heißt dein Freund, Rose?«

»Laß mich in Ruhe.«

»Bei welcher Einheit ist er?«

»Ich hab dir schon gesagt, du sollst mich in Ruhe lassen.«

»Weißt du, warum ich mir so gern das Glas von dir füllen lasse, Rose? Weil ich dir gerne nachschaue, wenn du nachher weggehst. Du hast einen wunderschönen Hintern, Rose.«

»Ich bin verheiratet«, sagte Rose mit Würde, womit sie meinte, daß sie mit jemand zusammenlebte. Aber sie fühlte sich geschmeichelt.

»Wie heißt dein Freund?«

»Der Teufel soll dich holen«, explodierte Rose. »Halt dein Maul und laß mich in Ruh.«

»Ich heiße Berny«, sagte der Oberfeldwebel der Artillerie, während er von der Nische herüberkam. Er war fast so groß wie Warden. »Feldwebel Ira Berny, 8. Feldartillerieregiment. Willst du noch was wissen, Feldwebel?«

»Laß mal sehn«, sagte Warden nachdenklich. »Wie alt bist du?«

»Vierundzwanzig im nächsten Juni«, sagte der Oberfeldwebel. »Noch was?«

»Für dein Alter hast du ein sehr hübsches Mädchen.«

»Und ich will sie behalten. Noch was?«

»Ja. Würdest du so freundlich sein und mit mir und meinem Freund hier ein Glas trinken?« sagte Warden.

»Natürlich.«

»Rose, Liebling«, sagte Warden, »schenk ihm was ein.«

»Whisky«, sagte der Oberfeldwebel.

Rose schenkte ein, Warden zahlte, und der Oberfeldwebel leerte das Glas in einem Zuge. »Auf später denn«, sagte Warden zum Abschied und wandte sich wieder zu Stark. »Amüsiert euch gut.« Er begann mit Stark zu sprechen.

Einen Augenblick standen die beiden da und wußten nicht, was sie tun sollten. Dann gingen sie zur Nische zurück. In der Nische begannen sie heftig zu reden, während die drei anderen zuhörten.

»Was tust du eigentlich, zum Donnerwetter«, sagte Stark. »Willst du ne Schlägerei anfangen?«

»Ich fange nie Schlägereien an.«

»Aber aufhören tust du sie?« sagte Stark.

»Nicht mal das.«

»Sollen wir ihn also jetzt vornehmen?«

»Wen?« sagte Warden.

»Deinen Kameraden, den Oberfeldwebel.«

»Ich weiß gar nicht, wovon du sprichst«, sagte Warden. »Ach, ich hab's ganz vergessen. Du bist 'n Texaner. He, Texasmann«, sagte er, »wie ich höre, bist du 'n guter Schütze. Stimmt das?«

»Ich kann immerhin bei nem Gewehr vorne und hinten unterscheiden«, sagte Stark.

»Was hältst du von einem kleinen Wettschießen mit mir, Texaner, mit einer kleinen Wette nebenbei? Wie wär's zum Beispiel mit hundert Dollar?«

Stark griff in seine Tasche. »Pari?«

Warden grinste.

»Wann immer du willst«, sagte Stark. Er nahm einen Zehner und drei Einer aus seiner Brieftasche und leerte den Rest auf der Theke aus. »Hundert Dollar. Wann immer es dir paßt.«

Der Geldhaufen, der hauptsächlich aus Fünf- und Ein-Dollar-Noten bestand, sah – wie er so lose und nur einmal gefaltet auf der Bar lag – sehr groß aus.

Warden beugte sich nach vorne, um ihn zu betrachten.

»Sieh mal an, hat der Texasmann tatsächlich so ein Haufen Geld. Wie fühlt man sich eigentlich, wenn man so reich ist, Texasmann?«

»Ein Stück weiter oben ist ne Schießbude«, sagte Stark. »Oder wir können auch zu Moms Schießhalle in der Hotel Street gehn. Nur fünf Minuten von hier.«

»Deine Chance ist dort größer als draußen in den Schießständen.«

»Willst du wetten oder nicht?« sagte Stark. »Halt die Wette oder 's Maul.«

»Reingefallen, Texasmann! Hab ich dir nicht gesagt, ich kann dich dazu bringen, das zu tun, was ich will? Mein Gott, wenn ich wollte, könnte ich dich sogar dazu bringen, daß du rübergehst und dich mit diesem ganzen Haufen Artilleristen rumprügelst. Weißt du denn nicht, daß du überhaupt keine Chancen gegen mich hast? Steck dein Geld wieder weg wie ein braver, kleiner Junge. Keine drei Leute auf dieser Insel schießen besser als ich, und das weißt du ganz genau.«

»Du kannst mich nicht zu etwas bringen, was ich wirklich nicht will«, beharrte Stark.

Warden klopfte sich mit dem Zeigefinger an die Schläfe. »Köppchen, Texasmann, Köppchen und ein bißchen Sinn für Humor. Weiß Gott – wenn ich dir zeige, wie du's machen sollst – könntest du in drei Monaten Offizier sein.«

»Wer will Offizier werden, verdammt noch mal«, rief Stark entrüstet. »Du brauchst mich nicht zu beleidigen. Ich paß schon auf mich selber auf, Spieß, und fahr gar nicht so schlecht dabei.«

»Genau darin liegt dein Irrtum, Texasmann. Die ganze Zeit versuch ich, dir das beizubringen. Nur der Erfolg entscheidet. Du brauchst nicht deinen Stolz zu verlieren, wenn du nicht willst. Du könntest so leicht wie nur etwas Offizier werden.«

»Tu mir nur keinen Gefallen.«

»Willst du noch immer mit mir um die Wette schießen?«

»Wann es dir paßt.«

»Schön«, grinste Warden hinterhältig, »wir gehn zu Mom und schießen zehn Schuß nach einer Karte zu hundert Dollar, pari. Wir geben Mom unsere Einsätze zum Aufheben. Hier« – er warf verächtlich die Banknoten auf den Tisch –, »steck sie ein, sonst liegt hier plötzlich das Doppelte.«

Stark faltete es zusammen mit dem Zehner und den drei Ein-Dollar-Noten und steckte alles zurück in die Hosentasche. Während er dies tat, ging Rose an der Ecke der Bar, wo sie saßen, vorbei, um jemanden zu bedienen. Ihr wunderschöner Hintern hüpfte aufregend bei jedem Schritt.

In dem Augenblick, als sie vorüberging, schwang sich Warden plötzlich auf seinem Stuhl herum, streckte den Arm aus und kniff sie leicht in eine ihrer sanften Hinterbacken. Rose blieb mitten im Schritt stehen, wandte sich um und schlug mit offener Hand nach ihm. Warden fing ohne Anstrengung ihr Handgelenk mit der linken Hand. Sie fuhr mit der Rechten, die sie zu einer Klaue geformt hatte, nach seinem Gesicht. Ihre langen, leuchtendroten Nägel waren wie Krallen. Warden fing diese Hand genausoleicht mit seiner Rechten. Nun hielt er sie mit vor sich gekreuzten Händen, ohne irgend etwas zu tun, und grinste aufreizend.

Unfähig, sich loszureißen, versuchte Rose, ihm einen bösartigen

Tritt in die Hoden zu verabreichen. Warden drehte graziös sein rechtes Knie nach innen. Ihr Schienbein traf auf sein Knie. Dann erhob er sich, schob das rechte Bein zwischen ihre Beine und machte so das fluchende und kämpfende Mädchen machtlos. Mochte sie sich abkämpfen.

»Beruhige dich, Baby«, grinste er zufrieden. »Ich tu dir nichts. Du bist ein Mädchen so richtig nach meinem Herzen. Aber du darfst mich nicht ärgern. Ich bin imstande und vögle dich gleich hier.«

Roses Lippen verzogen sich zu einer Grimasse, und sie spuckte nach ihm. Wie ein Boxer wich Warden nach der Seite aus, so daß ihn nur ein feiner Sprühregen traf. Stark aber wurde mitten aufs Hemd getroffen.

Das Ganze hatte sich so schnell abgespielt, daß Stark noch kaum aufgeblickt hatte.

»Du verdammter Hundesohn einer gottverdammten Hure«, zischte Rose.

Roses Freund und seine Kameraden waren bereits auf den Beinen.

»He – so behandelt man keine Dame«, sagte der Freund.

»Stimmt«, sagte einer seiner Kameraden. »Laß die Dame los.«

Warden blickte sie an, die Augen im gespielten Erstaunen weit aufgerissen. »Was? Daß sie mich schlagen kann? Mach keine Sachen, Freund.

Ruhig, ruhig. Nimm's nicht so schwer, Baby«, sagte er zu der sich windenden Rose. »Sonst kriegst du nen Schlaganfall.«

Die vier Artilleristen gingen gleichzeitig auf ihn los, wie eine Front von Autos, wenn das Licht grün wird.

Warden schüttelte mißbilligend den Kopf. »Nanana – Leute«, sagte er.

»Gottverdammter Hurensohn«, zischte Rose leidenschaftlich.

Warden gab ihr einen leichten Stoß, der sie gegen die Wand plumpsen ließ – damit war sie ihm aus dem Weg, sie hatte ihren Zweck erfüllt –, und drehte sich mit so blitzartiger Heftigkeit gegen die vier herankommenden Artilleristen, daß er sie völlig aus dem Gleichgewicht brachte. Seine riesige Faust fuhr bösartig hervor. Hinter ihr lag das volle Gewicht seines Körpers. Mit knirschendem Krachen landete sie auf der Nase des Oberfeldwebels. Ira glitt in sitzender Stellung zurück gegen die Nische. Seine gebrochene Nase blutete ausgiebig. Mit hungrigem Brüllen empfing Warden seine drei Kameraden Brust an Brust.

Rose, von der Wand abgeprallt wie ein Boxer von den Seilen, hatte sich Warden auf den Rücken gehängt. Ihre Krallen waren in seinen Hals vergraben, und mit ihren scharfen, kleinen Zähnen suchte sie nach seinem Ohr.

Der Oberfeldwebel stand vom Boden auf, schüttelte zweimal den Kopf und stürzte sich wieder in den Kampf. Stark, der zunächst erstaunt zugesehen hatte, traf ihn mit einem wohlgezielten Hieb. Sein dicker Küchenfeldwebelsarm bewegte sich mit verwirrender Schnelligkeit, wie das Ende einer Peitsche. Ira stürzte erneut, krachte mit dem Rumpf gegen den Tisch in der Nische, glitt über ihn hinweg und kam mit dem Kopf gegen die Wand zum Halten.

Rose, die noch immer auf Wardens Rücken hing und sein Ohr nicht finden konnte, gab sich mit der Schulter zufrieden. Durch Ober- und Unterhemd senkte sie ihre Zähne in seine Haut. Um diese Zeit waren alle fünf – nämlich die drei Kameraden, Warden und Rose – auf dem Boden, wo sie eine wild um sich schlagende Masse von Armen und Beinen bildeten. Warden zuckte gereizt mit seinem Rücken, und Rose wurde trotz ihres dreifachen Haltes abgeworfen und gegen die Wand geschleudert.

Sie kam sofort zurück. Mit einem hohen, schrillen, sinnlosen Falsettoschrei sprang sie wieder auf Wardens Rücken, wobei ihre beiden Füße den Boden verließen. Eine Faust, die einem der Freunde des Oberfeldwebels gehörte, schoß aus der wirren Masse heraus und traf sie mitten auf die Stirn. Sie fiel zurück zu Boden, war bewußtlos und kampfunfähig.

Charlie Chan, der chinesisch plappernd danebenstand, unterbrach sein verzweifeltes Händeringen lange genug, um ihren schlaffen Körper hinter die Bar zu zerren. Dann fuhr er fort, die Hände zu ringen und chinesisch zu plappern. Er stand leicht nach vorne gebeugt, um jederzeit in der Lage zu sein, sich schnell hinter die Theke zu ducken. Die große Menge von Gästen, die ihn so glücklich gemacht hatte, war wie weggetaut. Die meisten standen unmittelbar vor der Tür und beobachteten von dort aus die Vorstellung.

Es war eine gute Vorstellung.

Warden watete in die vier strampelnden Leiber hinein. Er zog ein fremdes Bein heraus, bis ein fremder Rücken erschien, und begann diesen Rücken mit vernichtenden Schlägen in die Nierengegend zu bearbeiten.

Aus der Masse stieg eine gedämpfte Stimme, die schmerzvoll schrie: »He, Ira, wo bist du? Komm und hilf mir.« Wardens bösartiges Lachen war ein Brüllen, das ebenfalls etwas gedämpft klang. »Mensch, ihr braucht mehr als vier, um mit uns fertigzuwerden.« Ira, der Oberfeldwebel, der noch immer etwas verstört auf dem Tisch lag, hörte den Hilferuf. Er ließ sich kopfschüttelnd vom Tisch heruntergleiten. Seine Hand lag auf der blutenden Nase. Er machte eine Pause, die ihm erlaubte, »Das wird eine rauhe Sache« zu murmeln, und stürzte sich dann von neuem ins Gewühl. Die gärende Masse auf dem Boden brach auseinander, und wie ein Koloß erhob sich Warden aus ihr. Ein stilles, mörderisches Grinsen lag auf seinem Gesicht. Blut lief aus seinem Mund und tropfte auf sein Hemd und auf seine Krawatte. Er bewegte seine Lippen ein paarmal und spuckte dann dramatisch zwei Zähne aus. Seine Uniform war ruiniert. Beide Ärmel waren aus dem Hemd gerissen. Ein Hosenbein hing nur noch an einem Faden. Zwischen seinen Füßen lag einer der Freunde des Oberfeldwebels. Er war ebenso schlaff und außer Gefecht gesetzt wie Rose. Warden stand fest und unbeweglich über ihm. Glücklich grinsend und wortlos schlug er seine Faust in jedes Gesicht, das sich zeigte, und auf jeden Körper, der in seine Reichweite kam.

Seine Schläge schleuderten zwei von ihnen zurück, wie Kieselsteine von einem sich drehenden Rad weggeschleudert werden.

Stark packte den dritten, der zufällig gerade der Oberfeldwebel Ira Berny selber war, drehte ihn hart zu sich herum und versetzte ihm mit chirurgischer Genauigkeit einen pulverisierenden Schlag auf den Adamsapfel. Ira schwankte zurück in seine Nische und setzte sich nieder. In schrecklicher Qual kämpfte er würgend um Atem. Er gab auf.

Von den anderen zwei, die Warden weggeschleudert hatte, setzte sich einer apathisch in die Nische zu Ira. Der zweite, der zur Theke gekommen war, packte eine Bierflasche, zerschmetterte sie am Geländer der Theke und rannte mit dem Überrest an Stark vorbei auf Warden los. Wie einen Dolch hielt er das zersplitterte Glas. Schluchzend fluchte er zwischen harten Atemstößen. Das Zerschlagen der Flasche hatte ein mißbilligendes Gemurmel aus der Zuschauermenge zur Folge. Keiner aber rührte sich, um ihn aufzuhalten.

Warden, der noch immer vergnügt grinste, wartete auf ihn. Wie ein Ringkämpfer streckte er die Hand nach vorne. Er war – bekam er eine Chance – bereit, ihn zu packen.

Als der Mann aber an Stark vorbeirannte, streckte dieser ihm gelangweilt seinen Fuß in den Weg. Der rennende Messerstecher krachte auf den Boden. Noch im Fall versuchte er, Warden mit seiner Flaschenscherbe zu erreichen.

Warden trat zurück, bis er auf dem Boden aufgeschlagen war. Dann trat er wieder vor und gab ihm einen sorgfältigen Tritt gegen den Kopf.

Das Ganze hatte vielleicht sechs Minuten gedauert.

Schon aber hörte man vom Ende der Straße den durchdringenden Ton der stets alarmbereiten Polizeipfeifen.

Charlie Chan, der noch immer seine Hände rang, begann zu weinen. Tränen rannen über sein Gesicht. »Jetzt kommt die verdammte MP. War so schöner Tag. Jetzt Geschäft kaputt. Wird geschlossen.«

»Sie kommen, Texasmann«, sagte Warden mit sinnlosem Lachen. »Los. Ich weiß, wohin wir verschwinden.«

Er riß den Rest seines zerfetzten Hosenbeines los. Dann drängten sie sich mit den Ellbogen durch die noch immer wachsende Menge vor der Tür. Sie rannten hinunter zur River Street. Warden lachte noch immer aus vollem Halse.

»Diese Rose«, lachte Stark atemlos. »Die hat wirklich ein Auge auf dich geworfen, Kamerad. Wenn du's nächste Mal hingehst, ziehst du besser dein Schwanzfutteral über. Sonst kann sie's nicht bis zu Hause abwarten und vergewaltigt dich schon dort.«

»Deswegen glaube ich auch nicht, daß ich jemals wieder hingehe«, lachte Warden. »Hier – in diese Richtung.«

Er bog in das Gäßchen ein, das etwa in der Mitte des Blocks einmündete. Noch immer lachte er sinnlos und glücklich. Es war das gleiche Gäßchen, in dem er mit Prewitt in jener Nacht gesprochen hatte, ehe sie die Straße überquerten, um in einer Bar etwas zu trinken. Damals hatte er ihn das letztemal gesehn. Einen Augenblick dachte er im Rennen daran und rannte weiter.

»Hier werden sie zuallererst nach uns suchen«, sagte Stark.

»Mach dir keine Sorge. Komm nur. Ich weiß schon, was ich tue.« Sie hatten das Gäßchen ungefähr bis zur Mitte hinter sich, als Warden rief: »Hier«, sich nach links wandte, an der Hintertür des ›Blauen Schankers‹ vorbei. Dann rannte er nach links über die Schlacken zur Rückseite des nächsten Gebäudes. Dort war eine Feuerleiter, und Warden begann sie hinaufzuklettern. Stark folgte ihm. Dann duckten sie sich. Von unten hörten sie das durchdringende Pfeifen der MP. Sie überquerten drei oder vier Dächer, ehe Warden schließlich stehenblieb.

»Laß mich mal überlegen«, sagte er. »Ich glaube, hier ist es. Ja, das stimmt.«

Er lehnte sich über den einen Meter breiten Abgrund und klopfte scharf an ein Fenster des nächsten Gebäudes. Er wartete ungeduldig und klopfte dann von neuem.

Von hier oben – sie befanden sich auf dem Dach eines dreistöckigen Hauses – konnten sie alle Dächer hügelabwärts unterhalb Beretania Street sehen. Am Fuße der Nuuanu Straße war der Hafen. Da unten fuhr gerade ein Schiff aus. Auf dem tiefblauen Wasser leuchtete es im hellen Sonnenschein. Es war einer der Dampfer der Matson-Linie. Es sah aus wie die LURLINE.

Beide waren gegen ihren Willen überrascht. Sie standen da und folgten dem Schiff mit den Augen. Lautlos und erbarmungslos, ebenso unabänderlich und unaufhaltsam wie ein Geburtstag oder ein Uhrzeiger glitt es hinaus. Schon war der Bug hinter einem der großen Bankgebäude verschwunden. Sie schauten zu, bis das Schiff langsam und schweigend ganz hinter dem Gebäude verschwunden war.

»Na also«, sagte Stark heiser, »gehn wir rein oder nicht?«

Warden wandte sich um und sah ihn an. Seine Augen waren wild und wütend, als hätte er nicht gewußt, daß Stark neben ihm stand. Als hätte Stark sich an ihn herangeschlichen und ihn überrascht. So sah er ihn großäugig, wütend und schweigend einen Augenblick lang an. Dann drehte er sich nach dem Fenster um und klopfte wieder.

»Wer ist da?« sagte die Stimme einer Frau von innen.

»Laß uns rein, Gert«, lachte Warden. »Die MP sind hinter uns her.«

Die Frau öffnete das Fenster. »*Wer* ist da?«

»Milt. Warum läßt du nicht deine Fenster waschen? Los, mach Platz.«

Vom Dachvorsprung trat er hinüber auf das Fenstersims und quetschte sich durch das Fenster. Stark warf noch einen Blick auf die leere blaue Bucht und folgte ihm dann.

Sie befanden sich in einem langen Gang, der in einer großen, verriegelten Metalltür endete. Die Frau war groß und schmalgesichtig. Sie mochte fünfundvierzig oder fünfzig Jahre alt sein. Sie trug ein wunderbares Abendkleid und hatte einen Strauß von Gardenien angesteckt.

»Mrs. Kipfer«, sagte Stark ungläubig. »Na, da brat mir doch einer nen Storch!«

»Mein Gott, Maylon Stark«, sagte Mrs. Kipfer. »Ich weiß, daß *der* so was tut.« Sie runzelte die Stirn zu Warden. »Aber von Ihnen hätte ich das nie geglaubt, daß Sie noch mal durch die Hintertür zu uns reinkommen.«

Warden lachte brüllend. »Aber Feldwebel Stark ist doch der Retter und Held des ganzen Abends, Gert. Wenn Stark mit seiner Geistesgegenwart nicht gewesen wäre, dann wär Ihr hochachtungsvoll Ergebener vielleicht sogar verletzt worden. Wer weiß? Vielleicht hätte man mich für tot in einem dieser verrotteten Honolulu-Gäßchen liegenlassen, durch die wir gerade so leichtbeschwingt dem Arme des Gesetzes entfleucht sind, um hier in Ihrer Kirche Aller Seelen Schutz zu suchen.«

»Mir scheint, Sie sind ohnehin verletzt.« Sie trat näher und inspizierte seinen Mund. Ihre Miene war die einer tüchtigen und mißbilligenden Krankenschwester.

»Aber, Milt. Sie haben zwei Zähne verloren. Ein Jammer. Und wofür? Für nichts als eine dumme, sinnlose Prügelei, und nur so zum Spaß. Wann *wollen* Sie eigentlich erwachsen werden?«

»Ich möchte Sie davon unterrichten, daß ich die Sache der Ritterlichkeit verteidigte«, grinste Warden sie bezaubernd an. »Ich habe das anmutigste aller Geschlechter, das weibliche, verteidigt.« Er verneigte sich vor ihr. Warme goldene Lichter in seinen Augen leuchteten lachend zu ihr hinunter. »Außerdem wird mir die Armee neue Zähne kaufen.«

Mrs. Kipfer schüttelte verzweifelt den Kopf und wandte sich an Stark. »Was fängt man mit so einem an?«

»Is ne Type«, sagte Stark. »Was?«

»Sind Sie auch verletzt, Maylon?«

»Nein, Madame«, sagte Stark. »Ich hab nichts abgekriegt, außer dem hier.« Er berührte eine recht beträchtliche Beule auf seinem Backenknochen, die allmählich mit den Farben eines purpurnen Sonnenunterganges seine ganze Augenhöhle ausfüllte.

Mrs. Kipfer untersuchte sein Auge und schnalzte bedauernd mit der Zunge.

»Wie weit ist es mit Ihren Kenntnissen in der Ersten Hilfe bei Unglücksfällen, Gert?« sagte Warden. Seine Augen leuchteten sie teuflisch an. »Glauben Sie, Sie könnten einen Auffrischungskurs brauchen?«

»Ich wollte, Sie würden aufhören, mich Gert zu nennen«, sagte Mrs. Kipfer wütend. »Es ist vulgär. Bei Gertrud muß ich immer an eine Hure denken.«

Warden lachte laut heraus.

»Und Sie wissen das ganz genau, Milt Warden. Wenn ich nicht wüßte, daß Sie ein Spottvogel sind, würde ich's Ihnen wirklich übelnehmen.«

»Tut mir leid, Gert«, grinste Warden sie an. »Sie wissen doch ganz genau, daß ich nie mit Absicht vulgär bin.«

»Ich weiß«, sagte Mrs. Kipfer. »Und das ist ja auch der einzige Grund, warum ich Sie nicht hinauswerfen lasse.«

»Aber Gert«, grinste Warden sie an.

»Na also, kommen Sie«, sagte sie gereizt. »In diesem Zustand können Sie nicht nach vorne gehn. Sie müssen sich waschen. Ich hab außerdem irgendwo ein paar Uniformen herumliegen, die Sie überziehen können.«

Wie die Dame des Hauses, die ihre Gäste geleitet, so führte sie die beiden den Gang entlang. Warden lachte die ganze Zeit.

»Ich hab's ja immer gesagt, Gert. Sie haben Ihren Beruf verfehlt. Sie hätten Hausmutter in einem Studentenheim werden sollen.«

Stark folgte ihnen. Neugierig schaute er sich um. Er war zum erstenmal im rückwärtigen Teil des Hauses, im ›privaten‹ Teil. Das Badezimmer duftete nach Puder, Cremes und Badesalzen und nach einer Seife, die nach Gardenien roch.

Es würde ein Genuß sein, sich zu waschen.

»He«, sagte er plötzlich. Er hielt die Hand in der Tasche. »He – mein Geld ist weg.«

Warden begann zu lachen. »Was ist los? Du hast doch hoffentlich nicht deine wertvollen hundert Dollar verloren?«

»Ich kann sie nicht finden«, sagte Stark dumpf.

Warden lehnte sich gegen die Wand und begann schallend zu lachen. Stark untersuchte noch immer seine Taschen. Er drehte sie alle um, selbst die Uhrentasche. Das Bündel Banknoten war verschwunden.

»Vielleicht«, sagte Warden zwischen Lachanfällen, »vielleicht hat Gert eine Taschenlampe, damit du das Gäßchen absuchen kannst. Nein, stimmt ja gar nicht. Ist ja noch Tag draußen, was?« Er begann wieder zu lachen. Schwach lehnte er den Kopf gegen die Wand. Seine großen Hände hingen an den Seiten herab.

»Was ist das mit dem Gäßchen«, sagte Mrs. Kipfer. Sie kam gerade mit einem Arm voll Uniformen den Gang herunter.

»Ach du lieber Gott«, stöhnte Warden, der seinen Kopf an der Wand hin und her rollte und dort einen Fettfleck hinterließ. »Ach du lieber Gott im Himmel. Dieser Idiot hat während der Prügelei sein Geld verloren. Zweifellos der größte Anfänger, den ich je in meinem Leben gesehen habe. Warum hast du damit geprotzt? Wahrscheinlich war das überhaupt der ganze Grund für die Prügelei.«

»Du hast angefangen«, sagte Stark dumpf, während seine Hände noch immer in den Taschen wühlten.

»Ach ja – das stimmt, was? Ach du guter Gott«, stöhnte Warden. »Oh, Himmel, hilf.«

»Ich find es nicht nett, daß Sie lachen, Milt«, sagte Mrs. Kipfer.

»Stimmt«, sagte Warden. Wieder begann er brüllend zu lachen.

»Wieviel Geld war es denn, Maylon?« sagte Mrs. Kipfer.

»Hundertunddreizehn Dollar«, sagte Stark dumpf.

»Das *ist* ja auch wirklich scheußlich«, sagte sie. »Kann ich Ihnen irgendwie helfen?«

»Sie können ihm hundertdreizehn Dollar leihen«, sagte Warden noch immer lachend.

»Nee«, sagte Stark. »Ich find's sowieso nicht mehr.«

»So viel Geld in ner Spelunke rumzuzeigen«, stöhnte Warden. Wieder brach er in Gelächter aus. »Kein Wunder – da hat dich einer beklaut. Ich wette, es war Rose. Was willst du wetten, daß es Rose war?«

»Nee«, sagte Stark. »Die war überhaupt nicht in meiner Nähe.«

»Mein lieber Mann«, stöhnte Warden. Er schob sich von der Wand weg. »Ich glaub fast, du mußt dich noch mal für drei Jahre verpflichten.«

»Na also, wahrscheinlich erledigt mich das«, sagte Stark. »Für heute bin ich fertig. Kann ebensogut nach Hause gehn.«

»Sie könnten draußen im Wartezimmer auf Milt warten«, sagte Mrs. Kipfer voll Sympathie. »Es ist allerdings furchtbar überfüllt, und ich weiß nicht, ob Sie einen Sitzplatz finden werden.«

»Ich zieh lieber diese Uniform an und hau ab«, sagte Stark dumpf.

»Moment mal«, sagte Warden. »Bleib noch 'n Augenblick. Ich will Ihnen was sagen«, sagte er. »Da vorne ist's grauenhaft voll. Auf der Straße stehn sie Schlange, fast bis zur nächsten Ecke. Schlimmer als am Zahltag, wenn die Flotte im Hafen liegt.«

»Na und?« sagte Mrs. Kipfer vorsichtig.

»Ich hab zweihundertundsechs Dollar hier, Gert«, sagte Warden und zog seine Brieftasche heraus. »Davon geb ich Ihnen hundertfünfzig, wenn Sie hingehen und mir und meinem Freund hier zwei Ihrer schönen jungen Damen reinschaffen und jedem von uns für den Rest des Tages ein Zimmer geben.«

Stark wandte sich um und sah ihn ungläubig an. In der Hand hielt er noch immer die Uniform, die er gerade anziehen wollte.

»Vorne können die Mädchen aber bedeutend mehr verdienen«, sagte

Mrs. Kipfer zurückhaltend. »Ich meine an einem Tag wie heute...«

»Das bezweifle ich«, sagte Warden, der sich nicht kleinkriegen ließ. »Das bezweifle ich ganz ernstlich. Aber ich will Ihnen was sagen. Ich gehe auf zweihundert Dollar rauf, wenn Sie uns dafür außer mit den Mädchen auch noch mit Steaks und einem halben Dutzend Flaschen Whisky versorgen.«

»Steaks?« rief Mrs. Kipfer. »Wo um Gottes willen soll ich Steaks herkriegen?«

»Machen Sie mir doch nichts vor«, grinste Warden. »Versuchen Sie doch nicht, so nem alten Stier wie mir Sand in die Augen zu streuen. Ich weiß doch, daß Sie für die Herren Stabsoffiziere von Fort Shafter immer Steaks vorrätig haben. Also, wie ist's damit? Zweihundert Dollar, und Sie stellen Steaks und Whisky.«

»Ich weiß nicht«, sagte Mrs. Kipfer zweifelnd.

»Wir machen sie uns selber zurecht«, sagte Warden. »Ich tu das richtig gerne, und unser Texaner hier ist der beste Küchenfeldwebel in der ganzen Armee. Bringen Sie nur Ihr eigenes Steak mit, und er wird so nett sein und es für Sie mitbraten.«

»Um Gottes willen!« sagte Mrs. Kipfer. »Heute, wo ich so schon einem Nervenzusammenbruch nahe bin, wäre ein Steak mein Tod. Ich weiß wirklich nicht«, sagte sie zweifelnd.

»Doch, Sie wissen ganz genau«, grinste Warden. »Sie wissen, daß Sie gar kein besseres Geschäft machen können. Und wenn Sie meinen, Sie könnten da draußen mehr Geld verdienen, dann sind Sie schief gewickelt. Zweihundert Dollar – mehr hab ich nicht. Also, wie steht's damit. Ist schon beinahe zwölf Uhr.«

»Halb elf«, verbesserte Mrs. Kipfer.

»Das heißt, es ist beinahe zwölf, und um fünf Uhr dreißig müssen wir schon wieder abhauen, um rechtzeitig vor der Sperrstunde zu Hause zu sein. Also wie ist's? Ja oder nein. Sind wir einig?«

»Ich...«, sagte Mrs. Kipfer.

»Also sind wir einig«, sagte Warden, der unwiderstehlich war. »Fein. Wir müssen ja einig sein, nachdem Sie doch immer sagten, daß Sie mich lieben, Gert.« Er packte Mrs. Kipfer und wirbelte sie tanzend im Gang herum.

»Um Gottes willen«, sagte Mrs. Kipfer atemlos. »Lassen Sie mich los.« Errötend trat sie zurück und glättete ihr Haar. »Ich geh und hol Ihnen die Mädchen. Sie wissen ja, wo der Kühlschrank ist, und wo der Herd ist, wissen Sie auch.«

»Ich möchte das neue Mädchen«, sagte Warden, und seine Augenbrauen zuckten. »Die Jeanette.«

»Gut. Und Sie, Maylon?«

Stark, der selbst gerne Geld ausgab, aber zu überrascht gewesen war, um irgend etwas zu sagen, kratzte sich am Kopf. »Ich weiß nicht. Vielleicht Lorene?«

»Lorene ist heute mit der LURLINE abgereist«, sagte Mrs. Kipfer. »Sandra ist aber noch hier. Die geht erst nächsten Monat.«

»Ja, ich weiß nicht recht«, sagte Stark.

»Macht nichts«, warf Warden ein. »Macht absolut nichts. Diesmal wollen wir uns noch zufriedengeben.«

»Ja, mir ist's auch recht«, sagte Stark.

»Schön«, sagte sie, »hol ich die beiden.«

»Komm«, sagte Warden, während sie den Raum verließen. »Braten wir uns ein Steak. Auf der Stelle. Ich hab Hunger wie ein Wolf. Los, braten wir uns Steaks. Allen vieren.«

»Erst müssen wir diese Klamotten anziehn«, sagte Stark.

»Ich stell erst die Steaks auf«, sagte Warden. »Zieh du dich einstweilen ruhig um. Ich bin gleich wieder da.«

»Weißt du was?« sagte Stark aufgeregt. »Mir ist was Komisches passiert. Ich bin ganz und gar nicht betrunken. Früher mußte ich immer betrunken sein, wenn ich mit nem Mädchen ins Bett wollte. Jetzt ist das alles ganz anders.«

»Jetzt bist du ein Mann von Welt wie ich. Ist so, wie wenn man nach Europa kommt und sieht dort die unzensierten Filme, bevor sie bei uns zusammengeschnitten werden. Danach ist man nicht mehr derselbe Mensch.«

»Das ist wirklich ne Sache«, sagte Stark.

»Willst du dein Steak roh, mittel oder durch?« sagte Warden. »Wir servieren sie nach Wunsch.«

»Roh«, sagte Stark.

Als die beiden Mädchen hereinkamen und die Metalltür hinter sich schlossen, war der Raum schon von dem feinen Duft bratender Steaks erfüllt.

»Oh«, schrie die Neue, das kleine dunkle Mädchen Jeanette. »Das hier wird ja eine ganz große Sache. Ich liebe ganz große Sachen.«

»Kannst dich bei dem Herrn dort bedanken«, sagte Stark.

Warden, der am Herd stand, legte das Messer nieder und verneigte sich. »Komm her, Kleines«, sagte er. Er setzte sich, hob sie auf und setzte sie wie eine Puppe auf seine Knie. »Sag mal, bist du Französin?«

»Meine Mama und mein Papa sind's«, sagte Jeanette. »Ach, das wird ja eine ganz große Sache.«

»Dann haben wir sehr viel gemeinsam«, sagte Warden. »Ich hab nämlich auch französische Vorfahren!«

»Wo ist der Schnaps?« sagte Stark.

»Ich hol ihn«, sagte Sandra. »Was habt ihr denn mit der alten Hexe angestellt, daß sie plötzlich so großzügig ist?«

»Geld«, sagte Stark. »Hol den Schnaps.«

»Sag mir, Kleines«, sagte Warden, »liebst du mich?«

»Ja, ich liebe dich«, zwitscherte die Kleine glücklich. »Ich liebe jeden, der mich an einem solchen Tage aus dem Betrieb da drinnen herausholt.«

»Na also, ich liebe dich auch«, sagte Warden.

»Ach Schatz«, sagte Sandra, während sie zwei Flaschen Whisky auf den Tisch stellte. »Wie ich dich liebe. Seit anderthalb Stunden komm ich schon um vor Hunger. Wie ich dich liebe.«

»Ich lieb dich auch«, sagte Stark.

»Ich und mein Püppchen gehn ein bißchen in unser Zimmer«, sagte Warden, »und spielen ein bißchen Vati und Mutti. Paßt ihr beide auf die Steaks auf.«

Stark, der mit Sandra einen Stuhl teilte und den Arm um sie gelegt hatte, wandte seinen Kopf über die Schulter der Tür zu.

»Mach, daß du wiederkommst«, sagte er.

»Paßt auf, daß die Steaks nicht verbrennen«, sagte Warden.

57

Karen Holmes stand an der Reling des Promenadendecks und schaute zurück. Eigentlich war Honolulu zu schön, um es zu verlassen.

Sie hatte dort gestanden, als man Konfetti geworfen und die Kapelle *Aloha Oe* gespielt hatte, während die Flaggenwimpel zusammen mit der Laufplanke eingeholt wurden und die Juhu rufenden Passagiere sich an der Reling zusammengedrängt und den Zurückbleibenden zugewinkt hatten. Und nun, während sie durch den Kanal am Fort Armstrong und an Sand Island vorbeiglitten und die ruhelosen und aufgeregten Passagiere nach und nach unter Deck verschwanden, stand sie noch immer da.

Einer alten hawaiianischen Sage zufolge mußte man seine Leis – die Blumenhalsketten –, wenn man an Diamond Head vorüberfuhr, über Bord werfen. Man erfuhr dann, ob man je wieder nach Hawaii zurückkommen werde oder nicht. Don Blanding hatte aus dieser Erzählung ein paar Gedichte und eine große Menge Tränen herausgequetscht. Karen glaubte nicht, daß sie jemals zurückkommen würde, entschloß sich aber doch, die Sage auszuprobieren.

Insgesamt trug sie sieben Leis. Die unterste war aus schwarzem und rotem Papier. Das Regiment verlieh sie allen, die nur kurze Zeit dienten. Die darüberliegenden wurden der Reihe nach kostbarer. Da war eine Lei aus Nelken vom Offiziersklub, eine weitere von der Frau des Major Thompson und noch eine von der Frau des früheren Bataillonskommandeurs. Dann kam ein Ingwer-Lei von Oberst Delberts Frau, eine Pikaki-Lei von General Slater und ganz oben drauf die Lei aus reinen weißen Gardenien, die Holmes ihr gekauft hatte, als er sie ans Schiff brachte. Die sieben Leis bildeten einen Kragen aus Blumen, der ihr bis zu den Ohren reichte.

Dana junior, endlich befreit von dem Zwang, an der Reling zu stehen und seinem Vater zuwinken zu müssen, war bereits irgendwo in der Nähe des Hecks, wo sich in der Mitte des Decks die Shuffleboards befanden. Mit ihm waren zwei andere liebenswerte Knaben. Die drei schrien einander zu, sie seien Shuffleboards, und stießen einander über die glatte Fläche, um es zu beweisen. Dort war er wenigstens außer aller Gefahr. Mochten die Stewards sich wegen des Schadens, der den Shuffleboards zugefügt wurde, die Köpfe zerbrechen. Dies gehörte zu den Annehmlichkeiten einer Schiffsreise, und sie war fest entschlossen, vollen Gebrauch davon zu machen.

Das Schiff trug sie aus dem Kanal hinaus nach Osten. Die Stadt hinter ihnen schien sich wie auf einer Drehscheibe zu drehen. Das Geschäftsviertel, das sich um Fort Street und Nuuanu Avenue drängte, bot den Anblick eines Ameisenhügels, wie ihn alle Geschäftsviertel großer Städte bieten. Dahinter hockten auf den Schultern der Hügel die vielfarbenen Häuser der Vorstädte. Hie und da spiegelte sich die Sonne lustig in einem der Fenster. Über allem aber ragten die starken, unveränderlichen Berge. Ihr tropisches Grün schien ins Tal hinunterzutropfen und Seen zu bilden, die die sorgfältig von Menschen errichteten Straßen und Häuser zu überfluten drohten. Zwischen Schiff und Stadt aber war nichts als Luft, Luft, die zum Wasser hinunterreichte und bis hoch hinauf in den Himmel und die allem jene Fernblickatmosphäre gab, die man nur auf hoher See oder auf Bergesgipfeln findet. Nirgendwo hatte man einen besseren Ausblick auf Honolulu als von hier. Am Strand konnte sie Kewalo Basin erkennen, den Hafen der Fischerflotte. Das nächste war Moana Park und dann das Hafenbecken für die Jachten. Bald danach würde Fort de Russey kommen und dann Waikiki.

»Sehr schön, nicht wahr?« sagte eine Männerstimme neben ihr.

Sie wandte sich um und erkannte den jungen Oberstleutnant der Luftwaffe, der im Gedränge neben ihr gestanden hatte, als der Dampfer ausfuhr. Er hatte sich mit den Armen auf die Reling gestützt und traurig gegrinst. Nachdem der Kai verschwunden war und die Menge begonnen hatte sich zu verlaufen, war er gegangen, vielleicht um einen Rundgang ums Deck zu machen, und Karen hatte ihn ganz und gar vergessen.

»Sehr schön«, lächelte sie. »Wirklich.«

»Für mich ist es der schönste Ort, den ich in meinem ganzen Leben gesehen habe«, sagte der junge Oberstleutnant. »Gar nicht davon zu reden, daß es der schönste ist, an dem ich je gelebt habe.« Er warf seine Zigarette über Bord und kreuzte die Füße. Die Wirkung war die gleiche, als hätte er fatalistisch mit den Schultern gezuckt.

»Mir geht es ganz genauso«, lächelte Karen. Sie konnte ein Gefühl des Erstaunens darüber, wie jung er für einen Oberstleutnant war, nicht loswerden. Andererseits war dies bei der Luftwaffe gang und gäbe.

»Und jetzt schicken sie mich nach Hause. Nach Washington«, sagte er.

»Warum schicken sie einen Piloten per Schiff zurück?« lächelte Karen. »Man sollte denken, Sie würden fliegen.«

Er berührte bedauernd seine linke Brust, wo sich ein paar Ordensbänder, aber keine Flügel befanden.

»Ich bin kein Pilot«, sagte er schuldbewußt. »Ich bin in der Verwaltung.«

Karen gab es einen Stich, aber sie zeigte es nicht.

»Trotzdem sollte ich denken, man würde Sie nach Hause fliegen.«

»Priorität. Priorität – meine liebe gnädige Frau. Niemand weiß, was das bedeutet. Niemand versteht es genau. Immerhin gibt es so etwas. Immerhin reise ich genausogern per Schiff. Ich werde luftkrank, aber nicht seekrank. Ist das nicht zum Schießen?«

Beide lachten.

»Das ist die reine Wahrheit«, sagte er ernsthaft. »Hat meine Karriere ruiniert. Man hat mir gesagt, daß mit meinen Ohren was nicht stimmt.« Es klang, als spräche er von der größten Tragödie seines Lebens.

»Das ist aber wirklich traurig«, sagte Karen.

»C'est la guerre«, sagte der junge Oberstleutnant. »So gehe ich nun nach Washington, wo ich keinen Menschen habe ... nachdem ich zweieinhalb Jahre hier gewesen bin und jeden Winkel und viele Menschen kenne.«

»Ich kenne ziemlich viel Leute in Washington«, sagte Karen. »Vielleicht kann ich Ihnen ein paar Adressen geben, ehe wir landen.«

»Würden Sie das wirklich tun?«

»Aber sicher. Natürlich ist keiner von ihnen Senator oder Präsident von irgend etwas, und keiner kennt den Kriegsminister.«

»Einem geschenkten Gaul schaut man nicht ins Maul«, sagte der junge Oberstleutnant.

Wieder lachten beide.

»Ich kann Ihnen aber versprechen, daß es nette Menschen sind«, lächelte Karen. »Ich bin nämlich in Baltimore zu Hause.«

»Wirklich?« sagte der junge Oberstleutnant. »Und dahin reisen Sie jetzt?«

»Ja«, sagte Karen. »Mein Sohn und ich, für die Dauer des Krieges.«

»Plus sechs Monate«, sagte der junge Oberstleutnant. »Ihr Sohn?«

»Da drüben ist er. Der Größte von den dreien.«

»Scheint 'n ganz tüchtiger Brocken zu sein.«

»Ist er auch. Und schon jetzt für die Offiziersschule bestimmt.«

Der junge Oberstleutnant sah sie an, und Karen fragte sich, ob ihre Worte nicht bitter geklungen hatten.

»Ich selbst bin Reserveoffizier«, sagte er.

Wieder sah er sie vorsichtig an. Er hatte ein jungenhaftes Gesicht und jungenhafte Augen. Dann richtete er sich auf. Karen hatte das Gefühl, auf feine Art ein Kompliment erhalten zu haben. »Auf bald. Vergessen Sie bitte die Adressen nicht. Und überanstrengen Sie Ihre Augen nicht beim Zurückschauen.«

Dann legte er die Hände wieder auf die Reling. »Dort ist das Royal Hawaiian«, sagte er traurig. »Dort gibt es die schönste Bar, die ich je gesehen habe. Ich wollte, ich hätte nur zehn Cent von jedem Dollar, den ich dort ausgegeben habe. Ich wäre zwar nicht reich, hätt aber ne Menge Geld zum Pokerspielen.«

Karen wandte den Kopf, um besser zu sehen. Ganz in weiter Ferne, inmitten tiefen Grüns, lag ein rötliches Leuchten. Es war das erste, was man ihr gezeigt hatte, als sie ankam. Das war fast zwei Jahre her. Gleich neben dem Royal war das schneeweiße Leuchten des Moana. Soweit sie sich erinnern konnte, hatte ihr niemand das Moana gezeigt, als sie einfuhren.

Als sie den Kopf zurückwandte, war der junge Oberstleutnant verschwunden. Außer ihr befand sich nur noch ein schlankes Mädchen an der Reling, das ganz in Schwarz gekleidet war.

Karen Holmes, für die es keine Liebe mehr gab, fühlte sich ein wenig erleichtert. Außerdem hatte sie das Gefühl, daß man ihr wiederum ein Kompliment gemacht hatte. Sie schaute vorwärts, sah, wie Diamond Head sich ihnen langsam näherte.

Trieb die Lei strandwärts, dann kam man wieder. Trieb sie hinaus ins Meer, kehrte man nicht mehr zurück. Alle sieben würde sie ins Meer werfen. Es war besser, als sie zu behalten und zu sehen, wie sie vertrockneten und verwelkten. Dann änderte sie ihre Absicht. Die rot und schwarze Papier-Lei des Regiments würde sie aufbewahren. Als Andenken. Vermutlich hatte jeder Soldat, der jemals im Regiment gedient hatte und dann in die Heimat zurückgekehrt war, eine solche ganz tief unten in seiner Feldkiste. Karen hatte in den letzten zehn Monaten neues Verständnis und ein starkes Gefühl der inneren Verbundenheit zum gewöhnlichen Soldaten gewonnen.

»Ist alles wunderschön, nicht wahr?« sagte das Mädchen in Schwarz, das etwas weiter unten an der Reling stand.

»Ja, wirklich«, lächelte Karen. »Sehr.«

Das Mädchen kam höflich zwei Schritte näher und blieb dann stehen. Sie trug keine Leis.

»Es tut einem leid, wegzufahren«, sagte sie leise.

»Ja«, lächelte Karen. Sie hatte das Mädchen schon früher bemerkt. Nun fragte sie sich, ob das Mädchen seiner Haltung und Erscheinung nach nicht vielleicht ein Filmstar war, den der Angriff während seiner Ferien überrascht hatte und der nicht früher hatte abreisen können. Sie war so ausgesprochen einfach, aber gleichzeitig so teuer angezogen. Sah sie nicht aus wie Hedy Lamarr?

»Hier draußen merkt man gar nicht, daß Krieg ist«, sagte das Mädchen.

»Es sieht sehr friedlich aus«, lächelte Karen. Aus den Augenwinkeln betrachtete sie die Juwelen des Mädchens. An der rechten Hand trug sie einen Ring und um den Hals eine Kette, beides Perlen. Der Schmuck war so unauffällig, daß er den Eindruck exklusiver Einfachheit noch erhöhte. Die Perlen sahen auch nicht nach Zuchtperlen aus. Solche makellose Einfachheit wurde nicht auf einfache Art erworben. Karen hatte sich selbst früher einmal die Zeit genommen, die dazu gehörte, tat es nun aber längst nicht mehr. Man brauchte entweder zwei Kammerzofen oder aber viele Stunden harter Arbeit. Sie empfand Eifersucht und kam sich fast schäbig vor. Eine Frau mit einem kleinen Kind konnte mit der Klasse dieses Mädchens nicht konkurrieren.

»Von hier aus kann ich beinahe sehen, wo ich gearbeitet habe«, sagte das Mädchen.

»Wo war das«, lächelte Karen.

»Ich könnte es Ihnen zeigen, aber Sie würden's nicht sehen, wenn Sie das Gebäude nicht schon kannten.«

»Und wo haben Sie gearbeitet?« lächelte Karen ermutigend.

»Bei der Firma American Factors«, sagte das Mädchen. »Ich war Privatsekretärin.« Sie wandte sich ab und lächelte Karen langsam an. Sie hatte ein schönes kindliches Gesicht, eine blaßweiße Haut, die kaum von der Sonne berührt war, schulterlanges rabenschwarzes Haar, das in der Mitte gescheitelt war.

Sie hat ein Gesicht wie eine Madonna, dachte Karen. Wenn man sie ansah, konnte man glauben, in einer Bildergalerie zu sein.

»Ich könnte mir denken, daß man an einer solchen Stellung hängt«, sagte sie.

»Ich –«, sagte das Mädchen und brach ab, und über das Madonnengesicht glitt ein Schatten. »So war's auch«, sagte sie einfach. »Aber ich konnte nicht bleiben.«

»Entschuldigen Sie bitte«, sagte Karen. »Ich wollte nicht aufdringlich sein.«

»Sie sind nicht aufdringlich«, lächelte das exquisite Mädchen sie an. »Verstehen Sie: Mein Verlobter wurde am 7. Dezember getötet.«

»Oh, das tut mir aber leid«, sagte Karen erschreckt.

Das Mädchen lächelte sie an. »Deshalb konnte ich nicht länger bleiben. Wir wollten nächsten Monat heiraten.« Sie wandte sich ab und blickte über das Wasser zum Ufer. Das schöne Madonnengesicht war traurig und nachdenklich. »Ich liebe diese Insel, aber Sie können doch wohl verstehn, warum ich nicht bleiben konnte.«

»Ja«, sagte Karen, die nicht wußte, was sie sagen sollte. Sprechen half manchmal, besonders wenn man sich einer anderen Frau anvertrauen konnte. Das beste war, man ließ sie einfach sprechen.

»Er wurde vor einem Jahr hierher versetzt«, sagte das Mädchen. »Ich kam später und nahm eine Stellung an, um in seiner Nähe zu sein.

Wir haben beide gespart. Wollten uns ein kleines Haus droben oberhalb Kaimuki kaufen. Wollten es tun, ehe wir heirateten. Er wollte
weiter hier im Dienst bleiben. Sie verstehen doch, warum ich da
nicht bleiben konnte, wie?«

»Ach, Sie Ärmste«, sagte Karen hilflos.

»Entschuldigen Sie«, sagte das Mädchen mit strahlendem Lächeln.
»Ich wollte Ihnen nichts vorjammern.«

»Wenn Sie sich gerne aussprechen möchten«, lächelte Karen, »dann
tun Sie's ruhig.« Diese jungen Leute waren es, Leute wie dieses
junge Paar, die mit ihrem Mut und ihrer Selbstbeherrschung Amerika seine wahre Größe gaben. Unbesungen und unbekannt, machten sie den Sieg von vornherein zu einer sicheren Sache. Vor soviel
Tapferkeit fühlte sich Karen wertlos und armselig. »Sprechen Sie
bitte weiter«, sagte sie.

Das Mädchen lächelte sie dankbar an und sah hinüber zum Strand.
Nun hatten sie Diamond Head hinter sich, und in der Ferne tauchte
der stumpfe Felsen von Koko Head auf.

»Er war Bombenflieger«, sagte das Mädchen über das Wasser hinweg, »in Hickam Field stationiert. Er versuchte seine Maschine von
der Startbahn weg und hinter die Schutzverkleidung zu schaffen. Sie
trafen ihn mit einem Volltreffer. Vielleicht haben Sie's in den Zeitungen gelesen.«

»Nein«, sagte Karen hilflos, »ich hab's nicht gelesen.«

»Er bekam den Silbernen Stern«, sagte das Mädchen über das Wasser
hinweg. »Sie schickten den Orden an seine Mutter. Sie schrieb mir,
daß er mir gehört.«

»Ich finde das sehr schön von ihr«, sagte Karen.

»Es sind wunderbare Menschen«, lächelte das Mädchen, und ihre
Stimme tremolierte leicht. »Er stammt aus einer alten Virginia-Fami-
lie. Prewitt. Sie sind dort seit der Revolution ansässig. Sein Urgroß-
vater war im Bürgerkrieg General unter Lee. Nach ihm wurde er genannt. Robert E. Lee Prewitt.«

»Wer?« sagte Karen wie vor den Kopf geschlagen.

»Robert E. Lee Prewitt«, sagte das Mädchen mit zitternder Stimme.
Sie war den Tränen nahe. »Ist das nicht ein komischer alter
Name?«

»Nein«, sagte Karen. »Ich finde ihn sehr schön.«

»Ach Bob«, sagte das Mädchen tränenerstickt über das Wasser hinweg. »Bob, Bob, Bob.«

»Ruhig, ruhig«, sagte Karen, die spürte, wie all die Trauer, die in ihr war, überkochte und sich in wilde Lachlust verwandelte. Sie legte ihren Arm um das Mädchen. »Bitte, fassen Sie sich.«

»Ist schon wieder gut«, sagte das Mädchen und atmete schluchzend ein. »Ganz bestimmt.« Sie berührte mit dem Taschentuch ihre Augen.

»Wenn Sie wollen, gehe ich mit Ihnen hinunter zu Ihrer Kabine«, bot Karen ihr an.

»Nein«, sagte das Mädchen. »Vielen Dank. Ich bin schon wieder völlig auf der Höhe. Ich bitte sehr, mir zu verzeihen. Und ich danke Ihnen wirklich. Würden Sie mich jetzt bitte entschuldigen?«

Sie entfernte sich. Ihre Anmut und Haltung waren vollkommen. In dem einfachen schwarzen Kleid mit dem echt wirkenden Perlring und der Perlenkette sah sie aus, als wäre sie gerade aus einer *Vogue*-Seite herausgetreten.

Karen blickte ihr nach. Das also war Lorene vom New Congress, dachte sie. Zum ersten Male hatte sie eine wirklich professionelle Hure getroffen, zum mindesten eine, von der sie wußte, daß sie es war.

»Wer ist Ihre junge Freundin?« sagte der junge Oberstleutnant der Luftwaffe von der anderen Seite her. Er war gerade aufgetaucht. »Wirklich eine Schönheit.«

»Nicht wahr?« sagte Karen, die noch immer am liebsten laut hinausgelacht hätte. »Ich kenne ihren Namen nicht, aber vielleicht kann ich Sie mit ihr bekannt machen.«

»Nein, danke«, sagte der junge Oberstleutnant ihr nachschauend. »Sie ist so schön, daß ich mich in ihrer Nähe nicht wohl fühlen würde. Was ist sie? Ein Filmstar?«

»Nein, aber ich glaube, sie hat irgendwas mit dem Theater zu tun. Ich glaube übrigens kaum, daß eine Einführung Ihnen viel nützen würde. Ihr Verlobter wurde am 7. Dezember getötet. Er war Bombenflieger in Hickam Field.«

»Ach«, sagte der junge Oberstleutnant mit gepreßter Stimme. »Das ist schlimm.«

»Sie nimmt's ziemlich schwer«, sagte Karen.

»Ich war selbst in Hickam am 7.«, sagte der junge Oberstleutnant im gleichen Begräbniston. »Wie hat er geheißen? Vielleicht habe ich ihn gekannt?«

»Prewitt«, sagte Karen, »Robert E. Lee Prewitt. Wie sie sagt, stammt er aus einer alten Virginiafamilie.«

»Nein«, sagte der junge Oberstleutnant nachdenklich und im Begräbniston. »Ich glaube nicht. War eine große Menge von Bombenfliegern in Hickam Field«, sagte er entschuldigend. »Und sehr viele wurden getroffen.«

»Wurde mit dem Silbernen Stern ausgezeichnet«, sagte Karen. Eine gewisse Bitterkeit in ihr zwang sie, weiterzusprechen.

»Dann sollte ich ihn eigentlich kennen«, sagte der junge Oberstleutnant im Begräbniston. »Um allerdings die Wahrheit zu sagen – ich meine ganz unter uns –, wurden in Hickam Field sowohl posthum als auch anders derartige Mengen Silberner Sterne verteilt, daß auch das mir nicht weiterhilft«, sagte er entschuldigend.

»Das stimmt wohl«, sagte Karen.

»Ich hab selbst einen bekommen«, sagte er.

Karen schaute auf sein Hemd und sah ihn gleich neben dem Band des Verwundetenabzeichens.

»Bitte, ich hab wirklich gar nichts Besonderes getan«, sagte er schnell, »außer daß ich durch eine Explosion in die Luft geschleudert wurde. Ich hab ihn trotzdem angenommen«, fügte er hinzu. »Vielleicht hätte ich es nicht tun sollen.« Er sah sie jungenhaft fragend an.

»Ich seh nicht ein, warum nicht«, sagte Karen.

»Ja, weil's eben so viele gab, die einen hätten bekommen sollen, ihn aber nicht bekamen«, sagte er.

»Ihre Ablehnung hätte ihnen auch nichts genützt.«

»Das stimmt«, sagte er erleichtert. »Das hab ich mir auch selbst gesagt.« Er lehnte die Ellenbogen auf die Reling und kreuzte die Knöchel. »Sie sind also aus Baltimore«, sagte er erfreut. »Da kann ich nicht drüber wegkommen. Ist wirklich ne kleine Welt.«

»Da haben Sie recht«, lächelte Karen. »Und schrumpft fast täglich weiter zusammen.« Jetzt kommt's, dachte sie. Jetzt wird er mich fragen, ob er mich – wenn es ihm in Washington zu einsam wird – vielleicht mal besuchen kann.

Es kam aber nicht.

»An welchem Tisch essen Sie?« fragte er statt dessen.

»Tisch elf«, sagte Karen. »Und Sie?«

»Tisch elf«, grinste der junge Oberstleutnant. »Ist das nicht ein glücklicher Zufall?« Er nahm die Ellenbogen von der Reling. »Auf später dann, was? Ich hab noch verschiedenes zu tun.«

»Gut«, lächelte Karen. »Ich sollte selbst ein wenig auspacken.«

Sie sah, wie er wegging, aber nach ein paar Schritten wandte er sich um und kam zurück.

»Ich sitze in Wirklichkeit gar nicht am Tisch elf«, sagte er. »Meine Tischnummer ist neun. Ich habe Sie angelogen. Zum Nachtessen werde ich aber am Tisch elf sein. Das gehört zu den Dingen, die ich jetzt arrangieren muß.«

»Sie dürfen sich aber dabei nicht überanstrengen«, lächelte Karen.

»Nein«, grinste er verbindlich. »Sie sind doch nicht böse?«

»Warum sollte ich böse sein?« lächelte Karen. »Ich bin Ihnen dankbar, daß Sie mir die Wahrheit gesagt haben.«

»Nun«, sagte er, »ich dachte, es gehört sich.« Er schaute sie intensiv, aber höflich an und lächelte dann. »Dann seh ich Sie also beim Nachtessen.«

»Wir werden dasein«, lächelte Karen und sah hinüber, um zu sehn, was Junior mit dem Shuffleboard anstellte. Die Jungen spielten noch immer. Sie waren nun zu fünft.

Der junge Oberstleutnant der Luftwaffe sah ebenfalls hinüber, nickte ihr dann zu und grinste. Karen schaute wieder hinaus aufs Wasser.

Schon vor einiger Zeit waren sie an Diamond Head vorbeigefahren, und nun lag auch Koko Head fast hinter ihnen. Im Osten konnte sie den großen Bergrücken sehn, bei dessen Anblick sie immer an den Kopf eines Walfisches denken mußte. Sie konnte den Einschnitt sehn, in dem sich auf der Felsenklippe oberhalb der Hanauma Bay der Parkplatz befand. Von so weit draußen konnte man ihn nicht entdecken, wenn man nicht wußte, daß er da war.

Die fünf Jungen hinter ihr hatten sich inzwischen auf sieben vermehrt. Sie hatten aufgehört, sich mit dem Shuffleboard zu beschäftigen. Statt dessen hockten sie sich hinter Ecken und Pfosten und beschossen sich gegenseitig mit gekrümmten Daumen und explosiven ›Bums‹.

Sie hob die sechs Blumen-Leis über ihren Kopf und ließ sie ins Wasser fallen. Man konnte es hier ebensogut wie irgendwo anders tun. Diamond Head, Makapuu Head. Wahrscheinlich war Koko Head am besten geeignet. Die sechs Leis fielen, ohne sich voneinander zu lösen, und der Wind trieb sie zurück gegen die Wand des Schiffes und aus ihrem Blickfeld hinaus, und sie konnte nicht sehen, wie sie auf dem Wasser landeten.

»Mutter«, sagte ihr Sohn hinter ihr, »ich hab Hunger. Wann gibt's denn Essen auf diesem alten Kasten?«

»Sehr bald jetzt«, sagte sie.

»Mutter, glaubst du, daß der Krieg lang genug dauern wird, daß ich mein Examen in der Offiziersschule machen kann und dann auch noch was vom Krieg mitbekomme? Jerry Wilcox hat gesagt nein.«

»Nein«, sagte sie, »ich glaube das auch nicht.«

»Aber Mutter«, sagte ihr Sohn, »ich möcht doch auch gern dabeisein.«

»Laß den Kopf nicht hängen«, sagte Karen, »und mach dir keine unnötigen Sorgen. Vielleicht wirst du diesen Krieg versäumen, aber für den nächsten wirst du gerade im richtigen Alter sein.«

»Glaubst du das ganz bestimmt, Mutter?« sagte ihr Sohn besorgt.

Dreißigender-Melodie

Man zahlt mich aus am Montag.
Soldat bin ich nicht mehr;
Man gibt mir all den Zaster,
Macht meine Taschen schwer.
So reich war ich noch nie. – Dreißigender-Melodie.

Nahm mein Geld zur Stadt am Dienstag,
Fand 'n Doppelbett ohne Not,
Such mir ne Stellung morgen,
Bin nachts vielleicht schon tot.
Zeit verbleibt mir nie. – Dreißigender-Melodie.

Ging in die Bars am Mittwoch,
Lad all meine Freunde mit ein.
Find 'n hübsches Chinesenkätzchen,
Wird mich niemals lassen allein.
So scharf war noch keine wie die. – Dreißigender-Melodie.

Wachte auf wie 'n Hund am Donnerstag,
Mein Kopf war geschwollen und schwer.
Durchsuchte schnell meine Hosen,
Fand all meine Taschen leer.
Durch die Lappen gegangen war sie. – Dreißigender-Melodie.

Ging zurück in die Bar am Freitag,
Verlangte gratis 'n Glas Bier;
Meine Freunde warn alle verschwunden.
Biste schwul, sagte der Barmann zu mir.
Ich schlug ihn, und er schrie. – Dreißigender-Melodie.

Das Kittchen war kalt am Samstag,
Durch die Gitter schaut ich hinaus,
Sah auf der Straße die Leute –
Leben alle in Saus und Braus.
Was bleibt noch für mich als die – Dreißigender-Melodie.

Im Park schlief ich am Sonntag.
Zur Kirch ging jeder Christ.

Ein Magen fühlt so leer sich,
Wenn man verlassen ist.
Nen Betstuhl besaß ich noch nie. – Dreißigender-Melodie.

Drum verpflicht ich mich neu am Montag,
Ein bißchen traurig nur.
Meine Pläne und alle Moneten
Verschwunden im Strumpf einer Hur.
Verlier, welch Los ich auch zieh. – Dreißigender-Melodie.

Drum rat ich euch Rekruten,
Laßt euch nicht lochen ein;
Denn grad so gut könnt ihr sterben
Oder 'n Dreißigender sein.
Wer sich werben läßt, der ist 'n Vieh. – Dreißigender-Melodie.

Wenn ich jetzt zurückblicke, erscheint mir die Entstehung dieses Buches als eine Gemeinschaftsarbeit. Diese Entdeckung hat mich überrascht. Noch vor einigen Jahren, als es kaum bis zur Hälfte gediehen war, hätte ich einen solchen Gedanken mit Entrüstung von mir gewiesen. Trotzdem ist es wahr.

Dankbare Anerkennung gebührt dem inzwischen verstorbenen Mr. Maxwell E. Perkins dafür, daß er mir half, das Buch überhaupt zu beginnen, und diese Hilfe bis zu seinem Tode fortsetzte; Mr. John Hall Wheelock für seine ständig wiederholte Ermutigung und seine Mitwirkung bei der Bearbeitung des Manuskripts, Mr. Burroughs Mitchell dafür, daß er fast drei Jahre lang ohne die leiseste Klage alle Mühe mit mir teilte, und für seine ausgezeichnete Mitarbeit; und schließlich Mr. und Mrs. Harry E. Handy aus Robinson, Illinois, ohne deren Initiative ich nie zu schreiben begonnen hätte und deren materielle und geistige Fürsorge mich während eines Zeitraums von sieben Jahren mit dem, was ich brauchte, versah.

Ohne sie alle wäre dieses Buch niemals geschrieben worden.

Inhalt

Amerikanische Erzähler

Ernest Hemingway
Wem die Stunde schlägt
Roman. Aus dem Amerikanischen von Paul Baudisch
Band 408

Arthur Miller
Laßt sie bitte leben
Short Stories
Aus dem Amerikanischen von Harald Goland
Band 11412

Sylvia Plath
Die Bibel der Träume
Erzählungen, Prosa aus den Tagebüchern
Aus dem Amerikanischen von
Julia Bachstein und Sabine Techel
Band 9515

Thornton Wilder
Theophilus North
oder Ein Heiliger wider Willen
Roman. Aus dem Amerikanischen von Hans Sahl
Band 10811

Tennessee Williams
Moise und die Welt der Vernunft
Roman. Aus dem Amerikanischen von Elga Abramowitz
Band 5079

Fischer Taschenbuch Verlag

fi 540 / 5

Amerikanische Erzähler

Mark Helprin
Eine Taube aus dem Osten
und andere Erzählungen
Aus dem Amerikanischen von Hans Hermann. Band 9580

Richard Ford
Wildlife
Wild Leben
Roman. Aus dem Amerikanischen von Martin Hielscher
Band 11299

Bobbie Ann Mason
Shiloh und andere Geschichten
Erzählungen. Aus dem Amerikanischen von
Harald Goland. Band 5460

Jayne Anne Phillips
Maschinenträume
Roman. Aus dem Amerikanischen von Karin Graf
Band 9199

Robert M. Pirsig
Zen und die Kunst, ein Motorrad zu warten
Roman. Aus dem Amerikanischen von Rudolf Hermstein
Band 2020

Anne Tyler
Nur nicht stehenbleiben
Roman. Aus dem Amerikanischen von Günther Danehl
Band 11409

Fischer Taschenbuch Verlag

fi 541 / 7

Joseph Heller
Catch 22

Roman. Deutsch von Irene und Günther Danehl
Band 1112

Catch 22, also *Falle 22* oder *Trick 22* – das ist die ebenso
irrsinnige wie ausweglose Dienstanweisung für das amerikanische Bombengeschwader, der zufolge Bomberpilot Yossarian
– stellvertretend für viele seiner Kameraden und stellvertretend auch für den Autor Joseph Heller, der selbst in den
letzten Kriegsjahren auf Korsika als Bomberpilot stationiert
war – nur dann von weiteren Einsätzen verschont bleibt, wenn
er als verrückt anerkannt wird. Verrückt aber kann niemand
sein, der sich weigern will, immer weitere großenteils sinnlose Einsätze zu fliegen. Also muß Yossarian ebenso wie seine
Kameraden weiterfliegen, obwohl er sich die größte Mühe
gibt, als verrückt zu erscheinen. Durch scheinbar absurdes
Verhalten der militärischen Maschinerie ihre eigene Absurdität zu demonstrieren – das versucht Captain Yossarian auf
seine Art ebenso wie sein literarischer Kollege, der brave
Soldat Schwejk. Aber die Kriegsmaschinerie, gespeist aus
persönlichem Ehrgeiz, Dummheit, Brutalität und Duck-
mäuserei, erkennt ihren eigenen Irrsinn nicht in dem Spiegel,
den Yossarian – im Grunde der einzig Normale unter
lauter Verrückten – vorhält.

Fischer Taschenbuch Verlag

fi 1255 / 1